師大國文系文學叢書之三

王熙元　尤信雄　沈秋雄合編

# 詩府韻粹

臺灣學生書局印行

# 序

本書是繼「詞林韻藻」、「曲海韻珠」之後，由師大國文系師生合作編成的第三部文學工具書。詩詞曲的選讀及習作，是師大國文系學生必修的科目，對這三種古典文學韻文體的學習，師大教學的傳統，不但着重理解與欣賞，也着重創作能力的培養。初步的創作，必須從學習中慢慢體驗創作的心路歷程，然後才能逐漸熟練方法和技巧，故特別需要一部提供查檢聲韻、辭藻，以啟導靈感思路的工具書，這是我們編這一套書的主要用意。

過去國文系學生學習古典詩的創作，多利用坊間「詩韻集成」之類的書，以為檢韻、鑄語的參考，但一則所收辭藻例句不多，二則專採東坡詩為例，取徑未免太狹，故仍有重編一部廣收辭藻、取材豐富的詩韻之必要，這是本書編輯的用意所在。

本書編輯的方法，一如前兩書，使用大量卡片，將韻字、聲調、韻部、辭藻、例句、作者、詩題等，一一分欄紀錄，經過排比整理，淘汰重複的部分，選擇優美的佳例，再依次謄錄在專用的稿紙上，然後付排，即成爲書本中所出現的形態。

從六十九年春季開始抄錄卡片的工作，當中因種種緣故，工作時斷時續，參與工作的同學也時有更易，加上本人去年前往韓國講學半年，幾位老師審稿時，又一再增刪資料，調整內容，改正錯誤，故延遲至今，始克成書問世，前後歷時達三年半之久，實因當中屢經周折之故。

參與編錄工作的師大國文系同學，先後有王文秀、田青玉、李玉華、李麗霞、陳美鈴、郭展鴻、楊淙銘、楊彩梅、劉楚卿、劉德琇等十位。在編錄工作期間，由尤信雄、沈秋雄二位教授和我共同策劃指導，後來沈先生因病輟止，而由傅武光教授代其審稿，增添了不少新資料，也修正了一些錯誤。

詩詞曲韻，至此已有一系列完整的工具書可用，不但可以查出平仄聲韻，而且有豐富的辭藻與佳句，以供習作時引發靈思之助，兼可查考詩詞曲句的出處。他日當另編一部通檢三部韻書的索引，檢得一字，即可在三書中覓得韻字，及名家詩詞曲句，自當更便於使用。

全書取材自漢、魏以至唐、宋古近體詩數十家，堪稱詩之府庫，依韻選出之詞句，誠爲詩中之精粹，故名曰「詩府韻粹」。早承本系　戴老師培之教授題署封面，不意書正付梓尚未印行之際，而　先生竟遽歸道山，未睹此書之成，亦憾事也！謹此深致萬分歉意及永恆的悼念。校對工作由國文系助教楊淙銘君及南廬吟社多位同學負責，他們的辛勞，以及學生書局的一貫支持，也在此一併致謝。

民國七十二年歲次癸亥孟冬湘鄉王熙元謹序

# 例言

一、本書分韻次第、所採韻目韻字，悉依余照「詩韻集成」。復自漢魏以至唐宋名家古近體詩中，就其用韻之辭藻，擇其佳美者，截爲例詞例句，一一依韻分繫於各字之下。

二、本書所採詩句，以漢魏至唐宋間重要詩人，如曹植、陶潛、李白、杜甫、王維、韓愈、白居易、杜牧、李商隱、蘇軾等十家爲主，間採重要選本爲輔，故十家之外，亦收錄古詩十九首、曹操、曹丕、左思、謝靈運、陳子昂、王昌齡、孟浩然、歐陽修、黃庭堅、陸游等諸家詩。

三、兩漢、魏晉南北朝古體詩，別集採「曹子建集」、「陶淵明集」，選集以「漢魏六朝詩三百首注」所收爲準；至於唐宋古近體詩，唐詩取「全唐詩」爲準，宋詩則以「蘇東坡全集」爲主。另就曾國藩「十八家詩鈔」、蘅塘退士「唐詩三百首」、高步瀛「唐宋詩舉要」三部選集採錄。

四、各韻中之字，依常用字、罕用字次序排列。常用字各有例詞，並附例句，例句各詳其作者、詩題；罕用字則既無例詞，亦無例句，僅列舉韻字，附於各韻之後。

五、各韻中之常用字及罕用字，其前後排列之次序，悉依余氏「詩韻集成」原序；各字均未附反切，僅將音同之字連續聚列而已。

六、各韻之字以不注反切、不注字義為常例，其有異音異義者，或附音切、字義之說明，以助了解及應用，如平聲四支韻「委蛇」之「蛇」字下，注云：「弋支切，與麻韻異」；「奇偶」之「奇」字下，注云：「居宜切，不偶也」是。

七、各韻中之常用字，每字列於行首，易字則易行排列，以醒眉目。字下分列以該字為韻之例詞，依二字、三字、四字之先後排列，又各依首字筆畫少多為序。例詞下列例句，均詳舉其作者姓名及詩題，詩題過長則稍作節略，以省篇幅。

八、各韻之罕用字，列於常用字之後，因僅有韻字，而無詞句，故逐字連續排列，藉省篇幅。余氏「詩韻集成」中，此類罕用字甚多，有極冷僻怪異而無用者，已斟酌刪除之。

九、近體詩中，律詩之頷聯、腹聯必用對句，絕句及古體、樂府中，亦偶有對句，因於罕用字之後，另立「對偶」一欄，凡四言、五言、七言對句等，其在該韻韻脚者，依原序臚列於此，以供作詩者屬對之參考。

# 詩府韻粹目錄



## 上平聲



## 下平聲

## 上聲

## 去聲

## 入聲

# 上平聲

## 一東 古通冬轉江 韻略通冬江

東

【山東】吳融、金橋感事：射雕今欲過山東。【江東】杜牧、送劉秀才歸江東：鱸魚新熟別江東。【向東】陳與義、懷天經智老訪之：睡起苕溪綠向東。【在東】杜甫、獨坐：黃牛更在東。【河東】岑參、送祁樂歸河東：挺身出河東。【征東】王維、送陸員外：詔書除征東。【浙東】蘇軾、報鄉僧文長老方丈：更欲題詩滿浙東。【朝東】岑參、登慈恩寺浮圖：奔走似朝東。【牆東】王維、酬慕容十一：强起離牆東。【關東】李頎、送李回：自傷流滯去關東。【生於東】韓愈、謁衡嶽廟：杲杲寒日生於東。【古城東】杜甫、移居東屯茅屋：赤甲古城東。【江流東】元好問、赤壁圖：鼓聲怒與江流東。【西復東】杜甫、白鳧行：終日忍飢西復東；杜牧、柳長句：日落水落西復東。【各西東】白居易、望月有懷：弟兄羈旅各西東；李商隱、彭城公薨後贈杜李二君：自今歧路各西東。【曲池東】李商隱、垂柳：婀娜曲池東。【更向東】李商隱：樂遊原：不放斜陽更向東。【更須東】陳師道、謁外大父墓：叢篁侵道更須東。【君又東】李商隱：贈趙協律晳：我欲西征君又東。【東復東】李商隱、苦于風土馬上戲作：路遶函關東復東。【忽西東】李商隱、代貴公主：飄落忽西東。【金市東】李白、少年行：五陵年少金市東。【桂堂東】李商隱、無題：畫樓西畔桂堂東。【畫樓東】李商隱、藥轉：鬱金堂北畫樓東。【路西東】梅聖俞、送趙諫議知徐州：鶯啼高柳路西東。【滄海東】王維、送晁監還日本國：要知滄海東。【與君東】蘇軾、和劉道原見寄：直嗟吾道與君東。【歲起東】孟浩然、田家元日：今朝歲起東。【槿籬東】陸游、蔬圃絕句：小橋只在槿籬東。【蓮葉東】王維、納涼：徙恩蓮葉東。【隨西東】韓愈、杏花：萬片飄泊隨西東。【辨西東】黃庭堅、早行：占斗辨西東；蘇軾、次韻樂著作野步：老來幾不辨西東。【還向東】孟浩然、東京留別諸公：馳車還向東。【蘭渚東】李白、長干行：佳期蘭渚東。【露井東】李商隱、嘲桃：平明露井東。

# 同

【不同】王維、藍田山石門精舍：初疑路不同；孟浩然、送奚三還揚州：南歸恨不同；李商隱、和友人戲贈：東望花樓會不同。【來同】孟浩然、彭蠡湖中望廬山：畢趣當來同。【異同】王維、送陸員外：握手嗟異同；韓愈、杏花：所見草木多異同。【雷同】杜甫、前出塞：欲語羞雷同。【盡同】李商隱、和太原公送楊戴：綠服何由得盡同。【還同】李商隱：贈趙協律晳：二年歌哭處還同。【難同】韓愈、謁衡嶽廟：云此最吉餘難同。【九州同】陸游、示兒：但悲不見九州同。【小人同】黃庭堅、戲答陳元輿：枯淡頗與小人同。【古今同】杜甫、天池：菱芡古今同。【今古同】杜牧、題宛溪：天澹雲閒今古同。【不死同】蘇軾、蘇潛聖挽詞：有子還應不死同。【五處同】白居易、望月有懷：一夜鄉心五處同。【太古同】王維、和晉公扈從溫湯：明時太古同。【四面同】杜甫、移居東屯茅屋：高山四面同。【此日同】李商隱、人日卽事：子晉吹笙此日同。【有無同】杜牧、寄宣州鄭諫議：過庭交分有無同。【村村同】蘇軾、安國寺尋春：起尋花柳村村同。【汨沒同】杜甫、泥功山：乃將汨沒同。【何由同】李商隱、李肱所遺畫松：靈氣何由同。【往時同】杜甫、洞房：清漏往時同。【明月同】王維、送熊九赴任安陽：西園明月同。【高義同】杜甫、寄王承俊：何人高義同。【莫與同】柳宗元、初秋夜坐：卽席莫與同。【祭祀同】杜甫、詠懷古跡五首：一體君臣祭祀同。【黃鍾同】黃庭堅、再答元輿：牛鐸調與黃鍾同。【尊酒同】蘇軾、王頤赴建州：寒廳夜語尊酒同。【幾回同】杜甫、寄賀蘭銛：飲啄幾回同。【萬人同】杜甫、敬簡王明府：恥與萬人同。【萬方同】李白、宮中行樂詞：還與萬方同。【與天同】李白、登廣武古戰場懷古：五緯與天同。【與世同】杜甫、吾宗：衣冠與世同。【與我同】王昌齡、齋心：光采與我同。【與君同】孟浩然、渡浙江問舟中人：扁舟共濟與君同；蘇軾、次韻樂著作野步：風流他日與君同。【與客同】黃庭堅、題息軒：茶鼎薰爐與客同。【與誰同】蕭衍、東飛伯勞歌：空留可憐與誰同；李商隱、潭州：松醪一醉與誰同。【箇箇同】杜甫、秋野：樵聲箇箇同。【歲時同】杜甫、九日登梓州城：望遠歲時同。【夢時同】唐玄宗、經魯祭孔子而嘆之：　當與夢時同。【醉暖同】蘇軾、薄薄酒：　美惡雖異醉暖同。【顏色同】杜甫、百憂集行：老妻覩我顏色同。【嬰兒同】杜甫、杜鵑行：　號啼略與嬰兒同。　【歡笑同】杜甫、寄隴西公：超然歡笑同。

## 銅

【青銅】杜甫、歲晏行：今許鉛錫與青銅。【百鍊銅】白居易、百鍊鏡：不是揚州百鍊銅。【錫與銅】蘇軾、王頤赴建州：官曹似是錫與銅。

## 桐

【枯桐】柳宗元、初秋夜坐：朱絃絙枯桐。【梧桐】無名氏、爲焦仲卿妻作：左右種梧桐。【疏桐】王維、奉寄韋太守陟：　高館落疏桐。【絲桐】李白、怨歌行：　爲君奏絲桐；李白、東武吟：對酒鳴絲桐。　【綠桐】李白、前有一樽酒行：琴奏龍門之綠桐。　【一株桐】吳均、行路難：洞庭水上一株桐。

## 筒

【釣筒】黃庭堅、漁父：日落幾家收釣筒。【郫筒】蘇軾、次韻周邠雁蕩山圖：他年攜手醉郫筒。

## 童

【小童】杜甫、獨坐：應門試小童。【玉童】王維、贈焦道士：行天使玉童。【奴童】李商隱、李肱所遺畫松：散失隨奴童。【村童】杜甫、暫往白帝復還東屯：　拾穗許村童。【狂童】李商隱、送戶部李郎中：將軍大旆掃狂童。【兒童】杜甫、王十五前閣會：何幸飫兒童。【牧童】孟浩然、田家元日：荷鋤隨牧童。【僕童】韓愈、此日足可惜：左右泣僕童。【變兒童】蘇軾、報鄉僧文長老方丈：吳音漸已變兒童。

## 僮

【五尺僮】王維、酬慕容十一：應門五尺僮。

## 瞳

【目瞳】李白、上雲樂：碧玉䀰䀰雙目瞳。【雙瞳】李白、登廣武古戰場懷古：　紫電明雙瞳。【黃金瞳】李白、結客少年場行：紫燕黃金瞳。

## 中

【水中】白居易、暮江吟：　一道殘陽鋪水中。【手中】蘇軾、次韻周邠雁蕩山圖：已覺溫台落手中。【江中】杜甫、王十五前閣會：鮮鱠出江中。【此中】杜牧、登樂遊原：　萬古銷沈向此中。【其中】王維、納涼：　清流貫其中。【空中】李商隱、李肱所遺畫松：碧竹慚空中。【洛中】許渾、金陵懷古：　惟有青山似洛中。【峽中】杜甫：社日兩篇：誰憐病峽中。【庭中】李商隱、題小松：憐君孤秀植庭中。【酒中】陸游、醉中作：要看青天入酒中。【眼中】杜甫、秋興八首：武帝旌旗在眼中；元好問、赤壁圖：得意江山在眼中。【越中】孟浩然：渡浙江問舟中人：何處青山是越中。【望中】李商隱、潭州：今古無端入望中。【雲中】曹植、雜詩六首：吹我入雲中。【鄉中】孟浩然、送奚三還揚州：朝夕見鄉中。【當中】韓愈、謁衡嶽廟：四方環鎭嵩當中；李賀、高軒過：元精耿耿貫當中。【夢中】黃庭堅、早行：人家半夢中；李商隱、過楚宮：只有襄王憶夢中。【鏡中】李益、立秋前一日覽鏡：生涯在鏡中；王維、九成宮避暑應教：卷幔山泉入鏡中。【關中】岑參、登慈恩寺浮圖：蒼然滿關中。【一代中】唐玄宗、經魯祭孔子而嘆之：栖栖一代中。【一笑中】蘇軾、和戲贈賈收秀才：傾蓋相歡一笑中。【一壺中】王維、贈焦道士：跳向一壺中。【一會中】李商隱、喜聞崔侍御臺拜：雲水升沈一會中。【一夢中】蘇軾、報鄉僧文長老方丈：萬里家山一夢中。【二月中】李商隱、蟬：長定相逢二月中。【二年中】李商隱：人日卽事：離家恨得二年中。【九原中】杜甫、哭長孫侍御：蕭瑟九原中。【三更中】韓愈、月蝕詩：月十四日三更中。【寸心中】李白、雙燕離：傷我寸心中。【夕陽中】李商隱、登霍山驛樓：陂雁夕陽中；杜牧：題武關：伐旗長捲夕陽中。【小苑中】李商隱、垂柳：娉婷小苑中。【小詩中】陸游、過靈石三峯：勞渠蟠屈小詩中。【日已中】李商隱、假日：倚坐欹眠日已中。【月明中】蘇軾、月夜與客飲杏花中：洞簫聲斷月明中；陸游、秋夜觀月：披衣小立月明中。【水聲中】杜牧、題宛溪：人歌人哭水聲中。【玉塞中】王維、燕支行：身作長城玉塞中。【平湖中】孟浩然、彭蠡湖中望廬山：渺漫平湖中。【白石中】杜甫、天池：層波白石中。【白雪中】杜甫、歲晏行：瀟湘洞庭白雪中。【白露中】杜甫、洞房：園陵白露中。【石稜中】盧綸、塞下曲：沒在石稜中。【有無中】王維、漢江臨泛：山色有無中。【百花中】王維、勤政樓侍宴應制：宮殿百花中。【百年中】陶淵明、擬古：直在百年中。【此夜中】司空圖：別盧秦卿：難分此夜中。【戍煙中】吳融、金橋感事：哀笳一曲戍煙中。【束薪中】無名氏、古樂府：俱在束薪中。【別離中】杜牧、柳長句：幾人遊宦別離中。【杖履中】蘇軾、寄題藏春塢：春在先生杖履中。【法身中】王維、夏日過青龍寺：世界法身中。【明月中】王維、送綦毋秘書：扣舷明月中。【青泥中】杜甫、泥功山：暮在青泥中。【波濤中】杜甫、白鳧行：天寒歲暮波濤中。【空明中】蘇軾、海市：羣仙出沒空明中。【雨聲中】陳與義、懷天經智老訪之：杏花消息雨聲中。【爭奪中】蘇軾、雪齋：紛紛市人爭奪中。【春澗中】王維、鳥鳴澗：時鳴春澗中。【孤島中】王維、送晁監還日本：主人孤島中。【起草中】李白、梁甫吟：君不見高陽酒徒起草中。【指揮中】杜牧、酬張祜處士：曹劉須在指揮中。【柳陰中】陸游、東關：扁舟又繫柳陰中。【書屋中】李商隱、自貺：仰眠書屋中。【酒肆中】李白、少年行：笑入胡姬酒肆中。【高浪中】杜甫、夔州歌十絕句：白晝灘錢高浪中。【茶煙中】蘇軾、安國寺尋春：鬢絲强理茶煙中。【清禁中】李白、寄上吳王：出入清禁中。【宿霧中】杜甫、客亭：江流宿霧中。【琅玕中】李商隱、李肱所遺畫松：色映琅玕中。【野寺中】杜甫、詠懷古跡五首：玉殿虛無野寺中。【淪石中】蘇軾、賦石屏：化爲煙扉淪石中。【絕巖中】劉琨、扶風歌：吟嘯

絕巖中。【寒露中】王昌齡、齋心：娟娟寒露中。【都市中】李白、結客少年場行：殺人都市中。【雲蘿中】李白、東武吟：欻起雲蘿中。【雲氣中】杜甫、呈隴西公：萬象雲氣中。【插絃中】白居易、琵琶行：沈吟放撥插絃中。【黃沙中】吳均、行路難：今旦臥死黃沙中。【亂水中】杜甫、向夕：江村亂水中。【道路中】白居易、望月有懷：骨肉流離道路中。【煙雨中】杜牧、江南春絕句：多少樓臺煙雨中。【亂山中】歐陽修、書事呈元珍表臣：蕭條雞犬亂山中。【碧雲中】李白、寄遠：乃在碧雲中。【滿腹中】杜甫、吾宗、經書滿腹中。【漢廷中】李商隱、送戶部李郎中：佇光綸綍漢廷中。【碧波中】黃庭堅、古漁父：太平長在碧波中。【碧海中】杜甫、戲爲六絕句：未掣鯨魚碧海中。【酹江中】陸游、觀滑州雪山：手執巵酒酹江中。【錦屏中】李白、長干行二首：翡翠錦屏中。【綠雲中】李白、寄上吳王：攜手綠雲中。【震蕩中】杜甫、寄賀蘭銛：乾坤震蕩中。【醉眼中】杜甫、九日登梓州城：朝廷醉眼中。【輦路中】李頎、送李回：十月寒花輦路中。【瘴霧中】韓愈、杏花：繞開還落瘴霧中。【櫂歌中】孟浩

然、渡松滋江：翻入櫂歌中。【薦賢中】杜甫、春日江村：名玷薦賢中。【蕭艾中】陶潛、飲酒：見別蕭艾中。【懷袖中】無名氏、西洲曲：置蓮懷袖中。【懸心中】白居易、百鍊鏡：百王治亂懸心中。【繡戶中】李白、陽春歌：流芳發色繡戶中。【繡簾中】李商隱、藥轉、翠衾歸臥繡簾中。

## 衷

（同中）【明其衷】韓愈、謁衡嶽廟：欲以菲薄明其衷。

## 蟲

【沙蟲】李白、古風：小人爲沙蟲。【何蟲】韓愈、月蝕詩：不知是何蟲。【秋蟲】元好問、寄楊飛卿：乾坤多事泣秋蟲。【寒蟲】戴叔倫、江鄉故人偶集客舍：露草覆寒蟲。【蝗蟲】白居易、捕蝗：課人晝夜捕蝗蟲。【食一蟲】杜甫、杜鵑行：苦飢始得食一蟲。

## 終

【長終】韓愈、謁衡嶽廟：衣食纔足甘長終。【堪終】杜甫、向夕：長夜始堪終。【無終】陶潛、擬古：當往至無終。【何時終】杜甫、歲晏行：此曲哀怨何時終。【晏未終】陸游、遊仙：花未開殘宴未終。【情未終】李白、東武吟：曲盡情未終。【清興終】杜甫、寄隴西公：焉知清興終。【樂未終】李白、白紵辭：玉顏滿堂樂未終。【歷數終】李商隱、武侯廟古柏：金刀歷數終。【歡宴終】王維、少年行：漢家君臣歡宴終。【王氣終】許渾、金陵懷古：玉樹歌殘王氣終。

## 忠

【小忠】杜甫、遣悶奉呈嚴公：蹉跎效小忠。【直爲忠】白居易、賀雨：臣以直爲忠。

## 戎

【犬戎】杜甫、收京：兼聞殺犬戎；李白、送族弟綰從軍西征：鼓行而西送犬戎。【和戎】李商隱、漫成五章：韓公本意在和戎。【從戎】曹植、雜詩六首：捐軀遠從戎；岑參、送祁樂歸河東：揮鞭遂從戎。【狄與戎】杜甫、前出塞：況在狄與戎。

## 崇

【石崇】李商隱、藥轉：香棗何勞問石崇。【尊崇】杜甫、杜鵑行：衆鳥安肯相尊崇。

## 嵩

【華嵩】孟浩然、東京留別諸公：高步攝華嵩。

## 菘

【晚菘】陸游、菘：九月區區種晚菘。

## 弓

【引弓】盧綸、塞下曲：將軍夜引弓。【桑弓】杜甫、歲晏行：莫徭射雁鳴桑弓。【轂弓】梅聖俞、送趙諫議知徐州：軫建朱幡騎彀弓。【遺弓】李商隱、李肱所遺畫松：去之若遺弓。【月似弓】白居易、暮江吟：露似眞珠月似弓。【明月弓】李白、送梁公昌：行歌明月弓。【兩角弓】杜甫、寄王承俊：臂懸兩角弓。【藏良弓】陶潛、飲酒：鳥盡藏良弓。

## 躬

【微躬】孟浩然、彭蠡湖中望廬山：未暇息微躬；李白、東武吟：迴光燭微躬。【薄躬】杜甫、天池：誅茅任薄躬。【鞠躬】韓愈、謁衡嶽廟：睢盱偵伺能鞠躬。

## 宮

【天宮】岑參、登慈恩寺浮圖：孤高聳天宮。【行宮】元稹、行宮：寥落古行宮。【故宮】蘇軾、周公廟泉：尚喜秋來過故宮。【幽宮】蘇軾、賦石屏：無使二子含憤泣幽宮。【珠宮】蘇軾、海市：豈有貝闕藏珠宮。【深宮】杜甫、杜鵑行：豈知昔日居深宮。【閟宮】李商隱、武侯廟古柏：龍蛇捧閟宮。【漢宮】李白、宮中行樂詞：蒲萄出漢宮。【禪宮】王維、夏日過青龍寺：徐步謁禪宮。【還宮】杜甫、收京：車駕已還宮。【舊宮】杜甫、洞房：龍池滿舊宮。【離宮】李頎、送李回：晝看仙液注離宮。【蘂宮】陸游、遊仙：鳳舞鸞歌宴蘂宮。【靈宮】韓愈、謁衡嶽廟：松柏一逕趨靈宮。【大槐宮】蘇軾、次韻周邠雁蕩山圖：丹青化出大槐宮。【太乙宮】王維、和晉公扈從溫湯：焚香太乙宮。【犬臺宮】杜牧、李給事中敏：江充來見犬臺宮。【弔楚宮】李商隱、過伊僕射舊宅：獨立寒沙弔楚宮。【六代宮】許渾、金陵懷古：禾黍高低六代宮。【永安宮】杜甫、詠懷古跡五首：崩年亦在永安宮。【長樂宮】王維、扶南曲歌詞：花間長樂宮。【秦帝宮】李白、結客少年場行：虛沒秦帝宮。【溫泉宮】岑參、送祁樂歸河東：獻賦溫泉宮。【馮夷宮】元好問、赤壁圖：載酒夜俯馮夷宮。【翠微宮】王維、九成宮避暑應教：天書遙借翠微宮。【魯王宮】唐玄宗、經魯祭孔子而嘆之：宅卽魯王宮。【瓊瑤宮】李商隱、李肱所遺畫松：路入瓊瑤宮。【獻寶宮】杜甫、天池：如臨獻寶宮。

## 融

【昭融】李商隱、武侯廟古柏：一爲問昭融。【祝融】韓愈、謁衡嶽廟：石廩騰擲堆祝融。【春融】蘇軾、常潤道中有懷錢塘：湧金門外已春融。【凍初融】陳與義、懷天經智老訪之：今年二月凍初融。【鬢雪融】李商隱、蝶三首：輕憂鬢雪融。

## 雄

【士雄】陶潛、擬古：節義爲士雄。【爭雄】岑參、送祁樂歸河東：隔河勢爭雄。【故雄】李白、雙燕離：孀雌憶故雄。【强雄】韓愈、月蝕詩：攢集爭强雄。【最雄】歐陽修：書事呈元珍表臣：敵國江山昔最雄。【豪雄】李白、效古：飛馳自豪雄。【鷹雄】杜牧、送劉秀才歸江陵：借取明時一鷹雄。【世上雄】李白、東武吟：不慚世上雄。【出羣雄】杜甫、戲爲六絕句：凡今誰是出羣雄。【百夫雄】蘇軾、蘇潛聖挽詞：妙齒馳譽百夫雄。【決雌雄】李白、赤壁歌送別：二龍爭戰決雌雄。【爲誰雄】杜甫、贈李白：飛揚跋扈爲誰雄。【專其雄】韓愈、謁衡嶽廟：天假神柄專其雄。【御史雄】孟浩然、渡松滋江：皇華御史雄。【萬夫雄】李白、送梁公昌：鬱作萬夫雄。【當羣雄】李白、梁甫吟：何況壯士當羣雄。【雌隨雄】杜甫、杜鵑行：搶佯瞥捩雌隨雄。【劍歌雄】李白、樓船觀妓：酒爲劍歌雄。【賦頌雄】杜甫、哭長孫侍御：名因賦頌雄。【誰爲雄】蘇軾、海市：世外無物誰爲雄。【辨雌雄】蘇軾、和劉道原見寄：羣鳥未可辨雌雄。【職事雄】李頎：送李回：詔幸驪山職事雄。

## 熊

【非熊】王維、和晉公扈從溫湯：罷獵見非熊；黃庭堅、古漁父：呂公何意兆非熊。【憑熊】黃庭堅、再答元輿：安得朱轓各憑熊。

## 穹

【蒼穹】岑參、登慈恩寺浮圖：七層摩蒼穹；杜甫、杜鵑行：似欲上訴於蒼穹。【層穹】李白、登廣武古戰場懷古：壁壘頹層穹。

## 窮

【已窮】歐陽修：書事呈元珍表臣：時節崢嶸忽已窮。【生窮】蘇軾、薄薄酒：富死未必輸生窮。【安窮】王維、送綦毋秘書：四海將安窮。【所窮】韓愈、此日足可惜：我懷焉所窮。【固窮】陳與義、懷天經智老訪之：北柵儒生只固窮。【無窮】岑參、登慈恩寺浮圖：覺道資無窮；柳宗元、初秋夜坐：滄波浩無窮。【源窮】王維、藍田山石門精舍：因以緣源窮。【道窮】唐玄宗、經魯祭孔子而嘆之：傷麟怨道窮。【難窮】李商隱、人日即事：周稱流火月難窮；蘇軾、賦石屏：骨可朽爛心難窮。【力所窮】杜甫、泥功山：死鹿力所窮。【心力窮】杜甫、寄隴西公：憑軒心力窮。【四望窮】李商隱、登霍山驛樓：樓開四望窮。【仔細窮】蘇軾、和劉道原見寄：得與幽人仔細窮。【安可窮】曹植、雜詩：天路安可窮。【固有窮】劉琨、扶風歌：夫子固有窮。【恨無窮】李白、怨歌行：奪寵恨無窮。【思無窮】李商隱、蜂：後門前檻思無窮。【鬼亦窮】元好問、汴梁除夜：祖道無師鬼亦窮。【望已窮】李商隱、訪秋：樓危望已窮。【情何窮】韓愈、杏花：若在京國情何窮。【逝波窮】李商隱、過伊僕射舊宅：　華筵俄歎逝波窮。【傳無窮】陶潛、擬古：既沒傳無窮。【歲欲窮】孟浩然、彭蠡湖中望廬山：星霜歲欲窮。【意無窮】杜甫、敬簡王明府：流落意無窮。【跡自窮】杜牧、題武關：　一笑懷王跡自窮。【樂未窮】李白、上之回：歸來樂未窮。【樂無窮】黃庭堅、漁父：一船妻子樂無窮。【誰能窮】韓愈、謁衡嶽廟：雖有絕頂誰能窮。

## 風

【天風】孟浩然、彭蠡湖中望廬山：　舟子知天風；杜甫、客亭：落木更天風。【分風】王維、贈焦道士：送客乍分風。【生風】孟浩然、渡松滋江：挂席自生風。【古風】杜牧、寄宣州鄭諫議：瀟灑名儒振古風。【北風】陸游、觀灊江雪山：白髮蕭條吹北風。　【西風】李商隱、河陽詩：蘆花一夜吹西風；陳師道、謁外大父墓：暮年垂淚向西風。【尖風】李商隱、蝶三首：不覺逆尖風。【東風】蘇軾、海市：相與變滅隨東風。【長風】王維、納涼：豁達來長風；李白、送二從弟赴舉：逸翰凌長風。【使風】孟浩然、洛中送奚三還揚州：舟行共使風。【夜風】李白、峴山懷古：長松鳴夜風。【南風】李商隱、偶成贈四同舍：頃之失職辭南風。【春風】王維、勤政樓侍宴應制：舞袖怯春風；李白、寄遠：羅衣輕春風。【秋風】杜甫、社日兩篇：涕淚落秋風。【信風】王維、送晁監還日本：歸帆但信風。【英風】李白、下邳圯橋懷張子房：懷古欽英風。【待風】李商隱、送戶部李郎中：鳥覆危巢豈待風。【倚風】李商隱、蜂：趙后身輕欲倚風。　【高風】杜甫、秋野：歸翼會高風；杜甫、向夕：喬木易高風。【晉風】李商隱、人日即事：翦綵爲人起晉風。【朔風】李商隱、漫成五章：臨老中原見朔風；吳融、金橋感事：二月郊原尚朔風。【素風】王維、送綦毋秘書：人生有素風。【兼風】杜甫、獨坐：江月會兼風。【清風】陶潛、飲酒：含薰待清風；王維、和晉公扈從溫湯：朝夕仰清風；韓愈、謁衡嶽廟：陰氣晦昧無清風。

【屏風】蘇軾、王頤赴建州、倦僕立寐僵屏風。【斜風】黃庭堅、戲答陳元輿：　夜窗冷雨打斜風。【雪風】蘇軾、次韻周邠雁蕩山圖：齒冷新詩嚼雪風。【帶風】李商隱、垂柳：　仙衣盡帶風；杜牧、柳長句：宋玉宅前斜帶風。【寒風】杜甫、寄隴西公：仲月來寒風。【悲風】杜甫、收京：慟哭起悲風；白居易、隋隄柳：吳公臺下多悲風。【華風】白居易、時世妝：髻椎面赭非華風；李賀、高軒過：　誰知死草生華風。【雲風】元好問、赤壁圖：顧盼叱吒生雲風。【雄風】李白、結客少年場行：挾此生雄風。【愁風】李白、長干行二首：愁水復愁風。【號風】蘇軾、周公廟泉：白楊無數暮號風。【曉風】黃庭堅、早行：衣單覺曉風。【趨風】李白、梁甫吟：兩女輟洗來趨風。【遺風】杜甫、杜鵑行：至今教學傳遺風。【隨風】李白、獨漉篇：飄零隨風。【避風】杜甫、白鳧行：　聞道如今猶避風。【霜風】蘇軾、寄題藏春塢：待看千尺舞霜風。【歸風】王維、藍田山石門精舍：漾舟信歸風；李商隱、訪秋：　帆席見歸風。【飄風】李白、古風：時景如飄風。　【驚風】岑參、登慈恩寺浮圖：俯聽聞驚風；盧綸、塞下曲：林暗草驚風。【一秋風】陳師道、送吳先生：萬里一秋風。【一面風】李商隱、登霍山驛樓：衰荷一面風。【一笛風】杜牧、題宛溪：　落日樓臺一笛風。【一絲風】黃庭堅、題嚴子陵釣灘畫：桐江波上一絲風。【又春風】元好問、汴梁除夜：一番桃李又春風。【上皇風】孟浩然、題張野人園廬：人有上皇風。【大地風】王維、夏日過青龍寺：能生大地風。【五更風】李商隱、　代應二首：九秋霜月五更風。【五夜風】李商隱、和友人戲贈：玉女窗虛五夜風。【日日風】蘇軾、常潤道中有懷錢塘：浮玉山頭日日風。【古人風】王維、送陸員外：居然古人風。【北窗風】李商隱、假日：更當陶令北窗風。【生秋風】柳宗元、初秋夜坐：　一夕生秋風。【未有風】孟浩然、渡浙江問舟中人：潮落江平未有風。【古石風】司空圖、別盧秦卿：　不及石尤風。【石屏風】蘇軾、賦石屏：何人遺公石屏風。【白蘋風】黃庭堅、再答元輿：江南樓閣白蘋風。【巧貯風】蘇軾、登玲瓏山：九折巖前巧貯風。【行若風】杜甫、夔州歌十絕句：萬斛之舟行若風。【任好風】李商隱、無題二首：　何處西南任好風。【共清風】黃庭堅、題息軒：一家寥落共清風。【耳生風】李白、元丹丘歌：身騎飛龍耳生風。【谷中風】劉楨、贈從弟：瑟瑟谷中風。【弄袖風】杜牧、長安雜題長句：紫陌微微弄袖風。【困嚴風】吳均、行路難：經霜觸浪困嚴風。【尾搖風】蘇軾、韓幹馬十四匹：不嘶不動尾搖風。【林下風】蘇軾、題王逸少帖：蕭然自有林下風。【松下風】王昌齡、齋心：夜臥松下風。【夜還風】許渾、金陵懷古：江豚吹浪夜還風。【呼春風】蘇軾、安國寺尋春：臥聞百舌呼春風。【花從風】蕭衍、東飛伯勞歌：三春已暮花從風。【雨與風】韓愈、杏花：看此甯避雨與風。【昨夜風】李商隱、無題二首：昨夜星辰昨夜風。【臥春風】李白、春怨：羅帷繡被臥春風。【度春風】李白、少年行二首：銀鞍白馬度春風；李商隱、喜聞崔侍御臺拜：為傳垂翅度春風。【起秋風】杜甫、洞房：玉殿起秋風；杜牧、登樂遊原：五陵無樹起秋風。【垂裊風】李白、陽春歌：綠楊結煙垂裊風。【酒旗風】杜牧、江南春絕句：水村山郭酒旗風。【海鵬風】李商隱、武侯廟古柏：枝拆海鵬風。【破廟風】李商隱、潭州：賈傅承塵破廟風。【馬牛風】蘇軾、和戲贈賈收秀才：從來未省馬牛風。【笑春風】李白、前有一樽酒行：當壚笑春風。【怨秋風】李白、長信宮：獨坐怨秋風。【逆水風】杜甫、老病：春多逆水風。【敗荷風】李商隱、過伊僕射舊宅：餘香猶入敗荷風。【陶令風】李白、贈崔秋浦：宛然陶令風。【雪山風】杜甫、春日江村：到面雪山風。【寄西風】蘇軾、蘇潛聖挽詞：數行老淚寄西風。【動秋風】杜甫、秋興八首：石鯨鱗甲動秋風。【萬里風】陸游、醉中作：鶺鴒孤飛萬里風。【楚王風】杜甫、天池：斷續楚王風。【試春風】陳與義、懷天經智老訪之：綸巾鶴氅試春風。【過春風】蘇軾、夜飲：簿書叢裏過春風。【頌清風】李白、效古：抽毫頌清風。【滿座風】李商隱、題小松：細葉輕陰滿座風。【對秋風】李益、立秋前一日覽鏡：明日對秋風。【慕華風】白居易、蠻子朝：誰知今日慕華風。【舞雩風】蘇軾、次韵樂著野步：披衣閑詠舞雩風。【醉春風】李白、宮中行樂詞：絲管醉春風。【憶春風】李商隱、代貴公主：始看憶春風。【賢達風】李白、東武吟：素聞賢達風。【繼清風】李商隱、送前楊秀才戴：芸香三代繼清風。【戀春風】李白、怨歌行：卷衣戀春風。

## 楓

【丹楓】杜甫、秋峽：門巷落丹楓；李商隱、過楚宮：至今雲雨暗丹楓。【青楓】韓愈、杏花：杳杳深谷攢青楓。

## 豐

【年豐】杜甫、吾宗：憂國願年豐。【新豐】孟浩然、東京留別諸公：留客醉新豐。【此年豐】孟浩然、田家元日：共說此年豐。【年屢豐】黃庭堅、戲答陳元輿：蝗不入境年屢豐。【歷年豐】歐陽修、書事呈元珍表臣：野巫歌舞歲年豐。

## 充

【不充】曹植、雜詩：薇藿常不充。【由中充】蘇軾、王頤赴建州：外慕漸少由中充。

## 隆

【隆隆】李賀、高軒過：馬啼隱耳聲隆隆。

## 空

【成空】李商隱、題小松： 定悲搖落盡成空。【低空】杜牧、長安雜題長句： 晴雲似絮惹低空。【香空】杜牧、酬張祜處士、西江波浪遠吞空。【牀空】李白、春怨： 飛花入戶笑牀空。【青空】韓愈、謁衡嶽廟： 仰見突兀撐青空。【春空】李白、陽春歌：長安白日照春空。【映空】杜甫、暮春：瀟湘洞庭虛映空。【乘空】王維、送晁監還日本：萬里若乘空。【凌空】李白、贈任城盧主簿： 矯翼思凌空。【高空】杜甫、雨晴：一雁入高空。【倚空】蘇軾、登玲瓏山：瘦脊盤盤尙倚空。【虛空】岑參、登慈恩寺浮圖：磴道盤虛空。【晴空】李白、秋登謝朓北樓：山曉望晴空；吳融、金橋感事：太行和雪疊晴空。【寒空】杜甫、天池：蕭瑟浸寒空。【遊空】王維、納涼：素鮪如遊空。【煙空】李白、上之回：美人愁煙空。【碧空】王維、九成宮避暑應教：何事吹笙向碧空。【遠空】王維、漢江臨泛：波瀾動遠空。【蒼空】李白、效古：碧樹搖蒼空。【曉空】孟浩然、彭蠡湖中望廬中：崢嶸當曉空。【一旦空】李商隱、贈杜勝李潘：兩地參差一旦空。【一洗空】陸游、過靈石三峯：蜀嶺尖山一洗空。【一掃空】蘇軾、 題王逸少帖：出林飛鳥一掃空。【人語空】李商隱、過伊僕射舊宅：小閣塵凝人語空。【山河空】王維、奉寄韋太守陟：萬里山河空。【文雅空】王維、送熊九赴任安陽：寂寥文雅空。【天宇空】王昌齡、齋心：寥寥天宇空。【世事空】杜甫、哭長孫侍御：浮雲世事空。【世業空】白居易、望月有感：時難年荒世業空。 【古寺空】韓愈、杏花：居鄰北郭古寺空。【外庭空】李商隱、和友人戲贈：燭房尋類外庭空。【本來空】蘇軾、薄薄酒：是非憂樂本來空。【戍樓空】許渾、金陵懷古：景陽兵合戍樓空。【妓樓空】李商隱、贈趙協律晳：東山事往妓樓空。【空病空】王維、夏日過靑龍寺：遙知空病空。【空更空】李商隱、代應：十二玉樓空更空。【空復空】蘇軾、海市：東方雲海空復空。【兩心空】王維、愚公谷：不那兩心空。【金已空】岑參、送祁樂歸河東：囊中金已空。【金屏空】李白、寄遠：悵望金屏空。【定已空】杜牧、題武關：弱吐強吞定已空。【春山空】王維、鳥鳴澗：夜靜春山空。【胡地空】王維、送陸員外：蕭條胡地空。【徒爲空】李白、怨歌行：世事徒爲空。【茅茨空】杜甫、歲晏行：此輩杼軸茅茨空。【兎園空】李商隱、喜聞崔侍御臺拜：鄒陽新去兎園空。【秋堂空】黃庭堅、戲答陳元輿：茶甌破睡秋堂空。【凌長空】柳宗元、初秋夜坐：泛豔凌長空。【草連空】杜牧、題宛溪：六朝文物草連空。【酒杯空】蘇軾、月夜與客飲杏花下：惟憂月落酒杯空。【酒瓶空】李商隱、假日：素琴絃斷酒瓶空。【荆門空】元好問、赤壁圖：馬蹄一蹴荆門空。【巢亦空】李白、雙燕離：雛盡巢亦空。【清若空】李白、前有一樽酒行：玉壺美酒清若空。【掃地空】李白、赤壁歌送別：赤壁樓船掃地空。【黃金空】李白、贈從兄襄陽少府皓：百鎰黃金空。【寒沙空】李白、峴山懷古：水落寒沙空。【晚愁空】杜甫、耳聾：雀躁晚愁空。【萬古空】梅聖俞、送趙諫議知徐州：大澤龍歸萬古空。【萬事空】陸游、示兒：死去元知萬事空。【趣不空】孟浩然、題張野人園廬：壺觴趣不空。【鳳下空】李白、宮中行樂詞：簫鳴鳳下空。【翠掃空】蘇軾、報鄉僧文長老方丈：便覺峨眉翠掃空。【澄江空】王維、送綦毋秘書：日暮澄江空。【暮樓空】李商隱、潭州：潭州官舍暮樓空。【冀北空】蘇軾、和劉道原見寄：歸去方知冀北空。【霜海空】李白、白紵辭：寒雲夜卷霜海空。【聲磨空】李賀、高軒過：殿前作賦聲磨空。【總一空】杜牧、李給事中敏：鈇鑕朱殷總一空。

## 公

【八公】王維、贈焦道士：淮南預八公。【三公】韓愈、謁衡嶽廟：五嶽祭秩皆三公。【王公】李白、東武吟：談笑皆王公。【天公】韓愈、月蝕詩：再拜敢告上天公；蘇軾、眉子石硯歌：爾來喪亂愁天公。【不公】蘇軾、和戲贈賈收秀才：白髮年來漸不公。【召公】李商隱、武侯廟古柏：甘棠憶召公。【先公】韓愈、岐山操：自我先公。【至公】王維、送綦毋秘書：其誰爲至公；陳師道、謁外大父墓：一代功名託至公。【此公】陳師道、送吳先生：人誰恕此公。【從公】李商隱、贈杜勝李潘：梁山兗水約從公。【愚公】王維、愚公谷：若箇是愚公。【鉅公】李賀、高軒過：云是東京才子，文章鉅公。【遠公】李商隱、憶住一師：無事經年別遠公。【數公】杜甫、戲爲六絕句：才力應難跨數公。【謝公】李商隱、贈趙協律皙：俱識孫公與謝公。【太史公】杜甫、敬簡王明府：周南太史公。【白猿公】李白、結客少年塲行：凌轢白猿公。【付與公】蘇軾、常潤道中有懷錢塘：三月鶯花付與公。【眉山公】元好問、赤壁圖：令人長憶眉山公。【問吾公】蘇軾、夜飲：兒教壑谷問吾公。【敗天公】陸游、蔬圃絕句：從教打溼敗天公。【隆準公】李白、梁甫吟：長揖山東隆準公。【夢周公】蘇軾、周公廟泉：吾公那復夢周公。【壽乃公】蘇軾、薄薄酒：醜妻惡妾壽乃公。【誰似公】杜牧、酬張祜處士：七子論詩誰似公。【衞武公】杜牧、寄宣州鄭諫議：百歲須齊衞武公。【龐德公】蘇軾、寄題藏春塢：共訪襄陽龐德公。

## 功

【人功】杜甫、泥功山：版築勞人功。【成功】李白、古風：一一誰成功。【全功】韓愈、杏花：陽氣發亂無全功。【同功】陳師道、送吳先生：異好有同功。【何功】杜牧、長安雜題長句：可憐鉛槧竟何功。【奇功】王維、送陸員外：更欲邀奇功；李白、送族弟綰從軍安西：剪虜若草收奇功。【非功】柳宗元、初秋夜坐：天成諒非功。【武功】李商隱、送戶部李郎中：詔選名賢贊武功。【無功】李賀、高軒過：筆補造化天無功；蘇軾、報鄉僧文長老方丈：我除搜句百無功。【論功】杜甫、社日兩篇：大史竟論功；白居易、馴犀：歡呼拜舞自論功。【戰功】王維、少年行：高議雲臺論戰功。【力戰功】李商隱、過伊僕射舊宅：朱邸方酬力戰功。【不戰功】王維、勤政樓侍宴應制：人歡不戰功。【分寸功】杜甫、前出塞：能無分寸功。【立邊功】白居易、折臂翁：欲求恩幸立邊功。【老生功】李商隱、登霍山驛樓：連繼老生功。【爭神功】李商隱、李肱所遺畫松：猛若爭神功。【柱石功】李商隱、題小松：百尺方資柱石功。【夏禹功】杜甫、天池：兼疑夏禹功。【酒何功】蘇軾、薄薄酒：達人自解酒何功。【造化功】李白、望廬山瀑布水：壯哉造化功。【翊贊功】杜甫、秋峽：兼存翊贊功。【第一功】李商隱、四皓廟：豈得虛當第一功。【貳臣功】王維、燕支行：朝廷不改貳臣功。【誘諭功】白居易、蠻子朝：亦賴微臣誘諭功。【魏絳功】吳融、金橋感事：五利寧無魏絳功。【辭成功】李白、東武吟：長揖辭成功。【穫稻功】杜甫、暫往白帝復還東屯：猶殘穫稻功。【難爲功】杜甫、寄王承俊：勢屈難爲功；韓愈、謁衡嶽廟：神縱欲福難爲功。

## 工

【末工】王維、和晉公扈從溫湯：陳詩且末工。【鬼工】岑參、慈恩寺浮圖：崢嶸如鬼工。【神工】蘇軾、海市：敢以耳目煩神工。【書工】蘇軾、題王逸少帖：追逐世好稱書工。【天有工】蘇軾、賦石屏：刻畫始信天有工。【玉筋工】蘇軾、夜飲：醉後空驚玉筋工。

## 蒙

【愚蒙】杜甫、杜鵑行：此語亦足爲愚蒙。【相蒙】杜甫、歲晏行：好惡不合長相蒙。【蒙蒙】梅聖俞、送趙諫議知徐州：毬場細草綠蒙蒙。【凡物蒙】李商隱、李肱所遺畫松：不爲凡物蒙。【何所蒙】杜甫、寄隴西公：烏鳶何所蒙。

## 濛

【雨濛】蘇軾、周公廟泉：故國諸生詠雨濛。【溟濛】蘇軾、賦石屏：孤烟落日相溟濛。【濛濛】陶潛、停雲：時雨濛濛；岑參、登慈恩寺浮圖：萬古青濛濛。【鴻濛】王維、贈焦道士：無可問鴻濛；李商隱、李肱所遺畫松：直立撐鴻濛。【歌吹濛】李白、白紵辭：館娃日落歌吹濛。

## 籠

【入籠】蘇軾、次韻周邠雁蕩山圖：馬入塵埃鶴入籠。【穹籠】李商隱、李肱所遺畫松：翠被張穹籠。【窗籠】黃庭堅、再答元輿：勸歸喚鳥曉窗籠。【樊籠】杜甫、寄隴西公：局促傷樊籠；蘇軾、王頤赴建州：但道何日辭樊籠。【薰籠】黃庭堅、戲答陳元輿：秋衣沈水換薰籠。

## 聾

【耳聾】杜甫、復陰：牙齒半落左耳聾。【盲聾】蘇軾、王頤赴建州：醉夢顛倒隨盲聾；蘇軾、題王逸少帖：妄自粉飾欺盲聾。【耳朵聾】杜甫、獨坐：苦恨耳朵聾。

## 櫳

【朱櫳】李商隱、寓目：錦瑟傍朱櫳。【房櫳】王維、九成宮避暑應教：巖間樹色隱房櫳；陸游、秋夜觀月：夢回殘燭耿房櫳。【綺櫳】李商隱、蝶三首：乘時入綺櫳；李商隱、深宮：金殿銷香閉綺櫳。【簾櫳】李白、東魯行：機杼鳴簾櫳。【眞珠櫳】李商隱、李肱所遺畫松：懸之眞珠櫳。

## 瓏

【玲瓏】岑參、登慈恩寺浮圖：宮觀何玲瓏；李賀、高軒過：金環壓轡搖玲瓏；蘇軾、夜飲：黃雞催曉唱玲瓏；蘇軾、登玲瓏山：白雲穿破碧玲瓏。

## 洪

【葛洪】杜甫、贈李白：未就丹砂愧葛洪。

## 紅

【白紅】韓愈、杏花：杏花兩株能白紅。【波紅】王維、送晁監歸日本：魚眼射波紅。【青紅】韓愈、謁衡嶽廟：鬼物圖畫塡青紅。【春紅】蘇軾、眉子石硯歌：令君曉夢生春紅。【深紅】蘇軾、安國寺尋春：小房曲檻欹深紅。【殘紅】蘇軾、月夜與客飲杏花下：但見綠葉栖殘紅。【入頰紅】蘇軾、王頤赴建州：丹砂伏火入頰紅。【天地紅】岑參、送祁樂歸河東：氣燒天地紅。【天爲紅】元好問、赤壁圖：旗幟北捲天爲紅。【也能紅】元好問、汴梁除夜：燈花何喜也能紅。【半江紅】白居易、暮江吟：半江瑟瑟半江紅。【半林紅】黃庭堅、早行：忽吐半林紅。【石榴紅】李商隱、無題二首：斷無消息石榴紅。【如花紅】杜甫、杜鵑行：嬪嬙左右如花紅。【杏黏紅】杜牧、長安雜題長句：許公韉汗杏黏紅。【兩鬢紅】李白、上雲樂：黃金拳拳兩鬢紅。【花始紅】李白、陽春歌：披香殿前花始紅。【花枝紅】黃庭堅、戲答陳元輿：但憂迎笑花枝紅。【抹青紅】蘇軾、題王逸少帖：有如市倡抹青紅。【相映紅】杜牧、柳長句：深感杏花相映紅。【面發紅】蘇軾、薄薄酒：誰使一朝富貴面發紅。【桃花紅】李白、長干行二首：顏色桃花紅。【笑春紅】李白、怨歌行：花顏笑春紅。【浴日紅】杜甫、天池：初看浴日紅。【寂寞紅】元稹、行宮：宮花寂寞紅。【鳥道紅】李商隱、訪秋：霞分鳥道紅。【得意紅】李商隱、代貴公主：芳條得意紅。【晚日紅】孟浩然、東京留別諸公：塵遮晚日紅。【晚照紅】杜甫、秋野：連山晚照紅。【斑斑紅】李商隱、河陽詩：後房點臂斑斑紅。【飫眼紅】李商隱、寓目：池蓮飫眼紅。【徹底紅】無名氏、西洲曲：蓮心徹底紅。【綠映紅】杜牧、江南春絕句：千里鶯啼綠映紅。【滴階紅】蘇軾、寄題藏春塢：櫻桃爛熟滴階紅。【蓮欲紅】杜甫、暮春：城邊野地蓮欲紅。【墜粉紅】杜甫、秋興八首：露冷蓮房墜粉紅。【臉消紅】蘇軾、常潤道中有懷錢塘：未應泣別臉消紅。【顏始紅】李白、前有一樽酒行：看朱成碧顏始紅。【爛漫紅】杜甫、春日江村：栽桃爛漫紅。【蠟燈紅】李商隱、無題二首：分曹射覆蠟燈紅。

## 鴻

【早鴻】李白、送二從弟赴舉：歌筵聞早鴻。【吳鴻】李白、結客少年場行：匕首插吳鴻。【飛鴻】無名氏、西洲曲：仰首望飛鴻；李白、鞠歌行：雙目送飛鴻。【冥鴻】李賀、高軒過：我今垂翅附冥鴻；杜牧、寄宣州鄭諫議：碧雲天外作冥鴻。【塞鴻】李白、白紵辭：胡風吹天飄塞鴻。【歸鴻】王維、奉寄韋太守陟：嘹唳聞歸鴻。【輕鴻】李白、古風：乘雲駕輕鴻。【斷鴻】陸游、秋夜觀月：杳杳江天叫斷鴻。【北向鴻】蘇軾、常潤道中有懷錢塘：寄與江邊北向鴻。【雁與鴻】杜甫、歲晏行：汝休枉殺南飛鴻。【雙鴻】李白、寄遠：願因雙飛鴻。

## 虹

【長虹】韓愈、月蝕詩：是夕吐燄如長虹。【星虹】李白、元丹丘歌：躡星虹；李白、贈盧徵君昆弟：攜手凌星虹。【彩虹】李白、上之回：千旗揚彩虹；李白、秋登宣城謝朓北樓：雙橋落彩虹。【貫虹】李白、結客少年場行：從令日貫虹。【煙虹】李白、東武吟：聲價凌煙虹。【錦虹】曹植、盤石篇：光采如錦虹。【昏陰虹】李白、東魯行：落日昏陰虹。【氣如虹】李賀、高軒過：入門下馬氣如虹。【隔岸虹】李商隱、樂遊原：萬樹鳴蟬隔岸虹。【噴成虹】孟浩然、彭蠡湖中望廬山：瀑布噴成虹。【踏長虹】蘇軾、次韻周邠雁蕩山圖：石橋先去踏長虹。

## 叢

【一叢】杜甫、暮春：挾子翻飛還一叢。【故叢】李商隱、代貴公主：風回得故叢。【桂叢】杜甫、移居東屯茅屋：吾將守桂叢；李商隱、和友人戲贈：牢合金魚鎖桂叢。【深叢】杜甫、杜鵑行：短翮唯願巢深叢。【叢叢】韓愈、此日足可惜：楚山直叢叢。【蘭叢】李商隱、潭州：楚歌重疊怨蘭叢。【丹桂叢】李白、寄上吳王：亦攀丹桂叢。【去年叢】杜甫、老病：花發去年叢。【徒爲叢】韓愈、杏花：照耀黃紫徒爲叢。【桂生叢】蘇軾、和戲贈賈收秀才：招詞閑詠桂生叢。【紫蘭叢】李商隱、藥轉：風聲偏獵紫蘭叢。【碎榛叢】杜甫、寄隴西公：時菊碎榛叢。

【蒹葭叢】王維、送綦毋秘書：澹爾蒹葭叢。
【翠竹叢】黃庭堅、題息軒：鬱鬱參天翠竹叢。
【鵠鷺叢】柳宗元、初秋夜坐：翻翻鵠鷺叢。

## 翁

【乃翁】陸游、示兒：家祭無忘告乃翁。【山翁】王維、漢江臨泛：留醉與山翁。【老翁】蘇軾、安國寺尋春：對酒思家愁老翁；黃庭堅、戲答陳元輿：鬢髮幸未成老翁。【成翁】杜甫、客亭：老病已成翁。【村翁】杜甫、詠懷古跡五首：歲時伏臘走村翁。【禿翁】蘇軾、題王逸少帖：顛張醉素兩禿翁；黃庭堅、再答元輿：五十天涯一禿翁；元好問、赤壁圖：顦顇黃州一禿翁。【衰翁】李商隱、寓目：幾別即衰翁；陸游、過靈石三峯：奇峯迎馬駭衰翁。【病翁】蘇軾、次韻周邠雁蕩山圖：時向尊前說衰翁；元好問、汴梁除夜：四壁寒齋只病翁。【悲翁】王維、奉寄韋涉太守：顧景詠悲翁。【綺翁】李白、東武吟：吾尋共綺翁。【漁翁】杜甫、天池：萬里狎漁翁；杜甫、秋興八首：江湖滿地一漁翁。【鄰翁】歐陽修、書事呈元珍表臣：不辭攜酒問鄰翁；陸游、葱：瓦盆麥飯伴鄰翁。【久衰翁】杜甫、秋峽：肺氣久衰翁。【方瞳翁】蘇軾、王頤赴建州：自言親受方瞳翁。【白頭翁】杜甫、寄賀蘭銛：總作白頭翁。【白髮翁】杜甫、九日登梓州城：如今白髮翁；黃庭堅、古漁父：短褐休休白髮翁。【白鬢翁】黃庭堅、漁父：波浪悠悠白鬢翁。【百歲翁】蘇軾、海市：異事驚倒百歲翁。【扶桑翁】李商隱、李肱所遺畫松：持寄扶桑翁。【垂釣翁】李白、效古：羞比垂釣翁。【南巷翁】杜甫、寄隴西公：取適南巷翁。【釣魚翁】王維、納涼：前對釣魚翁；杜牧、李給事中敏：海邊今作釣魚翁。【商山翁】王維、送陸員外：肯訪商山翁。【鹿皮翁】杜甫、耳聾：歎世鹿皮翁。【採藥翁】蘇軾、次韻周邠雁蕩山圖：指點先憑採藥翁。【荷鋤翁】陸游、菘：如今眞是荷鋤翁。【紫芝翁】李商隱、四皓廟：漢庭方識紫芝翁。【蓋世翁】陳師道、謁外大父墓：下有槃槃蓋世翁。【鄰家翁】韓愈、杏花：道人莫忘鄰家翁。【舊時翁】黃庭堅、題息軒：歸來笑殺舊時翁。

## 葱

【青葱】李商隱、題小松：雪霜多後始青葱。
【大官葱】陸游、葱：芼羹僭用大官葱。【青如葱】李賀、高軒過：華裾織翠青如葱。

# 聰

【天聰】王維、送綦毋秘書：僻陋遠天聰。【四門聰】王維、勤政樓侍宴應制：更達四門聰。【何由聰】柳宗元、初秋夜坐：聾俗何由聰。

# 驄

【乘驄】杜甫、哭長孫侍御：憲府舊乘驄。【避驄】孟浩然、渡松滋江：魚龍亦避驄。【浮雲驄】李白、效古：躞蹀浮雲驄；李白、長干行二首：好乘浮雲驄。【御史驄】李商隱、喜聞崔侍御臺拜：赫奕君乘御史驄。

# 通

【交通】無名氏、爲焦仲卿妻作：葉葉相交通。【神通】李白、贈僧厓公：持爲我神通。【相通】李商隱、李肱所遺畫松：煙雨遙相通。【風通】韓愈、月蝕詩：天門西北祈風通。【能通】陶潛、飲酒：任道或能通。【粗通】蘇軾、次韻樂著作野步：寂寞閑窗易粗通。【感通】韓愈、謁衡嶽廟：豈非正直能感通。【蒯通】杜牧、酬張祜處士：乞火無人作蒯通。【窮通】李白、東魯行：未足論窮通；蘇軾、周公廟泉：清泉長與世窮通。【纔通】杜甫、天池：嵐壁鳥纔通。【一點通】李商隱、無題二首：心有靈犀一點通。【九派通】王維、漢江臨汎：荊門九派通。【上藥通】李商隱、藥轉：換骨神方上藥通。【心相通】岑參、因假歸白閣草堂：偶與心相通。【丹禁通】李白、東武吟：優游丹禁通。【四五通】無名氏、爲焦仲卿妻作：事事四五通。【曲折通】陸游、蔬圃絕句：溝水穿籬曲折通。【拂曙通】王維、勤政樓侍宴應制：瓊樓拂曙通。【若爲通】王維、送晁監還日本：音信若爲通。【信不通】杜甫、寄隴西公：九里信不通。【信休通】李商隱、和友人戲贈：西來雙燕信休通。【族望通】李商隱、贈趙協律晳：更共劉盧族望通。【與天通】李白、上之回：樓臺與天通；李白、元丹丘歌：橫河跨海與天通。【瑣闈通】李商隱、蝶三首：稍與瑣闈通。【語未通】李商隱、無題二首：車走雷聲語未通。【影箔通】王維、扶南曲歌詞：妝華影箔通。【麗以通】曹植、盤石篇：珍寶麗以通。【霧雨通】李商隱、寓目：高窗霧雨通。【爛熳通】李商隱、蜂：小苑華池爛熳通。

# 蓬

【方蓬】李白、贈盧徵君昆弟：鼇背覩方蓬。【飛蓬】王維、送陸員外：古塞多飛蓬；李白、登廣武古戰場懷古：逐之若飛蓬。【秋蓬】李賀、高軒過：龐眉書客感秋蓬。【衰蓬】李白、古風：颯然成衰蓬。【旋蓬】李白、梁甫吟：指麾楚漢如旋蓬。【霜蓬】李白、怨歌行：綠鬢成霜蓬；蘇軾、王頤赴建州：意思蕭索如霜蓬。【轉蓬】李白、贈從兄襄陽少府皓：生事如轉蓬；杜甫、客亭：飄零似轉蓬；李商隱、少年：不識寒郊自轉蓬；元好問、寄楊飛卿：客夢悠悠信轉蓬。【斷蓬】李商隱、無題二首：走馬蘭臺類斷蓬。【飄蓬】杜甫、暫往白帝復還東屯：倉庚慰飄蓬；杜甫、贈李白：秋來相顧尚飄蓬。【驚蓬】李商隱、苦于風土馬上戲作：身騎征馬逐驚蓬。【九秋蓬】白居易、望月有感：辭根散作九秋蓬。【去如蓬】杜牧、題武關：屈原憔悴去如蓬。【滿背蓬】陸游、菘：雨送寒聲滿背蓬。【澗底蓬】曹植、盤石篇：飄颻澗底蓬。【霜郊蓬】李商隱、李肱所遺畫松：死踐霜郊蓬。

## 篷

【雨打篷】陸游、東關：臥聽蕭蕭雨打篷。

## 朧

【濛朧】王昌齡、齋心：溪水幽濛朧。【朣朧】韓愈、謁衡嶽廟：星月掩映雲朣朧。

## 怱

本作悤　作匆【怱怱】杜甫、泥功山：後來莫怱怱；李商隱、李肱所遺畫松：是非皆怱怱；蘇軾、王頤赴建州：草書未暇緣怱怱。

## 罿

【罻罿】李商隱、李肱所遺畫松：稠疊張罻罿。

## 曈

【曈曈】李商隱、李肱所遺畫松：海日高曈曈。

## 忡

【忡忡】李白、怨歌行：悲心夜忡忡。

## 鬆

【綠鬆】李白、結客少年場行：啾啾搖綠鬆。

篛沖馮攻騣烘潼曚藭
鼞峒螽狨灃[illegible]幪夢潒
訌葼緵豵涷鮦狆崧肜
[illegible]芃酆釭饛曹璁恫總
從椶蝀侗艟氃窿悾曚
朦罞懵嚨曨龐蕻蘘㚇
艐朣衕䍶穜詷[illegible]种蛊
漴茙駥芎渢豐汎[illegible]琉

鐩悾悾冢朦洚稯猣谾
鬔莑蝓蝬酮絨

【對偶】

吳融、金橋感事：飲馬早聞臨渭北，射雕今欲過山東。陳師道、謁外大父墓：萬木刺天元自直，叢篁侵道更須東。梅聖俞、送趙諫議知徐州：雨過短亭雲斷續，鶯啼高柳路西東。黃庭堅、天早行：聞雞憑早晏，占斗辨西東。杜甫、移居東池：魚龍開闢有，菱芡古今同。杜甫、移居東屯茅屋：平地一川穩，高山四面同。李商隱、人日卽事：文王喩復今朝是，子晉吹笙此日同。杜甫、洞房：繫舟今日遠，淸漏往時同。杜甫、九日登梓州城：追歡筋力異，望遠歲時同。王維，奉寄韋太守陟：寒塘映衰草，高館落疏桐。李白、東武吟：依巖望松雪，對酒鳴絲桐。杜甫、暫往白帝復還東屯：築場憐蟻穴，拾穗許村童。李白、上之回：豈問渭川老，寧邀襄野童。王維、酬慕容十一：挾轂雙官騎，應門五尺僮。李白、上雲樂：碧玉昌昌雙目瞳，黃金拳拳兩鬢紅。杜甫、王十五前閣會：情人來石上，鮮鱠出江中。王維、九成宮避暑應敎：隔窗雲霧生衣上，卷幔山泉入鏡中。李商隱、登霍山驛樓：嶺巇嵐色外，陂雁夕陽中。杜牧、題宛溪：鳥去鳥來山色裏，人歌人哭水聲中。王維、漢江臨泛：江流天地外，山色有無中。王維、夏日過靑龍寺：山河天眼裏，世界法身中。陳與義，懷天經智老訪之：客子光陰詩卷裏，杏花消息雨聲中。杜甫、客亭：日出寒山外，江流宿霧中。杜甫、詠懷古跡五首：翠華想像空山裏，玉殿虛無野寺中。杜甫、寄隴西公：羣木水光下，萬象雲氣中。白居易、望月有感：田園寥落干戈後，骨肉流離道路中。李商隱、送戶部李郎中：早勒勳庸燕石上，佇光綸綍漢廷中。杜甫、戲爲六絕句：或看翡翠蘭苕上，未掣鯨魚碧海中。李白、長干行二首：鴛鴦綠蒲上，翡翠錦屏中。杜甫、九日登梓州城樓：弟妹悲歌裏，乾坤醉眼中。李頎、送李迴：千巖曙色旌門上，十月寒花輦路中。李白、古風：君子變猿鶴，小人爲沙蟲。戴叔倫、江鄉故人偶集客舍：風枝驚暗鵲，露草覆寒蟲。李商隱、武侯廟古柏：玉壘經綸遠，金刀歷數終。

李商隱、漫成五章：郭令素心非黷武，韓公本意在和戎。　李商隱、藥轉：長籌未必輸孫皓，香棗何勞問石崇。　李白、送梁公昌：　起舞蓮花劍，行歌明月弓。　李白、宮中行樂詞：盧橘爲秦樹，蒲萄出漢宮。　杜甫、收京：　衣冠却扈從，車駕已還宮。　李頎、送李回：歲發金錢供御府，晝看仙液注離宮。　許渾、金陵懷古：松楸遠近千官塚，禾黍高低六代宮。　唐玄宗、經魯祭孔子而嘆之：地猶鄹氏邑，宅即魯王宮。李商隱、蝶三首：遠恐芳塵斷，輕憂豔雪融。歐陽修、書事呈元珍表臣：平時都邑今爲陋，敵國江山昔最雄。　李白、樓船觀妓：　詩因鼓吹發，酒爲劍歌雄。　杜甫、哭長孫侍御：道爲詩書重，　名因賦頌雄。　陳與義、懷天經智老訪之：西菴禪伯還多病，北柵儒先只固窮。　唐玄宗、經魯祭孔子而嘆之：歎鳳嗟身否，傷麟怨道窮。　李商隱、人日即事：舜格有苗旬太遠，周稱流火月難窮。　李商隱、登霍山驛樓：廟列前峯迥，樓開四望窮。　李商隱、訪秋：酒薄吹還醒，樓危望已窮。　李商隱、蝶三首：只知防皓露，不覺逆尖風。　李白、寄遠：寶衣挂秋水，羅衣輕春風。　杜甫、社日兩篇：歡娛看絕塞，涕淚落秋風。　李商隱、送戶部李郎中：魚遊沸鼎知無日，鳥覆危巢豈待風。　李商隱、蜂：宓妃腰細纔勝露，趙后身輕欲倚風。　杜甫、秋野：潛鱗輸駭浪，歸翼會高風。　杜甫、向夕：深山催短景，喬木易高風。　李商隱、人日即事：鏤金作勝傳荊俗，翦綵爲人起晉風。　杜甫、獨坐：峽雲常照夜，江日會兼風。　李商隱、垂柳：　朝佩皆垂地，仙衣盡帶風。　黃庭堅、早行：轡溼知行露，衣單覺曉風。　李商隱、訪秋：江皋當落日，帆席見歸風。　李白、古風：容顏若飛電，時景如飄風。　陳師道、送吳先生：百年雙白鬢，　萬里一秋風。　李商隱、登霍山驛樓：弱柳千條露，衰荷一面風。　杜牧、題宛溪：深秋簾幕千家雨，落日樓臺一笛風。　李商隱、和友人戲贈：　仙人掌冷三霄露，玉女窗虛五夜風。　許渾、金陵懷古：石燕拂雲晴亦雨，江豚吹浪夜還風。　李商隱、武侯廟古柏：葉凋湘燕雨，枝拆海鵬風。　李商隱、潭州：陶公戰艦空灘雨，賈傅承塵破廟風。　杜甫、老病：夜足霑沙雨，春多逆水風。　李商隱、過伊僕射舊宅：幽淚欲乾殘菊露，餘香猶入敗荷風。　杜甫、秋興八首：織女機絲虛夜月，石鯨鱗甲動秋風。

李白、宮中行樂詞：煙花宜落月，絲管醉春風。李商隱、送前楊秀才戴：桂樹一枝當白日，芸香三代繼清風。　李白、怨歌行：薦枕嬌夕月，卷衣戀春風。　杜甫、秋峽：衣裳垂素髮，門巷落秋風。　歐陽修、書事呈元珍表臣：遊女髻鬟風俗古，野巫歌舞歲年豐。　杜甫、天池：鬱紆騰秀氣，蕭瑟浸寒空。王維、漢江臨泛：郡邑浮前浦，波瀾動遠空。　李商隱、過伊僕射舊宅：回廊簷斷燕飛去，小閣塵凝人語空。　杜甫、哭長孫侍御：流水生涯盡，浮雲世事空。　李商隱、和友人戲贈：翠袖自隨回雪轉，燭房尋類外庭空。　許渾、金陵懷古：玉樹歌殘王氣終，景陽兵合戍樓空。　李商隱、贈趙協律晳：南省恩深賓館在，東山事往妓樓空。　王維、夏日過青龍寺：欲問義心義，遙知空病空。　王維、愚公谷：非須一處住，不那兩心空。　李商隱、喜聞崔侍御臺拜：劉放未歸雞樹老，鄒陽新去兔園空。　李白、贈從兄襄陽少府皓：一朝烏裘敝，百鎰黃金空。　梅聖俞、送趙諫議知徐州：呂梁水注千尋險，大澤龍歸萬古空。　李白、宮中行樂詞：笛奏龍吟水，簫鳴鳳下空。　李商隱、蜂：經壁寂寥崖蜜盡，碧簾迢遞霧巢空。　李商隱、武侯廟古柏：大樹思馮異，甘棠憶召公。陳師道、謁外大父墓：百年富貴今誰見，一代功名託至公。　陳師道、送吳先生：我亦甦吾子，人誰恕此公。　李商隱、題小松：一年幾度枯榮事，百尺方資柱石功。　吳融、金橋感事：百年徒有伊川嘆，五利寧無魏絳功。　王維、九成宮避暑應教：林下水聲喧語笑，巖間樹色隱房櫳。李商隱、無題二首：曾是寂寥金燼暗，斷無消息石榴紅。　杜甫、天池：聞道奔雲黑，初看浴日紅。　李商隱、訪秋：煙帶龍潭白，霞分鳥道紅。　杜甫、野秋五首：晚岸秋沙白，連山晚照紅。　杜甫、暮春：沙上草閣柳新暗，城邊野地蓮欲紅。　杜甫、秋興八首：波漂菰米沈雲黑，露冷蓮房墜粉紅。　杜甫、春日江村：種竹交加翠，栽桃爛熳紅。　李商隱、無題二首：隔座送鉤春酒暖，分曹射覆蠟燈紅。　李白、上之回：萬乘出黃道，千旗揚彩虹。　李白、汎彭蠡：石鏡挂遙月，香爐滅彩虹。　李白、秋登宣城謝朓北樓：兩水夾明鏡，雙橋落彩虹。　李商隱、潭州：湘淚殘深滋竹色，楚歌重疊怨蘭叢。　李商隱、藥轉：露氣暗連青桂苑，風聲偏獵紫蘭叢。李商隱、少年：別館覺來雲雨夢，後門歸去蕙蘭叢。　杜甫、詠懷古跡五首：古廟杉松巢水鶴，歲時伏臘走村翁。　李商隱、寓目：　此生眞遠客，幾別卽衰翁。　杜甫、天池：九秋驚雁序，萬里狎漁翁。　李商隱、題小松：桃李盛時雖寂寞，霜雪多後始青葱。　王維、送綦毋秘書：頑疏暗人事，僻陋遠天聰。　杜甫、哭長孫侍御：禮闈曾擢桂，憲府舊乘驄。　李商隱、喜聞崔侍御臺拜：寂寥我對先生柳，赫奕君乘御史驄。　李商隱、無題二首：身無彩鳳雙飛翼，心有靈犀一點通。　李商隱、贈趙協律皙：　已叨鄒馬聲華末，更共劉盧族望通。　李商隱、無題二首：扇裁月魄羞難掩，車走雷聲語未通。　李商隱、寓目：小幌風煙入，高窗霧雨通。　白居易、望月有感：弔影分爲千里雁，辭根散作九秋蓬。　李商隱、李肱所遺畫松：　生如碧海月，死踐霜郊蓬。

# 二　冬 古通東

## 冬

【嚴冬】李商隱、李肱所遺畫松：座內若嚴冬。

## 農

【老農】王維、送綦毋秘書：歸耕爲老農。【妨農】杜甫、雨晴：久雨不妨農。【傷農】杜甫、歲晏行：今年米賤大傷農。【憂農】孟浩然、田家元日：無祿尚憂農；白居易、捕蝗：河南長史言憂農。【事春農】杜甫、諸將五首：肯銷金甲事春農。

## 宗

【文宗】王維、和晉公扈從溫湯：詞賦屬文宗。【夙所宗】岑參、登慈恩寺浮圖：勝因夙所宗。【稱吾宗】蘇軾、蘇潛聖挽詞：文章爾雅稱吾宗。

## 鍾

【千鍾】陸游、遊仙：碧桃花下醉千鍾。【龍鍾】韓愈、醉留東野：白首誇龍鍾；蘇軾、海市：豈知造物哀龍鍾。【命所鍾】曹植、盤石篇：未知命所鍾。

## 鐘

【月鐘】李商隱、李肱所遺畫松：重之猶月鐘。【夜鐘】岑參、因假歸白閣草堂：南谿聞夜鐘。

【疏鐘】王維、秋夜對雨之作：秋雨聞疏鐘；李白、寄韋繇：長樂聞疏鐘；李商隱、裴明府居止：歸去度疏鐘。【晨鐘】元好問、汴梁除夜：六街歌鼓待晨鐘；元好問、寄楊飛卿：蔡牀殷殷動晨鐘。【聞鐘】孟浩然、晚泊潯陽望廬山：日暮但聞鐘；李白、訪戴天山道士不遇：溪午不聞鐘。【歌鐘】李白、別蘇明府因北遊：萬里喧歌鐘。【鳴鐘】杜甫、暮登四安寺寄裴廸：僧來不語自鳴鐘。【曉鐘】戴叔倫：江鄉故人偶集客舍：相留畏曉鐘。【霜鐘】李白、聽蜀僧濬彈琴：餘響入霜鐘。【一樓鐘】李商隱、題僧壁：三生同聽一樓鐘。【上苑鐘】李商隱、贈孫綺新及第：長樂遙聽上苑鐘。【及時鐘】李商隱、深宮：景陽宮裏及時鐘。【日沈鐘】杜牧、長安雜題長句：醉吟隋寺日沈鐘。【五更鐘】李商隱、無題四首：月斜樓上五更鐘。【寺裏鐘】陸游、宿東林寺：來聽東林寺裏鐘。【何處鐘】王維、過香積寺：深山何處鐘。【長樂鐘】王維、韋侍郎山居：胡聞長樂鐘。【景陽鐘】李商隱、垂柳：一任景陽鐘。【達曙鐘】孟浩然、李少府與楊九再來：笙歌達曙鐘。【暮天鐘】李益、喜見外弟又言別：語罷暮天鐘。【閬苑鐘】李商隱、鄭州獻從叔舍人褒：　蓬島煙霞閬苑鐘。【鶻鎮鐘】李白、江上答崔宣城：山鳴鶻鎮鐘。【警夜鐘】李商隱、昭肅皇帝挽歌辭：樓凝警夜鐘。

## 龍

【老龍】王維、秋夜對雨之作：　玄言問老龍。【青龍】李白、古風：自挾兩青龍。【毒龍】王維、過香積寺：安禪制毒龍。【飛龍】李白、別蘇明府因北遊：軒車若飛龍。【乘龍】杜甫、李監宅：女壻近乘龍。【眞龍】李商隱、井絡：可能先生是眞龍。【從龍】李白、江上答崔宣城：雲去或從龍。【魚龍】蘇軾、海市：爲我起蟄鞭魚龍。【蛟龍】李白、古風：寶劍雙蛟龍。【登龍】孟浩然、李少府與楊九再來：弱歲早登龍。【跳龍】蘇軾、題王逸少帖：天門蕩蕩驚跳龍。【銅龍】李商隱、深宮：玉壺點點咽銅龍。【蒼龍】蘇軾、登玲瓏山：　何年僵立兩蒼龍；陳師道、謁外大父墓：土山宛轉屈蒼龍。【雕龍】李白、怨歌行：舞衣罷雕龍。【夔龍】王維、韋侍郎山居：繼踪多夔龍。【鬭龍】韓愈、此日足可惜：臨泉窺鬭龍。【人中龍】元好問、赤壁圖：孫郎嬌嬌人中龍。【行雨龍】李商隱、李肱所遺畫松：堪藏行雨龍。【青色龍】韓愈、月蝕詩：東方青色龍。【附金龍】李商隱、鄭州獻從叔舍人褒：三官箋奏附金龍。【馬中龍】蘇軾、韓幹馬十四四：最後一四馬中龍。【蛇作龍】李賀、高軒過：他日不羞蛇作龍。【陸士龍】李商隱、贈孫綺新及第：不覺雲間陸士龍；元好問、寄楊飛卿：慚愧雲間陸士龍。【蒼精龍】杜甫、玄都壇歌：已佩含景蒼精龍。【鼎湖龍】李商隱、昭肅皇帝挽歌辭：旋駕鼎湖龍。【騎白龍】李白、送楊山人歸嵩山：青天騎白龍。【藥店龍】李商隱、垂柳：今爲藥店龍。

## 春

【自春】陸游、宿東林寺：　野碓無人夜自春。【夜春】王維、田園樂：東谷黃粱夜春。【高春】李商隱、垂柳：紅燭近高春。【淮南春】李白、箜篌謠：不與淮南春。【無人春】岑參、因假歸白閣草堂：野碓無人春。

## 松

【古松】李商隱、李肱所遺畫松：開圖披古松。【杉松】王維、韋侍郎山居：瀑水映杉松。【赤松】李白、古風：了知是赤松；李商隱、四皓廟：　本爲留侯慕赤松。【青松】王維、過香積寺：日色冷青松。【長松】王維、田園樂：抱琴好倚長松；韓愈、醉留東野：自慚青蒿倚長松。

【雲松】李白、寄韋繇：翠色明雲松；李白、望廬山五老峯：吾將此地巢雲松。【渡松】李白、送通禪師：門深杯渡松。【寒松】黃庭堅、次韻元日：　霜威從此霽寒松。【饒松】李商隱、垂柳：三品且饒松。【山上松】曹植、盤石篇：鬱若山上松；劉楨、贈從弟：亭亭山上松。【天台松】岑參、送祁樂歸河東：簾下天台松。【五陵松】李頎、望秦川：寒色五陵松。【不如松】李白、箜篌謠：桃李不如松。【瓦有松】白居易、驪宮高：牆有衣兮瓦有松。【但見松】陰鏗、晚出新亭：寒山但見松。【和古松】李商隱、裴明府居止：張琴和古松。【臥雲松】李白、望九華贈韋仲堪：於此臥雲松。【雪嶺松】李商隱、井絡：邊柝西懸雪嶺松。【雪滿松】李商隱、憶住一師：童子開門雪滿松。【紫閣松】岑參、因假歸白閣草堂：半入紫閣松。【歲寒松】孟浩然、李少府與楊九再來：猶憶歲寒松。【萬壑松】李白、聽蜀僧濬彈琴：如聽萬壑松。【種萬松】蘇軾、寄題藏春塢：白首歸來種萬松。【舞雲松】李商隱、樂遊原：紫閣舞雲松。【憶舊松】李商隱、題僧壁：琥珀初成憶舊松。

## 衝

【衝衝】李商隱、李肱所遺畫松：霧露常衝衝。【不可衝】李白、古風：雷騰不可衝。

## 容

【丰容】蘇軾、題王逸少帖：謝家夫人淡丰容。【不容】蘇軾、和劉道原見寄：　敢向清時怨不容。【改容】李白、贈南陵常贊府：　松寒不改容。【秋容】李白、寄韋繇：萬物生秋容。【相容】李白、箜篌謠：管蔡寧相容。【病容】李商隱、九月於東逢雪：　應來洗病容。【從容】王維、韋侍郎山居：車馬何從容；杜甫、暮登四安寺寄裴迪：故人相見未從容；韓愈、送僧澄觀：去去為致思從容。【感容】黃庭堅、次韻元日：絳闕靑都想感容。【塵容】岑參、因假歸白閣草堂：還山愧塵容。【輝容】李商隱、李肱所遺畫松：倏忽變輝容。【斂容】白居易、琵琶行：整頓衣裳起斂容。【舊容】李益、喜見外弟又言別：稱名憶舊容。【鑒容】白居易、百鍊鏡：鑒古鑒今不鑒容。【山家容】蘇軾、贈寫眞何充秀才：　黃冠野服山家容。【冰雪容】杜甫、丈人山：　君看他時冰雪容。【雨帶容】李商隱、垂柳、樓昏雨帶容。【妝顏容】李商隱、李肱所遺畫松：　平旦妝顏容。【花想容】李白、清平調詞：雲想衣裳花想容。【若為容】杜荀鶴、春宮怨：教妾若爲容。【爲君容】蘇軾、法惠寺横翠閣：轉側爲君容。【强爲容】杜甫、庭草：不敢强爲容。

## 蓉

【芙蓉】李白、古風：雪花照芙蓉；李白、古風：綠翠如芙蓉。【采芙蓉】杜荀鶴、春宮怨：相憶采芙蓉。【金芙蓉】李商隱、李肱所遺畫松：手把金芙蓉。【繡芙蓉】杜甫、李監宅：褥隱繡芙蓉；李商隱、無題四首：麝熏微度繡芙蓉。

## 庸

【租庸】杜甫、歲晏行：割慈忍愛還租庸。

## 封

【東封】李商隱、昭肅皇帝挽歌辭：猶誤欲東封。【重封】李商隱、少年：生年二十有重封。【堯封】杜甫、諸將五首：薊門何處盡堯封。【囊封】杜牧、長安雜題長句：有意曾拜早囊封。【大夫封】李商隱、李肱所遺畫松：或以大夫封。【紫泥封】李商隱、鄭州獻從叔舍人袞：丹爐猶用紫泥封。

## 胸

【心胸】岑參、送祁樂歸河東：高歌披心胸；李賀、高軒過：二十八宿羅心胸。【壯士胸】李商隱、李肱所遺畫松：挺若壯士胸。【芥吾胸】陸游、宿東林寺：不嫌雲夢芥吾胸。

## 濃

【入眼濃】杜甫、庭草：逢春入眼濃。【眉黛濃】李商隱、李肱所遺畫松：麗姬眉黛濃。【桂香濃】李商隱、贈孫綺新及第：綵衣稱慶桂香濃。【桂葉濃】李商隱、深宮：清露偏知桂葉濃。【帶雨濃】李白、訪戴天山道士不遇：桃花帶雨濃。【意頗濃】杜甫、李監宅：豪交意頗濃。【道氣濃】李商隱、鄭州獻從叔舍人袞：許掾全家道氣濃。【趣彌濃】岑參、因假歸白閣草堂：衡門趣彌濃。【綠酎濃】李商隱、樂遊原：開尊綠酎濃。【墨未濃】李商隱、無題四首：書被催成墨未濃。【霜露濃】李頎、望秦川：淒其霜露濃。【露華濃】李白、清平調詞：春風拂檻露華濃。

## 重

【千重】李白、古風：楚山邈千重；戴叔倫、江鄉故人偶集客舍：城闕夜千重。【成重】李商隱、九月於東逢雪：花薄未成重。【兩重】蘇軾、薄薄酒：著兩重。【芬重】曹植、盤石篇：林木無芬重。【幾重】陰鏗、晚出新亭：離悲足幾重；李白、聽蜀僧濬彈琴：秋雲暗幾重；李商隱、無題二首：鳳尾香羅薄幾重。【重重】黃庭堅、次韻元日：聖人門戶見重重。【一萬重】李商隱、無題四首：更隔蓬山一萬重；元好問、寄楊飛卿：故國青山一萬重。【千萬重】李白、湖邊採蓮婦：　溪湖千萬重；李商隱、李肱所遺畫松：香緹千萬重。【行向重】王維、秋夜對雨之作：輕衣行向重。【百二重】杜甫、諸將五首：休道秦關百二重。【花影重】杜荀鶴、春宮怨：日高花影重。【卷牙重】杜甫、庭草：新掩卷牙重。【城闕重】李頎、望秦川：　逶迤城闕重。【紛雜重】李白、寄韋繇：關河紛雜重。【異味重】杜甫、李監宅：誰看異味重。【第幾重】李商隱、鄭州獻從叔舍人褎：　許上經樓第幾重。【幾千重】李白、笠筱謠：山海幾千重。【結願重】李商隱、題僧壁：乞腦剜身結願重。【登已重】李商隱、樂遊原：春來登已重。【翠四重】杜甫、暮登四安寺寄裴廸：新市浮煙翠四重。

## 從

【朋從】孟浩然、李少府與楊九再來：行樂羨朋從。【相從】李白、古風：飛沈失相從；李白、古風：欣然願相從。【靡從】陶潛、停雲：舟車靡從。【安所從】李白、笠筱謠：吾心安所從。【吳山從】蘇軾、法惠寺橫翠閣：暮見吾山從。【義之從】蘇軾、薄薄酒：　隱居求志義之從。【擇所從】李商隱、李肱所遺畫松：　顧眄擇所從。

## 逢

【未逢】孟浩然、晚泊潯陽望廬山：　名山都未逢。【相逢】孟浩然、洛中送奚三還揚州：江上會相逢；李益、喜見外弟又言別：長大一相逢；陸游、宿東林寺：老僧猶記昔相逢。【難逢】韓愈、送僧澄觀：好奇賞俊直難逢。【月下逢】李白、清平調詞：會向瑤臺月下逢。【安可逢】韓愈、此日足可惜：會合安可逢。【此日逢】李商隱、九月於東逢雪：於東此日逢。【奔雲逢】李商隱、李肱所遺畫松：默與奔雲逢。【喜再逢】孟浩然、李少府與楊九再來：今來喜再逢。【無由逢】韓愈、醉留東野：雖有離別無由逢。【會當逢】李白、古風：神物會當逢。【夢裏逢】戴叔倫、江鄉故人偶集客舍：翻疑夢裏逢。

## 縫

【夜深縫】李商隱、無題二首：　碧文圓頂夜深縫。

## 蹤

【奇蹤】李白、送通禪師：　山水多奇蹤。【前蹤】李商隱、題僧壁：　捨生求道有前蹤。【舊蹤】李商隱、井絡：莫向金牛訪舊蹤。【靈蹤】李商隱、李肱所遺畫松：開顏捧靈蹤。【去絕蹤】李商隱、無題四首：來是空言去絕蹤；黃庭堅、次韻元日：事與浮雲去絕蹤。【求羊蹤】王維、秋夜對雨之作：空愧求羊蹤。【希微蹤】蘇軾、賦石屏：上有水墨希微蹤。【迷舊蹤】李白、寄韋繇：還山迷舊蹤。【留餘蹤】元好問、赤壁圖：髣髴燒痕留餘蹤。【塵外蹤】王維、韋侍郎山居：遂陪塵外蹤；孟浩然、晚泊潯陽望廬山：永懷塵外蹤。【繼其蹤】李白、箜篌謠：何人繼其蹤。

## 茸

【鬅茸】李商隱、垂柳：垂柳碧鬅茸。【狐裘茸】李商隱、李肱所遺畫松：旖旎狐裘茸。

## 峯

原作峰、音義皆同。【西峯】李商隱、憶住一師：帝城鐘曉憶西峯。【何峯】李商隱、李肱所遺畫松：此樹生何峯。【抱峯】王維、韋侍郎山居：歸雲時抱峯。【東峯】李頎、望秦川：日出正東峯。【前峯】李商隱、九日於東逢雪：秋雪墮前峯。【雪峯】蘇軾、雪霽：故向西霽作雪峯。【雲峯】王維、過香積寺：數里入雲峯。【遠峯】李商隱、垂柳：愁眉淡遠峯。【碧峯】李白、訪戴天山道士不遇：飛泉挂碧峯。【數峯】李商隱、李肱所遺畫松：婀娜旋數峯。【九疑峯】李白、箜篌謠：對面九疑峯。【十二峯】李商隱、深宮：只有高唐十二峯。【千萬峯】陸游、宿東林寺：看盡江湖千萬峯。【不作峯】陰鏗、晚出新亭：雲昏不作峯。【江上峯】岑參、送祁樂歸河東：畫出江上峯。【東蒙峯】杜甫、玄都壇歌：故人昔隱東蒙峯。【香爐峯】孟浩然、晚泊潯陽望廬山：始見香爐峯。【最高峯】杜甫、丈人山：綠雲擬住最高峯。【劍為峯】李商隱、井絡：漫誇天設劍為峯。

## 鋒

【針鋒】李商隱、題僧壁：小來兼可隱針鋒。
【詞鋒】李白、別蘇明府因北遊：劍戟森詞鋒。
【神劍鋒】李商隱、李肱所遺畫松：及與神劍鋒。【潛其鋒】李白、古風：所以潛其鋒。

## 烽

【舉烽】李商隱、昭肅皇帝挽歌辭：金橋罷舉烽。【化為烽】杜甫、諸將五首：洛陽宮殿化為烽。

## 蛍

【醉醒蛍】李商隱、垂柳：靜夜醉醒蛍。

慵

【春慵】李商隱、垂柳：束久廢春慵。【飛廉慵】韓愈、月蝕詩：薄命正值飛廉慵。【酒泥慵】杜牧、長安雜題長句：勢窘猶爲酒泥慵。【萬事慵】杜甫、暮登四安寺寄裴廸：太向交遊萬事慵。【臨鏡慵】杜荀鶴、春宮怨：欲妝臨鏡慵。

恭

【稚恭】李商隱、垂柳：乘騎笑稚恭。

供

【自供】杜甫、諸將五首：天下軍儲不自供。【屢供】杜甫、庭草：開筵得屢供。

琮

【阿琮】元好問、赤壁圖：誤認孫郎作阿琮。

宗

【無悰】李商隱、樂遊原：吟罷更無悰。

儂

【稽山儂】李商隱、李肱所遺畫松：近說稽山儂。

凶

【羣凶】曹操、蒿里行：興兵討羣凶。【狼狽凶】韓愈、月蝕詩：遭此狼狽凶。

溶

【溶溶】李商隱、裴明府居止：向晚水溶溶。

醲

【酒醲】李商隱、裴明府居止：橋南貰酒醲。

洶

【洶洶】曹植、盤石篇：湖水何洶洶。

雍

【時雍】李益、九日應制詩：來此慶時雍。

蜂

【遊蜂】王僧孺詩：綠草閑遊蜂。

筇 淙 鬆 蘢 墉 傭 鎔 穠 ⿱艹夆
邛 共 憧 鄘 顒 喁 邕 壅 癰
饔 縱 龔 樅 膿 淞 凇 忪 彸
惷 衝 瑢 葑 匈 兇 訩 禺 雝
噰 丰 鏦 銎 慒 踳 ⿰馬春 ⿰車童 蹱
⿰車公 榕 ⿱封丰 ⿰石官 跫 恟 灉 襛 桻
茾 ⿱髟冬 彤 瞛

【對偶】

李商隱、李肱所遺畫松：是時方暑夏，座內若嚴冬。　王維、秋夜對雨之作：寒燈坐高館，秋雨聞疏鐘。　李商隱、裴明府居止：坐來聞好鳥，歸去度疏鐘。　李商隱、深宮：斑竹嶺邊無限淚，景陽宮裏及時鐘。　陸游、宿東林寺：戲招西塞山前月，來聽東林寺裏鐘。　王維、過香積寺：古木無人徑，深山何處鐘。　李益、喜見外弟又言別：別來滄海事，語罷暮天鐘。　李白、江上答崔宣城：樹繞蘆洲月，山鳴鵲鎮鐘。　李商隱、昭肅皇帝挽歌辭：門咽通神鼓，樓凝警夜鐘。　王維、秋夜對雨之作：白法調狂象，玄言問老龍。　李商隱、井絡：堪歎故君成杜宇，可能先主是眞龍。　李白、怨歌行：鸘鸘換美酒，舞衣罷雕龍。　李商隱、李肱所遺畫松：可集呈瑞鳳，堪藏行雨龍。　李商隱、昭肅皇帝挽歌辭：始巢阿閣鳳，旋駕鼎湖龍。　王維、過香積寺：泉聲咽危石，日色冷青松。　李商隱、垂柳：七賢寧占竹，三品且饒松。　李頎、望秦川：秋聲萬戶竹，寒色五陵松。　李商隱、裴明府居止：試墨書新竹，張琴和古松。　李商隱、井絡：陣圖東聚燕江石，邊柝西懸雪嶺松。　李商隱、樂遊原：青門弄煙柳，紫閣舞雲松。　李商隱、題僧壁：蚌胎未滿思新桂，琥珀初成憶舊松。　李商隱、李肱所遺畫松：燕雀固寂寂，霧露常衝衝。　李益、喜見外弟又言別：問姓驚初見，稱名憶舊容。　杜荀鶴、春宮怨：承恩不在貌，教妾若為容。　李商隱、李肱所遺畫松：口詠玉雲歌，手把金芙蓉。　杜甫、李監宅：屏開金孔雀，褥隱繡芙蓉。　李商隱、無題四首：蠟照半籠金翡翠，麝薰微度繡芙蓉。　杜甫、諸將五首：滄海未全歸禹貢，薊門何處盡堯封。　李商隱、李肱所遺畫松：或著仙人號，或以大夫封。　李商隱、李肱所遺畫松：端如君子身，挺若壯士胸。　李商隱、李肱所遺畫松：鄒顛蓐髮軟，麗姬眉黛濃。　李商隱、深宮：狂飇不惜蘿陰薄，清露偏知桂葉濃。　李商隱、鄭州獻從叔舍人褒：茅君奕世仙曹貴，許掾全家道氣濃。　李商隱、樂遊原：拂硯輕冰散，開樽綠酎濃。　李商隱、無題四首：夢為遠別啼難喚，書破催成墨未濃。　李商隱、九月於東逢雪：粒輕還自亂，花薄未成叢。　杜荀鶴、春宮怨：風暖鳥聲碎，日高花影重。　杜甫、庭草：舊低收葉舉，新掩卷牙重。　李頎、望秦川：遠近山河淨，逶迤城闕重。　杜甫、暮登四安寺寄裴廸：孤城返照紅將斂，近市浮煙翠四重。　陸游、宿東林寺：遠客豈知今再到，老僧猶記曾相逢。　李商隱、九月於東逢雪：嶺外他年憶，於東此日逢。　李白、訪戴天山道士不遇：野竹分青靄，飛泉挂碧峯。　李商隱、題僧壁：大去便應欺粟顆，小來兼可隱針鋒。　李商隱、昭肅皇帝挽歌辭：玉塞驚宵柝，金橋罷舉烽。　杜甫、諸將五首：朝廷袞職雖多預，天下軍儲不自供。　李商隱、李肱所遺畫松：昔聞咸陽帝，近說稽山儂。

# 三江 古通陽

## 江

【九江】曹植、盤石篇：游盼窮九江。【三江】黃庭堅、次韻子瞻送孟容詩：呑五湖三江。【成江】陶潛、停雲：平陸成江。【枕江】李商隱、因書：孤城北枕江。【秋江】李商隱、水齋：南塘宴起想秋江。【湖江】韓愈、此日足可惜：浩浩親湖江。【濤江】韓愈、此日足可惜：李翺觀濤江。【緣侵江】李商隱、巴江柳：柳色緣侵江。

## 釭

【金釭】李商隱、蠅蜨雞麝鸞鳳等成篇：融麝暖金釭。【凝釭】李商隱、因書：別夜對凝釭。

## 扛

【獨力扛】黃庭堅、次韻子瞻送孟容詩：公乃獨力扛。

## 厖

【敦厖】黃庭堅、次韻子瞻送孟容詩：客或許敦厖。

## 窗

亦作窻。【天窗】李商隱、因書：鳥影落天窗。【打窗】李商隱、水齋：開戶暗蟲猶打窗。【東窗】王維、田園樂：何如高臥東窗。【綺窗】李商隱、巴江柳：移陰入綺窗；李商隱、蠅蜨雞麝鸞鳳等成篇：曹蠅拂綺窗。【雲霧窗】黃庭堅、次韻子瞻送孟容詩：玉堂雲霧窗。

## 邦

【不成邦】黃庭堅、次韻子瞻送孟容詩：淺陋不成邦。【有道邦】李商隱、水齋：多病欣依有道邦。【懷故邦】曹植、盤石篇：思想懷故邦。

## 缸

【酒缸】李商隱、因書：郫筒當酒缸；黃庭堅、次韻子瞻送孟容詩：買紅纏酒缸。【未開缸】李商隱、水齋：仍斟昨夜未開缸。【冰酒缸】李商隱、蠅蜨雞麝鸞鳳等成篇：琉璃冰酒缸。

## 降

【受我降】黃庭堅、次韻子瞻送孟容詩：堅城受我降。

## 瀧

【昌樂瀧】韓愈、瀧吏：始下昌樂瀧。

## 雙

【一雙】王維、田園樂：立談賜璧一雙；李商隱、水齋：莫惜鯉魚時一雙。【成雙】李商隱、柳枝五首：物物自成雙。【爲雙】韓愈、此日足可惜：怡悅難爲雙。【雙雙】李商隱、蠅蜨雞麝鸞鳳等成篇：鸞鳳各雙雙。【世無雙】無名氏、爲焦仲卿妻作：窈窕世無雙。

## 龐

【老龐】黃庭堅、次韻子瞻送孟容詩：牀下拜老龐。

**撞**　【舂撞】韓愈、瀧吏：船石相舂撞；黃庭堅、次韻子瞻送孟容詩：波濤所舂撞。

**淙**　【流淙】歐陽修、廬山高：懸崖巨石飛流淙。【淙淙】韓愈、贈張十八：東流水淙淙。【琤淙】黃庭堅詩：迴來頗琤淙。

**幢**　【帆幢】曹植、盤石篇：乘颸舉帆幢。

杠　矼　尨　哤　樅　鏦　艭　㦼　逄

腔　椿　洚　橦　茳　眬　舂　䡴　㟅

䆫　瑽　漎　䵶　蛖　梆　䨇　䉶　䆷

跫　悾　䏝

【對偶】
杜甫、季秋江樓夜宴：對月那無酒、登樓況有江。　李商隱、蠅蜨雞麝鸞鳳等成篇：鬭雞迴玉勒，融麝暖金釭。　李商隱、因書：猿聲連月檻，鳥影落天窗。　李商隱、水齋：卷簾飛燕還拂水，開戶暗蟲猶打窗。　李商隱、因書：海石分棋子，郫筒當酒缸。　李商隱、水齋：更閱前題已披卷，仍斟昨夜未開缸。　李商隱、蠅蜨雞麝鸞鳳等成篇：瑇瑁明書閣，琉璃冰酒缸。

# 四 支 古通微齊灰轉佳

## 支

【月支】庾信、楊柳歌：左右彎弧仰月支。【腰支】李商隱、宮妓：披香新殿鬬腰支。【荔支】杜甫、病橘：奔騰獻荔支。【一木支】杜甫、水檻：可以一木支。【合分支】韓愈、寄崔立之：當如合分支。

## 枝

【一枝】李商隱、及第東歸寄同年：芳桂留年各一枝。【安枝】蘇軾、杭州牡丹開時：月明驚鵲未安枝。【竹枝】陸游、湖村月夕：神女廟前聞竹枝。【何枝】李商隱、井泥：幽鳥鳴何枝。【折枝】韓偓、已涼：猩色屛風畫折枝。【花枝】王維、晩春歸思：暮雀隱花枝；李商隱、流鶯：鳳城何處有花枝。【枯枝】李白、獨不見：花落成枯枝。【故枝】杜甫、病橘：未忍別故枝。【盈枝】杜甫、陪諸公宴：菊蕊獨盈枝。【高枝】曹植、公宴：好鳥鳴高枝；陶潛、飲酒：卓然見高枝。【桑枝】李白、白田馬上聞鶯：　五月鳴桑枝。【荔枝】杜甫、宴戎州楊使君東樓：輕紅擘荔枝。【連枝】李白、對雪：腸斷憶連枝。【幾枝】王維、相思：秋來發幾枝；蘇軾、玉盤盂：更問殘芳有幾枝。【寒枝】李商隱、憶與微師同宿：棲鳥定寒枝。【一兩枝】吳融、偶題：粉竹金松一兩枝。【一萬枝】李商隱、莫愁：梅雪相兼一萬枝。【千萬枝】白居易、楊柳枝詞：一樹春風千萬枝。【三五枝】白居易、對鏡吟：墓樹已抽三五枝。【子住枝】白居易、母別子：花隨風落子住枝。【引東枝】李白、望漢陽柳色：望客引東枝。【未有枝】李商隱、碧城三首：鐵網珊瑚未有枝。【合歡枝】李商隱、相思：相思樹上合歡枝。【低綠枝】李白、春思：秦桑低綠枝。【沙棠枝】李白、塞下曲：蕭颯沙棠枝。【東南枝】無名氏、爲焦仲卿妻作：自掛東南枝。【松柏枝】李白、古風：繚繞松柏枝。【松樹枝】元好問、松上幽人圖：秋風謖謖松樹枝。【空折枝】杜秋娘、金縷衣：莫待無花空折枝；蘇軾、杭州牡丹開時：金縷猶歌空折枝。【風雨枝】杜甫、贈崔評事公輔：低徊風雨枝。【挂冷枝】杜甫、猿：蕭蕭挂冷枝。【枯樹枝】吳均、行路難：安念昔日枯樹枝；李白、戰城南：銜飛上挂枯樹枝。【凋桂枝】李白、天馬歌：嚴霜五月凋桂枝。【桂林枝】元好問、追懷趙介叔：燕南剩有桂林枝。【巢南枝】無名氏、行行重行行：越鳥巢南枝。【寄生枝】李白、秋浦歌：水拂寄生枝。【連理枝】白居易、長恨歌：在地願爲連理枝。【黃金枝】李白、古風：宮柳黃金枝。【插一枝】陸游、梅花絕句：醉帽何曾插一枝。【碧桃枝】李商隱、贈白道者：靈風正滿碧桃枝。【損幾枝】李商隱、回中牡丹爲雨所敗：且問宮腰損幾枝。【滿芳枝】王維、贈裴十廸：蕙蕚滿芳枝。【綠楊枝】李白、送劉副使入秦：折斷綠楊枝。【鳳凰枝】杜甫、秋興八首：碧梧棲老鳳凰枝。【擇深枝】杜甫、薄暮：宿鳥擇深枝。【瓊樹枝】江淹、古離別：　不異瓊樹枝。【舊宿枝】杜甫、鸜鵒：　空殘舊宿枝。【蟬抱枝】李商隱、酬別令狐補闕：吸風蟬抱枝。【藤一枝】黃庭堅、題落星寺：　處處煮茶藤一枝。【露滿枝】李商隱、涼思：蟬休露滿枝。【露繁枝】李商隱、高花：籬外露繁枝。【鬱金枝】李白、春日獨坐：河堤弱柳鬱金枝。

## 移

【不移】江淹、古離別：所寄終不移；白居易、青石：死節如石確不移。【幾移】李商隱、撰彭陽公誌文畢：川原亦幾移。【數移】杜甫、宿昔：蓬萊仗數移。【遷移】曹植、白馬篇：虜騎數遷移；杜甫、偶題：抱疾屢遷移。【轉移】無名氏、爲焦仲卿妻作：磐石無轉移。【變移】李白、古風：素絲易變移。【山可移】李白、扶風豪士歌：意氣相傾山可移。【月輪移】李商隱、一片：桂花尋去月輪移。【手自移】陸游、梅花絕句：湖上梅花手自移。【朱顏移】李白、宴鄭參卿東樓：我畏朱顏移。【志未移】蘇軾、次韻馬上見寄：坎坷憐君志未移。【足未移】蘇軾、遊西菩提寺：　路轉山腰足未移。【尚不移】李白、古風：歲寒尚不移；黃庭堅、答德甫弟：意氣相須尚不移。【花陰移】蘇軾、寄蘄簟與蒲傳正：珠簾不動花陰移。【情不移】無名氏、爲焦仲卿妻作：守節情不移。【逐利移】韓愈、寄崔立之：　存者逐利移。【趁雨移】陸游、蔬圃絕句：乞得青秧趁雨移。【晚更移】杜甫、秋興八首：仙侶同舟晚更移。【蛟龍移】韓愈、龍移：天黑地黑蛟龍移。【報官移】黃庭堅、思親汝州作：拘留幕府報官移。【隨風移】曹植、公宴：輕輦隨風移。【潤初移】孟浩然、東陂遇雨：河柳潤初移。【總能移】杜甫、麗春：　處處總能移。【歸棹移】李白、遊秋浦白笴陂：小令歸棹移。

# 爲

【云爲】李商隱、井泥：此事愈云爲。【天爲】白居易、詠史：乃知禍福非天爲。【何爲】無名氏、冉冉孤生竹：賤妾亦何爲；韓愈、汴泗交流：公早結束來何爲。【施爲】韓愈、送僧澄觀：浮屠西來何施爲。【奚爲】杜甫、病橘：雖多亦奚爲。【復爲】陶潛、飲酒：遠望時復爲。【難爲】無名氏、爲焦仲卿妻作：君家婦難爲。【大物爲】黃庭堅、書摩崖碑後：何乃趣取大物爲。【不可爲】庾信、楊柳歌：一旦功名不可爲。【主人爲】杜甫、宴戎江楊使君東樓：樂任主人爲。【用意爲】韓愈、寄崔立之：初不用意爲。【老翁爲】杜甫、贈畢四：顏狀老翁爲。【何能爲】韓愈、鄭羣贈簟：腰腹空大何能爲。【空爾爲】李白、戰城南：將軍空爾爲。【欲奚爲】李白、公無渡河：清晨臨流欲奚爲。【終何爲】韓愈、贈侯喜：徒自辛苦終何爲。【無可爲】無名氏、刺巴郡守詩：家中無可爲。【無所爲】蘇軾、鐵溝行：城中病守無可爲。【楚人爲】杜甫、復至東屯：一學楚人爲。【綺麗爲】杜甫、偶題：餘波綺麗爲。【爾何爲】杜甫、贈崔評事公輔：道屈爾何爲。【錢刀爲】無名氏、白頭吟：何用錢刀爲。【聽所爲】韓愈、病鴟：固以聽所爲。【變所爲】杜甫、孟冬：方多變所爲。

# 垂

【低垂】杜甫、秋興八首：白頭今望苦低垂。【威垂】杜甫、北風：朱鳳日威垂。【浪垂】杜甫、偶題：名聲豈浪垂。【淚垂】白居易、長恨歌：對此如何不淚垂；元好問、出都：留在西山儘淚垂。【傲垂】杜牧、寄李起居四韻：侍臣香袖愛傲垂。【不勝垂】蘇軾、刁同年草堂：春來楊柳不勝垂。【史筆垂】韓愈、寄崔立之：不伏史筆垂。【至今垂】李商隱、碧城三首：洞房簾箔至今垂。【沙漠垂】曹植、白馬篇：揚聲沙漠垂。【雨足垂】孟浩然、東陂遇雨：森森雨足垂。【兩翼垂】蘇軾、寄莘老：黃鵠何事兩翼垂。【馬尾垂】庾信、楊柳歌：非復青絲馬尾垂。【涕雙垂】白居易、西涼伎：泣向獅子涕雙垂。【淚欲垂】杜甫、陪諸公宴：酣歌淚欲垂。【淚空垂】柳宗元、南澗中題：懷人淚空垂。【拂波垂】杜牧、初春雨中舟次和州：萬株楊柳拂波垂。【雪霜垂】李商隱、贈司勳杜員外：鬢絲休嘆雪霜垂。【雲幙垂】蘇軾、次韻子由書韓幹馬：潭潭古屋雲幙垂。【雲雨垂】黃庭堅、寄李德素：太史瑣窗雲雨垂。【帶煙垂】黃庭堅、新息渡淮：雨中楊柳帶煙垂。【楊柳垂】高適、送李寀少府：黃鳥翩翩楊柳垂。【綠雲垂】李白、邯鄲南亭觀妓：度曲綠雲垂。【橘柚垂】杜甫、復至東屯：天寒橘柚垂。【潛淚垂】白居易、縛戎人：斂衣整巾潛淚垂。【繡簾垂】韓偓、已涼：碧闌干外繡簾垂。【鬌䯼垂】王安石、明妃曲：淚溼春風鬌䯼垂。【饞涎垂】蘇軾、將之湖州：未去先說饞涎垂。

## 吹

【風吹】李白、擬古：落花如風吹。【不受吹】杜牧、寄李起居四韻：鳳管簧寒不受吹。【未休吹】杜甫、宴戎州楊使君東樓：橫笛未休吹。【西北吹】孟浩然、送謝錄事之越：涼風西北吹。【回風吹】杜甫、病橘：況乃回風吹。【竹筒吹】韓愈、寄崔立之：喘如竹筒吹。【卽便吹】李商隱、詠懷寄秘閣舊僚：逢𩃎卽便吹。【法蠡吹】李白、舍利弗：天際法蠡吹。【東風吹】李商隱、戲題樞言草堂：下有東風吹。【秋風吹】李白、送劉副使入秦：已過秋風吹；陸游、雨中繫舟戲作短歌：茆屋雨漏秋風吹。【風浪吹】庾信、楊柳歌：倏忽河中風浪吹。【香風吹】李白、扶風豪士歌：吳歌趙舞香風吹。【爲我吹】李頎、聽安萬善吹觱篥歌：涼州胡人爲我吹。【涼風吹】李白、秋思：颯爾涼風吹。【清颸吹】韓愈、鄭羣贈簟：肅肅疑有清颸吹。【從風吹】韓愈、感春：紅蕚萬片從風吹。【細細吹】李商隱、池邊：玉管葭灰細細吹。

## 陂

【山陂】無名氏、冉冉孤生竹：悠悠隔山陂。【東陂】孟浩然、東陂遇雨：丁壯就東陂。【空陂】韓愈、歸彭城：茫茫詣空陂。【黃陂】杜甫、偶題：秋水憶黃陂。【渼陂】杜甫、秋興八首：紫閣峯陰入渼陂。【橫陂】王安石、北山：北山輸綠漲橫陂。【水生陂】王維、贈裴十廸：淡淡水生陂。【玄武陂】庾信、楊柳歌：何處相尋玄武陂。【沙塘陂】李白、贈閭丘處士：乃在沙塘陂。【埋吾陂】韓愈、寄崔立之：死也埋吾陂。

## 碑

【沈碑】李商隱、撰彭陽公誌文畢：峴首送沈碑。【有碑】李商隱、贈司勳杜員外：羊祜韋丹盡有碑。【中興碑】黃庭堅、書摩崖碑後：扶藜上讀中興碑。【幼婦碑】杜甫、偶題：虛傳幼婦碑。【那得碑】庾信、楊柳歌：試問燕山那得碑。【書之碑】李商隱、韓碑：詠神聖功書之碑。

【蔡邕碑】蘇軾、挽詩二首：林宗不愧蔡邕碑。【墮淚碑】李白、襄陽曲：莫看墮淚碑。【德政碑】白居易、青石：不願作官家道傍德政碑。

## 奇

【用奇】杜甫、猿：全生或用奇。【自奇】韓愈、歸彭城：耿耿空自奇；蘇軾、挽詩二首：晚節孤風益自奇。【恢奇】韓愈、送僧澄觀：勢到衆佛尤恢奇。【最奇】李白、秋浦歌：水車嶺最奇。【新奇】黃庭堅、論伯時畫天馬：領略古法生新奇。【瓌奇】韓愈、鄭羣贈簟：鄭君所寶尤瓌奇。【又一奇】元好問、寄謝常君卿：詩學江西又一奇。【天下奇】李白、扶風豪士歌：扶風豪士天下奇；元好問、贈李文伯：鳳凰在山天下奇。【羽毛奇】杜甫、鸚鵡：何用羽毛奇。【曲轉奇】李頎、聽安萬善吹觱篥歌：流傳漢地曲轉奇。【何必奇】李白、東山吟：浩浩洪流之詠何必奇。【形摹奇】韓愈、岣嶁山：字青石赤形摹奇。【事非奇】無名氏、爲焦仲卿妻作：恐此事非奇。【爭新奇】蘇軾、眉子石硯歌：橫雲卻月爭新奇。【禹穴奇】孟浩然、送謝錄事之越：應探禹穴奇。【便能奇】蘇軾、遊西菩提寺：水清石瘦便能奇。【衆乃奇】陶潛、飲酒：獨樹衆乃奇。【無權奇】黃庭堅、寄李德素：駑駘成列無權奇。【發興奇】杜甫、宴戎州楊使君東樓：情忘發興奇。

## 宜

【土宜】孟浩然、東陂遇雨：因君問土宜；杜甫、偶題：柴荆學土宜。【有宜】無名氏、冉冉孤生竹：夫婦會有宜。【非宜】白居易、陰山道：養無所用去非宜。【相宜】韓愈、鄭羣贈簟：慢膚多汗眞相宜；陸游、梅花絕句：小橋風月最相宜。【得宜】韓愈、感春：條理品彙皆得宜。【少所宜】柳宗元、南澗中題：失路少所宜。【失所宜】韓愈、歸彭城：無乃失所宜。【高選宜】杜甫、贈崔評事公輔：渴賢高選宜。【爽其宜】杜甫、病橘：采掇爽其宜。【理亦宜】韓愈、病鴟：殺却理亦宜。【最所宜】韓愈、寄崔立之：受祿量所宜。

## 儀

【羽儀】徐陵、別毛永嘉：歸來振羽儀；李白、贈柳圓：傾柯拂羽儀；李商隱、相思：紫鳳青鸞共羽儀。【光儀】吳均、行路難：爭先拂拭生光儀。【兩儀】韓愈、寄崔立之：咎責塞兩儀。【威儀】白居易、二王後：引居賓位備威儀。【張儀】李商隱、送豐都李尉：可得信張儀；庚信、楊柳歌：無事翻復用張儀。【漢儀】白居易、縛戎人：　唯許正朝服漢儀。【禮儀】無名氏、爲焦仲卿妻作：　十六知禮儀。【顏儀】無名氏、爲焦仲卿妻作：進退無顏儀。

## 皮

【毛皮】韓愈、歸彭城：未能去毛皮；黃庭堅、論伯時畫天馬：妙畫骨肉遺毛皮。【虎皮】李商隱、詠懷寄秘閣舊僚：　浮名狀虎皮；杜牧、郎事：　早晚干戈識虎皮。【五羊皮】李白、鞠歌行：秦穆五羊皮。【五羖皮】黃庭堅、　寄李德素：士或不價五羖皮。【存其皮】杜甫、病橘：豈只存其皮。【借與皮】韓愈、寄崔立之：猛虎借與皮。

## 兒

【少兒】杜甫、宿昔：微風倚少兒。【好兒】杜甫、偶題：騏驎帶好兒。【後兒】韓愈、　汴州亂：大夫夫人留後兒。【胡兒】杜牧、故洛陽城有感：清談空解識胡兒。【哺兒】蘇軾、蘇州姚氏三瑞堂：故令雞狗相哺兒。【家兒】元好問、追懷趙介叔：陰功留在稱家兒。【衆兒】韓愈、履霜操：母生衆兒。【細兒】蘇軾、挽詩二首：東越誰能事細兒。【健兒】無名氏、　折楊柳歌辭：　快馬須健兒。【雁兒】王維、戲題示蕭氏甥：菱花買雁兒。【無兒】杜甫、贈畢氏：相顧覓無兒。【童兒】韓愈、鄭羣贈簟：光彩照耀驚童兒。【嬰兒】黃庭堅、答德甫弟：林回投璧負嬰兒。【一男兒】王維、不遇詠：肯作徒爾一男兒。【六州兒】李商隱、過武威公舊莊感事：淚痕猶墮六州兒。【巧丸兒】韓愈、病鴟：遭逢巧丸兒。【羽林兒】李白、送劉副使入秦：侍從羽林兒；杜甫、贈崔評事公輔：教練羽林兒。【牧羊兒】李白、古風：金華牧羊兒。【弄潮兒】李益、江南曲：嫁與弄潮兒。【哺其兒】韓愈、嗟哉董生行：雞來哺其兒。【射獵兒】蘇軾、鐵溝行：追逐長楊射獵兒。【答其兒】韓愈、寄崔立之：　累月答其兒。【黃鶯兒】金昌緒、春怨：打起黃鶯兒。【黃鬚兒】王維、老將行：肯數鄴下黃鬚兒。【最嬌兒】李商隱、楊李勝說見小男阿袞：見我最嬌兒。【遊俠兒】曹植、白馬篇：幽并遊俠兒。【輕薄兒】李白、古風：賣珠輕薄兒。【養爲兒】白居易、胡旋女：金雞障下養爲兒。【賣珠兒】李商隱、井泥：　有自賣珠兒。【誰家兒】杜甫、去秋行：臂槍走馬誰家兒。【襄陽兒】李白、襄陽曲：笑殺襄陽兒。【邊城兒】李白、塞下曲：遠憶邊城兒。【邊塞兒】李白、獨不見：黃龍邊塞兒。

# 離

【支離】杜甫、贈崔評事公輔：百姓日支離；蘇軾、次韻馬上見寄：曉來病骨更支離。【別離】劉禹錫、楊柳枝詞：唯有垂楊管別離；李商隱、曲池：未信河梁是別離；陸游、倚闌：十口相隨又別離。【長離】徐陵、別毛永嘉： 此別空長離。【乖離】韓愈、別鵠操：大義當乖離。【星離】李白、古風： 蕭朱亦星離。【迷離】無名氏、木蘭詩：雌兎眼迷離。【流離】李商隱、到秋：扇風淅瀝簟流離。【亂離】李白、送劉副使入秦：雞鳴遭亂離。 【離離】李白、扶風豪士歌：清水白石何離離。【久已離】陶潛、雜詩：此情久已離。【不別離】無名氏、 爲焦仲卿妻作：結誓不別離。【不相離】無名氏、白頭吟：白頭不相離。【不得離】韓愈、病鴟：拍拍不得離。【生別離】無名氏：行行重行行：與君生別離；庾信、楊柳歌：無故當年生別離；白居易、道州民：不聞使人生別離。【合且離】韓愈、汴泗交流：毬驚杖奮合且離。【好別離】李商隱、辛未七夕：恐是仙家好別離。【初別離】李白、寄遠：與君此時初別離。【長別離】無名氏、爲焦仲卿妻作：心知長別離；李白、江夏行：青春長別離；張籍、沒蕃故人：死生長別離。【座上離】韓愈、寄崔立之：恩愛座上離。【怨別離】李商隱、別智玄法師：雲鬢無端怨別離。【莫相離】杜甫、猿：父子莫相離。【與君離】王維、送魏郡李太守之任：又欲與君離。【傷別離】王維、柳浪：春風傷別離；李商隱、贈白道者：又向壺中傷別離。【厭別離】黃庭堅、新息渡淮：久客生平厭別離。【賦別離】杜甫、偶題：愁來賦別離。【憶別離】杜甫、 鸚鵡： 聰明憶別離。

# 施

【西施】杜甫、贈崔評事公輔：拂匣照西施；李白、烏棲曲： 吳王宮裏醉西施；李商隱、景陽井：濁泥猶得葬西施。【不得施】韓愈、病鴟：汝能不得施。【命所施】韓愈、寄崔立之：得非命所施。【爲君施】韓愈、玩月喜張員外至：中天爲君施。【無所施】無名氏、爲焦仲卿妻作：徒留無所施。

# 知

【不知】韓愈、殘形操，而頭不知；陸游、梅花絕句： 莫怪幽香怨不知。【未知】吳均、行路難：至今年猶未知。【多知】杜甫、鸚鵡：紅嘴漫多知。【自知】杜甫、贈畢四：論文笑自知；

柳宗元、南澗中題：徘徊祇自知；蘇軾、送安惇秀才：熟讀深思子自知。【前知】韓愈、君子法天運：四時可前知。【酒知】李商隱、崇讓宅讌作：濩落生涯獨酒知。【詎知】李商隱、詠懷寄祕閣舊僚：　樗蒲齒詎知。【備知】李商隱、人欲：卻是君王未備知。【新知】李商隱、涼思：疑誤有新知。【親知】白居易、對鏡吟：醉來屈指數親知。【遽知】李商隱、送豐都李尉：葉陰蟬遽知。【一劍知】劉長卿、送李中丞：輕生一劍知。【人誤知】黃庭堅、寄李德素：初不自期人誤知。【寸心知】杜甫、偶題：得失寸心知。【少人知】王安石、雜詠：花發少人知。【不可知】王維、斤竹嶺：樵人不可知；韓愈、寄崔立之：翻覆不可知。【不得知】李商隱、閨情：卻是同袍不得知。【天下知】韓愈、鄭羣贈簟：蘄州笛竹天下知。【弔豈知】劉長卿、過賈誼宅：湘水無情弔豈知。【心自知】蘇軾、維摩像：俛首無言心自知。【世人知】王維、偶然作：偶被世人知。【世莫知】李白、猛虎行：心藏風雲世莫知。【外人知】杜甫、宿昔：　少有外人知。【安可知】無名氏、行行重行行：會面安可知。【安得知】韓愈、南山有高樹行：汝屈安得知。

【自不知】李商隱、及第東歸寄同年：秦樹嵩雲自不知；蘇軾、次韻劉貢父：醉後狂歌自不知。【百不知】蘇軾、鐵溝行：　輕裘細馬百不知。【那可知】庾信、楊柳歌：官渡營前那可知。【君所知】無名氏、休洗紅：　世事反復君所知；李白、扶風豪士歌：開心寫意君所知。【君應知】王維、不遇詠：我心不說君應知。【空自知】王維、終南別業：勝事空自知；李白、獨不見：流淚空自知。【佳人知】李白、擬古：　一報佳人知。【兩心知】白居易、長恨歌：詞中有誓兩心知。【取次知】蘇軾、遊西菩提寺：莫遣兒郎取次知。【俱不知】李商隱、屏風：雨落月明俱不知。【海鷗知】李白、贈漢陽輔錄事：心靜海鷗知。【莫之知】曹丕、善哉行：人莫之知。【唯我知】白居易、哭師皋：今日含冤唯我知。【國士知】吳融、偶題：　賤子曾塵國士知。【無人知】王維、送高適弟耽：蕩漭無人知；黃庭堅、題落星寺：畫圖妙絕無人知。【渠未知】黃庭堅、論伯時畫天馬：賤肥貴瘦渠未知。【暖不知】李商隱、回中牡丹爲雨所敗：　羅薦春香暖不知。【意誰知】蘇軾、聞子由不赴商州：辭官不出意誰知。【歲寒知】元好問、寄謝常君卿：貞松唯有歲寒知。【遠不知】白居易、鹽商婦：鹽鐵尚書遠不知。【總不知】李商隱、碧城三首：莫道人間總不知。【禱我知】杜牧、送韋楚老歸朝：臥病神祇禱我知。【爨婦知】蘇軾、次韻過陳絕糧：鬬食惟應爨婦知。【與君相如】無名氏、上邪：我欲與君相知。

## 馳

【分馳】蘇軾、次韻書韓幹馬：勢與落日爭分馳。【如馳】曹丕、善哉行：歲月如馳。【交馳】王維、送高適弟耽：迎送紛交馳。【奔馳】韓愈、送僧澄觀：擾擾四海爭奔馳。【騰馳】韓愈、寄崔立之：幾輩先騰馳。【西北馳】曹植、白馬篇：連翩西北馳。【東南馳】蘇軾、蘇州姚氏三瑞堂：名與淮水東南馳。【神珠馳】韓愈、汴泗交流：霹靂應手神珠馳。【高車馳】韓愈、歸彭城：屢陪高車馳。【望路馳】黃庭堅、寄李德素：若失其一望路馳。【無由馳】黃庭堅、論伯時書天馬：知有四極無由馳。【驕且馳】李白、古風：白馬驕且馳。

## 池

【入池】蘇軾、刁同年草堂：流水無情自入池。【古池】李白、贈閭丘處士：荷衣落古池。【平池】杜甫、宿昔：龍喜出平池。【西池】李白、獨不見：莎雞鳴西池。【冰池】李商隱、幽冬暮居：寒鶩守冰池。【曲池】李商隱、卽目：小鼎煎茶面曲池。【青池】韓愈、玩月喜張員外至：天宇開青池。【枯池】李白、古風：窮魚守枯池。【秋池】李商隱、夜雨寄北：巴山夜雨漲秋池。【前池】李商隱、崇讓宅讌作：露如微霰下前池。【差池】韓愈、寄崔立之：竟歲無差池；李商隱、及第東歸寄同年：東門送餞又差池。【清池】李白、宴鄭參卿山池：舞影迴清池。【華池】李白、書情寄從弟：不覺生華池。【園池】李白、贈徐安宜：白水流園池。【綠池】曹植、公宴：朱華冒綠池；李白、新林浦阻風寄友人：菰蔣生綠池。【瑤池】李白、舍利弗：珍木蔭瑤池；李白、天馬歌：猶堪弄影舞瑤池。【滿池】李商隱、賦得月照池水：堅冰正滿池。【上下池】蘇軾、遊西菩提寺：明月誰分上下池。【曲江池】李白、上皇西巡南京歌：錦江何謝曲江池。【君王池】李白、贈友人：結根君王池。【赴清池】無名氏、爲焦仲卿妻作：舉身赴清池。【習家池】李白、襄陽曲：且醉習家池；杜甫、復至東屯：似向習家池。【清水池】韓愈、病鴟：浴以清水池。【雁鶩池】李白、永王東巡歌：江漢翻爲雁鶩池。【雲雨池】杜甫、偶題：

蒼蒼雲雨池。【渥洼池】贈崔評事公輔：來自渥洼池。【華清池】白居易、長恨歌：春寒賜浴華清池。

## 規

【子規】王維、送楊長史赴果州：君應聽子規；李商隱、流杯亭：行過水曲聞子規。【元規】陸游、題直舍壁：一邱一壑過元規。【良規】韓愈、病鴞：泥沆乃良規。【家規】韓愈、寄崔立之：幾能守家規。【清規】杜甫、偶題：歷代各清規；李商隱、賦得月照池水：上下接清規。【未滿規】韓愈、玩月喜張十八員外至：月長未滿規。【何所規】李白、古風：勤問何所規。【爲吾規】韓愈、贈侯喜：此事正好爲吾規。

## 危

【安危】李商隱、酬別令狐補闕：公等繫安危。【浮危】韓愈、寄崔立之：飄飖盡浮危。【逢危】李商隱、詠懷寄祕閣舊僚：巢幕更逢危。【攲危】杜甫、贈崔評事公輔：行路洗攲危。【登危】杜甫、陪諸公宴：山擁更登危。【一葉危】李商隱、荆門西下：一夕南風一葉危。【定傾危】李商隱、井泥：突起定傾危。【事尤危】黃庭堅、書摩崖碑後：高將軍去事尤危。【乘其危】韓愈、病鴞：不忍乘其危。【楚漢危】杜甫、偶題：聯翩楚漢危。【當道危】杜牧、故洛陽城有感：一片宮牆當道危。

## 夷

【未夷】韓愈、出門：我道方未夷。【荒夷】韓愈、赤藤杖歌：不以珍怪誇荒夷。【島夷】孟浩然、逢張八子容：人煙接島夷。【朝四夷】李商隱、韓碑：坐法宮中朝四夷。

## 師

【出師】杜甫、諸葛廟：并吞更出師；李白、永王東巡歌：永王正月東出師；岑參、走馬川行：漢家大將西出師。【本師】李商隱、別智玄法師：卻是楊朱眞本師。【全師】張籍、沒蕃故人：城下沒全師。【我師】孟浩然、寄遠上人：東林懷我師。【吾師】杜甫、詠懷古跡五首：風流儒雅亦吾師。【京師】曹植、贈白馬王彪：靈柩寄京師；黃庭堅、書摩崖碑後：上皇跼蹐還京師。【偃師】李商隱、宮妓：終遣君王怒偃師。【釣師】王安國、西湖春日：且上魚舟作釣師。【畫師】王維、偶然作：前身應畫師。【樂師】白居易、華原磬：長安市兒爲樂師。【舊師】李商隱、東還：歸去嵩陽尋舊師。【十萬師】劉長卿、送李中丞：曾驅十萬師。【太原師】杜牧、獲覲聖功輒獻歌詠：　周宣休道太原師。【百萬師】王維、老將行：一劍曾當百萬師。　【老禪師】黃庭堅、寄李德素：身如閱世老禪師。【帝王師】李白、贈錢徵君少陽：猶可帝王師。【柳士師】劉禹錫、再授連州酬柳柳州：三黜名慚柳士師。【無言師】蘇軾、維摩像：誰能與結無言師。【碧雲師】蘇軾、以詩見寄汪覃秀才：棄家來伴碧雲師。　【道林師】黃庭堅、論伯時畫天馬：僧中云是道林師。

## 姿

【生姿】嵇康、贈秀才入軍：　顧盼生姿。【定姿】韓愈、君子法天運：取舍無定姿。【幽姿】李商隱、高松：無雪試幽姿。【殊姿】白居易、井底引銀瓶：人言舉動有殊姿。【寒姿】李白、送友人之羅浮：秋渚晦寒姿。【古松姿】李白、贈易秀才：不屈古松姿。【白雪姿】杜牧、寄李起居四韻：　楚女梅簪白雪姿。【玉雪姿】元好問、松上幽人圖：不飲不食玉雪姿。【沒其姿】陶潛、飲酒：衆草沒其姿。【芙蓉姿】李白、古風：灼灼芙蓉姿。【忠烈姿】白居易、青石：狀彼二人忠烈姿。【神武姿】李商隱、韓碑：元和天子神武姿。【雲霞姿】李商隱、井泥：旦暮雲霞姿。【歲寒姿】李白、送友生遊峽中：珍重歲寒姿。【萬里姿】元好問、送曹幹臣：赤驥非無萬里姿。【瘦鶴姿】蘇軾、姚屯田挽詞：猶記蕭然瘦鶴姿；元好問、追懷趙介叔：　空想翛然瘦鶴姿。【瀟湘姿】杜甫、病橘：羅列瀟湘姿。

## 遲

【不遲】杜甫、曉發公安：　東方明星亦不遲。【春遲】孟浩然、人日登南陽驛門亭：看柳訝春遲；　杜甫、可惜：老去願春遲。【恐遲】李商隱、楊本勝說見小兒阿衮：長貧學恐遲。　【棲遲】劉長卿、過賈誼宅：三年謫宦此棲遲。【嫌遲】無名氏、爲焦仲卿妻作：大人故嫌遲。【樊遲】蘇軾、杭州牡丹開時：　欲師老圃問樊遲。【遲遲】杜牧、故洛陽城有感：　行人爲爾去遲遲；陸游、臥輿：鳳城歸路覺遲遲。【歸遲】李商隱、重過聖女祠：上清淪謫得歸遲；王安石、北山：緩尋芳草得歸遲。【十年遲】元好問、寄謝常君卿：得君重恨十年遲。【已是遲】陸游、蔬圃絕句：擬種蕪菁已是遲。【日色遲】杜甫、後遊：沙喧日色遲。【日華遲】杜甫、題瀼西新賃草屋：　波亂日華遲。【水下遲】李商隱、歸來：　沙渠水下遲。【西馬遲】高適、送李宋少府：路遶梁山匹馬遲。【去何遲】無名氏、別詩三首：行顧去何遲。【去官遲】王維、早秋山中作：卻嫌陶令去官遲。【羽書遲】杜甫、秋興八首：　征西車馬羽書遲。【行恐遲】蘇軾、寄莘老：今我不往行恐遲。【帆到遲】黃庭堅、題落星寺：　長江接天帆到遲。【君來遲】孔融、雜詩：常念君來遲。【步屧遲】杜甫、答鄭十七郎一絕：花殘步屧遲。【來何遲】無名氏、冉冉孤生竹：　軒車來何遲；李白、相逢行：暮雨來何遲；白居易、李夫人：去何速兮來何遲。【花較遲】杜甫、人日：春寒花較遲。【到來遲】李商隱、相思：日西春盡到來遲。【孤帆遲】李白、送張舍人之江東：　海闊孤帆遲。【留客遲】杜甫、已上人茅齋：茶瓜留客遲。【消息遲】　杜甫、雨：京華消息遲。【旋風遲】白居易、胡旋女：奔車輪緩旋風遲。【寄來遲】杜甫、佐還山後寄：頗覺寄來遲。【鳥去遲】韋應物、賦得暮雨送李曹：冥冥鳥去遲。【欲語遲】白居易、琵琶行：琵琶聲停欲語遲。【問訊遲】李商隱、憶與徹師同宿：三年問訊遲。【尋春遲】蘇軾、將之湖州：應怪杜牧尋春遲。【意俱遲】杜甫、江亭：雲在意俱遲。【過雲遲】杜甫、雨：今日過雲遲。【過苔遲】李商隱、贈宗魯筇竹杖：滑想過苔遲。【過來遲】李商隱、辛未七夕：微雲未接過來遲。【落更遲】錢起、谷口書齋：秋花落更遲。【棄官遲】蘇軾、姚屯田挽詞：逍遙卻恨棄官遲。【夢覺遲】李商隱、有感：卻是襄王夢覺遲。【鳳舞遲】李商隱、一片：露畹春多鳳舞遲。【暮江遲】杜甫、遣興：天遠暮江遲。【暮景遲】李商隱、陸發荆南始至商洛：　千巖暮景遲。【熟苦遲】蘇軾、吳中田婦歎：今年粳稻熟苦遲。【戰勝遲】杜甫、對雨：　繩橋戰勝遲。【獨酌遲】杜甫、獨酌：　開樽獨酌遲。【獨下遲】李商隱、寄永道士：共上雲山獨下遲。【識君遲】盧綸、送李端：多難識君遲。【鷁舟遲】孟浩然、夜泊牛渚：風退鷁舟遲。

## 龜

【伏龜】李商隱、高松：他年訪伏龜。【枯龜】蘇軾、維摩像：病骨磊嵬如枯龜。

## 眉

【展眉】李白、長干行二首：十五始展眉。【峨眉】蘇軾、法惠寺横翠閣：　更看横翠憶峨眉。【軒眉】黃庭堅、新息渡淮：京塵無處可軒眉。【蛾眉】李白、獨不見：種桃齊蛾眉。【齊眉】李白、烏江留別宗璟：令姊忝齊眉。【賞眉】李商隱、柳：　誰來獨賞眉。【水浸眉】李白、初月：沙頭水浸眉。【未展眉】元稹、遣悲懷：報答平生未展眉。【青蛾眉】李白、古風：共妒青蛾眉。【柳如眉】白居易、長恨歌：芙蓉如面柳如眉。【愁歛眉】蘇軾、大雪青州道上：五更上馬愁歛眉。【顰蛾眉】李白、怨情：　深坐顰蛾眉。

# 悲

【可悲】韓愈、龍移：魚鼈枯死吁可悲。　【自悲】元稹、遣悲懷、閒坐悲君亦自悲；王安石、秣陵道中口占：　秋風客自悲。【我悲】韓愈、岐山操：我思我悲。【更悲】李商隱、歸來：歸來始更悲。【苦悲】無名氏、爲焦仲卿妻作：心中常苦悲。【益悲】孟浩然、寄遠上人：聞蟬但益悲。【堪悲】王昌齡、送張四：楚水復堪悲；盧綸、送李端：離別自堪悲。【傷悲】曹植、情詩：悽愴內傷悲。【秋悲】繁欽、定情詩：何以結愁悲。【嗚悲】無名氏、凜凜歲云暮：螻蛄夕鳴悲；　韓愈、病鴟：有鴟墮鳴悲。【餘悲】杜甫、水檻：慷慨有餘悲。【一何悲】無名氏、西北有高樓：音響一何悲；蘇武、別詩四首：泠泠一何悲。【一秋悲】蘇軾、和九日見寄：騷人長負一秋悲。【人語悲】陸游、　雨中繫舟戲作短歌：鬼語亦如人語悲。【牛山悲】李白、君子有所思行：無作牛山悲。【弔屈悲】李白、贈漢陽輔錄事：空餘弔屈悲。【不勝悲】杜甫、秋興八首：百年世事不勝悲。【不合悲】白居易、對鏡吟：只合歡娛不合悲。【令心悲】曹植、贈白馬王彪：咄唶令心悲。【失木悲】杜甫、寄杜位：窮猿失木悲。【未足悲】白居易、母別子：迎新棄舊未足悲。【向人悲】孔融、雜詩：妻妾向人悲。【向天悲】李白、戰城南：　敗馬號鳴向天悲。【多所悲】陶潛、還居：惻愴多所悲。【何所悲】陶潛、詠貧士：已矣何所悲。【我心悲】無名氏、別詩三首：安知我心悲。【見雀悲】曹植、野田黃雀行：　少年見雀悲。【何足悲】李白、古風：沈吟何足悲。【宋玉悲】杜甫、詠懷古跡五首：搖落深知宋玉悲；陸游、拜寇萊公遺像：江上秋風宋玉悲。【君亦悲】白居易、李夫人：魂之來兮君亦悲。【君未悲】歐陽修、代贈田文初：津亭送別君未悲。【使人悲】高適、送李寀少府：　春風送客使人悲。【使心悲】王粲、七哀詩：　邊城使心悲；阮籍、詠懷：憔悴使心悲。【使我悲】王維、送祖二：　君向東州使我悲。【空自悲】李白、白田馬上聞鶯：捫心空自悲。【長鳴悲】李白、代秋情：　日夕長鳴悲。

【爲我悲】無名氏、別詩三首：晨風爲我悲。【爲時悲】蘇軾、挽詩二首：爲君無憾爲時悲。【徒傷悲】李白、相逢行：老去徒傷悲；李商隱、戲題樞言草閣：老大徒傷悲。【客中悲】李白、新林浦阻風寄友人：草草客中悲。【思汝悲】韓愈、南山有高樹行：中夜思汝悲。【春更悲】蘇軾、法惠寺橫翠閣：人言秋悲春更悲。【秋更悲】元好問、出都：老樹遺臺秋更悲。【苦心悲】杜甫、薄暮：高秋苦心悲。【相看悲】韓愈、贈侯喜：良久歎息相看悲。【前朝悲】黃庭堅、書摩崖碑後：凍雨爲洗前朝悲。【耆舊悲】杜甫、病橘：到今耆舊悲。【悵欲悲】謝莊、懷園引：臨堂危坐悵欲悲。【莎雞悲】李白、秋思：月冷莎雞悲。【猛士悲】杜甫、去秋行：空令野營猛士悲。【鳥雀悲】杜牧、故洛陽城有感：慘慘終年鳥雀悲。【最可悲】韓愈、感春：春氣漫誕最可悲。【楚客悲】劉長卿、過賈誼宅：萬古惟留楚客悲。【猿鳥悲】陸游、楚城：江上荒城猿鳥悲。【猿猱悲】韓愈、岣嶁山：森森綠樹猿猱悲。【萬竹悲】李商隱、崇讓宅讌作：風過回塘萬竹悲。【路人悲】蘇軾、姚屯田挽詞：高人淪喪路人悲。【鳴聲悲】韓愈、嗟哉董生行：哺之不食鳴聲悲。【聲正悲】曹操、苦寒行：北風聲正悲；陶潛、詠三良：黃鳥聲正悲。【聲轉悲】陶潛、飲酒：夜夜聲轉悲。【薄暮悲】王維、早秋山中作：山裏蟬聲薄暮悲。【織杼悲】杜甫、雨：鮫人織杼悲。【霜閨悲】李白、獨不見：月入霜閨悲。【露霜悲】吳邁遠、長別離：悴極露霜悲。【觀者悲】白居易、西涼伎：哀吼一聲觀者悲。

## 之

【止之】李白、公無渡河：旁人不惜妻止之。【因之】王維、戲題示蕭氏甥：弊宅倘因之。【安之】李白、梁甫吟：大人峴屼當安之；韓愈、天星送楊凝郎中賀正：借問君子行安之；元好問、衢州感事：棲遲零落竟安之。【何之】李陵、別詩三首：游子暮何之；陶潛、乞食：不知竟何之；杜甫、後遊：捨此復何之。【見之】韓愈、岣嶁山：道人獨上偶見之。【知之】無名氏、有所思：兄嫂當知之。【更之】王粲、七哀詩：昔吾親更之。【惜之】韓愈、感春：摧落老物誰惜之。【得之】韓愈、桃源圖：南宮先生忻得之；元好問、松上幽人圖：人間女手乃得之。【副之】李商隱、井泥：更以角副之。【終之】徐幹、室思：想君能終之。【問之】孟浩然、夜泊牛渚：煙波忽間之。【謂之】無名氏、爲焦仲卿妻作：徐徐更謂之。【憐之】韓愈、履霜操：有母憐之。【人笑之】黃庭堅、論伯時畫天馬：喜作肥馬人笑之。【人得之】黃庭堅、寄李德素：天驥生駒人得之。【安所之】阮籍、詠懷：榮名安所之。【自知之】韓愈、除官赴闕寄李大夫：臣猶自知之。【何所之】王維、送別：問君何所之。【杜牧之】王安國、西湖春日：爭得才如杜牧之。【爭先之】韓愈、病鴟： 瓦礫爭先之。【紹繚之】無名氏、有所思：用玉紹繚之。【莫致之】無名氏、庭中有奇樹：路遠莫致之。【欲何之】蔡琰、悲憤詩： 問母欲何之；劉長卿、送李中丞：日暮欲何之。【無所之】繁欽、定情詩： 徙倚無所之；韓愈、出門：出門無所之。【斟酌之】陶潛、移居：有酒斟酌之。【摧燒之】無名氏、有所思： 拉雜摧燒之。【夢見之】蔡邕、飲馬長城窟行：宿昔夢見之。【夢得之】韓愈、殘形操： 我夢得之。【榮悴之】陶潛、形贈影：霜露榮悴之。【歌舞之】白居易、七德舞：天下至今歌舞之。【隨所之】杜甫、曉發公安：藥餌扶吾隨所之。

## 芝

【仙芝】李商隱、陸發荆南始至商洛：紫地見仙芝。【茹芝】杜甫、北風：時清猶茹芝。【紫芝】白居易、詠史：閒臥白雲歌紫芝；李商隱、重過聖女祠： 憶向天階問紫芝。【華芝】李商隱、東還：十年長夢採華芝。【靈芝】孟浩然、寄天台道士：裛露采靈芝。【齋房芝】元好問、松上幽人圖：竟不下視齋房芝。

## 時

【一時】阮籍、詠懷：萬代同一時；陸游、拜寇萊公遺像：蠟淚成灰又一時；元好問、追懷趙介叔：今古人間各一時。【及時】李白、古風：治遊方及時；韓愈、天星送楊凝郎中賀正：受命上宰須及時。【四時】無名氏、蘭若生春陽：情款感四時； 韓愈、感春：皇天平分成四時。【有時】李白、笑歌行：男兒窮通當有時。【同時】杜甫、詠懷古跡五首： 蕭條異代不同時；李商隱、代魏宮私贈：春松秋菊可同時。【此時】張籍、沒蕃故人： 天涯哭此時；元好問、送曹幹臣：燕市歌歡有此時。【多時】陸游、倚闌：闌干西角立多時。【良時】蘇武、別詩四首：燕婉及良時。【何時】曹植、贈白馬王彪：執手將何時； 韓愈、歸彭城：太平竟何時。【改時】陶潛、形贈影：山川無改時。【定時】李白、春日獨坐：盡日飄揚無定時。【昔時】杜甫、秋興八首：文武衣冠異昔時；陸游、雨中繫舟戲作短歌：楚國繁華非昔時。【明時】劉長卿、送李中丞：老去戀明時。【知時】蘇軾、次韻過陳絕糧：不須鳴叫強知時。【花時】陸游、梅花絕句：今年真負此花時。【衰時】韓愈、鄭羣贈簟：贈子相好無衰時。【乘時】白居易、七德舞：不獨善戰善乘時。【移時】杜甫、垂白：樓迴獨移時；李商隱、涼思：倚立自移時。【幾時】孟浩然、寄天台道士：三山望幾時；杜甫、題瀼西新賃草屋：繁花能幾時。【無時】李商隱、壽安公主出降：此禮恐無時；李商隱、四皓廟：皇天有運我無時。【農時】王維、贈裴十廸：敢告將農時。【過時】李白、黃葛篇：此物雖過時。【當時】杜甫、獨酌：不是傲當時；吳融、金橋感事：登門倒屣憶當時；陸游、蔬圃絕句：晚菘早韭恰當時。【歇時】白居易、八駿圖：三十二蹄無歇時。【厭時】陶潛、移居：言笑無厭時。【醒時】白居易、勸酒：心中醉時勝醒時。【還時】蔡琰、悲憤詩：豈復有還時；無名氏、爲焦仲卿妻作：蘭芝初還時。【舊時】陸游、楚城：只有灘聲似舊時。【斷時】王昌齡、送張四：清猿無斷時。【十二時】王維、赴楊長史赴果州：猿聲十二時；黃庭堅、思親汝州作：一日思親十二時。【十年時】高適、送李寀少府：論交卻憶十年時。【三月時】王安石、雜詠：餉田三月時；李白、雉朝飛：麥隴青青三月時。【夕陽時】錢起、谷口書齋：山愛夕陽時。【日西時】劉禹錫、楊柳枝詞：行人揮袂日西時。【日斜時】劉長卿、過賈誼宅：寒林空見日斜時；王安石、秣陵道中口占：歸馬日斜時。【日暮時】孟浩然、逢張八子容：江村日暮時。【少壯時】杜甫、可惜：都非少壯時。【少年時】杜秋娘、金縷衣：勸君惜取少年時。【不知時】陶潛、擬古：誰謂不知時。【不語時】李商隱、高松：僧來不語時。【立春時】杜甫、雨：已度立春時。【未移時】李商隱、重過聖女祠：杜蘭香去未移時。【正結時】李商隱、櫻桃花下：不敢花芳正結時。【未寒時】韓偓、已涼：已涼天氣未寒時。【半甜時】蘇軾、遊西菩提寺：朱柑綠橘半甜時。【去國時】元好問、衛州感事：何以湘纍去國時。【自有時】李陵、別詩三首：弦望自有時；孟浩然、江上寄崔少府：榮枯自有時。【共此時】張九齡、望月有懷：天涯共此時。【死無時】杜甫、前出塞：　男兒死無時。【有愁時】李商隱、莫愁：　莫愁還自有愁時。【好睡時】陸游、臥輿：占盡人間好睡時。【別離時】沈約、別范安成：非復別離時。【私語時】白居易、長恨歌：夜半無人私語時。【初種時】劉禹錫、楊柳枝詞：　花萼樓前初種時。【把酒時】李商隱、九日：　曾共山翁把酒時。【奉恩時】王昌齡、長信秋詞：　分明複道奉恩時。【夜雨時】李商隱、夜雨寄北：卻話巴山夜雨時。【夜雪時】歐陽修、代贈田文初：不似荆江夜雪時；陸游、夜寒：忽記山陰夜雪時。【來幾時】蘇軾、吳中田婦嘆：　庶見霜風來幾時。【放燈時】陸游、燈夕有感：豈惟虛負放燈時。【亭午時】柳宗元、南澗中題：獨遊亭午時。【郊祀時】白居易、立部伎：圜丘后土郊祀時。【冠當時】蘇軾、挽詩二首：少年才氣冠當時。【寂寞時】李商隱、幽居冬暮：郊園寂寞時。【烏棲時】李白、烏棲曲：　姑蘇臺上烏棲時。【斜日時】杜牧、故洛陽城有感：　平樂館前斜日時。【凍醪時】杜牧、寄李起居四韻：前溪碧水凍醪時。【酒醒時】李商隱、屏風：　高樓半夜酒醒

時。【夏雲時】李商隱、荆門西下：荆雲迴望夏雲時。【急難時】黃庭堅、答德甫弟：鶺鴒同病急難時。【納涼時】陸游、感舊絕句：摩訶池上納涼時。【盛年時】吳邁遠、長別離：當我盛年時。【陶唐時】王維、送高適弟耽：　高臥陶唐時。【野望時】杜甫、江亭：長吟野望時。【梅發時】杜甫、立春：　忽憶兩京梅發時。【婀娜時】李商隱、贈柳：來當婀娜時。【掃門時】李商隱、酬別令狐補闕：又到掃門時。【移樹時】李商隱、即目：記著南塘移樹時。【閉門時】李商隱、到秋：葉丹苔碧閉門時。【採藥時】蘇軾、以詩見寄汪覃秀才：莫忘山中採藥時。【無已時】王粲、七哀詩：哭泣無已時；李白、戰城南：征戰無已時。【華色時】繁欽、定情詩：惜我華色時。【雲起時】王維、終南別業：坐着雲起時。【無盡時】王維、送別：　白雲無盡時。【減膳時】杜甫、病橘：　當君減膳時。【幾多時】元稹、遣悲懷：　百年都是幾多時。【朝享時】白居易、二王後：明堂太廟朝享時。【開閉時】李商隱、流鶯：萬戶千門開閉時。【最好時】蘇軾、次韻劉貢父：正是春容最好時。【菊花時】蘇軾、次韻馬上見寄：尚能來趁菊花時。

【楚漢時】李白、猛虎行：頗似楚漢時。【葉落時】白居易、長恨歌：秋風梧桐葉落時。【落葉時】李商隱、寄永道士：不記人間落葉時。【微雨時】杜牧、初春雨中舟次和州：芳草渡頭微雨時。【滅燭時】李商隱、曲池：分隔休燈滅燭時。【著子時】蘇軾、刁同年草堂：正是紅梅著子時。【綠草時】王維、早春行：雙棲綠草時。【遠行時】李白、獨不見：豈是遠行時。【銜杯時】李白、待酒不至：正好銜杯時。【寢疾時】白居易、李夫人：不似昭陽寢疾時。【窮已時】徐幹、室思：何有窮已時。【暮鐘時】韋應物、賦得暮雨送李曹：建業暮鐘時。【暮雪時】盧綸、送李端：人歸暮雪時。【罷舞時】李商隱、破鏡：便是孤鸞罷舞時。【賜宴時】陸游、游仙：玄圃春風賜宴時。【獨立時】杜甫、對雨：江邊獨立時。【憶君時】杜甫、寄杜位：江上憶君時。【撼雪時】李商隱、池邊：憶把枯條撼雪時。【薄暮時】杜甫、薄暮：山雪薄暮時。【擇虱時】李商隱、詠懷寄祕閣舊僚：誰觀擇虱時。【羲皇時】元好問、松上幽人圖：畫圖獨在羲皇時。【斷腸時】李白、春思：是妾斷腸時。【斷猿時】劉禹錫、再授連州酬柳柳州：愁腸正遇斷猿時。【歡樂時】蘇武、別詩四首：莫忘歡樂時。【黯陽時】孟浩然、人日登南陽驛門亭：不似黯陽時。【成陰結子時】蘇軾、杭州牡丹開時：已見成陰結子時。【初出漢宮時】王安石、明妃曲：明妃初出漢宮時。【金風玉露時】李商隱、辛未七夕：可要金風玉露時。【新承恩澤時】白居易、長恨歌：始是新承恩澤時。

# 詩

【吟詩】蘇軾、玉盤盂：看羊屬國首吟詩。【拜詩】黃庭堅、書摩崖碑後：臣甫杜鵑再拜詩。【書詩】阮籍、詠懷：志尚好書詩。【哦詩】陸游、題直舍壁：文書那得廢哦詩。【清詩】蘇軾、和九日見寄：吳中山水要清詩。【雪詩】蘇軾、大雪青州道上：長安道上騎驢吟雪詩。【裁詩】杜甫、江亭：排悶强裁詩。【新詩】杜甫、寄杜位：霑灑裏新詩；蘇軾、以詩見寄汪覃秀才：投名入社有新詩。【賦詩】陶潛、乞食：言詠遂賦詩；王維、慕容承攜素饌見過：閒居懶賦詩；黃庭堅、題落星寺：龍閣老翁來賦詩；陸游、燈夕有感：睡起燒香强賦詩。【學詩】王維、戲題示蕭氏甥：渠爺未學詩。【題詩】孟浩然、逢張八子容：孤嶼共題詩；杜甫、立春：呼兒覓紙一題詩；王安國、西湖春日：試來湖上輒題詩。【舊詩】白居易、對鏡吟：掩鏡沈吟吟舊詩。【七哀詩】杜甫、垂白：未許七哀詩。【千首詩】蘇軾、杭州牡丹開時：萬戶終輕千首詩。【毛公詩】王維、送高適弟耽：頗學毛公詩。【生民詩】李商隱、韓碑：塗改清廟生民詩。【作此詩】陶潛、擬古：爲君作此詩。【杜秋詩】李商隱、贈司勳杜員外：清秋一首杜秋詩。【東山詩】曹操、苦寒行：悲彼東山詩。【祓禊詩】孟浩然、江上寄崔少府：空吟祓禊詩。【苦吟詩】李商隱、戲題樞言草閣：聽我苦吟詩。【看花詩】蘇軾、寄韻劉貢父：那堪重作看花詩。【怨慕詩】黃庭堅、答德甫弟：憐子三章怨慕詩。【洞庭詩】黃庭堅、新息渡淮：長歌柳渾洞庭詩。【送梅詩】陸游、梅花絕句：不堪還作送梅詩。【索進詩】陸游、遊仙：一段龍綃索進詩。【莫過詩】杜甫、可惜：遣興莫過詩。【幾首詩】杜牧、初春雨中舟次和州：悵望春陰幾首詩。【詠雪詩】吳融、偶題：東閣編成詠雪詩。【葑菲詩】李白、古風：坐歎葑菲詩。【鳳池詩】元好問、送曹幹臣：不妨閑和鳳池詩。【賦新詩】陶潛、移居：登高賦新詩；王維、贈裴十廸：與君賦新詩；杜甫、已上人茅齋：可以賦新詩。【賴君詩】蘇軾、杭州牡丹開時：遣春無恨賴君詩。【謝公詩】李白、書情寄從弟：朝吟謝公詩。【謝朓詩】李白、新林浦阻風寄友人：空吟謝朓詩。【雜擬詩】李商隱、題李上謩壁：新編雜擬詩。【贈行詩】李商隱、酬別令狐補闕：更賦贈行詩。【鶺鴒詩】杜甫、得弟消息：深負鶺鴒詩。

## 碁

亦作棋碁。【彈碁】蘇軾、寄蘄簟與蒲傳正：牙籤玉局坐彈碁。【一局碁】杜牧、寄李起居四韻：正怯孤燈一局碁。【竹間碁】李商隱、即目：白鬚道士竹間碁。【敗局碁】元好問、出都：歷歷興亡敗局碁。

## 旗

【戍旗】王粲、七哀詩：翩翩飛戍旗。【赤旗】韓愈、汴泗交流：擊鼓騰騰樹赤旗。【酒旗】李商隱、贈柳：青樓撲酒旗；劉禹錫、楊柳枝詞：城外春風吹酒旗；王安國、西湖春日：夕照樓臺卓酒旗。【旐旗】杜甫、對雨：恐濕漢旐旗；杜牧、初春雨中舟次和州：使君迴馬濕旐旗。【殘旗】張籍、沒蕃故人：歸馬識殘旗。【滿旗】李商隱、重過聖女祠：盡日靈風不滿旗。【雲旗】

李商隱、一片：蓬巒仙丈儼雲旗【搴旗】杜甫、前出塞：俯身試搴旗。【靈旗】杜牧、郎事：丹青空見畫靈旗。【天王旗】李商隱、韓碑：陰風慘澹天王旗。【龍虎旗】李白、永王東巡歌：天子遙分龍虎旗。

## 辭

【不辭】杜甫、垂白：無家病不辭。【文辭】韓愈、感春：爛漫長醉多文辭。【言辭】陶潛、乞食詩：叩門拙言辭。【何辭】蘇軾、次韻劉貢父：灸眉吾亦更何辭。【其辭】韓愈、出門：書上有其辭。【苟辭】陶潛、形贈影：得酒莫苟辭。【爲辭】李商隱、韓碑：汝從事愈宜爲辭。【書辭】韓愈、歸彭城：瀝血以書辭。【致辭】白居易、西涼伎：鼓舞跳粱前致辭。【虛辭】白居易、青石：不鐫實錄鐫虛辭；李商隱、詠懷寄祕閣舊僚：佞佛愧虛辭。【無辭】杜甫、苦竹：翦伐欲無辭。【微辭】李商隱、有感：非關宋玉有微辭。【愧辭】李商隱、撰彭陽公誌文畢：猶當無愧辭。【不能辭】李陵、別詩三首：悢悢不能辭。【世人辭】孟浩然、寄天台道士：長與世人辭。【未肯辭】蘇軾、以詩見寄汪覃秀才：半月長齋未肯辭。【白紵辭】陸游、感舊絕句：卻寫江南白紵辭。【存其辭】李商隱、韓碑：今無其器存其辭。【再拜辭】李商隱、贈白道者：十二樓前再拜辭。【長揖辭】李白、古風：晚獻長楊辭。【家人辭】陶潛、擬古：已與家人辭。【降色辭】韓愈、除官赴闕寄李大夫：不能降色辭。【從此辭】蘇武、別詩四首：去去從此辭；曹植、贈白馬王彪：援筆從此辭。【與之辭】蔡琰、悲憤詩：不忍與之辭。【與家辭】王粲、七哀詩：出門與家辭。

## 詞

與辭同。【致詞】王維、贈裴十廸：田家來致詞。【清詞】李白、涇川送族弟錞：繡服揮清詞。【寄詞】白居易、長恨歌：臨別殷勤重寄詞。【費詞】元稹、遣悲懷：潘岳悼亡猶費詞。【楚詞】陸游、夜寒：清夜焚香讀楚詞。【支遁詞】杜甫、已上人茅齋：難酬支遁詞。【扶風詞】李白、送劉副使入秦：慷慨扶風詞。【通我詞】徐幹、室思：願因通我詞。【還山詞】王維、送高適弟耽：但致還山詞。【瓊琚詞】黃庭堅、書摩崖碑後：世上但賞瓊琚詞。

## 期

【止期】王粲、七哀詩：風飄無止期。【心期】李商隱、崇讓宅讌作：嵩陽松雪有心期。【未期】杜甫、得弟消息：吾衰往未期；李商隱、賦得月照冰池：潛魚躍未期。【有期】杜甫、佐還山後寄：分張素有期；李商隱、贈宗魯笻竹杖：僧閒暮有期；陸游、臥輿：白首躬耕已有期。【如期】蘇軾、送安惇秀才：惟有霜鬢來如期。【返期】徐幹、室思：君獨無返期。【定期】無名氏、休洗紅：迴黃轉綠無定期；李白、古風：人生無定期。【佳期】張九齡、望月懷遠：還寢夢佳期；李白、相逢行：毋令曠佳期；李商隱、流鶯：良辰未必有佳期。【後期】李商隱、一片：莫遣佳期更後期；元好問、寄謝常君卿：洗眼雲霄看後期。【花期】蘇軾、杭州牡丹開時：羞歸應爲負花期。【幽期】李白、涇川送族弟錞：盧敖結幽期；李商隱、題李上暮壁：山舍得幽期。【前期】沈約、別范安成：分手易前期；杜甫、曉發公安：江湖遠適無前期。【相期】韓愈、出門：千載若相期；李商隱、回中牡丹爲雨所敗：西州今日忽相期。【春期】李商隱、流杯亭：木蘭花盡失春期。【時期】韓愈、嗟哉董生行：生祥下瑞無時期。【密期】繁欽、定情詩：然後剋密期。【等期】無名氏、生年不滿百：難可與等期。【無期】無名氏、蘭若生春陽：天路隔無期。【會期】蔡琰、悲憤詩：念別無會期。【請期】無名氏、刺巴郡守詩：語窮乞請期。【銷期】白居易、李夫人：此恨長在無銷期。【歸期】陶潛、形贈影：奄去靡歸期；陸游、倚闌：故山未敢說歸期。【襟期】杜甫、醉時歌：時赴鄭老同襟期。【難期】元稹、遣悲懷：他生緣會更難期。【九日期】蘇軾、杭州牡丹開時：莫負黃花九日期。【不可期】李白、擬古：蕩漾不可期；韓愈、君子法天運：寒暑不可期。【五湖期】李商隱、陸發荆南始至商洛：猶有五湖期。【以爲期】李陵、別詩三首：皓首以爲期；無名氏、穆穆清風至：晈日以爲期；王維、贈祖三詠：暮秋以爲期。【未有期】蘇武、別詩四首：相見未有期；李商隱、夜雨寄北：君問歸期未有期。【未可期】韓愈、贈侯喜：暫動還休未可期；蘇軾、次韻劉貢父：十載飄然未可期。【白雲期】王維、早秋山中作：空林獨與白雲期。【安能期】王維、送高適弟耽：出處安能期。【汗漫期】孟浩然、寄天台道士：將尋汗漫期；李白、酬崔五郎中：又結汗漫期。【此心期】柳宗元、南澗中題：當與此心期。【夙心期】李商隱、幽居冬暮：不與夙心期。【先有期】李商隱、碧城三首：七夕來時先有期。【何可期】徐幹、室思：舊恩何可期。【何處期】孟浩然、夜泊牛渚：茫茫何處期；盧綸、送李端：風塵何處期。【相與期】阮籍、詠懷：顏閔相與期。【故人期】孟浩然、江上寄崔少府：憶與故人期；錢起、谷口書齋：昨與故人期。【秋已期】李商隱、酬別令狐補闕：回途秋已期。【春風期】元好問、贈李文伯：老幹寧與春風期。【黃髮期】曹植、贈白馬王彪：俱享黃髮期；李白、江西送友人之羅浮：已過黃髮期。【無還期】王維、終南別業：談笑無還期。【無絕期】白居易、長恨歌：此恨綿綿無絕期。【須臾期】韓愈、東方半明：同光共影須臾期。【與誰期】李商隱、莫愁：雪中梅下與誰期。【誤妾期】李益、江南曲：朝朝誤妾期。【誓死期】李商隱、景陽井：不盡龍鸞誓死期。【暮春期】杜甫、題瀼西新賃草屋：再與暮春期。【歸無期】蘇軾、法惠寺橫翠閣：春來故國歸無期。【難與期】李白、新林浦阻風寄友人：天風難與期。

## 祠

【神祠】韓愈、合江亭：蘙林遷神祠。【望祠】元好問、松上幽人圖：竹宮夜夕頻望祠。【女郎祠】王維、送楊長史赴果州：山木女郎祠。【古佛祠】元好問、衞州感事：白塔亭亭古佛祠。【武侯祠】杜甫、諸葛廟：屢入武侯祠。【屈原祠】陸游、楚城：隔江便是屈原祠。【晉水祠】李商隱、過武威公舊莊感事：幽象遙通晉水祠。【淮南祠】王維、送高適弟耽：雲日淮南祠。

## 基

【階基】韓愈、病鴟：飢來傍階基。【明堂基】李商隱、韓碑：以為封禪玉檢明堂基。

## 疑

【不疑】韓愈、感春：自外天地棄不疑；李商隱、人欲：人欲天從竟不疑。【可疑】曹植、贈白馬王彪：天命信可疑；崔塗、孤雁：孤飛自可疑。【生疑】王維、早春行：歸晚更生疑。【回疑】蔡琰、悲憤詩：當發復回疑。【自疑】吳邁遠、長別離：君亦且自疑；李白、古風：寸心終自疑；杜甫、雨：纖絺恐自疑；韓愈、歸彭城：再尋良自疑。【成疑】黃庭堅、思親汝州作：市中有虎竟成疑。【見疑】李商隱、酬別令狐補闕：青萍肯見疑。【相疑】王維、積雨輞川莊作：海鷗何事更相疑；韓愈、東方半明：嗟爾殘月勿相疑。【皆疑】韓愈、贈侯喜：蝦行蛭渡似皆疑。【猶疑】韓愈、病鴟：蒙德久猶疑。【無疑】李商隱、賦得月照冰池：狐聽始無疑；蘇軾、玉盤盂：令君痛飲更無疑。【堪疑】李商隱、有感：楚天雲雨盡堪疑。【憂疑】韓愈、君子法天運：皎皎遠憂疑。【不復疑】陶潛、形贈影：必爾不復疑；杜甫、醉時歌：沽酒不復疑。【決吾疑】陶潛、擬古：指彼決吾疑。【君莫疑】白居易、勸酒：勸君兩杯君莫疑。【兩不疑】蘇武、別詩四首：恩愛兩不疑。【到今疑】杜甫、詠懷古跡五首：舟人指點到今疑。【春鳥疑】杜甫、苦竹：叢卑春鳥疑。【望中疑】孟浩然、夜泊牛渚：船火望中疑。【羣寇疑】杜甫、贈崔評事公輔：拜壇羣寇疑。【碧峯疑】杜甫、夔州歌十絕句：楚宮猶對碧峯疑。【瞽瞍疑】李商隱、井泥：不以瞽瞍疑。【覺後疑】王昌齡、長信秋詞：夢見君王覺後疑。

## 姬

【王姬】李商隱、壽安公主出降：今分送王姬。【程姬】李商隱、井泥：豈是出程姬。【漢宮姬】白居易、繚綾：越溪寒女漢宮姬。

## 絲

【成絲】李白、秋浦歌：長短盡成絲。【如絲】杜甫、雨：風引更如絲。【青絲】杜甫、前出塞：手中挑青絲；杜甫、立春：菜傳纖手送青絲。【素絲】李白、古風：雲鬢非素絲；李白、古風：哀哀悲素絲。【爰絲】吳融、偶題：尋聞任俠報爰絲。【連絲】繁欽、定情詩：淚下如連絲。【散絲】韋應物、賦得暮雨送李曹：沾襟比散絲；杜甫、雨：天晴忽散絲。【蛛絲】杜甫、諸葛廟：巫覡醉蛛絲；黃庭堅、寄李德素：試開三馬拂蛛絲。【亂絲】蘇軾、次韻書韓幹馬：省中文書如亂絲。【霜絲】李白、九日登山：越女彈霜絲。【繅絲】李白、白田馬上聞鶯：白田已繅絲。【瓊絲】蘇軾、大雪青州道上：青松怪石亂瓊絲。【乞巧絲】李商隱、辛未七夕：惟與蜘蛛乞巧絲。【白成絲】杜甫、薄暮：鬢髮白成絲。【命如絲】杜甫、得弟消息：雖在命如絲。【兩鬢絲】李商隱、楊本勝說見小男阿袞：青燈兩鬢絲。【紉如絲】無名氏、爲焦仲卿妻作：蒲葦紉如絲。【柳絲絲】李商隱、曲池：迴頭更望柳絲絲。【軟於絲】白居易、楊柳枝詞：嫩於金色軟於絲。【細如絲】李商隱、寄永道士：陽臺白道細如絲。【絡頭絲】黃庭堅、論伯時畫天馬：青雲不受絡頭絲。【雲一絲】元好問、松上幽人圖：仙人骨輕雲一絲。【亂如絲】孟浩然、春意：一種亂如絲；李白、望漢陽柳色：紛紛亂如絲。【滿面絲】杜甫、遣興：梳頭滿面絲。

【滿頭絲】白居易、對鏡吟：如今變作滿頭絲。【髮成絲】李白、相逢行：須臾髮成絲。【鏡中絲】李商隱、詠懷寄秘閣舊僚：羞鑷鏡中絲。【灑如絲】杜甫、雨：　終日灑如絲。【鬢若絲】李白、古風：草玄鬢若絲。【鬢如絲】杜甫、醉時歌：被褐短窄鬢如絲。【鬢成絲】黃庭堅、書摩崖碑後：摩挲石刻鬢成絲；陸游、湖村月夕：閒愁冉冉鬢成絲。

## 司

【有司】杜甫、病橘：吾愁罪有司。【職司】李商隱、韓碑：此事不繫于職司。

## 葵

【旅葵】無名氏、十五從軍征：　井上生旅葵。【園葵】蘇軾、送安惇秀才：著書不復窺園葵。【綠葵】杜甫、佐還山後寄：香宜配綠葵。【憂葵】李商隱、詠懷寄祕閣舊僚：幼女漫憂葵。【露葵】王維、積雨輞川莊作：松下清齋折露葵；李白、贈閭丘處士：園蔬烹露葵。【鮑照葵】李商隱、題李上暮壁：肥烹鮑照葵。

## 醫

【成醫】李商隱、詠懷寄祕閣舊僚：　折臂反成醫。【不可醫】蘇軾、於潛僧綠筠僧：俗士不可醫。

## 帷

【入帷】吳均、贈杜容成：　春風初入帷。【丹帷】陶潛、詠三良：入必侍丹帷。【長帷】無名氏、別詩三首：忽若割長帷。【空帷】李商隱、向晚：　臨水卷空帷。【垂帷】無名氏、別詩三首：日暮不垂帷；王維、送高適弟耽：閉戶方垂帷。【書帷】杜甫、雨：潤色靜書帷。【董帷】李商隱、詠懷寄祕閣舊僚：　摧心對董帷。【綵帷】王維、早春行：含啼向綵帷。【遙帷】李商隱、回中牡丹爲雨所敗：佳人惆悵臥遙帷。【薄帷】杜甫、諸葛廟：　溪風滿薄帷。【薜帷】錢起、谷口書齋：雲霞生薜帷。【羅帷】王維、晚春思歸：落日卷羅帷。【簾帷】孟浩然、春意：妝罷出簾帷。

## 思

【不思】蘇軾、和九日見寄：富貴功名老不思。【可思】無名氏、戰城南：　良臣誠可思。【自思】陶潛、擬古：還坐更自思。【坐思】李白、寄遠：令人行歎復坐思。【相思】陶潛、　形贈影：親識豈相思；王維、相思：此物最相思；李商隱、柳枝五首：那復更相思；歐陽修、代贈田文初：夢闌酒解始相思。【尋思】王昌齡、長信秋詞：眞成薄命久尋思。【愁思】黃庭堅、答德甫弟：鳥啼花發猶愁思。【夢思】李白、塞下曲：雲砂繞夢思；杜甫、詠懷古跡五首：雲雨荒臺豈夢思；李商隱、代魏宮私贈：去後漳河隔夢思。【懷思】元好問、送曹幹臣：和林音驛日懷思。【不可思】蔡邕、飲馬長城窟行：遠道不可思。【不願思】蔡琰、悲憤詩：　奈何不顧思。【多所思】孟浩然、人日登南陽驛門亭：羈懷多所思。【有所思】杜甫、秋興八首：故國平居有所思；劉禹錫、再授連州酬柳州：相望長吟有所思；李商隱、九日：九日樽前有所思；　元好問：衞州感事：落日闌干有所思。【坐而思】韓愈、殘形操：覺坐而思。【長相思】蘇武、別詩四首：死當長相思；王維、贈祖三詠：終日長相思；李白、相逢行：更報長相思。【徒相思】徐幹、室思：徙倚徒相思。【起相思】張九齡、望月懷遠：　竟夕起相思。【苦想思】王維、伊州歌：　清風明月苦相思。【爲我思】李白、天馬歌：惻然爲我思。【倍相思】孟浩然、春意：春意倍相思。【望所思】無名氏、穆穆清風至：褰裳望所思；阮籍、詠懷：登高望所思。　【清林思】元好問、松上幽人圖：　予懷渺兮清林思。【寫相思】李商隱、碧城三首：　收將鳳紙寫相思。【慰相思】沈約、別范安成：何以慰相思。【遺所思】無名氏、庭中有奇樹：將以遺所思。【滯所思】李商隱、到秋：萬里南風滯所思。【贈所思】李商隱、及第東歸寄同年：莫枉長條贈所思。【戀所思】無名氏、蘭若生春陽：長歎戀所思。

## 滋

【含滋】韋應物、賦得暮雨送李胄：　浦樹遠含滋。【盛滋】無名氏、蘭若生春陽：　涉多獨盛滋。【華滋】無名氏、庭中有奇樹：　綠葉發華滋。【露滋】張九齡、望月懷遠：披衣覺露滋。【生別滋】蘇武、別詩四首：淚爲生別滋。【含榮滋】李白、涇川送族弟錞：草木含榮滋。【雨露滋】李商隱、井泥：上承雨露滋。【落紅滋】李白、書情寄從弟：庭樹落紅滋。【碧蘚滋】李商隱、重過聖女祠：白石巖扉碧蘚滋。

## 持

【自持】吳邁遠、長別離：妾心空自持；李白、古風：芳心空自持。【扶持】杜甫、苦竹：軟弱强扶持；韓愈、赤藤杖歌：性命造次蒙扶持；李商隱、韓碑：賊斫不死神扶持；蘇軾、次韻和張十七：上樓筋力强扶持。【重持】沈約、別范安成：明日難重持。【復持】蘇軾、次韻贈子由：

九日清樽豈重持。【不自持】李商隱、曲池：日下繁香不自持；王安石、明妃曲：尙得君王不自持。【主人持】無名氏、隴西行：客言主人持。【無人持】杜甫、水檻：　門戶無人持。【誰能持】曹植、贈白馬王彪：百年誰能持。

## 隨

【見隨】庾信、楊柳歌：織女支機當見隨。【肩隨】李商隱、詠懷寄祕閣舊僚：　芸閣暫肩隨。【相隨】王維、偶然作：惟有老相隨；孟浩然、送謝錄事之越：征帆亦相隨；崔塗、孤雁：關月冷相隨；李白、峨眉山月歌：與人萬里長相隨。【追隨】曹植、公宴：飛蓋相追隨；李白、猛虎行：四海雄俠兩追隨；黃庭堅、書摩崖碑後：亦有文士相追隨。【遠隨】杜甫、孟冬：黔溪瘴遠隨。【行相隨】蘇軾、試院煎茶：塼爐石銚行相隨。【佳客隨】韓愈、玩月喜張員外至：又以佳客隨。【春色隨】杜甫、贈崔評事公輔：去帆春色隨。【飛相隨】李商隱、戲題樞言草閣：楊花飛相隨。【酒暫隨】杜甫、陪諸公宴：輕香酒暫隨。【追相隨】韓愈、病鴟：高風追相隨。【浮雲隨】蘇軾、維摩像：此身變化浮雲隨。【雄雌隨】韓愈、龍移：雷驚電激雄雌隨。【勢力隨】韓愈、寄崔立之：不將勢力隨。【意相隨】李商隱、贈柳：堤遠意相隨。【載筆隨】李商隱、韓碑：儀曹外郎載筆隨。

## 痴

【已痴】韓愈、歸彭城：獻御固已痴。【狂痴】無名氏、蘭若生春陽：積念發狂痴；蔡琰、悲憤詩：恍惚生狂痴。【兒痴】蘇軾、薄命佳人：吳音嬌軟帶兒痴。【了事痴】陸游、題直舍壁：羞作羣兒了事痴。【狂而痴】李白、公無渡河：被髮之叟狂而痴。【笑叔痴】李商隱、詠懷寄祕閣舊僚：孩童笑叔痴。【甯非痴】韓愈、感春：不到聖處甯非痴；蘇軾、送安惇秀才：十年浪走甯非痴。【鳳雛痴】李商隱、　楊本勝說見小兒阿袞：失母鳳雛痴。

## 維

【天維】李白、烏江留別宗璟：鍊石補天維；韓愈、感春：白天座上傾天維。

## 巵

【酒巵】韓愈、寄崔立之：　能復持酒巵；李商隱、詠懷寄祕閣舊僚：終當呪酒巵。【金屈巵】李賀、浩歌：箏人勸我金屈巵。

## 螭

【豹螭】曹植、白馬篇：勇剽若豹螭。【蛟螭】杜甫、偶題：江峽繞蛟螭；韓愈、寄崔立之：勝水看蛟螭。【盤螭】庾信、楊柳歌：白玉手板落盤螭。【龍螭】韓愈、岣嶁山：鸞飄鳳泊拏龍螭。【蟠以螭】李商隱、韓碑：負以靈鼇蟠以螭。

## 麾

【軍麾】杜甫、偶題：萬宇插軍麾。【旌麾】韓愈、寄崔立之：輝輝見旌麾。【日可麾】李商隱、韓碑：長戈利矛日可麾。

## 墀

【丹墀】王維、送高適弟耽：冠劍下丹墀；李商隱、韓碑：清晨再拜鋪丹墀。【玉墀】王維、晚春歸思：牆陰上玉墀；杜甫、青絲：萬一皇恩下玉墀；杜牧、送韋楚老歸期：春引仙官去玉墀；李商隱、宮妓：珠箔輕明拂玉墀。【彤墀】韓愈、歸彭城：無由至彤墀。【階墀】謝莊、懷園引：軒鳥池鶴戀階墀；李商隱、九日：霜天白菊繞階墀。

## 彌

【益彌】韓愈、寄崔立之：綴綴意益彌。【淹已彌】陶潛、雜詩：我來淹已彌。

## 慈

【不慈】蔡琰、悲憤詩：今何更不慈。【孝且慈】韓愈、嗟哉董生行：嗟哉董生孝且慈；蘇軾、蘇州姚氏三瑞堂：隱居行義孝且慈。【皇天慈】杜甫、樂遊園歌：一物自荷皇天慈。

## 遺

【復遺】陶潛、還舊居：鄰老罕復遺。【一鏃遺】杜牧、獲覩聖功輒獻歌詠：十萬曾無一鏃遺。【不得遺】王維、送高適弟耽：賢人不得遺。【中道遺】李白、天馬歌：伯樂翦拂中道遺。【棄若遺】李商隱、四皓廟：羽翼殊勳棄若遺；白居易、八駿圖：黃屋草折棄若遺。

## 肌

【透肌】李商隱、賦得月照冰池：如霜恐透肌。【切我肌】無名氏、別詩三首：嚴霜切我肌。

## 脂

【載脂】韓愈、天星送楊凝郎中賀正：僕夫起餐車載脂。【凝脂】白居易、長恨歌：溫泉水滑洗凝脂；李商隱、詠懷寄祕閣舊僚：面貌乏凝脂。

## 雌

【守雌】杜甫、贈崔評事公輔：公才或守雌。【兩雌】李白、雉朝飛：白雉朝飛挾兩雌。【風雌】黃庭堅、論伯時畫天馬：在坰羣雄望風雌。【雄雌】無名氏、折楊柳歌辭：然後別雄雌；韓愈、寄崔立之：無人角雄雌；無名氏、木蘭詩：安能辨我是雄雌。【鶡雌】韓愈、歸彭城：驚顧似鶡雌。【千萬雌】黃庭堅、寄李德素：一雄可將千萬雌。【山梁雌】蘇軾、次韻書韓幹馬：飲啄不羨山梁雌。【雄伴雌】白居易、母別子：母不失雛雄伴雌。【蛺蝶雌】李商隱、柳枝五首：

蜂雄蛺蝶雌。

## 披

【紛披】韓愈、寄崔立之：左右驚紛披。【倒披】韓愈、岣嶁山：科斗拳身薤倒披。【撐披】韓愈、寄崔立之：角鬣相撐披。【離披】李商隱、崇讓宅讌作：紅蕖何事亦離披。【曙將披】韓愈、玩月喜張員外至：亭亭曙將披。【霧一披】杜甫、贈崔評事公輔：還思霧一披。

## 嬉

【娛嬉】蘇軾、寄莘老：恨無文字相娛嬉。【從兒嬉】蘇軾、送安惇秀才：棄去舊學從兒嬉。【張水嬉】蘇軾、將之湖州：湖亭不用張水嬉。【盤天嬉】韓愈、病鴟：飽滿盤天嬉。

## 狸

【狐狸】韓愈、病鴟：暝宿防狐狸。【兔與狸】韓愈、猛虎行：肎覗兔與狸。

## 炊

【言炊】蘇軾、次韻過陳絕糧：顏公食粥敢言炊。【烝炊】韓愈、鄭羣贈簟：如坐深甑遭烝炊。【弟子炊】王維、慕容承攜素饌見過：彫胡弟子炊。【營一炊】韓愈、寄崔立之：十日營一炊。

## 湄

【江湄】謝莊、懷園引：豈忘河渚捐江湄。【海湄】李白、公無渡河：公果溺死流海湄。【天漢湄】無名氏、別詩三首：仰瞻天漢湄。【易水湄】李白、少年行：劍歌易水湄。

## 籬

【故籬】王維、早秋山中作：思向東谿守故籬。【笓籬】蘇軾、次韻贈子由：千戈萬槊擁笓籬。【啅籬】蘇軾、次韻和張十七：霜葉投空雀啅籬。【疏籬】杜甫、晚晴：江色映疏籬。【生我籬】王維、贈裴十迪：蘭蕙生我籬。【枳棘籬】韓愈、寄崔立之：茅屋枳棘籬。

## 玆

【止玆】韓愈、奉和詠孔雀：何年來止玆。【去玆】陶潛、移居：無爲忽去玆。【如玆】陶潛、擬古：冬夏常如玆；陶潛、形贈影：獨復不如玆。【在玆】杜甫、題瀼西新賃草屋：哀傷不在玆；杜甫、苦竹：霜根結在玆。【來玆】無名氏、生年不滿百：何能待來玆。【留玆】王粲、七哀詩：何爲久留玆。

## 差

楚宜切，不齊也。【參差】韓愈、出門：與世實參差；柳宗元、南澗中題：林影久參差；李商隱、流鶯：流鶯漂蕩復參差。【光參差】韓愈、寄崔立之：袍笏光參差。【何參差】曹植、白馬篇：楛矢何參差。【兩參差】李商隱、閨情：黃蜂紫蝶兩參差；蘇軾、刁同年草堂：南園北第兩參差。【徒參差】王維、送高適弟耽：威鳳徒參差。【苦參差】蘇軾、聞子由不赴商州：夢魂相見苦參差。【喜參差】杜牧、獲覩聖功輒獻歌詠：涼州聲韻喜參差。【碧參差】杜牧、即事：滿江秋浪碧參差。【燕參差】李商隱、池邊：流鶯上下燕參差。

## 疲

【忘疲】柳宗元、南澗中題：稍深遂忘疲。【不知疲】曹植、公宴：終宴不知疲；李商隱、賦得月照冰池：達曉不知疲。【心已疲】蘇軾、維摩像：身雖未病心已疲。【從弱歲疲】杜甫、偶題：心從弱歲疲。

## 茨

【芳茨】錢起、谷口書齋：泉壑帶芳茨。【茅茨】王維、送高適弟耽：安車去茅茨；李白、贈閭丘處士：爲我結茅茨；陸游：拜寇萊公遺像：長官手自葺茅茨。

## 卑

【何卑】李商隱、詠懷寄祕閣舊僚：牀下隱何卑。【位卑】蘇軾、聞子由不赴商州：敢向淸時怨位卑。【宦卑】杜甫、贈畢四：家貧苦宦卑。【高卑】韓愈、寄崔立之：那用分高卑。【喧卑】杜甫、偶題：異俗更喧卑。【鮮卑】曹植、白馬篇：左顧凌鮮卑。【接其卑】韓愈、南山有高樹行：衆鳥接其卑。【鴻鵠卑】韓愈、病鴟：肎顧鴻鵠卑。

## 虧

【仍虧】杜甫、偶題：堂構惜仍虧。【盈虧】李白、古風：賓客互盈虧。【莫虧】韓愈、寄崔立之：僶俛勵莫虧。【無虧】陶潛、詠三良：計議初無虧。【增虧】蘇軾、維摩像：與昔未死無增虧。【日月虧】陶潛、雜詩：倏忽日月虧。【月輪虧】李商隱、破鏡：菱花散亂月輪虧。【底處虧】蘇軾、次韻過陳絕糧：試問於今底處虧。

## 蕤

【葳蕤】韓愈、歸彭城：文字少葳蕤。【瓊蕤】李白、書情寄從弟：意願重瓊蕤。【松有蕤】謝莊、懷園引：菊有秀兮松有蕤。

## 陲

【山陲】孟浩然、送謝錄事之越：予在此山陲。【天陲】韓愈、寄崔立之：插翅飛天陲。【南山陲】王維、終南別業：晚家南山陲。【堂西陲】李商隱、井泥：治井堂西陲。

## 騎

【莫騎】韓愈、寄崔立之：游鞍懸莫騎。【借馬騎】杜甫、復至東屯：江邊借馬騎。

## 曦

【炎曦】韓愈、鄭羣贈簟：卻願天日恆炎曦。【寒曦】韓愈、寄崔立之：狂飆卷寒曦。

# 歧

【分歧】劉禹錫、再授連州酬柳柳州：渡湘千重又分歧。【他歧】韓愈、寄崔立之：通途無他歧。

# 岐

【郊岐】李白、贈徐安宜：耕種滿郊岐。【泣路岐】李商隱、送豐都李尉：馮君泣路岐；李商隱、荊門西下：卻羨楊朱泣路岐。

# 誰

【告誰】無名氏、明月何皎皎：愁思當告誰。【阿誰】無名氏、十五從軍征：家中有阿誰；白居易、楊柳枝詞：盡日無人屬阿誰。【爲誰】韓愈、汴州亂：母從子走者爲誰。【恨誰】劉禹錫、楊柳枝詞：露葉如啼欲恨誰。【寄誰】孟浩然、人日登南陽驛門樓：裁書欲寄誰。【遺誰】孟浩然、春意：折花將遺誰。【今復誰】元好問、贈李文伯：耆舊風流今復誰。【付與誰】蘇軾、和九日見寄：別後西湖付與誰。【身是誰】李賀、浩歌：神血未凝身是誰。【知我誰】孔融、雜詩：死後知我誰。【知是誰】李白、扶風豪士歌：明日報恩知是誰。【知爲誰】韓愈、感春：酩酊馬上知爲誰；蘇軾、四時詞：眉斂春愁知爲誰。【秉者誰】李商隱、井泥：爲問秉者誰。【送者誰】白居易、哭師皐：往者何人送者誰。【彈者誰】白居易、琵琶行：尋聲暗問彈者誰。【識者誰】杜甫、贈崔評事公輔：悲歌識者誰。

# 斯

【如斯】韓愈、寄崔立之：祝身得如斯；李商隱、井泥：臣下亦如斯。【於斯】杜甫、偶題：漢道盛於斯；韓愈、桃源圖：異境恍惚移於斯。【若斯】曹植、公宴：千秋長若斯；白居易、李夫人：自古及今皆若斯。【螽斯】韓愈、寄崔立之：么麼微螽斯。

# 私

【入私】白居易、鹽商婦：少入官家多入私。【自私】杜甫、江亭：欣欣物自私。【恩私】杜甫、對雨：未敢背恩私。【無私】杜甫、後遊：花柳更無私；李商隱、人欲：莫言圓蓋便無私。【顧私】曹植、白馬篇：不得中顧私。【君所私】陶潛、詠三良：遂爲君所私。【言其私】李商隱、韓碑：讒之於王言其私。【結以私】韓愈、猛虎行：故當結以私。【隱其私】韓愈、南山有高樹行：不自隱其私。

# 窺

【休窺】韓愈、病鴟：天衢汝休窺。【莫窺】韓愈、岣嶁山：事嚴跡祕鬼莫窺。【得窺】李商隱、九日：東閣無因再得窺。【管窺】李商隱、詠懷寄祕閣舊僚：文章若管窺。【礙窺】李商隱、高花：牆低不礙窺。【玉女窺】庾信、楊柳歌：朱鳥春窗玉女窺。【捩眼窺】韓愈、寄崔立之：不敢捩眼窺。

## 攲

俗作欹。【日未攲】韓愈、寄崔立之：歸舍日未攲。【浮柱攲】杜甫、水檻：何傷浮柱攲。

## 熙

【淳熙】李商隱、韓碑：相與烜赫流淳熙。【義熙】蘇軾、次韻馬上見寄：直想君詩勝義熙。

## 欺

【自欺】蘇軾、次韻和張十七：膏面染鬚聊自欺。【我欺】陶潛、擬古：但畏人我欺。【相欺】李白、少年行：爭博勿相欺；韓愈、歸彭城：終朝見相欺；李商隱、櫻桃花下：流鶯舞蝶兩相欺。【易欺】韓愈、病鴟：豎子豈相欺。【吾欺】曹植、贈白馬王彪：松子久吾欺。【不吾欺】陶潛、移居：力耕不吾欺；韓愈、出門：天命不吾欺；蘇軾、次韻贈子由：菊花有信不吾欺。【不我欺】繁欽、定情詩：謂君不我欺。【外家欺】王維、戲題示蕭氏甥：莫著外家欺。【徒旅欺】杜甫、前出塞：不受徒旅欺。【暗室欺】李商隱、詠懷寄祕閣舊僚：寧將暗室欺。

## 疵

【瑕疵】韓愈、南山有高樹行：各議汝瑕疵；韓愈、鄭羣贈簟：盡眼凝滑無瑕疵。【俾我疵】韓愈、寄崔立之：愧歎俾我疵。

## 貲

【不貲】韓愈、寄崔立之：寧保軀不貲。【財貲】韓愈、寄崔立之：約不論財貲。【草堂貲】元好問、送曹幹臣：感君時送草堂貲。

## 笞

【罪當笞】韓愈、履霜操：兒罪當笞。

## 羈

【新羈】黃庭堅、寄李德素：乃知仗下非新羈。【塵羈】陶潛、飲酒：何可紲塵羈。【銜羈】韓愈、寄崔立之：新恩釋銜羈。【人所羈】陶潛、雜詩：暫爲人所羈。【人間羈】蘇軾、次韻書韓幹馬：奮迅不受人間羈。【白玉羈】黃庭堅、論伯時畫天馬：可耐珠韉白玉羈。【黃金羈】韓愈、汴泗交流：紅牛纓紱黃金羈。

## 彝

【玉彝】蘇軾、玉盤盂：直待瓊舟覆玉彝。【鼎彝】杜甫、贈崔評事公輔：昭然聞鼎彝。

## 髭

【霜髭】蘇軾、聞子由不赴商州：流年冉冉入霜髭。【頷底髭】韓愈、寄崔立之：若摘頷底髭。

【銜其髭】蘇軾、維摩像：時有野鼠銜其髭。

# 頤

【支頤】王維、贈裴十廸：如意方支頤。　【控頤】蘇軾、次韻過陳絕糧：　會有金椎爲控頤。【解頤】李白、贈徐安宜：　賓來或解頤。【揞頤】李商隱、詠懷寄祕閣舊僚：　靜勝但揞頤。【天子頤】李商隱、韓碑：　言訖屢頷天子頤。【拄君頤】蘇軾、次韻贈子由：　他年長劍拄君頤。【解人頤】王維、慕容承攜素饌見過：持底解人頤。【頷其頤】郭璞、遊仙詩：　洪崖頷其頤。【攫其頤】韓愈、猛虎行：熊來攫其頤。

# 資

【計資】韓愈、送僧澄觀：　珪璧滿船寧計資。【傾家資】韓愈、鄭羣贈簟：有賣直欲傾家資。【漢文資】李商隱、井泥：不藉漢文資。

# 糜

【作糜】曹操、苦寒行：斧冰持作糜。【殘糜】韓愈、寄崔立之：盎棄食殘糜。

# 飢

【死飢】韓愈、歸彭城：閭井多死飢。【兒飢】韓愈、履霜操：母兮兒飢。　【白鷗飢】杜甫、雨：江晚白鷗飢。【寒與飢】陶潛、詠貧士：豈不寒與飢。【飽我飢】韓愈、山石：疏糲亦足飽我飢。【療苦飢】李白、天馬歌：不能療苦飢。

# 衰

【不衰】陶潛、飲酒：此蔭獨不衰；韓愈、南山有高樹行：自期永不衰。【衰衰】韓愈、南山有高樹行：　花葉何衰衰。【盛衰】韓愈、寄崔立之：緋紅相盛衰。【絕衰】無名氏、上邪：長命無絕衰。【不及衰】陶潛、還舊居：　氣力不及衰。【行已衰】無名氏、別詩三首：　盛年行已衰。【老夫衰】杜甫、贈崔評事公輔：歎及老夫衰。【身自衰】曹植、贈白馬王彪：　亡歿身自衰。【紅顏衰】韓愈、贈侯喜：　一名始得紅顏衰。【容髮衰】謝莊、懷園引：　憂來年去容髮衰。【耆舊衰】蘇軾、姚屯田挽詞：京口年來耆舊衰。【逐年衰】孟浩然、寄遠上人：壯志逐年衰。【無時衰】韓愈、鄭羣贈簟：贈子相好無時衰。【寖已衰】李商隱、幽居冬暮：頹年寖已衰。【颯已衰】李白、秋浦歌：一朝颯已衰。【歎吾衰】陸游、夜寒：寒侵貂褐歎已衰。【顏易衰】吳邁遠、長別離：貧賤顏易衰。

# 錐

【置錐】李商隱、詠懷寄祕閣舊僚：　亨衢詎置錐。【耳卓錐】黃庭堅、論伯時畫天馬：雙瞳夾鏡耳卓錐。【利如錐】黃庭堅、贈無咎文潛：能淬筆鋒利如錐。【沙畫錐】黃庭堅、寄李德素：自有筆如沙畫錐。【囊中錐】李白、笑歌行：洪鑪不鑄囊中錐。

## 夔

【龍夔】韓愈、歸彭城：下言引龍夔。

## 祇

【神祇】韓愈、寄崔立之：內實慙神祇；白居易、立部伎：言將此樂感神祇。

## 涯

佳麻韻同。【天涯】曹植、升天行：布葉蓋天涯；李商隱、高松：伴我向天涯；劉長卿、過賈誼宅：憐君何事到天涯。【無涯】韓愈、玩月喜張員外至：風露渺無涯。【天一涯】無名氏、行行重行行：各在天一涯；江淹、古離別：君在天一涯。

## 追

【念追】孔融、雜詩：爾死我念追。【相追】曹丕、善哉行：猿猴相追。【難追】李商隱、撰彭陽公誌文畢有感：九死諒難追。【攀追】李商隱、韓碑：曷與三五相攀追。【不可追】謝莊、懷園引：流陰逝景兮不可追。【不能追】曹植、贈白馬王彪：影響不能追。【未可追】李商隱、回中牡丹爲雨所敗：下苑他年未可追。【那可追】蘇軾、送安惇秀才：今日棲遲那可追。【莫余追】韓愈、岐山操：爾莫余追。

## 羆

【非羆】李商隱、詠懷寄祕閣舊僚：入夢肯非羆。【孤羆】韓愈、寄崔立之：深叢見孤羆。【熊羆】杜甫、贈崔評事公輔：渭老得熊羆；蘇軾、維摩像：談笑可卻千熊羆。【貙生羆】李商隱、韓碑：封狼生貙貙生羆。

## 篪

【塤篪】韓愈、寄崔立之：何由應塤篪；韓愈、赤藤杖歌：唱和有類吹塤篪。【鳴篪】吳均、行路難：未央彩女棄鳴篪。

## 萎

【榮萎】韓愈、寄崔立之：姸醜齊榮萎。【秋草萎】無名氏、冉冉孤生竹：將隨秋草萎。

## 匙

【垂匙】韓愈、寄崔立之：方餐涕垂匙。【翻匙】杜甫、孟冬：嘗稻雪翻匙。【滑流匙】杜甫、佐還山後寄：正想滑流匙。

## 脾

【肝脾】韓愈、寄崔立之：深淺抽肝脾；李商隱、韓碑：先時已入人肝脾。【白蜜脾】李商隱、閨情：紅露花房白蜜脾。

**治**

直之切。【不治】徐幹、室思：明鏡暗不治。【磨治】李商隱、韓碑：蟲砂大石相磨治。

**驪**

【騧驪】韓愈、寄崔立之：君馬記騧驪。

**颸**

【晨風颸】無名氏、有所思：秋風瑟瑟晨風颸。

**屍**

【流屍】韓愈、歸彭城：生民爲流屍。

**怡**

【自怡】杜甫、獨酌：幽偏得自怡。

**漪**

【清漪】王維、柳浪：倒影入清漪。【淪漪】柳宗元、南澗中題：寒藻舞淪漪。【漣漪】王維、文杏館：青翠漾漣漪；王安國、西湖春日：澄飛雙翠破漣漪。【含風漪】韓愈、鄭羣贈簟：卷送八尺含風漪。

**纍**

【纍纍】無名氏、孤兒行：清涕纍纍；無名氏、蠱歌行：石見何纍纍；無名氏、十五從軍征：松柏冢纍纍。

**犧**

【太廟犧】韓愈、寄崔立之：不慕太廟犧。

**推**

【相推】陶潛、還舊居：寒暑日相推。【一理推】李商隱、井泥：難以一理推。

**璃**

【紫琉璃】庾信、楊柳歌：照日食螺紫琉璃。【黃琉璃】韓愈、鄭羣贈簟：一府傳看黃琉璃。【碧琉璃】李商隱、憶與徹師同宿：頻夢碧琉璃。

**而**

【已而】鄭谷、蜀江有弔：惜哉今已而。【遠而】褚朝陽、五絲：汨羅空遠而。

**縻**

【相縻】蘇軾、次韻和張十七：多才終恐世相縻。【索縻】韓愈、寄崔立之：汝腳有索縻。【未可縻】蘇軾、次韻贈子由：取次塵纓未可縻。

**逵**

【戴逵】李商隱、詠懷寄祕閣舊僚：侯王忻戴逵。【十二逵】王維、送高適弟耽：九門十二逵。

**咿**

【喔咿】韓愈、天星送楊凝郎中賀正：天星牢落雞喔咿。【嚘咿】蘇軾、寄蘄簟與蒲傳正：孤舟兒女自嚘咿。

**巇**

【嶮巇】李白、古風：交道方嶮巇；李商隱、荆門西下：天意何曾忘嶮巇。【險巇】韓愈、寄崔立之：宦途同險巇。【俟其巇】韓愈、歸彭城：徐徐俟其巇。

## 羲

【軒與羲】李商隱、韓碑：彼何人哉軒與羲。

## 羸

【病羸】白居易、陰山道：草盡泉枯馬病羸。
【清羸】李商隱、贈宗魯笻竹杖：常欲傍清羸。
【骨力羸】韓愈、寄崔立之：鬢禿骨力羸。

## 肢

【腰肢】劉禹錫、楊柳枝詞：美人樓上鬭腰肢。

## 訾

【不訾】李商隱、韓碑：功無與讓恩不訾。

## 嗤

【勿嗤】韓愈、贈侯喜：我言至切君未嗤。【自嗤】阮籍、詠懷：噭噭今自嗤；李商隱、詠懷寄祕閣舊僚：衡茅益自嗤。【笑嗤】陶潛、擬古：永爲世笑嗤。【此輩嗤】李白、古風：但爲此輩嗤。【後世嗤】無名氏、生年不滿百：但爲後世嗤。【識者嗤】杜甫、水檻：恐貽識者嗤。

## 奇

居宜切，不偶也。【數奇】王維、老將行：李廣無功緣數奇。【偶與奇】韓愈、寄崔立之：可見偶與奇。【鄴中奇】杜甫、偶題：外病鄴中奇。

## 咨

【咨咨】韓愈、嘵哉董生行：妻子不咨咨。【嗟咨】蘇軾、送安惇秀才：臨別惟有長嗟咨。

## 其

居之切，語詞也。【夜何其】蘇武、別詩四首：起視夜何其。

## 其

渠之切，指物詞。【淒其】高適、送李宋少府：留君不住益淒其。

## 醨

【糟與醨】韓愈、感春：不肯餔啜糟與醨。

## 睢

【睢睢】韓愈、寄崔立之：休令衆睢睢。

## 漓

【淋漓】李商隱、韓碑：濡染大筆何淋漓。

## 菑

【東菑】王維、送高適弟耽：賜帛歸東菑；王維、積雨輞川莊作：蒸藜炊黍餉東菑。

## 邳

【下邳】王維、送高適弟耽：落魄居下邳。

## 胝

【手胝】李商隱、韓碑：口角流沫右手胝。

## 迤

【逶迤】韓愈、寄崔立之：風幡肆逶迤；蘇軾、往富陽李節推先行：出城三日尚逶迤。

## 陴

【環城陴】韓愈、寄崔立之：狀似環城陴。

**淄**
【臨淄】陶潛、擬古：結友到臨淄；王維、送高適弟耽：結客過臨淄。

**瀰**
【渺瀰】韓愈、寄崔立之：擺掉出渺瀰。

**蘺**
【江蘺】李商隱、九日：空敎楚客詠江蘺。

**貔**
【虎貔】李商隱、韓碑：十四萬衆猶虎貔。【虎與貔】韓愈、永貞行：北軍百萬虎與貔。

**貽**
【相貽】陶潛、乞食：冥報以相貽。

**葹**
【薋菉葹】韓愈、寄崔立之：不辨薋菉葹。

**撝**
【指撝】韓愈、寄崔立之：誰復見指撝。

**鸝**
齊韻同。【黃鸝】李白、秋思：碧樹鳴黃鸝；李商隱、柳：帶弱露黃鸝；王維、積雨輞川莊作：陰陰夏木囀黃鸝。

**罹**
【接䍦】李白、答友人贈烏紗帽：全勝白接䍦；庾信、楊柳歌：日暮歸時倒接䍦。

**骴**
【枯骴】韓愈、寄崔立之：陰蟲食枯骴。

**洏**
【淒洏】陶潛、形贈影：舉目情悽洏。【漣洏】韓愈、岣嶁山：我來咨嗟涕漣洏。

**罹**
【百罹】韓愈、寄崔立之：失所逢百罹。

**裨**
【陪裨】韓愈、寄崔立之：詎足相陪裨。

**倕**
【工倕】韓愈、寄崔立之：雕鐫妙工倕。

**猗**
【猗猗】韓愈、寄崔立之：擢豔皆猗猗；蘇軾、鴉種麥行：畦西種得青猗猗。

**羈**
【孤羈】韓愈、寄崔立之：始得完孤羈。

**鬐**
【鱗與鬐】韓愈、贈侯喜：一寸纔分鱗與鬐。

**澌**
【春澌】韓愈、寄崔立之：灞滻揚春澌。

**鎚**
【鈍如鎚】李商隱、詠懷寄祕閣舊僚：處世鈍如鎚。

**摛**
【不能摛】韓愈、寄崔立之：抱華不能摛。

**箠**
【鞭箠】蘇軾、戲子由：坐對疲氓更鞭箠；蘇軾、送顏復：願君推挽加鞭箠。

**箄**【罝箄】韓愈、寄崔立之：相待安罝箄。

**鵹**【黏鵹】韓愈、寄崔立之：譬彼鳥黏鵹。

**蛇** 弋支切，與麻韻異。【委蛇】黃滔詩：青山暮委蛇。

麋尸辭姨楣伊蓍緇箕
椎罳鼃澌坻嶷嫣綦匜
飴鶂祁緌酏絺騏獅齜
隳萁粢睢蠡噫雖馗褵
錡綏輜鰭栖淇蜊扅蔡
孋麗氂篩纚朞厮氏痍
榱娭壝齍轙脽蘄彨蔆
比椑僖鸃祺嘻瓷鶿鈹
琦疷洟騤髵唲詑嵋怩
駓熹孜台蚩裨虒魑荽

紕椸丕琪僛耆衰惟劑
絁伾薺縻偲提吚醿塒
犛鰤蓰祇禧峗庳居餈
梔踦蠵戲蚳畸離劙褫
椅榰埤跜鉟磁腄移崥
錍嗺痿釃离梩貤眡蓩
佳簃錙雖蚑摫郫巇鍦
耔仔譆寅蓷鰣麒茈委
鍉鳾秠蜞頯蘼軝剞桋
欐崎嵫齮隋眵齝蜲蛦
娸觶樆姼柅靡觜蘺錤
緦厜趍鴟蘗萑豨秜粭
狋怌泜茬跠黟恞潙逶
蘺騩壟踟蓩踑諆圯瓻

覗洢㢊倭鑴怟爔桸劙
穲宧嵯禕雉詖玼剓榿
觭徛椔

【對偶】

王維、晚春思歸：春蟲飛網戶，暮雀隱花枝。　李商隱、憶與徹師同宿：墮蟬翻敗葉，棲鳥定寒枝。　李商隱、碧城三首：玉輪顧兔初生魄，鐵網珊瑚未有枝。　杜甫、猿：裊裊嗁虛壁，蕭蕭挂冷枝。　無名氏、行行重行行：胡馬依北風，越鳥巢南枝。　杜甫、秋興八首：香稻啄餘鸚鵡粒，碧梧棲老鳳凰枝。　杜甫、薄暮：寒花隱亂草，宿鳥擇深枝。　李商隱、酬別令狐補闕：警露鶴辭侶，吸風蟬抱枝。　李商隱、涼思：客去波平檻，蟬休露滿枝。　杜甫、偶題：緣情慰飄蕩，抱疾屢遷移。　李商隱、一片：榆莢散來星斗轉，桂花尋去月輪移。　杜甫、秋興八首：佳人拾翠春相問，仙侶同舟晚更移。　杜甫、宴戎州楊使君東樓：座從歌妓密，樂任主人爲。　杜甫、偶題：前輩飛騰入，餘波綺麗爲。　杜甫、偶題：作者皆殊列，名聲豈浪垂。　杜甫、復至東屯：山險風烟僻，天寒橘柚垂。　李白、舍利弗：雲間妙音奏，天際法蠡吹。　李商隱、戲題樞言草閣：上有白日照，下有東風吹。　杜甫、偶題：漫作潛夫論，虛傳幼婦碑。　杜甫、宴戎州楊使君東樓：　勝絕忘身老，情至發興奇。　杜甫、偶題：稼穡分詩興，柴荊學土宜。　李商隱、送豐都李尉：固難尋綺季，可得信張儀。　李商隱、詠懷寄祕閣舊僚：曲藝垂麟角，浮名狀虎皮。　李白、獨不見：白馬誰家子，黃龍邊塞兒。　李白、古風：張陳竟火滅，蕭朱亦星離。　李白、送劉副使入秦：　虎嘯俟騰躍，雞鳴遭亂離。　杜甫、贈畢四：同調嗟誰惜，論文笑自知。　李商隱、崇讓宅讌作：悠揚歸夢惟燈見，濩落生涯獨酒知。　李商隱、送豐都李尉：雨氣燕先覺，葉陰蟬遽知。　劉長卿、送李中丞：獨立三邊靜，輕生一劍知。　杜甫、偶題：文章千古事，得失寸心知。　劉長卿、過賈誼宅：漢文有道恩猶薄，湘水無情弔豈知。　李商隱、及第東歸寄同年：　江魚朔雁長相憶，秦樹嵩雲自不知。　王維、終南別業：興來每獨往，勝事空自知。　李白、贈漢陽輔錄事：天清江月白，心靜海鷗知。　黃庭堅、題落星寺：　宴寢清香與世隔，畫圖妙絕無人知。　李白、贈閭丘處士：竹影掃秋月，荷衣落古池。　杜甫、宿昔：花嬌迎雜樹，龍喜出平池。　李商隱、賦得月照冰池：皓月方離海，堅冰正滿池。　李白、古風：衆鳥集榮柯，窮魚守枯池。　李商隱、及第東歸寄同年：下苑經過勞想像，東門送餞又差池。　李白、舍利弗：金繩界寶地，珍木蔭瑤池。　李商隱、幽居冬暮：曉雞驚樹雪，寒鶩守冰池。　杜甫、偶題：鬱鬱星辰劍，蒼蒼雲雨池。　杜甫、偶題：前賢兼舊制，歷代各清規。　李商隱、賦得月照冰池：高低連素色，上下接清規。　李商隱、酬別令狐補闕：人生有通塞，公等繫安危。李商隱、詠懷寄祕閣舊僚：乘軒寧見寵，巢幕更逢危。　杜甫、偶題：蕭瑟唐虞遠，聯翩楚漢危。　孟浩然、寄遠上人：北土非吾願，東林懷我師。　劉禹錫、再授連州酬柳柳州：重臨事異黃丞相，三黜名慚柳士師。　李商隱、高松：有風傳雅韻，無雪試幽姿。　李商隱、楊本勝說見小男阿袞：慚大啼應數，長貧學恐遲。　杜甫、後遊：野潤煙光薄，沙暄日色遲。　李商隱、歸來：草徑蟲鳴急，沙渠水下遲。　高適、送李宴少府：恐別自驚千里外，路遶梁山匹馬遲。　王維、早秋山中作：豈厭高平婚嫁早，卻嫌陶令去官遲。　杜甫、秋興八首：直北關山金鼓震，征西車馬羽書遲。　黃庭堅、題落星寺：小雨藏山客坐久，長江接天帆到遲。　杜甫、已上人茅齋：枕簟入林僻，茶瓜留客遲。　韋應物、賦得暮雨送李冑：漠漠帆來重，冥冥鳥去遲。　李商隱、憶與徹師同宿：萬里飄流遠，三年問訊遲。杜甫、江亭：水流心不競，雲在意俱遲。　李商隱、贈宗魯筇竹杖：靜憐穿樹遠，滑想過苔遲。李商隱、辛未七夕：清漏漸移相望久，微雲未接過來遲。　錢起、谷口書齋：閒鷺棲常早，秋花落更遲。　李商隱、一片：天泉水暖龍吟細，露畹春多鳳舞遲。　盧綸、送李端：少孤爲客早，多難識君遲。　杜甫、人日：冰雪鶯難至，春寒花較遲。　元好問、出都：斷霞落日天無盡，老樹遺臺秋更悲。　王維、早秋山中作：草間蛩響臨秋急，山裏蟬聲薄暮悲。　杜甫、雨：神女花鈿落，鮫人織杼悲。　李白、獨不見：風摧寒椶響，月入霜閨悲。　李商隱、陸發荊南始至商洛：青辭木奴橘，紫見地仙芝。　杜甫、詠懷古跡五首：悵望千秋一灑淚，蕭條異代不同時。李商隱、過武威公舊宅感事：新蒲似筆初投日，芳草如茵憶吐時。　杜甫、秋興八首：王侯第宅皆新主，文武衣冠異昔時。　劉長卿、送李中丞：罷歸無舊業，老去戀明時。　李商隱、涼思：永懷當此節，倚立自移時。　杜甫、題護西新賃草屋：百舌欲無語，繁花能幾時。　王維、送楊長史赴果州：鳥道一千里，猿聲十二時。　高適、送李宷少府：怨別自驚千里外，論交却憶十年時。　錢起、谷口書齋：竹憐新雨後，山愛夕陽時。　劉長卿、過賈誼宅：秋草獨尋人去後，寒林空見日斜時。　杜甫、可惜：可惜歡娛地，都非少壯時。　李商隱、高松：客散初晴候，僧來不語時。　李商隱、贈柳：見說風流極，來當婀娜時。　王維、終南別業：行到水窮處，坐看雲起時。　李商隱、曲池：迎憂急鼓疏鐘斷，分隔休燈滅燭時。　韋應物、賦得暮雨送李曹：楚江微雨裏，建業暮鐘時。　盧綸、送李端：路出寒雲外，人歸暮雪時。　劉禹錫、再授連州酬柳柳州：歸目併隨回雁盡，愁腸正遇斷猿時。　李商隱、辛未七夕：由來碧落銀河畔，可要金風玉露時。　杜甫、可惜：寬心應是酒，遣興莫過詩。　吳融、偶題：西州酤盡看花酒，東閣編成詠雪詩。　李商隱、題李上謩壁：舊著思玄賦，新編雜擬詩。　李商隱、酬別令狐補闕：那修直諫草，更賦贈行詩。　杜甫、得弟消息：浪傳烏鵲喜，深負鶺鴒詩。　王安國、西湖春日：春煙寺院敲茶鼓，夕照樓臺卓酒旗。　張籍、沒蕃故人：無人收廢帳，歸馬識殘旗。　李商隱、重過聖女祠：一春夢雨常飄瓦，盡日靈風不滿旗。　杜甫、垂白：多難身何補，無家病不辭。　李商隱、詠懷寄祕閣舊僚：事神徒惕慮，佞佛愧虛辭。　元稹、遣悲懷：鄧攸無子尋知命，潘岳悼亡猶費詞。　李白、送劉副使入秦：悽清橫吹曲，慷慨扶風詞。　杜甫、得弟消息：汝懦歸無計，吾衰往未期。　李商隱、賦得月照冰池：顧兔飛難定，潛魚躍未期。　李商隱、贈宗魯笻竹杖：鶴怨朝還望，僧閑暮有期。　李商隱、流鶯：巧囀豈能無本意，良辰未必有佳期。　李商隱、題李上謩壁：江庭猶近別，山舍得幽期。　元稹、遣悲懷：同穴窅冥何所望，他生緣會更難期。　李商隱、酬別令狐補闕：惜別夏仍半，回途秋已期。　王維、送楊長使赴果州：官橋祭酒客，山木女郎祠。　王維、送高適弟耽：江天海陵郡，雲日淮南祠。　李商隱、酬別令狐補闕：錦段知無報，靑萍肯見疑。　李商隱、賦得月照冰池：鷗鷺俱欲遠，狐聽始無疑。　李商隱、壽安公主出降：　昔憂迷帝力，今分送王姬。　杜甫、雨：烟添纔有色，風引更如絲。　杜甫、立春：　盤出高門行白玉，菜傳纖手送青絲。　李白、古風：玉顏豔紅粉，雲髮非素絲。　李白、古風：惻惻泣路岐，哀哀悲素絲。　李白、九日登山：胡人叫玉笛，越女彈霜絲。　李商隱、曲池：　張蓋欲判江灩灩，迴頭更望柳絲絲。　杜甫、遣興：　拭淚沾襟血，梳頭滿面絲。　李商隱、詠懷寄祕閣舊僚：　懶霑襟上血，羞鑷鏡中絲。　杜甫、佐還山後寄：味豈同金菊，香宜配綠葵。　李商隱、詠懷寄祕閣舊僚：　小男方嗜栗，幼女漫憂葵。　王維、積雨輞川莊作：山中習靜觀朝槿，松下清齋折露葵。　李商隱、題李上謩壁：嫩割周顒韭，肥烹鮑照葵。　李商隱、詠懷寄祕閣舊僚：懸頭曾苦學，折臂反成醫。李商隱、向晚：當風橫去幰，細水卷空帷。　李商隱、詠懷寄祕閣舊僚：奮跡登弘閣，摧心對董帷。　李商隱、回中牡丹爲雨所敗：舞蝶殷勤收落蕊，佳人惆悵臥遙帷。　杜甫、諸葛廟：竹日斜虛寢，溪風滿薄帷。　錢起、谷口書齋：泉壑帶芳洲，雲霞生薜帷。　杜甫、詠懷古跡五首：

江山故宅空文藻，雲雨荒臺豈夢思。　李商隱、代魏宮私贈：　來時西館阻佳期，去後漳河隔夢思。　李商隱、九日：十年泉下無人問，九日樽前有所思。　李商隱、碧城三首：檢與神方教駐影，收將鳳紙寫相思。　韋應物、賦得暮雨送李曹：海門深不見，浦樹遠含滋。　張九齡、望月懷遠：滅燭憐光滿，披衣覺露滋。　李商隱、井泥：下去冥莫穴，上承雨露滋。　李商隱、詠懷寄祕閣舊僚：柏臺成口號，芸閣暫肩隨。　崔塗、孤雁：　渚雲低暗度，關月冷相隨。　杜甫、孟冬：巫峽寒都薄，黔溪瘴相隨。　李商隱、戲題樞言草閣：　榆莢亂不整，楊花飛相隨。　李商隱、贈柳：橋迴行欲斷，堤遠意相隨。　李商隱、詠懷寄祕閣舊僚：　僕御嫌夫懦，孫童笑叔痴。　李商隱、楊本勝說見小男阿衮：寄人龍種瘦，失母鳳雛痴。　李商隱、詠懷寄祕閣舊僚：自哂成書簏，終當呪酒巵。　杜甫、偶題：塵沙傍蜂蠆，江峽繞蛟螭。　李商隱、賦得月照冰池：似鏡將盈手，如霜恐透肌。　李商隱、詠懷寄祕閣舊僚：官銜同畫餅，面貌乏凝脂。　李商隱、崇讓宅讌作：浮世本來多聚散，紅蕖何事亦離披。　王維、慕容承攜素饌見過：　靈壽君王賜，彫胡弟子炊。　李商隱、賦得月照冰池：金波雙激射，璧彩兩參差。　王維、送高適弟耽：野鶴終踉蹌，威鳳徒參差。杜甫、偶題：法自儒家有，心從弱歲疲。　錢起、谷口書齋：雲霞生薜帷，泉壑帶茅茨。　李商隱、詠懷寄祕閣舊僚：甕間眠太率，牀下隱何卑。　李白、古風：田竇相傾奪，賓客互盈虧。　杜甫、偶題：車輪徒已斲，堂構惜仍虧。　劉禹錫、再授連州酬柳柳州：去國十年同赴召，渡湘千里又分歧。　杜甫、偶題：騷人嗟不見，漢道盛於斯。　杜甫、江亭：寂寂春將晚，欣欣物自私。　杜甫、後遊：江山如有待，花柳更無私。　李商隱、詠懷寄祕閣舊僚：典籍將蠡測，文章若管窺。　李商隱、詠懷寄祕閣舊僚：敢忘垂堂戒，寧將暗室欺。　孟浩然、寄遠上人：一邱常欲臥，三徑苦無資。　孟浩然、寄遠上人：黃金然桂盡，壯志逐年衰。　李商隱、幽居冬暮：急景忽云暮，頹年寖已衰。　李商隱、撰彭陽公誌文畢：百生終莫報，九死諒難追。　李商隱、詠懷寄祕閣舊僚：圖形翻類狗，入夢肯非羆。　李商隱、過武威公舊莊感事：日落高門喧燕雀，風飄大樹撼熊羆。　杜甫、孟冬：破甘霜爪落，嘗稻雪翻匙。

王安國、西湖春日：濃吐雜芳薰巘崿，溼飛雙翠破漣漪。　李白、古風：世途多翻覆，交道方嶮巇。　李商隱、荆門西下：人生豈得輕離別，天意何曾忘嶮巇。　李商隱、九日：不學漢臣栽苜蓿，空教楚客詠江蘺。　李商隱、柳：絮飛藏皓蝶，帶弱露黃鸝。　王維、積雨輞川莊作：漠漠水田飛白鷺，陰陰夏木囀黃鸝。　李商隱、詠懷寄祕閣舊僚：攻文枯若木，處世鈍如鎚。

# 五微 古通支

## 微

【久微】王維、西施詠：西施寧久微。【式微】王維、渭川田家：悵然吟式微。【金微】張仲素、秋閨思：不知何路向金微。【細微】韓愈、猛虎行：況如汝細微。【紫微】吳邁遠、長別離：仗劍入紫微；李白、贈郭將軍：入掌銀臺護紫微；李白、宮中行樂詞：盈盈在紫微；李白、古風：蜂蜂入紫微。【翠微】杜甫、秋興：一日江樓坐翠微；杜甫、十二月一日：豈有黃鸝歷翠微；韓愈、送區弘南歸：洶洶洞庭莽翠微；杜牧、九日齊山登高：與客攜壺上翠微；溫庭筠、利州南渡：曲島蒼茫接翠微。【霏微】杜甫、曲江村酒：水精春殿轉霏微。【夕微】杜甫、晚晴：竹露夕微微。【片影微】李商隱、越燕：銜花片影微。【去鳥微】杜甫、傷秋：山長去鳥微。【世慮微】梅聖俞、秋日家居：悠然世慮微。【行徑微】韓愈、山石：山石犖确行徑微。【北風微】蘇軾、莘老葺天慶觀小園：春風欲動北風微。【雨雪微】杜甫、夜宿西閣曉呈元二十一曹長：樓高雨雪微。【香氣微】孟浩然、寒夜：薰籠香氣微。【島嶼微】李白、送賀監歸四明應制：仙嶠浮空島嶼微。【氣色微】孟浩然、夕次蔡陽館：章陵氣色微。【鹿跡微】李商隱、贈從兄閬之：石蘚庭中鹿跡微。【悵微微】李商隱、向晚：柳意悵微微。【雲樹微】王維、送崔興宗：天長雲樹微。【結響微】李商隱、如有：煙中結響微。【傍林微】杜甫、螢火：帶雨傍林微。【落照微】李商隱、楚宮：十二峯前落照微。【煙火微】蘇軾、作書寄王晉卿：北城寒食煙火微。【發聲微】杜甫、秋笛：故作發聲微。【塞聲微】杜甫、社日：北雁塞聲微。【落景微】孟浩然、閑園懷蘇子：庭陰落景微。【漸向微】蘇軾、除夜野宿常州城外：遠火低星漸向微。【稻粱微】韓愈、鳴雁：風霜酸苦稻粱微。【燭已微】李白、白紵辭：高堂月落燭已微。【燭影微】杜甫、夜：寒房燭影微。

## 薇

【山薇】杜甫、秋野：不厭北山薇。【采薇】王維、送綦毋潛落第還鄉：不得顧采薇；蘇軾、作書寄王晉卿：何時東山歌采薇。【採薇】曹丕、善哉行：上山採薇　；王維、留別錢起：看山免採薇。【薔薇】李白、贈別王山人歸布山：石道生薔薇。【紅薔薇】李商隱、日射：碧鸚鵡對紅薔薇。

## 暉

【有暉】嵇康、贈秀才入軍：　麗服有暉。【爭暉】吳邁遠、長別離：白日下爭暉。【春暉】李白、贈郭將軍：相逢且欲醉春暉；李白、春日獨酌：水木榮春暉；李白、白紵辭：明妝麗服奪春暉。【清暉】謝朓：石壁精舍還湖中作：山水含清暉；李白、崔秋浦柳少府：　縱酒酣清暉；李白、送蔡山人：遲爾玩清暉。【朝暉】李白、古風：大明夷朝暉。【斜暉】溫庭筠、利州南渡：澹然空水對斜暉。【深暉】張仲素、秋閨思：碧窗斜日藹深暉。【晴暉】梅聖俞、秋日家居：移榻愛晴暉。【晚暉】李白、觀獵：乘閒弄晚暉。【落暉】李白、寄遠：相思愁落暉；王維、送綦毋潛落第還鄉：孤村當落暉；王維、山居即事：蒼茫對落暉。杜牧、九日齊山登高：不用登臨歎落暉。【暉暉】韓愈、東方半明：殘月暉暉。【餘暉】王維、喜祖三至留宿：　積雪帶餘暉。【暮暉】李商隱、桂林路中作：　江晴有暮暉。【藏暉】李白、沐浴子：至人貴藏暉。【三春暉】孟郊、遊子吟：報得三春暉。【立斜暉】蘇軾、莘老葺天慶觀小園：抱琴無語立斜暉。【拂落暉】李商隱、離亭賦得折楊柳：　萬緒千條拂落暉。【明月暉】李白、秋夕旅懷：心斷明月暉。【倚暮暉】李商隱、即日：高樓倚暮暉。【送斜暉】李商隱、落花：迢遞送斜暉。【絆餘暉】蘇軾、送春：欲將詩句絆餘暉。【夢清暉】李商隱、夢令狐學士：殘燈向曉夢清暉。【熒熒暉】韓愈、送區弘南歸：　爰有區子熒熒暉。【歎落暉】杜牧、九日齊安登高：　不用登臨歎落暉。【靜暉暉】杜甫、寒食：竹日靜暉暉。

## 輝

本作煇【月輝】韓愈、落葉送陳羽：　悠悠寒月輝。【光輝】李白、宮中行樂詞：行樂泥光輝。杜甫、祀日：百祀發光輝；李商隱、送裴十四歸華州：驪駒先自有光輝；韓愈、烽火：曷不事光輝。【容輝】無名氏、古詩：夢想見容輝。【清輝】杜甫、月圓：萬里共清輝。張九齡、自君之出矣：夜夜減清輝。【餘輝】韓愈、譴瘧鬼：謝謝無餘輝。【衆星輝】韓愈、宿曾江口示姪孫湘：波揚衆星輝。【清露輝】李白、感遇：徒霑清露輝。【帶曙輝】李白、望夫石：　含愁帶曙輝。【酣馳輝】李白、梁園吟：分曹賭酒酣馳輝。【潛光輝】孔融、雜詩：日已潛光輝。【餘光輝】無名氏、別詩：想見餘光輝。【燭增輝】李頎、琴歌：銅鑪華燭燭增輝。【白玉輝】李白、擬古：融融白玉輝。【秋月輝】李白、山鷓鴣詞：苦竹嶺頭秋月輝。

## 徽

【前徽】韓愈、譴瘧鬼：未沬於前徽。【纆徽】韓愈、送區弘南歸：落以斧引以纆徽。【報金徽】孟浩然、賦得盈盈樓上女：誰爲報金徽。

## 揮

【指揮】黃庭堅、書摩崖碑後：外間李父頤指揮。【涕揮】韓愈、送區弘南歸：出送撫背我涕揮。【不可揮】無名氏、別詩：淚下不可揮。【玉麈揮】蘇軾、次韻王鞏顏復同泛舟：談辯如雲玉麈揮。【交橫揮】韓愈、譴瘧鬼：丹墨交橫揮。【爲爾揮】杜甫、甘林：脫粟爲爾揮。

## 翬

【朝扇翬】韓愈、送區弘南歸：彩雉野伏朝扇翬。

## 韋

【脂韋】韓愈、送區弘南歸：行行正直愼脂韋。【因不韋】李商隱、井泥：所來因不韋。

## 圍

【十圍】韓愈、山石：時見松櫪皆十圍。【周圍】韓愈、送區弘南歸：我遷于南日周圍。【解圍】杜甫、警急：松州會解圍；高適、燕歌行：力盡關山未解圍。【四十圍】蘇軾、宿州次韻劉涇：無用蒼皮四十圍。【出長圍】蘇軾、祭常山回小獵：黃茅岡下出長圍。【妓成圍】元好問、送杜子：東原春好妓成圍。【紅日圍】蘇軾、作書寄王晉卿：西望不見紅日圍。【看打圍】陸游：感舊：學射山前看打圍。【帶減圍】杜甫、傷秋：艱難帶減圍。【帶十圍】蘇軾、次韻王鞏顏復同泛舟：邊老便便帶十圍。【猶合圍】李商隱、即日：鴻門猶合圍。【報合圍】李商隱、少將：天山報合圍。【數重圍】李白、從軍行：城南已合數重圍。【數賊圍】杜甫、甘林：屈指數賊圍。【蕣相圍】韓愈、宿曾江口示姪孫湘：天水蕣相圍。【遶行圍】李白、觀獵：山火遶行圍。【獵火圍】韓愈、譴瘧鬼：酷若獵火圍。【獵一圍】李商隱、北齊：更請君王獵一圍。【鐵山圍】元好問：岐陽：分明蛇犬鐵山圍。

## 幃

【重幃】李商隱、如有：回首是重幃。【羅幃】李白、春思：何事入羅幃。【臥重幃】孟浩然、寒夜：就枕臥重幃。【葉如幃】李商隱、嘲櫻桃：獨自葉如幃。【蕙香幃】李商隱、聖女祠：

## 闈

松篁臺殿蕙香幃。【羅床幃】無名氏、古詩：照我羅床幃。【門闈】范雲、贈張徐州謖：何獨顧門闈。【重闈】無名氏、古詩：　又不處重闈。【庭闈】韓愈、送區弘南歸：朝暮盤羞惻庭闈。杜甫、送韓十四江東省覲：君今何處訪庭闈。【晚闈】梅聖俞、秋日家居：自收當晚闈。【瑣闈】王維、酬郭給事：夕奉天書拜瑣闈。【靑瑣闈】王維、留別錢起：　知音靑瑣闈。【省郎闈】李商隱、對雪：清光旋透省郎闈。【戀庭闈】孟浩然、送王五昆季省覲：公子戀庭闈。

## 違

【見違】白居易、李夫人：　安用暫來還見違。【依違】王安石、賈生：自信肯依違。【相違】杜甫、曲江對酒：　懶朝眞與世相違。杜甫、曲江：　暫時相賞莫相違；陶潛、飲酒：千載不相違。【從違】韓愈、送區弘南歸：觀以彝訓或從違。【莫違】韓愈、譴瘧鬼：出汝去莫違。【無違】陶潛、歸田園居：但使願無違。【一物違】杜甫、秋野：難敎一物違。【寸心違】杜甫、贈韋贊善別、歲晚寸心違。【心事違】王維、送張五歸山：豈今心事違；杜甫、秋興八首：劉向傳經心事違。【巧相違】蘇軾、首夏官舍卽事：古來回事巧相違。【安可違】陶潛、詠三良：君命安可違。【自多違】孟浩然、閑園懷蘇子：幽獨自多違。【君莫違】李白、白紵辭：玉釵挂纓君莫違。【壯心違】杜甫、夜：白首壯心違。【春事違】李商隱、日射：香羅拭手春事違。【故山違】杜甫、十二月一日：重嗟筋力故山違。【故人違】孟浩然、留別王維：惜與故人違。【莫我違】李商隱、戲題樞言草閣：坐臥莫我違。【無誓違】無名氏、焦仲卿妻：謂言無誓違。【萬事違】李商隱、贈從兄閬之：　悵望人間萬事違。【無所違】杜甫、甘林：在野無所違。【與我違】無名氏、古詩：同袍與我違。【意多違】杜甫、卽事：回首意多違；李商隱、春雨：白門寥落意多違。【羣侶違】韓愈、鳴雁：徘徊反顧羣侶違。【與心違】蘇軾、常潤道中有懷錢塘：年來事事與心違。【綵服違】孟浩然、送說然弟進士舉：承歡綵服違。【鬧不違】杜甫、寒食：鄰家鬧不違。【舊不違】杜甫、社日：　馨香舊不違。

## 霏

【煙霏】韓愈、山石：出入高下窮煙霏。【何霏霏】曹探、苦寒行：雪落何霏霏。【昏陰霏】李白、古風：萬象昏陰霏。【氣昇霏】韓愈、送區弘南歸：蜃沈海底氣昇霏。【煙霏霏】蘇軾、作書寄王晉卿：吹笙帳底煙霏霏。

## 菲

【芳菲】江總、遇長安使寄裴尚書：春草屢芳菲；李白、崔秋浦柳少府：此地忽芳菲。【食菲】韓愈、譴瘧鬼：飲芳而食菲。【無菲】無名氏、孤兒行：足下無菲。【菲菲】杜甫、甘林：秋花霏菲菲。【葑菲】韓愈、送區弘南歸：我念前人譬葑菲。【出幽菲】蘇軾、首夏官舍卽事：絳裙深樹出幽菲。

## 妃

【楚妃】李頎、琴歌：初彈淥水後楚妃。【王所妃】韓愈、送區弘南歸：處子窈窕王所妃。【册作妃】白居易、胡旋女：梨花園中册作妃。【安汝妃】韓愈、譴瘧鬼：歸居安汝妃。【吳宮妃】王維、西施詠：暮作吳宮妃。【照明妃】李白、王昭君：流影照明妃。

## 騑

【驂騑】蘇軾、華陰寄子由：速攜家餉勞驂騑；王維、送魏郡李太守赴任：淇上轉驂騑。【驅騑騑】韓愈、送區弘南歸：雖有不遠驅騑騑。

## 緋

【紫與緋】韓愈、送區弘南歸：佩服上色紫與緋。

## 飛

【南飛】曹操、短歌行：烏鵲南飛。【追飛】嵇康、贈秀才入軍：躡景追飛。【翻飛】李白、溫泉侍從歸逢故人：他日共翻飛。【一雁飛】李商隱、春雨：萬里雲羅一雁飛。【一帆飛】李白、送客歸吳：酒盡一帆飛。【天外飛】白居易、詠史：此作鸞鳳天外飛。【月兔飛】李白、觀獵：鷹隨月兔飛。【水軒飛】孟浩然、閑園懷蘇子：榮傍水軒飛。【白雲飛】劉徹、秋風辭：秋風起兮白雲飛。【白鳥飛】杜甫、曲江對酒：黃鳥時兼白鳥飛。【去若飛】李白、巴女詞：巴船去若飛。【去如飛】陸游、感舊：往人駿馬去如飛。【白鷺飛】李白、秋浦歌：月明白鷺飛。【西北飛】范雲、贈張徐州謖：爲我西北飛。【伏以飛】韓愈、送區弘南歸：蟲沙猨鶴伏以飛。【如絲飛】杜甫、兩不絕：映空搖颺如絲飛。【猶獨飛】陶潛、飲酒：日暮猶獨飛。【作團飛】蘇軾、作書寄王晉卿：落花胡蝶作團飛。【吳雲飛】李白、臨江王節士歌：燕鴻始入吳雲飛。【夜深飛】杜甫、夜：江鳥夜深飛。【東南飛】無名氏、焦仲卿妻：孔雀東南飛；無名氏、別詩：熠熠東南飛。【花亂飛】李商隱、落花：小園花亂飛。【來去飛】杜甫、閬水歌：水雞銜魚來去飛。【相與飛】陶潛、詠貧士：衆鳥相與飛。【南向飛】庾信、重別周尚書：秋來南向飛。【度若飛】無名氏、木蘭詩：關山度若飛。【起高飛】無名氏、古詩：奮翅起高飛。【胡沙飛】李商隱、戲題樞言草閣三十二韻：卻雜胡沙飛。【計群飛】元好問、答郭仲通：刺天何暇計群飛。【相隨飛】韓愈、別鵠操：且可繞樹相隨飛。【秋蓬飛】李白、感興：忽與秋蓬飛。【若雪飛】李白、白紵辭：揚眉轉袖若雪飛。【柳絮飛】王維、酬郭給事：桃李陰陰柳絮飛。【乘塵飛】孔融、雜詩：肌體乘塵飛。【凌風飛】無名氏、古詩：焉能凌風飛。【疾如飛】白居易、八駿圖：日行萬里疾如飛。【烏半飛】李頎、琴歌：月照城頭烏半飛。【高下飛】杜甫、寒食：風花高下飛。【梁上飛】無名氏、古詩：雉從梁上飛。【莫愁飛】李商隱、越燕：試近莫愁飛。【梁塵飛】李白、夜坐吟：從君萬曲梁塵飛。【黃葉飛】王勃、山中：山山黃葉飛。【黃鵠飛】阮籍、詠懷：不隨黃鵠飛。【烏還飛】杜甫、憶弟：春日烏還飛。【掠地飛】蘇軾、祭常山回小獵：趁兔蒼鷹掠地飛。【處處飛】孟浩然、賦得盈盈樓上女：楊花處處飛。【鳥不飛】元好問、岐陽：突騎連營鳥不飛。【雲中飛】李商隱、井泥：翻向雲中飛。【街裏飛】李商隱、對雪：柳絮章臺街裏飛。【款款飛】杜甫、曲江：點水蜻蜓款款飛。【著處飛】元好問、送杜子：又見孤雲著處飛。【鄉思飛】李白、秋夕旅懷：吹我鄉思飛。【雲雨飛】李白、江上寄巴東故人：巫山雲雨飛。【雁南飛】孟浩然、送詵然弟進士舉：早逐雁南飛。【雁初飛】杜牧、九日齊山登高：江涵秋影雁初飛。【塞塵飛】韓愈、烽火：誰謂塞塵飛。【煙塵飛】岑參、走馬川行：金山西見煙塵飛。【薄欲飛】蘇軾、將之湖州：吳兒膾縷薄欲飛。【暮雲飛】李白、句：煙逐暮雲飛。【羨鴻飛】孟浩然、泛湖歸越：誰不羨鴻飛。【落花飛】歐陽修、豐樂亭遊春：晴風蕩漾落花飛。【輕易飛】王維、歸輞川作：楊花輕易飛。【鳴且飛】韓愈、鳴雁：嗷嗷鳴雁鳴且飛。【遠奮飛】杜甫、甘林：慎莫遠奮飛。【綵雲飛】李白、宮中行樂詞：化作綵雲飛。【語還飛】李白、宮中行樂詞：簷前語還飛。【蝙蝠飛】韓愈、山石：黃昏到寺蝙蝠飛。【蟢子飛】

權德輿、王臺體：今朝蟢子飛。【轉蓬飛】鮑照、塞谷吟：平原千里願，但見轉蓬飛。【墮還飛】梅聖俞、秋日家居：鬭雀墮還飛。【燕誤飛】李商隱、效長吉：簾疏燕誤飛。【曉霜飛】孟浩然、寒夜：遮莫曉霜飛。【隨人飛】杜甫、送高三十五書記：側翅隨人飛。【薄天飛】曹植、情詩：翔鳥薄天飛。【薄樹飛】吳均、贈杜容成：桑蛾薄樹飛。【謝翻飛】吳邁遠、長別離：折羽謝翻飛。【鴻雁飛】王安石、明妃曲：只有年年鴻雁飛。【曙霜飛】李白、送白利從金吾董將軍西征：旌捲曙霜飛。【繞枝飛】陸游、月下：鵲棲不穩繞枝飛。【鶺鴒飛】孟浩然、送王五昆季省覲：遙望鶺鴒飛。【霹靂飛】韓愈、譴瘧鬼：舌作霹靂飛。【鶴自飛】蘇軾、宿州次韻劉涇：千古華亭鶴自飛。【鷓鴣飛】李白、越中覽古：只今唯有鷓鴣飛。【鶯亂飛】蘇軾、常潤道中有懷錢塘：草長江南鶯亂飛。【傍碧山飛】陸游、柳橋晚眺：故傍碧山飛。

## 非

【是非】王維、西施詠：君憐無是非；王維、贈劉藍田：　煩君問是非；杜甫、秋野：榮華有是非；元好問、岐陽：千里傳聞果是非；韓愈、送區弘南歸：九疑鑱天荒是非；王安石、賈生：少年明是非。【疑非】元好問、出都：登臨疑夢復疑非。【今已非】李白、古風：　昔是今已非。【不言非】鮑照、代放歌行：習苦不言非。【白屋非】杜甫、甘林：陋此白屋非。【吾道非】王維、送綦毋潛落第還鄉：　孰云吾道非。【洲渚非】韓愈、鳴雁：哀鳴欲下洲渚非。【臭穢非】韓愈、譴瘧鬼：不知臭穢非。【旋覺非】蘇軾、華陰寄子由：　夢裏還家旋覺非。【萬事非】蘇軾、送春：一洗人間萬事非。【幾人非】蘇軾、常潤道中有懷錢塘：　樽前點檢幾人非。【賓從非】蘇軾、莘老葺天慶觀小園：　五馬來時賓從非。

## 扉

【天扉】韓愈、送區弘南歸：我當爲子言天扉。【半扉】韓愈、宿曾江口示姪孫湘：　高處水半扉。【夜扉】杜甫、月圓：　寒江動夜扉。【郊扉】李商隱：送裴十四歸華州：　雲臺洞穴接郊扉。【柴扉】范雲、贈張徐州謖：有客款柴扉；李商隱、訪隱者不遇成二絕：哀猿啼處有柴扉；王維、送錢少府還藍田：應是返柴扉；陸游、雜詩：惠陵煙草掩柴扉；　王維、送別：日暮掩柴扉；王維、歸輞川作：惆悵掩柴扉；元好問、答郭仲通：東臯春草映柴扉；孟浩然、聞裴侍御朏自襄州司戶：載酒過柴扉。【荆扉】杜甫、贈韋贊善別：　復作掩荆扉；杜甫、傷秋：久客掩荆扉；杜甫、甘林：清曠喜荆扉；王維、送張五歸山：幸爲掃荆扉；王維、送綦毋潛落第還鄉：未幾拂荆扉；王維、渭川田家：倚杖候荆扉。【掩扉】王維、喜祖三至留宿：平生多掩扉；王維、送崔九興宗遊蜀：田園方掩扉。【開扉】王維、留別錢起：新月待開扉。【煙扉】韓愈、山石：出入高下窮煙扉。【墅扉】李商隱、訪隱者不遇成二絕：秋水悠悠侵墅扉。【巖扉】李白、贈別王山人歸布山：長嘯開巖扉。【日照扉】蘇軾、華陰寄子由：　四扇行看日照扉。【白板扉】王維、田家：雞鳴白板扉。【白竹扉】李商隱、夢令狐學士：山驛荒涼白竹扉。　【玉女扉】李商隱、對雪：寒氣先侵玉女扉。【光入扉】韓愈、山石：清月出嶺光入扉。【沾雙扉】無名氏、古詩：垂涕沾雙扉。【洛陽扉】王維、送崔興宗：相待洛陽扉。【風撼扉】李商隱、日射：日射紗窗風撼扉。【故園扉】孟浩然、留別王維：還掩故園扉。【晝掩扉】蘇軾、首夏官舍卽事：垂柳陰陰晝掩扉。【鳳掩扉】李商隱、聖女祠：龍護瑤窗鳳掩扉。【謝泉扉】李商隱、井泥：因言謝泉扉。

## 肥

【自肥】杜甫、晚晴：熊羆覺自肥。【輕肥】杜甫、甘林：未肯羨輕肥；杜甫、秋興八首：五陵衣馬自輕肥。【支子肥】韓愈、山石：芭蕉葉大支子肥。【身不肥】韓愈、鳴雁：毛羽摧落身不肥。【周昉肥】蘇軾、作書寄王晉卿：畫圖但覺周昉肥。【兔正肥】陸游、感舊：十月新霜兔正肥。【馬正肥】岑參、走馬川行：匈奴草黃馬正肥。【菰米肥】王維、送友人南歸：　楚人菰米肥。

## 腓

【塞草腓】高適、燕歌行：　大漠窮秋塞草腓。
【隱不腓】韓愈、送區弘南歸：　苟有令德隱不腓。

## 威

【武威】杜甫、送高三十五書記：觸熱向武威。
【軍威】李白、送白利從金吾董將軍西征：白起佐軍威。【德威】韓愈、送區弘南歸：況今天子鋪德威。【震威】杜甫、遣憤：雷霆可震威。【霜威】李白、至鴨欄驛上白馬磯贈裴侍御：爲我解霜威。【嚴威】李白、古風：天霜下嚴威。【不勝威】蘇軾、癸丑春分後雪：半開桃李不勝威。【公家威】杜甫、甘林：　返此公家威。【百步威】韓愈、猛虎行：眼有百步威。【柏臺威】孟浩然、聞裴侍御朏自襄州司戶：　尚有柏臺威。【感伊威】韓愈、送區弘南歸：　幽房無人感伊威。【瘧鬼威】韓愈、譴瘧鬼：　尙奮瘧鬼威。【漢武威】李商隱、少將：風高漢武威。【劉武威】李商隱、聖女祠：天上應無劉武威。

## 祈

【餘可祈】韓愈、送區弘南歸：　人生到此餘可祈。

## 旂

【芙蓉旂】韓愈、譴瘧鬼：手掉芙蓉旂。【直言旂】杜牧、送韋楚老歸朝：朱雲猶掉直言旂。

## 畿

【王畿】杜甫、甘林：貨市送王畿；杜甫、送班司馬入京：　四馬向王畿。【門畿】韓愈、譴瘧鬼：白石爲門畿。【京畿】韓愈、送區弘南歸：從我荊州來京畿。【聞帝畿】孟浩然、聞裴侍御朏自襄州司戶：芳聲聞帝畿。

## 機

【天機】杜甫、甘林：出處各天機。【戎機】無名氏、木蘭詩：萬里赴戎機。【危機】蘇軾、宿州次韻劉涇：　早知富貴有危機。【忘機】溫庭筠、利州南渡：　五湖煙水獨忘機。【兵機】杜甫、警急：　妙略擁兵機。【停機】韓愈、譴瘧鬼：焫灌無停機。【發機】韓愈、送區弘南歸：子去矣時若發機。【殘機】張九齡、　自君之出矣：不復理殘機。【入於機】李商隱、崔處士：夫子入於機。【坐鴛機】李商隱、即日：含淚坐鴛機。【兩忘機】蘇軾、送春：　鬢絲禪榻兩忘機。【約忘機】李商隱、贈從兄閬之：私書幽夢約忘機。【發陰機】蘇軾、癸丑春分後雪：故將新巧發陰機；元好問、岐陽：北風浩浩發陰機。【舊鴛機】李商隱、　悼傷後赴東蜀辟至散關遇雪：回夢舊鴛機。

## 幾

【庶幾】韓愈、送區弘南歸：雖不敕還情庶幾。【敵萬幾】李商隱、北齊：巧笑知堪敵萬幾。

## 譏

【罵譏】元好問、答郭仲通：此日孤主是罵譏；韓愈、譴瘧鬼：翁嫗所罵譏。【言不譏】韓愈、送區弘南歸：服役不辱言不譏。

## 磯

【問釣磯】李商隱、送裴十四歸華州：便欲因君問釣磯。【漁于磯】韓愈、送區弘南歸：或採于薄漁于磯。

## 鞿

【鞍鞿】韓愈、送區弘南歸：騰蹋衆駿事鞍鞿。【爲人鞿】韓愈、山石：豈必局束爲人鞿。【紫金鞿】蘇軾、作書寄王晉卿：門前騘馬紫金鞿。

## 璣

【水目璣】韓愈、送區弘南歸：野有象犀水目璣。

## 饑

亦作飢。【苦饑】曹丕、善哉行：薄暮苦饑。【亦念饑】阮籍、詠懷：蛩蛩亦念饑。【同時飢】曹操、苦寒行：人馬同時飢。【長渴饑】無名氏、別詩：以解長渴饑。【常渴饑】無名氏、別詩：一身常渴饑。

## 稀

【行稀】韓愈、烽火：相見恐行稀。【星稀】曹操、短歌行：月明星稀。【欲稀】王維、歸輞川作：漁樵稍欲稀。【人去稀】王維、送錢少府還藍田：桃源人去稀。【人士稀】韓愈、送區弘南歸：分散百寶人士稀。【人住稀】孟浩然、夕次蔡陽館：城荒人住稀。【方悟稀】王維、西施詠：貴來方悟稀。【友復稀】王維、送崔興宗：誰憐友復稀。【天星稀】李白、秋夕旅懷：覺罷天星稀。【天下稀】陸游、漁浦：漁浦江山天下稀。【天上稀】李白、秋浦歌：人間天上稀。【日夜稀】蘇軾、次韻呂梁仲屯田：雨葉風花日夜稀。【世中稀】李白、贈歷陽褚司馬：此樂世中稀。【玉繩稀】杜甫、夜宿西閣曉呈元二十一曹長：遠帶玉繩稀。【古來稀】杜甫、曲江：人生七十古來稀。【世所稀】孟浩然、留別王維：知音世所稀。【吏人稀】王維、酬郭給事：省中啼鳥吏人稀。【自古稀】李商隱、向晚：佳期自古稀。【何時稀】杜甫、甘林：戎馬何時稀。【列宿稀】杜甫、月圓：高懸列宿稀。【好客稀】杜甫、范二員外邈吳十侍御郁特枉駕闕展待聊寄此：村中好客稀。【行人稀】杜甫、黃草：赤甲山下行人稀。【豆苗稀】陶潛、歸園田居：草盛豆苗稀。【似汝稀】韓愈、譴瘧鬼：賤薄似汝稀。【把酒稀】陸游、聞雁：過盡梅花把酒稀。【見面稀】杜甫、十二月一日：老去親知見面稀。【知音稀】無名氏、古詩西北有高樓：但傷知音稀；王維、送綦毋潛落第還鄉：勿謂知音稀。【事者稀】李商隱、崔處士：如君事者稀。【所見稀】韓愈、山石：以火來照所見稀。【和音稀】孟浩然、泛湖歸越：巴歌和音稀。【紅葉稀】王維、闕題：天寒紅葉稀。【故人稀】王維、酬嚴少尹徐舍人：窮巷故人稀；王維、送魏郡李太守赴任：宛洛故人稀；王維、送崔九興宗遊蜀：轉覺故人稀。【恨見稀】李商隱、楚宮：猶自君王恨見稀。【省見稀】蘇軾、作書寄王晉卿：書生老眼省見稀；蘇軾、癸丑春分後雪：雪入春分省見稀。【風乍稀】杜甫、雨不絕：院裡長條風乍稀。【星欲稀】李頎、琴歌：四座無言星欲稀。【星宿稀】杜甫、見螢火：復亂檐邊星宿稀。【桑葉稀】王維、渭川田家：蠶眠桑葉稀。【消息稀】杜甫、憶弟：東西消息稀。【棲息稀】韓愈、鳴鴈：天長地闊棲息稀。【眼中稀】李白、月下吟：古來相接眼中稀。【刺使稀】杜甫、送班司馬入京：巴西刺使稀。【從此稀】杜甫、贈韋贊善別：音書從此稀。【短書稀】杜甫、雨：故舊短書稀。【感髮稀】蘇軾、除夜野宿常州城外：新沐頭輕感髮稀。【夢依稀】李商隱、春雨：殘宵猶得夢依稀。【漸覺稀】崔顥、長干曲：蓮舟漸覺稀。【聚星稀】孟浩然、送詵然弟進士舉：念爾聚星稀。【華門稀】王維、山居卽事：人訪華門稀。【樹影稀】陸游、月下：月白庭空樹影稀。【儔侶稀】杜甫、歸燕：其如儔侶稀。【曉夜稀】杜甫、傷秋：殷檉曉夜稀。【諫書稀】岑參、寄左省杜拾遺：自覺諫書稀。【舊會稀】李商隱、李衞公：鸞鏡佳人舊會稀。【識者稀】李商隱、訪隱者不遇成二絕：城郭休過識者稀。【覺來稀】李商隱、訪隱者不遇成二絕：夢中來數覺來稀。【關兵稀】高適、燕歌行：孤城落日鬭兵稀。

## 希

【生日希】孔融、雜詩：但恨生日希。【未可希】王維、田家：良苗未可希。【未足希】李商隱、送裴十四歸華州：二十中郎未足希。【安可希】王維、西施詠：效顰安可希。【老攸希】陶潛、詠三良：投義老攸希。【衆所希】韓愈、行贈李宗閔：正得衆所希。【終何希】韓愈、送區弘南歸：子雖勤苦終何希。【瑟漸希】蘇軾、宿州次韻劉涇：我欲歸休瑟漸希。

## 晞

【白露晞】曹植、情詩：今來白露晞。【見日晞】杜甫、甘林：夕露見日晞。【草露晞】裴廸、華子岡：還家草露晞。【淚痕晞】韓愈、送區弘南歸：開書拆衣淚痕晞。【雪先晞】蘇軾、莘老葺天慶觀小園：吳山寒盡雪先晞。【朝露晞】曹植、贈白馬王彪：去若朝露晞。

## 衣

【人衣】王維、闕題：空翠溼人衣。【毛衣】李白、秋浦歌：不敢照毛衣。【仙衣】杜甫、雨不絕：行雲莫自溼仙衣。【白衣】王維、酬嚴少府徐舍人：非關避白衣。【戎衣】杜甫、傷秋：天子尚戎衣。【朱衣】杜甫、送班司馬入京：正殿引朱衣。【沾衣】李商隱、落花：所得是沾衣。【征衣】王維、喜祖三至留宿：下馬拂征衣。【拂衣】王維、送張五歸山：一朝先拂衣。【客衣】杜甫、螢火：時罷點客衣；李白、豳歌行：胡霜蕭颯繞客衣。【春衣】蘇軾、四時詩：應將白紵作春衣。【寄衣】李商隱、悼傷後赴東蜀辟至散關遇雪：無家與寄衣。【寒衣】許渾、塞下曲：猶自寄寒衣。【黃衣】無名氏、子夜歌：粉拂生黃衣。【單衣】無名氏、孤兒行：夏無單衣。【裁衣】無名氏、焦仲卿妻：十四學裁衣。【無衣】王維、田家：卒歲且無衣。【寒衣】李白、秋夕旅懷：白露催寒衣。【朝衣】王維、酬郭給事：將因臥病解朝衣。【御衣】李白、溫泉侍從歸逢故人：承恩賜御衣。【舞衣】黃庭堅、贈鄭郊：菡萏晚風凋舞衣。【霑衣】杜牧、九日齊山登高：牛山何必獨霑衣。【羅衣】李白、寄遠：滅燭解羅衣；李白、贈郭將軍：美人向月舞羅衣；王維、西施詠：不自著羅衣。【寶衣】杜甫、即事：腰支勝寶衣。【鐵衣】李白、送白利從金吾董將軍西征：寒風生鐵衣；無名氏、木蘭詩：寒光照鐵衣。【一布衣】李商隱、井泥四十韻：自言一布衣；元好問、答郭仲通：白髮歸來一布衣。【五銖衣】李商隱、聖女祠：不寒長著五銖衣。【不勝衣】蘇軾、次韻王鞏顏復同泛舟：沈郎清瘦不勝衣。【化緇衣】元好問、送杜子：洛陽塵土化緇衣。【白袷衣】李商隱、春雨：悵臥新春白袷衣。【未拂衣】杜甫、曲江對酒：老大悲傷未拂衣。【未授衣】孟浩然、送洗然弟進士舉：寒多未授衣。【老萊衣】王維、送錢少府還藍田：目送老萊衣；王維、送友人南歸：遙識老萊衣。【成我衣】王維、贈劉藍田：餘布成我衣。【羽人衣】李商隱、越燕：猶著羽人衣。【血霑衣】杜甫、秋笛：奏苦血霑衣。【弄毛衣】韓愈、南山有高樹行贈李宗閔：婆娑弄毛衣。【身上衣】孟郊、遊子吟：遊子身上衣。【妻寄衣】韓愈、送區弘南歸：母附書至妻寄衣。【坐人衣】杜甫、見螢火：簾疏巧入坐人衣。【沾我衣】陶潛、歸園田居：夕露沾我衣；陶潛、詠三良：泫然霑我衣。【沾裳衣】無名氏、明月何皎皎：淚下沾裳衣。【雨滿衣】李商隱、訪隱者不遇成二絕：日暮歸來雨滿衣。【金縷衣】蘇軾、作書寄王晉卿：把盞一聽金縷衣；杜秋娘、金縷衣：勸君莫惜金縷衣。【放雪衣】蘇軾、常潤道中有懷錢塘：記得舍籠放雪衣。【紅蓮衣】王維、蓮花塢：畏溼紅蓮衣。【風吹衣】韓愈、山石：水聲激激風吹衣。【風入衣】李頎、琴歌：霜淒萬木風入衣。【拂人衣】裴廸、華子岡：山翠拂人衣。【涕沾衣】李白、古風：感我涕沾衣；王安石、貴生：不但涕沾衣。【淚沾衣】孔融、雜詩：不覺淚沾衣；韓愈、烽火：乃獨淚霑衣。【牽人衣】白居易、母別子：坐啼行哭牽人衣。【莫振衣】李白、沐浴子：浴蘭莫振衣。【淚滿衣】元好問、岐陽：空望岐陽淚滿衣。【淚溼衣】張仲素、秋閨思：愁聽寒螿淚溼衣。【寒無衣】無名氏、凜凜歲云暮：游子寒無衣。【換春衣】陸游、聞雁：熏籠香冷換春衣。【御臘衣】蘇軾、癸丑春分後雪：更暖須留御臘衣。【照我衣】阮籍、詠懷：餘光照我衣。【試春衣】李商隱、即日：小苑試春衣。【楚宮衣】李商隱、效長吉：窄窄楚宮衣。【著春衣】蘇軾、宿州次韻劉涇：舞雩何日著春衣。【著人衣】王安石、山中：芳氣著人衣。【照人衣】梅聖俞、秋日家居：苔色照人衣。【照綵衣】孟浩然、送王五昆季省覲：清江照綵衣。【新綬衣】杜甫、雨：衰客新綬衣。【綠蓑衣】陸游、蔬圃絕句：百錢新買綠蓑衣。【舞羅衣】李白、前有一樽酒行：舞羅衣。【滿征衣】蘇軾、祭常山回小獵：歸來紅葉滿征衣；蘇軾、華陰寄子由：東風吹雪滿征衣。【漢宮衣】王安石、明妃曲：可憐著盡漢宮衣。【漢臣衣】杜甫、遣憤：再溼漢臣衣。【罷縫衣】孟浩然、寒夜：佳人罷縫衣。【歎短衣】杜甫、夜：哀歌歎短衣。【縫春衣】王維、送綦毋潛落第還鄉：京洛縫春衣。【薦紅衣】李商隱、如有：菡萏薦紅衣。【謝莊衣】李商隱、對雪：有情應溼謝莊衣。【點人衣】杜甫、十二月一日三首：輕輕柳絮點人衣。【溼羅衣】杜甫、黃草：誰家別淚溼羅衣。【繡羅衣】李白、宮中行樂：石竹繡羅衣。【嬾縫衣】孟浩然、賦得盈盈樓上女：愁思嬾縫衣。【飄我衣】曹植、情詩：清風飄我衣。【露溼衣】陸游、月下：撲得流螢露溼衣。【豔舞衣】李白、宮中行樂詞：新花豔舞衣。

## 依

【可依】曹操、短歌行：無枝可依。【因依】韓愈、送區弘南歸：離其母妻絕因依；杜甫、閬水歌：石黛碧玉相因依。【依依】陶潛、飲酒：去來何依依；陶潛、還舊居：　有處特依依；無名氏、焦仲卿妻：二情同依依；無名氏、別詩：思心常依依；王維、渭川田家：相見語依依；李商隱、桂林路中作：猶向客依依。　【相依】李商隱、贈從兄閬之：寒塘好與月相依；韓愈、落葉送陳羽：邂逅暫相依。【託依】韓愈、南山有高樹行贈李宗閔：羣鳥所託依。【無依】陶潛、詠貧士：孤雲獨無依。【可以依】杜甫、甘林：長老可以依。【安所依】孔融、雜詩：　飄颻安所依。【相因依】阮籍、詠懷：寒鳥相因依。【許相依】蘇軾、除夜野宿常州城外：孤舟一夜許相依。【當何依】曹植、七哀詩：　賤妾當何依。【綺逾依】杜甫、月圓：照席綺逾依。　【識所依】韓愈、鳴雁：去寒就暖識所依。

## 巍

【巍巍】韓愈、譴瘧鬼：門戶何巍巍；韓愈、送區弘南歸：王都觀闕雙巍巍。

## 歸

【不歸】王安石、明妃曲：　一去心知更不歸。【北歸】韓愈、鳴雁：窮秋南去春北歸。　【同歸】杜甫、送韓十四江東覲省：　故鄉猶恐未同歸。【早歸】李白、白雲歌：白雲堪臥君早歸。

【西歸】李白、西嶽雲臺歌：東來蓬萊復西歸。【忘歸】嵇康、贈秀才入軍：右接忘歸；杜甫、寒食：雞犬亦忘歸。【東歸】王維、送崔興宗：遊宦盡東歸。【來歸】陶潛、飲酒：　斂翮遙來歸。【思歸】孟浩然、泛湖歸越：吟會是思歸。【將歸】王勃、山中：萬里念將歸。【復歸】韓愈、落葉送陳羽：斷蓬無復歸。【暗歸】李白、送蔡山人：　大道可暗歸。【暮歸】王維、蓮花塢：洲長多暮歸。【一東歸】曹操、苦寒行：思欲一東歸。【十年歸】無名氏、木蘭詩：壯士十年歸。【人夜歸】王維、贈劉藍田：　山村人夜歸。【二月歸】李商隱、對雪：　留待行人二月歸。【人未歸】李商隱、嘲櫻桃：青樓人未歸。【人心歸】白居易、七德舞：以心感人人心歸。【子自歸】無名氏、焦仲卿妻：　不圖子自歸。【久不歸】李商隱、贈從兄閬之：莫損幽芳久不歸。【千騎歸】李白、從軍行：　獨領殘兵千騎歸。【方來歸】范雲、贈張徐州謖：　薄暮方來歸。【牛羊歸】王維、渭川田家：窮巷牛羊歸。【水來歸】無名氏、孤兒行：暮待水來歸。　【不如歸】無名氏、豔歌行：遠行不如歸。　【不得歸】無名氏、別詩：念子不得歸。【不更歸】韓愈、山石：安得至老不更歸。【不言歸】李白、擬古：飄颻不言歸。【不思歸】蘇軾、華陰寄子由：三年無日不思歸。【月中歸】李白、醉題王漢陽廳：取醉月中歸。【去還歸】陶潛、還舊居：六載去還歸。【白雲歸】王維、留別錢起：每與白雲歸。【半迎歸】李商隱、離亭賦得折楊柳：半留相送半迎歸。【仍欲歸】李商隱、落花：眼穿仍欲歸。【去不歸】李白、王昭君：天涯去不歸。【未能歸】李白、梁園吟：黃金買醉未能歸。【白骨歸】杜甫、秋笛：征人白骨歸。【半不歸】許渾、塞下曲：秦兵半不歸。【未盡歸】杜甫、遣憤：論功未盡歸。【同此歸】陶潛、詠三良：願言同此歸。【同車歸】無名氏、古詩：攜手同車歸。【早旋歸】無名氏、古詩：不如早旋歸。【行不歸】李白、學古思邊：征人行不歸。【自知歸】杜甫、歸燕：八月自知歸。【自陝歸】杜甫、送班司馬入京：鳴鑾自陝歸。【老萊歸】孟浩然、送王五昆季省覲：親望老萊歸。【忘所歸】阮籍、詠懷：磬折忘所歸。【何處歸】王維、喜祖三至留宿：高車何處歸。李白、幽歌行：落葉飄揚何處歸。【何歲歸】王維、送崔九興宗遊蜀：遊人何歲歸。【何人歸】王維、送張五歸山：復送何人歸。【坐迷歸】李商隱、楚宮：高唐宮暗坐迷歸。【伴潮歸】陸游、漁浦：隨潮入縣伴潮歸。【泛月歸】李白、陪侍郎叔遊洞庭醉後：湖心泛月歸。【步輦歸】李白、宮中行樂詞：常隨步輦歸。【沙際歸】杜甫、閬水歌：更復春從沙際歸。【形不歸】曹植、贈白馬王彪：一往形不歸。【忽如歸】曹植、白馬篇：視死忽如歸。【采菱歸】王維、山居卽事：處處采菱歸。【夜中歸】韓愈、烽火：秉燭夜中歸。【知人歸】杜甫、甘林：好鳥知人歸。【迎婦歸】陸游、雜詠：燈火喧呼迎婦歸。【夜歌歸】李白、秋浦歌：一道夜歌歸。【空自歸】孟浩然、留別王維：朝朝空自歸。【空望歸】孟浩然、賦得盈盈樓上女：青樓空望歸。【相遺歸】無名氏、焦仲卿妻：及時相遣歸。【秋不歸】李商隱、越燕：此鄉秋不歸。【負米歸】李商隱、崔處士：惟歡負米歸。【約黃歸】李商隱、效長吉：昨夜約黃歸。【祓禊歸】李商隱、向晚：南朝祓禊歸。【奔逃歸】白居易、縛戎人：脫身冒死奔逃歸。【後門歸】李商隱、少將：花月後門歸。【待狗歸】韓愈、嗟哉董生行：以翼來覆待狗歸。【苦思歸】蘇軾、除夜野宿常州城外：鄉音無伴苦思歸。【柳上歸】李白、宮中行樂詞：　春風柳上歸。【逆浪歸】杜甫、兩不絕：　未待安流逆浪歸。【故園歸】杜甫、傷秋：似有故園歸。【待人歸】杜甫、夜宿西閣：　有意待人歸。【胡不歸】蘇軾、首夏官舍即事：　客子倦遊胡不歸。【軍不歸】韓愈、送區弘南歸：　穆昔南征軍不歸。【待船歸】溫庭筠、利州南渡：柳邊人歇待船歸。【逆潮歸】崔顥、長干曲：獨自逆潮歸。【相伴歸】王安石、山中：尋雲相伴歸。【待鶴歸】陸游、柳橋晚眺：橫林待鶴歸。【春已歸】歐陽修、豐樂亭遊春：明日酒醒春已歸。【送君歸】王維、送沈子歸江東：　江南江北送君歸。【海燕歸】王維、送錢少府還藍田：　時同海燕歸。【郢城歸】王維、送友人南歸：　孤客郢城歸。【送雁歸】陸游、聞雁：又在江南送雁歸。【荷鋤歸】陶潛、歸園田居：帶月荷鋤歸。【將安歸】阮籍、詠懷：中路將安歸。【假暫歸】無名氏、焦仲卿妻：因求假暫歸。　【啄泥歸】韓愈、別鵠操：雌鵠啄泥歸。【逕中歸】黃庭堅、贈鄭郊：還尋密竹逕中歸。【鳥知歸】杜甫、秋野：林茂鳥知歸。【望汝歸】杜甫、憶弟：二年望汝歸。【復索歸】李商隱、如有：　相難復索歸。【幾時歸】李商隱、聖女祠：每朝珠館幾時歸。【游不歸】蘇軾、大雪青州道士：惟有使君游不歸。【御香歸】岑參、寄左省杜拾遺：暮惹御香歸。【猶不歸】杜甫、贈韋贊善別：自憐猶不歸。【渡河歸】杜甫、即事：生得渡河歸。【道韞歸】李商隱、送裴十四歸華州：雪夜詩成道韞歸。【當直歸】李商隱、夢令狐學士：鳳詔裁成當直歸。【路所歸】韓愈、宿曾江口示姪孫湘：不知路所歸。【盡來歸】王維、送綦毋潛落第還鄉：英靈盡來歸。【僧獨歸】李商隱、桂林路中作：沙平僧獨歸。【盡醉歸】杜甫、曲江：每日江頭盡醉歸。【鳳笙歸】元好問、出都：廣寒猶想鳳笙歸。【漫無歸】杜甫、警急：　公主漫無歸。【樂忘歸】蘇軾、作書寄王晉卿：王孫出遊樂忘歸。【醉酒歸】李白、贈郭將軍：薄暮垂鞭醉酒歸。【醉中歸】蘇軾、　次韻王鞏顏復同泛舟：　讙呼船重醉中歸。【醉忘歸】李白、白紵辭：　激楚結風醉忘歸。【誰與歸】王安石、賈生：今人誰與歸。【獨不歸】江總、遇長安使寄裴尚書：　南冠獨不歸。【獨自歸】李商隱、春雨：珠箔飄燈獨自歸。【隨車歸】蘇軾、吳中田婦歎：天晴獲稻隨車歸。【遲遲歸】孟郊、遊子吟：意恐遲遲歸。【雁南歸】劉徹、秋風辭：草木黃落兮雁南歸。【騎馬歸】王維、酬嚴少尹徐舍人：無妨騎馬歸。【歸不歸】王維、送別：王孫歸不歸。【藁砧歸】權德輿、玉臺體：莫是藁砧歸。【歸未歸】杜甫、見螢火：來歲如今歸未歸。【白雲歸】王維、歸輞川作：獨向白雲歸。

欷

亦作唏。【嗟唏】韓愈、送區弘南歸：獨子之節可嗟唏。

頎

【頎頎】韓愈、送區弘南歸：業成志樹來頎頎。

圻

【涯圻】韓愈、宿曾江口示姪孫湘：其誰識涯圻。【臨圻】王維、送沈子歸江東：罟師盪槳向臨圻。【鎮江圻】韓愈、除官赴闕至江州寄鄂岳李大夫：旌餙鎮江圻。

機

【受機】韓愈、送區弘南歸：蔽能者誅薦受機。

晞

【誰敢晞】蘇軾、作書寄王晉卿：行人舉頭誰敢晞。

沂　禕　誹　淝　痱　豨　溦　徽　楎

蜚　騑　扉　蝛　葳　肵　刉　鐖　穖

嘰　鵗　譩　溰　鬿　緋　婓　碕　騩

【對偶】

王維、送崔興宗：塞迴山河淨，天長雲樹微。岑參、寄左省杜拾遺：聯步趨丹陛，分曹限紫微。李商隱、向晚：花情羞脈脈，柳意悵微微。李商隱、越燕：拂水斜紋亂，銜花片影微。李商隱、如有：浦外傳光遠，煙中結響微。李白、送賀監歸四明應制：瑤臺合霧星辰滿，仙嶠浮空島嶼微。李商隱、贈從兄閬之：荻花村裏魚標在，石蘚庭中鹿跡微。王維、留別錢起：徇祿仍懷橘，看山免採薇。王維、喜祖三至留宿：行人返深巷，積雪帶餘暉。王維、送綦毋潛落第還鄉：遠樹帶行客，孤村當落暉。李白、秋夕旅懷：目極浮雲色，心斷明月暉。李商隱、落花：參差連曲陌，迢遞送斜暉。杜牧、九日齊山登高：但將酩酊酬佳節，不用登臨歎落暉。李白、送白利從金吾董將軍西征：劍決浮雲氣，弓彎明月暉。李商隱、少將：青海聞傳箭，天山報合圍。　王維、酬郭給事：晨搖玉佩趨金殿，夕奉天書拜瑣闈。　孟浩然、留別王維：欲尋芳草去，惜與故人違。　王維、歸輞川作：菱蔓弱難定，楊花輕易飛。　李白、江上寄巴東故人：漢水波浪遠，巫山雲雨飛。　李白、觀獵：箭逐雲鴻落，鷹隨月兔飛。李白、宮中行樂詞：宮鶯嬌欲醉，簷燕語還飛。岑參、寄左省杜拾遺：白髮悲黃落，青雲羨鳥飛。　李商隱、效長吉：鏡好鸞空舞，簾疏燕誤飛。　李商隱、即日：夭桃惟是笑，舞蝶不空飛。　李商隱、對雪：梅花大庾嶺頭發，柳絮章臺街裏飛。　溫庭筠、利州南渡：數叢沙草羣鷗散，萬頃江田一鷺飛。　李商隱、井泥四十韻：寄辭別地脈，因言謝泉扉。　李商隱、令狐八拾遺見招送裴十四歸華州：漢苑風煙吹客夢，雲臺洞穴接郊扉。　李商隱、聖女祠：無質易有崔羅什，天上應無劉武威。　王維、山居即事：鶴巢松樹遍，人訪蓽門稀。　孟浩然、留別王維：當路誰相假，知音世所稀。　王維、酬郭給事：禁裏疏鐘官舍晚，省中啼鳥吏人稀。　李商隱、春雨：遠路應悲春晼晚，殘宵猶得夢依稀。　王維、送綦毋潛落第還鄉：江淮度寒食，京洛逢春

衣。　王維、山居即事：綠竹合新粉，紅蓮落故衣。　王維、送錢少府還藍田：手持平子賦，目送老萊衣。　王維、酬嚴少尹除舍人：偶值乘藍輿，非關避白衣。　李白、沐浴子：沐芳莫彈冠，浴蘭莫振衣。　李白、宮中行樂詞：山花插寶髻，石竹繡羅衣。　李白、宮中行樂詞：遲日明歌席，新花豔舞衣。　李商隱、效長吉：長長漢殿眉，窄窄楚宮衣。　李商隱、如有：芭蕉開綠扇，菡萏薦紅衣。　李白、贈郭將軍：愛子臨風吹玉笛，美人向月舞羅衣。　李商隱、對雪：欲舞定隨曹植馬，有情應溼謝莊衣。　李商隱、聖女祠：無質易迷三里霧，不寒長著五銖衣。李商隱、桂林路中作：空餘蟬嘒嘒，猶向客依依。　李商隱、贈從兄閬之：幽徑定攜僧共入，寒塘好與月相依。　王維、送崔興宗：君王未西顧，遊宦盡東歸。　王維、送錢少府還藍田：每候山櫻發，時同海燕歸。　李白、宮中行樂詞：寒雪梅中盡，春風柳上歸。　岑參、寄左省杜拾遺：曉隨天仗入，暮惹御香歸。　李商隱、崔處士：未肯投竿起，惟歎負米歸。　李商隱、越燕：上國社方見，此鄉秋不歸。　李商隱、少將：煙波別墅醉，花月後門歸。　李商隱、桂林

路中作、村小犬相護，沙平僧獨歸。　李商隱、向晚：北土鞦韆罷，南朝祓禊歸。　李商隱、落花：腸斷未忍掃，眼穿仍欲歸。　李白、贈郭將軍：平明拂劍朝天去，薄暮垂鞭醉酒歸。　李商隱、送裴十四歸華州：蘭亭讌罷方回去，雪夜詩成道韞歸。　杜牧、九日齊山登高：塵世難逢開口笑，菊花須插滿頭歸。　溫庭筠、利州南渡：波上馬嘶看棹去，柳邊人歇待船歸。

# 六魚 古通虞韻略同

## 魚

【巨魚】杜甫、中宵：潛波想巨魚。【見魚】賈島、送唐環歸敷水莊：沙泉鶴見魚。【金魚】韓愈、示兒：玉帶懸金魚。【神魚】曹植、儷人篇：何伯獻神魚。【捕魚】陸游、漁翁：老翁破浪行捕魚。【釣魚】杜牧、齊安郡晚秋：唯有蓑翁坐釣魚。【煮魚】杜甫、過客相尋：呼兒問煮魚。【溪魚】杜甫、秋野：分減及溪魚。【羨魚】黃庭堅、池口風雨留三日：我適臨淵不羨魚。【鯨魚】蘇軾、送楊傑：笑厲東海騎鯨魚。【蠹魚】黃庭堅、謝送宣城筆：勝與朱門飽蠹魚；陸游、秋夜讀書戲作：別駕生涯似蠹魚；李商隱、和劉評事永樂閑居見寄：敧枕時驚落蠹魚。【一雙魚】韓愈、青青水中蒲：下有一雙魚。【二寸魚】杜甫、白小：天然二寸魚。【北溟魚】李白、贈史郎中：一化北溟魚。【枯池魚】左思、詠史：塊若枯池魚。【待雙魚】李商隱、有懷在蒙飛卿：從古待雙魚。【侶禽魚】蘇軾、將往終南和子由見寄：欲往南溪侶禽魚。

【涸轍魚】李白、擬古：塊然涸轍魚。【遊川魚】李白、遊南陽白水登石激作：心閒遊川魚。【羨躍魚】李白、送別得書字：潭澄羨躍魚。【縱壑魚】蘇軾、遊廬山次韻章傳道：野性猶同縱壑魚。【龍爲魚】李白、遠別離：君失臣兮龍爲魚。【雙鯉魚】無名氏、飲馬長城窟行：遺我雙鯉魚。【鱠鯉魚】王維、洛陽女兒行：侍女金盤鱠鯉魚。【鼈與魚】杜甫、溪漲：況是鼈與魚。

## 漁

【畋漁】儲光羲、田家雜興：所樂在畋漁。【樵漁】孟浩然、尋白鶴巖張子容隱居：林壑罷樵漁。【水而漁】韓愈、嗟哉董生行：或山而樵，或水而漁。【漁父漁】王維、戲贈張五弟諲：時從漁父漁。【聞夜漁】孟浩然、宿武陽即事：扣舷聞夜漁。

## 初

【有初】杜甫、除架：人生亦有初。【厥初】韓愈、示兒：其無迷厥初。【魯初】王維、上張令公：王章笑魯初。【十年初】蘇軾、遊廬山次韻章傳道：較量筋力十年初。【二月初】孟浩然、送盧少府使入秦：嬌鶯二月初。【人定初】無名氏、焦仲卿妻：寂寂人定初。【心地初】杜甫、謁文公上方：回向心地初。【太素初】王維、贈東嶽進鍊師：時論太素初。【泊岸初】孟浩然、宿武陽即事：孤舟泊岸初。【夜方初】王維、飯覆釜山僧：鳴磬夜方初。【得意初】李商隱、漫成：何郎得意初。【雁來初】杜牧、齊安郡晚秋：酒醒孤枕雁來初。【開坼初】李商隱、木蘭：木蘭開坼初。【鳴籟初】蕭慤、秋思：華林鳴籟初。【曉晴初】蘇軾、次韻柳子玉見寄：薄雷輕雨曉晴初。【縱目初】杜甫、登兗州城樓：南樓縱目初。

## 書

【上書】孟浩然、歲暮歸南山：北闕休上書。【附書】王維、伊州歌：歸雁來時數附書。【素書】杜甫、寄岑嘉州：不道故人無素書。【託書】謝莊、懷園引：候歸煙而託書。【琴書】杜甫、過客相尋：客至罷琴書。【著書】黃庭堅、次韻答曹子方雜言：曲肱嬾著書。【農書】王維、過趙叟家宴：散帙曝農書。【圖書】王維、徐公挽歌：漢室賴圖書。【檢書】黃庭堅、復次韻戲答：掃地如鏡能檢書。【讀書】黃庭堅、次雙井茶送孔常父：無日不聞公讀書。【一字書】李白、行行遊且獵篇：生年不讀一字書。【一行書】岑參、玉關寄李主簿：故人何惜一行書。【一紙書】李商隱、寄令狐郎中：雙鯉迢迢一紙書。【一束書】韓愈、示兒：止攜一束書。【八行書】韓握、安貧：手風慵展八行書。【大雷書】李白、秋浦寄內：却寄大雷書。【五車書】孟浩然、送告八從軍：何必五車書。【尺素書】李白、擣衣篇：銜得雲中尺素書。【少來書】杜甫、中宵：兵甲少來書。【父老書】王維、送崔五太守：回與臨邛父老書。【五色書】王維、上張令公：朝聞五色書。【太史書】王維、和尹諫議史館山池：山藏太史書。【不成書】李商隱、槿花：燮錦不成書。【且炫書】蘇軾、次韻孫華老見贈：羅趙前頭且炫書。【古人書】王維、送孟六：笑讀古人書。【吏文書】黃庭堅、謝送宣城筆：不將閑寫吏文書。【存諸書】韓愈、豐陵行：三代舊制存諸書。【枕前書】李九齡、山中寄友人：窗前流水枕前書。【見細書】陸游、秋夜讀書戲作：五十燈前見細書。【弄麞書】蘇軾、賀陳述古弟章生子：惟愁錯寫弄麞書。【別前書】孟浩然、送盧少府使入秦：離恨別前書。【定誤書】黃庭堅、省中烹茶懷子瞻用前韻：竟陵谷簾定誤書。【牀上書】杜甫、溪漲：散亂牀上書。【夜讀書】陸游、讀書：射雉歸來夜讀書。【夜中書】王維、贈東嶽進鍊師：明日夜中書。【金字書】白居易、兩朱閣：寺門勒榜金字書。【爲君書】蘇軾、遊廬山次韻章傳道：當令阿買爲君書。【前日書】高適、哭梁九少府：見君前日書。【看道書】王維、飯覆釜山僧：焚香看道書。【待鶴書】李商隱、和劉評事永樂閒居見寄：尚賁衡門待鶴書。【畏簡書】李商隱、籌筆驛：猿鳥猶疑畏簡書。【能著書】黃庭堅、聊復戲答：端爲失明能著書。【寄尺書】無名氏、孤兒行：願欲寄尺書。【森寶書】黃庭堅、雙井茶送子瞻：天上玉堂森寶書。【絕交書】黃庭堅、戲呈孔毅父：孔方兄有絕交書。【窗下書】李白、金門答蘇秀才：花落窗下書。【紫泥書】李白、贈史郎中：銜出紫泥書；李白、送別得書字：應降紫泥書。【萬里書】庾信、寄王琳：開君萬里書。【幾封書】高適、送李少府王少府：衡陽歸雁幾封書。【解著書】元好問、贈答趙仁甫：卻爲窮愁解著書。【遺兒書】黃庭堅、和答子瞻：報人間疾遺兒書。【誦詩書】無名氏、焦仲卿妻：十六誦詩書。【數行書】陳道師、寄外舅郭大夫：淚盡數行書。【聚螢書】王維、消如玉壺冰：宵映聚螢書。【聞遠書】李商隱、木蘭：驚新聞遠書。【豫章書】李白、南流夜郎寄內：南來不得豫章書。【憶校書】李商隱、代祕書贈弘文館諸校書：無限紅梨憶校書。【蠆尾書】黃庭堅、寄惠山泉：並得新詩蠆尾書。【謾看書】蘇軾、次韻柳子玉見寄：出門無侶謾看書。【露痕書】賈島、送唐環歸敷水莊：葉帶露痕書。【續漢書】蘇軾、蘇子容母陳夫人挽詞：知有班昭續漢書。【讀我書】陶潛、讀山海經：時還讀我書。【讀殘書】黃庭堅、池口風雨留三日：暮窗歸了讀殘書。【觀群書】左思、詠史：卓犖觀群書。

## 舒

【卷舒】韓愈、符讀書城南：簡編可卷舒；杜甫、謁文公上方：長蘆紛卷舒。【心神舒】杜甫、五盤：坦然心神舒。【卷以舒】韓愈、豐陵行：偃蹇旂旆卷以舒。【縱橫舒】陶潛、擬古：草木縱橫舒。

## 居

【平居】韓愈、豐陵行：供養朝夕象平居。【白居】李白、擬古：何乃愁自居。【安居】杜甫、惜別行：號令明白人安居。【寓居】杜甫、酬高使君相贈：空房客寓居。【起居】韓愈、嗟哉董生行：上堂問起居。【巢居】杜甫、五盤：野人半巢居。【寄居】曹植、仙人篇：人生如寄居。【閒居】儲光義、田家雜興：歸家蹔閒居。【暫居】李商隱、和劉評事永樂閒居見寄：白社幽閒君蹔居。【舊居】陳師道：寄外舅郭大夫：妻孥且舊居。【隱居】王維、過趙叟家宴：閉門成隱居。【離居】李白、擣衣篇：嚬蛾對影恨離居。杜甫、清明：干戈未息苦離居。【謫居】高適、送李少府王少府：駐馬銜杯問謫居。【巖居】杜甫、柏學士茅屋：白馬却走身巖居。【子雲居】高適、哭梁九少府：疑是子雲居。【久索居】李商隱、有懷在蒙飛卿：當年久索居。【久離居】李商隱、寄令狐郎中：嵩雲秦樹久離居。【江城居】杜甫、寄岑嘉州：豈意出守江城居。【坐貧居】元好問、贈答趙仁甫：　南冠牢落坐貧居。【並門居】黃庭堅、次雙井茶送孔常父：校經同省並門居。【思其居】杜甫、溪漲：　終日思其居。【昔人居】陶潛、歸園田居：依依昔人居。【玳筵居】李白、詠山樽：遂忝玳筵居。【高下居】杜甫、謁文公上方：山僧高下居。【素冰居】王維、清如玉壺冰：　偏許素冰居。【野人居】杜牧、齊安郡晚秋、使君家似野人居。【專城居】杜甫、草堂：亦擁專城居；王維、送崔五太守：少年白皙專城居。【庾信居】李商隱、過鄭廣文舊居：　異代應教庾信居。【遍曾居】王維、贈東嶽進鍊師：五嶽遍曾居。【無處居】白居易、兩朱閣：比屋齊民無處居。【揭陽居】韓愈、別趙子：君先揭陽居。【遠近居】黃庭堅、觀化：人在青山遠近居。【與誰居】韓愈、青青水中蒲：我在與誰居。【對門居】蕭衍、東飛伯勞歌：誰家兒女對門居。【蓬蒿居】王維、飯覆釜山僧：顧我蓬蒿居。【澗谷居】韓愈、示兒：有類澗谷居。

## 裾

【衣裾】杜甫、草堂：低徊入衣裾。【襟裾】韓愈、符讀書城南：馬牛而襟裾。【簪裾】王維、上張令公：漢相儼簪裾。【不勝裾】李商隱、木蘭：煙態不勝裾。【未濺裾】蘇軾、次韻柳子玉見寄：陌上春泥未濺裾。【老萊裾】蘇軾、余主簿母挽詩：　一時灑向老萊裾。【紅羅裾】辛延年、羽林郎：給我紅羅裾。【從朝裾】韓愈、示兒：子孫從朝裾。【羅衣裾】無名氏、古詩：吹我羅衣裾。

## 車

【公車】王維、上張令公：薦士滿公車。【五車】王維、晚春嚴少尹與諸公見過：圖書共五車。【香車】王維、劇嘲史寰：門前初下七香車。【後車】王維、徐公挽歌：貂蟬託後車。【軒車】元好問、贈答趙仁甫：不聞門外有軒車。【盈車】李白、送族弟凝之滁求婚崔氏：擲果定盈車。【迴車】李白、妾薄命：不肯暫迴車。【五雲車】李白、陌上贈美人：垂鞭直拂五雲車。【走傳車】李商隱、籌筆驛：終見降王走傳車。【長者車】黃庭堅、和答子瞻：一月空回長者車。【挂後車】蘇軾、遊廬山次韻章傳道：還有鴟夷挂後車。【故人車】陶潛、讀山海經：頗迴故人車。【軟輪車】王維、贈東嶽焦鍊師：時降軟輪車。【畫輪車】王維、上張令公：方佇畫輪車。【幾時車】李商隱、木蘭：油壁幾時車。【載後車】蘇軾、次韻柳子玉見寄：定把鴟夷載後車。【轉使車】孟浩然、送盧少府使入秦：山河轉使車。

## 渠

【石渠】黃庭堅、詠猩猩毛筆：勳勞在石渠；王維、上張令公：橫經重石渠。【汚渠】蘇軾、送楊傑：下視蚊雷隱汚渠。【白車渠】杜甫、謁文公上方：價重白車渠。【自招渠】蘇軾、捕蝗至浮雲嶺：老身窮苦自招渠。【政要渠】黃庭堅、送范德孺知慶州：論道經邦政要渠。【莫嫌渠】陸游、十月苦蠅：痴蠅擾擾莫嫌渠。【敢望渠】蘇軾、次韻孫莘老見贈：造物無心敢望渠。【溜決渠】杜甫、柏學士茅屋：秋水浮階溜決渠。

## 蕖

【詠芙蕖】李商隱、漫成二首：霧夕詠芙蕖。

## 予

同余。【正愁予】蘇軾、和邵同年戲贈賈收秀才：煙波渺渺正愁予。【君與予】王維、戲贈張五弟諲：只應君與予。【便起予】孟浩然、送告八從軍：多才便起予。

## 譽

【名譽】韓愈、符讀書城南：況望多名譽。

## 輿

【金輿】王維、班婕妤：門外度金輿。【宸輿】王維、徐公挽歌：翊戴奉宸輿。【靈輿】韓愈、豐陵行：幽坎晝閉空靈輿。【卿相輿】左思、詠史：門無卿相輿。

## 餘

【十餘】李白、擣衣篇：閨裏佳人年十餘。【丈餘】無名氏、讀曲歌：郎來買丈餘。【尺餘】杜甫、溪漲：溪水纔尺餘。【不願餘】左思、詠史：貴足不願餘。【有餘】王維、飯覆釜山僧：

此日閒有餘；杜甫、五盤：山色佳有餘。【秦餘】孟浩然、宿武陽即事：人物是秦餘。【無餘】曹植、贈丁翼：觴至反無餘。【遺餘】蘇軾、蘇子容母陳夫人挽詞：墓碑千字多遺餘。【羸餘】韓愈、豐陵行：資送禮備無羸餘。【十年餘】杜甫、謁文公上方：不下十年餘。【十三餘】杜牧、贈別：娉娉嫋嫋十三餘。【十載餘】王維、伊州歌：蕩子從戎十載餘。【千萬餘】辛延年、羽林郎：兩鬟千萬餘。【千里餘】孟浩然、送盧少府使入秦：相去千里餘。【不敢餘】杜甫、草堂：食薇不敢餘。【今幾餘】蘇軾、答李杞寺丞：吾年凜凜今幾餘。【自有餘】韓愈、示兒：於我自有餘。【況其餘】蘇軾、次韻孫莘老見贈：子猶淪落況其餘。【或有餘】李商隱、木蘭：諷紅或有餘。【砌月餘】王維、清如玉壺冰：光言砌月餘。【恨有餘】李商隱、籌筆驛：梁父吟成恨有餘；李商隱、過鄭廣文舊居：宋玉平生恨有餘。【無復餘】陶潛、歸園田居：死沒無復餘。【理蝗餘】蘇軾、捕蝗至浮雲嶺：區區猶欲理蝗餘。【梳掃餘】李商隱、槿花：玉房梳掃餘。【萬卷餘】杜甫、柏學士茅屋：年少今開萬卷餘。【萬丈餘】曹植、儛人篇：雙闕萬丈餘。【萬年餘】王維、和尹諫議史館山池：芳草萬年餘。【萬有餘】韓愈、別趙子：其里萬有餘。【楝梁餘】李白、詠山樽：材是楝梁餘。【富有餘】蘇軾、再和李杞寺丞：知君篋櫝富有餘。【萬里餘】陸游、愁晚思梁益舊遊：憶昔西行萬里餘。【嗟幾餘】蘇軾、將往終南和子由見寄：歲云暮矣嗟幾餘。【頗有餘】無名氏、陌上桑：十五頗有餘。【寬有餘】白居易、兩朱閣：尼院佛庭寬有餘。【魯殿餘】杜甫、登兗州城樓：荒城魯殿餘。【樂有餘】蘇軾、余主簿母挽詩：自昔雖貧樂有餘。【魯人餘】王維、過趙叟家宴：儒行魯人餘。【隸人餘】王維、上張令公：何惜隸人餘。【歡有餘】蘇軾、臘日遊孤山：玆遊淡薄歡有餘。【驚睡餘】蘇軾、遊靈隱寺：清風徐來驚睡餘。

## 胥

【華胥】元好問、題明皇合曲圖：夢中令人羨華胥。【儲胥】王維、上張令公：且復幸儲胥；李商隱、籌筆驛：風雲常爲護儲胥。

## 鋤

【自鋤】杜甫、秋野：葵荒欲自鋤。【春鉏】黃庭堅、池口風雨留三日：身閒心苦一春鉏。【手親鋤】陸游、蕪菁：如今幽圃手親鋤。【忘其鋤】無名氏、陌上桑：鋤者忘其鋤。【無人鋤】杜甫、謁文公上方：蕪蔓無人鋤。

## 疏

【扶疏】杜甫、謁文公上方：絳氣橫扶疏；陶潛、讀山海經：繞屋樹扶疏。【綺疏】王維、清如玉壺冰：還同照綺疏；杜甫、中宵：中宵步綺疏。【蕭疏】杜甫、瀼西寒望：興遠一蕭疏；杜甫、除架：瓠葉轉蕭疏。【轉疏】王維、贈東嶽焦鍊師：松高枝轉疏。【人羣疏】王維、飯覆釜山僧：日與人羣疏。【斤斧疏】李白、詠山樽：且將斤斧疏。【月中疏】蕭愨、秋思：楊柳月中疎。【月夜疎】左思、詠史：朋友月夜疎。【未相疏】陸游、秋夜讀書戲作：簡編垂老未相疏。【北信疏】李白、秋浦寄內：三年北信疏。【古木疏】高適、送李少府王少府：白帝城邊古木疏。【未肯疎】陳師道、寄外舅郭大夫：情親未肯疎。【世情疏】王維、送孟六：久與世情疏。【江水疏】杜甫、五盤：俯映江水疏。【自堪疏】王維、上張令公：汲黯自堪疏。【我全疏】李商隱、和劉評事永樂閒居見寄：青雲器業我全疏。【雨疎疎】陸游、漁翁：江煙淡淡雨疎疎。

【苦竹疏】孟浩然、尋白鶴巖張子容隱居：風霜苦竹疏。【故人疏】孟浩然、歲暮歸南山：多病故人疏。【音信疏】李白、南流夜郎寄內：明月樓中音信疏。【笑語疏】元好問、贈答趙仁甫：兩月燕城笑語疏。【恩幸疏】王維、班婕妤：君王恩幸疏。【高柳疏】王維、過趙叟家宴：閒門高柳疏。【高且疏】王維、戲贈張五弟：五柳高且疏。【脈脈疎】李商隱、槿花：翻嫌脈脈疎。【情卻疏】李白、妾薄命：妒深情却疏。【終日疏】杜甫、寄岑嘉州：斗酒新詩終日疏。【萬竹疏】杜甫、草堂：步屧萬竹疏。【跬步疏】杜甫、溪漲：歸路跬步疏。【適戚疏】韓愈、示兒：膳服適戚疏。【影漸疏】杜牧、齊安郡晚秋：柳岸風來影漸疏。【機事疎】黃庭堅、詠猩猩毛筆：能言機事疎。【斷蠹疎】無名氏、讀曲歌：誰解斷蠹疎。【繼兩疏】孟浩然、送告八從軍：從軍繼兩疏。【屬意疏】李商隱、木蘭：蓮塘屬意疏。【鬢欲疏】陸游、讀書：面骨崢嶸鬢欲疏；

## 蔬

【牢蔬】韓愈、示兒：四時登牢蔬。【野蔬】王維、過趙叟家宴：中厨饋野蔬。【菜蔬】黃庭堅、池口風雨留三日：小市人家只菜蔬。【園蔬】杜甫、酬高使君相贈：鄰舍與園蔬；杜甫、白小：風俗當園蔬。【合種蔬】陸游、蕪菁：徹底無能合種蔬。【園中蔬】陶潛、讀山海經：摘我園中蔬。

## 梳

【粧梳】黃庭堅、復次韻戲答：小鬟雖醜巧粧梳。【不勝梳】李賀、浩歌：衞娘髮薄不勝梳。【水晶梳】黃庭堅、觀化：月高雲插水晶梳。【自能梳】杜甫、秋清：白髮自能梳。【頭未梳】賈島、送唐環歸敷水莊：日高頭未梳。

## 虛

【子虛】王維、戲贈張五弟：賦詩輕子虛；王維、送孟六：無勞獻子虛。【不虛】陶潛、歸園田居：此語眞不虛。【太虛】李白、題許宣平菴壁：雲林隔太虛；杜甫、瀼西寒望：朝光切太虛。【玄虛】左思、詠史：所講在玄虛。【空虛】蘇軾、捕蝗至浮雲嶺：西來烟陣塞空虛；孟浩然、宿武陽郎事：潭嶂似空虛；王維、飯覆釜山僧：身世猶空虛；李商隱、槿花：殘照更空虛；韓愈、示兒：槐楡翳空虛。【清虛】蘇軾、次韻答王定國：悠然獨酌臥清虛；李白、遊南陽白水登石激作：江天涵清虛。【紫虛】曹植、遊僊：排霧陵紫虛。【水堂虛】李商隱、和劉評事永樂閒居見寄：荷翻翠扇水堂虛。【外疑虛】王維、清如玉壺冰：合淨外疑虛。【返照虛】李商隱、有懷在蒙飛卿：江清返照虛。【夜窗虛】孟浩然、歲暮歸南山：松月夜窗虛。【雪片虛】杜甫、白小：傾箱雪片虛。【動沙虛】杜甫、中宵：落月動沙虛。【動碧虛】杜甫、秋野：寒江動碧虛。【萬緣虛】蘇軾、送楊傑：神遊八極萬緣虛。

## 噓

【吹噓】韓愈、示兒：雲風相吹噓；杜甫、寄岑嘉州：馮唐已老聽吹噓。【呵噓】蘇軾、次韻答王定國：念此衰冷勤呵噓。

## 徐

【靑徐】杜甫、登兗州城樓：平野入靑徐。【徐徐】曹植、仙人篇：進趨且徐徐。

## 閭

【林閭】王維、過趙叟家宴：景晏出林閭。【弔三閭】李商隱、過鄭廣文舊居：遠循三楚弔三閭。【玄宮閭】韓愈、豐陵行：嵽嵲遂走玄宮閭。【夜充閭】蘇軾、賀陳述古弟章生子：鬱葱佳氣夜充閭。【照里閭】蕭衍、東飛伯勞歌：開顏發艷照里閭。【照鄉閭】蘇軾、余主簿母挽詩：閨庭蘭玉照鄉閭。

## 廬

【田廬】李白、遊南陽白水登石激作：秉月歸田廬。【吾廬】黃庭堅、觀化：生涯蕭灑似吾廬；孟浩然、尋白鶴巖張子容隱居：回策返吾廬。【茆廬】陸游、漁翁：江頭漁家結茆廬。【屋廬】韓愈、示兒：以有此屋廬。【敝廬】孟浩然、歲暮歸南山：南山歸敝廬。【精廬】蘇軾、和李杞寺丞：三百六十古精廬。【弊廬】王維、飯覆釜山僧：先期掃弊廬。【舊廬】王維、送孟六：勸君歸舊廬。【遽廬】蘇軾、答李杞寺丞：人生何者非遽廬。【入我廬】陶潛、擬古：雙雙入我廬。【入青廬】無名氏、焦仲卿妻：新婦入青廬。【文公廬】杜甫、謁文公上方：遂得文公廬。【王母廬】王維、贈東嶽焦鍊師：新過王母廬。【向吾廬】王維、戲贈張五弟諲三首：渡水向吾廬。【守空廬】左思、詠史：抱影守空廬。【依我廬】儲光羲、田家雜興：翩集依我廬。【臥蝸廬】陸游、讀書：退藏只合臥蝸廬。【皆可廬】蘇軾、遊靈隱寺：谿山處處皆可廬。【許史廬】左思、詠史：暮宿許史廬。【誰肯廬】蘇軾、臘日遊孤山：孤山孤絕誰肯廬。【擁舊廬】蘇軾、余主簿母挽詩：喬木依然擁舊廬。【隱退廬】蘇軾、傅堯俞濟源草堂：老罷方尋隱退廬。

## 驢

【蹇驢】杜甫、惜別行：衣冠往往乘蹇驢。【出無驢】韓愈、符讀書城南：寒飢出無驢。

## 諸

【居諸】韓愈、符讀書城南：爲爾惜居諸。

## 除

【玉除】李商隱、代秘書贈弘文館諸校書：清切曹司近玉除；王維、上張令公：垂璫上玉除；杜甫、寄岑嘉州：伏枕青楓限玉除；王維、和尹諫議史館山池：霓裳侍玉除。【祓除】杜甫、清明：況乃今朝更祓除。【掃除】陸游、十月苦蠅：付與清霜爲掃除；杜甫、秋清：門庭悶掃除。【歲除】孟浩然、歲暮歸南山：青陽逼歲除。【謝除】韓愈、別趙子：時歲屢謝除。【夕已除】韓愈、符讀書城南：潮滿夕已除。【青蔓除】杜甫、除架：寧辭青蔓除。【炎氣除】韓愈、豐陵行：金神按節炎氣除。【鳴前除】王維、贈祖三詠：蟋蟀鳴前除。【對階除】杜甫、謁文公上方：煙塵對階除。

## 儲

【無儲】曹植、贈丁翼：小人德無儲。【無斗儲】左思、詠史：內顧無斗儲。

## 如

【不如】無名氏、隴西行：齊姜亦不如；黃庭堅、雙井茶送子瞻：落磑霏霏雪不如；陸游、漁翁：青山當門畫不如；元好問、題明皇合曲圖：寧王夫人玉不如；杜牧、贈別：捲上珠簾總不如；王維、清如玉壺冰：清心尚不如；韓愈、青青水中蒲：相隨我不如。【自如】杜牧、齊安郡晚秋：嘯志歌懷亦自如；杜甫、瀼西寒望：鷗行炯自如。【何如】黃庭堅、和答子瞻：遠包春茗問何如。【相如】黃庭堅、復次韻戲答：但有文君對相如；李商隱、寄令狐郎中：茂陵秋雨病相如。【晏如】杜甫、謁文公上方：禪龕只晏如。【紛如】韓愈、別趙子：往來以紛如。【眞如】黃庭堅、以雙井茶送孔常父：何似寶雲與眞如。【不相如】無名氏、古詩：手爪不相如。【安所如】曹植、僊人篇：九州安所如。【沃焚如】黃庭堅、省中烹茶懷子瞻用前韻：爭名燄中沃焚如。【定何如】李商隱、木蘭：長短定何如；蘇軾、賀陳述古弟草生子：試教啼看定何如。【張樊如】韓愈、示兒：莫與張樊如。【進所如】杜甫、秋清：輕舟進所如。【復何如】無名氏、古詩：新人復何如；李商隱、代秘書贈弘文館諸校書：此來秋興復何如。【竟何如】無名氏、飲馬長城窟行：書中竟何如。【意何如】高適、送李少府王少府：嗟君此別意何如。【對久如】黃庭堅、聊復戲答：上清虛皇對久如。

## 墟

【丘墟】杜甫、五盤：流落隨丘墟。【村墟】杜甫、溪漲：晚憩必村墟；杜甫、草堂：賓客隘村墟。【郊墟】韓愈、符讀書城南：新涼入郊墟。

【荒墟】陶潛、歸園田居：披榛步荒墟。

## 畬

【菑畬】韓愈、符讀書城南：經訓乃菑畬。

## 苴

【穰苴】左思、詠史：疇昔覽穰苴。

## 於

【所於】韓愈、示兒：冠婚之所於。

## 沮

【長沮】王維、贈東嶽焦鍊師：何事問長沮。

## 祛

【可祛】韓愈、示兒：其蔽豈可祛。

## 蜍

【蟾蜍】蘇軾、虎兒：不騎快馬騎蟾蜍；李賀、浩歌：漏催水咽玉蟾蜍。

**淤**

【塡淤】杜甫、溪漲：前有深塡淤。【泥淤】蘇軾、將往終南和子由見寄：下覗官爵如泥淤。【滿河淤】蘇軾、河復：楚人種麥滿河淤。

**睢**

【關睢】蘇軾、余主簿母挽詩：却因麟趾識關睢。

**蘧**

【几蘧】蘇軾、遊靈隱寺：遂超羲皇傲几蘧。【菅蘧】蘇軾、再和李杞寺丞：莫惜錦繡償菅蘧。【夢蘧蘧】蘇軾、臘日遊孤山：到家怳如夢蘧蘧。【慙衞蘧】蘇軾、答李杞寺丞：知非不去慙衞蘧。

**躇**

【躊躇】韓愈、符讀書城南：作詩勸躊躇；杜甫、登兖州城樓：臨眺獨躊躇。

**嘘**

【崑嘘】李白、贈崔侍郎：更欲凌崑嘘。

余豬菹琚，旟璵與疽樗攄箊茹蛆且祛挐櫚臚稰砠瀦阹胠妤帤篨諝腒鐻鶋鸆椐紓袽藸趄璩鴽滁屠筡⿰石諸蘆綀歔耡磲醵据瑹齬蠩唹驢⿰王雩⿰扌雩蝑雑籧⿱穴居鸒櫧鵌呿魖藇鋙疋⿰馬長懙咀拏蒢湑⿱艹閭衙涂狳洳諸

【對偶】

李白、遊南陽白水登石激作：目送去海雲，心問遊川魚。賈島、送唐環歸敷水莊：松徑僧尋藥，沙泉鶴見魚。黃庭堅、池口風雨留三日：翁從傍舍來收網，我適臨淵不羨魚。王維、徐公挽歌：齊侯疏土宇，漢室賴圖書。王維、和尹諫議史館山池：洞有仙人籙，山藏太史書。王維、送孟六：醉歌田舍酒，笑讀古人事。李白、金門答蘇秀才：鳥吟簷間樹，花落窗下書。賈島、送唐環歸敷水莊：地侵山影掃，葉帶露根書。李商隱、有懷在蒙飛卿：哀同庾開府，瘦極沈尚書。李商隱、木蘭：愁絕更傾國，驚新聞遠書。李商隱、槿花：燒蘭才作燭，襞錦不

成書。　黃庭堅、詠猩猩毛筆：平生幾兩屐，身後五車書。　高適、送李少府王少府：巫峽啼猿數行淚，衡陽歸雁幾封書。　李商隱、和劉評事永樂閑居見寄：看封諫草歸鸞掖，尚貴衡門待鶴書。　李商隱、木蘭：　初當新病酒，復自久離居。　李商隱、木蘭：　波痕空映襪，煙態不勝裾。　王維、徐公挽歌：劍履升前殿，貂蟬託後車。　李商隱、木蘭：　紫絲何日障，油壁幾時車。　李商隱、籌筆驛：徒令上將揮神筆，終見降王走傳車。　黃庭堅、詠猩猩毛筆：物色看王會，勳勞在石渠。　王維、和尹諫議史館山池：春池百子外，芳樹萬年餘。　李商隱、槿花：珠館薰燃久，玉房梳掃餘。　李商隱、籌筆驛：猿鳥猶疑畏簡書，風雲常爲護儲胥。

# 七虞 古通魚

## 虞

【唐虞】韓愈、示兒：峨冠講唐虞。【無虞】杜甫、草堂：成都適無虞。【憂虞】杜甫、寒雨朝行視園樹：清霜殺氣得憂虞。【憂艱虞】杜甫、惜別行：主將儉省憂艱虞。

## 愚

【正愚】王維、過崔駙馬山池：愚公谷正愚。【群愚】趙壹、疾邪詩：所困在群愚。【賢愚】韓愈、別趙子：未用相賢愚。【一何愚】無名氏、陌上桑：使君一何愚。【谷名愚】孟浩然、尋張五回夜園作：歸臥谷名愚。【傍人愚】李白、陌上桑：但怪傍人愚。【爾輩愚】李白、天馬歌：但覺爾輩愚。【醉如愚】杜甫、徐步：實有醉如愚。

## 娛

【自娛】蘇軾、臘日遊孤山：名尋道人實自娛。【相娛】韓愈、示兒：碁槃以相娛。【嬉娛】蘇軾、舟中夜起：我獨形影相嬉娛。【歡娛】李商隱、西溪：岑寂勝歡娛；曹植、遊僊：歲歲少歡娛。【一日娛】蘇軾、答李杞寺丞：百日愁歎一日娛。【可與娛】韓愈、別趙子：有子可與娛。【充爾娛】杜甫、草堂：色悲充爾娛。【拙者娛】蘇軾、再和李杞寺丞：才者不閑拙者娛。【林野娛】陶潛、歸中居：浪莽林野娛。【閑人娛】蘇軾、遊靈隱寺：宮闕留與閑人娛。

## 隅

【天隅】杜甫、別蘇徯：棄擲傍天隅。【四隅】左、詠史：舉翮觸四隅。【坐隅】杜甫、北風：雲州湧坐隅。【東隅】陶潛、擬古：始電發東隅。【南隅】李白、古風：提攜出南隅。【城隅】李白、陌上桑：採桑向城隅；杜甫、夔州歌十絕句：峽門江腹擁城隅。【海隅】王維、終南山：連山接海隅。【入座隅】李商隱、任弘農尉獻州刺史乞假還京：愧負荊山入座隅。【太山隅】曹植、僊人篇：對博太山隅。【天一隅】孟浩然、送吳悅遊韶陽：茫茫天一隅。【地一隅】杜甫、地隅：風雲地一隅。【城南隅】無名氏、陌上桑：採桑城南隅。【洛陽隅】王維、雜詩：相見洛陽隅。【楚山隅】杜甫、寒雨朝行視園樹：啼猿僻在楚山隅。【滄海隅】王維、崔錄事：因家滄海隅。【劍閣隅】杜甫、草堂：北斷劍閣隅。

## 芻

【一束芻】韓愈、駑驥：飢食一束芻。【化爲芻】趙壹、疾邪詩：蘭蕙化爲芻。

## 無

【有無】杜甫、遣懷：黃金傾有無；黃庭堅、哀逝：地下相逢果有無；蘇軾、臘日遊孤山：樓臺明滅山有無；杜甫、返照：　寒空半有無。【似無】王維、少年行：虜騎千重只似無。【空無】陶潛、歸園田居：終當歸空無。【虛無】杜甫、熱：雲雨竟虛無。【一曲無】李商隱、次陝州先寄源從事：望盡黃河一曲無。【一事無】杜甫、今夕行：咸陽客舍一事無。【一匹無】杜甫、惜別行：騏驎蕩盡一匹無。　【一句無】陸游、漁翁：江山如此一句無。【一杯無】白居易、問劉十九：能飲一杯無。【入看無】王維、終南山：青靄入看無。【入時無】朱慶餘、　近試上張水部：畫眉深淺入時無。【今已無】蘇軾、遊靈隱寺：錢王壯觀今已無。【今日無】杜牧、聞趙縱中箭身死：驍將自驚今日無。【天下無】杜甫、夔州歌十絕句：中有高堂天下無。【不可無】元好問、　題明皇合曲圖：番綽樂句不可無。【未可無】李商隱、哭虔州楊侍郎：天災未可無。【去得無】李商隱、東南：欲逐羲和去得無。【此間無】李白、上皇西巡南京歌：秦川得及此間無。【百金無】蘇軾、傅堯俞濟源草堂：倉無欲買百金無。【此地無】杜甫、寒雨朝行視園樹：丹橘黃甘此地無。【更來無】李商隱、聖女祠：月姊更來無。【住得無】楊巨源、寄江州白司馬：惠遠東林住得無。【長卿無】李商隱、寄蜀客：近來還有長卿無。【城中無】蘇軾、送段屯田：樂哉此樂城中無。【逐浪無】李白、句：紅顏逐浪無。【掃地無】蘇軾、玉盤盂：　芍藥開時掃地無。【細欲無】蘇軾、再和李杞寺丞：山平水遠細欲無。【道得無】李商隱、妓席：　人前道得無。【當今無】韓愈、送僧澄觀：公才吏用當今無。【徵歛無】杜甫、客從：哀今徵歛無。【鄰翁無】黃庭堅、寄王宣義：　猩血染帶鄰翁無。【憶得無】白居易、贈周判官：　醉問周郎憶得無。【憶我無】李商隱、送臻師：姜眼仙人憶我無。【澀欲無】蘇軾、將往終南和子由見寄：久不吹之澀欲無。【歸期無】蘇軾、答李杞寺丞：一入池檻歸期無。【插菊花無】劉季孫、寄蘇內翰：重陽曾插菊花無。

## 蕪

【平蕪】杜甫、畫鷹：　毛血灑平蕪；杜甫、遣懷：懷古視平蕪。【荒蕪】陶潛、擬古：門庭日荒蕪。【寒蕪】李商隱、梓潼望長卿山至巴西復懷譙秀：　巴西惟是有寒蕪。【榛蕪】杜甫、草堂：復來薙榛蕪。【故園蕪】孟浩然、尋張五回夜園作：霜落故園蕪。

## 巫

【荆巫】杜甫、遣懷：繫舟臥荆巫。【越巫】李商隱、異俗：家多事越巫。【漢宮巫】李商隱、聖女祠：心斷漢宮巫。

## 于

【單于】李益、聽曉角：秋風卷入小單于。【何易于】蘇軾、送段屯田：腰笏不煩何易于。

## 盂

【一齋盂】黃庭堅、次韻答曹子方雜言：酺池寺湯餅一齋盂。【玉盤盂】蘇軾、玉盤盂：一枝爭看玉盤盂。

## 臞

亦作癯。【肥與癯】黃庭堅、寄王宣義：更問黃雞肥與癯。

## 衢

【丸衢】鄭谷、席上貽歌者：花月樓臺近丸衢。【中衢】李白、贈崔諮議：猶可騁中衢。【天衢】曹植、僊人篇：要我於天衢；李白、天馬歌：曾陪時龍躍天衢。【長衢】杜甫、草堂：濺血滿長衢。【通衢】杜甫、遣懷：高棟照通衢。【路衢】曹植、贈白馬王彪：豺狼當路衢。

## 儒

【世儒】曹植、贈丁翼：無愿多世儒。【俗儒】蘇軾、送段屯田：泮宮先生非俗儒。【朝儒】韓愈、示兒：比肩於朝儒。【腐儒】杜甫、草堂：健兒勝腐儒；杜甫、江漢：乾坤一腐儒。

## 濡

【染濡】蘇軾、將往終南和子由見寄：惟將翰墨留染濡。【土如濡】蘇軾、常潤道中有懷錢塘：惠泉山下土如濡。

## 襦

【上襦】無名氏、陌上桑：紫綺爲上襦。【著襦】黃庭堅、寄王宣義：婦無複褌且著襦。【羅襦】王維、雜詩：映燭解羅襦。【吹我襦】繁欽、定情詩：谷風吹我襦。

## 須

【所須】杜甫、草堂：遣騎問所須。【兩須】蘇軾、送段屯田：奉常客卿虬兩須。【時須】黃庭堅、送范德孺知慶州：公自才力應時須。【斯須】杜甫、麂：饕餮用斯須。【公家須】杜甫、客從：以俟公家須。【立可須】曹植、贈丁翼：榮枯立可須。【往往須】杜甫、北風：凌寒往往須。【長相須】曹植、仙人篇：與爾長相須。【軍中須】杜甫、惜別行：不限四數軍中須。【捋虎須】韓偓、安貧：報國危身捋虎須。【雄牙須】黃庭堅、寄王宣義：陰壑虎豹雄牙須。

## 鬚

【蜂鬚】杜甫、徐步：花蕊上蜂鬚。【捋髭鬚】無名氏、陌上桑：下擔捋髭鬚。【猛虎鬚】李白、白、對雪醉後贈王歷陽：有手莫辦猛虎鬚。【寄鬚鬚】蘇軾、將往終南和子由見寄：人生百年寄鬚鬚。【雄牙鬚】韓愈、別趙子：果誰雄牙鬚。【蒼髯鬚】蘇軾、遊靈隱寺：喬松百丈蒼髯鬚。【頗有鬚】無名氏、陌上桑：鬑鬑頗有鬚。

## 株

【二百株】柳宗元、種甘樹：手種黃柑二百株。【八九株】韓愈、示兒： 高樹八九株。【殘巧株】陶潛、歸園田居：桑竹殘巧株。

## 誅

【互相誅】杜甫、草堂： 賊臣互相誅。【屈氂誅】李商隱、有感：自取屈氂誅。【季冬誅】李商隱、哭虔州楊侍郎：幾迫季冬誅。

## 蛛

【蜘蛛】黃庭堅、哀逝：玉堂岑寂網蜘蛛。【懸蛛】蘇軾、舟中夜起：落月挂柳看懸蛛。

## 殊

【夫婿殊】無名氏、陌上桑：皆言夫婿殊。【細自殊】韓愈、別趙子：大同細自殊。【衆壑殊】王維、終南山：陰晴衆壑殊。【畫作殊】杜甫、畫鷹：蒼鷹畫作殊。【蕃漢殊】杜甫、草堂：始聞蕃漢殊。【禮秩殊】李商隱、哭虔州楊侍郎：諸生禮秩殊。【艷復殊】杜甫、 寒雨朝行視園樹：槴子紅椒艷復殊。

## 榆

【白榆】無名氏、隴西行： 歷歷種白榆；李商隱、聖女祠：行車蔭白榆。【桑榆】儲光羲、田家雜興：繞屋樹桑榆。【搶榆】孟浩然、送吳悅遊韶陽：決起但搶榆。【關榆】李益、聽曉角：邊霜昨夜墮關榆。

## 愉

【敷愉】無名氏、隴西行：顏色正敷愉。

## 腴

【膏腴】儲光羲、田家雜興：相與尚膏腴。【敷腴】杜甫、遣懷：得我色敷腴。

## 區

【區區】辛延年、羽林郎：私愛徒區區；蘇軾、蘇子容母陳夫人挽詞：誦詩相挽眞區區。【一理區】韓愈、別趙子：不可一理區。【瓜芋區】韓愈、示兒：外有瓜芋區。【凌九區】李白、天馬歌：逸氣稜稜凌九區。

## 驅

【長驅】杜甫、北風：便道即長驅。【空馳驅】趙壹、疾邪詩：勿復空馳驅。

## 軀

【賤軀】無名氏、別詩： 送子以賤軀。【百億軀】蘇軾、刁景純席上和謝生： 願化天人百億軀。【笑捐軀】杜牧、聞趙縱中箭身死：朱門歌舞笑捐軀。【黃金軀】李白、贈僧朝美：各勉黃金軀。【膽滿軀】蘇軾、刁景純席上和謝生：醉後蟲狂膽滿軀。

## 朱

【墨朱】蘇軾、送段屯田：空齋愁生紛墨朱。【汗溝朱】李白、天馬歌：口噴紅光汗溝朱。【怯楊朱】李商隱、西溪：多淚怯楊朱。

## 珠

【玄珠】黃庭堅、和答子瞻：窗間默坐得玄珠。【明珠】黃庭堅、雙井茶送子瞻：揮毫百斛瀉明珠。【垂珠】柳宗元、種甘樹：何人摘實見垂珠。【眼珠】黃庭堅、省中烹茶懷子瞻用前韻：蚯蚓竅生魚眼珠。【跳珠】黃庭堅、寄惠山泉：晴江急雨看跳珠。【露珠】黃庭堅、戲呈孔毅父：何異絲窠綴露珠。【大秦珠】辛延年、羽林郎：耳後大秦珠。【水晶珠】李白、白胡桃：腕前推下水晶珠。【日南珠】李白、見京兆韋參軍量移東陽：淚盡日南珠。【斗量珠】蘇軾、遊靈隱寺：屋堆黃金斗量珠。【如貫珠】黃庭堅、次雙井茶送孔常父：要聽六經如貫珠。【自成珠】趙壹、疾邪詩：欬唾自成珠。【明月珠】韓愈、別趙子：皺弄明月珠；無名氏、陌上桑：耳中明月珠。【泉客珠】杜甫、客從：遺我泉客珠。【淚如珠】李白、有所思：撫心茫茫淚如珠。【欲求珠】李商隱、送臻師：今來滄海欲求珠。【猶隕珠】黃庭堅、聊復戲答：淚睫見光猶隕珠。【漸成珠】孟浩然、夜宴張郎中海亭：荷露漸成珠。【雙明珠】繁欽、定情詩：耳中雙明珠。

## 趨

【下殿趨】李商隱、有感：因勞下殿趨。【沒階趨】李商隱、任弘農尉獻州刺史乞假還京：一生無復沒階趨。【府中趨】無名氏、陌上桑：冉冉府中趨。【飛龍趨】李白、天馬歌：天馬呼，飛龍趨。

## 扶

【一柱扶】李商隱、哭虔州楊侍郎：功無一柱扶。【不用扶】蘇軾、寶山新聞徑：竹杖欞鞋不用扶。【竹杖扶】杜甫、寒山朝行視園樹：緩步仍須竹杖扶。【信杖扶】杜甫、徐步：吟詩信杖扶。【須人扶】黃庭堅、寄王宣義：天上二老須人扶。【蛾眉扶】蘇軾、將往終南和子由見寄：絕勝醉倒蛾眉扶。

## 符

【左符】劉季孫、寄蘇內翰：倦壓鼇頭請左符。【桃符】蘇軾、除夜野宿常州城外：退歸擬學舊桃符。【靈符】曹植、僊人篇：此帝合靈符。【虎豹符】杜甫、別蘇徯：兵張虎豹符。【縛虎符】李商隱、異俗：搜求縛虎符。

## 鳧

【雙鳧】李白、天馬歌：目明長庚臆雙鳧；蘇軾、寒食未明至湖上：水雲先已颺雙鳧。【閑履鳧】蘇軾、將往終南和子由見寄：閉門不出閑履鳧。

## 雛

【胡雛】李商隱、有感：不早辨胡雛。【養雛】蘇軾、畫魚歌：漁人養魚如養雛。【龍雛】蘇軾、傅堯俞濟源草堂：春來相與護龍雛。【活諸雛】李商隱、賦得雞：稻粱猶足活諸雛。【鳳凰雛】杜甫、別蘇徯：先拂鳳凰雛。【鳳將雛】蘇軾、寄劉孝叔：忽今獨奏鳳將雛。【雞窠雛】韓愈、射訓狐：那暇更護雞窠雛。

## 敷

【羅敷】無名氏、陌上桑：但坐觀羅敷；李商隱、東南：每期先覓照羅敷。【夏陰敷】韓愈、示兒：春華夏陰敷。

## 夫

【大夫】杜甫、地隅：悲涼楚大夫；李商隱、西溪：寒松揖大夫。【丈夫】王維、崔錄事：賢哉此丈夫。【老夫】黃庭堅、寄王宣義：桐帽棕鞋稱老夫。【狂夫】李白、贈僧朝美：竊笑有狂夫；李商隱、聖女祠：方朔是狂夫。【萬夫】黃庭堅、送范德孺知慶州：春風旍旗擁萬夫。【僕夫】蘇軾、臘日遊孤山：天寒路遠愁僕夫。【樵夫】王維、終南山：隔水問樵夫。【獵夫】蘇軾、答李杞寺丞：麻鞭短後隨獵夫。【十萬夫】蘇軾、催試官考較戲作：組練長驅十萬夫。【白雲夫】李商隱、白雲夫舊店：平生誤識白雲夫。【自有夫】無名氏、陌上桑：羅敷自有夫。【命矣夫】趙壹、疾邪詩：此是命矣夫。【兼百夫】蘇軾、再和李杞寺丞：君才敏贍兼百夫。【憶故夫】李商隱、寄蜀客：不許文君憶故夫。【羅千夫】蘇軾、遊靈隱寺：高堂會食羅千夫。

## 膚

【涼生膚】蘇軾、將往終南和子由見寄：秋風吹雨涼生膚。【雪肌膚】蘇軾、玉盤盂：姑山親見雪肌膚。

## 紆

【煩紆】李白、古風：寸心增煩紆。【盤紆】蘇軾、臘日遊孤山：寶雲山前路盤紆。【縈紆】蘇軾、再和李杞寺丞：未厭山水相縈紆。【鬱紆】蘇軾、遊靈隱寺：何用多憂心鬱紆。【山人紆】蘇軾、答李杞寺丞：　朱綬豈合山人紆。【畫屏紆】杜甫、寒雨朝行視園樹：籬中秀色畫屏紆。【鬱以紆】曹植、贈白馬王彪：我思鬱以紆。

## 輸

【不云輸】杜甫、遣懷：　獻捷不云輸。【百草輸】李商隱、代應：今朝百草輸。

## 樞

【門樞】曹植、仙人篇：白虎夾門樞；無名氏、隴西行：足不過門樞。【鈞樞】韓愈、示兒：十九持鈞樞。【禍樞】杜甫、麂：微聲及禍樞。

## 厨

【山厨】王維、過崔駙馬山池：　射雁與山厨。【庖厨】杜甫、麂：不敢恨庖厨。【劬中厨】無名氏、隴西行：左顧劬中厨。

## 俱

【不克俱】曹植、贈白馬王彪：　中更不克俱。【玉饌俱】杜甫、麂：蒙將玉饌俱。【性命俱】李商隱、有感：辭連性命俱。【庸人俱】韓愈、示兒：事與庸人俱。【復與俱】孟浩然、夜宴張郎中海亭：仙舟復與俱。【與我俱】曹植、贈丁翼：朋友與我俱。【與之俱】陶潛、讀山海經：好風與之俱。【擕以俱】韓愈、別趙子：意欲擕以俱。【擕石俱】黃庭堅、寄惠山泉：錫谷寒泉擕石俱。

## 駒

【龍駒】杜甫、惜別行：豈因格鬭求龍駒。【驪駒】無名氏、陌上桑：白馬從驪駒。【天馬駒】白居易、八駿圖：穆王八駿天馬駒。【伏櫪駒】李白、贈崔諮議：　素非伏櫪駒。【秣吾駒】蘇軾、將往終南和子由見寄：　僕夫起餐秣吾駒。【轅下駒】杜甫、別蘇徯：莫鞭轅下駒。

## 模

【達士模】左思、詠史：可爲達士模。

## 蒲

【菰蒲】蘇軾、舟中夜起：　微風蕭蕭吹菰蒲。【菖蒲】蘇軾、答李杞寺丞：掃除白髮煩菖蒲。【圓蒲】蘇軾、臘日遊孤山：擁褐坐睡依圓蒲。【樗蒲】蘇軾、再和李杞寺丞：　破悶豈不賢樗蒲。【柳與蒲】蘇軾、遊靈隱寺：擾擾下笑柳與蒲。

## 胡

【羌胡】黃庭堅、送范德孺知慶州：可用折箠笞羌胡。【林胡】杜甫、遣懷：長戟破林胡。【秋胡】李白、陌上桑：　況復論秋胡。【愁胡】杜甫、畫鷹：側目似愁胡。【盧胡】蘇軾、石芝：

滿堂客坐皆盧胡。【胸垂胡】蘇軾、送喬仝寄賀君：爾來八十胸垂胡。

## 湖

【五湖】李白、永王東巡歌：王出三山按五湖；黃庭堅、雙井茶送子瞻：　獨載扁舟向五湖。【江湖】黃庭堅、和答子瞻：爲君滿意說江湖；黃庭堅、次雙井茶送孔常父：慰公渴夢吞江湖；黃庭堅、次韻答曹子方雜言：滿船風月憶江湖。【西湖】黃庭堅、寄惠山泉：　風爐煮茗臥西湖；陸游、記夢：夢魂也復醉西湖。【東湖】黃庭堅、戲呈孔毅父：夢隨秋雁到東湖。【滿湖】蘇軾、寒食未明至湖上：烏榜紅舷早滿湖。【鼎湖】黃庭堅、聊復戲答：　願載軒轅訖鼎湖；曹植、遊僊：翻迹登鼎湖。【月滿湖】蘇軾、舟中夜起：開門看雨月滿湖。【石魚湖】黃庭堅、省中烹茶懷子瞻用前韻：終便酒舫石魚湖。【近洞湖】孟浩然、尋張五回夜園作：　移居近洞湖。【洞庭湖】杜甫、北風：聲拔洞庭湖。【宮亭湖】黃庭堅、復次韻戲答：作牋遠寄宮亭湖。

## 乎

【何爲乎】李白、鳴雁行：君更彈射何爲乎。

## 壺

【方壺】李白、贈丹陽橫山周處士惟長：勝概凌方壺。【玉壺】劉季孫、寄蘇內翰：欲傍金樽倒玉壺；王昌齡、芙蓉樓送辛漸：　一片冰心在玉壺。【金壺】鄭谷、席上貽歌者：清歌一曲倒金壺。【提壺】黃庭堅、寄王宣義：更待把酒聽提壺。【蓬壺】李白、有所思：白波連山倒蓬壺。李白、酬崔五郎中：舉身憩蓬壺；李白、哭晁卿衡：　征帆一片繞蓬壺。【攜壺】蘇軾、送段屯田：　溪邊策杖自攜壺。【共酒壺】李商隱、西溪：誰堪共酒壺。【問挈壺】蘇軾、刁景純席上和謝生：縱飲誰能問挈壺。【碧玉壺】蘇軾、寶山新開徑：　踏遍仙人碧玉壺。【傾一壺】儲光義、田家雜興：兀然傾一壺。【添漏壺】蘇軾、將往終南和子由見寄：夜長耿耿添漏壺。

## 狐

【妖狐】蘇軾、虎兒：　眼光百步及妖狐。【奔狐】蘇軾、舟中夜起：　大魚驚竄如奔狐。【城狐】李商隱、哭虔州楊侍郎：旋踵戮城狐。

## 弧

【雕弧】王維、少年行：一身能擘兩雕弧。【繡蝥弧】盧綸、塞下曲：燕尾繡蝥弧。

## 孤

【不孤】劉季孫、寄蘇內翰：六一清風今不孤。【卜宅孤】李商隱、哭虔州楊侍郎：　邙山卜宅孤。【山不孤】蘇軾、臘日遊孤山：道人有道山不孤。【不可孤】杜甫、今夕行：更長燭明不可孤。

孤。【月同孤】杜甫、江漢：永夜月同孤。【白鷗孤】杜甫、返照：不盡白鷗孤。【秋猨孤】蘇軾、答李杞寺丞：故山鶴怨秋猨孤。【病鶴孤】楊巨源、寄江州白司馬：望斷天遙病鶴孤。【晨煙孤】蘇軾、豆粥：　茅檐出沒晨煙孤。【琴月孤】孟浩然、尋張五回夜園作：　開軒琴月孤。【楚山孤】王昌齡、芙蓉樓送辛漸：平明送客楚山孤。【漢月孤】李益、聽曉角：吹角當城漢月孤。【籃輿孤】蘇軾、再和李杞寺丞：出遊無伴籃輿孤。

## 辜

【無辜】杜甫、草堂：孰肯辨無辜。【取非辜】李商隱、哭虔州楊侍郎：先議取非辜。

## 姑

【小姑】李白、去婦詞：回頭語小姑。【阿姑】黃庭堅、哀逝：那復晨妝覲阿姑。【麻姑】李白、有所思：　願寄一書謝麻姑。【紫姑】李商隱、聖女祠：逢迎異紫姑。【舅姑】朱慶餘、近試上張籍水部：待曉堂前拜舅姑。【金僕姑】盧綸、塞下曲：鷲翎金僕姑。

## 菰

【秋菰】杜甫、熱：願作冷秋菰。

## 徒

【僧徒】韓愈、送僧澄觀：　皆言澄觀雖僧徒。【日有徒】韓愈、示兒：牆屏日有徒。【弛刑徒】李商隱、哭虔州楊侍郎：翻作弛刑徒。【各有徒】韓愈、長安交遊者一首贈孟郊：貧富各有徒。【咀爾徒】蘇軾、虎兒：不勞搖牙咀爾徒。【梟獍徒】杜甫、草堂：　自及梟獍徒。【游夏徒】孟浩然、夜宴張郎中海亭：文書游夏徒。【點刑徒】李商隱、任弘農尉獻州刺史乞假還京：黃昏封印點刑徒。

## 途

【危途】杜甫、北風：不敢恨危途。【長途】杜甫、江漢：不必取長途。【坦途】陸游、秋晚思梁益舊遊：飛棧連雲是坦途。【窮途】杜甫、地隅：處處是窮途。【滯客途】李商隱、聖女祠：蒼茫滯客途。

## 塗

通塗。【泥塗】蘇軾、送喬仝寄賀君：炯然蓮花出泥塗；蘇軾、送段屯田：　不惜春衫踐泥塗。【前塗】楊巨源、寄江州白司馬：青雲依舊是前塗。【道塗】蘇軾、除夜野宿常州城外：直恐終身走道塗。【塹塗】韓愈、射訓狐：擺掉栱桷頹塹塗。【此分塗】李商隱、次陝州先寄源從事：東周西雍此分塗。【塞中塗】左思、詠史：枳棘塞中塗。

# 圖

【壯圖】杜甫、別蘇徯：居然屈壯圖。【良圖】韓愈、汴泗交流贈張僕射：豈若安坐行良圖；杜甫、今夕行：邂逅豈即非良圖。【浮圖】蘇軾、臘日遊孤山：但見野鶻盤浮圖。【異圖】杜甫、草堂：群小起異圖。【畫圖】杜甫、返照：松門似畫圖；李白、上皇西巡南京歌：萬戶千門入畫圖。【八陣圖】杜甫、八陣圖：　名成八陣圖。【九局圖】韓偓、安貧：眼暗休尋九局圖。【山海圖】陶潛、讀山海經：流觀山海圖。　【叶睿圖】李商隱、有感：三靈叶睿圖。【河無圖】李白、悲歌行：鳳凰不至河無圖。【寫爲圖】白居易、八駿圖：　後人愛之寫爲圖。【營丘圖】蘇軾、再和李杞寺丞：從此不看營丘圖。

# 屠

【相吞屠】蘇軾、催試官考較戲作：黑沙白浪相吞屠。

# 奴

【官奴】李商隱、妓席：　愼莫喚官奴。【千木奴】黃庭堅、寄王宣義：初無臨江千木奴。【利木奴】柳宗元、種甘樹：不學荆州利木奴。【牧豬奴】元好問、題明皇合曲圖：　疾舞底用牧豬奴。【受鉗奴】李商隱、哭虔州楊侍郎：過趙受鉗奴。【箕子奴】李白、悲歌行：微子去之箕子奴。【霍家奴】辛延年、羽林郎：昔有霍家奴。

# 呼

【一呼】盧綸、塞下曲：千營共一呼。【呻呼】蘇軾、答李杞寺丞：坐使鞭箠環呻呼。【相呼】蘇軾、臘日遊孤山：林深無人鳥相呼；蘇軾、舟中夜起：船頭擊鼓還相呼。【追呼】黃庭堅、寄王宣義：　猶夢官下聞追呼。【鳴呼】杜甫、遣懷：　存歿再鳴呼。【歌呼】蘇軾、再和李杞寺丞：刺史寬大客歌呼。【傳呼】杜甫、返照：旣夕應傳呼。【號呼】杜甫、草堂：風雨聞號呼。【壯士呼】韓愈、汴泗交流贈張僕射：讙聲四合壯士呼。【折簡呼】蘇軾、遊靈隱寺：運盡不勞折簡呼。【鳥獸呼】杜甫、北風：　三更鳥獸呼。【莫相呼】儲光羲、田家雜興：　州縣莫相呼。【勢可呼】杜甫、晝鷹：　軒楹勢可呼。【暝禽呼】蘇軾、寶山新開徑：棠梨葉戰暝禽呼。

# 吾

【了非吾】蘇軾、送喬仝寄賀君：覺知此身了非吾。

# 梧

【青梧】李白、陌上桑：鳴鳳棲青梧。【寒梧】李白、登單父陶少府半月臺：商飆起寒梧。【椅梧】孟浩然、送吳悅遊韶陽：何處求椅梧。【蒼梧】李白、哭晁卿衡：　白雲愁色滿蒼梧。【翠梧】杜甫、別蘇徯：棲枝把翠梧；李商隱、聖女祠：鸝凰怨翠梧。

## 吳

【吞吳】杜甫、八陣圖：遺恨失吞吳。【東吳】左思、詠史：志若無東吳；杜甫、草堂：三年望東吳。【湘吳】李白、鳴雁行：　客居煙波寄湘吳。【夜入吳】王昌齡、芙蓉樓送辛漸：寒雨連江夜入吳。【夢歸吳】陸游、秋晚思梁益舊遊：長亭夜夜夢歸吳。

## 租

【納官租】白居易、杜陵叟：典桑賣地納官租。

## 盧

【梟盧】杜甫、今夕行：袒跣不肯成梟盧。【蒲盧】韓偓、安貧：案頭筠管長蒲盧。【逯牀盧】李商隱、代應二首：惟喝逯牀盧。

## 鱸

【四腮鱸】陸游、記夢二首：團臍霜蟹四腮鱸。

## 鑪

通作爐。【大鑪】杜甫、北風：　初宵鼓大鑪。【火爐】杜甫、遣懷：元和辭火爐；白居易、問劉十九：紅泥小火爐。【香爐】楊景山、寄江州白司馬：廬峯見說勝香爐。【怨洪爐】李商隱、有感二首：未免怨洪爐。【鵲尾爐】蘇軾、寒食未明至湖上：夾道青煙鵲尾爐。

## 蘆

【胡蘆】杜甫、草堂：酤酒攜胡蘆。【雪色蘆】蘇軾、豆粥：豈如江頭千頃雪色蘆。

## 蘇

【雞蘇】蘇軾、石芝：味如蜜耦和雞蘇。【不重蘇】杜甫、寒雨朝行視園樹：葉蔕辭枝不重蘇。【北風蘇】杜甫、北風：　氣待北風蘇。【困未蘇】李商隱、哭虔州楊侍郎：齊民困未蘇。【幸來蘇】孟浩然、夜宴張郎中海亭：爲邑幸來蘇。【氣不蘇】杜甫、熱：低垂氣不蘇。【屠蘇】蘇軾、除夜野宿常州城外：不辭最後飲屠蘇。

## 酥

【軟如酥】蘇軾、豆粥：沙餅煮豆軟如酥。

## 烏

【陽烏】李商隱、賦得雞：　不辭風雪爲陽烏。【可藏烏】無名氏、讀曲歌：楊柳可藏烏。【日中烏】李商隱、東南：東南一望日中烏。【首渴烏】李白、天馬歌：　尾如流星首渴烏。【尚啼烏】蘇軾、寒食未明至湖上：城頭月落尚啼烏。【衫袖烏】蘇軾、將往終南和子由見寄：窮年弄筆衫袖烏。【欲棲烏】李商隱、白雲夫舊居：夕陽惟照欲棲烏。【羲和烏】韓愈、射訓狐：意欲突唐羲和烏。

## 枯

【末枯】杜甫、草堂：骨髓幸未枯。【草枯】黃庭堅、送范德孺知慶州：幕下諸將思草枯。【凋枯】杜甫、遣懷：寰海未凋枯。【焦枯】李商隱、哭虔州楊侍郎：便望救焦枯。【摧枯】杜甫、北風：愁絕付摧枯。【毛體枯】李白、鳴雁行：凌霜觸雪毛體枯。【見來枯】杜甫、寒雨朝行視園樹：倚天松骨見來枯。

## 麤

亦作粗。【氣已粗】杜甫、草堂：盟歃氣已粗。【意氣麤】韓愈、汴泗交流贈張僕射：發難得巧意氣麤。【談其粗】蘇軾、寄劉孝叔：問道已許談其粗。

## 都

【上都】李商隱、有感：軍烽照上都。【成都】杜甫、草堂：蠻夷塞成都。【京都】左思、詠史：羽檄飛京都。【東都】白居易、贈周判官：去年今日別東都。【帝都】李商隱、正月十五夜聞京有燈恨不得觀：月色燈光滿帝都。【皇都】李商隱、聖女祠：此路向皇都；李白、天馬歌：羈金絡月照皇都。【陪都】李白、永王東巡歌：樓船跨海次陪都。【清都】元好問、題明皇合曲圖：風聲水聲閟清都。【瓊都】李白、贈韋秘書子春：訪我來瓊都。【敵兩都】蘇軾、刁景純席上和謝生：賓主談鋒敵兩都。【縱猪都】李商隱、異俗：只是縱猪都。【艷名都】李白、陌上桑：玉顏艷名都。

## 誣

【若爲誣】李商隱、哭虔州楊侍郎：神理若爲誣。

## 竽

【笙竽】韓愈、長安交遊者一首贈孟郊：高門有笙竽；曹植、僊人篇：秦女吹笙竽。【寒竽】蘇軾、將往終南和子由見寄：我今廢學如寒竽。【齊竽】韓偓、安貧：未知誰擬試齊竽。

## 雩

【舞雩】杜甫、熱：風涼出舞雩。

## 吁

【長吁】李白、古風：懷寶空長吁。【驚吁】杜甫、草堂：此又足驚吁；杜甫、別蘇徯：絕倒爲驚吁。

## 劬

【甚劬】蘇軾、送段屯田：王事靡盬君甚劬。【勤劬】韓愈、射訓狐：卵此惡物常勤劬。

## 貙

【駕黑貙】蘇軾、虎兒：指揮黃熊駕黑貙。

## 殳

【丈二殳】杜牧、聞趙縱中箭身死：不得君王丈二殳。

## 逾

亦作踰。【相踰】杜甫、草堂：紀綱亂相踰。【不可踰】謝莊：懷圓引：江與漢之不可踰。【互相踰】無名氏、別詩：奄忽互相踰。【不相踰】辛延年、羽林郎：貴賤不相踰。

## 臾

【須臾】蘇軾、遊靈隱寺：盛衰哀樂兩須臾；蘇軾、舟中夜起：清境過眼能須臾；蘇軾、寒食未明至湖上：獨求僧榻寄須臾。

## 渝

【不可渝】韓愈、別趙子：已久不可渝。

## 苻

【滅萑苻】李商隱、有感：直是滅萑苻。

## 莩

【葭中莩】蘇軾、將往終南和子由見寄：富貴何啻葭中莩。

## 趺

【學僧趺】蘇軾、將往終南和子由見寄：終朝危坐學僧趺。

## 迂

【老且迂】蘇軾、送段屯田：膠西病守老且迂。

## 姝

【誰家姝】無名氏、陌上桑：問是誰家姝。

## 蹰

【踟蹰】李白、陌上桑：高駕空踟蹰；曹植、贈白馬王彪：攬轡止踟蹰；繁欽、定情詩：涕泣起踟蹰。

## 拘

【多所拘】曹植、贈丁翼：世俗多所拘。【終就拘】李商隱、哭虔州楊侍郎：尹京終就拘。

## 摹

【不用摹】蘇軾、再和李杞寺丞：賭取名畫不用摹。【虎難摹】蘇軾、答李杞寺丞：鵠則易畫虎難摹。【後難摹】蘇軾、臘日遊孤山：清景一失後難摹。

## 鶘

【鵜鶘】蘇軾、畫魚歌：插竿貫笠驚鵜鶘

## 鴣

【鷓鴣】鄭谷、席上貽歌者：莫向春風問鷓鴣；孟浩然、送吳悅遊韶陽：南飛逍鷓鴣。

## 沽

【屠沽】蘇軾、送喬仝寄賀君：豈知仙人混屠沽。【誰敢沽】李白、天馬歌：白璧如山誰敢沽。

## 菟

【生於菟】蘇軾、虎兒：未有老兔生於菟。

## 逋

【亡逋】蘇軾、臘日遊孤山：作詩火急追亡逋；蘇軾、答李杞寺丞：歲荒無術歸亡逋。【先逋】蘇軾、再和李杞寺丞：窮多鬭險誰先逋。

**壚**

【酒壚】李商隱、白雲夫舊居：再到仙簷憶酒壚；李商隱、寄蜀客：君到臨邛問酒壚；杜甫、遺懷：論交入酒壚。【黃壚】黃庭堅、寄王宣義：富貴安能潤黃壚；黃庭堅、哀逝：青天白日閉黃壚。【當壚】辛延年、羽林郎：春日獨當壚。

**徂**

【歲云徂】杜甫、今夕行：今夕何夕歲云徂。【歲月徂】杜甫、遺懷：合沓歲月徂。

**孥**

【妻孥】蘇軾、臘日遊孤山：臘日不歸對妻孥。【及爾孥】蘇軾、再和李杞寺丞：君思飽暖及爾孥。【散其孥】蘇軾、遊靈隱寺：四方宦遊散其孥。【罪及孥】蘇軾、答李杞寺丞：追胥連保罪及孥。

**晡**

【未晡】蘇軾、臘日遊孤山：整駕催歸及未晡。【畢晡】蘇軾、遊靈隱寺：歸時棲鴉正畢晡。【朝晡】蘇軾、遊靈隱寺：撞鐘擊鼓喧朝晡；蘇軾、答李杞寺丞：射弋狐兔共朝晡。【日欲晡】李商隱、次陝州先寄源從事：離思羈愁日欲晡；杜甫、徐步：荒庭日欲晡。

**顱**

【頭顱】蘇軾、送段屯田：四十豈不知頭顱。

銖瑜謏謨瑚觚荼汙鋪
禺嵎盱瞿朐約軥齁繻
需俞窬覦揄萸歈嶇蔞
鏤婁夫孚桴郛俘柎鈇
毹酺蒱醐糊餬酤呱蛄
駼砮膴憮鼯笯鴑艫瀘
櫨餔玗嚅踊蚨諏娵玞
裯跔毋軱罛瘏痡杅訏
芙幮喁齵轤矑釪旴哻
句戵醹洙褕羭瘉蝓慺
膢稃泭罦麩枹隃膜嫫
箶瓠箛虖鋘惡刳髃漊
躣瑜杸荂瓐芋姁欨嘔
騶窶咮趎氀闍喩睮纑

鰅枸欋鸕瑦蝺鍝臑獳
趺臉[illegible]萮侏齬葫鵂[illegible]
憮澞[illegible]忓翑[illegible]艅颫[illegible]
媀[illegible]陓柧駼[illegible]籚痀穌
[illegible]杇於誧[illegible]怤鸜懦[illegible]
楰稌夔鴸蒩

**【對偶】**

王維、崔錄事：遯跡東山下，因家滄海隅。　王維、終南山：白雲迴望合，青靄入看無。　李白、句：綠鬢隨波散，紅顏逐浪無。　李商隱、聖女祠：星娥一去後，月姊更來無。　劉季孫、寄蘇內翰：四海共知霜鬢滿，重陽曾插菊花無。　李商隱、聖女祠：腸回楚國夢，心斷漢宮巫。　李商隱、異俗：戶盡懸秦網，家多事越巫。　王維、崔錄事：少年曾任俠，晚節更爲儒。　韓偓、安貧：謀身拙爲安蛇足、報國危身捋虎須。　王維、終南山：分野中峯變，陰晴衆壑殊。　李商隱、聖女祠：從騎裁寒竹，行車蔭白楡。　李商隱、西溪：苦吟防柳惲，多淚怯楊朱。　柳宗元、種甘樹：幾歲花開聞噴雪，何人摘實見垂珠。　李商隱、有感：有甚當車泣，因勞下殿趨。　李商隱、異俗：點對連鰲餌，搜求縛虎符。　李商隱、有感：竟緣尊漢相，不早辨胡雛。　王維、過崔駙馬山池：錦石稱貞女，青松學大夫。　李商隱、西溪：野鶴隨君子，寒松揖大夫。　王維、過崔駙馬山池：脫貂貰桂醑：射雁與山厨。　李商隱、有感：證逮符書密，辭連性命俱。　李白、永王東巡歌：戰艦森森羅虎士，征帆一一引龍駒。　李白、贈丹陽橫山周處士惟長：水色傲溟渤，川光秀菰蒲。　李商隱、哭虔州楊侍郎：甘心親垤蟻，旋踵戮城狐。　盧綸、塞下曲：鷲翎金僕姑，燕尾繡蝥弧。　李商隱、哭虔州楊侍郎：楚水招魂遠，邙山卜宅孤。　劉季孫、寄蘇內翰：二三賢守去非遠，六一清風今不孤。　李商隱、聖女祠：消息期青雀，逢迎異紫姑。　李商隱、聖女祠：杳藹逢仙跡，蒼茫滯客途。　李白、贈韋秘書子春：披雲覩青天，捫蝨話良圖。　李商隱、有感：九服歸元化，三靈叶睿圖。　韓偓、安貧：手風慵展八行書，眼

暗休尋九局圖。　李商隱、哭虔州楊侍郎：入韓
非劍客，過趙受鉗奴。　柳宗元、種甘樹：方同
楚客憐皇樹，不學荊州利木奴。　李白、　陌上
桑：寒螿愛碧草，鳴鳳棲青梧。　李商隱、聖女
祠：寡鵠迷蒼壑，羈凰怨翠梧。　韓偓、安貧：
窗裏日光飛野馬，案頭筠管長蒲盧。　李白、古
風：　清輝照海月，美價傾皇都。　李商隱、有
感：鬼籙分朝部，軍烽照上都。　李商隱、聖女
祠：　何年歸碧落，此路向皇都。　李商隱、異
俗：　未曾容獺祭，只是縱猪都。　李商隱、有
感：何成奏雲物，直是滅崔苻。　白居易、問劉
十九：綠螘新醅酒，紅泥小火爐。　楊巨源、寄
江州白司馬：　湓浦曾聞似衣帶，廬峯見說勝香
爐。

# 八齊

古通支韻

## 齊

【眉齊】蘇軾、續麗人行：不見孟光舉案與眉齊。【卷霧齊】杜甫、秋日閒居：長林卷霧齊。【事略齊】李商隱、漫成五章：李杜操持事略齊。【浮雲齊】李商隱、戲題樞言草閣三十二韻：上與浮雲齊。【桃鬟齊】李商隱、燕臺四首：高鬟立共桃鬟齊。【庭樹齊】李商隱、井泥四十韻：積共庭樹齊。【群物齊】王維、贈薛璩慕容損：及與群物齊。【熊耳齊】李白、送外甥鄭灌從軍：積甲應將熊耳齊。【碧葉齊】李商隱、寄羅劭興（與）：忘憂碧葉齊。【閬風齊】李商隱、玉山：玉山高與閬風齊。【齒尙齊】李商隱、戲題樞言草閣三十二韻：髮綠齒尙齊。【翼瓦齊】杜甫、子規：江樓翼瓦齊。【露盤齊】韓偓、苑中：相風高與露盤齊。

## 臍

【倚香臍】李商隱、和孫朴韋蟾孔雀詠：捍撥倚香臍。

## 黎

【凍頗黎】李商隱、飲席戲贈同舍：半杯松葉凍頗黎。【楚懸黎】李商隱、和孫朴韋蟾孔雀詠：貴極楚懸黎。

## 犂

【渠犂】岑參、輪臺歌：羽書昨夜過渠犂。【編犂】陸游、書臥聞百舌：雨後郊原已編犂。【鋤犂】杜甫、兵車行：縱有健婦把鋤犂。

## 梨

【紅梨】李商隱、歸來：清曉對紅梨。

## 妻

【山妻】李白、贈范金卿：留舌示山妻。【杞妻】李白、東海有勇婦：梁山感杞妻。【厥妻】韓愈、南內朝賀歸呈同官：著籍朝厥妻。【石窌妻】王維、杜太守挽歌：同歸石窌妻。【宕子妻】曹植、七哀詩：言是宕子妻。【杞梁妻】無名氏、古詩西北有高樓：無乃杞梁妻。【竇家妻】薛道衡、昔昔鹽：織錦竇家妻。

## 萋

【芳草萋】李商隱、井泥四十韵：此時芳草萋。【草萋萋】李商隱、細雨成詠獻尙書河東公：全共草萋萋；李華、春行寄興：宜陽城下草萋萋；韓偓、故都：故都遙想草萋萋。【藉萋萋】王維、贈薛璩慕容損：與君藉萋萋。

# 淒

【餘淒】杜甫、泛溪：秋色有餘淒。【夜色淒】杜甫、子規：蕭蕭夜色淒。【始淒淒】杜甫、野望：仲冬風日始淒淒。【風淒淒】杜甫、暮歸：誰家擣練風淒淒。【復淒淒】無名氏、白頭吟：淒淒復淒淒。【聲淒淒】李商隱、戲題樞言草閣三十二韻：項直聲淒淒。

# 悽

【空餘悽】蘇軾、與子由同游寒谿西山：見子行迹空餘悽。【共悽悽】柳宗元、柳州二月榕葉落盡：宦情羈思共悽悽。【遠悽悽】孟浩然、途中遇晴：鄉思遠悽悽。

# 羝

【藩羝】郭璞、游仙詩：退爲觸藩羝。

# 鞮

【白銅鞮】李白、襄陽曲四首：歌舞白銅鞮；襄陽歌：攔街爭唱白銅鞮。

# 低

【八字低】白居易、時世妝：雙眉畫作八字低。【玉繩低】李商隱、寄令狐學士：夜吟應訝玉繩低。【向客低】劉長卿、登餘干古縣城：落日亭亭向客低。【花顏低】白居易、古冢狐：翠眉不舉花顏低。【望風低】韓愈、猛虎行：百獸望風低。【逐花低】杜甫、到村：荷芰逐花低。【傍人低】杜甫、子規：故作傍人低。【雁行低】李商隱、戲題樞言草閣三十二韻：起視雁行低。【晚雲低】孟浩然、途中遇晴：山出晚雲低。【落日低】杜甫、畏人：三年落日低。【銀櫛低】蘇軾、於潛令野翁亭：溪女笑時銀櫛低。【葛巾低】杜甫、秋日閒居：隨意葛巾低。【顏色低】白居易、馴犀：向闕再拜顏色低。【驛路低】李商隱、雨中長樂水館送趙十五滂不及：苑路高高驛路低。

# 氐

【戎氐】李商隱、井泥四十韻：何妨起戎氐。

# 稊

【稗稊】韓愈、南內朝賀歸呈同官：不見酬稗稊。

# 題

【新題】李商隱、細雨成詠獻尚書河東公：聊且續新題。【舊題】蘇軾、和子由澠池懷舊：壞壁無由見舊題。

# 提

【招提】孟浩然、夜泊廬江：淸夜宿招提。【鳥勸提】蘇軾、和子由柳湖久涸忽有水：花下壺盧鳥勸提。

# 荑

【丹荑】郭璞、游仙詩：陵岡掇丹荑。【含荑】王維、贈薛璩慕容損：花枝稍含荑。

## 隄

【金隄】王維、聽百舌鳥：不知若箇向金隄；薛道衡、昔昔鹽：垂柳覆金隄。【十里隄】韋莊、臺城：依舊煙籠十里隄。【白沙隄】白居易、錢塘湖春行：綠楊陰裏白沙隄。【柳映隄】無名氏、雜詩：著麥苗風柳映隄。【綠平隄】王安石、烏塘：烏塘渺渺綠平隄。

## 蹏

同蹄。【八蹏】蘇軾、韓幹馬十四匹：二馬並驅攢八蹏。【輪蹄】韓愈、南內朝賀歸呈同官：渙散馳輪蹄。【馬蹄】杜甫、畏人：無心走馬蹄。【八駿蹄】李商隱、九成宮：風逐周王八駿蹄。【散馬蹄】曹植、白馬篇：俯身散馬蹄；杜甫、到村：歸來散馬蹄。【碧玉蹄】李白、紫騮馬：雙翻碧玉蹄。

## 嗁

同啼。【空啼】韋莊、臺城：六朝如夢鳥空啼。【悲啼】李白、夜坐吟：金缸青凝照悲啼。【女牆啼】韓偓、故都：宮鴉猶戀女牆啼。【子規啼】杜甫、子規：終日子規啼。【白猿啼】李白、別東林寺僧：月出白猿啼。【林中啼】李商隱、井泥四十韻：今在林中啼。【烏夜啼】李商隱、留贈畏之：騎馬出門烏夜啼。【異方啼】杜甫、畏人：春鳥異方啼。【晚雞啼】李商隱、故驛迎市故桂府常侍有感：饑鳥翻樹晚雞啼。【傷春啼】蘇軾、續麗人行：何曾背面傷春啼。【鶯亂啼】柳宗元、柳州二月榕葉落盡：榕葉滿庭鶯亂啼。

## 篦

【金篦】李商隱、和孫朴韋蟾孔雀詠：刮目想金篦。

## 雞

【山雞】李商隱、鳳：未判容彩借山雞。【晨雞】薛道衡、昔昔鹽：倦寢憶晨雞。【曹雞】杜甫、狂歌行：我曹韝馬聽曹雞。【雉雞】韓愈、雉朝飛操：曾不如彼雉雞。【碧雞】張籍、送蜀客：蜀客南行祭碧雞。【鳴雞】韓偓、故都：馮驩無路斅鳴雞。【曙雞】李商隱、漫成五章：可是蒼蠅惑曙雞。【鵾雞】李商隱、飲席戲贈同舍：玉樓雙舞羨鵾雞。【犬與雞】杜甫、兵車行：被驅不異犬與雞。【汝南雞】李商隱、思賢頓：鬥殺汝南雞。

## 稽

【不可稽】陶淵明、雜詩：時駛不可稽。

## 奚

【百里奚】李白、鞠歌行：買死百里奚。

## 蹊

【多蹊】杜甫、白露：幽徑恐多蹊。【新蹊】蘇軾、與子由同游寒谿西山：欲踏徑路開新蹊。

【桃李蹊】薛道衡、昔昔鹽：花飛桃李蹊。

# 鷖

【鳧鷖】蘇軾、與子由同游寒谿西山：一箭放溜先鳧鷖；韓愈、南內朝賀歸呈同官：曷取於鳧鷖。

# 倪

【天倪】王維、贈薛璩慕容損：吾固和天倪。【端倪】李白、夜泛洞庭尋裴侍御清酌：孤舟無端倪。

# 霓

【虹霓】李商隱、九成宮：平時避暑拂虹霓。【彩霓】李商隱、寄令狐學士：秘殿崔嵬拂彩霓。【雲表霓】杜甫、泛溪：纖纖雲表霓。

# 醯

【鹽醯】韓愈、南內朝賀歸呈同官：拙不調鹽醯。

# 西

【東西】蘇軾、和子由澠池懷舊：鴻飛那復計東西；杜甫、兵車行：禾生隴畝無東西。【遼西】金昌緒、春怨：不得到遼西。【征西】王維、杜太守挽歌：相對哭征西。【夜郎西】李白、聞王昌齡左遷龍標遙有此寄：隨風直到夜郎西。【栢岡西】王安石、烏塘：辛夷如雪栢岡西。【喬木西】杜甫、泛溪：未盡喬木西。【楚雲西】劉長卿、送李判官：金陵驛路楚雲西。【楚關西】李白、別內赴徵：行行淚盡楚關西。【賈亭西】白居易、錢塘湖春行：孤山寺北賈亭西。【錦江西】張籍、送蜀客：木棉花發錦江西。【露盤西】李商隱、和孫朴韋蟾孔雀詠：涼月露盤西。【閬苑西】李商隱、九成宮：十二層城閬苑西。【鐵墓西】蘇軾、和子由柳湖久涸忽有水：太昊祠東鐵墓西。

# 栖

同棲。【花裏栖】王維、聽百舌鳥：未央宮中花裏栖。【故林棲】杜甫、到村：還入故林棲。【急鳥棲】杜甫、白露：迴鞭急鳥棲。【烏擇栖】黃庭堅、書摩崖碑後：萬官已作烏擇栖。【幽棲】杜甫、畏人：褊性合幽棲。【孤棲】李白、雉朝飛：我獨七十而孤棲。【常棲】蘇軾，與子由同游寒谿西山：江南江北無常栖。【獨棲】曹植、七哀詩：孤妾常獨棲。【雞棲】李商隱、井泥四十韻：聯翼上雞棲。

# 犀

【白犀】李商隱、和孫朴韋蟾孔雀詠：簾釘鏤白犀。【簪犀】韓愈、南內朝賀歸呈同官：珮玉冠簪犀。

## 嘶

【駟馬嘶】王維、杜太守挽歌：山川駟馬嘶。【蹇驢嘶】蘇軾、和子由澠池懷舊：路長人困蹇驢嘶。

## 撕

【提撕】韓愈、南內朝賀歸呈同官：又不自提撕。

## 梯

【丹梯】杜甫、卜居：著處覓丹梯。【天梯】李商隱、玉山：此中兼有上天梯。【飛梯】蘇軾、留題中興寺：不將雙脚踏飛梯。【階梯】韓愈、南內朝賀歸呈同官：以爲己階梯。【雲梯】李白、別山僧：手攜金策踏雲梯。【乳洞梯】李商隱、昭州：松乾乳洞梯。【萬仞梯】陸游、紫谿驛：雲外丹青萬仞梯。

## 鼙

【鼓鼙】杜甫、暮歸：北歸秦川多鼓鼙；劉長卿、送李判官：萬里辭家事鼓鼙。【晦暝鼙】李商隱、細雨成詠獻尚書河東公：寧無晦暝鼙。

## 齎

【無所齎】韓愈、南內朝賀歸呈同官：孤身無所齎。

## 擠

【推擠】蘇軾、於潛令野翁亭：三年不去煩推擠。【不見擠】韓愈、南內朝賀歸呈同官：幾時不見擠。

## 迷

【下蔡迷】李商隱、思賢頓：空聞下蔡迷。【昔人迷】杜甫、卜居：定似昔人迷。【客自迷】李商隱、飲席戲贈同舍：不是花迷客自迷。【徑路迷】杜甫、泛溪：指揮徑路迷。【海戍迷】李白、紫騮馬：黃雲海戍迷。【路欲迷】王安石、秣陵道中口占：田園路欲迷。【意轉迷】柳宗元、柳州二月榕葉落盡：春半如秋意轉迷。【夢自迷】李商隱、寄令狐學士：閶闔門多夢自迷。【獨行迷】梅聖俞、魯山山行：幽徑獨行迷。【賸客迷】杜甫、移居東屯茅屋：須令賸客迷。【歸路迷】李商隱、鳳：萬里峯巒歸路迷。

## 麛

【赤豹麛】韓愈、猛虎行：子食赤豹麛。

## 泥

【青泥】蘇軾、吳中田婦歎：忍見黃穗臥青泥。【封泥】杜甫、秋日閑居：朱果落封泥。【春泥】白居易、錢塘湖春行：誰家新燕啄春泥。【黃泥】李白、雉朝飛：瞑目歸黃泥。【貯泥】

李商隱、玉山：　玉山清流不貯泥。【塵泥】蘇軾、與子由同游寒谿西山：兩脚垂欲穿塵泥。【燕泥】薛道衡、昔昔鹽：空梁落燕泥。【皎無泥】蘇軾、留題中興寺：　清潭百尺皎無泥。【降紫泥】李商隱、鸞鳳：天人降紫泥。【蜀坂泥】孟浩然、途中遇晴：　猶逢蜀坂泥。【踏雪泥】蘇軾、和子由澠池懷舊：應似飛鴻踏雪泥。【賤如泥】李白、鞠歌行：當時賤如泥。【醉如泥】李商隱、留贈畏之：寒暄不道醉如泥。【錦障泥】李白、紫騮馬：似惜錦障泥。【燕分泥】陸游、書臥聞百舌：陰陰簾幙燕分泥。【融燕泥】李商隱、細雨成詠獻尚書河東公：斑斑融燕泥。【濁水泥】曹植、七哀詩：妾若濁水泥。

## 谿

同溪。【五溪】杜甫、野望：水散巴渝下五溪。【青溪】王安石、秣陵道中口占：下馬照青溪。【虎谿】孟浩然、夜泊廬江：松門入虎谿。【宣溪】韓愈、酬張端公惠書敍別：　韶州南去接宣溪。【清溪】杜甫、移居東屯茅屋：　一種往清溪。【紫谿】陸游、紫谿驛：略似黃亭到紫谿。【弋陽谿】劉長卿、登餘干古縣城：朝來暮去弋陽谿。【武陵溪】蘇軾、留題中興寺：秦人今在武陵溪。【春穀谿】王維、送張五諲：人家春穀谿。

## 圭

【角圭】韓愈、南內朝賀歸呈同官：　磨淬出角圭。【執珪】杜甫、卜居：吟同楚執珪。

## 閨

【石閨】蘇軾、留題中興寺：還訪仙姝款石閨。【空閨】薛道衡、昔昔鹽：　風月守空閨。【春閨】李白、紫騮馬：安得念春閨。【月入閨】李白、夜坐吟：冰合井泉月入閨。

## 袿

【繡袿】李商隱、和孫朴韋蟾孔雀詠：佳人炫繡袿。

## 攜

【同攜】蘇軾、和子由柳湖久涸忽有水：一樽曾與子同攜。【相攜】李商隱、玉山：赤簫吹罷好相攜；杜甫、佐還山後寄：　須汝故相攜。【提攜】杜甫、泛溪：罟弋畢提攜；蘇軾、與子由同游寒谿西山：　共惜此日相提攜。【解攜】孟浩然、遊江西：臨流恨解攜。【黃門攜】李商隱、井泥四十韻：本乃黃門攜。【萬里攜】李商隱、和孫朴韋蟾孔雀詠：今來萬里攜。

## 畦

【故畦】杜甫、泛溪：霜中登故畦。【町畦】杜甫、到村：疏頑惑町畦；蘇軾、與子由同游寒谿西山：散人出入無町畦。【稻畦】杜甫、移居東屯茅屋：淹留爲稻畦。

藜　【杖藜】杜甫、暮歸：明日看雲還杖藜。【蒿藜】韓愈、南內朝賀歸呈同官：不宜問蒿藜。【蒺藜】王維、老將行：虜騎崩騰畏蒺藜。【重藜】王維、贈薛璩慕容損：用天信重藜。

蜺　【長蜺】蘇軾、和子由柳湖久涸忽有水：飮河噀水賴長蜺。

粞　【糠粞】蘇軾、吳中田婦歎：價賤乞與如糠粞。

躋　【險易躋】孟浩然、遊江南：藤長險易躋。

蠐　蠡　璃　黧　詆　磾　鍗　䨑　締
銻　綈　𧋍　騠　瑅　鮧　禔　鵜　媞
鶗　緹　罤　折　鎞　陛　笄　枅　兮
稽　嫨　傒　徯　騱　谿　鼷　磬　堅
鷖　齯　猊　鯢　輗　澌　椑　脾　甈
批　齏　懠　巂　窐　睽　奎　刲　觿
蠵　烓　驪　鸝　緀　淒　棲　睼　褆
㡗　卟　緊　䘽　榼　剸　睽　聧　嶲

鑴　酅　䨨　笓　錍

【對偶】

李商隱、寄羅劭興：棠棣黃花發，忘憂碧葉齊。　李商隱、和孫朴韋蟾孔雀詠：屏風臨燭釦，捍撥倚香臍。　李商隱、和孫朴韋蟾孔雀詠：輕於趙皇后，貴極楚懸黎。　王維、送張五湮：欲歸江淼淼，未到草萋萋。　李商隱、細雨成詠獻尚書河東公：半將花漠漠，全共草萋萋。　劉長卿、登餘干古縣城：平沙渺渺速人遠，落日亭亭向客低。　李商隱、寄令狐學士：曉飲豈知金掌迴，夜吟應訝玉繩低。　李商隱、和孫朴韋蟾孔雀詠：瘴氣籠飛遠，蠻花向坐低。　李商隱、九成宮：雲隨夏后雙龍尾，風逐周王八駿蹄。　白居易、錢塘湖春行：亂花漸欲迷人眼，淺草纔能沒馬蹄。　韓偓、故都：塞雁已侵池籞宿，宮鴉猶戀女牆啼。　劉長卿、登餘干古縣城：官舍已空秋草沒，女牆猶在夜烏啼。　韓握、苑中：金階鑄出狻猊立，玉柱雕成狒狖啼。　王維、聽百舌鳥：入春解作千般語，拂曙能先百鳥啼。　李商隱、和孫朴韋蟾孔雀詠：妬好休誇舞，輕寒且少啼。　李商隱、昭州：虎當官道鬥，猿上驛樓啼。　李商隱、和孫朴韋蟾孔雀詠：約眉憐翠羽，刮目想金篦。　李商隱、寄令狐學士：賡歌太液翻黃鵠，從獵陳倉獲碧雞。　李商隱、飲席戲贈同舍：珠樹重行憐翡翠，玉樓雙舞羨鵾雞。李商隱、思賢頓：舞成青海馬，鬥殺汝南雞。李商隱、和孫朴韋蟾孔雀詠：可在青鸚鵡，非關碧野雞。　王維、杜太守挽歌：卷衣悲畫翟，持翣待鳴雞。　李商隱、鸞鳳：金錢饒孔雀，錦段落山雞。　李商隱、和孫朴韋蟾孔雀詠：愛堪通夢寐，畫得不端倪。　李商隱、昭州：桂水春猶早，昭州日正西。　李商隱、細雨成詠獻尚書河東公：江間風暫定，雲外日應西。　李商隱、和孫朴韋蟾孔雀詠：曙霞星斗外，涼月露盤西。李商隱、戲題樞言草閣三十二韻：君家在河北，我家在山西。　李商隱、和孫朴韋蟾孔雀詠：地錦排蒼雁，簾釘鏤白犀。　韓握、苑中：外使調鷹初得按，中官過馬不敎嘶。　王維、杜太守挽歌：容衞都人慘，山川駟馬嘶。　李商隱、九成宮：吳岳曉光連翠巘，甘泉晚景上丹梯。　李商隱、玉山：何處更求回日馭，此中兼有上天梯。李商隱、昭州：纚爛金沙井，松乾乳洞梯。　李商隱、寄羅劭興：混沌何由鑿，青冥未有梯。李商隱、思賢頓：內殿張絃管，中原絕鼓鼙。李商隱、細雨成詠獻尚書河東公：必擬和殘漏，寧無晦暝鼙。　李商隱、思賢頓：不見華胥夢，空聞下蔡迷。　李商隱、和孫朴韋蟾孔雀詠：西施因網得，秦客被花迷。　李商隱、細雨成詠獻尚書河東公：灑砌聽來響，卷簾看已迷。　白居易、錢塘湖春行：幾處早鶯爭暖樹，誰家新燕啄春泥。　李白、口號贈楊徵君：雲臥留丹壑，天書降紫泥。　李商隱、寄羅劭興：人閒微病酒，燕重遠兼泥。　李商隱、和孫朴韋蟾孔雀詠：舊思牽雲葉，新愁待雪泥。　李商隱、細雨成詠獻尚書河東公：稍稍落蝶粉，斑斑融燕泥。　李商隱、飲席戲贈同舍：蘭迴舊蕊緣屏綠，椒綴新看和壁泥。　李商隱、鸞鳳：王子調清管，天人降紫泥。　王維、送張五諲：漁浦南陵郭，人家春穀谿。　李商隱、玉山：珠容百斛龍休睡，桐拂千尋鳳要棲。　李商隱、細雨成詠獻尚書河東公：猿別方長嘯，烏驚始獨棲。　韓偓、故都：天涯烈士空垂涕，地下強魂必噬臍。　李白、和盧侍御通塘曲：青蘿嫋嫋挂煙樹，白鷳處處聚沙堤。　李商隱、細雨成詠獻尚書河東公：颭萍初過沼，重柳更緣堤。　梅聖俞、魯山山行：霜落熊升樹，林空鹿飲溪。

# 九佳 古轉支

## 佳

【趙女佳】傅玄、吳楚歌：　燕人美兮趙女佳。【日夕佳】陶潛、飲酒：山氣日夕佳。【斯可佳】杜甫、奉同郭給事湯東靈湫作：　幽靈斯可佳。【晴亦佳】杜甫、喜晴：既雨晴亦佳。

## 鞋

亦作鞵又音蹊。【牀下鞵】李商隱、戲題樞言草閣三十二韵：對若牀下鞵。

## 釵

【金釵】元稹、遣悲懷：泥他沽酒拔金釵。【美人釵】李白、春感詩：蝶弄美人釵。【瑇瑁釵】繁欽、定情詩：耳後瑇瑁釵。

## 靫

【金鞞靫】李白、北風行：遺此虎紋金鞞靫。

## 厓

通作崖。【兩厓】杜甫、柴門：回首望兩厓。【蒼厓】蘇軾、大風留金山：朝來白浪打蒼厓。

## 階

亦作堦。【三重階】無名氏、古詩西北有高樓：阿閣三重階。

## 偕

【與我偕】李商隱、井泥四十韵：朅來與我偕。

## 諧

【未能諧】李商隱、戲題樞言草閣三十二韵：因循未能諧。【何時諧】曹植、七哀詩：會合何時諧。【與我諧】陶潛、丙辰歲下潠田舍穫：　寄與我諧。

## 排

【可排】黃庭堅、尋七叔祖舊題：壯氣南山若可排。

## 乖

【未云乖】陶潛、丙辰歲下潠田舍穫：其事未云乖。【百事乖】元稹、遣悲懷：　自嫁黔婁百事乖。【忽已乖】李商隱、井泥四十韻：疇昔忽已乖。【雲雨乖】李商隱、　戲題樞言草閣三十二韵：動成雲雨乖。【與時乖】陶潛、飲酒：疑我與時乖。【縱以乖】韓愈、猛虎行：　氣性縱以乖。

## 懷

【入君懷】曹植、七哀詩：長逝入君懷。【平生懷】李商隱、井泥四十韻：惻愴平生懷。【安可懷】曹植、白馬篇：性命安可懷。【負所懷】陶潛、丙辰歲下潠田舍穫：常恐負所懷。【區區懷】無名氏、焦仲卿妻：　感君區區懷。【喻中懷】無名氏、別詩：可以喻中懷。【萬里懷】李白、感興：將寄萬里懷。【煎我懷】無名氏、焦仲卿妻：逆以煎我懷。【曠士懷】鮑照、代放歌行：安知曠士懷。【激我懷】陶潛、雜詩：寒氣激我懷。【難久懷】無名氏、別詩：愴愴難久懷。

**豺**

【狼與豺】李白、蜀道難：化爲狼與豺。

**儕**

【四儕】韓愈、猛虎行：亦各有四儕。

**齋**

【竹齋】李白、春感詩：雲門掩竹齋。【高齋】李商隱、井泥四十韻：西北有高齋。【清齋】蘇東坡、惜花：而我食菜方清齋。【營齋】元稹、遣悲懷：與君營奠復營齋。

**槐**

【古槐】元稹、遣悲懷：落葉添薪仰古槐。

**街**

【中街】杜甫、夏日歎：陵天經中街。

**鮭**

【珍鮭】黃庭堅、送王郎：婦能館姑共珍鮭。

**牌　柴　差　涯　骸　淮　埋　霾　媧**

**蝸　娃　哇　皆　荄　喈　黠　揩　膎**

**蛙　湝　⿰皆風　楷　痎　櫰　緒　偕　簿**

**緺　騧　⿵門爲　葦　唯　揌　俳**

【對偶】

李白、春感詩：塵縈遊子面，蝶弄美人釵。元稹、遣悲懷：顧我無衣搜藎篋，泥他沽酒拔金釵。

元稹、遣悲懷：野蔬充膳甘長藿，落葉添薪仰古槐。　李白、春感詩：　榆莢錢生樹，楊花玉糝街。

# 十灰 古通支

## 灰

【土灰】阮籍、詠懷：身竟爲土灰。【死灰】杜甫、晚晴：支離委絕同死灰。【劫灰】杜甫、千秋節有感：龍池塹劫灰；李商隱、寄惱韓同年：便是胡僧話劫灰；李商隱、子初全溪作：昆池換劫灰。【吹灰】韓愈、憶昨行：憶昨夾鐘之呂初吹灰。【浮灰】杜甫、小至：吹葭六琯動浮灰。【寒灰】李白、古風：金棺葬寒灰；李白、金陵歌：金輿玉座成寒灰。【一寸灰】李商隱、無題：一寸相思一寸灰。【已成灰】李白、北風行：焚之已成灰。【心已灰】蘇軾、杜介熙熙堂：黃紙紅旗心已灰。【自成灰】李商隱、馬嵬：自埋紅粉自成灰。【冷於灰】李商隱、寄裴衡：惟有冷於灰。【塵與灰】李白、長干行：願同塵與灰。【燒成灰】韓愈、汴州亂：連屋累棟燒成灰。

## 魁

【河魁】李白、司馬將軍歌：身居玉帳臨河魁。

## 隈

【吳江隈】白居易、憶舊遊：就中最憶吳江隈。【東林隈】陶潛、丙辰歲下潠田舍穫：戮力東林隈。【清隅隈】蘇軾、再用武昌西山韻：吞吐風月清隅隈。【魚爭隈】黃庭堅、次韻子瞻武昌西山：野老爭席魚爭隈。【驪山隈】李白、古風：起土驪山隈。

## 回

【三回】蘇軾、次韻劉貢父李公擇：蝗蟲撲面已三回。【千回】杜甫、百憂集行：一日上樹能千回。【未回】杜甫、巴山：乘輿恐未回；杜甫、登白馬潭：南征且未回。【交回】李白、胡無人：雲龍風虎盡交回。【悲回】杜甫、上白帝城：棲宇客悲回。【裴回】杜甫、秋日閒居：倚杖更裴回；杜甫、晚晴：六龍寒急光裴回；李白、古風：千里獨裴回。【遲回】杜審言、夏日過鄭七山齋：車馬繫遲回；李白、高句驪：白馬小遲回；李白、相逢行：玉勒近遲回。【顏回】李商隱、舍弟義叟及第上禮部魏公：惟鑄一顏回。【八馬回】李商隱、渾河中：九廟無塵八馬回。【二星回】孟浩然、峴山餞房琯崔宗之：還待二星回。【上清回】李商隱、中元作：中元朝拜上清回。【不復回】李白、北風行：人今戰死不復回。【木帝回】李商隱、隋宮守歲：

消息東郊木帝回。　【巴字回】王維、送崔五太守：天際澄江巴字回。【不可回】陶潛、飲酒：吾駕不可回。【不復回】李白、將進酒：奔流到海不復回。【玉關回】李白、秋思：　漢使玉關回。【共裴回】杜甫、述古：羽翼共裴回。【老大回】賀知章、回鄉偶書：　少小離家老大回。【江已回】陸游、雜詠：石犀廟壖江已回。【衣錦回】李白、送外甥鄭灌從軍：　當斬胡頭衣錦回。【怨不回】李商隱、　戲題樞言草閣三十二韻：一去怨不回。【相裴回】杜甫、雨：煙霧相裴回。【苦邅回】孟浩然、泝江至武昌：江路苦邅回。【酒船回】李白、重憶：　却棹酒船回。【幾時回】李商隱、漢南書事：　西師萬衆幾時回；李商隱、武夷山：空中簫鼓幾時回。【幾人回】王翰、涼州詞：　古來征戰幾人回。【等閑回】錢起、歸雁：瀟湘何事等閑回。【寂寞回】劉禹錫、石頭城：潮打空城寂寞回。【無一回】白居易、折臂翁：千萬人行無一回。【最先回】蘇軾、杜介熙熙堂：　崎嶇世路最先回。【滿瓶回】蘇軾、遊張山人園：歸軒乞得滿瓶回。【遶砌回】孟浩然、題融公蘭若：流泉遶砌回。【騎馬回】孟浩然、裴司士員司戶見尋：　猶能騎馬回。【艷陽回】李商隱、寄惱韓同年：開時莫放艷陽回。【艷舞回】王維、靈雲池送從弟：畫舸輕移艷陽回。

## 迴

【半迴】杜甫、朝：　雲晴欲半迴。【北迴】李白、望天門山：　碧水東流至北迴。【爭迴】杜甫、雷：　天地劃爭迴。【南迴】韋莊、章臺夜思：秋雁又南迴。【思迴】韓愈、李花贈張十一署：欲去未到先思迴。【遺迴】杜甫、野望因過常少仙：幽人未遺迴。【縈迴】李白、遊泰山：澗谷隨縈迴。【一一迴】杜牧、早雁：豈逐春風一一迴。【上天迴】杜甫、雙楓浦：　暫借上天迴。【不一迴】李白、長干行：　千喚不一迴。【日暮迴】杜甫、雲山：　親朋日暮迴。【引魂迴】白居易、哭師皋：南康丹旐引魂迴。【元侯迴】韓愈、憶昨行：　上公禮罷元侯迴。【未擬迴】杜甫、又送：並馬今朝未擬迴。【去不迴】崔曙、九日登望仙臺：河上仙翁去不迴。【未敢迴】李商隱、子初全溪作：言詩未敢迴。【池周迴】李商隱、井泥四十韵：繚以池周迴。【百川迴】李白、橫江詞：　海鮮東蹙百川迴。【地底迴】元稹、以州宅夸於樂天：鼓角驚從地底迴。

【至此迴】宋之問、題大庾嶺北驛：傳聞至此迴。【何當迴】韓愈、感春：王師北討何當迴。【泛舟迴】杜甫、放船：故作泛舟迴。【汲井迴】李商隱、無題：玉虎牽絲汲井迴。【阿𩊖迴】李白、司馬將軍歌：羌笛橫吹阿𩊖迴。【爲誰迴】李商隱、蝶：不知香頸爲誰迴。【春全迴】韓愈、感春：川波岸柳春全迴。【鳥却迴】杜甫、熱：歸林鳥却迴。【宴未迴】李商隱、可歎：幸會東城宴未迴。【鳥飛迴】杜甫、登高：渚清沙白鳥飛迴。【習池迴】杜甫、請邀高三十五使君同到：須成一醉習池迴。【竟未迴】李商隱、漢宮詞：青雀西飛竟未迴。【船舫迴】白居易、憶舊遊：皋橋夕鬧船舫迴。【莫遲迴】孟浩然、送丁大鳳進士：歧路莫遲迴。【幾時迴】李白、古風：樓船幾時迴。【寒可迴】杜甫、山寺：荒林寒可迴。【萬國迴】杜甫、千秋節有感：金吾萬國迴。【雁不迴】王維、過始皇墓：無春雁不迴。【晚風迴】元好問：雨後丹鳳門登眺：金明高樹晚風迴。【清鑿迴】陶潛、丙辰歲下潠田舍穫：汎隨清鑿迴。【棹歌迴】李白、越女詞：見客棹歌迴。【惡風迴】李白、橫江詞：海神來過惡風迴。【隔年迴】杜甫、奉待嚴大夫：不知旌節隔年迴。【舉岸迴】杜甫、梅雨：盤渦與岸迴。【舞袖迴】李白、與夏十二登岳陽樓：吹人舞袖迴。【輕舟迴】王維、萍池：會待輕舟迴。【綠水迴】李白、白毫子歌：碧峯巉巖綠水迴。【還迴】韓愈、感春：誰肯留念稍還迴。【鑾門迴】白居易、陵園妾：中官監送鑾門迴。【繡襦迴】李商隱、南朝：雞鳴埭口繡襦迴。【鵲飛迴】李商隱、七夕：星橋橫過鵲飛迴。

## 徊

【徘徊】曹植、七哀：流光正徘徊；王昌齡、長信秋詞：且將團扇共徘徊；無名氏、焦仲卿妻：五里一徘徊；韓偓、亂後春日途經野塘：野塘晴暖獨徘徊；李商隱、正月崇讓宅：廊深閣迥此徘徊。【久裴徊】李白、日出行：安得與之久裴徊。【小徘徊】李商隱、蝶：孤蝶小徘徊。【起徘徊】白居易、長恨歌：攬衣推枕起徘徊。【思徘徊】白居易、憶舊遊：三千里外思徘徊。

## 槐

【宮槐】王維、宮槐陌：仄逕蔭宮槐。【映古槐】元好問、壽趙益元：儒館丹青映古槐。

## 枚

【延鄒枚】韓愈、憶昨行：並召賓客延鄒枚。【豈伐枚】杜甫、雨：樵舟豈伐枚。

## 梅

【江梅】杜甫、徐九少尹見過：欲發照江梅。【青梅】李白、長干行：遶牀弄青梅。【放梅】杜甫、小至：山意衝寒欲放梅。【黃梅】杜甫、梅雨：四月熟黃梅。【野梅】蘇軾、武昌西山：步上西山尋野梅。【落梅】李白、司馬將軍歌：向月樓中吹落梅；李白、襄陽歌：笑坐雕鞍歌落梅。【新梅】李商隱、隋宮守歲：宮中行樂有新梅。【早見梅】元好問、十月：十月常年早見梅。【見寒梅】元好問、昆陽：南來忽復見寒梅。【和羹梅】孟浩然、和張丞相春朝封雪：顧糝和羹梅。【待春梅】杜甫、早花：艷艷待春梅。【雪藏梅】李商隱、江亭散席循柳路吟：更被雪藏梅。【寒江梅】蘇軾、趙令晏崔白犬圖：竹間的皪寒江梅。【歲前梅】李商隱、小園獨酌：虛信歲前梅。【摘楊梅】孟浩然、裴司士員司戶見尋：稚子摘楊梅。【調鹽梅】黃庭堅、次韻子瞻武昌西山：自許作鼎調鹽梅。【隴頭梅】宋之問、題大庾嶺北驛：應見隴頭梅。

## 媒

【死媒】王維、哭褚司馬：浮生定死媒。【杏花媒】李商隱、柳下暗記：擬作杏花媒。【無良媒】李商隱、戲題樞言草閣三十二韵：所痛無良媒。【鴆鳥媒】李商隱、中元作：青雀如何鴆鳥媒。【誰爲媒】孟浩然、途次望鄉：高歌誰爲媒。

## 煤

【鎖煙媒】李商隱、南朝：前朝神廟鎖煙媒。

## 瑰

【玫瑰】李商隱、戲題樞言草閣三十二韵：顏色色如玫瑰；李商隱、河陽詩：主人淺笑紅玫瑰。【瓊瑰】李商隱、贈庾十二朱版：贈君珍重抵瓊瑰；蘇軾、有美堂暴雨：倒傾鮫室瀉瓊瑰。

## 雷

【出雷】杜甫、雨：殷殷兼出雷；杜甫、雨：還嗟地出雷。【空雷】杜甫、熱：江上只空雷。【春雷】蘇軾、武昌西山：銅環玉鎖鳴春雷。【奔雷】杜甫、朝：昨夜有奔雷。【風雷】韓愈、憶昨行：深室靜臥聞風雷；蘇軾、送梁左藏赴莫州：笑談聲欬生風雷；黃庭堅、次韻子瞻武昌西山：北門喚仗聽風雷。【雲雷】杜甫、又觀打魚：山根鱣鮪隨雲雷。【晚雷】杜審言、夏日過鄭七山齋：雲陰送晚雷。【輕雷】李商隱、無題：芙蓉塘外有輕雷。【驚雷】李商隱、隋宮守歲：遠聞鼉鼓欲驚雷。【一聲雷】蘇軾、有美堂暴雨：遊人脚底一聲雷。【十月雷】杜甫、雷：滄江十月雷。【忽如雷】陸游、醉中作：齁齁鼻息忽如雷。【秦地雷】李白、西嶽雲臺歌：盤渦轂轉秦地雷。【殷晴雷】杜牧、懷鍾陵舊遊：柘枝蠻鼓殷晴雷。【萬壑雷】李白、蜀道難：砯崖轉石萬壑雷。【噴雲雷】李白、古風：揚波噴雲雷。【暴如雷】無名氏、焦仲卿妻：性行暴如雷。【聲如雷】韓愈、汴州亂：天狗墮地聲如雷。【響如雷】蘇軾、杜介熙熙堂：鵾絃鐵撥響如雷。

## 壘

【壘壘】曹丕、善哉行：鬱何壘壘。

## 隤

亦作頹。【摧頹】韓愈、感春：況乃滿地成摧頹。【星火頹】陶潛、丙辰歲下潠田舍穫：三四星火頹。【驅頽隤】韓愈、憶昨行：驛馬拒地驅頹隤。

## 催

【小童催】杜甫、晚晴吳郎見過北舍：未去小童催。【三毛催】李商隱、江亭散席循柳路吟：惟感三毛催。【夕陽催】孟浩然、題融公蘭若：歸騎夕陽催。【水相催】李商隱、可歎：年華憂共水相催。【行相催】李白、襄陽歌：鳳笙龍管行相催。【玉漏催】李商隱、南朝：玄武湖中玉漏催。【白髮催】李白、對酒：今日白髮催。【老漸催】元好問、十月：年去年來老漸催。【使人催】崔國輔、銅雀臺：魏帝使人催。【使鶴催】王維、恭懿太子挽歌：三天使鶴催。【重相催】孟浩然、途次望鄉：鄉思重相催。【容鬢催】杜甫、早花：誰憂容鬢催。【馬上催】王翰、涼州詞：欲飲琵琶馬上催。【時已催】韓愈、感春：春田可耕時已催。【莫相催】孟浩然、夏日衞明府宅：簫管莫相催。【落景催】孟浩然、和賈主簿弁九日登峴山：歡情落景催。【羯鼓催】蘇軾、有美堂暴雨：千丈敲鏗羯鼓催。【頭上催】白居易、憶舊遊：急管繁絃頭上催。【歸思催】孟浩然、泝江至武昌：歲時歸思催。【藻思催】錢起、和成少府寓直：文人藻思催。【驛騎催】孟浩然、峴山餞房琯崔宗之：分亭驛騎催。

## 摧

【一戰摧】李商隱、復京：虜騎胡兵一戰摧。
【大悲摧】無名氏、焦仲卿妻：阿母大悲摧。
【不覺摧】韓愈、南山有高樹行贈李宗閔：汝翅不覺摧。【古堞摧】李商隱、遊靈伽寺：水打城根古堞摧。【未低摧】陸游、醉中作：晚途豪氣未低摧。【古月摧】李白、永王東巡歌：海動山傾古月摧。【羽翼摧】孟浩然、送丁大鳳進士：翻飛羽翼摧。【長松摧】韓愈、憶昨行：起舞先醉長松摧。【南山摧】李白、上雲樂：北斗戾，南山摧。【爲之摧】曹操、苦寒行：車輪爲之摧。【棟梁摧】杜甫、山寺：告訴棟梁摧。【雲峯摧】蘇軾、再用武昌西山韻：雪浪倒卷雲峯摧。【痛天摧】黃庭堅、次韻子瞻武昌西山：歸來杞國痛天摧。【敵可摧】李白、胡無人：太白入月敵可摧。【蕙草摧】李白、秋思：空悲蕙草摧。【舊已摧】杜甫、雙楓浦：雙楓舊已摧。【雙蛾摧】李白、北風行：停歌罷笑雙蛾摧。【鬢毛摧】賀知章、回鄉偶書：鄉音無改鬢毛摧。

## 堆

【拂雲堆】元稹、以州宅夸於樂天：州城迴遶拂雲堆。【青成堆】蘇軾、和李邦直沂祈雨：際天菽粟青成堆。【金碧堆】黃庭堅、次韻子瞻武昌西山：步入寒溪金碧堆。【處處堆】杜牧、懷鍾陵舊遊：珠翠沈檀處處堆。【雲濤堆】蘇軾、武昌西山：蒼崔半入雲濤堆。【錦被堆】蘇軾、遊張山人園：盆裏千枝錦被堆。【綮如堆】韓愈、李花贈張十一署：照耀萬樹綮如堆。【灩澦堆】李白、長干行：瞿塘灩澦堆。

## 杯

本作桮，亦作盃。【金杯】杜甫、登白馬潭：處處接金杯。【酒杯】王維、戲題盤石：復有垂楊拂酒杯。【傾杯】陶潛、乞食：觴至輒傾杯；杜甫、又觀打魚：主人罷鱠還傾杯。【銜杯】李白、相逢行：當歌共銜杯。【舉杯】杜甫、諸將：軍令分明數舉杯。【辭杯】韓愈、李花贈張十一署：對花豈省曾辭杯。【入半杯】李商隱、江亭散席循柳路吟：銜辭半入杯。【三百杯】李白、襄陽歌：一日須傾三百杯；李白、將進酒：會須一飲三百杯。【玉交杯】李商隱、可歎：瓊筵不醉玉交杯。【白雲杯】李商隱、漢南書事：玉樓長御白雲杯。【白玉杯】李商隱、戲題樞言草閣三十二韻：勸客白玉杯。【只此杯】元好問、十月：不負浮生只此杯。【玉人杯】孟浩然、夏日衞明府宅：同飲玉人杯。【有此杯】元好問、昆陽：料理塵埃有此杯。【作壽杯】李商隱、隋宮守歲：玉液瓊蘇作壽杯。【芙蓉杯】王維、茱萸沜：置此芙蓉杯。【夜光杯】王翰、涼州詞：蒲桃美酒夜光杯。【金縷杯】蘇軾、惜花：馬腦槃盛金縷杯。【泥酒杯】陸游、文君井：落魄西州泥酒杯。【流霞杯】李白、遊泰山：遺我流霞杯；李白、白毫子歌：獨酌流霞杯。【酒一杯】

杜甫、不見：飄零酒一杯。【持一杯】無名氏、隴西行：然後持一杯。【客壽杯】李商隱、河陽詩：龍頭瀉酒客壽杯。【接行杯】李白、與夏十二登岳陽樓：天上接行杯。【張翰杯】李白、送友人尋越中山水：三吳張翰杯。【萬歲杯】李白、上雲樂：長傾萬歲杯。【掌中杯】杜甫、小至：教兒且覆掌中杯。【菊花杯】崔曙、九日登望仙臺：陶然共醉菊花杯。【無酒杯】元好問、潁亭：所惜忽忽無酒杯。【暖夜杯】李商隱、訪隱：松黃暖夜杯。【照客杯】杜甫、又送：萬竹青青照客杯。【盡餘杯】杜甫、客至：隔籬呼取盡餘杯。【瑪瑙杯】李商隱、小園獨酌：輕斟瑪瑙杯。【濁酒杯】杜甫、登高：潦倒新停濁酒杯。【遜俗杯】王維、哭褚司馬：仍餘遜俗杯。【臨邛杯】何遜、揚州法曹梅花盛開：夕駐臨邛杯。【露一杯】李商隱、漢宮詞：不賜金莖露一杯。

## 醅

【春醅】蘇軾、再用武昌西山韵：朱顏發過如春醅。【醱醅】杜甫、晚晴吳郎見過北舍：相迎自醱醅；李白、襄陽歌：恰似葡萄初醱醅。【盡餘醅】李商隱、子初全溪作：況復盡餘醅。【蒲萄醅】蘇軾、武昌西山：春江淥漲蒲萄醅。

## 嵬

【馬嵬】李商隱、馬嵬：玉輦何由過馬嵬。【崔嵬】李白、司馬將軍歌：紫髯若戟冠崔嵬；李白、古風：長鯨正崔嵬；杜甫、山寺：諸合龍編崔嵬；李白、蜀道難：劍閣崢嶸而崔嵬；蘇軾、武昌西山：風駕兩腋飛崔嵬；黃庭堅、次韻子瞻武昌西山：酒澆不下胸崔嵬。

## 推

【非人推】李白、襄陽歌：玉山自倒非人推。

【窮年推】韓愈、憶昨行：汩溺可繼窮年推。

## 開

【全開】韓愈、感春：辛夷花房忽全開。【自開】陶潛、飲酒：倒裳往自開。【更開】王維、茱萸沜：復如花更開。【東開】李白、古風：函谷正東開。【寒開】何遜、揚州法曹梅花盛開：映雪擬寒開。【慵開】王維、書事：深院晝慵開。【皺開】杜甫、野望因過常少仙：嘗果栗皺開。【一枝開】李商隱、龍丘途中：不見一枝開。【了不開】無名氏、子夜歌：奩器了不開。

【九泉開】王維、過始皇墓：河漢九泉開。【已自開】杜甫、早花：山花已自開。【九天開】李白、上皇西巡南京歌：石爲樓閣九天開。【不可開】李商隱、贈庾十二朱版：固漆投膠不可開。

【水亭開】杜審言、夏日過鄭七山齋：荷芰水亭開。【心眼開】李商隱、偶成轉韻七十二句贈四同舍：挺身東望心眼開。【手自開】蘇軾、杜介熙熙堂：窈窕華堂手自開。【不大開】杜牧、書懷寄中朝往還：豈是君門不大開。【五月開】孟浩然、夏日衛明府宅：池亭五月開。【丹壁開】李白、求崔山人百丈崖瀑布圖：四山丹壁開。【石壁開】李白、橫江詞：浪打天門石壁開。【未嘗開】李白、長干行：羞顏未嘗開。【未忍開】元稹、遣悲懷：針線猶存未忍開。【平旦開】鮑照、代放歌行：禁門平旦開。【未肯開】李商隱、小園獨酌：花房未肯開。【未全開】元好問、十月：今年二月未全開。【半未開】元好問、昆陽：去日黃花半未開。【向誰開】杜甫、奉待嚴大夫：一生襟抱向誰開。【老樹開】李商隱、訪隱：門依老樹開。【休更開】李商隱、臨發崇讓宅紫薇：已欲別離休更開。【血不開】李商隱、過姚孝子廬偶書：雙眸血不開。【亦可開】李商隱、井泥四十韻：山樽亦可開。【百遍開】蘇洵、九日和韓魏公：自把新詩百遍開。【亦顏開】蘇軾、遊張山人園：不嫌刺史亦顏開。【冷未開】杜甫、朝：郊扉冷未開。【何所開】杜甫、遣愁：茫茫何所開。【佛寺開】杜甫、龍門：金銀佛寺開。【作賦開】孟浩然、與張折衝遊耆闍寺：山樓作賦開。【雨不開】杜甫、放船：山寒雨不開。【近人開】杜甫、又送：殘花悵望近人開。【兩崖開】杜甫、瞿唐懷古：勍敵兩崖開。【雨未開】杜甫、雨：連山雨未開。【固有開】杜甫、述古：祚永固有開。【花未開】岑參、送杜位下第：陸渾花未開。李商隱、正月崇讓宅：尙自露寒花未開。【定已開】李商隱、寄惱韓同年：簾外辛夷定已開。【芙蓉開】王維、臨湖亭：四面芙蓉開。【金殿開】王昌齡、長信秋詞：奉帚平明金殿開。【青霞開】韓愈、李花贈張十一署：朱輝散射青霞開。【邸第開】孟浩然、餞張郎中：賢王邸第開。【苦霧開】杜甫、晚晴：南天三旬苦霧開。【爲君開】杜甫、客至：蓬門今始爲君開。【迤邐開】白居易、長恨歌：珠箔銀屛迤邐開。【爲花開】李商隱、中元作：不知迷路爲花開。【爲我開】黃庭堅、竹下把酒：愁陰爲我開。【眉方開】韓愈、憶昨行：知有歸日眉方開。【度臘開】孟浩然、泝江至武昌：新正度臘開。【海水開】李白、司馬將軍歌：直斬長鯨海水開。【高掌開】李白、西嶽雲臺歌：　翠崖丹谷高掌開。【珠箔開】李白、相逢行：雲車珠箔開。【粉翅開】李商隱、蝶：翩翾粉翅開。【桂花開】李商隱、代董秀才卻扇：此中須放桂花開。【野船開】杜甫、登白馬潭：日出野船開。【密難開】杜甫、梅雨：雲霧密難開。【逐江開】杜甫、野老：柴門不正逐江開。【梨花開】岑參、白雪歌：千樹萬樹梨花開。【野庭開】王維、題友人雲母障子：時向野庭開。【掃復開】王維、萍池：垂楊掃復開。【朝不開】韓愈、汴州亂：　朝不開。【清燕開】蘇軾、送梁左藏赴莫州：投壺雅歌清燕開。【教舞開】孟浩然、姚開府山池：樓因教舞開。【猶且開】李白、北風行：光曜猶且開。【喜晨開】陶潛、丙辰歲下撰田舍穫：　林鳥喜晨開。【寒光開】蘇軾、再用武昌西山韵：汲新除舊寒光開。【虜弦開】杜牧、早雁：金河秋半虜弦開。【復新開】孟浩然、裴司士員司戶見尋：　家醞復新開。【買金開】孟浩然、題融公蘭若：精舍買金開。【無人開】李白、尋山僧不遇作：禪室無人開。【落又開】杜甫、上白帝城：林花落又開。【煙霧開】杜甫、李鹽鐵：高城煙霧開。【隔徑開】杜甫、晚晴吳郎見過北舍：　柴扉隔徑開。

【鳳幄開】李商隱、七夕：　鸞扇斜分鳳幄開。【傾倒開】李商隱、　偶成轉韻七十二句贈四同舍：碧沼紅蓮傾倒開。【颯踏開】杜甫、熱：風門颯踏開。【綺窗開】李商隱、瑤池：瑤池阿母綺窗開。【幕府開】李商隱、戲題樞言草閣三十二韵：戰罷幕府開。【綺席開】杜牧、懷鍾陵舊遊：滕閣中春綺席開。【德澤開】李白、放後遇恩不霑：霈然德澤開。【瘴不開】宋之問、題大庾嶺北驛：林昏瘴不開。【戰場開】岑參、行軍九日思故園：應傍戰場開。【曉露開】張祜：集靈臺：紅樹花迎曉露開。【撥不開】蘇軾、有美堂暴雨：滿座頑靈撥不開。【縱早開】李商隱、百果嘲櫻桃：瓊李縱早開。【應自開】白居易、憶舊遊：娃宮花枝應自開。【豁然開】孟浩然、峴山餞房琯崔宗之：雲路豁然開。【曙色開】崔曙、九日登望仙臺：　此日登臨曙色開。【曙不開】王維、扶南曲歌詞：　春眠曙不開。【繡簾開】李商隱、蝶：長眉畫了繡簾開。【羅裳開】無名氏、子夜四時歌：吹我羅裳開。【霧不開】李白、橫江詞：月暈天風霧不開。【黯不開】李商隱、留贈畏之：戶外重陰黯不開。【霽景開】元好問、雨後丹鳳門登眺：　絳闕遙天霽景開。

【艷陽開】孟浩然、和張丞相春朝對雪：花逼艷陽開。【鬭不開】杜甫、雨：蛟龍鬭不開。【萬夫莫開】李白、蜀道難：一夫當關，萬夫莫開。

# 哀

【可哀】杜甫、不見：佯狂眞可哀。【易哀】杜甫、秋日閒居：秋山響易哀。【悲哀】李白、古風：樵牧徒悲哀；無名氏、焦仲卿妻：摧藏馬悲哀。【餘哀】無名氏、別詩：慷慨有餘哀；杜甫、千秋節有感：白首獨餘哀；蘇軾、再用武昌西山韻：往與屈賈湔餘哀。【興哀】韓愈、汴州亂：孤士何者自興哀。【大夫哀】王維、過始皇墓：疑是大夫哀。【天上哀】李白、長干行：猿聲天上哀。【心中哀】杜甫、晚晴：口雖吟詠心中哀。【文生哀】黃庭堅、次韻子瞻武昌西山：意不及此文生哀。【四散哀】杜牧、早雁：雲外驚飛四散哀。【百事哀】元稹、遣悲懷：貧賤夫妻百事哀。【吁可哀】蘇軾、惜花：紅殘綠暗吁可哀；陸游、雜詠：　陵谷一變吁可哀。【良可哀】李白、北風行：念君長城苦寒良可哀。【更堪哀】蘇軾、法惠寺橫翠閣：百年興廢更堪哀。【使心哀】李白、古風：　茫然使心哀。【爲誰哀】杜甫、雨：幽佩爲誰哀。【使我哀】曹操、苦寒行：悠悠使我哀。【夜泉哀】王維、哭褚司馬：窗戶夜泉哀。【松風哀】李商隱、戲題樞言草閣三十二韻：彈作松風哀。【使人哀】李白、永王東巡歌：　五陵松柏使人哀。【青猿哀】李白、尋山僧不遇作：況聞青猿哀。【爲之哀】李白、襄陽歌：　心亦不能爲之哀。【信者哀】杜甫、山寺：足令信者哀。【風雨哀】韋莊：章臺夜思：繞絃風雨哀。【秋更哀】元好問、雨後丹鳳門登眺：　老雁叫羣秋更哀。【哭聲哀】白居易、折臂翁：邨南邨北哭聲哀。【動地哀】李商隱、瑤池：黃竹歌聲動地哀。【清以哀】韓愈、憶昨行：絲竹迥發清以哀。【萬壑哀】杜甫、諸將：巫峽清秋萬壑哀。【閒且哀】陶潛、丙辰歲下潠田舍穫：猿聲閒且哀。【聖所哀】杜甫、又觀打魚：暴殄天物聖所哀。【路人哀】李商隱、過姚孝子廬偶書：非獨路人哀。【意多哀】無名氏、子夜四時歌：　春鳥意多哀。【猿嘯哀】杜甫、登高：風急天高猿嘯哀。【畫角哀】杜甫、野老：城闕秋生畫角哀。

# 埃

【浮埃】蘇軾、再用武昌西山韻：坐視萬物皆浮埃。【黃埃】韓愈、李花贈張十一署：不忍虛擲委黃埃；蘇軾、武昌西山：但見落日低黃埃；李白、對酒：城闕閉黃埃。【煙埃】韓愈、感春：薄暮耿耿和煙埃。【塵埃】黃庭堅、尋七叔祖舊題：今爲野馬與塵埃；李白、北風行：蜘蛛結網生塵埃；杜甫、上白帝城：虛殿日塵埃；韓愈、憶昨行：古劍新劚磨塵埃。【輕埃】李商隱、臨發崇讓宅紫薇：秋庭暮雨類輕埃。【少塵埃】杜牧、書懷寄中朝往還：平生自許少塵埃。【遺塵埃】韓愈、感春：風骨峭峻遺塵埃。【甑有埃】蘇軾、次韻劉貢父李公擇：絃管生衣甑有埃。【韈生埃】黃庭堅、次韻子瞻武昌西山：江妃起舞韈生埃。

## 臺

【平臺】李商隱、贈宇文中丞：自緣煙水戀平臺。【池臺】孟浩然、餞張郎中：賓客散池臺；歐陽修、鵯鵊詞：重城禁籞鎖池臺。【行臺】李商隱、漫成五章：關中裨將建行臺。【曲臺】蘇洵、九日和韓魏公：閒伴諸儒老曲臺。【吹臺】李商隱、柳下暗記：千條傍吹臺；元好問、雨後丹鳳門登眺：莫傍殘陽望吹臺。【香臺】孟浩然、題融公蘭若：松柏映香臺。【高臺】崔曙、九日登望仙臺：漢文皇帝有高臺；李白、月下獨酌：乘月醉高臺。【章臺】李商隱、臨發崇讓宅紫薇：柳綿相憶隔章臺；韋莊、章臺夜思：殘月下章臺。【釣臺】元好問、昆陽：早晚乾坤入釣臺。【登臺】李白、秋思：妾望白登臺。【琴臺】李商隱、遊靈伽寺：石榴花滿舊琴臺；陸游、文君井：酒酣幾度上琴臺。【陽臺】孟浩然、途次望鄉：雲暗失陽臺；杜甫、瞿唐懷古：空曲隱陽臺；李白、寄遠：莫作朝雲暮雨兮飛陽臺。【樓臺】元稹、以州宅夸於樂天：一家終日在樓臺。【銀臺】黃庭堅、次韻子瞻武昌西山：諫疏無路通銀臺。【輪臺】李商隱、漢南舊事：將軍猶自舞輪臺。【霜臺】錢起、和成少府寓直：月色近霜臺。【中天臺】李商隱、河陽詩：玉樓影近中天臺。【玉鏡臺】李商隱、中元作：溫嶠終虛玉鏡臺。【白玉臺】李商隱、蝶：碧玉行收白玉臺。【章華臺】李白、司馬將軍歌：竊弄章華臺。【軒轅臺】李白、北風行：片片吹落軒轅臺。【黃金臺】李白、古風：遂築黃金臺；李白、行路難：誰人更掃黃金臺。【賀軒臺】李商隱、復京：萬靈回首賀軒臺。【集靈臺】李商隱、漢宮詞：君王長在集靈臺；張祜、集靈臺：日光斜照集靈臺。【復臨臺】李商隱、留贈畏之：含羞迎夜復臨臺。【雲作臺】李白、西嶽雲臺歌：石作蓮花雲作臺。【瑯琊臺】李白、古風：騁望瑯琊臺。【銅雀臺】崔國輔、銅雀臺：擬上銅雀臺。【燕昭臺】李商隱、偶成轉韻七十二句贈四同舍：此時聞有燕昭臺。

## 苔

【青苔】李白、久別離：落花寂寂委青苔；李白、白毫子歌：拂花弄琴坐青苔；李白、長相思：白露點青苔；李商隱、寄裴衡：雨不厭青苔。【莓苔】李白、襄陽歌：龜頭剝落生莓苔；杜牧、早雁：水多菰米岸莓苔。【陰苔】蘇軾、再用武昌西山韻：古甃缺落生陰苔。【無苔】王安石、書湖陰先生壁：茆簷長掃靜無苔。【蒼苔】白居易、憶舊遊：舊遊之地多蒼苔。【綠苔】李白、長干行：一一生綠苔；李白、金陵鳳凰臺置酒：深宮冥綠苔；王維、宮槐陌：幽陰多綠苔；黃庭堅、次韻子瞻武昌西山：刳剔銀鉤洗綠苔。【錦苔】杜甫、雙楓浦：皮須截錦苔。【長春苔】李商隱、渾河中：奉天城壘長春苔。【兩岸苔】錢起、歸雁：水碧沙明兩岸苔。【積古苔】李商隱、過姚孝子廬偶書：荒廬積古苔。

## 才

【不才】蘇洵、九日和韓魏公：晚歲登門最不才。【仙才】王維、恭懿太子挽歌：子晉有仙才。【長才】杜甫、述古：何代無長才。【周才】杜甫、山寺：孰曰非周才。【英才】李白、行路難：輸肝剖膽效英才。【羣才】李白、古風：大略駕羣才。【費才】李商隱、南朝：江令當年只費才。【無才】杜甫、徐九少尹見過：禮厚愧無才。【愛才】岑參、送杜位下第：明時方愛才；杜甫、李鹽鐵：虛懷只愛才。【憐才】杜甫、不見：吾意獨憐才。【賢才】李白、古風：糟糠養賢才。【八斗才】李商隱、可歎：用盡陳王八斗才。【王佐才】孟浩然、送丁大鳳進士：君負王佐才。【文舉才】孟浩然、姚開府山池：誰知文舉才。【吐鳳才】李商隱、喜舍弟羲叟及第上禮部魏公：門多吐鳳才。【多令才】無名氏、焦仲卿妻：便言多令才。【武庫才】孟浩然、與張折衝遊耆闍寺：將軍武庫才。【長卿才】錢起、和成少府偶直：應問長卿才。【延年才】陸龜蒙、白菊：還是延年一種才。【冠古才】杜甫、雨：賦有冠古才。【洛陽才】李白、放後遇恩不霑：更問洛陽才。【豈是才】李商隱、寄裴衡：潘仁豈是才。【陽春才】李商隱、戲題樞言草閣三十二韻：君抱陽春才。【褚生才】王維、哭褚司馬：莫蔽褚生才。【愼用才】陶潛、讀山海經：帝者愼用才。【當世才】李商隱、偶成轉韻七十二句贈四同舍：何甥謝舅當世才。【厭凡才】蘇軾、病中聞子由得告不赴商州：逋翁久沒厭凡才。【經綸才】李白、贈衞尉張卿：誰貴經綸才。【滯上才】李商隱、代董秀才却扇：遮掩春山滯上才。【燮理才】孟浩然、和張丞相春朝對雪：焉知燮理才。【濟世才】杜甫、奉待嚴大夫：重鎭還須濟世才。【魏王才】李商隱、無題：宓妃留枕魏王才。

## 材

【卿材】杜牧、書懷寄中朝往還：可憐頭角盡卿材。【楚材】孟浩然、餞張郎中：江湘失楚材。【出群材】杜甫、諸將：安危須仗出群材。【正急材】李商隱、贈宇文中丞：欲構中天正急材。【棟梁材】杜甫、雙楓浦：不道棟梁材；杜牧、懷鍾陵舊遊：高懸一榻棟梁材。

## 財

【錢財】元稹、遣悲懷：也曾因夢送錢財。

## 裁

【巧剪裁】蘇東坡、惜花：千枝萬葉巧剪裁。【近已裁】李商隱、漢南書事：哀痛天書近已裁。【誰能裁】韓愈、感春：寸恨至短誰能裁。

## 來

【不來】王維、恭懿太子挽歌：何爲更不來。【未來】韋莊、章臺夜思：故人殊未來。【東來】岑參、送杜位下第：春色正東來。【飛來】錢起、歸雁：不勝淸怨却飛來。【頻來】韓愈、感春：將衰正盛須頻來。【歸來】杜甫、不見：頭白好歸來。【一人來】杜甫、早花：不見一人來。【一度來】李商隱、七夕：換得年年一度來。【八月來】杜甫、千秋節有感：頻傷八月來。【入簾來】張祜、集靈臺：太眞含笑入簾來。【下堂來】白居易、長恨歌：花冠不整下堂來。【上方來】李商隱、訪隱：泉自上方來。【已復來】阮籍、詠懷：秦兵已復來。【山僧來】王維、宮槐陌：畏有山僧來。【夕鳥來】孟浩然、途次望鄉：天寒夕鳥來。【天下來】李白、金陵歌：席卷英豪天下來。【天上來】李白、北風行：唯有北風號怒天上來。【天際來】李白、西嶽雲臺歌：黃河如絲天際來。【月窟來】杜甫、瞿唐懷古：江從月窟來。【日日來】杜甫、客至：但見羣鷗日日來。【不重來】李商隱、瑤池：穆王何事不重來。【弔陶來】李商隱、過姚孝子廬偶書：鶴爲弔陶來。【不肯來】李商隱、隋宮守歲：　不踏金蓮不肯來。【日影來】王昌齡、長信秋詞：猶帶昭陽日影來。【今鼎來】黃庭堅、次韻子瞻武昌西山：富貴崢嶸今鼎來。【井畔來】陸游、文君井：又向文君井畔來。【白鷗來】杜甫、朝：野靜白鷗來。【出城來】杜甫、龍門：　驛樹出城來。【去卻來】韓偓、亂後春日途經野塘：袖拂楊花去却來。【出帷來】李商隱、代董秀才却扇：　莫將畫扇出帷來。【石馬來】李商隱、復京：　可要昭陵石馬來。【四方來】鮑照、代放歌行：車騎四方來。【白馬來】王維、哭褚司馬：寧知白馬來。【仙遊來】李商隱、戲題樞言草閣三十二韵：我自仙遊來。【平時來】蘇軾、送梁左藏赴莫州：豈如千騎平時來。【石壁來】杜甫、雨：　雨灑石壁來。【白雨來】蘇軾、遊張山人園：颯颯催詩白雨來。【地底來】李白、日出行：似從地底來。【竹馬來】李白、長干行：郎騎竹馬來。【共誰來】杜甫、又送：江邊樹裏共誰來。【自往來】杜甫、上白帝城：孤雲自往來。【自古來】陳子昂、感遇：大運自古來。【自東來】崔曙、九日登望仙臺：二陵風雨自東來。【向池來】王維、

靈雲池送從弟：不同鴻雁向池來。【汎湖來】李商隱、遊靈伽寺：碧煙秋寺汎湖來。【向此來】黃庭堅、尋七叔祖舊題：冠蓋當年向此來。【合歸來】白居易、憶舊遊：江山氣色合歸來。【此間來】蘇軾、次韻劉貢父李公擇：何人勸我此間來。【老將來】杜牧、書懷寄中朝往還：白頭還歎老將來。【好月來】李白、　與夏十二登岳陽樓：山銜好月來。【何處來】歐陽修、鵯鵊詞：此鳥飛從何處來。【赤鳳來】李商隱、可歎：趙后樓中赤鳳來。【吹汝來】李商隱、留贈畏之：安得好風吹汝來。【步步來】李商隱、南朝：不及金蓮步步來。【更不來】李商隱、武夷山：老盡曾孫更不來。【更獨來】李商隱、寄裴衡：如何更獨來。【別歡來】無名氏、子夜歌：自從別歡來。【初飛來】韓愈、李花贈張十一署：金烏海底初飛來。【使西來】李白、久別離：爲我吹行雲使西來。【返照來】杜甫、野老：賈客船隨返照來。【故人來】無名氏、焦仲卿妻：知是故人來。【采畫來】王維、題友人雲母障子：非因采畫來。【佳人來】李商隱、井泥四十韻：如與佳人來。【空歸來】孟浩然、送丁大鳳進士：十上空歸來。【松下來】孟浩然、裴司士員司戶見

尋：清風松下來。【春風來】李白、白毫子歌：綠蘿樹下春風來。【秋色來】李白、秋思：單于秋色來。【春又來】杜甫、小至：多至陽生春又來。【相尋來】韓愈、感春：凶訃詎可相尋來。【是日來】孟浩然、峴山餞房琯崔宗之：軒居是日來。【海東來】李白、高句驪：似鳥海東來。【起夜來】李商隱、正月崇讓宅：不覺猶歌起夜來。【草詔來】李商隱、贈庾十二朱版：只待相如草詔來。【宮國來】李商隱、中元作：絳節飄颻宮國來。【盛夏來】李商隱、龍丘途中：吳江盛夏來。【送酒來】岑參、行軍九日思故園：無人送酒來。【送青來】王安石、書湖陰先生壁：兩山排闥送青來。【豈虛來】陶潛、乞食：遺贈豈虛來。【送葬來】白居易、哭師皐：洛陽籃舁送葬來。【陣馬來】杜牧、懷鍾陵舊遊：破浪千帆陣馬來。【竟不來】李白、久別離：待來竟不來。【清風來】李白、古風：地遠清風來。【絕壁來】杜甫、雷：　深蟠絕壁來。【從西來】杜甫、山寺：捧擁從西來。【鳥還來】杜甫、秋日閑居：客散鳥還來。【細雨來】杜甫、梅雨：冥冥細雨來。【眼前來】元稹、遣悲懷：今朝都到眼前來。【啟事來】李商隱、贈宇文中丞：最望山谷啟事來。【動地來】李商隱、馬嵬：冀馬燕犀動地來。【雪中來】李商隱、蝶：　頻近雪中來。【動卽來】李商隱、江亭散席循柳路吟：殷憂動卽來。【帶雁來】錢起、和成少府寓直：孤雲帶雁來。【從天來】韓愈、憶昨行：忽有飛詔從天來。【望汝來】蘇軾、病中聞子由得告不赴商州：苦道商人望汝來。【晝下來】孟浩然、題融公蘭若：　天花晝下來。【復齊來】李白、古風：鄒衍復齊來。【復西來】杜甫、熱：瀘水復西來。【短牆來】杜甫、請邀高三十五使君同到：鄰雞還過短牆來。【渡江來】杜甫、雨：密作渡江來。【湖上來】王維、臨湖亭：悠悠湖上來。【幾回來】黃庭堅、竹木把酒：　更得幾回來。【幾時來】韓愈、感春：洛陽東風幾時來。【萬馬來】元好問、潁亭：　落日青山萬馬來。【喜雪來】孟浩然、和張丞相春朝對雪：承恩喜雪來。【落花來】王維、戲題盤石：何因吹送落花來。【過江來】蘇軾、有美堂暴雨：浙東飛雨過江來。【蜀道來】李白、上皇西巡南京歌：聖主西巡蜀道來。【盡西來】李白、古風：諸侯盡西來。【滾滾來】杜甫、登高：　不盡長江滾滾來。【漢庭來】杜甫、李鹽鐵：　名是漢庭來。

【數騎來】杜甫、徐九少尹見過：行軍數騎來。【滿眼來】元稹、以州宅夸於樂天：鏡水稽山滿眼來。【遺媒來】無名氏、焦仲卿妻：縣令遣媒來。【數聲來】杜牧、早鴈：長門燈暗數聲來。【漢南來】孟浩然、與張折衝遊耆闍寺：獨步漢南來。【鳳初來】孟浩然、姚開府山池：簫管鳳初來。【遠道來】李白、永王東巡歌：更喜賢王遠道來。【養馬來】李商隱、渾河中：半向君家養馬來。【醉中來】蘇洵、九日和韓魏公：壯心偶傍醉中來。【橫處來】蘇軾、法惠寺橫翠閣：但見吳山橫處來。【賞讌來】孟浩然、和賈主簿弁九日登峴山：群公賞讌來。【噴雪來】李白、橫江詞：濤似連山噴雪來。【橘柚來】杜甫、放船：黃知橘柚來。【靜不來】杜甫、雲山：音書靜不來。【廢鉏來】杜甫、晚晴吳郎見過北舍：愧子廢鉏來。【獨看來】李商隱、臨發崇讓宅紫薇：一樹濃姿獨看來。【鴻雁來】蘇軾、武昌西山：江湖水生鴻雁來。【擁釣來】孟浩然、夏日衞明府宅：　遊魚擁釣來。【蕭曹來】杜甫、述古：功自蕭曹來。【諱含來】李商隱、百果嘲櫻桃：爭得諱含來。【聯翩來】韓愈、感春：起居諫議聯翩來。【隱映來】陸游、雜詠：當日帆檣隱映來。【歸去來】李白、橫江詞：公無渡河歸去來；杜甫、發劉郎浦：黃帽青鞋歸去來；李商隱、偶成轉韻七十二句贈四同舍：不賦淵明歸去來。【覺魚來】李商隱、子初全溪作：皺月覺魚來。【寵行來】孟浩然、餞張郎中：　潘令寵行來。【灌口來】杜甫、野望因過常少仙：江從灌口來。【峽城來】杜甫、巴山：　云自峽城來。【谷口來】杜審言、夏日過鄭七山齋：言尋谷口來。【過女牆來】劉禹錫、石頭城：夜深還過女牆來。

## 萊

【草萊】李商隱、漫成五章：且喜臨戎用草萊。【蒿萊】岑參、送杜位下第：　莫卽隱蒿萊；蘇軾、惜花：城西古寺沒蒿萊。【蓬萊】郭璞、游仙詩：未若託蓬萊；李白、古風：何由覩蓬萊；元稹、以州宅夸於樂天：謫居猶得住蓬萊。

## 栽

【穿栽】韓愈、憶昨行：勝事不假須穿栽。【難栽】李白、北風行：　北風雨雪恨難栽。【上苑栽】李商隱、臨發崇讓宅紫薇：　豈要移根上苑栽。【手自栽】王安石、書湖陰先生壁：花木成畦手自栽。【應手栽】黃庭堅、次韻子瞻武昌西山：古木參天應手栽。

## 哉

【壯哉】杜甫、上白帝城：當年亦壯哉。【何哉】蘇軾、病中聞子由得告不赴商州：上書求免亦何哉。【盛哉】蘇軾、惜花：前年賞花眞盛哉。【悠哉】杜甫、龍門：川水日悠哉；杜甫、野望因過常少仙：秋望轉悠哉；元好問、潁亭：潁亭孤賞亦悠哉；元好問、昆陽：白鷗春水亦悠哉。【難哉】韓愈、感春：欲保性命誠難哉。【力大哉】杜甫、瞿唐懷古：陶鈞力大哉。【安在哉】李白、日出行：六龍所舍安在哉；杜甫、又觀打魚：鳳凰麒麟安在哉。【吁咈哉】李商隱、井泥四十韵：其文吁咈哉。【何壯哉】李白、西嶽雲臺歌送丹丘子：西嶽崢嶸何壯哉。【何雄哉】李白、古風：虎視何雄哉。【何及哉】陶潛、讀山海經：當復何及哉。【胡嘆哉】陳子昂、感遇：旅人胡嘆哉。【氣雄哉】孟浩然、與張折衝遊耆闍寺：江楚氣雄哉。【誰論哉】韓愈、李花贈張十一署：後日更老誰論哉。【誰念哉】韓愈、感春：戰馬苦飢誰念哉。

## 災

【禳千災】韓愈、憶昨行：一善自足禳千災。

## 猜

【可猜】李白、獨漉篇：無心可猜。【妬猜】白居易、陵園妾：憶昔宮中被妬猜。【嫌猜】李白、長干行、兩小無嫌猜；李白、行路難：擁篲折節無嫌猜。【愁猜】韓愈、憶昨行：雖得赦宥恆愁猜。【驚猜】李商隱、正月崇讓宅：鼠翻窗網小驚猜。【不足猜】韓愈、南山有高樹行贈李宗閔：衆鳥不足猜。【花應猜】蘇軾、惜花：對花不語花應猜。

## 胎

【禍胎】杜甫、山寺：高人憂禍胎；李商隱、漢南書事：從古窮共是禍胎。

## 台

【三台】元好問、壽趙益之：丘雲多處是三台。【中台】李商隱、喜舍弟義叟及第上禮部魏公：星象逼中台。【天台】李商隱、訪隱：空解賦天台。【月台】杜甫、徐九少尹見過：忘歸步月台。【春台】蘇軾、杜介熙熙堂：熙熙長覺似春台。【章台】蘇軾、次韻劉貢父李公擇：猶勝塵土走章台。【登台】杜甫、登高：百年多病獨登台。【紫台】王維、過始皇墓：幽宮象紫台。【琴台】杜甫、野老：片雲何意傍琴台。【陽台】李白、古風：尋古登陽台。【樓台】杜甫、千秋節有感：秦樹遠樓台。【銀台】李白、相逢行：謁帝出銀台。【巫山台】杜甫、雨：多自巫山台。【望仙台】杜甫、巴山：地濶望仙台。【黃金台】鮑照、代放哥行：將起黃金台。【望鄉台】杜甫、遣愁：地隔望鄉台；杜甫、諸將：共迎中使望鄉台。【望夫台】李白、長干行：豈上望夫台。【楚王台】杜甫、雷：霹靂楚王台。【漢宮台】元好問、十月：　習仙虛築漢宮台。【蓮華台】杜甫、山寺：　卻倚蓮華台。【擁雲台】元好問、壽趙益之：山東諸將擁雲台。【麒麟台】李白、司馬將軍歌：丹青畫像麒麟台。

**顋**　通作鰓，又作腮。【辨頸顋】蘇軾、病中聞子由得告不赴商州：瘦俗無由辨頸顋。

**孩**　【嬰孩】李白、司馬將軍歌：始知灞上爲嬰孩；杜甫、山寺：自哂同嬰孩。【拾棄孩】蘇軾、次韻劉貢父李公擇：灑涕循城拾棄孩。

**豗**　【爭喧豗】李白、蜀道難：飛湍暴流爭喧豗。

**莓**　【野莓】杜甫、請邀高三十五使君同到：邑蓋能忘折野莓。

**裴**　【鄭與裴】李商隱、　偶成轉韻七十二句贈四同舍：之子夫君鄭與裴。

**垓**　【九垓】李白、司馬將軍歌：壯士呼聲動九垓。

**皚**　【白皚皚】杜甫、晚晴：崖沈谷沒白皚皚。

**桅**　【高桅】韓愈、憶昨行：太帆夜劃窮高桅。

**鮐**　【耇與鮐】韓愈、憶昨行：從此直至耇與鮐。

**能**　【黃能】韓愈、憶昨行：羽窟無底幽黃能。獸名，與蒸韻異。

**漼**　【漼漼】韓愈、憶昨行：淚落不掩何漼漼。

**隗**　【郭隗】李白、行路難：　君不見昔時燕家重郭隗。

**咍**　【歡咍】韓愈、感春：笑言溢口何歡咍。【吳兒咍】蘇軾、惜花：　醉倒不覺吳兒咍。

恢陪該𠈃䨪悝洄祺縗

崔培坏駘陔騋徠鬛毸

鋂傀焞蓷欸絯崍郲詼

煨緦脢㕻鎚頧胚唉㒵

荄纔郜頦椳茴酶檯衃

㶣儓薹䀭侅峐䅘䰄偎

捼擡

【對偶】

李商隱、子初全溪作：漢苑生春水，昆池換劫灰。　李商隱、晉昌晚歸馬上贈：城閑煙草遍，村暗雨雲回。　王維、過始皇墓：有海人寧渡，無春雁不迴。　元稹、以州宅夸於樂天：星河似向檐前落，鼓角驚從地底迴。　李商隱、無題：金蟾齧鎖燒香入，玉虎牽絲汲井迴。　李商隱、江亭散席循柳路吟：已遭江映柳，更被雪藏梅。　杜審言、夏日過鄭七山齋：日氣含殘雨，雲陰送晚雷。　王維、恭懿太子挽歌：五歲過人智，三天使鶴催。　李商隱、小園獨酌：半展龍鬚席，輕斟瑪瑙杯。　李商隱、訪隱：薤白羅朝饌，松黃暖夜杯。　李商隱、隋宮守歲：沈香甲煎爲庭燎，玉液瓊蘇作壽杯。　李商隱、可歎：冰簟且眠金縷枕，瓊筵不醉玉交杯。　黃庭堅、尋七叔祖舊題：清談落筆一萬字，白眼舉觴三百杯。　王維、過始皇墓：星辰七曜隔，河漢九泉開。　李白、求崔山人百丈崖瀑布圖：百丈素崖裂，四山丹壁開。　李商隱、訪隱：路到層峯斷，門依老樹開。　杜審言、夏日過鄭七山齋：薜蘿山徑入，荷芰水亭開。　宋之問、題大庾嶺北驛：江靜潮初落，林昏瘴不開。　李商隱、正月崇讓宅：先知風起月含暈，尚自露寒花未開。　李商隱、戲題樞言草閣三十二韻：夜歸碣石館，朝上黃金臺。　李商隱、漫成五章：代北偏師銜使節，關中裨將建行臺。　李商隱、臨發崇讓宅紫微：桃綬含情依露井，柳綿相憶隔章臺。　李商隱、漢南書事：文史何曾重刀筆，將軍猶自舞輪臺。　李商隱、中元作：羊權須得金條脫，溫嶠終虛玉鏡臺。　李商隱、寄裴衡：秋應爲黃葉，雨不厭青苔。　李商隱、喜舍弟羲叟及第上禮部魏公：朝滿遷鶯侶，門多吐鳳才。　李商隱、戲題樞言草閣三十二韻：我有苦寒調，君抱陽春才。　李商隱、無題：賈氏窺簾韓掾少，宓妃留枕魏王才。　黃庭堅、尋七叔祖舊題：周鼎不酬康瓠價，豫章元是棟梁材。　元稹、遣悲懷：尚想舊情憐婢僕，也曾因夢送錢財。　王維、扶南曲歌詞：羞從面色起，嬌逐語聲來。　李白、與夏十二登岳陽樓：雁引愁心去，山銜好月來。

李白、古風：天空綵雲滅，地遠清風來。韋莊、章臺夜思：芳草已云暮，故人殊未來。李商隱、子初全溪作：戰蒲知雁唼，皺月覺魚來。李商隱、井泥四十韻：待得孤月上，如與佳人來。李商隱、小園獨酌：空餘雙蝶舞，竟絕一人來。錢起、和成少府寓直：一葉兼螢度，孤雲帶雁來。韓偓、亂後春日途經野塘：船衝水鳥飛還住，袖拂楊花去卻來。崔曙、九日登望仙臺：三晉雲山皆北向，二陵風雨自東來。李商隱、偶成轉韻七十二句贈四同舍：且吟王粲從軍樂，不賦淵明歸去來。李商隱、可歎：梁家宅裏秦宮入，趙后樓中赤鳳來。李商隱、南朝：誰言瓊樹朝朝見，不及金蓮步步來。蘇洵、九日和韓魏公：佳節已從愁裏過，壯心偶傍醉中來。王安石、書湖陰先生壁：一水護田將綠遶，兩山排闥送青來。李白、月下獨酌：蟹螯卽金液，糟丘是蓬萊。李商隱、正月崇讓宅：蝙拂簾旌終展轉，鼠翻窗網小驚猜。

# 十一眞

古通庚青蒸韻轉文元
韻略通文元寒刪先韻

## 眞

【上眞】李商隱、同學彭道士參寥：莫羨仙家有上眞。【天眞】李白、古風：雕蟲喪天眞；李白、送李青歸南葉陽川：隱几窅天眞；杜甫、寄李十二白二十韻：嗜酒見天眞。【仙眞】李白、古風：舉首望仙眞；李白、上雲樂：誰明此胡是仙眞；蘇軾、宿九仙山：風流王謝古仙眞。【任眞】杜甫、狂歌行：一生喜怒常任眞。【貞眞】李白、古風：燕石非貞眞。【純眞】李白、白鳩辭：白鷺之白非純眞。【登眞】李商隱、戊辰會靜中出貽同志二十韻：會越自登眞。【清眞】李白、古風：垂衣貴清眞；李白、鳴皋歌：我家仙翁愛清眞。【寫眞】白居易、李夫人：甘泉殿裏令寫眞；蘇軾、李頎秀才善畫見寄：欲向漁舟便寫眞。【丈人眞】杜甫、奉贈韋左丞丈二十二韻：甚知丈人眞。【對吾眞】杜甫、奉簡高三十五使君：披豁對吾眞。【返於眞】王維、過沈居士山居哭之：桑扈返於眞。【浩氣眞】孟浩然、重酬李少府見贈：由來浩氣眞。【醉中眞】李白、擬古：未若醉中眞。【醉時眞】蘇軾、飲酒：惟有醉時眞；元好問、感寓：不應嫌我醉時眞。

## 茵

【車茵】王維、徐公挽歌：不惜汗車茵。【華茵】李白、贈崔司戶文昆季：開門列華茵。【錦茵】杜甫、麗人行：當軒下馬入錦茵。【鴛鴦茵】李商隱、燕臺四首：古時塵滿鴛鴦茵。

## 因

【無因】韓愈、忽忽：願脫去而無因；韓愈、北極一首贈李觀：影響兩無因；李白、寄遠：欲見終無因。【由因】韓愈、孟東野夫子：知非汝由因。【所因】韓愈、送惠師：把手問所因。【去有因】李商隱、殘雪：梁園去有因。【良有因】白居易、雪中晏起：致茲快活良有因。【不無因】李商隱、送從翁東川弘農尚書幕：稔惡不無因。【未了因】蘇軾、獄中遺子由：又結來生未了因。

## 辛

【苦辛】王維、送丘爲往唐州：君行多苦辛；岑參、輪臺歌：亞相勤王甘苦辛；王維、疑夢：莫計恩讎浪苦辛。【悲辛】李白、古風：千載爲悲辛；李白、中山孺子妾歌：萬古共悲辛；杜甫、

# 新

奉贈韋左承丈二十二韻：到處潛悲辛；韓愈、送惠師：叫嘯成悲辛；白居易、感舊：命長感舊多悲辛；蘇軾、和王斿：憶嘗捫蝨話悲辛；陸游、觀姜楚公畫鷹：俯仰古今堪悲辛。【酸辛】杜甫、贈別賀蘭銛：自古鼻酸辛；蘇軾、弔海月辯師：情鍾我輩一酸辛。

【清新】韓愈、送惠師：六合俄清新；蘇軾、贈清涼和長老：兩餘鐘鼓更清新。【一回新】李白、少年行：一回花落一回新。【一曲新】張祜、雨淋鈴：猶見張徽一曲新。【日月新】鄭畋、馬嵬坡：雲雨難忘日月新。【日日新】蘇軾、蘇子容母陳夫人挽詞：雞鳴爲善日日新。

【月色新】杜甫、南鄰：相對柴門月色新。【白髮新】王維、送丘爲落第歸江東：還家白髮新；白居易、上陽人：紅顏暗老白髮新；蘇軾、遨往城外尋春：病起空驚白髮新。【白露新】李商隱、昭肅皇帝挽歌辭三首：松扉白露新。【玉符新】王維、恭懿太子挽歌：册命玉符新。【玉帳新】李商隱、離席：從公玉帳新。【百慮新】王維、過太乙觀賈生房：哀傷百慮新。【羽衣新】李商隱、華清宮：朝元閣迥羽衣新。【物候新】杜審言、和晉陵陸丞早春遊望：偏驚物候新。

【柳亦新】杜甫、柳邊：那知柳亦新。【炊屢新】杜甫、熱三首：彫胡炊屢新。【佳句新】杜甫、奉贈韋左丞丈二十二韻：猥誦佳句新。

【兩度新】杜甫、燕子來舟中作：燕子銜泥兩度新。【事事新】蘇軾、王莽：入手功名事事新。

【兩鬬新】蘇軾、元日過丹陽：巧與椒花兩鬬新新。【射麋新】杜甫、從驛次草堂復至東屯二：野飯射麋新。【城郭新】李白、送李青歸南葉陽川：歸來城郭新。【春流新】白居易、昆明春：春池岸古春流新。【客愁新】孟浩然、宿建德江：日暮客愁新。【野意新】蘇軾、會景亭：牕明野意新。【粉態新】李商隱、回中牡丹爲雨所敗二首：併覺今朝粉態新。【盛禮新】杜甫、與嚴二郎奉禮別：遙聞盛禮新。【峽如新】杜甫、雨晴：晴罷峽如新。【照眼新】李頎、聽安萬善吹觱栗歌：上林繁花照眼新。【紫梨新】李商隱、寄成都高苗二從事：紅蓮幕下紫梨新。【畫屏新】李白、贈崔秋浦：山逼畫屏新。【發興新】陸游、湖村月夕：鶺鴒節枝發興新。【越羅新】蘇軾、爲移厨飲湖上：舞衫初試越羅新。

【景趣新】元好問、贈答普安師：入座台山景趣新。【詩句新】韓愈、送僧澄觀：一座競吟詩句新。【幾番新】蘇軾、次韻劉貢父李公擇：眼看時事幾番新。【遂分新】李商隱、送從翁東川弘農尚書幕：故老遂分新。【與世新】蘇軾、李頎秀才善畫見寄：長恐青山與世新。【歲華新】蘇軾、和子由踏青：遊入初樂歲華新。【奪袍新】杜甫、寄李十二白二十韻：獸錦奪袍新。【翠粒新】李商隱、殘雪：松暄翠粒新。【曙色新】李白、宮中行樂詞八首：紗窗曙色新。【露桃新】杜牧、題桃花夫人廟：細腰宮裏露桃新。【露華新】杜甫、十七夜對月：清切露華新。

## 薪

【見輿薪】李商隱、五松驛：五松不見見輿薪。【要從薪】李商隱、送從翁東川弘農尚書幕：防虞要從薪。【背負薪】李白、笑歌行：扣角行歌背負薪。【棘成薪】蘇軾、胡完夫母周夫人挽詞：凱風吹盡棘成薪。

## 晨

【司晨】陶潛、述懷：傾耳聽司晨。【侵晨】李商隱、清河：蝶舞太侵晨。【凌晨】白居易、雪中晏起：南家貰米出凌晨。【清晨】李商隱、早起：風露澹清晨；李商隱、漢宮：通靈夜醮達清晨。【芳晨】蘇軾、和子由記園中草木：行樂惜芳晨。【崇晨】李白、潁陽別元丹丘之淮陽：百年猶崇晨。【隔晨】韓愈、送惠師：千年如隔晨。【雞鳴晨】李白、避地司空原言懷：起舞雞鳴晨。【冰雪晨】李商隱、行次西郊作一百韻：不類冰雪晨。

## 辰

【北辰】杜甫、中夜：危樓望北辰。【良辰】杜甫、逍遙撰良辰。【佳辰】王維、晦日遊大理：牢醴及佳辰。【星辰】韓愈、送惠師：舉頭看星辰。【起辰】韓愈、贈別元十八：豈有再起辰。【書辰】杜甫、寄李十二白二十韻：梁獄上書辰。【酒辰】王維、徐公挽歌：新年置酒辰。【參辰】徐幹、室思五首：今隔如參辰。

## 臣

【大臣】杜甫、奉贈韋左丞丈二十二韻：況懷辭大臣。【功臣】白居易、七德舞：翦鬚燒藥賜功臣。【名臣】李商隱、送從翁東川弘農尚書幕：間諜漢名臣。【兩臣】李白、猛虎行：劉項存亡在兩臣。【忠臣】蘇軾、胡完夫母周夫人挽詞：能令孝子作忠臣。【使臣】王維、送元中丞：輕徭賴使臣。【直臣】杜甫、折檻行：尚憶先皇容直臣。【從臣】杜甫、送司馬入秦：先朝忝從臣。【純臣】黃庭堅、讀曹公傳：豈能於漢作純臣。【素臣】蘇軾、台頭寺雨中送李邦直：休把春秋

## 人

坐素臣。【逐臣】杜甫、寄李十二百二十韻：三危放逐臣。【楚臣】韓愈、送惠師：清湘沈楚臣。【稱臣】杜甫、聞惠二過東溪特送：黃綺未稱臣。【賢臣】白居易、詔下：今日詔下得賢臣。【漢臣】杜牧、河湟：白髮丹心盡漢臣。【儒臣】李商隱、行次西郊作一百韵：命官多儒臣。【北朝臣】司空圖、金陵懷古：老作北朝臣。【朱買臣】李白、笑歌行：朱買臣。【封疆臣】白居易、華原磬：君心遂忘封疆臣。【偃蹇臣】李白、送岑徵君歸鳴皋山：今稱偃蹇臣。【歲星臣】李白、贈崔司戶文昆季：忝別歲星臣。【繡衣臣】王維、送丘爲往唐州：天子繡衣臣。【獻納臣】王維、送丘爲落第歸江東：羞稱獻納臣。【驂御臣】王維、過太乙觀賈生房：徵爲驂御臣。【三人】李白、月下獨酌：對影成三人。；蘇軾、夜飲：更邀明月作三人。【木人】王維、涼州郊外遊望：焚香拜木人。【可人】元好問、後灣別業：商柳清風便可人。【玉人】李商隱、殘雪：爲山倒玉人。【古人】杜甫、遣憂：臨危憶古人。【向人】劉長卿、餞別王十一南遊：青山空向人。【行人】元好問、車駕東狩後即事：野煙何處望行人。【戒人】白居易、城鹽州：諸邊急警勞戍

人。【成人】王維、山中示弟：冠帶爾成人。【迎人】王維、過沈居士山居哭之：泉水咽迎人。【何人】杜甫、太歲日：謀拙竟何人。【佳人】蘇軾、次韻曹輔：從來佳茗似佳人。【故人】杜甫、送司馬入秦：丹墀有故人。【畏人】曹丕、雜詩二首：容子常畏人。【幽人】李白、題江夏修靜寺：高殿坐幽人。；蘇軾、月夜與客飲杏花下：明月入戶尋幽人。【時人】杜甫、贈別賀蘭銛：寂寞向時人。【耆人】李白、白鳩辭：鏤形賜耆人。【閒人】韓愈、忽忽：是非得失付閒人。【異人】蘇軾、蘇子容母陳夫人挽詞：實與朝廷生異人。【旅人】杜甫、與嚴二郎奉禮別：題書報旅人。【逢人】杜甫、東屯北崦：落日未逢人。【野人】杜甫、獨酌成詩：低頭挽野人。【動人】杜甫、促織：哀音何動人。【媒人】無名氏、焦仲卿妻：遣丞爲媒人。【鄉人】王維、送王尊師歸蜀拜掃：唯令白鶴報鄉人。【散人】陰鏗、江津送劉光祿不及：離亭已散人。【斯人】杜甫、聞惠二過東溪特送：空谷滯斯人。【亂人】韓愈、雜詩：閭閣祇亂人。【道人】蘇軾、和子由踏青：何人聚衆稱道人。【愁人】杜甫、曲江：風飄萬點正愁人。【舞人】李白、宮中行樂詞八

首：青樓見舞人。【醉人】李商隱、離席：殘花伴醉人。【賢人】王維、寇氏挽詞：相勸識賢人。【歸人】王維、送丘爲落第歸江東：萬里一歸人。【麗人】杜甫、麗人行：長安水邊多麗人。【騷人】李白、古風：哀怨起騷人。【醺人】杜甫、撥悶：纔傾一盞卽醺人。【讒人】杜甫、長舌：君側有讒人。【三千人】白居易、長恨歌：後宮佳麗三千人。【亡國人】李商隱、燕臺四首：玉樹未憐亡國人。【少一人】王維、九月九日憶山東兄弟：徧插茱萸少一人。【月留人】李白、九日龍山飲：舞愛月留人。【不羈人】韓愈、送惠師：乃是不羈人。【白頭人】杜甫、月：想殺白頭人。【白衣人】蘇軾、爲移厨飲湖上：喜逢門外白衣人。【支離人】蘇軾、龍尾硯歌：蘇子亦是支離人。【天仙人】李白、擬古：遠贈天仙人。【太平人】杜甫、中夜：嗟爾太平人；蘇軾、送喬仝寄賀君：晚爲元祐太平人。【不見人】李益、隋宮燕：幾度飛來不見人。【立馬人】白居易、勤政樓西柳：多情立馬人。【四海人】韓愈、贈別元十八：又況四海人。【江海人】王維、晦日遊大理：自然江海人。【武陵人】韓愈、桃源圖：至今傳者武陵人。【佯狂人】李白、笑歌行：豈得不如佯狂人。【卷綃人】王維、送元中丞：恩及卷綃人。【泣珠人】王維、送李判官赴東江：恩到泣珠人。【邯鄲人】李白、古風：笑殺邯鄲人。【征戍人】杜甫、熱：飄飄征戍人。【故國人】杜甫、上白帝城：相逢故國人。【抱關人】李白、送侯士：豈貴抱關人。【泉下人】李白、門有車馬客行：多爲泉下人。【宦遊人】王勃、送杜少府之任蜀州：同是宦遊人；杜審言、和晉陵陸丞早春遊望：獨有宦遊人。【思殺人】杜甫、雨晴：秋江思殺人。【送遠人】李商隱、木蘭花：日日征帆送遠人。【戚夫人】李白、山人勸酒：顧謂戚夫人。【郭舍人】杜甫、能畫：投壺郭舍人。【異鄉人】崔塗、除夜有感：孤獨異鄉人。【尋常人】李白、送魯郡劉長史遷弘農長史：況乃尋常人。【絕世人】李白、中山孺子妾歌：亦是當時絕世人。【渡水人】王維、寒食汜上作：楊柳青青渡水人。【愁殺人】李益、汴河曲：風起楊花愁殺人。【第一人】蘇軾、答陳述古：羅綺叢中第一人。【傾國人】李白、繫尋陽上崔相渙：不是襄王傾國人。【鼎食人】王維、戲贈張五弟諲三首：思爲鼎食人。【鳳樓人】王維、徐公挽歌：獻賦鳳樓人。【墜樓人】杜牧、金谷園：落花猶似墜樓人。【蓬蒿人】李白、南陵別兒童入京：我輩豈是蓬蒿人。【磊落人】韓愈、讀皇甫湜公安園池詩：定非磊落人。【賢達人】李白、行路難：吾觀自古賢達人。【義皇人】李白、戲贈鄭溧陽：自謂羲皇人。【蕊珠人】李商隱、贈華陽宋眞人兼寄清都劉先生：至今猶謝蕊珠人。【獨起人】李商隱、早晚：簾間獨起人。【獨夜人】馬虞臣、灞上秋居：寒燈獨夜人。【縹緲人】蘇軾、送喬仝寄賀君：悵望雲霞縹緲人。【謫仙人】李白、對酒憶賀監：呼我謫仙人。【隴頭人】陸凱、贈范曄詩：寄與隴頭人。【獻桃人】李商隱、昭肅皇帝挽歌辭二首：雪隔獻桃人。【鶴上人】李白、古風：羞彼鶴上人。

## 仁

【上仁】李商隱、送從翁東川弘農尚書幕：維皇惻上仁。【伯仁】蘇軾、胡完夫母周夫人挽詞：晚節稱觴見伯仁。【匪仁】李白、明有車馬客行：蒼穹寧匪仁。李白、白鳩辭：外潔其色心匪仁。【堯仁】宋庠、寄子京：共將耕鑿報堯仁。【已生仁】蘇軾、次韻田園：歸來杏子已生仁。【兒女仁】曹植、贈白馬王彪：無乃兒女仁。

## 神

【入神】李白、王右軍：筆精妙入神。【心神】左思、招隱詩：聊可瑩心神。【田神】王維、涼州郊外遊望：簫鼓賽田神。【如神】韓愈、北極一首贈李觀：感激疾如神；蘇軾、聞捷：將軍旗鼓捷如神。【有神】杜甫、奉贈韋左丞丈二十二韻：下筆如有神；杜甫、獨酌成詩：詩成覺有神；蘇軾、和王斿：舌有風雷筆有神。【形神】韓愈、贈別元十八：書勸養形神。【海神】張籍、蠻中：自抱琵琶迎海神。【威神】李白、古風：赫怒震威神。【洛神】李商隱、東阿王：半爲當時賦洛神。【留神】杜牧、河湟：憲宗皇帝亦留神。【通神】李商隱、王昭君：毛延壽畫欲通神；蘇軾、柳氏求筆跡：讀書萬卷始通神。【鬼神】杜甫、麗人行：簫鼓哀吟感鬼神；李商隱、賈生：不問蒼生問鬼神。【符神】蘇軾、和子由踏青：醉倒自謂吾符神。【損神】杜甫、上白帝城之一：深慙畏損神。【傷神】杜甫、發潭州：回首一傷神。【凝神】顏延之、嵇中散：吐論知凝神。【傳神】蘇軾、題過所畫枯木竹石：小坡今與石傳神。【養神】蘇軾、送喬仝寄賀君：粟飯藜羹問養神。【甲帳神】李商隱、昭肅皇帝挽歌辭三首：虛傳甲帳神。【洛川神】孟浩然、和張三還途中遇雪：態比洛川神。【越騎神】王維、涼州賽神：共賽神東越騎神。【造化神】李白、上雲樂：豈知造化神。【勞精神】韓愈、感春：智慧只足勞精神。

## 親

【六親】李商隱、行次西郊作一百韻：吏善如六親。【可親】戴叔倫、除夜宿石頭驛：寒燈獨可親。【世親】李商隱、贈華陽宋眞人兼寄清都劉先生：不道劉盧是世親。【老親】王維、　觀別者：高堂有老親。【君親】韓愈、謝自然詩：上以奉君親。【和親】王維、送劉司直赴安西：不敢覓和親。【思親】王維、　九月九日憶山東兄弟：每逢佳節倍思親。【相親】李白、　月下獨酌：獨酌無相親；杜甫、獨酌成詩：酒綠正相親；蘇軾、留別雲泉：魚鳥自相親。【無親】李商隱、送從翁東川弘農尚書幕：天道亦無親。【尊親】杜甫、重贈鄭鍊：囊無一物獻尊親。【慈親】李白、繫尋陽上崔相渙：投杼惑慈親。【嚴親】李白、古風：長號別嚴親。【子建親】杜甫、奉贈韋左丞丈二十二韻：詩看子建親。【手自親】蘇軾、李公擇以詩相迎次其韻：農事何時手自親；蘇軾、次韻滕許泰：十畝鋤犂手自親。【平生親】李白、戲贈鄭溧陽：一見平生親。【兩非親】蘇軾、李公擇以詩相迎次其韻：身名漸覺兩非親。【故鄉親】李白、門前有車馬客行：乃是故鄉親。【重情親】元好問、贈答普安師：因君鄉國重情親。【宿心親】杜甫、寄李十二白二十韻：遇我宿心親。【疏與親】王維、與胡居士皆病寄此詩：詎論疏與親。【逾交親】韓愈、贈別元十八：待我逾交親。【道術親】王維、　送孫二：夫君道術親。

## 申

【不及申】李白、古風：志願不及申。

## 伸

【吐伸】孟浩然、送崔遏：離情任吐伸。【求伸】杜甫、奉贈韋左丞丈二十二韻：欻然欲求伸。【屈伸】左思、招隱之二：好惡有屈伸。【欲伸】韓愈、送惠師：夙志今欲伸。【一朝伸】杜甫、寄李十二白二十韻：汩沒一朝伸。

## 紳

【垂紳】蘇軾、和王鞏：玉立看垂紳。【搢紳】蘇軾、胡完夫母周夫人挽詞：絳帳清風聳搢紳。【書紳】韓愈、謝自然詩：味者宜書紳。【子張紳】李商隱、送從翁東川弘農尚書幕：衣化子張紳。【垂天紳】韓愈、送惠師：懸瀑垂天紳。

# 身

【一身】王安石、送鄧監簿南歸：雲浮我一身。【文身】王維、送李判官赴東江：冠冕化文身。【由身】李白、中山孺子妾歌：關天豈由身。【老身】杜甫、十七夜對月：江村獨老身。【此身】戴叔倫、除夜宿石頭驛：支離笑此身；蘇軾、送子由使契丹：雲海相望寄此身。【忘身】白居易、詔下：不獨忘世兼忘身。【吾身】李白、粉圖山水歌：眞仙可以全吾身；李商隱、贈鄭讜處士：浮雲一片是吾身。【抽身】蘇軾、李頎秀才善畫見寄：雲泉勸我早抽身。【佛身】李商隱、送臻師二首：一一蓮花見佛身。【迴身】李白、送長沙陳太守：地窄不迴身。【容身】杜甫、黃魚：長大不容身。【病身】杜甫、聞惠二過東溪特一送：歸溪唯病身。【掛身】李白、門有車馬客行：紫綬不掛身。【脫身】蘇軾、送喬仝寄賀君：生長兵間早脫身。【累身】李白、玉壺吟：醜女效之結累身。【華身】李白、古風：楚楚且華身。【殞身】李白、行路難：功成不退皆殞身。【稱身】杜甫、麗人行：珠壓腰衱穩稱身。【誤身】杜甫、奉贈韋左丞丈二十二韵：儒冠多誤身。【榮身】李白、少年行：男兒百年且榮身。【緣身】韓愈、雜詩：雖鳴不緣身。【謀身】杜甫、獨酌成詩：儒術豈謀身。【隱身】李白、送侯十一：侯嬴尚隱身。【遺身】李白、鳴臯歌：固將棄天地而遺身。【藏身】李白、上雲樂：顧兔半藏身。【未歸身】蘇軾、送戴蒙赴成都：莫歎老病未歸身。【百年身】杜甫、中夜：有愧百年身。【老夫身】王維、山中示弟：不是老夫身。【老農身】元好問、後灣別業：百年今見老農身。【良人身】白居易、道州民：從此得作良人身。【冷逼身】蘇軾、宿九仙山：夢遶千巖冷逼身。【走馬身】李商隱、訪人不遇留別館：去作長楸走馬身。【戕其身】蘇軾、次韻孔毅文集句見贈：象牙翠羽戕其身。【衰殘身】白居易、感舊：一枝蒲柳衰殘身。【病纏身】杜甫、與嚴二郎奉禮別：將老病纏身。【巢由身】李白、送岑徵君歸鳴臯山：不屈巢由身。【夢裏身】蘇軾、悟空禪師塔：空裏浮花夢裏身。【清淨身】蘇軾、贈東林總長老：山色豈非清淨身。【義勇身】韓愈、贈別元十八：矯矯義勇身。【朝露身】王維、與胡居士皆病寄此詩：橫有朝露身。【萬里身】崔塗、除夜有感：羈危萬里身。【寵辱身】杜甫、寄李十二白二十韻：兼全寵辱身。

## 賓

【迎賓】李商隱、行次西郊作一百韻：無衣可迎賓。【來賓】白居易、蠻子朝：唯蠻倔强不來賓。【衆賓】李白、猛虎行：槌牛撾鼓會衆賓。【捨賓】王維、與胡居士皆病寄此詩：趨空寧捨賓。【惡賓】蘇軾、和觀燈之什：蹭蹬歸期爲惡賓。【嘉賓】曹操、短歌行：我有嘉賓。【窮賓】蘇軾、和觀燈之什：那知後閤走窮賓。【嚴賓】傅玄、豫章行苦相篇：婢妾如嚴賓。【天外賓】李白、酬王補闕惠翼莊廟宋丞泚贈別：自爲天外賓。【好鵝賓】李白、王右軍：愛此好鵝賓。【車馬賓】李白、門前有車馬客行：門有車馬賓。【紫陽賓】李白、潁陽別元丹丘之淮陽：玄爲紫陽賓。【觀國賓】杜甫、奉贈韋左丞丈二十二韻：早充觀國賓。【謝親賓】王維、觀別者：從此謝親賓。

## 濱

【江濱】杜甫、寄李十二白二十韻：病起暮江濱。【崖濱】韓愈、送惠師：探勝窮崖濱。【古河濱】蘇軾、李公擇以詩相迎次其韻：敝裘羸馬古河濱。【江水濱】李白、行路難：屈原終投江水濱。【曲水濱】李商隱、寄成都高苗二從事：家近紅蕖曲水濱。【汴水濱】劉禹錫、楊柳枝詞：煬帝行宮汴水濱。【泊島濱】孟浩然、除夜樂城逢張少府：風潮泊島濱。【青溪濱】李白、古風：採鉛青溪濱。【臥漳濱】孟浩然、送崔遏：誰念臥漳濱。【淅水濱】元好問、懷秋林別業：茅屋蕭蕭淅水濱。【涪江濱】杜甫、九日：今日重在涪江濱。【釣渭濱】李白、梁甫吟：八十西來釣渭濱。【清渭濱】杜甫、奉贈韋左丞丈二十二韻：回首清渭濱。【湘水濱】李白、門有車馬客行：流離湘水濱。【霅水濱】蘇軾、李公擇以詩相迎次其韻：夜擁笙歌霅水濱。

## 鄰

【卜鄰】杜甫、奉贈韋左丞丈二十二韻：王翰願卜鄰。【比鄰】王勃、送杜少府之任蜀州：天涯若比鄰。【四鄰】蘇軾、和子由踏青：喧闐曉出空四鄰；蘇軾、雨晴：蛙聲滿四鄰。【南鄰】王維、田園樂：經過北里南鄰。【幽鄰】李白、送岑徵君歸鳴皋山：潛輝臥幽鄰。【東鄰】王維、晦日遊大理：汎舟過東鄰。【爲鄰】杜甫、從驛次草堂復至東屯之二：田文實爲鄰。【雲鄰】陰鏗、江津送劉光祿不及：帆勢與雲鄰。【無鄰】司空曙、喜外弟盧綸見宿：靜夜四無鄰。【天柱鄰】李白、避地司空原言懷：北將天柱鄰。【虎穴鄰】杜甫、太歲日：參差虎穴鄰。【孟家鄰】

無名氏、寄江滔求孟六遺文：應與孟家鄰。【野僧鄰】馬虞臣、灞上秋居：孤壁野僧鄰。【萬鬼鄰】李白、門有車馬客行：死託萬鬼鄰。【烟霞鄰】王維、過太乙觀賈生房：之子烟霞鄰。

## 鱗

【文鱗】李商隱、題二首後重有戲贈任秀才：枉緣書札損文鱗。【石鱗】蘇軾、過惶恐灘：積雨浮舟滅石鱗。【沈鱗】韓愈、北極一首贈李觀：南溟有沈鱗。【修鱗】韓愈、送惠師：鯨戲側修鱗。【魚鱗】蘇軾、泛舟城南：城中樓閣似魚鱗。【游鱗】沈約、新安江貽京邑同好：百丈見游鱗。【紫鱗】李白、白鳩辭：胡為啄我葭下之紫鱗。【縱鱗】杜甫、奉贈韋左丞丈二十二韻：蹭蹬無縱鱗。【共躍鱗】李白、古風：乘運共躍鱗。【赤玉鱗】蘇軾、為移厨飲湖上：欲膾湖中赤玉鱗。【怪龍鱗】杜甫、黃魚：回首怪龍鱗。【老龍鱗】王維、春日與裴迪過新昌里訪呂逸人不遇：種松皆作老龍鱗。【忽生鱗】蘇軾、邀往城外尋春：檻前冰沼忽生鱗。【橫海鱗】李白、送魯郡劉長史遷弘農長史：難容橫海鱗。【鏤魚鱗】李商隱、殘雪：屋瓦鏤魚鱗。【素鱗】杜甫、麗人行：水精之盤行素鱗。【悲鱗】李商隱、送從翁東川弘農尚書幕：吾道欲悲鱗。【緣鱗】蘇軾、台頭寺雨中送李邦直：大平典冊不緣鱗。

## 麟

【獲麟】李白、古風：絕筆於獲麟。【麒麟】杜甫、曲江之一：花邊高冢臥麒麟；蘇軾、贈月長老：中有紅麒麟；蘇軾、遊東山：眞是石麒麟。【鳳麟】蘇軾、送子由使契丹：要使天驕識鳳麟。【銜雲麟】蘇軾、送陳傳道：世有銜雲麟。

## 珍

【八珍】杜甫、麗人行：御廚絡繹送八珍；李商隱、行次西郊作一百韻：宰相厭八珍；蘇軾、夜飲：八首新詩間八珍。【足珍】韓愈、送惠師：辭別安足珍。【見珍】李白、中山孺子妾歌：特以色見珍。【綵珍】李白、古風：五章備綵珍。【鮭珍】無名氏、焦仲卿妻：交廣市鮭珍。【天下珍】李白、古風：誇作天下珍。【席上珍】王維、同崔傅答賢弟：先數夫君席上珍。【滿席珍】李商隱、送從翁東川弘農尚書幕：存之滿席珍。【連城珍】李白、贈崔司戶文昆季：俱是連城珍。【藥物珍】韓愈、贈別元十八：繼以藥物珍。【明月珍】蘇軾、古風：璀璨明月珍。

## 瞋

【不瞋】韓愈、感春：賣納租賦官不瞋。【丞相瞋】蘇軾、章質夫寄惠崔徽眞：近前試看丞相瞋。

# 塵

【一塵】李商隱、戊辰會靜中出貽同志二十韻：：九州揚一塵。【去塵】杜甫、與嚴二郎奉禮別：：臨風看去塵。【生塵】李商隱、襪：：渡水欲生塵；蘇軾、答陳述古：：舞衫歌扇總生塵。【行塵】王維、觀別者：：時見起行塵。【灰塵】白居易、感舊：：紙穿字蠹成灰塵。【車塵】李商隱、送從翁東川弘農尚書幕：：違遠屬車塵。【沙塵】李白、上雲樂：：濛濛若沙塵；李白、贈友人：：淪落歸沙塵。【芳塵】李商隱、離席：：遠遠隔芳塵。【胡塵】李白、贈友人：：虎伏被胡塵；陳陶、隴西行：：五千貂錦喪胡塵。【流塵】李商隱、回中牡丹爲雨所敗二首：：一年生意屬流塵。【秋塵】李商隱、寄成都高苗二從事：：全家羅襪起秋塵。【風塵】杜甫、贈別賀蘭銛：：乾坤尚風塵；杜甫、奉簡高三十五使君：：鷹隼出風塵。【香塵】杜牧、金谷園：：繁華事散逐香塵。【後塵】杜甫、寄李十二白二十韻：：青雲滿後塵。【埃塵】李白、潁陽別元丹丘之淮陽：：所得輕埃塵。【俗塵】陸游、黃亭夜雨：：似爲遊人洗俗塵。【壽塵】李白、門有車馬客行：：陰符生素塵。【浮塵】韓愈、忽忽：：六合絕浮塵。【微塵】李商隱、送臻師二首：：東方過此幾微塵；蘇軾、和子由踏青：：春風陌上驚微塵。【黃塵】杜甫、東屯北崦：：戰地有黃塵。【街塵】李商隱、題二首後重有戲贈任秀才：：羅窗不識繞街塵。【虜塵】李商隱、灞岸：：幾處冤魂哭虜塵。【輕塵】王維、渭城曲：：渭城朝雨浥輕塵。【蒙塵】李商隱、華清宮：：只教天子暫蒙塵。【網塵】李白、中山孺子妾歌：：團扇羞網塵。【暮塵】王維、送孫二：：行車起暮塵。【絕塵】蘇軾、遊惠山：：清句仍絕塵。【蹤塵】韓愈、送惠師：：飛步遺蹤塵。【邊塵】岑參、輪台歌：：誓將報主靜邊塵。【灑塵】蘇軾、蘇州雨中飲酒：：小圃陰陰徧灑塵。【覆塵】王維、寇氏挽詞：：迴文日覆塵。【元規塵】李白、送岑徵君歸鳴皋山：：共拂元規塵。【不受塵】蘇軾、次序王定國：：秋水爲文不受塵。【不動塵】杜甫、麗人行：：黃門飛鞚不動塵。【玉輅塵】蘇軾、送喬仝寄賀君：：曾謁東封玉輅塵。【玉樹塵】李商隱、陳後宮：：歌翻玉樹塵。【安可塵】王維、與胡居士皆病寄此詩：：萬殊安可塵。【車馬塵】歐陽修、送唐生：：但踏車馬塵。【松下塵】李白、對酒憶賀監：：翻爲松下塵。【肥馬塵】杜甫、奉贈韋左丞丈二十二韻：：暮隨肥馬塵。【陌上塵】陶潛、雜詩之一：：飄如陌上塵。【骨作塵】陸游、夜登千峯樹：夷甫諸人骨作塵。【萬古塵】李白、擬古詩：同悲萬古塵。【翠帷塵】杜甫、湘夫人祠：燕舞翠帷塵。【清路塵】杜甫、九日：腸斷驪山清路塵。【戰伐塵】杜甫、中夜：高堂戰伐塵。【濯纓塵】元好問、後灣別業：不應重遺濯纓塵。

## 陳

【自陳】曹植、門有萬里客：太息歲自陳。【列陳】韓愈、雜詩：有抱不列陳。【具陳】杜甫、奉贈韋左丞丈二十二韻：賤子請具陳。【羅陳】韓愈、送惠師：南北爭羅陳。【夾路陳】王維、恭懿太子挽歌：旌旗夾路陳。【犯句陳】李商隱、陳後宮：沙鳥犯句陳。【細茵陳】蘇軾、元日過丹陽：堆盤紅縷細茵陳。【競誰陳】李白、古風：吾衰竟誰陳。【綺席陳】王維、扶南曲歌詞：堂前綺席陳。【縱橫陳】曹植、侍太子坐：肴饌縱橫陳。

## 春

【上春】李白、中山孺子妾歌：花豔驚上春。【及春】李白、月下獨酌：行樂須及春；蘇軾、述古見責：南畝巾車欲及春。【四春】李商隱、春日寄懷：我獨丘園坐四春。【含春】杜甫、不離西閣之一：臘近已含春。【成春】李白、題江夏修靜寺：寂滅不成春。【知春】王維、寇氏挽詞：何處更知春。【青春】李白、送李青歸南葉陽川：容色如青春。【留春】韓愈、送惠師：榮茂恒留春；蘇軾、寄鄧道士：早韭欲留春。【尋春】李商隱、南山趙行軍新詩盛稱游讌之洽因寄一絕：鞶鞬無事但尋春。【逢春】戴叔倫、除夜宿石頭驛：明日又逢春。【陽春】李白、紫藤樹：花蔓宜陽春；李白、擬古：不惜買陽春。【惜春】李商隱、殘雪：餘光誤惜春。【報春】杜甫、百舌：重重只報春。【暮春】王維、送丘爲經唐州：楊花惹暮春。【新春】蘇軾、和子由踏青：强爲買服禳新春。【餘春】蘇軾、日夜與客飲杏花下：杏花飛簾散餘春。【一枝春】陸凱、贈范曄詩：聊贈一枝春。【三月春】李白、猛虎行：溧陽酒樓三月春。【不當春】蘇軾、次韻王國博：柳絮榆錢不當春。【天上春】李白、鳳凰曲：吟弄天上春。【五湖春】劉長卿、餞別王十一南遊：落日五湖春；蘇軾、過密州：扁舟歸釣五湖春。【五柳春】王維、過沈居士山居哭之：空山五柳春。【甲帳春】李商隱、漢宮：承露盤晞甲帳春。【各自春】蘇軾、聚遠樓：野外幽花各自春。【伊闕春】杜甫、茅堂檢校收稻之二：苗同伊闕春。【扶桑春】李商隱、戊辰會靜中出貽同志二十韻：笑倚扶桑春。【物皆春】杜甫、能畫：復似物皆春。【京華春】杜甫、奉贈韋左丞丈二十二韻：旅食京華春。【柳條春】王維、送丘爲落第歸江東：況復柳條春。【河陽春】蘇軾、贈潘谷：潘郎曉踏河陽春。【泗水春】杜甫、寄李十二白二十韻：行歌泗水春。【故鄉春】杜甫、贈別何邕：傳語故鄉春。【武陵春】蘇軾、李頎秀才善畫見寄：囊中收得武陵春。【空自春】李白、醉後贈從甥高鎭：枉殺落花空自春。【紅桂春】李商隱、燕臺四首：金魚鎖斷紅桂春。【桃李春】李白、潁陽別元丹之淮陽：羞逐桃李春。【故年春】李商隱、關門柳：依依長發故年春。【浩蕩春】蘇軾、邀經城外尋春：一看郊原浩蕩春。【常自春】李白、感遇：玉顏常自春。【野草春】司空圖、金陵懷古：宮朝野草春。【萬古春】杜甫、上白帝城之一：山歸萬古春。【湘吳春】杜甫、贈別賀蘭銛：遠赴湘吳春。【幾度春】李白、少年行：桃李栽來幾度春。【幾重春】李白、江夏送張丞：客醉幾重春。【暗生春】李白、宮中行樂詞八首：池草暗生春。【無限春】李益、汴河曲：汴水東流無限春。【碧水春】杜甫、湘夫人祠：空牆碧水春。【瑤臺春】李白、擬古：灼爍瑤臺春。【廣陵春】李商隱、定子：檀槽一抹廣陵春。【錦江春】李白、上皇西巡南京歌：西來添作錦江春。【爛烘春】元好問、後灣別業：薄雲晴日爛烘春。

## 津

【上津】李商隱、戊辰會靜中出貽同志二十韻：槀華由上津。【五津】王勃、送杜少府之任蜀州：風煙望五津。【天津】李白、洛陽陌：回車渡天津。【芳津】李商隱、行次西郊作一百韻：焦卷無芳津。【孟津】王維、寄河上段十六：聞道君家在孟津。【知津】蘇軾、過惶恐灘：此生何止略知津。【河津】隋鏗、江津送劉光祿不及：長望倚河津。【要津】杜甫、麗人行：賓從雜遝實要津。【通津】韓愈、送惠師：偶往即通津。【迷津】孟浩然、寄袁太祝：遊子正迷津。【棘津】李白、梁甫吟：君不見朝歌屠叟辭棘津。【問津】李白、送岑徵君歸鳴皋山：還山非問津；杜甫、寄李十二白二十韻：乘槎與問津。【滄津】李白、古風：驅石駕滄津。【餘津】左思、招隱詩之二：飛榮流餘津。【龍津】李商隱、春日寄懷：未知何路到龍津。【要路津】杜甫、奉贈韋左丞丈二十二韻：立登要路津。【揚子津】李白、橫江詞：漢水東連揚子津。【魴魚津】陸游、觀美楚公畫鷹：斫膾夜醉魴魚津。

## 秦

【上秦】盧僎、途中口號：懷書十上秦。　【三秦】王勃、送杜少府之任蜀州：　城闕輔三秦。【去秦】杜甫、奉贈韋左丞丈二十二韻：即將西去秦。【向秦】杜甫、贈別何邕：泛江不向秦。【西秦】杜甫、月之一：直指照西秦。【却秦】李白、鳴皋歌：笑何誇而却秦。【狂秦】陶潛、飲酒詩：漂流逮狂秦；李白、古風：兵戈逮狂秦。【定秦】李商隱、送從翁東川弘農尚書幕：星旆要定秦。【事秦】杜甫、寄李十二白二十韻：黃公豈事秦。【留秦】李商隱、殘雪：璧碎尚留秦。【越秦】陸游、觀美楚公畫鷹：共置不問如越秦。【避秦】蘇軾、送王伯敭守虢：當時依山來避秦；蘇軾、再過常山：桃源逢避秦。【歸秦】杜甫、送司馬入京：久客羨歸秦。【輸秦】杜甫、上白帝城之一：賦斂强輸秦。【臨秦】杜甫、　太歲日：北斗故臨秦。

## 頻

【入夢頻】元好問、懷秋林別業：二頃田園入夢頻。【冷色頻】杜甫、不離西閣：江花冷色頻。【附書頻】杜甫、雨晴：無犬附書頻。　【味空頻】杜甫、熱之三：被褐味空頻。【受降頻】杜甫、與嚴二郎奉禮別：闕下受降頻。【畏客頻】杜甫、從驛次草堂復至東屯之二：門庭畏客頻。【相見頻】司空曙、喜外弟盧綸見宿：愧君相見頻。【敗將頻】李商隱、　送從翁東川弘農尚書幕：優容敗將頻。【宿鳥頻】杜甫、　十七夜對月：明翻宿鳥頻。【報功頻】黃庭堅、　讀曹公傳：南征北伐報公頻。【徵求頻】李商隱、行次西郊作一百韻：漸見徵求頻。【鴈行頻】馬虞臣、灞上秋居：晚見鴈行頻。【誇何頻】杜甫、寄李十二白二十韻：蘭苡誇何頻。【譏幸頻】李商隱、陳後宮：龍舟譏幸頻。

## 蘋

【白蘋】杜甫、麗人行：楊花雲落覆白蘋；蘇軾、泛舟城南：不見春風起白蘋。【汀蘋】李商隱、送從翁東川弘農尚書幕：獨得詠汀蘋。【青蘋】蘇軾、月夜與客飲杏花下：　炯如流水涵青蘋。【渚蘋】杜甫、湘夫人祠：微馨借渚蘋。　【綠蘋】杜審言、和晉陵陸丞早春遊望：晴光轉綠蘋。

## 顰

【效顰】李白、古風：醜女來效顰。

## 嚬

【翠眉嚬】杜甫、江月：滅燭翠眉嚬；蘇軾、四時詞：高樓睡起翠眉嚬。【宜笑復宜嚬】李白、玉壺吟：西施宜笑復宜嚬。

### 銀

【水銀】李白、上雲樂：鑄冶火精與水銀。【金銀】杜甫、太歲日：賜與出金銀。【消銀】李商隱、殘雪：傍井漸消銀。【色如銀】杜甫、茅堂檢投收稻之二：自有色如銀。

### 筠

【松筠】孟浩然、重酬李少府見贈：青翠有松筠。【翠筠】李商隱、題二首後重有戲贈任秀才：一丈紅薔擁翠筠。【叢筠】杜甫、湘夫人祠：染淚在叢筠。

### 巾

【角巾】陸游、社日小飲：　社日西風吹角巾。【冠巾】韓愈、送僧澄觀：　我欲收斂加冠巾。【紅巾】杜甫、麗人行：青鳥飛去銜紅巾。【黃巾】杜甫、遣憂：攘攘著黃巾。【絳巾】蘇軾、爲移厨飲湖上：未要靴刀抹絳巾。【霑巾】杜甫、送司馬入京：爲話涕霑巾。杜甫、　燕子來舟中作：穿花落水益霑巾。【羅巾】王維、別弟妹：自解掩羅巾。【綸巾】蘇軾、臺頭寺步月：一簪華髮岸綸巾。【醉巾】蘇軾、會景亭：風回落醉巾。【方山巾】李白、嘲魯儒：　首戴方山巾。【白葛巾】蘇軾、聞喬太博知欽州：羽扇斜揮白葛巾。【玄衣巾】韓愈、孟東野失子：有夫玄衣巾。【竹皮巾】王維、過太乙觀賈生房：俱篸竹皮巾。【執衣巾】繁欽、定情詩：侍寢執衣巾。【淚沾巾】王維、送孫二：長望淚沾巾。【淚盈巾】李白、門前有車馬客行：停觴淚盈巾。【侍衣巾】王維、戲贈張五弟諲三首：慮向侍衣巾。【蓮花巾】李白、江上送女道士褚三清遊南嶽：頭戴蓮花巾。【頭上巾】陶潛、飲酒：空負頭上巾；李白、醉後贈從甥高鎮：不如燒却頭上巾。

### 囷

【荆囷】李商隱、行次西郊作一百韻：爛穀堆荆囷。【輪囷】韓愈、贈別元十八：肝膽還輪囷。陸游、夜登千峯榭：壯圖空負膽輪囷。

### 民

【王民】白居易、昆明春：　吾聞率土皆王民。【平民】李商隱、行次西郊作一百韻：雜牧升平民。【細民】黃庭堅、讀曹公傳：二祖思波在細民。【違民】蘇軾、常潤道中有懷錢塘：畫船鼉鼓莫違民。【斯民】李商隱、送從翁東川弘農尚書幕：流落乃斯民。【窮民】李商隱、行次西郊作一百韻：問誰多窮民。【遺民】蘇軾、送王伯敭守虢：華山東麓秦遺民。【逸民】蘇軾、雪中賞梅：遺英臥逸民。【下土民】李商隱、戊辰會靜中出貽同志二十韻：沈爲下土民。【六州民】

蘇軾、陸龍圖詵挽詩：過車巷哭六州民。【吳越民】曹植、門有萬里客：今爲吳越民。【葛天民】蘇軾、佚老堂：自謂葛天民。【林泉民】李白、少年行：窮儒浪作林泉民。

## 岷

【峨岷】韓愈、送惠師：屹起高峨岷。蘇軾、陸龍圖詵挽詩：挺然直節庇峨岷。

## 珉

【玉與珉】李白、古風：豈知玉與珉。

## 貧

【苦貧】李商隱、行次西郊作一百韻：斯民常苦貧。【羞貧】蘇軾、中秋見月寄子由：南都從事莫羞貧。【賤貧】韓愈、北極一首贈李觀：憔悴悲賤貧。【囊貧】歐陽修、送唐生：贈歸慚囊貧。【飢貧】杜甫、贈別賀蘭銛：固合嬰飢貧。【不全貧】杜甫、南鄰：園收芋粟不全貧。【阮家貧】王維、鄭果州相過：當恕阮家貧。【原憲貧】王維、山中示弟：且安原憲貧。杜甫、寄李十二白二十韻：諸生原憲貧。杜甫、奉贈韋左丞丈二十二韻：難甘原憲貧。【異俗貧】杜甫、東屯北崦：誅求異俗貧。【廣文貧】蘇軾、過密州：先生依舊廣文貧。【鼠嫌貧】元好問、懷秋林別業：空牆無穴鼠嫌貧。【韓信貧】李白、猛虎行：張良未遇韓信貧。【舊業貧】司空曙、喜外弟盧綸見宿：荒居舊業貧。

## 淳

【還淳】李商隱、送從翁東川弘農尚書幕：宇宙昨還淳。【風俗淳】杜甫、奉贈韋左丞丈二十二韻：再使風俗淳。

## 醇

【狂且醇】韓愈、送惠師：憐子狂且醇。

## 脣

【沾脣】李商隱、行次西郊作一百韻：涕泗空沾脣。【焦脣】李白、來日大難：苦口焦脣。【酒入脣】杜甫、曲江之一：莫厭傷多酒入脣。

## 倫

【天倫】李白、潁陽別元丹丘之淮陽：異姓爲天倫。【有倫】韓愈、謝自然詩： 男女各有倫。【季倫】王維、洛陽女兒行：意氣驕奢劇季倫。【相倫】李商隱、贈荷花： 世間花葉不相倫。【殊倫】左思、詠史詩：與世亦殊倫。【異倫】韓愈、北極一首贈李觀：賢愚豈異倫。【等倫】陶潛、述酒：彭殤非等倫。【絕倫】杜甫、麗人行：炙手可熱勢絕倫。杜甫、關中待命之一：摧鋒皆絕倫；蘇軾、和王斿： 詩到諸郎尚絕倫。【無倫】李商隱、華清宮：華清恩幸古無倫。

## 綸

【收綸】陰鏗、江津送劉光祿不及：晚釣欲收綸。【紛綸】杜甫、麗人行：鑾刀縷切空紛綸。【絲綸】李商隱、送從翁東川弘農尚書幕：夜縋達絲綸。【經綸】李白、梁甫吟：逢時壯氣思經綸；李白、避地司空原言懷：豪聖思經綸。【彌綸】李商隱、戊辰會靜中出貽同志二十韻：南眞爲彌綸。

## 輪

【月輪】李商隱、房君珊瑚散：　清秋守月輪。【日輪】韓愈、送惠師：溟波銜日輪。【火輪】蘇軾、和觀燈之什：激激飛濤射火輪。【方輪】蘇軾、古述以詩見責屢不赴會：狶膏那解轉方輪。【半輪】杜甫、月之一：蝦蟆動半輪。【玉輪】李商隱、七夕偶題：嫦娥照玉輪。【朱輪】李白、門前有車馬客行：金鞍曜朱輪；蘇軾、次韻韶守見贈：畫戟擁朱輪。【車輪】蘇軾、　和子由踏青：麥短未怕遊車輪。【冰輪】蘇軾、　宿九仙山：雲峯缺處湧冰輪；陸游、湖村月夕：青山缺處湧冰輪。【征輪】王維、觀別者：含悽動征輪。【奔輪】蘇軾、次韻述古過周長宮夜飲：老來光景似奔輪。【迴輪】李白、古風：飆車絕迴輪。【釣輪】李商隱、贈鄭讜處士：暖入汀洲逐釣輪。【晝輪】王維、恭懿太子挽歌：　君家擁晝輪。【泥埋輪】白居易、雪中晏起：雪深沒脛泥埋輪。

## 淪

【崩淪】李白、古風：頌聲久崩淪。【湖淪】韓愈、送惠師：陂陀浸湖淪。【漪淪】白居易、昆明春：波泥西日紅漪淪。【隱淪】王維、戲贈張五弟諲三首：非關慕隱淪。杜甫、奉贈韋左丞文二十二韻：行歌非隱淪。

## 勻

【初勻】蘇軾、石芝：幽人睡息來初勻。【俱勻】杜甫、茅堂檢校收稻之二：　老藉軟俱勻。【精勻】蘇軾、王主簿畫折枝：　疎淡含精勻。【骨肉勻】杜甫、麗人行：肌理細膩骨肉勻。

## 旬

【成旬】孟浩然、九日得新宇：　初九未成旬。【六甲旬】李商隱、　戊辰會靜中出貽同志二十韻：聊召六甲旬。

## 巡

【西巡】杜牧、河湟：忽遺弓劍不西巡。【東巡】陸游、夜登千峰榭：至今黃屋尚東巡。【官巡】李商隱、行次西郊作一百韻：自言爲官巡。【逡巡】杜甫、麗人行：後來鞍馬何逡巡；蘇軾、送喬仝寄賀君：幅巾短褐亦逡巡。【遊巡】韓愈、送惠師：浩蕩極遊巡。【幾巡】杜甫、撥悶：下峽消愁定幾巡。

# 馴

【安馴】李白、白鳩辭：　性安馴。　【易馴】杜甫、贈別賀蘭銛：蒼鷹愁易馴。【籠馴】韓愈、送惠師：野鳥難籠馴。【慢馴】李商隱、送從翁東川弘農尙書幕：蔘龍性慢馴。【不可馴】蘇軾、荆州：高飛不可馴。【鳥雀馴】杜甫、南鄰：得食階除鳥雀馴。【鳥鳶馴】蘇軾、和子由踏青：簞瓢散野鳥鳶馴。【誰能馴】杜甫、奉贈韋左丞丈二十二韻：萬里誰能馴。

# 鈞

【大鈞】李白、門有車馬客行：　存亡任大鈞。【六鈞】蘇軾、次韻王定國：射鼠何來挽六鈞。【千鈞】左思、詠史詩之六：重之若千鈞。【陶鈞】李商隱、行次西郊作一百韻：徵入司陶鈞。【韶鈞】韓愈、送惠師：澎湃聞韶鈞。【國鈞】宋庠、寄子京：更忝鴻樞對國鈞。

# 均

【平均】李白、白鳩辭：含哺七子能平均。李商隱、殘雪：空此荷平均。【灌均】李商隱、東阿王：國事分明屬灌均。李商隱、涉洛川：不爲君王殺灌均。【胡不均】韓愈、孟東野失子：薄厚胡不均。

# 臻

【濫臻】李商隱、送從翁東川弘農尙書幕：通班昔濫臻。

# 榛

【成榛】左思、招隱之二：果下自成榛。【荆榛】李白、古風：戰國多荆榛；杜甫、贈別賀蘭銛：群飛動荆榛；元好問、車駕東狩後即事：汴州門外即荆榛。

# 姻

【天姻】李商隱、戊辰會靜中出貽同志二十韻：火棗承天姻。

# 婣

姻之籀文。【婚婣】無名氏、焦仲卿妻：便可作婚婣。

# 闉

【城闉】陰鏗、江津送劉光祿不及：江漢與城闉；韓愈、送惠師：曾未造城闉；蘇軾、會景亭：烟火傍城闉。

# 宸

【帝宸】李商隱、　贈華陽宋眞人兼寄清都劉先生：淪謫千年別帝宸。【紫宸】杜甫、太歲日：衣冠拜紫宸。

# 旻

【秋旻】李白、古風：衆星羅秋旻。【蒼旻】李商隱、行次西郊作一百韻：煖熱迴蒼旻。

# 遵

【屢遵】李商隱、送從翁東川弘農尙書幕：中樞策屢遵。【非吾遵】韓愈、送惠師：子道非吾遵。

循
【因循】李商隱、行次西郊作一百韻：顧客無因循。【道所循】韓愈、送惠師：此固道所循。

振
【氣益振】李商隱、送從翁東川弘農尚書幕：長驅氣益振。

諄
【愚且諄】韓愈、送惠師：憐子愚且諄。

詢
【授詢】李商隱、送從翁東川弘農尚書幕：皇孫合授詢。

峋
【嶙峋】杜甫、折檻行：至今折檻空嶙峋。陸游、黃亭夜雨：千峯拔地玉嶙峋。

堙
【長堙】韓愈、送惠師：聖路嗟長堙。

屯
【兵屯】李商隱、行次西郊作一百韻：不見漢兵屯。【雲雷屯】李商隱、行次西郊作一百韻：遘此雲雷屯。

呻
【嚬呻】李白、鳴皐歌：飢鼯嚬呻。

磷
【緇磷】李白、贈崔司戶文昆季：讒巧生緇磷；李白、潁陽別元丹丘之淮陽：玉顏日緇磷。【磷磷】沈約、新安江貽京邑同好：俯映石磷磷。

闉
【甌闉】孟浩然、除夜樂城逢張少府：雲海泛甌闉；韓愈、送惠師：東去窺甌闉。

豳
【避處幽】李商隱、送從翁東川弘農尚書幕：來寧避處幽。

逡
【逡逡】杜甫、奉贈韋左丞丈二十二韻：祇是走逡逡。

迍
【邅迍】李商隱、送從翁東川弘農尚書幕：邊隅忽邅迍。

潾
【金潾】張籍、蠻中：行人幾日到金潾。

兟
【兟兟】李商隱、戊辰會靜中出貽同志二十韻：絳節何兟兟。

垠 緡 純 寅 嬪 齗 彬 鶉 皴
甄 禋 岷 椿 恂 漘 莘 駰 粼
轔 璘 瀕 逡 嬔 昀 侁 塡 誾
狺 泯 旼 忞 洵 溱 詵 駪 桭
湮 儐 驎 燐 夤 荀 郇 錞 綸

竣紃蓁輑侲帳賑諲娠
柛螓紉蠙齗鄞縜麇齋
箘鶥珣掄蜦窀櫄僎鷐
袀牲墐眕嶙瞵獜眴斌
䐜氤禋

【對偶】

王維、送丘爲落第歸江東：爲客黃金盡，還家白髮新。　李商隱、昭肅皇帝挽歌辭三首：桂寢青雲斷，松扉白露新。　李商隱、離席：出宿全尊掩，從公玉帳新。　李商隱、春日寄懷：青袍似草年年定，白髮如絲日日新。　李商隱、送從翁東川弘農尚書幕：極溺休規步，防虞要徙薪。　李商隱、清河：燕來從及社，蝶舞太侵晨。　宋之問、題黃梅臨江驛：北極懷明主，南溟作逐臣。　李白、冬夜醉宿龍門覺起言志：李斯鷹犬人，傅說版築臣。　王維、徐公挽歌：北首辭明主，東堂哭大臣。　王維、送劉司直赴安西：苜蓿隨天馬，葡萄逐漢臣。　李商隱、送從翁東川弘農尚書幕：獻書秦逐客，間諜漢名臣。　李白、少年行：府縣盡爲門下客，王侯皆是平交人。　李白、猛虎行：寶書玉劍掛高閣，金鞍駿馬散故人。　王維、徐公挽歌：聞詩鸞清客，獻賦鳳樓人。　王維、鄭果州相過：牀前磨鏡客，樹下灌園人。　王維、涼州郊外遊望：灑酒澆芻狗，焚香拜木人。　王維、送丘爲落第歸江東：五湖三畝宅，萬里一歸人。　王維、送元中丞：歡霑賜帛老，恩及卷綃人。　王維、送丘爲往唐州：四愁連漢水，百口寄隨人。　王維、扶南曲歌詞：齊歌盧女曲，雙舞洛陽人。　王維、送孫二：書生鄒魯客，才子洛陽人。　王維、訪呂逸人不遇：到門不敢題凡鳥，青竹何須問主人。　李商隱、殘雪：刻獸摧鹽虎，爲山倒玉人。　李商隱、七夕偶題：靈歸天上匹，巧遺世間人。　王維、涼州郊外遊望：婆娑依里社，簫鼓賽田神。　李商隱、送從翁東川弘農尚書幕：婦言終未易，廟算況非神。　李商隱、行次西郊作一百韻：官清若冰玉，吏善如六親。　李商隱、送從翁東川弘農尚書幕：魂銷季羔竇，衣化子張紳。　王維、鄭果州相過：五馬驚窮巷，雙童逐老身。　李商隱、七夕偶題：花果香千戶，笙竽濫四鄰。　李商隱、殘雪：簷冰滴鵝管，屋瓦鏤魚鱗。　李商隱、題二首後重有戲贈任秀才：虛爲錯刀留遠客，枉緣書札損文鱗。　李白、猛虎行：胡雛綠眼吹玉笛，吳歌白紵飛梁塵。　王維、送孫二：祖席依寒草，行車起暮塵。　李商隱、離席：依依向餘照，遠遠隔芳塵。　李商隱、陳後宮：壽獻金莖露，歌翻玉樹塵。　李商隱、回中牡丹爲雨所敗二首：萬里重陰非舊圃，一年生意屬流塵。　李商隱、陳後宮：清蓮參法駕，沙鳥犯句陳。　李白、避地司空原言懷：雪霽萬里月，雲開九江春。　李商隱、清河：舟小迴仍數，樓危凭亦頻。　李商隱、殘雪：遶牆全剝粉，傍井漸消銀。　李商隱、行次西郊作一百韻：濁酒盈瓦缶，爛穀堆荆囷。　李白、上雲樂：華蓋垂下睫，嵩嶽臨上脣。　李白、上雲樂：撫頂弄盤古，推車轉天輪。　李商隱、贈鄭讜處士：寒歸山觀隨棋局，暖入汀洲逐釣輪。　李商隱、送從翁東川弘農尚書幕：三靈迷赤氣，萬彙叫蒼旻。　李商隱、行次西郊作一百韻：指顧動白日，煖熱迴蒼旻。

# 十二文 古轉眞韻

## 文

【天文】李白、送張秀才謁高中丞：　三光亂天文。【古文】李白、贈何七判官昌浩：九十誦古文。【空文】韓愈、謝自然詩：余言豈空文。【星文】王維、老將行：聊持寶劍動星文。【秘文】李商隱、送王十三校書分司：多少分曹掌秘文。【聖文】白居易、七德舞：　豈徒誇聖文。【綴文】杜甫、醉歌行：汝更小年能綴文。【睿文】李商隱、昭肅皇帝挽歌辭二首：　三靈仰睿文。【論文】杜甫、懷舊：不復更論文。【遺文】溫庭筠、過陳琳墓：曾於青史見遺文。【龍文】李商隱、題道靜院院在中條山故王顏中丞所置虢州刺史捨官居此今寫眞存焉：青松手植變龍文。【七星文】王維、贈裴旻將軍：　腰間寶劍七星文。【封禪文】李白、宣城哭蔣徵君華：　空餘封禪文。【錦繡文】杜甫、晴之一：新晴錦繡文。

## 聞

【共聞】李商隱、商於新開路：　崎嶇古共聞。【飽聞】杜甫、題壤西新賃草屋之二：　三年實飽聞。【未忍聞】李商隱、行次西郊作一百韵：此言未忍聞。　【九天聞】李白、侍從遊宿溫泉宮作：清樂九天聞。【木葉聞】杜甫、曉望：天清木葉聞。【日夕聞】王維、老將行：羽檄交馳日夕聞。【月下聞】歐陽修、贈歌者：又向江都月下聞。【月中聞】杜牧、潤州二首：釣歌長向月中聞。【天下聞】李白、贈孟浩然：風流天下聞。【有時聞】李商隱、題鄭大有隱居：玉管有時聞。【耳不聞】韓愈、醉贈張祕書：我若耳不聞。【昔所聞】白居易、西涼伎：主憂臣辱昔所聞。【動靜聞】李商隱、促漏：　促漏遙鐘動靜聞。【處處聞】白居易、長恨歌：仙樂風飄處處聞。【鳥共聞】杜甫、南楚：非時鳥共聞。【幾度聞】杜甫、江南逢李龜年：崔九堂前幾度聞。【禁牆聞】杜牧、寄澧州張舍人笛：夜深應隔禁牆聞。【語聲聞】李白、秋浦歌：了了語聲聞。【斷更聞】李商隱、子初郊墅：　歌雜漁樵斷更聞。【相聞】陶潛、述經：鳴鳥聲相聞。

## 紋

【水紋】李商隱、促漏：兩兩鴛鴦護水紋。【浪紋】蘇東坡、聞堂上歌笑聲：惟見輕橈破浪紋。【苔紋】常建、宿王昌齡隱居：藥院滋苔紋。【紫紋】李商隱、戊辰會靜中出貽同志二十韵：婀娜佩紫紋。【刀翦紋】白居易、繚綾：　金牛熨波刀翦紋。【作纈紋】蘇東坡、聞堂上歌笑聲：醉面何因作纈紋。

# 雲

【白雲】杜甫、懷舊：悲來望白雲；蘇頲、汾上驚秋：北風吹白雲；王維、欹湖：青山卷白雲；李白、秋浦歌：低頭禮白雲；李白、白雲歸送劉十六歸山：楚山秦山皆白雲；李白、鳴皋歌：龍藏溪而吐雲。【行雲】賈島、宿山寺：走月逆行雲。【如雲】王維、送魏郡李太守赴任：其出從如雲。【孤雲】歐陽修、送唐生：北風吹孤雲。【范雲】李商隱、送王十三校書分司：每到城東憶范雲。【青雲】杜甫、示獠奴阿段：傳聲一注濕青雲；杜甫、醉歌行：驚鳥舉翮連青雲。【風雲】李白、送張秀才謁高中丞：　天地動風雲。【春雲】王維、晦日遊大理：上天垂春雲。【浮雲】無名氏、焦仲卿妻：絡繹如浮雲。【朔雲】李白、擬古詩：燕鴻思朔雲。【卿雲】李商隱、寓懷：　威鳳入卿雲。【黃雲】李白、送崔度還吳：萬里盡黃雲。【殘雲】孟浩然、行至汝墳寄盧徵君：嵩嶂有殘雲。【朝雲】李白、感興：精彩化朝雲。【寒雲】杜甫、南極：荒戍密寒雲。

【碧雲】元好問、寄英上人：卻爲渴休賦碧雲。【銷雲】李商隱、夜出西溪：星見欲銷雲。【綠雲】李白、鳳吹笙曲：　欲奏仙樂響綠雲。【餘雲】陶潛、述酒：南嶽無餘雲。【靄雲】杜甫、曉望：　疊嶺宿靄雲。【一片雲】杜甫、秋野之五：帆留一片雲。【三峰雲】黃庭堅、次韻答曹子方曹言：讀書臥看三峯雲。【甘泉雲】李白、塞下曲六首：連照甘泉雲。【日暮雲】杜甫、春日憶李白：江東日暮雲。【卷夜雲】李白、侍從遊宿溫泉宮作：霓旌卷夜雲。【臥松雲】李白、贈孟浩然：白首臥松雲。【南山雲】黃庭堅、送謝公定：拄笏看度南山雲。【連秋雲】李商隱、行次西郊作一百韻：揮淚連秋雲。【陽臺雲】李白、江上送女道士褚三清遊南嶽：特異陽臺雲。【敬亭雲】李白、過崔八丈水亭：窗落敬亭雲。【過江雲】杜牧、江樓：　衝斷過江雲。【渡口雲】陸游、雙流旅舍三首：　瘦馬來穿渡口雲。【萬里雲】李白、贈何七判官昌浩：　吹散萬里雲。【嵩丘雲】李白、題元丹穎陽山居：不隔嵩丘雲。【蒼梧雲】李白、梁園引：　古木盡入蒼梧雲。【龍行雲】李白、送張秀才從軍：矯若龍行雲。【隱士雲】李商隱、題道靜院院在中條山故王顏中丞所置虢州刺史捨官居此今寫眞存焉：嶺上猶多隱士雲。【嶺頭雲】杜甫、南楚：隨意嶺頭雲。【檻前雲】李商隱、子初郊墅：齋鐘不散檻前雲。【瀼西雲】杜甫、題瀼西新賃草屋之二：旅食瀼西雲。

## 氛

【妖氛】李白、塞下曲六首：一戰淨妖氛；李白、送張秀才謁高中丞：談笑却妖氛。【紫氛】李白、贈郭秀鷹：相期凌紫氛。【翠氛】江淹、古意報袁功曹：悠哉凌翠氛。【靈氛】李商隱、戊辰會靜中出貽同志二十韵：侍香傳靈氛。【謝垢氛】李白、贈僧厓公：獨朗謝垢氛。

## 分

【八分】韓愈、醉贈張祕書：頗知書八分。【十分】蘇軾、聞堂上歌笑聲：漲淥晴來已十分。【三分】李商隱、漫成五章：何如旗蓋仰三分。【半分】黃庭堅、次韻郭石曹：聖處功夫無半分。【暫分】李商隱、杜工部蜀中離席：世路干戈惜暫分。【九江分】李商隱、寓懷：天迴九江分。【六卿分】李白、古風：晉爲六卿分。【五色分】李白、送崔度還吳：綵章五色分。【白谷分】杜甫、南極：西江白谷分。【死生分】杜甫、懷舊：便有死生分。【汨渚分】孟浩然、曉入南山：江從汨渚分。【兩難分】李商隱、槿花二首：啼笑兩難分。【夜涼分】李商隱、微雨：稍共夜涼分。【客襟分】李商隱、子直晉昌李花：愁極客襟分。【細泉分】杜甫、示獠奴阿段：竹竿裊裊細泉分。【潤色分】杜甫、喜雨：林花潤色分。【樹杪分】李商隱、商於新開路：人從樹杪分。【斷腸分】李商隱、自南山北歸經分水嶺：又作斷腸分。【曙色分】杜甫、曉望：陽臺曙色分。【鱠縷分】元好問、即事：逆豎終當鱠縷分。

## 紛

【解紛】蘇軾、次韻孔毅父集句見贈：微中有時堪解紛。【繽紛】韓愈、醉贈張祕書：餘外徒繽紛。【日紛紛】歐陽修、送唐生：車馬日紛紛。【百慮紛】元好問、渡湍水：悄悄孤懷百慮紛。【秋紛紛】杜甫、秋雨歎之二：闌風長雨秋紛紛。【急紛紛】杜甫、晴之一：風處急紛紛。【雪紛紛】高適、燕歌行：相看白刃雪紛紛。【徒紛紛】杜甫、醉歌行：世上兒子徒紛紛。【落紛紛】杜甫、夜泊牛渚懷古：楓葉落紛紛。【亂紛紛】劉長卿、喜皇甫侍御相訪：落葉亂紛紛。【霰紛紛】李白、鳴皋歌：蘿冥冥兮霰紛紛。【謾紛紛】陸游、夜坐：老知世事謾紛紛。

## 芬

【奇芬】韓愈、醉贈張祕書：天葩吐奇芬。【清芬】李白、贈孟浩然：徒此揖清芬。【華芬】曹植、薤露行：　流藻垂華芬。【蘭芬】李白、擬古：綺席空蘭芬。

## 焚

【自焚】蘇軾、次韻孔毅父集句見贈：膏明蘭臭俱自焚。【相焚】李商隱、行次西郊作一百韻：冤憤如相焚。【燒焚】李白、送張秀才謁高中丞：玉石俱燒焚。【金爐焚】白居易、李夫人：玉釜煎鍊金爐焚。

## 墳

【汝墳】孟浩然、行至汝墳寄盧徵君：依然見汝墳。【皇墳】韓愈、醉贈張祕書：高詞媲皇墳。【靈墳】陶潛、述酒：重華固靈墳。【信陵墳】李白、梁園吟：今人耕種信陵墳。【董相墳】蘇軾、訪董儲郎中故居：下馬來尋董相墳。

## 群

【不群】杜甫、春日憶李白：飄然思不群。【百群】杜甫、前出塞之五：倏忽數百群。【物群】韓愈、謝自然詩：永託異物群。【覓群】韓愈、雜詩：鳩鳴暮覓群。【索群】曹植、雜詩六首之三：嗷嗷鳴索群。【絕群】李白、酬宇文少府見贈桃竹：良工巧妙稱絕群。【雁群】劉禹錫、秋風引：　蕭蕭送雁群。【雞群】韓愈、醉贈張祕書：軒鶴避雞群。【離群】杜甫、南楚：不是故離群；孟浩然、初出關旅亭：關外惜離群。【牛羊群】孟浩然、遊精思觀：但見牛羊群。【白鷺群】李白、涇溪東亭寄鄭少府諤：沙上行將白鷺群。【野鷗群】元好問、渡湍水：移家來就野鷗群。【鳥獸群】李商隱、題鄭大有隱居：希夷鳥獸群。【虎豹群】杜甫、示獠奴阿段：怪爾常穿虎豹群。【鴛鷺群】杜甫、秋野之五：年衰鴛鷺群。【麋鹿群】杜甫、題瀼西新賃草屋之二：全生麋鹿群。【鸞鶴群】常建、宿王昌齡隱居：西山鸞鶴群。

## 裙

【紅裙】蘇軾、蘇州雨中飲酒：　試將文字惱紅裙。【緗裙】李商隱、燕臺四首：安得薄霧起緗裙。【羅裙】杜甫、琴台：蔓草見羅裙。【客書裙】蘇軾、聞堂上歌笑聲：　掩關書臥客書裙。【鬱金裙】李商隱、牡丹：招腰爭舞鬱金裙。

## 君

【夫君】孟浩然、遊精思觀：佇立望夫君。【元君】李商隱、題道靜院院在中條山故王顏中丞所置虢州刺史捨官居此今寫眞存焉：褰帷舊貌似元君。【使君】杜牧、寄澧州張舍人笛：截玉鑽星寄使君。【封君】杜甫、題瀼西新賃草屋之二：不見北封君。【郎君】無名氏、焦仲卿妻：有此令郎君。　【神君】李商隱、昭肅皇帝挽歌辭三首：　漢后重神君。【第君】王維、送張道士歸山：王屋訪第君。【訪君】李商隱、子初郊墅：聽鼓離城我訪君。　【逢君】杜甫、江南逢李龜年：落花時節又逢君。【報君】江淹、古意報袁功曹：垂涕為報君。【齊君】李白、古風：一旦殺齊君。【憐君】溫庭筠、過陳琳墓：霸才無主始憐君。【勸君】韓愈、醉贈張祕書：呼酒持勸君。【獻君】李白、古風：徒勞三獻君。【九眞君】李商隱、戊辰會靜中出貽同志二十韻：翺翔九眞君。【王帝君】李商隱、寓懷：　追隨王帝君。【石贈君】李商隱、海客：　聊用支機石贈君。【平原君】王維、夷門歌：　魏王不救平原君。【白府君】無名氏、焦仲卿妻：　還郭白府君。【卓文君】杜甫、琴台：尚愛卓文君。【信陵君】李白、梁園吟：昔人豪貴信陵君。【雲中君】王維、椒園：欲下雲中君。【越鄂君】李商隱、牡丹：　繡被猶堆越鄂君。【夢隨君】李商隱、送王十三校書分司：洛陽花雪夢隨君。【盧徵君】孟浩然、行至汝墳寄盧徵君：　因寄盧徵君。

## 軍

【三軍】李白、贈何七判官昌浩：英才冠三軍。【秦軍】左思、詠史詩之三：談笑卻秦軍。【從軍】溫庭筠、過陳琳墓：欲將書劍學從軍。【千人軍】杜甫、醉歌行：筆陣獨掃千人軍。【水犀軍】杜牧、潤州二首之二：　夫差傳裏水犀軍。【王右軍】李商隱、漫成五章：　嫁女今無王右軍。【李將軍】杜甫、南極：愁殺李將軍。【吳軍】王維、老將行：　恥令越甲鳴吳軍。【曹將軍】黃庭堅、次韻答曹子方雜言：黃鬚鄴下曹將軍。【殿前軍】李商隱、杜工部蜀中離席：松州猶駐殿前軍。【鮑參軍】杜甫、春日憶李白：俊逸鮑參軍。【霍冠軍】王維、送張判官：今思霍冠軍。【鸛鵝軍】蘇軾、聞堂上歌笑聲：詩壇欲斂鸛鵝軍。

## 勤

通作懃字。【當勤】黃庭堅、次韻郭右曹：尺璧分陰未當勤。【殷懃】曹植、贈白馬王彪：然後展殷懃。【辛勤】蘇軾、鴉種麥行：如今老鴉種麥更辛勤。【勞勤】徐幹、室思之五：以益我勞勤。

## 斤

【斧斤】李白、古風：一揮成斧斤；李商隱、五松驛：尋被樵人用斧斤。

## 勳

【奇勳】李白、贈何七判官昌浩：沙漠收奇勳。

【高勳】元好問、即事：袞衣自合從高勳。【華勳】韓愈、醉贈張秘書：元凱承華勳。【策勳】陸游、夜坐：紙帳蒲團自策勳。【邀勳】王維、送張判官：報國敢邀勳。【百戰勳】王維、贈裴旻將軍：臂土琱弓百戰勳。【杜司勳】李商隱、杜司勳：人間惟有杜司勳。【取功勳】王維、老將行：猶堪一戰取功勳。【塞上勳】孟浩然、送吳宣從事：寧無塞上勳。【樹功勳】杜甫、前出塞之五：幾時樹功勳。【蕩寇勳】李商隱、舊將軍：誰定當時蕩寇勳。【邊將勳】李商隱、行次西郊作一百韻：多錄邊將勳。【鎮南勳】李商隱、自南山北歸經分水嶺：許刻鎮南勳。

## 薰

【遺薰】陶潛、述酒：峽中納遺薰。【蕕與薰】韓愈、醉贈張祕書：固無蕕與薰。

## 曛

【日曛】李商隱、夜出西溪：西溪許日曛。【西曛】李商隱、代元城吳令暗為答：水邊風日半西曛。【夕曛】杜甫、南極：矛孤照夕曛。【朝曛】李白、題元丹丘潁陽山居：談笑迷朝曛。

【蟬曛】李商隱、哭劉司戶二首：山木帶蟬曛。

【日初曛】李商隱、商於新開路：虎穽日初曛。

【日易曛】李商隱、寓懷：秦宮日易曛。

## 熏

【夕熏】李商隱、促漏：睡鴨香爐換夕熏。【死熏】李商隱、寓懷：香緣却死熏。【待熏】李商隱、牡丹：荀令香爐可待熏。【幾夜熏】李商隱、子直晉昌李花：秦臺幾夜熏。

## 醺

【一顏醺】歐陽修、贈歌者：今宵為爾一顏醺。

【半醺】杜牧、江樓：登樓已半醺。【酒半醺】元好問、寄英上人：世事都銷酒半醺。

## 葷

【羶葷】韓愈、醉贈張祕書：盤饌羅羶葷。

## 耘

【耕耘】韓愈、謝自然詩：在紡績耕耘。【鋤耘】韓愈、醉贈張祕書：神功謝鋤耘。【用耘】李商隱、寓懷：神木豈用耘。【由力耘】歐陽修、送唐生：多穫由力耘。【鳥為耘】蘇軾、鴉種麥行：憶昔舜耕歷山鳥為耘。

## 云

【云云】韓愈、醉贈張祕書：諧笑方云云。

**芸**

【舊芸】李商隱、哭劉司戶二首：書籤冷舊芸。

**汾**

【河汾】蘇頲、汾上驚秋：萬里渡河汾。【橫汾】李商隱、昭肅皇帝挽歌辭三首：無復詠橫汾。

**濆**

【江濆】杜甫、上卿翁請修武侯廟遺像缺落時崔卿權夔州：臥龍無首對江濆。

**雰**

【雪雰雰】張衡、四愁詩：欲往從之雪雰雰；白居易、雪中晏起：窮陰蒼蒼雪雰雰。

**氳**

【氤氳】李白、擣衣篇：紅巾拭淚生氤氳。【氛氳】李白、送張秀才謁高中丞：留侯降氛氳；韓愈、醉贈張祕書：酒氣又氛氳。

**欣**

【忻忻】白居易、昆明春：無遠無近同卽忻字。【歡忻】繁欽、定情詩：何以答歡忻。

**芹**

【魯侯芹】蘇軾、常潤道中有懷錢塘：泮宮初采魯侯芹。

**殷**

【創殷】李商隱、送從翁東川弘農尚書幕：陸陑始創殷。【沓沓殷】李商隱、朱槿花：看成沓沓殷。

**紜**

【紛紜】元好問、寄英上人：已將度外置紛紜；無名氏、焦仲卿妻：勿復重紛紜。

---

**垠**

【窮崖垠】韓愈、陸渾山火：赫赫上照窮崖垠；【無垠】歐陽修、送唐生：重湖浩無垠；李白、古風：開流蕩無垠。

**嚑**

【朝嚑】韓愈、醉贈張祕書：庶以窮朝嚑。

纁 棼 員 沄 昕 緼 翁 熅 橨

蕡 焄 鄖 縜 豶 妘 獖 鼖 朌

饙 宭 臐 獯 麇 皸 帉 蒑 慇

濦 㥯 槿 懃 慬 廑 瘽 堇 齗

狺 鄞 誾 雯 毨 蒕 衯 蝹 溳

篔 澐 橒 魵 羒 轒 鼢 蘄 賁

鳻 炘

【對偶】

李白、過崔八丈水亭：猿嘯風中斷，漁歌日裏聞。

李白、塞下曲六首：兵氣天上合，鼓聲隴底聞。

李白、古風：東海沈碧水，西關乘紫雲。　李白、酬宇文少府見贈桃竹書簡：靈心圓映三江月，彩質疊成五色雲。　王維、送張判官：沙平連白雪，蓮卷入黃雲。　李商隱、題鄭大有隱居：石梁高瀉月，樵路細侵雲。　李商隱、夜出西溪：月澄新漲水，星見欲銷雲。　李商隱、昭肅皇帝挽歌辭三首：玉律朝驚露，金莖夜切雲。　李商隱、子直晉昌李花：綃輕誰解卷，香異自先聞。　溫庭筠、過陳琳墓：石麟埋沒藏春草，銅雀荒涼對暮雲。　李商隱、促漏：歸去定知還向月，夢來何處更爲雲。　李商隱、杜工部蜀中離席：座中醉客延醒客，江上晴雲雜雨雲。　李商隱、寓懷：下界圍黃道，前程合紫氛。　李商隱、商於新開路：路向泉間辨，人從樹杪分。　李商隱、寓懷：海明三島見，天迴九江分。　李商隱、自南山北歸經分水嶺：那通極目望，又作斷腸分。李商隱、槿花二首：殷鮮一相雜，啼笑兩難分。李商隱、題鄭大有隱居：偃臥蛟螭室，希夷鳥獸群。　李商隱、送從翁東川弘農尚書幕：纘祖功宜急，貽孫計甚勤。　李商隱、商於新開路：蜂房春欲暮，虎穽日初曛。　李商隱、寓懷：煙坡遺汲汲，贈繳任云云。　李商隱、哭劉司戶二首：酒甕凝餘桂，書籤冷蕉芸。

# 十三元 古轉真韻

## 元

【上元】李白、古風：北宮邀上元。【元元】陸游、讀書二首：讀書本意在元元。【喪元】曹植、雜詩六首：甘心思喪元。【歸元】元好問、哀武子告：今傳史筆記歸元。

## 原

【太原】庾肩吾、亂後行經吳御亭：五城似太原。【見原】蘇軾、次韻答邦直子由：知我疏慵肯見原。【秋原】王維、樊氏挽歌：　行哭向秋原。【高原】王維、田園樂：天邊獨樹高原。【寒原】王維、酬虞部蘇員外：獵火燒寒原。【槿原】王維、送岐州源長史歸：長亭下槿原。【燒原】庾信、詠懷詩：烽火夜燒原。【獻原】李商隱、鄠杜馬上念漢書：咸陽地獻原。【五丈原】王維、送崔五太守：玉樹宮南五丈原。【不可原】韓愈、孟東野失子：福禍不可原。【作九原】元好問、哀武子告：生氣曾思作九原。【見平原】曹植、雜詩六首：朝夕見平原。【救中原】杜甫、閬中待命其二：萬馬救中原。【清中原】李白、南奔書懷：志在清中原。【登古原】李商隱、樂遊原：驅車登古原。【馳本原】李商隱、明禪師院酬從兄見寄：會心馳本原。【暗平原】吳均、酬別江主簿屯騎：秋日暗平原；王維、寇氏挽詞：松柏暗平原。【鳳凰原】王維、思從弟據：色暗鳳凰原。【蔽平原】王粲、七哀詩其一：白骨蔽平原。【獵平原】劉長卿、獻李相公：邵陵西去獵平原。

## 源

【巨源】江總、南還尋草市宅：林殘憶巨源。【水源】劉長卿、尋南溪常道士：隨山到水源。【李源】元好問、哀武子告：旌孝終當到李源。【花源】李白、燭照山水壁畫歌：又如秦人日下窺花源。【河源】王維、送岐州源長史歸：從此向河源；鮑照、代東武吟：召募到河源；杜甫、東樓：送節向河源；李商隱、行次西郊作一百韻：西費失河源。【淳源】李白、古風：澆風散淳源。【清源】李白、送裴十八圖南歸嵩山：潁水有清源；王維、鄭讜二山人：飲水必清源。【湘源】李白、古風：屈平竄湘源。【詞源】杜甫、贈虞十五司馬：浩蕩問詞源。【會源】李商隱、哭劉司戶二首：荊江有會源。【何異源】李商隱、燕臺四首：濁水清波何異源。【武陵源】杜甫、奉漢中王手札：失路武陵源。【洪其源】韓愈、謝自然詩：漢武洪其源。【桃花源】王維、菩提寺禁口號又示裴迪：歸向桃花源。【尋其源】蘇軾、王維吳道子畫：一一皆可尋其源。【禍有源】李商隱、哭遂州蕭侍郎二十四韻：先令禍有源。

## 黿

【魚黿】蘇軾、答呂梁仲屯田：我亦僅免為魚黿。【頭如黿】蘇軾、王維吳道子畫：相排競進頭如黿。

## 園

【小園】杜甫、孟氏：養親唯小園；杜甫、春水：連筒灌小園。【中園】王維、瓜園詩：朱槿照中園；李商隱、賦得桃李無言：寂默委中園。【北園】陶潛、詠貧士其二：枯條盈北園。【田園】王維、桃源行：還從物外起田園；孟浩然、澗南即事貽皎上人：素產惟田園。【瓜園】李商隱、雨：摵摵度瓜園。【名園】杜甫、奉漢中王手札：避暑得名園。【故園】杜甫、日暮：江山非故園；杜甫、贈虞十五司馬：青山隔故園；杜甫、寄高適：南星落故園；李商隱、哭遂州蕭侍郎二十四韻：為邦屬故園；李商隱、明禪師院酬從兄見寄：星河壓故園；謝莊、懷園引：念幽蘭兮已故園。【獨園】杜甫、題忠州龍興寺所居院壁：深居賴獨園。【樹園】元好問、哀武子告：衞國孤兒祇樹園。【舊園】李商隱、汴上送李郢之蘇州：萬里梁王有舊園。【小桃園】李商隱、小桃園：竟日小桃園。【上林園】王維、寓言二首：射雉上林園。【五畝園】陸游、讀書二首：歸老寧無五畝園。【半山園】王安石、書湖陰先生壁其二：尚疑身在半山園。【竹素園】孟浩然、寄趙正字：幽人竹素園。【老丘園】王維、寄荊州張丞相：藝植老丘園。【金谷園】李商隱、杏花：主人金谷園。【松柏園】鮑照、擬行路難：但見松柏園。【辟疆園】李白、留別龔處士：竹暗辟疆園。【灌我園】陶潛、六月中遇火：且遂灌我園。

## 猨

【驚猨】蘇軾、五更起行至磻溪未明：照山炬火落驚猨。

## 猿

同猨。【巴猿】李商隱、哭遂州蕭侍郎二十四韻：易簀對巴猿。【如猿】李商隱、行次西郊作一百韻：長臂皆如猿。【夜猿】王維、酬虞部蘇員外：疏鐘聞夜猿。【怯猿】李商隱、哀箏：柔腸素怯猿。【秋猿】李白、燭照山水壁畫歌：祇將疊嶂鳴秋猿。【清猿】王維、瓜園詩：石上聞清猿。【飲猿】杜甫、長江二首其二：高蘿垂飲猿。【一聲猿】李端、溪行逢雨：共聽一聲猿。【三峽猿】李白、送趙判官赴黔府中丞叔幕：霜啼三峽猿。【只見猿】李商隱、同崔八詣藥山訪融禪師：未見高僧只見猿。【叫恨猿】李商隱、妓席暗記送同年獨孤之武昌：疊嶂千重叫恨猿。【敬亭猿】李白、別韋少府：清耳敬亭猿。【檻中猿】鮑照、代東武吟：今似檻中猿。

## 轅

【南轅】元好問、哀武子告：迷途爭得背南轅。【軒轅】李白、飛龍引：待軒轅。【短轅】蘇軾、書韓幹牧馬圖：何必俯首服短轅；李商隱、哭遂州蕭侍郎二十四韻：從容接短轅。【還轅】李商隱、行次西郊作一百韻：萬車無還轅。【轘轅】江總、南還尋草市宅：白首入轘轅；庾肩吾、亂後行經吳御亭：雜種亂轘轅。

## 垣

【空垣】李商隱、行次西郊作一百韻：摧毀惟空垣。【度垣】王安石、書湖陰先生壁其二：風斂餘香暗度垣。【掖垣】李頎、聽董大彈胡笳弄：長安城連東掖垣。【塞垣】鮑照、代東武吟：追虜出塞垣。【耳屬垣】李商隱、哭遂州蕭侍郎二十四韻：終遭耳屬垣。【紫微垣】杜甫、秦漢中王手札：朝傍紫微垣。

## 煩

【不煩】黃庭堅、送謝公定：當官持廉庭不煩。【囂煩】李白、題金陵王處士水亭：甬得洗囂煩。【心中煩】無名氏、焦仲卿妻：悵然心中煩。

## 繁

【一何繁】王維、瓜園詩：宮觀一何煩。【不勝繁】李商隱、杏花：遂對不勝繁。【出牆繁】李商隱、小桃園：送客出牆繁。【禾黍繁】李白、登金陵冶城西北謝安墩：臺傾禾黍繁。【玉露繁】杜甫、贈虞十五司馬：清誤玉露繁。【役彌繁】李商隱、行次西郊作一百韻：人稀役彌繁。【花燼繁】杜甫、日暮：何煩花燼繁。【柳花繁】王安石、書湖陰先生壁其二：桑條索漠柳花繁。【秋景繁】李商隱、槿花：風露淒淒秋景繁。【珠翠繁】王維、寓言二首：高堂珠翠繁。【煙火繁】王維、早入滎陽界：川中煙火繁。【煙雨繁】王維、思從弟據：淒淒煙雨繁。【粲以繁】曹植、贈徐幹：衆星粲以繁。【暮雨繁】李端、溪行逢雨：蕭蕭暮雨繁。【蕊方繁】李商隱、賦得桃李無言：穠李蕊方繁。【難爲繁】蘇軾、次韻子由柳湖感物：生意凌挫難爲繁。

## 蕃

【陳蕃】黃庭堅、徐孺子祠堂：　黃堂不是欠陳蕃。【何蕃】蘇軾、次韻答頓起：　諸生猶自畏何蕃。【愧陳蕃】李商隱、哭遂州蕭侍郎二十四韻：解榻愧陳蕃。

## 樊

【丘樊】王維、鄭霍二山人：霍子安丘樊。【荒樊】謝莊、懷園引：心綿綿兮屬荒樊。【籠樊】蘇軾、王維吳道子畫：有如仙翮謝籠樊。

## 翻

【始翻】韓愈、孟東野失子：母死子始翻。【飛翻】杜甫、長江二首其二：何事卽飛翻。孟浩然、送張子容進士赴舉：喬木爾飛翻。【日車翻】杜甫、瞿塘兩崖：愁畏日車翻。【天飄翻】蘇軾、五更起行至磻溪未明：馬上傾倒天飄翻。【如天翻】李商隱、行次西郊作一百韻：揮霍如天翻。【向山翻】王維、輞川閒居：白鳥向山翻。【自欲翻】李商隱、贈劉司戶：　楚路高歌自欲翻。【秋雨翻】李商隱、哭劉蕡：湓浦書來秋雨翻。【波自翻】王維、寇氏挽詞：寒川波自翻。【相續翻】李商隱、雨：簷高相續翻。【飛翻翻】韓愈、感春三首：兩蝶飛翻翻；吳均、酬別江主簿屯騎：落葉飛翻翻。【信手翻】蘇軾、次韻答邦直子由：引睡文書信手翻。【香雪翻】李商隱、小桃園：舞夕香雪翻。【凍不翻】岑參、　白雪歌：風掣紅旗凍不翻。【海波翻】蘇軾、王維吳道子畫：浩如海波翻。【浪中翻】杜甫、宿江邊閣：孤月浪中翻。【雪潛翻】李商隱、賦得桃李無言：香處雪潛翻。【復翻翻】李商隱、蜨：葉葉復翻翻。【極望翻】李商隱、哭遂州蕭侍郎二十四韻：長江極望翻。【雲旗翻】杜甫、玄都壇歌寄元逸人：王母晝下雲旗翻。【駭浪翻】杜甫、奉漢中王手札：何看駭浪翻。

## 飜

翻或字。【九河飜】黃庭堅、送謝公定：劇談風霆九河飜。

## 旛

【旗旛】李商隱、行次西郊作一百韻：　平明揷旗旛。

## 暄

【未暄】李商隱、小桃園：　休寒亦未暄。【牆暄】杜甫、晚：　炙背近牆暄。【春風暄】李白、詠桂：及此春風暄。

## 萱

【叢萱】李白、之廣陵宿常二南郭幽居：滿院羅叢萱。【後堂萱】李商隱、哭遂州蕭侍郎二十四韻：春醉後堂萱。

## 喧

【水喧】杜甫、東屯月夜：黃牛峽水喧。【世喧】李白、別韋少府：閉門無世喧；王維、菩提寺禁口號又示裴迪：拂衣辭世喧。【相喧】杜甫、春水：爭治故相喧。【辭喧】杜甫、贈虞十五司馬：四座敢辭喧。【一塵喧】李商隱、明禪師院酬從兄見寄：地絕一塵喧。【人世喧】李白、留別龔處士：都無人世喧。【不聞喧】劉長卿、獻李相公：建牙吹角不聞喧。【市井喧】王維、早入滎陽界：朝光市井喧。【未覺喧】杜甫、關中待命其二：城池未覺喧。【百鳥喧】黃庭堅、觀化：柳外花中百鳥喧。【共成喧】李商隱、雨：風葉共成喧。【車馬喧】陶潛、飲酒之五：而無車馬喧。【旦夕喧】謝莊、懷園引：春鶯旦夕喧。【爭啾喧】蘇軾、次韻子由柳湖感物：欲與猿鳥爭啾喧。【爭渡喧】孟浩然、夜歸鹿門歌：漁梁渡頭爭渡喧。【咽耳喧】韓愈、陸渾山火：千鐘萬鼓咽耳喧。【海濤喧】蘇軾、次韻答邦直子由：病聞吹枕海濤喧。【豺狼喧】李商隱、行次西郊作一百韻：人去豺狼喧。【得食喧】杜甫、宿江邊閣：豺狼得食喧。【宿鳥喧】李白、題金陵王處士水亭：花枝宿鳥喧。【鳥雀喧】李白、送裴十六圖南歸嵩山：日沒鳥雀喧。【寂無喧】王維、思從弟據：萬井寂無喧；孟浩然、寄趙正字：歸臥寂無喧。【鳥蹄喧】李商隱、哭遂州蕭侍郎二十四韻：隼擊鳥蹄喧。【朝市喧】孟浩然、澗南即事貽皎上人：不聞朝市喧。【曉更喧】蘇軾、五更起行至磻溪未明：石上寒波曉更喧。【雞犬喧】王維、桃源行：日出雲中雞犬喧。

## 寃

【深寃】韓愈、謝自然詩：孤魂抱深寃。【秦寃】庾信、詠懷其五：楚后值秦寃。【銜寃】李商隱、哭劉蕡：巫咸不下問銜寃。【餘寃】李商隱、哀箏：蜀魄有餘寃。【五陵寃】庾肩吾、亂後行經吳御亭：誓雪五陵寃。【黨人寃】李商隱、哭遂州蕭侍郎二十四韻：旋駭黨人寃。

## 言

【一言】庾信、詠懷：千金輕一言；王維、寄荊州張丞相：何由寄一言；王維、寓言二首：窮達由一言；鮑照、代東武吟：賤子歌一言。【不言】李白、古風：吐花竟不言。【方言】王維、早入滎陽界：入境聞方言。【代言】白居易、青石：石不能言我代言。【有言】白居易、井底引銀瓶：君家大人頻有言。【忘言】陶潛、飲酒：欲辯已忘言；李商隱、同崔八詣藥山訪融禪師：報恩惟是有忘言；劉長卿、尋南溪常道士：相對亦忘言；孟浩然、寄趙正字：從此願忘言。【直言】李商隱、哭劉司戶二首：無誰薦直言。【具言】韓愈、謝自然詩：慌惚難具言。【長言】蘇軾、夜至永樂文長老院：舉頭見客似長言。【空言】李白、古風：玉杯竟空言。【流言】曹植、豫章行其二：管蔡則流言。【清言】王維、瓜園詩：往往聞清言。【無言】蘇軾、竹閣：病維摩詰更無言。【欲言】李白、長歌行：草木盡欲言；李商隱、杏花：亭亭如欲言。【閒言】蘇軾、王維吳道子畫：又於維也斂衽無閒言。【微言】李白、別韋少府：贈我以微言。【萬言】王維、鄭霍二山人：著書盈萬言；蘇軾、次韻答頓起：猶記憂時策萬言。【虛言】李商隱、哭遂州蕭侍郎二十四韻：徽福是虛言。【露言】王維、思從弟據：更陳多露言。【二萬言】陸游、讀書二首：猶課蠅頭二萬言。【王母言】陶潛、讀山海經：具向王母言。【不在言】李商隱、賦得桃李無言：成蹊不在言。【江海言】李白、之廣陵宿常二南郭幽居：深爲江海言。【俗中言】陶潛、讀山海經：寧效俗中言。【歧路言】孟浩然、送張子容進士赴舉：殷勤歧路言。【林中言】李白、送趙判官赴黔府中丞叔幕：義重林中言。【芻蕘言】白居易、驃國樂：不如聞此芻蕘言。【復何言】陶潛、連雨獨飲：心在復何言。【慷慨言】曹植、雜詩六首其六：聆我慷慨言。【滄洲言】李白、同王昌齡送從弟襄歸桂陽：孤負滄洲言。【楚王言】王維、息夫人：不共楚王言。【農圃言】李白、答從弟幼成過西園見贈：下敍農圃言。

## 軒

【竹軒】李商隱、雨：依依傍竹軒。【朱軒】王維、瓜園詩：常從夾朱軒。【行軒】王維、送崔五太守：朱文露網動行軒。【南軒】孟浩然、澗南即事貽皎上人：樵唱入南軒。【前軒】韓愈、秋懷詩其八：隨風走前軒；陶潛、詠貧士：擁褐曝前軒。【飛軒】劉琨、扶風歌：俯仰御飛軒。【魚軒】王維、樊氏挽歌：繡轂罷魚軒。【華軒】杜甫、奉漢中王手札：風竹在華軒；李商隱、鄠杜馬上念漢書：丁傅漸華軒；陶潛、六月中遇火：甘以辭華軒；王維、鄭霍二山人：肉食鶩華軒；李白、答從弟幼成過西園見贈：四鄰馳華軒；李白、題金陵王處士水亭：池光蕩華軒。【錦軒】王維、寇氏挽詞二首：夫人罷錦軒。【臨軒】李商隱、行次西郊作一百韻：天子正臨軒。【歸軒】李白、送趙判官赴黔府中丞叔幕：江上侯歸軒。【瓊軒】朱慶餘、宮詞：美人相並立瓊軒。【櫺軒】曹植、雜詩：臨牖御櫺軒。【月上軒】杜甫、贈虞十五司馬：雲江月上軒。

## 藩

【雄藩】王維、早入滎陽界：玆邑乃雄藩；　李白、送趙判官赴黔府中丞叔幕：　旌節贈雄藩。【觸藩】孟浩然、寄趙正字：羝羊漫觸藩。【京西藩】李商隱、行次西郊作一百韻：處此京西藩。

## 魂

【心魂】李白、與周剛清溪玉鏡潭宴別：澄明洗心魂；李白、魯郡堯祠送吳五之瑯琊：拜舞清心魂。【招魂】李商隱、汴上送李郢之蘇州：紫蘭香徑與招魂；李商隱、哭劉蕡：何曾宋玉解招魂。【征魂】杜甫、東樓：不返舊征魂。【寃魂】李商隱、哭劉司戶二首：復作楚寃魂。【精魂】杜甫、苦戰行：使我歎恨傷精魂。【銷魂】杜甫、送裴五赴東川：北望苦銷魂。【遺魂】李白、登金陵冶城西北謝安墩：醜虜無遺魂。【醉魂】元好問、李屏山挽章：擬喚巫陽起醉魂。【歸魂】元好問、秋夜：吳雲無夢寄歸魂；李商隱、贈劉司戶：更驚騷客後歸魂；杜甫、東屯月夜：無夢寄歸魂。【斷魂】陸游、杭頭晚興：行盡天涯慣斷魂。【離魂】李商隱、妓席暗記送同年獨孤雲之武昌：長江萬里洗離魂。【千載魂】李白、古風：徒悲千載魂。【月夜魂】杜甫、詠懷古跡五首其五：環珮空歸月夜魂。【田子魂】鮑照、代東武吟：不愧田子魂。【古帝魂】杜甫、杜鵑：重是古帝魂。【病客魂】杜甫、寄高適：難招病客魂。【莫敖魂】李商隱、哭遂州蕭侍郎二十四韻：廟餒莫敖魂。【楚客魂】杜甫、冬深：難招楚客魂。

## 渾

【井水渾】蘇軾、樓觀：汲盡階前井水渾。【流奔渾】蘇軾、答呂梁仲屯田：但訝清泗流奔渾。【黃河渾】李商隱、燕臺四首：濟河水清黃河渾。

## 褌

【蝨處褌】元好問、李屏山挽章：世法拘人蝨處褌。

## 溫

【涼溫】鮑照、代東武吟：心思歷涼溫。【相溫】蘇軾、答呂梁仲屯田：　新詩美酒聊相溫。【寒溫】蘇軾、次韻子由柳湖感物：搖落悽愴驚寒溫。【中粹溫】黃庭堅、送謝公定：天球不琢中粹溫。【桂燼溫】李商隱、杏花：爐藏桂燼溫。

## 孫

【公孫】蘇軾、答王鞏：祥符相公孫。【王孫】李商隱、哭遂州蕭侍郎二十四韻：我系本王孫。【玄孫】杜甫、贈虞十五司馬：　今喜識玄孫。【龍孫】李商隱、過華清內廄門：至今青海有龍

# 門

孫。【十世孫】蘇軾、和孔君亮郎中見贈：又見長身十世孫。【史皇孫】庾信、詠懷詩：悽愴史皇孫。【金張孫】王維、寓言二首：無乃金張孫。【逸景孫】李白、天馬歌：誰採逸景孫。

【七門】李商隱、戊辰會靜中出貽同志二十韻：持符開七門。【水門】杜甫、宿江邊閣：高齋次水門。【天門】蘇軾、次韻答頓起：舊聞攜手上天門。【叩門】王維、瓜園詩：倚鋤聽叩門。【石門】杜甫、刈稻了詠懷：川平對石門。【北門】鮑照、擬行路難：跨馬出北門。【朱門】王維、寓言二首：垂柳夾朱門。【夷門】李商隱、汴上送李郢之蘇州：人高詩苦滯夷門。【青門】王維、輞川閒居：不復到青門。【吳門】庾肩吾、亂後行經吳御亭：白馬卽吳門。【荊門】王維、寄荊門張丞相：悵望深荊門；杜甫、奉漢中王手札：歸蓋取荊門。【閉門】蘇軾、樓觀：馬噪猨呼晝閉門；杜甫、返照：絕塞愁時早閉門。【宮門】杜甫、虢國夫人：平明上馬入宮門。【柴門】杜甫、春水：碧色動柴門。【雁門】張衡、四愁詩：我所思兮在雁門。【開門】劉方平、春怨：梨花滿地不開門。【戟門】王維、樊氏挽歌：誰能返戟門。【彭門】蘇軾、答呂梁仲屯田：亂山合沓圍彭門。【禍門】李商隱、明神：暗室由來有禍門。【蜀門】杜甫、送裴五赴東川：相看老蜀門。【寢門】李商隱、哭劉蕡：不敢同君哭寢門。【蓬門】謝莊、懷園引：宿草塵蓬門。【衡門】杜甫、東屯月夜：歲月在衡門。【轅門】王昌齡、從軍行：紅旗半卷出轅門；杜甫、關中待命其二：飛鴻避轅門；岑參、白雪歌：紛紛暮雪下轅門。【龍門】李白、公無渡河：咆哮萬里觸龍門。【九天門】元好問、李屏山挽章：忽驚龍跳九天門。【九華門】李商隱、公子：平明通籍九華門。【九重門】李商隱、贈劉司戶：鳳巢西隔九重門。【月侵門】杜甫、西閣夜：樓靜月侵門。【水侵門】蘇軾、寄呂穆仲寺丞：孤山寺下水侵門。【金張門】王維、鄭霍二山人：多出金張門。【青瑣門】李頎、聽董大彈胡笳弄：鳳凰池對青瑣門。【孟嘗門】王維、送歧州源長史歸：客散孟嘗門。【淮侯門】王維、酬虞部蘇員外：山家淮侯門。【銅羅門】王維、寓言：出入銅龍門。【閶闔門】李白、天馬歌：遙瞻閶闔門。【驛亭門】陸游、杭頭晚興：下程初閉驛亭門。

## 尊

【至尊】杜甫、杜鵑：禮若奉至尊。【芳尊】杜甫、贈虞十五司馬：日夜倒芳尊；　杜甫、寄高適：爛漫倒芳尊。【卑尊】韓愈、陸渾山火：祝融告休酌卑尊。【養尊】杜甫、晚：吾知拙養尊。【天子尊】鮑照、擬行路難之六：豈懷往日天子尊。【古皇尊】蘇軾、樓觀：寂寥誰識古皇尊。【百鳥尊】李商隱、越燕二首：今爲百鳥尊。【窟宅尊】杜甫、瞿塘兩崖：蛟龍窟宅尊。【餘王尊】蘇軾、答呂仲屯田：吏民走盡餘王尊。

## 罇

【清罇】杜甫、奉漢中王手札：宿昔奉清罇。

## 存

【亡存】元好問、李屏山挽章：堂堂原有不亡存。【罕存】鮑照、代東門吟：部曲亦罕存。【尙存】王維、樊氏挽歌：夫人法尙存。【相存】王維、瓜園詩：故人儻相存。【復存】曹植、吁嗟篇：忽亡而復存。【猶存】庾肩吾、亂後行經吳御亭：秉禮國猶存。【誰存】黃庭堅、送謝公定：漢濱耆舊今誰存。【今日存】杜甫、石筍行：立石爲表今日存。【犬戎存】杜甫、愁坐：左擔犬戎存。【友道存】孟浩然、送張子容進士赴舉：須令友道存。【百家存】杜甫、白帝：千家今有百家存。【舍弟存】杜甫、得弟消息其一：遙憐舍弟存。【典刑存】蘇軾、寄呂穆仲寺丞：中郎不見典刑存。【風雅存】李白、別韋少府：道因風雅存。【氣息存】元好問、秋夜：九死餘生氣息存。【瘡痍存】蘇軾、答呂梁仲屯田：故道堙滅瘡痍存。【諫書存】李商隱、哭遂州蕭侍郎二十四韻：實有諫書存。【禮樂存】杜甫、奉漢中王手札：河間禮樂存。【器宇存】杜甫、贈虞十五司馬：家聲器宇存。

## 蹲

【猿蹲】杜甫、東屯月夜：暫睡想猿蹲。【愁鳶蹲】蘇軾、答呂梁仲屯田：　吟詩破屋愁鳶蹲。
【雙高蹲】杜甫、石筍行：陌上石筍雙高蹲。

## 墩

【空墩】李商隱、行次西郊作一百韻：饑牛死空墩。

## 敦

【所敦】韓愈、江漢一首答孟郊：此義每所敦。
【清且敦】蘇軾、王維吳道子畫：亦若其詩清且敦。【錫類敦】李商隱、哭遂州蕭侍郎二十四韻：情猶錫類敦。

## 暾

【桑暾】蘇軾、王維吳道子畫：彩暈扶桑暾。

## 屯

【雲屯】岑參、輪臺歌：虜塞兵氣連雲屯；李白、登金陵冶城西北謝安墩：戈甲如雲屯；庾信、詠懷詩之五：冀馬忽雲屯。【穀屯】杜甫、東屯月夜：防邊舊穀屯。【白雲屯】王維、瓜園詩：若値白雲屯。

## 村

【禹會村】蘇軾、塗山：烏鵲猶朝禹會村。【淡孤村】蘇軾、樓觀詩：天寒落日淡孤村。【何處村】杜甫、西閣夜：無衣何處村。【黃葉村】蘇軾、書李世南秋景詩：家在江南黃葉村。【杏花村】蘇軾、朱陳嫁娶圖詩：勸耕曾入杏花村。

## 坤

【乾坤】杜甫、刈稻了詠懷：作客信乾坤；韓愈、陸渾山火：天跳地踔顚乾坤；李白、上皇自巡南京歌：雙懸日月照乾坤；杜甫、宿江邊閣：無力正乾坤；杜甫、送裴五赴東川：高義動乾坤；李商隱、哭劉司戶二首：一灑問乾坤。

## 昏

【黃昏】李商隱、過華清內廐門：華清別館閉黃昏；李商隱、杏花：誰伴過黃昏；李商隱、樂遊原：只是近黃昏；杜甫、詠懷古跡五首之三：獨留青冢向黃昏；杜甫、奉漢中王手札：鬼物傍黃昏；李商隱、小桃園：先出照黃昏；蘇軾、答呂梁仲屯田：任使絳臘燒黃昏。【朝昏】蘇軾、次韻子由柳湖感物：清陰與子共朝昏；李商隱、槿花：可憐榮落在朝昏。【千里昏】庾肩吾、亂後行經吳御亭：風塵千里昏。【日色昏】王昌齡、從軍行：大漠風塵日色昏。【日月昏】杜甫、白帝：翠木蒼藤日月昏。【北斗昏】杜甫、東屯月夜：風來北斗昏。【白霧昏】杜甫、西閣夜：逶迤白霧昏。【白日昏】李商隱、贈劉司戶：重碇危檣白日昏。【四塞昏】李商隱、哭遂州蕭侍郎二十四韻：窮陰四塞昏。【衆山昏】李端、溪行逢雨：日落衆山昏。【野色昏】陸游、杭頭晚興：山色蒼寒野色昏。

## 婚

【成婚】無名氏、焦仲卿妻：卿可去成婚。【許婚】李商隱、公子：二十君王未許婚。

## 閽

【九閽】李商隱、哭劉蕡：上帝深宮閉九閽。【叫閽】李商隱、哭遂州蕭侍郎二十四韻：何嘗忘叫閽。

## 痕

【手痕】蘇軾、王維吳道子畫：摩詰留手痕。【血痕】杜甫、得弟消息之一：啼垂舊血痕。

# 根

【沙痕】蘇軾、答呂梁仲屯田：但見屋瓦留沙痕。【雨痕】杜甫、返照：白帝城西過雨痕。【依痕】杜甫、多深：寒水各依痕。【涙痕】劉方平、春怨：金屋無人見涙痕。【屐痕】劉長卿、尋南溪常道士：莓苔見屐痕。【舊痕】杜甫、春水：江流復舊痕；黃庭堅、徐孺子祠堂：湖水年年到舊痕。【月有痕】李商隱、杏花：牆高月有痕。【波濤痕】杜甫、石筍行：苔蘚蝕盡波濤痕。【潸涕痕】韓愈、陸渾山火：帝賜九河潸涕痕。【醉墨痕】蘇軾、寄呂穆仲寺丞：每到先看醉墨痕。【檢涙痕】李商隱、妓席暗記送同年獨孤雲之武昌：爲拂蒼苔檢涙痕。

【石根】杜甫、奉漢中王手札：東西異石根；杜甫、多深：江溪共石根。【本根】杜甫、石筍行：使人不疑見本根。【竹根】杜甫、少年行之一：共醉終同臥竹根。【芳根】李白、同王昌齡送族弟襄歸桂陽：幽桂有芳根。【秋根】杜甫、日暮：草露滴秋根。【桃根】李商隱、杏花：先擬詠桃根。【草根】岑參、輪臺歌：戰場白骨纏草根。【雲根】杜甫、瞿塘兩崖：穿水忽雲根。【霜根】蘇軾、王維吳道子畫：雪節貫霜根。【百草根】李商隱、哭遂州蕭侍郎二十四韻：豈啼百草根。【蒼山根】蘇軾、答呂梁仲屯田：千鎚雷動蒼山根。

# 恩

【霑恩】李商隱、哭遂州蕭侍郎二十四韻：白骨始霑恩。【舊恩】王維、寄荊州張丞相：終身思舊恩。【一日恩】白居易、井底引銀瓶：爲君一日恩。【主人恩】王維、重酬苑郎中：多慚未報主人恩；杜甫、題忠州龍興寺所居院壁：莫覓主人恩。【承主恩】杜甫、虢國夫人：虢國夫人承主恩。【明主恩】李白、同王昌齡送族弟襄歸桂陽：猶懷明主恩；王維、寓言：多承明主恩。【帝戚恩】李商隱、行次西郊作一百韻：或由帝戚恩。【雲雨恩】李白、朝下虞郎中敘舊遊：俱承雲雨恩。【稻粱恩】李商隱、雨：應爲稻粱恩。【漢皇恩】李白、別韋少府：猶戀漢皇恩。【舊日恩】王維、息夫人：難忘舊日恩。【饌玉恩】杜甫、奉漢中王手札：分明饌玉恩。【蠲免恩】白居易、杜陵叟：虛受吾君蠲免恩。

# 呑

【平呑】元好問、感事：駸駸雷李入平呑。【相併呑】李商隱、行次西郊作一百韻：豪俊相併呑。【氣已呑】蘇軾、王維吳道子畫：筆所未到氣已呑。

騵

【驪騮騵】蘇軾、書韓幹牧馬圖：騅駓駰駱驪騮騵。

湲

【潺湲】謝莊、懷園引：還流台潺湲。

媛

【嬋媛】李白、古風：女嬃空嬋媛。

援

【扳援】李商隱、行次西郊作一百韻：城杜更扳援。【攀援】李白、蜀道難：猿猴欲度愁攀援。

膰

【脤膰】韓愈、陸渾山火：紅帷赤幕羅脤膰。

蹯

【熊蹯】曹植、名都篇：炮鼈炙熊蹯。

燔

【燒燔】陶潛、六月中遇火：林寶頓燒燔。【野火燔】曹植、吁嗟篇：秋隨野火燔。

蘩

【蘋蘩】白居易、井底引銀瓶：不堪主祀奉蘋蘩。

幡

【華幡】王維、瓜園詩：殿頂搖華幡。【龍子幡】無名氏、焦仲卿妻：四角龍子幡。

轓

【車轓】李商隱、行次西郊作一百韻：小婦攀車轓。【日轂轓】韓愈、陸渾山火：霞車虹靷日轂轓。【熊首轓】王維、送封太守：聊馳熊首轓。

諼

卽諠字。【不諼】韓愈、江漢一首答孟郊：繾綣在不諼。【囂諠】李白、答從弟幼成過西園見贈：萬物何囂諠。【靜易諠】江總、南還尋草市宅：鶯啼靜易諠。

騫

【凌騫】吳均、酬別江主簿屯騎：博景復凌騫。

昆

【賢昆】王維、思從弟據：康樂謝賢昆。

鵾

【鵬鵾】蘇軾、答呂梁仲屯田：曉看雪浪浮鵬鵾。

鯤

【北溟鯤】杜甫、贈虞十五司馬：欲化北溟鯤。

捫

【手自捫】蘇軾、王維吳道子畫：悟者悲涕迷者手自捫。

蓀

【芳蓀】江總、南還尋草市宅：徐步採芳蓀。蘇軾、王維吳道子畫：佩芷襲芳蓀。【蘭蓀】李商隱、蜨：來別敗蘭蓀。

飧

【盤飧】杜甫、孟氏：坐客强盤飧。

崙

【玉崑崙】李商隱、魏侯第東北樓堂郢叔言別聊用書所見成篇：滯酒玉崑崙。【泱崑崙】李白、公無渡河：黃河西來決崑崙。

**髡**

【人髡】鮑照、擬行路難：羽毛憔悴似人髡。【黥髡】蘇軾、答呂梁仲屯田：我當畚鍤光黥髡。

**黁**

【溫黁】李商隱、魏侯第東北樓堂郢叔言別聊用書所見成篇：漸近火溫黁。

**怨**

【復怨】韓愈、陸渾山火：月及申酉利復怨。【百年怨】鮑照、代東武吟：空負百年怨。

**蜿**

【遺蹤蜿】蘇軾、五更起行至磻溪未明：神物已化遺蹤蜿。

**樽**

本尊或罇字。【金樽】蘇軾、答呂梁仲屯田：為君擊鼓行金樽。【清樽】李白、同王昌齡送族弟襄歸桂陽：楚謠對清樽。【酒樽】元好問、李屏山挽章：白也風流餘酒樽。【綠樽】歐陽修、贈歌者：病客多年掩綠樽。

豚　坌　奔　論　沅　嫄　爰　蕡　袢
礬　播　繙　番　璠　反　貆　哼　焞
塤　鴛　宛　掀　鞬　琨　緼　惇　芚
賁　惛　跟　垠　[illegible]　輐　攑　樢　健

蹇　鷷　驐　弴　蕵　掄　軘　榬　蘊
睧　鞎　緷　甗　犍　軒　杬　獂　芫
蚖　榞　邧　阮　袁　洹　鐢　笲　暖
晅　咺　曶　帵　鵷　樠　韗　沄　溷
崑　瑥　轀　璊　虋　亹　嶟　繜　憞
蜳　飩　臀　庉　湓　棔　䑳　噴　拫
純

**【對偶】**

王維、送岐州源長史歸：故驛通槐里，長亭下槿原。　劉長卿、尋南溪常道士：遇雨看松色，隨山到水源。　李商隱、行次西郊作一百韻：南資竭吳越，西費失河源。　李白、留別龔處士：柳深陶令宅，竹暗辟疆園。　李商隱、賦得桃李無言：芬芳光上苑，寂默委中園。　李白、送趙判官赴黔府中丞叔幕：水宿五溪月，霜啼三峽猿。　李商隱、哭遂州蕭侍郎二十四韻：遺書和魄魂，易簀對巴猿。　李商隱、雨：秋池不自冷，風葉共成喧。　李商隱、明禪師院酬從兄見寄：人非四禪縛，地絕一塵喧。　李商隱、哭遂州蕭侍郎二十四韻：虎威狐更假，隼擊鳥愈喧。　李商隱、行次西郊作一百韻：城空鼠雀死，人去豺狼喧。李商隱、哀箏：湘波無限淚，蜀魂有餘寃。　李白、荅從弟幼成過西園見贈：上陳樵漁事，下敍農圃言。　李商隱、哭遂州蕭侍郎二十四韻：初驚逐客議，旋駭黨人寃。　李商隱、前題：嘯傲張高蓋，從容接短轅。　李商隱、賦得桃李無言：夭桃花正發，穠李蕊方繁。　李商隱、哭遂州蕭侍郎二十四韻：登舟慚郭泰，解榻愧陳蕃。王維、輞川閒居：青菰臨水拔，白鳥向山翻。王維、寇氏挽詞：秋日光能淡，寒川波自翻。李商隱、雨：窗迴有時見，簷高相續翻。　李商隱、贈劉司戶：漢廷急詔誰先入，楚路高歌自欲翻。　李商隱、哭劉司戶二首：已爲秦逐客，復作楚寃魂。　李商隱、哭劉蕡：只有安仁能作誄，何嘗宋玉能招魂。　李白、古風：夷羊滿牛野，菉葹盈高門。　王維、送封太守：揚舲發夏口，按節下吳門。　李白、古風：周穆八荒意，漢皇萬乘尊。　李商隱、哭遂州蕭侍郎二十四韻：苦霧三辰沒，窮陰四塞昏。　李商隱、汴上送李郢之蘇州：煙幌自應憐白紵，月樓誰伴詠黃昏。王維、樊氏挽歌：淑女詩長在，夫人法尚存。李白、登金陵冶城西北謝安墩：白鷺映春洲，青龍見朝暾。　王維、重酬苑郎中：草木盡能霑雨露，榮枯安敢問乾坤。　李商隱、杏花：援少風多力，牆高月有痕。　李白、金陵白丁亭留別：吳煙暝長條，漢水齧古根。

# 十四寒 古轉先

## 寒

【天寒】樂府詩、飲馬長城窟行：海水知天寒；白居易、賣炭翁：心憂炭賤願天寒。【生寒】孟浩然、登障樓望潮作：一坐凜生寒。【早寒】李商隱、楚澤：西來及早寒。【先寒】陶淵明、西田穫早稻：風氣亦先寒。【夜寒】杜甫、空囊：無衣牀夜寒。【苦寒】鮑照、代東門行：衣葛常苦寒。【風寒】杜甫、王竟携酒高亦過共同寒字：頭石恐風寒；杜甫、玄都壇歌寄元逸人：青石漠漠常風寒。【春寒】李白、宿五松山下荀媼家：鄰女夜舂寒；元好問、晨起：柴荆寂莫掩春寒。【耐寒】杜甫、人日：勝裹金花巧耐寒。【高寒】元好問、龍興寺閣：九層風觀儘高寒；陸游、夜坐獨酌：跨空飛閣倚高寒。【夏寒】王維、田園樂：落落長松夏寒。【清寒】蘇軾、中秋見月寄子由：更許螢火爭清寒。【朝寒】李商隱、燕臺四首冬：破鬟倭墮凌朝寒。【歲寒】陶淵明、擬古九首：從今至歲寒。【暮寒】祖詠、終南望餘雪：城中增暮寒。【酸寒】蘇軾、次韻答邦直子由：故人留飲慰酸寒。【微寒】李商隱、曉起：呵鏡可微寒。【薄寒】杜甫、重簡王明府：多來只薄寒。【曉寒】李白、觀博平王志安少府山水粉圖：愁客思歸坐曉寒。【禦寒】韓愈、江漢一首答孟郊：狐裘能禦寒。【饑寒】杜甫、寄高彭州：秋至轉饑寒；韓愈、齪齪：所憂在饑寒。【露寒】李商隱、大鹵平後移家到永樂縣居書懷十韻：家山照露寒。【大荒寒】李白、古風：風飄大荒寒。【大風寒】樂府詩、焦仲卿妻：今日大風寒。【天正寒】杜甫、山舘：山風天正寒。【天霜寒】李白、古風：獨宿天霜寒。【五月寒】李商隱、送鄭天台文南覲：黎辟灘聲五月寒。【不知寒】李商隱、北樓：酒竟不知寒；蘇軾、錢安道席上令歌者道服：霜風卷地不知寒。【不怕寒】陸游、蔬圃絕句：衝雨衝風不怕寒；陸游、湖村月夕：狐帽貂裘不怕寒。【月光寒】李白、三山望金陵寄殷淑：鳷鵲月光寒；李商隱、無題：夜吟應覺月光寒。【月色寒】李白、從軍行：戰罷沙場月色寒。【玉辟寒】李商隱、碧城三首：犀辟塵埃玉辟寒。【玉豔寒】李商隱、天平公座中呈令狐令公：衣薄臨醒玉豔寒。【未應寒】元好問、卽事：住山盟在未應寒。【江上

寒】孟浩然、早寒江上有懷：北風江上寒。【江
水寒】白居易、琵琶行：繞船月明江水寒。【朱
夏寒】杜甫、營屋：能令朱夏寒。【貝闕寒】韓
握、中秋禁直：月射珠光貝闕寒。【空自寒】杜
甫、初月：關山空自寒。【松風寒】劉長卿、聽
彈琴：靜聽松風寒。【春風寒】王維、酌酒與裴
迪：花枝欲動春風寒。【風景寒】韓愈、謝自然
詩：蕭蕭風景寒。【風露寒】王維、東谿玩月：
氣與風露寒。【背日寒】王維、酬比部楊員外：
青山背日寒。【秋水寒】李白、賦得白鷺鷥送宋
少府入三峽：月明秋水寒。【秋早寒】白居易、
杜陵叟：九月降霜秋早寒。【秋風寒】李白、古
風：坐泣秋風寒。【夏亦寒】元好問、過翠屏
口：石峽風來夏亦寒。【莫江寒】陸游、漁浦：
菱歌一曲莫江寒。【范叔寒】蘇軾、八月十日夜
看月有懷：露冷遙知范叔寒。【荒草寒】李白、
東山吟：他妓古墳荒草寒。【朔風寒】李白、幽
州胡馬客歌：不道朔風寒。【笑我寒】蘇軾、約
公擇飲是日大風：牙兵部吏笑我寒。【海風寒】
李益、從軍北征：天山雪後海風寒。【眼長寒】
蘇軾、續麗人行：杜陵飢客眼長寒。【渭水寒】
王維、徐公挽歌：笳簫渭水寒。【道里寒】江淹、
古離別：所悲道里寒。【溪谷寒】李白、遊秋浦
白笴陂：爽然溪谷寒。【楚山寒】謝莊、懷園
引：楚地蕭瑟楚山寒。【雷雨寒】賈島、憶江上
吳處士：當時雷雨寒。【語應寒】李商隱、擬沈
下賢：含雪語應寒。【蔗漿寒】王維、敕賜百官
櫻桃：大官還有蔗漿寒。【燕子寒】陳與義、
雨：樓高燕子寒。【戰骨寒】元好問、岐陽：渭
水蕭蕭戰骨寒。【曙光寒】岑參、和早朝大明
宮：雞鳴紫陌曙光寒。【寶劍寒】陸游、書憤：
悲憤猶爭寶劍寒。【簟色寒】李白、長相思：微
霜淒淒簟色寒。【霾天寒】杜甫、寒硤：積阻霾
天寒。

## 韓　翰　丹

【呼韓】李商隱、謝往桂林至彤庭竊詠：早晚冠
呼韓。【相韓】庾信、詠懷：悽然憶相韓。
【涕霑翰】張衡、四愁詩：側身東望涕霑翰。
【朱丹】樂府詩、焦仲卿妻：口若含朱丹。【七
返丹】蘇軾、錢安道席上令歌者道服：醉唱儂家
七返丹。【赤如丹】蘇軾、八月十日夜看月有
懷：夜傾閩酒赤如丹。【尙如丹】陸游、書憤：
寸心自許尙如丹。【爲之丹】李白、幽州胡馬客
歌：流沙爲之丹。【雙臉丹】陸游、漁浦：炯炯

綠瞳雙臉丹。【舊日丹】李商隱、大鹵平後移家到永樂縣居書懷十韻：顏無舊日丹。【鶴頭丹】蘇軾、和子由柳湖久涸忽有水：花深少態鶴頭丹。

## 單

【後單】樂府詩、焦仲卿妻：令母在後單。【衣正單】白居易、賣炭翁：可憐身上衣正單。【衣裳單】杜甫、寒硤：我實衣裳單。

## 安

【不安】韓愈、孟東野失子：瑟縮久不安。【可安】杜甫、營屋：戶牖永可安。【平安】杜甫、夕烽：每日報平安；岑參、逢入京使：憑君傳語報平安；李商隱、送鄭大台文南覲：南風無處附平安。【未安】杜甫、初月：影斜輪未安；庾信、詠懷：安齊獨未安。【自安】陶潛明、西田穫早稻：而以求自安。【求安】杜甫、山舘：世亂敢求安。【長安】王粲、七哀詩：回首望長安；賈島、憶江上吳處士：落葉滿長安；李白、長相思：長相思在長安；楊億、漢武：忍令索米向長安；杜甫、小寒食舟中作：愁看直北是長安。【所安】曹植、三良詩：忠義我所安。【潘安】李商隱、擬沈下賢：曾不問潘安。【謝安】李白、東山吟：悵然悲謝安。【難安】韓愈、秋懷詩：飛轍危難安。【一枝安】杜甫、宿府：強移栖息一枝安。【不時安】曹植、美女篇：玉帛不時安。【西長安】傅玄、西長安行：乃在西長安。【清且安】李白、古朗月行：天人清且安。【儉者安】白居易、草茫茫：奢者狼藉儉者安。【覆盂安】李商隱、大鹵平後移家到永樂縣居書懷十韻：乍喜覆盂安。

## 鞍

【玉鞍】李白、塞下曲：宵眠抱玉鞍。【臣鞍】杜甫、王命：骨斷使臣鞍。【征鞍】李商隱、偶成轉韻七十二句贈四同舍：酒酣勸我懸征鞍。【金鞍】蘇軾、續麗人行：蹇驢破帽隨金鞍。【馬鞍】杜甫、王竟攜酒高亦同過共用寒字：空頭御馬鞍；李商隱、楚澤：殘虹拂馬鞍。【塵鞍】韓愈、秋懷詩：爲君駐塵鞍。【雕鞍】李白、幽州胡馬客歌：花月醉雕鞍。【寶鞍】李商隱、無題：華星送寶鞍。【不勝鞍】元好問、羊腸坂：凌競羸馬不勝鞍。【白玉鞍】李白、答杜秀才五松見贈：黃金絡頭白玉鞍。【金鏤鞍】無名氏、焦仲卿妻：流蘇金鏤鞍。【繡羅鞍】蘇軾、書韓幹牧馬圖：金羈玉勒繡羅鞍。

## 難

【不難】杜甫、十月一日：爲多亦不難。【急難】杜甫、寄高彭州：何時救急難。【路難】杜甫、歸來：歸來知路難。【獨難】韓愈、齪齪：自進誠獨難；曹植、美女篇：求賢良獨難；曹植、三良詩：殺身誠獨難。【艱難】杜甫、空囊：無道屬艱難。【小徑難】杜甫、王竟攜酒高亦同過共用寒字：通行小徑難。【再拜難】杜甫、有客：老病人扶再拜難。【百艱難】杜甫、夕烽：過隴百艱難。【行路難】庾信、詠懷詩：知余行路難；李白、古風：劍客行路難；杜甫、宿府：關塞蕭條行路難；杜甫、人日：直道無憂行路難；李益、從軍北征：橫笛偏吹行路難；黃庭堅、光山道中：空子空知行路難。【死何難】李白、幽州胡馬客歌：報國死何難。【更覺難】元好問、羊腸坂：貧裡辭家更覺難。【別亦難】李商隱、無題：相見時難別亦難。【和皆難】岑參、和早朝大明宮：陽春一曲和皆難。【相所難】李商隱、偶成轉韻七十二句贈四同舍：歷廳請我相所難。【高飛難】杜甫、秋雨歎：胡雁翅溼高飛難。【夏畦難】李商隱、大鹵平後移家到永樂縣居書懷十韻：誰懼夏畦難。【欲到難】楊億、漢武：弱水廻風欲到難。【欲過難】李商隱、無題：簾烘欲過難。【欲曙難】李商隱、謝往桂林至彤庭竊詠：宮深欲曙難。【閑木難】曹植、美女篇：珊瑚閑木難。【歌路難】鮑照、擬行路難：舉杯斷絕歌路難。【道路難】杜甫、王命：巴西道路難。【更尋難】李商隱、曉起：夢好更尋難。【際會難】韓偓、中秋禁直：未識君臣際會難。【誇尤難】蘇軾、書韓幹牧馬圖：肉中畫骨誇尤難。【稻粱難】杜甫、重簡王明府：恐致稻粱難。【曉思難】王維、東谿玩月：松谿曉思難。【歸何難】蘇軾、和子由與顏長道：君自不去歸何難。【關山難】李白、長相思：夢魂不到關山難。【辭此難】陶淵明、西田穫早稻：弗獲辭此難。【辭路難】杜甫、寒硤：未敢辭路難。

## 餐

【一餐】李白、古風：刺蹙爭一餐。【不餐】韓愈、秋懷詩：饋我我不餐。【可餐】杜甫、空囊：晨霞高可餐。【加餐】杜甫、營屋：此足代加餐；王維、酌酒與裴迪：不如高臥且加餐；元好問、過翠屏口：虛勞兒女勸加餐。【忘餐】曹植、美女篇：休者以忘餐。【虎餐】李白、幽州胡馬客歌：割鮮若虎餐。【朝餐】楊億、漢武：露溥金掌費朝餐。【傍水餐】杜甫、寒硤：行子傍水餐。【與誰餐】李白、古朗月行：問言與誰餐。【腐儒餐】杜甫、有客：百年粗糲腐儒餐。

## 灘

【回灘】杜甫、放船：卷幔逐回灘。【沙灘】李白、送殷淑：半夜起沙灘。【舊灘】蘇軾、次韻答邦直子由：雨入河洪失舊灘。【水下灘】白居易、琵琶行：幽咽泉流水下灘。

## 壇

【將壇】王維、徐公挽歌：終登上將壇。；李商隱、謝往桂林至彤庭竊詠：威風上將壇。【醮壇】李商隱、天平公座中呈令狐令公：罷執霓旌上醮壇。【玄都壇】杜甫、玄都壇歌寄元逸人：屋前太古玄都壇。【舊築壇】杜甫、王命：蒼茫舊築壇。

## 彈

【不彈】劉長卿、聽彈琴：今人多不彈。【哀彈】韓愈、齪齪：柔指發哀彈。【輟彈】孟浩然、登障樓望潮作：鳴弦暫輟彈。【自須彈】杜甫、人日：匣琴流水自須彈。【爲我彈】陶潛明、擬古九首：取琴爲我彈。【空柘彈】李商隱、燕臺四首夏：夜半行郎空柘彈。【候月彈】王維、酬比部楊員外：鳴琴候月彈。【從此彈】吳邁遠、長相思：寸心從此彈。【錯雜彈】白居易、琵琶行：嘈嘈切切錯雜彈。

## 殘

【自殘】曹植、三良詩：三臣皆自殘。【兇殘】李白、幽州胡馬客歌：狼戾好兇殘。【相殘】韓愈、謝自然詩：人鬼更相殘。【凋殘】杜甫、廢畦：豈敢惜凋殘。【傷殘】李商隱、柳枝五首：水陸有傷殘。【銜殘】王維、敕賜百官櫻桃：非關御苑鳥銜殘。【百花殘】李商隱、大鹵平後移家到永樂縣居書懷十韻：況値百花殘。；李商隱、無題：東風無力百花殘。【壯心殘】楊億、書懷寄劉五：風波名路壯心殘。【夜已殘】李白、古朗月行：大明夜已殘。【兩鬢殘】陸游、書憤：鏡裏朱顏兩鬢殘。【青靄殘】王維、東谿玩月：巖深青靄殘。【桂燭殘】李商隱、曉起：褰帷桂燭殘。【雪未殘】陸游、過靈石三峯：曉日曈曨雪未殘。【落點殘】杜甫、夕烽：雲邊落點殘。【禁漏殘】韓偓、中秋禁直：星斗疏明禁漏殘。【翦伐殘】杜甫、營屋：不顧翦伐殘。【蠟炬殘】杜甫、宿府：獨宿江城蠟炬殘。

## 干

【十千】李白、行路難：金樽清酒斗十千。【江干】杜甫、歸來：細酌老江干。；杜甫、有客：漫勞車馬駐江干。【河干】李商隱、大鹵平後移家到永樂縣居書懷十韻：驅馬遶河干。【相干】李商隱、北樓：春物豈相干。【闌干】李白、清平調詞三首：沈香亭北倚闌干；杜牧、初冬夜飲：明年誰此凭闌干。【欄干】李商隱、謝往桂林至彤庭竊詠：仙路下欄干。【不可干】李白、幽州胡馬客歌：萬人不可干。【石欄干】蘇軾、和子由柳湖久涸忽有水：長明燈下石欄干。【曲闌干】李商隱、碧城三首：碧城十二曲闌干。【夜闌干】李商隱、無題四首：暫見夜闌干。【紅闌干】白居易、琵琶行：夢啼妝淚紅闌干。【異患干】陶淵明、西田穫早稻：庶無異患干。【庸夫干】韓愈、永貞行：天位未許庸夫干。

## 肝

【心肝】李白、古朗月行：悽愴摧心肝；李白、長相思：長相思，摧心肝；王粲、七哀詩：喟然傷心肝；李商隱、行次西郊作一百韻：君前剖心肝。【肺肝】曹植、三良詩：哀哉傷肺肝；陸游、夜坐獨酌：聊爲幽人洗肺肝。【馬肝】楊億、漢武：死諱文成食馬肝。【鼠肝】元好問、即事：造物何嘗戲鼠肝。【豬肝】李商隱、大鹵平後移家到永樂縣居書懷十韻：移疾就豬肝。【腸與肝】韓愈、孟東野失子：坼裂腸與肝。【錢作肝】蘇軾、錢安道席上令歌者道股：烏府先生錢作肝。

## 竿

【千竿】杜甫、營屋：玆晨去千竿。【垂竿】李白、送梁四歸東平：漢水起垂竿。【釣竿】元好問、晨起：只有東溪抱釣竿；李白、金陵望漢江：滄浪罷釣竿。【百尺竿】李商隱、詠史：一片降旗百尺竿。【相風竿】李商隱、河內詩二首：孤星直上相風竿。

## 乾

【青乾】白居易、杜陵叟：禾穗未熟皆青乾。【桑乾】陸游、湖村月夕：月中鼓吹渡桑乾。【樹乾】韓愈、秋懷詩：衆葉著樹乾。【不少乾】韓愈、齪齪：泥濘不少乾。【血未乾】李白、從軍行：匣裏金刀血未乾。【物聲乾】李商隱、楚澤：霜野物聲乾。【浦中乾】李商隱、柳枝五首：蓮葉浦中乾。【酒腸乾】元好問、龍興寺閣：江山獨恨酒腸乾。【淚不乾】岑參、逢入京使：雙袖龍鍾淚不乾。【淚始乾】李商隱、無題：蠟炬成灰淚始乾。【淚得乾】李商隱、送鄭大台文南覲：爭拭酬恩淚得乾。【晚花乾】韓愈、感春三首：瓏瓏晚花乾。【喉不乾】杜甫、引水：接筒引水喉不乾。【短蓑乾】陸游、蔬圃絕句：晚來日出短蓑乾。【幾時乾】杜甫、重簡王明府：蜀雨幾時乾。【壁無乾】杜甫、歸來：散帙壁無乾。【露未乾】岑參、和早朝大早宮：柳拂旌旗露未乾。【露氣乾】李商隱、當句有對：日氣初涵露氣乾。

## 闌

【上闌】王維、敕賜百官櫻桃：紫禁朱櫻出上闌。【朱闌】王維、北垞：雜樹映朱闌。【凭闌】韓握、中秋禁直：紫泥封後獨凭闌。【夜闌】杜甫、山舘：厨人語夜闌；李白、送竇司馬貶宜春：歌鍾清夜闌；元好問、晨起：燈火青熒語夜闌。【金井闌】李白、長相思：絡緯秋啼金井闌。【夜未闌】陸游、醉中作四首：畫角三終夜未闌。【夜向闌】陸游、夜坐獨酌：玉宇沈沈夜向闌。【夜色闌】杜甫、放船：何曾夜色闌。【春色闌】岑參、和早朝大明宮：鶯轉皇州春色闌。【春夜闌】李商隱、偶成轉韻七十二句贈四同舍：臥枕芸香春夜闌。【清夜闌】陸游、感懷絕句：美人傳酒清夜闌。【歲時闌】杜甫、廢畦：香與歲時闌。

## 欄

【危欄】李商隱、北樓：輕命倚危欄。【藥欄】杜甫、有客：乘興還來看藥欄。【憑欄】陳與義、雨：萬里客憑欄；黃庭堅、雨中登岳陽樓望君山：滿川風雨獨憑欄。【金井欄】李白、長相思：絡緯秋啼金井欄。【金鉤欄】李商隱、河內詩二首：簾輕幕重金鉤欄。

## 瀾

【汍瀾】韓愈、秋懷詩：倚楹久汍瀾；韓愈、齪齪：念時涕汍瀾；韓愈、永貞行：晝臥涕泣何汍瀾。【波瀾】李白、長相思：下有淥水之波瀾；李商隱、謝往桂林至彤庭竊詠：銀漢轉波瀾；杜甫、寒硤：泝船增波瀾；李白、古風：萬事皆波瀾；李白、贈友人：爲我揚波瀾；王維、酌酒與裴迪：人情翻覆似波瀾。

## 蘭

【上蘭】李商隱、當句有對：密邇平陽接上蘭。【庭蘭】無名氏、焦仲卿妻：嚴霜結庭蘭。【皋蘭】陸游、書憤：壯圖萬里戰皋蘭。【紫蘭】李白、答杜秀才五松見贈：總爲秋風摧紫蘭。【晼蘭】李商隱、曉起：偏過舊晼蘭。【蕙蘭】李商隱、大鹵平後移家到永樂縣居書懷十韻：清香披蕙蘭。【樓蘭】李白、幽州胡馬客歌：遊獵向樓蘭；李白、塞下曲六首：直爲斬樓蘭。【十載蘭】吳邁遠、長相思：庭枯十載蘭。【氣若蘭】曹植、美女篇：長嘯氣若蘭。【桂與蘭】曹植、浮萍篇：不若桂與蘭。

# 看

【人看】杜甫、放船：獨鳥怪人看。【北看】元好問、羊腸坂：浩蕩雲山直北看。【爲看】杜甫、宴忠州使君姪宅：牽率強爲看。【相看】杜甫、人日：一談一笑俗相看；杜甫、王竟攜酒高亦同過共用寒字：攜酒重相看。【探看】李商隱、無題：青鳥殷勤爲探看。【暇看】李商隱、大鹵平後移家到永樂縣居書懷十韻：舟沈豈暇看。【誰看】杜甫、宿府：中天月色好誰看；蘇軾、和子由柳湖久涸忽有水：明年開後更誰看。【一錢看】杜甫、空囊：留得一錢看。【子布看】蘇軾、次韻答邦直子由：待與江南子布看。【子細看】李商隱、天平公座中呈令狐令公：不敢公然子細看。【月中看】李益、從軍北征：一時回首月中看。【天際看】孟浩然、早歲江上有懷：孤帆天際看。【立馬看】杜甫、夕烽：千門立馬看。【未曾看】李白、塞下曲六首：春色未曾看。【宁夏看】吳邁遠、長相思：秋落宁夏看。【老樹看】元好問、龍興寺閣：試就遺台老樹看。【雪裏看】蘇軾、錢安道席上令歌者道服：故點紅燈雪裏看。【袖手看】陸游、書憤：誰料如今袖手看。【運甓看】陸游、蔬圃絕句：莫作陶公運甓看。【帶笑看】李白、清平調詞三首：長得君王帶笑看。【隔座看】李商隱、碧城三首：雨過河源隔座看。【獨自看】陸游、秋夜觀月：常恨清光獨自看。【機上看】元好問、岐陽：懦楚孱齊機上看。【霧中看】杜甫、小寒食舟中作：老年花似霧中看。【鏡裏看】元好問、晨起：老態何堪鏡裏看。

# 丸

【跳丸】韓愈、秋懷詩：日月如跳丸。【彈丸】蘇軾、中秋見月寄子由：西南大星如彈丸。【糞丸】李商隱、行次西郊作一百韻：唾棄如糞丸。

# 桓

【盤桓】吳邁遠、長相思：何事空盤桓。

# 紈

【金與紈】蘇軾、和子由蠶市：爭買不翅金與紈。

# 端

【多端】杜甫、寒硤：山谷勢多端。【定端】李白、古風：浮雲無定端。【兩端】陶淵明、雜詩：一心處兩端。【門端】吳邁遠、長相思：依依造門端。【其端】陶淵明、西田穫早稻：衣食固其端；韓愈、齪齪：誰能詰其端。【萬端】曹植、名都篇：巧捷惟萬端。【無端】韓愈、感春三首：懷悲自無端。【雲端】杜甫、山館：身遠宿雲端；李白、幽州胡馬客歌：白雁落雲端；祖詠、終南望餘雪：積雪浮雲端；李白、長相思：美人如花隔雲端；韓偓、中秋禁直：風吹歌管下雲端。【朝端】李商隱、謝往桂林至彤庭竊詠：獬廌冠朝端。【憂端】陳與義、雨：盡日破憂端。【簷端】陶淵明、擬古九首：白雲宿簷端。【白雲端】李白、古朗月行：飛在白雲端；王維、酬比部楊員外：遙望白雲端。【青林端】王維、北垞：明滅青林端。【青雲端】李白、古風：結交青雲端；李白、贈參寥子：桂樹青雲端。【長恨端】鮑照、代東門行：彌起長恨端。【城南端】曹植、美女篇：乃在城南端。【柴門端】王維、東谿玩月：遙吐柴門端。【海雲端】賈島、憶江上吳處士：消息海雲端。【浮雲端】杜甫、營屋：高入浮雲端。【楚雲端】孟浩然、早寒江上有懷：遙隔楚雲端。【碧雲端】李白、遊秋浦白笴陂：飛來碧雲端；李白、送竇司馬貶宜春：射雁碧雲端。【暮雲端】杜甫、初月：已隱暮雲端。

## 湍

【迅湍】李白、金陵望漢江：崔嵬飛迅湍。【奔湍】杜甫、營屋：洶洶聞奔湍。【急湍】杜甫、小寒食舟中作：片片輕鷗下急湍。【飛湍】蘇軾、書韓幹牧馬圖：往來蹙踏生飛湍。【驚湍】韓愈、齪齪：老弱隨驚湍；蘇軾、遊道場山何山：誤認石齒號驚湍。【砥柱湍】李白、古風：夕飲砥柱湍。

## 酸

【苦酸】鮑照、代東門行：食梅常苦酸。【悽酸】韓愈、秋懷詩：使我復悽酸。【肌骨酸】白居易、五絃彈：寒氣中人肌骨酸。【儒生酸】蘇軾、答范淳甫：俠氣不洗儒生酸；蘇軾、約公擇飲是日大風：豪氣一洗儒生酸。

## 團

【其團】韓愈、秋懷詩：望舒霄其團。【團團】李白、古朗月行：桂樹作團團。【菊花團】杜甫、初月：暗滿菊花團。【露已團】江淹、古離別：檐為露已團。

## 攢

【蜂攢】李白、幽州胡馬客歌：爭戰若蜂攢。【中夜攢】王維、東谿玩月：流陰中夜攢。

## 官

【王官】杜甫、王命：慟哭望王官。【千官】李商隱、謝往桂林至彤庭竊詠：劍佩儼千官；王維、敕賜百官櫻桃：芙蓉闕下會千官；岑參、和早朝大明宮：玉階仙仗擁千官。【休官】蘇軾、錢安道席上令歌者道服：待君投紱我休官；李商隱、天平公座中呈令狐令公：青袍御史擬休官。【拜官】韓愈、永貞行：夜行詔書朝拜官。【宦官】無名氏、焦仲卿妻：承籍有宦官。【秦官】王維、酬比部楊員外：松樹有秦官。【高官】李商隱、行次西郊作一百韻：存者要高官。【屬官】元好問、即事：逋客而今不屬官；元好問、過翠屏口：事外閒身也屬官。【辭官】李商隱、楚澤：虞寄數辭官。【太史官】白居易、司天臺：是時非無太史官。【太師官】王維、徐公挽歌：應罷太師官。【古鎮官】陳與義、雨：茅簷古鎮官。【諫諍官】韓愈、齪齪：得充諫諍官。

## 觀

【可觀】陶淵明、西田穫早稻：歲功聊可觀。【市觀】蘇軾、和子由蠶市：年年廢書走市觀。【所觀】曹植、美女篇：安知彼所觀。【俗觀】韓愈、齪齪：遠抱非俗觀。【不足觀】李白、古朗月行：去去不足觀；李白、金陵望漢江：三吳不足觀。【待潮觀】孟浩然、登障樓望潮作：江上待潮觀。

## 冠

【一冠】陶淵明、擬古九首：十年著一冠。【衣冠】王維、徐公挽歌：空憶盛衣冠；王維、田園樂：童稚不識衣冠。【挂冠】李商隱、大鹵平後移家到永樂縣居書懷十韻：今來分挂冠；李白、觀博平王志安少府山水粉圖：沈吟至今願挂冠。【趙冠】庾信、詠懷詩：秦臣即趙冠。【彈冠】王維、酌酒與裴迪：朱門先達笑彈冠。【儒冠】元好問、晨起：一錢不值是儒冠。【鐵冠】李商隱、偶成轉韻七十二句贈四同舍：公事武皇爲鐵冠。【鶡冠】杜甫、小寒食舟中作：隱几蕭條帶鶡冠。【虎皮冠】李白、幽州胡馬客歌：綠眼虎皮冠。【紫綺冠】李白、東山吟：秋風吹落紫綺冠；陸游、醉中作四首：吹葉幽人紫綺冠。

## 鸞

【孤鸞】陶淵明、擬古九首：下弦操孤鸞；庾信、詠懷詩：問鏡絕孤鸞。【棲鸞】李商隱、碧城三首：女牀無樹不棲鸞。【輕鸞】李商隱、擬沈下賢：千二百輕鸞。【鴛鸞】李白、古風：枳棘棲鴛鸞。【離鸞】李商隱、當句有對：豈知孤鳳憶離鸞。【梟與鸞】李商隱、行次西郊作一百韻：孰辨梟與鸞。【鴛與鸞】李商隱、偶成轉韻七十二句贈四同舍：征東同舍鴛與鸞。【雙飛鸞】李白、古風：共乘雙飛鸞。【鏡中鸞】李商隱、無題四首：眞愧鏡中鸞。

## 欒

【團欒】元好問、羊腸坂：夢中燈火憶團欒。

## 巒

【空巒】王維、東谿玩月：破影抱空巒。【林巒】李白、贈岑寥子：拂衣歸林巒。【巖巒】李白、蜀道難：百步九折縈巖巒。

## 歡

【自歡】李白、金陵：吳歌且自歡。【同歡】吳邁遠、長相思：担簦爲同歡。【求歡】杜牧、初冬夜飲：淮陽多病偶求歡。【所歡】曹植、浮萍篇：不若故所歡；李白、東山吟：洒酒澆君同所歡。【爲歡】李白、送梁四歸東平：送別强爲歡；韓愈、齪齪：感激寧爲歡。【相歡】杜甫、十月一日：舊俗自相歡。【强歡】李商隱、北樓：人生只强歡。【二公懽】李商隱、大鹵平後移到永樂縣居書懷十韻：坐想二公懽。【少馮驩】元好問、過翠屏口：乘車初不少馮驩。【此日歡】杜甫、宴忠州使君姪宅：殊爲此日歡。【兩相歡】李白、清平調詞三首：名花傾國兩相歡。【逐欣歡】蘇軾、和子由蠶市：共忘辛苦逐欣歡。【萬人歡】李白、上皇西巡南京歌：六龍西幸萬人歡。【雲雨歡】李白、答杜秀才五松見贈：天開雲雨歡。【傾城歡】李白、感興：一笑傾城歡。【盡君歡】元好問、即事：鴟夷盛酒盡君歡。【壽酒歡】李商隱、謝往桂林至彤庭竊詠：將陳壽酒歡。

## 寬

【天寬】陸游、醉中作四首：醉憑飛閣喜天寬。【自寬】鮑照、擬行路難：酌證以自寬。【少寬】杜甫、營屋：衰疾方少寬。【有寬】杜甫、重簡王明府：窮愁豈有寬。【入望寬】元好問、龍興寺閣：全趙堂堂入望寬。【上象寬】李商隱、北樓：中華上象寬。【百憂寬】杜甫、引水：斗水何直百憂寬。【旅思寬】杜甫、宴忠州使君姪宅：杯饒旅思寬。【翊衞寬】李商隱、謝往桂林至彤庭竊詠：句陳翊衞寬。【葛衣寬】元好問、過翠屏口：鬢鬢蒼白葛衣寬。【瘦者寬】李商隱、擬沈下賢：春衫瘦者寬。【碧落寬】李商隱、當句有對：紫府程遙碧落寬。【渤澥寬】孟浩然、登障樓望潮作：浮天渤澥寬。【禮數寬】元好問、即事：爲說將軍禮數寬。

## 盤

【小盤】杜甫、歸來：低頭拭小盤。【玉盤】白居易、琵琶行：大珠小珠落玉盤；李商隱、擬沈下賢：兼珠碎玉盤。【考槃】杜甫、營屋：養拙異考槃。【金盤】韓愈、永貞行：火齊磊落堆金盤。【盤盤】李白、蜀道難：青泥何盤盤。【龍盤】李商隱、詠史：鍾山何處有龍盤。【燭盤】杜牧、初冬夜飲：客袖侵霜舉燭盤。【露槃】元好問、龍興寺閣：眞見金人泣露槃。【上屈盤】

李商隱、謝往桂林至彤庭竊詠：　羲和上屈盤。
【水晶盤】李商隱、天平公座中呈令狐令公：慢妝嬌樹水晶盤；李商隱、碧城三首：一生長對水晶盤。【白玉盤】李白、古朔月行：呼作白玉盤；杜甫、發畦：悲君白玉盤；陸游、秋夜觀月：誰琢天邊白玉盤。【百八盤】元好問、羊腸坂：令在羊腸百八盤。【赤玉盤】王維、敕賜百官櫻桃：史使頻傾赤玉盤。【苜蓿盤】蘇軾、和子由柳湖久涸忽有水：羞對先生苜蓿盤。【漢宮盤】李商隱、當句有對：秦樓鴛瓦漢宮盤。【楨玉盤】李白、幽州胡馬客歌：顏如楨玉盤。【據銅盤】無名氏、古詩四時且莫渲：　下根據銅盤。【龍虎盤】李白、金陵：山爲龍虎盤。　【龍蛇盤】蘇軾、游道場山何山：　青山忽作龍蛇盤。
【雙玉盤】張衡、四愁詩：何以報之雙玉盤。

## 蟠

【井上蟠】李商隱、柳枝五首：　柳枝井上蟠。
【修虵蟠】蘇軾、次韻子由柳湖感物：豈問空腹修虵蟠。【蒼龍蟠】蘇軾、中秋見月寄子由：角尾奕奕蒼龍蟠。

## 漫

【漫漫】孟浩然、早寒江上有懷：平海夕漫漫；韓愈、感春三首：落蕊還漫漫；李商隱、詠史：北朝南埭水漫漫；蘇軾、游道場山何山：陂湖行盡白漫漫；楊億、漢武：蓬萊銀闕浪漫漫；岑參、逢入京使：故園東望路漫漫。【字應漫】蘇軾、次韻答邦直子由：唱酬往復字應漫。

## 鄲

【邯鄲】吳邁遠、長相思：結宦結邯鄲。

## 歎

【不歎】無名氏、古詩四坐且莫渲：四坐莫不歎。
【勿歎】韓愈、孟東野失子：無子固無歎。【可歎】李白、幽州胡馬客歌：疲兵良可歎；韓愈、永貞行：侯景九錫行可歎。【長歎】李白、古風：感別空長歎；李白、古風：清晨起長歎；曹植、美女篇：中夜起長歎；李白、蜀道難：以手撫膺坐長歎；李白、長相思：卷帷望月空長歎。
【所歎】陶淵明、西田穫早稻：　躬耕非所歎。
【仰天歎】曹植、三良詩：臨穴仰天歎。【貴者歎】韓愈、齪齪：不聞貴者歎。【驚且嘆】韓愈、謝自然詩：郡守驚且嘆。

## 玕

【琅玕】韓愈、齪齪：披腹呈琅玕；韓愈、秋懷詩：琤若摧琅玕；李白、古風：所食唯琅玕；張衡、四愁詩：美人贈我金琅玕；李商隱、偶成轉韻七十二句贈四同舍：玉中仍是青琅玕；傅玄、西長安行：羽爵翠琅玕；曹植、美女篇：腰佩翠琅玕。

**謾**

【欺謾】韓愈、謝自然詩：後世恣欺謾；蘇軾、和子由蠶市：野人諳啞遭欺謾。

**完**

【不完】陶淵明、擬古九首：被服常不完。【陳完】庾信、詠懷詩：羈旅接陳完。【兩相完】王粲、七哀詩：何能兩相完。【棗樹完】庾信、詠懷詩：東家棗樹完。

**繁**

【爛枝繁】杜甫、園：朱果爛枝繁。

殫 檀 刋 摶 鑾 榦 汗 攤 姍
珊 奸 貆 桓 丸 剜 漙 慱 棺
驩 讙 鑽 磐 鞶 瘢 鏝 鬗 瞞
潘 嘽 跚 豲 剬 胖 弁 犴 簞
癉 攔 幱 瓛 岏 莞 貛 髖 般
磻 拌 撣 驙 萑 雚 汍 芄 綄
巑 欑 穳 敦 倌 曼 饅 鰻 瘓
禪 忓 籣 讕 貒 峘 洹 狻 智

涫 灣 羉 樠 漫

【對偶】

李白、古風：霜被群物秋，風飄大荒寒。 王維、酬比部楊員外：空谷歸人少，青山背日寒。 王維、徐公挽歌：風日咸陽慘，笳簫渭水寒。 祖詠、終南望餘雪：林表明霽色，城中增暮寒。 陳與義、雨：日晚薔薇重，樓高燕子寒。 賈島、憶江上吳處士：此地際會夕，當時雷雨寒。 李商隱、北樓：花猶曾斂夕，酒竟不知寒。 李商隱、擬沈下賢：倚風行稍急，含雪語應寒。 韓偓、中秋禁直：露和玉屑金盤冷，月射珠光貝闕寒。 李商隱、天平公座中呈令狐令公：更深欲訴蛾眉斂，衣薄臨醒玉豔寒。 李商隱、無題：曉鏡但愁雲鬢改，夜吟應覺月光寒。 王維、酌酒與裴迪：草色全經細雨濕，花枝欲動春風寒。 李白、答杜秀才五松見贈：千峯夾水向秋浦，五松名山當夏寒。 李商隱、大鹵平後移家到永樂縣居書懷十韻：鬢入新年白，顏無舊日丹。 李商隱、大鹵平後移家到永樂縣居書懷十韻：不憂懸磬乏，乍喜覆盂安。 賈島、憶江上吳處士：秋風吹渭水，落葉滿長安。　李白、上皇西巡南京歌：地轉錦江成渭水，天迴玉壘作長安。　李商隱、楚澤：集鳥翻漁艇，殘虹拂馬鞍。　李商隱、大鹵平後移家到永樂縣居書懷十韻：自悲秋穫少，誰懼夏畦難。　李商隱、謝往林至彤庭竊詠：城禁將開晚，宮深欲曙難。　李商隱、晚起：書長為報晚，夢好更尋難。　李商隱、無題四首：樓響將登怯，簾烘欲過難。　李商隱、謝往桂林至彤庭竊詠：造化中台座，威風上將壇。　李商隱、晚起：隔箔山櫻熟，褰帷桂燭殘。　李商隱、謝往桂林至彤庭竊詠：月輪移枍詣，仙路下欄干。李商隱、大鹵平後移家到永樂縣居書懷十韻：脫身離虎口，移疾就豬肝。　楊億、漢武：力通青海求龍種，死諱文成食馬肝。　李商隱、柳枝五首：柳枝井上蟠，蓮葉浦中乾。　岑參、和早朝大明宮：花迎劍佩星初落，柳拂旌旗露未乾。李商隱、當句有對：池光不定花光亂，日氣初涵露氣乾。　李商隱、無題：春蠶到死絲方盡，蠟炬成灰淚始乾。　岑參、和早朝大明宮：雞鳴紫陌曙光寒，鶯囀皇州春色闌。　陳與義、雨：一時花帶淚，萬里客憑欄。　李商隱、謝往桂林至彤庭竊詠：金星壓芒角，銀漢轉波瀾。　李商隱、大鹵平後移家到永樂縣居書懷十韻：逸志忘鴻鵠，清香披蕙蘭。　陸游、書憤：遠戍十年臨的博，壯圖萬里臨臯蘭。　孟浩然、早寒江上有懷：鄉淚客中盡，孤帆天際看。　李商隱、大鹵平後移家到永樂縣居書懷十韻：甑破寧迴顧，舟沈豈暇看。　李商隱、碧城三首：星沈海底當窗見，雨過河源隔座看。　李商隱、謝往桂林至彤庭竊詠：鳳凰傳詔旨，獬廌冠朝端。　韓偓、中秋禁直：天襯樓臺籠苑外，風吹歌管下雲端。　李白、古風：朝鳴崑丘樹，夕飲砥柱湍。　王維、酬比部楊員外：桃源迷漢姓，松樹有秦官。　李商隱、楚澤：劉楨元抱病，虞寄數辭官。　李商隱、謝往桂林至彤庭竊詠：魚龍排百戲，劍佩儼千官。岑參、和早朝大明宮：金闕曉鐘開萬戶，玉階仙仗擁千官。　李商隱、天平公座中呈令狐令公：白足禪僧思敗道，青袍御史擬休官。　王維、徐公挽歌：誰言斷車騎，空憶盛衣冠。　李商隱、大鹵平後移家到永樂縣居書懷十韻：昔去驚投筆，今來分挂冠。　王維、酌酒與裴迪：白首相知猶按劍，朱門先達笑彈冠。　李商隱、無題四首：多羞釵上燕，眞愧鏡中鸞。　李白、古風：梧桐巢燕雀，枳棘棲鴛鸞。　李商隱、當句有對：但覺游蜂饒舞蝶，豈知孤鳳憶離鸞。　李商隱、碧城三首：閬苑有書多附鶴，女牀無樹不棲鸞。　李商隱、大鹵平後移家到永樂縣居書懷十韻：還持一杯酒，坐想二公懽。　李商隱、北樓：異域東風濕，中華上象寬。　李商隱、擬沈下賢：帶火遺金斗，兼珠碎玉盤。　李商隱、謝往桂林至彤庭竊詠：王母來空濶，羲和上屈盤。　王維、敕賜百官櫻桃：歸鞍競帶青絲籠，中使頻傾赤玉盤。

# 十五刪 古通覃 咸轉先

## 刪

【不可刪】李商隱、朱槿花二首：千辭不可刪。【不須刪】蘇軾、遊西菩提寺：數詩狂語不須刪。

## 關

【入關】杜甫、諸將五首：胡虜千秋尚入關。【上關】王維、登裴秀才迪小台：應門莫上關。【天關】李白、登太白峯：爲我開天關；李白、飛龍引：騎龍攀天造天關。【水關】杜甫、峽口：防隅一水關。【不關】杜甫、草閣：柴扉永不關。【玉關】柳中庸、征人怨：歲歲金河復玉關。【四關】李白、古風：雞鳴趨四關。【石關】孟浩然、遊景空寺蘭若：山腰度石關。【江關】杜甫、詠懷古跡五首：暮年詩賦動江關。【西關】李白、南都行：武闕橫西關。【吳關】李白、永王東巡歌：丹陽北固是吳關。【近關】王維、留別丘爲：遲遲向近關。【函關】杜甫、入宅：一一問函關；杜牧、離窮頻竊於一麾：魚符應許出函關；李白、鳳吹笙曲：綠雲紫氣滿函關；杜甫、秋興八首：東來紫氣滿函關。【河關】陶淵明、擬古九首：晨去越河關；王維、贈祖三詠：千里阻河關。【門關】蘇軾、李公擇求黃鶴樓詩：洞中鏗鈜落門關。【武關】李商隱、岳陽樓：自此無心入武關。【荊關】孟浩然、送賈昇主簿之荊州：乘騎度荊關；王維、山興：合沓藏荊關。【重關】曹植、美女篇：高門結重關；李商隱、南潭上亭讌集：魚鑰啟重關。【故關】司空曙、賊平後送人北歸：繁星宿故關；溫庭筠、送人東遊：浩然離故關。【度關】李白、鳴雁行：昨發委羽朝度關。【相關】韓愈、孟東野失子：由來不相關；杜甫、早起：幽事頗相關；陶淵明、西田穫早稻：千載乃相關。【秦關】元好問、岐陽：躭躭九虎護秦關；李白、鳴皋歌：側身西望阻秦關。【閉關】李白、餞校書叔雲：無人空閉關；王維、歸嵩山作：歸來且閉關；王維、憶胡居士家：脩然尚閉關；李商隱、戲贈張書記：空庭我閉關。【鄉關】黃庭堅、次韻寄王文通：割雞聊得近鄉關。【開關】杜甫、將曉：鐵鎖欲開關。【陽關】李商隱、贈歌妓二首：斷腸聲裏唱陽關。【幾關】李商隱、和友人戲贈二首：迢遞靑門有幾關。【遠關】杜甫、移居東屯茅屋：淸深隔遠關。【榆關】陸游、雙流旅舍三首：會衝風雪出榆關；高適、燕歌行：摐金伐鼓下榆關。【楚關】孟浩然、送從弟還鄉：庭闈戀楚關；謝莊、懷園引：入楚關。【塞關】韓愈、雪後：藍田十月雪塞關。【漢關】李商隱、靈仙閣晚眺寄鄆州韋評事：嵐光入漢關；嚴武、軍城早秋：昨夜秋風入漢關。【劍關】蘇軾、和子由與顏長道：但憶嘉陵遶劍關。【潼關】李商隱、行次西郊作一百韻：捉人送潼關；杜甫、洛陽胡馬犯潼關。【玉門關】李白、關山月：吹度玉門關；王之渙、涼州詞：春風不度玉門關；王昌齡、從軍行：孤城遙望玉門關。【百牢關】李商隱、餞席重送從叔余之梓州：何況百牢關；杜甫、夔州歌十絕句：夔州險過百牢關。【乘晝關】王維、淇上田園卽事：荆扉乘晝關。【雁門關】李白、古風：昔別雁門關；江淹、古離別：乃至雁門關。【漢時關】王昌齡、出塞：　秦時明月漢時關。【穆陵關】王維、送衡嶽瑗公南歸：新下穆陵關。【魯陽關】李白、豫章行：北擁魯陽關。【靜鐵關】李白、從軍行：長驅靜鐵關。【灎澦關】黃庭堅、雨中登岳陽樓望君山：生出瞿塘灎澦關。

## 灣

【星灣】李白、豫章行：波蕩落星灣。【溪灣】蘇軾、再過超然臺：坐使城郭生溪灣。【青海灣】李白、關山月：胡窺青海灣。

## 闤

【市闤】蘇軾、次韻陳海州書懷：欲棄妻孥守市闤。【鄽闤】李白、南都行：萬商羅鄽闤。

## 還

【人還】李白、關山月：不見有人還；王維、淇上田園卽事：獵犬隨人還。【不還】杜甫、悶：鷗輕故不還；王粲、七哀詩：揮涕獨不還；謝莊、懷園引：春來雁不還；王昌齡、從軍行：不破樓蘭終不還；李白、公無渡河：箜篌所悲竟不還；李白、飛龍引：乘鸞飛煙亦不還；李白、鳳吹笙曲：一過浮丘斷不還；王維、桃源行：及至成仙遂不還；蘇軾、約公擇飲是日大風：兒啼臥路呼不還。【未還】陶淵明、六月中遇火：驚鳥尚未還；孟浩然、贈綦毋校書：尋源殊未還；杜甫、草閣：高雲薄未還；杜甫、入宅：春歸客未還；杜甫、有歎：江東客未還；王維、汎前陂：夷猶殊未還；李商隱、餞席重送從叔余之梓州：君還我未還；馬虞臣、落日悵望：辭家久未還；杜甫、詠懷古跡五首：詞客哀時且未還；王昌齡、出塞：萬里長征人未還。【北還】司空曙、　賊平後送人北歸：時清獨北還。【自還】杜牧、　洛陽長句二首：樹鎭千門鳥自還。【空還】韋應物、訪王侍御不遇：尋君不遇又空還。【往還】韓愈、江漢一首答孟郊：馬足常往還；蘇軾、次韻子由柳湖感物：驅馬獨出無往還。【來還】無名氏、焦仲卿妻：何言復來還；曹植、名都篇：清晨復來還。【虛還】杜甫、石鏡：千騎亦虛還。【馭還】王維、送殷四葬：松柏蒼蒼賓馭還；蘇軾、李公擇求黃鶴樓詩：雞鳴月落風馭還。【幾還】李商隱、戲贈張書記：關河夢幾還。【須還】陳師道、登快哉亭：稚子故須還。【無還】杜甫、將曉：蜀使動無還；李白、遠別離：隨風波兮去無還。【醉還】韋應物、淮上喜會梁川故人：相逢每醉還。【燈還】李商隱、朱槿花二首：恨有礙燈還。【夕鳥還】王維、登河北城樓作：漁家夕鳥還。【火城還】蘇軾、乘月夜歸：萬人爭看火城還。【不知還】孟浩然、宿立公房：吟臥不知還；蘇軾、和子由蠶市：蜀人遊樂不知還。【不復還】曹植、三良詩：一往不復還。【匹馬還】嚴武、軍城早秋：莫遣沙場匹馬還。【未知還】杜甫、遠遊：歷國未知還。【未得還】楊億、書懷寄劉五：三徑荒涼未得還。【白眉還】孟浩然、送從弟還鄉：更餞白眉還。【衣錦還】李白、送張遙之壽陽幕府：功成衣錦還。【伴人還】孟浩然、遊鳳林寺西嶺：招月伴人還。【泛舟還】孟浩然、廣陵別薛八：彭蠡泛舟還。【何時還】江淹、古離別：游子何時還；李白、古風：去去何時還；李白、豫章行：西討何時還。【何能還】韓愈、宿曾江口示姪孫湘二首：無路何能還。【何當還】蘇軾、再過超然臺：聞我西去何當還。【戒定還】王維、送衡嶽瑗公南歸：唯將戒定還。【河塞還】吳邁遠、長相思：知從河塞還。【往復還】李白、鳴雁行：連行接翼往復還。【長風還】李白、與南陵常贊府遊五松山：獨嘯長風還。【孤櫂還】溫庭筠、送人東遊：天涯孤櫂還。【春風還】李白、餞校書叔雲：喜見春風還。【負矢還】李商隱、靈仙閣晚眺寄鄆州韋評事：寧期負矢還。【負耒還】陶淵明、西田穫早稻：日入負耒還。【相與還】陶淵明、飲酒：飛鳥相與還；王維、歸嵩山作：暮禽相與還。【飛鳥還】王維、山興：夕嵐飛鳥還。【倒載還】李商隱、南潭上亭讌集：俱期倒載還。【流者還】韓愈、贈張功曹：遷者追迴流者還。【麥熟還】王建、江陵使至汝州：塞食離家麥熟還。【須庾還】陶淵明、連雨獨飲：八表須庾還。【無時還】李白、雜詩：去去無時還；李白、古風：道喪無時還。【棹歌還】孟浩然、萬山潭：沿月棹歌還。【棲鳥還】李白、望木瓜山：暮見棲鳥還。【夢裏還】李白、鳴皋歌：憶昨鳴皋夢裏還；李白、送韓準裴政孔巢父還山：昨宵夢裏還。【楚水還】杜甫、歸葬東都二首：仍沾楚水還。【隨風還】曹植、美女篇：輕裾隨風還；李白、南都行：冠蓋隨風還。【鶯花還】王維、留別丘爲：欲趁鶯花還。【儻中還】曹植、浮萍篇：君恩儻中還。

## 環

【刀環】柳中庸、征人怨：　朝朝馬策與刀環。【作環】李商隱、和友人戲贈二首：白璧堪裁且作環。【玦環】韓愈、雪後：清玉刻佩聯玦環；蘇軾、再過超然臺：跳波下瀨鳴玦環。【金環】曹植、美女篇：皓腕約金環。【佩環】杜牧、離窮頓竊於一麾：五玉諸侯雜佩環。【循環】李白、去婦詞：相思若循環。【尋環】李商隱、戲贈張書記：不斷若尋環。【賜環】黃庭堅、題郭熙畫秋山：黃州逐客未賜環。【玉連環】李商隱、贈歌妓二首：水精如意玉連環。【明月環】李白、從軍行：刀開明月環。【雙珠環】傅玄、西長安行：香橙雙珠環。

## 鬟

【髻鬟】蘇軾、乘月夜歸：　香霧淒迷著髻鬟。【十二鬟】黃庭堅、雨中登岳陽樓望君山：綰結湘娥十二鬟。【翠雲鬟】蘇軾、游道場山何山：出山回望翠雲鬟。

## 班

【天班】李商隱、行次西郊作一百韻：以錫通天班。【周班】李商隱、岳陽樓：四鄰誰道亂周班。【清班】韓愈、贈張功曹：滌瑕蕩垢朝清班。【巢班】杜甫、歸葬東都有作二首：安石竟崇班。【朝班】杜甫、秋興八首：幾回青瑣點朝班；杜甫、移居東屯茅屋：回首憶朝班。

## 斑

【杖斑】杜甫、入宅：過眉拄杖斑。【苔斑】李商隱、靈仙閣晚眺寄鄆州韋評事：高閣已苔斑。【斑斑】李白、閨情：挑燈淚斑斑。【碎斑】陸游、東陽道中：雨點春衫作碎斑。【鬢斑】李白、南都行：長吟愁鬢斑。【細菊斑】杜甫、九月奉寄嚴大夫：重巖細菊斑。【鬢已斑】韋應物、淮上喜會梁川故人：蕭疏鬢已斑。【鬢未斑】蘇軾、再過超然台：護羌充國鬢未斑。【鬢成斑】李白、豫章行：三軍鬢成斑。【鬢毛斑】李白、奔亡道中：七日鬢毛斑；黃庭堅、雨中登岳陽樓望君山：投荒萬死鬢毛斑；楊億、書懷寄劉五：愁多騎省鬢毛斑。

## 蠻

【夷蠻】韓愈、江漢一首答孟郊：可以居夷蠻。【百蠻】杜甫、峽口：西南控百蠻；　杜甫、將曉：飄飄犯百蠻；杜甫、悶：風雨暗百蠻；李商隱、岳陽樓：漢水方城帶百蠻。【南蠻】韓愈、宿曾江口示姪孫湘二首：致身落南蠻。【荆蠻】杜甫、遠遊：風雨暗荆蠻；王粲、七哀詩：委身適荆蠻；韓愈、贈張功曹：　坎軻祇得移荆蠻。【遠蠻】白居易、蠻子朝：上心貴在懷遠蠻。

## 顏

【天顏】白居易、蠻子朝：　引臨玉座近天顏。【孔顏】韓愈、讀皇甫湜公安園詩：捨得業孔顏。【玉顏】杜甫、石鏡：提携近玉顏。【令顏】曹植、美女篇：誰不希令顏。【朱顏】李白、南都行：漢女嬌朱顏；李白、餞校書叔雲：歌笑矜朱顏；李白、寄從弟宜州長史昭：嘆息損朱顏；李商隱、南潭上亭讌集：上客頷朱顏；李白、蜀道難：使人聽此凋朱顏；蘇軾、再過超然臺：而我安得留朱顏。【我顏】繁欽、定情詩：君亦悅我顏。【別顏】杜甫、洛陽：都人慘別顏。　【妙顏】陶淵明、讀山海經：王母怡妙顏。【花顏】李白、飛龍引：後宮嬋娟多花顏。【苦顏】李白、關山月：思歸多苦顏；李白、贈楊山人：風塵蕭瑟多苦顏。【紅顏】李商隱、戲贈張書記：明鏡惜紅顏；杜甫、草閣：飄泊損紅顏；　李白、古風：白日欺紅顏。【秋顏】李白、春日獨酌：宿昔或秋顏。【風顏】李白、送張遙之壽陽幕府：千里望風顏。【爲顏】蘇軾、次韻陳海州書懷：故人相對苦爲顏。【素顏】李白、古風：青娥凋素顏。【旅顏】杜甫、芽堂檢校收稻：嘗新破旅顏。【衰顏】王維、憶胡居士家：清鏡覽衰顏；杜甫、峽口：秋氣動衰顏。【容顏】陶淵明、擬古九首：常有好容顏；韓愈、雪後：豈有酒食開容顏。【破顏】李商隱、贈歌妓二首：下蔡城危莫破顏。【無顏】李白、豫章行：黃雲慘無顏。【孱顏】李商隱、靈仙閣晚眺寄鄆州韋評事：荆玉刻孱顏；李商隱、荆山：　壓河連華勢孱顏。【悲顏】司空曙、賊平後送人北歸：處處伴悲顏。【酡顏】楊憶、書懷寄劉五：清尊歲晏强酡顏。【開顏】黃庭堅、謝送碾賜壑源揀芽：甘露薦椀天開顏。【聖顏】杜甫、秋興八首：日繞龍鱗識聖顏。【愁顏】杜甫、諸將五首：將軍且莫破愁顏。【解顏】鮑照、代東門行：憂人不解顏；孟浩然、秋登張明府海亭：傾壺一解顏；黃庭堅、光山道中：歸壽吾親得解顏。【催顏】　杜甫、悶：有鏡巧催顏。【慘顏】李商隱、行次西郊作一百韻：棄之無慘顏。【塵顏】李白：望廬山瀑布水：還得洗塵顏。【駐顏】蘇軾、霄宮：不用金丹苦駐顏。【穨顏】王維、山興：歎息此穨顏。【離顏】溫庭筠、送人東遊：尊酒慰離顏。【襟顏】陶淵明、西田穫早稻：斗酒散襟顏。【鑄顏】杜牧、離窮頷竊於一麾：天上洪爐帝鑄顏。【平昔顏】馬虞臣、落日悵望：恐驚平昔顏。【沙塞顏】李白、奔亡道中：人多沙塞顏。【桃李顏】李白、古風：難爲桃李顏。【顑頷顏】李白、去婦詞：以此顑頷顏。【鏡裏顏】黃庭堅、次韻寄王文通：春不能朱鏡裏顏。

## 姦

【神姦】韓愈、謝自然詩：象物如神姦。

## 菅

【榛菅】韓愈、雪後：豈念幽桂遺榛菅。

## 攀

【先攀】孟浩然、送從弟還鄉：梅柳著先攀。【再攀】杜甫、洛陽：龍髯幸再攀。【追攀】孟浩然、廣陵別薛八：何處更追攀；王粲、七哀詩：朋友相追攀；李白、豫章行：悲鳴相追攀；韓愈、贈張功曹：天路幽險難追攀。【重攀】杜甫、有歎：蒼生豈重攀。【牽攀】李白、去婦詞：誰肯相牽攀。【莫攀】蘇軾、次韻陳海州書懷：長恨雙鳧去莫攀。【遮攀】蘇軾、再過超然臺：扶挈老幼相遮攀。【難攀】陸游、遊仙：飄飄鸞鶴杳難攀。【躋攀】杜甫、早起：緩步有躋攀。【不可攀】李商隱、靈仙閣晚眺寄鄆州韋評事：鴻軒不可攀；李白、南都行：邈然不可攀；曹植、名都篇：光景不可攀；李白、蜀道難：畏途巉巖不可攀；杜甫、玄都壇歌寄元逸人：鐵鎖高垂不可攀。【不暇攀】李商隱、南潭上亭讌集：煙蘿不暇攀。【焉能攀】李白、古風：冥日焉能攀。

## 頑

【世頑】蘇軾、洞霄宮：上帝高居愍世頑。【兇頑】李白、豫章行：爲君掃兇頑。【我頑】蘇軾、遊西菩提寺：魚鳥依然笑我頑；蘇軾、游金山寺：江神見怪驚我頑。【如石頑】韓愈、雪後：我心安得如石頑。

## 山

【一山】陶淵明、讀山海經：館宇非一山。【于山】韓愈、河之水：宋蕨于山。【五山】曹植、吁嗟篇：連翩歷五山。【太山】曹植、雜詩六首：思欲赴太山；張衡、四愁詩：我所思念在太山。【天山】元好問、岐陽：漢家封徼盡天山。【巴山】杜甫、九日奉寄嚴大夫：何路出巴山。【中山】鮑照、擬古詩：提爵上中山。【仙山】白居易、長恨歌：忽聞海上有仙山。【丘山】陶淵明、歸園田居：性本愛丘山。【北山】楊億、書懷寄劉五：千古移文媿北山。【西山】曹植、贈徐幹：忽然歸西山；嚴武、軍城早秋：朔雲邊月滿西山。【江山】孟浩然、秋登張明府海亭：委曲見江山。【此山】孟浩然、萬山潭：傳聞於此山。【有山】無名氏、古絕句四首：山上復有山。【名山】江淹、遊黃蘗山：棄劍爲名山。【君山】黃庭堅、雨中登岳陽樓望君山：岳陽樓上對君山。【邱山】杜牧、雜窮頰竊於一麾：九金神鼎重邱山。【杉山】鮑照、學劉公幹體：千里度杉山。【沈山】李商隱、戲贈張書記：野氣欲沈山。【青山】杜甫、峽口：岸斷更青山；司空曙、賊平後送人北歸：舊國見青山；杜甫、悶：隱几亦青山；黃庭堅、光山道中：勞歌一曲對青山；黃庭堅、雨中登岳陽樓望君山：銀山堆裏看青山。【東山】李白、送趙判官赴黔府中丞叔幕：却顧還東山。【空山】李白、蜀道難：愁空山；杜甫、石鏡：送死置空山；蘇軾、李公擇求黃鶴樓詩：羽衣著屐響空山。【依山】陳師道、登快哉亭：暮靄已依山；李商隱、靈仙閣晚眺寄鄆州韋評事：仁者本依山。【幽山】孟浩然、遊鳳林寺西嶺：春色滿幽山。【看山】黃庭堅、題郭熙畫秋山：江南江北飽看山。【荊山】李商隱、荊山：可能全是爲荊山。【秋山】馬虞臣、落日悵望：遠燒入秋山；杜甫、草閣：星月動秋山；韋應物、淮上喜會梁川故人：淮上有秋山；王維、歸嵩山作：落日滿秋山。【南山】陶淵明、飲酒詩：悠然見南山；曹植、名都篇：長驅上南山；李商隱、和友人戲贈二首：柳梢樓角見南山。【神山】黃庭堅、次韻錢穆文贈松扇：　三轉持節見神山。【故山】王維、送衡嶽瑗公南歸：白雲留故山。【前山】王維、留別丘爲：繚繞出前山。　【狼山】高適、燕歌行：單于獵火照狼山。【陰山】王昌齡、出塞：不教胡馬渡陰山。【連山】蘇軾、和子由蠶市：今年箔積如連山；李白、梁園吟：挂席欲進波連山。【深山】李白、遠別離：蒼梧之深山。【雪山】王昌齡、從軍行：青海長雲暗雪山；李白、公無渡河：　有長鯨白齒若雪山。【買山】孟浩然、宿立公房：深公笑買山。【雲山】杜甫、茅堂檢校收稻：幸不礙雲山；王維、登裴秀才迪小台：滿目望雲山；杜甫、詠懷古跡五首：五溪衣服共雲山；王維、桃源行：世中遙望空雲山。【黑山】柳中庸、征人怨：萬里黃河繞黑山。【殘山】蘇軾、石鼻城：蜀人從此送殘山。【晴山】李白、餞校書叔雲：聽鳥臨晴山。【湖山】蘇軾、寄北山清順僧：長嫌鐘鼓聒湖山。【無山】王維、淇上田園即事：東野曠無山。【溪山】陸游、東陽道中：先安筆硯對溪山。【遠山】杜甫、早起：開林出遠山；陸游、感懷絕句：欲歌未歌愁遠山。【寒山】李白、贈盧司戶：出門盡寒山。【蒼山】王維、登河北城樓作：極浦映蒼山。【登山】李商隱、南潭上亭讌集：謝傅已登山。【群山】韓愈、雪後：我興南望愁群山。【滿山】王維、憶胡居士家：開門雪滿山；李白、行路難：將登太行雪滿山；韋應物、訪王侍御不遇：門對寒流雪滿山。【碧山】李白、鳴皋歌：覺時枕席非碧山。【燕山】李白、鳴雁行：辭燕山。【還山】黃庭堅、次韻寄王文通：兒婚女嫁望還山。【隱山】蘇軾、乘月夜歸：瀲瀲星河半隱山。【舊山】王維、贈祖三詠：去年歸舊山。【曙山】杜甫、將曉：星河落曙山。【關山】杜甫、洛陽：翠蓋出關山。【雞山】孟浩然、遊景空寺蘭若：疑是入雞山。【斷山】暢當、登鸛鵲樓：河流入斷山；杜甫、遠遊：雲喜出斷山。【歸山】蘇軾、游金山寺：江水如此不歸山。【華山】陸游、過靈石三峯：胸次先收一華山。【三危山】陶淵明、讀山海經：暮歸三危山。【丹水山】劉琨、扶風歌：暮宿丹水山。【北固山】孟浩然、送從弟還鄉：離筵北固山。【汝州山】王建、江陵使至汝州：商人說是汝州山。【眉聳山】蘇軾、贈寫眞何充秀才：皺眉吟詩眉聳山。【東土山】李白、東山吟：攜妓東土山。【門前山】王維、山興：自識門前山。【金泉山】韓愈、謝自然詩：乃在金泉山。【金微山】李白、從軍行：逐虜金微山。【柏如山】陸游、雜詠四首：白馬廟畔柏如山。【洛陽山】曹植、送應氏詩二首：遙望洛陽山。【郢門山】溫庭筠、送人東遊：初日郢門山。【海上山】孟浩然、廣陵別薛八：浸連海上山；陸游、遊仙：萬里東遊海上山；蘇軾、次韻陳海州書懷：鬱鬱蒼梧海上山。【浙西山】蘇軾、遊西菩提寺：天教看盡浙西山。【陸渾山】杜甫、歸葬東都有作二首：歸葬陸渾山。【富春山】李白、古風：還歸富春山。【雲外山】王維、汎前陂：兼之雲外山。

【蒸肉山】黃庭堅、戲和文潛謝穆父贈松扇：六月火雲蒸肉山。【蓬萊山】曹植、升天行：遠之蓬萊山；李白、古風：誰知蓬萊山。【萬仞山】王之渙、涼州詞：一片孤城萬仞山。【萬重山】李商隱、餞席重送從叔余之梓州：莫歎萬重山；李白、早發白帝城：輕舟已過萬重山。【萬歲山】杜牧、洛陽長句：蒼翠空高萬歲山。【楚人山】杜甫、移居東屯茅屋：臥病楚人山。【緱氏山】孟浩然、贈綦毋校書：門庭緱氏山；李白、鳳吹笙曲：訪道應尋緱氏山。【燕支山】李白、幽州胡馬客歌：雖居燕支山。【舊峴山】孟浩然、送賈昇主簿之荊州：開筵舊峴山。【豫章山】李白、豫章行：早落豫章山。【麝香山】杜甫、入宅：雲暖麝香山。

## 鰥

【孤鰥】韓愈、孟東野失子：舉族長孤鰥。

## 間

【人間】杜甫、有歎：白首寄人間；王維、汎前陂：況復遠人間；杜甫、諸將五首：早時金盌出人間；王維、送殷四葬：空餘流水向人間；白居易、兩朱閣：化為佛寺在人間；蘇軾、贈寫眞何充秀才：空有遺像留人間；蘇軾、郭熙畫秋山平遠：白波青嶂非人間。【凡間】蘇軾、洞霄宮：故留瓊館在凡間。【世間】李商隱、曼倩辭：十八年來墮世間。【其間】杜甫、杜鵑：哀哀叫其間；韓愈、謝自然詩：雲霧生其間；李白、公無渡河：公乎公乎挂罥於其間；李白、飛龍引：古人傳道留其間；杜甫、夔州歌十絕句：江水開闢流其間。【林間】李白、蜀道難：雄飛雌從遶林間。【草間】王粲、七哀詩：抱子棄草間。【時間】馬虞臣、落日悵望：千里片時間。【雲間】王維、山興：數峯出雲間；李白、從軍行：兵氣擁雲間；曹植、吁嗟篇：吹我入雲間；陸游、過靈石三峯：三峯傑立插雲間；陸游、遊仙：紫簫餘調落雲間；王建、江陵使至汝州：回看巴路在雲間。【簷間】王維、登裴秀才迪小台：不見此簷間。【簾間】李商隱、朱槿花二首：歸去有簾間。【一夕間】李商隱、和友人戲贈二首：未抵熏爐一夕間。【一望間】李商隱、荊山鳥：沒雲歸一望間。【八九間】陶淵明、歸園田居：草屋八九間。【十年間】韋應物、淮上喜會梁川故人：流水十年間。【十步間】韓愈、庭楸：共生十步間。【下旬間】韓愈、感春三首：暮春下旬間。【中央間】韓愈、庭楸：我在中央間。【反覆間】白居易、太行路：只在人情反覆間。【月宇間】杜甫、石鏡：埋輪月宇間。【天地間】李白、鳴雁行：南飛散落天地間；杜甫、詠懷古跡：漂泊西南天地間。【天壤間】李白、南都行：名播天壤間。【水石間】孟浩然、遊鳳林寺西嶺：來遊水石間。【戶庭間】孟浩然、宿立公房：自入戶庭間。【北戶間】杜甫、移居東屯茅屋：參差北戶間。【旦夕間】無名氏、焦仲卿妻：便作旦夕間。【古松間】王維、送衡嶽瑗公南歸：洗鉢古松間。【白雲間】杜甫、九日奉寄嚴大夫：迴首白雲間；王之渙、涼州詞：黃河遠上白雲間。【平臺間】李白、梁園吟：訪古始及平臺間。【旬日間】韓愈、孟東野失子：生死旬日間。【死山間】李商隱、行次西郊作一百韻：但欲死山間。【百頃間】杜甫、茅堂檢校收稻：平田百頃間。【有無間】杜牧、洛陽長句二首：是非名利有無間。【竹嶼間】孟浩然、遊景空寺蘭若：高談竹嶼間。【吳楚間】孟浩然、廣陵別辥八：栖栖吳楚間。【青林間】黃庭堅、題郭熙畫秋山：發興已在青林間。【青崖間】李白、送范山人歸泰山：杳在青崖間；江淹、遊黃蘗山：猿嘯青崖間。【柳林間】孟浩然、贈綦毋校書：東部柳林間。【故園間】孟浩然、秋登張明府海亭：歸賞故園間。【島藤間】孟浩然、萬山潭作：猿挂島藤間。【高林間】韓愈、宿曾江口示姪孫湘二首：屈居高林間。【清波間】李白、西施：自與清波間。【清潭間】李白、鳴皐歌：手弄素月清潭間。【野草間】李白、豫章行：呼天野草間。【深竹間】李商隱、南潭上亭讌集：樂調深竹間。【黃綬間】黃庭堅、次韻寄王文通：何意陸沈黃綬間。【雲水間】李白、永王東巡歌：畫出樓臺雲水間。【雲海間】李白、關山月：蒼茫雲海間。【雲霧間】王維、登河北城樓作：客亭雲霧間。【尊俎間】李商隱、靈仙閣晚眺寄鄆州韋評事：胡爲尊俎間。【亂石間】陳師道、登快哉亭：泉流亂石間。【滄波間】李白、古風：垂釣滄波間。【綠雲間】李白、遠別離：帝子泣兮綠雲間。【蒼茫間】蘇軾、石鼻城：愁渡奔河蒼茫間。【翠帶間】黃庭堅、光中道中：楸樹蟬嘶翠帶間。【翠微間】蘇軾、乘月夜歸：鳳簫猶在翠微間。【詩禮間】李白、古風：琢之詩禮間。【碭石間】高適、燕歌行：旌旆逶迤碭石間。【碧雲間】李白、西施：沈吟碧雲間。【閭井間】王維、淇上田園卽事：河明閭井間。【鞍馬間】陸游、雙流旅舍五首：聊欲勤勞鞍馬間。【塵埃間】韓愈、贈張功曹：未免捶楚塵埃間；黃庭堅、次韻錢穆文贈松扇：使我蟬蛻塵埃間。【窮富間】白居易、閒吟：我今幸在窮富間。【霄漢間】杜甫、秋興八首：承露金莖霄漢間。【縹緲間】蘇軾、游道場山何山：碧瓦朱欄縹緲間。【飄渺間】白居易、長恨歌：山在虛無飄渺間。【雙闕間】曹植、贈徐幹：游彼雙闕間。【巖石間】李白、古風：冥棲巖石間。【汧渭之間】蘇軾、書韓幹牧馬圖：汧渭之間。

## 艱

【苦艱】曹植、吁嗟篇：誰知吾苦艱；蘇軾、和子由蠶市：蜀人衣食常苦艱。【無艱】韓愈、江漢一首答孟郊：乘舟渡無艱。【險艱】李白、古風：世路多險艱；李白、豫章行：豈云憚險艱；杜甫、九日奉寄嚴大夫：經時冒險艱。【梁父艱】張衡、四愁詩：欲往從之梁父艱。

## 閑

【不閑】李白、豫章行：斬虜素不閑。【閑閑】王維、歸嵩山作：車馬去閑閑。【不可閑】韓愈、讀皇甫湜公安園池詩：君子不可閑。【不暫閑】孟浩然、送賈昇主簿之荆州：勤王不暫閑。【心亦閑】孟浩然、萬山潭作：水清心亦閑。【共取閑】孟浩然、秋登張明府海亭：棲遲共取閑。【自高閑】黃庭堅、光山道中：中田耕者自高閑。【妖且閑】曹植、美女篇：美女妖且閑。【坐乘閑】孟浩然、贈綦毋校書：垂釣坐乘閑。【夜月閑】孟浩然、宿立公房：蘿軒夜月閑。【虎牙閑】杜牧、雕窮頓竊於一麾：戍樓吹笛虎牙閑。【供帝閑】蘇軾、書韓幹牧馬圖：歲時翦刷供帝閑。【秋月閑】蘇軾、約公擇飲是日大風：春風無事秋月閑。【相對閑】蘇軾、洞霄宮：作者七人相對閑。【相與閑】杜牧、洛陽長句二首：草色人心相與閑。【清且閑】李白、飛龍引：鼎湖流水清且閑。【野興閑】孟浩然、遊鳳林寺西嶺：琴歌野興閑。【婾自閑】曹植、雜詩六首：小人婾自閑。【綠蘿閑】孟浩然、遊景空寺蘭若：時憂綠蘿閑。【驕且閑】韓愈、雪後：驊騮躢路驕且閑。

## 閒

【不閒】曹植、贈徐幹：小人亦不閒；王維、留別丘爲：自知心不閒；蘇軾、石鼻城：陌上征夫自不閒。【方閒】王維、汎前陂：清月皓方閒。【自閒】陳師道、登快哉亭：奔雲亦自閒；李白、山中問答：笑而不答心自閒。【休閒】曹植、吁嗟篇：宿夜無休閒。【空閒】元好問、岐陽：倚天仙掌惜空閒。【餘閒】陶淵明、歸園田居：虛室有餘閒；李白、南都行：齷舞有餘閒。【一日閒】韋應物、訪王侍御不遇：九日驅馳一日閒。【一春閒】蘇軾、和子由蠶市：一年辛苦一春閒。【人外閒】王維、登裴秀才迪小台：秋原人外閒。【也是閒】陸游、感懷絕句：換得涼州也是閒。【水石閒】蘇軾、遊西菩提寺：處士風流水石閒。【半舟閒】李商隱、靈仙閣晚眺：郭去半舟閒。【未應閒】李白、關山月：歎息未應閒。【池上閒】王維、山興：況君池上閒。【自欠閒】陸游、雜詠四首：車馬紛紛自欠閒。【有無閒】蘇軾、次韻陳海州書懷：蓬萊方丈有無閒。【歧路閒】曹植、美女篇：采桑歧路閒。【長楸閒】曹植、名都篇：走馬長楸閒。【長獨閒】陶淵明、六月中遇火：靈府長獨閒。【兩䠞閒】蘇軾、和子由與顏長道：奮身三丈兩䠞閒。【郢門閒】孟浩然、送賈昇主簿之荆州：空望郢門閒。【浮雲閒】李白、古風：心與浮雲閒。【剪刀閒】李商隱、和友人戲贈二首：新正未破剪刀閒。【清且閒】李白、飛龍引：鼎湖流水清且閒。【落花閒】李白、贈黃山胡公求白鷴：朝步落花閒。【無時閒】李白、古風：笑歌無時閒。【魚蓑閒】蘇軾、再過超然臺：扁舟獨與魚蓑閒。【陳蔡閒】曹植、豫章行：窮困陳蔡閒。【萬事閒】李白、春日獨酌：澹然萬事閒。【轂黃閒】黃庭堅、戲和文潛謝穆父松扇：不須射雉轂黃閒。【廣川閒】王維、登河北城樓作：心與廣川閒。【廣庭閒】王維、憶胡居士家：積素廣庭閒。【盡日閒】李商隱、戲贈張書記：平蕪盡日閒。【碧桃閒】李商隱、曼倩辭：瑤池歸夢碧桃閒。【歎身閒】陸游、雙流旅舍三首：每因髀肉歎身閒。【獨去閒】李白、獨坐敬亭山：孤雲獨去閒。

# 慳

【偏慳】韓愈、雪後：獨於數子懷偏慳。【寒慳】蘇軾、再過超然臺：無復杞菊嘲寒慳。【未吾慳】杜甫、茅堂檢校收稻：玉粒未吾慳。

# 潺

【潺潺】韓愈、宿曾江口示姪孫湘二首：奔流但潺潺；杜牧、洛陽長句二首：仙舟何處水潺潺。

# 殷

【北斗殷】杜甫、諸將五首：曾閃朱旗北斗殷。

# 患

【妖患】韓愈、謝自然詩：狐狸聘妖患。【憂患】曹植、三良詩：既沒同憂患。【遘患】王粲、七哀詩：豺虎方遘患。

潸瘝彎鐶鍰睘圜頒般
豻蕑嫺鷳孱媥斕湲綸
眅憪擐[illegible]轘[illegible]跧扳瞷
鬘狦鬆[illegible]嚬黫訕澴軒
獌

【對偶】

司空曙、賊平後送人北歸：曉月過殘壘，繁星宿故關。　李商隱、南潭上亭讌集：鷁舟縈遠岸，魚鑰啟重關。　李商隱、戲贈張書記：別館君孤枕，空庭我閉關。　李商隱、行次西郊作一百韻：爲賊掃上陽，捉人送潼關。　李商隱、靈仙閣晚眺寄鄆州韋評事：爽氣臨周道，嵐光入漢關。　柳中庸、征人怨：朝朝馬策與刀環，歲歲金河復玉關。　李白、南都行：走馬紅陽城，呼鷹白河灣。　王維、淇上田園卽事：牧童望春去，獵犬隨人還。　李白、春日獨酌：長空去鳥沒，落日孤雲還。　王維、登河北城樓作：岸火孤舟宿，漁家夕鳥還。　李商隱、戲贈張書記：星漢秋方會，關河夢幾還。　李商隱、靈仙閣晚眺寄鄆州韋評事：想就安車召，寧期負矢還。　王維、留別丘爲：親勞簪組送，欲趁鶯花還。　溫庭筠、送人東遊：江上幾人在，天涯孤櫂還。　司空曙、賊平後送人北歸：世亂同南去，時清獨北還。　李白、從軍行：笛奏梅花曲，刀開明月環。　李商隱、和友人戲贈二首：明珠可貴須爲佩，白璧堪裁且作環。　李商隱、靈仙閣晚眺寄鄆州韋評事：滿壺從蟻泛，高閣已苔斑。　韋應物、淮上喜會梁川故人：歡笑情如舊，蕭疏鬢已斑。　楊億、書懷寄劉五：病起東陽衣帶緩，愁多騎省鬢毛斑。　李商隱、南潭上亭讌集：佳人啟玉齒，上客頷朱顏。　李商隱、靈仙閣晚眺寄鄆州韋評事：華蓮開菡萏，荆玉刻孱顏。　李商隱、戲贈張書記：危絃傷遠道，明鏡惜紅顏。　李商隱、南潭上亭讌集：鶯蝶如相引，煙蘿不暇攀。　李商隱、南潭上亭讌集：馬卿聊應召，謝傅已登山。　李商隱、戲贈張書記：池光不受月，野氣欲沈山。　李商隱、靈仙閣晚眺寄鄆州韋評事：愚公方住谷，仁者本依山。　王維、登河北城樓作：高城眺落日，極浦映蒼山。　王維、汎前陂：暢以沙際鶴，兼之雲外山。　王維、歸嵩山作：荒城臨古渡，落日滿秋山。　王維、憶胡居士家：隔牖風驚竹，開門雪滿山。　李白、南都行：高樓對紫陌，甲第連青山。　李白、廣陵贈別：天邊看淥水，海上見青山。　李白、金陵江上遇蓬池隱者：綠水向雁門，黃雲蔽龍山。　孟浩然、廣陵別薛八：檣出江中樹，波連海上山。　李白、從軍行：從軍玉門道，逐虜金微山。　溫庭筠、送人東遊：高風漢陽渡，初日郢門山。　馬虞臣、落日悵望：微陽下喬木，遠燒入秋山。　陳師道、登快哉亭：夕陽初隱地，暮靄已依山。　司空曙、賊平後送人北歸：他鄉生白髮，舊國見青山。　楊億、書懷寄劉五：五年書命塵西閣，千古移文媿北山。　柳中庸、征人怨：三春白雪歸青塚，萬里黃河繞黑山。　黃庭堅、次韻寄王文通：頭白眼花行作吏，兒婚女嫁望還山。　李白、永王東巡歌：千巖烽火連滄海，兩岸旌旗繞碧山。　李白、永王東巡歌：初從雲夢開朱邸，更取金陵作小山。　韋應物、淮上喜會梁川故人：浮雲一別後，流水十年間。　王維、送衡嶽瑗公南歸：綻衣秋日裏，洗鉢古松間。　李白、從軍行：鼓聲鳴海上，兵氣擁雲間。　孟浩然、萬山潭作：魚行潭樹下，猿挂島藤間。　王維、登裴秀才迪小台：遙知遠林際，不見此簷間。　王維、淇上田園即事：日隱桑柘外，河明閭井間。　李商隱、南潭上亭讌集：歌發百花外，樂調深竹間。　李商隱、朱槿花二首：坐疑忘物外，歸去有簾間。

陳師道、登快哉亭：度鳥何所向，奔雲亦自閒。

王維、登裴秀才迪小台：落日鳥邊下，秋原人外閒。　王維、憶胡居士家：灑室深巷靜，積素廣庭閒。　王維、汎前陂：澄波澹將夕，清月皓方閒。　李商隱、戲贈張書記：古木含風久，平燕盡日閒。　李商隱、靈仙閣晚眺寄鄆州韋評事：潘遊全璧散，郭去半舟閒。　李商隱、和友人題贈二首：子夜休歌團扇掩，新正未破剪刀閒。　李商隱、朱槿花二首：嗅自微微白，看成沓沓殷。

# 下平聲

## 一先 古通鹽 轉寒刪

### 先

【我先】杜甫、奉寄李賓客一百韻：文章並我先。【所先】陶淵明、連雨獨飲：任直無所先。【爭先】孟浩然、送陳七赴西軍：萬里忽爭先；蘇軾、和蔣夔寄茶：水脚一綫誰爭先。【後先】白居易、達哉樂天行：薄產處置有後先。【客先】宋之問、新年作：春歸在客先。【其先】韓愈、送靈師：朋識爭迎獲其先。【推先】王維、哭祖六自虛：一鳴一息定共推先。【誰先】元好問、憶叔能：一鳴一息定誰先。【坐中先】蘇軾、坐上賦戴花得天字：老狂聊作坐中先。【爭相先】韓愈、謝自然詩：甿俗爭相先。【無敵先】李商隱、行次西郊作一百韻：相戒無敵先。【朝露先】孟浩然、傷峴山雲表上人：忽隨朝露先；孟浩然、傷峴山雲表觀主：溘隨朝露先。【鴈相先】元好問、山中寒食：歸心長與鴈相先。

### 前

【不前】王維、恭懿太子挽歌五首：笳悲馬不前；韓愈、左遷至藍關：雪擁藍關馬不前。【目前】孟浩然、送陳七赴西軍：磙磙在目前；蘇軾、贈潘谷：世人重耳輕目前。【花前】薛道衡、人日思歸：思發在花前。【我前】韓愈、秋懷詩：吹燈當我前；曹植、名都篇：雙兔過我前；杜甫、遣興：黃葉墮我前。【君前】張祜、宮詞：雙淚落君前。【忌前】李商隱、懷求古翁：多才不忌前。【門前】無名氏、西洲曲：樹下即門前；陶淵明、六月中遇火：舫舟蔭門前；元結、賊退示官吏：洞壑當門前。【使前】韓愈、雜詩：蹇驢鞭使前。【案前】韓愈、短燈檠歌：此時提携當案前。【眼前】韓愈、送靈師：分明皆眼前。江淹、遊黃蘗山：松木橫眼前；杜甫、歷歷：分明在眼前；杜甫、示姪佐：君來慰眼前；白居易、草茫茫：一凶一吉在眼前；李白、粉圖山水歌：驅山走海置眼前。【堂前】陶淵明、歸園田居：桃李羅堂前。【復前】王維、哭祖六自虛：征途泥復前。【十年前】元好問、送郭大方：交遊空記十年前。【十載前】韓愈、贈鄭兵曹：樽酒相逢十載前。

【太古前】杜甫、杜鵾：有禮太古前。【上客前】杜甫、奉寄李賓客一百韻：佳人上客前。【五柳前】王維、輞川閒居：狂歌五柳前。【今過前】韓愈、贈別元十八：所得今過前。【未央前】杜甫、贈韋七贊善：杜陵韋曲未央前。【未可前】王維、千塔主人：征帆未可前。【白門前】韓翃、送冷朝陽還上元：秋風疏柳白門前。【玉房前】李端、聽箏：素手玉房前。【昏耄前】白居易、耳順吟：猶在病羸昏耄前。【兩楹前】鮑照、學劉公幹體：飛舞兩楹前。【明鏡前】李白、長相思：歸來看取明鏡前。【明燭前】鮑照、擬行路難：列置幃裏明燭前。【奉觴前】蘇頲、幸望春宮應制：飛花故落奉觴前。【枕席前】王維、投道一師蘭若宿：今成枕席前。【春風前】王維、奉送六舅歸陸渾：種杏春風前。【草堂前】張籍、寄僧：遙憶草堂前；孟浩然、過景空寺：猶挂草堂前。【峴山前】杜甫、一室：留井峴山前。【射堂前】孟浩然、上巳洛中寄王九迴：走射堂前。【秋風前】杜甫、遣興：桂折秋風前。【菱花前】李白、代美人愁鏡：玉筯幷墮菱花前。【萬目前】陸游、建安遺興：刺虎騰身萬目前。【御榻前】李商隱、行次西郊作一百韻：坐在御榻前。【詎敢前】韓愈、謝自然詩：躑躅詎敢前。【慈母前】孟浩然、送張參明經擧：承歡慈母前。【幾生前】蘇軾、柏堂：道人手種幾生前。【落梅前】李商隱、憶雪：歌唱落梅前。【滄浪前】李白、留別廣陵諸公：垂釣滄浪前。【漢使前】李益、至飲馬泉：今日分流漢使前；溫庭筠、蘇武廟：蘇武魂銷漢使前。【綠水前】王灣、次北固山下：行舟綠水前。【暮帆前】杜甫、游子：三峽暮帆前。【衡門前】王維、輞川別業：相歡語笑衡門前。【龍庭前】李白、折楊柳：遠寄龍庭前；李白、古風：今成龍庭前。【魏宮前】劉禹錫、蜀先主廟：來舞魏宮前。【權門前】李白、庭楸：肎到權門前。

## 千

【八千】韓愈、左遷至藍關：夕貶潮陽路八千。【十千】曹植、名都篇：美酒斗十千；王維、少年行：新豐美酒斗十千；李白、行路難：金樽清酒斗十千。【三千】韓愈、示爽：里數逾三千；王維、遊悟眞寺：世界接三千；蘇軾、書韓幹牧馬圖：柘袍臨池侍三千；元好問、春寒：朱門食客自三千。【百千】李白、庭楸：有客動百千。【幾千】李商隱、風雨：銷愁斗幾千；皇甫冉、春思：馬邑龍堆路幾千。【幾千】李白、古風：和者乃數千。【下牢千】杜甫、奉寄李賓客一百韻：道里下牢千。【時已千】韓愈、秋懷詩：相去時已千。【黃金千】李白、去婦詞：有贈黃金千。【萬五千】李商隱、行次西郊作一百韻：屯兵萬五千。

## 阡

【九阡】曹植、吁嗟篇：南北越九阡。【開阡】王維、恭懿太子挽歌五首：京兆別開阡。【新阡】杜甫、奉寄李賓客一百韻：幾處有新阡。
【京兆阡】王維、哭祖六自虛：徒聞京兆阡。
【陌與阡】曹植、送應氏六首：不識陌與阡。

## 箋

或作牋【巴牋】李商隱、行至金牛驛寄興元渤海尚書：五雲章色破巴牋。【華牋】杜甫、奉寄李賓客一百韻：佳句染華牋。【淚灑牋】蘇軾、挽詩二首孔長源：南望題詩淚灑牋。

## 韉

【鞍韉】無名氏、木蘭詩：西市買鞍韉。【錦鞍韉】杜甫、送人從軍：雲汗錦鞍韉。

## 天

【人天】李白、送楊燕之東魯：清風播人天。
【九天】李白、獨漉篇：鵬摶九天；陶淵明、六月中遇火：一盼周九天；李白、望廬山瀑布水：疑是銀河落九天；黃庭堅、再次韻寄子由：虎豹憎人上九天。【尤天】韓愈、孟東野失子：吾將上尤天。【平天】李白、秋浦歌：此地即平天。
【吳天】元好問、甲午除夕：空將衰淚灑吳天。
【近天】杜甫、送人從軍：陽關已近天。【忘天】陶淵明、連雨獨飲：重觴忽忘天。【青天】李白、古風：指揮回青天；李白、古風：遺響飛青天；杜甫、月：故故滿青天；杜甫、倚杖：歸雁喜青天；韓愈、利劍：決雲中斷開青天；白居易、海漫漫：不言白日昇青天；李白、長相思：憶君迢迢隔青天；李白、蜀道難：蜀道之難難於上青天；蘇軾、次韻孫職方蒼梧山：來依鵬背負青天。【吳天】杜甫、奉寄李賓客一百韻：朝海蹴吳天。【長天】李白、長相思：上有青冥之長天。【雨天】韋莊、長安清明：早是傷春夢雨天。
【胡天】王維、使至塞上：歸雁入胡天；皇甫冉、春思：心隨明月到胡天。【畏天】杜甫、迴棹：百私猶畏天。【連天】王維、遊悟眞寺：渭水欲連天。【高天】杜甫、白鹽山：爾獨近高天。
【涼天】李商隱、月：簟卷已涼天。【參天】曹植、升天行：蘭桂上參天；杜甫、杜鵑：喬木上參天；曹植、送應氏二首：荆棘上參天。【晴天】李商隱、七月二十八日聽雨後夢作：瑞霞明麗滿晴天。【雲天】王維、哭祖六自虛：鄉國隱雲天。【無天】杜甫、歸：峽外絕無天。【朝天】杜甫、哭李尙書：喉舌罷朝天；王維、口號誦示裴迪：百僚何日更朝天。【蒼天】曹植、野田燕雀行：飛飛摩蒼天。【愁天】黃庭堅、觀化：碧雲爲我作愁天。【遠山】杜甫、十二月一日三首：要取椒花媚遠天。【寥天】李白、大庭庫：觀化入寥天。【曉天】陳子昂、春夜別友人：長河沒曉天。【霜天】杜甫、季秋江村：白首望霜天。【關天】蘇軾、次韻孔毅父久旱而雨：飢飽在我寧關天。【八月天】杜甫、與任城許主簿遊南池：蒲荒八月天。【九重天】韓愈、左遷至藍關：一封朝奏九重天。【夕陽天】李商隱、河淸與趙氏昆季讌集：鳥沒夕陽天。【尺五天】杜甫、贈韋七贊善：時論同歸尺五天。【水中天】蘇軾、次韻王誨夜坐：夜深同看水中天。【水共天】孟浩然、洞庭湖寄閻九：唯餘水共天。【水如天】趙嘏、江樓感舊：月光如水水如天；柳宗元、別舍弟宗一：洞庭春盡水如天。【不在天】李商隱、行次西郊作一百韻：在人不在天。【水底天】李商隱、行至金牛驛寄興元渤海尙書：樓上春雲水底天。【水連天】陸游、感舊絕句：雞蹤橋下水連天。【水接天】李商隱、霜月：百尺樓高水接天。【水照天】白居易、昆明春：今來淨淥水照天。【五湖天】蘇軾、登絕頂望太湖：水光翻動五湖天。【白雲天】李益、至飲馬泉：何人倚劍白雲天。【自一天】元好問、眼中：秋水鳴蛙自一天。【江上天】李白、郢門秋懷：茫茫江上天。【仰見天】蘇軾、紙帳：破屋那愁仰見天。【共收天】江淹、遊黃蘗山：銅石共收天。【光射天】蘇軾、李公擇求黃鶴樓詩：夜穿茆屋光射天。【早寒天】陸游、蔬圃絕句：青青蔬甲早寒天。【仰訴天】白居易、縛戎人：念此呑聲仰訴天。【西極天】李白、當塗趙炎少府粉圖山水歌：峨眉高出西極天。【杏花天】李商隱、評事翁寄賜餳粥走筆爲答：粥香餳白杏花天。【赤城天】李白、金陵送張十一再遊東吳：霞色赤城天。【花連天】蘇軾、寄吳德仁兼簡陳季常：淸溪遶屋花連天。【拋涼天】李商隱、河陽詩：衰容自去拋涼天。【京兆天】李白、同吳王送杜秀芝赴擧入京：將遊京兆天。【雨餘天】蘇軾、寄黎眉州：峨眉翠掃雨餘天。【峽中天】杜甫、峽隘：却望峽中天。【飛上天】無名氏、古絕句四首：破鏡飛上天。【高中天】曹植、贈徐幹：迎風高中天。【欲風天】李商隱、李花：强笑欲風天。【移所天】李白、去婦詞：二十移所天。【海連天】李商隱、海上：石橋東望海連天。【欲曙天】白居易、長恨歌：耿耿星河欲曙天。【黃入天】岑參、走馬川行：平沙莽莽黃入天。【菊花天】歐陽修、秋懷：細雨菊花天。【冥冥天】韓愈、謝自然詩：來自冥冥天。【詠涼天】韋應物、秋夜寄丘員外：散步詠涼天。【雪暗天】李白、行路難：將登太行雪暗天。【湖中天】李白、尋陽送弟昌峒鄱陽司馬作：帆落湖中天。【散花天】蘇軾、坐上賦戴花得天字：却須還與散花天。【萬里天】李商隱、鴛鴦：雌去雄飛萬里天。【悲人天】蘇軾、記所見吳道子畫佛滅度：奔會四海悲人天。【遠連天】劉長卿、夕望岳陽：洞庭秋水遠連天。【歲暮天】孟浩然、赴京途中遇雪：蒼茫歲暮天。【壺中天】李白、贈饒陽張司戶燧：寥落壺中天。【團團天】韓愈、送靈師：仰見團團天。【價動天】李商隱、一片：一片瓊英價動天。【塵暗天】蘇軾、約公擇飲是日大風：曉來顛風塵暗天。【閶闔天】李商隱、燕台四首夏：綾扇喚風閶闔天。【獨上天】杜甫、覆舟：迢迢獨上天。【曉上天】李商隱、謝先輩防記念拙詩：河聲曉上天。【霜滿天】張繼、楓橋夜泊：月落烏啼霜滿天。【謫見天】白居易、司天台：下陵上替謫見天。【斷腸天】李商隱、柳：樂遊春苑斷腸天。【豔陽天】鮑照、學劉公幹體：當避豔陽天。

## 堅

【非堅】陶淵明、六月中遇火：玉石乃非堅。【精堅】鮑照、擬古：何用獨精堅。【秋聲堅】蘇軾、次韻子由柳湖感物：蠹聲啄木秋聲堅。

## 肩

【拍肩】李商隱、碧城三首：莫見洪崖又拍肩。【齊肩】王維、哭祖六自虛：微物敢齊肩。【不比肩】杜甫、陳拾遺故宅：哲匠不比肩。【披兩肩】無名氏、子夜歌：絲髮披兩肩。【拍我肩】李商隱、七月二十八日聽雨後夢作：有個仙人拍我肩。【重莫肩】蘇軾、李公擇求黃鶴樓詩：黃金乞得重莫肩。【絕隨肩】杜甫、奉寄李賓客一百韻：四海絕隨肩。

## 賢

【右賢】王維、送韋評事：欲逐將軍取右賢。【先賢】王維、送梓州李使君：不敢倚先賢。【前賢】杜甫、迴櫂：有跡負前賢。【時賢】韓愈、示爽：府公又時賢。【聖賢】杜甫、陳拾遺故宅：所貴者聖賢。【象賢】劉禹錫、蜀先主廟：生兒不象賢。【群賢】王維、遊悟眞寺：披霧隱群賢；孟浩然、上巳洛中寄王九迥：何處會群賢。【稱賢】趙壹、疾邪詩二首：富貴者稱賢。【遺賢】韓愈、送靈師：朝署時遺賢。【六一賢】蘇軾、寄黎眉州：好士今無六一賢。【不世賢】杜甫、奉寄李賓客一百韻：長吟不世賢。【未覺賢】杜牧、商山富水：益戇由來未覺賢。【似子賢】蘇軾、送鄭戶曹：陋巷何人似子賢。【多此賢】陶淵明、詠貧士：賴古多此賢。【仲容賢】杜甫、示姪佐：早覺仲容賢。【夷叔賢】鮑照、擬古：徒稱夷叔賢。【青瑣賢】李白、玉壺吟：謫浪赤墀青瑣賢。【沮溺賢】王維、上平田：寧知沮溺賢。【知誰賢】蘇軾、和蔣夔寄茶：南北嗜好知誰賢。【時世賢】元結、賊退示官吏：以作時世賢。【陶令賢】王維、奉送六舅歸陸渾：共知陶令賢。【鄉里賢】王維、輞川別業：傴僂丈人鄉里賢。【最爲賢】韓愈、謝自然詩：知識最爲賢。【賈誼賢】王維、哭祖六自虛：人知賈誼賢。【稱其賢】曹植、豫章行：天下稱其賢。【慕其賢】曹植、豫章行：季札慕其賢。【藝且賢】韓愈、贈別元十八：其人藝且賢。【覺汝賢】杜甫、別王十二判官：含悽覺汝賢。

## 弦

【夜弦】李白、贈嵩山進鍊師：松風鳴夜弦。【悲弦】王維、哭祖六自虛：終亦繼悲弦。【管弦】王維、口號誦示裴迪：凝碧池頭奏管弦；白居易、與夢得沽酒後期：醉聽清吟勝管弦。【箭弦】李白、代美人愁鏡：藁砧一別若箭弦。【六上弦】杜甫、月：春來六上弦。【伯牙弦】李白、春日歸山寄孟浩然：叨入伯牙弦。【直如弦】李白、笑歌行：君不見直如弦。【急管弦】李白、雉朝飛：雉子班奏急管弦。【鴛鴦弦】李白、長相思：蜀琴欲奏鴛鴦弦。【燥溼弦】杜甫、奉寄李賓客一百韻：音知燥溼弦。

## 絃

【五絃】嵇康、贈秀才入軍：手揮五絃。【朱絃】黃庭堅、觀化：故人去後絕朱絃。【拂絃】李端、聽箏：時時誤拂絃。【南絃】謝莊、懷園引：楚客傷而奏南絃。【湘絃】韓愈、送靈師：杳如奏湘絃；李商隱、碧城三首：赤鱗狂舞撥湘絃。【管絃】李商隱、風雨：青樓自管絃；白居易、耳順吟：尚有心情聽管絃；白居易、琵琶行：舉杯欲飲無管絃；黃庭堅、觀化：恰似人歸瑣管絃；蘇頲、幸望春宮應制：鳥弄歌聲雜管絃。【五十絃】李商隱、 七月二十八日夜聽雨後夢作：雨打湘靈五十絃；李商隱、錦瑟：錦瑟無端五十絃。【未絕絃】元好問、送郭大方：得意高山未絕絃。【高下絃】李商隱、曉坐：腸危高下絃。【倚窗絃】李商隱、夜半：玉琴時動倚窗絃。

【鴛鴦絃】李白、長相思：蜀琴欲動鴛鴦絃。

## 煙

亦作烟【人煙】曹植、送應氏二首：千里無人煙；孟浩然、赴京途中遇雪：不見有人煙；杜甫、送人從軍：黑月斷人煙；李白、蜀道難：不與秦塞通人煙。【水煙】錢起、江行無題：螢飛透水煙。【江煙】李白、春日歸山寄孟浩然： 樓勢出江煙。【白煙】王維、遊悟眞寺：孤城起白煙。【孤煙】王維、輞川閒居：墟里上孤煙。【春煙】李白、寄劉侍御綰：飛蘿搖春煙；黃庭堅、觀化：相媒相合隔春煙。【青煙】李白、古風：密葉羅青煙；陳子昂、春夜別友人：銀燭吐青煙。【浮煙】司空曙、雲陽舘與韓紳宿別：深竹暗浮煙。【風煙】宋之問、新年作：江柳共風煙；王維、投道一師蘭若宿：高頂出風煙；李商隱、西亭：疏簾相伴宿風煙。【祥煙】李商隱、行次西郊作一百韻：玉座當祥煙。【飛煙】蘇軾、謝子駿贈吳道子佛畫：付與一炬隨飛煙；蘇軾、李公擇求黃鶴樓詩：縹緲入石如飛煙。【野煙】王維、桃花谿：隱隱飛橋隔野煙。【淩烟】黃庭堅、次韻寄子由：幾人圖畫入淩烟。【寒煙】鮑照、擬古：城郭宿寒煙；李白、秋登巴陵望洞庭：水綠無寒煙；李白、同吳王送杜秀才芝赴擧入京：秀水出寒煙；黃庭堅、再次韻寄子由：青山桑柘冒寒煙。【雲煙】王維、千塔主人：枕席生雲煙。李白、古風：賓客如雲煙；韓愈、送靈師：高步凌雲煙；王維、至滑州隔河望黎陽：孤峯沒雲煙。杜甫、奉寄李賓客一百韻：明日掃雲煙；黃庭堅、贈惠洪：又能落筆生雲烟。【紫煙】李白、秋浦歌：紅星亂紫煙；李白、送內尋廬山女道士李騰空：羅衣曳紫煙；李白、元丹丘歌：暮還嵩岑之紫煙；鮑照、擬行路難：內含麝芬之紫煙。【無煙】劉長卿、夕望岳陽：汀洲無浪復無煙。【疏煙】杜甫、聞斛斯六官未歸：士銼冷疏煙。【朝煙】王維、田園樂：柳綠更帶朝煙。【碎煙】李白、對雨：空庭織碎煙。【湘煙】李賀、浩歌：嬌春楊柳含湘煙。【樹煙】柳宗元、別舍弟宗一：長在荆門郢樹煙。【已生煙】蘇軾、和子由寒食：樹林深翠已生煙。【不見煙】陶淵明、詠貧士：闃竈不見煙。【不住煙】李商隱、謝先輩防記念拙詩：西樓不住煙。【不勝煙】李商隱、曉坐：柳自不勝煙。【自墮煙】李商隱、夜半：露欲爲霜月墮煙。【玉生煙】李商隱、錦瑟：藍田日暖玉生煙。【石堂煙】杜甫、別王十二判官：勝地石堂煙。【自生煙】韓愈、庭楸：蒨蒨自生煙。【花含煙】李白、長相思：日色已盡花含煙。【金窗煙】李白、折楊柳：葉暖金窗煙。【風中煙】韓愈、謝自然詩：飄若風中煙。【草含煙】李益、至飲馬泉：綠楊著水草含煙。【柳含煙】蘇頲、幸望春宮應制：更逢晴日柳含煙。【故園煙】杜甫、陳拾遺故宅：慘澹故園煙。【浥曙煙】元好問、山中寒食：小雨斑斑浥曙煙。【宿潭煙】孟浩然、夜渡湘水：漁子宿潭煙。【萬古烟】江淹、遊黃蘗山：廧崒萬古烟。【萬條煙】李白、送別：楊樹萬條煙。【蒼梧煙】李白、粉圖山水歌：赤城霞菊蒼梧煙。【塞草烟】溫庭筠、蘇武廟：隴上羊歸塞草烟。【塞雲煙】杜甫、贈韋七贊善：南遊花柳塞雲煙。【墟里煙】陶淵明、歸園田居：依依墟里煙。【碧海煙】李白、贈饒陽張司戶燧：夕棲碧海煙。【廚少煙】白居易、達哉樂天行：門庭多草廚少煙。【斷無煙】王維、隴西行：烽戍斷無煙。【瀟湘煙】李白、郢門秋懷：雁度瀟湘煙。【霾香烟】蘇軾、記所見吳道子畫佛滅度：遺像久此霾香烟。

## 燕

【不戀燕】李白、古風：越禽不戀燕。

## 蓮

【玉蓮】李白、送楊燕之東魯：開門對玉蓮。【紅蓮】無名氏、西洲曲：出門採紅蓮。王維、遊悟眞寺：乞火踏紅蓮。【采蓮】孟浩然、夜渡湘水：歌聲識采蓮。【採蓮】李白、秋登巴陵望洞庭：城女歌採蓮。【渚蓮】李商隱、李花：分香沾渚蓮。【出水蓮】蘇軾、記所見吳道子畫佛滅度：漸如濯濯出水蓮。【玉井蓮】韓愈、古意：太華峯頭玉井蓮。【宕池蓮】陸游、感懷絕句：半紅半白宕池蓮。【風折蓮】白居易、眞娘墓：霜摧桃李風折蓮。【庾杲蓮】李商隱、行至金牛驛寄興元渤海尚書：從事人人庾杲蓮。【華嶽蓮】李商隱、七月二十八日夜聽雨後夢作：龍伯擎將華嶽蓮。【顏如蓮】蘇軾、游徑山：天女下試顏如蓮。

## 憐

【可憐】杜甫、奉寄李賓客一百韻：寒花亦可憐；李商隱、碧城三首：對影聞聲已可憐。元結、賊退示官吏：人貧傷可憐；蘇軾、李公擇求黃鶴樓詩：神人戲汝眞可憐。【自憐】李白、去婦詞：孤妾長自憐；元好問、送劉子東遊：擊缶嗚嗚頗自憐。【傷憐】陸游、雨中繫舟戲作短歌：至今過者無傷憐。【誰憐】韓愈、孟東野失子：一一欲誰憐。【人所憐】李商隱、行次西郊作一百韻：死非人所憐。【不可憐】無名氏、子夜歌：何處不可憐。【不自憐】陸游、記夢二首：抵死尋春不自憐。【古今憐】劉長卿、夕望岳陽：長沙謫去古今憐。【自可憐】韓愈、庭楸：不往自可憐。【江可憐】杜甫、十二月一日三首：雲安縣前江可憐。【奇可憐】陶淵明、讀山海經：毛色奇可憐。【持可憐】無名氏、子夜四時歌：桐花持可憐。【春可憐】蘇頲、幸望春宮應制：東望望春春可憐。【時所憐】杜甫、遣興：今爲時所憐。【國人憐】王維、哭祖六自虛：行路國人憐。【衆目憐】蘇軾、次韻孔毅文久旱而雨：力耕不受衆目憐。【聖君憐】王維、恭懿太子挽歌五首：對日聖君憐。【復可憐】李商隱、月：難忘復可憐。【誠足憐】曹植、贈徐幹：貧賤誠足憐。

## 田

【上田】李白、寄劉侍御綰：選幽開上田。【中田】曹植、豫章行：耕耘處中田；曹植、吁嗟篇：故歸彼中田；陶淵明、六月中遇火：餘糧宿中田。【芋田】王維、送梓州李使君：巴人訟芋田。【東田】韓翃、送冷朝陽還上元：共誰携手在東田。【青田】杜甫、奉寄李賓客一百韻：鶴唳必青田。【春田】王維、輞川別業：歸來才及種春田。【桑田】李商隱、海上：可能留命待桑田。【野田】孟浩然、赴京途中遇雪：飢鳥集野田。【園田】陶淵明、歸園田居：守拙歸園田。【遠田】王維、千塔主人：桑榆蔭遠田。【廢田】蘇軾、和子由寒食：江上何人治廢田。【營田】杜甫、兵車行：便至四十西營田。【歸田】韓愈、示爽：有路卽歸田。【二頃田】李白、笑歌行：蘇秦所以不墾二頃田。【上平田】王維、上平田：暮耕上平田。【不復田】曹植、送應氏二首：荒疇不復田。【正田田】李商隱、碧城三首：玉池荷葉正田田。【白玉田】王維、遊悟眞寺：仍開白玉田。【東皋田】王維、奉送六舅歸陸渾：退耕東皋田。【海爲田】李商隱、七月二十八日夜聽雨後夢作：鮫綃休賣海爲田。【黃沙田】李白、戰城南：古來唯見白骨黃沙田。【雲夢田】李白、秋登巴陵望洞庭：　山空雲夢田。
【蓮田田】白居易、昆明春：游魚鱍鱍蓮田田。
【潁東田】歐陽修、秋懷：歸去潁東田。

## 塡鈿年

【坑塡】韓愈、送靈師：魂骨俱坑塡。【崩塡】鮑照、擬古詩：宮闕久崩塡。
【玉爲鈿】李商隱、李花：猶自玉爲鈿。【露翠鈿】無名氏、西洲曲：門爲露翠鈿。
【十年】李白、去婦詞：盛色無十年。【丁年】溫庭筠、蘇武廟：去時冠劍是丁年。【二年】薛道衡、人日思歸：離家已二年。【九年】徐陽、關山月：從軍復九年。【三年】韓愈、贈別元十八：於今已三年；杜甫、奉寄李賓客一百韻：消渴已三年；白居易、與夢得沽酒後期：相看七十欠三年。【千年】杜甫、陳拾遺故宅：此堂豈千年；無名氏、子夜四時歌秋：梧子解千年；陸游、雨中繫舟戲作短歌：驪山冢破已千年。【子年】蘇軾、次韻孫職方蒼梧山：　荒怪還須問子年。【少年】曹植、野田黃雀行：來下謝少年；曹植、名都篇：京洛出少年；曹植、送應氏二首：但覩新少年；韓愈、贈鄭兵曹：君爲壯夫我少年；白居易、眞娘墓：眞娘死時猶少年；黃庭堅、次韻裴仲謀同年：賤子與公俱少年；陸游、　建安遺興：虛老龍門一少年。【中年】王維、哭祖六自虛：羸疾主中年。【凶年】陸游、芋：賴渠撐拄過凶年。【永年】曹操、龜雖壽：可得永年；謝莊、懷園引：吟秋乃以永年。【玄年】杜甫、倚杖：淒涼憶玄年。【半年】李商隱、行次西郊作一百韻：辛苦無半年。【去年】趙嘏、　江樓感舊：風景依稀似去年。【他年】李商隱、野菊：清尊相伴省他年。【多年】杜甫、迴櫂：爲客費多年。【同年】杜甫、哭李尙書：逝水竟同年。【百年】鮑照、擬行路難：　對此長嘆終百年。【何年】陳子昂、春夜別友人：此會在何年；杜牧、敍舊述懷：願聞休去是何年；元好問、　眼中：衣冠今日是何年。【忘年】黃庭堅、次韻寄子由：定知石友許忘年。【往年】孟浩然、遇張十一房六：輕肥異往年。【昔年】韋莊、長安清明：暗喜風光似昔年；蘇軾、天竺山送桂花分贈元素：蟾窟枝空記昔年。【徂年】李白、秋登巴陵望洞庭：閱水悲徂年。【夜年】杜甫、覆舟：神光照夜年。【長年】江淹、遊黃蘗山：漢武愿長年；陶淵明、讀山海經：惟酒與長年；高適、送沈四山人：還山服藥又長年。【爭年】黃庭堅、

再次韻寄子由：雪霜寧與菌爭年。【流年】蘇軾、
和子由蠶市：不悲去國悲流年；蘇軾、　寄黎眉
州：共將詩酒趁流年。【問年】司空曙、雲陽舘
與韓紳宿別：相悲各問年。【華年】李商隱、錦
瑟：一絃一柱思華年。【幾年】宋之問、　新年
作：從今又幾年；杜甫、一室：荆蠻去幾年；白
居易、折臂翁：問翁臂折來幾年。【殘年】韓愈、
左遷至藍關：肯將衰朽惜殘年；白居易、　縛戎
人：若爲辛苦度殘年；蘇軾、遊徑山：欲看細字
銷殘年。【隔年】杜牧、旅宿：家書到隔年；黃
庭堅、觀化：不報雙魚已隔年。【當年】李商隱、
曉坐：得失在當年；李白、長歌行：榮華照當年；
元好問、外家南寺：外家梨栗記當年；陸游、記
夢二首：烏巾白紵憶當年。【新年】李益、至飲
馬泉：恐驚憔悴入新年；皇甫冉、春思：鶯啼燕
語報新年。【輕年】鮑照、擬古詩：衰暮反輕年。
【暮年】李白、玉壺吟：壯心惜暮年。【歲年】
孟浩然、傷峴山雲表上人：秦吳多歲年。　【慶
年】韓翃、送冷朝陽還上元：名遂身歸拜慶年。
【舊年】王灣、次北固山下：江春入舊年。【窮
年】李商隱、風雨：羈泊欲窮年；王維、投道一
師蘭若宿：服事將窮年。【豐年】曹植、　贈徐
幹：膏澤多豐年。【一千年】李商隱、石榴：碧
桃紅頰一千年。【二十年】元結、賊退示官吏：
山林二十年；張祜、宮詞：深宮二十年。【又一
年】高適、徐夜作：霜鬢明朝又一年；元好問、
懷叔能：別欲楊侯又一年；元好問、山中寒食：
潁水崧山又一年；韋應物、寄李儋元錫：今日花
開又一年。【十二年】柳完元、別舍弟宗一：萬
死投荒十二年。【三十年】陶淵明、歸園田居：
一去三十年。【己辰年】蘇軾、　挽詩二首孔長
源：忽驚歲在己辰年。【千萬年】李商隱、偶成
轉韻贈四同舍：借酒祝公千萬年。【五十年】元
好問、甲午除夜：大定昌明五十年。【五百年】
陸游、謫仙：謫在人間五百年；陸游、　感舊絕
句：且戲人間五百年。【太平年】蘇軾、柏堂：
九朝三見太平年。【六百年】韓愈、送靈師：爾
來六百年；韓愈、桃源圖：　自說經今六百年。
【不知年】杜甫、移居東屯茅屋：解纜不知年。
【不計年】杜甫、送人從軍：封侯不計年。【不
逢年】黃庭堅、和張沙招飲：張侯耕稼不逢年。
【不記年】白居易、上陽人：春往秋來不記年。
【四十年】陶淵明、六月中遇火：奄出四十年；
陶淵明、連雨獨飲：僶俛四十年；元好問、別康

顚之：鄭監才名四十年。【多少年】王維、少年行：咸陽遊俠多少年。【耳順年】白居易、耳順吟：不用嫌他耳順年。【多歲年】孟浩然、傷峴山雲表觀主：秦吳多歲年。【忘機年】黃庭堅、贈惠洪：槁項頂螺忘機年。【兩岐年】李商隱、憶雪：豐待兩岐年。【東風年】李白、折楊柳：搖豔東風年。【度年年】孟浩然、歲除夜會樂城張少府宅：不見度年年。【紅芳年】李白、古風：凋此紅芳年。【迷歸年】李白、粉圖山水歌：孤舟一去迷歸年。【拜璧年】王維、恭懿太子挽歌五首：才知拜璧年。【病經年】杜甫、杜鵑：值我病經年。【書劍年】孟浩然、送陳七赴西軍：蹉跎書劍年。【幾何年】陶淵明、讀山海經：不知幾何年。【無窮年】韓愈、秋懷詩：事業無窮年。【最少年】杜牧、懷鍾陵舊遊四首：一謁征南最少年。【綵衣年】孟浩然、送張參明經舉：十五綵衣年。【以日以年】韓愈、猗蘭操：以日以年。

## 顚

【其顚】韓愈、送靈師：且欲觀其顚。【華顚】蘇軾、次韻舒堯文祈雪霧豬泉：新聲妙語慰華顚；元好問、眼中：一奄吾欲送華顚。【頂顚】李商隱、行次西郊作一百韻：附之升頂顚。【聖顚】黃庭堅、再次韻寄子由：豎得儒生自聖顚。【春風顚】蘇軾、寄吳德仁兼簡陳季常：落花如雪春風顚。【秋毫顚】蘇軾、謝子駿贈吳道子佛畫：神妙獨到秋毫顚。【荒山顚】蘇軾、游徑山：結茆宴坐荒山顚。【桑樹顚】陶淵明、歸園田居：雞鳴桑樹顚。【雪滿顚】黃庭堅、次韻寄子由：日月相催雪滿顚。【喜欲顚】蘇軾、李公擇求黃鶴樓詩：無功報得喜欲顚；陸游、感懷絕句：折得雙頭喜欲顚。【踣而顚】韓愈、孟東野失子：星辰踣而顚。【覆且顚】韓愈、雜詩：得不覆且顚。

## 巔

【其巔】曹植、升天行：翔鵾戲其巔。【三山巔】李白、粉圖山水歌：幾時可到三山巔。【西山巔】陶淵明、雜詩：勢翳西山巔。【峴山巔】杜甫、迴櫂：涼憶峴山巔。【峨眉巔】李白、蜀道難：何以橫絕峨眉巔。【羅浮巔】李白、寄劉侍御綰：邈若羅浮巔。

## 牽

【相牽】韓愈、示爽：起坐引相牽。【遣牽】韓愈、送靈師：行裾動遣牽。【省牽】杜甫、迴櫂：迴帆又省牽。【五慾牽】白居易、耳順吟：三十四十五慾牽。【五楸牽】韓愈、庭楸：重遣五楸牽。【百慮牽】杜甫、奉寄李賓客一百韻：結為百慮牽。【相扳牽】李商隱、行次西郊作一百韻：老少相扳牽。【俗累牽】杜甫、歸：喧卑俗累牽。【夢相牽】杜甫、晝夢：春渚日落夢相牽。

## 姸

【我姸】曹植、名都篇：衆工歸我姸。【雄姸】蘇軾、謝子駿贈吳道子佛畫：修羅天女猶雄姸。【歡姸】韓愈、送靈師：接宿窮歡姸。　【六出姸】李商隱、憶雪：須資六出姸。【不成姸】鮑照、學劉公幹體：皎潔不成姸。【西子姸】李白、答族姪僧中孚：顧慚西子姸。【爭媸姸】蘇軾、贈潘谷：區區張李爭媸姸。蘇軾、和蔣夔寄茶：更論甘若爭媸姸。【晚更姸】蘇軾、坐上賦戴花得天字：折得奇葩晚更姸。【誰與姸】蘇軾、送鄭戶曹：開盡春風誰與姸。【牗且姸】蘇軾、書韓幹牧馬圖：龍顱鳳頸牗且姸。【鬪清姸】蘇軾、天竺山送桂花分贈元素：練群溪女鬪清姸。

## 研

【盆研】蘇軾、和蔣夔寄茶：脂麻白土須盆研。【磨研】韓愈、送靈師：朱丹在磨研。　【不遑研】陶淵明、詠貧士：日昃不遑研。【向人研】蘇軾、書普慈長老壁：晚來猶得向人研。

## 眠

【未眠】徐陵、關山月：當窗應未眠；韋應物、秋夜寄丘員外：幽人應未眠；張籍、寄僧：夜涼人未眠。【安眠】韓愈、秋懷詩：置書且安眠。【成眠】韋應物、寄李儋元錫：春愁黯黯獨成眠。【晝眠】李白、贈崔秋浦：北窗長晝眠。　【猶眠】王維、田園樂：鶯啼山客猶眠。【朝眠】李商隱、曉坐：後閤罷朝眠。【愁眠】杜牧、旅宿：斷雁警愁眠。【醉眠】杜甫、聞斛斯六官未歸：歸來省醉眠；李商隱、華州周大夫宴席：飲德先時已醉眠。【獨眠】皇甫冉、春思：樓上花枝笑獨眠。【歸眠】陶淵明、六月中遇火：朝起暮歸眠。【不成眠】蘇軾、紙帳：夜深踏裂不成眠。【不得眠】李商隱、西亭：孤鶴從來不得眠。【未成眠】白居易、長恨歌：孤燈挑盡未成眠。【白鶴眠】李白、尋雍尊師隱居：松高白鶴眠。【竹林眠】王維、哭祖六自虛：月夜竹林眠；杜甫、示姪佐：只想竹林眠。【同食眠】韓愈、贈別元十八：旬日同食眠。【同宴眠】杜甫、遣興：三軍同宴眠。【吏部眠】杜甫、游子：休為吏部眠。【安穩眠】白居易、達哉樂天行：飢餐樂飲安穩眠　【見虎眠】孟浩然、訪聽上人禪居：繩床見虎眠。【那能眠】韓愈、短燈檠歌：

看書到曉那能眠。【何處眠】高適、燕歌行：明月相隨何處眠。【夜不眠】元好問、眼中：擁被寒窗夜不眠；高適、除夜作：旅館寒灯寒不眠；蘇軾、寄吳德仁兼簡陳季常：談空說有夜不眠。【枕手眠】李商隱、七月二十八夜聽雨後夢作：獨背寒燈枕手眠。【取次眠】黃庭堅、次韻裴仲謀同年：輸與鸕鷀取次眠。【飢不眠】蘇軾、李公擇求黃鶴樓詩：抱關老卒飢不眠。【晝分眠】杜甫、晝夢：不獨夜短晝分眠。【高堂眠】李白、多夜醉宿龍門覺起言志：旅憩高堂眠。【借榻眠】元好問、外家南寺：依舊僧窗借榻眠。【捨汝眠】韓愈、示爽：誰肯捨汝眠。【釣車眠】李商隱、懷求古翁：竟把釣車眠。【痛不眠】白居易、折臂翁：直到天明痛不眠。【萬家眠】李商隱、夜半：三更三點萬家眠。【猶得眠】元結、賊退示官吏：日晏猶得眠。【雲窗眠】李白、寄劉侍御綰：得憩雲窗眠。【愁不眠】李白、長相思：月明欲素愁不眠。【聒晝眠】蘇軾、書普慈長老壁：苦厭黃公聒晝眠。【鋪翅眠】白居易、昆明春：沙暖鴛鴦鋪翅眠。【對愁眠】張繼、楓橋夜泊：江楓漁火對愁眠。【對榻眠】蘇軾、立秋日禱雨：一葉秋聲對榻眠。【醉不眠】李白、送別：壚頭醉不眠。【醉中眠】陸游、買魚二首：雨窗喚起醉中眠。【獨自眠】李商隱、碧城三首：繡被焚香獨自眠。【聽雨眠】蘇軾、寄北山清順僧：洗足關門聽雨眠。【驚龍眠】蘇軾、游徑山：朝鐘暮鼓驚龍眠。

## 淵

【于淵】韓愈、河之水：緡魚于淵。【彪淵】劉琨、扶風歌：右手揮彪淵。【故淵】陶淵明、歸園田居：池魚思故淵。【光流淵】蘇軾、書韓幹牧馬圖：紅光照日光流淵。【蛟龍淵】蘇軾、游徑山：下有萬古蛟龍淵。

## 涓

【微涓】李白、安州應城玉女湯作：赴海輸微涓。【水涓涓】張籍、寄僧：松暗水涓涓。【淚涓涓】李商隱、野菊：微香冉冉淚涓涓。

## 蠲

【法令蠲】杜甫、奉寄李賓客一百韻：煩苛法令蠲。

## 邊

【三邊】李白、古風：白首沒三邊。【天邊】李白、粉圖山水歌：飄如隨風落天邊。【日邊】李白、行路難：忽復乘舟夢日邊。【水邊】杜甫、白鹽山：蟠根積水邊。【北邊】李商隱、行次西郊作一百韻：强兵臨北邊。【右邊】李商隱、行次西郊作一百韻：有左無右邊。【戍邊】杜甫、兵車行：歸來頭白還戍邊。【江邊】杜甫、月：夜久落江邊；柳宗元、別舍弟宗一：雙垂別淚越江邊。【在邊】李商隱、行次西郊作一百韻：重兵多在邊。【東邊】李白、庭楸：我常坐東邊。【門邊】趙壹、疾邪詩二首：骯髒倚門邊。【越邊】江淹、遊黃蘗山：閩云連越邊。【開邊】杜甫、遣興：今人尚開邊。【雄邊】元好問、送劉子東遊：劉郎世舊出雄邊【道邊】李白、笑歌行：古人知爾死道邊。【溪邊】杜甫、倚杖：倚杖卽溪邊。【橋邊】李商隱、月：池上與橋邊。【北斗邊】杜甫、歷歷：秦城北斗邊。【白帝邊】杜甫、奉寄李賓客一百韻：孤城白帝邊。【汎月邊】王維、遊悟眞寺：松聲汎月邊。【汝水邊】黃庭堅、徐孺子祠堂：交蓋春風汝水邊。【江湖邊】元結、賊退示官吏：歸老江湖邊。【老澗邊】蘇軾、天竺山送桂花分贈元素：莫遣孤芳老澗邊。【何處邊】孟浩然、夜渡湘水：潯陽何處邊；張旭、桃花谿：洞在清谿何處邊。【阿那邊】李白、相逢行：君家阿那邊。【若箇邊】杜甫、哭李尚書：王孫若箇邊；元好問、懷叔能：今在長安若箇邊。【柳林邊】孟浩然、過張十一房元：河縣柳林邊。【垂柳邊】王維、少年行：繫馬高樓垂柳邊。【洛陽邊】王灣、次北固山下：歸雁洛陽邊。【豺虎邊】杜甫、晝夢：中原君臣豺虎邊。【海雲邊】杜甫、所思：臥病海雲邊。【落日邊】王維、送韋評事：愁見孤城落日邊。【華池邊】李白、古風：願託華池邊。【黃河邊】無名氏、木蘭詩：暮宿黃河邊。【雪海邊】岑參、走馬川行：君不見走馬川行雪海邊。【落照邊】蘇軾、寄黎眉州：應在孤雲落照邊。【朝日邊】杜甫、十二月一日三首：肺病幾時朝日邊。【椒塢邊】李商隱、野菊：苦竹園南椒塢邊。【綠水邊】李白、春歌：採桑綠水邊。【瑤台邊】李白、古風：蹴蹋瑤台邊。【劍池邊】李商隱、和人題眞娘墓：虎丘山下劍池邊。【錦水邊】杜甫、杜鵑：結廬錦水邊。【瘴江邊】韓愈、左遷至藍關：好收吾骨瘴江邊。【舊塋邊】王維、哭祖六自虛：歸葬舊塋邊。【蘭若邊】王維、投道一師蘭若宿：暮投蘭若邊。【驛樓邊】杜甫、舟中：雨臥驛樓邊。

## 編

【遺編】杜甫、陳拾遺故宅：感遇有遺編。【數編】韓愈、秋懷詩：讀詩盡數編。【不須編】蘇軾、和子由寒食：偶題詩句不須編。【曲阜編】王維、哭祖六自虛：麟終曲阜編。【爲君編】韓愈、送靈師：珠璣爲君編。【素滻編】杜甫、哭李尚書：歸魂素滻編。

## 玄

【上玄】王維、哭祖六自虛：殲良昧上玄。【太玄】李白、古風：閉關草太玄；嵇康、贈秀才入軍：游心太玄；韓愈、送靈師：高標推太玄。【尚玄】王維、遊悟眞寺：終身擬尚玄。【味道玄】杜甫、奉寄李賓客一百韻：虛心味道玄。【談重玄】李白、峨眉山月歌：白玉麈尾談重玄。

## 縣

同懸【倒懸】杜甫、聞斛斯六官未歸：翻令室倒懸。【一帆懸】王灣、次北固山下：風正一帆懸。【日月懸】杜甫、陳拾遺故宅：名與日月懸。【白日縣】杜牧、商山富水：後代聲華白月縣。【北斗懸】蘇頲、幸望春宮應制：城上平臨北斗懸。【車先懸】白居易、達哉樂天行：半祿未及車先懸。【夜雨懸】杜甫、別王十二判官：江鳴夜雨懸。【相與懸】李商隱、李花：愁情相與懸。【野蔓懸】杜甫、季秋江村：疏籬野蔓懸。【淚臉懸】杜甫、月：高當淚臉懸。【暮景懸】杜甫、一室：空林暮景懸。【網蟲懸】杜甫、哭李尚書：旅櫬網蟲懸。【澗水懸】杜甫、示姪佐：侵籬澗水懸。【豬牛懸】李商隱、行次西郊作一百韻：列若豬牛懸。【樹樹懸】杜甫、从人覓山胡孫許寄：山猿樹樹懸。【錦繡懸】杜甫、夔州歌十絕句：複道重樓錦繡懸。【壘壘懸】杜甫、奉寄李賓客一百韻：獼猿壘壘懸。

## 泉

【生泉】孟浩然、訪聰上人禪居：枯澗爲生泉。【谷泉】李白、春日歸山寄孟浩然：巖花覆谷泉。【沉泉】曹植、吁嗟篇：忽然下沉泉。【尨泉】江淹、遊黃蘗山：阴溪噴尨泉。【到泉】韓愈、孟東野失子：滴地淚到泉。【幽泉】韓愈、送靈師：千尋墮幽泉；李白、古風：碧荷生幽泉。【迸泉】杜甫、杜鵑：淚下如迸泉。【涌泉】徐幹、室思：泣涕如涌泉。【流泉】劉琨、扶風歌：淚下如流泉；李白、去婦詞：枕席生流泉；李白、尋雍尊師隱居：倚石聽流泉；李白、粉圖山水歌：西峯崢嶸噴流泉。【酒泉】王維、隴西行：匈奴圍酒泉。【通泉】杜甫、陳拾遺故宅：郭振起通泉。【清泉】李白、長歌行：涸水吐清泉；杜甫、移居東屯茅屋：吾亦沼清泉。【黃泉】無名氏、焦仲卿妻：吾獨向黃泉；杜甫、哭李尚書：此別間黃泉；李商隱、燕台四首夏：石城景物類黃泉；韓愈、利劍：噫劍與我俱變化歸黃泉。【飛泉】王維、遊悟眞寺：呪嶺出飛泉。【寒泉】杜甫、迴櫂：朱夏及寒泉。【新泉】蘇軾、試院煎茶：貴從活火發新泉。【遙泉】王維、投道一師蘭若宿：淸夜聞遙泉。【龍泉】王維、哭祖六自虛：底事碎龍泉；杜甫、所思：無計劚龍泉；李白、留別廣陵諸山：錦帶橫龍泉；李白、送羽林陶將軍：三杯拔劍舞龍泉。【靈泉】李白、安州應城玉女湯作：造化開靈泉。【不及泉】鮑照、擬古：百丈不及泉。【白馬泉】孟浩然、過景空寺：林間白馬泉。【百重泉】王維、送梓州李使君：樹杪百重泉。【初脫泉】蘇軾、和蔣夔寄茶：海螯江柱初脫泉。【酒如泉】李商隱、華州周大夫宴席：郡齋何用酒如泉。【淚如泉】李白、送楊燕之東魯：不覺淚如泉；李白、秋登巴陵望洞庭：憑厓淚如泉。【流淚泉】李白、長相思：今成流淚泉。【淚迸泉】蘇軾、記所見吳道子畫佛滅度：獸鬼躑躅淚迸泉。【第二泉】蘇軾、登絕頂望太湖：來試人間第二泉。【飲馬泉】李益、至飲馬泉：舊是胡兒飲馬泉。【落階泉】蘇軾、立秋日禱雨：枕中琴筑落階泉。【瀑布泉】白居易、繚綾：四十五尺瀑布泉。【歸夜泉】白居易、達哉樂天行：即先朝露歸夜泉。

## 遷

【而遷】韓愈、孟東野失子：賢聞語而遷。【延遷】韓愈、送靈師：失迹成延遷。【高遷】無名氏、焦仲卿妻：賀卿謝高遷。【推遷】李白、郢門秋懷：萬化相推遷；元好問、甲午除夕：暗中人事忽推遷。【辭遷】蘇軾、次韻王誨夜坐：卜居相近豈辭遷。【變遷】蘇軾、李公擇求黃鶴樓詩：里閭來觀已變遷。【生死遷】王維、哭祖六自虛：那堪生死遷。【追時遷】陶淵明、雜詩：順流追時遷。【從物遷】韓愈、謝自然詩：反欲從物遷。【歲月遷】杜甫、奉寄李賓客一百韻：菁華歲月遷。【歲時遷】杜甫、歷歷：忽已歲時遷。

## 仙

【水仙】杜甫、舟中：祇應學水仙。【天仙】白居易、海漫漫：服之羽化爲天仙。【求仙】杜甫、覆舟：桂舘或求仙。【飛仙】蘇軾、次韻孫職方蒼梧山：羡君平地作飛仙。【衆仙】曹植、升天行：彷彿見衆仙。【神仙】李白、元丹丘歌：愛神仙；韓愈、謝自然詩：但聞有神仙；韓愈、雜詩：絕意得神仙；王維、哭祖六自虛：東洛類神仙；杜甫、奉寄李賓客一百韻：華屋豔神仙；孟浩然、送張參明經擧：誰不仰神仙；李商隱、憶雪：披氅阻神仙；杜牧、懷鍾陵舊遊四首：絳幌環佩立神仙。【群仙】杜甫、游子：衰白問群仙。【謫仙】李白、玉壺吟：大隱金門是謫仙。【靈仙】江淹、遊黃蘗山：赤縣多靈仙。【不得仙】李商隱、海山：徐福空來不得仙。【杳若仙】李白、尋陽送弟昌峒鄱陽司馬作：來遲杳若仙。【南昌仙】李白、粉圖山水歌：對坐不語南昌仙。【桂堂仙】蘇軾、天竺山送桂花分贈元素：此花原屬桂堂仙。【欲得仙】陶淵明、連雨獨飲：乃言欲得仙。【意其仙】蘇軾、李公擇求黃鶴樓詩：非鬼非人意其仙。【粉署仙】李商隱、懷求古翁：何時粉署仙。【麻姑仙】李白、贈嵩山焦鍊師：宛疑麻姑仙。【第一仙】陸游、遊仙：玉殿吹笙第一仙。【溟海仙】李白、郢門秋懷：徒尋溟海仙。【携手仙】鮑照、擬行路難：上刻秦女攜手仙。

## 鮮

【芳鮮】蘇軾、送鄭戶曹：歸來文字帶芳鮮；蘇軾、和蔣夔寄茶：三年飲食窮芳鮮。【相鮮】杜甫、江邊星月：他夕始相鮮。【逾鮮】韓愈、送靈師：嘲諧思逾鮮。【澄鮮】謝朓、登江中孤嶼：空水共澄鮮。【手足鮮】蘇軾、書韓幹牧馬圖：碧眼胡兒手足鮮。【白日鮮】李白、春歌：紅妝白日鮮。【荷花鮮】李白、擬古：愛此荷花鮮。【雲葉鮮】李商隱、月：吐時雲葉鮮。【榴子鮮】李商隱、石榴：榴膜輕明榴子鮮。【截肪鮮】杜牧、懷鍾陵舊遊四首：虞卿雙璧截肪鮮。【墨色鮮】蘇軾、九月十五日邇英講論語：爭看銀鉤墨色鮮。【錦袍鮮】杜甫、奉寄李賓客一百韻：江令錦袍鮮。【顏色鮮】杜甫、秋雨歎：階下決明顏色鮮。【麗且鮮】曹植、名都篇：被服麗且鮮。【豔且鮮】李白、古風：朝日豔且鮮。

## 錢

【有錢】高適、送沈四山人：賣藥囊中應有錢。【金錢】李商隱、行次西郊作一百韻：內庫無金錢；蘇軾、游徑山：奔走吳會輸金錢。【酒錢】杜甫、所思：人猶乞酒錢；白居易、與夢得沽酒後期：老後誰能惜酒錢。【索錢】杜甫、晝夢：普天無吏橫索錢。【俸錢】韋應物、寄李儋元錫：邑有流亡愧俸錢。【無錢】黃庭堅、次韻裴仲謀同年：青山好去坐無錢。【萬錢】歐陽修、秋懷：包羞食萬錢；陸游、芋：歎息何時食萬錢；李白、行路難：玉盤珍羞直萬錢。【碑錢】杜甫、聞斛斯六官未歸：玄素作碑錢。【緡錢】韓愈、送靈師：開囊乞緡錢。【一杯錢】杜牧、高山富水：清貧常欠一杯錢。【一囊錢】趙壹、疾邪詩二首：不如一囊錢。【小如錢】杜甫、奉寄李賓客一百韻：錦石小如錢。【不直錢】陸游、買魚二首：江上鱸魚不直錢；李商隱、一片：楮葉成來不直錢。【不計錢】蘇軾、約公擇飲是日大風：客來留飲不計錢。【五銖錢】劉禹錫、蜀先主廟：業復五銖錢。【不論錢】杜甫、峽隘：朱橘不論錢。【白打錢】韋莊、長安清明：上相閒分白打錢。【沈郎錢】李商隱、江東：謝家輕絮沈郎錢。【酒肉錢】白居易、達哉樂天行：半與吾供酒肉錢。【酒家錢】元好問、送劉子東遊：且休多送酒家錢。【黃金錢】杜甫、秋雨歎：開花無數黃金錢。【參差錢】李賀、浩歌：青毛驄馬參差錢。【買山錢】蘇軾、答王鞏：不要買山錢。【買笑錢】李商隱、和人題眞娘墓：榆莢還飛買笑錢。【囊無錢】蘇軾、次韻孔毅父久旱而雨：人人知我囊無錢。

## 煎

【火煎】元結、賊退示官吏：迫之如火煎。【同烹煎】蘇軾、游徑山：擾擾膏火同烹煎。【杜曲煎】杜甫、奉寄李賓客一百韻：回腸杜曲煎。【兒女煎】黃庭堅、和張沙河招飲：過午未炊兒女煎。【明自煎】杜甫、遣興：膏以明自煎。【茗續煎】杜甫、迴櫂：端君茗續煎。【薑鹽煎】蘇軾、和蔣夔寄茶：一半已入薑鹽煎。

## 然

俗作燃【不然】王維、哭祖六自虛：嗟君獨不然；曹植、贈徐幹：知己誰不然。【天然】曹植、豫章行：骨肉信天然。【亦然】曹植、豫章行：禍福信亦然；無名氏、焦仲卿妻：君爾妾亦然。【自然】李白、月下獨酌：一斗合自然；陶淵明、歸園田居：復得返自然；李白、日出行：萬物興歇皆自然。【安然】白居易、耳順吟：恬澹清淨心安然。【依然】杜甫、遣興：沙道尚依然；孟浩然、傷峴山雲表觀主：陵谷尚依然；杜甫、迴櫂：王氏井依然；陸游、建安遺興：白袍濺血尚依然；孟浩然、遇張十一房六：吳楚各依然；韓愈、示爽：里閭故依然；蘇軾、書普慈長老壁：高僧一笑故依然。【杳然】杜甫、遊子：吳門興杳然。【宛然】蘇軾、柏堂：鶴骨龍姿尚宛然。【茫然】李白、蜀道難：開國何茫然；杜甫、遣興：四顧但茫然；溫庭筠、蘇武廟：古祠高樹兩茫然；蘇軾、立秋日禱雨：起占雲漢更茫然。【眇然】杜甫、峽隘：雲沙靜眇然。【悄然】杜牧、旅宿：凝情自悄然；白居易、長恨歌：夕殿螢飛思悄然；白居易、上陽人：鶯歸燕去長悄然。【紛然】元結、賊退示官吏：山夷又紛然；元好問、眼中：眼中時事益紛然。【皆然】李商隱、謝先輩防記念拙詩：作者豈皆然。【淒然】李白、古風：歎息空淒然；李白、代美人愁鏡：照來空淒然；元好問、懷叔能：西風每至輒淒然。【悽然】李白、金陵送張十一再遊東吳：相顧共悽然；韓愈、桃源圖：聽終辭絕共悽然；高適、除夜作：客心何事轉悽然。【陶然】白居易、與夢得沽酒：共君一醉一陶然；白居易、達哉樂天行：而我醉臥方陶然。【惘然】李商隱、錦瑟：只是當時已惘然。【悠然】江淹、遊黃蘗山：臨風載悠然；王維、至滑州隔河望黎陽：河水復悠然。【偶然】蘇軾、次韻孫職方蒼梧山：又恐神切亦偶然；杜牧、敘舊述懷：塞馬歸來是偶然。【惕然】杜牧、商山富水：留警朝天者惕然。【渺然】王維、遊悟眞寺：五城遂渺然；李商隱、河清與趙氏昆季讌集：滄波坐渺然；孟浩然、送王大校書：林端意渺然；趙嘏、江樓感見：獨上江樓思渺然；劉長卿、夕望岳陽：楚客相思益渺然。

【慨然】元好問、山中寒食：百感中來只慨然。

【喟然】王維、奉送六舅歸陸渾：卓魯方喟然。

【復然】元好問、甲午除夕：坐守寒灰望復然。

【蒼然】李白、大庭庫：雲物何蒼然。【粲然】李白、雪讒詩贈友人：貝錦粲然。【當然】元好問、別康顯之：恥居王後子當然。【赫然】李白、古風：國容何赫然。【潸然】孟浩然、過景空寺：過客獨潸然；蘇軾、謝子駿贈吳道子佛畫：歎息至寶共潸然；韓愈、送僧澄觀：坐睨神骨空潸然。【凜然】劉禹錫、蜀先主廟：千秋尚凜然。【憮然】蘇軾、次韻子由柳湖感物：世俗乍見應憮然。【潸然】宋之問、新年作：天畔獨潸然。【燕然】王維、使至塞上：都護在燕然；李白、長相思：顧隨春風寄燕然；皇甫冉、春思：何時返旆勒燕然。【蕭然】杜甫、奉寄李賓客一百韻：衰謝日蕭然；元好問、春寒：春寒閭巷益蕭然。【顒然】李商隱、憶雪：白屋但顒然。【黯然】柳宗元、別舍弟宗一：零落殘魂倍黯然；歐陽修、秋懷：秋懷何黯然；李商隱、曉坐：前墀思黯然。【心茫然】李白、行路難：停杯投筯心茫然；李白、行路難：拔劍四顧心茫然；蘇軾、游徑山：却尋舊學心茫然。【心悽然】李白、折楊柳：對此心悽然。【色悽然】陸游、遊仙：花前奏罷色悽然。【何獨然】曹植、吁嗟篇：居世何獨然。【使之然】韓愈、孟東野失子：孰能使之然。【固其然】李白、古風：土風固其然。【紅欲然】王維、輞川別業：水上桃花紅欲然。【曷爲然】韓愈、猗蘭操：其曷爲然。【涕泣然】杜甫、哭李尚書：江湖涕泣然。【烽火然】李白、戰城南：漢家還有烽火然。【無悶然】孟浩然、歲除夜會樂城張少府宅：相知無悶然。【淚潸然】李商隱、鴛鴦：雲羅滿眼淚潸然。【蝮蛇然】韓愈、孟東野失子：鴟梟蝮蛇然。【謂之然】陶淵明、連雨獨飲：終古謂之然。【謝自然】韓愈、謝自然詩：寒女謝自然。【燈燭然】韓愈、示爽：達旦燈燭然。【寶燄然】李商隱、七月二十八日夜聽雨後夢作：初夢龍宮寶燄然。【聽其然】韓愈、送靈師：紛紛聽其然。

## 延

【不延】謝脁、登江中孤嶼：尋異景不延。【且延】韓愈、孟東野失子：乃令蕃且延。【居延】王維、使至塞上：屬國過居延；王維、送韋評事：沙場走馬向居延。【長延】韓愈、謝自然詩：安得更長延。【遷延】李商隱、行次西郊作一百韻：存者尚遷延。【轉延】韓愈、送靈師：冒涉道轉延。【不可延】趙壹、疾邪詩二首：人命不可延。

## 筵

【法筵】孟浩然、訪聰上人禪居：同歡在法筵。【長筵】孟浩然、歲除夜會樂城張少府宅：守歲接長筵。【梵筵】李白、春日歸山寄孟浩然：靑山謁梵筵。【開筵】李商隱、行次西郊作一百韻：十里一開筵；孟浩然、送王大校書：解纜我開筵；韓愈、送靈師：使君數開筵。【御筵】杜甫、奉寄李賓客一百韻：蕭曹拱御筵；李白、玉壺吟：謁帝稱觴登御筵；李商隱、野菊：不取霜栽近御筵。【歌筵】李商隱、和人題眞娘墓：出雲淸梵想歌筵。【綺筵】陳子昂、春夜別友人：金樽對綺筵；李商隱、評事翁寄賜餳粥走筆爲答：省對流鶯坐綺筵。【舞筵】李商隱、柳：曾逐東風拂舞筵。【盤筵】韓愈、示爽：解裝具盤筵。【離筵】王維、哭祖六自虛：傾席是離筵。【瓊筵】盧綸、塞下曲：野幕蔽瓊筵；李白、永王東巡歌：指揮戎虜坐瓊筵。【上巳筵】孟浩然、上巳洛中寄王九迴：浮杯上巳筵。【月侵筵】蘇軾、挽歌二首孔長源：吳山堂上月侵筵。【玳瑁筵】李白、夜郎贈辛判官：歌舞淹留玳瑁筵。【腥槃筵】蘇軾、和蔣夔寄茶：誰記鹿角腥槃筵。【聖主筵】李白、送楊燕之東魯：謬登聖主筵。【舊石筵】孟浩然、過景空寺：還尋舊石筵。

氈

【白氈】黃庭堅、和張沙河招飲：可怕雪花鋪白氈。【僧氈】黃庭堅、次韻裴仲謀同年：客牀相對臥僧氈。【無氈】蘇軾、送鄭戶曹：廣文好客竟無氈。【紫茸氈】蘇軾、紙帳：暖於蠻帳紫茸氈。【舊青氈】杜甫、與任城許主簿遊南池：遙憶舊青氈。

旃

【戎旃】李商隱、懷求古翁：傲兀逐戎旃。【旌旃】李白、古風：心魂逐旌旃。【逢旃】韓愈、謝自然詩：魍魎莫逢旃。

鱣

【黃河鱣】蘇軾、河復：楚人恣食黃河鱣。

羶

【腥羶】蘇軾、李公擇求黃鶴樓詩：汝非其人骨腥羶。【犬戎羶】杜甫、奉寄李賓客一百韻：莫帶犬戎羶。

禪

【四禪】王維、遊悟眞寺：秋猿學四禪。【安禪】王維、投道一師蘭若宿：客去更安禪。【坐禪】白居易、達哉樂天行：或隨山僧夜坐禪。【幽禪】韓愈、送靈師：高士著幽禪。【參禪】蘇軾、遊徑山：願爲弟子長參禪。【護禪】李白、春日歸山寄孟浩然：龍參若護禪。【小乘禪】蘇軾、相堂：灰心聊伴小乘禪。【聽公禪】孟浩然、訪聽上人禪居：共謁聽公禪。

蟬

【並蟬】李商隱、謝先輩防記念拙詩：含嘶欲並蟬。【秋蟬】李白、留別廣陵諸公：孤潔勵秋蟬。【晚蟬】杜甫、奉寄李賓客一百韻：蕭疏聽晚蟬。【帶蟬】李商隱、柳：已帶斜陽又帶蟬。【貂蟬】王維、哭祖六自虛：壽促背貂蟬。【無蟬】李商隱、霜月：初聞征雁已無蟬。【蛻蟬】韓愈、謝自然詩：冠履同蛻蟬。【亂蟬】元好問、外家南寺：愁裏殘陽更亂蟬。【鳴蟬】李白、粉圖山水歌：隱几寂聽無鳴蟬。【暮蟬】王維、輞川閒居：臨風聽暮蟬；李商隱、野菊：忍委芳心與暮蟬。【黃金蟬】李商隱、燕台四首夏：白玉燕釵黃金蟬。【亂鳴蟬】杜甫、與任城許主簿遊南池：森木亂鳴蟬。

纏

【行纏】蘇軾、寄吳德仁兼簡陳季常：已辦布襪青行纏。【更纏】王維、哭祖六自虛：彌令憶更纏。【百病纏】白居易、耳順吟：七十八十百病纏。【煩封纏】蘇軾、和蔣夔寄茶：只恐偸乞煩封纏。【蔓草纏】杜甫、遣興：又爲蔓草纏。

# 連

【留連】白居易、眞娘墓：世間尤物難留連；蘇軾、登絕頂望太湖：逢山未免更留連；元好問、別康顯之：南窗尊酒且留連；杜牧、敍舊述懷：白頭郎吏尙留連；蘇軾、約公擇飲是日大風：我慙山郡空留連。【連連】韓愈、謝自然詩：此禍竟連連。【流連】韓愈、示爽：因循致流連。【雲連】韓愈、庭楸：樹顚各雲連。【鉤連】李白、蜀道難：然後天梯石棧方鉤連。【溟連】李白、粉圖山水歌：羅浮直與南溟連。【魯連】杜甫、迴櫂：成名異魯連。【上祁連】徐陵、關山月：雲陣上祁連。【三星連】徐幹、室思：仰觀三星連。【玉樹連】王維、哭祖六自虛：而將玉樹連。【比翼連】曹植、豫章行：不若比翼連。【兩禽連】曹植、名都篇：一縱兩禽連。【故人連】孟浩然、過張十一房六：曾喜故人連。【根株連】韓愈、古意：下種七澤根株連。【根荄連】曹植、吁嗟篇：願與根荄連。【莫留連】李白、春歌：五馬莫留連。【海潮連】孟浩然、洞庭湖寄閻九：合沓海潮連。【野寺連】韓翃、送冷朝陽還上元：山帶平蕪野寺連。【細相連】蘇軾、紙帳：亂文龜殼細相連。【萬壑連】李白、春日歸山寄孟浩然：鐘聲萬壑連。【遠岫連】李白、送王孝廉覲省：參差遠岫連。【翠幙連】孟浩然、上巳洛中寄王九迥：平沙翠幙連。【漢閣連】杜甫、奉寄李賓客一百韻：蓬萊漢閣連。【銀鉤連】杜甫、陳拾遺故宅：灑翰銀鉤連。【斷還連】李商隱、七月二十八日夜聽雨後夢作：低迷不已斷還連。

# 聯

【相聯】李商隱、行次西郊作一百韻：釁煙猶相聯。【聯聯】韓愈、庭楸：明珠何聯聯。【蟬聯】韓愈、送靈師：胤冑本蟬聯。【屬聯】韓愈、謝自然詩：五色光屬聯。【自相聯】無名氏、古詩四坐且莫諠：離婁自相聯。【鉤相聯】韓愈、庭楸：上各鉤相連。

# 漣

【涕泗漣】李白、玉壺吟：忽然高詠涕泗漣。【涕漣漣】杜甫、奉寄李賓客一百韻：伏臘涕漣漣。

# 篇

【文篇】韓愈、送靈師：早能綴文篇。【內篇】元好問、春寒：去去南華有內篇。【命篇】李商隱、謝先輩防記念拙詩：寒將雪命篇。【斯篇】陶淵明、雜詩：絕音寄斯篇。【詩篇】杜甫、奉寄李賓客一百韻：陶冶賴詩篇；杜甫、歸：不敢廢詩篇。【白玉篇】李商隱、行至金牛驛寄興元渤尚書：驟和陳王白玉篇。【自成篇】曹植、贈徐幹：興文自成篇。【芙蓉篇】李商隱、河陽詩：眞珠密字芙蓉篇。【青苔篇】李白、贈嵩山焦鍊師：屢讀青苔篇。【柏梁篇】王維、遊悟眞寺：曾和柏梁篇。【朔風篇】李商隱、憶雪：願賦朔風篇。【黃竹篇】李白、金門答蘇秀才：恭聞黃竹篇。【贈子篇】韓愈、贈別元十八：已覽贈子篇。【寶劍篇】李商隱、風雨：淒涼寶劍篇。

# 偏

【西偏】韓愈、庭楸：我常坐西偏。【何偏】韓愈、孟東野失子：與奪一何偏。【應偏】李商隱、謝先輩防記念拙詩：得處定應偏。【秋偏】元好問、外家南寺：一庭風露覺秋偏。【一峯偏】王維、投道一師蘭若宿：花雨一峯偏。【地自偏】陶淵明、飲酒：心遠地自偏。【我情偏】王維、哭祖六自虛：海內我情偏。【度地偏】杜甫、奉寄李賓客一百韻：燒畬度地偏。【疫癘偏】杜甫、迴櫂：蒸池疫癘偏。

# 便

【未便】蘇軾、紙帳：慣臥青綾恐未便。【靜便】杜甫、奉寄李賓客一百韻：秋風灑靜便。【老漸便】蘇軾、立秋日禱雨：寂莫山栖老漸便。【差安便】蘇軾、游徑山：每到寬處差安便。【無不便】蘇軾、和蔣夔寄茶：四方水陸無不便。【腹便便】陸游、芋：陸生晝臥腹便便。【意盡便】蘇軾、和子由寒食：到處名園意盡便。

# 緜

一作綿【池綿】杜甫、奉寄李賓客一百韻：烹鯉問沈綿；杜甫、迴櫂：凍雨裛沈綿。【粉綿】李商隱、憶雪：妝樓認粉綿。【何綿綿】徐幹、室思：長夜何綿綿。【空芊綿】李白、粉圖山水歌：深林雜樹空芊綿。【荒芊綿】蘇軾、書韓幹牧馬圖：平沙細草荒芊綿。【意渺綿】李白、粉圖山水歌：洞庭瀟湘意渺綿。【路綿綿】李商隱、謝先輩防記念拙詩：寄與路綿綿。【清且緜】韓愈、送靈師：高唱清且緜。

# 全

【不全】曹植、贈徐幹：皮褐獨不全。【天全】蘇軾、書韓幹牧馬圖：鞭箠刻烙傷天全；蘇軾、次韻孔毅父久旱而雨：人力未至求天全。【生全】韓愈、送靈師：漂浮再生全。【自全】陳琳、飲馬長城窟行：賤妾何能久自全。【兩全】李商隱、鴛鴦：鎖向金籠始兩全。【神全】蘇軾、謝子駿贈吳道子畫：體質散落嗟神全。【得全】元結、賊退示官吏：此州獨得全。【戴全】杜甫、奉寄李賓客一百韻：台階翊戴全。【一身全】白居易、折臂翁：一肢雖廢一身全。【大體全】李商隱、行次西郊作一百韻：所望大體全。【不常全】杜甫、遣興：封疆不常全。【不復全】無名氏、焦仲卿妻：千萬不復全。【氣質全】元好問、送劉子東遊：生長幽并氣質全。【幾人全】孟浩然、傷峴山雲表上人：把臂幾人全。【禮樂全】王維、哭祖六自虛：生死禮樂全。

## 宣

【何宣】李白、長歌行：竹帛將何宣。【周宣】杜甫、奉寄李賓客一百韻：鴻雁美周宣。【彭宣】李商隱、華州周大夫宴席：戴崇爭得及彭宣。【不能宣】李商隱、行次西郊作一百韻：含懷不能宣。【向誰宣】王維、哭祖六自虛：死後向誰宣。【許仲宣】孟浩然、送張參明經舉：中郎許仲宣。【德愈宣】曹植、贈徐幹：積久德愈宣。【難可宣】李白、古風：忠誠難可宣。

## 鐫

【瑤鐫】韓愈、送靈師：字重青瑤鐫。【聊相鐫】蘇軾、和蔣夔寄茶：因事寄謝聊相鐫。

## 穿

【羅穿】韓愈、送靈師：瑣屑咸羅穿。【織穿】韓愈、庭楸：上不見織穿。【几屐穿】杜甫、奉寄李賓客一百韻：扶行几屐穿。【衣裳穿】白居易、達哉樂天行：侍婢暮訴衣裳穿。【青絲穿】無名氏、焦仲卿妻：皆用青絲穿。【幾錢穿】黃庭堅、和張沙河招飲：囊中能有幾錢穿。【履叉穿】元好問、春寒：稚女跳梁履叉穿。

## 川

【一川】杜甫、移居東屯茅屋：高齋見一川。【三川】李白、古風：峨峨橫三川。【山川】杜甫、季秋江村：難見此山川；孟浩然、赴京途中遇雪：積雪滿山川；盧綸、塞下曲：雷鼓動山川；陳子昂、春夜別友人：別路繞山川；司空曙、雲陽館與韓紳宿別：幾度隔山川。【中川】謝朓、登江中孤嶼：孤嶼媚中川。【平川】杜甫、奉寄李賓客一百韻：何處覓平川；蘇軾、游徑山：勢若駿馬奔平川。【巨川】王維、哭祖六自虛：終期濟巨川；孟浩然、洞庭湖寄閻九：相將濟巨川。【回川】李白、蜀道難：下有衝波逆折之回川。【西川】蘇軾、寄黎眉州：膠西高處望西川。【徂川】李白、贈饒陽張司戶燧：客華棄徂川。【長川】嵇康、贈秀才入軍：重論長川；李白、送王孝廉覲省：東泣似長川。【洛川】鮑照、擬古：周回覛洛川。【迷川】李白、春日歸山寄孟浩然：寶筏度迷川。【秦川】徐陵、關山月：客子憶秦川；孟浩然、送張參明經舉：懷橘向秦川；蘇軾、書韓幹牧馬圖：八坊分屯隘秦川。【逝川】李商隱、和人題眞娘墓：長遺遊人嘆逝川；溫庭筠、蘇武廟：空向秋波哭逝川。【清川】杜甫、江邊星月：鷺浴自清川；李白、送二季之江東：帆影挂清川。【寒川】李白、秋浦歌：歌曲動寒川。【渭川】李商隱、河清與趙氏昆季讌集：佳名逼渭川；曹植、豫章行：漁釣終渭川。【湘川】孟浩然、夜渡湘水：闇裏渡湘川；杜牧、商山富水：終須南去弔湘川。【晴川】元好問、山中寒食：平林簇簇點晴川。【漢川】孟浩然、送王大校書：東流爲漢川。【月滿川】蘇軾、李公擇求黃鶴樓詩：黃鶴樓前月滿川。【冰塞川】李白、行路難：欲度黃河冰塞川。【酒如川】黃庭堅、和張沙河招飲：今朝忽有酒如川。【徐師川】黃庭堅、贈惠洪：氣爽絕類徐師川。【黎陽川】王維、至滑州隔河望黎陽：蕩蕩黎陽川。

## 緣

【由緣】陶淵明、雜詩：路遐無由緣；韓愈、謝自然詩：影響無緣由。【因緣】徐幹、室思：復會無因緣；白居易、折臂翁：兼問致折何因緣。【有緣】無名氏、焦仲卿妻：言談大有緣。【良緣】李商隱、風雨：舊好隔良緣。【後緣】元好問、別康顯之：里社追隨失後緣。【絕緣】哭祖六自虛：沈思悟絕緣。【夤緣】杜甫、奉寄李賓客一百韻：萍浮若夤緣；韓愈、古意：靑壁無路難夤緣。【靜緣】元好問、送郭大方：是處林泉有靜緣。【窺緣】韓愈、送靈師：乘寒恣窺緣。【攀緣】李白、蜀道難：猨猱欲度愁攀緣。【省僕緣】蘇軾、次韻王誨夜坐：漸喜樽罍省僕緣。【區中緣】謝朓、登江中孤嶼：緬邈區中緣；李白、寄劉侍御綰：杳無區中緣。【常隨緣】蘇軾、和蔣夔寄茶：我生百事常隨緣。

## 鳶

【村鳶】蘇軾、游徑山：落日下數投村鳶。【飛鳶】曹植、名都篇：仰手接飛鳶。【雕鳶】李商隱、行次西郊作一百韻：來往同雕鳶。【鴟鳶】李白、獨漉篇：不顧鴟鳶。

## 鉛

【朱鉛】蘇軾、書韓幹牧馬圖：衆工舐筆和朱鉛。【銅與鉛】李商隱、行次西郊作一百韻：高估銅與鉛。

## 捐

【徒捐】韓愈、送靈師：性命甘徒捐。【棄捐】杜甫、奉寄李賓客一百韻：池塘作棄捐。【不暫捐】王維、哭祖六自虛：風期不暫捐。【長棄捐】李白、古風：失路長棄捐。【虛棄捐】白居易、縛戎人：胡地妻兒虛棄捐。【慈愛捐】韓愈、謝自然詩：父母慈愛捐。

## 旋

【不旋】李白、粉圖山水歌：征帆不動亦不旋。【回旋】蘇軾、游徑山：金鞭玉蹬相回旋。【廻旋】韓愈、送靈師：梟盧叱廻旋。【周旋】謝脁、登江中孤嶼：江北曠周旋；李白、贈嵩山焦鍊師：九垓長周旋；杜甫、奉寄李賓客一百韻：不敢墜周旋；李白、去婦詞：聞君却周旋；高適、送沈四山人：夢魂可以相周旋；李白、元丹丘歌：三十六峯長周旋；李商隱、偶成轉韻七十二句：吾徒禮分常周旋。【歸旋】李白、郢門秋懷：行子愁歸旋。【八九旋】韓愈、庭楸：我且八九旋。【天之旋】韓愈、猗蘭操：今天之旋。【去不旋】謝莊、懷園引：歸煙客畜去不旋。【何日旋】李商隱、行次西郊作一百韻：未知何日旋。【波淵旋】李商隱、燕台四首夏：輕帷翠幕波淵旋。【賀勞旋】盧綸、塞下曲：羌戎賀勞旋。【舊日旋】王維、哭祖六自虛：寧同舊日旋。

## 娟

【嬋娟】韓愈、送靈師：密席羅嬋娟；李商隱、月：只是逞嬋娟；李商隱、霜月：月中霜裏鬬嬋娟；李商隱、和人題眞娘墓：祇應江上獨嬋娟。【月娟娟】杜甫、奉寄李賓客一百韻：江漢月娟娟；杜甫、別王十二判官：石瀨月娟娟。

## 船

【小船】杜甫、與任城許主簿遊南池：城隅進小船。【水船】杜甫、十二月一日三首：百丈誰家上水船。【米船】杜甫、舟中：　連檣並米船。【江船】杜甫、一室：獨立見江船。【泊船】劉長卿、夕望岳陽：獨戍臨江夜泊船。【刺船】元結、賊退示官吏：引竿自刺船。【空船】白居易、琵琶行：去來江口守空船。【客船】張繼、楓橋夜泊：夜半鐘聲到客船。【酒船】　李白、秋浦歌：看花上酒船；蘇軾、坐上賦戴花得天字：起舞從教落酒船。【釣船】李商隱、江東：獨自江東上釣船；杜牧、敍舊述懷：陽羨溪中買釣船。【渡船】杜甫、歸：東西却渡船。【聚船】杜甫、倚杖：江橋春聚船。【滿船】杜甫、迴櫂：瓶罍易滿船。【漁船】張旭、桃花谿：石磯西畔問漁船。【膠船】元好問、甲午除夜：爭教漢水入膠船。【戴船】李商隱、憶雪：處乘訪戴船；杜甫、哭李商書：猶迴憶戴船。【歸船】韓愈、送靈師：驚電讓歸船；孟浩然、洞庭湖寄閻九：余欲泛歸船。【藥船】王維、哭祖六自虛：傾朝看藥船。【霧船】杜甫、江邊星月：江星別霧船。【繫船】李商隱、懷求古翁：江湖莫繫船；杜甫、奉寄李賓客一百韻：群書滿繫船。【女郎船】陸游、感懷絕句：半醒半醉女郎船。【木蘭船】韓翃、送冷朝陽還上元：青絲攬引木蘭船。【何處船】杜甫、峽險：人今何處船。【刺釣船】黃庭堅、贈惠洪：來佐涪翁刺釣船。【范蠡船】杜甫、贈韋七贊善：鰕菜忘歸范蠡船。【客在船】白居易、琵琶行：主人下馬客在船。【柳繫船】蘇軾、挽詩二首孔長源：小堰門頭柳繫船。【剡溪船】元好問、送郭大方：相思休泛剡溪船。【晚泊船】孟浩然、遇張十一房六：河橋晚泊船。【釣魚船】李商隱、河清與趙氏昆季讌集：漂蕩釣魚船。杜牧、旅宿：門繫釣魚船。【萬估船】杜甫、白鹽山：清秋萬估船。【運租船】錢起、江行無題：空泊運租船。【楚人船】王維、千塔主人：門渡楚人船。【溪中船】李白、留別廣陵諸公：棹歌溪中船。【暗門船】陸游、記夢二首：夢中猶上暗門船。【藕如船】韓愈、古意：開花十丈藕如船。【爨犀船】杜甫、覆舟：無復爨犀船。

## 涎

【隨涎】陸游、蔬圃絕句：想像登盤已隨涎。【腥古涎】李商隱、河陽詩：南浦老魚腥古涎。【酸生涎】蘇軾、和蔣夔寄茶：大杓更取酸生涎。

## 鞭

【長鞭】無名氏、木蘭詩：北市買長鞭。【施鞭】王維、哭祖六自虛：長恐後施鞭。【馬鞭】杜甫、從人受小胡孫許寄：初調見馬鞭；李白、送別：臨分贈馬鞭。【倒鞭】李白、留別廣陵諸公：山公欲倒鞭。【執鞭】蘇軾、李公擇求黃鶴樓詩：迎拜稽首願執鞭。【著鞭】李白、贈饒陽張司戶燧：三山期著鞭；杜甫、奉寄李賓客一百韻：喧爭懶著鞭。【停鞭】李白、長歌行：羲和無停鞭。【一揚鞭】王維、隴西行：五里一揚鞭。【白玉鞭】李白、玉壺吟：勅賜珊瑚白玉鞭。【玉馬鞭】李白、永王東巡歌：試借君王玉馬鞭。【竹行鞭】陸游、蔬圃絕句：園丁來報竹行鞭。【合執鞭】杜牧、懷鍾陵舊遊四首：如我酬恩合執鞭。【黃金鞭】李白、相逢行：高揖黃金鞭。【幾時鞭】韓愈、送靈師：歸驂幾時鞭。

## 筌

【忘筌】杜甫、奉寄李賓客一百韻：愜當久忘筌。【冥筌】李白、贈饒陽張司戶燧：相與排冥筌。

## 專

【自專】無名氏、木蘭詩：進止敢自專。【能專】韓愈、送靈師：占怯久能專。【自任專】無名氏、焦仲卿妻：那謝自任專。

## 甎

通作磚【支頭甎】蘇軾、次韻孔毅父久旱而雨：醉倒惟有支頭甎。

## 圓

【清圓】蘇軾、次韻子由柳湖感物：夜愛疏影搖清圓。【月正圓】李商隱、西亭：此夜西亭月正圓；杜牧、懷鍾陵舊遊四首：絲管高台月正圓。【月清圓】杜甫、舟中：昨夜月清圓。【月將圓】陶淵明、六月中遇火：亭亭月將圓。【月難圓】李白、寄劉侍御綰：崖傾月難圓。【尻脽圓】蘇軾、書韓幹牧馬圖：廄馬多肉尻脽圓。【石樹圓】杜甫、奉寄李賓客一百韻：巖排石樹圓。【何清圓】李白、代美人愁鏡：光輝何清圓。【何處圓】杜甫、江邊星月：悠悠何處圓。【性自圓】蘇軾、記所見吳道子畫佛滅度：遶牀彈指性自圓。【度珠圓】李商隱、行至金牛驛寄興元渤海尚書：九枝燈檠夜珠圓。【浮清圓】蘇軾、和蔣夔寄茶：一甌花乳浮清圓。【缺復圓】賈島、憶江上吳處士：蟾蜍缺復圓。【缺還圓】蘇軾、月兔茶：月圓還缺缺還圓。【聲清圓】蘇軾、李公擇求黃鶴樓詩：石扉三扣聲清圓。【幾回圓】韋應物、寄李儋元錫：西樓望月幾回圓。【落日圓】王維、使至塞上：長河落日圓。【錦石圓】杜甫、季秋江村：支牀錦石圓。

## 員

【備員】杜甫、奉寄李賓客一百韻：郎官幸備員。【不計員】蘇軾、次韻王誨夜坐：顧我閑官不計員。

## 乾

【身自乾】蘇軾、和子由與顏長道：振鬣長鳴身自乾。

## 愆

【其愆】曹植、贈徐幹：和氏有其愆。【稍愆】李商隱、憶雪：同雲候稍愆。【罪愆】韓愈、示爽：何實非罪愆。

## 褰

【張褰】杜甫、哭李尚書：奉使失張褰。

## 權

【相權】韓愈、雜詩：小大不相權。【與權】杜甫、奉寄李賓客一百韻：恩榮錯與權。【機權】韓愈、送靈師：生死隨機權。【高頰權】韓愈、送僧澄觀：伏犀插腦高頰權。【掌其權】李商隱、

## 拳

行次西郊作一百韻：今誰掌其權。【輔佐權】杜甫、陳拾遺故宅：多秉輔佐權。【山如拳】杜甫、從人受小胡孫許寄：爲寄山如拳。

## 椽

【屋椽】李商隱、行次西郊作一百韻：居者稅屋椽。【修椽】杜甫、陳拾遺故宅：大屋尙修椽。【短椽】杜甫、迴櫂：茅茨短椽。【以爲椽】韓愈、雜詩：斵楹以爲椽。【屋數椽】元好問、春寒：草木荒城屋數椽。【碧玉椽】蘇軾、書普慈長老壁：醉裏曾看碧玉椽。

## 傳

【可傳】韓愈、謝自然詩：灼灼信可傳。【共傳】司空曙、雲陽舘與韓紳宿別：離杯惜共傳。【多傳】韓愈、送靈師：詩賦時多傳。【眞傳】元好問、送劉子東遊：雪車冰柱得眞傳。【流傳】韓愈、桃源圖：不知幾許猶流傳。【虛傳】李商隱、一片：連城十五昔虛傳。【誰傳】李白、古風：馨香竟誰傳；杜甫、白鹽山：刻畫竟誰傳。【口所傳】蘇軾、記所見吳道子畫佛滅度：皆云道子口所傳。【立敎傳】王維、投道一師蘭若宿：名因立敎傳。【此中傳】李商隱、謝先輩防記念拙詩：聊借此中傳。【吏部傳】元好問、懷叔能：詩印空從吏部傳。【行路傳】王維、至滑州隔河望黎陽：時間行路傳。【弟子傳】杜甫、奉寄李賓客一百韻：常時弟子傳。【秀句傳】杜甫、哭李尙書：詩家秀句傳。【到處傳】蘇軾、柏堂：乞與佳名到處傳。【故人傳】李白、以詩代書答元丹丘：乃是故人傳。【後世傳】杜甫、杜鵑：詩與後世傳。【信所傳】杜甫、所思：台州信所傳。【帝宮傳】王維、哭祖六自虛：詞入帝宮傳。【柏酒傳】孟浩然、歲除夜會樂城張少府宅：新正柏酒傳。【無人傳】李白、長相思：此曲有意無人傳。【萬口傳】蘇軾、挽詩二首孔長源：詩句明朝萬口傳。【萬壑傳】蘇軾、登絕頂望太湖：半嶺松聲萬壑傳。【誰爲傳】李白、古風：擧世誰爲傳。【誰能傳】謝朓、登江中孤嶼：蘊眞誰能傳。【鯉魚傳】孟浩然、送王大校書：時望鯉魚傳。

## 焉

【終焉】杜甫、迴櫂：遊寺可終焉。【子絕焉】王維、哭祖六自虛：知音子絕焉。【卽有焉】杜甫、移居東屯茅屋：柴荆卽有焉。【蓋有焉】杜甫、奉寄李賓客一百韻：登龍蓋有焉。【不如賊焉】元結、賊退示官吏：豈不如賊焉。

**芊**

【芊芊】韋莊、長安清明：可堪芳草正芊芊。【草綿芊】李白、對雨：露溼草綿芊。

**濺**

【鳴濺濺】無名氏、木蘭詩：但聞黃河流水鳴濺濺。

**舷**

【日扣舷】杜甫、奉寄李賓客一百韻：南湖日扣舷。

**零**

【羌零】李商隱、行次西郊作一百韻：羈縻如羌零。

**闐**

【喧闐】蘇軾、九月十五日邇英講論語：歸來車馬已喧闐。

**軿**

【下雲軿】李白、春日行：仙人飄翩下雲軿。

**鵑**

【杜鵑】杜甫、杜鵑：雲安有杜鵑；杜甫、杜鵑：猶解事杜鵑；杜甫、杜鵑：東川無杜鵑；王維、送梓州李使君：千山響杜鵑；李商隱、錦瑟：望帝春心託杜鵑。

**邅**

【苦邅】韓愈、雜詩：歲盡道苦邅。【迍邅】杜甫、奉寄李賓客一百韻：國步乃迍邅。

**鋋**

【戈鋋】杜甫、奉寄李賓客一百韻：人憶止戈鋋；李商隱、行次西郊作一百韻：狼籍用戈鋋；韓愈、送靈師：浩汗橫戈鋋。

**瀍**

【影澗瀍】杜甫、奉寄李賓客一百韻：秋疏影澗瀍。

**翩**

【翩翩】曹植、美女篇：落葉何翩翩；韓愈、送靈師：書札何翩翩。【飛聯翩】蘇軾、謝子駿贈吳道子佛畫：已作蝴蝶飛聯翩。【渺翩翩】元好問、送郭大方：雲裝煙駕渺翩翩。【歘聯翩】杜甫、奉寄李賓客一百韻：沈宋歘聯翩。

**翾**

【燕翩翾】李商隱、江東：驚魚撥刺燕翩翾。

**沿**

【洄沿】韓愈、送靈師：黔江屢洄沿。【情洄沿】李白、粉圖山水歌：三江七澤情洄沿。

**還**

【以命還】韓愈、孟東野失子：即日以命還。【何時還】李白、蜀道難：問君西遊何時還。【獻凱還】孟浩然、送陳七赴西軍：何當獻凱還。

**悁**

【幽悁】韓愈、送靈師：傾壺暢幽悁。【立悁悁】徐幹、室思：搔首立悁悁。【抱悁悁】韓愈、贈別元十八：使我抱悁悁。

**痊**

【沈疴痊】韓愈、古意：一片入口沈疴痊。【頭風痊】韓愈、送靈師：披讀頭風痊。

**悛**

【無由悛】韓愈、孟東野失子：雖教無由悛。【惡未悛】杜甫、奉寄李賓客一百韻：凶徒惡未悛。

**荃**

【蘭荃】韓愈、送靈師：盈懷贈蘭荃。

**卷**

【五千卷】元好問、別康顯之：玉川文字五千卷。

**攣**

【拘攣】杜甫、奉寄李賓客一百韻：黠首遂拘攣。【牽攣】韓愈、送靈師：軒騰斷牽攣。

**韆**

【憶鞦韆】李商隱、評事翁寄賜餳粥走筆爲答：鳳樓迢遞憶鞦韆。【畫鞦韆】韋莊、長安清明：綠楊高映畫鞦韆。

**湔**

【洗湔】韓愈、示爽：懼終莫洗湔。

**畋**

【出於畋】杜甫、奉寄李賓客一百韻：兆喜出於畋。

**蜒**

【降蜿蜒】蘇軾、游徑山：夜鉢呪水降蜿蜒。

**湲**

【潺湲】李白、秋登巴陵望洞庭：東流自潺湲；韓愈、送靈師：溪宴駐潺湲。【日潺湲】王維、輞川閒居：秋水日潺湲。【波潺湲】李白、粉圖山水歌：橫石蹙水波潺湲。【涕潺湲】杜甫、奉寄李賓客一百韻：滿座涕潺湲。

**褰**

【高褰】李商隱、行次西郊作一百韻：珠簾亦高褰。【月幌褰】李商隱、憶雪：頻將月幌褰。

**單**

【衣裳單】李商隱、行次西郊作一百韻：腹歉衣裳單。

**鸇**

【鷹鸇】杜甫、奉寄李賓客一百韻：戮力效鷹鸇。

**棉**

【木棉】李商隱、燕台四首夏：幾夜瘴花開木棉。

籩 鱣 壥 躔 銓 虔 咽 駢 綖
埏 饘 甄 挺 梴 嗎 扁 平 楩
牷 脧 儇 瓀 痡 鯿 詮 佺 篿
湍 顴 鬈 惓 惓 燀 戔 幵 豣
純 袄 蛸 媊 仟 枅 蚿 佃 磌
蹎 驒 滇 汧 胼 蠙 諓 潺 孱

嬋儃樿瑄蠉儇駽睻撋
蝝淀璿箯顓篅跧揵褰
蔫嫣禋硄鶣歅瘨岍緶
骿弲稍癬䀽郔莚驙澶
仚譞駩絟竣騝鄢籛磾
沺䡊楄焆鋗鱻秈鬋狿
扇揎堧璇湪猭鍵踡蜷

【對偶】

李白、古風：昔別雁門關，今戍龍庭前。　王維、奉送六舅歸陸渾：　條桑臘月下，種杏春風前。　王維、恭懿太子挽歌五首：樹轉宮猶出，笳悲馬不前。　李商隱、憶雪：詠留飛絮後，歌唱落梅前。　韓愈、左遷至藍關：雲橫秦嶺家何在，雪擁藍關馬不前。　韓翃、送冷朝陽還上元：落日澄江烏榜外，秋風疏柳白門前。　陳子昂、春夜別友人：明月隱高樹，長河沒曉天。　李白、贈饒陽張司戶燧：蹉跎人間世，寥落壺中天。　李白、尋陽送弟昌峒鄱陽司馬作：人乘海上月，帆落湖中天。　李白、金陵送張十一再遊東吳：春光白門柳，霞色赤城天。　李白、郢門秋懷：杳杳山外日，茫茫江上天。　李白、古風：驚沙亂海日，飛雪迷胡天。　李白、寄劉侍御綰：兩旁抱東壑，一嶂橫西天。　王維、使至塞上：征蓬出漢塞，歸雁入胡天。　李商隱、謝先輩防記念拙詩：星勢寒垂地，河聲曉上天。　李商隱、月：簾開最明夜，簟卷已涼天。　李商隱、李花：自明無月夜，强笑欲風天。　李商隱、河清與趙氏昆季讌集：虹收青嶂雨，鳥沒夕陽天。　歐陽修、秋懷：西風酒旗市，細雨菊花天。　李白、日出行：草木謝榮於春風，木不怨落於秋天。　柳宗元、別舍弟宗一：桂嶺瘴來雲似墨，洞庭春盡水如天。　李益、至飲馬泉：幾處吹笳明月夜，何人倚劍白雲天。　劉長卿、夕望岳陽：漢口夕陽斜度鳥，洞庭秋水遠連天。　李商隱、碧城三首：不逢蕭史休回首，莫見洪崖又拍肩。　皇甫冉、春思：家住層城臨漢苑，心隨明月到胡天。　黃庭堅、次韻寄子由：春風春雨花經眼，江北江南水拍天。　黃庭堅、再次韻寄子由：麒麟墮地思千里，虎豹憎人上九天。　元好問、眼中：枯槐聚蟻無多地，秋水鳴蛙自一天。　王維、輞川別業：優婁比丘經論學，傴僂丈人鄉里賢。　李白、贈嵩山焦鍊師：蘿月挂朝鏡，松風鳴夜弦。　李白、長相思：趙瑟初停鳳凰柱，蜀琴欲奏鴛鴦弦。　白居易、與夢得沽酒後期：閑徵雅令窮經史，醉聽清吟勝管弦。　李商隱、曉坐：淚續淺深綆，腸危高下絃。　李商隱、風雨：黃葉仍風雨，青樓自管絃。　李商隱、碧城三首：紫鳳放嬌銜楚佩，赤鱗狂舞撥湘絃。　宋之問、新年作：嶺猿同旦暮，江柳共風煙。　陳子昂、春夜別友人：金樽對綺筵，銀燭吐青煙。　李白、贈饒陽張司戶燧：朝飲蒼梧泉，夕棲碧海煙。　李白、送內尋廬山女道士李騰空：素手掬青靄，羅衣曳紫煙。　李白、春日歸山寄孟浩然：塔形標海月，樓勢出江煙。　李白、郢門秋懷：人迷洞庭水，雁度瀟湘煙。　司空曙、雲陽館與韓紳宿別：孤燈寒照雨，深竹暗浮煙。　李商隱、謝先輩防記念拙詩：南浦無窮樹，西樓不住煙。　李商隱、曉坐：梅應未假雪，柳自不勝煙。　李商隱、行次西郊作一百韻：綵旂轉初旭，玉座當祥煙。　溫庭筠、蘇武廟：雲邊雁斷胡天月，隴上羊歸塞草烟。　李商隱、錦瑟：滄海月明珠有淚，藍田日暖玉生煙。　李白、秋登巴陵望洞庭：郢人唱白雪，越女歌採蓮。　李商隱、李花：減粉與園籜，分香沾渚蓮。　李商隱、行至金牛驛寄興元渤海尚書：諸生個個王恭柳，從事人人庾杲蓮。　王維、恭懿太子挽歌五首：沖天王子去，對日聖君憐。　王維、千塔主人：雞犬散墟落，桑榆蔭遠田。　王維、送梓州李使君：漢女輸橦布，巴人訟芋田。　李商隱、憶雪：瑞邀盈尺日，豐待兩岐年。　張祜、宮詞：故國三千里，深宮二十年。　杜牧、旅宿：遠夢歸侵曉，家書到隔年。　元好問、甲午除夕：神功聖德三千牘，大定昌明五十年。　柳宗元、別舍弟宗一：一身去國六千里，萬死投荒十二年。　韓愈、左遷至藍關：欲爲聖朝除弊事，肯將衰朽惜殘年。　黃庭堅、再次韻寄子由：風雨極知雞自曉，雪霜寧與菌爭年。　元好問、眼中：骨肉他鄉各異縣，衣冠今日是何年。　李商隱、野菊：細路獨來當此夕，清尊相伴省他年。　李白、尋雍尊師隱居：花暖青牛臥，松高白鶴眠。　李商隱、懷求古翁：欲收棋子醉，竟把釣車眠。　杜牧、旅宿：寒燈思舊事，斷雁警愁眠。　李白、長相思：日色已盡花含煙，月明欲素愁不眠。　皇甫冉、春思：機中錦字論長恨，樓上花枝笑獨眠。　韋應物、寄李儋元錫：世事茫茫難自料，春愁黯黯獨成眠。　李白、古風：鬬雞金宮裡，蹴菊瑤台邊。李商隱、行次西郊作一百韻：重賜竭中國，强兵臨北邊。　王灣、次北固山下：潮平兩岸濶，風正一帆懸。　蘇頲、幸望春宮應制：宮中下見南山盡，城上平臨北斗懸。　李白、長相思：昔日橫波目，今成流淚泉。　李白、長歌行：枯枝無醜葉，涸水吐清泉。　李白、　春日歸山寄孟浩然：嶺樹攢飛拱，巖花覆谷泉。　王維、送梓州李使君：山中一夜雨，樹杪百重泉。　李白、送羽林陶將軍：萬里橫戈探虎穴，三杯拔劍舞龍泉。李商隱、憶雪：映書孤志業，披氅阻神仙。　李商隱、月：流處水花急，吐時雲葉鮮。　劉禹錫、蜀先主廟：勢分三足鼎，業復五銖錢。　歐陽修、秋懷：感事悲雙鬢，包羞食萬錢。　韋莊、長安清明：內官初賜清明火，上相閒分白打錢。　李商隱、和人題眞娘墓：柳眉空吐效顰葉，榆莢還飛買笑錢。　黃庭堅、次韻裴仲謀同年：白髮齊生如有種，青山好去坐無錢。　韋應物、寄李儋元錫：身多疾病思田里，邑有流亡愧俸錢。　李

白、月下獨酌：三杯通大道，一斗合自然。　王維、輞川別業：雨中草色綠堪染，水上桃花紅欲然。　李商隱、河清與趙昆季讌集：客鬢行如此，滄波坐渺然。　陳子昂、春夜別友人：銀燭吐青煙，金樽對綺筵。　李白、春日歸山寄孟浩然：朱紱遺塵境，青山謁梵筵。　李商隱、和人題眞娘墓：罥樹斷絲悲舞席，出雲清梵想歌筵。　李白、流夜郎贈辛判官：文章獻納麒麟殿，歌舞淹留玳瑁筵。　李白、春日歸山寄孟浩然：鳥聚疑聞法，龍參若護禪。　李商隱、謝先輩防記念拙詩：熟寢初同鶴，含嘶欲並蟬。　李商隱、野菊：已悲節物同寒雁，忍委芳心與暮蟬。　李白、春日歸山寄孟浩然：香氣三天下，鐘聲萬壑連。李商隱、七月二十八日夜聽雨後夢作：恍惚無倪明又暗，低迷不已斷還連。　李白、金門答蘇秀才：屢忝白雲唱，恭聞黃竹篇。　李商隱、憶雪：徒聞周雅什，願賦朔風篇。　李商隱、謝先輩防記念拙詩：曉用雲添句，寒將雪命篇。　李商隱、謝先輩防記念拙詩：題時長不展，得處定應偏。　李商隱、憶雪：庭樹思凉蕊，妝樓認粉綿。　李商隱、謝先輩防記念拙詩：改成人寂寂，寄與路綿綿。　陳子昂、春夜別友人：離堂思琴

瑟，別路繞山川。　李白、春日歸山寄孟浩然：金繩開覺路，寶筏度迷川。　李白、蜀道難：上有六龍回日之高標，下有衝波逆折之回川。　李商隱、風雨：新知遭薄俗，舊好隔良緣。　李白、贈嵩山焦鍊師：八極恣遊憩，九垓長周旋。　王維、千塔主人：窗臨汴河水，門渡楚人船。　李商隱、懷求古翁：關塞猶傳箭，江湖莫繫船。　李商隱、憶雪：預約延枚酒，虛乘訪戴船。　劉長卿、夕望岳陽：孤城背嶺寒吹角，獨戍臨江夜泊船。　元好問、甲午除夕：已恨大官餘麵餅，爭教漢水入膠船。　王維、使至塞上：大漠孤煙直，長河落日圓。　李商隱、行至金牛驛寄興元渤海尚書：六曲屏風江雨急，九枝燈檠夜珠圓。　李商隱、行次西郊作一百韻：行人摧行資，居者稅屋椽。　李商隱、錦瑟：莊生曉夢迷蝴蝶，望帝春心託杜鵑。　韋莊、長安清明：紫陌亂嘶紅叱撥，綠楊高映畫鞦韆。　李商隱、行次西郊作一百韻：金障既特設，珠簾亦高褰。　李商隱、憶雪：幾向霜階步，頻將月幌褰。

# 二蕭 古通有豪

## 蕭

【蕭蕭】陶淵明、挽歌詩：白楊亦蕭蕭。【日蕭蕭】杜甫、鷗：清影日蕭蕭；杜甫、哭王彭州掄：歸興日蕭蕭。【竹蕭蕭】杜牧、送國棊王逢：最宜檐雨竹蕭蕭。【空蕭蕭】歐陽修、古瓦硯歌：寂莫繐帳空蕭蕭。【雨蕭蕭】李商隱、明日：池涸雨蕭蕭；李商隱、茂陵：茂陵松柏雨蕭蕭。【風蕭蕭】杜甫、桔柏渡：江永風蕭蕭。【馬蕭蕭】杜甫、兵車行：車轔馬蕭蕭；王安石、送項判官：行人相對馬蕭蕭。【晚蕭蕭】許渾、題潼關驛樓：紅葉晚蕭蕭。

## 簫

【玉簫】李商隱、送從翁從東川弘農尚書幕：秦娥弄玉簫。【吹簫】杜甫、哭王彭州掄：鸞鳳夾吹簫；李白、上元夫人：閒與鳳吹簫；杜牧、寄揚州韓綽判官：玉人何處敎吹簫。【紫簫】賀鑄、秦淮夜泊：臨風弄紫簫。【秦臺簫】李商隱、又效江南曲：欲羨秦臺簫。

## 貂

【侍中貂】杜甫、諸將五首：總戎皆插侍中貂。【珥漢貂】左思、詠史詩：七葉珥漢貂。

## 凋

【未凋】杜牧、寄揚州韓綽判官：秋盡江南草未凋。【早凋】王安石、壬辰寒食：鏡顏朱早凋。【後凋】杜甫、哭王彭州掄：寒松竟後凋。【空自凋】陶淵明、九月九日：園木空自凋。【海草凋】李白、胡無人：嚴風吹霜海草凋。【歲寒凋】李商隱、送從翁從東川弘農尚書幕：遂逐歲寒凋。

## 雕

【射雕】王維、出塞：秋日平原好射雕。【蕙葉雕】李商隱、利州江潭作：雨滿空城蕙葉雕。

## 迢

【水迢迢】杜牧、寄揚州韓綽判官：青山隱隱水迢迢。【暮迢迢】王安石、寄蔡天啟：冷雲衰草暮迢迢。

## 條

【中條】許渾、題潼關驛樓：疏雨過中條。【長條】李商隱、離亭賦得折楊柳二首：春風爭擬惜長條。【春條】賀鑄、秦淮夜泊：官柳動春條。【柔條】李商隱、齊梁晴雲：敝景弄柔條。【柳條】劉禹錫、別蘇州：秋風吹柳條；杜甫、臘日：漏洩春光有柳條。【深條】杜甫、朝雨：雨燕集深條。【嫩條】李商隱、柳：漠漠輕黃惹嫩條。【蕭條】陶淵明、挽歌詩：風爲自蕭條；祖詠、江南旅情：歸路但蕭條。【千萬條】王安石、壬辰寒食：春風千萬條。【日蕭條】杜甫、野望：不堪人事日蕭條。【百尺條】左思、詠史詩：阻此一一百尺條。【落寒條】蘇軾、南溪小酌：驚飛千片落寒條。

## 髫

【垂髫】王維、歎白髮：須庾白髮變垂髫。

## 調

【笙調】李商隱、公子：去不待笙調。【風雨調】李白、和李相公覽物興懷：可歌風雨調。【爲誰調】李商隱、清夜怨：清管爲誰調。【隔鄰調】李商隱、碧瓦：金管隔鄰調。

## 聊

【無聊】杜甫、哭王彭州掄：染翰欲無聊；李商隱、送從翁從東川弘農尙書幕：去國肯無聊。
【不自聊】李商隱、無題二首：秉君不自聊。
【兩無聊】陸游、梅花絕句：梅花與我兩無聊。

## 遼

【不遼】李白、和李相公覽物興懷：去公豈不遼。
【度遼】李商隱、清夜怨：聞君欲度遼。【渡遼】王維、出塞：破虜將軍夜渡遼。

## 寥

【寂寥】杜甫、哭王彭州掄：斯人已寂寥；李商隱、秋日晚思：雨餘方寂寥；李商隱、無題兩首：池清尤寂寥；蘇軾、和孫莘老次韻：不問繁雄興寂寥；王安石、寄蔡天啟：誰與高秋共寂寥。
【一寂寥】杜牧、宣州送裴坦判官：故國逢春一寂寥。【人寂寥】杜甫、諸將五首：南海明珠人寂寥。【日寂寥】杜甫、歸夢：江山日寂寥。
【悵寂寥】杜甫、桔柏渡：遊子悵寂寥。【漫寂寥】杜甫、閣夜：人事音書漫寂寥。【心寥寥】白居易、五絃彈：聽者傾耳心寥寥。

## 僚

【下僚】左思、詠史詩：英俊沈下僚。【故僚】李商隱、送從翁從東川弘農尙書幕：將軍問故僚。

## 寮

【綺寮】李商隱、碧瓦：紅輪結綺寮。【碧綺寮】李商隱、明日：曾來碧綺寮。

## 邀

【見邀】李商隱、送從翁從東川弘農尙書幕：嘉賓素見邀。【招邀】李商隱、無題兩首：秋暑貴招邀。【相邀】李商隱、楚宮：女蘿山鬼語相邀。
【見客邀】蘇軾、祥符寺九曲觀燈：銀葉燒香見客邀。

## 么

【六么】白居易、琵琶行：初爲霓裳後六么。

## 宵

【春宵】李商隱、清夜怨：含淚坐春宵；李商隱、爲有：鳳城寒盡怕春宵；白居易、長恨歌：芙蓉帳暖度春宵。【連宵】蘇軾、祥符寺九曲觀燈：寶珠穿蟻鬧連宵。【殘宵】李商隱、齊梁晴雲：牛渚宿殘宵。

## 消

【未消】杜甫、又雪：青崖霑未消；蘇軾、南溪小酌：走馬來看及未消。【易消】李商隱、公子：清晨恐易消。【春雪消】蘇軾、和孫莘老次韻：去國光陰春雪消。【長雪消】杜甫、野望：春浦長雪消。【海霧消】李白、塞下曲六首：營空海霧消。【凍全消】杜甫、臘日：今年臘日凍全消。【雪半消】杜牧、宣州送裴坦判官：日暖泥融雪半消；陸游、梅花絕句：池館登臨雪半消。【雪初消】李商隱、柳：江南江北雪初消。【微醉消】李商隱、偶題二首：小亭閒眠微醉消。

## 堯

【不見堯】杜甫、朝雨：巢由不見堯。【傳之堯】歐陽修、古瓦硯歌：敢問舜禹傳之堯。

## 霄

【九霄】杜甫、臘日：翠管銀罌下九霄。【寒霄】杜甫、閣夜：天涯霜雪霽寒霄。【清霄】杜甫、哭王彭州掄：諫獵阻清霄。【雲霄】陶淵明、九月九日：叢雁鳴雲霄；杜甫、兵車行：哭聲直上干雲霄。【煙霄】李商隱、送從翁從東川弘農尚書幕：歸路更煙霄；李商隱、秋日晚思：一一在煙霄。【碧霄】李白、焦山望寥山：宛然在碧霄。

## 綃

【冰綃】李商隱、利州江潭作：水宮帷箔卷冰綃。【鮫綃】李商隱、送從翁從東川弘農尚書幕：江市賣鮫綃。

## 銷

【易銷】李商隱、碧瓦：珠啼冷易銷。【魂銷】劉禹錫、別蘇州：今日自魂銷。【不易銷】李商隱、利州江潭作：神劍飛來不易銷。【未全銷】杜甫、諸將五首：冥冥氛祲未全銷。【回陂銷】李商隱、齊梁晴雲：欲入回陂銷。【局上銷】杜牧、送國棊王逢：與子期于局上銷。【何處銷】王維、歎白髮：不向空地何處銷。【炎靈銷】歐陽修、古瓦硯歌：火數四百炎靈銷。【染未銷】李商隱、梓州罷吟寄同舍：惟有衣香染未銷。【峽外銷】李商隱、送從翁從東川弘農尚書幕：離魂峽外銷。【亂螢銷】李商隱、秋日晚思：窗冷亂螢銷。【雪半銷】杜牧、宣州送裴坦判官：日暖泥融雪半銷。【夢魂銷】蘇軾、祥符寺九曲觀燈：清吟半逐夢魂銷。【燭燄銷】李商隱、明日：人間燭燄銷。【鐵未銷】杜牧、赤壁：折戟沈沙鐵未銷。【臘炬銷】杜甫、西閣三度：花催臘炬銷。

## 朝

【一朝】左思、詠史詩：由來非一朝。【今朝】陶淵明、九月九日：聊以永今朝；杜甫、夔州歌十絕句：王者無外見今朝。【清朝】杜甫、朝雨：幸得過清朝。【終朝】杜甫、哭王彭州掄：隱几接終朝。【雪朝】李商隱、梓州罷吟寄同舍：不揀花朝與雪朝。【不復朝】陶淵明、挽歌詩：千年不復朝。【北之朝】杜甫、又雪：焉得北之朝。【寒露朝】李白、和李相公覽物興懷：亭亭寒露朝。【落花朝】李商隱、送從翁從東川弘農尙書幕：其奈落花朝。

## 朝

【三朝】杜甫、哭王彭州掄：寵辱事三朝；杜甫、歸夢：代判已三朝。【早朝】白居易、長恨歌：從此君王不早朝；李商隱、爲有：辜負香衾事早朝；蘇軾、和孫莘老次韻：迎送纔看博早朝。【前朝】歐陽修、古瓦硯歌：而況後世悲前朝；杜牧、赤壁：自將磨洗認前朝。【時朝】杜甫、百年：也封刺使非時朝。【朝朝】杜甫、西閣三度：手扳百朝朝；【聖朝】杜甫、諸將五首：只在忠臣翊聖朝；杜甫、野望：未有涓埃答聖朝。【紫宸朝】杜甫、臘日：逐家初散紫宸朝。

【聖明朝】李商隱、送從翁從東川弘農尙書幕：不爲聖明朝；杜甫、野望：無補聖明朝。

## 潮

【午潮】王安石、送項判官：渡口沙長過午潮。【江潮】蘇軾、和子由木山引水二首：至今流涸應江潮。【風潮】孟浩然、舟中曉望：來往接風潮。【暮潮】賀鑄、秦淮夜泊：秦淮生暮潮。【聽潮】祖詠、江南旅情：江聲夜聽潮。【冶城潮】王安石、壬辰寒食：欲漲冶城潮。【滄海潮】杜甫、桔柏渡：闊會滄海潮。

## 囂

【不囂】蘇軾、南溪小酌：坐覺村飢語不囂。【塵囂】李白、和李相公覽物興懷：興歎倦塵囂。

## 樵

【漁樵】許渾、題潼關驛樓：猶自夢漁樵；王安石、壬辰寒食：但欲老漁樵；李商隱、送從翁從東川弘農尙書幕：早日棄漁樵；杜甫、閣夜：夷歌數處起漁樵。【牧與樵】李商隱、秋日晚思：忘名牧與樵。

## 驕

【天驕】李白、塞下曲六首：揷羽破天驕。【屢驕】李商隱、送從翁從東川弘農尙書幕：西山亦屢驕。【一何驕】李白、塞上曲：胡馬一何驕。【不得驕】杜甫、百年：才如伏波不得驕。【何矜驕】李白、行行且遊獵篇：騎來躡影何矜驕。【河神驕】蘇軾、河復：百神受職河神驕。【胡馬驕】杜甫、哭王彭州掄：中年胡馬驕；李白、胡無人：筋幹精堅胡馬驕。【馬聲驕】杜牧、宣州送裴坦判官：行人芳草馬聲驕。【豺虎驕】杜甫、又雪：峽深豺虎驕。

## 嬌

【阿嬌】李商隱、茂陵：金屋修成貯阿嬌。【拌嬌】李商隱、又效江南曲：臨酒欲拌嬌。【杏花嬌】李商隱、清夜怨：紅砌杏花嬌。【無限嬌】李商隱、爲有：爲有雲屛無限嬌。【雉媒嬌】李商隱、公子：下馬雉媒嬌。【滿城嬌】李商隱、夢澤：楚王葬盡滿城嬌。

## 焦

【中心焦】陶淵明、九月九日：　念之中心焦。【不畏焦】蘇軾、祥符寺九曲觀燈：魚舞湯中不畏焦。【霹靂焦】蘇軾、和子由木山引水二首：斷處人言霹靂焦。

## 椒

【山椒】杜甫、桔柏渡：前登但山椒。

## 饒

【嬌饒】李商隱、無題二首：風蝶强嬌饒；李商隱、碧瓦：重疊贈嬌饒。【一路饒】杜牧、送國碁王逢：玉子紋楸一路饒。【不相饒】李商隱、送從翁從東川弘農尙書幕：燕雀不相饒。

## 橈

【蘭橈】李商隱、利州江潭作：碧潭珍重駐蘭橈。【雙橈】李商隱、又效江南曲：儂舸動雙橈。

## 燒

【內火燒】李商隱、送從翁從東川弘農尙書幕：因之內火燒。【火不燒】杜甫、哭王彭州掄：烽疏火不燒。【蜀城燒】李商隱、碧瓦：酒是蜀城燒。【野火燒】杜牧、送國碁王逢：拔勢橫來野火燒；歐陽修、古瓦硯歌：戰血曾經野火燒；王維、出塞：白草連山野火燒。

## 遙

【逍遙】張衡、四愁詩：路遠莫致倚逍遙。【一何遙】李商隱、柳：王孫歸路一何遙。　【一水遙】李白、寄王漢陽：相思一水遙。【一身遙】杜甫、野望：天涯涕淚一身遙。【入海遙】許渾、題潼關驛樓：河聲入海遙。【水國遙】孟浩然、舟中曉望：青山水國遙。【去人遙】杜甫、　又雪：脈脈去人遙。【北風遙】祖詠、江南旅情：書寄北風遙。【出塞遙】李商隱、清夜怨：征雲出塞遙。【地里遙】杜甫、哭王彭州掄：彭州地里遙。【卽席遙】李商隱、碧瓦：書成卽席遙。【郡國遙】杜甫、野望：行行郡國遙。【逐恨遙】李商隱、楚宮：楚厲迷魂逐恨遙。【黑水遙】杜甫、歸夢：雲深黑水遙。【散錦遙】李商隱、利州江潭作：欲就行雲散錦遙。【絳河遙】李商隱、送從翁從東川弘農尙書幕：水接絳河遙。

## 姚

【霍嫖姚】李白、塞下曲六首：獨有霍嫖姚；李商隱、梓州罷吟寄同舍：五年從事霍嫖姚；王維、出塞：漢家將賜霍嫖姚；杜牧、送國棊王逢：鏖兵不羨霍嫖姚；李白、胡無人：將軍兼領霍嫖姚。

## 搖

【搖搖】杜牧、宣州送裴坦判官：我心懸旆正搖搖；賀鑄、秦淮夜泊：心旆正搖搖。【動搖】杜甫、閣夜：三峽星河影動搖。【金步搖】白居易、長恨歌：雲鬢花顏金步搖。【控挾搖】蘇軾、尋谿源至治平寺：倦飛不擬控挾搖。【窗戶搖】蘇軾、尋谿源至治平寺：雙澗響空窗戶搖。

## 謠

【風謠】蘇軾、和孫莘老次韻：却辭讒謗得風謠。【長謠】李白、送殷淑：嗚榔且長謠。

## 瑤

【瓊瑤】李商隱、送從翁從東川弘農尙書幕：勉欲報瓊瑤；歐陽修、古瓦硯歌：欲報慚愧無瓊瑤。【英瓊瑤】張樹、四愁詩：何以報之英瓊瑤。

## 韶

【舜韶】李商隱、送從翁從東川弘農尙書幕：翻然慕舜韶。【舊簫韶】杜甫、夔州歌十絕句：元聽舜日舊簫韶。

## 昭

【宣昭】李白、和李相公覽物興懷：功德今宣昭。

## 招

【自招】蘇軾、尋谿源至治平寺：每見田園輒自招。【見招】杜甫、哭王彭州掄：東堂早見招。【小隱招】李商隱、送從翁從東川弘農尙書幕：俱從小隱招。【不見招】左思、詠史詩：白首不見招。【白璧招】王安石、送項判官：千里來非白璧招。【豈易招】李商隱、楚宮：更困腥臊豈易招。【楚辭招】杜甫、歸夢：不用楚辭招。

## 飆

俗作飈，通作猋。【風飆】李白、塞下曲六首：駿馬似風飆；歐陽修、古瓦硯歌：叱吒靂雹生風飆。【驚飆】李商隱、送從翁從東川弘農尙書幕：時節慘驚飆。【塞風飆】杜甫、哭王彭州掄：猛士塞風飆。

## 標

【清標】杜甫、哭王彭州掄：令子各清標。【赤城標】孟浩然、舟中曉望：疑是赤城標；李商隱、送從翁從東川弘農尙書幕：夢斷赤城標。【南山標】李白、和李相公覽物興懷：前對南山標。

## 杓

【斗杓】杜甫、哭王彭州掄：秦城近斗杓。【北斗杓】李商隱、送從翁從東川弘農尙書幕：時看北斗杓。

## 瓢

【去似瓢】蘇軾、和子由木山引水二首：浪卷沙翻去似瓢。【酒一瓢】許渾、題潼關驛樓：長亭酒一瓢。

## 苗

【三苗】杜甫、野望：風壤帶三苗。【山苗】蘇軾、和子由木山引水二首：不須鬱鬱慕山苗。【芝苗】李商隱、送從翁從東川弘農尙書幕：萬崦自芝苗。【青苗】杜甫、夔州歌十絕句：北有澗水通青苗。【春苗】杜甫、鷗：隨意點春苗。【山上苗】左思、詠史詩：離離山上苗。【野芎苗】蘇軾、尋谿源至治平寺：穿林閒覓野芎苗。【解立苗】蘇軾、尋谿源至治平寺：誰信劉章解立苗。

## 要

【故要】杜甫、西閣三度：今疑索故要。【不可要】杜甫、桔柏渡：東逝不可要。【幕府要】杜甫、哭王彭州掄：叨陪幕府要。

## 腰

【挂腰】李商隱、送從翁從東川弘農尙書幕：君先綬挂腰。【細腰】李商隱、夢澤：虛減宮廚爲細腰；李商隱、離亭賦得折楊柳二首：莫損愁眉與細腰；蘇軾、尋谿源至治平寺：舉族長懸似細腰。【楚腰】李商隱、又效江南曲：裁裙約楚腰。【舞腰】李益、洛橋：春來似舞腰。【纖腰】歐陽修、古瓦硯歌：妙舞左右回纖腰。【各在腰】杜甫、兵車行：行人弓箭各在腰。【麥齊腰】蘇軾、尋谿源至治平寺：桑枝刺枝麥齊腰。【楚宮腰】李商隱、碧瓦：第一楚宮腰。【舞姬腰】李商隱、柳：楚宮先騁舞姬腰。

## 喬

【二喬】杜牧、赤壁：銅雀春深鎖二喬。【松喬】杜甫、哭王彭州掄：異骨降松喬；李商隱、送從翁從東川弘農尙書幕：揮手謝松喬。

## 橋

【三橋】李商隱、明日：便是隔三橋。【朱橋】蘇軾、南溪小酌：最先犯曉過朱橋。【石橋】孟浩然、舟中曉望：天台訪石橋。【抱橋】李商隱、碧瓦：荷攲正抱橋。【長橋】李白、焦山望寥山：駕天作長橋；杜甫、桔柏渡：駕竹爲長橋。【拂橋】杜牧、宣州送裴坦判官：清戈江村柳拂橋。【洛橋】祖詠、江南旅情：無媒寄洛橋。【穿橋】王安石、寄蔡天啟：杖藤緣塹復穿橋。【野橋】李商隱、柳：晚日含風拂野橋。【渭橋】李白、塞下曲六首：鳴鞍出渭橋；李白、塞上曲：匈奴犯渭橋。【渡橋】蘇軾、尋谿源至治平寺：尙喜漁人爭渡橋。【雙橋】賀鑄、秦淮夜泊：燈火上雙橋。【洛陽橋】李益、洛橋：獨上洛陽橋。【河漢橋】杜甫、哭王彭州掄：霏微河漢橋。【咸陽橋】杜甫、兵車行：塵埃不見咸陽橋。【落楓橋】王安石、送項判官：斷蘆洲渚落楓橋。【萬里橋】杜甫、野望：南浦清江萬里橋；陸游、梅花絕句：腸斷春風萬里橋。【錦江橋】蘇軾、尋谿源至治平寺：夢歸時到錦江橋。

## 妖

【靈妖】歐陽修、古瓦硯歌：常恐變化成靈妖。

## 漂

【與萍漂】杜甫、哭王彭州掄：寄葬與萍漂。

## 飄

【浮飄】李白、和李相公覽物興懷：雲日還浮飄。【槎飄】李商隱、碧瓦：海沫近槎飄。【一任飄】杜甫、鷗：風生一任飄。【柳緜飄】李商隱、齊梁晴雲：如妬柳緜飄。【豈惜飄】李商隱、公子：香濃豈惜飄。【野雲飄】蘇軾、和孫莘老次韻：還家蹤跡野雲飄。【隨風飄】李白、上元夫人：忽然隨風飄。【亂眼飄】杜甫、朝雨：江雪亂眼飄。【斷蓬飄】李商隱、送從翁從東川弘農尙書幕：遠逐斷蓬飄。

## 翹

【翠翹】李商隱、送從翁從東川弘農尙書幕：河箄不翠翹；李商隱、梓州罷吟寄同舍：我爲分行近翠翹。【雞翹】王安石、送項判官：華簪常得從雞翹；李商隱、茂陵：屬車無復插雞翹。【翡翠翹】李商隱、碧瓦：巴賓翡翠翹。【雙翠翹】李商隱、偶題二首：傍有墮釵雙翠翹。

## 恌

【甚恌】李商隱、送從翁從東川弘農尙書幕：斯民已甚恌。

## 漻

【色膠膠】李商隱、楚宮：湘波如淚色漻漻。

## 颻

【颯飄颻】杜甫、桔柏渡：征衣颯飄颻。【漫飄颻】杜甫、西閣三度：雙影漫飄颻。

## 陶

【自陶】陶淵明、九月九日：濁酒且自陶。

## 趐

【輕趐】李白、行行且遊獵篇：但知遊獵誇輕趐。

# 瀟

【瀟瀟】蘇軾、送戴蒙赴成都：水花風葉暮瀟瀟。

# 憀

【無憀】李商隱、離亭賦得折楊柳二首：暫憑樽酒送無憀；李商隱、梓州罷吟寄同舍：漳濱臥病竟無憀。

# 痟

【病痟】李商隱、送從翁從東川弘農尙書幕：中乾欲病痟。

挑刁彫跳蜩苕梟澆撩嶢超譙蕉燋蕘傜軺鑣描貓鴞僑夭翛祧佻徼髾鷯僥嘵哨蘤枵熇獢穚膲噍嬈鰩愮佋幖熛麃儦瀌葽喓弨橇劭船鯈驍飂獠料橑簝膮硝蛸魈鼂歊鐎鴞鴹䌛摽窯珧銚鴞猺蘇褕釗髟膔藨篻蟯嶠轎蔙蕎驕料夆憿穀鐐繆嘹垚㤊逍髟㑒熮憔爊䍃嗂鉊賆剽緢紗鍪筱幧翲僄

【對偶】

王安石、送項判官：山鳥自呼泥滑滑，行人相對馬蕭蕭。　李商隱、送從翁從東川弘農尙書幕：素女悲清瑟，秦娥弄玉簫。　賀鑄、秦淮夜泊：隔岸開朱箔，臨風弄紫簫。　王安石、壬辰寒食：巾髮雪爭出，鏡顏朱早凋。　王維、出塞：暮雲空磧時驅馬，秋日平原好射雕。　李商隱、公子：歸應衝鼓半，去不待笙調。　李商隱、碧瓦：鈿轅開道入，金管隔鄰調。　李商隱、送從翁從東川弘農尙書幕：御風知有在，去國肯無聊。　王維、出塞：護羌校尉朝乘障，破虜將軍夜渡遼。　李商隱、無題：竹碧轉悵望，池清尤寂寥。　李商隱、送從翁從東川弘農尙書幕：盛幕開高宴，將軍問故僚。　李商隱、碧瓦：碧瓦銜珠樹，紅輪結綺寮。　李商隱、明日：知處黃金鎖，曾來碧綺寮。　李商隱、楚宮：楓樹夜猿愁自斷，女蘿山鬼語相邀。　李白、塞下曲六首：陣解星芒盡，營空海霧消。　李白、醉後贈王歷陽：筆蹤起龍虎，舞袖拂雲霄。　李商隱、送從翁從東川弘農尙書幕：使車無遠近，歸路更煙霄。　李商隱、利州江潭作：河伯軒窗通貝闕，水宮帷箔卷冰綃。　李商隱、送從翁從東川弘農尙書幕：蠻童騎象舞，江市賣鮫綃。　李商隱、秋日晚思：枕寒莊蝶去，窗冷胤螢銷。　李商隱、碧瓦：霧唾香難盡，珠啼冷易銷。　李商隱、送從翁從東川弘農尙書幕：瘴雨瀧間急，離魂峽外銷。　李商隱、送從翁從東川弘農尙書幕：非關無燭夜，其奈落花朝。　李商隱、送從翁從東川弘農尙書幕：勿貪佳麗地，不爲聖明朝。　祖詠、江南旅情：海色晴看雨，江聲夜聽潮。　王安石、壬辰寒食：更傾寒食淚，欲漲冶城潮。　李商隱、秋日晚思：取適琴將酒，忘名牧與樵。　李白、寄王漢陽：錦帳郎官醉，羅衣舞女嬌。　李商隱、又效江南曲：乖朝方積思，臨酒欲拌嬌。　李商隱、清夜怨：綠池荷葉嫩，紅砌杏花嬌。　李商隱、茂陵：玉桃偷得憐方朔，金屋修成貯阿嬌。　李商隱、無題二首：露花終裛溼，風蝶強嬌饒。

李商隱、送從翁：鸞皇期一舉，燕雀不相饒。　李商隱、又效江南曲：郎船安兩槳，儂舸動雙橈。　李商隱、碧瓦：歌從雍門學，酒是蜀城燒。　李商隱、送從翁：敢共頹波遠，因之內火燒。　許渾、題潼關驛樓：樹色隨關迥，河聲入海遙。　祖詠、江南旅情：劍留南斗近，書寄北風遙。　李商隱、碧瓦：夢到飛魂急，書成即席遙。　李商隱、清夜怨：曙月當窗滿，征雲出塞遙。　李商隱、送從翁：山連玄圃近，水接絳河遙。　李商隱、利州江潭作：自攜明月移燈疾，欲就行雲散錦遙。　杜牧、宣州送裴坦判官：君意如鴻高的的，我心懸旆正搖搖。　李商隱、送從翁：屢曾紆錦繡，勉欲報瓊瑤。　李商隱、送從翁：豈意聞周鐸，翻然慕舜韶。　王安石、送項判官：十年長自青衿識，千里來非白璧招。　李商隱、楚宮：空歸腐敗猶難復，更困腥臊豈易招。　李商隱、送從翁：心懸紫雲閣，夢斷赤城標。　李商隱、送從翁：少減東城飲，時看北斗杓。　李商隱、送從翁：一川虛月魄，萬崦自芝苗。　李白、醉後贈王歷陽：書禿千兎毫，詩裁兩牛腰。　李商隱、送從翁：我恐霜侵鬢，君先綬挂腰。　李商隱、碧瓦：無雙漢殿鬢，第一楚宮腰。　李商隱、又效江南曲：掃黛開宮額，裁裙約楚腰。李商隱、柳：灞岸已攀行客手，楚宮先騁舞姬腰。李商隱、送從翁：甘心與陳阮，揮手謝松喬。李商隱、碧瓦：柳暗將翻巷，荷欹正抱橋。 李商隱、明日：誰言整雙履，便是隔三橋。 賀鑄、秦淮夜泊：樓臺見新月，燈火上雙橋。 杜牧、宣州送裴坦判官：九華山路雲遮樹，清弋江村柳拂橋。 李商隱、柳：清明帶雨臨官道，晚日含風拂野橋。 李商隱、公子：歌好惟愁和，香濃豈惜飄。 李商隱、碧瓦：河流銜柱轉，海沫近槎飄。 李商隱、送從翁：昔辭喬木去，遠逐斷蓬飄。 李商隱、碧瓦：吳市蠙蛦甲，巴賓翡翠翹。 李商隱、茂陵：內苑只知含鳳觜，屬車無復插雞翹。 李商隱、送從翁：薄俗誰其激，斯民已甚恌。 李商隱、梓州罷吟寄同舍：楚雨含情皆有記，漳濱臥病竟無憀。

# 三肴 古通蕭

## 巢

【添巢】杜甫、陪諸公上白帝城宴越公堂之作：殘缺燕添巢。【鳥巢】杜甫、題北橋樓：開筵近鳥巢。【豌巢】陸游、巢：一盤籠餅是豌巢。【燕巢】李商隱、安平公詩：隙光斜照舊燕巢。【翡翠巢】李商隱、送從翁從東川弘農尚書幕：高安翡翠巢。【燕子巢】李商隱、自喜：兼容燕子巢。

## 交

【相交】李商隱、偶題二首：山榴海柏枝相交。【風露交】陶潛、九月九日：淒淒風露交。

## 郊

【江郊】杜甫、陪諸公上白帝城宴越公堂之作：城上俯江郊。【近郊】李商隱、茂陵：苜蓿榴花遍近郊。【遠郊】陶潛、挽歌：送我出遠郊。李白、行行遊且獵篇：半酣呼鷹出遠郊。

## 茅

【草茅】杜甫、陪諸公上白帝城宴越公堂之作：荒階蔓草茅。

## 包

【緘包】歐陽修、古瓦硯歌：緹襲三四勤緘包。

## 苞

【綻香苞】李商隱、自喜：紅蕖綻香苞。

## 梢

【前梢】杜甫、題北橋樓：青柳檻前梢。【蒲梢】李商隱、茂陵：漢家天馬出蒲梢。【鬣蕊梢】杜甫、陪諸公上白帝城宴越公堂之作：心傷鬣蕊梢。

## 蛟

【長蛟】李商隱、楚宮：綵線惟惜懼長蛟。【射蛟】李商隱、永王東巡歌：漢武尋陽空射蛟。

## 庖

【佐庖】李商隱、自喜：魚來且佐庖。【遠庖】杜甫、題北橋樓：廚煙覺遠庖。

## 拋

【未即拋】杜甫、陪諸公上白帝城宴越公堂之作：生涯未即拋。

## 淆

【紛淆】歐陽修、古瓦硯歌：簿硯朱墨徒紛淆。

## 髇

【飛髇】李白、行行遊且獵篇：雙鶬迸落連飛髇。

## 鞘

【鳴鞘】李白、行行遊且獵篇：金鞭拂雪揮鳴鞘。

## 殽

【沽酒殽】陸游、巢：兒女隨宜沽酒殽。

## 咻

【咆咻】歐陽修、古瓦硯歌：紹術權備爭咆咻。

凹

【凸凹】歐陽修、古瓦硯歌：誰使鐫鑱成凸凹。

膠

【投膠】杜甫、陪諸公上白帝城宴越公堂之作：宴衎願投膠。

崤 骹 炮 髾 筲 哮 呶 捎 譊

麃 茭 蛸 弰 泡 烋 媌 磝 怓

旓 跑 墝 鞪 笅 咬 啁 教 咆

氂 罺 漅 詨 勦 謿 鉋 罦 嗃

佼 抓 鵁 姣 樔 謷 嘐 掊 颮

訬 窌 鄛 脬 颮 鵃 枹 箾 鄗

洨 庨 蓇 芁 倄 摎 勹 颾 捊

嵺 巢 涍 轇 䘯 娋 颮

【對偶】

李商隱、送從翁從東川弘農尚書幕：穩放驊騮步，高安翡翠巢。 李商隱、自喜：綠筠遺粉籜，紅藥綻香苞。 李商隱、自喜：虎過遙知穽，魚來且佐庖。

# 四豪 古通蕭

## 豪

【自豪】黃庭堅、答潘秀才見寄：便入林泉眞自豪。【客豪】無名氏、戰城南：且爲客豪。【五陵豪】李白、白馬篇：金鞍五陵豪。【玉卮豪】杜牧、長安雜題長句：西北天宛玉卮豪。【亦自豪】元好問、寄劉光甫：山澤懼儒亦自豪。【先日豪】元好問、寄希顏：樓上元龍先日豪。【吳門豪】李白、結襪子：燕南壯士吳門豪。【春湍豪】韓愈、貞女峽：江盤峽東春湍豪。【愚者豪】李白、梁甫吟：智者可卷愚者豪。【意氣豪】曾鞏、上元：夜半喧闐意氣豪。

## 毫

【一毫】白居易、紫毫筆：千萬毛中選一毫；李商隱、謝書：微意何曾有一毫。【白毫】蘇軾、中秋見月寄子由：瑞光萬丈生白毫。【秋毫】李白、贈引王山人歸布山：微言破秋毫；杜甫、八月十五夜月：直欲數秋毫；杜甫、飛仙閣：微徑緣秋毫。【揮毫】歐陽修、古瓦硯歌：句適語老能揮毫。【紫毫】白居易、紫毫筆：喫竹飲泉生紫毫。【五色毫】李商隱、江上憶嚴五廣休：夢筆深藏五色毫。

## 條

【錦條】蘇軾、送李公恕赴闕：不願腰間纏錦條；蘇軾、宋叔達家聽琵琶：賦罷雙垂紫錦條。

## 髦

【英髦】李白、贈華州王司士：盛德未泯生英髦；蘇軾、送李公恕赴闕：吾君漸欲收英髦。

## 刀

【大刀】杜甫、八月十五夜月二首：歸心折大刀。【弓刀】盧綸、塞下曲：大雪滿弓刀。【切玉刀】蘇軾、送李公恕赴闕：君才有如切玉刀。【長刀】李商隱、江上憶嚴五廣休：征南幕下帶長刀。【佩刀】李商隱、謝書：不羨王祥得佩刀。【剪刀】李白、冬歌：那堪把剪刀。【帶刀】西鄙人、哥舒歌：哥舒夜帶刀。【錐刀】杜甫、遣遇：剝刻及錐刀。【寶刀】李商隱、春游：摩挲七寶刀。【金錯刀】張衡、四愁詩：美人贈我金錯刀。【風似刀】王昌齡、塞下曲：水寒風似刀。【魚隱刀】李白、結襪子：筑中置鉛魚隱刀。

## 洮

【臨洮】李白、白馬篇：從軍向臨洮；王昌齡、塞下曲：黯黯見臨洮；杜甫、近聞：牧草不敢侵臨洮。

猱

【太行猱】李白、白馬篇：手接太行猱。

褒

【一字褒】李商隱、獻寄舊府開封公：春秋一字褒。

桃

【金桃】杜甫、山寺：鸚鵡啄金桃。【紅桃】王維、春園卽事：間柳發紅桃。【宮桃】杜甫、千秋節有感：王母獻宮桃。【碧桃】許渾、登洛陽故城：猶自吹笙醉碧桃；杜牧、贈李處士長句四韻：紫洞香風吹碧桃。【櫻桃】李商隱、櫻桃答：惟有鄭櫻桃。【欲吹桃】李商隱、春游：風濫欲吹桃。【費二桃】李白、梁甫吟：齊相殺之費二桃。【紫蔕桃】杜牧、長安雜題長句：遊女花簪紫蔕桃。【露井桃】王昌齡、春宮曲：昨夜風開露井桃。

旄

【旌旄】杜甫、避地：奴僕且旌旄。【旂旄】蘇軾、戲子由：畫堂五大容旂旄。【下霓旄】杜牧、長安雜題長句：夾城雲暖下霓旄。

騷

【風騷】杜甫、戲爲六絕句：劣於漢魏近風騷。【詩騷】蘇軾、詩：雜以嘲諷窮詩騷。【離騷】岑參、詩：回首動離騷。【蕭騷】韋莊、詩：滿庭風雨竹蕭騷。

槔

【桔槔】王維、春園卽事：林端擧桔槔。

袍

【青袍】杜甫、渡江：汀草亂青袍。【征袍】李白、冬歌：一夜絮征袍。【雲袍】李商隱、壬申閏秋題贈烏鵲：鄴城新淚濺雲袍。【弊袍】王維、春園卽事：春寒著弊袍。【縕袍】杜甫、遣遇：花時甘縕袍；杜甫、大雨：織編成縕袍。【赭袍】杜牧、長安雜題長句：萬國珪璋捧赭袍。【錦袍】王昌齡、春宮曲：簾外春寒賜錦袍。【明珠袍】李白、白馬篇：落日明珠袍。【妬春袍】李商隱、春游：青草妬春袍。【繡羽袍】杜牧、贈李處士長句四韻：姹女當窗繡羽袍。【鬱輪袍】蘇軾、宋叔達家聽琵琶：舊聲終愛鬱輪袍。

蒿

【野蒿】許渾、登洛陽故城：禾黍離離半野蒿。【莠蒿】杜甫、遣遇：視汝如莠蒿。【蓬蒿】李白、白馬篇：荒淫隱蓬蒿；杜甫、北鄰：步屧到蓬蒿；杜甫、大雨：霈澤施蓬蒿；王維、春園卽事：日暮隱蓬蒿；王昌齡、塞下曲：白骨亂蓬蒿；杜牧、贈李處士長句四韻：疊疊秋冢歎蓬蒿。

濤

【波濤】杜甫、大雨：隱几望波濤；李商隱、風：一爲戒波濤。【奔濤】杜甫、飛仙閣：積陰帶奔濤。【洪濤】杜甫、遣遇：開帆駕洪濤。【風濤】杜甫、渡江：二月已風濤。【海濤】杜牧、長安雜題長句：嵩嫩千峯疊海濤。【崩濤】蘇軾、中秋見月寄子由：亂雲脫壞如崩濤。【雲濤】韓愈、貞女峽：一瀉百里翻雲濤。【伍胥濤】孟浩然、登樟亭樓作：城壓伍胥濤。

## 皋

【江皋】杜甫、大雨：矧茲遠江皋。【鳴皋】李白、鳴皋歌送岑徵君：若有人兮思鳴皋。【夔皋】韓愈、贈張功曹：嗣皇繼聖登夔皋。【堯無皋】歐陽修、古瓦硯歌：周蔑方召堯無皋。

## 號

【呼號】李商隱、風：更遠尙呼號。【怒號】杜甫、朱鳳行：盡使鴟梟相怒號；杜甫、大雨：二江聲怒號。【空村號】杜甫、遣遇：暮返空村號。【孤猿號】蘇軾、泗州甘露寺：遣作三峽孤猿號。【猩鼯號】韓愈、贈張功曹：蛟龍出沒猩鼯號。

## 陶

【鬱陶】李商隱、迎寄韓魯州：相思正鬱陶。

## 螯

【持兩螯】元好問、寄希顏：共擧一杯持兩螯。【持雙螯】蘇軾、送李公恕赴闕：反更對飲持雙螯。

## 曹

【水曹】杜甫、北鄰：能詩何水曹。【仙曹】李商隱、迎寄韓魯州：歸日動仙曹。【汝曹】杜甫、飛仙閣：我何隨汝曹；杜甫、渡江：悠悠見汝曹。【吾曹】杜甫、寄陶王二少尹：詩態憶吾曹。【兒曹】黃庭堅、答潘秀才見寄：輕裘肥馬謝兒曹。【官曹】杜甫、遣遇：鬻業輸官曹。【馬曹】蘇軾、送李公恕赴闕：乃呼騎曹爲馬曹。【失蕭曹】杜甫、詠懷古跡五首：指揮若定失蕭曹。【仍騎曹】元好問、寄希顏：湖海故人仍騎曹。【自宮曹】杜甫、大雨：觀耕自宮曹。【拜蕭曹】李白、白馬篇：未肯拜蕭曹。【飲我曹】李頎、送陳章甫：東門沽酒飲我曹。【鄙蕭曹】杜牧、長安雜題長句六首：讚功論道鄙蕭曹。【謝功曹】李商隱、江上憶嚴王廣休：鎭西留與謝功曹。

## 篙

【萬張篙】李白、下涇縣陵陽溪至澀灘：撑折萬張篙。

## 高

【一何高】李白、白馬篇：軒蓋一何高。【九疑高】韓愈、贈張功曹：洞庭連天九疑高。【七星高】西鄙人、哥舒歌：北斗七星高。【日空高】杜牧、長安雜題長句六首：一瓢顏老日空高。

【月正高】李商隱、壬申閏秋題贈烏鵲：繞樹無依月正高。【月輪高】王昌齡、春宮曲：未央前殿月輪高。【天界高】陶潛、九月九日：杳然天界高。【北極高】李商隱、獻寄舊府開封公：天文北極高。【白鳥高】李商隱、春游：川長白鳥高。【白雪高】杜甫、寄陶王二少尹：西山白雪高。【石樓高】黃庭堅、答潘秀才見寄：伊川清淺石樓高。【名品高】李商隱、櫻桃答：天生名品高。【仰天高】杜甫、八月十五夜月：攀桂仰天高。【別燕高】李商隱、風：斜催別燕高。【所歷高】杜甫、飛仙閣：始覺所歷高。【青林高】孟浩然、登樟亭樓作：半出青林高。【孤雲高】李頎、送陳章甫：有時空望孤雲高。【秋雲高】杜甫、近聞：隴山蕭瑟秋雲高。【宮殿高】許渾、登洛陽故城：山勢北來宮殿高。【細路高】杜甫、山寺：山園細路高。【偃臥高】杜甫、渡口：魚龍偃臥高。【雁飛高】盧綸、塞下曲：月黑雁飛高。【衆星高】曾鞏、上元：華燈入望衆星高。【黍豆高】杜甫、大雨：已喜黍豆高。【雲日高】杜甫、遣遇：朱崖雲日高。【雁行高】蘇軾、宋叔達家聽琵琶：碧天無際雁行高。【萬里高】李白、觀放白鷹：自有雲霄萬里高。

【煙雲高】李白、送當塗趙少府赴長蘆：目送煙雲高。【群山高】蘇軾、中秋見月寄子由：明月未出群山高。【當塗高】歐陽修、古瓦硯歌：誰其代者當塗高。【意氣高】王昌齡、塞下曲：咸言意氣高。【肅清高】杜甫、詠懷古跡五首：宗臣遺像肅清高。【綵仗高】杜甫、千秋節有感：含風綵仗高。【精神高】杜牧、贈李處士長句四韻：擲火萬里精神高。【燕雙高】李商隱、迎寄韓魯州：時有燕雙高。【照山高】杜牧、長安雜題長句：觚稜金碧照山高。【樓最高】岑參、送辛判官入奏：城頭樓最高。

## 嘈

【嘈嘈】李白、鳴皋歌：聞天籟之嘈嘈。

## 騷

【風騷騷】蘇軾、戲子由：屋多人少風騷騷。【晚騷騷】李商隱、迎寄韓魯州：積雨晚騷騷。【楚騷騷】李商隱、獻寄舊府開封公：賦續楚騷騷。

## 滔

【興滔滔】杜甫、寄陶王二少尹：回首興滔滔。

## 膏

【脂膏】杜甫、送重表姪王砅：寶貝休脂膏。

## 毛

【不毛】杜甫、大雨：可以貸不毛。【羽毛】杜甫、八月十五夜月二首：林棲見羽毛；杜甫、詠懷古跡五首：萬古雲霄一羽毛。【蝟毛】歐陽修、古瓦硯歌：豪傑競起如蝟毛。【錦毛】李白、觀放白鷹：胡鷹白錦毛。【鴻毛】李白、結襪子：太山一擲輕鴻毛；李白、梁甫吟：世人見我輕鴻毛；韓愈、貞女峽：咫尺性命輕鴻毛；李頎、送陳章甫：心輕萬事如鴻毛。【霜毛】杜牧、長安雜題長句六首：將軍攜鏡泣霜毛。【八九毛】李白、觀放白鷹：蒼鷹八九毛。【白雪毛】杜甫、千秋節有感：金羈白雪毛。【見二毛】元好問、劉光甫：潘岳秋來見二毛。【花雪毛】李白、白馬篇：龍馬花雪毛。【寒生毛】蘇軾、送李公恕赴闕：見之凜凜寒生毛。

## 牢

【屋牢】杜甫、山寺：懸崖置屋牢。【千言牢】蘇軾、送李公恕赴闕：一語經破千言牢。【基扃牢】歐陽修、古瓦硯歌：始知文景基扃牢。【接下牢】李商隱、風：夷音接下牢。【滑百牢】李商隱、迎寄韓魯州：莓苔滑百牢。

## 醪

【白醪】黃庭堅、答潘秀才見寄：洛下誰家無白醪。【松醪】李商隱、自喜：鄰壁有松醪。

## 逃

【逋逃】杜甫、遣遇：漁奪成逋逃。【奔逃】李白、白馬篇：匈奴盡奔逃。【幽逃】杜甫、贈李白：脫身事幽逃。【遁逃】盧綸、塞下曲：單于夜遁逃。【藏逃】韓愈、贈張功曹：幽居默默如藏逃。【難逃】杜甫、朱鳳行：黃雀最小猶難逃。【去子逃】無名氏、戰城南：腐肉安能去子逃。【豈可逃】杜甫、飛仙閣：飢飽豈可逃。【欲安逃】元好問、劉光甫：轅駒未脫欲安逃。【魚龍逃】韓愈、貞女峽：雷風戰鬬魚龍逃。

## 槽

【飲一槽】歐陽修、古瓦硯歌：誰知三馬飲一槽。【鳳尾槽】蘇軾、宋叔達家聽琵琶：半面猶遮鳳尾槽。

## 勞

【功勞】歐陽修、古瓦硯歌：豈教才德爲功勞。【告勞】杜甫、北鄰：藏身方告勞。【知勞】許渾、登洛陽故城：昔人城此豈知勞。【徒勞】李白、梁甫吟：亞夫咍爾爲徒勞。【疲勞】杜甫、飛仙閣：人馬同疲勞；蘇軾、送李公恕赴闕：坐與胥吏同疲勞。【偏勞】岑參、送辛判官入秦：祇有夢偏勞。【心煩勞】張衡、四愁詩：何爲懷憂心煩勞。【心甚勞】杜甫、朱鳳行：翅垂口噤心甚勞。【出入勞】杜甫、寄陶王二少尹：貧嗟出入勞。【此日勞】杜甫、千秋節有感：邊心此日勞。【所進勞】杜甫、大雨：頓忘所進勞。【軍務勞】杜甫、詠懷古跡五首：志決身殲軍務勞。【豈不勞】陶潛、九月九日：人生豈不勞。【送目勞】曾鞏、上元：人倚朱欄送目勞。【莫告勞】李商隱、壬申閏秋題贈烏鵲：兩度塡河莫告勞。【豈勝勞】元好問、寄劉元甫：塵埃俗吏豈勝勞。【從有勞】杜甫、遣遇：謝爾從有勞。【筋骨勞】杜甫、避地：竄身筋骨勞。【獨哀勞】元好問、寄希顏：天長鴻鴈獨哀勞。

叨

【下客叨】孟浩然、登樟亭樓作：芳筵下客叨。

舠

【難客舠】李白、鳴臯歌：冰龍鱗分難客舠。

臊

【腥臊】韓愈、贈張功曹：海氣溼蟄熏腥臊；杜甫、避地：會貝出腥臊。

蜪

【蝮蜪】歐陽修、古瓦硯歌：而使螟蝗生蝮蜪。

韜

【龍韜】李商隱、謝書：空携筆硯奉龍韜。

杪

【霜樹杪】蘇軾、泗州甘露寺：啄木飛來霜樹杪。

鰲

【學釣鰲】孟浩然、登樟亭樓作：垂綸學釣鰲。

壕

【空壕】許渾、登洛陽故城：雁迷寒雨下空壕。

遭

【隨所遭】杜甫、避地：此生隨所遭。

遨

【遊遨】李白、白馬篇：劇孟同遊遨。【嬉遨】蘇軾、送李公恕赴闕：萬事脫略惟嬉遨。

嗷

【嗷嗷】杜甫、朱鳳行：山巔朱鳳聲嗷嗷；杜甫、遣遇：喪亂紛嗷嗷。

操

【家操】杜甫、大雨：何沖吾家操。【爭所操】杜甫、遣遇：飄風爭所操。

萄糟漕撓鏊鼇敖[illegible]遭
餻羔搔艘韜繅濠馲綯
艚舠慅綢慆醄颾璈麾
芼螬裯忉饕鷔螯熬稻
檮裪匋摻澇弢蟧翿淘

尻鑣謷咷挑槹囂撈⿰革匋嘷嗸蜪嶆薵櫜咎軞䑬騊⿵風壽猫⿰山豪溞

【對偶】

岑參、送辛判官入秦：謁帝向金殿，隨身唯寶刀。李商隱、春游：徒倚三層閣，摩挲七寶刀。李白、白馬篇：弓摧南山虎，手接太行猱。李商隱、獻寄舊府開封公：幕府三年遠，春秋一字褒。王維、春園卽事：開畦分白水，間柳發紅桃。李商隱、春游：煙輕惟潤柳，風濫欲吹桃。王維、春園卽事：草際成棋局，林端舉桔槹。岑參、送辛判官入秦：樽前遇風雨，牕裏動波濤。李商隱、風：已寒休慘淡，更遠尙呼號。黃庭堅、答潘秀才見寄：明月輕風非俗物，輕裘肥馬謝兒曹。李商隱、獻寄舊府開封公：地理南溟闊，天文北極高。李商隱、風：迴拂來鴻急，斜催別燕高。李商隱、春游：橋峻班騅疾，川長白鳥高。李商隱、迎寄韓魯州：不知人萬里，時有燕雙高。曾鞏、上元：明月滿街流水遠，華燈入望衆星高。李商隱、風：楚色分西塞，夷音接天牢。李商隱、迎寄韓魯州：寇盜纏三輔，莓苔滑百牢。黃庭堅、答潘秀才見寄：山中是處有黃菊，洛下誰家無白醪。曾鞏、上元：風吹玉漏穿花急，人倚朱欄送目勞。許渾、登洛陽故城：鴉噪暮雲歸古堞，雁迷寒雨下空壕。

# 五 歌 古通麻

## 歌

【不歌】杜甫、暮寒：林鶯遂不歌。【自歌】王維、遊李山人所居：狂來止自歌。【夷歌】白居易、法曲：法曲法曲誰夷歌。【奇歌】陶潛、蜡日：章山有奇歌。【高歌】杜甫、寄禮部賈侍郎：衰老强高歌；杜甫、覽物：幾時回首一高歌。【笙歌】李白、少年行：風光去處滿笙歌；王維、過楊氏別業應教：前路擁笙歌。【弦歌】阮籍、詠懷：輕薄好弦歌。【酣歌】孟浩然、夏日浮舟過大水亭：山鳥助酣歌。【寒歌】李白、發白馬：易水無寒歌。【凱歌】杜甫、寄高三十五書記：崆峒是凱歌。【聞歌】杜甫、征夫：城市不聞歌。【當歌】曹操、短歌行：對酒當歌；杜甫、陪李北海宴歷下亭：玉佩仍當歌。【楚歌】杜甫、將曉：舟人自楚歌。【醉歌】劉長卿、重別薛柳二員外：世事空知學醉歌。【離歌】李頎、送魏萬之京：朝聞游子唱離歌。【櫂歌】劉徹、秋風辭：簫鼓鳴金發櫂歌。【聽歌】杜甫、泛江：飄泊且聽歌。【一箭歌】李商隱、街西池歌：將軍一箭歌。【一聲歌】杜牧、懷鍾陵舊遊：月當樓午一聲歌。【子夜歌】李商隱、離思：心酸子夜歌。【白雲歌】李白、頹然白雲歌。【石鼓歌】韓愈、石鼓歌：勸我試作石鼓歌。【竹下歌】李白、宮中行樂詞：嬌來竹下歌。【竹枝歌】杜牧、見劉秀才與池州妓別：吳姬爭唱竹枝歌。【自成歌】孟浩然、九日龍沙作：櫂裏自成歌。【行且歌】杜甫、日暮：胡兒行且歌。【江兒歌】無名氏、折楊柳詞：不解江兒歌。【我亦歌】蘇軾、次韵楊褒早春：白髮青衫我亦歌。【君當歌】韓愈、贈張功曹：一杯相屬君當歌。【伯鸞歌】元好問、出都：漢宮曾動伯鸞歌。【和兒歌】黃庭堅、漁父：秋蘭遮岸和兒歌。【夜聞歌】李商隱、淚：兵殘楚帳夜聞歌。【鬼悲歌】李商隱、曲江：空聞子夜鬼悲歌。【郢市歌】李商隱、鏡檻：喧傳郢市歌。【莫追歌】李商隱、腸：繞雲莫追歌。【黃鳥歌】孟浩然、晚春題達口人南亭：間關黃鳥歌。【梁園歌】李白、梁園吟：對酒遂作梁園歌。【清廟歌】白居易、五絃彈：朱絃疏越清廟歌。【飯牛歌】陸游、小園：夕陽閒和飯牛歌。【絕世歌】李白、陽春歌：紫宮夫人絕世歌。【酣且歌】陶潛、擬古九首：達曙酣且

# 多

歌。【鼓枻歌】孟浩然、尋梅道士：因之鼓枻歌。【渭城歌】蘇軾、李鈴轄坐上分題戴花：十千美酒渭城歌。【舜謳歌】杜甫、懷錦水居止：不忘舜謳歌。【寗戚歌】元好問、除夜：扣角空傳寗戚歌。【意欲歌】李商隱、聞歌：斂笑凝眸意欲歌。【夢櫂歌】李商隱、荷花：離居夢櫂歌。【斷腸歌】庾信、詠懷：羌笛斷腸歌。【隴頭歌】王褒、渡河北：腸斷隴頭歌。

【苦多】曹操、短歌行：去日苦多。阮籍、詠懷：資用苦多。【實多】李白、日出行：矯誣實多。【一何多】杜甫、前出塞：開邊一何多。【夕陽多】李商隱、西溪：只覺夕陽多。【不足多】張華、輕薄篇：千金不足多。【今宵多】韓愈、贈張功曹：一年明月今宵多。【不須多】無名氏、企喻歌：結伴不須多。【五雲多】元好問、出都：鳳城平日五雲多。【五原多】李白、發白馬：耕作五原多。【日暮多】杜甫、過宋員外之問舊莊：悲風日暮多。【月影多】李商隱、夜冷：樹邊池寬月影多。【出塞多】郎士元、送彭將軍：黃雲出塞多。【白髮多】韓愈、哭楊兵部凝陸歙州參：自然白髮多。【名士多】杜甫、陪李北海宴歷下亭：濟南名士多。【年月多】白居易、陵園妾：一奉寢宮年月多。【竹林多】王維、遊李山人所居：有地竹林多。【向晚多】李頎、送魏萬之京：御苑砧聲向晚多。【年後多】杜甫、江梅：梅花年後多。【別恨多】杜牧、見劉秀才與池州妓別：未似生離別恨多。【空自多】杜甫、征夫：千山空自多。【青山多】蘇軾、遊金山寺：江南江北青山多。【事不多】黃庭堅、漁父：草草生涯事不多。【夜聞多】杜甫、散愁：江雨夜聞多。【夜露多】杜甫、蒹葭：叢長夜露多。【秋水多】杜甫、天末懷李白：江湖秋水多。【紅淚多】李商隱、板橋曉別：一夜芙蓉紅淚多。【染淚多】李商隱、離思：湘篁染淚多。【哀情多】劉徹、秋風辭：歡樂極兮哀情多。【爲誰多】孟浩然、崔明府宅夜觀妓：玆夕爲誰多。【洛陽多】元好問、除夜：花時車馬洛陽多。【幽怨多】李頎、古從軍行：公主琵琶幽怨多。【苦無多】韓愈、除官赴闕：來日苦無多。【苜蓿多】杜甫、寓目：秋山苜蓿多。【紅樹多】韋應物、登樓：秋山紅樹多。【相識多】李頎、送陳章甫：聞道故林相識多。【笑語多】杜牧、懷鍾陵舊遊：橋上遊人笑語多。【笑人多】陸游、絕句：正愁此老笑人多。【郢門多】孟浩然、歸至郢中：喜入郢門多。【豺虎多】杜甫、寄禮部賈侍郎：人少豺虎多。【得春多】蘇軾、次韻楊褒早春：君家庭院得春多。【得綃多】李商隱、鏡檻：海上得綃多。【涼氣多】孟浩然、夏日浮舟過陳大水亭：水亭涼氣多。【野雲多】杜甫、佐還山後寄三首：隱映野雲多。【晴更多】許渾、早秋：遠山晴更多。【無復多】庾信、詠懷：紅顏無復多。【朝雲多】韓愈、鳴鴈：江南水闊朝雲多。【逸興多】李白、送賀賓客歸越：狂客歸舟逸興多。【意未多】李商隱、曲江：若比陽春意未多。【落花多】王維、過楊氏別業應教：坐久落花多。【路幾多】李商隱、過招國李家南園：此去秦關路幾多。【發興多】孟浩然、九日龍沙作：湖山發興多。【詩興多】杜甫、覽物：憶在潼關詩興多。【蜂蝶多】杜甫、絕句：飛飛蜂蝶多。【亂眼多】杜甫、舟前小鵝兒：無行亂眼多。【漏水多】李白、烏棲曲：銀箭金壺漏水多。【漢陰多】孟浩然、尋梅道士：停策漢陰多。【獨自多】李商隱、贈歌妓：不道春來獨自多。【樂自多】孟浩然、宴榮二山池：榮期樂自多。【樂事多】李白、塞上曲：休兵樂事多；李白、金陵江上遇蓬池隱者：興酣樂事多。【憂思多】李白、梁園吟：平臺爲客憂思多。【醉時多】李商隱、春深脫衣：身世醉時多。【暮寒多】杜甫、暮寒：慘慘暮寒多。【戰伐多】杜甫、懷錦水居止：風塵戰伐多。【頭緒多】李白、荊州歌：繰絲憶君頭緒多。【艱虞多】李商隱、安平公詩：況我淪賤艱虞多。【斷固多】李商隱、賜：前時斷固多。【舊跡多】李商隱、寄在朝鄭曹獨孤李四同年：昔歲陪遊舊跡多。【應接多】杜甫、將曉：衰慚應接多。【曙鐘多】王維、秋霜寓直：萬井曙鐘多。【離別多】李白、長干行：見少離別多。【灑幾多】李商隱、淚：峴首碑前灑幾多。

## 羅

【汨羅】杜甫、天末懷李白：投詩贈汨羅。【皀羅】蘇軾、李鈴轄坐上分題戴花：欲把斜江插皀羅。【星羅】韓愈、月蝕詩：卜師燒錐鑽灼滿板如星羅。【張羅】蘇軾、次韻楊褒早春：冷宮門戶可張羅。【森羅】李白、送于十八應四子舉落第還嵩山：天人倍森羅。【虞羅】杜甫、寄禮部賈侍郎：獸猶畏虞羅。【新羅】蘇軾、百步洪：坐覺一念逾新羅。【綺羅】李白、少年行：渾身裝束皆綺羅；杜甫、涇江：深江淨綺羅；李商隱、淚：永巷長年怨綺羅。【網羅】韓愈、鳴鴈：草長沙軟無網羅。【綾羅】張華、輕薄篇：婢妾蹈綾羅。【遮羅】韓愈、石鼓歌：萬里禽獸皆遮羅。【駢羅】李商隱、安平公詩：邐迤出拜何駢羅。【水沾羅】李商隱、荷花：渡襪水沾羅。【半垂羅】孟浩然、崔明府宅夜觀妓：　金幌半垂羅。【自投羅】曹植、野田黃雀行：　見鷂自投羅。【金叵羅】蘇軾、百步洪：　明月正照金叵羅。【揀蜀羅】杜牧、懷鍾陵舊遊：醉與龍沙揀蜀羅。【解醉羅】李商隱、鏡檻：依稀解醉羅。【嬰禍羅】杜甫、前出塞：亡命嬰禍羅。

## 河

【山河】杜甫、過宋員外之問舊莊：寂寞向山河；李商隱、咸陽：不關秦地有山河。【天河】韓愈、月蝕詩：安用為龍窟天河。【交河】杜甫、前出塞：悠悠赴交河。【同河】杜甫、寄禮部賈侍郎：潛魚本同河。【汾河】劉徹、秋風辭：泛樓船兮濟汾河。【長河】郎士元、送彭將軍：烽戍隔長河。【金河】許渾、早秋：　早雁拂金河。【度河】李頎、送魏萬之京：昨夜微霜初度河。【秋河】顧況、宮詞：水精簾捲近秋河。　【黃河】李白、發白馬：旌節度黃河；杜甫、覽物：蜀江猶似見黃河；李商隱、安平公詩：豈得無淚如黃河。【御河】王之渙、送別：青青夾御河。【絳河】王維、秋宵寓直：雲消出絳河。【懸河】韓愈、石鼓歌：願借辯口如懸河。【天無河】韓愈、八月十五夜贈張功曹：纖雲四卷天無河。【只見河】李商隱、鏡檻：　三秋只見河。【不成河】杜甫、寓目：塞水不成河。【夸秋河】蘇軾、百步洪：河異水伯夸秋河。【孟津河】無名氏、折楊柳歌辭：遙看孟津河。【莫為河】李商隱、西溪：天上莫為河。【望三河】阮籍、詠懷：反顧望三河。【望斷河】庾信、詠懷：青山望斷河。【傍交河】李頎、古從軍行：黃昏飲馬傍交河。【落曉河】李商隱、板橋曉別：回頭高城落曉河。【躍中河】張華、輕薄篇：鱣魚躍中河。

## 戈

【干戈】韓愈、汴州亂：廟堂不肯用干戈。【天戈】韓愈、石鼓歌：宣王奮起揮天戈。【負戈】杜甫、前出塞：呑聲行負戈。【息戈】杜甫、散愁：興王未息戈。【荷戈】杜甫、征夫：銜枚有荷戈。【雕戈】杜甫、觀兵：元帥待雕戈。【揮戈】李白、日出行：駐景揮戈。【橫戈】郎士元、送彭將軍：萬里獨橫戈。【戢金戈】李白、發白馬：包虎戢金戈。

# 阿

【山阿】韓愈、石鼓歌：揀選撰刻留山阿。【澗阿】元好問、除夜：寐夢衡門在澗阿。【陽阿】張華、輕薄篇：妙妓絕陽阿。【山之阿】杜甫、寄禮部賈侍郎：送子山之阿。【同山阿】陶潛、挽歌詩：託體同山阿。【南山阿】李商隱、安平公詩：送我習業南山阿。【泰山阿】無名氏、冉冉孤生竹：結根泰山阿。【魏東阿】李商隱、鏡檻：駐馬魏東阿。【歸山阿】孟浩然、歸至郢中：返櫂歸山阿。

# 和

【元和】韓愈、石鼓歌：其年始改稱元和。【平和】白居易、五絃彈：聽之不覺心平和。【相和】韓愈、鳴鴈：閒飛靜集鳴相和。【微和】陶潛、擬古九首：春風扇微和。【請和】郎士元、送彭將軍：天驕已請和。【義和】杜甫、寄禮部賈侍郎：況難駐義和。【夕照和】李商隱、鏡檻：溝橫夕照和。【熙元和】李白、送于十八：羣動熙元和。【弄雲和】李白、寄遠：纖手弄雲和。【坐相和】張華、輕薄篇：擁門坐相和。【拂雲和】杜甫、暮寒：末袖拂雲和。【紅粉和】杜牧、見劉秀才與池州妓別：玉筯凝時紅粉和。【笑語和】顧況、宮詞：風送宮嬪笑語和。【養身和】孟浩然、晚春題遠上人南亭：虛寂養身和。【舊永和】李商隱、寄在朝鄭曹獨孤李四同年：兼忘當年舊永和。

# 波

【江波】李白、烏棲曲：起看秋月墜江波。【自波】杜甫、江梅：江風亦自波。【奔波】韓愈、石鼓歌：坐見舉國來奔波。【苑波】李商隱、曲江：玉殿猶分下苑波。【兩波】無名氏、企喻歌：群雀向兩波。【洪波】李白、梁園吟：因吟淥水揚洪波。【風波】李白、荊州歌：白帝城邊足風波；劉長卿、重別薛柳二員外：愧君猶遺慎風波；李商隱、淚：離情終日思風波。【秋波】蘇軾、百步洪：佳人未肯回秋波。【素波】劉徹、秋風詞：橫中流兮揚素波。李白、和盧侍御通塘曲：雙垂兩足揚素波。【流波】李白、寄遠：浩蕩若流波。【清波】孟浩然、尋梅道士：千載揖清波。【逝波】李商隱、安平公詩：遽頹泰山驚逝波。【崩波】杜甫、寄禮部賈侍郎：來往若崩波。【湧波】杜甫、陪李北海宴歷下亭：交流空湧波。【滄波】杜甫、舟前小鵝兒：力小困滄波。【跳波】蘇軾、百步洪：長洪斗落生跳波。【雲波】李商隱、西溪：好好寄雲波。【煙波】李商隱、街西池舘：珍簟接煙波。【微波】李白、前有一樽酒行：金樽淥酒生微波；李商隱、離思：還自託微波；李商隱、板橋曉別：長亭窗戶壓微波。【横波】庾信、詠懷：別淚損横波。【濤波】李白、發白馬：滄溟湧濤波；蘇軾、游金山寺：古來出沒隨濤波。【驚波】李白、九日登山：連山似驚波。【月舒波】韓愈、贈張功曹：清風吹空月舒波。【任夕波】孟浩然、九日龍沙作：滔滔任夕波。【洞庭波】王褒、渡河北：還似洞庭波；許渾、早秋：自覺洞庭波。【雪如波】李商隱、過招國李家南園二首：長亭歲盡雪如波。【寂無波】李白、塞上曲：瀚海寂無波。【晚來波】賈至、泛洞庭湖：洞庭秋末晚來波。【越風波】李白、長干行：妾夢越風波。【萬重波】杜牧、見劉秀才與池州妓別：遠風南浦萬重波。【廣岸波】杜甫、暮寒：風含廣岸波。【幕生波】李商隱、鏡檻：臥後幕生波。【錦水波】杜甫、奉寄高常侍：別淚遙添錦水波。【遼海波】杜甫、觀兵：斬鯨遼海波。

## 科

【臼科】韓愈、石鼓歌：爲我量度掘臼科。【同科】李白、日出行：浩然與溟涬同科。【殊科】韓愈、贈張功曹：我歌今與君殊科。【不足科】韓愈、月蝕詩：瑣細不足科。【日成科】李白、送于十八：揚墨日成科。【隸與科】韓愈、石鼓歌：字體不類隸與科。【庸不科】韓愈、讀東方朔雜事：百犯庸不科。

## 柯

【伐柯】孟浩然、歸至郢中：鄉關在伐柯。【庭柯】李白、送于十八：開酌盼庭柯。【舊柯】杜甫、寄禮部賈侍郎：歲寒守舊柯。【山斧柯】杜甫、惡樹：常持山斧柯。【交枝柯】韓愈、石鼓歌：珊瑚碧樹交枝柯。

## 陀

【盤陀】杜甫、寄禮部賈侍郎：白馬金盤陀；蘇軾、游金山寺：中泛南畔石盤陀。

## 娥

【湘娥】賈至、泛洞庭湖：白雲明月弔湘娥。【嫦娥】李白、宮中行樂詞：留著醉嫦娥。【羲娥】韓愈、石鼓歌：掎摭星宿遺羲娥；蘇軾、次韻楊褒早春：增年誰復怨羲娥。

## 蛾

【飛蛾】張祜、贈內人：剔開紅焰救飛蛾；李商隱、鏡檻：小閣鎖飛蛾。【繭成蛾】李白、荊州歌：麥熟繭成蛾。

## 鵝

【天鵝】李商隱、鏡檻：交扇拂天鵝。【白鵝】韓愈、石鼓歌：數紙尚可博白鵝。【新鵝】杜甫舟前小鵝兒：對酒愛新鵝。【右軍鵝】孟浩然、晚春題遠上人南亭：池養右軍鵝。【道士鵝】孟浩然、尋梅道士：山陰道士鵝。

## 蘿

【女蘿】無名氏、古詩冉冉孤生行：兎絲附女蘿；杜甫、佐還山後寄三首：通林帶女蘿。【松蘿】王維、別輞川別業：惆悵出松蘿。【煙蘿】李商隱、送阿龜歸華：草堂歸意背煙蘿。【翠蘿】許渾、早秋：西風生翠蘿。【薜蘿】杜甫、覽物：洞口經春長薜蘿。【窈窕蘿】李商隱、西溪：光合窈窕蘿。【隔風蘿】李商隱、夜冷：村砧塢笛隔風蘿。

## 荷

【芰荷】孟浩然、夏日浮舟過陳大水亭：潭香聞芰荷。【青荷】杜甫、陪李北海宴歷下亭：北渚凌青荷。【敗荷】李商隱、夜泛：一夜將愁向敗荷。【秋江荷】蘇軾、百步洪：涉江共採秋江荷。【珠翻荷】蘇軾、百步洪：　飛電過隙珠翻荷。【點點荷】李商隱、賜：通池點點荷。

## 何

【如何】李白、長干行二首：去來悲如何；杜甫、天末懷李白：君子意如何；杜甫、征夫：吾道竟如何；李頎、送陳章甫：罷官昨日今如何；李商隱、過招國李家南園二首：臥來無睡欲如何；元好問、除夜：一燈明暗夜如何。【奈何】項籍、垓下歌：騅不逝兮可奈何；白居易、陵園妾：命如葉薄將奈何；李商隱、送阿龜歸華：黃綬垂腰不奈何。【若何】杜甫、蒹葭：秋風吹若何；杜甫、觀兵：邊隅今若何。【幾何】曹操、短歌行：人生幾何；李白、前有樽酒行：青軒桃李能幾何；杜甫、寄禮部賈侍郎：百年能幾何；韓愈、除官赴闕至江州寄鄂岳李大夫：　君鬢白幾何。【謂何】韓愈、鳴鴈：凌風一舉君謂何。【寸腸何】李商隱、賜：可奈寸腸何。【白髮何】劉長卿、重別薛柳二員外：顧影無如白髮何。【母子何】韓愈、汴州亂：嗚呼奈汝母子何。【此香何】李商隱、荷花：不奈此香何。【身在何】蘇軾、次韻楊褒早春：睡美不知身在何。【奈夕何】孟浩然、夏日浮舟過陳大水亭：煙光奈夕何。【奈汝何】杜甫、惡樹：雞棲奈汝何。【奈老何】劉徹、秋風辭：少壯幾兮奈老何。　蘇軾、李鈐轄坐上分題戴花：　頭上花枝奈老何。【奈明何】韓愈、贈張功曹：有酒不飲奈明何。【奈悲何】韓愈、晚菊：　棄置奈悲何。【奈妾何】李白、荊州歌：撥穀飛鳴奈妾何。【奈柳何】李商隱、春深脫衣：風長奈柳何。【奈若何】李白、野田黃雀行：縱有鷹鸇奈若何；李白、五松山送殷淑：風流奈若何；杜甫、舟前小鵝兒：狐狸奈若何；【奈爾何】李商隱、西溪：潺湲奈爾何；李商隱、聞歌：香灺燈光奈爾何。【奈樂何】李白、烏棲曲：東方漸高奈樂何；李白、陽春歌：歲歲年年奈樂何。【客愁何】杜甫、江梅：最奈客愁何。【復若何】王維、青雀歌：唧唧空倉復若何。【愁思何】李白、寄遠：其如愁思何。【綠水何】王維、別輞川別業：其如綠水何。【奈石鼓何】韓愈、石鼓歌：才薄將奈石鼓何。

## 過

【人過】杜甫、天末懷李白：魑魅喜人過。【再過】孟浩然、曉春題遠上人南亭：清風期再過。【重過】杜甫、陪李北海宴歷下亭：從公難重過；杜甫、懷錦水居止：柴門豈重過。【相過】李白、前有一罇酒行：春風東來忽相過；李商隱、安平公詩：踴躍鞍馬來相過。【敢過】李白、荊州歌：瞿塘五月誰敢過。【經過】阮籍、詠懷：趙李相經過；李白、少年行：少年游俠如經過；杜甫、寓目：喪亂飽經過。【月痕過】張祜、贈內人：禁門宮樹月痕過。【不啻過】杜甫、奉寄高常侍：方駕曹劉不啻過。【北人過】李商隱、聞歌：細腰宮裏北人過。【此夜過】李商隱、街西池館：朱門此夜過。【百倍過】韓愈、石鼓歌：光價豈止百倍過。【客中過】李頎、送魏萬之京：雲山況是客中過。【候曉過】王維、秋宵寓直：承明候曉過。【掛帆過】孟浩然、九日龍沙作：九日掛帆過。【海燕過】李商隱、春深脫衣：堂皇海燕過。【借夢過】李商隱、腸：新懽借夢過。【晚來過】孟浩然、夏日浮舟過陳大水亭：閒舟晚來過。【落晚過】李商隱、荷花：金羈落晚過。【載酒過】孟浩然、宴榮二山池：花邀載酒過。【翠輦過】李商隱、曲江：望斷平時翠輦過。【翡翠過】李商隱、鏡檻：香臺翡翠過。【斷經過】李商隱、贈歌妓二首：嚴城清夜斷經過。

## 磨

【相磨】韓愈、石鼓歌：諸侯劍佩鳴相磨。【磋磨】蘇軾、百步洪：亂石一線爭磋磨。【聖水磨】李商隱、鏡檻：犀留聖水磨。【鏡新磨】杜牧、懷鍾陵舊遊四首：秋來江靜鏡新磨。

## 螺

【鈿爲螺】李商隱、鏡檻、佛髻鈿爲螺。

## 禾

【天山禾】蘇軾、次韻答賈耘老：無心更秣天山禾。【玉米禾】李商隱、街西池館：香熟玉米禾。

## 窠

【巢窠】李白、野田黃雀行：吳宮火起焚巢窠。【蜂窠】蘇軾、百步洪：古來高眼如蜂窠。【青苔窠】蘇軾、百步洪：忍見屐齒青苔窠。【宿鷺窠】張佑、贈內人：媚眼微看宿鷺窠。

## 娑

【婆娑】無名氏、折楊柳歌辭：楊柳鬱婆娑；韓愈、月蝕詩：玉階桂樹閒婆娑；蘇軾、李鈴轄坐上分題戴花：月明歸路影婆娑。

## 駝

【臥駝】蘇軾、百步洪：擾擾毛群欺臥駝。【銅駝】李商隱、曲江：老憂王室泣銅駝；元好問、出都：豈知荆棘臥銅駝。【駱駝】杜甫、寓目：胡兒制駱駝；韓愈、石鼓歌：十鼓祇載數駱駝。

【一封駝】李商隱、鏡檻：取酒一封駝。

## 佗

同他。【無佗】韓愈、石鼓歌：經歷久遠期無佗。

## 沱

【江沱】杜甫、寄禮部賈侍郎：病肺臥江沱。

【滂沱】韓愈、石鼓歌：對此涕淚雙滂沱；李商隱、安平公詩：君子之澤方滂沱。【滹沱】李白、發白馬：飲流涸滹沱。

## 鼉

【蛟鼉】韓愈、石鼓歌：快劍斫斷生蛟鼉。

## 峨

【嵯峨】張華、輕薄篇：朱門赫嵯峨；杜甫、江梅：巫岫鬱嵯峨；李白、發白馬：邊烽列嵯峨；韓愈、石鼓歌：鑿石作鼓隳嵯峨；李商隱、聞歌：高雲不動碧嵯峨；李商隱、咸陽：咸陽宮闕鬱嵯峨。

## 他

【由他】韓愈、贈張功曹：人生由命非由他。【無他】韓愈、鳴鴈：違憂懷惠性無他。【靡他】杜甫、寄禮部賈侍郎：見賢心靡他。【豈知他】黃庭堅、漁父：短船身外豈知他。【復顧他】張華、輕薄篇：安能復顧他。

## 那

【朝那】李白、發白馬：轉戰略朝那。【理則那】韓愈、石鼓歌：無人收拾理則那。

## 訶

【禁訶】韓愈、讀東方朔雜事：驕不加禁訶。

## 珂

【玉珂】王維、過楊氏別業應教：林開散玉珂；李商隱、淚：未抵青袍送玉珂；李商隱、西溪：

龍孫撼玉珂。【鳴珂】王維、秋宵寓直：南陌共鳴珂。【事朝珂】李商隱、鏡檻：聽鼓事朝珂。【鳴環珂】李商隱、安平公詩：擊觸鐘磬鳴環珂。

## 軻

【丘軻】韓愈、石鼓歌：柄任儒術崇丘軻。

## 莎

【射莎】李商隱、鏡檻：弓調任射莎。【踏莎】蘇軾、次韵楊褒早春：來聽佳人唱踏莎。

## 簑

【短簑】陸游、絕句：欠我扁舟舞短簑。【釣簑】黃庭堅、漁父：風雨飄零一釣簑。

## 梭

【投梭】蘇軾、百步洪：輕舟南下如投梭。【飛梭】蘇軾、百步洪：幼輿欲語防飛梭。【鳴梭】李商隱、安平公詩：其聲尖咽如鳴梭。【騰梭】韓愈、石鼓歌：古鼎躍水龍騰梭。

## 婆

【春夢婆】元好問、出都：富貴空悲春夢婆。

## 摩

【肩相摩】蘇軾、百步洪：　醉中盪槳肩相摩。
【相過摩】李商隱、安平公詩：麟角虎翅相過摩。

## 訛

【差訛】韓愈、石鼓歌：毫髮盡備無差訛。【鳥尾訛】杜甫、日暮：城頭鳥尾訛。【楚語訛】李商隱、賜：年深楚語訛。

## 韡

【空留韡】李商隱、安平公詩：辟支佛法空留韡。

## 坡

【千丈坡】蘇軾、百步洪：　駿馬下注千丈坡。
【落慢坡】杜甫、佐還山後寄三首：交橫落慢坡。
【滿陽坡】李商隱、安平公詩：東風開花滿陽坡。

## 頗

【不頗】韓愈、石鼓歌：安置妥帖平不頗。【廉頗】杜甫、奉寄高常侍：中原將帥憶廉頗。

## 酡

【亦已酡】孟浩然、崔明府宅夜觀妓：朱顏亦已酡。【朱顏酡】李白、前有一樽酒行：美人欲醉朱顏酡。

## 哦

【吟哦】韓愈、石鼓歌：六年西顧空吟哦。

## 呵

【無人呵】蘇軾、百步洪：　夜寒手冷無人呵。
【煩撝呵】韓愈、石鼓歌：鬼物守護煩撝呵。

## 皤

【嘗其皤】韓愈、月蝕詩：帝箸下腹嘗其皤。

## 渦

【微渦】蘇軾、百步洪：但覺兩頰生微渦。

## 伽

【僧伽】李白、僧伽歌：眞僧法號號僧伽。

**磋**

【切磋】張華、輕薄篇：禮防且切磋；韓愈、石鼓歌：諸生講解得切磋。【八維磋】韓愈、讀東方朔雜事：流漂八維磋。

**跎**

【蹉跎】李白、前有罇酒行：流光欺人忽蹉跎；韋應物、登樓：流歲暗蹉跎；李商隱、寄在朝鄭曹獨孤李四同年：風光今日兩蹉跎；杜牧、見劉秀才與池州妓別：自應妝鏡笑蹉跎。

**馱**

【細馬馱】蘇軾、李鈴轄坐上分題戴花：二八佳人細馬馱。

**醝**

【九醞醝】張華、輕薄篇：宣城九醞醝。

**婀**

【婐婀】韓愈、石鼓歌：詎肯感激徒婐婀。

**挲**

【摩挲】韓愈、石鼓歌：誰復著手為摩挲。

**蛇**

【委蛇】韓愈、石鼓歌：二稚褊迫無委蛇。

**舵**

【遠舵】李白、送蔡山人：八極縱遠舵。

---

哥 痾 魔 蠃 瑳 抄 紽 鮀 迱
瘥 莪 俄 拕 儺 麼 薖 窩 茄
迦 渮 傞 齹 詑 番 碆 菏 搓
驒 緺 獻 囮 覼 嶓 蝌 捼 䮫
睋 𤄷 𦁚 𨍏 濄 踒 籮 鍋 倭
囉 髿 堝 嬤 嵯 劘 硪 枷 矬
簻 牠 鑼 堶 㗻

【對偶】

李商隱、街西池館：太守三刀夢，將軍一箭歌。李商隱、腸：染筠休伴淚，繞雪莫追歌。李商隱、鏡檻：隱忍陽城笑，喧傳郢市歌。李白、少年行：蕙蘭相隨喧妓女，風光去處滿笙歌。李商隱、淚：人去紫臺秋入塞，兵殘楚帳夜聞歌。郎士元、送彭將軍：春色臨邊盡，黃雲出塞多。王維、許渾、早秋：高樹曉還密，遠山晴更多。郎士元、秋宵寓直：月迴藏珠斗，雲消出絳河。

送彭將軍：鼓鼙悲絕漢，烽戍隔長河。　許渾、早秋：殘螢棲玉露，早雁拂金河。　李商隱、鏡檻：橋迴涼風壓，溝橫夕照河。　李商隱、鏡檻：待鳥燕天子，駐馬魏東河。　李商隱、春深脫衣：減衣憐蕙若，展帳動煙波。　李商隱、街西池館：疏簾留月魄，珍簟接煙波。　李商隱、鏡檻：散時簾隔露，臥後幕生波。　李白、幽歌行：幽谷稍稍振庭柯，涇水浩浩揚湍波。　李商隱、曲江：金輿不返傾城色，玉殿猶分下苑波。　李商隱、鏡檻：斜門穿戲蝶，小閣鎖飛蛾。　李商隱、鏡檻：撥弦驚火鳳，交扇拂天鵝。　李商隱、西溪：色染妖嬈柳，光含窈窕蘿。　李商隱、腸：隔樹澌澌雨，通池點點荷。　李商隱、春深脫衣：日烈憂花甚，風長奈柳何。　李商隱、離思：峽雲尋不得，溝水欲如何。　劉長卿、重別薛柳二員外：寄身且喜滄洲過，顧影無如白髮何。　王維、遊李山人所居：藥清韓康賣，門容尚子過。　李商隱、春深脫衣：睥睨江鴉集，堂皇海燕過。　李商隱、荷花：瑤席乘涼設，金羈落晚過。　李商隱、腸：故念飛書及，新懽借夢過。　李頎、送魏萬之京：鴻雁不堪愁裏聽，雲山況是客中過。　李商隱、聞歌：青冢路邊南雁盡，細腰宮裏北人過。　李商隱、鏡檻：玉集胡沙割，犀留聖水磨。　李商隱、鏡檻：仙眉瓊作葉，佛髻鈿爲螺。　李商隱、鏡檻：傳書兩行雁，取酒一封駝。　李商隱、曲江：死憶華亭聞唳鶴，老憂王室泣銅駝。　李商隱、腸：倦程山向背，望國闕嵯峨。　李商隱、西溪：鳳女彈瑤瑟，龍孫撼玉珂。　李商隱、鏡檻：梯穩從攀柱，弓調任射莎。　李商隱、安平公詩：長者子來輒獻蓋，辟支佛去空留鞾。

# 六麻 古通歌

## 麻

【胡麻】王維、送孫秀才：松下飯胡麻。【桑麻】僧皎然、尋陸鴻漸不遇：野徑入桑麻。孟浩然、過故人莊：把酒話桑麻。【亂麻】李白、扶風豪士歌：白骨相撐如亂麻；李白、古風：七雄成亂麻。【蓬麻】孟浩然、南山下與老圃期種瓜：開徑剪蓬麻。【蠶麻】李白、公無渡河：九州始蠶麻。【比麻】李商隱、喜雪：曹衣詎比麻。【如麻】李白、蜀道難：殺人如麻；李白、永王東巡歌：三川北虜亂如麻。

## 花

【天花】韓愈、李花：翦刻作此連天花。【江花】杜牧、長安雜題長句六首：紫雲樓下醉江花。【自花】杜甫、遣懷：寒城菊自花。【成花】杜甫、對雪：帶雨不成花。【竹花】杜甫、溪上：秋竹隱竹花。【杏花】元好問、寒食：寂寞銅瓶對杏花。【物花】杜甫、小園：將詩待物花。【飛花】韓翃、寒食：春城無處不飛花。【秋花】蘇軾、餞魯少卿：伶聘寒蝶抱秋花。【桂花】王建、十五夜望月：冷露無聲溼桂花。【宮花】李商隱、舊頓：盡無宮戶有宮花。【桃花】蘇軾、題古東池：幽尋盡處見桃花。【野花】杜牧、商山麻澗：蒨袖女兒簪野花。【密花】蘇軾、送喬施州：蜂鬧黃連採密花。【黃花】陳師道、九日寄秦觀：十年爲客負黃花。【梨花】溫庭筠、嘲三月十八日雪：留著伴梨花；陸游、寒食：強持卮酒對梨花。【開花】韓愈、桃源圖：種桃處處惟開花；李商隱、喜雪：無樹不開花。【梅花】蘇軾、四時詞：玉奴纖手嗅梅花；陸游、梅花絕句：冷宮不禁看梅花。【荷花】李商隱、閒遊：曲沼湨荷花。【菊花】孟浩然、過故人莊：還來就菊花。【殘花】李商隱、花下醉：更持紅燭賞殘花。【發花】孟浩然、宴梅道士山涪：仙桃正發花；王翰、春日思歸：楊柳青青杏發花。【落花】王維、晚春嚴少尹與諸公見過：鶯啼過落花；張泌、寄人：猶爲離人照落花。【著花】僧皎然、尋陸鴻漸不遇：秋來未著花。【楊花】李白、揚叛兒：烏啼隱楊花。【槐花】蘇軾、和董傳留別：強隨舉子踏槐花。【煙花】李商隱、宋玉：開年雲夢送煙花。【萬花】杜甫、花底：黃鬚照萬花。【輕花】杜甫、爲農：細麥落輕花。

【餘花】杜甫、紫門：清池有餘花。【暮花】杜甫、祠南夕望：湘娥倚暮花。【劍花】李白、塞下曲六首：胡霜拂劍花。【瓊花】李白、秦女休行：秀色如瓊花。【邊花】李白、千里思：朔雪亂邊花。【一縣花】李商隱、縣中惱飲席：爭奈河陽一縣花。【一樹花】李商隱、寒食行次冷泉驛：空庭一樹花。【又過花】元好問、昆陽：楚澤寒梅又過花。【山杏花】溫庭筠、碧澗驛曉思：滿庭山杏花。【水生花】蘇軾、老翁井：井面團團水生花。【不嫣花】李商隱、壬申七夕：日薄不嫣花。【月當花】李商隱、春宵自遣：深夜月當花。【未見花】歐陽修、戲答元珍：二月山城未見花。【太平花】陸游、太平花：涙痕空對太平花。【白玉花】李商隱、謔柳：仍飛白玉花。【去年花】李商隱、憶梅：常作去年花。【北枝花】宋之問、度大庾嶺：涙盡北枝花。【石榴花】李商隱、寄惱韓同年二首：不勞君勸石榴花。【別枝花】李商隱、青陵臺：等閒飛上別枝花。【含奇花】李商隱、安平公詩：瑤林瓊樹含奇花。【長雨花】李商隱、安平公詩：三十三天長雨花。【枝上花】李白、落日憶山中：發我枝上花。【兔絲花】李白、古意：妾作兔絲花。

【苑內花】李商隱、無題三首：偷看吳王苑內花。【春冬花】杜甫、夔州歌十絕句：江北江南春冬花。【秋浦花】李白、秋浦歌：強看秋浦花。【後庭花】杜牧、泊秦淮：隔江猶唱後庭花。【洛陽花】李商隱、漫成三首：將來擬並洛陽花。【眩生花】蘇軾、雪後書北台壁：光搖銀海眩生花。【破顏花】李白、宴陶家亭子：林吐破顏花。【野草花】劉禹錫、烏衣巷：朱雀橋邊野草花。【雪作花】李白、王昭君二首：燕支長寒雪作花。【梅樹花】李商隱、昨日：笑倚牆邊梅樹花。【最高花】李商隱、天涯：爲溼最高花。【頃刻花】蘇軾、謝人見和前篇：無奈能開頃刻花。【幾度花】李白、憶東山：薔薇幾度花。【新作花】王維、雜詩：五柳新作花。【滿眼花】杜甫、題桃樹：來歲還舒滿眼花。【顏如花】李白、飛龍引：宮中綵女顏如花。【覆地花】杜甫、春歸：茅簷覆地花。【蘆荻花】杜甫、秋興八首：已映洲前蘆荻花。【櫻桃花】李白、久別離：玉窗五見櫻桃花。

## 霞

【丹霞】李白、早秋贈裴十七仲堪：熱氣餘丹霞。【成霞】陸游、寒食：峽雲烘日已成霞。【明霞】陳師道、九日寄秦觀：疾風迴雨水明霞。【紅霞】韓愈、桃源圖：川原近遠蒸紅霞。【流霞】孟浩然、清明日宴梅道士房：何惜醉流霞。李商隱、花下醉：尋芳不覺醉流霞。【雲霞】王維、渡河到清河作：淼漫連雲霞。【朝霞】張華、輕薄篇：明燈繼朝霞。【紫霞】李白、飛龍引：飄然揮手凌紫霞。【煙霞】李商隱、隋宮：紫泉宮殿鎖煙霞；元好問、寄辛老子：草堂西望渺煙霞。【蒼霞】韓愈、讀東方朔雜事：攝身凌蒼霞。【暮霞】李商隱、無題：百道縈迴入暮霞；李商隱、青陵臺：萬古貞魂倚暮霞。【餘霞】李白、落日憶山中：晴天散餘霞。【曉霞】李商隱、壬申七夕：心心待曉霞。【赤城霞】元好問、寒食：天津雲錦赤城霞。【欲變霞】宋之問、度大庾嶺：江雲欲變霞。【鳳棲霞】李商隱、寄惱韓同年二首：龍山晴雪鳳棲霞。【襯眼霞】蘇軾、四時詞：醉臉輕勻襯眼霞。【祕晚霞】李白、宴陶家亭子：青軒祕晚霞。

## 家

【一家】杜甫、題瀼西新賃草屋：王臣未一家。【人家】劉方平、月夜：更深月色半人家。【千家】韓翃、酬程延秋夜卽事：砧杵夜千家。【山家】李商隱、春宵自遣：忘却在山家。【仙家】韓愈、讀東方朔雜事：下維萬仙家；元好問、寒食：吳兒洲渚記仙家。【田家】孟浩然、過故人莊：邀我至田家。【西家】僧皎然、尋陸鴻漸不遇：欲去問西家。【成家】韓愈、桃源圖：歲久此地還成家。【官家】韓愈、月蝕詩：嚼啜煩官家。【妾家】李白、楊叛兒：君醉留妾家。【爲家】杜甫、春歸：乘興卽爲家。【室家】韓愈、月蝕詩：太陽有室家。【思家】王翰、涼州詞：年光誤客轉思家。【侯家】陸游、無題：學成歌舞入侯家。【帝家】李商隱、隋宮：欲取蕪城作帝家。【酒家】杜牧、泊秦淮：夜泊秦淮近酒家。【望家】宋之問、度大庾嶺：停軺一望家。【釣家】杜牧、王初奉酬歙州刺史刑群：曾得嚴光作釣家。【報家】李白、長干行二首：預將書報家。【幾家】蘇軾、雪後書北台壁：宿麥連雲有幾家。【萬家】杜甫、對雪：胡雪冷萬家。【詩家】李商隱、漫成三首：不妨何范盡詩家。【漢家】李白、千里思：蘇武還漢家；歐陽修、明妃曲和王介甫作：琵琶欲傳來漢家。【誰家】李白、憶東山：明月落誰家；王建、十五夜望月：不知秋思在誰家。【鄰家】孟浩然、南山下與老圃期種瓜：老圃作鄰家。【窺家】李白、公無渡河：兒啼不窺家。【謝家】張泌、寄人：別夢依依到謝家。【還家】李白、久別離：別來幾春未還家。【歸家】李商隱、縣中惱飲席：罷吟還醉忘歸家。【讎家】李白、秦女休行：清書殺讎家。【十萬家】李商隱、無題：枉破陽城十萬家。【十餘家】杜牧、商山麻澗：桑柔垂柳十餘家。【八九家】杜甫、爲農：江村八九家。【千萬家】王維、渡河到清河作：郡邑千萬家。【子美家】元好問、寄辛老子：萬古詩壇子美家。【水仙家】蘇軾、餞魯少卿：瑠璃百頃水仙家。【不在家】李商隱、閒遊：平明不在家。【王名家】李商隱、安平公詩：丈人博陵王名家。【六年家】元好問、出東平：往來空置六年家。【太上家】李白、飛龍引：騎龍飛去太上家。【五侯家】韓翃、寒食：輕煙散入五侯家。【太清家】李白、飛龍引：騎龍飛上太清家。【正一家】杜甫、題桃樹：天下車書正一家。【未一家】陸游、太平花：頭白車書未一家。【四五家】杜甫、溪上：溪邊四五家。【令威家】李商隱、喜雪：鶴滿令威家。【玉皇家】韓愈、李花：乘雲共至玉皇家。【早還家】李白、蜀道難：不如早還家。【百姓家】劉禹錫、烏衣巷：飛入尋常百姓家。【百萬家】李商隱、宋玉：何事荆臺百萬家。【老夫家】杜甫、草堂卽事：獨樹老夫家。【赤松家】孟浩然、宴梅道士山房：邀入赤松家。【卷千家】蘇軾、有言郡東北荆山下：奔流一瞬卷千家。【映盧家】李商隱、謔柳：偏擬映盧家。【苦思家】蘇軾、和郡同年戲贈賈收秀才：騷人孤憤苦思家。【苦憶家】蘇軾、題古索池：長遣王孫苦憶家。【建平家】王維、送孫秀才：況復建平家。【倍思家】李商隱、寒食行次冷泉驛：旅宿倍思家。【許史家】張華、輕薄篇：暮宿許史家。【處處家】陸游、寒食：心羨游僧處處家。【國與家】李商隱、詠史：歷覽前賢國與家。【越王家】李白、夏歌：歸去越王家。【富貴家】杜牧、街西長句：分鏁長安富貴家。【楚人家】杜甫、小園：本自楚人家。【著處家】杜甫、遠遊：迷芳著處家。【趙李家】王維、洛陽女兒行：日夜經過趙李家。【碧玉家】王維、劇嘲史寰：驟馬先過碧玉家。【豪士家】李白、扶風豪士歌：來醉扶風豪士家。

## 華

【才華】李商隱、宋玉：惟教宋玉擅才華。【月華】韓翃、酬程延秋夜卽事：空城澹月華；蘇軾、次韻陳海州乘槎亭：不覺歸鞍帶月華；【年華】王維、晚春嚴少尹與諸公見過：一倍惜年華。

【京華】孟浩然、寄霍少府：君使入京華；【入京華】陸游、太平花：扶牀踉蹡入京華。【在京華】李商隱、喜雪：相望在京華。【問京華】杜甫、遠遊：失喜問京華。【望京華】杜甫、秋興八首：每依北斗望京華。【贈物華】李商隱、縣中惱飲席：晚醉題詩贈物華。【傷物華】杜甫、闕題：未應傷物華。【盛物華】元好問、寒食：上苑春風盛物華。【重物華】李商隱、漫成三首：未解當年重物華。【感物華】歐陽修、戲答元珍：病入新年感物華。【念歲華】李商隱、春宵自遣：身閒念歲華。【哭翠華】李商隱、詠史：終古蒼梧哭翠華。【拂鬢華】元好問、昆陽：暫爲紅塵拂鬢華。【爭奢華】韓愈、李花：當春天地爭奢華。【覽物華】孟浩然、清明日宴梅道士房：開軒覽物華。【對春華】杜甫、入喬口：落日對春華。【踏桂華】蘇軾、餞魯少卿：歸路相將踏桂華。【報瓊華】蘇軾、九月邀仲屯田爲大水所隔：却將燕石報瓊華。【氣自華】蘇軾、和董傳留別：腹有詩書氣自華。【蕚綠華】李商隱、無題二首：聞道閶門蕚綠華。

## 沙

【白沙】杜甫、禹廟：江聲走白沙。杜甫、舟泛洞庭：龍堆灘白沙。【長沙】李白、秋浦歌：風日似長沙；蘇軾、送喬施州：不應萬里向長沙。【青沙】蘇軾、次韻陳海州乘槎亭：潮來白浪卷青沙。【恒沙】李商隱、安平公詩：坐視世界如恒沙。【風沙】李白、公無渡河：茫然風沙。【胡沙】李白、王昭君二首：蛾眉憔悴沒胡沙。【春沙】杜甫、遠遊：江沫擁春沙。【流沙】李白、古風：吾祖之流沙。【飛沙】蘇軾、無錫道中賦水車：洞庭五月欲飛沙。【淺沙】杜甫、春歸：傾壺就淺沙。【圓沙】杜甫、草堂即事：宿鷺起圓沙。【塞沙】王維、送宇文三：邊風捲塞沙。【龍沙】李商隱、喜雪：朔雪自龍沙。【月籠沙】杜牧、泊秦淮：煙籠寒水月籠沙。【伏泥沙】李白、秦女休行：擦眉伏泥沙。【更雪沙】杜甫、祠南夕望：且斷更雪沙。【沙復沙】李白、僧伽歌：口道恒河沙復沙。【兩頹沙】杜甫、小園：瀼岸兩頹沙。【委泥沙】杜甫、花底：莫作委泥沙。【長風沙】李白、江上贈竇長史：三年歸及長風沙。【臥龍沙】李白、塞下曲六首：戰士臥龍沙。【埋泥沙】韓愈、讀東方朔雜事：生身埋泥沙。【翅觰沙】韓愈、月蝕詩：尾禿翅觰沙。【書細沙】杜牧、商山麻澗：惆悵溪邊書細沙。【混泥沙】杜甫、柴門：飄轉混泥沙。【淺見沙】陸游、寒食：漊水生文淺見沙。【飯有沙】杜甫、溪上：山田飯有沙。【落金沙】李白、早望海霞邊：五內落金沙。

## 車

【七香車】李商隱、壬申七：已駕七香車；李商隱、無題：斑騅嘶斷七香車。【已沒車】蘇軾、雪後書北台壁：陌上晴泥已沒車。【引席車】元好問、出東平：老馬凌競引席車。【走鈿車】杜牧、街西長句：繡軑璁瓏走鈿車。【困塩車】李商隱、喜雪：馬似困塩車。【油壁車】李商隱、朱槿花二首：未登油壁車。【始是車】李商隱、詠史：豈得眞珠始是車。【駐香車】王維、雜詩：南陌駐香車。【豈容車】李商隱、病中聞河東公樂營置酒口占寄上：路隘豈容車。【託後車】李商隱、宋玉：猶得三朝託後車。【推雷車】蘇軾、無錫道中賦水車：喚取阿香推雷車。【傾王車】李商隱、安平公詩：疑我讀書傾王車。【逐輕車】李頎、古從軍行：應將性命逐輕車。【帶隨車】蘇軾、謝人見和前篇：　銀杯逐馬帶隨車。【登鑾車】李白、飛龍引：　從風縱體登鑾車。【義和車】韓愈、李花：無由反旆義和車。【書五車】蘇軾、迨喬施州：空有載竹書五車。【擇婿車】蘇軾、和董傳留別：　眼亂行看擇婿車。【歸滿車】蘇軾、司竹監燒葦園：徒手曉出歸滿車。【響踏車】蘇軾、有言郡東北荊山下：隱隱驚雷響踏車。【響釣車】蘇軾、餞魯少卿：風靜湖平響釣車。【霾日車】杜甫、柴門：氛昏霾日車。

## 牙

【爪牙】李白、秦女休行：不畏落爪牙。【萌牙】韓愈、李花：正見芳意正萌牙。【蔣牙】杜甫、夔州歌十絕句：相趁鳧雛入蔣牙。【齒牙】韓愈、月蝕詩：枉於女中插齒牙。【戰齒牙】蘇軾、謝人見和前篇：九陌淒風戰齒牙。【錯象牙】張華、輕薄篇：長鞭錯象牙。【隨車牙】李商隱、安平公詩：遣我草詔隨車牙。

## 蛇

【長蛇】杜甫、柴門：衆水爲長蛇。【委蛇】蘇軾、百步洪：回視此水殊委蛇。【常山蛇】蘇軾、司竹監燒葦園：陣勢頗學長山蛇。【畫龍蛇】杜甫、禹廟：古屋畫龍蛇。【蜀山蛇】李商隱、詠史：力窮難拔蜀山蛇。【蛻骨蛇】蘇軾、無錫道中賦水車：犖犖确确蛻骨蛇。

## 瓜

【收瓜】無名氏、孤兒行：六月收瓜。【匏瓜】李白、早秋贈裴十七仲堪：魯叟悲匏瓜。【五色瓜】王維、送孫秀才：金盤五色瓜。【未破瓜】陸游、無題：碧玉當年未破瓜。【去鋤瓜】陸游、小園：又乘微雨去鋤瓜。【邵平瓜】李商隱、永樂縣卽事一章：終老邵平瓜。

## 斜

【日斜】韓愈、李花：獨繞百帀至日斜。【傾斜】韓愈、雉帶箭：紅翎白鏃相傾斜。【一徑斜】元好問、寄辛老子：夢寐西南一徑斜。【日初斜】杜牧、街西長句：連雲芳草日初斜。【夕陽斜】劉禹錫、烏衣巷：烏衣巷口夕陽斜。【日又斜】李商隱、天涯：天涯日又斜。【日已斜】李商隱、花下醉：倚樹沈眠日已斜。【日光斜】李商隱、青陵臺：青陵臺畔日光斜。【任逕斜】李商隱、春宵自遣：荒苔任逕斜。【字半斜】陸游、梅花絕句：醉裡題詩字半斜。【江月斜】孟浩然、寄崔少府：起視江月斜。【曲闌斜】張泌、寄人：小廊迴合曲闌斜。【吹帽斜】蘇軾、司竹監燒葦園：獵獵霜風吹帽斜。【泛日斜】杜甫、祠南夕望：孤舟泛日斜。【受風斜】杜甫、春歸：輕燕受風斜。【春日斜】杜牧、商山麻澗：牛巷雞塒春日斜。【南斗斜】劉方平、月夜：北斗欄干南斗斜。【畏日斜】杜甫、舟泛洞庭：收帆畏日斜。【送影斜】李商隱、壬申七夕：檢高送影斜。【經竹斜】杜甫、草堂卽事：風前經竹斜。【莫自斜】李商隱、譴柳：腰輕莫自斜。【倚溪斜】杜牧、正初奉酬歙州刺史邢群：翠巖千尺倚溪斜。【郭外斜】孟浩然、過故人莊：青山郭外斜。【欲漕斜】蘇軾、有言郡東北荊山下：猶有張湯欲漕斜。【雁行斜】李商隱、昨日：十三絃柱雁行斜。【傍郭斜】蘇軾、題古東池：百畝新池傍郭斜。【御柳斜】韓翃、寒食：寒食東風御柳斜。【就欹斜】杜甫、柴門：疏鑿就欹斜。【落日斜】杜甫、禹廟：秋風落日斜。【輕燕斜】杜甫、入喬口：江泥輕燕斜。【寒日斜】杜甫、遣懷：山昏塞日斜。【履跡斜】李商隱、喜雪：依稀履跡斜。【邊關斜】李商隱、寒食行次冷泉驛：汾水邊關斜。

## 邪

【若邪】王翰、春日思歸：幾個春舟在若邪。【昆邪】王維、送宇文三：朝聘學昆邪。【黃邪】張華、輕薄篇：手中雙黃邪。【無由邪】韓愈、李花：一生思慮無由邪。

## 芽

【抽芽】歐陽修、戲答元珍：凍雷驚筍欲抽芽。【萌芽】無名氏、孤兒行：草萌芽；蘇軾、司竹監燒葦園：春雨一洗皆萌芽。【稻芽】蘇軾、無錫道中賦水車：刺水綠鍼抽稻芽。

## 嘉

【永嘉】蘇軾、題古東池：能使江山似永嘉；孟浩然、寄崔少府：何時到永嘉。【勢可嘉】李商隱、喜雪：呈祥勢可嘉。【賓殊嘉】蘇軾、司竹監燒葦園：車騎雖少賓殊嘉。【對孟嘉】蘇軾、九日邀仲屯田爲大水所隔：無復龍山對孟嘉。

## 瑕

【纖瑕】韓愈、月蝕詩：盲眼鏡淨無纖瑕。

## 紗

【烏紗】陳師道、九日寄秦觀：獨能無地落烏紗。【浣紗】王維、洛陽女兒行：貧賤江頭自浣紗。【窗紗】劉方平、月夜：蟲聲新透綠紗窗。【日弄紗】李商隱、病中聞河東公樂營置酒口占寄上：窗虛日弄紗。【敧烏紗】李商隱、安平公詩：面如白玉敧烏紗。

## 鴉

【昏鴉】杜甫、對雪：有待至昏鴉。【神鴉】杜甫、舟泛洞庭：迎櫂舞神鴉。【棲鴉】王建、十五夜望月：中庭地白樹棲鴉。【暮鴉】陳師道、九日寄秦觀：瓜步叢祠欲暮鴉。【鳴鴉】韓翃、酬程延秋夜即事：不覺已鳴鴉。【打慈鴉】杜甫、題桃樹：兒童莫信打慈鴉。【字如鴉】蘇軾、和董傳留別：詔黃新溼字如鴉。【有暮鴉】李商隱、隋宮：終古垂楊有暮鴉。【始翻鴉】蘇軾、雪後書北台壁：城頭初日始翻鴉。【浴嬌鴉】杜牧、街西長句：碧池新漲浴嬌鴉。【啼早鴉】李白、扶風豪士歌：東方日出啼早鴉。【集暮鴉】元好問、昆陽：古木荒煙集暮鴉。【銜尾鴉】蘇軾、無錫道中賦水車：翻翻聯聯銜尾鴉。

## 遮

【未易遮】蘇軾、有言郡東北荊山下：側手區區未易遮。【亦從遮】杜甫、題桃樹：五株桃樹亦從遮。【相邀遮】李白、秦女休行：關吏相邀遮。【猶被遮】李頎、古從軍行：聞道玉門猶被遮。【蓬蓽遮】杜甫、柴門：宅幸蓬蓽遮。【以殼自遮】韓愈、月蝕詩：縮頸以殼自遮。

## 叉

【矛叉】蘇軾、司竹監燒葦園：呼來颯颯從矛叉。【守夜叉】蘇軾、和郡同年戲贈賈收秀才：白晝關門守夜叉。【漸可叉】蘇軾、謝人見和前篇：冰下寒魚漸可叉。【憶劉叉】蘇軾、雪後書北台壁：空吟冰柱憶劉叉。

## 葩

【荷葩】李白、早秋贈裴十七仲堪：艷色驚荷葩。【霜葩】韓愈、李花：不見玉枝攢霜葩。【何芬葩】張華、輕薄篇：侍御何芬葩。

## 奢

【不願奢】杜甫、柴門：約身不願奢。【亦手奢】張華、輕薄篇：貲財亦手奢。【破由奢】李商隱、詠史：成由勤儉破由奢。【嘲淫奢】蘇軾、司竹監燒葦園：又被賦客嘲淫奢。

## 琶

【琵琶】吳均、行路難：一彈一刻作琵琶。【却手琶】歐陽修、明妃曲和王介甫作：推手爲琵却手琶。

## 衙

【殿衙】韓愈、讀東方朔雜事：正晝溺殿衙。【放兩衙】李商隱、安平公詩：高聲喝吏放兩衙。【趨朝衙】蘇軾、司竹監燒葦園：放曠不與趨朝衙。

## 賒

【易賒】杜甫、對雪：銀壺酒易賒。【去國賒】杜甫、爲農：爲農去國賒。【北郭賒】孟浩然、南山下與老圃期種瓜：林閒北郭賒。【何處賒】杜甫、草堂卽事：無錢何處賒。【使來賒】李商隱、昨日：今朝青鳥使來賒。【春期賒】李商隱、贈句芒神：佳期不定春期賒。【臥已賒】韓翃、酬程延秋夜卽事：心期臥已賒。【得寬賒】李白、秦女休行：大辟得寬賒。【道路賒】李白、扶風豪士歌：浮雲四塞道路賒。【禁火賒】李商隱、寒食行次冷泉驛：那堪禁火賒。【路正賒】李商隱、喜雪：霜臺路正賒。【遠復賒】王維、送孫秀才：歸期遠復賒。【歸路賒】杜甫、入喬口：遲遲歸路賒。

## 涯

【天涯】李白、千里思：因書報天涯；李商隱、隋宮：錦帆應是到天涯；歐陽修、明妃曲和王介甫作：玉顏流落死天涯；陸游、梅花絕句：探春歲歲在天涯。【有涯】杜甫、題瀼西新賃草屋：浮生卽有涯。【天一涯】孟浩然、寄崔少府：孤帆天一涯。【生有涯】蘇軾、次韻陳海州乘槎序：人事無涯生有涯。【送生涯】蘇軾、有言郡東北荆山下：分將勞苦送生涯。【殊未涯】元好問、出東平：世路悠悠殊未涯。【裹生涯】蘇軾、和董傳留別：麤繒大布裹生涯。

## 誇

【莫誇】李商隱、朱槿花二首：梅先白莫誇。【矜誇】蘇軾、司竹監燒葦園：寶侮百獸常矜誇。【夫何誇】杜甫、柴門：理愜夫何誇。【多誕誇】蘇軾、和邵同年戲贈賈收秀才：三賦先生多誕誇。【到處誇】元好問、出東平：剩著新詩到處誇。【客漫誇】李商隱、喜雪：姑山客漫誇。【畫圖誇】蘇軾、餞魯少卿：他年應作畫圖誇。【路人誇】蘇軾、題古東池：居人行樂路人誇。

## 巴

【總堪誇】李商隱、閒遊：得句總堪誇。【下三巴】李白、長干行二首：早晚下三巴。【出西巴】張華、輕薄篇：妍唱出西巴。【本慚巴】李商隱、喜雪：和曲本慚巴。【莫雜巴】李商隱、病中聞河東公樂營置酒口占寄上：歌能莫雜巴。【控三巴】杜甫、禹廟：疏鑿控三巴。

## 加

【百倍加】蘇軾、司竹監燒葦園：與此何啻百倍加。【勁箭加】韓愈、雉帶箭：雉驚弓滿勁箭加。【詔獄加】李白、秦女休行：身被詔獄加。【意有加】陳師道、九日寄秦觀：向老逢辰意有加。【禮有加】韓愈、月蝕詩：又食於禘禮有加。

## 耶

【若耶】李白、夏歌：人看隘若耶。

## 嗟

【咨嗟】李白、蜀道難：側身西望長咨嗟；李商隱、舊頓：東人望幸久咨嗟。【歎嗟】杜甫、遠遊：吟詩解歎嗟。【一長嗟】元好問、出東平：高城回首一長嗟。【人怨嗟】李白、扶風豪士歌：洛陽城中人怨嗟。【口齎嗟】韓愈、讀東方朔雜事：顧瀕口齎嗟。【不須嗟】歐陽修、戲答元珍：野芳雖晚不須嗟。【令人嗟】李白、落日憶山中：見此令人嗟。【共驚嗟】李白、秦女休行：萬古共驚嗟。【但長嗟】李白、千里思：思歸但長嗟。【足怨嗟】李商隱、昨日：少得團圓足怨嗟。【似含嗟】韓愈、李花：顏色慘慘似含嗟。【使人嗟】李白、久別離：開緘使人嗟。【空咄嗟】李白、金陵歌：扣劍悲吟空咄嗟。【莫長嗟】李白、塞下曲：少婦莫長嗟。【莫怨嗟】李白、巴陵贈賈舍人：湘浦南遷莫怨嗟。【胡咄嗟】李白、古風：臨岐胡咄嗟。【寧見嗟】李白、幽歌行：壯士悲吟寧見嗟。【識子嗟】蘇軾、次韻陳海州乘槎序：遁世誰能識子嗟。

## 笳

【清笳】杜甫、遺懷：客淚墮清笳。【悲笳】杜甫、秋興八首：山樓粉堞隱悲笳。

## 差

【等差】韓愈、李花：縞裙練帨無等差。【高士差】杜甫、柴門：敢居高士差。【讓景差】李商隱、宋玉：風賦何曾讓景差。

## 蟆

【蝦蟇】韓愈、月蝕詩：忍學省事不以汝觜啄蝦蟇。【鬬鼃蟇】杜牧、長安雜題長句六首：一毫名利鬬鼃蟇。

譁

【諠譁】張華、輕薄篇：坐席咸諠譁；韓愈、讀東方朔雜事：外口實諠譁。【啾譁】韓愈、月蝕詩：愼勿許語令啾譁。【笑語譁】元好問、寒食：翠幙靑旗笑語譁。【晚更譁】蘇軾、司竹監燒葦園：粉粉醉語晚更譁。

拏

【紛拏】李白、古風：世道終紛拏。

撾

【猶堪撾】蘇軾、司竹監燒葦園：戰鼓雖凍猶堪撾。【禰衡撾】李商隱、病中聞河東公樂營置酒口占寄上：誰掺禰衡撾。

呀

【呀呀】韓愈、讀東方朔雜詩：衞官助呀呀；韓愈、月蝕詩：牙角何牙牙。【呤呀】杜甫、柴門：餘光散呤呀。【號且呀】蘇軾、司竹監燒葦園：飛走無路號且呀。

罝

【窮投罝】蘇軾、司竹監燒葦園：避犬逸去窮投罝。

媧

【義媧】蘇軾、司竹監燒葦園：飲啖直欲追義媧。

䴥

【肩分䴥】蘇軾、司竹監燒葦園：鞍挂雉兔肩分䴥。

夸

【矜夸】韓愈、李花：梨花數株若矜夸。【雄夸】蘇軾、九日邀仲屯田爲大水所隔：西來河伯意雄夸。

毢

【毶毢】韓愈、月蝕詩：旗旄衞毶毢。

柴

【焚柴】杜甫、柴門：其氣如焚柴。

鵶

【棲鵶】蘇軾、司竹監燒葦園：但恐落日催棲鵶。

鮭

【案無鮭】蘇軾、和郡同年戲贈賈收秀才：筒中錢盡案無鮭。

茶

【春茶】黃庭堅：送王郎：公但讀書煮春茶。

佳

【日夕佳】杜甫、柴門：地僻日夕佳。

槎

【八月槎】杜甫、秋興八首：奉使虛隨八月槎。【容浮槎】杜甫、柴門：最窄容浮槎。亦作楂。

崖

【兩崖】杜甫、柴門：回首望兩崖。【雪崖】李白、早望海霞邊：分輝照雪崖。【白雲崖】李商隱、安平公詩：靑雲表柱白雲崖。

砂

【丹砂】李白、落日憶山中：學道飛丹砂；杜甫、爲農：不得問丹砂。【靈砂】李商隱、安平公詩：時世方士無靈砂。

槎

【江槎】蘇軾、次韻陳海州乘槎亭：逝將歸釣漢江槎。【舊槎】蘇軾、和郡同年戲贈賈收秀才：朝兒新笑出舊槎。【靈槎】李商隱、壬申七夕：曾妬識靈槎。

⿰木荼 遐 蛙 蝦 猳 葭 髽 茄 闍
枷 啞 爬 杷 蝸 騧 爺 芭 鯊
豝 緺 珈 騢 谺 枒 釾 驊 窊
赮 娃 哇 窪 洼 畬 騢 苴 艖
汙 鴐 笯 髿 蕸 耙 鉈 舵 裟
瘕 些 跏 塗 椏 杈 樝 奢 痂
姱 岈 蚆 溠 衺 秅 荂 哆 碬
爹 椰 ⿱艹斜 ⿰亻芽 咤 ⿰石亞 齖 假 ⿰忄牙
奓 ⿰豸叉 笆 樺 颬 划 迦 揶 鍜
磋 蒫 鎈 ⿰月差 到 摩 ⿰革烏 ⿸疒柰 柰
⿰田瓜

【對偶】

李白、古風：三季分戰國，七雄成亂麻。　王維、送孫秀才：山中無魯酒，松下飯胡麻。　孟浩然、過故人莊：開軒面場圃，把酒話桑麻。　李商隱、喜雪：班扇慵裁素，曹衣詎比麻。　李白、永王東巡歌：四海南奔似永嘉，三川北虜亂如麻。　宋之問、度大庾嶺：魂隨南翥鳥，淚盡北枝花。　李白、古意：君爲女蘿草，妾作菟絲花。　李白、塞下曲：邊月隨弓影，胡霜拂劍花。　王維、晚春嚴少尹過諸公見過：鵲乳先春草，鶯啼過落花。　李商隱、喜雪：有田皆種玉，無樹不開花。　李商隱、閒遊：危亭題竹粉，曲沼嗅荷花。　李商隱、永樂縣所居因書卽事：枳嫩棲鸞葉，桐香待鳳花。　李商隱、壬申七夕：風輕惟響珮，日薄不嫣花。　李商隱、春宵自遣：晚晴風過竹，深夜月當花。　李商隱、寒食行次冷泉驛：獨夜三更月，空庭一樹花。　李白、送祝八之江東：昔時紅粉照流水，今日青苔覆落花。　李商隱、宋玉：落日清宮供觀閣，開年雲夢送煙花。　陳師道、九日寄秦觀：九日清樽欺白髮，十年爲客負黃花。　陸游、寒食：又向蠻方作寒食，强持卮酒對梨花。　宋之問、度大庾嶺：山雨初含霽，江雲欲變霞。　李白、秦女休行：羅袖灑赤血，英氣發紫霞。　李白、宴陶家亭子：綠水藏春日，青軒秘晚霞。　李商隱、朱槿花二首：纔飛建章火，又落赤城霞。　李商隱、永樂縣所居因書卽事：柳花彭澤雪，桃散武陵霞。　王維、晚春嚴少尹與諸公見過：烹葵邀上客，看竹到貧家。　王維、送宇文三：蒲類成秦地，莎車屬漢家。　孟浩然、宴梅道士山房：忽逢青鳥使，邀入赤松家。　韓翃、酬程延秋夜卽事：星河秋一雁，砧杵夜千家。　李商隱、喜雪：鵝歸逸少宅，鶴滿令威家。　陸游、寒食：身如巢燕年年客，心羨游僧處處家。　歐陽修、戲答元珍：夜聞歸雁生鄉思，病入新年感物華。　王維、送宇文三：還聞田司馬，更逐李輕車。　李商隱、喜雪：人疑遊麴市，馬似困鹽車。　、李商隱、朱槿花二首：不卷錦步障，未登油壁車。　李商隱、詠史：何須琥珀方爲枕，豈得眞珠始是車。　李商隱、安平公詩：顧我下筆卽千字，疑我讀書傾五車。　李商隱、詠史：運去不逢青海馬，力窮難拔蜀山蛇。　王維、送孫秀才：玉枕雙文簟，金盤五色瓜。　孟浩然、過故人莊：綠樹村邊合，青山郭外斜。　李商隱、壬申七夕：桂嫩傳香遠，楡高送影斜。　李商隱、寒食行次冷泉驛：介山當驛秀，汾水遶關斜。　李商隱、謔柳：眉細從他斂，腰輕莫自斜。　李商隱、喜雪：寂寞門扉掩，依稀履跡斜。　李商隱、春宵自遣：石亂知泉咽，苔荒任逕斜。　劉禹錫、烏衣巷：朱雀橋邊野草花，烏衣巷口夕陽斜。　李商隱、昨日：二八月輪蟾影破，十三絃柱雁行斜。　李商隱、永樂縣所居因書卽事：綏藤縈弱蔓，袍草展新芽。　王維、雜詩：小小能織綺，時時出浣紗。　李商隱、謔柳：長時須拂馬，密處少藏鴉。　李商隱、隋宮：于今腐草無螢火，終古垂楊有暮鴉。　李商隱、喜雪：粉署闈全隔，霜臺路正賒。　李商隱、永樂縣所居因書卽事：學植功雖倍，成蹊跡尚賒。　李商隱、隋宮：玉璽不緣歸日角，錦帆應是到天涯。　李商隱、閒遊：尋幽殊未極，得句總堪誇。　李商隱、喜雪：洛水妃虛妬，姑山客漫誇。　李商隱、喜雪：聯辭雖許謝，和曲本慚巴。李商隱、昨日：未容言語還分散，少得團圓足怨嗟。李商隱、宋玉：楚辭已不饒唐勳，風賦何曾讓景差。

# 七陽 古通江轉庚

## 陽

【夕陽】白居易、西湖晚歸：樓殿參差倚夕陽；杜牧、西江懷古：萬里沙鷗報夕陽。【干陽】韓愈、重雲一首李觀疾贈之：陰氣來干陽。【河陽】杜甫、新婚別：守邊赴河陽。【南陽】杜甫、武侯廟：不復臥南陽。【重陽】蘇軾、捕蝗至浮雲嶺：霜風漸欲作重陽；陸游、重陽：細腰宮畔過重陽；陸游、湖村月夕：錦城曾醉六重陽。【洛陽】李白、北上行：鑿齒屯洛陽；杜甫、聞官軍收河南河北：便下襄陽向洛陽。【昭陽】王昌齡、西宮春怨：朦朧樹色隱昭陽；李益、宮怨：月明歌吹在昭陽。【咸陽】李白、出自薊北門行：行歌歸咸陽；李白、上雲樂：龍飛入咸陽。杜甫、憶昔：千乘萬騎入咸陽；賈島、渡桑乾：歸心日夜憶咸陽。【首陽】曹植、贈白馬王彪：日夕過首陽；蘇軾、送劉道原歸覲南康：高節萬仞陵首陽。【晉陽】李商隱、北齊二首：已報周師入晉陽。【斜陽】蘇軾、樓觀：門前古碣臥斜陽。【朝陽】陸游、十月苦蠅：浮雲吹盡見朝陽。李商隱、丹邱：羲和辛苦送朝陽；蘇軾、薄薄酒：獨坐負朝陽。【殘陽】李商隱、菊：實是怯殘陽。【漢陽】張衡、四愁詩：我所思兮在漢陽。【漁陽】張仲素、春閨思：昨夜夢漁陽；王維、少年行：初隨驃騎戰漁陽。【潯陽】李白、橫江詞：海潮南去過潯陽。【魯陽】江淹、望荊山：西嶽出魯陽。【遼陽】沈佺期、古意：十年征戍憶遼陽。【應陽】陶潛、雜詩：麤絺以應陽。【不再陽】陶潛、雜詩：我去不再陽。【度三陽】無名氏：讀曲歌：獨眠度三陽。【南山陽】繁欽、定情詩：乃期南山陽。【朝山陽】蘇軾、十月十六日記所見：淮陰夜發朝山陽。【鴈隨陽】黃庭堅、題郭熙畫秋山：恨身不如鴈隨陽。

## 楊

【白楊】李白、勞勞亭歌：此地悲風愁白楊。【垂楊】李白、南陽送客：春思結垂楊；李白、採蓮曲：三三五五映垂楊；白居易、井底引銀瓶：君騎白馬傍垂楊；韓愈、和送盤谷子詩：雁鴨飛起穿垂楊。

## 揚

【不揚】杜甫、新婚別：兵氣恐不揚。【抑揚】蘇軾、長江絕島圖：棹歌中流聲抑揚。【飛揚】

# 香

李白、出自薊北門行：按劍心飛揚；韓愈、聽穎
師彈琴：天地闊遠隨飛揚。【簸揚】李白、擬
古：南箕空簸揚；李白、上雲樂：洪濤爲簸揚。
【荆揚】王安石、送程公闢守洪州：輸瀉交廣流
荆揚。【清揚】李白、九日登山：齊歌送清揚。
【飄揚】鮑照、自薊門北行：沙礫自飄揚；李白、
古風：天外恣飄揚；韓愈、岐山下二首：窅窕相
飄揚。【摩天揚】韓愈、調張籍：巨刃摩天揚。
【天香】蘇軾、贈寫御容妙善師：跪奉冉冉聞天
香。【阿香】蘇軾、子玉家宴用前韻：扇枕郎君
煩阿香。【茶香】蘇軾、留別寶覺圓通二長老：
睡餘齒頰帶茶香。【清香】韋應物、郡齋雨中燕
集：燕寢凝清香。【添香】薛逢、宮詞：羅衣欲
換更添香。【衆香】蘇軾、園中得黃耳蕈：遺化
何時取衆香。【換香】李商隱、酬崔八早梅有贈
兼示之作：荀令熏爐更換香。【焚香】王維、過
福禪師蘭若：天女跪焚香；王維、秋夜卽事：小
玉更焚香；王維、春日上方卽事：閒坐但焚香。
【異香】韓偓、召對：清暑簾開散異香。【無
香】杜甫、鬥雞：女樂久無香。【聞香】李商隱、
和張秀才落花有感：掃後更聞香。【暖香】李商
隱、驪山有感：驪岫飛泉冷暖香。【微香】杜甫、

秋野：駐屐近微香。【暫香】李商隱、屬疾：寒
花只暫香。【賜香】蘇軾、景純復以二篇：鷄舌
還應失賜香。【馨香】白居易、太行路：君聞蘭
麝不馨香。【麝香】王維、戲題輞川別業：柏葉
初齊養麝香。【一院香】杜甫、樹間：婆娑一院
香。【十里香】蘇軾、靑牛嶺小寺：爐烟裊裊十
里香。【水殿香】李白、口號吳王美人半醉：風
動荷花水殿香。【月中香】李商隱、昨夜：桂花
吹斷月中香。【令公香】李頎、寄綦毋三：風流
三接令公香。【令君香】王維、春日直門下省早
朝：聞識令君香。【白雪香】李白、宮中行樂
詞：梨花白雪香。【玉爐香】陸游、遊仙：仙班
最近玉爐香。【合投香】李商隱、故番禺侯以贓
罪致不辜：交廣合投香。【百合香】杜甫、卽
事：花氣渾如百合香。【百花香】王昌齡、西宮
春怨：西宮夜靜百花香；蘇軾、續麗人行：沈香
亭北百花香。【自然香】無名氏、古樂府：蘭草
自然香。【宅裏香】李商隱、菊：羅含宅裏香。
【杏花香】李商隱、日日春光：山城斜路杏花香。
【杜若香】陰鏗、渡青草湖：湘流杜若香。【村
路香】蘇軾、病中遊祖塔院：紫李黃瓜村路香。
【拂面香】李商隱、柳：爲有橋邊拂面香；李白、

秋浦歌：山花拂面香。【社酒香】李商隱、歸墅：旗高社酒香。【花草香】王安石、送程公闢守洪州：樹石珍怪花草香。【泊晚香】李商隱、崇讓宅東亭醉後沔然有作：孤蓮泊晚香。【俠骨香】王維、少年行：從死猶聞俠骨香。【故衾香】蘇軾、亦以病不赴述古會：霜飛夜簟故衾香。【春殿香】李益、宮怨：露溼晴花春殿香。【度臘香】李商隱、即日：花飄度臘香。【流水香】劉昚虛、闕題：遠隨流水香。【桃水香】李商隱、玄微先生：村村桃水香。【值牙香】李商隱、柳枝五首：不忍值牙香。【被仍香】李商隱、夜意：枕冷被仍香。【送衣香】李商隱、韓翃舍人即事：十里送衣香。【脂粉香】蕭衍、東飛伯勞歌：羅帷綺絹脂粉香。【酒船香】李商隱、夜飲：雨送酒船香。【蒸粥香】陸游、寺居睡覺二首：想像雲堂蒸粥香。【桂葉香】李商隱、無題二首：月露誰教桂葉香。【浪認香】李商隱、夜思：疑來浪認香。【喜傳香】黃庭堅、謝送碾賜壑源揀芽：令我胸中喜傳香。【骨遺香】宋祁、落花：章臺人去骨遺香。【宴寢香】蘇軾、蘇州雨中飲酒：畫戟空凝宴寢香。【野桃香】蘇軾、同柳子玉遊鶴林：戴公山下野桃香。【野蔬香】蘇軾、凶年偏覺野蔬香。【透甲香】蘇軾、召飲介亭以病不赴：喜見新橙透甲香。【無別香】蘇軾、景純復以二篇：薝蔔林中無別香。【猶餘香】李白、長相思：至今三載猶餘香。【暖泉香】杜牧、華清宮：玉蓮開蕊暖泉香。【裛裛香】李商隱、至扶風見梅花：非時裛裛香。【綺羅香】秦韜玉、貧女：蓬門未識綺羅香。【熨沈香】李商隱、效徐陵體贈更衣：金斗熨沈香。【稻花香】陸游、雜詠四首：落日漠漠稻花香。【熟奈香】杜甫、豎子至：輕籠熟奈香。【廚竈香】蘇軾、樓觀：白木誰燒廚竈香。【綠餌香】黃庭堅、叔父釣亭：柳貫錦鱗綠餌香。【樺燭香】蘇軾、景純見和復次韻贈之：送客林閒樺燭香。【錦繡香】杜甫、魏十四侍御就敝廬相別：歸軒錦繡香。【屧袖香】蘇軾、寄璋道人：古殿朝眞屧袖香。【識舊香】蘇軾、次韻刁景純賞瑞香花：閒對宮花識舊香。【鏡裏香】李白、別儲邕之剡中：荷花鏡裏香。【藻荇香】陸游、江瀆池納涼：雨過荒池藻荇香。【蘇合香】蕭衍、河中之水歌：中有鬱金蘇合香；李白、擣衣篇：半拂瓊筵蘇合香。【麝退香】李商隱、商於：投巖麝退香。【露凝香】李白、清平調：一枝穠艷露凝香。【揚揚其香】韓愈、猗蘭操：揚揚其香。

## 鄉

【一鄉】韓愈、此日足可惜一首贈張籍：無爲守一鄉；柳宗元、登柳州城樓：猶自音書滯一鄉。【同鄉】崔顥、長干曲：或恐是同鄉。【江鄉】李商隱、崇讓宅東亭醉後沔然有作：幽興暫江鄉。【故鄉】高適、人日寄杜二拾遺：遙憐故人思故鄉；賈島、渡桑乾：却望并州是故鄉；李商隱、題漢祖廟：項羽何曾在故鄉；歐陽修、再至汝陰：白首重來到故鄉。【帝鄉】李商隱、商於：依依入常鄉。【思鄉】王維、聽宮鶯：爲此始思鄉。【望鄉】李益、夜上受降城聞笛：一夜征人盡望鄉。【過鄉】王安石、送程公闢守洪州：行指斗牛先過鄉。【還鄉】杜甫、聞官軍收河南河北：青春作伴好還鄉。蘇軾、次韵李邦直感舊：溫柔何日聽還鄉；元好問、再到新衞：伶傳十口值還鄉；【舊鄉】李白、北上行：返顧思舊鄉；李頎、送陳章甫：嘶馬出門思舊鄉。【山水鄉】杜甫、寄高岑三十韵：俱兼山水鄉。【水雲鄉】蘇軾、和章七出守湖州：高情猶愛水雲鄉。【水爲鄉】孟浩然、送杜十四之江南：荆吳相接水爲鄉。【雀鼠鄉】元好問、讀靖康僉言：大地同歸雀鼠鄉。【筍蕨鄉】蘇軾、園中得黃耳蕈：又入春山筍蕨鄉。【謾去鄉】蘇軾、病中聞子由得告不赴商州：從宦無功謾去鄉。【滯非鄉】李商隱、夜思：消瘦滯非鄉。

## 光

【三光】李白、飛龍引：後天而老彫三光。【日光】杜甫、卽事：晶晶行雲浮日光。【天光】李白、北上行：開顏覩天光。【孔光】蘇軾、景純復以二篇：靈壽扶來似孔光。【回光】李白、古風：白日難回光。【朱光】曹植、鬭鷄：悍目發朱光。【地光】蘇軾、寄璋道人：不羨腰金照地光。【冷光】李賀、李憑箜篌引：十二門前融冷光。【夜光】李商隱、夜思：金釭凝夜光。【孟光】蘇軾、子玉家宴用前韻：自酌金尊勸孟光；蘇軾、亦以病不赴述古會：空對親春老孟光；蘇軾、次韻李邦直感舊：只許清樽對孟光。【明光】韓愈、贈唐衢：甌函朝出開明光。李商隱、留贈畏之：淸時無事奏明光。【爭光】杜甫、成都府：衆星尚爭光；蘇軾、景純見和復次韻贈之：人間膏火正爭光。【奇光】陶潛、讀山海經：瑾瑜發奇光。【春光】李白、代別情人：波蕩搖春光。【神光】李商隱、玄微先生：宿處起神光。【秋光】李商隱、商於：歸路有秋光。蘇軾、郭熙畫秋山平遠：炯如嵩洛浮秋光；蘇軾、召飲介亭以病不赴：登臨病眼怯秋光；王安石、送程公闢守洪州：畫船揷幟搖秋光。【紅光】白居易、牡丹芳：朝陽照耀生紅光。【容光】徐幹、皇恩：彷彿君容光。【浮光】陰鏗、渡青草湖：映日動浮光。【流光】李商隱、柳：何曾自敢占流光。【素光】左思、雜詩：皦皦素流光。【湖光】李商隱、月夕：朱欄迢遞壓湖光。【清光】江淹、望荆山：秋日懸清光；李白、送崔氏昆季之金陵：滅燭延清光。【景光】無名氏、別詩四首：隨時愛景光。【窗光】黃庭堅、題郭熙畫秋山：尚能弄筆映窗光。【漢光】李白、上雲樂：白水與漢光。【輝光】杜甫、遣興：前後皆輝光；陳與義、陪粹翁舉酒：隔簾花葉有輝光。【燈光】王維、衞家山池應教：山月少燈光。【謙光】李商隱、贈送前劉五經映三十四韵：擁篲信謙光。【曙光】王維、聽宮鶯：宮鶯囀曙光。【一日光】韓愈、此日足可惜一首贈張籍：共分一日光。【火珠光】李白、秋日登揚州西靈塔：日動火珠光。【五色光】李白、永王東巡歌：春日遙看五色光。【日欲光】李商隱、初起：想像咸池日欲光。【西日光】李白、古風：拂此西日光。【竹書光】杜甫、秋野：曝背竹書光。【好年光】杜牧、奉和白相光：行看臘破好年光。【自生光】無名氏、焦仲卿妻：葳蕤自生光。【坐生光】蘇軾、送李供備席上和李詩：引杯看劍坐生光；蘇軾、蘇州雨中飲酒：十眉環列坐生光。【明月光】曹丕、雜詩：仰看明月光；李白、靜夜思：牀前明月光。【染翰光】杜甫、寄高岑三十韵：巴箋染翰光。【玳瑁光】無名氏、焦仲卿妻：頭上玳瑁光。【秋水光】蘇軾、郭祥正家醉畫：一雙銅劍秋水光。【重瞳光】蘇軾、贈寫御容妙善師：彷彿尚記重瞳光。【凋三光】李白、飛龍引：後天而老凋三光。【桂明光】蕭衍、東飛伯勞歌：南窗北牖桂明光。【淨鏡光】杜牧、西江懷古：怒似連山淨鏡光。【晝連光】李白、出自薊北門行：烽火晝連光。【眼無光】陶潛、挽歌詩：欲視眼無光。【琥珀光】李白、客中行：玉椀盛來琥珀光。【寒無光】蘇軾、十月十六日記所見：烱烱初日寒無光。【闕其光】韓愈、岐山下二首：千載闕其光。【道益光】蘇軾、景純見和復次韻贈之：解徂歸來道益光。【楚明光】吳均、行路難：殷勤促柱楚明光。【照人光】蘇軾、同柳子玉遊鶴林：花時臘酒照人光。

【駐顏光】李白、短歌行：與人駐顏光。【齒步光】蘇軾、景純復以二篇仍次其韻：屢把鉛刀齒步光。【燈燭光】杜甫、贈衞八處士：共此燈燭光。【螢之光】李白、秦女卷衣：飄若螢之光。【應瑤光】李商隱、南朝：　金陵王氣應瑤光。【耀日光】蔡琰、悲憤詩：金甲耀日光。【爛生光】蕭衍、河中之水歌：珊瑚桂鏡爛生光。【鬪日光】李商隱、日日春光：　日日春光鬪日光。

## 昌

【昌昌】李商隱、春風：春物太昌昌。【道欲昌】白居易、捕蝗：貞觀之初道欲昌。【漢道昌】李白、胡無人：漢道昌。【喧武昌】李白、永王東巡歌：雷鼓嘈嘈喧武昌。

## 堂

【中堂】韓愈、此日足可惜一首贈張籍：引坐於中堂。【玉堂】王維、成文學：　登君白玉堂。【北堂】李白、夜坐吟：沈吟久坐坐北堂。【明堂】無名氏、木蘭詩：天子坐明堂。【空堂】左思、雜詩：塊然守空堂。【法堂】王維、過福禪師蘭若：雲林隱法堂。【高堂】曹植、元會：宴此高堂。【草堂】杜甫、夜宴左氏莊：春星帶草堂；杜甫、敝廬相別：江邊問草堂；高適、人日寄杜二拾遺：人日題詩寄草堂。【堂堂】白居易、法曲：法曲法曲歌堂堂。【垂堂】杜甫、　灔澦堆：行止憶垂堂。【登堂】蘇軾、送劉道原歸覲南康：幅巾他日容登堂。【滿堂】李頎、寄綦毋三：西嶺雲霞色滿堂；韋應物、郡齋雨中燕集：嘉賓復滿堂。【蘭堂】李白、擣衣篇：眞珠簾箔掩蘭堂。【入充堂】蘇軾、次韻李邦直感舊：簿書塡委入充堂。【不下堂】歐陽修、明妃曲和王介甫作：學得琵琶不下堂。【上高堂】宋子侯、董嬌饒：挾瑟上高堂。【太微堂】曹植、五遊：登陟太微堂。【白玉堂】李商隱、代應：隔得盧家白玉堂。【君子堂】杜甫、贈衞八處士：重上君子堂。【花滿堂】李白、長相思：美人在時花滿堂。【妬玉堂】李商隱、對雪二首：又入盧家妬玉堂。【飛鳥堂】陶潛、擬古九首：朝爲飛鳥堂。【送客堂】李白、勞勞亭歌：金陵勞勞送客堂。【莫愁堂】李商隱、無題：重帷深下莫愁堂。【酣高堂】李白、夜別張五：別酌酣高堂。【壓茅堂】黃庭堅、秋懷：秋陰細細壓茅堂。【讀書堂】李商隱、歸墅：先入讀書堂。劉眘虛、闕題：深柳讀書堂。【鬱金堂】沈佺期、古意：盧家少婦鬱金堂；王維、秋夜卽事：秋夜鬱金堂。【擊齋堂】李白、古風：震風擊齋堂。

## 章

【五章】李白、勞勞亭歌：昔聞牛渚吟五章。【文章】韓愈、此日足可惜一首贈張籍：言子有文章；蘇軾、薄薄酒：死後文章。【奏章】李商隱、偶成轉韻七十二句：詰旦天門傳奏章。【建章】吳均、行路難：提攜把握登建章；王維、秋夜即事：明朝入建章；王維、春日直門下省早朝：雞鳴謁建章。【報章】李商隱、夜思：前期託報章。【銀章】李白、贈劉都使：五十佩銀章。【龍章】韓偓、召對：恩深咫尺對龍章；李白、白漂水道哭王炎：泉中掩龍章。【法三章】李商隱、贈送前劉五經映三十四韵：革故法三章。【金玉章】韋應物、郡齋雨中燕集：仰聆金玉章。【貢與章】王安石、送程公闢守洪州：九江左投貢與章。【漢三章】李商隱、故番禺侯以贓罪致不辜：誰舉漢三章。

## 張

【開張】李白、上雲樂：天關自開張；韓愈、和送盤各子詩：正見高崖巨壁爭開張。【趙張】黃庭堅、送張材翁赴秦簽：吏事袞袞談趙張。【不可張】鮑照、代出自薊北行：角弓不可張。【玉琴張】李商隱、崇讓宅東亭醉後沔然有作：身世玉琴張。【風帆張】蘇軾、送呂希道知和州：征馬未解風帆張。【綺幔張】王維、衞家山池應教：宮娃綺幔張。【錦帆張】陰鏗、渡青草湖：平湖錦帆張。

## 王

【天王】杜甫、憶昔：百官跣足隨天王。【吳王】蘇軾、蘇州雨中飲酒：敢將百草鬪吳王。【君王】歐陽修、鵯鵊詞：紅靴玉帶奉君王。【明王】杜甫、蕃劍：持汝奉明王。【侯王】陸游、雨中繫舟戲作短歌：欺負六國囚侯王。【宣王】杜牧、奉和白相公：一篇江漢美宣王。【賢王】李白、出自薊北門行：彎弓射賢王。【齊王】李商隱、韓翃舍人即事：蟬是怨齊王。【襄王】杜甫、上白帝城：風至憶襄王。【擒王】杜甫、前出塞：擒賊先擒王。【懷王】杜牧、題青雲館：張儀無地與懷王。【盧王】杜甫、寄高岑三十韵：近代惜盧王。【六州王】黃庭堅、叔父釣亭：夢通岐下六州王。【惟壽王】李商隱、驪山有感：不從金輿惟壽王。【楚襄王】李商隱、席上坐：一生惟事楚襄王。【漢諸王】李商隱、贈送前劉五經映三十四韵：懷宅漢諸王。【諸侯王】王安石、送程公闢守洪州：鎮撫時有諸侯王。

## 房

【在房】韓愈、此日足可惜一首贈張籍：多日朝在房。【空房】曹丕、燕歌行：賤妾煢煢守空房；蘇軾、薄薄酒：醜妻惡妾勝空房。【洞房】李商隱、風：齋時鎖洞房；歐陽修、明妃曲和王介甫作：纖纖女手生洞房。【僧房】黃庭堅、次韻答曹子方雜言：烹茶煮餅坐僧房。【蜜房】杜甫、秋野：天寒割蜜房；宋祁、落花：盡付芳心與蜜房。【蘭房】曹操、離友：迄魏都兮息蘭房；李商隱、夜思：長不掩蘭房。【玉蓮房】李商隱、驪山有感：九龍呵護玉蓮房。【抱絲房】李商隱、韓翃舍人即事：荷花抱絲房。【紅玉房】白居易、牡丹芳：黃金蘂綻紅玉房。【秋蓮房】陶潛、雜詩：今為秋蓮房。【晝閉房】蘇軾、贈寫御容妙善師：老師古寺晝閉房。【閒觀房】曹植、鬭雞：鬭雞閒觀房。【暗燭房】李商隱、昨夜：但惜流塵暗燭房。【亂侵房】李商隱、贈子直花下：花氣亂侵房。【雜絳房】李商隱、和張秀才落花有感：紅苞雜絳房。

## 芳

【芬芳】韓愈、重雲一首李觀疾贈之：幽桂乃芬芳。【孤芳】李白、古風：衆草凌孤芳。【春芳】王維、過福禪師蘭若：行路長春芳。【華芳】曹植、五遊：徙倚弄華芳。【蘭芳】李白、自溧水道哭王炎：雪泣憶蘭芳。【一枝芳】李商隱、春風：惟遺一枝芳。【四時芳】孟浩然、夏日辨玉法師茅齋：花藥四時芳。【占年芳】李商隱、判春：井上占年芳。【作年芳】李商隱、十一月中旬至扶風界見梅花：不待作年芳。【秋蘭芳】無名氏、別詩四首：馥馥秋蘭芳。【妬年芳】李商隱、昨夜：不辭鶗鴂妬年芳。【妬芬芳】李商隱、崇讓宅東亭醉後沔然有作：鶗鴂妬芬芳。【買春芳】李白、自漢陽病酒歸寄王明府：千金一擲買春芳。【幾回芳】蘇軾、次韻刁景純賞瑞香花：劉郎去後幾回芳。【復芬芳】宋子侯、董嬌饒：春月復芬芳。【感餘芳】李商隱、和張秀才落花有感：晴暖感餘芳。【簷下芳】李白、留別賈舍人至：凋此簷下芳。【競春芳】李白、懼讒：雙花競春芳。【菊有芳】劉徹、秋風辭：蘭有秀兮菊有芳。

## 長

【不長】杜甫、新婚別：引蔓故不長。【共長】李商隱、華山題王母祠：此去瑤池地共長。【更長】王維、戲題輞川別業：松樹披雲從更長。【還長】王維、聽宮鶯：移處弄還長。【一夜長】李益、宮怨：共滴長門一夜長。【山水長】王安石、葛溪驛：歸夢不知山水長。【天險長】

李商隱、南朝：地險悠悠天險長。【引梢長】孟浩然、夏日辨玉法師茅齋：藤架引梢長。【不能長】曹丕、燕歌行：短歌微吟不能長。【太極長】李白、短歌行：萬刼太極長。【引蔓長】李商隱、柳枝：嘉瓜引蔓長。【引興長】杜甫、秋野：山林引興長。【日月長】杜甫、豎子至：提携日月長；白居易、長恨歌：蓬萊宮中日月長；蘇軾、贈張刁二老：仁壽橋邊日月長；黃庭堅、叔父釣亭：不道山林日月長。【日應長】杜甫、玄都壇歌寄元逸人：芝草琅玕日應長。【引杯長】杜甫、夜宴左氏莊：看劍引杯長。【出山長】杜甫、灩澦堆：江寒出山長。【去日長】杜甫、成都府：游子去日長。【白雲長】杜甫、聞高常侍亡：哭友白雲長。【江山長】杜甫、大麥行：部領辛苦江山長。【百尺長】李商隱、日日春光：得及游絲百尺長。【汝身長】杜甫、元日示宗武：吾笑汝身長。【似個長】李白、秋浦歌：緣愁似個長。【我所長】李商隱、有感：中路因循我所長。【巫峽長】陰鏗、渡青草湖：江連巫峽長。【忘短長】孟浩然、閨情：君衣忘短長。【夜正長】李商隱、席上坐：玉殿秋來夜正長。【宓妃長】李商隱、判春：誰覺宓妃長。

【空自長】韓愈、短燈檠歌：長檠八尺空自長。【返路長】謝朓、贈西府同僚：終知返路長。【東路長】曹植、贈白馬王彪：怨彼東路長。【易爲長】韓愈、此日足可惜一首贈張籍：有根易爲長。【青谿長】劉昚虛、闕題：春與青谿長。【刻漏長】李白、擣衣篇：明月高高刻漏多。【春日長】白居易、牡丹芳：殘鶯一聲春日長；蘇軾、續麗人行：深宮無人春日長。【春夜長】陶潛、雜詩：遙遙春夜長。【春恨長】王昌齡、西宮春怨：欲卷珠簾春恨長。【秋風長】蘇軾、登雲龍山：歌聲落谷秋風長。【眉細長】白居易、上陽人：青黛點眉眉細長。【秋夢長】李白、贈別舍人弟臺卿之江南：還山秋夢長。【秋興長】蘇軾、至壽林：楓葉蘆花秋興長。【故意長】杜甫、贈衞八處士：感子故意長。【冠劍長】蘇軾、贈寫御容妙善師：虎臣立侍冠劍長。【客夢長】蘇軾、病中遊祖塔院：攲枕風軒客夢長。【草木長】杜甫、武侯廟：空山草木長。【特地長】韓偓、召對：日向壺中特地長。【桐葉長】李頎、送陳章甫：棗花未落桐葉長。【海雲長】李白、秋日登西靈塔：標出海雲長。【參天長】杜甫、夔州歌十絕句：中有松柏參天長。【悠且長】無名氏、別詩：相去悠且長。【晚風長】陳師道、和晚登白門：輕衫當戶晚風長。【細細長】李商隱、無題二首：臥後清宵細細長。【莫愁長】王維、衞家山池應教：歸路莫愁長。【清漏長】王昌齡、長信秋詞：臥聽南宮清漏長。【悲且長】劉琨、扶風歌：此曲悲且長。【御柳長】杜甫、鬪雞：樓前御柳長。【菱腰長】王安石、送程公闢守洪州：芡頭肥大菱腰長。【罥鬢長】杜甫、遣悶：蛛絲罥鬢長。【萬丈長】韓愈、調張籍：光燄萬丈長。【萬里長】李白、橫江詞：一水牽愁萬里長；李白、上雲樂：枝葉萬里長。【聖恩長】王維、春日直門下省早朝：同與聖恩長。【道路長】李白、留別賈舍人至：豈惟道路長。【意何長】杜甫、上白帝城：躍馬意何長。【意自長】蘇軾、和子由木山引水二首：冷淡爲歡意自長。【話偏長】蘇軾、和章七出守湖州：他年相對話偏長。【楚塞長】江淹、望荊山：始知楚塞長。【寬總長】杜甫、別常徵君：寒衣寬總長。【感歎長】蘇軾、亦以病不赴述古會：細看茱萸感歎長。【歲年長】蘇軾、病中聞子由得告不赴商州：思歸苦覺歲年長。【綺季長】李商隱、商於：謀身綺季長。【夢裡長】李白、宿巫山下：猿聲夢裡長。【種種長】蘇軾、送李供備席上和李詩：才器歸來種種長。【憂患長】蘇軾、捕蝗至浮雲嶺：回首人間憂患長。【暮雲長】杜甫、薄遊：半嶺暮雲長。【興甚長】杜甫、寄高適岑參：秋來興甚長。【樂聲長】蘇軾、召飲介亭以病不赴：臥聞歸路樂聲長。【曉夢長】陸游、寺居睡覺：心地安平曉夢長。【歸夢長】李白、勞勞亭歌：獨宿空簾歸夢長。【攙天長】蘇軾、長江絕島圖：惟有喬木攙天長。【鬪書長】秦韜玉、貧女：不把雙眉鬪書長。【繫舟長】杜甫、冬晚送長孫慚舍人歸州：費日繫舟長。【隴坂長】李白、北上行：採薪隴坂長。【覺夜長】李白、夜坐吟：冬夜夜寒覺夜長。

## 塘

【池塘】李商隱、韋蟾：夜來煙雨滿池塘。【陂塘】蘇軾、十月十六日記所見：魚鰌隨從徙空陂塘。【野塘】李商隱、酬崔八早梅有贈：知訪寒梅過野塘。【橫塘】崔顥、長干曲：妾住在橫塘。陸游、蔬圃絕句：歸時新月侵橫塘。【瞿塘】王安石、送程公闢守洪州：怪君三年滯瞿塘。【沙河塘】蘇軾、青牛嶺小寺：暮歸走馬沙河塘。

# 妝

【紅妝】無名氏、木蘭詩：當戶理紅妝；杜甫、新婚別：對君洗紅妝。【梳妝】秦韜玉、貧女：共憐時世儉梳妝。【新妝】李白、清平調：可憐飛燕倚新妝；蘇軾、長山絕島圖：曉鏡開新妝。【曉妝】薛逢、宮詞：十二樓中盡曉妝。【嚴妝】歐陽修、鵯鵊詞：三聲四聲促嚴妝。【半面妝】李商隱、南朝：只得徐妃半面妝；宋祁、落花：已落猶成半面妝。【含醉妝】白居易、牡丹芳：臥叢無力含醉妝。【紅粉妝】李白、越女詞：青娥紅粉妝。【面變妝】白居易、古冢狐：頭變雲鬟面變妝。【時世妝】白居易、上陽人：天寶末年時世妝。【試梅妝】李商隱、對雪二首：忍寒應欲試梅妝。【嫁時妝】李商隱、蝶三首：壽陽公主嫁時妝。

# 常

【天常】蔡琰、悲憤詩：董卓亂天常。【平常】陶潛、讀山海經：萬歲如平常。【不可常】曹植、送應氏二首：嘉會不可常。【正有常】阮籍、詠懷：被服正有常。【自有常】韓愈、重雲一首李觀疾贈之：大運自有常。【作士常】李商隱、贈送前劉五經映三十四韵：虛空作士常。【苦不常】白居易、大行路：君心好惡苦不常。【苦尋常】白居易、牡丹芳：芙蓉芍藥苦尋常。【習爲常】韓愈、此日足可惜一首贈張籍：後生習爲常。

# 涼

【已涼】韓愈、此日足可惜一首贈張籍：窗戶忽已涼。【炎涼】孟浩然、閨情：一別隔炎涼；蘇軾、景純見和復次韻贈之：坐看百物自炎涼。【厖涼】蘇軾、景純復以二篇仍次其韻：更遭華袞照厖涼。【荒涼】韓愈、調張籍：家居率荒涼。【淒涼】杜甫、至後：詩成吟詠轉淒涼；蘇軾、園中得黃耳蕈：法筵齋鉢久淒涼；蘇軾、贈張刁二老：兩邦山水未淒涼；王安石、葛溪驛：起看天地色淒涼。【寒涼】韓愈、重雲一首李觀疾贈之：炎燠成寒涼。【暫涼】蘇軾、景純見和復次韻贈之：每到藏春得暫涼。【一夏涼】陸游、江瀆池納涼：乞與今年一夏涼。【一悲涼】蘇軾、景純復以二篇：感時懷舊一悲涼。【入平涼】陸游、建安遺興：萬人鼓吹入平涼。【十分涼】蘇軾、召飲介亭以病不赴：西風初作十分涼。【水風涼】白居易、西湖晚歸：梭櫚葉戰水風涼。【天氣涼】曹丕、燕歌行：秋風蕭瑟天氣涼。【北風涼】曹丕、雜詩：烈烈北風涼。【池閣涼】韋應物、郡齋雨中燕集：逍遙池閣涼。【快晚涼】蘇軾、留別寶覺圓通二長老：沐罷巾冠快晚涼。【炎天涼】杜甫、夔州歌十絕句：雲日如火炎天涼。【拂面涼】黃庭堅、叔父釣亭：檻外溪風拂面涼。【奏伊涼】蘇軾、子玉家宴用前韻：更教長笛奏伊涼。【昨夜涼】黃庭堅、秋懷：吟蟲啾啾昨夜涼。【風氣涼】李白、詩陽送弟：水亭風氣涼。【秋堂涼】韓愈、短燈檠歌：風露氣入秋堂涼。【客夢涼】杜牧、題青雲館：枕繞泉聲客夢涼。【垂陰涼】白居易、牡丹芳：仍張帷幕垂陰涼。【借夕涼】杜甫、遣悶：江風借夕涼。【病枕涼】蘇軾、亦以病不赴述古會：日入秋帷病枕涼。【追晚涼】陸游、雜詠四首：萬里橋南追晚涼。【麥風涼】歐陽修、再至汝陰：紫櫻桃熟麥風涼。【道衣涼】蘇軾、病中遊祖塔院：烏紗白葛道衣涼。【蓋弁涼】蘇軾、送李供備席上和李詩：家聲赫奕蓋弁涼。【髮彩涼】李商隱、細雨：蕭蕭髮彩涼。【繡戶涼】王維、衛家山池應教：飛泉繡戶涼。【霽日涼】李商隱、崇讓宅東亭醉後沔然有作：東亭霽日涼。【灑面涼】蘇軾、同柳子玉遊鶴林：歸路春風灑面涼。

## 霜

【十霜】賈島、渡桑乾：客舍并州已十霜。【千霜】李白、古風：玉顏已千霜。【天霜】李白、出自薊北門行：征衣卷天霜。【夜霜】李白、勞勞亭歌：朗詠清川飛夜霜。【風霜】杜甫、歎庭前甘菊花：結根失所纏風霜。【秋霜】李白、飛龍引：蛾眉蕭颯如秋霜；李白、北上行：磨牙皓秋霜；李白、贈潘侍御論錢少陽：鐵冠白筆橫秋霜；李白、擬古：羅衣露秋霜。【胡霜】鮑照、出自薊北門行：旌甲被胡霜。【雪霜】杜甫、寄高岑三十韻：增寒抱雪霜。【飛霜】李白、擬古：胡風結飛霜。【朝霜】李白、獄中上崔相渙：萬姓危朝霜。【墜霜】李白、白鷺鷥：孤飛如墜霜。【繁霜】黃庭堅、秋懷：豈念晏歲多繁霜。【一林霜】陸游、重陽：照江丹葉一林霜。【月如霜】陸游、湖村月夕：滿街歌吹月如霜。【不饒霜】李商隱、十一月中旬至扶風界見梅花：青女不饒霜。【白如霜】李白、越女詞：兩足白如霜。【地上霜】李白、靜夜思：疑是地上霜。【夜來霜】王昌齡、長信秋詞：珠簾不卷夜來霜。【洞庭霜】黃庭堅、題郭熙畫秋山：坐思黃柑洞庭霜。【報早霜】李商隱、留贈畏之：不遣當關報早霜。【結夜霜】李商隱、丹邱：青女丁寧結夜霜。【葉上霜】李商隱、月夕：草下陰蟲葉上霜。【寒門霜】李商隱、崇讓宅東亭醉後沔然有作：數雁塞門霜。【新著霜】蘇軾、陪歐陽公讌西湖：湖邊草木新著霜。【萬樹霜】杜牧、華清宮：零落翻紅萬樹霜。【滿林霜】韋應物、答鄭騎曹靑橘絕句：洞庭須待滿林霜。【橫千霜】李白、古風：白骨橫千霜。【劍如霜】李白、懼讒：詎假劍如霜。【韝滿霜】蘇軾、薄薄酒：五更待漏韝滿霜。【鬢未霜】蘇軾、蘇州雨中飲酒：五紀歸來鬢未霜。

## 藏

【久藏】杜甫、蕃劍：龍身寧久藏。【行藏】蘇軾、捕蝗至浮雲嶺：子來何處問行藏。【走藏】杜甫、大麥行：婦女行泣夫走藏；杜甫、憶昔：長驅東胡胡走藏。【退藏】李商隱、贈送前劉五經映三十四韵：風雷起退藏。陸游、十月苦蠅：撲面飛蠅未退藏。【擢藏】劉琨、扶風歌：抱膝獨擢藏。【一身藏】蘇軾、病中聞子由得告不赴商州：萬人如海一身藏。【一壺藏】李商隱、玄微先生：時入一壺藏。【千金藏】王安石、送程公闢守洪州：中戶尚有千金藏。【夕鳥藏】王維、春日上方卽事：梨花夕鳥藏。【崔嵬藏】韓愈、和送盤谷子詩：方冬獨入崔嵬藏。

## 場

【文場】杜甫、魏十四侍御就敝廬相別：惜別到文場；杜甫、遣悶：世亂跼文場。【道場】白居易、西湖晚歸：晚動歸棹出道場。李商隱、酬崔八早梅有贈兼示之作：亦要天花作道場。【敵場】韓愈、聽穎師彈琴：勇士赴敵場。【戰場】李白、出自薊北門行：連旗登戰場；李商隱、夜飲：乾坤百戰場；陸游、建安遣興：幾過秋風古戰場；元好問、送奉先從軍：潦倒書生百戰場。【供千場】蘇軾、送劉道原歸覲南康：傍人大笑供千場。【鬥雞場】李商隱、贈送前劉五經映三十四韵：狼藉鬥雞場。【遊俠場】王維、　成文學：論心遊俠場。【僕射場】蘇軾、次韵李邦直感舊：千步空餘僕射場。【億千場】李白、短歌行：大笑億千場。【擅此場】曹植、鬬雞：常得擅此場。

## 央

【中央】白居易、西湖晚歸：蓬萊宮在海中央。【未央】王維、聽宮鶯：攀花出未央。陳與義、陪粹翁舉酒：世故驅人殊未央。【未渠央】王安石、送程公闢守洪州：我行樂矣未渠央。【未遽央】陶潛、雜詩：枯悴未遽央。【江中央】蘇軾、長江絕島圖：大孤小孤江中央。【居未央】李白、秦女卷衣：天子居未央。【夜未央】曹丕、燕歌行：星漢西流夜未央。王安石、葛溪驛：缺月昏昏夜未央。【悲未央】謝朓、暫使下都夜發新林：客心悲未央。

## 鴦

【鴛鴦】李白、白紵辭三首：願作天池雙鴛鴦；李白、宮中行樂詞八首：金殿鎖鴛鴦；李商隱、代應：盡知三十六鴛鴦；李商隱、風：惱帶拂鴛鴦。

## 航

【一葦航】元好問、讀靖康僉言：河廣才堪一葦航。【汎輕航】曹植、離友：涉浮濟兮汎輕航。【詎能航】陰鏗、渡青草湖：一葦詎能航。【無舟航】韓愈、此日足可惜一首贈張籍：欲過無舟航。

## 亡

【已亡】韓愈、此日足可惜一首贈張籍：純粹古已亡。李商隱、贈送前劉五經映三十四韵：玆基遂已亡。【死亡】曹操、蒿里行：萬姓以死亡。【存亡】杜甫、得舍弟消息：久念與存亡。【消亡】蘇軾、十月十六日記所見：百種變怪旋消亡。【奔亡】李白、出自薊北門行：　種落自奔亡。【破亡】蔡琰、悲憤詩：所向悉破亡。【悼亡】李商隱、屬疾：安仁復悼亡；李商隱、赴職梓潼留別畏之員外同年：柿葉翻時獨悼亡。【散亡】蘇軾、詩：百金購書收散亡。【厚亡】李商隱、故番禺侯以贓罪致不辜：玆身亦厚亡。【存與亡】劉琨、扶風歌：安知存與亡。【竟兩亡】蘇軾、和劉道原詠史：臧穀雖殊竟兩亡。【秦先亡】陸游、雨中繫舟戲作短歌：但恨不見秦先亡。【國便亡】李商隱、北齊二首：一笑相傾國便亡。

## 狼

【虎狼】陸游、雨中繫舟戲作短歌：悲哉秦人眞虎狼。【豺狼】杜甫、寄高岑三十韵：肉瘦怯豺狼。【北射狼】杜牧、奉和白相公：不假星弧北射狼。

## 牀

亦作床。【在牀】韓愈、此日足可惜一首贈張籍：徒展轉在牀。【君牀】杜甫、新婚別：席不煖君牀。【胡牀】李白、夜飲懷古：乘興坐胡牀。【秋牀】王安石、葛溪驛：　一燈明滅照秋牀。【倚牀】李白、去婦詞：小姑纔倚牀。【登牀】杜甫、鬪雞：舞馬既登牀。【銀牀】李白、贈別舍人弟臺卿之江南：一葉飛銀牀。【御牀】薛逢、宮詞：袍袴宮人掃御牀。【藜牀】杜甫、元日示宗武：衰病只藜牀。【繩牀】陳與義、陪粹翁舉酒：聊從地主借繩牀。【石作牀】蘇軾、登雲龍山：岡頭醉倒石作牀。【西閣牀】無名氏、木蘭詩：坐我西閣牀。【坐滿牀】王安石、送程公闢守洪州：醽醁喧呼坐滿牀。【空堆床】蘇東坡、贈寫御容妙善師：黃金白璧空堆床。【空餘牀】李白、長相思：美人去後空餘牀。【淚滿牀】杜甫、題瀼西新賃草屋：中賓淚滿牀。【黃金床】李白、秦女卷衣：敢拂黃金床。【移近牀】韓愈、短燈檠歌：搔頭頻挑移近牀。【紫金牀】李商隱、赴職梓潼留別畏之員外同年：雕文羽帳紫金牀。【照我床】曹丕、燕歌行：明月皎皎照我床。【解滿牀】杜甫、又示宗武：攤書解滿牀。【碧牙牀】李商隱、細雨：簟卷碧牙牀。【簟竟牀】李商隱、五十二兄與畏之員外相訪見招小飲：欲拂塵時簟竟牀。【讀書牀】杜甫、寄高岑三十韻：花嶼讀書牀。

## 康

【小康】李商隱、贈送前劉五經映三十四韻：西遷冀小康。【樂且康】白居易、法曲：開元之人樂且康。

## 方

【一方】王安石、送程公闢守洪州：豈得跨有此一方；陳師道、和晚登白門：表裏山河自一方。【四方】白居易、時世妝：出自城中傳四方。【他方】曹丕、燕歌行：君何淹留寄他方。【何方】陶潛、擬古九首：遊魂在何方；杜甫、贈衞八處士：問我來何方。【東方】李商隱、天津西望：翠華無日到東方。【奇方】曹植、五遊：羨門進奇方。【炎方】李商隱、即日：曾不異炎方。【南方】韓愈、此日足可惜一首贈張籍：孟君自南方。【故方】曹丕、雜詩：綿綿思故方；無名氏、別詩：游子戀故方。【迷方】李白、秋日登揚州西靈塔：於此照迷方。【朔方】曹植、送應氏二首：我友之朔方；李白、北上行：烽火連朔方。杜甫、送靈州李判官：神兵動朔方。【殊方】杜甫、雙燕：吾亦誰殊方。【異方】杜甫、寄高岑三十韻：雲端各異方；李商隱、夜飲：開筵屬異方。【無方】蘇軾、留別寶覺圓通二長老：醫治外物本無方。【不死方】李白、贈別舍人弟臺卿：口傳不死方。【天一方】劉細君、悲愁歌：吾家嫁我兮天一方。【兎殊方】李商隱、屬疾：何日兎殊方。【向秋方】謝莊、懷園行：延翮向秋方。【荒草方】陶潛、挽歌詩：今宿荒草方。【越人方】蘇軾、和劉道原詠史：桓侯初笑越人方。【無比方】白居易、牡丹芳：雜世亂花無比方。【隔兩方】謝脁、贈西府同僚：何況隔兩方。【道義方】阮籍、詠懷：復說道義方。

## 漿

【滯遠方】杜甫、元日示宗武：迢迢滯遠方。【辟穀方】王維、春日上方卽事：時看辟穀方。【天漿】韓愈、調張籍：舉瓢酌天漿。【酒漿】杜甫、贈衞八處士：兒女羅酒漿；王安石、送程公闢守洪州：鄉人出郭航酒漿。【椒漿】李商隱、張惡子廟：下馬捧椒漿。【瓊漿】李白、古風：玉杯賜瓊漿。【沆瀣漿】曹植、五遊：漱我沆瀣漿。【冰寒漿】李商隱、柳枝五首：碧玉冰寒漿。【零露漿】李白、北上行：飢飲零露漿。

## 觴

【一觴】李白、短歌行：勸龍各一觴；王安石、送程公闢守洪州：迎吏乃前持一觴。【十觴】杜甫、贈衞八處士：一舉累十觴。【千觴】李白、贈劉都使：一日傾千觴。【玉觴】李白、寄上吳王：閒聞進玉觴。【空觴】陶潛、挽歌詩：今但湛空觴。【壺觴】李白、早春寄王漢陽：與君連日醉壺觴。【稱觴】杜甫、元日示宗武：獻壽更稱觴。【餘觴】李白、陪宋中丞武昌夜飲懷古：懷古醉餘觴。【九醞觴】陸游、遊仙：獨賜流霞九醞觴。【不盡觴】曹植、送應氏二首：置飲不盡觴。【飲此觴】蘇軾、十月十六日記所見：天寒欲雪飲此觴。

## 梁

【大梁】李商隱、偶成轉韵七十二句贈四同舍：臘月大雪過大梁；王安石、送程公闢守洪州：纓旄脫盡歸大梁。【川梁】杜甫、成都府：側身望川梁。【朱梁】元好問、讀靖康僉言：規模何必罪朱梁。【雕梁】李商隱、華山題王母祠：蓮華峯下鎖雕梁。【屋梁】李商隱、初起：不爲離人照屋梁。【飛梁】鮑照、自薊北門行：魚貫度飛梁；李白、擬古：風捲遶飛梁。【魚梁】李白、秋浦歌：江祖出魚梁。【黃梁】杜甫、贈衞八處士：新炊間黃梁。【畫梁】李白、秋日登揚州西靈塔：三天接畫梁。【華梁】曹植、元會：仰瞻華梁。【銅梁】王維、送李員外賢郎：負米上銅梁。【川無梁】曹植、贈白馬王彪：欲濟川無梁。【客遊梁】王維、成文學：謝病客遊梁。【玳瑁梁】沈佺期、古意：海燕雙棲玳瑁梁。【深無梁】無名氏、古詩步出城東門：河水深無梁。

## 娘

【泰娘】蘇軾、蘇州雨中飲酒：駐馬橋邊問泰娘。

## 莊

【老莊】李商隱、贈送前劉五經：他鑣並老莊。【謝莊】李商隱、漫成三首：延年毀謝莊。【潭北莊】杜甫、懷錦水居止：百花潭北莊。

## 黃

【玄黃】曹植、元會：黼黻玄黃。【未黃】韋應物、答鄭騎曹青橘絕句：試摘猶酸亦未黃。【流黃】沈佺期、古意：更教明月照流黃。【欲黃】王維、春日直門下省早朝：宮門柳欲黃。【傳黃】杜甫、豎子至：梅杏半傳黃。【蒼黃】杜甫、新婚別：形勢反蒼黃。【菊黃】杜甫、樹間：同時待菊黃。【十里黃】韓愈、此日足可惜一首贈張籍：夜濟十里黃。【大麥黃】李頎、送陳章甫：四月南風大麥黃。【日月黃】杜甫、送靈州李判官：氛迷日月黃。【未全黃】李商隱、歸墅：鄧橘未全黃。【玄以黃】曹植、贈白馬王彪：我馬玄以黃。【片片黃】杜甫、寄高岑三十韵：洮雲片片黃。【自夜黃】左思、雜詩：綠葉自夜黃。【秋葉黃】王昌齡、長信秋詞：金井梧桐秋夜黃。【草木黃】杜甫、鬥雞：清秋草木黃。【貼花黃】無名氏、木蘭詩：對鏡貼花黃。【野菊黃】蘇軾、捕蝗至浮雲嶺：熠熠溪邊野菊黃。【捧額黃】李商隱、蝶三首：八字宮眉捧額黃。【雲水黃】蘇軾、十月十六日記所見：風高月暗雲水黃。【蜂印黃】李商隱、贈子直花下：密油蜂印花。【綬仍黃】李頎、寄綦毋三：新加大邑綬仍黃。【橘柚黃】李白、秋日登揚州西靈塔：霜催橘柚黃。【鷄子黃】無名氏、西鳥夜飛：團團鷄子黃。【藉蜂黃】李商隱、酬崔八早梅有贈兼示之作：幾時塗額藉蜂黃。【曛日黃】杜甫、懷錦水居止：錦城曛日黃。【隴葉黃】李商隱、贈送前劉五經映三十四韵：蟬休隴葉黃。【鬢兒黃】李商隱、崇讓宅東亭醉後沔然有作：無人鬢兒黃。【冶冶黃】李商隱、菊：融融冶冶黃。

## 倉

【太倉】韓愈、和送盤谷子詩：無異雀鼠偷太倉。

## 皇

【三皇】李商隱、贈送前劉五經映：直自呰三皇。【上皇】李白、古風：稽首祈上皇。【軒皇】陶潛、讀山海經：見重我軒皇。【紫皇】李賀、李憑箜篌引：二十三絲動紫皇；陸游、遊仙：初珥舍貂謁紫皇。【秦皇】蘇軾、樓觀：强修遺廟學秦皇。【漢皇】韓偓、召對：唯用詼諧侍漢皇。【鳳皇】韓愈、岐山下二首：其名爲鳳皇；李商隱、丹邱：幾對梧桐憶鳳皇。

## 裝

【治裝】王安石、送程公闢守洪州：使君謝吏趣治裝。【厚裝】孟浩然、閨情：防寒更厚裝。

【珠玉裝】杜甫、蕃劍：又非珠玉裝。【歇金裝】李白、洗脚亭：行人歇金裝。【翡翠裝】李商隱、效徐陵體贈更衣：溫幃翡翠裝。

## 殤

【夭殤】韓愈、此日足可惜一首贈張籍：百口無夭殤。

## 襄

【織女襄】韓愈、調張籍：不著織女襄。

## 驤

【馬繁驤】曹植、離友：載車奔兮馬繁驤。【仰天驤】曹植、五遊：六龍仰天驤。

## 湘

【三湘】李白、自漢陽病酒歸寄王明府：歌吟淥水動三湘。【沈湘】蘇軾、次韻刁景純賞瑞香花：好紉幽佩弔沈湘；蘇軾、送李供備席上和李詩：風騷分付與沈湘。【瀟湘】杜牧、西江懷古：上呑巴漢控瀟湘；李商隱、夜意：魂夢過瀟湘；杜甫、即事：虛無只少對瀟湘。

## 廂

【東廂】曹植、五遊：群谷集東廂。

## 箱

【入箱】韓愈、和送盤谷子詩：借車載過水入箱。【玉箱】李商隱、和張秀才落花有感：仙歸勒玉箱。【提履箱】蕭衍、河中之水歌：平頭奴子提履箱。

## 創

通作瘡。【隴右創】杜甫、遣悶：兵戈隴右創。【惡生瘡】白居易、大行路：好生毛羽惡生瘡。

## 忘

【勿忘】無名氏、焦仲卿妻：戒之愼勿忘。【見忘】吳均、行路難：帝王見賞不見忘。【相忘】陳師道、和晩登白門：江湖安得便相忘；無名氏、焦仲卿妻：嬉戲莫相忘。【不可忘】傅玄、車遙遙篇：追思君兮不可忘。【不能忘】韓愈、此日足可惜一首贈張籍：念之不能忘；劉徹、秋風辭：懷佳人兮不能忘。【不敢忘】曹丕、燕歌行：憂來思君不敢忘。【形迹忘】韋應物、郡齋雨中燕集：性達形迹忘。【兩都忘】蘇軾、薄薄酒：是非憂樂兩都忘。【耿難忘】杜甫、遣悶：故國耿難忘。【豈能忘】李商隱、五十二兄與畏之員外相訪見招：在家嬌女豈能忘。【筆已忘】蘇軾、贈寫御客妙善師：覺來信手筆已忘。【興難忘】李商隱、贈送前劉五經映：白首興難忘。

## 芒

【光芒】杜甫、蕃劍：每夜吐光芒；元好問、讀靖康僉言：長星無用出光芒。【眇芒】韓愈、桃源圖：神仙有無何眇芒；韓愈、和送盤谷子詩：坐令再往之計墮眇芒。【精芒】李白、出自薊北門行：胡星耀精芒。【豪芒】韓愈、調張籍：太山一豪芒。【翻芒】韓愈、此日足可惜一首贈張籍：星宿爭翻芒。

## 望

【所望】韓愈、此日足可惜一首贈張籍：往往副所望。【相望】宋祁、落花：青樓烟雨忍相望；杜甫、陳師道、和晚登白門：重門傑觀屹相望。【何所望】蕭衍、河中之水歌：人生富貴何所望。【無復望】韓愈、贈鄭兵曹：戢鱗委翅無復望。【遙相望】曹丕、燕歌行：牽牛織女遙相望。【鬱相望】王安石、送程公闢守洪州：雄樓傑屋鬱相望。

## 嘗

【可嘗】王安石、送程公闢守洪州：勝兵可使酒可嘗；韓愈、重雲一首李觀疾贈之：肉食安可嘗。【見嘗】韋應物、郡齋雨中燕集：蔬果幸見嘗。【足嘗】韓愈、此日足可惜一首贈張籍：此酒不足嘗。【應嘗】杜甫、寄高岑三十韵：丹橘露應嘗。【小姑嘗】王建、新嫁娘詞：先遣小姑嘗。【及新嘗】杜甫、豎子至：野露及新嘗。【不得嘗】李商隱、有感：一醆芳醪不得嘗。【自在嘗】蘇軾、病中遊祖塔院：借與匏樽自在嘗。

## 檣

【危檣】陰鏗、渡青草湖：度鳥息危檣。【逐去檣】杜甫、多晚送長孫漸舍人歸州：銷魂逐去檣。【避烏檣】杜甫、遣悶：城日避烏檣。

## 坊

【跨坊】蘇軾、次韻李邦直感舊：騶騎傳呼出跨坊。【解玉坊】李商隱、韓翃舍人即事：應官解玉坊。

## 囊

【香囊】無名氏、焦仲卿妻：四角垂香囊。【探囊】李商隱、贈送前劉五經映三十四韵：法制困探囊。【錐囊】杜甫、遣悶：穎脫撫錐囊。【紫羅囊】杜甫、又示宗武：英羨紫羅囊。【賭佩囊】李商隱、寄懷韋蟾：少傅臨岐賭佩囊。【蘭麝囊】白居易、牡丹芳：當風不結蘭麝囊。

## 郎

【女郎】無名氏、木蘭村：不知木蘭是女郎。【清郎】李商隱、贈子直花下：侍史從清郎。【陸郎】李商隱、對雪二首：腸斷斑騅送陸郎。【臺郎】李頎、寄綦毋三：看君幾歲作臺郎。【諸郎】蘇軾、送呂希道知和州：毛骨往往傳諸郎。【白石郎】李商隱、玄微先生：棋函白石郎。【白首郎】杜甫、元日示宗武：名慚白首郎。【本無郎】李商隱、無題二首：小姑居處本無郎。【白髮郎】蘇軾、贈寫御客妙善師：謂是先帝白髮郎。【羽林郎】王維、少年行：出身仕漢羽林郎。【豪家郎】白居易、牡丹芳：香衫細馬豪家郎。【何郡郎】杜甫、十二月一日三首：打鼓發船何郡郎。【冶遊郎】李商隱、蝶三首：不知身屬冶遊郎。【孝廉郎】李商隱、贈送前劉五經映三十四韵：貢絕孝廉郎。【尚書郎】杜甫、憶昔：老儒不用尚書郎。【拜夕郎】王維、春日直門下省早朝：天書拜夕郎。【童子郎】王維、送李員外賢郎：知爲童子郎。【綠髮郎】黃庭堅、送張材翁赴秦簽：乃是樽前綠髮郎。【繡衣郎】元好問、送奉先從軍：功名都屬繡衣郎。

## 唐

【高唐】李商隱、席上作：　淡雲輕雨拂高唐。【荒唐】杜牧、西江懷古：苻堅投箠更荒唐；韓愈、桃源圖：桃源之說何荒唐。【虞唐】韓愈、贈唐衢：坐令四海如虞唐。【歸唐】杜甫、寄高岑三十韻：諄俗本歸唐。【果禪唐】李商隱、贈送前劉五經映：隋師果禪唐。

## 狂

【如狂】韓愈、此日足可惜一首贈張籍：忽忽心如狂。【佯狂】李商隱、贈送前劉五經映三十四韵：歌鳳更佯狂。【風狂】韓愈、此日足可惜一首贈張籍：百歲如風狂。【若狂】白居易、牡丹芳：一城之人皆若狂。【酒狂】蘇軾、送劉道原歸覲南康：有似不飲觀酒狂。【清狂】李商隱、無題二首：未妨惆悵是清狂。【欲狂】陳與義、陪粹翁舉酒：酒味撩人我欲狂。【猖狂】杜甫、寄高岑三十韵：胡羯漫猖狂。【楚狂】杜甫、遣悶：過逢類楚狂。【漫狂】蘇軾、長江絕島圖：舟中賈客莫漫狂。【顛狂】韓愈、　和送盤谷子詩：遠憶盧老詩顛狂。【少時狂】陸游、建安遺興：綠沈金鎖少時狂。【自笑狂】蘇軾、張子野年八十五尚聞買妾：錦里先生自笑狂。【忽一狂】李商隱、天津西望：虜馬崩騰忽一狂。【風助狂】王安石、送程公闢守洪州：老蛟戲水風助狂。【接輿狂】蘇軾、和劉道原詠史：仲尼憂世接輿狂。【發近狂】李商隱、崇讓宅東亭醉後沔然有作：仙標發近狂。【喜欲狂】杜甫、聞官軍收河南河北：漫卷詩書喜欲狂。【愛花狂】陸游、蔬圃絕句：嬾隨年少愛花狂。【歇盡狂】陸游、小園：歷盡危機歇盡狂。

## 强

【自强】蔡琰、悲憤詩：擁主以自强；杜甫、遣興：英雄徒自强。【姦强】蘇軾、送劉道原歸南康：聊借舊史誅姦强。【富强】李商隱、贈送前劉五經映：區區務富强。【鬪强】李商隱、效徐陵體贈更衣：宮眉正鬪强。【一秋强】杜甫、別常徵君：臥病一秋强。【千丈强】韓愈、聽穎師彈琴：失勢一落千丈强。【百千强】無名氏、木蘭詩：賞賜百千强。【百二强】杜牧、題青雲館：天府由來百二强。【鬥身强】杜甫、寄高岑三十韻：客子鬥身强。【財賦强】韋應物、郡齋雨中燕集：豈曰財賦强。【萬里强】李商隱、玄微先生：龍沙萬里强。【羨其强】杜甫、遣興：不須羨其强。

## 腸

【中腸】李白、北上行：悲號絕中腸；杜甫、贈衞八處士：驚呼熱中腸；杜甫、新婚別：沈痛遷中腸。【肝腸】李白、越女詞：白地斷肝腸。【思腸】曹丕、燕歌行：念君客游多思腸。【迴腸】李商隱、初起：五更鐘後更迴腸；李商隱、留贈畏之：左川歸客自迴腸。【胸腸】蘇軾、送呂希道知和州：坐受塵土堆胸腸。【斷腸】李白、採蓮曲：見此踟躕空斷腸；李白、清平調：雲雨巫山枉斷腸；高適、人日寄杜二拾遺：梅花滿枝空斷腸；白居易、牡丹芳：　凝思怨人如斷腸。【九迴腸】柳宗元、登柳州城樓：江流曲似九迴腸。【凶蟇腸】韓愈、月蝕詩：　可刳凶蟇腸。【回雨腸】王安石、送程公闢守洪州：談笑指麾回雨腸。【湯餅腸】黃庭堅、謝送碾賜壑源揀芽：不慣腐儒湯餅腸。【置我腸】韓愈、聽穎師彈琴：無以冰炭置我腸。【愁我腸】阮籍、詠懷：姿態愁我腸。【劇羊腸】杜牧、題青雲館：虬蟠千仞劇羊腸。【斷人腸】陶潛、雜詩：憶此斷人腸。【斷猿腸】李商隱、即日：著處斷猿腸。

## 康

【小康】李商隱、贈送前劉五經映：西遷冀小康。【杜康】曹操、短歌行：惟有杜康。【甯康】韓愈、重雲一首李觀疾贈之：身體豈甯康。【時俗康】韓愈、岐山下二首：但知時俗康。【海縣康】李白、獄中上崔相渙：再欣海縣康。【斯民康】韋應物、郡齋雨中燕集：未瞻斯民康。

## 岡

【山岡】韓愈、條山蒼：松柏在山岡。【北岡】蘇軾、景純見和復次韵贈之：千柱眈眈瑣北岡。【高岡】曹植、贈白馬王彪：改轍登高岡；韓愈、岐山下二首：此鳥鳴高岡。【澗岡】韓愈、此日足可惜一首贈張籍：出入行澗岡。【白草岡】蘇軾、子玉家宴用前韻：日在西南白草岡。【柏在岡】蘇軾、景純復以二篇：　鬱鬱誰知柏在岡。【茅山岡】李白、白溧水道哭王炎：閉骨茅山岡。【黃茆岡】蘇軾、至壽州：　短棹未轉黃茆岡。【替戾岡】蘇軾、景純復以二篇：愼莫樽前替戾岡。【萬松岡】蘇軾、景純見和復次韵贈之：爲翁栽插萬松岡。【翠崖岡】蘇軾、同柳子玉遊鶴林：一聲吹裂翠崖岡。【賦陟岡】蘇軾、寄璋道人：何用區區賦陟岡。

## 蒼

【巳蒼】杜甫、贈衞八處士：鬢髮各巳蒼。【昊蒼】曹植、五遊：倏忽造昊蒼。【彼蒼】杜甫、遣悶：端憂問彼蒼。【穹蒼】李白、出自薊北門行：殺氣凌穹蒼；李白、北上行：巉巖凌穹蒼。【天蒼蒼】無名氏、敕勒歌：天蒼蒼。【夜蒼蒼】謝脁、贈西府同僚：寒渚夜蒼蒼。【蜀山蒼】元好問、送奉先從軍：倚天長劍蜀山蒼。【樹木蒼】杜甫、成都府：季冬樹木蒼。【鱗鬣蒼】王安石、送程公闢守洪州：西山蟠繞鱗鬣蒼。【鬢眉蒼】蘇軾、張子野年八十五尚聞買妾：莫歎九尺鬢眉蒼。【鬢未蒼】蘇軾、送劉道原歸覲南康：挂冠兩紀鬢未蒼。【鬱蒼蒼】曹植、贈白馬王彪：山樹鬱蒼蒼。

## 荒

【八荒】韓愈、調張籍：捕逐出八荒。【大荒】柳宗元、登柳州城樓：城上高樓接大荒。【久荒】韓愈、此日足可惜一首贈張籍：仁義路久荒。【北荒】李白、出自薊北門行：虜陣橫北荒。【遐荒】曹植、五遊：遊目歷遐荒。【半巳荒】蘇軾、園中得黃耳蕈：落葉空畦半巳荒。【自鉏荒】黃庭堅、叔父釣亭：四圍春草自鉏荒。【宅八荒】李商隱、題漢祖廟：乘運應須宅八荒。【跡未荒】李商隱、贈送前劉五經映：先生跡未荒。【歲巳荒】元好問、再到新衞：蝗旱相仍歲巳荒。【頹鴻荒】李白、上雲樂：半路頹鴻荒。

## 遑

【遑遑】韓愈、贈鄭兵曹：君何爲乎亦遑遑。

## 行

【太行】王安石、送程公闢守洪州：又驅傳馬登太行；韓愈、和送盤谷子詩：誰把長劍倚太行。【成行】杜甫、贈衞八處士：兒女忽成行。【同行】杜甫、寄高岑三十韵：沈鮑得同行。【周行】韓愈、贈鄭兵曹：當今賢俊皆周行。【無行】杜甫、多晚送長孫漸舍人歸州：風逆雁無行。【雁行】曹操、蒿里行：躊躇而雁行。【十二行】蕭衍、河中之水歌：頭上金釵十二行。【不成行】蘇軾、贈張刁二老：金釵零落不成行。【玉輦行】李白、秋夜獨坐懷故山：出陪玉輦行。【百餘行】無名氏、焦仲卿妻：涕落百餘行。【自作行】蘇軾、次韵刁景純賞瑞香花：上苑夭桃自作行。【森已行】李白、出自薊北門行：戎車森已行。【淚成行】李白、洗脚亭：回首淚成行。【淚數行】杜甫、元日示宗武：高歌淚數行；杜牧、華清宮：一曲淋鈴淚數行。【飲且行】蘇軾、韓幹馬十四匹：後有八匹飲且行。【鴛鷺行】杜甫、題瀼西新賃草屋：空慚鴛鷺行。【隨朝行】韓愈、和送盤谷子詩：十年蠢蠢隨朝行。

## 妨

【不妨】杜甫、即事：燕子銜泥溼不妨。【出處妨】杜甫、寄高岑三十韵：於今出處妨。【兩相妨】李商隱、有感：古來才命兩相妨。【訐直妨】李商隱、贈送前劉五經映：深憂訐直妨。

## 棠

【海棠】陳與義、陪粹翁舉酒：暮雨霏霏溼海棠。

## 翔

【來翔】韓愈、岐山下二首：遲爾一來翔。【廻翔】李白、擬古：棲鳥起廻翔。【高翔】韓愈、重雲一首李觀疾贈之：鸞鳳本高翔；曹植、送應氏二首：施翮起高翔。【鳧翔】韓愈、此日足可惜一首贈張籍：決若驚鳧翔。【翺翔】杜甫、寄高岑三十韵：半刺已翺翔。【雙翔】杜甫、新婚別：大小必雙翔。【朱鳥翔】王安石、送程公闢守洪州：拂天高閣朱鳥翔。【百鳥翔】韓愈、調張籍：使看百鳥翔。【風雲翔】李白、自溧水道哭王炎：義與風雲翔。【浮雲翔】無名氏、別詩四首：仰視浮雲翔。【淩風翔】韋應物、郡齋雨中燕集：意欲淩風翔。【晨雁翔】左思、雜詩：嗷嗷晨雁翔。【獨南翔】曹丕、雜詩：孤雁獨南翔。【獨翺翔】曹植、鬥雞：扉翼獨翺翔。

## 良

【忠良】鮑照、自薊北門行：世亂識忠良。【惟良】曹植、元會：吉日惟良。【無良】李商隱、贈送前劉五經映：一字貶無良。【儁良】王安石、送程公闢守洪州：鄙州歷選多儁良。【賢良】韓愈、贈唐衢：當今天子急賢良。【計亦良】蘇軾、和劉道原詠史：日飲無何計亦良。【盛材良】杜甫、送靈州李判官：幕府盛材良。

## 颺

【飄颺】宋子侯、董嬌饒：花落何飄颺。【清蒲颺】王維、鸕鷀堰：復出清蒲颺。

## 倡

同娼。【仙倡】李白、上雲樂：東來進仙倡。【名倡】王安石、送程公闢守洪州：輕裾利屣列名倡。【下蔡倡】李商隱、夜思：今多下蔡倡。

## 倀

【倀倀】李商隱、贈送前劉五經映：幽室竟倀倀。

羌

【西羌】杜甫、憶昔：致使岐雍防西羌。【胡羌】蔡琰、悲憤詩：來兵皆胡羌。

慶

【餘慶】白居易、法曲：積德重熙有餘慶。

薑

【白芽薑】蘇軾、園中得黃耳蕈：故人兼致白芽薑。

疆

【無疆】曹植、五遊：延壽保無疆；白居易、法曲：堂堂之慶垂無疆。【舊疆】曹植、贈白馬王彪：逝將歸舊疆。【邊疆】寄高岑三十韻：蠢室在邊疆。【土我疆】韓愈、岐山操：將土我疆。【天南疆】王安石、送程公闢守洪州：翾然出走天南疆。【徐南疆】韓愈、此日足可惜贈張籍：乃及徐南疆。

萇

【姚萇】李商隱、張惡子廟：獨自與姚萇。

糧

【粳糧】陶潛、雜詩：但顧飽粳糧。【裹糧】杜甫、寄高岑三十韻：論文暫裹糧。【餘糧】韓愈、此日足可惜一首贈張籍：盎中有餘糧。

穰

【穰穰】王安石、送程公闢守洪州：漂田種秔出穰穰。

將

【可將】王維、送李員外賢郎：歸來幸可將。【取將】韓愈、調張籍：雷電下取將。【相將】杜甫、十二月一日三首：楚客唯聽棹相將。【胡將】無名氏、木蘭詩：出郭相胡將。【寄誰將】孟浩然、閨情：知欲寄誰將。【遠可將】蘇軾、和子由木山引水二首：江上枯槎遠可將。

牆

【牙牆】王安石、送程公闢守洪州：大舟如山起牙牆。【女牆】杜甫、上白帝城：樓高更女牆。【紅牆】李商隱、代應：本來銀漢是紅牆。【苑牆】李商隱、天津西望：滿眼秋波出苑牆。【粉牆】李商隱、對雪二首：旋撲珠簾過粉牆。【短牆】白居易、井底引銀瓶：妾弄青梅倚短牆。【頹牆】十月十六日記所見：疾雷一聲如頹牆。【隱牆】李商隱、判春：窺時不隱牆；杜甫、薄遊：團團日隱牆。【面正牆】李商隱、贈送前劉五經映：皆如面正牆。【數仞牆】李商隱、故番禺侯以贓罪致不幸：空餘數仞牆。【氈爲牆】劉細君、悲愁歌：空廬爲室兮氈爲牆。【薜荔牆】柳宗元、登柳州城樓：密雨斜侵薜荔牆。

桑

【扶桑】李白、上雲樂：東溟植扶桑；李商隱、玄微先生：呑日倚扶桑；蘇軾、贈寫御容妙善師：但見曉色開扶桑。【陌桑】李白、夜別張五：琵琶彈陌桑。【枯桑】李白、贈別舍人弟臺卿之江南：古貌成枯桑。【耕桑】陸游、小園：殘年惟有付耕桑。【栽桑】李商隱、華山題王母祠：勸栽黃竹莫栽桑。【農桑】白居易、牡丹芳：元和天子憂農桑。【百株桑】杜牧、題青雲館：水苗三頃百株桑。【陌上桑】張仲素、春閨思：青青陌上桑。【海生桑】韓偓、召對：歸來秉恐海生桑。

## 剛

【力方剛】王安石、送程公闢守洪州：非君才高力方剛。

## 祥

【不祥】蔡琰、悲憤詩：欲共討不祥。【天降祥】白居易、牡丹芳：邮下動天天降祥。【推何祥】蘇軾、十月十六日記所見：論說黑白推何祥。

## 詳

【可詳】韓愈、此日足可惜一首贈張籍：沙水不可詳。【君所詳】無名氏、焦仲卿妻：又非君所詳。

## 洋

【汪洋】韋應物、郡齋雨中燕集：群彥今汪洋。【洋洋】蘇軾、送呂希道知和州：美哉河水空洋洋；白居易、法曲：政和世理音洋洋；傅玄、車遙遙篇：車遙遙兮馬洋洋。

## 量

【一概量】韓愈、讀皇甫湜公安園池詩：但以一概量。【不可量】無名氏、焦仲卿妻：人事不可量；陶潛、雜詩：盛衰不可量。【不自量】韓愈、調張籍：可笑不自量。【忖情量】孟浩然、閨情：以意忖情量。

## 粱

【稻粱】王安石、送程公闢守洪州：炰鼈鱠魚炊稻粱。【黃粱】杜甫、贈衛八處士：新炊間黃粱。

## 羊

【牛羊】無名氏、敕勒歌：風吹草低見牛羊。【亡羊】蘇軾、薄薄酒：夷齊盜跖俱亡羊。【虎皮羊】李商隱、贈送前劉五經映三十四韵：貪竊虎皮羊。【豬羊】蘇軾、送劉道原歸覲南康：喜動鄰里烹豬羊；無名氏、木蘭詩：磨刀霍霍向豬羊。

## 傷

【心傷】無名氏、焦仲卿妻：嗟歎使心傷。【內傷】曹植、贈白馬王彪：引情領內傷。【可傷】杜甫、寄高岑三十韵：前賢命可傷；蘇軾、樓觀：閱世如流事可傷。【死傷】韓愈、岐山操：誰使死傷。【自傷】秦韜玉、貧女：擬託良媒亦自傷；宋祁、落花：墜素翻紅各自傷。【何傷】

韓愈、猗蘭操：於蘭何傷。【相傷】李商隱、漫成三首：名譽底相傷。【哀傷】杜甫、成都府：我何苦哀傷。【堪傷】李商隱、北齊二首：何勞荆棘始堪傷。【悲傷】李白、古風：造化爲悲傷。【憐傷】陶潛、擬古九首：亦復可憐傷。【憂傷】韓愈、重雲一首李觀疾贈之：君子惟憂傷。【謗傷】韓愈、調張籍：那用故謗傷。【令我傷】韓愈、此日足可惜一首贈張籍：奄忽令我傷。【羽毛傷】杜甫、題瀼西新賃草屋：風逆羽毛傷。【故舊傷】杜甫、聞高常侍亡：祇令故舊傷。【神內傷】杜甫、惜別行：不覺老夫神內傷。【逮可傷】李商隱、贈送前劉五經映：焚坑逮可傷。【遊子傷】李白、南陽送客：偏令遊子傷。【摧且傷】徐幹、皇恩：中心摧且傷。【颯凋傷】李白、出自薊北門行：旌旗颯凋傷。【艷歌傷】江淹、望荆山：再使艷歌傷。

## 湯

【金湯】王安石、送程公闢守洪州：下視城塹眞金湯。【羹湯】王建、新嫁娘詞：洗手作羹湯。

## 漳

【清漳】李商隱、夜飲：淹臥劇清漳。

## 鼙

【猿與鼙】蘇軾、贈寫御容妙善師：肯顧草間猿與鼙。

## 璋

【珪璋】阮籍、詠懷：磬折執珪璋。

## 猖

【披猖】韓愈、此日足可惜一首贈張籍：詭怪相披猖。

## 鋩

【劍鋩】蘇軾、郭祥正家醉書：兩首新詩爭劍鋩。

## 商

【卜商】李商隱、贈送前劉五經映：兩河重卜商。【宮商】曹植、鬬雞：清聽屢宮商。【清商】曹丕：燕歌行：援琴鳴弦發清商。【參商】白居易、太行路：豈期牛女爲參商。【萬商】王安石、送程公闢守洪州：沈檀珠犀雜萬商。【往來商】杜牧、西江懷古：好風惟屬往來商。【宮應商】黃庭堅、秋懷：風撼篔簹宮應商。【參與商】杜甫、贈衞八處士：動如參與商。

## 防

【遮防】蘇軾、十月十六日記所見：迅駛不復容遮防。【大爲防】李商隱、贈送前劉五經映三十四韵：還要大爲防。

## 筐

【滿筐】韓愈、和送盤谷子詩：有饋木蕨芽滿筐。

## 煌

【煌煌】白居易、牡丹芳：百枝絳焰燈煌煌；蘇軾、陪歐陽公讌西湖：芙蓉晚菊爭煌煌；李商隱、偶成轉韵七十二句：高車大馬來煌煌。【煒煌】韓愈、此日足可惜一首贈張籍：章句何煒煌。

## 篁

【絲篁】韓愈、聽潁師彈琴：未省聽絲篁。

## 隍

【池隍】李商隱、題漢祖廟：男兒安在戀池隍。

## 凰

【鳳凰】李商隱、赴職梓潼留別畏之員外同年：佳兆聯翩遇鳳凰；王維、秋夜卽事：同看舞鳳凰；李商隱、留贈畏之：侍女吹笙弄鳳凰。

## 徨

【彷徨】無名氏、焦仲卿妻：寡婦起彷徨；曹丕、雜詩：披衣起彷徨；韓愈、此日足可惜一首贈張籍：遶壁行彷徨。

## 璜

【佩璜】韓愈、城南聯句：鵝昉截佩璜。

## 廊

【日照廊】蘇軾、十月十六日記所見：坐定已復日照廊。【光照廊】蘇軾、贈寫御容妙善師：絳紗玉斧光照廊。【動修廊】陸游、　寺居睡覺二首：忽聞魚鼓動修廊。

## 浪

【滄浪】杜甫、魏十四侍御就敝廬相別：書疏及滄浪；黃庭堅、次韻答曹子方雜言：何時解纓濯滄浪；杜甫、狂夫：百花潭水卽滄浪。【浪浪】蘇軾、和劉道原詠史：窗前山雨夜浪浪；蘇軾、雨中遊觀音院：前山後山雨浪浪。【淋浪】蘇軾、捕蝗至浮雲嶺：尙能村醉舞淋浪。

## 網

【人網】曹植、離友：彼君子兮篤人網。【紀網】阮籍、詠懷：事物齊紀網；杜甫、憶昔：關中小兒壞紀網。【朝網】李商隱、贈送前劉五經映：安得振朝網。

## 喪

【相公喪】韓愈、此日足可惜一首贈張籍：正從相公喪。

## 糠

【糟糠】陶潛、雜詩：寒餒常糟糠。

## 簧

【笙簧】王安石、送程公闢守洪州：幽處往往聞笙簧；杜甫、成都府：吹簫間笙簧。

## 忙

【太忙】韓愈、調張籍：經營無太忙。【不忙】韓愈、和送盤谷子詩：物外日月本不忙。【匆忙】杜甫、新婚別：無乃太匆忙。【求忙】蘇軾、寄障道人：無閒底處更求忙。【奔忙】蘇軾、子玉家宴用前韻：愁魔得酒暫奔忙。【一夫忙】蘇軾、和子由木山引水：汲泉何愛一夫忙。【一日忙】李商隱、春日：共助青樓一日忙。【未肯忙】蘇軾、留別寶覺圓通二長老：晞髮東軒未肯忙。【打稻忙】陸游、十月苦蠅二首：村北村南打稻忙。【有底忙】李商隱、贈子直花下：尋思有底忙。【有閒忙】蘇軾、景純復以二篇仍次其韻：蠢分憂樂有閒忙。【那得忙】蘇軾、送劉道原歸覲南康：富貴在天那得忙。【空自忙】元好問、送奉先從軍：鼠目求官空自忙。【昔年忙】蘇軾、景純見和復次韻贈之：非才尤覺和詩忙。【受經忙】李商隱、贈送前劉五經映：掌故受經忙。【爲底忙】蘇軾、景純見和復次韻贈之：來往如梭爲底忙。【處處忙】陸游、小園：蠶月人家處處忙。【萬事忙】蘇軾、薄薄酒：百年瞬息萬世忙。【燕燕忙】蘇軾、張子野年八十五尚聞買妾：公子歸來燕燕忙。【鬭草忙】陸游、蔬圃絕句：且伴群兒鬭草忙。【濺客忙】蘇軾、同柳子玉遊鶴林：泉底眞珠濺客忙。

# 茫

【淼茫】孟浩然、送杜十四之江南：君去春江正淼茫。【茫茫】李白、草書歌行：落花飛雪何茫茫；杜甫、成都府：中原杳茫茫；柳宗元、登柳州城樓：海天愁思正茫茫；蘇軾、登雲龍山：仰看白雲天茫茫；元好問、讀靖康僉言：浚郊沙海浩茫茫。【混茫】杜甫、寄高岑三十韵：篇終接混茫；杜甫、灔滪堆：神功接混茫。【渺茫】白居易、長恨歌：一別音容兩渺茫；王安石、送程公闢守洪州：平湖灣塢煙渺茫；蘇軾、留別寶覺圓通二長老：顧我歸期尚渺茫。【微茫】韓愈、調張籍：晝思反微茫。【蒼茫】蘇軾、至壽州：故人久立烟蒼茫。

# 傍

【在傍】無名氏、西烏夜飛：憐歡故在傍。【道傍】李白、勞勞亭歌：蔓草離離生道傍。【金殿傍】李白、古風：遠身金殿傍。【哭我傍】陶潛、挽歌詩：親朋哭我傍。【華山傍】無名氏、焦仲卿妻：合葬華山傍。【趨路傍】元好問、再到新衞：不救飢寒趨路傍。

# 汪

【汪汪】蘇軾、和子由木山引水二首：窗前微月照汪汪。

# 臧

【有臧】韓愈、讀皇甫湜公安園池詩：糞壤豈有臧。【古所臧】王安石、送程公闢守洪州：地靈人傑古所臧。

# 琅

【琳琅】韓愈、調張籍：金薤垂琳琅。

## 當

【可當】李白、秦女卷衣：能來尚可當。【所當】韓愈、此日足可惜一首贈張籍：選試繆所當。【相當】韓愈、贈鄭兵曹：我材與世不相當。【不可當】杜甫、憶昔：出兵整肅不可當。【豈能當】李商隱、商於：橫戟豈能當。【暴難當】李商隱、贈送前劉五經映：盜跖暴難當。【險馬當】李白、橫江詞：牛渚由來險馬當。【職所當】韓愈、重雲一首李觀疾贈之：懼非職所當。

## 璫

【明月璫】無名氏、焦仲卿妻：耳著明月璫。【雙玉璫】李商隱、夜思：含情雙玉璫。

## 庠

【屬上庠】李商隱、贈送前劉五經映：與邦屬上庠。

## 裳

【衣裳】李白、北上行：嚴風裂衣裳；杜甫、聞官軍收河南河北：初聞涕淚滿衣裳。【沾裳】李白、古風：流淚空沾裳。【無裳】蘇軾、薄薄酒：勝無裳。【霑裳】王安石、送程公闢守洪州：無爲聽客欲霑裳。【霓裳】曹植、五遊：襲我素霓裳。【丹霞裳】李白、古風：夕披丹霞裳。【吹我裳】繁欽、定情詩：飄風吹我裳。【沾衣裳】江淹、望荊山：零淚沾衣裳。【征衣裳】杜甫、成都府：照我征衣裳。【畏服裳】李商隱、贈送前劉五經映三十四韵：狙公畏服裳。【詠霓裳】李商隱、留贈畏之：衆仙同日詠霓裳。【輕羅裳】李白、夜別張五：把酒輕羅裳。【嫁衣裳】秦韜玉、貧女：爲他人作嫁衣裳。【舞衣裳】李商隱、春日：新春催破舞衣裳。【薰衣裳】白居易、太行路：爲君薰衣裳。【舊時裳】無名氏、木蘭詩：著我舊時裳。【羅襦裳】杜甫、新婚別：久致羅襦裳。

## 昂

【一昂】無名氏、讀曲歌：一低復一昂。【低昂】白居易、牡丹芳：向背萬態隨低昂；韓愈、此日足可惜一首贈張籍：紅紫相低昂。【軒昂】韓愈、聽潁師彈琴：劃然變軒昂；韓愈、和送盤谷子詩：字向紙上皆軒昂。

## 硠

【雷硠】韓愈、調張籍：乾坤擺雷硠。

## 頏

【頡頏】韓愈、調張籍：與我高頡頏。

## 邙

【北邙】陶潛、擬古九首：相與還北邙。

## 湟

【河湟】杜牧、奉和白相公：文思天子復河湟。

**滂**

【滂滂】韓愈、聽穎師彈琴：溼衣淚滂滂。【涕自滂】蘇軾、贈寫御容妙善師：孤臣入門涕自滂。

**搶**

【攙搶】韓愈、城南聯句：武勝屠攙搶。

**戕**

【自相戕】曹操、蒿里行：嗣還自相戕。

**殃**

【咎殃】杜甫、寄高岑三十韵： 沈綿抵咎殃。【罹殃】韓愈、此日足可惜一首贈張籍：我家兗罹殃。

**嫜**

【姑嫜】杜甫、新婚別：何以拜姑嫜。

**旁**

【一旁】韓愈、聽穎師彈琴：起坐在一旁。【門旁】蘇軾、亦以病不赴述古會：翻成骯髒倚門旁。【路旁】宋子侯、董嬌饒：桃李生路旁。【浩無旁】王安石、送程公闢守洪州：揚瀾吹漂浩無旁。【鼎湖旁】杜甫、寄高岑三十韵：髣略鼎湖旁。【絳帳旁】李商隱、贈送前劉五經映：叨來絳帳旁。【錦瑟旁】蘇軾、送李供備席上和李詩：也解微吟錦瑟旁。

**娼**

【邯鄲娼】王維、成文學：家有邯鄲娼。

**僵**

【寒欲僵】蘇軾、十月十六日記所見：有風北來寒欲僵。【起且僵】韓愈、調張籍：故遣起且僵。【顛且僵】韓愈、此日足可惜一首贈張籍：羸馬顛且僵。

**粻**

【異粻】李商隱、贈送前劉五經映三十四韵：棲遲到異粻。

**航**

【治水航】韓愈、調張籍：不矚治水航。

**慷**

【慨慷】王安石、送程公闢守洪州：君聞此語悲慨慷；韓愈、和送盤谷子詩：堆書撲筆歌慨慷；左思、雜詩：歲暮常慨慷。

泱 秧 肪 相 償 鱨 槍 匡 姜

繮 橿 暘 徉 佯 魴 樟 彰 蝗

惶 榔 篁 襠 滄 亢 吭 鋼 肓

潢 蜋 鷞 鄣 障 餹 瘍 鏘 鏜

尪 桁 杭 臟 牂 桹 溏 碭 驦

筤 穰 攘 蹌 鶬 螿 瀼 瓤 枋

螗螳踉宷眶煬稂菖鐺
洸閶蜣瑲勷纕蹡彭蔣
斨薌堽鯧礓瓖薔喤瑒
敭𨡂慞汸鈁鑲孀鬤洭
搪莨苀磄歑餭汒枊儣
砊凔彷駠艡劻眻甗盳
鴹綡恇蝩蚄莣鉠榶傏
瑭鋃穔鱑胱轒霶雱磅
膀螃艎

【對偶】

李白、北上行：奔鯨夾黃河，鑿齒屯洛陽。　李商隱、菊：幾時禁重露，實是怯殘陽。　李白、永王東巡歌：雷鼓嘈嘈喧武昌，雲旗獵獵過潯陽。　白居易、西湖晚歸：煙波漾蕩搖空碧，樓殿參差倚夕陽。　劉眘虛、闕題：時有落花至，遠隨流水香。　王維、過福禪師蘭若：羽人飛奏樂，天女跪焚香。　王維、秋夜卽事：少兒多送酒，小玉更焚香。　李商隱、玄微先生：夜夜杜露溼，村村桃水香。　李商隱、崇讓宅東亭醉後沔然有作：密竹沈虛籟，孤蓮泊晚香。　李商隱、和張秀才落花有感：落時猶自舞，掃後更聞香。　李商隱、故番禺侯以贓罪致不辜：江陵從種橘，交廣合投香。　李商隱、夜飲：燭分歌扇淚，雨送酒船香。　李商隱、卽日：山響匡牀語，花飄度臘香。　李商隱、菊：陶令籬邊色，羅含宅裏香。　李商隱、屬疾：秋蝶無端麗，寒花只暫香。　李商隱、商於：背塢猿收果，投巖麝退香。　李商隱、歸墅：渠濁村舂急，旗高社酒香。　李商隱、夜思：覺動迎猜影，疑來浪認香。　李頎、寄綦毋三：顧眄一過丞相府，風流三接令公香。　李商隱、酬崔八早梅有贈：謝郎衣袖初翻雪，荀令熏爐更換香。　李商隱、無題：風波不信菱枝弱，月露誰教桂葉香。　李商隱、崇讓宅東亭醉後沔然有作：新秋仍酒困，幽與暫江鄉。　李商隱、歸墅：行李踰南極，旬時到舊鄉。　李白、上雲樂：赤眉立盆子，白水興漢光。　王維、衛家山池應教：澗花輕粉色，山月少燈光。　李商隱、玄微先生：醉中拋浩刧，宿處起神光。　李商隱、夜思：銀箭耿寒漏，金釭凝夜光。　劉眘虛、闕題：閑門向山路，深柳讀書堂。　李白、古風：庶女號蒼天，震風擊齋堂。　李商隱、對雪：已隨江令誇瓊樹，又入盧家妬玉堂。　李商隱、夜思：往事經春物，前期託報章。　李商隱、贈送前劉五經映：鼎新麾一舉，革故法三章。　李商隱、崇讓宅東亭醉後沔然有作：聲名佳句在，身世玉琴張。　李商隱、玄微先生：樹栽嗤漢帝，橋板笑秦王。　李商隱、韓翃舍人即事：鳥應悲蜀帝，蟬是怨齊王。　李商隱、贈送前劉五經映：挾書秦二世，壞宅漢諸王。　李商隱、夜思：永令虛粲枕，長不掩蘭房。　李商隱、贈子直花下：池光忽隱牆，花氣亂侵房。　李商隱、韓翃舍人即事：萱草含丹粉，荷花抱綠房。　李商隱、崇讓宅東亭醉後沔然有作：驊騮憂老大，鶗鴂妬芬芳。　劉眘虛、闕題：道由白雲盡，春與青谿長。　李商隱、商於：割地張儀詐，謀身綺季長。　李商隱、判春：敢言西子短，誰覺宓妃長。　李商隱、夜長：會前猶月在，去後始宵長。　沈佺期、古意：白狼河北音書斷，丹鳳城南秋夜長。　李商隱、對雪：侵夜可能爭桂魄，忍寒應欲試梅妝。　李商隱、贈送前劉五經映：

凝邈爲時範，虛空作士常。　王維、衞家山池應教：積翠紗窗暗，飛泉繡戶涼。　王維、過福禪師蘭若：竹外峯偏曙，藤陰水更涼。　李商隱、崇讓宅東亭醉後沔然有作：曲岸風雷罷，東亭霽日涼。　李商隱、十一月中旬至扶風界見梅花：素娥惟與月，青女不饒霜。　李商隱、崇讓宅東亭醉後沔然有作：一帆彭蠡月，數雁塞門霜。　李商隱、商於：清渠州外月，黃葉廟前霜。　王維、春日上方即事：柳色春山映，梨花夕鳥藏。　李商隱、贈送前劉五經映：星宿森文雅，風雷起退藏。　王維、成文學：使氣公卿主，論心遊俠場。　李商隱、夜飲：江海三年客，乾坤百戰場。　李商隱、贈送前劉五經映：微茫金馬署，狼藉鬪雞場。　王維、聽宮鶯：隱葉棲承露，攀花出未央。　李商隱、效徐陵體贈更衣：結帶懸梔子，繡領刺鴛鴦。　李商隱、赴職梓潼：桂花香處同高弟，柿葉翻時獨悼亡。　王維、春日上方即事：鳩形將刻杖，龜殼用支牀。　李白、長相思：美人在時花滿堂，美人去時空餘牀。　李商隱、五十二兄與畏之員外相訪：更無人處簾垂地，欲拂塵時簟竟牀。　李商隱、贈送前劉五經映：南渡宜終否，西遷冀小康。　李白、北上行：沙塵接幽州，烽火連朔方。　李商隱、屬疾：玆辰聊屬疾，何日免殊方。　李白、秋浦歌：邏人橫鳥道，江祖出魚梁。　李商隱、菊：暗暗淡淡紫，融融冶冶黃。　李商隱、歸墅：楚芝應徧紫，鄧橘未全黃。　李商隱、贈子直花下：屏緣蝶留粉，窗油蜂印黃。　李商隱、崇讓宅東亭醉後沔然有作：萬古山空碧，無人鬢免黃。　李商隱、贈送前劉五經映：雁下秦雲黑，蟬休隴葉黃。　李商隱、酬崔八早梅有贈：何處拂胸資蝶粉，幾時塗額藉蜂黃。　李商隱、贈送前劉五經映：何由羞五霸，直自呰三皇。　李商隱、效徐陵體贈更衣：密帳眞珠絡，溫幃翡翠裝。　李商隱、和張秀才落花有感：夢罷收羅薦，仙歸勒玉箱。　李商隱、崇讓宅東亭醉後沔然有作：搖落眞何遽，交親或未忘。　李商隱、贈送前劉五經映：褐衣終不召，白首興難忘。　李商隱、五十二兄與畏之員外相訪：稽氏幼男猶可憫，左家嬌女豈能忘。李商隱、贈送前劉五經映：詩書資破冢，法制困探囊。　李商隱、贈子直花下：官書推小吏，侍史從清郎。　李商隱、玄微先生：藥裹丹山鳳，棋幽白石郎。　李商隱、贈送前劉五經映：策非方正士，貢絕孝廉郎。　李商隱、無題：神女生涯原是夢，小姑居處本無郎。　李商隱、贈送前劉五經映：周禮仍存魯，隋師果禪唐。　李商隱、贈送劉五經映：泣麟猶委吏，歌鳳更佯狂。　李商隱、崇讓宅東亭醉後沔然有作：俗態雖多累，仙標發近狂。　李商隱、效徐陵贈更衣：楚腰知便寵，宮眉正鬪強。　李商隱、贈送前劉五經映：草草臨盟誓，區區務富強。　李商隱、即日：幾時逢雁足，著處斷猿腸。　李商隱、十一月中旬至扶風界見梅花：贈遠虛盈手，傷離適斷腸。　李商隱、留贈畏之：中禁詞臣尋引領，左川歸客自廻腸。　李商隱、贈送前劉五經映：夫子時之彥，先生跡未荒。　李商隱、贈送前劉五經映：勿謂孤寒棄，深憂訐直妨。　李商隱、贈送前劉五經映：片辭褒有德，一字貶無良。　李商隱、贈送前劉五經映：盡欲心無竅，皆如面正牆。　李商隱、判春：笑處如臨鏡，窺時不隱牆。李商隱、故番禺侯以贓罪致不幸：不見千金子，空餘數仞牆。　李商隱、贈送前劉五經映：驚疑豹文鼠，貪竊虎皮羊。　李商隱、贈送前劉五經映：燕地尊鄒衍，西河重卜商。　王維、秋夜即事：對坐彈盧女，同看舞鳳凰。　李商隱、留贈畏之：郎君下筆驚鸚鵡，侍女吹笙弄鳳凰。　李商隱、贈送前劉五經映：縲囚爲學切，掌故受經忙。　李商隱、夜思：鶴應聞露警，蜂亦爲花忙。
李商隱、贈送前劉五經映：叔孫讒易得，盜跖暴難當。　李商隱、商於：建瓴眞得勢，橫戟豈能當。　李商隱、夜思：寄恨一尺素，含情雙玉璫。
李商隱、贈送前劉五經映：海島悲鐘鼓，狙公畏服裳。　李商隱、玄微先生：龍竹裁輕策，鮫綃熨下裳。　李商隱、贈送前劉五經映：獲預青衿列，叨來絳帳旁。　王維、成文學：身爲平原客，家有邯鄲娼。

# 八庚 古通真韵，略通青蒸

## 庚

【大横庚】李商隱、送千牛李將軍赴闕五十韵：安有大横庚。【戒先庚】韓愈、城南聯句：賢朋戒先庚。【佇長庚】元好問、有寄：五更殘月佇長庚；蘇軾、送張軒民寺丞赴省試：天教明月佇長庚。【昇長庚】蘇軾、夜泛西湖：東方茫角昇長庚。

## 更

【二更】王維、秋夜獨坐：空堂欲二更。【三更】杜甫、漫成一絕：風燈照夜欲三更；蘇軾、六月二十日夜度海：參横斗轉欲三更；陸游、七月十四夜觀月：浩然風露欲三更；陸游、寺居睡覺二首：虛窗寂寂夜三更；陸游、枕上作：高城傳漏過三更。【五更】無名氏、焦仲卿妻：夜夜達五更；韓愈、此日足可惜一首贈張籍：晨坐達五更。【殘更】陳與義、除夜：城中爆竹已殘更。【不可更】韓愈、此日足可惜一首贈張籍：一日不可更。【仙選更】韓愈、城南聯句：炫曜仙選更。【始半更】孟浩然、寒夜張明府宅宴：寒宵始半更。【長短更】蘇軾、地爐：倦聽山城長短更。【急改更】李商隱、送千牛李將軍赴闕五十韵：寒喧急改更。【遶殘更】李商隱、五言述德抒情詩一首四十韵獻上牧七兄僕射相公：旅夢遶殘更。【亂疏更】陸游、薙庭草：群蛙得意亂疏更。【數問更】陰鏗、五洲夜發：愁人數問更。

## 羹

【可羹】陸游、觀蔬圃：菘芥可葅芹可羹。【沸池羹】韓愈、城南聯句：群鮮沸池羹。【持作羹】無名氏、古詩十五從軍征：采葵持作羹。【異和羹】李商隱、送千牛李將軍赴闕五十韵：屑麴異和羹。【傳說羹】李商隱、五言述德抒情詩一首四十韵獻上杜七兄僕射相公：先和傳說羹。【露葵羹】王維、春過賀遂員外藥園：蒟醬露葵羹。【敵蓴羹】蘇軾、新年：似可敵蓴羹。

## 秔

【種秔】蘇軾、莫笑銀杯小：種秫不種秔。【擣香秔】杜甫、雨：半得擣香秔。

## 稉

同秔。【炊香稉】韓愈、城南聯句：淅玉炊香稉。

## 坑

同阬。【堆坑】韓愈、城南聯句：興潛亦堆坑。【溝坑】蘇軾、次韵答劉涇：意行俟足無溝坑。【澗坑】蘇軾、宿海會寺：重樓束縛遭澗坑。【趙坑】李商隱、送千牛李將軍赴闕五十韵：

## 盲

何辭免趙坑。【趙卒坑】李商隱、五言述德抒情詩一首四十韻獻上杜七兄僕射相公：咨嗟趙卒坑。【偏盲】韓愈、月蝕詩：何故許食使偏盲。【株枿盲】韓愈、城南聯句：困衝株枿盲。

## 橫

【參橫】蘇軾、次韻江晦叔：劇飲到參橫。【橋橫】蘇軾、次韻江晦叔：木杪看橋橫。【縱橫】曹丕、雜詩：三五正縱橫；陳子昂、感遇其十七：晉虜復縱橫；杜甫、久客：豺虎正縱橫；杜甫、悲秋：群盜尚縱橫；李商隱、讀任彥昇碑：可憐才調最縱橫；韓愈、食曲河驛：圖史棄縱橫。【大江橫】黃庭堅、王充道送水仙：出門一笑大江橫。【月邊橫】黃庭堅、宿廣惠寺：數行歸鴈月邊橫。【石梁橫】孟浩然、尋天台山：遙見石梁橫。【玉繩橫】杜甫、月：亦絆玉繩橫。【舟自橫】韋應物、滁州西澗：野渡無人舟自橫。【地軸橫】杜牧、長安雜題長句六首：太白終南地軸橫。【虎縱橫】杜甫、愁：人逕罷病虎縱橫。【美酒橫】黃庭堅、登快閣：青眼聊因美酒橫。【屍縱橫】杜甫、釋悶：烽火照夜屍縱橫。【春縱橫】黃庭堅、送張材翁赴秦簽：金沙酴醾春縱橫。【倒江橫】李白、冬日歸舊山：古樹倒江橫。【淚先橫】李商隱、五言述德抒情詩一首四十韻獻上杜七兄僕射相公：朱唱淚先橫。【淚縱橫】杜甫、新安吏：收汝淚縱橫。【殺氣橫】李商隱、送千牛李將軍赴闕五十韻：皇闈殺氣橫。【艇子橫】陸游、東關其一：天華寺西艇子橫。【膝前橫】李白、俠客行：脫劍膝前橫。【縱復橫】李商隱、亂石：虎踞龍蹲縱復橫。

## 觥

【杯觥】韓愈、城南聯句：神助溢杯觥。【置觥】蘇軾、和田仲宣：刻燭應須便置觥。

## 彭

【老彭】李商隱、五言述德抒情詩一首四十韻獻上杜七兄僕射相公：安能比老彭。【韓彭】李商隱、送千牛李將軍赴闕五十韻：壇上揖韓彭。【徒羨彭】韓愈、城南聯句：天年徒羨彭。

## 棚

【書棚】韓愈、城南聯句：幽蠹落書棚。

## 亨

【運果亨】李商隱、送千牛李將軍赴闕五十韻：屯餘運果亨。

## 鎗

【墮猶鎗】韓愈、城南聯句：玉唬墮猶鎗。

## 英

【女英】李白、東海有勇婦：不如一女英。【群英】陶潛、詠荊軻：四座列群英；李白、留別金陵諸公：禮樂秀群英。【園英】韓愈、城南聯句：翡翠開園英。【僧英】李白、贈僧厓公：道厓乃僧英。【豪英】李白、贈韋秘書春：無乃羈豪英；蘇軾、送張軒民寺丞赴省試：龍飛甲子盡豪英。【落英】蘇軾、張質夫送酒：漫繞東籬嗅落英；蘇軾、次韻答孫侔：欲伴騷人賦落英；蘇軾、次韻僧潛見贈：要伴騷人餐落英。【繁英】歐陽修、啼鳥：撩亂紅紫開繁英。【世上英】李白、俠客行：不慚世上英。【白雪英】李商隱、和馬郎中移白菊見示：郢曲新傳白雪英。【黃金英】白居易、秋日遊龍門醉中狂歌：野花數把黃金英。【鄉曲英】韓愈、燕河南府秀才：歲貢鄉曲英。【雲英英】謝莊、懷園引：朱光藹藹雲英英。【撲絳英】李商隱、五言述德抒情詩一首四十韻獻上杜七兄僕射相公：廻橈撲絳英。【秋菊之英】黃庭堅、送王郎：泛君以湘纍秋菊之英。

## 瑛

【藍瑛】韓愈、城南聯句：委蕤綴藍瑛。

## 烹

【炰烹】韓愈、燕河南府秀才：　見此煎炰烹。【彭烹】韓愈、城南聯句：苦開腹彭烹。　【煎烹】蘇軾、次韻答劉涇：我有至味非煎烹。【味南烹】韓愈、初南食貽元十八協律：自宜味南烹。【極東烹】韓愈、城南聯句：凾珍極東烹。

## 平

【太平】李白、春日行：萬姓聚舞歌太平；白居易、驃國樂：欲感人心致太平；李商隱、覽古：莫恃金湯忽太平；杜牧、題閔亭長句四韵：聖敬文思業太平；陸游、風雨：　七十年來樂太平。【不平】杜甫、不歸：終身恨不平；杜甫、　入宅：江流氣不平；韓愈、初南食貽元十八協律：鬱屈尚不平；李商隱、柳枝五首：中心亦不平。【北平】王維、杜太守挽歌：雲中護北平。【生平】元好問、獨峯楊氏幽居：酒船茶竈負生平。【承平】元好問、與張杜飲：酒樽聊喜似承平。【昇平】杜甫、諸將五首：諸君何以答昇平；杜甫、釋悶：群公固合思昇平。【曠平】蘇軾、宿海會寺：山中信美少曠平。【九江平】王維、登辨覺寺：林上九江平。【井口平】李商隱、河陽詩：溼銀注鏡井口平。【古木平】陳子昂、晚次樂鄉縣：深山古木平。【石牀平】王維、過乘如禪師：雨花應共石牀平。【印廻平】韓愈、城南聯句：沙篆印廻平。【白雲平】王維、送嚴秀才還蜀：江向白雲平。【江水平】劉禹錫、　竹枝詞：楊柳青青江水平。【江欲平】杜甫、泛江送客：東津江欲平。【坐石平】李商隱、所居：溪邊坐石平。【事始平】李商隱、淮陽路：三朝事始平。【泰階平】李商隱、五言述德抒情詩一首四十韵獻上杜七兄僕射相公：此夜泰階平。【浪紋平】陸游、東關其一：白蘋風細浪紋平。【宮觀平】李白、登互官閣：蒼茫宮觀平。【湖水平】孟浩然、望洞庭湖贈張丞相：八月湖水平。【意未平】陳與義、除夜：朔吹翻江意未平。【與砌平】陸游、薙庭草：露草煙蕪與砌平。【合草平】李白、冬日歸舊山：歸來合草平。【與雲平】杜甫、公安縣懷古：風浪與雲平。【漢時平】崔顥、行經華陰：驛樹西連漢時平。【漫漫平】陸游、小園：水刺新秧漫漫平。【暮雲平】王維、觀獵：千里暮雲平。【暮潮平】王維、闕題：慘淡暮潮平。【待潮平】陸游、晚泊慈姥磯下：不睡待潮平。【蕪已平】李商隱、蟬：故園蕪已平。【橋道平】白居易、秋日遊龍門醉中狂歌：莊店邐迤橋道平。【禰正平】李商隱、聽鼓：時無禰正平。【鏡面平】蘇軾、次韵答劉涇：微風不起鏡面平。【寶地平】王維、遊化感寺：琉璃寶地平。

## 評

【官評】韓愈、城南聯句：抑橫免官評。【嘲評】韓愈、東都遇春：新輩足嘲評。

## 京

【九京】黃庭堅、送苑德孺知慶州：百不一試薤九京。【上京】孟浩然、送袁太祝尉豫章：觀光來上京。【天京】韓愈、城南聯句：環蘊郁天京。【玉京】李白、鳳吹笙曲：復道朝天赴玉京；李白、題隨州紫陽先生壁：鶴似飛玉京。【西京】曹植、贈丁儀王粲：驅馬過西京；韓愈、此日足可惜一首贈張籍：宦遊在西京；李商隱、送千牛李將軍赴闕五十韵：勳伐舊西京；蘇軾、挑景貺履常：君家文律冠西京。【吳京】李白入朝曲：淥水帶吳京。【兩京】杜甫、悲秋：何由見兩京；杜甫、柳司馬至：相過問兩京；白居易、七德舞：白旄黃鉞定兩京。【東京】韓愈、燕河南府秀才：房公尹東京。【泰京】王維、華嶽：雄雄鎮泰京。【帝京】白居易、琵琶行：我從去年辭帝京；劉禹錫、與歌者何戡：二十餘年別帝京。【洛京】孟浩然、自洛之越：風塵厭洛京。【咸京】陳子昂、感遇其七：提劍入咸京；崔顥、行經華陰：岧嶢太華俯咸京；杜甫、釋悶：犬戎也復臨咸京。【漢京】蘇軾、次韵答頓起：十二東秦比漢京。【燕京】陶潛、詠荊軻：提劍出燕京。【鎬京】李白、春日行：帝不去留鎬京；李白、聽新鶯百囀歌：是時君王在鎬京。【舊京】杜甫、新安吏：練卒依舊京；杜甫、哭嚴僕射歸櫬：歸舟返舊京；陸游、長歌行： 手梟逆賊清舊京。【白玉京】杜牧、洛陽長句二首：天漢東穿白玉京；李商隱、五言述德抒情詩一首四十韻獻上杜七兄僕射相公：仙開白玉京；陸游、 醉中作四首：曾賜琳腴白玉京。

# 驚

【心驚】蘇軾、吳江岸：回首尚心驚。【嘆驚】韓愈、初南食貽元十八協律：莫不可嘆驚。【震驚】李白、俠客行：邯戰先震驚。【八鑾驚】李商隱、送千牛李將軍赴闕五十韵：容易八鑾驚。【千人驚】陸游、長歌行： 意氣頓使千人驚。【心自驚】李商隱、贈田叟：在野無賢心自驚。【不須驚】蘇軾、和梅戶曹會獵鐵溝：草中狐兔不須驚。【四座驚】元好問、與張杜飲：焦遂高談四座驚。【四鄰驚】蘇軾、宿海會寺：倒牀鼻息四鄰驚。【耳目驚】韓愈、燕河南府秀才：難使耳目驚。【自多驚】杜甫、玩月呈漢中王：烏鵶自多驚。【百獸驚】李白、上留田：一獸走，百獸驚。【壯士驚】陶潛、詠荊軻：羽奏壯士驚。【忽自驚】白居易、醉後走筆：我年漸長忽自驚。【波浪驚】李白、春日行： 樓船蹙沓波浪驚。【兒童驚】蘇軾、次韻僧潛見贈：霜髭不翦兒童驚。【夜頻驚】元好問、秋懷：夢和寒鵲夜頻驚。【客心驚】祖詠、望薊門：燕臺一去客心驚；韓愈、桃源圖：火輪飛出客心驚；李商隱、柳：望中頻遣客心驚。【昨夜驚】李商隱、銀河吹笙：別樹羈雄昨夜驚。【素魚驚】李白、 冬日歸舊山：倒篋素魚驚。【旅魂驚】杜甫、月：空山獨夜旅魂驚；李商隱、淮陽路：投宿旅魂驚。【惡弦驚】鮑照、代東門行：傷禽惡弦驚。【接彈驚】韓愈、城南聯句：盜啅接彈驚。【棲復驚】李白、三五七言：寒鴉棲復驚。【棲鳥驚】蘇軾、游金山寺：飛焰照山棲鳥驚。【游龍驚】白居易、霓裳羽衣舞歌：嫣然縱送游龍驚。【蜀人驚】陸游、醉中作四首：狂歌起舞蜀人驚。【鼓吹驚】李白、雉子斑：辟邪伎作鼓吹驚。【夢自驚】蘇軾、夜久不寐懷趙薦：欹枕無人夢自驚；蘇軾、次韻江晦叔：歸來夢自驚。【夢易驚】李商隱、思歸：猿哀夢易驚。【夢魂驚】白居易、 長恨歌：九華帳裡夢魂驚。【邊鴻驚】韓愈、 岐山下二首：日暮邊鴻驚。【鷗不驚】白居易、 秋日遊龍門醉中狂歌：魚樂自躍鷗不驚。

# 荊

【南荊】孟浩然、送桓子之郢城過禮：蹀躞指南荊。韓愈、城南聯句：楓櫹至南荊。【柴荊】王維、哭殷遙：慟哭返柴荊；杜甫、春遠：春遠獨柴荊。【紫荊】李白、上留田行：青天白日摧紫荊。

## 明

【天明】杜牧、贈別其二：替人垂淚到天明；李商隱、覽古：景陽鐘墮失天明；歐陽修、啼鳥：百舌朱曉催天明。【分明】杜甫、新安吏：撫養甚分明；杜甫、天河：秋至則分明；杜甫、愁：獨樹花發自分明。【月明】盧綸、晚次鄂州：萬里歸心對月明；白居易、題靈巖寺：幾百年來空月明；黃庭堅、贈別幾復：後此夜堂還月明；黃庭堅、送張材翁赴秦簽：橫笛送晚延月明；陸游、枕上作：萬頃松江看月明；陸游、七月十四夜觀月：萬頃空江著月明；陸游、寺居睡覺二首：燈斂殘光避月明。【平明】李商隱、銀河吹笙：銀河吹笙接平明。【休明】李白、贈韋秘書子春：偃息逢休明；孟浩然、送袁太祝尉豫章：何幸遇休明。【承明】杜甫、送覃二判官：不復謁承明。【貞明】李商隱、五言述德抒情詩一首四十韻獻上杜七兄僕射相公：何以贊貞明。【神明】李頎、聽董大彈胡笳弄：董夫子，通神明。【微明】杜甫、宿青草湖：雲月遞微明。【聖明】孟浩然、望洞庭湖贈張丞相：端居恥聖明；韓愈、拘幽操：天王聖明。【聰明】杜甫、不歸：總角愛聰明。【一片明】張說、邕湖山寺：樹裏南湖一片明。【二流明】王維、曉行巴峽：眺迴二流明。【七夕明】李商隱、詠雲：藏星七夕明。【寸心明】杜甫、柳司馬至：戀主寸心明。【小窗明】李商隱、晚晴：微注小窗明。【大義明】李白、東海有勇婦：粲然大義明。【不見明】劉琨、扶風歌：漢武不見明。【不肯明】杜甫、客夜：秋天不肯明。【天不明】白居易、上陽人：夜長無寐天不明。【天未明】蘇軾、宿海會寺：枕如五鼓天未明。【天象明】陶潛、九日閒居：氣澈天象明。【日光明】王維、愚公谷三首：只待日光明。【月分明】黃庭堅、登快閣：澄江一道月分明。【月正明】杜牧、池州李使君沒：阿鶩歸來月正明。【月自明】溫庭筠、瑤瑟怨：十二樓中月自明。【火獨明】杜甫、春夜喜雨：江船火獨明。【午牕明】蘇軾、張仲舍壽樂堂：春濃睡足午牕明。【此心明】蘇軾、次韻江晦叔：孤月此心明。【玉輪明】李商隱、令狐舍人說昨夜西掖玩月因戲贈：昨夜玉輪明。【白髮明】杜甫、月：能添白髮明。【半牀明】蘇軾、夜久不寐懷趙薦：亂山銜月半牀明。【半樓明】杜甫、八月十五夜月二首：輪仄半樓明。【半鏡明】李商隱、代越公房妓嘲徐公主：都由半鏡明。【向人明】陳與義、除夜：盡情燈火向人明。【耳暫明】白居易、琵琶行：如聽仙樂耳暫明。【坐到明】白居易、後宮詞：斜倚薰籠坐到明。【東方明】白居易、秋日遊龍門醉中狂歌：夜話三及東方明。【炬火明】蘇軾、遊金山寺：江心似有炬火明。【夜深明】杜甫、村夜：鄰火夜深明。【夜晴明】李商隱、思歸：江月夜晴明。【雨連明】蘇軾、約遊：春江一夜雨連明。【金碧明】杜牧、洛陽長句二首：波底上陽金碧明。【返照明】元好問、十日作：關樹蕭條返照明。【秋山明】李白、九日：水綠秋山明。【恨分明】李商隱、無題：眉細恨分明。【故鄉明】杜甫、月夜憶舍弟：月是故鄉明。【秦川明】杜牧、長安雜題長句六首：春光繡畫秦川明。【海心明】李白、雨後望月：高後海心明。【迥中明】陰鏗、五洲夜發：新月迥中明。【眼中明】錢起、送僧歸日本：萬里眼中明。【眼暫明】元好問、秋懷：一望家山眼暫明。【眼應明】蘇軾、和章七出守湖州：弁峯初見眼應明。【透林明】王維、遊感化寺：金澗透林明。【幾處明】杜甫、吹笛：月傍關山幾處明。【階下明】李白、題隨州紫陽光生壁：池水階下明。【照心明】李白、題宛溪館：百尺照心明。【照沙明】李白、觀魚潭：秋月照沙明。【照湖明】蘇軾、陪歐陽公讌西湖：銀釭畫燭照湖明。【頌王明】蘇軾、書車：九衢歌舞頌王明。【僧窗明】陸游、長歌行：落日偏傍僧窗明。【醉月明】陸游、醉中作四首：今日垂虹醉月明。【霜雪明】李白、俠客行：吳鉤霜雪明。【露螢明】陸游、枕上：殘燈熠熠露螢明。【覺眼明】元好問、與張杜飲：異縣相逢覺眼明。【觸處明】李商隱、月：過水穿樓觸處明。【蠟燄明】李商隱、送千牛李將軍赴闕五十韵：深宮蠟燄明。

## 盟

【先盟】韓愈、城南聯句：蒙休賴先盟。【主文盟】李商隱、五言述德抒情詩一首四十韵獻上杜七兄僕射相公：踐土主文盟。【白鷗盟】黃庭堅、登快閣：此心吾與白鷗盟。

## 鳴

【長鳴】蘇軾、飲酒：破彀已長鳴。【夜鳴】李白、古風：群鳥皆夜鳴。【飛鳴】李白、雉子斑：喔咿振迅欲飛鳴；韓愈、贈別元十八：無由助飛鳴。【晨鳴】謝莊、懷園引：離禽喈喈又晨鳴。【鹿鳴】曹操、短歌行：呦呦鹿鳴。【鳳鳴】李白、出妓金陵子呈盧六：家僮丹砂學鳳鳴。

【嘶鳴】李白、古風：躞蹀長嘶鳴。【龍鳴】李白、獨漉篇：時時龍鳴。【鷄鳴】秦嘉、贈婦詩三首：束帶待鷄鳴；曹操、蒿里行：千里無鷄鳴；王維、曉行巴峽：朝日衆鷄鳴；王維、送方城韋明府：縣鼓應鷄鳴。【嚶鳴】歐陽修、啼鳥：日暖衆鳥皆嚶鳴。【刀鎗鳴】白居易、琵琶行：鐵騎突出刀鎗鳴。【不肯鳴】元好問、秋夕：恨殺寒雞不肯鳴。【丑時鳴】白居易、醉歌：黃雞催曉丑時鳴。【出聲鳴】韓愈、燕河南府秀才：不能出聲鳴。【百鳥鳴】李白、上留田：一鳥死，百鳥鳴。【百蟲鳴】陸游、秋夜紀懷：露草百蟲鳴。【自詩鳴】蘇軾、王鞏累約重九是訪：將軍競病自詩鳴。【花間鳴】李白、春日醉起言志：一鳥花間鳴。【夜猿鳴】陳子昂、晚次樂鄉縣：噭噭夜猿鳴。【松風鳴】蘇軾、試院煎茶：颼颼欲作松風鳴。【修竹鳴】蘇軾、禪智寺：山雨欲來修竹鳴。【相和鳴】李白、聽新鶯百囀歌：上有好鳥相和鳴。【春鳥鳴】孟浩然、春中喜五九相尋：家家春鳥鳴。【秋蟲鳴】白居易、秋日遊龍門醉中狂歌：秋風嫋嫋秋蟲鳴。【班馬鳴】李白、送友人：蕭蕭班馬鳴。【草蟲鳴】王維、秋夜獨坐：燈下草蟲鳴。【飢腸鳴】蘇軾、宿海會寺：兩股酸哀飢腸鳴。【徘徊鳴】無名氏、戰城南：駑馬徘徊鳴。【啁哳鳴】韓愈、桃源圖：夜半金雞啁哳鳴。【彩鳳鳴】李白、鳳吹笙曲：學得崑丘彩鳳鳴。【深樹鳴】韋應物、滁州西澗：上有黃鸝深樹鳴。【無由鳴】韓愈、月蝕詩：飢腸徹死無由鳴。【雄雉鳴】韓愈、此日足可惜一首贈張籍：角角雄雉鳴。【寒螿鳴】陸游、長歌行：哦詩長作寒螿鳴。【猿哀鳴】白居易、琵琶行：杜鵑啼血猿哀鳴。【鼓笛鳴】白居易、立部伎：堂下立部鼓笛鳴。【撥刺鳴】杜甫、漫成一絕：船尾跳魚撥刺鳴。【鳳凰鳴】韓愈、岐山下二首：不聞鳳凰鳴。【機杼鳴】李白、贈范金卿：千廬機杼鳴。【曉鷄鳴】孟浩然、寒夜張明府宅宴：不覺曉鷄鳴。【趨林鳴】陶潛、飲酒：歸鳥趨林鳴。【舊猿鳴】李白、冬日歸舊山：臨屋舊猿鳴。【雙杵鳴】杜甫、新月獨懸：新月獨懸雙杵鳴。【繞舍鳴】韋應物、幽居：鳥雀繞舍鳴。【鵝鸛鳴】李白、淮陰書懷：中流鵝鸛鳴。【蹋而鳴】韓愈、城南聯句：駭牛蹋而鳴。【籠中鳴】白居易、五絃琴：夜鶴憶子籠中鳴。

## 榮

【丹榮】蔡邕、翠鳥：綠葉含丹榮。【光榮】李白、東海有勇婦：竹帛已光榮。【芬榮】李白、遊謝氏山亭：歲物徒芬榮。【枯榮】李白、樹中草：各自有枯榮；白居易、草：一歲一枯榮。【春榮】李白、鄴中贈五大：建功及春榮。【恩榮】李白、入朝曲：歡娛樂恩榮。【滋榮】曹植、喜雨：惠之則滋榮；韓愈、城南聯句：賫理易滋榮。【寸草榮】韓愈、秋懷詩：得此寸草榮。【分外榮】蘇軾、和章七出守湖州：獨占人間分外榮。【色尚榮】孟浩然、贈道士參寥：金徽色尚榮。【竹使榮】王維、杜太守挽歌：徒聞竹使榮。【西枝榮】李白、上留田：東枝顦顇西枝榮。【交道榮】李白、淮陰書懷：而增交道榮。【泛寒榮】李白、九日：搴菊泛寒榮。【始芳榮】李商隱、和馬郎中移白菊見示：從茲得地始芳榮。【柳垂榮】李白、古風：萋萋柳垂榮。【徒自榮】陶潛、九日閒居：寒華徒自榮。【被恩榮】杜甫、端午日賜衣：端午被恩榮。【華亦榮】韓愈、贈別元十八：實大華亦榮。【朝命榮】韓愈、食曲河驛：上孤朝命榮。【勝公榮】蘇軾、和田仲宣：徒言共飲勝公榮。【紫綬榮】李商隱、送千牛李將軍赴闕五十韵：當年紫綬榮。【薄世榮】韋應物、幽居：誰謂薄世榮。

## 瑩

【瓊瑩】韓愈、城南聯句：連輝照瓊瑩。

## 兵

【天兵】李白、上留曲：參商胡乃尋天兵。【屯兵】杜甫、柳司馬至：渭水更屯兵。【心兵】韓愈、秋懷詩：冥茫觸心兵。【交兵】曹植、贈丁儀王粲：四海無交兵。【知兵】黃庭堅、送范德孺知慶州：乃翁知國如知兵。【胡兵】陳子昂、感遇其十七：天道與胡兵；李白、古風：茫茫走胡兵。【義兵】白居易、七德舞：太宗十八舉義兵。【愁兵】庾信、詠懷：日蹙値愁兵。【徵兵】李白、古風：答言楚徵兵；白居易、折臂翁：無何天寶大徵兵。【論兵】李白、秋夜獨坐懷故山：墨翟恥論兵；李商隱、城上：作賦又論兵。【點兵】無名氏、木蘭詩：可汗大點兵；杜甫、新安吏：喧呼聞點兵。【騎兵】李商隱、讀任彥昇碑：不得蕭公作騎兵。【十萬兵】杜甫、漁陽：今日何須十萬兵。【不能兵】元好問、與張杜飲：愁城從此不能兵。【不解兵】沈佺期、雜詩：頻年不解兵；杜甫、釋悶：四海十年不解兵。【未休兵】杜甫、月夜憶舍弟：況乃未休兵。【阮步兵】李商隱、亂石：哭殺廚頭阮步兵。【困陰兵】李商隱、送千牛李將軍赴闕五十韵：

儀馬困陰兵。【按酒兵】蘇軾、挑景況履常：旋築師壇按酒兵。【朔方兵】杜甫、諸將五首：翻然遠救朔方兵。【酒有兵】蘇軾、王鞏累約重九見訪：破恨懸知酒有兵。【敢弄兵】杜牧、題關亭長句四韵：安史何人敢弄兵。【慮輿兵】李商隱、五言述德抒情詩一首四十韵獻上杜七兄僕射相公：叩額慮輿兵。【關下兵】李白、猛虎行：一輸一失關下兵。

## 兄

【父兄】杜甫、新安吏：僕射如父兄。【吾兄】韓愈、此日足可惜一首贈張籍：　上船拜吾兄。【弟兄】無名氏、焦仲卿妻：逼迫兼弟兄；韓愈、城南聯句：百金交弟兄；蘇軾、送張軒民寺丞赴省試：與子相逢亦弟兄；元好問、懷益之兄：四海相望只弟兄。【長兄】無名氏、木蘭詩：木蘭無長兄。【吾所兄】蘇軾、　次韵舒教授寄李公擇：草書妙絕吾所兄。【倚外兄】李商隱、五言述德抒情詩一首四十韻獻上杜七兄僕射相公：衰門倚外兄。【梅是兄】黃庭堅、王充道送水仙：山礬是弟梅是兄。

## 卿

【公卿】孟浩然、自洛之越：長揖謝公卿；李白、入朝曲：颯沓引公卿。【長卿】王維、送嚴秀才還蜀：明君憶長卿；王維、春過賀遂員外藥園：名花是長卿；杜甫、贈陳二補闕：君王問長卿。【荆卿】陶潛、詠荆軻：歲暮得荆卿。【家卿】韓愈、城南聯句：答云皆家卿。【卿卿】蘇軾、地爐：夫人應不解卿卿；蘇軾、和梅戶曹會獵鐵溝：年來何以得卿卿。【墨卿】孟浩然、送袁太祝尉豫章：離群會墨卿。【在名卿】李商隱、送千牛李將軍赴闕五十韻：貽厥在名卿。【滯下卿】李商隱、五言述德抒情詩一首四十韵獻上杜七兄僕射相公：於今滯下卿。【衞叔卿】李白、古風：高揖衞叔卿。【蘇子卿】李白、東海有勇婦：何慚蘇子卿。

## 生

【平生】曹操、閨情：君豈若平生；王維、贈房盧氏琯：晚節異平生；杜甫、哭嚴僕射歸櫬：部曲異平生；杜甫、獨坐：朱紱負平生；李商隱、俳諧：吾豈怯平生；李商隱、贈田叟：交親得路昧平生；黃庭堅、贈別幾復：故人發藥見平生；蘇軾、次韻許仲元：不妨樽酒寄平生。【老生】陸游、冬夜讀書忽聞雞唱：　齷齪常談笑老生。【全生】李白、古風：投軀豈全生；杜甫、　釋悶：聞道嬖孽能全生。【死生】李白、襄陽歌：李白與爾同死生；杜甫、月夜憶舍弟：無家問死生；杜甫、房兵曹胡馬詩：眞堪託死生。【長生】王維、徐公挽歌：何苦不長生；崔顥、行經華陰：無如此處學長生；杜甫、月：擣藥兔長生；李商隱、華嶽下題西王母廟：君王猶自不長生；李商隱、所居永樂縣久旱縣宰祈禱得雨因賦詩：邑人同報來長生；蘇軾、和章七出守湖州：應須極貴又長生；元好問、獨峯楊氏幽居：雲間鷄犬亦長生。【苔生】李白、獨漉篇：繡澁苔生。【爲生】韓愈、拘幽操：爲死爲生。【浮生】杜甫、入宅：飄轉任浮生。【梅生】李白、笛別西河劉少府：安可識梅生。【復生】李白、上笛田行：春草不復生。【發生】杜甫、春夜喜雨：當春乃發生。【群生】曹操、喜雨：苞育此群生；陳子昂、感遇：悠悠念群生；王維、華嶽：至德被群生；李白、古風：探元化群生。【達生】李白、行路難：君不見吳中張翰稱達生。【賈生】李白、行路難：漢朝公卿忌賈生；杜甫、久客：傷時哭賈生。【蒼生】王維、贈房盧氏琯：忘己愛蒼生；李白、贈韋秘書子春：起來爲蒼生。【輕生】李商隱、送千牛李將軍赴闕五十韵：物議笑輕生。【潮生】盧綸、晚次鄂州：舟人夜語覺潮生。【儒生】李白、悲歌行：莫謾白首爲儒生。【諸生】韓愈、贈別元十八：不可後諸生。【鴻生】韓愈、燕河南府秀才：試官得鴻生。【一陽生】李商隱、有感二首：掩遏一陽生。【太瘦生】蘇軾、次韻答頓起：若學憐君太瘦生。【月中生】李商隱、和馬郎中移白菊見示：繁花疑自月中生。【丹丘生】李白、西嶽雲臺歌：中有不死丹丘生；李白、將進酒：岑夫子、丹丘生。【不顧生】李白、東海有勇婦：萬死不顧生。【仗友生】杜甫、客夜：途窮仗友生。【古先生】王維、過乘如禪師：儼然天竺古先生；姚合、閒居：依止古先生。【古松生】王維、春過賀遂員外藥園：藤繫古松生。【石稜生】杜甫、西閣雨望：端減石稜生。【白髮生】杜甫、贈陳二補闕：休看白髮生；白居易、五絃彈：唯憂趙璧白髮生。【可憐生】元好問、十日作：秋風茅屋可憐生。【各自生】韓愈、初南食貽十八協律：百十各自生。【百草生】李白、贈閭丘宿松：秋來百草生。【安期生】陸游、長歌行：人生不作安期生。【似隔生】元好問、春日：卻想當年似隔生。【曲盡生】杜甫、吹笛：何得愁中曲盡生。【死還生】李白、寄遠：抽却死還生。【吹又生】白居易、草：春風吹又生。【吹笛生】杜甫、泛江送客：愁連吹笛生。【夜來生】元好問、懷益之兄：白頭新自夜來生。【雨痕生】李商隱、亂石：星光漸盛雨痕生。【兩鬢生】白居易、別洛城東花：新絲兩鬢生。【看月生】杜牧、移居霅溪館：風定蘇潭看月生；陸游、東關：夜夜湖中看月生。【看春生】陳與義、除夜：島煙湖霧看春生。【哀怨生】李頎、聽董大彈胡笳弄：邏娑沙塵哀怨生。【春恨生】李商隱、暮秋獨遊曲江：荷葉生時春恨生。【春草生】孟浩然、永嘉別張子居：汀洲春草生；韋應物、幽居：不知春草生；劉禹錫、竹枝詞：白帝城頭春草生。【春蠶生】李白、古風：今見春蠶生。【洲渚生】王維、闕題：月平洲渚生。【秋風生】陳子昂、感遇：嫋嫋秋風生。【風浪生】杜甫、天河：何曾風浪生。【草又生】杜甫、不歸：春風草又生。【海月生】李白、荆門浮舟望蜀江：揚帆海月生。【海雲生】李白、橫江詞：向余東指海雲生。【浮雲生】李白、灞陵行送別：紫闕落日浮雲生。【笑此生】黃庭堅、宿廣惠寺：無以爲家笑此生。陳與義、道中寒食：浮雲笑此生。【馬角生】元好問、秋夕：萬古何曾馬角生。【素霓生】李白、俠客行：意氣素霓生。【寄此生】杜甫、村夜：

漁樵寄此生。【得此生】陶潛、飲酒：聊復得此生。【得地生】李商隱、所居：蒲魚得地生。【得無生】王維、登辨覺寺：觀世得無生。【荷花生】李白、對海憶賀監：空有荷花生。【魚眼生】蘇軾、試院煎茶：蟹眼已過魚眼生。【魚頭生】韓愈、月蝕詩：不惜萬國赤子魚頭生。【從意生】白居易、畫竹歌：不根而生從意生。【細塵生】孟浩然、贈道士參寥：玉匣細塵生。【寒風生】李白、酬崔五郎中：凜然寒風生。【寒陰生】李白、登瓦官閣：地古寒陰生。【寒波生】陶潛、詠荆軻：淡淡寒波生。【結始生】李商隱、柳枝五首：春條結始生。【雄風生】李白、雉子斑：雄風生。【陽氣生】歐陽修、啼鳥：窮山候至陽氣生。【雲欲生】白居易、霓裳羽衣舞歌：斜曳裾時雲欲生。【華髮生】蘇軾、次韻答劉涇：使汝未老華髮生。【暈已生】杜甫、玩月呈漢中王：風吹暈已生。【道心生】張說、灉湖山寺：空山寂歷道心生。【達此生】王維、與盧家集朱家：吾將達此生。【隔死生】元好問、答郭仲通：亂後眞疑隔死生。【階前生】王維、雜詩：畏向階前生。【暗恨生】白居易、琵琶行：別有幽愁暗恨生。【愁處生】崔國輔、長信宮：

年年愁處生。【煙塵生】白居易、長恨歌：九重城闕煙塵生。【翠光生】杜牧、洛陽長句二首：日華浮動翠光生。【遠客生】元好問、秋懷：白髮先從遠客生。【踏還生】孟浩然、春中喜五九相尋：徑草踏還生。【澗邊生】韋應物、滁州西澗：獨憐幽草澗邊生。【樂久生】陶潛、九日閒居：斯人樂久生。【綠錢生】蘇軾、壽陽岸下：池南池北綠錢生。【塵王生】元好問、有寄：長路渴心塵王生。【餘此生】杜甫、送覃二判官：小臣餘此生。【實挺生】李商隱、五言述德抒情詩一首四十韻獻上杜七兄僕射相公：寒松實挺生。【暮潮生】李頎、送劉昱：揚州郭裏暮潮生。【暮靄生】蘇軾、陪歐陽公讌西湖：城上烏棲暮靄生。【遶宅生】白居易、琵琶行：黃蘆苦竹遶宅生。【錦苔生】李白、秋浦歌：綠字錦苔生。【錦浪生】李白、鸚鵡洲：岸夾桃花錦浪生。【學無生】王維、秋夜獨坐：惟有學無生；王維、遊感化寺：端坐學無生。【懷友生】李白、九日：空歌懷友生。【鬢髭生】白居易、醉後走筆：鏡中冉冉鬢髭生。【鱗甲生】白居易、秋日遊龍門醉中狂歌：伊水細浪鱗甲生。

## 甥

【賢甥】王維、送嚴秀才還蜀：似舅即賢甥。【孫甥】韓愈、城南聯句：綴戚觴孫甥。【有名甥】李商隱、五言述德抒情詩一首四十韻獻上杜七兄僕射相公：乞墅有名甥。

## 笙

【吹笙】曹操、短歌行：鼓瑟吹笙；李白、鳳吹笙曲：仙人十五愛吹笙；李商隱、二月二日：東風日暖聞吹笙。【鳳笙】李白、聽新鶯百囀歌：願入簫韶雜鳳笙。【子晉笙】杜牧、寄題甘露寺北軒：縹緲宜聞子晉笙。【吹玉笙】李商隱、銀河吹笙：悵望銀河吹玉笙。【紫鸞笙】李白、古風：雙吹紫鸞笙。【嘯遺笙】韓愈、城南聯句：折篁嘯遺笙。

## 檠

【扶檠】韓愈、燕河南府秀才：肴果柏扶檠。【銷檠】韓愈、城南聯句：妝燭已銷檠。【長檠】蘇軾、子野復來：風雨暗長檠。【燈檠】蘇軾、姪安遠來夜坐：白頭還對短燈檠。

## 擎

【携擎】韓愈、城南聯句：湖嵌費携擎。

## 鯨

【天鯨】韓愈、城南聯句：浤韵激天鯨。【長鯨】李白、公無渡河：海湄有長鯨；李白、臨江王節士歌：跨海斬長鯨；陸游、長歌行：醉入東海騎長鯨。【射鯨】李商隱、送千牛李將軍赴闕五十韻：誰其敢射鯨。

## 迎

【奉迎】王維、華嶽：金天思奉迎。【相迎】王維、班婕妤三首：朝下不相迎；李白、春日行：三十六帝欲相迎；元好問、送端甫西行：夢中仙掌已相迎。【拜迎】白居易、縛戎人：路旁走出再拜迎。【逢迎】王維、與盧象集朱家：終日有逢迎；李白、贈范金卿：愛客多逢迎；孟浩然、美人分香：含笑待逢迎；韓愈、城南聯句：遐膴縱逢迎；白居易、秋日遊龍門醉中狂歌：蓬邱逸士相逢迎；李商隱、偶題二首：曲房小院多逢迎。【虛迎】李商隱、五言述德抒情詩一首四十韻獻上杜七兄僕射相公：置驛恐虛迎。【千指迎】蘇軾、宿海會寺：大鐘橫撞千指迎。【父老迎】杜牧、洛陽長句二首：玉輦何時父老迎。【手板迎】王維、送方城韋明府：無嫌手板迎。【出戶迎】王維、待儲光羲不玉：方將出戶迎。【玉輦迎】王維、早期：班姬玉輦迎。【雨師迎】李商隱、送千牛李將軍赴闕五十韻：寧待雨師迎。【津吏迎】李白、橫江詞：橫江館前津吏迎。【相邀迎】蘇軾、次韻僧潛見贈：棗林桑野相邀迎。【笑相迎】李白、贈從弟南平太守之遙：出戶笑相迎。【倒屣迎】王維、春過賀遂員外藥園：來蒙倒屣迎。【森森迎】李白、荊門浮舟望蜀江：碧樹森森迎。【稚子迎】李白、遊謝氏山亭：遙欣稚子迎。【漂母迎】李白、淮陰書懷：欣得漂母迎。【綠雲迎】李白、鳳台曲：天借綠雲迎。【驛前迎】陸游、秋夜紀懷：炬火驛前迎。

## 行

【一行】白居易、別洛城東花：東城更一行。

【大行】韓愈、燕河南府秀才：文道當大行。

【山行】蘇軾、新城道中：東風知我欲山行。

【同行】韓愈、初南食貽元十八協律：又以告同行；李商隱、五言述德抒情詩一首四十韻獻上杜七兄僕射相公：黃道日同行。【先行】蘇軾、雪後到乾明寺：堦前屐齒我先行。【初行】杜牧、池州李使君沒：縉雲新命詔初行。【深行】韓愈、城南聯句：搜尋得深行。【閑行】杜牧、移居霅溪館：願爲閑客此閑行；杜牧、湖南正初招李郢秀才：雪舟相訪勝閑行。【遠行】李白、古風：炎方難遠行；杜甫、送遠：胡爲君遠行。【橫行】杜甫、房兵曹胡馬：萬里可橫行。【獨行】杜甫、玩月呈漢中王：歸舟應獨行；韓愈、月蝕詩：玉川子涕泗下中庭獨行。【人不行】杜甫、村夜：江頭人不行。【山中行】蘇軾、宿海會寺：籃輿三日山中行。【大軍行】岑參、輪臺歌：平明吹笛大軍行。【五藏行】李白、東海有勇婦：蹴踏五藏行。【少人行】杜甫、柳司馬至：商洛少人行。【日月行】李白、登瓦官閣：仰攀日月行。【不可行】李白、橫江詞：如此風波不可行。【不留行】李白、俠客行：千里不留行。【不復行】杜甫、滕王亭子：君王不復行。【玉階行】崔國輔、長信宮：不使玉階行。【江上行】李商隱、二月二日：二月二日江上行。【江東行】李白、行路難：秋風忽憶江東行。【地上行】黃庭堅、送范德孺知慶州：十年騏驎地上行。【此中行】李商隱、遇李十將軍挈家遊曲江：病來惟夢此中行。【百夫行】杜甫、遣興：緦麻百夫行。【西南行】白居易、長恨歌：千乘萬騎西南行。【老能行】杜甫、贈陳二補闕：天馬老能行。【何由行】韓愈、月蝕詩：吾道何由行。【泛舟行】李白、送儲邕之武昌：山逐泛舟行。【赤霄行】杜甫、送覃二判官：亦上赤霄行。【昇天行】李白、古風：飄拂昇天行。李白、春日行：此曲乃是昇天行。【夜不行】蘇軾、往富陽李節推先行：只隔山溪夜不行。【取次行】蘇軾、遊戲馬台：竹杖芒鞋取次行。【爭路行】白居易、勸酒：白舉紫車爭路行。【穿柳行】陸游、感舊絕句：黃金馬鞭穿柳行。【相負行】韓愈、初南食貽元十八協律：骨眼相負行。【若雲行】李白、入朝曲：劍履若雲行。【若夢行】錢起、送僧歸日本：來途若夢行。【紅燭行】李商隱、偶題二首：飲罷莫持紅燭行。【送我行】陶潛、詠荊軻：慷慨送我行。【送君行】蘇軾、同遊常州：半篙流水送君行。【院院行】蘇軾、遊戲馬臺：右寺長廊院院行。【宮裏行】杜牧、寄題甘露寺北軒：曾向蓬萊宮裏行。【乘遞行】白居易、縛戎人：領出長安乘遞行。【衆人行】杜甫、悲秋：老逐衆人行。【猛虎行】李白、猛虎行：朝作猛虎行。【處處行】白居易、題靈巖寺：攜觴領妓處處行。【唱歌行】杜牧、題關亭長句四韻：海宴天下唱歌行。【無人行】歐陽修、啼鳥：草深苔綠無人行。【雲不行】李白、冬日歸舊山：谷寒雲不行。【疏復行】杜甫、雨：斷雲疏復行。【傍險行】杜甫、走筆戲簡：實少銀鞍傍險行。【幾人行】蘇軾、倦夜：殘月幾人行。【楚人行】王維、送方城韋明府：寥落楚人行。【楚雲行】李白、荊門浮舟望蜀江：搖曳楚雲行。【落日行】李商隱、華嶽下題西王母廟：八馬虛隨落日行。【催酒行】黃庭堅、送張材翁赴秦簽：提壺栗留催酒行。【琵琶行】白居易、琵琶行：爲君翻作琵琶行。【勤遠行】蘇軾、次韵黃魯直畫馬試院中作：　少年鞍馬勤遠行。【載酒行】杜牧、遣懷：落魄江湖載酒行。【截海行】孟浩然、尋天台山：揚帆截海行。【鄰犬行】陸游、枕上作：枯葉有聲鄰犬行。【踏花行】王維、遊感化寺：鹿女踏花行。【遶村行】李商隱、贈田叟：相逢攜手遶村行。【樹杪行】王維、曉行巴峽：山橋樹杪行。【樵者行】韋應物、幽居：或隨樵者行。【豫章行】孟浩然、送袁太祝尉豫章：獨送豫章行。【繞花行】李白、聽新鶯百囀歌：天回玉輦繞花行。【禮將行】孟浩然、送桓子之郢城過禮：羔雁禮將行。

## 衡

【門衡】韓愈、城南聯句：黃團繫門衡。【權衡】李白、古風：三公運權衡。【不倚衡】李商隱、五言述德詩獻杜七兄：徒勞不倚衡。【臥判衡】杜甫、送覃二判官：渺渺臥判衡。【紛交衡】蘇軾、次韵孔毅父集句見贈：名章俊語紛交衡。

## 耕

【舌耕】蘇軾、送程建用：先生本舌耕。【春耕】歐陽修、啼鳥：戴勝穀穀催春耕；蘇軾、新城道中：煮葵燒笋餉春耕；陸游、小園：卻從鄰父學春耕。【躬耕】陸游、冬夜讀書忽聞雞唱：丈夫失意合躬耕。【農耕】王維、贈房盧代瑄：但坐事農耕。【耦耕】李白、秋夜獨坐懷故山：歸閒事耦耕；蘇軾、新城道中：試向桑田問耦耕。【勸耕】蘇軾、山村：布穀何勞也勸耕。【分鉏耕】韓愈、城南聯句：百種分鉏耕。【失象耕】李商隱、送千牛李將軍赴闕：蒼梧失象耕。【谷口耕】李商隱、五言述德詩獻杜七兄：遲迴谷口耕。【苦爲耕】蘇軾、雪夜獨宿柏仙菴：未濡秋旱苦爲耕。

## 萌

【豐萌】韓愈、城南聯句：野麰漸豐萌。【龐萌】李商隱、有感二首：始悔用龐萌。【事早萌】李商隱、送千牛李將軍赴闕五十韵：增埤事早萌。

## 甍

【棟甍】韓愈、城南聯句：帳廬扶棟甍。

## 紘

【彩紘】韓愈、城南聯句：朝冠飄彩紘。

## 宏

【徒宏】韓愈、送侯參謀赴河中幕：受恩愧徒宏。
【表其宏】韓愈、城南聯句：永用表其宏。

## 閎

【蹋登閎】韓愈、城南聯句：冥升蹋登閎。

## 莖

【紫莖】陳子昂、感遇其二：朱蕤冒紫莖。李商隱、五言述德詩獻杜七兄：湘蘭怨紫莖。【生草莖】李白、梁甫吟：騶虞不折生草莖。【泣金莖】李商隱、送千牛李將軍赴闕五十韵：出伍泣金莖。【枯搨莖】韓愈、城南聯句：化蟲枯搨莖。【雪千莖】蘇軾、次韵答頓起：金丹終掃雪千莖。【落金莖】李商隱、令狐舍人西掖玩月因戲贈：曉暈落金莖。【綠筍莖】王維、遊感化寺：嘉蔬綠筍莖。【雙金莖】李商隱、河陽詩：仙人不下雙金莖。

## 甖

【盆甖】韓愈、城南聯句：陶固收盆甖。

## 鶯

【流鶯】李白、春日醉起言志：春風語流鶯。【殘鶯】白居易、別洛城東花：勸酒有殘鶯。【亂鶯】陳與義、道中寒食：愁邊有亂鶯。【遷鶯】李商隱、思歸：時節正遷鶯。【出谷鶯】李白、荆門浮舟望蜀江：花飛出谷鶯。【漢苑鶯】李商隱、送千牛李將軍赴闕五十韵：俱聽漢苑鶯。【聽新鶯】李白、聽新鶯百囀歌：還過茝石聽新鶯。

## 櫻

【山櫻】王維、遊感化寺：空館發山櫻。【珠櫻】韓愈、城南聯句：創縷穿珠櫻。

## 泓

【漉坳泓】韓愈、城南聯句：採月漉坳泓。

## 橙

【瓌橙】韓愈、城南聯句：鵠鸞攢瓌橙。【椒與橙】韓愈、初南食貽元十八協律：芼以椒與橙。

## 爭

【鬬爭】元好問、車駕東狩後卽事：慘澹龍蛇日鬬爭。【本無爭】李商隱、五言述德詩獻杜七兄：公意本無爭。【巧欲爭】元好問、春日：里社春盤巧欲爭。【弟子爭】蘇軾、次韵答劉涇：異義蠭起弟子爭。【妒與爭】韓愈、燕河南府秀才：不敢妒與爭。【使人爭】曹操、蒿里行：勢利使人爭。【計力爭】李商隱、送千牛李將軍赴闕五十韵：無因計力爭。【莫能爭】陳子昂、感遇其十七：豪聖莫能爭。【捨還爭】韓愈、城南聯句：捨心捨還爭。【誰能爭】李白、雉子斑：趫悍誰能爭。【欻戰爭】李商隱、有感二首：彤庭欻戰爭。【龍虎爭】李白、山人勸酒：恥隨龍虎爭。【與時節爭】歐陽修、啼鳥：百物如與時節爭。

## 箏

【琴箏】韓愈、城南聯句：紀聖播琴箏。【撫箏】蘇軾、陪歐陽公讌西湖：坐無桓伊能撫箏。

【彈箏】孟浩然、南亭醉作：居士好彈箏。【吟風箏】李白、登瓦官閣：四角吟風箏。【秦女箏】王維、與盧家集朱家：復聞秦女箏。【想夫箏】李商隱、送千牛李將軍赴闕五十韵：甲冷想夫箏。【漢殿箏】李商隱、令狐舍人西掖玩月因戲贈：風絃漢殿箏。【彈鳴箏】李白、春日行：絃將手語彈鳴箏。

## 清

【太清】李白、古風：飛飛凌太清；李白、秋夕書懷：閒臥瞻太清；王維、華嶽：積雪在太清；孟浩然、望洞庭湖贈張丞相：涵虛混太清；李商隱、令狐舍人西掖玩月因戲贈：傳聞近太清；陸游、秋夜紀懷：明河浮太清；陸游、七月十四夜觀月：不復微雲滓太清。【江清】杜甫、軍中醉飲寄沈八劉叟：酒渴愛江清。【孤清】張九齡、感遇：滯慮洗孤清。【泰清】曹植、贈丁儀王粲：承露概泰清。【淒清】王維、哭殷遙：白日自淒清。【紫清】李白、春日行：深宮高樓入紫清；李白、聽新鶯百囀歌：五雲垂暉耀紫清。【澄清】蘇軾、六月二十日夜渡海：天容海色水澄清。【霜清】李商隱、銀河吹笙：風簾殘燭隔霜清；元好問、秋懷：虛堂淅淅掩霜清。【天地清】李白、遊謝氏山亭：再歡天地清。【水殿清】李商隱、吳宮：龍檻沈沈水殿清。【水鏡清】蘇軾、次韵僧潛見贈：道人胸中水鏡清。【水檻清】李商隱、宿駱氏亭寄懷崔雍崔袞：竹塢無塵水檻清。【月影清】杜甫、天河：人間月影清。【永夜清】杜甫、天河：終能永夜清。【玉指清】孟浩然、寒夜張明府宅宴：嬌弦玉指清。【四海清】李白、古風：澹然四海清；白居易、七德舞：擒充戮竇四海清。【四鄰清】孟浩然、李氏園林臥疾：寒食四鄰清。【古泉清】蘇軾、遊戲馬臺：林亡白鶴古泉清。【地望清】李商隱、五言述德詩獻杜七兄：荀陳地望清。【冰壺清】李白、贈范金卿：月覺冰壺清。【有餘清】蘇軾、雪夜獨宿柏仙菴：小菴高臥有餘清。【沙水清】杜甫、送覃二判官：天寒沙水清；蘇軾、新城道中：溪柳自搖沙水清。【何獨清】李白、仙人勸酒：洗耳何獨清。【長官清】蘇軾、新城道中：亂山深處長官清。【夜氣清】黃庭堅、宿廣惠寺：僧舍初寒夜氣清。【弦管清】李白、九日：風揚弦管清。【風月清】蘇軾、杭州故人信至：昨夜風月清。【風化清】李白、贈閭丘宿松：一朝風化清。【風物清】杜甫、獨坐：天虛風物清。【風塵清】杜甫、釋悶：眼暗不見風塵清。【亮且清】蘇軾、宿海會寺：木魚呼粥亮且清。【秋光清】白居易、秋日遊龍門醉中狂歌：秋天高高秋光清。【思微清】孟浩然、和張明府登鹿門作：山水思微清。【涵餘清】李白、淮陰書懷：川嶽涵餘清。【晉水清】杜甫、諸將五首：龍起猶聞晉水清。【細而清】蘇軾、次韻答劉涇：飛蟲繞耳細而清。【高張清】李白、幽澗泉：善手明徽高張清。【夏猶清】李商隱、晚晴：春去夏猶清。【皎公清】蘇軾、遊戲馬臺：題詩誰似皎公清。【莫江清】黃庭堅、贈別幾復：西山影落莫江清。【國步清】李商隱、送千牛李將軍赴闕五十韻：因誰國步清。【淺深清】杜牧、湖南正初於李郢秀才：一溪寒水淺深清。【笙歌清】白居易、立部伎：堂上坐部笙歌清。【湖水清】孟浩然、春中喜王九相尋：二月湖水清。【萬里清】李白、贈昇州王使君忠臣：長江萬里清。【寒泉清】李白、遊南陽清泠泉：愛此寒泉清。【登階清】韓愈、城南聯句：輔弼登階清。【揚濁清】曹植、贈丁儀王粲：涇渭揚濁清。【夢已清】姚合、閒居：休官夢已清。【楚水清】杜甫、月：新窺楚水清。【蜀江清】劉禹錫、竹枝詞：白鹽山下蜀江清。【溢岸清】李商隱、病中早訪招國李十將軍遇挈家遊曲江：十頃平波溢岸清。【滄洲清】李白、燭照山水壁畫歌：燭前一見滄洲清。【道路清】元好問、春日：我馬何時道路清。【照膽清】元好問、答郭仲通：十丈寒潭照膽清。【漢水清】常建、送宇文六：花映垂楊漢水清。【遠含清】李商隱、月：藏人帶樹遠含清。【睡思清】元好問、秋夕：小簟涼多睡思清。【歌響清】李商隱、歌舞：遏雲歌響清。【劍外清】杜甫、春遠：何曾劍外清。【暮江清】李商隱、聽鼓：城下暮江清。【濃且清】韓愈、燕河南府秀才：好酒濃且清。【曉更清】李商隱、淮陽路：寒溪曉更清。【樽酒清】李商隱、河內詩二首：雙橈兩槳樽酒清。【醍醐清】蘇軾、蜜酒歌：甘露微濁醍醐清。【舉家清】李商隱、蟬：我亦舉家清。【霜雪清】杜甫、送遠：關河霜雪清。【露氣清】蘇軾、絕句：漠漠秋高露氣清。

## 情

【人情】王維、哭殷遙：萬事傷人情；蘇軾、遊戲馬臺：下臨官道見人情。【中情】曹植、閨情：永副我中情。【世情】陶潛、飲酒：遠我遺世情；杜甫、愁：巫峽泠泠非世情。【有情】孟浩然、美人分香：分香更有情；李頎、聽董大彈胡笳弄：將往復旋皆有情；李白、鳳臺曲：當時別有情；錢起、江行無題：東流獨有情；白居易、琵琶行：未成曲調先有情；白居易、霓裳羽衣舞歌：風袖低昂如有情；李商隱、月：未必圓時卽有情；李商隱、柳：柳映江潭底有情；李商隱、無題：照梁初有情；李商隱、二月二日：紫蝶黃蜂俱有情；李商隱、銀河吹笙：湘瑟秦簫自有情；李商隱、送千牛李將軍赴闕五十韵：楊朱死有情。【忘情】李白、春日醉起言志：曲盡已忘情。【含情】李白、留別金陵諸公：揮手緬含情；杜甫、村夜：萬里正含情；杜甫、公安縣懷古：長嘯一含情。【君情】杜甫、哭嚴僕射歸櫬：遺後見君情。【別情】白居易、草：萋萋滿別情。【物情】李白、雉子斑：何惜遂物情；杜甫、夔州歌十絕句：覇主並呑在物情。【俗情】孟浩然、李氏園林臥疾：林園無俗情；杜甫、久客：淹留見俗情。【客情】鮑照、代東門行：離聲斷客情；杜甫、悲秋：秋來爲客情；杜甫、滕王亭子：雲霞過客情。【春情】元好問、春日：裁紅暈碧助春情。【怨情】庾信、詠懷：淒涼多怨情。【幽情】李白、古風：空簾閉幽情。【留情】杜牧、寄題甘露寺北軒：北軒闌檻最留情。【深情】陶潛、九日閒居：緬懷起深情；李白、東海有勇婦：都由激深情。【鳥情】杜甫、移居夔州郭：山光見鳥情。【鄉情】劉禹錫、竹枝詞：北人莫上動鄉情。【無情】李白、山人勸酒：泛若雲無情；杜甫、新安吏：天地終無情；杜牧、贈別：多情欲似總無情；杜牧、移居霅溪館：一年人住豈無情；李商隱、城外：露寒風定不無情；李商隱、蟬：一樹碧無情；歐陽修、啼鳥：鳥勸我飲非無情。陸游、長歌行：白髮種種來無情。【聖情】杜甫、端午日賜衣：終身荷聖情。【傷情】韓愈、路傍堠：悽然自傷情。【稱情】李白、行路難：曳裾王門不稱情。【遠情】張九齡、感遇：因之傳遠情；杜甫、西閣雨望：松林駐遠情。【餘情】陶潛、詠荆軻：千載有餘情。【歸情】李白、古風：緬然含歸情；杜甫、客夜：應悉未歸情。【不勝情】劉禹錫、與歌者何戡：重聞天樂不勝情。【世上情】杜甫、宗武生日：人傳世上情。【世人情】韋莊、金陵圖：畫人心逐世人情。【世中情】張說、灉湖山寺：香臺豈是世中情。【古人情】杜甫、送遠：因見古人情。【古今情】李商隱、覽古：草間霜露古今情。【玉關情】李白、秋歌：總是玉關情。【別離情】王維、曉行巴峽：稍解別離情。【故人情】李白、送友人：落日故人情；李白、淮陰書懷：婉孌故人情。【故園情】李白、春夜洛城聞笛：何人不起故園情。【知我情】韓愈、此日足可惜一首贈張籍：子豈知我情。【風烟情】白居易、畫竹歌：蕭颯盡得風煙情。【易爲情】杜甫、泛江送客：那得易爲情。【空復情】王維、待儲光羲不至：臨堂空復情。【昨夜情】沈佺期、雜詩：良人昨夜情。【幽居情】韋應物、幽居：遂此幽居情。【春風情】李白、聽新鶯百囀歌：間關早得春風情。【若爲情】元好問、懷益之兄：干戈滿眼若爲情。【旅人情】蘇軾、遊戲馬臺：此軒偏慰旅人情。【旅寓情】孟浩然、和張明府登鹿門作：能寬旅寓情。【豈關情】李商隱、華嶽下題西王母廟：神仙有分豈關情。【流浪情】李白、秋夕書懷：淒其流浪情。【軒冕情】李白、題隨州紫陽先生壁：頗失軒冕情。【敍我情】秦嘉、贈婦詩三首：貴用敍我情。【淺深情】李商隱、代越公房妓嘲徐公主：微露淺深情。【萬里情】李白、送儲邕之武昌：長江萬里情。【萬物情】蘇軾、次韻秦觀見贈：新詩說盡萬物情。【無限情】白居易、題靈巖寺：一曲涼州無限情。【進退情】杜甫、月：如知進退情。【結恩情】繁欽、定情詩：何以結恩情。【羨魚情】孟浩然、望洞庭湖贈張丞相：徒有羨魚情。【雁無情】杜甫、夜：北書不至雁無情。【遊子情】李白、遊南陽清泠泉：蕩漾遊子情。【詩人情】蘇軾、次韻僧潛見贈：尙有宛轉詩人情。【鉤物情】蘇軾、次韻答劉涇：天公怪汝鉤物情。【當時情】蘇軾、次韻孔毅父集句見贈：無人巧繪當時情。【感夢情】孟浩然、送桓子之郢城過禮：應來感夢情。【慰我情】徐幹、室思：君期慰我情。【離別情】常建、送宇文六：愁殺江南離別情；王昌齡、從軍行：總是關山離別情。【難爲情】李白、三五七言：此時此夜難爲情；韓愈、燕河南府秀才：愧慄難爲情；韓愈、桃源圖：依然離別難爲情。【舊壑情】李白、秋夜獨坐懷故山：微茫舊壑情。【隴水情】李白、清溪半夜聞笛：吳溪隴水情。【戀主情】李白、觀胡人吹笛：空懷戀主情。【戀朋情】孟浩然、永嘉別張子容：分手戀朋情。【兄弟之情】黃庭堅、送王郎：歌以寫一家兄弟之情。【朝朝暮暮情】白居易、長恨歌：聖主朝朝暮暮情。

# 晴

【陰晴】歐陽修、啼鳥：雄雌各自知陰晴；陸游、杭頭晚興：凝雲殘日半陰晴。【晚晴】李商隱、晚晴：人間重晚晴；黃庭堅、登快閣：快閣東西倚晚晴。【舒晴】韓愈、城南聯句：菲茸共舒晴。【新晴】蘇軾、雪後到乾明寺：且看鴉鵲噪新晴；元好問、獨峯楊氏幽居：村墟瀟灑帶新晴。【駢晴】韓愈、城南聯句：草株競駢晴。【解晴】蘇軾、六月二十日夜渡海：苦雨終風也解晴。【一峯晴】王維、過乘如禪師：嵩丘蘭若一峯晴。【六合晴】李商隱、送千牛李將軍赴闕五十韻：回軍六合晴。【夷空晴】韓愈、城南聯句：縹氣夷空晴。【雨外晴】王維、遊感化寺：秦川雨外晴。【雨初晴】崔顥、行經華陰：仙人掌上雨初晴。【陰且晴】李頎、聽董大彈胡笳弄：萬里浮雲陰且晴。【雪峯晴】李白、冬日歸舊山：萬點雪峯晴；李商隱、五言述德詩獻上杜七兄：樓迴雪峯晴。【微雨晴】李頎、送劉昱：鸕鷀山頭微雨晴。【溢不晴】韓愈、燕河南府秀才：冷風溢不晴。【還有晴】劉禹錫、竹枝詞：道是無情還有晴。【爛漫晴】蘇軾、雪夜獨宿柏仙菴：又作春風爛漫晴。

# 精

【水精】李商隱、和馬郎中移白菊見示：帶露全移綴水精。【元精】李商隱、五言述德詩獻上杜七兄：惟嶽降元精。【至精】張九齡、感遇：人誰感至精。【妖精】李頎、聽董大彈胡笳弄：深松竊聽來妖精。【星精】王維、徐公挽歌：傳說是星精；李商隱、送千牛李將軍赴闕五十韻：快馬駭星精。【擇精】韓愈、燕河南府秀才：相賀簡擇精。【夜垂精】蘇軾、郊祀慶成：魄寶夜垂精。【蝦蟆精】韓愈、月蝕詩：疑是蝦蟆精。【飄颻精】韓愈、城南聯句：吹簸飄颻精。

# 睛

【眼睛】韓愈、月蝕詩：念此日月者爲天之眼睛。

# 菁

【芳菁】韓愈、城南聯句：此線茹芳菁。

# 晶

【光晶】李白、古風：日月慘光晶。【凝餘晶】韓愈、城南聯句：洌唱凝餘晶。

# 旌

【弓旌】韓愈、城南聯句：寵族飫弓旌。【危旌】祖詠、望薊門：三邊曙色動危旌。【風旌】蘇軾、地爐：壯心降盡倒風旌。【旆旌】李商隱、五言述德詩獻上杜七兄：前驅且旆旌。【降旌】蘇軾、次韻舒教授寄李公擇：看君談笑收降旌。【銘旌】李白、上留田行：他人於此舉銘旌；杜牧、池州李使君沒：粉書空換舊銘旌；蘇軾、王鞏累約重九見訪：他年祇好寫銘旌。【漢旌】杜甫、諸將五首：擬絕天驕拔漢旌。【霓旌】杜甫、滕王亭子：千騎把霓旌。【雙旌】李商隱、送千牛李將軍赴闕五十韻：仍世盡雙旌。【懸旌】李白、古風：羈心搖懸旌。

### 盈

【威盈】韓愈、城南聯句：破竈伊威盈。【滿盈】李商隱、送千牛李將軍赴闕五十韻：姦兇有滿盈。【一尺盈】李商隱、永樂縣久旱祈雨而得詩：晝夜如絲一尺盈。【月虧盈】李商隱、城外：一生長共月虧盈。【客思盈】孟浩然、早發寄楊使君：荒村客思盈。【缺已盈】韓愈、秋懷詩：弱念缺已盈。

### 楹

【兩楹】曹植、閨情：逍遙步兩楹；王維、贈房盧氏琯：弦歌在兩楹。【挈楹】韓愈、城南聯句：獸材尚挈楹。【紫楹】李白、春日行：金作蛟龍盤紫楹。【檐楹】王維、遊感化寺：虎穴傍檐楹；韓愈、食曲河驛：孔雀飛檐楹。【簷楹】杜甫、西閣雨望：萬慮傍簷楹。【繡楹】李白、春日行：金作蛟龍盤繡楹。【桂雕楹】李白、聽新鶯百囀歌：垂絲百尺桂雕楹。【晏子楹】李商隱、五言述德詩獻上杜七兄：書留晏子楹。

### 瀛

【滄瀛】李白、東海有勇婦：流芳播滄瀛。【蓬瀛】王維、早朝：東海訪蓬瀛；李白、春日行：因出天池汎蓬瀛；李白、贈僧崖公：乘杯向蓬瀛。李白、燭照山水壁畫歌：高堂粉壁圖蓬瀛。【俯窺瀛】韓愈、城南聯句：繚岸俯窺瀛。

### 嬴

【周嬴】韓愈、城南聯句：肇初邁周嬴。【侯嬴】李白、俠客行：持觴勸侯嬴。【秦嬴】陳子昂、感遇：七雄滅秦嬴。【强嬴】陶潛、詠荊軻：志在報强嬴。

### 贏

【棄仍贏】韓愈、城南聯句：礙轍棄仍贏。

### 營

【自營】曹植、贈丁儀王粲：王子歡自營。【有營】韋應物、幽居：出門皆有營。【斫營】蘇軾、王鞏累約重九見訪：筆陣空來夜斫營。【落營】庾信、詠懷：長星夜落營。【禁營】李商隱、送千牛李將軍赴闕五十韻：雲橋逼禁營。【廢營】李商隱、淮陽路：荒村倚廢營。【不相營】韓愈、初南食貽元十八協律：口眼不相營。【正怔營】陶潛、詠荊軻：豪主正怔營。【君試營】王維、贈房盧氏琯：茅茨君試營。【亞夫營】杜甫、春遊：地入亞夫營；李商隱、五言述德詩獻杜七兄：楊柳亞夫營。【星散營】杜甫、新安吏：歸軍星散營。【細柳營】王維、觀獵：還歸細柳營。【國西營】杜甫、月：沐照國西營。【漢家營】沈佺期、雜詩：長在漢家營；杜甫、八月十五夜月二首：不獨漢家營。【漢將營】祖詠、望薊門：笳鼓喧喧漢將營。【歸其營】杜甫、漁陽：舊防敗走歸其營。【驃騎營】杜甫、哭嚴僕射歸櫬：天長驃騎營。

## 嬰

【探嬰】韓愈、城南聯句：駢鮮互探嬰。【嬌嬰】歐陽修、啼鳥：舌端啞吒如嬌嬰。【病轉嬰】杜甫、柳司馬至：蕭條病轉嬰。

## 纓

【長纓】陶潛、詠荆軻：猛氣衝長纓；祖詠、望薊門：論功還欲請長纓。【冠纓】李白、古風：豺狼盡冠纓。【胡纓】李白、俠客行：趙客縵胡纓。【衿纓】韓愈、城南聯句：翼萃伏衿纓。【簪纓】張說、滍湖山寺：不將蘿薜易簪纓；王維、贈房盧氏琯：對書不簪纓；李白、少年行：不如當身自簪纓。【羅纓】繁欽、定情詩：美玉綴羅纓。【仲由纓】李商隱、送千牛李將軍赴闕五十韵：棄市仲由纓。【冠與纓】蘇軾、和詠荆軻：笑落冠與纓。【逐臣纓】李白、觀胡人吹笛：淚滿逐臣纓。【塵土纓】白居易、秋日遊龍門醉中狂歌：即須先濯塵土纓。【濯吾纓】蘇軾、次韻答王鞏：滄浪濯吾纓。

## 貞

【忠貞】韓愈、城南聯句：守封踐忠貞。【艱貞】李商隱、五言述德詩獻上杜七兄：占象合艱貞。【丈人貞】李商隱、送千牛李將軍赴闕五十韵：師以丈人貞。

## 成

【不成】陶潛、詠荆軻：奇功遂不成；崔顥、行經華陰：天外三峯削不成；杜甫、宗武生日：欹斜坐不成；白居易、後宮詞：淚盡羅巾夢不成；杜牧、贈別：唯覺尊前笑不成；杜牧、湖南正初招李郢秀才：對酒當歌歌不成；溫庭筠、瑤瑟怨：冰簟銀牀夢不成；韋莊、金陵圖：誰謂傷心畫不成；陸游、枕上作：一室幽幽夢不成；元好問、十日作：一片傷心畫不成；元好問、懷益之兄：欲賦窮愁竟不成。【天成】蘇軾、次韵孔毅父集句見贈：信手拈得俱天成。【生成】杜甫、早行：設法害生成；韓愈、食曲河驛：何用答生成。【未成】李商隱、覽古：欲舉黃旗竟未成。

【曲成】李白、雉子班：雉子班三奏曲成。【有成】曹植、喜雨：登秋必有成。【老成】蘇軾、送張軒民赴省試：嘗喜吾猶及老成；李商隱、有感二首：今非乏老成；李商隱、送千牛李將軍赴闕五十韵：逢君嘆老成。【何成】陳子昂、感遇：芳意竟何成；李商隱、五言述德詩獻上杜七兄：畫虎意何成。【秋成】杜牧、移居霅溪館：萬家相慶喜秋成。【書成】李白、秋夜獨坐懷故山：諫獵短書成。【無成】陶潛、九日閒居：淹留竟無成；孟浩然、自洛之越：書劍兩無成；李白、笑歌行：夷齊餓死終無成；李白、東海有勇婦：有心竟無成。【筆成】白居易、畫竹歌：不笋而成由筆成。【詩成】孟浩然、寒夜張明府宅宴：刻燭限詩成。【廣成】李白、來日大難：軒師廣成。【雙成】白居易、長恨歌：轉教小玉報雙成。【一曲成】白居易、霓裳羽衣舞歌：教得霓裳一曲成。【不可成】王維、秋夜獨坐：黃金不可成。【功業成】白居易、七德舞：二十有四功業成。【半睡成】陸游、秋夜紀懷：詩從半睡成。【有所成】韓愈、此日足可惜一首贈張籍：諒知有所成。【羽翼成】李白、山人勸酒：彼翁羽翼成。【走馬成】李商隱、寄酬韓冬郎：十歲裁詩走馬成。【雨氣成】孟浩然、和張明府登鹿門作：虹因雨氣成。【秋恨成】李商隱、暮秋獨遊曲江：荷葉枯時秋恨成。【推創成】王維、華嶽：左手推創成。【埽還成】韓愈、城南聯句：絲窠埽還成。【無所成】王維、哭殷遙：今君無所成。【愚所成】王維、愚公谷三首：都由愚所成。【瘦骨成】杜甫、房兵曹胡馬詩：鋒稜瘦骨成。【壽器成】杜牧、池州李使君沒：纔是孤魂壽器成。【翠織成】蘇軾、次韵答劉涇：亦自不嫌翠織成。【薄妝成】王維、扶南曲歌詞：半夜薄妝成。【藥欄成】王維、春過賀遂員外藥園：新作藥欄成。

## 盛

【時節盛】韓愈、東都遇春：羞見時節盛。【饛豐盛】韓愈、城南聯句：黑秬饛豐盛。

## 城

【入城】蘇軾、遊戲馬臺：日暮牛羊自入城。【千城】陶潛、詠荊軻：逶迤過千城。【上城】李商隱、城上：無憀獨上城。【化城】王維、遊感化寺：歸依宿化城；王維、登辨覺寺：蓮峯出化城。【水城】杜甫、西閣雨望：山寒著水城。【王城】杜甫、新安吏：何以守王城。【及城】韓愈、此日足可惜一首：聞子適及城。【古城】蘇軾、宿海會寺：繚垣百步如古城。【出城】李商隱、吳宮：日暮水漂花出城。【江城】杜甫、玩月呈漢中王：江月滿江城。【百城】曹植、贈丁儀王粲：佳麗殊百城。【赤城】孟浩然、尋天臺山：餐霞臥赤城；李白、燭照山水壁畫歌：皎若丹丘隔海望赤城。【夾城】杜牧、長安雜題長句六首：十里飄香入夾城；李商隱、晚晴：深居俯夾城。【沈城】李商隱、送千牛李將軍赴闕五十韵：數板不沈城。【孤城】杜甫、愁：異域賓客老孤城；杜甫、送遠：鞍馬去孤城；杜甫、獨坐：倚杖背孤城。【長城】陳琳、飲馬長城窟行：何能怫鬱築長城；王昌齡、從軍行：高高秋月照長城；杜牧、題關亭長句四韻：用賢無敵是長城。【春城】王維、待儲光羲不至：疏雨過春城。【秋城】王維、與盧家集朱家：槐案下秋城。【重城】李白、入朝曲：伐鼓啟重城；李商隱、詠雪：旋見隔重城；李商隱、宿駱氏亭寄懷崔雍崔袞：相思迢遞隔重城。【帝城】李白、少年行：遮莫姻親連帝城；白居易、昆明春：詔以昆明近帝城。【胡城】杜甫、釋悶：揚鞭忽是過胡城。【故城】韋莊、金陵圖：老木寒雲滿故城。【洛城】蘇軾、次韵答頓起：和遍新詩滿洛城。【背城】李商隱、有感二首：兵徒劇背城。【郢城】王維、送方城韋明府：平蕪故郢城。【捍城】蘇軾、和梅戶曹會獵鐵溝：誰信儒冠也捍城。【荒城】白居易、草：晴翠接荒城。【宮城】李商隱、俳諧：蝶解舞宮城。【唐城】孟浩然、早發寄楊使君：數里見唐城。【專城】李白、古風：虎符合專城。【都城】韓愈、城南聯句：玆彌稱都城。【寒城】王維、贈房盧氏琯：蒼翠臨寒城。【溢城】王維、送楊少府：回頭浪裏出溢城。【渭城】王維、觀獵：將軍獵渭城。【彭城】韓愈、此日足可惜一首贈張籍：東去趨彭城。【蜀城】李白、送老友入蜀：春流遶蜀城。【傾城】孟浩然、美人分香：豔色本傾城；蘇軾、次韵僧潛見贈：故知倚市無傾城；黃庭堅、王充道送水仙：含香體素欲傾城。【隔城】李商隱、城外：臨水當山又隔城。【綺城】李白、聽新鶯百囀歌：縈煙嫋娜拂綺城。【鳳城】杜甫、夜：銀漢遙應接鳳城。【層城】黃庭堅、宿廣惠寺：鴉啼殘照下層城。【錦城】王維、送嚴秀才還蜀：還鄉入錦城；李商隱、病中訪李十將軍遇挈家遊曲江：猶放沱江過錦城。【遶城】蘇軾、遊戲馬臺：汴水南來故遶城。【薊城】李白、猛虎行：朝降夕叛幽薊城；祖詠、望薊門：海畔雲山擁薊城。【龍城】沈佺期、雜詩：一爲取龍城。【邊城】陳子昂、晚次樂鄉縣：道路入邊城；杜甫、天河：伴月照邊城。【五鳳城】王維、早朝：春深五鳳城。【大梁城】李白、俠客行：烜赫大梁城。【丹鳳城】杜甫、送覃二判官：永懷丹鳳城。【石頭城】王維、同崔傅答賢弟：秋月鶴唳石頭城。【白帝城】杜甫、入宅：雲通白帝城；杜甫、走筆戲簡：細雨何孤白帝城；杜甫、　移居夔州郭：遷居白帝城。【古宣城】蘇軾、送張軒民寺丞赴省城：賀詩先到古宣城。【沙丘城】李白、沙丘城下寄杜甫：高臥沙丘城。【杞梁城】庾信、詠懷：哭壞杞梁城。【佳麗城】李白、贈昇州王使君忠臣：三吳佳麗城。【岳陽城】孟浩然、望洞庭湖贈張丞相：波撼岳陽城。【飛狐城】陸游、長歌行：三更雪壓飛狐城。【洛陽城】張說、蜀道後期：先至洛陽城；孟浩然、李氏園林臥疾：空滯洛陽城；白居易、別洛城東花：春別洛陽城。【華陰城】王維、華嶽：森沈華陰城。【黑鵰城】王維、杜太守挽歌：連破黑鵰城。【鳳凰城】王維、恭懿太子挽歌五首：樹轉鳳凰城；元好問、有寄：幾時同醉鳳凰城。【漢陽城】盧綸、晚次鄂州：雲開遠見漢陽城。【鄢郢城】孟浩然、送桓子之野城過禮：言過鄢郢城。【鄧州城】元好問、秋夕：附書誰往鄧州城。【潯陽城】白居易、琵琶行：謫居臥病潯陽城。【錦官城】杜甫、春夜喜雨：花重錦官城。【豫章城】黃庭堅、贈別幾復：風驚鹿散豫章城。【謝宣城】錢起、江行無題：誰伴謝宣城。

## 誠

【侵誠】韓愈、秋懷詩：外憂遂侵誠。【素誠】李白、淮陰書懷：一餐感素誠；李商隱、送千牛李將軍赴闕五十韵：睽離動素誠。【款誠】秦嘉、贈婦詩三首：遺思致款誠。【厥誠】韓愈、燕河南府秀才：庶以露厥誠。【精誠】李白、　梁甫吟：白日不照吾精誠；李白、東海有勇婦：蒼天感精誠；李商隱、久旱祈禱得雨因賦詩：甘膏滴滴是精誠。【慰吾誠】張九齡、感遇：何所慰吾誠。

## 呈

【自呈】韓愈、初南食貽元十八協律：鬭以怪自呈。【微微呈】韓愈、城南聯句：綦迹微微呈。

## 程

【工程】元好問、答郭仲通：忍窮尤喜見工程。【水程】杜甫、宿青草湖：郵籤報水程；蘇軾、次韵答劉涇：臥聞郵籤報水程。【前程】孟浩然、早發寄楊使君：策馬赴前程。【問程】李商隱、送千牛李將軍赴闕五十韻：鵬摶莫問程。【期程】杜甫、早行：行邁有期程；張悅、蜀道後期：來往預期程。【逾程】韓愈、城南聯句：殊私得逾程。【歸程】元好問、十日作：井陘西北算歸程。【一日程】盧綸、晚次鄂州：猶是孤帆一日程。【自有程】陳琳、飲馬長城窟行：官作自有程。【安足程】蘇軾、戲子由：文章小伎安足程。【晚下程】陸游、杭頭晚興：落葉孤村晚下程。【萬里程】韓愈、食曲河驛：孑孑萬里程。元好問、送端甫西行：平城青雲萬里程。【不自程】蘇軾、初別子由：放縱不自程。

## 酲

【含酲】韓愈、城南聯句：頹意若含酲。【析酲】李商隱、五言述德抒情詩獻上杜七兄：高談屢析酲。【解酲】孟浩然、南亭醉作：餘尊惜解酲；孟浩然、春中喜王九相尋：開尊共解酲。

## 聲

【一聲】杜甫、早行：聞見同一聲。【天聲】李白、古風：回風送天聲。【北聲】李商隱、河內詩二首：此曲斷腸惟北聲。【江聲】杜甫、客夜：高枕遠江聲。【死聲】庾信、詠懷：南風多死聲。【名聲】韓愈、燕河南府秀才：文章繼名聲。【收聲】韓愈、秋懷詩：群囂各收聲。【竹聲】蘇軾、雪夜獨宿柏仙菴：夜靜惟聞瀉竹聲。【有聲】白居易、畫竹歌：低耳靜聽疑有聲；蘇軾、韓幹馬十四匹：微流赴吻若有聲。【同聲】孟浩然、和張明府登鹿門作：非敢應同聲。【車聲】王維、待儲光羲不至：起坐聽車聲。【吞聲】李商隱、代公主答：幾欲是吞聲。【松聲】李白、遊南陽清冷泉：曲盡長松聲；杜甫、滕王亭子：虛閣自松聲。【雨聲】李商隱、宿駱氏亭寄懷：留得枯荷聽雨聲；蘇軾、新城道中：吹斷檐間積雨聲；元好問、秋懷：涼葉蕭蕭散雨聲。【秋聲】李白、題宛溪館：綠竹助秋聲；元好問、秋夕：一窗風雨送秋聲。【春聲】李白、聽新鶯百囀歌：千門萬戶皆春聲。【眞聲】李白、題隋州紫陽先生壁：步虛吟眞聲。【笑聲】蘇軾、上元侍飲：自是豐年有笑聲。【哭聲】王維、哭殷遙：蕭條聞哭聲；杜甫、新安吏：青山猶哭聲。【高聲】陶潛、詠荆軻：宋意唱高聲。【珮聲】王維、扶南曲歌詞：玉墀多珮聲。【笛聲】王維、同崔傅答賢弟：蘭陵鎭前吹笛聲。【虛聲】李白、東海有勇婦：焚之買虛聲。【清聲】秦嘉、贈婦詩三首：素琴有清聲；李白、鄴中贈王大：琴歌發清聲。【鳥聲】張說、灉湖山寺：虛谷迢遙野鳥聲；王維、遊化感寺：山深無鳥聲。【梵聲】王維、登辨覺寺：長松響梵聲；錢起、送僧歸日本：魚龍聽梵聲。【停聲】孟浩然、春中喜王九相尋：歌妓莫停聲。【無聲】李白、古風：心摧兩無聲；杜甫、春夜喜雨：潤物細無聲。【悲聲】李白、古風：幽咽多悲聲。【寒聲】李白、秋夕書懷：南渡落寒聲。【雁聲】孟浩然、早發寄楊使君：長空聽雁聲；李頎、送劉昱：試聽沙邊有雁聲；杜甫、月夜憶舍弟：秋邊一雁聲；李商隱、詠雲：河秋壓雁聲。【費聲】李商隱、蟬：徒勞恨費聲。【絕聲】李商隱、有感二首：寧呑欲絕聲。【猿聲】王維、送楊少府：若爲秋月聽猿聲。【鼓聲】王維、恭懿太子挽歌五首：千門疊鼓聲。【落聲】杜甫、雨：寒江舊落聲。【唬聲】韓愈、此日足可惜一首贈張籍：耳若聞唬聲。【溪聲】蘇軾、新城道中：溪邊委轡聽溪聲。【新聲】王昌齡、從軍行：琵琶起舞換新聲。【聞聲】韓愈、拘幽操：聽不聞聲；歐陽修、啼鳥：深處不見惟聞聲。【歌聲】白居易、後宮詞：夜深前殿按歌聲。【嘉聲】李商隱、五言述德詩獻上杜七兄：甲令著嘉聲。【鳳聲】李商隱、寄酬兼呈畏之員外：雛鳳清於老鳳聲。【餘聲】

陶潛、九日閒居：來雁有餘聲。【德聲】曹植、贈丁儀王粲：不能歌德聲。【履聲】蘇軾、宿海會寺：不聞人聲聞履聲。【龍聲】杜牧、洛陽長句二首：川酣秋夢鑿龍聲。【蟬聲】姚合、閒居：滿宅是蟬聲。【離聲】鮑照、代東門行：倦客惡離聲；無名氏、石城樂：惡聞苦離聲。【歸聲】韓愈、招楊之罘：日有求歸聲。【騰聲】韓愈、城南聯句：湍瀰亦騰聲。【鐘聲】蘇軾、遊山：崖轉聞鐘聲。【聽聲】陰鏗、五洲夜發：驚鳧但聽聲。【歡聲】元好問、春日：亂來歌吹失歡聲。【三兩聲】白居易、琵琶行：轉軸撥絃三兩聲。【子夜聲】孟浩然、美人分香：歌翻子夜聲。【打窗聲】白居易、上陽人：蕭蕭暗雨打窗聲。【白楊聲】李白、上留田行：腸斷白楊聲。【玉銜聲】杜牧、長安雜題長句六首：風回公子玉銜聲。【玉關聲】李白、清溪半夜聞笛：腸斷玉關聲。【江水聲】李商隱、暮秋獨遊曲江：悵望江頭江水聲。【走馬聲】李商隱、柳：更作章臺走馬聲。【更漏聲】歐陽修、鵯鵊詞：深宮不聞更漏聲。【長引聲】白居易、霓裳羽衣舞歌：唳鶴曲終長引聲。【夜雨聲】李商隱、二月二日：更作風簷夜雨聲。【風雨聲】蘇軾、初別子由：夜聽風雨聲。【胡雁聲】李白、寄當塗趙少府炎：心悲胡雁聲。【奏苦聲】李白、行路難：彈劍作歌奏苦聲。【故國聲】王維、曉行巴峽：鶯爲故國聲。【珊瑚聲】李商隱、無愁果有愁曲：牛山撼碎珊瑚聲。【秋蟲聲】蘇軾、次韻答劉涇：吟詩莫作秋蟲聲。【笑語聲】王維、班婕妤三首：花間笑語聲。【桔槹聲】陸游、觀蔬圃：晚風咿軋桔槹聲。【深谷聲】李商隱、贈田叟：伐樹暝傳深谷聲。【絲竹聲】白居易、琵琶行：終歲不聞絲竹聲。【第一聲】蘇軾、壽陽岸下：偶聽黃鸝第一聲。【鴈一聲】元好問、懷益之兄：牢落關河鴈一聲。【勝有聲】白居易、琵琶行：此時無聲勝有聲。【裂帛聲】蘇軾、四時詞：門外空聞裂帛聲。【啼鳥聲】王維、雜詩：復聞啼鳥聲。【意外聲】蘇軾、書李伯時圖：畫出陽關意外聲。【落階聲】黃庭堅、宿廣惠寺：霜乾桐葉落階聲。【落葉聲】王維、過乘如禪師：行踏空林落葉聲。【寒雁聲】白居易、秋日遊龍門醉中狂歌：彩船櫓急寒雁聲。【棹歌聲】李白、淮陰書懷：遠寄棹歌聲。【琢磬聲】蘇軾、遊戲馬臺：坐聽郊原琢磬聲。【詩有聲】蘇軾、和梅戶曹會獵鐵溝：南國梅仙詩有聲。【鼓吹聲】陸游、薙庭草：放散今宵鼓吹聲。【猿夜聲】李白、襄陽歌：江水東流猿夜聲。【踏歌聲】李白、贈汪倫：忽聞岸上踏歌聲。【腸斷聲】白居易、長恨歌：夜雨聞鈴腸斷聲。【鼓鼙聲】盧綸、晚次鄂州：更堪江上鼓鼙聲。【歌板聲】杜牧、移居霅溪館：處處樓臺歌板聲。【鳳凰聲】李白、鳳臺曲：傳得鳳凰聲。【誦經聲】陸游、寺居睡覺二首：媿聞童子誦經聲。【穀穀聲】陸游、杭頭晚興：臥聽黃雅穀穀聲。【暮鐘聲】杜牧、寄題甘露寺北軒：煙籠隋苑暮鐘聲。【擣衣聲】李白、秋歌：萬戶擣衣聲。【諧汝聲】陳琳、飲馬長城窟行：舉築諧汝聲。【斷人聲】李商隱、吳宮：禁門深淹斷人聲。【斷腸聲】杜甫、吹笛：誰家巧作斷腸聲。【斷歌聲】李商隱、送千牛李將軍赴闕五十韵：黑水斷歌聲。【鵓鴣聲】陸游、小園：村南村北鵓鴣聲。【轆轤聲】王維、早朝：宮井轆轤聲。【鼙鼓聲】白居易、縛戎人：忽聞漢軍鼙鼓聲。【戀母聲】李頎、聽董大彈胡笳弄：斷絕胡兒戀母聲。【亂葉聲】蘇軾、書軒：風動牙籤亂葉聲。【鸞鳳聲】孟浩然、贈道士參寥：誰知鸞鳳聲。【墮淚之聲】黃庭堅、送王郎：送君以陽關墮淚之聲。

## 征

【北征】孟浩然、永嘉別張子容：新年子北征；杜甫、宿青草湖：人來故北征。【出征】岑參、輪臺歌：上將擁旄西出征。【徂征】李白、淮陰書懷：飄忽悵徂征。【孤征】陳子昂、晚次樂鄉縣：日暮且孤征。【南征】曹植、閨情：百鳥翔南征；李白、沙丘城下寄杜甫：浩蕩寄南征；杜甫、吹笛：武陵一曲想南征。【宵征】蘇軾、次韵僧潛見贈：煮茗燒栗宜宵征；蘇軾、赴假還江陵夜行：孤螢亦宵征。【遠征】李白、秋歌：良人罷遠征。【親征】李商隱、送千牛李將軍赴闕五十韵：此去豈親征。【不能征】李白、上留田行：欲去廻翔不能征。【西南征】曹植、喜雨：鬱沭西南征。【孤蓬征】李白、鄴中贈王大：遠與孤蓬征。【終日征】杜甫、早行：高帆終日征。【替爺征】無名氏、木蘭詩：從此替爺征。【萬里征】李白、送友人：孤蓬萬里征。【雲南征】李白、古風：將赴雲南征。【竭地征】李商隱、城上：軍須竭地征。【樂寬征】韓愈、 城南聯句：田毛樂寬征。

## 正

【復正】韓愈、東都遇春：冠側懶復正。

## 鉦

【銅鉦】蘇軾、新城道中： 樹頭初日掛銅鉦。【曉鉦】韓愈、城南聯句：僧盂敲曉鉦。【卷旆鉦】蘇軾、新城道中：疲馬思聞卷旆鉦。

## 輕

【自輕】王維、春過賀遂員外藥園：於陵不自輕。【物輕】秦嘉、贈婦詩三首：慙此往物輕。【身輕】李商隱、河南詩二首：傾身奉君畏身輕；蘇軾、歸園田居：新浴覺身輕。【相輕】孟浩然、贈道士參寥：聾俗本相輕。【思輕】韓愈、城南聯句：凍蝶尚思輕。【重輕】蘇軾、戲子由：付與時人分重輕。【風輕】陳與義、道中寒食：更作倚風輕。【一枝輕】常建、送宇文六：微風林裏一枝輕。【五兩輕】王維、送楊少府：惡說南風五兩輕。【天地輕】李白、秋夕書懷：旋覺天地輕。【四蹄輕】杜甫、房兵曹胡馬 ：風入四蹄輕。【衣衫輕】白居易、秋日遊龍門：鞍馬穩快衣衫輕。【如葉輕】蘇軾、次韻答劉涇：安得一舟如葉輕。【羽翮輕】杜甫、獨坐：投林羽翮輕。【法舟輕】錢起、送僧歸日本：去世法舟輕。【往來輕】杜甫、走筆戲簡：醉於馬上往來輕。【夜雲輕】溫庭筠、瑤瑟怨：碧天如水夜雲輕。【指爪輕】李白、西嶽雲臺歌：麻姑搔背指爪輕。

【洗更輕】蘇軾、宿海會寺：本來無垢洗更輕。【紅素輕】杜甫、春遠：非非紅素輕。　【迴雪輕】白居易、霓裳羽衣舞歌：飄然轉旋迴雪輕。【飛雪輕】蘇軾、試院煎茶：眩轉遶甌飛雪輕。【飛猱輕】蘇軾、次韵僧潛見贈：兩脚欲趁飛猱輕。【香露輕】李商隱、偶題二首：淸月依微香露輕。【浪前輕】杜甫、泛江送客：舟楫浪前輕。【馬足輕】蘇軾、答李公擇：行列龍山馬足輕。【馬蹄輕】王維、觀獵：雪盡馬蹄輕。　【掌中輕】杜牧、遣懷：楚腰纖細掌中輕。【綠骨輕】蘇軾、和章七出守湖州：松下龜虵綠骨輕。【綵衣輕】杜甫、宗武生日：休覓綵衣輕。　【翡翠輕】李商隱、無題：釵茸翡翠輕。【舞腰輕】李商隱、歌舞：回雪舞腰輕。【曝衣輕】李商隱、所居：霜日曝衣輕。【疊雪輕】杜甫、端午日賜衣：香羅疊雪輕。

## 名

【大名】王維、徐公挽歌：彌綸有大名。　【才名】杜甫、入宅：旅食豈才名。【千名】韓愈、城南聯句：春醪又千名。【令名】曹植、贈丁儀王粲：全國爲令名；李白、鄴中贈王大：各希存令名。【功名】陳與義、道中寒食：無夢到功名；陸游、夜寒二首：胥梁那可共功名。【成名】李白、獨漉篇：何由成名；陸游、冬夜讀書：時來豎子或成名。【有名】蘇軾、和章七：絳闕雲臺總有名。【求名】白居易、醉後走筆：身牽前事各求名。【知名】歐陽修、啼鳥：異鄉殊俗難知名；元好問、送端甫西行：瀛洲人物早知名。【姓名】杜牧、寄題甘露寺：不向山僧問姓名；蘇軾、夜久不寐懷趙薦：古寺空來看姓名。【爲名】杜甫、宿青草湖：青草續爲名。【美名】李商隱、讀任彥昇碑：任昉當年有美名。【威名】黃庭堅、送苑德孺：寒垣草木識威名。【高名】李白、古風：白日懸高名。【殊名】杜甫、夔州歌十絕句：蜀江楚峽混殊名。【時名】元好問、答郭仲通：不成隨例只時名。【異名】韓愈、初南食貽元十八：同實浪異名。【虛名】蘇軾、初別子由：文章固虛名；蘇軾、和詠荊軻：惜哉亦虛名。【盛名】韓愈、此日足可惜贈張籍：赫赫留盛名。【揚名】李白、東海有勇婦：事立獨揚名。【買名】李白、送裴十八：洗耳徒買名。【强名】杜牧、招李郢秀才：浮世除詩盡强名。【登名】韓愈、燕河南府秀才：是日當登名。【無名】李商隱、有感二首：此舉太無名。【齊名】蘇軾、戲子由：先生別駕舊齊名。【聞名】

蘇軾、經富陽季節推先行：風嚴水穴舊聞名。【擅名】李白、題宛溪館：于今獨擅名。【遺名】李商隱、所居：容易即遺名。【鴻名】李白、春日行：陛下萬古垂鴻名。【聲名】杜甫、贈陳二補闕：夫子獨聲名。【題名】蘇軾、次韵答頓起：去年古寺共題名。【難名】孟浩然、送袁太祝：山水舊難名。【饞名】韓愈、月蝕詩：雖食八九無饞名。【千年名】李白、笙歌行：賣身買得千年名。【千載名】李白、行路難：何須身後千載名。【不朽名】李商隱、五言述德詩：將圖不朽名。【世上名】孟浩然、自洛之越：誰論世上名。【弄玉名】李白、鳳臺曲：空餘弄玉名。【身後名】庾信、詠懷：誰論身後名；李白、少年行：何用悠悠身後名。【青史名】李白、秋夜獨坐懷故山：非邀青史名。【後世名】陶潛、詠荊軻：且有後世名。【海內名】元好問、十日作：文字空傳海內名。【留其名】李白、將進酒：唯有飲者留其名。【楚神名】李商隱、詠雲：知是楚神名。【戰伐名】杜甫、公安縣懷古：飛騰戰伐名。【薄倖名】杜牧、遺懷：嬴得青樓薄倖名。【不記名】蘇軾、王復秀才雙檜：奇草幽花不記名。

## 令

【誰汝令】韓愈、秋懷詩：晏然誰汝令。【鸜鶴令】韓愈、城南聯句：呼傳鸜鶴令。

## 幷

【契已幷】孟浩然、南亭醉作：林中契已幷。【嫌怨幷】韓愈、初南食貽元十八協律：幸無嫌怨幷。【與君幷】曹植、閨情：憂戚與君幷。【螺蟹幷】韓愈、城南聯句：擴羞螺蟹幷。

## 傾

【自傾】杜甫、八月十五夜月：蟾蜍且自傾。【同傾】元好問、答郭仲通：一樽何意復同傾。【相傾】李白、山人勸酒：意氣還相傾。【徐傾】杜甫、宗武生日：涓滴就徐傾。【墮傾】曹植、閨情：朝夕不墮傾。【獨傾】白居易、琵琶行：往往取酒還獨傾。【一座傾】元好問、送端甫西行：車騎雍容一座傾。【一時傾】蘇軾、飲酒：孤坐一時傾。【斗杓傾】蘇軾、懷趙薦：僕夫屢報斗杓傾。【日將傾】孟浩然、南亭醉作：逃暑日將傾。【向人傾】李白、呈盧六：君心不肯向人傾。【江河傾】蘇軾、宿海會寺：杉槽漆斛江河傾。【兩心傾】李商隱、送千牛李將軍：煙月兩心傾。【金盆傾】蘇軾、次韵僧潛見贈：共看落月金盆傾。【花前傾】歐陽修、啼鳥：勸我沽酒花前傾。【社稷傾】李白、金陵新亭：不憂社稷傾。【季鷹傾】孟浩然、永嘉別張子容：

重與季鷹傾。【宮殿傾】李白、春日行：撾鐘考鼓宮殿傾。【時運傾】陶潛、九日閒居：空視時運傾。【雪山傾】蘇軾、和王鞏：南江風浪雪山傾。【黃河傾】陸游、長歌行：如鉅野受黃河傾。【萬栱傾】李白、登瓦官閣：神扶萬栱傾。【憂天傾】李白、梁甫吟：杞國無事憂天傾。【壺自傾】陶潛、飲酒：杯盡壺自傾；蘇軾、飲酒：客至壺自傾。【碧圓傾】韓愈、城南聯句：荷折碧圓傾。

**縈**

【緹縈】李白、東海有勇婦：漢王爲緹縈。【繞縈】韓愈、城南聯句：牽柔誰繞縈。

**餳**

【粥餳】蘇軾、趙德麟餞飲湖上：溫風散粥餳。【碧浮餳】韓愈、城南聯句：稠凝碧浮餳。

**瓊**

【瑤瓊】秦嘉、贈婦詩三首：乃欲報瑤瓊。【流金瓊】韓愈、城南聯句：鑠價流金瓊。

**鶊**

【鸝鶊】韓愈、城南聯句：麥黃韻鸝鶊。

**賡**

【誰復賡】韓愈、城南聯句：風期誰復賡。【誰與賡】蘇軾、初別子由：微言誰與賡。

**蝱**

卽虻字。【飢蝱】韓愈、城南聯句：呀鷹甚飢蝱。

**黌**

【庠黌】韓愈、城南聯句：驅明出庠黌。

**鍠**

【孤舂鍠】韓愈、城南聯句：鐵鐘孤舂鍠。

**喤**

【喤喤】韓愈、城南聯句：椒蕃泣喤喤。

**祊**

【嚴祊】韓愈、城南聯句：孝思事嚴祊。

**輣**

【轒輣】韓愈、城南聯句：威暢捐轒輣。

**搒**

【尾交搒】韓愈、城南聯句：擺幽尾交搒。

**撐**

又作撐。【孤撐】韓愈、城南聯句：摧杌饒孤撐。【搘撐】韓愈、月蝕詩：翎鬣倒側相搘撐。【壁岸撐】蘇軾、趙德麟餞飲湖上：孤舟壁岸撐。

**瞠**

【空瞠】韓愈、城南聯句：瘴肌坐空瞠。

**槍**

【欃槍】李商隱、送千牛李將軍：不夜見欃槍；李商隱、五言述德詩：端坐埽欃槍。

**韺**

【韶韺】韓愈、城南聯句：古音命韶韺。

## 霙

【玉霙】蘇軾、雪夜獨宿柏仙菴：晚雨纖纖變玉霙。

## 傖

【䦨傖】韓愈、城南聯句：無端䦨傖傖。

## 崢

【䨴崢】韓愈、城南聯句：高言軋䨴崢。

## 苹

【苹苹】韓愈、城南聯句：騁遙略苹苹。【楚苹】黃庭堅、贈別幾復：邂逅相逢食楚苹。【野之苹】曹操、短歌行：食野之苹。

## 麖

【狐麖】韓愈、城南聯句：血路迸狐麖。

## 棖

【拂天棖】韓愈、城南聯句：忝從拂天棖。

## 猩

【禽猩】韓愈、城南聯句：村樨啼禽猩。

## 勍

【敵無勍】韓愈、城南聯句：心貪敵無勍。

## 珩

【攢珩】韓愈、城南聯句：象曲善攢珩。

## 蘅

【蕭蘅】韓愈、城南聯句：疏畹富蕭蘅。

## 鏗

【敲鏗】韓愈、城南聯句：樹啄頭敲鏗。

## 嶸

【崢嶸】李白、上留田：孤墳何崢嶸；李白、燭照山水壁畫歌：洪波洶湧山崢嶸；李商隱、送千牛李將軍：松待歲崢嶸；李商隱、五言述德詩：一柱忽崢嶸；歐陽修、鵯鵊詞：龍樓鳳闕鬱崢嶸；蘇軾、次韵僧潛見贈：頭上歲月空崢嶸；蘇軾、送呂行甫：高義久崢嶸；蘇軾、姪安節遠來夜坐：南來不覺歲崢嶸；陸游、拜寇萊公遺像：材高遇事卽崢嶸。

## 丁

【無丁】杜甫、新安吏：縣小更無丁。【甘所丁】韓愈、此日足可惜一首贈張籍：零落甘所丁。【浪登丁】韓愈、城南聯句：樟裁浪登丁。【漏丁丁】李商隱、送千牛李將軍：別夜漏丁丁。【點一丁】白居易、折臂翁：戶有三丁點一丁。

## 嚶

【鳴嚶】韓愈、城南聯句：吐芳類鳴嚶。

## 錚

【錚錚】白居易、五絃彈：淒淒切切復錚錚；李商隱、河陽詩：鸞釵映月寒錚錚。【鏗錚】白居易、霓裳羽衣舞歌：跳珠撼玉何鏗錚。

琤

【淙琤】韓愈、城南聯句：泉音玉淙琤。

砰

【砯砰】韓愈、城南聯句：競墅輾砯砰。

繃

【懷繃】韓愈、城南聯句：簪笏自懷繃。

轟

【鏗轟】韓愈、燕河南秀才：引吭吐鏗轟。【轟轟】韓愈、此日足可惜一首贈張籍：絲竹徒轟轟。【雷車轟】韓愈、城南聯句：嶽力雷車轟。

婧

【舞晴婧】韓愈、城南聯句：躍視舞晴婧。

鶄

【鷗鶄】韓愈、城南聯句：浮迹侶鷗鶄。

籯

【金籯】韓愈、城南聯句：傳經儷金籯。

塋

【新塋】白居易、挽歌詞：峨峨開新塋。【四三塋】韓愈、城南聯句：古藏四三塋。【蒿里塋】李白、上留田：埋沒蒿里塋。

瓔

【星連瓔】韓愈、城南聯句：金墮星連瓔。

楨

【國楨】李商隱、五言述德詩：由來仗國楨。

禎

【瑤楨】韓愈、城南聯句：青膚聳瑤楨。【地禎】韓愈、城南聯句：擁終儲地禎。

頳

【擔肩頳】韓愈、城南聯句：刈熟擔肩頳。

檉

【杉檉】韓愈、城南聯句：良才插杉檉。

偵

【閃睟偵】韓愈、城南聯句：土怪閃睟偵。

珵

【璣珵】韓愈、城南聯句：鬭草擷璣珵。

鯖

【飯鯖】李商隱、送千牛李將軍赴闕：登時已飯鯖。【腥鯖】韓愈、城南聯句：惡嚼嚥腥鯖。

惸

【梟雛惸】韓愈、城南聯句：妖殘梟雛惸。

騂

【汗騂】韓愈、初南食貽元十八協律：咀呑面汗騂。【錦斑騂】韓愈、城南聯句：馬毛錦斑騂。

栟

【蕉栟】韓愈、城南聯句：遠苞樹蕉栟。

鵬

【祥鵬】韓愈、城南聯句：啄場翽祥鵬。

**獰**

【鬬獰】韓愈、城南聯句：穴狸聞鬬獰。【口眼獰】韓愈、初南食貽元十八協律：實憚口眼獰。【泰華獰】杜牧、題關亭長句四韵：霜後精神泰華獰。

**抨**

【驚抨】韓愈、城南聯句：箭出方驚抨。

**絣**

【藤索絣】韓愈、城南聯句：靫妖藤索絣。

**趟**

【雀豹趟】韓愈、城南聯句：相殘雀豹趟。

**振**

【螳振】韓愈、城南聯句：裂腦擒螳振。

**䁬**

【盯䁬】韓愈、城南聯句：眼剽强盯䁬。

**嫇**

【嫈嫇】韓愈、城南聯句：彩伴颯嫈嫇。

**䫻**

【敲䫻】韓愈、城南聯句：龍馬聞敲䫻。

**藑**

【席香藑】韓愈、城南聯句：參差席香藑。

**蠑**

【蛛蠑】韓愈、城南聯句：蜿垣亂蛛蠑。

**紭**

【市罝紭】韓愈、城南聯句：籠原市罝紭。

**娙**

【媌娙】韓愈、城南聯句：趙燕錫媌娙。

**甿**

【彊甿】韓愈、城南聯句：運田間彊甿。

**鸎**

同鶯。【鶵鸎】韓愈、城南聯句：嬌辭弄鶵鸎。

**剠**

同黥。【刖剠】韓愈、城南聯句：恩熙完刖剠。

**儜**

同儖。【拘儜】韓愈、城南聯句：何用苦拘儜。

枰　牲　眠　罃　鼪　桁　硜　牼　棚

鸚　鬇　怦　伻　弸　訇　瞪　攖　蠳

郕　裎　頃　嬛　榜　觪　[illegible]　鐄　坪

泙　鶁　浤　鬇

【對偶】

李商隱、五言述德詩：歸期過舊歲，旅夢遶殘更。

李商隱、送千牛李將軍赴闕：蒸雞殊減膳，屑麴異和羹。　李商隱、五言述德詩：後飲曹參酒，先知傅說羹。　李商隱、送千牛李將軍赴闕：縱木移周鼎，何辭免趙坑。　李商隱、五言述德詩：感念殺屍露，咨嗟趙卒坑。　李白、冬日歸舊山：嫩篁侵舍密，古樹倒江橫。　黃庭堅、登快閣：朱絃已爲佳人絕，青眼聊因美酒橫。　李商隱、送千牛李將軍赴闕：馬前烹馬草，壇上揖韓彭。　李商隱、五言述德詩：自是依劉表，安能比老彭。　李商隱、送千牛李將軍赴闕：否極時還泰，屯餘運果亨。　李商隱、五言述德詩：移席牽緗蔓，迴橈撲絳英。　李商隱、和馬郎中移白菊見示：陶詩只採黃金實，郢曲新傳白雪英。李商隱、蟬：薄宦梗猶汎，故園蕪已平。　李商隱、所居：窗下尋書細，溪邊坐石平。　王維、過乘如禪師：迸水定侵香案溼，雨花應共石牀平。王維、送嚴秀才還蜀：山臨青塞斷，江向白雲平。陸游、枕上作：壯日自期如孟博，殘年但欲慕初平。　崔顥、行經華陰：河山北枕秦關險，驛樹西連漢畤平。　陳子昂、晚次樂鄉縣：野戍荒煙斷，深山古木平。　李商隱、送千牛李將軍赴闕：幸藉梁園賦，叨蒙許氏評。　李白、鳳吹笙曲：始聞鍊氣餐金液，復道朝天赴玉京。　李白、

題紫陽先生壁：樓疑出蓬海，鶴似飛玉京。　李白、冬日歸舊山：拂林蒼鼠走，倒篋素魚驚。李商隱、思歸：魚亂書何託，猿哀夢易驚。　李商隱、銀河吹笙：重衾幽夢他年斷，別樹羈雌昨夜驚。　李白、觀魚潭：涼煙落竹盡，移月照沙明。　李商隱、詠雲：捧月三更斷，藏星七夕明。李商隱、無題：錦長書鄭重，眉細恨分明。　李商隱、晚晴：併添高閣迥，微注小窗明。　李商隱、覽古：長樂瓦飛隨水逝，景陽鐘墮失天明。張說、灉湖山寺：雲間東嶺千重出，樹裏南湖一片明。　盧綸、晚次鄂州：三湘愁鬢逢秋色，萬里歸心對月明。　孟浩然、贈張丞相：欲濟無舟楫，端居恥聖明。　陳與義、除夜：多事鬢毛隨節換，盡情燈火向人明。　黃庭堅、登快閣：落木千山天遠大，澄江一道月分明。　李商隱、送千牛李將軍赴闕：中台終惡直，上將更要盟。李商隱、五言述德詩：武鄉得陣法，踐土主文盟。王維、秋夜獨坐：雨中山果落，燈下草蟲鳴。李白、贈范金卿：百里雞犬靜，千廬機杼鳴。陸游、冬夜讀書忽聞雞唱：天涯懷友月千里，燈下讀書雞一鳴。　陸游、秋夜紀懷：風林一葉下，露草百蟲鳴。　王維、杜太守挽歌：忽見芻靈苦，

徒聞竹使榮。　李商隱、送千牛李將軍赴闕：照席瓊枝秀，當年紫綬榮。　李商隱、淮陽路：昔年嘗聚盜，此日頗分兵。　李商隱、送千牛李將軍赴闕：靈衣沾愧汗，儀馬困陰兵。　李商隱、五言述德詩：弱植叨華族，衰門倚外兄。　李商隱、送千牛李將軍赴闕：慶流歸嫡長，貽厥在名卿。　李白、鸚鵡洲：煙開蘭葉香風暖，岸夾桃花錦浪生。　盧綸、晚次鄂州：估客晝眠知浪靜，舟人夜語覺潮生。　李商隱、贈田叟：鷗鳥忘機翻浹洽，交親得路昧平生。　李商隱、和馬郎中：素色不同籬下發，繁花疑自月中生。　白居易、別洛城東花：亂雪千花落，新絲兩鬢生。

李商隱、五言述德詩：過庭多令子，乞墅有名甥。

李白、古風：困獸當猛虎，窮魚餌奔鯨。　李商隱、送千牛李將軍赴闕：屢亦聞投鼠，誰其敢射鯨。　李白、鳳臺曲：人吹綵簫去，天借綠雲迎。

李商隱、送千牛李將軍赴闕：曾無力牧御，寧待雨師迎。　陸游、枕上作：孤燈無燄穴鼠出，枯葉有聲鄰犬行。　李商隱、五言述德詩：豈有曾黔突，徒勞不倚衡。　李商隱、送千牛李將軍赴闕：大鹵思龍躍，蒼梧失象耕。　李商隱、五言述德詩：廢忘淹中學，遲迴谷口耕。　李商隱、送千牛李將軍赴闕：下殿言終驗，增埤事早萌。

李商隱、戲贈令狐舍人：涼波銜碧瓦，曉暈落金莖。　李商隱、五言述德詩：雛鳥悲丹嘴，湘蘭怨紫莖。　李白、荊門浮舟望蜀江：雲照聚沙雁，花飛出谷鶯。　陳與義、道中寒食：客裏逢歸雁，愁邊有亂鶯。　李商隱、有感二首：丹陛猶敷奏，彤庭欻戰爭。　李商隱、送千牛李將軍赴闕：且欲憑神算，無因計力爭。　王維、與盧家集朱家：貰得新豐酒，復聞秦女箏。　李白、登瓦官閣：兩廊振法鼓，四角吟風箏。　李商隱、送千牛李將軍赴闕：絃急中婦瑟，甲冷想夫箏。　李商隱、戲贈令狐舍人：露索秦宮井，風絃漢殿箏。

李白、淮陰書懷：雲天掃空碧，川嶽涵餘清。

陸游、秋夜紀懷：北斗垂蒼莽，明河浮太清。

李商隱、蟬：五更疏欲斷，一樹碧無情。　李商隱、二月二日：花鬚柳眼各無賴，紫蝶黃蜂俱有情。　李商隱、銀河吹笙：月榭故香因雨發，風簾殘燭隔霜清。　李白、送友人：浮雲遊子意，落日故人情。　李白、秋夜獨坐懷故山：寥落暝霞色，微茫舊壑情。　張說、灉湖山寺：禪室從來塵外賞，香臺豈是世中情。　崔顥、行經華陰：武帝祠前雲欲散，仙人掌上雨初晴。　李商隱、五言述德詩：檻危春水暖，樓迥雪峯晴。　李商隱、送千牛李將軍赴闕：長刀懸月魄，快馬駭星精。　李商隱、和馬郎中：浮杯小摘開雲母，帶露全移綴水精。　祖詠、望薊門：萬里寒光生積雪，三邊曙色動危旌。　李商隱、送千牛李將軍赴闕：此時惟短劍，仍世盡雙旌。　李商隱、送千牛李將軍赴闕：神鬼收昏黑，姦兇首滿盈。　李商隱、五言述德詩：經出宣尼壁，書留晏子楹。　王維、觀獵：忽過新豐市，還歸細柳營。　李商隱、送千牛李將軍赴闕：火箭侵乘石，雲橋逼禁營。　李商隱、五言述德詩：芙蓉王儉府，楊柳亞夫營。　李白、東海有勇婦：捨罪警風俗，流芳播滄瀛。　李商隱、送千牛李將軍赴闕：幽囚蘇武節，棄市仲由纓。　李商隱、五言述德詩：乘時乖巧宦，占象合艱貞。　王維、扶南曲歌詞：入春輕衣好，半夜薄妝成。　陸游、秋夜紀懷：病入新涼減，詩從半睡成。　李商隱、有感二首：古有清君側，今非乏老成。　王維、待儲光義不至：晚鐘鳴上苑，疏雨過春城。　王維、與盧家集朱家：柳條疏客舍，槐葉下秋城。　王維、送楊少府：青草瘴時過夏口，白頭浪裏出湓城。　李白、送友人入蜀：芳樹籠秦棧，春流遶蜀城。　白居易、草：遠芳侵古道，晴翠接芳城。　李商隱、俳諧：鶯能歌子夜，蝶解舞宮城。　陳子昂、晚次樂鄉縣：川原迷舊路，道路入邊城。　孟浩然、望洞庭湖：氣蒸雲夢澤，波撼岳陽城。　李白、東海有勇婦：百刃耀素雪，蒼天感精誠。　李商隱、送千牛李將軍赴闕：披豁慚深春，睽離動素誠。　李商隱、送千牛李將軍赴闕：隼擊須當要，鵬摶莫問程。　李商隱、五言述德詩：清嘯頻疏俗，高談屢析酲。　王維、登辨覺寺：軟草承趺坐，長松響梵聲。　王維、恭懿太子挽歌：五校連旗色，千門疊鼓聲。　李白、題宛溪館：白沙留月光，綠竹助秋聲。　姚合、閒居：過門無馬跡，滿宅是蟬聲。　錢起、送僧歸日本：水月通禪寂，魚龍聽梵聲。　李商隱、詠雲：潭暮隨龍起，河秋壓雁聲。　李商隱、贈田叟：燒畬曉映遠山色，伐樹暝傳深谷聲。　李商隱、城上：邊遽稽天討，軍須竭地征。　王維、觀獵：草枯鷹眼疾，雪盡馬蹄輕。　錢起、送僧歸日本：浮天滄海遠，去世法舟輕。　李商隱、所居：水風醒酒病，霜日曝衣輕。　李商隱、俳諧：柳訝眉雙淺，桃猜粉太輕。　李商隱、無題：裙釵芙蓉小，釵茸翡翠輕。　李白、行路難：且樂生前一杯酒，何須身後千載名。　王維、徐公挽歌：就第優遺老，來朝詔不名。　李商隱、五言述德詩：願保無疆福，將圖不朽名。　李商隱、思歸：固有樓堪倚，能無酒可傾。　李商隱、五言述德詩：寄辭收的博，端坐掃欃槍。　李商隱、送千牛李將軍赴闕：何時絕刁斗，不夜見欃槍。　李商隱、送千牛李將軍赴闕：蕙留春畹，松待歲峥嵘。　李商隱、送千牛李將軍赴闕：去程風刺刺，別夜漏丁丁。　李商隱、五言述德詩：自昔流王澤，由來仗國楨。

# 九 青 古通真

## 青

【丹青】李商隱、酬令狐郎中見寄：佳句灑丹青。【空青】杜甫、不離西閣：石壁斷空青。【青青】陳子昂、感遇：芊蔚何青青；李白、聽新鶯自囀歌：池南柳色半青青；韓愈、過南陽：桑下麥青青；蘇軾、留別惠淨師：當年衫鬢兩青青；蘇軾、次韻秦觀見贈：空吟河畔草青青；蘇軾、次韻答劉涇：芝蘭得雨蔚青青。【新青】杜甫、宿玉沙驛：湖外草新青。【一蓋青】杜甫、高柟：江邊一蓋青。【分外青】蘇軾、平山堂次王居卿祠部韻：山向吾曹分外青。【天地青】王維、送邢桂州：潮來天地青。【水荇青】杜甫、醉歌行：渚蒲牙白水荇青。【竹林青】杜甫、客舊館：依舊竹林青。【柳尚青】孟浩然、題惠上人房：含煙柳尚青。【長眉青】韓愈、華山女：白咽紅頰長眉青。【柳條青】李白、勞勞亭：不遣柳條青。【柳深青】蘇軾、東欄梨花：梨花淡白柳深青。【岸脚青】杜甫、呈竇使君：連空岸脚青。【洗更青】杜甫、獨坐：雙岸洗更青。【眼先青】黃庭堅、寄黃從善：未春楊柳眼先青。【眼終青】黃庭堅、送王郎：骨肉十年眼終青。【蜀山青】白居易、長恨歌：蜀江水碧蜀山青。【遠徵青】杜甫、泊松滋江亭：松竹遠徵青。【萬疊青】陸游、高秋亭：長看天西萬疊青。【曉來青】杜甫、題瀼西新賃草屋：錦樹曉來青。【蔚青青】蘇軾、次韻答劉涇：芝蘭得雨蔚青青。【攢高青】韓愈、答張徹：石劍攢高青。

## 經

【六經】韓愈、題張十八所居：詩文齊六經。【佛經】韓愈、華山女：街東街西講佛經。【將經】韓愈、過南陽：湖海浩將經。【緯經】韓愈、東都遇春：諸牙相緯經。【大荒經】李商隱、寄太原盧司空三十韻：盡入大荒經。【太玄經】李白、俠客行：白首太玄經。【必須經】杜甫、覃山人隱居：子知出處必須經。【老一經】王維、送趙都督：窗間老一經。【多所經】韓愈、此日足可惜一首贈張籍：辛苦多所經。【困一經】杜甫、兼述索居：諸生困一經。【貝葉經】李商隱、奉寄安國大師兼簡子蒙：兼聞貝葉經。【法王經】孟浩然、題惠上人房：得聽法王經。【注前經】韓愈、答張徹：磨丹注前經。【洗心經】蘇軾、贈治易僧智周：胸中自有洗心經。【黃庭經】蘇軾、芙蓉城：竟坐誤讀黃庭經。【莫再經】杜甫、泊松滋江亭：高唐莫再經。【隔談經】黃庭堅、寄黃從善：故人千里隔談經。【窮一經】李白、悲歌行：卜式未必窮一經。

### 涇

【濁涇】杜甫、兼述索居：長吟望濁涇。【愧分涇】韓愈、答張徹：伏蒲愧分涇。

### 形

【同形】【分形】韓愈、答張徹：次言後分形。【同形】李白、上留田行：交柯之木本同形。【忘形】元好問、醉後：中年所得是忘形。【姿形】秦嘉、贈婦詩：髣髴想姿形。【儀形】杜甫、兼述索居：高臥想儀形。【罄形】韓愈、題張十八所居：爲我講罄形。【鍊形】蘇軾、芙蓉城：往來三世空鍊形。【鑒形】秦嘉、贈婦詩：明鏡可鑒形。【顏形】韓愈、華山女：六宮願識師顏形。【百醜形】韓愈、月蝕詩：何處養女百醜形。【無逃形】蘇軾、次韵僧潛見贈：萬象起滅無逃形。【厭有形】孟浩然、題惠上人房：觀空厭有形。【歸無形】王維、哭殷遙：畢竟歸無形。

### 刑

【司刑】韓愈、答張徹：金神所司刑。【典刑】杜甫、賀升官兼述索居：斯人尙典刑。【嚴刑】李白、東海有勇婦：脫父於嚴刑。【冒天刑】李白、望鸚鵡洲懷禰衡：寡識冒天刑。【逃汝刑】韓愈、月蝕詩：天羅磕帀何處逃汝刑。【解天刑】王維、贈房盧氏琯：守敬解天刑。【煩鞭刑】蘇軾、次韻答劉涇：相戒無復煩鞭刑。

### 硎

【照硎】韓愈、答張徹：虬光先照硎。【發硎】韓愈、城南聯句：眸光寒發硎，黃庭堅、寄黃從善：想見牛刀勿發硎。【礱硎】蘇軾、次韻僧潛見贈：欲與慧劍加礱硎。

### 鉶

【土鉶】李商隱、寄太原盧司空三十韵：堯圖憶土鉶。

### 陘

【井陘】王維、送趙都督：三軍出井陘。【絕陘】韓愈、答張徹：華山窮絕陘。

### 亭

【長亭】李白、淮陰書懷：二十五長亭。【故亭】杜甫、不離西閣：人今亦故亭。【茅亭】杜甫、高柟：接葉製茅亭。【虛亭】韓愈、答張徹：戀月留虛亭。【雲亭】杜甫、兼述所居：漲水望雲亭。【草亭】杜甫、題瀼西新賃草屋：乾坤一草亭。【短亭】李商隱、細雨：依微過短亭。【驛亭】杜甫、呈竇使君：躊躇此驛亭。【別此亭】杜甫、客舊館：初秋別此亭。【展江亭】元好問、晉溪：岸花汀草展江亭。【送客亭】李白、勞勞亭：勞勞送客亭。【閬風亭】李白、入朝曲：遨遊閬風亭。【繫此亭】杜甫、泊松滋江亭：扁舟繫此亭。

# 庭

【天庭】李白、留別西河劉少府：何事去天庭。【戶庭】杜甫、覃山人隱居：哀壑無光留戶庭。【中庭】李商隱、齊宮詞：金蓮無復印中庭。【仙庭】杜甫、上皇西巡南京歌：蛾眉山下列仙庭。【空庭】王維、贈房盧氏琯：鳥雀下空庭。【洞庭】李白、與諸公送陳郎將歸衡陽：往往飛花落洞庭；韓愈、答張徹：飛波航洞庭。【秦庭】陶潛、詠荊軻：飛蓋入秦庭。【宮庭】韓愈、華山女：撞鐘吹螺鬧宮庭。【過庭】杜甫、獨坐：山鳥暮過庭。【廣庭】杜甫、揚旗：羅列照廣庭。【龍庭】王維、送趙都督：報國取龍庭。【月滿庭】蘇軾、四時詞：香霧空濛月滿庭。【匈奴庭】劉琨、扶風歌：寄在匈奴庭。【奏天庭】李白、東海有勇婦：飛章奏天庭。【垂空庭】蘇軾、次韵僧潛見贈：想見橘柚垂空庭。【被階庭】曹植、閨情：綠草被階庭。【滿中庭】蘇軾、宿石田驛：夜深風露滿中庭。【臨黃庭】蘇軾、次韻秦觀見贈：硬黃小字臨黃庭。【露濡庭】謝莊、壤園別：風肅幌兮露濡庭。

# 廷

【朝廷】韓愈、答張徹：方當動朝廷。【稱明廷】李商隱、寄太原盧司空三十韵：華髮稱明廷。

# 霆

【鬬霆】李商隱、寄太原盧司空三十韵：降妖亦鬬霆。【耳驚霆】韓愈、答張徹：文堂耳驚霆。【試雷霆】黃庭堅、寄黃從善：吾宗一爲試雷霆。【掣迅霆】元好問、晉溪：白玉雙龍掣迅霆。【識雷霆】李商隱、酬令狐郎中見寄：天怒識雷霆。【觸雷霆】陸游、敘州：文章何畢觸雷霆。【驚雷霆】黃庭堅、送范德孺知慶州：掩耳不及驚雷霆。

# 停

【不暫停】李商隱、寄太原盧司空三十韵：狼煙不暫停；蘇軾、次韻答王鞏：脫手不暫停。【千傳停】蘇軾、芙蓉城：雲舒霞卷千傳停。【手不停】元好問、醉後：早歲披書手不停。【不及停】韓愈、此日足可惜一首贈張籍：還走不及停。【鳴不停】韓愈、過南陽：春鳩鳴不停。

# 寧

【安寧】李白、猛虎行：魚龍奔走得安寧。【歸寧】李商隱、寄太原盧司空三十韵：孝若近歸寧。【心不寧】杜甫、兼述索居：同憂心不寧。【心無寧】韓愈、答張徹：嗜善心無寧。【未遑寧】孟浩然、題惠上人房：客思未遑寧。【通丁寧】韓愈、華山女：浪憑青鳥通丁寧。

## 丁

【零丁】杜甫、兼述索居：柱史正零丁。【鶴姓丁】李商隱、寄太原盧司空三十韵：仙才鶴姓丁。

## 馨

【寧馨】蘇軾、平山堂次王居卿祠部韻：空使奸雄笑寧馨。【肅惟馨】杜甫、兼述所居：清廟肅惟馨。【醉魂馨】韓愈、答張徹：怪花醉魂馨。【德惟馨】李商隱、寄太原盧司空三十韵：叔舅德惟馨。

## 星

【文星】李商隱、奉寄安國大師兼簡子蒙：眘屬有文星。【列星】杜甫、不離西閣：銀河倒列星。【明星】李白、古風：迢迢見明星。【客星】杜甫、宿白河驛：孤槎自客星。【星星】蘇軾、次韻答劉涇：時臨泗水照星星。【流星】李白、俠客行：颯沓如流星。【德星】蘇軾、謝二鮮干君：斯人乃德星。【晨星】蘇軾、次韻僧潛見贈：相望落落如晨星。【會星】杜甫、兼述索居：群山若會星。【月與星】韓愈、拘幽操：夜不見月與星。【老人星】李白、與諸公送陳郎將歸衡陽：下看南極老人星。【保臣星】王維、送邢桂州：應逐保臣星。【拂天星】韓愈、答張徹：引袖拂天星。【處士星】黃庭堅、寄黃從善：虹貫江南處士星。【落歲星】李白、留別西河劉少府：人間落歲星。【澮疏星】蘇軾、芙蓉城：炯如微雲澮疏星。【織女星】杜牧、秋夕：臥看牽牛織女星。【爛明星】李白、入朝曲：簪裾爛明星。

## 腥

【潛腥】韓愈、答張徹：沈細抽潛腥。【羶腥】杜甫、兼述索居：宇宙一羶腥。【浸岸腥】李商隱、酬令狐郎中見寄：蛟涎浸岸腥。【草木腥】元好問、車駕東狩後卽事：戰地風來草木腥。

## 醒

【獨醒】杜甫、醉歌行：衆賓皆醉我獨醒。【片時醒】杜甫、高枏：臥此片時醒。【不願醒】李白、將進酒：但願長醉不願醒。【自醉醒】陸游、敍州：風雨南谿自醉醒。【昏不醒】韓愈、東都遇春：鳥喚昏不醒。【爲誰醒】杜甫、題瀼西新賃草屋：醉舞爲誰醒。【愁獨醒】歐陽修、啼鳥：離騷憔悴愁獨醒。【醉眠醒】杜甫、軍中醉飲寄沈八劉叟：冷石醉眠醒。【醉後醒】陸游、高秋亭：三日山中醉後醒。

## 俜

【伶俜】李商隱、寄太原盧司空三十韵：劍外且伶俜。【颭伶聘】韓愈、答張徹：梯飈颭伶俜。

## 靈

【山靈】陸游、高秋亭：徑歸回首愧山靈。【巨靈】王維、華嶽：造化生巨靈。【仙靈】韓愈、華山女：欲驅異教歸仙靈。【生靈】元好問、車駕東狩後即事：干戈直欲盡生靈。【衆靈】李商隱、鈞天：上帝鈞天會衆靈。【湘靈】韓愈、答張徹：幽夢感湘靈。【精靈】杜甫、賀升官兼述索居：材力爾精靈。【問乞靈】元好問、晉溪：好就川紀問乞靈。【舊通靈】蘇軾、贈治易僧智周：夢呑三畫舊通靈。

## 櫺

【風櫺】韓愈、答張徹：暑夕眠風櫺。【轉櫺】李商隱、寄太原盧司空三十韻：詩成有轉櫺。

## 齡

【頹齡】陶潛、九月閒居：菊爲制頹齡。【餘齡】韓愈、過南陽：吾其寄餘齡；蘇軾、送家安國：亦足慰餘齡；蘇軾、九日閒居：樂事滿餘齡。

## 鈴

【九子鈴】李商隱、齊宮詞：猶自風搖九子鈴。【訟閤鈴】李商隱、酬令狐郎中見寄：危於訟閤鈴。【揚扣鈴】秦嘉、留郡贈婦詩：鏘鏘揚扣鈴。【閤前鈴】韓愈、答張徹：趨蹌閤前鈴。

## 泠

【泠泠】韓愈、答張徹：沙水光泠泠；白居易、五絃彈：第三第四絃泠泠；蘇軾、缾笙：孤松迎風細泠泠。

## 伶

【軍伶】韓愈、答張徹：相逢宴軍伶。

## 零

【涕零】鮑照、代東門行：賓御皆涕零。【飄零】杜甫、兼述索居：烈士涕飄零；歐陽修、啼鳥：惟恐鳥散花飄零。【涕淚零】杜甫、醉歌行：呑聲躑躅涕淚零。【翠毛零】韓愈、答張徹：幽乳翠毛零。

## 玪

【瓏玪】韓愈、答張徹：碧流滴瓏玪。

## 舲

【同舲】韓愈、答張徹：朝京忽同舲。【揚舲】王維、送刑桂州：擊汰復揚舲。

## 翎

【推翎】韓愈、答張徹：鄉賓尙推翎。【修翎】蘇軾、送家安國：梧竹養修翎。

## 鴒

【鶺鴒】杜甫、兼述索居：原情類鶺鴒。

## 瓴

【建瓴】杜甫、兼述索居：長驅甚建瓴。

## 囹

【拘囹】韓愈、答張徹：守官類拘囹。

## 聆

【爾其聆】韓愈、答張徹：我歌爾其聆。

## 聽

【自聽】元好問、醉後：一解狂歌且自聽。【倦聽】韓愈、此日足可惜一首贈張籍：共言無倦聽。【視聽】韓愈、東都遇春：貴欲辭視聽。【試聽】白居易、五絃彈：五絃並奏君試聽。【坐聽】韋應物、寒食寄京師諸弟：江上流鶯獨坐聽。【不能聽】李白、上留田：塞耳不能聽。【不得聽】李商隱、鈞天：卻爲知音不得聽。【不堪聽】杜甫、獨坐：哀怨不堪聽。【娛瞻聽】韓愈、答張徹：得以娛瞻聽。【無人聽】白居易、立部伎：鼓笛萬曲無人聽。【亂石聽】蘇軾、贈治易僧智周：揮麈空山亂石聽。【傾耳聽】李白、將進酒：請君爲我傾耳聽。【鳳凰聽】李商隱、寄太原盧司空三十韵：樂同鳳凰聽。【難爲聽】白居易、琵琶行：嘔啞嘲哳難爲聽。【韻可聽】杜甫、高柟：微風韻可聽。

## 廳

【寒廳】韓愈、答張徹：勿憚宿寒廳。

## 汀

【回汀】李商隱、細雨：蕭灑傍回汀。【穿汀】韓愈、答張徹：尋徑返穿汀。【晚汀】杜甫、軍中醉臥寄沈八劉叟：餘甘漱晚汀。【白蘋汀】李商隱、寄太原盧司空三十韵：柳惲白蘋汀。【柳惲汀】李商隱、酬令孤郎中見寄：仍過柳惲汀。

## 冥

【杳冥】杜甫、秉逑索居：妖氛忽杳冥。【青冥】李商隱、鈞天：昔人因夢到青冥。【窅冥】李白、春日行：獨往入窅冥。【紫冥】李白、古風：鷦鴻凌紫冥。【冥冥】杜甫、客舊館：愁緒月冥冥；杜甫、獨坐：竟日雨冥冥；杜甫、醉歌行：樹攪花冥冥。李商隱、酬令狐郎中見寄：信去雨冥冥。【沈冥】杜甫、軍中醉飲寄沈八劉叟：醉已遣沈冥。【鴻冥】李白、留別西河劉少府：高歌羨鴻冥。

## 溟

【四溟】杜甫、秉逑索居：天威總四溟。【東溟】王維、華嶽：大河注東溟。【開溟】韓愈、答張徹：平蕪眇開溟。【滄溟】元好問、晉溪：尾閭眞解池滄溟。【奮北溟】李商隱、寄太原盧司空三十韵：雄圖奮北溟。

## 蓂

【三十蓂】韓愈、答張徹：月變三十蓂。

## 螟

【蝗螟】韓愈、答張徹：吏人沸蝗螟。

## 銘

【勒銘】李商隱、寄太原盧司空三十韵：前景已勒銘。【鼎銘】杜甫、兼述索居：元勳溢鼎銘。【鐫銘】韓愈、答張徹：垂誡仍鐫銘。【座右銘】元好問、醉後：崔瑗虛留座右銘。【新宮銘】蘇軾、遊羅浮山：群仙正草新宮銘。

## 瓶

【長瓶】陸游、長歌行：大車磊落堆長瓶。【僧瓶】李商隱、酬令狐郎中見寄：夜讀漱僧瓶。【銅瓶】李商隱、奉寄安國大師兼簡子蒙：澗響入銅瓶。【凍生瓶】蘇軾、贈治易僧智周：寒窗孤坐凍生瓶。【愧挈瓶】李商隱、寄太原盧司空三十韵：於今愧挈瓶。【蹔罄瓶】韓愈、答張徹：罍滿蹔罄瓶。

## 屏

【長屏】韓愈、答張徹：揷地別長屏。【南屏】蘇軾、平山堂次王居卿祠部韻：檻前修竹憶南屏。【翠屏】杜甫、覃山人隱居：悵望秋天虛翠屏。【畫屏】杜牧、秋夕：銀燭秋光冷畫屏。【斂雲屏】李商隱、龍池：龍池賜酒斂雲屏。【翡翠屏】蘇軾、芙蓉城：珠簾玉案翡翠屏。【著色屏】元好問、晉溪：石磴雲屏著色屏。【繞畫屏】李商隱、寄太原盧司空三十韵：陰山繞畫屏。

## 軿

【雲軿】李白、春日行：仙人飄翩下雲軿。【輜軿】韓愈、華山女：驊騮塞路連輜軿。

## 萍

【青萍】杜甫、兼述索居：誰安握青萍。【浮萍】曹植、閨情：依水如浮萍；韓愈、華山女：聽衆狎恰排浮萍。【楚萍】杜甫、獨坐：充饑憶楚萍。【未開萍】李商隱、細雨：點細未開萍。【逐流萍】杜甫、兼述索居：洗蕩逐流萍。

## 熒

【青熒】韓愈、華山女：堆金疊玉光青熒。【雙熒】韓愈、答張徹：淚皆還雙熒。

## 螢

【秋螢】元好問、醉後：醉來日月兩秋螢。【流螢】李白、夜下征虜亭：江火似流螢。【窗螢】韓愈、答張徹：安居守窗螢。【聚螢】杜甫、兼述索居：朝日歎聚螢。【露螢】蘇軾、贈治易僧智周：尚把遺編照露螢。【太陽螢】李商隱、寄太原盧司空三十韵：敢競太陽螢。【正對螢】李商隱、奉寄安國大師兼簡子蒙：天涯正對螢。【的的螢】李商隱、細雨：微疏的的螢。【撲流螢】杜牧、七夕：輕羅小扇撲流螢。【腐草螢】李商隱、酬令狐郎中見寄：空流腐草螢。

## 滎

【溢爲滎】李商隱、寄太原盧司空三十韵：淚欲溢爲滎。

扃

【固扃】杜甫、兼述索居：囚梁亦固扃。【開扃】韓愈、華山女：觀門不許人開扃。【玉扃】白居易、長恨歌：金闕西廂叩玉扃。【夜不扃】蘇軾、宿海會寺：高堂延客夜不扃。【門長扃】韓愈、題張十八所居：蟬嘒門長扃。【掩重扃】蘇軾、四時詞：夜香燒罷掩重扃。

坰

【近坰】杜甫、兼述索居：戎生及近坰。

駉

【駜駉駉】韓愈、答張徹：獵旦駜駉駉。

筳

【摧撞筳】韓愈、答張徹：瑣力摧撞筳。

瞑

【臥不瞑】李商隱、寄太原盧司空三十韵：鰥鰥臥不瞑。

邢　型　娙　莛　蜓　渟　楟　釘　玎

仃　鯹　惺　娉　蠕　醽　苓　葶　町

軨　桯　瞑　絅　㓝　綎　娗　鞓　鉼

綎

【對偶】

李商隱、寄太原盧司空三十韻：從來師俊傑，可以換丹青。　王維、送邢桂州：日落江湖白，潮來天地青。　李商隱、酬令狐郎中見寄：句曲聞仙訣，臨川得佛經。　李商隱、寄太原盧司空三十韻：邢勞出師表，盡入大荒經。　李商隱、寄太原盧司空三十韻：禹貢思金鼎，堯圖憶土鉶。　王維、送趙都督：萬里鳴刁斗，三軍出井陘。　李商隱、寄太原盧司空三十韻：隋艦臨淮甸，唐旗出井陘。　李商隱、寄太原盧司空三十韻：乃心防暗室，華髮稱明廷。　李商隱、寄太原盧司空三十韻：酣戰仍揮日，降妖亦鬬霆。李商隱、酬令狐郎中見寄：土宜悲坎井，天怒識雷霆。　元好問、車駕東狩後卽事：精衞有冤塡翰海，包胥無淚哭秦庭。　王維、送趙都督：忘身辭鳳闕，報國取龍庭。　李商隱、寄太原盧司空三十韻：祖業隆盤古，孫謀復大庭。　李商隱、寄太原盧司空三十韻：雞塞誰生事，狼煙不暫停。　李商隱、寄太原盧司空三十韻：義之當妙選，孝若近歸寧。　李商隱、寄太原盧司空三十韻：神物龜酬孔，仙才鶴姓丁。　李商隱、寄太原盧司空三十韻：將軍功不伐，叔舅德惟馨。　李商隱、寄太原盧司空三十韻：西山童子藥，南極老人星。　元好問、車駕東狩後卽事：高原水出山河改，戰地風來草木腥。　李商隱、寄太原盧司空三十韻：祇憂非綮肯，未覺有膻腥。　李商隱、酬令狐郎中見寄：象卉分疆近，蛟涎浸岸腥。　李商隱、寄太原盧司空三十韻：接甲神初靜，揮戈思欲醒。　李商隱、寄太原盧司空三十韻：幕中雖策畫，劍外且伶聘。　李商隱、寄太原盧司空三十韻：斷鰲搘四柱，卓馬濟三靈。　李商隱、寄太原盧司空三十韻：月色來侵幌，詩成有轉櫺。　李商隱、寄太原盧司空三十韻：邪同獬廌觸，樂伴鳳凰聽。　李商隱、寄太原盧司空三十韻：羅含黃菊宅，柳惲白蘋汀。　李商隱、酬令狐郎中見寄：應目丘遲宅，仍過柳惲汀。　李商隱、寄太原盧司空三十韻：保佐資沖漠，扶持在杳冥。　李商隱、酬令狐郎中見寄：封來江渺渺，信去雨冥冥。　李商隱、寄太原盧司空三十韻：舊族開東岳，雄圖奮北溟。　李商隱、寄太原盧司空三十韻：內草纔傳詔，前茅已勒銘。　李商隱、奉寄安國大師兼簡子蒙：巖光分蠟屐，澗響入銅瓶。　李商隱、寄太原盧司空三十韻：自頃徒窺管，於今愧挈瓶。　李商隱、酬令狐郎中見寄：朝吟搘客枕，夜讀漱僧瓶。　李商隱、寄太原盧司三十韻：德水縈長帶，陰山繞畫屏。　李商隱、細雨：氣涼先動竹，點細未開萍。　李商隱、酬令狐郎中見寄：補羸貪紫桂，負氣記青萍。　李商隱、寄太原盧司空三十韻：擬塡滄海鳥，敢競太陽螢。　李商隱、奉寄安國大師兼簡子蒙：日下徒推鶴，天涯正對螢。　李商隱、細雨：稍促高高燕，微疏的的螢。　李商隱、酬令狐郎中見寄：不見銜蘆雁，空流腐草螢。　李商隱、寄太原盧司空三十韻：身應瘠於魯，淚欲溢爲滎。　李商隱、寄太原盧司空三十韻：何由叨末席，還得叩玄扃。　李商隱、寄太原盧司空三十韻：俁俁行忘止，鰥鰥臥不瞑。　李商隱、寄太原盧司空三十韻：莊叟虛悲雁，終童漫識鯹。

# 十蒸 古通真

## 蒸

【水雲蒸】蘇軾、送淵師歸徑山：谿城六月水雲蒸。【水蘊蒸】無名氏、別詩：以遺水蘊蒸。【汗氣蒸】岑參、走馬川行：馬毛帶雪汗氣蒸。【臥炎蒸】杜甫、櫻拂子：家貧臥炎蒸。【沸如蒸】韓愈、送侯參謀赴河中幕：有湯沸如蒸。【洗煩蒸】黃庭堅、食瓜有感：暑軒無物洗煩蒸。【瘴霧蒸】李商隱、北禽：無辭瘴霧蒸。【瘴癘蒸】韓愈、永貞行：蠻俗生梗瘴癘蒸。

## 烝

【黎與烝】韓愈、送侯參謀赴河中幕：活彼黎與烝。

## 承

【難承】韓愈、送侯參謀赴河中幕：歡緒絕難承。

## 徵

【小徵】李商隱、別薛巖賓：芸香是小徵。【宜為徵】韓愈、永貞行：嗟爾既往宜為徵。【讜可徵】韓愈、送侯參謀赴河中幕：妄作讜可徵。

## 陵

【夷陵】李商隱、楚宮：秦火入夷陵。【昭陵】杜牧、將赴吳興登樂遊原：樂遊原上望昭陵。【峭陵】韓愈、送侯參謀赴河中幕：征車轉峭陵。【黃陵】李商隱、哭劉司戶蕡：春雪滿黃陵。【陰陵】李商隱、贈別前蔚州契苾使君：何年部落到陰陵。【漢陵】李商隱、幽人：人煙接漢陵。【魏西陵】李商隱、過景陵：鼎湖何異魏西陵。【下巴陵】陸游、舟中熟睡半午：數聲柔艣下巴陵。【日南陵】無名氏、別詩：暮聞日南陵。【向雕陵】李商隱、北禽：何不向雕陵。【哭徐陵】李商隱、聞著明凶問哭寄飛卿：同去哭徐陵。

## 淩

【日淩淩】韓愈、秋懷詩：秋空日淩淩。【坐欲淩】李商隱、別薛巖賓：晨清坐欲淩。

## 冰

【含冰】李商隱、蜀桐：上合非霧下含冰。【寒冰】黃庭堅、食瓜有感：金盤碧筋薦寒冰。【鏤冰】李商隱、楚宮：釵斜只鏤冰。【一河冰】李商隱、贈別前蔚州契苾使君：朝飛羽騎一河冰。【一壺冰】李商隱、聞著明凶問哭寄飛卿：無復一壺冰。【玉壺冰】李商隱、別薛巖賓：且用玉壺冰。【百丈冰】岑參、白雪歌：瀚海闌干百丈冰。【冷如冰】李商隱、謁山：一杯春露冷如冰。【冷欲冰】陸游、雙流旅舍：孤市人稀冷欲冰。【欲生冰】蘇軾、夜過舒堯文：耐寒石硯欲生冰。【清如冰】韓愈、送侯參謀赴河中幕：我齒清如冰。【旋作冰】岑參、走馬川行：五花連錢旋作冰。【結成冰】李商隱、無題：雲漿未飲結成冰。

## 膺

【服膺】蘇軾、孫莘老求墨妙亭詩：還道同時須服膺。【撫膺】李商隱、哭劉司戶蕡：天高但撫膺。【淚滿膺】李商隱、聞著明凶問哭寄飛卿：今傷淚滿膺。【職其膺】韓愈、送侯參謀赴河中幕：幕謀職其膺。

## 鷹

【秋鷹】蘇軾、孫莘老求墨妙亭詩：細筋入骨如秋鷹。【花鷹】蘇軾、送淵師歸徑山：飛蚊猛捷如花鷹。【蒼鷹】無名氏、別詩：熠熠似蒼鷹。【郅都鷹】李商隱、贈別前蔚州契苾使君：路人遙識郅都鷹。【脫韝鷹】韓愈、送侯參謀赴河中幕：勢若脫韝鷹。

## 應

【誰爲應】韓愈、送侯參謀赴河中幕：晤言誰爲應。

## 蠅

【飛蠅】陸游、舟中熟睡至夕：舟中一雨掃飛蠅。【寒蠅】韓愈、送侯參謀赴河中幕：癡如遇寒蠅。【秋後蠅】李商隱、洞庭魚：多於秋後蠅。【盤中蠅】韓愈、秋懷詩：下無盤中蠅。

## 繩

【玉繩】李商隱、聞著明凶問哭寄飛卿：天文露玉繩。【牽繩】韓愈、送侯參謀赴河中幕：愁腸若牽繩。【長繩】李商隱、謁山：從來繫日乏長繩。【朱絲繩】杜甫、棲拂子：擢擢朱絲繩。【雨如繩】蘇軾、孫莘老求墨妙亭詩：蓬窗高枕雨如繩。【青絲繩】無名氏、焦仲卿妻：綠碧青絲繩。【挂紫繩】李商隱、楚宮：重簾挂紫繩。

## 乘

【上乘】李商隱、題白石蓮花寄楚公：不會牛車是上乘。【不可乘】韓愈、送侯參謀赴河中幕：流景不可乘。【安可乘】李白、登高丘而望遠：鼎湖飛龍安可乘。

## 塍

【溝塍】韓愈、送侯參謀赴河中幕：耕斷歸溝塍。

## 昇

【代昇】陳子昂、感遇：幽陽始代昇。【仙昇】李商隱、過景陵：武皇精魄久仙昇。【晨昇】韓愈、送侯參謀赴河中幕：嶺壁窮晨昇。

## 勝

【不勝】蘇軾、梨花：柔柯已不勝。【不可勝】韓愈、送侯參謀赴河中幕：爲樂不可勝。【恨不勝】李商隱、謁山：水去雲回恨不勝。【情可勝】韓愈、永貞行：吾嘗同僚情可勝。【霧不勝】李商隱、僧院牡丹：枝輕霧不勝。

## 興

【中興】李商隱、哭劉司戶蕡：言皆在中興。【更廢興】陳子昂、感遇：三元更廢興。【照衰興】李商隱、幽人：不盡照衰興。【隔晨興】韓愈、送侯參謀赴河中幕：忽如隔晨興。

## 繒

【縑繒】蘇軾、孫莘老求墨妙亭詩：購買斷缺揮縑繒。【殘綵繒】無名氏、別詩：託之殘綵繒。【簡與繒】韓愈、送侯參謀赴河中幕：無恡簡與繒。

## 憑

【坐難憑】韓愈、送侯參謀赴河中幕：乖離坐難憑。【無所憑】李白、登高丘而望遠：黿鼉無所憑。【詐難憑】韓愈、永貞行：左右使令詐難憑。

## 仍

【已仍】韓愈、送侯參謀赴河中幕：勉勉恨已仍。【相仍】李商隱、別薛巖賓：風物正相仍。

## 兢

【兢兢】韓愈、永貞行：慎勿浪信常兢兢。

## 矜

【嗟矜】韓愈、送侯參謀赴河中幕：相親送嗟矜。【淺自矜】李商隱、別薛巖賓：衰花淺自矜。【嗟可矜】韓愈、永貞行：荒郡迫野嗟可矜。

## 徵

【妄徵】韓愈、永貞行：具書目見非妄徵。【詔徵】韓愈、送侯參謀赴河中幕：上書求詔徵。

## 凝

【朝凝】陳子昂、感遇：陰魄已朝凝。【昏若凝】韓愈、永貞行：江氛嶺祲昏若凝。【硯水凝】岑參、走馬川行：幕中草檄硯水凝。【煙霧凝】李商隱、過景陵：帳殿淒涼煙霧凝。【對空凝】韓愈、送侯參謀赴河中幕：殘樽對空凝。【萬里凝】岑參、白雪歌：愁雲黲淡萬里凝。【露華凝】杜甫、江邊星月：況乃露華凝。

## 稱

【少年稱】韓愈、送侯參謀赴河中幕：各以少年稱。【國史稱】李商隱、贈別前蔚州契苾使君：奕世勤王國史稱。【爲世稱】韓愈、永貞行：郎官清要爲世稱。

## 登

【先登】韓愈、送侯參謀河中幕：棄死取先登。【攀登】李白、登高丘而望遠：牧羊之子而攀登。【入戶登】王維、韋給事山居：群山入戶登。【不可登】錢起、江行無題：匡廬不可登。【與誰登】蘇軾、微雪懷子由：寺樓見雪與誰登。【賢俊登】韓愈、永貞行：四門肅穆賢俊登。

## 燈

【明燈】韓愈、送侯參謀赴河中幕：夜博然明燈。【孤燈】蘇軾、太白山下早行：落月澹孤燈。

【風燈】蘇軾、孫莘老求墨妙亭詩：過眼百世如風燈。【寒燈】杜甫、泊岳陽城下：舟雪灑寒燈。【窗燈】李商隱、別薛巖賓：風向一窗燈。【九枝燈】李商隱、楚宮：不礙九枝燈。【十年燈】黃庭堅、寄黃幾復：江湖夜雨十年燈。【不點燈】蘇軾、次韻定慧長老：憐蛾不點燈。【初卷燈】李商隱、僧院牡丹：湘幃初卷燈。【長明燈】蘇軾、送淵師歸徑山：蘭膏不動長明燈。【佛前燈】李商隱、題白石蓮花寄楚公：六時長捧佛前燈。【店家燈】陸游、雙流旅舍：昏昏一盞店家燈。【腹爲燈】李商隱、洞庭魚：仍計腹爲燈。

## 僧

【老僧】蘇軾、太白山下早行：安閒愧老僧。【孤僧】李商隱、北青蘿：茅屋訪孤僧。【留僧】李商隱、幽人：棋罷正留僧。【談僧】韓愈、送侯參謀赴河中幕：風廊折談僧。【六朝僧】錢起、江行無題：猶有六朝僧。【老病僧】李商隱、題白石蓮花寄楚公：時夢西山老病僧。【行脚僧】陸游、雙流旅舍：我是江南行脚僧。【靜愛僧】杜牧、將赴吳興登樂遊原：閒愛孤雲靜愛僧。

## 崩

【肝心崩】韓愈、永貞行：食中置藥肝心崩。【翻崩】韓愈、送侯參謀赴河中幕：雲頹雪翻崩。

## 增

【氣益增】杜甫、泊岳陽城下：艱危氣益增。

## 曾

【何曾】蘇軾、雪夜觀燈：新年樂事歎何曾。【見未曾】韓愈、永貞行：一蛇兩頭見未曾。

## 憎

【可憎】韓愈、送侯參謀赴河中幕：君顏老可憎。【令人憎】韓愈、永貞行：怪鳥鳴喚令人憎。【去所憎】韓愈、秋懷詩：耳目去所憎。

## 矰

【破矰】李商隱、北禽：蘆銛未破矰。

## 層

【層層】蘇軾、望海樓：青山斷處塔層層。【十二層】李商隱、無題：更在瑤臺十二層。【江千層】韓愈、送侯參謀赴河中幕：躑躅江千層。【幾多層】李商隱、題白石蓮花寄楚公：諸天匝塔幾多層。【路幾層】李商隱、北青蘿：寒雲路幾層。

## 曾

【豈嘗曾】韓愈、送侯參謀赴河中幕：從軍豈嘗曾。

## 能

【何能】李白、登高丘而望遠：精靈竟何能。【無能】韓愈、秋懷詩：豈謂吾無能。【心不能】王維、不遇詠：五侯門前心不能。【恨無能】孟浩然、宴張別駕新齋：衰病恨無能。【病未能】王維、韋給事山居：誰去病未能。【對屬能】李商隱、漫成五章：今日惟觀對屬能。【謂己能】韓愈、送侯參謀赴河中幕：百事謂己能。【謝不能】黃庭堅、寄黃幾復：寄鴈傳書謝不能。

## 稜

【高稜】韓愈、秋懷詩：南山見高稜。【風稜】韓愈、送侯參謀赴河中幕：四海欽風稜。【藏稜】蘇軾、孫莘老求墨妙亭詩：字外出力中藏稜。【稜稜】李白、僧伽歌：意清淨貌稜稜。

## 朋

【交朋】歐陽修、啼鳥：醉與花鳥交朋。【友朋】蘇軾、孫莘老求墨妙亭詩：勝事傳說誇友朋；蘇軾、微雪懷子由：豈不懷歸畏友朋。【得朋】韓愈、送侯參謀赴河中幕：末路再得朋。【良朋】李商隱、漫成五章：王楊落筆得良朋。【舊朋】孟浩然、宴張別駕新齋：文章得舊朋。

## 鵬

【化鵬】李商隱、洞庭魚：翺翔欲化鵬。【溟鵬】韓愈、送侯參謀赴河中幕：翰飛逐溟鵬。【鯤鵬】杜甫、泊岳陽城下：變化有鯤鵬。

## 弘

【孫弘】李商隱、哭劉司戶蕢：不待相孫弘。

## 肱

【股肱】韓愈、永貞行：雄虺毒螫墮股肱。【三折肱】黃庭堅、寄黃幾復：治病不蘄三折肱。

## 薨

【新薨】韓愈、送侯參謀赴河中幕：蔡州帥新薨。

## 騰

【蹻騰】韓愈、送侯參謀赴河中幕：人馬何蹻騰。【相騰】韓愈、永貞行：湖波連天日相騰。【龍騰】蘇軾、孫莘老求墨妙亭詩：世間遺跡猶龍騰。

## 藤

【垂藤】王維、韋給事山居：印綬隔垂藤。【溪藤】蘇軾、孫莘老求墨妙亭詩：爲把栗尾書溪藤；黃庭堅、寄黃幾復：隔溪猿哭瘴溪藤。【翠藤】陸游、舟中熟睡自午：半脫綸巾臥翠藤。【一枝藤】李商隱、北青蘿：閒倚一枝藤。【萬歲藤】李商隱、幽人：蒼崖萬歲藤。

## 恒

【以爲恒】韓愈、送侯參謀赴河中幕：遊宴以爲恒。

## 緪

【環緪】韓愈、送侯參謀赴河中幕：日月屢環緪。

綾　薐　鷹　澠　升　偁　簦　登　鬙
橧　堋　鞃　滕　憕　倰　鯪　崚　滕
殑　輘　凭　凴　憴　鱦　艿　癥　噌
磳　㲪　曹　蕄　掤　薨　膰　鼟　淩

# 讜驟礽扔庱砅髗弦膾

## 湔

【對偶】

李商隱、別薛巖賓：桂樹乖真隱，芸香是小懲。李白、長干行二首：想君發揚子，思君下巴陵。李商隱、幽人：星斗同秦分，人煙接漢陵。　李商隱、別薛巖賓：曙爽行將拂，晨清坐欲凌。李商隱、楚宮：扇薄常規月，釵斜只鏤冰。　李商隱、贈別前蔚州契苾使君：夜捲牙旗千帳雪，朝飛羽騎一河冰。　李商隱、聞著明凶問哭寄飛卿：空餘雙玉劍，無復一壺冰。　李商隱、哭劉司戶蕡：江闊惟回首，天高但撫膺。　李商隱、北禽：縱能朝杜宇，可得値蒼鷹。　李白、贈新平少年：摧殘檻中虎，羈紲韝上鷹。　李商隱、洞庭魚：鬧若雨前蟻，多於秋侵蠅。　李商隱、楚宮：複壁交青瑣，重簾挂紫繩。　李商隱、聞著明凶問哭寄飛卿：江勢翻銀礫，天文露玉繩。李白、長干行二首：八月西風起，五月南風興。李商隱、別薛巖賓：別離眞不那，風物正相仍。李商隱、別薛巖賓：漫水任誰照，忘花淺自矜。王維、韋給事山居：大壑隨階轉，群山入戶登。李商隱、贈別前蔚州契苾使君：蕃兒襁負來青冢，狄女壺漿出白登。　李商隱、別薛巖賓：還將兩袖淚，同向一窗燈。　黃庭堅、寄黃幾復：桃李春風一杯酒，江湖夜雨十年燈。　李商隱、楚宮：如何一柱觀，不礙九枝燈。　李商隱、僧院牡丹：粉壁正蕩水，相幃初卷燈。　李商隱、洞庭魚：豈思鱗坐簟，仍計腹爲燈。　李商隱、僧院牡丹：開花如避客，色淺爲依僧。　李商隱、幽人：樵歸說逢虎，棋罷在留僧。　李商隱、題白石蓮花寄楚公：空庭苔鮮饒霜露，時夢西山老病僧。　李商隱、北禽：石小虛塡海，蘆銛未破矰。　李商隱、題白石蓮花寄楚公：大海龍宮無限地，諸天雁塔幾多層。　李商隱、北青蘿：落葉人何在，寒雲路幾層。　李商隱、漫成五章：沈宋裁辭矜變律，王楊落筆得良朋。　李商隱、哭劉司戶蕡：空聞遷賈誼，不待相孫弘。　黃庭堅、寄黃幾復：持家但有四立壁，治病不蘄三折肱。　李商隱、北青蘿：獨敲初夜磬，閒倚一枝藤。　李白、僧伽歌：瓶裏千年鐵柱骨，手中萬歲胡孫藤。　王維、韋給事山居：庖廚出深竹，印綬隔垂藤。　李商隱、幽人：丹竈三年火，蒼崖萬歲藤。

# 十一尤 古獨用

## 尤

【自尤】杜牧、寄浙東韓評事：跡辱魂慚好自尤。【見尤】無名氏、刺巴郡守詩：吏怒反見尤。【相尤】王維、寄胡居士：不到莫相尤。【無尤】韋應物、送楊氏女：仁卹庶無尤。【愆尤】李白、古風：自古多愆尤；韓愈、雙鳥詩：閉聲省愆尤。【罪尤】曹植、浮萍篇：無端獲罪尤；蘇軾、代書答梁先：蹸藉夫子無罪尤。【義所尤】曹植、箜篌引：薄終義所尤。

## 郵

【山郵】王維、送禰郎中：野杏發山郵。【石郵】李商隱、擬意：來風貯石郵。

## 優

【齊優】陸游、黃州：遷流還嘆學齊優。【固其優】王維、獻始興公：守任固其優。【馬力優】韓愈、劉生詩：車輕御良馬力優。【理宜優】韓愈、寄贈王二十：根本理宜優。【駑駘優】韓愈、駑驥：共以駑駘優。

## 憂

【千憂】杜甫、落日：一酌散千憂；元好問、葉縣雨中：今朝一雨散千憂。【不憂】劉琨、重贈盧諶：知命故不憂；黃庭堅、送鄭彥能：田舍老翁百不憂。【生憂】韓愈、河之水：三年不見兮使我生憂。【百憂】杜甫、寄杜位：想見懷歸尚百憂；曹植、贈王粲：遂使懷百憂；蘇軾、石蒼舒醉墨堂：如飲美酒銷百憂。【同憂】孟浩然、送席大：同病亦同憂。【忘憂】杜甫、村雨：盜賊敢忘憂；曹丕、善哉行：聊以忘憂。【何憂】曹植、箜篌引：知命復何憂。【沈憂】李商隱、期章潘不至：期君不至更沈憂。【散憂】杜甫、除草：江色未散憂。【無憂】杜甫、阮隱居致薤：味煖并無憂；陶潛、詠貧士：非道故無憂；蘇軾、次韻秦觀見贈：逢年遇合百無憂。【銷憂】元好問、答吳天益：却應松菊未銷憂。【誰憂】李商隱、即日：辭疾索誰憂。【隱憂】李商隱、燈：誰人不隱憂。【離憂】杜甫、長河送李十二：朔雲寒菊倍離憂；謝朓、新亭渚別范雲：江上徒離憂；李商隱、擬意：從此抱離憂。【懷憂】無名氏、十口歌：誰不懷憂。【千歲憂】無名氏、古詩生年不滿百：常懷千歲憂。【千載憂】陶潛、遊斜川：忘彼千載憂。【旦夕憂】韓愈、南溪始泛：未有旦夕憂。【壯士憂】曹植、鰕䱇篇：誰知壯士憂。【病去憂】杜甫、憶弟：無時病去憂。【貽我憂】韋應物、送楊氏女：事姑貽我憂。【越鄉憂】孟浩然、陪張丞相登嵩山樓：無復越鄉憂。【喜還憂】韓愈、寄贈王二十：內心喜還憂。【楚人憂】元好問、感事：市鉗眞有楚人憂。【號忘憂】李商隱、牡丹：却得號忘憂。【寫我憂】蘇軾、鐵溝行：駕言聊復寫我憂。【漢國憂】賀知章、送人之軍：無貽漢國憂。【銷人憂】李白、送族弟凝：取樂銷人憂。【樂忘憂】蘇軾、代書答梁先：發憤忘食樂忘憂。【懷死憂】無名氏、企喻歌：出門懷死憂。【主君憂】李商隱、重有感：安危須共主君憂。

# 流

【九流】元好問、感事：風鑒生平備九流。【川流】曹丕、善哉行：湯湯川流。【北流】李白、擣衣篇：萬里交河水北流。【交流】阮籍、詠懷：涕泗紛交流。【西流】曹植、箜篌引：光景馳西流；劉琨、重贈盧諶：夕陽忽西流。【江流】陸游、越王樓：蒲萄酒淥似江流；李商隱、楚吟：樓前宮畔暮江流。【回流】黃庭堅、寄別說道：有情江水尚回流。【長流】杜甫、白帝城最高樓：弱水東影隨長流。【東流】蕭衍、河中之水歌：河中之水向東流；元好問、夢歸：歸心江漢日東流；李商隱、寄遠：不敎伊水向東流。【夜流】孟浩然、宿桐廬江：滄江急夜流。【洪流】李白、留別賈舍人至：四溟揚洪流。【急流】杜甫、江漲：兒童報急流；曹植、雜詩：淮泗馳急流。【南流】張喬、書邊事：長願向南流。【飛流】元好問、橫波亭：孤亭突兀插飛流。【風流】元好問、送樊順之：庾郎入幕更風流；李商隱、送崔珏往四川：酒壚從古擅風流。【泉流】韓愈、駑驥：渴飲禮泉流。【清流】李白、田園言懷：飲水對清流；黃庭堅、次韻李之純：我亦洗湔與清流。【寒流】李白、過汪氏別業：開池漲寒流。【亂流】馬虞臣、楚江懷古：蒼山夾亂流。【碧流】李白、酬崔侍御：歸臥空山釣碧流；李益、行舟：臥引菱花信碧流。【遠流】陶潛、遊斜川：班坐依遠流。【積流】杜甫、覆舟：龍居悶積流。【十年流】杜甫、寄杜位：悲君已是十年流。【入海流】王之渙、登鸛雀樓：黃河入海流。【入淮流】李商隱、追代盧家人嘲堂內：長短入淮流。【入夢流】羅隱、寄蔡氏昆仲：水帶離聲入夢流。【千丈流】韓愈、遠遊聯句：欲釣千丈流。【大江流】杜甫、旅夜書懷：月湧大江流。【大荒流】李白、渡荊門送別：江入大荒流。【日夜流】黃庭堅、奉送劉君昆仲：游子歸心日夜流。【天際流】李白、送孟浩然之廣陵：唯見長江天際流。【石上流】王維、山居秋暝：清泉石上流。【生死流】王維、寄胡居士：不疲生死流。【出塞流】王維、送平澹然：交河出塞流。【江水流】李白、峨眉山月歌：影入平羌江水流。【江自流】李白、登金陵鳳凰臺：鳳去臺空江自流。【江海流】曹植、鰕䱇篇：不知江海流。【江漢流】謝朓、新亭渚別范雲：水還江漢流。【東江流】梅聖俞、送徐君章：蒼壁東江流。【泝上流】王維、送賀遂員外外甥：荆門泝上流。【拍山流】劉禹錫、竹枝詞：蜀江春水拍山流。【拍天流】蘇軾、趙令晏崔白大圖：笑看江水拍天流。【易水流】陶潛、擬古：渴飲易水流。【空自流】李白、送別：日暮長江空自流。【東西流】曹植、浮萍篇：隨風東西流。【東北流】杜甫、搖落：寒江東北流。【拂地流】元好問、葉縣雨中：未厭明河拂地流。【故園流】岑參、見渭水思秦川：寄向故園流。【雨雪流】杜甫、江漲：山添雨雪流。【南北流】鮑照、擬行路難：各自東西南北流。【星漢流】李白、上皇西巡南京歌：漢水之通星漢流。

【逆上流】孟浩然、送張祥之房陵：林端逆上流。【弱水流】曹植、遊僊：西臨弱水流。【涕泗流】杜甫、登岳陽樓：憑軒涕泗流。【逐水流】王維、過感化寺：歸房逐水流。【淚長流】杜甫、去蜀：不必淚長流。【淚爭流】李商隱、擬意：翡蠟淚爭流。【晝夜流】黃庭堅、次韵揚州見寄：清洛思君晝夜流。【清淮流】何遜、與胡興安夜別：月映清淮流。【清淺流】李白、古風：復作清淺流。【逐船流】儲光義、江南意：來去逐船流。【逐歸流】儲光義、夜到洛口入黃河：解纜逐歸流。【湘水流】王維、送禰郎中：猿啼湘水流。【萬里流】左思、詠史：濯足清江萬里流。【寒波流】李白、登新平樓：水淨寒波流。【黃膏流】韓愈、劉生詩：毒氣爍體黃膏流。【溪水流】常建、三日尋李九莊：直到門前溪水流。【溝水流】李商隱、與李定言閒話戲作：海燕參差溝水流。【滄江流】李白、古風：鳴飛滄江流。【碧水流】李白、謝公亭：山空碧水流。【碧玉流】柳宗元、酬曹侍御見寄：破額山前碧玉流。【澗水流】王維、獻始興公：寧飲澗水流。劉琨、扶風歌：泠泠澗水流。【緣纓流】郭璞、游仙詩：零淚緣纓流。【螢火流】李白、長門怨：金門無人螢火流。【擁花流】李商隱、即日：敗港擁花流。【雙淚流】王維、隴頭吟：駐馬聽之雙淚流。【斷腸流】李白、秋浦歌：翻作斷腸流。

## 旒

【冕旒】王維、早朝大明宮：萬國衣冠拜冕旒；韓愈、寄贈翰林三學士：嗣皇傳冕旒；黃庭堅、贈無咎文潛：淸都太微望冕旒。【綴旒】白居易、隋堤柳：宗社之危如綴旒。

## 留

【久留】杜甫、破船：白屋難久留。【少留】李商隱、無題：黃鶴沙邊亦少留。【可留】王維、山居秋暝：王孫自可留。【去留】李白、江上吟：載妓隨波任去留；杜甫、遊修學寺：川雲自去留。【長留】無名氏、焦仲卿妻：魂去尸長留。【淹留】杜牧、自宣城赴官上京：酒杯無日不淹留；韓愈、南溪始泛：勸我此淹留；李商隱、即日：江間亭下悵淹留。【停留】韓愈、雙鳥詩：造化皆淹留。【滯留】元好問、葉縣雨中：客子何心歎滯留。【遲留】元好問、答吳天益：燕鴻無計得遲留；陳師道、寄蘇尙書：二年歸思與遲留。【難留】杜甫、除草：蕙葉亦難留。【繫留】黃庭堅、題槐安閣：萬象縱橫不繫留。【三年留】韓愈、劉生詩：越女一笑三年留。【主人留】杜甫、送王十六判官：爲仗主人留。【玉京留】王維、恭懿太子挽歌：今恨玉京留。【胸中留】蘇軾、和蔡準郎中：宜使細故胸中留。【桂樹留】李白、寄淮南故人：因逢桂樹留。【逝不留】曹植、贈王粲：羲和逝不留。【終年留】蘇軾、和蔡準郎中：遇所得意終年留。【陽光留】杜甫、寄贊上人：竟日陽光留。【鳳蹕留】王維、曲江侍宴應制：神皋鳳蹕留。

## 榴

【石榴】李商隱、擬意：春刀解石榴。

## 騮

【紫騮】王維、燕夕行：颯沓青驪躍紫騮。【玉腕騮】杜甫、玉腕騮：尙書玉腕騮。

## 劉

【姓劉】韓愈、劉生詩：生名師命其姓劉。【柳與劉】韓愈、寄贈王二十：偏善柳與劉。

## 由

【自由】杜甫、西閣：詣中得自由；柳宗元、酬曹侍御：欲採蘋花不自由；杜牧、登池州九峯樓：百感中來不自由；李商隱、和韓錄事：星使追還不自由；蘇軾、次韵答邦直子由：箕踞狂歌總自由。【何由】杜甫、憶弟：兵在見何由。【許由】左思、詠史：高步追許由。【無由】韓愈、洞庭湖阻風：夢想接無由。【自有由】韓愈、瀧吏：官知自有由。【安足由】曹植、雜詩六首：東路安足由。【自專由】無名氏、焦仲卿妻：舉動自專由。【良有由】韓愈、劉生詩：問胡不歸良有由。

## 油

【膏油】韓愈、雙鳥詩：百物須膏油。【釘窗油】李商隱、擬意：犀帖釘窗油。【綠潑油】黃庭堅、寄別說道：一派春波綠潑油。

## 游

通作遊。【上游】宋祁、眞定述事：試聽山河說上游。【天游】蘇軾、戲子由：處置六鑿須天游。【西遊】曹植、贈王粲：攬衣起西遊；李商隱、送崔珏往西川：欲爲東下更西遊。【行遊】陶潛、擬古：撫劍獨行遊。【交遊】蘇軾、次韵答邦直子由：城南短李好交遊。【同遊】李商隱、和韓錄事：月娥孀獨好同遊。【東遊】陸游、登賞心亭：今年乘興欲東遊；蘇軾、龜山：潮連滄海欲東遊。【春遊】杜甫、遊修覺寺：吾得及春遊。【客遊】曹丕、善哉行：有似客遊。【飛游】韓愈、寄贈王二十：有蟲群飛游。【倦遊】王籍、入若耶溪：長年悲倦遊。【浮遊】韓愈、遠遊聯句：高行恣浮游。【勝遊】李商隱、奉同諸公新創河亭之作：長與蒲津作勝遊。【遐遊】韓愈、駑驥：乘之極遐遊。【遨遊】沈約、休沐寄懷：安事遠遨遊。【遠遊】杜甫、村雨：茅齋慰遠遊；郭璞、游仙：迅足羨遠遊；陸游、觀嵋江雪山：胸中迫隘思遠遊；李商隱、安定城樓：王粲春來更遠遊。【舊遊】白居易、醉後走筆：重話符離問舊遊；李商隱、擬意：凌波有舊遊。【十年遊】蘇軾、次韵答邦直子由：退歸終作十年遊。【月巖遊】陸游、月巖：幾年不作月巖遊。【白雲遊】孫逖、宿雲門寺閣：夢與白雲遊。【曲江遊】杜甫、寄杜位：何時更得曲江遊。【汗漫遊】孟浩然、送元公：相與汗漫遊。【松子遊】阮籍、詠懷：上與松子遊。【昔年遊】杜牧、潤州二首：放歌曾作昔年遊。【往來遊】杜甫、獨立：容易往來遊。【岱宗遊】孟浩然、尋陳逸人故居：奄作岱宗遊。【秉燭遊】李白、贈王歷陽：客多樂酣秉燭遊；無名氏、古詩生年不滿百：何不秉燭遊。【帝子遊】謝朓、別苑零陵雲：瀟湘帝子遊。【星漢遊】儲光羲、夜到洛口入黃河：永言星漢遊。【送君遊】嚴維、送人往金華：今日送君遊。【恣佚遊】白居易、隨堤柳：南幸江都恣佚遊。【柴門遊】杜甫、破船：日傍柴門遊。【院院遊】元稹、梁州夢：也向慈恩院院遊。

【凌雲遊】蘇軾、送張嘉州：載酒時作凌雲遊。【海池遊】孟浩然、宴張郎中：　暫拂海池遊。【逍遙遊】蘇軾、石蒼舒醉墨堂：適意無異逍遙遊。【結伴遊】李白、宮中行樂詞：還須結伴遊。【猩猩遊】韓愈、劉生詩：　山獠讙譟猩猩遊。【遠行遊】曹植、遊僊：翺翔遠行遊。　【滿院遊】杜甫、落日：飛蟲滿院遊。【摩天遊】李白、留別賈舍人至：從之摩天遊。【黿鼉遊】杜甫、白帝城最高樓：江清日抱黿鼉遊。【橋上遊】李白、古風：年年橋上遊。【錦江遊】羅隱、寄蔡氏昆仲：一年兩度錦江游。【戲馬遊】杜甫、九日登梓州城：言尋戲馬遊。【鴻鵠遊】曹植、鰕䱇篇：安識鴻鵠遊。【寶劍遊】李白、寄淮南友人：空持寶劍遊。【瀟湘遊】杜甫、去蜀：轉作瀟湘遊。【灞上游】杜甫、懷灞上游：平生灞上遊。

## 猷

【皇猷】韓愈、寄贈翰林三學士：清文煥皇猷。【清猷】韓愈、遠遊聯句：晚坐陳清猷。【順其猷】韋應物、送楊氏女：容止順其猷。

## 悠

【悠悠】無名氏、別詩三首：念子悵悠悠；無名氏、西洲曲：海水夢悠悠；阮籍：詠懷：天道邈悠悠。王維、秋夜獨坐：蟪蛄聲悠悠；王維、送康太守：江水映悠悠；李白、贈崔郎中宗之：目極心悠悠；崔顥、黃鶴樓詩：白雲千載空悠悠；韓愈、洞庭湖阻風：寒光自悠悠；蘇軾、代書答梁先：此身與世眞悠悠；嚴維、丹陽送韋參軍：寒鴉飛盡水悠悠；李商隱、端居：遠書歸夢兩悠悠；皇甫冉、歸渡洛水：此意正悠悠；韋應物、送楊氏女：出門復悠悠。

## 牛

【斗牛】孫逖、宿雲門寺閣：紗窗宿斗牛；韓愈、遠遊聯句：舉驅凌斗牛。【全牛】李白、送趙叟：五藏無全牛。【肥牛】曹植、箜篌引：烹羊宰肥牛；韓愈、劉生詩：美酒傾水炙肥牛。【佩牛】蘇軾、詩戲喬：此去還須却佩牛。【牽牛】李商隱、擬意：私識詠牽牛；李商隱、戲贈韓西迎家室：天河迢遞笑牽牛。【飲牛】劉筠、直夜：霧卷明河見飲牛。【萬牛】黃庭堅、贈無咎：張子筆端可以回萬牛。【千頭牛】韓愈、雙鳥詩：暮食千頭牛。【甯戚牛】李白、秋浦歌：寒歌甯戚牛。

## 修

【修修】杜甫、破船：野竹獨修修。韓愈、寄贈翰林三學士：涼風日修修。無名氏、古歌：樹木何修修。【阻修】王維、寄胡居士：胡爲多阻修；杜甫、除草：曾何生阻修；李商隱、江上：歸途尙阻修。【前修】韓愈、劉生詩：我爲羅列陳前修。【精修】李白、與常贊府遊五松山：吾欲歸精修。

## 脩

亦通修。【阻脩】儲光羲、夜到洛口入黃河：沿洄非阻脩。【清而脩】蘇軾、代書答梁光：異哉梁子清而脩。

## 羞

【自羞】韓愈、雙鳥詩：有口反自羞。【珍羞】李白、古風：引鼎錯珍羞；蘇軾、石蒼舒酒墨堂：病嗜土炭如珍羞。【庶羞】杜甫、後出塞：酒酣進庶羞；曹植、箜篌引：緩帶傾庶羞。【晨羞】黃庭堅、送劉君昆仲：南陔香草可晨羞。【慚羞】韓愈、寄贈王二十：出拜忘慚羞；白居易、西涼伎：將軍欲說合慚羞。【遮羞】李商隱、擬意：月扇未遮羞。【謾羞】李商隱、嘲堂內：人前莫謾羞。【下幃羞】李商隱、燈：迴照下幃羞。【匠石羞】黃庭堅、次韵李之純：不琢元非匠石羞。【傍人羞】蘇軾、戲子由：先生不愧傍人羞。【還家羞】韓愈、劉生詩：迴望萬里還家羞。

## 秋

【九秋】杜甫、月：天寒耐九秋；阮籍、詠懷：如何似九秋。【十秋】韓愈、劉生詩：瞥然一餉成十秋。【千秋】李白、古風：自言度千秋。【三秋】李白、江夏行：誰謂歷三秋。【天秋】李白、江上秋懷：始復知天秋。【早秋】杜甫、夜雨：迴風吹早秋；陸游、秋懷：又向天涯見早秋。【良秋】韓愈、遠遊聯句：歸期眇良秋。【杪秋】孟浩然、九日懷襄陽：倏然經杪秋。【春秋】王維、曲江侍宴應制：天寶紀春秋；韓愈、南溪始泛：雞豚燕春秋；蘇軾、和蔡準郎中：如與蟪蛄語春秋；黃庭堅、題槐安閣：病僧枯几過春秋。【素秋】劉琨、重贈盧諶：繁英落素秋；李白、贈崔郎中：翽翽鳴素秋；杜甫、秋興八首：萬里風煙接素秋；李商隱、端居：只有空牀敵素秋。【高秋】王維、秋夜獨坐：日夕方高秋；杜甫、村雨：寒事颯高秋；李賀、李憑箜篌引：吳絲蜀桐張高秋；李商隱、重有感：更無鷹隼與高秋。【清秋】李白、梁園吟：五月不熱疑清秋；杜甫、登慈恩塔：少昊行清秋；張喬、書邊事：調角斷清秋。【悲秋】蘇軾、次韵孔毅父：夜吟石鼎聲悲秋；馬虞臣、楚江懷古：竟夕自悲秋。【新秋】孟浩然、宴張郎中海園：雲物是新秋；儲光羲、夜到洛口入黃河：擊汰悲新秋；陸游、買魚二首：朝來破我醉新秋。【落秋】孟浩然、尋陳逸人故居：風雲已落秋。【暮秋】李白、登新平樓：懷歸傷暮秋。【霜秋】蘇軾、送文與可：素節凜凜欺霜秋。【八月秋】陸游、悲秋：煙草淒迷八月秋。【三百秋】李白、金陵歌：四十餘帝三百秋。【千里秋】杜牧、潤州二首：向吳亭東千里秋。【井徑秋】杜甫、重題：湖風井徑秋。【五湖秋】杜甫、歸雁：不過五湖秋；孫逖、宿雲門寺閣：卷幔五湖秋。【白日秋】王維、賦得秋日：晶明白日秋。【白帝秋】杜甫、更題：眞傷白帝秋。【石城秋】陸游、登賞心亭：蕭蕭木葉石城秋。【白雲秋】白居易、生離別：黃河水黃白雲秋。【白露秋】錢起、江行無題：吟當白露秋。【半輪秋】李白、峨嵋山月歌：峨嵋山月半輪秋。【玉露秋】杜甫、十六夜玩月：皆傳玉露秋。【雨打秋】元好問、雨夜：夢裡孤蓬雨打秋。【兩地秋】嚴維、丹陽送韋參軍：一別心知兩地秋。【松桂秋】杜牧、題揚州禪智寺：飄蕭松桂秋。【青冢秋】陸游、感懷絕句：漢月娟娟青冢秋。【初麥秋】黃庭堅、奉送劉昆仲：河上午風初麥秋。【芙蓉秋】蘇軾、和蔡準郎中：西風落木芙蓉秋。【風雨秋】李白、與常贊府遊五松山：終年風雨秋；元好問、夢歸：黃葉蕭蕭風雨秋。【後庭秋】李白、月夜金陵懷古：蕭瑟後庭秋。【洞庭秋】李白、陪侍郎叔遊洞庭：醉殺洞庭秋。【帝鄉秋】元好問、衞州感事：白雲空望帝鄉秋。【故園秋】何遜、與胡興安夜別：獨守故園秋。【南塘秋】無名氏、西洲曲：採蓮南塘秋。【紅蕖秋】李白、越中秋懷：十見紅蕖秋。【草木秋】陸游、黃州：天地無私草木秋。【夏先秋】賀知章、送人之軍：邊草夏先秋。【荆楚秋】杜甫、江上：蕭蕭荆楚秋。【梁棟秋】杜甫、立秋有作：蕭蕭梁棟秋。【麥已秋】蘇軾、和蔡準郎中：插秧未遍麥已秋。【晚來秋】王維、山居秋暝：天氣晚來秋。【海風秋】王昌齡、從軍行：黃昏獨坐海風秋。【野草秋】劉禹錫、經檀道濟故壘：荒營野草秋。【海樹秋】王維、送崔三：家臨海樹秋。【黃花秋】蘇軾、代書答梁先：別來紅葉黃花秋。【雲景秋】韓愈、送劉師服：淅然雲景秋。【隄樹秋】韓愈、贈李二中舍人：蟬吟隄樹秋。【楚山秋】王維、送賀遂員外外甥：莫待楚山秋。【煙雨秋】李商隱、代贈：飛去飛來煙雨秋。【楚城秋】李商隱、江上：月帶楚城秋。【漢宮秋】韓翃、同題仙遊觀：砧聲近報漢宮秋。【漢時秋】岑參：送李判官：白雲猶似漢時秋。【樹色秋】李白、巫山枕障：白帝城邊樹色秋。【鴻雁秋】元好問、橫波亭：老木清霜鴻雁秋。【蘆荻秋】劉禹錫、西塞山懷古：故壘蕭蕭蘆荻秋。【霸陵秋】陸游、後寓歎：摩挲銅狄霸陵秋。

## 楸

【長楸】杜甫、玉腕騮：跼蹐顧長楸。【松楸】韓愈、寄贈翰林三學士：畢命依松楸。

## 周

【水周】沈約、休沐寄懷：垂堂對水周。【孔周】韓愈、寄贈翰林三學士：所學皆孔周。【不周】曹植、贈王粲：何懼澤不周；陶潛、詠貧士：弊服仍不周。【成周】孟浩然、送席大：河洛越成周。【莊周】蘇軾、送文與可：逍遙齊物追莊周；陶潛、擬古九首：伯牙與莊周。【道周】杜甫、除草：其多彌道周。【纔周】韓愈、劉生詩：天星廻環數纔周。【一萬周】韓愈、遠遊聯句：一日一萬周。【老莊周】蘇軾、餞出李定：觀魚竝記老莊周。【豈待周】韋應物、送楊氏女：貲從豈待周。

## 州

【九州】曹植、鰕䱇篇：遠懷柔九州；李商隱、馬嵬二首：海外徒聞更九州；蘇軾、石蒼舒醉墨堂：駿馬倏忽踏九州。【中州】韓愈、雙鳥詩：飛飛到中州；韓愈、遠遊聯句：嘉願還中州。【石州】李商隱、代贈二首：樓上離人唱石州。【戎州】陸游、敍州三首：畫船衝雨入戎州。【西州】陸游、敍州三首：浣花行樂夢西州。【宋州】元好問、衞州感事：一舸蒼皇入宋州。【炎州】韓愈、劉生詩：南逾橫嶺入炎州。【青州】蘇軾、九日次韵王鞏：已教從事到青州。【皇州】李白、古風：期下教皇州。【幽州】陶潛、擬古九首：張掖至幽州。【神州】左思、詠史：靈景耀神州；元好問、橫波亭：浮雲西北是神州。【荊州】杜甫、更題：騎馬發荊州。【益州】李商隱、送崔珏：千里火雲燒益州。【晉州】黃庭堅、送劉君昆仲：姑射山前是晉州。【梁州】元稹、梁州夢：忽驚身在古梁州。【連州】韓愈、寄贈王二十：行行詣連州。【揚州】李白、上皇西巡南京歌：雲帆龍舸下揚州；杜牧、題揚州禪智寺：歌吹是揚州。【黃州】陸游、黃州：一帆寒日過黃州。【滄州】王維、秋夜獨坐：歲晏思滄州。【雍州】岑參、見渭水思秦川：何時到雍州。【嘉州】陸游、感懷絕句：紅葉琵琶出嘉州。【綿州】羅隱、寄蔡氏昆仲：滄煙喬木隔綿州。【蔡州】王維、哭孟浩然：江山空蔡州。【廣州】杜甫、歸雁：南歸自廣州。【閬州】李商隱、別嘉陵江水二絕：望喜樓中憶閬州。【濟州】杜甫、憶弟：飢寒傍濟州。【襄州】杜甫、九日登梓州城：賓雁下襄州。【邊州】宋祁、眞定述事：莫嫌屯壘是邊州。【白忠州】梅聖俞、送徐君章：當似白忠州。【古徐州】蘇軾、代書答梁先：强名太守古徐州。【帝王州】李白、永王東巡歌：龍蟠虎踞帝王州；杜甫、秋興八首：秦中自古帝王州。【馬荆州】黃庭堅、次韻馬荆州：來依絳帳馬荆州。

## 洲

【十洲】李商隱、牡丹：神仙居十洲。【中洲】李白、擣衣篇：願爲雙燕泛中洲。【汀洲】蘇軾、和蔡準郎中：却似麋鹿游汀洲；李商隱、安定城樓：綠楊枝外盡汀洲。【瓜洲】張祜、題金陵渡：兩三星火是瓜洲。【西洲】無名氏、西洲曲：吹夢到西洲。【河洲】李白、送族弟襄歸桂陽：風帆茫茫隔河洲。【春洲】李白、古風：沿芳戲春洲。【滄洲】杜甫、江漲：吾道付滄洲。【亂洲】陳與義、巴丘書事：十月江湖吐亂洲。【瀛洲】李白、宮中行樂詞：鳳吹繞瀛洲。【蘆洲】王維、送康太守：侯吏趨蘆洲。【白蘋洲】孟浩然、送元公之鄂渚：送爾白蘋洲。【白鷺洲】李白、登金陵鳳凰臺：二水中分白鷺洲。【杜若洲】陸游、敍州三首：縹緲山橫杜若洲；李商隱、即日：鴻歸杜若洲。【岳蓮洲】元好問、送樊順之：弓刀十驛岳蓮洲。【柳映洲】蘇軾、和蔡準郎中：新蒲出水柳映洲。【荷花洲】蘇軾、和蔡準郎中：却下踏藕荷花洲。【霧縈洲】李白、江上秋懷：茫茫霧縈洲。【鸚鵡洲】崔顥、黃鶴樓：芳草萋萋鸚鵡洲。

## 舟

【入舟】杜甫、江上值水勢如海：故著浮槎替入舟。【小舟】杜甫、卜居：須向山陰上小舟。【方舟】曹植、雜詩六首：惜哉無方舟。【行舟】李白、渡荆門送別：萬里送行舟；杜甫、搖落：風浪少行舟；李益、行舟：柳拂飛花正行舟。【沈舟】杜甫、覆舟：翠羽共沈舟。【吳舟】陸游、南定樓遇急雨：櫂歌欸乃下吳舟。【孤舟】李白、秋浦歌：雨淚下孤舟；杜甫、登岳陽樓：老病有孤舟；韓愈、遠遊聯句：水芳綴孤舟；孟浩然、寄廣陵舊遊：月照一孤舟。【扁舟】李白、餞別校書叔雲：明朝散髮弄扁舟；李商隱、安定城樓：欲回天地入扁舟。【客舟】蘇軾、餞出李定：亂沫浮涎繞客舟。【釣舟】杜甫、除草：豈無雙釣舟；皇甫冉、歸渡洛水：滄浪有釣舟。【魚舟】孟浩然、梅道士水亭：花下問魚舟。【停舟】儲光羲、夜到洛口入黃河：枉渚暫停舟。【漁舟】王維、山居秋暝：蓮動下漁舟。【輕舟】李白、月夜江行：挂席移輕舟；阮籍、詠懷：乘流泛輕舟；韋應物、送楊氏女：大江泝輕舟。【龍舟】白居易、隋堤柳：應將此樹蔭龍舟。【歸舟】杜甫、曉望白帝城鹽山：始擬進歸舟；黃庭堅、次韻馬荆州：還從天際望歸舟。【雙舟】韓愈、洞庭湖阻風：與子維雙舟。【覆舟】白居易、太行路：巫峽之水能覆舟；李商隱、岳陽樓：枉是蛟龍解覆舟。【藏舟】孟浩然、尋陳逸人故居：何處覓藏舟。【一葉舟】韓愈、湘中酬張功曹：共泛清湘一葉舟；李商隱、無題：萬里風波一葉舟。【一歸舟】杜甫、懷灞上游：江漢一歸舟。【小如舟】蘇軾、戲子由：宛邱學舍小如舟。【木蘭舟】賈島、寄韓潮州：此心曾與木蘭舟；柳宗元、酬曹侍郎御見寄：騷人遙駐木蘭舟。【沙棠舟】李白、江上吟：木蘭之枻沙棠舟。【野人舟】孟浩然、送張祥之房陵：慣習野人舟。【智人舟】王維、寄胡居士：所謂智人舟。【畫鷁舟】李商隱、擬意：樽開畫鷁舟。【溪上舟】杜牧、寄浙東韓評事：一笑王雲溪上舟。【獨夜舟】杜甫、旅夜書懷：危檣獨夜舟。【檝與舟】韓愈、南溪始泛：而無檝與舟。

## 酬

俗作酧與醻同。【不酬】陶潛、詠貧士：厚饋吾不酬。【相酬】杜甫、狂歌行：長歌短詠還相酬。【獻酬】韓愈、送師服：不待酒獻酬；孟浩然、登萬山亭：仙郎接獻酬；陶潛、遊斜川：引滿更獻酬。【不可酬】韓愈、劉生詩：千金邀顧不可酬。【不能酬】無名氏、別詩三首：對酒不能酬。【身命酬】王維、夷門歌：意氣兼將身命酬。【良易酬】韓愈、駑驥：價微良易酬。【莫肯酬】韓愈、寄贈王二十：掉臂莫肯酬。【莫能酬】孟浩然、梅道士水亭：高論莫能酬。【萬年酬】曹植、箜篌引：賓主萬年酬。【鳴相酬】韓愈、雙鳥詩：還起鳴相酬。【爛漫酬】蘇軾、韓太祝送遊太山：終把雲山爛漫酬。

# 雔

【恩雔】韓愈、劉生詩：往取將相酬恩雔。【寃雔】韓愈、寄贈王二十：傳之落寃雔。【讐雔】李白、古風：綠珠成讐雔。【時所雔】元好問、雨夜：識字重爲時所雔。【黨與雔】王維、獻始興公：安問黨與雔；劉琨、重贈盧諶：安問黨與雔。【兄弟爲雔】韓愈、嗟哉董生行：時之人夫妻相虐兄弟爲雔。

# 柔

【新柔】韓愈、遠遊聯句：野蔬拾新柔。【溫柔】蘇軾、次韵答賈耘老：故鄉不敢居溫柔。【慈柔】韋應物、送楊氏女：撫念益慈柔。【舌爲柔】韓愈、寄贈翰林三學士：始慕舌爲柔。【和且柔】曹植、箜篌引：齊瑟和且柔。【草木柔】黃庭堅、清明：雨足郊原草木柔。【繞指柔】李白、留別賈舍人至：化爲繞指柔。

# 儔

【匹儔】曹植、贈王粲：哀鳴求匹儔；韓愈、駑驥：自矜無匹儔；陶潛、遊斜川：顧瞻無匹儔。【后儔】韓愈、寄贈王二十：不列三后儔。【無儔】曹植、鰕䱇篇：大德固無儔。【非常儔】韓愈、劉生詩：自少軒輊非常儔。【南畝儔】王維、秋夜獨居：肯爲南畝儔。【雲鶴儔】李白、古風：豈伊雲鶴儔。【新得儔】韓愈、遠遊聯句：鳥吟新得儔。【難與儔】陶潛、讀山海經：光氣難與儔。【誰將與儔】韓愈、嗟哉董生行：嗟哉董生誰將與儔。

# 疇

【九疇】韓愈、雙鳥詩：大法失九疇。【西疇】韓愈、南溪始泛：置居在西疇。【青疇】沈約、休沐寄懷：白鳥映青疇。【鴻疇】韓愈、寄贈翰林三學士：峨冠進鴻疇。【芳非疇】韓愈、遠遊聯句：蓼雜芳非疇。

# 籌

【運籌】杜甫、西閣口號：安危在運籌。【一百籌】蘇軾、九日次韻王鞏：詩律輸君一百籌。【改更籌】杜甫、不寐：城內改更籌。【守更籌】李商隱、石城：金狄守更籌。【借前籌】杜甫、立秋有作：暮齒借前籌；韓愈、寄贈翰林三學士：誰能借前籌。【無遺籌】蘇軾、代書答梁先：仰取俯拾無遺籌。【報曉籌】李商隱、馬嵬二首：無復雞人報曉籌。

# 稠

通作綢。【何其稠】韓愈、寄贈王二十：餓者何其稠。【虎戟稠】劉筠、直夜：漢殿重重虎戟稠。【國倉稠】韓愈、劉生詩：文學穰穰囷倉稠。【晚山稠】杜甫、晚行口號：歸路晚山稠。【樹

## 丘

稀稠】王維、寄胡居士：煩惱樹稀稠。【點星稠】李商隱、擬意：楡莢點星稠。

亦作邱。【一丘】黃庭堅、清明：滿眼蓬蒿共一丘。【山丘】曹植、箜篌引：零落歸山丘。【孔丘】王維、寄胡居士：求仁笑孔丘；劉琨、重贈盧諶：西狩涕孔丘。【丹丘】曹植、遊僊：南翔陟丹丘。【巴丘】陳與義、巴丘書事：三分書裏識巴丘。【古丘】李白、登金陵鳳凰臺：晉代衣冠成古丘。【林丘】杜甫、寄贊上人：逕路通林丘。【昭丘】王維、送賀遂員外外甥：雲水與昭丘。【陵丘】曹植、鰕䱇篇：然後小陵丘。【曾丘】陶潛、遊斜川：緬然睇曾丘。【嵩丘】李白、古風：志氣橫嵩丘。【楚丘】馬虞臣、楚江懷古：微陽下楚丘。【蓬丘】李白、越中秋懷：逝將歸蓬丘。【舊丘】杜甫、破船：緬邈懷舊丘；杜甫、後出塞：焉能守舊丘。【古時丘】陶潛、擬古九首：惟見古時丘。【玄圃丘】陶潛、讀山海經：是謂玄圃丘。【一邱】孟浩然、送席大：鄉園老一邱。【山邱】韓愈、洞庭湖阻風：險如礙山邱；蘇軾、石蒼舒醉墨堂：堆牆敗筆如山邱；元好問、橫波亭：千年豪傑壯山邱。【巴邱】元結、石魚湖上醉歌：我持長瓢坐巴邱。【丹邱】韓翃、同題仙遊觀：人間亦自有丹邱。【故邱】蘇軾、戲贈喬：奈有移文在故邱。【陵邱】韓愈、寄贈王二十：訇哮簸陵邱。【崧邱】元好問、葉縣雨中：歸雲應亦到崧邱。【聖邱】韓愈、遠遊聯句：乘浮追聖邱。【嵩邱】韓愈、鴛驥：黃金比嵩邱；元好問、答吳天益：兵中曾共保嵩邱；黃庭堅、次韵李之純：南撫方城西嵩邱。【長如邱】蘇軾、戲子由：宛邱先生長如邱。【歸故邱】蘇軾、莫笑銀杯小：會當拂衣歸故邱。

## 抽

【應節抽】沈約、休沐寄懷：蘭根應節抽。【鬱無抽】韓愈、遠遊聯句：壯志鬱無抽。

## 瘳

【何能瘳】蘇軾、石蒼舒醉墨堂：君有此病何能瘳。【病微瘳】杜甫、立秋雨院中有作：節爽病微瘳。【稍稍瘳】韓愈、遠遊聯句：中悒稍稍瘳。【無一瘳】韓愈、寄贈王二十：十家無一瘳。【齒疾瘳】杜甫、寄贊上人：宿昔齒疾瘳。

## 湫

【白石湫】李商隱、桂林：龍移白石湫。【古靈湫】蘇軾、餞別李定：山鴉噪處古靈湫。

## 遒

【忽我遒】曹植、箜篌引：百年忽我遒。【歲已遒】韓愈、寄贈翰林三學士：但見歲已遒。【歲月逾】陸游、登賞心亭：蜀棧秦關歲月逾。

## 收

【晚收】杜甫、長沙送李十一：一辱泥塗遂晚收。【雲收】李白、尋丹丘：行行見雲收。【博收】蘇軾、代書答梁先：學如富貴在博收。【藏收】蘇軾、石蒼舒醉墨堂：隻字片紙皆藏收。【難收】李商隱、卽日：恨久欲難收；韋應物、送楊氏女：臨感忽難收。【一日收】黃庭堅、贈無咎：無網下罩一日收。【一戰收】杜甫、玉腕騮：乾坤一戰收。【片帆收】黃庭堅、次韻揚州見寄：北歸何日片帆收。【雨未收】岑參、送李判官：客散江亭雨未收。【骨不收】白居易、折臂翁：身死魂孤骨不收。【宿雨收】韓翃、同題仙遊觀：風物淒淒宿雨收。【雪涕收】李商隱、重有感：早晚星關雪涕收。【敗棋收】李商隱、燈：玉局敗棋收。【淚難收】李白、江上秋懷：潺湲淚難收。【無人收】杜甫、兵車行：古來白骨無人收；白居易、長恨歌：花鈿委地無人收；無名氏、企喻歌：白骨無人收。【無意收】白居易、西涼伎：將卒相看無意收。【散帛收】白居易、七德舞：亡卒遺骸散帛收。【雷聲收】韓愈、雙鳥詩：聒亂雷聲收。【歲晚收】韓愈、送劉師服：以待歲晚收。【誰能收】蘇軾、送文與可：曉疏脫髮誰能收。【獨冥收】韓愈、遠遊聯句：叩奇獨冥收。【難再收】李白、妾薄命：水覆難再收。【爛不收】韓愈、劉生詩：妖歌慢舞爛不收。【黯然收】劉禹錫、西塞山懷古：金陵王氣黯然收。

## 鳩

【白符鳩】劉禹錫、經檀道濟故壘：猶唱白符鳩。

## 不

與否通。【今在不】蘇軾、龜山：故壘摧頹今在不？【相可不】韓愈、寄鄂岳李大夫：甯免相可不。【帳下不】王維、獻始興公：可爲帳下不。【斷還不】韓愈、寄贈王二十：將疑斷還不。【憶儂不】李白、秋浦歌：汝意憶儂不。【攬鬚不】蘇軾、次韻答邦直子由：樽前客我攬鬚不。【如此否】陶潛、遊斜川：當復如此否。

## 搜

一作摻。【冥搜】杜甫、西閣：服食寄冥搜；杜甫、登慈恩寺塔：足可追冥搜；李商隱、寓興：休澣接冥搜。【窮搜】黃庭堅、次韻李之純：物欲致用當窮搜。

## 騶

【鳴騶】王維、送禰郎中：江館候鳴騶。

# 愁

【生愁】韓愈、雙鳥詩：百物皆生愁；黃庭堅、清明：野田荒隴祇生愁。【成愁】陸游、秋懷：閨人何事總成愁。【自愁】李商隱、楚吟：宋玉無愁亦自愁。【牢愁】杜牧、寄韓乂評事：文章應廣畔牢愁；李商隱、擬意：唱殺畔牢愁。【坐愁】鮑照、擬行路難：安能行嘆復坐愁。【春愁】皇甫冉、歸渡洛水：暝色赴春愁。【客愁】杜甫、卜居：更有澄江銷客愁；儲光羲、夜到洛口入黃河：朝暮增客愁；李商隱、滯雨：殘燈獨客愁。【旅愁】杜甫、曉望白帝城鹽山：喧和散旅愁；李商隱、送崔珏往西川：年少因何有旅愁。【深愁】杜甫、江上值水勢如海：春來花鳥莫深愁。【莫愁】蕭衍、河中之水歌：洛陽女兒名莫愁；李商隱、馬嵬二首：不及盧家有莫愁；李商隱、富平少侯：新得佳人字莫愁。【鄉愁】李商隱、寓興：自是有鄉愁。【猿愁】孟浩然、宿桐廬江：山暝聽猿愁。孟浩然、寄廣陵舊遊：山暝聞猿愁。【暮愁】李商隱、即日：傷酲屬暮愁。【懷愁】曹植、贈王粲：顧望但懷愁。【歸愁】杜甫、遊修覺寺：漂轉暮歸愁。【邊愁】王維、送平澹然判官：畫角起邊愁；杜甫、秋興八首：芙蓉小苑入邊愁。【羈愁】韓愈、洞庭湖阻風：何用勝羈愁；孟浩然、他鄉七夕：旅館益羈愁；白居易、醉後走筆：且傾斗酒慰羈愁。【一段愁】李白、長門怨：別作深宮一段愁。【一院愁】劉禹錫、春詞：深鎖春光一院愁。【一散愁】李商隱、岳陽樓：欲爲平生一散愁。【五千愁】黃庭堅、次韵李之純：萬中不動五千愁。【月中愁】李商隱、端居：雨中寥落月中愁。【父母愁】韓愈、嗟哉董生行：食君之祿而令父母愁。【不知愁】王昌齡、閨怨：閨中少婦不知愁。【不鎖愁】陸游、敘州三首：空鎖長江不鎖愁。【令人愁】蘇軾、石蒼舒醉墨堂：開卷惝怳令人愁；孟浩然、九日懷襄陽：風景令人愁。【古今愁】陸游、感懷絕句：四絃彈盡古今愁。【失寵愁】李商隱、宮辭：得寵憂移失寵愁。【各自愁】李商隱、代贈二首：同向春風各自愁。【似儂愁】劉禹錫、竹枝詞：水流無限似儂愁。【杜鵑愁】劉長卿、經漂母墓：山木杜鵑愁。【使人愁】李白、登金陵鳳凰臺：長安不見使人愁；崔顥、黃鶴樓：煙波江上使人愁。【兩地愁】何遜、與胡興安夜別：分爲兩地愁。【却却愁】陸游、南定樓遇急雨：登覽茫然却却愁。【南國愁】杜甫、九日登梓州城：聊袪南國愁。

【客無愁】李商隱、過南園二首：潘岳無妻客無愁。【相對愁】白居易、生離別：行人河邊相對愁。【素女愁】李賀、李憑箜篌引：江娥啼竹素女愁。【倚門愁】王維、送崔三：獨戀倚門愁。【寄君愁】李白、宿白鷺洲：蕩漾寄君愁。【笛起愁】杜甫、十六夜玩月：孤城笛起愁。【萬人愁】白居易、八駿圖：一人荒樂萬人愁。【萬古愁】李白、將進酒：與爾同銷萬古愁。【萬里愁】王昌齡、從軍行：無那金閨萬里愁。【渭水愁】王維、恭懿太子挽歌：天臨渭水愁。【幾多愁】李商隱、代贈二首：不知供得幾多愁。【黃昏愁】李商隱、贈四同舍：直廳卯鎖黃昏愁。【落日愁】黃庭堅、寄別說道：蘆笛吹成落日愁。【解我愁】蘇軾、送文與可：時遣墨君解我愁。【猿夜愁】李白、秋浦歌：秋浦猿夜愁。【楚客愁】梅聖俞、送徐君章：危灘楚客愁。【塞路愁】陸游、秋晚思梁益：衰草連天塞路愁。【盡年愁】李白、尋陽送弟：有窮盡年愁。【歌吹愁】黃庭堅、次韵揚州見寄：豈有竹西歌吹愁。【蝶也愁】蘇軾、九日次韵王鞏：明日黃花蝶也愁。【醉中愁】陸游、越王樓二首：要渠打散醉中愁。【慰我愁】無名氏、別詩三首：何以慰我愁。【暮雨愁】王維、送賀遂員外外甥：江運暮雨愁。【出塞愁】杜牧、潤州二首：一笛聞吹出塞愁。【繞天愁】李商隱、夕陽樓：花明柳暗繞天愁。【鬱鬱愁】韓愈、遠遊聯句：中含鬱鬱愁。

## 休

【少休】黃庭堅、次韻李之純：持節郵刑曾少休。【未休】李商隱、安定城樓：猜意鵷雛竟未休；李商隱、和韓錄事：埋骨成灰恨未休。【百休】杜甫、西閣：其如鑷百休。【罷休】蘇軾、九日次韵王鞏：我醉欲眠君罷休；蘇軾、和蔡準郎中：功名有時無罷休。【一生休】杜牧、自宣城赴官：幾人襟韻一生休。【三徑休】孟浩然、尋陳逸人故居：荒蕪三徑休。【不能休】韓愈、嗟哉董生行：東馳遙遠千里不能休。【可以休】蘇軾、石蒼舒醉墨堂：始名麤記可以休。【去不休】李商隱、即日：鶯頻去不休。【未肯休】李商隱、寄遠：玉女投壺未肯休。【死不休】杜甫、江上值水如海勢：語不驚人死不休。【行勿休】韓愈、劉生詩：咄哉識路行勿休。【此生休】元好問、大原：西山薇蕨此生休；李商隱、馬嵬二首：他生未卜此生休。【老自休】杜甫、懷灞上游：經過老自休。【老病休】杜甫、旅夜書懷：官應老病休。【百年休】黃庭堅、題槐安閣：黃粱炊熟百年休。【至死休】韓愈、雙鳥詩：淚默至死休。【行歸休】陶潛、遊斜川：吾生行歸休。【何日休】白居易、隋堤柳：舟中歌笑何日休。【何時休】蘇軾、和蔡準郎中：不因人喚何時休。【卽日休】李商隱、卽日：一歲林花卽日休。【泣不休】韋應物、送楊氏女：兩別泣不休。【飛不休】李商隱、過南園二首：雪絮相和飛不休。【恨卽休】杜牧、登池州九峯樓：芳草何年恨卽休。【背窗休】李商隱、燈：雨後背窗休。【欲望休】李商隱、代贈二首：樓上黃昏欲望休。【萬事休】元好問、夢歸：隨分齏鹽萬事休；黃庭堅、次韻馬荊州：剉得南還萬事休。【幾時休】杜甫、晚行口號：喪亂幾時休。【無時休】杜甫、登慈恩寺塔：烈風無時休；韓愈、遠遊聯句：淑問無時休。【解不休】杜牧、寄韓乂評事：不得清言解不休。【鳴不休】韓愈、雙鳥詩：百鳥鳴不休。【遺客休】蘇軾、和蔡準郎中：醉欲眠時遺客休。【醉死休】元好問、感事：力士鐺頭醉死休。

## 囚

【楚囚】李商隱、與李定言戲作：對泣春天類楚囚；陸游、黃州：局促常悲類楚囚；元好問、夢歸：顛顇南冠一楚囚。【關囚】李白、金陵歌：泰淸之歲來關囚。【籠囚】蘇軾、送韓太祝：未應回首厭籠囚。【一處囚】韓愈、雙鳥詩：各捉一處囚。【屯制囚】李商隱、贈四同舍：手封狴牢屯制囚。【白首囚】韓愈、寄贈王二十：暮作白首囚。【區中囚】韓愈、遠遊聯句：豈肯區中囚。【堯幽囚】李白、遠別離：或言堯幽囚。

## 輈

【行輈】韓愈、寄贈王二十：冰凍絕行輈。【摧輈】王維、寄胡居士：何路不摧輈。【旋輈】韓愈、雙鳥詩：日月難旋輈。【雙輈】劉琨、重贈盧諶：駭駟摧雙輈。【挾其輈】韓愈、駑驥：造父挾其輈。【綠瓊輈】李商隱、和韓錄事：雙童捧上綠瓊輈。【濶容輈】韓愈、贈侯喜：深如車轍濶容輈。

## 求

【有求】王維、寄胡居士：生心坐有求。【自求】李商隱、燈：煎熬亦自求。【何求】曹植、箜篌引：磬折欲何求；陶潛、詠貧士：夕死復何求；杜甫、江村：微軀此外更何求；杜牧、登池州九峯樓：道非身外更何求；蘇軾、龜山：我生飄蕩去何求。【易求】杜甫、破船：新者亦易求；

陸游、買魚二首：出水纖鱗却易求。【相求】劉琨、重贈盧諶：千里來相求。【討求】杜甫、除草：日入仍討求。【追求】蘇軾、次韵米黻：歸來妙意獨追求。【推求】蘇軾、石蒼舒醉墨堂：點畫信手煩推求。【無求】韓愈、洞庭湖阻風：過是吾無求。【遠求】黃庭堅、次韵李之純：近出黃山非遠求。【徵求】韓愈、寄贈王二十：未免煩徵求。【難求】黃庭堅、送劉君昆仲：鶺鴒無憾急難求。【入海求】杜甫、西閣：兼須入海求。【不可求】韓愈、駑驥：曠世不可求；杜甫、登慈恩寺塔：涇渭不可求。【心所求】杜甫、寄贊上人：斯焉心所求。【安可求】韓愈、遠遊聯句：祕魂安可求。【何足求】韓愈、贈侯喜：此縱有魚何足求。【何所求】李白、古風：營營何所求。【非所求】王維、獻始興公：曲私非所求；陶潛、遊斜川：明日非所求。【爲汝求】無名氏、焦仲卿妻：阿母爲汝求。【苦誅求】韓愈、雙鳥詩：不堪苦誅求。【致書求】杜甫、阮隱居致薤：不待致書求。【萬金求】李商隱、牡丹：不啻萬金求。【無處求】杜甫、不寐：桃源無處求。【鳳穴求】李商隱、擬意：男從鳳穴求。【應龍求】韓愈、將歸操：無應龍求。

## 裘

【衣裘】陸游、悲秋：荒村絡緯戒衣裘；梅聖俞、送徐君章：雲霧裒衣裘。【重裘】韓愈、寄贈王二十：盛夏或重裘。【貂裘】杜甫、月：蟾亦戀貂裘；杜甫、江上：永夜攬貂裘。【黑裘】杜甫、村雨：開箱睹黑裘。【菟裘】蘇軾、韓太祝送遊太山：便須到處覓菟裘。【輕裘】宋祁、眞定述事：使君何事不輕裘；曹丕、善哉行：被我輕裘。【季子裘】杜甫、搖落：貂餘季子裘。【黑貂裘】李白、秋浦歌：淚滿黑貂裘。【雉獻裘】李商隱、陳後宮：迎冬雉獻裘。【翠雲裘】王維、早朝大明宮：尚衣方進翠雲裘；杜甫、更題：天子翠雲裘。【鷫鸘裘】李白、贈王歷陽：相如免脫鷫鸘裘。

## 毬

【綵毬】李商隱、擬意：陳倉拂綵毬；李白、宮中行樂詞八首：天人弄綵毬。

## 仇

【報仇】宋祁、眞定述事：俠窟餘風解報仇。【君子仇】曹植、浮萍篇：來爲君子仇。【爲我仇】曹植、雜詩六首：吳國爲我仇。

## 浮

【沈浮】杜甫、卜居：一雙鸂鶒對沈浮。【桴浮】韓愈、寄贈翰林三學士：恍如乘桴浮。【雲浮】左思、詠史：飛宇若雲浮；王維、秋夜獨坐：及時當雲浮；劉琨、重贈盧諶：去乎若雲浮。【羅浮】杜甫、歸雁：避雪到羅浮；黃庭堅、次韵李之純：列仙持來自羅浮。【飄浮】韓愈、雙鳥詩：百鳥皆飄浮。【日夜浮】杜甫、登岳陽樓：乾坤日夜浮。【水氣浮】杜甫、立秋有作：江喧水氣浮。【此生浮】杜甫、重題：宇宙此生浮。【地共浮】李商隱、桂林：江寬地共浮。【江甸浮】王維、賦得秋日懸清光：遙同江甸浮。【坐上浮】陸游、觀嵋江雪山：萬里雲濤坐上浮。【共海浮】杜甫、送王十六判官：瀟湘共海浮。【波山浮】韓愈、劉生詩：青鯨高磨波山浮。【長拍浮】蘇軾、莫笑銀杯小：與君一生長拍浮。【忽若浮】阮籍、詠懷：惜逝忽若浮。【香浮浮】蘇軾、和蔡準郎中：船尾炊玉香浮浮。【春蟻浮】沈約、休沐寄懷：賓來春蟻浮。【乘流浮】蘇軾、和蔡準郎中：得坎且止乘流浮。【袞龍浮】王維、早朝大明宮：香煙欲傍袞龍浮。【愼勿浮】蘇軾、代書答梁先：願子篤實愼勿浮。【縱橫浮】曹植、鰕䱇篇：猛氣縱橫浮。【蹴天浮】杜甫、高浪蹴天浮。【飄若浮】蘇軾、和蔡準郎中：惟有人生飄若浮。

### 謀

【伐謀】王維、燕支行：終知上將先伐謀。【自謀】杜甫、江漲：蛟龍不自謀；韓愈、寄贈王二十：爲忠甯自謀。【仲謀】陸游、黃州：生子何須似仲謀。【同謀】韓愈、駑驥：才命不同謀。【長者謀】杜甫、立秋有作：那成長者謀。【惟是謀】曹植、鰕䱇篇：勢利惟是謀。【蒼生謀】王維、獻始興公：動爲蒼生謀。【誰與謀】韓愈、洞庭湖阻風：糧絕誰與謀。

### 眸

【青眸】韓愈、劉生詩：倒心廻腸爲青眸。【雙眸】蘇軾、代書答梁先：瞭然正色懸雙眸。

### 侔

【比侔】韓愈、寄贈王二十：氣象難比侔。

### 矛

【戈矛】韓愈、遠遊聯句：仁氣銷戈矛；韓愈、寄贈翰林三學士：騰凌盡戈矛。

### 侯

【王侯】王維、獻始興公：崎嶇見王侯；左思、詠史：藹藹皆王侯。【公侯】李白、古風：謁帝羅公侯；黃庭堅、清明：士甘焚死不公侯。【君侯】韓愈、寄贈王二十：低顏奉君侯。【阿侯】蕭衍、河中之水歌：十六生兒字阿侯；李商隱、擬意：遲廻送阿侯。【封侯】杜甫、後出塞：及壯當封侯；王昌齡、閨怨：悔教夫婿覓封侯。【留侯】劉琨、重贈盧諶：鴻門賴留侯。【賢侯】韓愈、劉生詩：五管歷編無賢侯。【諸侯】白居易、八駿圖：明堂不復朝諸侯；孟浩然、登嵩山樓：行縣擁諸侯。【沈隱侯】孟浩然、登萬山亭：空傳沈隱侯。【東陵侯】李白、古風：舊日東陵侯。【定遠侯】王維、送平澹然：新從定遠侯。【康樂侯】王維、送康太守：還勞康樂侯。【萬戶侯】杜牧、登池州九峯樓：千首詩輕萬戶侯；蘇軾、送張嘉州：少年不願萬戶侯；李商隱、戲贈韓同年：籍籍征西萬戶侯。【富平侯】李商隱、富平少侯：十三身襲富平侯。【傳節侯】蘇軾、代書答梁先：一經通明傳節侯。【監河侯】蘇軾、蜜酒歌：蜜蜂大勝監河侯；蘇軾、莫笑銀杯小：作書貸粟監河侯。【戮陽侯】韓愈、遠遊聯句：波驚戮陽侯。【醉鄉侯】蘇軾、戲喬將行：不妨仍帶醉鄉侯。【韓與侯】蘇軾、鐵溝行：恰似當年韓與侯。

## 猴

【猨猴】韓愈、劉生詩：陽山窮邑唯猨猴。【猿猴】韓愈、寄贈王二十：吏民似猿猴。【玃猴】蘇軾、餞李定：村巷驚呼聚玃猴。【楚沐猴】蘇軾、代書答梁先：忘歸不如楚沐猴。

## 喉

【歌喉】李商隱、擬意：珠串咽歌喉。【絕其喉】韓愈、寄贈王二十：無令絕其喉。

## 謳

【齊謳】李白、古風：清管隨齊謳。【出名謳】曹植、箜篌引：京洛出名謳。【商聲謳】韓愈、駑驥：爲我商聲謳。【揚東謳】曹植、贈丁翼：齊瑟揚東謳。

## 漚

【大漚】韓愈、遠遊聯句：浪島沒大漚。

## 鷗

【白鷗】李白、江上吟：海客無心隨白鷗；杜甫、去蜀：殘生隨白鷗；杜甫、秋興八首：錦纜牙檣起白鷗；陳師道、寄侍讀蘇尚書：解記清波沒白鷗。【沙鷗】蘇軾、次韵答邦直子由：網羅應不到沙鷗。【野鷗】孟浩然、宴張郎中海園：翔鸞狎野鷗。【輕鷗】杜甫、覆舟：俄頃逐輕鷗；黃庭堅、寄別說道：亂鳴雙櫓散輕鷗。【鳴鷗】陶潛、遊斜川：閒谷矯鳴鷗。【一沙鷗】杜甫、旅夜書懷：天地一沙鷗。【不下鷗】杜甫、白帝城樓：輕輕不下鷗。【水中鷗】杜甫、江村：相親相近水中鷗。【海上鷗】杜甫、呈竇使君二首：還同海上鷗。【逐浪鷗】杜甫、江漲：輕搖逐浪鷗。

## 甌

【金甌】李商隱、擬意：燕子合金甌。

# 樓

【入樓】陸游、南定樓遇急雨：風雨縱橫亂入樓。【小樓】杜牧、題揚州禪智寺：斜陽下小樓。【上樓】李商隱、夕陽樓：上盡重城更上樓。【下樓】李商隱、寓興：雲奇不下樓。【山樓】杜甫、九日登梓州城：江雨暗山樓。【白樓】李白、贈僧行融：相攜上白樓。【北樓】沈約、休沐寄懷：荷花遶北樓。【玉樓】李商隱、和韓錄事：三素雲中待玉樓。【危樓】王維、賦得秋日懸清光：斜影下危樓。【江樓】李白、江上秋懷：越燕辭江樓；李商隱、曲水閒話戲作：珠簾不卷枕江樓。【朱樓】杜甫、西閣：蕭索倚朱樓；李商隱、戲贈韓同年：新緣貴婿起朱樓；劉禹錫、春詞：新妝宜面下朱樓。【戍樓】杜甫、晚行口號：飢鳥集戍樓；張喬、書邊事：征人倚戍樓。【西樓】陸游、敘州三首：傳烽夜夜到西樓。【妝樓】李商隱、過李家南園二首：新人來坐舊妝樓。【青樓】陸游、梅花絕句：纏頭百萬醉青樓；無名氏、西洲曲：望郎上青樓。【城樓】李白、古風：餘輝半城樓。【南樓】杜甫、立秋有作：高枕對南樓；蘇軾、九日次韵王鞏：且容老子上南樓。【飛樓】杜甫、曉望白帝鹽山：紅遠結飛樓；杜甫、白帝城最高樓：獨立縹緲之飛樓。

【重樓】李商隱、無題：何不作重樓。【故樓】孟浩然、登嵩山樓：嵩陽有故樓。【高樓】李白、梁園吟：且飲美酒登高樓；曹植、七哀：明月照高樓；李商隱、代贈二首：東南日出照高樓。【酒樓】杜牧、潤州二首：綠水橋邊多酒樓。【迷樓】白居易、隋堤柳：青娥御史直迷樓。【雲樓】杜甫、懷灞上游：夜宿敞雲樓。【登樓】杜甫、長沙送李十一：竟非吾土倦登樓；陸游、思梁益舊遊：不論南北倦登樓。【塞樓】杜甫、白帝城樓：城高絕塞樓。【閣樓】李白、宮中行樂詞八首：花紅北閣樓。【翠樓】王昌齡、閨怨：春日凝妝上翠樓。【舞樓】孟浩然、宴張郎中海園：前溪對舞樓。【龍樓】王維、恭懿太子挽歌：明月在龍樓。【一層樓】王之渙、登鸛雀樓：更上一層樓。【十二樓】元好問、衞州感事：夢裡瓊枝十二樓。【八詠樓】嚴維、送人往金華：清風八詠樓。【小山樓】張祜、題金陵渡：金陵津渡小山樓。【夕陽樓】杜牧、登池州九峯樓：角聲孤起夕陽樓。【水明樓】杜甫、月：殘月水明樓。【五城樓】韓翃、同題仙遊觀：仙臺初見五城樓。【月華樓】李商隱、陳後宮：更起月華樓。【北望樓】李商隱、江上：清江北望樓。【池上樓】孟浩然、九日懷襄陽：應閑池上樓。【百尺樓】王昌齡、從軍行：烽火城西百尺樓；李商隱、安定城樓：迢遞城高百尺樓；陸游、越王樓二首：上盡江邊百尺樓；蘇軾、次韵答邦直子由：嬾臥元龍百尺樓；元好問、橫波亭：氣壓元龍百尺樓。【仲宣樓】杜甫、夜雨：醉別仲宣樓。【江城樓】孟浩然、登萬山亭：自愛江城樓。【明月樓】李白、贈王歷陽：千里相思明月樓。【岳陽樓】杜甫、登岳陽樓：今上岳陽樓；陳與義、巴丘書事：晴天影抱岳陽樓。【花繞樓】杜甫、壯歌行：嘉州酒種花繞樓。【帝子樓】陸游、越王樓二首：夜燕唐家帝子樓。【星近樓】杜甫、不寐：輝輝星近樓。【紅粉樓】李白、擣衣篇：妾處苔生紅粉樓。【故國樓】李白、太原早秋：心飛故國樓，杜甫、歸葬東都二首：書歸故國樓。【宮上樓】李商隱、楚吟：山上離宮宮上樓。【秦氏樓】無名氏、陌上桑：照我秦氏宮。【嵋山樓】陸游、觀嵋山雪山：泝江來倚嵋山樓。【結海樓】李白、渡荆門送別：雲生結海樓。【望鄉樓】李益、行舟：天晴共上望鄉樓。【散花樓】李白、上皇西巡南京歌：南京還有散花樓。【紫桂樓】李商隱、燈：喧明紫桂樓。【黃鶴樓】李白、遙寄盧虛舟：朝別黃鶴樓；崔顥、黃鶴樓：此地空餘黃鶴樓。【翡翠樓】李商隱、擬意：平居翡翠樓。【獨倚樓】杜甫、江上：行藏獨倚樓。【鳷鵲樓】李白、永王東巡歌：明月還過鳷鵲樓。【隱鄉樓】李白、寄淮南友人：江月隱鄉樓。

## 婁

【黔婁】陶潛、詠貧士：自古有黔婁。

## 陬

【東陬】韓愈、劉生詩：遂凌大江極東陬。【卑陬】韓愈、寄贈翰林三學士：何處事卑陬。【海陬】韓愈、河之水：我有孤姪在海陬。【荒陬】韓愈、遠遊聯句：味腥謝荒陬。

## 偷

【姦偷】韓愈、寄贈翰林三學士：敲搒發姦偷。

## 頭

【刀頭】杜甫、後出塞：百金裝刀頭；黃庭堅、次韻馬荆州：六年絕域夢刀頭。【口頭】韓愈、雙鳥詩：萬象銜口頭。【井頭】李商隱、富平少侯：却惜銀牀在井頭。【分頭】陳與義、巴丘書事：腐儒空白九分頭。【白頭】杜甫、白帝城最高樓：泣血迸空迴白頭；陸游、月巖：萬里重來已白頭；韓愈、劉生詩：昔鬢末生今白頭；元好問、雨夜：一夜碪聲入白頭；李商隱、無題：懷古思鄉共白頭。【矛頭】元好問、感事：直須淅米向矛頭。【石頭】李商隱、重有感：陶侃軍宜次石頭；劉禹錫、西塞山懷古：一片降帆出石頭。【河頭】杜甫、送王十六判官：　嗚艪少河頭。【低頭】韓愈、雙鳥詩：從此恒低頭。【兩頭】李白、江上吟：玉簫金管坐兩頭。【虎頭】元好問、送樊順之：清鏡功名屬虎頭。【城頭】岑參、送李判官：西原驛路挂城頭。【垂頭】韓愈、鶖驢：低徊但垂頭。【浪頭】韓愈、遠遊聯句：夜魂棲浪頭。【帩頭】無名氏、陌上桑：脫帽著帩頭。【船頭】杜甫、江漲：容易拔船頭。　【黑頭】杜甫、晚行口號：還家尙黑頭。【渡頭】常建、三日尋李九莊：兩敬楊林東渡頭；皇甫冉、歸渡洛水：歸人南渡頭；儲光羲、江南曲：相邀歸渡頭。【滿頭】杜甫、寄杜位：鬢髮還應雪滿頭。【頷頭】韓愈、寄贈王二十：百請不頷頭。【纏頭】杜甫、卽事：舞罷錦纏頭；白居易、琵琶行：五陵年少爭纏頭。【大刀頭】李商隱、擬意：忽問大刀頭。【千山頭】蘇軾、送文與可：陵陽正在千山頭。【水上頭】梅聖俞、　送徐君章：孤軍水上頭。【月支頭】王維、燕支行：歸鞍共飲月支頭。【古屋頭】黃庭堅、題槐安閣：曲問深房古屋頭。【玉搔頭】白居易、長恨歌：翠翹金雀玉搔頭；劉禹錫、春詞：蜻蜓飛上玉搔頭。【玉箸頭】杜甫、阮隱居致薤：圓齊玉箸頭。【曲江頭】元稹、梁州夢：　夢君同遶曲江頭。【居上頭】無名氏、陌上桑：夫婿居上頭。【青海頭】杜甫、兵車行：君不見青海頭。　【虎谿頭】王維、過感化寺：相待虎谿頭。【柳拂頭】杜牧、自宣城赴官：蘇小門前柳拂頭。　【南陌頭】蕭衍、河中之水歌：十四采桑南陌頭。【海西頭】王維、隴頭吟：節旄落盡海西頭；孟浩然、寄廣陵舊遊：遙寄海西頭。【湖上頭】李商隱、代贈：芙蓉湖上頭。【黑山頭】無名氏、　木蘭詩：暮宿黑山頭。【絡馬頭】無名氏、陌上桑：黃金絡馬頭。【過人頭】無名氏、西洲曲：蓮花過人頭。【溝水頭】無名氏、白頭吟：明旦溝水頭。【殿西頭】李商隱、宮辭：涼風只在殿西頭。【滿上頭】劉禹錫、竹枝詞：蜀江春水滿上頭。【鳳池頭】王維、早朝大明宮：佩聲歸向鳳池頭。【潮水頭】賈島、寄韓潮州：直到天南潮水頭。【龍泓頭】杜甫、寄贊上人：面勢龍泓頭。【繞上頭】杜甫、西閣口號：寒江繞上頭。　【欄干頭】無名氏、西洲曲：盡日欄干頭。

## 投

【依投】李白、去婦詞：貴欲相依投。【相投】韓愈、劉生詩：手持釣竿遠相投；韓愈、洞庭湖阻風：波濤怒相投。【暗投】李白、留別賈舍人至：明珠難暗投；郭璞、游仙詩：明月難暗投。【期自投】孟浩然、送張祥之房陵：知音期自投。【報珍投】蘇軾、代書答梁先：反將木瓜報珍投。【緩急投】韓愈、南溪始泛：時有緩急投。【緘恨投】韓愈、遠遊聯句：買辭緘恨投。

## 鉤

【上鉤】杜甫、月：風簾自上鉤。【玉鉤】李商隱、送崔珏往西川：好好題詩詠玉鉤。【吳鉤】杜甫、後出塞：含笑看吳鉤。【射鉤】劉琨、重贈盧諶：小白相射鉤。【釣鉤】杜甫、江村：稚子敲針作釣鉤。【藏鉤】李白、宮中行樂詞八首：宮女笑藏鉤；李商隱、擬意：漢后共藏鉤。【隱鉤】李商隱、石城：簾烘不隱鉤。【籠鉤】無名氏、陌上桑：桂枝爲籠鉤。【月中鉤】李商隱、代贈二首：玉梯橫絕月中鉤。【白玉鉤】李商隱、即日：更醉誰家白玉鉤。【曲如鉤】李白、笑歌行：君不見曲如鉤。【魚中鉤】韓愈、送劉師服：有似魚中鉤。

## 溝

【章溝】劉筠、直夜：雞人肅唱發章溝。【渠溝】韓愈、寄贈王二十：赤子棄渠溝。【澗溝】蘇軾、代書答梁先：謂言山石生澗溝。【緣溝】李商隱、牡丹：歷逕復緣溝。

## 韝

【下韝】陸游、後寓歎：要是蒼鷹憶下韝。【臂韝】杜甫、即事：眞珠絡臂韝。

## 幽

【九幽】蘇軾、韓太祝送遊太山：夜看金輪出九幽。【明幽】韓愈、寄贈王二十：分知隔明幽。【幽幽】韓愈、將歸操：其色幽幽；蘇軾、和蔡準郎中：田間決水鳴幽幽。【巖幽】韓愈、雙鳥詩：一鳥落巖幽。【一聲幽】王維、過感化寺：谷鳥一聲幽。【山更幽】王籍、入若耶溪：鳥鳴山更幽。【小洞幽】韓翃、同題仙遊觀：細草春香小洞幽。【夕臨幽】王維、恭懿太子挽歌五首：椒宮夕臨幽。【江湖幽】蘇軾、和蔡準郎中：城市不識江湖幽。【禹穴幽】韓愈、劉生詩：洪濤春天禹穴幽。【松竹幽】杜甫、除草：更覺松竹幽。【花竹幽】杜甫、遊修覺寺：山扉花竹幽。【忽西幽】阮籍、詠懷：白日忽西幽。【事事幽】杜甫、江村：長夏江村事事幽。【林塘幽】杜甫、卜居：主人爲卜林塘幽。【林巖幽】黃庭堅、次韵李之純：掃葉張飲林巖幽。【南山幽】杜甫、寄贊上人：卜鄰南山幽。【春事幽】杜甫、落日：溪邊春事幽。【鬼谷幽】孟浩然、梅道士水亭：山藏鬼谷幽。【深更幽】蘇軾、和蔡準郎中：夏潦漲湖深更幽。【淚空幽】韓愈、遠遊聯句：恨竹淚空幽。【象外幽】孫逖、宿雲門寺閣：煙花象外幽。【雲林幽】李白、月夜江行：但覺雲林幽。【戲庭幽】李白、古風：雙雙戲庭幽。

## 蚪

俗作虬。【蛟虬】韓愈、劉生詩：怪魅炫曜堆蛟虬。【潛蚪】蘇軾、餞出李定：欲將燒燕出潛蚪。

## 疣

【瘡疣】韓愈、寄贈王二十：隨事生瘡疣。

## 耰

【鋤耰】韓愈、劉生詩：芟蒿斬蓬利鋤耰；韓愈、寄贈王二十：不得歸鋤耰。

## 嚘

【咿嚘】韓愈、寄贈王二十：竚立久咿嚘。

## 鶹

【鵂鶹】韓愈、寄贈王二十：雙鳴鬭鵂鶹。

## 蝣

【蜉蝣】韓愈、寄贈翰林三學士：前期擬蜉蝣；元好問、衢州感事：神龍失水困蜉蝣。

## 猶

【夷猶】韓愈、遠遊聯句：歸去無夷猶；韓愈、寄贈翰林三學士：旅泊尚夷猶；李商隱、無題：憶歸初罷更夷猶。

## 蕕

【薰蕕】韓愈、寄贈翰林三學士：漸能等薰蕕。

## 輶

【毛輶】韓愈、寄贈翰林三學士：政理同毛輶。

【蛩輶】韓愈、遠遊聯句：趨險驚蛩輶。

## 啾

【啾啾】無名氏、木蘭詩：但聞燕山胡騎鳴啾啾；杜甫、兵車行：天陰雨濕聲啾啾；李頎、聽安萬善吹歌：九雛鳴鳳亂啾啾；韓愈、雙鳥詩：然後鳴啾啾；韓愈、洞庭湖阻風：飢啼但啾啾。

## 酋

【豪酋】孟浩然、送張祥之房陵：天地生豪酋。

## 售

【難售】韓愈、送劉師服：貴者恒難售。

## 颼

【風颼颼】白居易、生離別：常梨葉戰風颼颼。

## 叟

【渭濱叟】劉琨、重贈盧諶：昔在渭濱叟。

## 鄒

【枚鄒】韓愈、寄贈翰林三學士：單煢傾枚鄒。

## 裯

【同裯】韓愈、寄贈翰林三學士：豈憶嘗同裯。

【衾裯】蘇軾、石蒼舒醉墨堂：完取絹素充衾裯。

## 幬

【輕幬】沈約、休沐寄懷：引月入輕幬。

啁

【嘲啁】韓愈、寄贈王二十：辭舌紛嘲啁。

球

【琳球】蘇軾、代書答梁先：黑質白章答琳球。

桴

【乘桴】王維、崔錄事：余欲共乘桴。

罘

【置罘】韓愈、寄贈王二十：恐自罹置罘。

[illegible]

【[illegible][illegible]】韓愈、寄贈王二十：幸寬待[illegible][illegible]。

鍪

【兜鍪】陸游、後寓歎：貂蟬未必出兜鍪；韓愈、寄贈翰林三學士：邊封脫兜鍪。

篌

【箜篌】李賀、李憑箜篌引：李憑中國彈箜篌；李商隱、擬意：佯蓋臥箜篌；李商隱、代贈：獨映鈿箜篌。

歐

【規摹歐】蘇軾、代書答梁先：小楷精絕規摹歐。

髏

【髑髏】元好問、感事：富貴何曾潤髑髏。

璆

【琅璆】韓愈、寄贈翰林三學士：璜珮鳴琅璆。
【荆山璆】劉琨、重贈盧諶：本自荆山璆。

呦

【呦呦】韓愈、寄贈翰林三學士：食萍貴呦呦；蘇軾、喬將行以詩戲之：倦看鶻兒鶻聽呦呦；白居易、折臂翁：萬人冢上哭呦呦。

媮

【嬾且媮】蘇軾、代書答梁先：我衰廢學嬾且媮。

繆

【綢繆】韓愈、劉生詩：乃獨遇之盡綢繆；韓愈、遠遊聯句：孤悲坐綢繆；韓愈、寄贈王二十：司空嘆綢繆；無名氏、別詩三首：與子結綢繆。

吺

【共吺】韓愈、寄贈翰林三學士：首罪誅共吺。
【鴻吺】韓愈、遠遊聯句：開弓射鶴吺。

蟉

【蟠蟉】韓愈、遠遊聯句：蛟螭互蟠蟉。

區

【區區】無名氏、焦仲卿妻：何乃太區區。

勠

【相勠】韓愈、遠遊聯句：躬輩自相勠。

嚘

【嚘嚘】韓愈、遠遊聯句：巴語相嚘嚘。

飀

【颼飀】李頎、聽安萬善吹歌：枯桑老柏寒颼飀；韓愈、遠遊聯句：不枯亦颼飀。

蝥【蛛蝥】韓愈、寄贈韓林三學士：解網祝蛛蝥。

斿攸牟彪訧麀綢台鏐遛飂瀏瘤鰌鞦鶖揫槱賙湫蹂揉捄蒐鎪廋溲搊篘貅髹庥咻泅紬儵逑絿銶俅賕蜉罦蛑餱鍭慺摟窶摳軥裒鬮螻兜句妯惆褠篝抔鬏嘔諏繇蓲睺僂枹樛艛剾曉齁[illegible]烰粰簍蔞噍鶵紑鵂脙馗[illegible]髟篍蘨究蚰瞅謉鍒輮[illegible]腬涷調鵃謅瀌餈緅骰[illegible]鮋俯芁茠彄

【對偶】

李商隱、擬意：去夢隨川后，來風貯石郵。　李商隱、擬意：幾時銷薄怒，從此抱離憂。　李商隱、次故郭汾寧宅：顧我有懷同大夢，期君不至更沈憂。王維、山居秋暝：明月松間照，清泉石上流。王維、過感化寺：催客聞山響，歸房逐水流。王維、送平淡然判官：瀚海經年到，交河出塞流。李白、江上秋懷：黃雲結暮色，白水揚寒流。李白、渡荊門送別：山隨平野盡，江入大荒流。李白、贈崔郎中：日從海傍沒，水向天邊流。賈島、寄韓潮州：隔嶺篇章來華岳，出關書信過瀧流。　羅隱、寄蔡氏昆仲：山牽別恨和腸斷，水帶離聲入夢流。　王之渙、登鸛雀樓：白日依山盡，黃河入海流。　李商隱、燈：影隨簾押轉，光信簟文流。　李商隱、即日：空園兼樹廢，敗港擁花流。　李商隱、擬意：黃紘腸對斷，剪蠟淚爭流。　李商隱、送崔珏往西川：卜肆至今多寂寞，酒壚從古擅風流。　皇甫冉、歸渡洛水：渚煙空翠合，灘月碎光流。　馬虞臣、楚江懷古：廣澤生明月，蒼山夾亂流。　賀知章、送人之軍：常經絕脈塞，復見斷腸流。　劉長卿、經漂母墓：古墓樵人識，前朝楚水流。　劉禹錫、西塞山懷古：人世幾回傷往事，山形依舊枕寒流。　王維、早朝大明宮：九天閶闔開宮殿，萬國衣冠拜冕旒。　杜牧、題禪智寺：青苔滿階砌，白鳥故遲留。　李商隱、無題：碧江地沒元相引，黃鶴沙邊亦少留。　李商隱、擬意：銀箭摧搖落，華筵慘去留。　李商隱、擬意：夜杵鳴江練，春刀解石榴。　李商隱、即日：大勢眞無利，多情豈自由。　李商隱、擬意：象牀穿幰網，犀帖釘窗油。　張喬、書邊事：大漠無兵阻，窮邊有客游。　李商隱、擬意：解佩無遺迹，凌波有舊游。　李商隱、安定城樓：賈生年少虛垂淚，王粲春來更遠遊。　李商隱、和韓錄事：鳳女顛狂成久別，月娥孀獨好同遊。　孟浩然、宿桐廬江：建德非吾主，維揚憶舊遊。　李白、過汪氏別業：疊嶺礙河漢，連峯橫斗牛。　劉筠、直夜：風來太液聞鳴鶴，霧卷明河見飲牛。　李商隱、馬嵬二首：此日六軍同駐馬，當時七夕笑牽牛。　李商隱、餞韓西：雲路招邀迴綵鳳，天河迢遞笑牽牛。　李商隱、江上：刺字從漫滅，歸途尙阻修。　李白、行樂詞八首：豔舞全知巧，嬌歌半欲羞。

李商隱、擬意：雲屏不取暖，月扇未遮羞。　王維、送崔三：路遶天山雪，家臨海樹秋。　李白、謝公亭：池花春映日，窗竹夜鳴秋。　李白、尋元丹丘：高松來好月，空谷宜清秋。　孫逖、宿雲門寺閣：懸燈千嶂夕，卷幔五湖秋。　陸游、黃州：江聲不盡英雄恨，天地無私草木秋。　陸游、登賞心亭：黯黯江雲瓜步雨，蕭蕭木葉石城秋。　賈島、寄韓潮州：峯懸驛路殘雨斷，海浸城根老樹秋。　韓翃、同題仙遊觀：山色遙連秦樹晚，砧聲近報漢宮秋。　李商隱、江上：雲通梁苑路，月帶楚城秋。　李商隱、無題：益德冤魂終報主，阿童高義鎮横秋。　李商隱、重有感：豈有蛟龍愁失水，更無鷹隼與高秋。　賀知章、送人之軍：隴雲晴半雨，邊草夏先秋。　李白、古風：莊周爲蝴蝶，蝴蝶爲莊周。　張喬、書邊事：春風對青冢，白日落梁州。　陸游、黃州：萬里羈愁添白髮，一帆寒日過黃州。　李商隱、送崔珏往西川：一條雪浪吼巫峽，千里火雲燒益州。　黃庭堅、次韻揚州見寄：未生白髮猶堪酒，垂上青雲欲佐州。　李白、古風：寄形宿沙月，沿芳戲春洲。　李白、江上吟：興酣落筆搖五嶽，詩成笑傲凌滄洲。　李白、宿白鷺洲：

朝別朱雀門，暮棲白鷺洲。　李白、登金陵鳳凰臺：三山半落青天外，二水中分白鷺洲。　陸游、登賞心亭：全家穩下黃牛峽，半醉來尋白鷺洲。崔顥、黃鶴樓：晴川歷歷漢陽樹，芳草萋萋鸚鵡洲。　李商隱、牡丹：鸞鳳戲三島，神仙居十洲。李商隱、即日：書去青楓驛，鴻歸杜若洲。　李商隱、擬意：濯錦桃花水，濺裙杜若洲。　陳與義、巴丘書事：四年風露侵遊子，十月江湖吐亂洲。　王維、山居秋暝：竹喧歸浣女，蓮動下漁舟。　李商隱、擬意：帆落啼猿峽，樽開畫鷁舟。李商隱、安定城樓：永憶江湖歸白髮，欲迴天地入扁舟。　李商隱、題河中河亭：左右名山窮遠目，東西大道鎖輕舟。　孟浩然、宿桐廬江：風鳴兩岸葉，月照一孤舟。　皇甫冉、歸渡洛水：澧浦饒芳草，滄浪有釣舟。　馬虞臣、楚江懷古：猨啼洞庭樹，人在木蘭舟。　黃庭堅、清明：雷驚天地龍蛇蟄，雨足郊原草木柔。　李商隱、石城：玉童收夜鑰，金狄守更籌。　李商隱、馬嵬二首：空聞虎旅傳宵柝，無復雞人報曉籌。李商隱、擬意：蘭叢銜露重，榆莢點星稠。　王維、送賀遂員外外甥：蒼茫葭菼外，雲水與昭丘。李白、江上吟：屈平詞賦懸日月，楚王臺榭空山丘。　李白、月夜金陵懷古：綠水絕馳道，青松摧古丘。　李白、登金陵鳳凰臺：吳宮花草埋幽徑，晉代衣冠成古丘。　李商隱、桂林：神護青楓岸，龍移白石湫。　李商隱、燈：錦囊名畫掩，玉局敗棋收。　李商隱、即日：望賒殊易斷，恨久欲難收。　李商隱、寓興：談諧叨客禮，休澣接冥搜。　王維、送崔三：同懷扇枕戀，獨戀倚門愁。　王維、送平澹然判官：黃雲斷春色，畫角起邊愁。　王維、送賀遂員外外甥：檣帶城烏去，江連暮雨愁。　李白、餞別校書叔雲：抽刀斷水水更流，舉杯銷愁愁更愁。　陸游、秋晚思梁益：滄波極目江鄉恨，衰草連天塞路愁。　李商隱、即日：細意經春物，傷酲屬暮愁。　李商隱、無題：腰細不勝舞，眉長惟是愁。　梅聖俞、送徐君章：午市巴姑集，危灘楚客愁。　賀知章、送人之軍：送子成今別，令人起昔愁。　劉長卿、經漂母墓：渚蘋行客薦，山木杜鵑愁。　李商隱、燈：花時隨酒遠，雨後背窗休。　李商隱、次故郭汾寧屯：漆燈夜照眞無數，蠟炬晨炊竟未休。李商隱、曲水閒話：相攜花下非秦贅，對泣春天類楚囚。　李商隱、擬意：夫向羊車覓，男從鳳穴求。　李商隱、陳後宮：侵夜鸞開鏡，迎冬雉獻賝。　梅聖俞、送徐君章：蛟龍驚鼓角，雲霧裛衣裘。　李白、行樂詞八首：素女鳴珠珮，天人弄綵毬。　李商隱、擬意：仁壽遺明鏡，陳倉拂綵毬。　宋祁、眞定述事：王藩故社經除國，俠窟餘風解報仇。　王維、早朝大明宮：月色才臨仙掌動，香煙欲傍袞龍浮。　宋祁、眞定述事：帳下文書三幕府，馬前韓韎五諸侯。　陸游、後寓歎：彭澤徑歸端爲酒，輕車已老豈須侯。　陳師道、寄蘇尚書：一時賓客餘枚叟，在處兒童說細侯。　黃庭堅、清明：人乞祭餘驕妾婦，士甘焚死不公侯。　李商隱、擬意：銀河撲醉眼，珠串咽歌喉。　李白、古風：香風引趙舞，清管隨齊謳。　李白、江上吟：仙人有待乘黃鶴，海客無心隨白鷗。　陳師道、寄蘇尚書：遙知丹地開黃卷，解記清波沒白鷗。　李商隱、擬意：魚兒懸寶劍，燕子合金甌。　李白、太原早秋：夢繞邊城月，心飛故國樓。　李白、宿白鷺洲：波光搖海月，星影入城樓。　杜牧、題揚州禪智寺：暮靄生深樹，斜陽下小樓。　陸游、南定樓遇急雨：江山重複爭供眼，風雨縱橫亂入樓。　劉筠、直夜：綷羽欲棲溫室樹，金波先上結璘樓。　嚴維、送人往金華：明月雙谿水，清風八詠樓。

羅隱、寄蔡氏昆仲：芳草有情皆礙馬，好雲無處不遮樓。　王之渙、登鸛雀樓：欲窮千里目，更上一層樓。　李商隱、燈：冷暗黃茅驛，暄明紫桂樓。　李商隱、即日：山色正來銜小苑，春陰只欲傍高樓。　李商隱、擬意：妙選茱萸帳，平居翡翠樓。　李商隱、陳後宮：還依水光殿，更起月華樓。　李商隱、和韓錄事：九枝燈下朝金殿，三素雲中侍玉樓。　李商隱、曲水閒話：碧草暗侵穿苑路，珠簾不捲枕江樓。　李商隱、題河中河亭：河鮫縱玩難爲室，海蜃遙驚恥化樓。　陳與義、巴丘書事：晚木聲酣洞庭野，晴天影抱岳陽樓。　李商隱、富平少侯：不收金彈拋林外，卻惜銀牀在井頭。　李商隱、重有感：竇融表已來關右，陶侃軍宜次石頭。　李商隱、餞韓西：一名我漫居先甲，千騎君翻在上頭。　陳師道、寄蘇尚書：經國向來須老手，有懷何必到壺頭。　黃庭堅、次韻揚州見寄：飛雪堆盤膾魚腹，明珠論斗煮雞頭。　劉禹錫、西塞山懷古：千尋鐵鎖沈江底，一片降帆出石頭。　李商隱、石城：簟冰將飄枕，簾烘不隱鉤。　李商隱、擬意：楚妃交薦枕，漢后共藏鉤。　王維、過感化寺：野花叢發好，谷鳥一聲幽。　韓翃、同題仙遊觀：疎松影落空壇靜，細草春香小洞幽。李商隱、擬意：眞防舞如意，佯蓋臥箜篌。

# 十二侵

古通真韻略
通覃鹽咸

## 侵

【月侵】李商隱、獨居有懷：羅疏畏月侵。【交侵】白居易、法曲：不令夷夏相交侵。【相侵】李白、獨酌：白髮坐相侵；韓愈、幽懷：四序迭相侵。【香侵】范成大、四花：　頭眩怕香侵。【寒侵】杜甫、舍弟觀取妻子到江陵喜寄：北來肌骨苦寒侵。【欺侵】蔡襄、豐樂亭：民里無欺侵。【猿侵】李商隱、　自桂林奉使江陵途中感懷：旅抱有猿侵。【懼侵】韓愈、縣齋讀書：北客恆懼侵。【一物侵】陸游、雜興：靈府甯容一物侵。【日月侵】韓愈、孟生詩：桑榆日月侵。【犬羊侵】杜甫、提封：草竊犬羊侵。【年鬢侵】王維、別城中故人：各愁年鬢侵。【老病侵】陸游、蓬萊館午憩：歲月悠悠老病侵。【夜景侵】李商隱、宿晉昌亭聞驚禽：羇緒鰥鰥夜景侵。【風雨侵】元好問、元魯縣琴臺：破屋風雨侵。【浮恨侵】孟郊、送淡公：　慰此浮恨侵。【雪霜侵】蘇軾、海會寺清心堂：一溪照雪霜侵。【嵐氣侵】杜甫、暝：山庭嵐氣侵。【歲月侵】蘇軾、泛小舟至勤師院：白髮長嫌歲月侵；陸游、絕勝亭：蜀漢羇遊歲月侵。【歲時侵】陸游、書歎：謝歸忽已歲時侵。【睥睨侵】杜甫、　白帝樓：連連睥睨侵。【遠黛侵】許讚、湧金門詩：朱樓遠黛侵。【隨年侵】王維、送韋大夫：老病隨年侵。

## 尋

【千尋】白居易、池上作：　倒影咫尺如千尋。【可尋】王維、送韋大夫：重玄其可尋。【見尋】陳子昂、感遇：虞羅忽見尋。【招尋】李白、送楊少府赴選：時來或招尋。【相尋】李白、古風：婉孌來相尋；蘇軾、次韻柳子玉過陳絕糧：非君誰復肯相尋。【幽尋】王維、送權二：河嶽共幽尋；韓愈、縣齋讀書：白雲日幽尋；王安石、半山春晚即事：杖屨亦幽尋。【重尋】蘇軾、答仲屯田次韻：千里詩盟忽重尋；蘇軾、泛小舟至勤師院：東閣郎君嬾重尋。【追尋】江淹、　效古：鸞鳥相追尋。【侵尋】王安石、欲歸：行路老侵尋。【月中尋】李白、江上贈竇長史：棹歌搖艇月中尋。【不可尋】張九齡、感遇：循環不可尋；韓愈、孟生詩：無籍不可尋；李商隱、復至裴明府所居：桂巷杉籬不可尋。【世人尋】孟浩然、遊精思題觀主山房：未有世人尋。【世相尋】陶潛、詠貧士：貧士世相尋。【不能尋】梅聖俞、春寒：多病不能尋。【自相尋】江淹、效古：憂慨自相尋。【何處尋】王維、桃源行：不辨仙源何處尋；劉長卿、逢郴州使：茫茫何處尋。【朱顏尋】鮑照、代夜坐吟：朱燈滅，朱顏尋。【事莫尋】李商隱、過故崔兗海宅：烏衣事莫尋。【聊一尋】王維、愚公谷：與君聊一尋。【將遠尋】陸機、猛虎行：杖策將遠尋。【無處尋】蘇軾、過永樂文長老已卒：旋覺雲歸無處尋。【蛺蝶尋】李商隱、獨居有懷：園空蛺蝶尋。【逾百尋】李商隱、寄華嶽孫逸人：老松逾百尋。【逸人尋】李商隱、自桂林奉使江陵途中：烏帽逸人尋。【試同尋】陸游、寄鄧公壽：攜手試同尋。

## 潯

【水潯】江淹、擬謝莊郊遊：秋榮冒水潯。【烟潯】謝莊、七夕：逶迤濟烟潯。【海潯】孟浩然、下浙江：三江越海潯。【荒潯】黃滔、宿賈氏山房：獨追燈火下荒潯。【清潯】梁簡文帝、　鶴詩：伊洛有清潯。【碧潯】楊師道、詠飲馬：聯翩度碧潯。【異潯】劉希夷、江南：風波有異潯。【霜潯】王融、侍遊方山應詔詩：日羽鏡霜潯。【白雲潯】張均、秋夜遊崑湖：　歸弄白雲潯。【春江潯】韓愈、幽懷：行此春江潯。【清江潯】朱熹、薌林：握手清江潯。

## 林

【入林】王維、酬賀四：思君共入林。【上林】錢起、贈闕下裴舍人：二月黃鶯飛上林；李商隱、寫意：燕雁迢迢隔上林。【北林】曹植、　種葛篇：徘徊步北林；曹植、雜詩：朝日照北林；阮籍、詠懷：翔鳥鳴北林。【竹林】孟浩然、洗然弟竹亭：清風在竹林。【羽林】杜甫、驪山：長懸舊羽林。【成林】陶潛、讀山海經：八幹共成林。【西林】李商隱、華師：衲衣筇杖來西林；釋無可、秋寄從兄島：默坐思西林。【空林】孟浩然、題大禹寺義公禪房：結構依空林；劉長卿、秋日登吳公臺上詩：寒磬滿空林。【泮林】李商隱、隨師東：豈假鴟鴞在泮林。【東林】江淹、效古：宿鳥驚東林。【松林】杜甫、西閣：碧色見松林。【花林】孟浩然、武陵泛舟：前櫂入花林。【芳林】李白、獨酌：閒歌面芳林。【幽林】王建、原上新居：移石入幽林。【香林】李頎、覺公院施烏石臺：盤勢出香林。【茂林】杜甫、登江樓：窗虛交茂林。【故林】王粲、七哀詩：飛鳥翔故林；王讚、雜詩：客鳥息故林；孟浩然、送袁十嶺南尋弟：悲鳴別故林；李白、贈薛校書：虛行歸故林。【高林】杜甫、初冬：獵火著高林；常建、題破山寺後禪院：初日照高林。【桂林】張衡、四愁詩：我所思兮在桂林。【深林】李白、幽澗泉：幽澗泉，鳴深林。【通林】杜甫、雲：每夜必通林。【密林】孟浩然、遊精思題觀主山房：飛猿嘯密林。【寄林】韓愈、孟生詩：孤芳難寄林。【寒林】張說、幽州夜飲：蕭瑟動寒林。【陽林】左思、招隱：丹葩曜陽林。【喬林】王維、送韋大夫：黃屋如喬林。【雲林】王維、桃源行：青溪幾曲到雲林；白居易、池上作：西河亦恐無雲林。【疎林】杜甫、飛仙閣：萬壑欹疎林。【園林】祖詠、蘇氏別業：灃水映園林。【滿林】杜甫、野望：昏鴉已滿林。【綠林】張九齡、感遇：經冬猶綠林。【翰林】杜牧、池州道中：歌詩出翰林。【歸林】杜甫、晴：鳴鶴不歸林。【瓊林】陸游、寄鄧公壽：高標瑤樹與瓊林。【支道林】蘇軾、泛小舟至勤師院：欲訪孤山支道林。【別家林】黃庭堅、初望淮山：風裘雪帽別家林。【初出林】李商隱、初食筍呈座中：嫩籜香苞初出林。【松竹林】元好問、帝城：野寺荒涼松竹林。【松柏林】李白、謁老君廟：空餘松柏林。【返舊林】王維、酬嚴少尹徐舍人：空知返舊林。【珠樹林】陳子昂、感遇：雄雌珠樹林。【欲出林】蘇軾、次韻子由送于之姪：下有孫枝欲出林。【野雀林】陸機、猛虎行：寒棲野雀林。【雲夢林】王維、送從弟蕃遊淮南：日落雲夢林。【戟如林】杜甫、峽口：世亂戟如林。【萬重林】張九齡、赴使瀧峽：霜落萬重林。【楓樹林】孟浩然、宿揚子津：目極楓樹林；杜甫、南征：雲帆楓樹林；戴叔倫、題三閭大夫廟：蕭蕭楓樹林。【舊竹林】孟浩然、都下送辛大之鄂：言歸舊竹林。【翰墨林】張協、雜詩：寄辭翰墨林。【隱山林】陸游、詠史：帽簷壓耳隱山林。【壓千林】陸游、海棠：一枝氣可壓千林。【響空林】王維、送李太守赴上洛：行客響空林。

## 霖

【甘霖】葉顒、題松雲齋：龍游化甘霖。【作霖】蘇軾、送鄭介夫：自要閒飛不作霖。【成霖】歐陽修、禱雨：野氣欲成霖；史肅、山陰縣：湧雲驅雨不成霖。【沃霖】梅堯臣、苦熱：烈野無沃霖。【秋霖】賈島、懷紫閣隱者：孤獨坐秋霖。【傅說霖】蘇軾、喜雨：欣逢傅說霖。

## 臨

【一臨】張說、別灉湖：浮舟更一臨。【初臨】孟浩然、與白明府遊江：邑宰復初臨。【俯臨】

李中、廬山：庾公樓俯臨。【登臨】孟浩然、與諸子登峴山作：我輩復登臨；杜甫、渝州侯嚴六不到先下峽：留眼共登臨；李商隱、念遠：天地共登臨；李商隱、題興德驛：鄭驛暫登臨。【窺臨】謝靈運、登池上樓：褰開暫窺臨。【偏臨】林逋、遊靈隱寺：捫蘿常徧臨。【暫臨】蘇軾、有言郡東北荆山下：歸路相將得暫臨。【歸臨】王維、愚公谷：何處欲歸臨。【東極臨】杜甫、長江：乃知東極臨。【迷登臨】白居易、池上作：橋島向背迷登臨。【時見臨】韓愈、孟生詩：窮簷時見臨。【倦登臨】蘇軾、泛舟：孤客倦登臨。【儉德臨】杜甫、提封：何如儉德臨。【罷登臨】杜甫、驪山：花萼罷登臨。【廢登臨】陸游、度浮橋至南臺：客中多病廢登臨。【瞻君臨】王維、送韋大夫：龍袞瞻君臨。【議登臨】李商隱、自桂林奉使赴江陵途中感懷：那復議登臨。

## 鍼

亦作針，通作箴。【曲針】李商隱、自桂林奉使江陵途中感懷：其誰受曲針。【雙鍼】繁欽、定情詩：素縷連雙鍼。【七夕鍼】溫庭筠、洞戶二十二韻：樓懸七夕鍼。【長命鍼】庾信、夜聽擣衣：雙穿長命鍼。

## 箴

【官箴】王維、送韋大夫：從客獻官箴。【俗箴】孟郊、弔元魯山：美詞非俗箴。【酒箴】蘇軾、陳季常自岐亭見訪：爲愛揚雄作酒箴。【九州箴】李商隱、自桂林奉使江陵途中感懷：終著九州箴。【不忘箴】蘇軾、喜雨：清詩雖美不忘箴。【未忘箴】陸游、讀史：一篇庭燎未忘箴。【當所箴】韓愈、孟生詩：可以當所箴。

## 斟

【乏斟】陶潛、詠貧士：藜羹常乏斟。【孤斟】韓愈、縣齋讀書：酒熟無孤斟；陸游、雨後殊有秋意：詩書萬古付孤斟。【細斟】李商隱、自桂林奉使江陵途中感懷：華樽許細斟。【盈斟】楊衡、九日：翠物喜盈斟。【獨斟】蘇軾、聞鄰舍兒誦書：置酒仍獨斟。【一線斟】范成大、雨：重簷一線斟。【不停斟】曾鞏、游麻姑山：白酒到手不停斟。【且莫斟】李白、悲歌行：主人有酒且莫斟。【伴孤斟】蘇軾、次韻劉貢父：且邀明月伴孤斟。【慰孤斟】陸游、苦寒：濁醪亦復慰孤斟。

沈

【抑沈】曹植、種葛篇：我情遂抑沈。【沈沈】王維、送章大夫：秋光正沈沈。【浮沈】左思、招隱：纖鱗或浮沈；江淹、效古：萬世更浮沈；元好問、別緯文兄：燕城名酒足浮沈。【飛沈】王維、送章大夫：江海遂飛沈；李商隱、搖落：月幌夢飛沈。【深沈】庾信、詠樹：蹊徑轉深沈。【陸沈】王維、送從弟蕃遊淮南：明時寧陸沈；李白、送楊少府入選：當應無陸沈；元好問、洛陽：一日神州見陸沈。【日初沈】杜甫、野望：山迥日初沈。【月易沈】韋莊、悼亡姬：爲有嫦娥月易沈。【月應沈】李商隱、對叢蘆有感：玉孃湖上月應沈。【水沈沈】白居易、池上作：南潭萍開水沈沈。【羽書沈】袁桷、贈張玉田：淮壖撤衞羽書沈。【夜沈沈】李白、白紵辭：月寒江清夜沈沈；蘇軾、春夜：鞦韆院落夜沈沈。【怍淵沈】謝靈運、登池上樓：棲川怍淵沈。【飛光沈】李白、古風：詎惜飛光沈。【泛浮沈】李商隱、題興德驛：鷗鳥泛浮沈。【時欲沈】鮑照、擬行路難：寒光宛轉時欲沈。【細疑沈】李商隱、獨居有懷：嬌喘細疑沈。【寒甃沈】杜甫、銅瓶：應非寒甃沈。【塞鴻沈】周朴、塞上行：角絕塞鴻沈。【楚醪沈】李商隱、自桂林奉使江陵途中感懷：不遣楚醪沈。【錦鱗沈】方干、桐廬江閣：垂釣牀下錦鱗沈。【曉星沈】李商隱、嫦娥：長河漸落曉星沈。【藹沈沈】王維、送李太守赴上洛：積翠藹沈沈。【響易沈】駱賓王、在獄詠蟬：風多響易沈。【鬱沈沈】韓愈、孟生詩：九重鬱沈沈。【紫煙沈】李白、謁老君廟：關路紫煙沈。

碪

亦作砧。【早砧】周天球、金陵七夕：商聲動早砧。【村砧】李商隱、宿晉昌亭聞驚禽：楚猿吟雜橘村砧。【夜砧】李商隱、對叢蘆有感：一任荒城伴夜砧。【杵砧】于濆、里中女：富家鳴杵砧。【秋砧】王維、送從弟蕃遊淮南：淮上聞秋砧；李白、贈崔侍郎：腸斷聽秋砧；韓愈、孟生詩：期子在秋碪。【清砧】杜甫、擣衣：秋至拭清砧；李商隱、搖落：地迥更清砧。【寒砧】李商隱、獨居有懷：露井近寒砧。【疎砧】陸游、玻瓈江：無奈夢斷聞疎砧。【鳴砧】江洪、秋風曲：思婦夜鳴砧；周朴、塞上行：鄉國有鳴砧。【遠砧】鄭細、寒夜聞霜鐘：風前間遠砧。【聞砧】許渾、晚泊七里灘：山郭遠聞砧。【霜砧】李商隱、江村題壁：愛日靜霜砧。【女嬃砧】李商隱、念遠：杵冷女嬃砧。【玉女砧】溫庭筠、洞戶二十二韻：霜清玉女砧。【急暮砧】杜甫、秋興八首：白帝城高急暮砧。【素秋砧】沈佺期、白蓮花亭侍宴應制：遙響素秋砧。【萬家砧】溫庭筠、寄渚宮遺民弘里生：窗外萬家砧。【簇遙砧】李商隱、自桂林奉使江陵途中感懷：寒女簇遙砧。

## 深

【何深】王維、送權二：清淪復何深。【刻深】陸游、海棠：常恨人言太刻深。【幽深】李商隱、復至裴明府所居：伊人卜築自幽深；蘇軾、有言郡東北荊山下：更燃松炬照幽深。【秋深】蘇軾、過永樂文長老已卒：葛洪川畔待秋深。【高深】杜甫、西閣：要路亦高深。【夏深】黃庭堅、初望淮山：紫燕黃鸝已夏深。【陰深】李商隱、江村題壁：一徑自陰深。【淺深】蘇軾、海會寺清心堂：遊客自觀隨淺深。【雲深】李商隱、念遠：白閣自雲深。【一多深】杜甫、寄楊五桂州譚：雪片一多深。【一篙深】溫庭筠、洞戶二十二韻：池漲一篙深。【入江深】杜甫、白帝樓：峽影入江深。【入浦深】王維、酬張少府：漁歌入浦深。【三山深】王維、送從弟蕃遊淮南：泉館三山深。【已先深】李商隱、獨居有懷：遙妬已先深。【三尺深】歐陽修、代贈田文初：春雪江頭三尺深。【四海深】杜甫、提封：恩加四海深。【玉華深】元好問、帝城：雲山惟覺玉華深。【玉壘深】李商隱、寫意：天外山惟玉壘深。【百丈深】蘇軾、泛舟：清潭百丈深。【向君深】劉長卿、逢郴州使：湘水向君深。【色尚深】陸游、王給事餉玉友：欲憾鵝兒色尚深。【江海深】李白、贈崔侍郎：不知江海深。【竹逕深】孟浩然、遊精思題觀主山房：初憐竹逕深。【池塘深】白居易、池上作：樹高竹密池塘深。【君門深】白居易、馴犀：故鄉迢遞君門深。【別岫深】李商隱、自桂林奉使江陵途中感懷：門藏別岫深。【坐猿深】杜甫、峽口：楓樹坐猿深。【雨中深】錢起、贈闕下裴舍人：龍池柳色雨中深。【花木深】常建、題破山寺後禪院：禪房花木深。【念更深】白居易、胡旋女：死棄馬嵬念更深。【阻重深】張九齡、感遇：奈何阻重深。【東逝深】杜甫、過津口：湘流東逝深。【怯露深】李商隱、搖落：疏螢怯露深。【春水深】李白、答杜秀才五松見贈：去後桃花春水深。【春草深】王維、燕子龕禪師：任君春草深；

王維、贈韋穆十八：日令春草深。【怨何深】戴叔倫、題三閭大夫廟：屈子怨何深。【柳巷深】李商隱、戲題友人壁：花逕逶迤柳巷深。【客思深】駱賓王、在獄詠蟬：南冠客思深。【幽閉深】白居易、陵園妾：松門柏城幽閉深。【草木深】杜甫、春望：城春草木深。【海嶽深】杜甫、同李太守登歷下古城：氣溟海嶽深。【屋廬深】蘇軾、微雪懷子由弟：冷官無事屋廬深。【恩正深】白居易、繚綾：昭陽舞人恩正深。【恩遇深】張說、幽州夜飲：誰知恩遇深。【恩義深】曹植、種葛篇：結髮恩義深。【射江深】杜甫、晴：日氣射江氣。【酒盃深】蘇軾、泛小舟至勤師院：病眸兼怕酒盃深；陸游、絕勝亭：氣增不怕酒盃深。【流泉深】李白、幽澗泉：幽澗愀兮流泉深。【帶烟深】陸游、蓬萊館午憩：城邊草色帶烟深。【海雲深】王維、別城中故人：井邑海雲深。【陣雲深】李商隱、隨師東：積骸成莽陣雲深。【夏景深】李商隱、對叢蘆有感：蘆葉梢梢夏景深。【彩雲深】韋莊、悼亡姬：十洲仙路彩雲深。【朔漠深】李商隱、題興德驛：沙程朔漠深。【情已深】李白、相逢行：相見情已深。【逐春深】溫庭筠、客愁：日日逐春深。【鳥跡深】李白、謁老君廟：塵濃鳥跡深。【淺復深】王維、紅牡丹：紅衣淺復深。【寒山深】高適、送沈四山人：天高日暮寒山深。【寒色深】杜甫、初冬：歸休寒色深。【塞垣深】杜甫、擣衣：一寄塞垣深。【雁飛深】杜甫、驪山：銀海雁飛深。【湘水深】張衡、四愁詩：欲往從之湘水深。【結交深】孟浩然、洗然弟竹亭：平生結交深。【堯舜深】王維、送韋大夫：始知堯舜深。【畫樓深】李商隱、蝶：穿過畫樓深。【隔水深】劉長卿、秋日登吳公臺上詩：雲峰隔水深。【隔嶺深】李白、送紀秀才遊越：雲門隔嶺深。【滄海深】李白、留別王司馬嵩：魚遊滄海深。【滄溟深】韓愈、孟生詩：必泛滄溟深。【園屋深】王安石、半山春晚卽事：交交園屋深。【楚雲深】王昌齡、芙蓉樓送辛漸：丹陽城北楚雲深。【落葉深】釋無可、秋寄從兄島：開門落葉深。【落照深】王維、送李太守赴上洛：　關門落照深。【感慨深】陸游、詠史：夜雨燈前感慨深。【群壑深】孟浩然、題大禹寺義公禪房：階前群壑深。【道根深】蘇軾、邇英述懷：世緣終淺道根深。【與年深】杜甫、又示兩兒：爲恨與年深。【聚枝深】杜甫、暝：鳥雀聚枝深。【語夜深】蘇軾、次韻柳子玉過陳絕糧：燈火青熒語夜深。【綠荷深】歐陽修、和聖俞百花洲：但愛綠荷深。【瑤殿深】杜甫、銅瓶：時清瑤殿深。【翠幔深】韓愈、華山女：慌惚重重翠幔深。【夢澤深】孟浩然、與諸子登峴山作：天寒夢澤深。【論淺深】江淹、效古：瑜瑕論淺深。【德澤深】陸游、秋思：列聖憂勤德澤深。【靜中深】韓偓、惜花：膩紅愁態靜中深。【樹更深】李商隱、宿晉昌亭聞驚禽：過盡南塘樹更深。【戰塵深】溫庭筠、馬嵬佛寺：荒雞夜唱戰塵深。【薄更深】梅聖俞、春寒：雲容薄更深。【龍蛇深】杜甫、呀鶻行：態罷欲蟄龍蛇深。【燭影深】李商隱、嫦娥：雲母屏風燭影深。【隱霧深】杜甫、野望：孤城隱霧深。【關塞深】杜甫、病馬：　天寒關塞深。【爛漫深】杜甫、長吟：眞爲爛漫深。

## 淫

【荒淫】阮籍、詠懷：朝雲進荒淫；李白、古風：使人成荒淫。【滯淫】王粲、七哀詩：何爲久滯淫。【類淫】李商隱、自桂林奉使江陵途中感懷：耽書或類淫。【雨淫淫】孟郊、連州吟：瀟湘雨淫淫。

## 心

【古心】韓愈、孟生詩：古貌又古心。【甘心】溫庭筠、馬嵬佛寺：眞教塗地始甘心。【去心】李商隱、題興德驛：仙郎倦去心。【江心】李白、送麴十少府：流水折江心。【同心】杜甫、提封：萬國尚同心；韋莊、悼亡姬：丁香空解結同心。【自心】杜甫、西閣：孤雲無自心。【夙心】溫庭筠、酬友人：倦遊非夙心。【求心】蘇軾、海會寺清心堂：西來達摩尚求心。【初心】韓愈、縣齋讀書：邂逅得初心。【何心】元好問、洛陽：蓬萊丹碧果何心。【苦心】陸機、猛虎行：志士多苦心。【知心】王維、紅牡丹：春色豈知心；李白、相逢行：未語可知心。【邪心】韓愈、利劍：佩之使我無邪心。【花心】李商隱、蝶：所得是花心。【妾心】歐陽修、代贈田文初：贈君白璧爲妾心。【幽心】杜甫、憑何十一少府邕覓榿木栽：非子誰復見幽心。【素心】溫庭筠、正見寺曉別生公：宦名非素心。【異心】孟浩然、與白明府遊江：同舟無異心。【虛心】李白、月夜聽盧子順彈琴：綠水清虛心。【惜心】白居易、繚綾：曳土蹋泥無惜心。【連心】溫庭筠、寄渚宮遺民弘里生：牀冷簟連心。【開心】梅聖俞、春寒：花冷不開心。【無心】蘇軾、贈曇秀：白雲出山初無心。【道心】王維、送權二：一言知道心。【遐心】王維、送韋大夫：空端結遐心。【照心】李商隱、自桂林奉使江陵途中感懷：楓丹欲照心。【傷心】韓偓、惜花：若敎泥汙更傷心。【稱心】李白、送紀秀才遊越：觀濤難稱心。【論心】陸游、寄鄧公壽：江邊一見卽論心。【隱心】祖詠、蘇氏別業：到來生隱心。【禪心】溫庭筠、宿雲際寺：疎磬發禪心。【關心】王維、酬張少府：萬事不關心。　【歸心】曹操、短歌行：天下歸心；王讚、雜詩：邊馬有歸心；元好問、帝城：　北風黃鸝起歸心。【離心】王維、愚公谷：此谷不離心。【鬬心】李商隱、隨師東：幾竭中原買鬬心。【一片心】李白、贈竇長史：別欲論交一片心。【一寸心】李商隱、初食筍呈座中：忍剪凌雲一寸心。【小人心】孟郊、酒德：輾開小人心。【千古心】杜甫、同李太守登歷下古城：哀絲千古心。【五湖心】蘇軾、書皇親扇：筆端還有五湖心。【方寸心】李白、贈崔侍郎：男兒方寸心。【王母心】陶潛、讀山海經：爰得王母心。【天地心】李白、送楊少府赴選：準平天地心。【不易心】吳隱之、酌貪泉詩：終當不易心。【不染心】孟浩然、題大禹寺義公禪房：應知不染心。【仁者心】杜甫、過津口：惻隱仁者心。【主人心】孟郊、汝墳蒙楚材見贈：朝爲主人心。【白雲心】王維、贈韋穆十八：共有白雲心。【北望心】杜甫、南征：君恩北望心。【江上心】劉長卿、逢郴州使：難爲江上心。【江湖心】白居易、馴犀：池魚空結江湖心。【老臣心】杜甫、蜀相：兩朝開濟老臣心。【百年心】元好問、別緯文兄：連枝同氣百年心。【共此心】李商隱、宿晉昌亭聞驚禽：遠隔天涯共此心。【見吾心】陶淵明、詠貧士：乃不見吾心。【坐忘心】孟浩然、遊精思題觀主山房：深得坐忘心。【此時心】蘇軾、有言郡東北荊山下：他年誰識此時心。【空人心】常建、題破山寺後禪院：潭影空人心。【表予心】駱賓王、在獄詠蟬：誰爲表予心。【明月心】王昌齡、芙蓉樓送辛漸：寂寂寒江明月心。【青天心】孟郊、汝州南潭：寫出青天心。【松江心】白居易、池上作：空碧一泊松江心。【松竹心】江淹、效古：獨見松竹心。【知我心】李白、悲歌行：天下無人知我心。【奉君心】杜甫、長江：萬國奉君心。【長別心】杜甫、擣衣：況經長別心。【夜夜心】李商隱、嫦娥：碧海青天夜夜心。

【青雲心】白居易、醉後走筆：泥塗不屈青雲心。【念遠心】李商隱、搖落：羈留念遠心。【忠義心】陸游、王給事餉玉友：　天地能知忠義心。【宣我心】王讚、雜詩：誰能宣我心。　【故園心】杜甫、秋興：孤舟一繫故園心。【洗此心】陸游、夜坐偶書：欲挽天河洗此心。【病傷心】杜甫、病馬：歲晚病傷心。【野人心】陸游、讀史：美芹欲獻野人心。【託孤心】李商隱、過故崔兗海宅：終負託孤心。【許國心】陸游、　南樓：忠義孤臣許國心。【清風心】孟郊、答晝上人止讒作：鶴起清風心。【黃綺心】王維、送李太守赴上洛：應知黃綺心。【動君心】李白、白紵辭：子夜吳歌動君心。【萬里心】陸游、蓬萊館午憩：翻動平生萬里心。【寒食心】白居易、陵園妾：手把梨花寒食心。【雲無心】李商隱、華師：孤鶴不睡雲無心。【割據心】杜甫、　峽口：荒哉割據心。【望鄉心】劉長卿、秋日登吳公臺上詩：秋入望鄉心。【望歸心】黃庭堅、初望淮山：一年慈母望歸心。【愁人心】李白、望月有懷：興盡愁人心。【感君心】白居易、胡旋女：貴妃胡旋感君心。【愛育心】陸游、苦寒：自是乾坤愛育心。【滄洲心】王維、送從弟蕃遊淮南：復有滄洲心。【肅神心】李白、　謁老君廟：靈廟肅神心。【碎客心】李白、秋浦歌：猿聲碎客心。【亂愁心】李白、寄遠：使人莫錯亂愁心。【歲寒心】張九齡、感遇：自有歲寒心。【歲暮心】蘇軾、微雪懷子由弟：已作蕭條歲暮心。【塵外心】孟浩然、武陵泛舟：彌清塵外心。【節士心】陸游、雨後殊有秋意：臨水登山節士心。【溺人心】白居易、古冢狐：日增月長溺人心。【蕩人心】韓愈、幽懷：繁吹蕩人心。【蕩子心】溫庭筠、楊柳枝：可惜牽纏蕩子心。【躡春心】杜甫、長吟：草見躡春心。【濟川心】孟浩然、都下送辛大之鄂：徒有濟川心。【濟時心】蘇軾、次韻柳子玉過陳絕糧：微官敢有濟時心。【隱吏心】王維、酬賀回：　能齊隱吏心。【獨傷心】阮籍、詠懷：憂思獨傷心。　【歷亂心】溫庭筠、客愁：誰知歷亂心。【遲暮心】張說、幽州夜飲：能忘遲暮心。【關外心】李商隱、對叢蘆有感：此日初爲關外心。【鎭移心】李商隱、獨居有懷：箏柱鎭移心。【魏闕心】杜甫、晴：驅馳魏闕心。【識君心】高適、　送沈四山人：送君還山識君心。【鶺鴒心】孟浩然、送袁十嶺南尋弟：今見鶺鴒心。【攬邊心】杜甫、白

# 琴

帝樓：還欲攬邊心。【鐵石心】蘇軾、邇英述懷：晚歲猶存鐵石心。

【玉琴】杜甫、西閣：新詩近玉琴；杜甫、暝：收書動玉琴。【素琴】王維、送權二：隨堂鳴素琴；李白、月夜聽盧子順彈琴：幽人彈素琴。【清琴】江淹、效古：中夕弄清琴。【彫琴】鮑照、擬行路難：琦瑁玉匣之彫琴。【瑟琴】曹植、浮萍篇：和樂如瑟琴。【鳴琴】阮籍、詠懷：起坐彈鳴琴；李白、送紀秀才遊越：相憶在鳴琴。【瑤琴】李白、金陵聽韓侍御吹笛：師襄掩瑤琴。【撫琴】王粲、七哀詩：攝衣起撫琴。【彈琴】陶潛、詠貧士：欣然方彈琴；王維、酬嚴少尹徐舍人：山月照彈琴。【三尺琴】李白、悲歌行：我有三尺琴。【有虞琴】李商隱、自桂林奉使江陵途中感懷：簾對有虞琴。【仰聽琴】李商隱、復至裴明府所居：櫪中瘦馬仰聽琴。【和瑟琴】曹植、種葛篇：好樂和瑟琴。【花間琴】李白、獨酌：膝橫花間琴。【松間琴】李白、夜泊黃山聞殷十四吳吟：聽之却罷松間琴。【南風琴】蘇軾、張安道示新詩：欲和南風琴。【欲爨琴】蘇軾、次韻朱光庭喜雨：無薪欲爨琴。【無弦琴】李白、贈臨洺縣令皓弟：但奏無弦琴。【無聲琴】杜甫、過津口：膝有無聲琴。【雍門琴】李白、猛虎行：淚下不為雍門琴。【清風琴】孟郊、汝州南潭：願奏清風琴。【零落琴】孟郊、連州吟：坐撫零落琴。【熏風琴】韓愈、孟生詩：欲和熏風琴。

# 禽

【春禽】祖詠、蘇氏別業：閒坐聽春禽；蘇軾、風水洞：春山磔磔鳴春禽。【珍禽】陳子昂、感遇：歎息此珍禽。【展禽】李商隱、自桂林奉使江陵途中感懷：鄉中保展禽。【海禽】李商隱、念遠：南情屬海禽。【家禽】韓琦、再題狎鷗亭：向人馴狎似家禽。【棲禽】溫庭筠、雪夜與友生同宿：并落起棲禽。【越禽】李商隱、江村題壁：維艄聽越禽。【塞禽】沈彬、塞下詩：箭入寒雲落塞禽。【驚禽】李商隱、宿晉昌亭聞驚禽：高窗不掩見驚禽。【天際禽】王維、送從弟蕃遊淮南：空餘天際禽。【半人禽】蘇軾、遷居：生理半人禽。【宿枝禽】賈島、盧秀才南臺：驚起宿枝禽。【無主禽】白居易、感韋令公舊池孔雀：池邊無主禽。【羨飛禽】錢起、七盤路阻寇：雲天南望羨飛禽。【鳴春禽】蘇軾、往富陽李節推先行：春山磔磔鳴春禽。【精衞禽】

高啟、溫陵節婦行：化作孤飛精衞禽。【戲五禽】李商隱、寄華嶽孫逸人：齋中戲五禽。【歸巢禽】韓愈、孟生詩：夕感歸巢禽。【雙棲禽】曹植、種葛篇：仰見雙棲禽。【囀春禽】李商隱、戲題友人壁：小闌亭午囀春禽。【變鳴禽】謝靈運、登池上樓：園柳變鳴禽。

## 擒

【成擒】王維、送從弟蕃遊淮南：卉服盡成擒；劉因、武當野老歌：一聲白鴈已成擒。【縱擒】黃輝、襄陽隆中：天威有縱擒。【遺之擒】王維、送韋大夫東京留守：逆虜遺之擒。

## 欽

【所欽】陶潛、詠貧士：苟得非所欽。【虛欽】孟郊、連州吟：俗士多虛欽。【天下欽】韓愈、孟生詩：好古天下欽。【四海欽】崔湜、韋嗣立山莊侍宴：朝榮四海欽。【鄰里欽】蘇軾、郭主簿：出爲鄰里欽。

## 衾

【秋衾】元好問、洛陽：更須同聳夢秋衾。【宵衾】柳惲、長門怨：復得抱宵衾。【錦衾】鮑照、擬行路難：九華蒲萄之錦衾。【同衣衾】曹植、種葛篇：宿昔同衣衾。【寒女衾】李白、送楊少府赴選：不裁寒女衾。【愁錦衾】李白、相逢行：孤眠愁錦衾。【綠綺衾】白居易、菩提寺上方晚眺：伊浪平鋪綠綺衾。【爛錦衾】陳子昂、感遇：葳蕤爛錦衾。

## 吟

【自吟】韓愈、幽懷：自酌還自吟。【沈吟】杜甫、病馬：感動一沈吟。【呻吟】孟郊、病客吟：遠客晝呻吟。【哀吟】曹植、雜詩：過庭長哀吟。【苦吟】韓愈、孟生詩：髮白聆苦吟。【浪吟】李商隱、自桂林奉使江陵途中感懷：高辭肯浪吟。【越吟】杜甫、西閣：終朝學越吟。【悲吟】左思、招隱：灌木自悲吟；李白、贈薛校書：麋鹿空悲吟。【長吟】李白、幽澗泉：叫秋木而長吟；李商隱、寫意：高秋望斷正長吟。【蛩吟】許衡、夜雨：清響雜蛩吟。【微吟】陸游、夜坐偶書：悲蛩斷續和微吟。【歌吟】孟郊、弔元魯山：竟歲饒歌吟。【龍吟】王維、送韋大夫：畫角發龍吟；蘇軾、次韻子由送于之姪：滿山風雨作龍吟。【獨吟】李商隱、復至裴明府所居：行矣關山方獨吟。【縱吟】許棠、題汧湖：無事湖邊自縱吟。【蟲吟】蘇軾、答仲屯田次韻：滿階桐葉候蟲吟。【蟬吟】陸游、蓬萊館午憩：驛門繫馬聽蟬吟。【一蟬吟】蘇軾、溪陰堂：綠槐高樹一蟬吟。【子夜吟】李商隱、蝶：邀爲子夜吟。【月中吟】賈島、喜姚郎中自杭州迴：三起月中吟。【代我吟】曹植、種葛篇：延頸代我吟。【且莫吟】李白、白紵辭：郢中白雪且莫吟。【白頭吟】駱賓王、在獄詠蟬：來對白頭吟；杜甫、又示兩兒：行坐白頭吟。【行客吟】孟郊、汝墳蒙楚材見贈：夕作行客吟。【行路吟】鮑照、擬行路難：聽我抵節行路吟。【式微吟】孟浩然、都下送辛大之鄂：遙寄式微吟。【快活吟】蘇軾、五禽言：聽取林間快活吟。【臥龍吟】溫庭筠、洞戶二十二韻：猶作臥龍吟。【夜夜吟】許渾、寓居開元精舍：題在空齋夜夜吟。【春搜吟】白居易、和錢員外：蔚章繼和春搜吟。【思歸吟】孟郊、感別送從叔：泠泠思歸吟。【候蟲吟】蘇軾、答仲屯田：滿階桐葉候蟲吟。【鳥伴吟】蘇軾、避世堂：秋懷鳥伴吟。【閉戶吟】蘇軾、海會寺清心堂：慚愧高人閉戶吟。【梁甫吟】孟浩然、與白明府遊江：年年梁甫吟；杜甫、初冬：愁來梁甫吟；杜甫、登樓：日暮聊為梁甫吟。【勞夜吟】孟浩然、宿揚子津：星霜勞夜吟。【寒松吟】李白、月夜聽盧子順彈琴：宛若寒松吟。【悲來吟】李白、悲歌行：聽我一曲悲來吟。【短長吟】杜甫、渝州候嚴六不到先下峽：虛費短長吟。【楚猿吟】劉長卿、逢郴州使：夢寐楚猿吟。【枯槁吟】孟郊、陪侍御叔遊城南山墅：數聽枯槁吟。【龍一吟】杜甫、灩澦：風雨時時龍一吟。【隨風吟】陸機、猛虎行：鳴條隨風吟。【還山吟】高適、送沈四山人：還山吟。【臨岸吟】王粲、七哀詩：猴猿臨岸吟。【蟋蟀吟】王讚、雜詩：今來蟋蟀吟。【颼飀吟】孟郊、章仇將軍良棄功守貧：為我颼飀吟。

## 今

【古今】白居易、幽澗泉：不知此曲之古今；陸游、度浮橋至南臺：墟落雲烟自古今。【弔今】蘇軾、過廣愛寺：他年復弔今。【當今】蘇軾、避世堂：冠蓋謝當今。【古猶今】韓愈、孟生詩：謂言古猶今。【成古今】孟浩然、與諸子登峴山作：往來成古今。【名古今】陸游、長木晚興：沮水嶓山名古今。【困於今】曹植、種葛篇：我獨困於今。【非獨今】韓愈、從仕：古來非獨今。【忽至今】王讚、雜詩：靡靡忽至今。【豈在今】李商隱、自桂林奉使江陵途中感懷：酬恩豈在今。【直至今】釋無可、秋寄從兄島：遲回直至今。【思古今】白居易、池上作：坐念行心思古今。【待至今】杜甫、渝州候嚴六不到先下峽：沙邊待至今。【涵古今】蘇軾、智果院：萬象涵古今。【猶至今】杜甫、病馬：馴良猶至今。【復至今】李商隱、搖落：端憂復至今。【猶視今】韓愈、幽懷：視古猶視今。【感至今】杜甫、同李太守登歷下古城：遺堞感至今。【愧古今】陸機、猛虎行：俯仰愧古今。【閱古今】元好問、出京：留著青城閱古今。【徵在今】謝靈運、登池上樓：無悶徵在今。【橫古今】左思、招隱：荒塗橫古今。【擅古今】陸游、海棠：蜀地名花擅古今。【獨至今】劉長卿、秋日登吳公臺上詩：長江獨至今。【變古今】杜甫、登樓：玉壘浮雲變古今。

## 襟

本作裣，亦作衿。【分襟】王維、贈裴廸：復歎忽分襟。【青衿】蘇軾、滕縣時同年西園：白花亂青衿。【秋衿】謝莊、詠牛女：停箱動秋衿。【重襟】左思、招隱：幽蘭間重襟。【宸襟】王維、送韋大夫：沖和穆宸襟。【胸襟】李白、贈崔侍郎：託宿話胸襟。【虛襟】李中、獻徐舍人：多幸辱虛襟。【掩襟】楊基、贈妓：欲唱清風却掩襟。【開襟】李白、送楊少府赴選：感別但開襟；杜甫、過津口：眇眇獨開襟。【華襟】韋應物、懷素友子西：公堂接華襟。【煩襟】杜甫、雲：秀氣豁煩襟；李商隱、復至裴明府所居：與君相伴灑煩襟。【暑襟】鄭俠、初冬晴和見梨桃二花：十月南天尚暑襟。【塵襟】韓愈、縣齋讀書：清泉潔塵襟；李商隱、對叢蘆有感：郵亭暫欲灑塵襟。【霑襟】李白、幽澗泉：淚淋浪以霑襟；杜甫、南征：適遠更霑襟；韓愈、孟生詩：泣涕下霑襟。【濕襟】李中、廬山棲隱洞：壇畔歸雲冷濕襟。【羅襟】曹植、種葛篇：淚下沾羅襟。【月如襟】杜牧、沈下賢：水如環珮月如襟。【吹我襟】繁欽、定情詩：淒風吹我襟。【風爲襟】高啟、巫山高樂府：月爲環玦風爲襟。【欲分襟】李商隱、搖落：不減欲分襟。【淚沾襟】孟浩然、與諸子登峴山作：讀罷淚沾襟。【淚滿襟】杜甫、蜀相：長使英雄淚滿襟。【控喉襟】元好問、洛陽：千年河岳控喉襟。【涕霑襟】張衡、四愁詩：側身南望涕霑襟。【遇衣襟】杜甫、長江：接上遇衣襟。【搖衣襟】孟郊、贈竟陵盧使君虔別：楚芳搖衣襟。【綴衣襟】孟郊、感別送從叔：餘花綴衣襟。【墮衣襟】孟郊、連州吟：明月墮衣襟。【滿行襟】孟郊、立德新居：憂勞滿行襟。【滿衣襟】蘇軾、二月二十日開園：落花花絮滿衣襟。【碧衣襟】孟郊、陪侍御叔遊城南山墅：竹氛碧衣襟。【霑衣襟】王粲、七哀詩：白露霑衣襟。【選勝襟】李商隱、自桂林奉使江陵途中感懷：仍披選勝襟。

## 金

【南金】溫庭筠、寄渚宮遺民弘里生：猶得比南金。【兼金】王維、酬賀回：玆貺重兼金；韓愈、縣齋讀書：佇答逾兼金。【貢金】許棠、送龍州樊使君：王租只貢金。【黃金】王維、送從弟蕃遊淮南：拜爵賜黃金；杜甫、灩澦：休翻鹽井擲黃金；李商隱、自桂林奉使江陵途中感懷：無乃費黃金；溫庭筠、洞戶二十二韻：新賦換黃金。【採金】李商隱、江村題壁：應官說採金。【殘金】王建、傷孔雀：顧尾惜殘金。【摸金】蘇軾、有言郡東北荊山下：奈有中郎解摸金；元好問、洛陽：地底中郎待摸金。【賜金】杜甫、驪山：人間有賜金。【橐金】蘇軾、和潞公超然臺：煩公揮橐金。【千鈞金】李白、悲歌行：一杯不啻千鈞金。【千黃金】李白、古風：再歌千黃金；李白、白紵辭：美人一笑千黃金。【比黃金】陳子昂、感遇：驕愛比黃金。【市駿金】李商隱、過故崔兗海宅：俱分市駿金。【色似金】溫庭筠、楊柳枝：兩兩黃鸝色似金。【忘千金】蘇軾、滕縣時同年西園：重義忘千金。【披沙金】白居易、醉後走筆：吟之句句披沙金。【直千金】蘇軾、睡起：清風一榻直千金。【取酒金】李商隱、戲題友人壁：却用文君取酒金。【抵萬金】杜甫、春望：家書抵萬金。【重千金】歐陽修、代贈田文初：感君一顧重千金。【重如金】李商隱、初食筍呈座中：於陵論價重如金。【契斷金】李嶠、詠蘭：忘言契斷金。【值千金】孟浩然、送朱大入秦：寶劍值千金；李白、寄遠：一書值千金。【氣澄金】謝承舉、聽秋圖：高籟氣澄金。【氣凝金】孟郊、章仇將軍良棄功守貧：西岳氣凝金。【陸賈金】李白、送麴十少府：　君無陸賈金。【萬株金】白居易、宿湖中：苞霜新橘萬株金。【無數金】韓愈、孟生詩：兩地無數金。【漢殿金】李商隱、蝶：輕塗漢殿金。【綺疏金】謝朓、詠燭：的爍綺疏金。【敵千金】陸游、書嬾：午窗酣枕敵千金。【蕊頭金】楊萬里、小梅漸開：半開猶護蕊頭金。【嚼黃金】蘇軾、泛小舟至勤師院：休拈霜蕊嚼黃金。【鑠黃金】孟郊、連州吟：衆毀鑠黃金。

## 音

【好音】杜甫、蜀相：隔葉黃鸝空好音；王安石、半山春晚卽事：經過遺好音。【知音】杜甫、南征：未見有知音；杜甫、西閣：衰病謝知音；韓愈、利病：持用贈我比知音。【哀音】李白、白紵辭：垂羅舞縠揚哀音。【清音】左思、招隱：山水有清音。【商音】陶潛、詠貧士：清歌唱商音；蘇軾、次韻鄭介夫：何妨振履出商音。【笳音】張說、幽州夜飲：塞上重笳音。【悲音】王粲、七哀詩：爲我發悲音。【華音】白居易、法曲：願求牙曠正華音。【嘉音】杜甫、過津口：黃鳥喧嘉音。【歎音】韓愈、從仕：惆悵起歎音。【賞音】陸游、寄鄧公壽：亹亹微言孰賞音。【遺音】蘇軾、答仲屯田次韻：朱絃三歎有遺音。【徽音】李商隱、自桂林奉使江陵途中感懷：何以奉徽音。【鸞音】李商隱、寄華嶽孫逸人：長嘯作鸞首。【少來音】陸游、絕勝亭：京華乖隔少來音。【木鐸音】陸龜蒙、嗚榔：鏗如木鐸音。【正始音】元好問、別緯文兄：言外驚聞正始音。【空外音】杜甫、擣衣：君聽空外音。【和爲音】韓愈、幽懷：亦知和爲音。【弦歌音】孟浩然、與白明府遊江：演漾弦歌音。【咸池音】韓愈、孟生詩：窅默咸池音。【流英音】李白、金陵聽韓侍御吹笛：倜儻流英音。【流泉音】李白、答杜秀才五松見贈：彈爲三峽流泉音。【託遺音】曹植、雜詩：願欲託遺音。【清吹音】鮑照、擬行路難：寧聞古時清吹音。【偶然音】孟浩然、洗然弟竹亭：琴上偶然音。【琅玕音】孟郊、答晝上人止讒作：鏗鏗琅玕音。【寂來音】賈島、寄友人：一別寂來音。【寒玉音】白居易、和錢員外：雲夫首倡寒玉音。【萬鼓音】蘇軾、次韻柳子玉過陳絕糧：一聽秋濤萬鼓音。【瑤華音】李白、代別情人：莫絕瑤華音。【遲爾音】孟浩然、送袁十嶺南尋弟：南風遲爾音。【操雅音】白居易、立部伎：始就樂懸操雅音。【難爲音】陸機、猛虎行：亮節難爲音。【斷續音】朱讓、栩宮詞：風度時來斷續音。【鐘磬音】常建、題破山寺後禪院：但餘鐘磬音。【巖下音】李白、夜泊黃山聞殷十四吳吟：猿嘯時聞巖下音。【爨下音】陸游、夜坐偶書：不願人知爨下音。

## 陰

【寸陰】鮑照、擬古：幼壯重寸陰。【久陰】杜甫、晴：高飛恨久陰。【太陰】杜甫、灩澦：西來水多愁太陰。【成陰】曹植、種葛篇：葛藟自成陰。【江陰】鮑照、日落望江：延頸望江陰。【重陰】王粲、七哀詩：巖阿增重陰。【秋陰】白居易、禁中對月憶元九：江南卑濕足秋陰。

【海陰】鮑照、和傅大農與僚故別：登潮窺海陰。【庭陰】孟浩然、題大禹寺義公禪房：空翠落庭陰。【浮陰】孟郊、感別送從叔：高槐結浮陰。【眠陰】李商隱、寄華嶽孫逸人：暾葉復眠陰。【欲陰】王維、送李太守赴上洛：山城晝欲陰。【陰陰】錢起、贈闕下裴舍人：春城紫禁曉陰陰；梅聖俞、春寒：春晝自陰陰；黃庭堅、初望淮山：亂蟬嘶罷柳陰陰。【淮陰】王維、送從弟蕃遊淮南：帶劍遊淮陰。【清陰】王安石、半山春晚卽事：酬我以清陰。【寒陰】鮑照、山行見孤桐：根孤地寒陰。【晴陰】白居易、太湖石：氣色通晴陰。【晚陰】元好問、帝城：擁褐南窗坐晚陰。【綠陰】韓偓、惜花：明日池塘是綠陰。【翠陰】歐陽修、和聖俞百花洲：松蹊穿翠陰。【層陰】杜甫、野望：迢遞起層陰；李商隱、寫意：雲從城上結層陰。【薄陰】陸機、悲哉行：鮮雲垂薄陰。【積陰】蘇軾、答仲屯田次韻：素月流天掃積陰。【十畝陰】杜甫、憑何十一少府邕覓榿木栽：與致溪邊十畝陰。【大河陰】王維、送韋大夫：夕捲大河陰。【月有陰】蘇軾、春夜：花有清香月有陰。【白帝陰】李商隱、搖落：雲屯白帝陰。【玉堂陰】陳子昂、感遇：委羽玉堂陰。【玉樓陰】張九齡、直夜：庭接玉樓陰。【明月陰】江淹、效古：團團明月陰。【秋海陰】王昌齡、芙蓉樓送辛漸：丹陽城南秋海陰。【秋雲陰】無名氏、古絕句四首：日暮秋雲陰。【柿葉陰】李商隱、華師：秋日當階柿葉陰。【桃林陰】韓愈、孟生詩：競愛桃林陰。【帶柳陰】杜甫、長吟：官橋帶柳陰。【接地陰】杜甫、秋興：塞上風雲接地陰。【清湖陰】杜甫、同李太守登歷下古城：隱見清湖陰。【寒澗陰】鮑照、擬古：刈麥寒澗陰。【歲載陰】陸機、猛虎行：時往歲載陰。【惡木陰】陸機、猛虎行：熱不息惡木陰。【感光陰】白居易、陵園妾：聞蟬聽燕感光陰。【綠萍陰】薛能、西縣：水風初見綠萍陰。【綠溪陰】孟浩然、武陵泛舟：雲度綠溪陰。【篁霧陰】鮑照、月下登樓連句：繽紛篁霧陰。【嶽樹陰】李商隱、題興德驛：悠悠嶽樹陰。【繡戶陰】李商隱、蝶：飛來繡戶陰。【競光陰】韓愈、幽懷：士女競光陰。【瀾岸陰】李商隱、獨居有懷：回頭瀾岸陰。

## 岑

【夕岑】杜甫、雲：分明在夕岑。【故岑】王維、送權二：白雲餘故岑。【荊岑】王維、送李太守赴上洛：白羽抵荆岑。【青岑】孟郊、汝墳蒙楚材見贈：離腸繞青岑。【夜岑】寇準、縣齋：飢猿叫夜岑。【高岑】李白、送楊少府赴選：幽松出高岑。【雲岑】杜甫、過津口：春日漲雲岑。【煙岑】韋嗣立、九日應制：步輦入煙岑。【嶔岑】孟郊、章仇將軍良棄功守貧：誰能齊嶔岑。【遠岑】李中、獻徐舍人：開門對遠岑。【舊岑】鮑照、和傅大農與僚故別：我方棲舊岑。【嶺岑】蘇軾、雷州：小巢依嶺岑。【玉山岑】李商隱、搖落：何處玉山岑。【白雲岑】蘇軾、和潞公超然臺：永望白雲岑。【東山岑】王維、送韋大夫：拂衣東山岑。【青岑岑】白居易、池上作：太湖四石青岑岑。【明月岑】蘇軾、張安道見示近詩：吹簫明月岑。【思故岑】蘇軾、智果院：飛雲思故岑。【高山岑】陸機、猛虎行：長嘯高山岑。【崔嵬岑】孟郊、陪侍御叔遊城南山墅：晝登崔嵬岑。【屏山岑】白居易、太湖石：重疊屏山岑。【碧瑤岑】李商隱、自桂林奉使江陵途中感懷：從到碧瑤岑。【翠微岑】李群玉、送秦鍊師：仙翁歸臥翠微岑。【礙日岑】張喬、送許棠及第歸宣州：家歸礙日岑。

## 簪

【上簪】蘇軾、微雪懷子由弟：白髮秋來已上簪。【抽簪】白居易、池上作：誰肯來此同抽簪。【玳簪】李商隱、自桂林奉使江陵途中感懷：餘光借玳簪。【華簪】王維、送韋大夫：清景照華簪；李商隱、過故崔兗海宅：舊掾已華簪。【鳳簪】李商隱、念遠：翹翹失鳳簪。【遺簪】許渾、贈蕭鍊師：冥契得遺簪。【纓簪】李白、送楊少府赴選：京國會纓簪。【巨鼇簪】李白、送紀秀才遊越：却是巨鼇簪。【不勝簪】杜甫、春望：渾欲不勝簪。【白玉簪】杜甫、樓上：頻抽白玉簪。【紅玉簪】李商隱、深樹見一顆櫻桃尚在：敧危紅玉簪。【雪滿簪】陸游、夜坐偶書：衰髮蕭疏雪滿簪。【瑇瑁簪】無名氏、古絕句四首：蓮花瑇瑁簪。【翡翠簪】李商隱、獨居有懷：頻抽翡翠簪。

## 駸

【駸駸】元好問、出京：當時南牧已駸駸。【去駸駸】王維、送從弟蕃遊淮南：車馬去駸駸。【易駸駸】陸游、長木晚興：殘冬急景易駸駸；陸游、夜坐偶書：暮年光景易駸駸。【逝駸駸】阮籍、詠懷：青驪逝駸駸。【歲駸駸】元好問、帝城：羈懷鬱鬱歲駸駸。

## 鐔

【劍鐔】李商隱、自桂林奉使江陵途中感懷：哀吟叩劍鐔。

## 琳

【球琳】李白、送楊少府赴選：主司得球琳。

【陳琳】李商隱、自桂林奉使江陵途中感懷：惟恐後陳琳。【瓊琳】李中、廬山：石潤疊瓊琳。

## 忱

【微忱】劉基、贈周宗道：螻蟻有微忱。

## 任

【難任】曹植、雜詩：離思故難任。【力難任】韓愈、從仕：從仕力難任；孟郊、連州吟：相追力難任。【安可任】曹植、種葛篇：悠悠安可任。【壯難任】王粲、七哀詩：憂思壯難任。【固其任】王維、送韋大夫：保釐固其任。【愧難任】韓愈、縣齋讀書：滯留愧難任。【靡自任】韓愈、孟生詩：驚怪靡自任。

## 霪

【霖霪】鮑照、孤桐：霧雨夏霖霪。【雨露霪】竇牟、夏日大禮：堯湯雨露霪。

## 愔

【瘦愔愔】李商隱、自桂林奉使江陵途中感懷：沈約瘦愔愔。【靜愔愔】溫庭筠、洞戶二十二韻：棊陣靜愔愔。

## 嶔

【嶇嶔】謝靈運、登池上樓：舉目眺嶇嶔；韓愈、孟生詩：此路轉嶇嶔；孟郊、連州吟：南夢山嶇嶔。

## 崟

【碧岑崟】孟郊、連州吟：連天碧岑崟。

## 歆

【孫歆】李商隱、隨師東：捷書惟是報孫歆。【神所歆】韓愈、孟生詩：德馨神所歆。【德已歆】周昂、侍祠太室：馨香德已歆。

## 禁

【力不禁】黃庭堅、初望淮山：病眼看山力不禁。【涕不禁】杜甫、又示兩兒：江州涕不禁。【柳不禁】溫庭筠、洞戶二十二韻：風欹柳不禁。【恐不禁】李商隱、寫意：更入新年恐不禁；元好問、別緯文兄：觸發羇愁恐不禁。【望不禁】李商隱、自桂林奉使江陵途中感懷：西園望不禁。

【鮮克禁】陸機、豫章行：亹亹鮮克禁。

## 森

【毛髮森】劉因、龍潭：倒影毛髮森。【竹森森】白居易、池上作：西溪風生竹森森。【柏森森】杜甫、蜀相：錦官城外柏森森。【氣蕭森】杜甫、秋興：巫山巫峽氣蕭森。【桂森森】李商隱、自桂林奉使江陵途中感懷：堂靜桂森森。【寒森森】賈島、寄友人：松桂寒森森。【翳以森】韓愈、孟生詩：旗戟翳以森。

## 參

【曾參】白居易、慈烏夜啼：烏中之曾參。【橫參】陸游、王給事餉玉友：放狂連夕到橫參。【識參】李商隱、自桂林奉使江陵途中感懷：天文始識參。【商與參】曹植、蒲生行浮萍篇：曠若商與參。【過商參】王讚、雜詩：殊隔過商參。

## 涔

【淋涔】顧況、遊子吟：梟鶴雛淋涔。【蹄涔】溫庭筠、洞戶二十二韻：天馬破蹄涔。【淚涔涔】李商隱、自桂林奉使江陵途中感懷：泉客淚涔涔。

## 燖

【炰燖】韓愈、苦寒：却得親炰燖。

## 淋

【雨淋】韓偓、惜花：恨滿枝枝被雨淋。

琛　椹　諶　壬　紝　蟫　黔　喑　瘖

蔘　嵾　芩　郴　鵀　妊　檎　紟　鱏

霃　槮　綅　祲　綝　湛

【對偶】

李商隱、自桂林奉使江陵途中感懷寄獻尚書：歸期無雁報，旅抱有猿侵。　李商隱、獨居有懷：麝重愁風逼，羅疏畏月侵。　李商隱、自桂林奉使江陵途中感懷寄獻尚書：白衣居士訪，烏帽逸人尋。　李商隱、寄華嶽孫逸人：靈嶽幾千仞，老松逾百尋。　李商隱、獨居有懷：浦冷鴛鴦去，園空蛺蝶尋。　王安石、半山春晚即事：牀敷每小息，杖屨亦幽尋。　李白、秋浦歌：千古石楠樹，萬年女貞林。　王維、酬張少府：自顧無長策，安知返舊林。　劉長卿、秋日登吳公臺上寺：夕陽依舊壘，寒磬滿空林。　祖詠、蘇氏別業：南山當戶牖，澧水映園林。　李商隱、隨師東：但須鸑鷟巢阿閣，豈假鴟鴞在泮林。　李商隱、自桂林奉使江陵途中感懷寄獻尚書：下客依蓮幕，明公念竹林。　梅聖俞、春寒：亞樹青帘動，依山片雨臨。　李商隱、自桂林奉使江陵途中感懷寄獻尚書：未曾食偃息，那復議登臨。　李商隱、自桂林奉使江陵途中感懷寄獻尚書：彼美迴清鏡，其誰受曲針。　李商隱、自桂林奉使江陵途中感懷寄獻尚書：長懷五羖贖，終著九州箴。　李商隱、自桂林奉使江陵途中感懷寄獻尚書：前席驚虛辱，華樽許細斟。　元好問、出京：只知灞上眞兒戲，誰謂神州竟陸沈。　李商隱、出關宿盤豆館對叢蘆有感：思子臺邊風月急，玉孃湖上月應沈。　李商隱、寄和水部馬郎中題興德驛時昭義已平：鷁舟時往復，鷗鳥恣浮沈。李商隱、獨居有懷：怨魂迷恐斷，臨喘細疑沈。李商隱、自桂林奉使江陵途中感懷寄獻尚書：尙憐秦痔苦，不遣楚醪沈。　李商隱、搖落：水亭吟斷續，月幌夢飛沈。　駱賓王、在獄詠蟬：露重飛難進，風多響易沈。　李商隱、搖落：人閒始遙夜，地迥更清砧。　李商隱、念遠：牀空鄂君被，杵冷女嬃砧。　李商隱、宿晉昌亭聞驚禽：胡馬嘶和榆塞笛，楚猿吟雜橘村砧。　李商隱、自桂林奉使江陵途中感懷寄獻尚書：亂鴉衝曬網，寒女簇遙砧。　駱賓王、在獄詠蟬：西陸蟬聲唱，南冠客思深。　王維、愚公谷三首：行處曾無險，春時豈有深。　王維、別城中故人：閭閻河潤上，井邑海雲深。　李商隱、寄和水部馬郎中題興德驛時昭義已平：水色瀟湘闊，沙程

朔漢深。　孟浩然、與諸子登峴山作：水落漁梁淺，天寒夢澤深。　韓偓、惜花：皺日離情高處切，膩紅愁態靜中深。　劉長卿、秋日登吳公臺上寺：野寺來人少，雲峯隔水深。　常建、題破山寺後禪院：曲徑通幽處，禪房花木深。　錢起、贈闕下裴舍人：長樂鐘聲花外盡，龍池柳色雨中深。　釋無可、秋寄從兄島：聽雨寒更盡，開門落葉深。　李商隱、獨居有懷：柔情終不遠，遙妬已先深。　李商隱、江村題壁：數家同老壽，一徑自陰深。　李商隱、念遠：蒼桐應露下，白閣自雲深。　李商隱、寫意：人間路有潼江險，天外山惟玉壘深。　李商隱、自桂林奉使江陵途中感懷寄獻尚書：宅無嚴城接，門藏別岫深。李商隱、搖落：古木含風久，疏螢怯露深。　李商隱、宿晉昌亭聞驚禽：飛來曲渚煙雲合，過盡南塘樹更深。　李商隱、自桂林奉使江陵途中感懷寄獻尚書：佞佛將成縛，耽書或類淫。　王安石、半山春晚即事：翳翳陂路靜，交交園屋深。王維、酬賀四：嘉此幽棲物，能齊隱吏心。　常建、題破山寺後禪院：山光悅鳥性，潭影空人心。錢起、贈闕下裴舍人：陽和不散窮途恨，霄漢長懸捧日心。　張說、幽州夜飲：正有高堂宴，能

忘遲暮心。　釋無可、秋寄從兄島：昔因京邑病，併起洞庭心。　韓偓、惜花：總得苔遮猶慰意，若教泥汙更傷心。　李商隱、蝶：相兼惟柳絮，所得是花心。　李商隱、自桂林奉使江陵途中感懷寄獻尚書：蘆白疑黏鬢，楓丹欲照心。　李商隱、出關宿盤豆館對叢蘆有感：昔年曾是江南客，此日初為關外心。　李商隱、獨居有懷：蠟花長遞淚，箏柱鎮移心。　梅聖俞、春寒：蝶寒云斂翅，花冷不開心。　元好問、出京：華表鶴來應有語，銅槃人去亦何心。　李白、幽澗泉：拂彼白石，彈吾素琴。　李白、金陵聽韓侍御吹笛：王口停鳳管，師襄掩瑤琴。　李白、悲歌行：君有數斗酒，我有三尺琴。　李白、獨酌：手舞石上月，膝橫花間琴。　王維、酬張少府：松風吹解帶，山月照彈琴。　李商隱、復至裴明府所居：柱上雕蟲對書字，槽中瘦馬仰聽琴。　李商隱、自桂林奉使江陵途中感懷寄獻尚書：瀧通伏波柱，簾對有虞琴。　李商隱、自桂林奉使江陵途中感懷寄獻尚書：社內容周續，鄉中保展禽。　李商隱、寄華嶽孫逸人：海上呼三島，齋中戲五禽。　李商隱、念遠：北思驚沙雁，南情屬海禽。　元好問、洛陽：已為操琴感衰涕，更須合輩夢秋衾。　駱賓王、在獄詠蟬：不堪玄鬢影，來對白頭吟。　李白、秋浦歌：山山白鷺滿，澗澗白猿吟。　李白、猛虎行：朝作猛虎行，暮作猛虎吟。　李白、贈崔侍郎：笑吐張儀舌，愁為莊舃吟。　李商隱、自桂林奉使江陵途中感懷寄獻尚書：逸翰應藏法，高辭背浪吟。　李商隱、念遠：日月淹秦甸，江湖動越吟。　李商隱、自桂林奉使江陵途中感懷寄獻尚書：投刺雖傷晚，酬恩豈在今。　李商隱、搖落：結愛曾傷晚，端憂復至今。　李商隱、自桂林奉使江陵途中感懷寄獻尚書：既載從戎筆，仍披選勝襟。　李商隱、江村題壁：喜客嘗留橘，應官說採金。　李商隱、過故崔兗海宅與崔明秀才話舊因寄舊僚杜趙李三掾：共入留賓驛，俱分市駿金。　李商隱、蝶：重傳秦臺粉，輕塗漢殿金。　元好問、洛陽：城頭大匠論蒸土，地底中郎待摸金。　李白、古風：齊瑟彈東吟，秦弦弄西音。　張說、幽州夜飲：軍中宜劍舞，塞上重笳音。　李商隱、自桂林奉使江陵途中感懷寄獻尚書：縱然膺使命，何以奉徽音。　王維、送韋大夫：晨陽天漢聲，夕卷下河陰。　李商隱、寄華嶽孫逸人：攀崖仍躡壁，啖葉復眠陰。　李商隱、自桂林奉使江陵途中感懷寄獻尚書：短日安能駐，低雲只有陰。　李商隱、搖落：灘激黃牛暮，雲屯白帝陰。　李商隱、寫意：日向花間留返照，雲從城上結層陰。　李商隱、獨居有懷：覓使嵩雲暮，回頭灞岸陰。　李商隱、搖落：未諳滄海路，何處玉山岑。　李商隱、自桂林奉使江陵途中感懷寄獻尚書：迎來新瑣闥，從到碧瑤岑。　李商隱、自桂林奉使江陵途中感懷寄獻尚書：良訊封鴛綺，餘光借玳簪。　李商隱、過故崔兗海宅與崔明秀才話舊因家舊僚杜趙李三掾：諸生空會葬，舊掾已華簪。　李商隱、念遠：皎皎非鸞扇，翹翹失鳳簪。　李商隱、深樹見一顆櫻桃尚在：矮墮綠雲髻，欹危紅玉簪。李商隱、獨居有懷：數急芙蓉帶，頻抽翡翠簪。李商隱、自桂林奉使江陵途中感懷寄獻尚書：假寐憑書簏，哀吟叩劍鐔。　李商隱、自桂林奉使江陵途中感懷寄獻尚書：固慚非賈誼，惟恐後陳琳。　李商隱、自桂林奉使江陵途中感懷寄獻尚書：數須傳庾翼，莫獨與盧諶。　李商隱、自桂林奉使江陵途中感懷客獻尚書：張衡愁浩浩，沈約瘦愔愔。　李商隱、隨師東：軍令未聞誅馬謖，捷書惟是報孫歆。　李商隱、自桂林奉使江陵途中感懷寄獻尚書：東道違寧久，西園望不禁。

李商隱、自桂林奉使江陵途中感懷寄獻尚書：閣涼松冉冉，堂靜桂森森。　李商隱、自桂林奉使江陵途中感懷寄獻尚書：水勢初知海，天夕始識參。　李商隱、自桂林奉使江陵途中感懷寄獻尚書：江生魂黯黯，泉客淚涔涔。

# 十三覃 古獨用

## 潭
【江潭】庾信、和侃法師：瀰岸想江潭；蘇軾、立春日小集：坐睡夢江潭。【湘潭】杜甫、樓上：終是老湘潭。【思舊潭】孟浩然、京還贈張維：游魚思舊潭。

## 南
【向南】李商隱、望喜驛別嘉陵江水二絕：猶自驅車更向南。【江南】韋莊、古離別：斷腸春色在江南；蘇軾、潤州道中除夜：更容殘夢到江南。【小庭南】李商隱、深樹見一顆櫻桃尚在：尋得小庭南。【五湖南】杜甫、樓上：身事五湖南。【不復南】蘇軾、五郡：飛鳥迎山不復南。【南山南】孟浩然、京還贈張維：高枕南山南。

## 枬
【杞枬】杜甫、樓上：論材愧杞枬。

## 含
【被鶯含】李商隱、深樹見一顆櫻桃尚在：痛已被鶯含。

## 嵐
【成嵐】王維、送方尊師歸嵩山：夕陽蒼翠忽成嵐。

## 蠶
【祈春蠶】蘇軾、自金山放船至焦山：時有沙戶祈春蠶。【祝春蠶】蘇軾、五郡：野人香火祝春蠶。

## 毿
【不滿毿】陸游、紫谿驛：矩髮蕭蕭不滿毿。

## 貪
【甯非貪】蘇軾、自金山放船至焦山：無田不退甯非貪。

## 耽
【耽耽】蘇軾、自金山放船至焦山：金山樓觀何耽耽。

## 龕
【石龕】王維、送方尊師歸嵩山：旄節朱幡倚石龕。【同龕】蘇軾、自金山放船至焦山：只有彌勒爲同龕。

## 堪
【七不堪】蘇軾、自金山放船至焦山：叔夜自知七不堪。【老何堪】陸游、紫谿驛：它鄉異縣老何堪。

## 談
【巴人談】蘇軾、自金山放船至焦山：迎笑喜作巴人談。

## 甘
【未甘】李商隱、深樹見一顆櫻桃尚在：齊名亦未甘。【山蔬甘】蘇軾、自金山放船至焦山：飽食未厭山蔬甘。【水泉甘】蘇軾、五郡：居民來就水泉甘。【此心甘】蘇軾、入峽：高遁此心甘。

**三**　【兩三】蘇軾、自金山放船至焦山：採薪汲水僧兩三；蘇軾、入峽：樵童忽兩三。

**酣**　【春睡酣】蘇軾、潤州道中除夜：紅日半窗春睡酣。【酒半酣】韋莊、古離別：不那離情酒半酣；蘇軾、常潤道中：國艷天燒酒半酣。【雪意酣】蘇軾、立春日小集：鴉嬌雪意酣。

**柑**　【黃柑】蘇軾、立春日小集：臘酒薦黃柑。【霜柑】蘇軾、入峽：留客薦霜柑。

**慙**　【心懷慙】蘇軾、自金山放船至焦山：而此不到心懷慙。【不自慙】蘇軾、入峽：劬勞不自慙。

**眲**　【老眲】蘇軾、五郡：山鬼何知託老眲。【彭眲】蘇軾、入峽：不見有彭眲。

**藍**　【碧於藍】李商隱、望喜驛別嘉陵江水二絕：金煙帶月碧於藍。

**毿**　【毿毿】韋莊、古別離：晴烟漠漠柳毿毿。

**菴**　【茆菴】蘇軾、自金山放船至焦山：爲我佳處留茆菴。

**覃**　譚　驔　曇　參　驂　男　諳　庵

涵　函　探　眈　湛　戡　惔　弇　籃
柑　坩　錟　擔　唅　郯　泔　邯　醃
蜬　儋　龕　髟　蚶　憨　䤐　淦　痰
㢛　䖔　婪　嵁　甗　藫　鶕　渰　闇
頷　傪　鋡　摻　䈄　諵　酖　峆　襤
倓　澹　苷　鐕　䤈　壜　餤　橝　𥦬
蟫　醰

# 十四鹽 古通先

## 鹽

【白鹽】杜甫、入宅：斷崖當白鹽。【梅鹽】韓愈、苦寒：調和進梅鹽。【堆鹽】蘇軾、雪後書北台壁：不知庭院已堆鹽。【水晶鹽】李白、題東谿公幽居：盤中祇有水晶鹽。【不道鹽】蘇軾、謝人見和前篇：柳絮才高不道鹽。【食無鹽】蘇軾、山村：爾來三月食無鹽。

## 檐

【前簷】韓愈、苦寒：晨光入前簷。【水齊簷】李商隱、異俗二首：不報水齊簷。【立風檐】蘇軾、泛舟城南：共依水檻立風檐。【寄僧簷】蘇軾、常潤道中有懷錢塘：去年同賞寄僧簷。【側帽簷】李商隱、飲席代官妓贈兩從事：舊主江邊側帽簷。【落短檐】蘇軾、遠樓：北戶星河落短檐。【落畫檐】蘇軾、雪後書北台壁：半夜寒聲落畫檐。【謫仙檐】蘇軾、謝人見和前篇：飛花又舞謫仙檐。

## 廉

【不廉】韓愈、苦寒：顓瑞固不廉。

## 簾

【珠簾】李白、秋浦感主人歸燕寄內：終然謝珠簾。【疏簾】蘇軾、留題延生觀後山小堂：晚來胡蝶入疏簾；蘇軾、遠樓：西山煙雨捲疏簾。【褰簾】韓愈、苦寒：豁達如褰簾。【水精簾】李商隱、月夜重寄宋華陽姊妹：玉樓仍是水精簾。【半出簾】蘇軾、泛舟城南：月下新粧半出簾。【卷畫簾】杜牧、懷鍾陵舊遊四首：四面朱樓卷畫簾。【隔重簾】李商隱、楚宮二首：傾城消息隔重簾。【新卷簾】杜甫、入宅：鳥窺新捲簾。

## 嫌

【兔嫌】李商隱、楚宮二首：未必金堂得兔嫌。【恩嫌】韓愈、苦寒：俱死誰恩嫌。

## 嚴

【殺氣嚴】李白、秋浦感主人歸燕寄內：始知殺氣嚴。【勢轉嚴】蘇軾、雪後書北台壁：夜靜無風勢轉嚴。【曉態嚴】蘇軾、常潤道中有懷錢塘：誰見森林曉態嚴。【鬭深嚴】蘇軾、謝人見和前篇：敢將詩律鬭深嚴。

## 占

【不在占】韓愈、苦寒：爾固不在占。

## 髯

【脫髯】韓愈、苦寒：六龍冰脫髯。

謙

【守謙】韓愈、苦寒：畏避但守謙。

纖

【指纖】李商隱、楚宮二首：更辨絃聲覺指纖。【微纖】韓愈、苦寒：不知已微纖。【玉纖纖】蘇軾、和王鞏：左右玉纖纖。【雨纖纖】蘇軾、雪後書北台壁：黃昏猶作雨纖纖。【綠纖纖】杜牧、懷鍾陵舊遊四首：岸秋蘭芷綠纖纖。【鬢纖纖】蘇軾、留題延生觀後山上小堂：上方仙子鬢纖纖。

籤

【排籤】韓愈、苦寒：觸指如排籤。【三萬籤】蘇軾、王子敬帖：氣壓鄴侯三萬籤。

瞻

【顧瞻】韓愈、苦寒：惠我下顧瞻。

蟾

【彩蟾】李商隱、楚宮二首：月姊曾逢下彩蟾。【烏蟾】韓愈、苦寒：不能活烏蟾。【老蟾】蘇軾、留題延生觀後山上小亭：應逐嫦娥駕老蟾。

炎

【相炎】韓愈、苦寒：呵噓不相炎。【義炎】蘇軾、泛舟城南：北窓歸臥等義炎。

添

【自添】杜甫、晚晴：杯乾可自添。【多添】杜甫、入宅：春酒漸多添。【日夜添】蘇軾、泛湖遊北山：湖水日月添。【夜夜添】李商隱、異俗二首：春寒夜夜添。

兼

【相兼】杜甫、入宅：勝概欲相兼。【不可兼】韓愈、苦寒：一氣不可兼。【事難兼】李商隱、月夜重寄宋華陽姊妹：偷桃竊藥事難兼。【氣象兼】杜牧、懷鍾陵舊遊四首：千步虹橋氣象兼。

縑

【纜與縑】韓愈、苦寒：何況纜與縑。

霑

【雨霑】杜牧、晚晴：庭幽過雨霑。

尖

【雙尖】蘇軾、雪後書北臺二首：未隨埋沒有雙尖。【第幾尖】蘇軾、留題延生觀後山上小堂：上到巉巉第幾尖。【筆退尖】蘇軾、謝人見和前篇：忍凍孤吟筆退尖。

潛

【幽潛】韓愈、苦寒：蛟螭死幽潛。【老夫潛】杜甫、晚晴：未怪老夫潛。【綠紅潛】李白、秋浦感主人歸燕寄內：婉婉綠紅潛。

鐮

【刀鐮】韓愈、苦寒：衣被如刀鐮。【腰鐮】蘇軾、山村：老翁七十自腰鐮。【磨鐮】韓愈、晚寄張十八：新月似磨鐮。

**幨**
【彤幨】李商隱、異俗二首：多是恨彤幨。

**黏**
【可得黏】蘇軾、常潤道中有懷錢塘：一片辭枝可得黏。【膏且黏】韓愈、苦寒：土脈膏且黏。

**淹**
【晷刻淹】韓愈、苦寒：所願晷刻淹。【歲將淹】韓愈、晚寄張十八：歎息歲將淹。

**箝**
【銜箝】韓愈、苦寒：口角如銜箝。

**甜**
【苦甜】韓愈、苦寒：百味失苦甜。【十分甜】蘇軾、橄欖：已輸崖蜜十分甜。

**恬**
【安恬】韓愈、苦寒：五藏難安恬。

**拈**
【指不拈】韓愈、苦寒：血動指不拈。

**砭**
【割砭】韓愈、苦寒：鋩刀甚割砭。

**銛**
【刺骨銛】李商隱、異俗二首：魚鉤刺骨銛。

**襜**
【襜襜】韓愈、苦寒：風條坐襜襜。

**漸**
【漸漸】韓愈、苦寒：淫淚何漸漸。

**殲**
【盡殲】韓愈、苦寒：生類恐盡殲。

**厭**
【夜厭厭】李商隱、楚宮二首：秋河不動夜厭厭。【意無厭】蘇軾、留題延生觀後山上小堂：溪山愈好意無厭。

**蒹**
【艾與蒹】韓愈、苦寒：施及艾與蒹。

**覘**
【窺覘】韓愈、苦寒：恇怯頻窺覘。

**沾**
【何由沾】韓愈、苦寒：恩光何由沾。

**苫**
【覆苫】韓愈、苦寒：不能女覆苫。

**湉**
【翠湉湉】杜牧、懷鍾陵舊遊四首：微漣風定翠湉湉。

**憸**
【傲與憸】韓愈、苦寒：黜彼傲與憸。

奩閻暹詹黚鈴魘鮎鉆

蘄痁錟忺阽鵜磏帘僉

蘞綅噡杴霎蚺佔蠊薕
詀鬑鍼枏崦閹醃熸瀸
灊鬵鰜噞枮

# 十五咸 古通刪

## 咸

【阿咸】蘇軾、和子由詩：頭上銀幡笑阿咸。【英咸】、歐陽修、聖俞會飲：好奏玉琯和英咸。【陳咸】皮日休、江南書情：直欲效陳咸。【韶咸】沈遼、禪僧巖詩：擊拊想可參韶咸。

## 鹹

【甘鹹】韓維、山水略錄：謂我所好同甘鹹。【酸鹹】韓愈、望秋：嗜好與俗異酸鹹。【海雨鹹】韋莊、李氏小池亭：池塘海雨鹹。【帶潮鹹】許渾、過李給事宅：沙井帶潮鹹。

## 函

【石函】溫庭筠、老君廟：知有飛龜在石函。【玉函】朱熹、病中作：豈美奇方出玉函。【空函】許渾、過李給事宅：寧爲發空函。【枕函】司空圖、楊柳枝詞：往往長條拂枕函。【金函】方夔、木犀花：殘黃鎖骨見金函。【琅函】韋莊、李氏小池亭、清韻滿琅函。【雲函】皮日休、江南書情：詩草羃雲函。【詔函】陸游、迎赦：平明置騎傳詔函。【塵函】韓愈、望秋：極口寒鏡開塵函。【雕函】陸龜蒙、和襲美江南書情：仙蘊逐雕函。【憲簡函】元稹、送崔侍御：重開憲簡函。

## 緘

【三緘】皮日休、江南書情：俗淺重三緘；嚴維、送桃巖成上人詩：文字欲三緘。【神緘】韓維、山水略錄：巖戶閉邃疑神緘。【開緘】歐陽修、聖俞會飲：赤泥印酒新開緘。【遙緘】王昌齡、贈張荊州：蘇耽宅中意遙緘。【瑤緘】溫庭筠、老君廟：五千文字閟瑤緘。【思莫緘】韓愈、望秋：江湖生日思莫緘。【紫綺緘】韋莊、李氏小池亭：新篁紫綺緘。【瀑布緘】李洞、贈可上人：狼藉衣裳瀑布緘。【藥苗緘】陸龜蒙、和襲美江南書情：山信藥苗緘。

## 嵒

【翠嵒】韋莊、李氏小池亭：題詩繞翠嵒。【桃花嵒】李白、桃花嵒：歸來桃花嵒。

## 讒

【謗讒】韓愈、望秋：猶言低抑避謗讒。【聽讒】陸龜蒙、和襲美江南書情：松篁未聽讒。【讖讒】蘇軾、風水洞：永隨二子脫讖讒。【罝讒】周朴、赤城中巖寺：來此避罝讒。【斬尙讒】許渾、過李給事宅：時無斬尙讒。

## 銜

【改銜】皮日休、江南書情：今來未改銜。【名銜】李洞、贈可上人：無因內殿得名銜。【兩銜】杜甫、魏將軍歌：鐵馬馳突重兩銜。【新銜】元稹、送崔侍御：飽永受新銜。【鳳銜】陸龜蒙、和襲美江南書情：君詞稱鳳銜。【舊銜】方夔、木犀花：猶道東籬繁舊銜。【轡銜】蘇軾、風水洞：御寇車輿謝轡銜；楊萬里、到龍頭山：涼風響轡銜。【羈銜】韓維、山水略錄：常苦世累爲羈銜。【日西銜】韋莊、李氏小池亭：貰酒日西銜。【刺史銜】楊萬里、自跋道院集：爲帶筠州刺史銜。【蒺藜銜】李賀、馬詩：先擬蒺藜銜。【醉隱銜】許渾、過李給事宅：青溪醉隱銜。

## 巖

【空巖】蘇軾、風水洞：團團羊角轉空巖。【秋巖】方夔、木犀花：夜隨涼氣坐秋巖。【依巖】韋莊、李氏小池亭：危檻半依巖。【高巖】許渾、過李給事宅：雲徑繞高巖。【雲巖】陸龜蒙、和襲美江南書情：何事買雲巖；韓愈、望秋：平地寸步屈雲巖。【嶄巖】杜甫、魏將軍歌：崑崙月窟東嶄巖。【巖巖】張祜、題道光上人山院：山路正巖巖。【虎頭巖】許渾、行次虎頭巖：來上虎頭巖。【康樂巖】孟郊、噴玉布：山笑康樂巖。【紫石巖】歐陽修、紫石屏歌：倒影射入紫石巖。【禪僧巖】沈遼、禪僧巖：最後乃得禪僧巖。

## 帆

【半帆】蘇軾、慈湖來阻風：起喚清風得半帆。【風帆】杜甫、魏將軍歌：一日過海收風帆。【破帆】楊萬里、過安仁市得風挂帆：回納清風與破帆。【海帆】許渾、過李給事宅：風狂截海帆。【掛帆】楊萬里、側溪解纜：此外功名是掛帆。【新帆】陸龜蒙、和襲美江南書情：衝浪試新帆。【遠帆】溫庭筠、老君廟：天外斜陽帶遠帆。【洞庭帆】皮日休、江南書情：烟壞洞庭帆。

## 衫

【白衫】皮日休、江南書情：閒多著白衫。【布衫】楊萬里、側溪解纜：且向嚴灘濯布衫。【青衫】歐陽修、聖俞會飲：四十白髮猶青衫。【春衫】楊萬里、嶺雲詩：爲縫雲穀作春衫。【茜衫】楊萬里、牽牛花：晚卸藍裳著茜衫。【朝衫】韓愈、望秋：從事久此穿朝衫。【滿衫】元稹、送崔侍御：那無淚滿衫；陸游、簡譚德稱：看月江樓酒滿衫。【新衫】王禹偁、詠牡丹詩：爲爾換新衫。【古樣衫】陸龜蒙、和襲美江南書情：閒裁古樣衫。【從事衫】杜甫、魏將軍歌：

## 杉

將軍昔著從事衫。【鳳凰衫】王建、宮詞：前頭先進鳳凰衫。
【危杉】皮日休、寄題鏡巖：緣梯人歇倚危杉。
【松杉】劉基、懷周紫巖：月明晴翠落松杉。
【青杉】張祜、題道光上人山院：煙岫老青杉。
【秋杉】皮日休、江南書情：錢只買秋杉。【高杉】段成式、寶應寺僧房詩：蟬曉揭高杉。【栽杉】韋應物、送王校書：共看移石復栽杉。【楓杉】王昌齡、贈張荊州：江無人兮鳴楓杉。【檜杉】蘇軾、風水洞：山上仙風舞檜杉。【蠹杉】林逋、深居雜興：鶴觸茶薪落蠹杉。【帶雨杉】元稹、送崔侍御：猿鳴帶雨杉。

## 監

【殿監】白居易、贈張十八：憲府頻聞轉殿監。
【臨監】韓維、山水略錄：如以勢位相臨監。
【子所監】杜甫、魏將軍歌：惡若哮虎子所監。
【麩童監】皮日休、江南書情：酒遣麩童監。

## 凡

【不凡】張祜、題道光上人山院：亭香草不凡；方夔、木犀花：人立花邊自不凡。【仙凡】沈遼、禪僧巖詩：由來此地隔仙凡。【愚凡】歐陽修、紫石屏歌：屢出言語驚愚凡。【塵凡】蘇軾、風水洞：山前雨水隔塵凡。

## 饞

【放饞】王禹偁、襄陽：縮項魚多且放饞。【貪饞】韓愈、望秋：爲利而止眞貪饞。

## 巉

【碧巉】朱熹、章巖：林梢擁碧巉。【巉巉】韓愈、望秋：倚天更覺巉巉；溫庭筠、老君廟：蓮峯仙掌共巉巉。

## 鑱

【鑴鑱】歐陽修、紫石屏歌：有手誰敢施鑴鑱。

## 芟

【不芟】韋莊、李氏小池亭：庭莎綠不芟。【親芟】元稹、送崔侍御：毒草莫親芟。【草懶芟】皮日休、江南書情：侵階草懶芟。

## 喃

【詁喃】元稹、送崔侍御：鵲報語詁喃。【喃喃】高啟、中秋翫月：家人怨別方喃喃。

## 嵌

【山嵌】韋莊、李氏小池亭：掃架積山嵌。【空嵌】范成大、假山：或瘦露空嵌。【穹嵌】王昌齡、贈張荊州：從之臥穹嵌。【嶔嵌】韓維、山水略錄：但見洞穴爭嶔嵌。【嶄嵌】沈約、江南曲：寧計路嶄嵌。【巖嵌】高啟、中秋翫月：罔兩忌影逃巖嵌。

## 摻

【摻摻】元稹、送崔侍御：勤爲枉摻摻；韓愈、望秋：其奈就曲行摻摻。

**劖**

【刃劖】元稹、送崔侍御：離心覺刃劖。【彫劖】沈遼、禪僧巖：突兀三尺誰彫劖。【鑱劖】韓愈、望秋：造化何以當鑱劖；范成大、扇子峽：禹力且盡猶鑱劖。【五丁劖】朱熹、章巖：跡是五丁劖。

**諴**

【至諴】皮日休、江南書情：　相期有至諴；韓愈：遠追甫白感至諴。

**毚**

【秋毚】陸龜蒙、和襲美江南書情：　鷹健想秋毚。

**髟**

【髟髟】皮日休、江南書情：烟蔦暗髟髟；陸龜蒙、和襲美江南書情：愁促易髟髟。

**縿**

【縿縿】元稹、送崔侍御：綏珮綉縿縿。

**瑊　喦　儳　欃　攙　颿　械　詀　麙**

**黬　蝛　䧟　獑　杴　嚴　巖**

【對偶】

元稹、送崔侍御：荆俗欺王粲，　吾生問季咸。

皮日休、江南書情：才非師趙壹，直欲效陳咸。

許渾、過李給事宅：石梯迎雨潤，沙井帶潮鹹。

韋莊、李氏小池亭：枕簟溪雲膩，池塘海雨鹹。

朱熹、病中作：　倘蒙大藥分金七，豈美奇方出玉函。　許渾、過李給事宅：定應標直筆，寧爲分空函。　皮日休、江南書情：欒苞陳雨㮚，詩草蠹雲函。　陸龜蒙、和襲美江南書情：釣家隨野舫，仙蘊逐雕函。　元稹、送崔侍御：再礪神羊角，重開憲簡函。　皮日休、江南書情：時訛輕五羖，俗淺重三緘。　溫庭筠、老君廟：百二關山扶玉座，五千文字閞瑤緘。　韋莊、李氏小池亭：古柳紅綃織，新篁紫綺緘。　陸龜蒙、和襲美江南書情：鑪香杉蠹膩，山信藥苗緘。　韋莊、李氏小池亭：遲客登高閣，題詩繞翠喦。　陸龜蒙、和襲美江南書情：水石應容病，松篁未聽讒。　許渾、過李給事宅：代有王陵戇，時無靳尚讒。　皮日休、江南書情：四載加前字，今來未改銜。　元稹、送崔侍御：蕭何歸舊印，鮑永受新銜。　陸龜蒙、和襲美江南書情：我志如魚樂、君詞稱鳳銜。　韋莊、李氏小池亭：訪僧舟北渡，貰酒日西銜。　韋莊、李氏小池亭：小橋低跨水，危檻半倚巖。　許渾、過李給事宅：水池通極浦，雲徑繞高巖。　陸龜蒙、和襲美江南書情：暫來從露冕，何事買高巖。　許渾、過

李給事宅：霧黑連雲棧，風狂截海帆。　陸龜蒙、
和襲美江南書情：背風開蠹簡，衝浪試新帆。
皮日休、江南書情：蘚生天竺屐，烟壞洞庭帆。
皮日休、江南書情：病久新烏帽，閒多著白衫。
元稹、送崔侍御：遙想車登嶺。那無淚滿衫。
陸龜蒙、和襲美江南書情：　悶憶年支酒，閒裁
古樣衫。　皮日休、江南書情：室惟搜古器，錢
只買秋衫。　元稹、送崔侍御：象鬬緣溪竹，猿
鳴帶雨衫。　皮日休、江南書情：茶教弩父摘，
酒遣爽童監。　元稹、送崔侍御：瘴江乘早度，
毒草莫親芟。　皮日休、江南書情：枕戶槐從亞，
侵階草懶芟。　元稹、送崔侍御：蛛懸絲繚繞，
鵲報語詀喃。　韋莊、李氏小池亭：引泉疏地脉，
掃架積山嵌。　元稹、送崔侍御：逸翮憐鴻翥，
離心覺刃劖。　皮日休、江南書情：寡合無神契，
相期有至諴。　陸龜蒙、和襲美江南書情：客愁
迷舊隱，鷹健想秋毚。　元稹、送崔侍御：鞶纓
驄赳赳，綏珮綉縿縿。

# 上聲

## 一董 古通腫轉講　韻略通腫講

動

【海水動】李白、猛虎行：巨鼇未斬海水動。

【陰山動】岑參、輪臺歌：三軍大呼陰山動。

【龍蛇動】白居易、驃國樂：花鬘抖擻龍蛇動。

汞

【流汞】蘇軾、送陳睦知潭州：寒光潑眼如流汞。

【盤走汞】蘇軾、答西掖諸公見和：落筆縱橫盤走汞。

董　孔　總　籠　澒　桶　蠓　空　蓯

滃　琫　傯　懵　蓊　攏　稯　洞　挏

曚　懞　鬉　愡　莑　菶　懂　硐　塕

侗　猣

# 二腫 古通腫

## 腫
【肬腫】韓愈、會合聯句：瘉病失肬腫。

## 種
【生有種】蘇軾、送呂希道：鳳雛驥子生有種。
【世無種】王安石、和沖卿雪詩：巧麗世無種。
【雜百種】韓愈、會合聯句：幽狖雜百種。

## 踵
【輕踵】韓愈、會合聯句：悔易勿輕踵。【沒歸踵】王安石、和沖卿雪詩：樵屩沒歸踵。

## 寵
【呼寵】王安石、和沖卿雪詩：掃路傳呼寵。
【新寵】韓愈、會合聯句：歸歟舞新寵。

## 隴
【邛隴】韓愈、會合聯句：我志蕩邛隴。

## 壟
【高壟】王安石、和沖卿雪詩：幽瓦有高壟。
【波堆壟】韓愈、會合聯句：說楚波堆壟。

## 擁
【虛擁】韓愈、會合聯句：宵魄接虛擁。【掩擁】王安石、和沖卿雪詩：塵滓歸掩擁。

## 壅
【川塗壅】王安石、和沖卿雪詩：豈免川塗壅。
【無昔壅】韓愈、會合聯句：攄抱無昔壅。

## 宂
【疏宂】韓愈、會合聯句：鬱器多疏宂。【閒宂】王安石、和沖卿雪詩：避臥甘閒宂。

## 茸
【薙荒茸】韓愈、會合聯句：誰與薙荒茸。

## 氄
【巢氄】韓愈、會合聯句：飄鷇買巢氄。

## 重
【千鈞重】王安石、和沖卿雪詩：聚或千鈞重。
【意彌重】韓愈、會合聯句：會合意彌重。

## 冢
【拔山冢】韓愈、會合聯句：寒色拔山冢。【飾沈冢】韓愈、會合聯句：角飯餌沈冢。

## 奉
【接新奉】韓愈、會合聯句：酒食接新奉。

## 捧
【纖纖捧】韓愈、會合聯句：茗盌纖纖捧。

## 勇
【丈夫勇】韓愈、會合聯句：老爽丈夫勇。【萬夫勇】李白、結客少年場行：由來萬夫勇。【當敵勇】王安石、和沖卿雪詩：韓子當敵勇。

## 涌
【泉涌】韓愈、會合聯句：讙來若泉涌。

## 湧
【河漢湧】王安石、和沖卿雪詩：天映河漢湧。
【雪海湧】岑參、輪臺歌：四邊伐鼓雪海湧。

**踊** 【詎成踊】韓愈、會合聯句：跛鼈詎成踊。

**甬** 【禁甬】韓愈、會合聯句：雲韶凝禁甬。

**蛹** 【獨蛹】韓愈、會合聯句：眇若抽獨蛹。

**恐** 【蛟鼉恐】韓愈、會合聯句：舟出蛟鼉恐。【義和恐】王安石、和沖卿雪詩：失色羲和恐。

**尰** 【餘尰】韓愈、會合聯句：江疾有餘尰。

**拱** 【陰拱】王安石、和沖卿雪詩：吾衰但陰拱。

**珙** 【珪珙】韓愈、會合聯句：馬飾曜珪珙。

**栱** 【覿清栱】韓愈、會合聯句、天居覿清栱。

**蛬** 【潛蛬】韓愈、會合聯句：幽響泄潛蛬。

**鞏** 【介臯鞏】韓愈、會合聯句：有地介臯鞏。

**悚** 【群聽悚】韓愈、會合聯句：振物群聽悚。

---

**聳** 【孤聳】韓愈、會合聯句：詩思猶孤聳。【椎髻聳】白居易、驃國樂：玉螺一吹椎髻聳。

**洶** 【洶洶】韓愈、會合聯句：朝鼓聲洶洶。

**桊** 【梏桊】韓愈、會合聯句：懸解無梏桊。

**溶** 【洶溶】韓愈、會合聯句：時論方洶溶。【溶溶】王安石、和沖卿雪詩：轉作水溶溶。

**嵱** 【闒嵱】韓愈、會合聯句：峨冠蹔闒嵱。

**恟** 【意猶恟】韓愈、會合聯句：謫夢意猶恟。

**𨑞** 傛 㴟 竦 詾 湩 㤨 駷 銅

**𩵩** 𨋩 輁

# 三講 古通養轉董

## 講

【看講】李洞、喜鸞公自蜀歸：寺高猿看講。【重講】李頻、秋夜宿重本上人院：水國曾重講。【夏講】李洞、贈僧：詔落九天開夏講。【新講】曹松、贈雲顥法師：此地開新講。【罷講】皇甫冉、送陳法師：延陵初罷講。【同泰講】李商隱、哭蕭侍郎：始知同泰講。【西明講】李洞、贈入內供奉僧：因逢夏日西明講。【金華講】張說、集賢院應制：侍帝金華講。【軍容講】蘇轍、送顏復赴闕：居中舊厭軍容講。【研磨講】賈島、送僧歸天台：妙字研磨講。【僧齋講】姚合、贈王建司馬：老學僧齋講。【縱橫講】賈島、寄李尚書：武可縱橫講。

## 港

【秋港】王安石、獨歸：共此樂秋港。【六國港】吳萊、海上：似聞六國港。【海上港】蘇軾、乘舟過買收水閣：近聞海上港。

## 棒

【五色棒】李商隱、有感二首：蒼皇五色棒。

## 蚌

【珠蚌】庾信、舟中望月：天漢看珠蚌。【脯蚌】劉基、旱天多雨意：下田應脯蚌。【贏蚌】范成大、嘲硤石詩：礧砢包贏蚌。【漢東蚌】庾肩吾、望月：圓隨漢東蚌。

## 項

【强項】蘇軾、雪中：老檜作花强項。【細項】陸游、仲秋書事：賜食敢思烹細項。【縮項】陸游、偶得長魚巨蟹：敢望槎頭分縮項。【青蛇項】白居易、題薛家雪：蹙爲婉轉青蛇項。【風刮項】杜荀鶴、早發：時逆帽簷風刮項。【師子項】顧況、杜秀才畫立水牛歌：時時鏁著師子項。【羅纏項】張昱、唐天寶宮詞：絳冠鬬罷羅纏項。

## 銗

## 玤

## 傋

## 耩

# 四　紙

古通尾薺賄轉蟹
韻略通尾薺蟹賄

## 紙

【窗紙】蘇軾、蔡景繁官舍小閣：小詩屢欲書窗紙。【縣紙】李商隱、河陽詩：半曲新辭寫縣紙。【蠶紙】李商隱、無愁果有愁曲北齊歌：空留暗記如蠶紙。【明蠒紙】黃庭堅、次韻錢穆父贈松扇：銀鉤玉唾明蠒紙。【爭淋紙】蘇軾、餞子敦：醉量爭淋紙。【魚網紙】黃庭堅、戲和文潛謝穆父松扇：猩毛束筆魚網紙。

## 是

【如是】蘇軾、次韵王定國南遷回見寄：印可聊須答如是。【今誰是】李商隱、無愁果有愁曲北齊歌：血凝血散今誰是。【何者是】王維、偶然作：畢竟何者是。【更誰是】蘇軾、病中聞子由得告：此外知音更誰是。【盆盎是】韓愈、奉和錢七兄盆池所植：誰言盆盎是。【竟何是】李白、遠別離：重瞳孤墳竟何是。【參差是】白居易、長恨歌：雪膚花貌參差是。【猶若是】白居易、古冢狐：假色迷人猶若是。

## 砥

【礱砥】蘇軾、次韵王定國南遷回見寄：要須悍石相礱砥。

## 毀

【防蠹毀】蘇軾、次韻米黻二王書跋尾：三館曝書防蠹毀。【遭讒毀】李白、鞠歌行：連城白壁遭讒毀。

## 委

【香雲委】蘇軾、次韻答舒教授，雙鴉畫鬢香雲委。【晴霞委】李商隱、和鄭愚贈汝陽王孫家箏妓二十韻：別蒲晴霞委。

## 髓

【三洗髓】蘇軾、次韻王定國南遷回見寄：至道終當三洗髓。【石中髓】李白、白毫子歌：朝餐石中髓。【淒愁髓】李商隱、和鄭愚贈汝陽王孫家箏妓二十韻：冷臂淒愁髓。

## 綺

【紈綺】白居易、繚綾：不似羅綃與紈綺。蘇軾、次韵王定國南遷回見寄：萬里烟波濯紈綺。【一端綺】無名氏、古詩客從遠方來：遺我一端綺。【結碧綺】李商隱、和鄭愚贈汝陽王孫家箏妓二十韻：妝窗結碧綺。

## 觜

【矜爪觜】蘇軾、送任伋通判黃州：莫對黃鵠矜爪觜。

## 此

【如此】王維、靑谿：淸川澹如此；李白、猛虎行：聖哲棲棲古如此；孟郊、烈女操：捨生亦如此；白居易、太行路：近代君臣亦如此；蘇軾、和晁九日見寄：古來重九皆如此；蘇軾、夜起對月：我心本如此。【思此】王維、李陵詠：何堪生思此。【過此】白居易、古冢狐：眞色迷人應過此。【別離此】無名氏：古詩客從遠方來：誰能別離此。【實在此】杜甫：塞蘆子：深意實在此。

## 泚

【淸泚】蘇軾、蔡景繁官舍小閣：目淨東谿照淸泚。【吾頴泚】蘇軾、次韻潛師放魚：數罟未除吾頴泚。

## 蘂

【落蘂】蘇軾、過逍遙堂問疾：風松時落蘂。【霜蘂】蘇軾、送顏復：約我重陽嗅霜蘂。

## 爾

【死爾】韓愈、落齒：長短俱死爾。【虛爾】杜甫、塞蘆子：崤函蓋虛爾。【心尙爾】無名氏、古詩客從遠方來：故人心尙爾。【獨見爾】陶潛、讀山海經(12)：自言獨見爾。【儻來爾】黃庭堅、送張材翁赴秦簽：千戶封侯儻來爾。

## 紫

【山半紫】蘇軾、過新息留示任師中：桐柏煙橫山半紫。

## 旨

【妙旨】李商隱、和鄭愚贈汝陽王孫家箏妓二十韻：綠窗聞妙旨。【帝旨】陶潛、讀山海經(11)：欽駓追帝旨。【厥旨】韓愈、月蝕詩：潛喻厥旨。

## 指

【同指】韓愈、落齒：與漸亦同指。【屈指】蘇軾、上元：嘉辰可屈指。【彈指】蘇軾、送蹇道士歸廬山：內外丹成一彈指。【纖指】李白、鳳吹笙曲：更嗟別調流纖指；李商隱、和鄭愚贈汝陽王孫家箏妓二十韻：娣姪徒纖指。【波生指】蘇軾、至秀州贈錢端公：山下濯足波生指。

## 視

【諦視】韓愈、落齒：左右驚諦視。【瞪視】韓愈、新竹：淸景空瞪視。

## 美

【淸美】蘇軾、送江公著知吉州：猶道桐廬更淸美；蘇軾、贈鄭淸叟：多日稍淸美。【還美】韓愈、落齒：嚼廢輭還美。【反便美】蘇軾、至秀州贈錢端公：無乃遷謫反便美。【丘壑美】裴迪、送崔九：須盡丘壑美；李白、題元丹丘山居：自愛丘壑美。【固足美】王維、偶然作：園葵固足美。【空望美】李白、寄弄月溪吳山人：白雲空望美。【東南美】蘇軾、蔡景繁官舍小閣：使君不獨東南美。【春睡美】蘇軾、縱筆：報道先生春睡美。【詩愈美】蘇軾、送任伋通判黃州：讀破萬卷詩愈美。【睡正美】蘇軾、寓居合江樓：江風初涼睡正美。

## 兕

【虎兕】黃庭堅、送張材翁赴秦簽：猶聞防秋屯虎兕。

## 几

【案几】邱爲、尋西山隱者不遇：窺室惟案几。
【隱几】蘇軾、王鞏清虛堂：敢問堂中誰隱几。
【汙刀几】蘇軾、次韻答舒教授：野鶩膻腥汙刀几。

## 比

【相比】李白、于闐採花：胡中無花可相比。
【崩山比】韓愈、落齒：意與崩山比。【雪羞比】韓愈、李花贈張十一署：風揉雨練雪羞比。
【蛇蚓比】蘇軾、次韻答舒教授：嗜好晚將蛇蚓比。

## 軌

【一軌】韓愈、秋懷詩：趨死惟一軌。

## 水

【止水】蘇軾、王鞏清虛堂：閉眼觀身如止水。
【出水】韓愈、青青水中蒲：葉短不出水。【江水】蘇軾、游金山寺：有田不歸如江水；蘇軾、鯿魚：曉日照江水。【汲水】歐陽修、鵯鵊詞：金井轆轤聞汲水。【珂水】杜甫、塞蘆子：迢迢隔河水。【秋水】邱爲、尋西山隱者不遇：應是釣秋水；蘇軾、次韻王定國南遷回見寄：土暈銅花蝕秋水。【風水】李白、宿清溪老人：枕席響風水。【流水】李白、古風：千春隔流水；白居易、隋堤柳：種柳成行夾流水。【海水】杜甫、兵車行：邊亭流血成海水；李賀、浩歌：帝遣天吳移海水。【野水】蘇軾、和王晉卿送梅花：獨笑依依臨野水。【湘水】李白、白雲歌：雲亦隨君渡湘水。【溫水】韓愈、贈侯喜：呼我持竿釣溫水。【雲水】蘇軾、贈李道士：布襪青鞋弄雲水。【鉛水】李賀、金銅仙人辭漢歌：憶君清淚如鉛水。【漱水】韓愈、落齒：顛倒怯漱水。
【遼水】常建、弔王將軍墓：殘兵哭遼水。【千山水】蘇軾、送江公著知吉州：三點行盡千山水。
【千斛水】蘇軾、中秋見月寄子由：應費明河千斛水。【月如水】蘇軾、至秀州贈錢端公：鴛鴦湖邊月如水。【古井水】孟郊、烈女操：妾心古井水。【西江水】李白、示金陵子：隨人直渡西江水。【百川水】李白、古風：橫吞百川水。
【帆江水】韓愈、除官赴闕至江州寄鄂岳李大夫：無因帆江水。【冷如水】李商隱、和鄭愚贈汝陽王孫家箏妓二十韻：燈光冷如水。【冰生水】蘇軾、次韻答舒教授：寒窗冷硯冰生水。【青如水】無名氏、西洲曲：蓮子青如水。【金河水】王維、從軍行：爭渡金河水。【東流水】李白、古風：暮逐東流水；王維、寒食城東即事：落花半落東流水。【松溪水】李商隱、河陽詩：畫圖淺縹松溪水。【秋潭水】白居易、百鍊鏡：化爲一片秋潭水。【清谿水】王維、青谿：每逐清谿水。【寒泉水】王維、休假還舊業便使：但有寒泉水。【襄城水】顏之推、古意：劍去襄城水。【滄溟水】李白、上李邕：猶能簸卻滄溟水。【養龍水】李商隱、射魚曲：綠鴨回塘養龍水。【橫秋水】蘇軾、游蔣山：略約橫秋水。【瀑布水】李白、望廬山瀑布水：南見瀑布水。【鐵溝水】蘇軾、鐵溝行：走馬坐尋鐵溝水。

## 止

【不止】無名氏、焦仲卿妻：母聽去不止。【仰止】邱爲、尋西山隱者不遇：黽勉空仰止。【來止】陶潛、讀山海經(12)：當時數來止。【定止】李白、猛虎行：翻覆無定止。【始止】韓愈、落齒：落盡應始止。【便止】王維、休假還舊業便使：休騎非便止。【禁止】韓愈、寄盧仝：不信令行能禁止。【自閑止】陶潛、止酒：逍遙自閑止。【行復止】白居易、長恨歌：翠華搖搖行復止。【風有止】傅玄、吳楚歌：雲無期會風有止。

## 市

【城市】王維、偶然作：不曾向城市。【朝市】顏之推、古意：霜露沾朝市。【尸諸市】韓愈、寄盧仝：盡取鼠輩尸諸市。【哭穿市】韓愈、誰氏子：載送還家哭穿市。【淮陰市】李白、猛虎行：暮入淮陰市。【彭城市】蘇軾、戴道士：賣藥彭城市。

## 恃

【久恃】曹植、雜詩六首(4)：榮耀難久恃。【難恃】韓愈、落齒：壽命理難恃。【不可恃】韓愈、秋懷詩：疾急不可恃。【豈足恃】陶潛、讀山海經(11)：鵕鶚豈足恃。

## 徵

【宮徵】李商隱、和鄭愚贈汝陽王孫家箏妓二十韻：中道分宮徵；蘇軾、東陽水樂亭：鏘然澗谷含宮徵。

## 喜

【不喜】陶潛、雜詩(6)：掩耳每不喜。【可喜】蘇軾、送江公著知吉州：得郡江南差可喜。【有喜】韓愈、落齒：木鴈各有喜。【便喜】無名氏、子夜歌(3)：郎笑我便喜。【相喜】王維、休假還舊業便使：目存且相喜。【無喜】陶潛：止酒情無喜。【愠喜】蘇軾、次韻答舒教授：顧與兒童爭愠喜。【歡喜】蔡琰、悲憤詩：聞之常歡喜。韓愈、秋懷詩其一：得酒且歡喜。【豐年喜】蘇軾、和張昌言喜雨：秋來定有豐年喜。

## 己　紀　蟻　鄙　子

【在己】韓愈、落齒：懍懍恆在己。【利己】陶潛、止酒：未知止利己。【知己】李白、少年行：赤心用盡爲知己。【來迎己】蔡琰、悲憤詩：骨肉來迎己。

【兩紀】韓愈、落齒：自足支兩紀。

【凍蟻】蘇軾、雪齋：五月行人如凍蟻。【蜂蟻】杜甫、青絲：近靜潼關掃蜂蟻。

【一何鄙】陳琳、飲馬長城窟行：君今出言一何鄙。【安足鄙】王維、偶然作：野田安足鄙。

【天子】王維、從軍行：歸來獻天子；韓愈、豐陵行：曉出都門葬天子。【令子】蘇軾、游東山：使君有令子。【仙子】白居易、長恨歌：其中綽約多仙子。【西子】李商隱、和鄭愚贈汝陽王孫家箏妓二十韻：君王對西子。【赤子】韓愈、月蝕詩：皆吾赤子。【君子】陶潛、讀山海經(12)：不以喻君子；顏之推、古意：惻惻懷君子；李白、贈韋侍御黃裳：然後知君子。【兒子】蔡琰、悲憤詩：當復棄兒子。【妻子】阮籍、詠懷(2)：何況戀妻子；杜甫、三絕句(1)：食人更肯留妻子；韓愈、落齒：時用詫妻子。【眸子】李賀、金銅仙人辭漢歌：東關酸風射眸子；蘇軾、中秋見月寄子由：誰爲天公洗眸子。【童子】陶潛、雜詩：婉孌柔童子；王維、休假還舊業便使：成人舊童子。【揚子】李白、長干行二首：想君發揚子。【稚子】陶潛、止酒：大懽止稚子。【蓮子】無名氏、子夜四時歌：夜夜得蓮子；無名氏、西洲曲：低頭弄蓮子。【少年子】蘇軾、江上値雪：青山有似少年子。【先君子】蘇軾、蔡景繁官舍小閣：典刑尚記先君子。【東鄰子】李白、白紵辭三首：北方佳人東鄰子。【明天子】白居易、馴犀：海蠻聞有明天子。【佳公子】蘇軾、送江公著知吉州：時平亦出佳公子。【待之子】邱爲、尋西山隱者不遇：何必待之子。【故夫子】陳琳、飲馬長城窟行：時時念我故夫子。【相天子】李商隱、偶成轉韻七十二句贈四同舍：收旗臥鼓相天子。【鬼谷子】郭璞、游仙詩(2)：云是鬼谷子。【埋雲子】李商隱、河陽畔：

長溝複塹埋雲子。【連珠子】無名氏、焦仲卿妻：淚落連珠子。【將門子】王維、李陵詠：三代將門子。【貴賓子】無名氏、焦仲卿妻：兼愧貴賓子。【落松子】黃庭堅、戲和文潛謝穆父松扇：想見僧前落松子。【遠遊子】李白、清溪行：空悲遠遊子。【誰家子】李白、獨不見：白馬誰家子。【嬋娟子】李商隱、燕臺四首（右多）：月娥未必嬋娟子。【褦襶子】黃庭堅、次韻錢穆父贈松扇：適堪今時褦襶子。【穆天子】李白、天馬歌：請君贖獻穆天子。

## 梓

【桑梓】王維、休假還舊業便使：依依入桑梓。

## 死

【不死】李白、樹中草：逢春猶不死。【卽死】韓愈、落齒：始憂衰卽死。【雙死】孟郊、烈女操：鴛鴦會雙死。【羞死】李白、于闐採花：胡中美女多羞死。【除死】韓愈、贈張功曹：罪從大辟皆除死。【野死】李白、遠別離：舜野死。【黃死】白居易、杜陵叟：麥苗不秀多黃死。【磔死】韓愈、月蝕詩：以蛙磔死。【獨死】陶潛、讀山海經(11)：祖江遂獨死。【一行死】李商隱、無愁果有愁曲北齊歌：十番紅相一行死。【乞劾死】白居易、七德舞：思摩奮呼乞劾死。【未能死】王維、李陵詠：投軀未能死。【名不死】白居易、青石：骨化爲塵名不死。【金盤死】李商隱、射魚曲：何由回作金盤死。【長於死】李商隱、和鄭愚贈汝陽王孫家箏妓二十韻：遠別長於死。【香心死】李商隱、燕臺四首（多）：芳根中斷香心死。【祖龍死】李白、古風：明年祖龍死。【格鬭死】李白、戰城南：野戰格鬭死。【馬前死】白居易、長恨歌：宛轉蛾眉馬前死。【飢欲死】白居易、捕蝗：天熱日長飢欲死。【貪欲死】蘇軾、送任伋通判黃州：六十青衫貪欲死。【幾回死】李賀、浩歌：彭祖巫咸幾回死。【新香死】李商隱、河陽詩：幽蘭泣露新香死。【鼓聲死】常建、弔王將軍墓：軍敗鼓聲死。

## 履

【劍履】蘇軾、次韻王定國南遷回見寄：不記槐堂收劍履；蘇軾、送顧子敦：廊廟登劍履。【不可履】陶潛、讀山海經(11)：爲惡不可履。

## 壘

【雲壘】蘇軾、送沈逵赴廣南：夜渡冰河斫雲壘。【單于壘】王維、李陵詠：深入單于壘；常建、弔王將軍墓：可奪單于壘。

## 沚

【洲沚】鮑照、贈傅都曹別：孤雁集洲沚。【瀟湘沚】曹植、雜詩六首(4)：夕宿瀟湘沚；李白、古風：歸去瀟湘沚。

## 趾

【西山趾】阮籍、詠懷(2)：去上西山趾。

## 芷

【白芷】王維、寒食城東卽事：演漾綠蒲涵白芷。李商隱、和鄭愚贈汝陽王孫家箏妓二十韻：西風吹白芷。【綠芷】顏之推、古意：泛江採綠芷。【蘋芷】蘇軾、和王晉卿送梅花：夢逐東風泛蘋芷。

## 以

【良有以】韓愈、寄盧仝：忽此來告良有以。

## 已

【不已】曹操、龜雖壽：壯心不已；韓愈、秋懷詩：策策鳴不已；白居易、五絃彈：喞喞咨咨聲不已。【未已】李白、古風：九萬方未已；杜甫、兵車行：武皇開邊意未已；韓愈、落齒：落勢殊未已；李商隱、和鄭愚贈汝陽王孫家箏妓二十韻：秦絲嬌未已。【何已】范雲、之零陵郡次新亭：高驅去何已；王維、李陵詠：蕭鼓悲何已。【無已】鮑照、贈傅都曹別：緣念共無已。【天窮已】蔡琰、悲憤詩：哀嘆天窮已。【不能已】韓愈、贈侯喜：我為侯生不能已。【未能已】李白、古風：行行未能已。【亦云已】阮籍、詠懷(2)：歲暮亦云已。【西未已】杜甫、塞蘆子：秀巖西未已。【豈得已】蘇軾、游金山寺：我謝江神豈得已。【無窮已】李白、鳳吹笙曲：鳳笙去去無窮已。

## 似

【何似】無名氏、子夜四時歌冬：君性夏何似。韓愈、李花贈張十一署：君知此處花何似。【相似】范雲、之零陵郡次新亭：煙樹還相似；李白、遠別離：九嶷聯緜皆相似；韓愈、落齒：見落空相似；蘇軾、送沈逵赴廣南：白髮蒼顏略相似；黃庭堅、戲和文潛謝穆父松扇：松柎織扇清相似。【不相似】韓愈、秋懷詩其一：與故不相似。【復何似】韓愈、瀧吏：土風復何似。【惡難似】韓愈、寄盧仝：隔牆惡少惡難似。【遺分似】黃庭堅、謝送碾賜壑源揀芽：親敕家庭遺分似。

## 耜

【耒耜】韓愈、寄盧仝：豈無農夫親耒耜。

## 汜

【江汜】謝莊、懷園引：踯躅溯江汜。

## 巳

【上巳】王維、寒食城東即事：不用清明兼上巳。

## 祀

【祭祀】韓愈、寄盧仝：時致薄少助祭祀。【千萬祀】陶潛、止酒：奚止千萬祀。【朝雲寺】顏之推、古意：或侍朝雲祀。

## 史

【文史】蘇軾、贈羊長史：結髮事文史。【左史】顏之推、古意：讀書誇左史。【刺史】杜甫、三絕句(1)：今年開州殺刺史；蘇軾、戲於潛令：暫爲小史仍刺史；蘇軾、萊公遺跡：當年誰刺史。【靑史】李商隱、偶成轉韻七十二句贈四同舍：相門出相光靑史。【蕭史】韓愈、誰氏子：所慕靈妃媲蕭史。

## 使

【誰使】郭璞、游仙詩(2)：要之將誰使。【驅使】無名氏、焦仲卿妻：不堪母驅使；韓愈、寄盧仝：有力未免遭驅使。

## 駛

【春流駛】王維、晦日遊大理：墟上春流駛。【歲月駛】陶潛、雜詩(6)：竟此歲月駛。

## 耳

【入耳】韓愈、秋懷詩：半夜偏入耳。【洗耳】蘇軾、至秀州贈錢端公：占斷此山長洗耳；郭璞、游仙詩(2)：臨河思洗耳。【黃耳】蘇軾、過新息留示任師中：附書未免煩黃耳。【掩耳】韓愈、寄盧仝：言語纔及輒掩耳。【一日耳】韓愈、除官赴闕至江州寄鄂岳李大夫：風使一日耳。【入我耳】蔡琰、悲憤詩：肅肅入我耳。【生蒼耳】蘇軾、和李邦直沂祈雨：下田生蒼耳。【平生耳】白居易、五絃彈：始知孤負平生耳。【吳宮耳】李商隱、和鄭愚贈汝陽王孫家箏妓二十韻：從醉吳宮耳。【洗心耳】李白、題元丹丘山居：石潭洗心耳。【清心耳】李白、白毫子歌：憑崖一聽清心耳。【箏笛耳】蘇軾、聽賢師琴：洗淨從前箏笛耳。【蕩心耳】邱爲、尋西山隱者不遇：自足蕩心耳。

## 里

【千里】曹操、龜雖壽：志在千里；無名氏、子夜四時歌冬：素雲覆千里；何遜、相送：孤遊東千里；常建、弔王將軍墓：深入彊千里；蘇軾、留別釋迦院牡丹：前度劉郎在千里；蘇軾、次韻劉景文：莫因老驥思千里。【百里】王維、靑谿：趣途無百里；韓愈、豐陵行：羽衞煌煌一百里。【邑里】王維、休假還舊業便使：秋光清邑里。【故里】李商隱、和鄭愚贈汝陽王孫家箏妓二十韻：象牀殊故里。【野里】無名氏、焦仲卿妻：生小出野里。【鄉里】蔡琰、悲憤詩：輒復非鄉里。【鄰里】蘇軾、送顧子敦：釃酒會鄰里。【幾里】韓愈、瀧吏：潮州尚幾里。【萬里】謝莊、懷園引：鴻飛從萬里；鮑照、贈傅都曹別：一隔頓萬里；韓愈、青青水中蒲：行子在萬里。【鄰里】王維、偶然作：斗酒呼鄰里。【一萬里】李商隱、和鄭愚贈汝陽王孫家箏妓二十韻：白日一萬里。【七十里】李商隱、河陽詩：梓澤東來七十里。【三十里】邱爲、尋西山隱者不遇：直上三十里；黃庭堅、送張材翁赴秦簽：愚智相去三十里。【三千里】陳琳、飲馬長城窟行：連連三千里。【三百里】杜甫、塞蘆子：爲退三百里。【千餘里】李頎、琴歌：清淮奉使千餘里。【日千里】蘇軾、送任伋通判黃州：少年盛壯日千里。【平原里】李白、古風：相逢平原里。【行萬里】韓愈、贈張功曹：赦書一日行萬里。【百餘里】白居易、長恨歌：西出都門百餘里。【來萬里】白居易、馴犀：驅犀乘傳來萬里。【供千里】蘇軾、蔡景繁官舍小閣：落霞孤鶩供千里。【指千里】李賀、金銅仙人辭漢歌：魏官牽車指千里。【幾千里】劉昶、斷句：故鄉幾千里；李白、鳳吹笙曲：玉京迢迢幾千里。【割千里】顏之推、古意：秦兵割千里。【塞閭里】韓愈、寄盧仝：鞍馬僕從塞閭里。【試千里】蘇軾、送江公著知吉州：要使名駒試千里。【數千里】李白、古風：身長數千里。【輕萬里】蘇軾、送沈逵赴廣南：君復南行輕萬里。【歸田里】蘇軾、遇新息留示任師中：詔恩儻許歸田里。

## 理

【心理】陶潛、雜詩(12)：粲然有心理。【相理】王維、李陵詠：非君誰相理。【義理】蔡琰、悲憤詩：人俗少義理。【不敢理】無名氏、子夜歌(2)：頭亂不敢理。【止不理】陶潛、止酒：營衞止不理。【正其理】蘇東坡、送顏復：衰窮相守正其理。【自鋤理】蘇軾、次韻答舒教授：數畝芳園自鋤理。【清淨理】邱爲、尋西山隱者不遇：頗得清淨理。【猛政理】韓愈、寄盧仝：都邑未可猛政理。【誰能理】傅玄、吳楚歌：思多端兮誰能理。

## 裏

【其裏】曹操、觀滄海：苦出其裏。【丹青裏】李白、粉圖山水歌：杳然如在丹青裏。【白門裏】李商隱：和鄭愚贈汝陽王孫家箏妓二十韻：悵望白門裏。【枯桑裏】李白、樹中草：誤入枯桑裏。【屛風裏】李白、淸溪行：鳥度屛風裏。【垂楊裏】王維、寒食城東卽事：鞦韆競出垂楊裏。【風月裏】蘇軾、蔡景繁官舍小閣：千首放懷風月裏。【桃源裏】裴迪、送崔九：暫遊桃源裏。【煙雨裏】蘇軾、雨中遊寶山：立鶴低昂煙雨裏。【彩屛裏】李白、觀元丹丘坐巫山屛風：飛入君家彩屛裏。【荆棘裏】韓愈、贈侯喜：盡日行行荆棘裏。【草華裏】顏之推、古意：出入草華裏。【深松裏】王維、靑谿：色靜深松裏。【深宮裏】李白、于闐採花：無鹽翻在深宮裏。【斜陽裏】蘇軾、戲贈：小橋依舊斜陽裏。【華池裏】無名氏、子夜四時歌（夏）：夕宿華池裏。【勞家裏】無名氏：焦仲卿妻：念母勞家裏。【窗戶裏】郭璞、游仙詩(2)：忙出窗戶裏。【晚窗裏】邱爲、尋西山隱者不遇：松聲晚窗裏。【煙霧裏】鮑照、贈傅都曹別：徘徊煙霧裏。【煙塵裏】王維、從軍行：戰聲煙塵裏。【煙波裏】蘇軾、送沈逵赴廣南：孤舟出沒煙波裏。【微風裏】蘇軾、送蹇道士歸廬山：綿綿不絕微風裏。【碧窗裏】李白、示金陵子：竊聽琴聲碧窗裏。【蓽門裏】陶潛、止酒：步止蓽門裏。【衡門裏】王維、偶然作：垂向衡門裏。【翻作裏】無名氏、休洗紅：舊紅翻作裏。【蘆花裏】李白、丹陽湖：鳥宿蘆花裏。

## 李

【見李】韓愈、李花贈張十一署：花不見桃惟見李。【苦李】蘇軾、次韻王定國南遷回見寄：我願得全如苦李。【桃李】曹植：雜詩六首(4)：容華若桃李；李白、少年行：黃金不惜爲桃李；李商隱、和鄭愚贈汝陽王孫家箏妓二十韻：淸晨禁桃李。【桃與李】阮籍、詠懷(2)：東園桃與李；李白、古風：千門桃與李。

## 鯉

【魴鯉】蘇軾、次韻王定國南遷回見寄：百丈空潭數魴鯉。【雙鯉】韓愈、寄盧仝：更遣長鬚致雙鯉。

## 起

【一起】韓愈、贈侯喜：手倦目勞方一起。【坐起】韓愈、秋懷詩：感嘆成坐起。【湧起】曹操、觀滄海：洪波湧起。【復起】王維、偶然作：或坐或復起。【人漸起】歐陽修、鵯鵊詞：一聲兩聲人漸起。【山賊起】杜甫、塞蘆子：旁制山賊起。【不能起】陶潛、止酒：晨止不能起。【丹霞起】李商隱、和鄭愚贈汝陽王孫家箏妓二十韻：皎日丹霞起。【五雲起】白居易、長恨歌：樓閣玲瓏五雲起。【心不起】蘇軾、中秋見月寄子由：照我湛然心不起。【白虹起】李白、望廬山瀑布水：隱若白虹起。【片帆起】李白、丹陽湖：雲間片帆起。【同條起】無名氏、子夜歌(3)：異根同條起。【行人起】王維、從軍行：喧喧行人起。【因風起】李白、古風：燀赫因風起。【西風起】李白、長干行二首：八月西風起。【兵戈起】白居易、西涼後：自從天寶兵戈起。【旱風起】白居易、杜陵叟：三月不雨旱風起。【呼不起】蘇軾、會飲：東堂醉臥呼不起。【河岱起】謝莊、懷園引：飛飛河岱起。【官吏起】韓愈、李花贈張十一署：群雞驚鳴官吏起。【孤舟起】蘇軾、次韻王定國南遷回：桃花春漲孤舟起。【孤煙起】范雲、之零陵郡次新亭：天末孤煙起。【風初起】何遜、相送：浪白風初起。【爲君起】李白、白紵辭三首：長袖拂面爲君起。【風塵起】杜甫、青絲：粗豪且逐風塵起。【推枕起】范成大、種竹詩：「我夢不平鳴，霍然推枕起。【從夏起】蔡琰、悲憤詩：胡風從夏起。【渙鱗起】郭璞、遊仙詩(2)：潛波渙鱗起。【黃塵起】李商隱、河陽詩：漢陵走馬黃塵起。【暗天起】劉昶、斷句：黃塵暗天起；顏之推、古意：風塵暗天起。【徵不起】韓愈、寄盧仝：兩以諫官徵不起。【瘴煙起】白居易、折臂翁：椒花落時瘴煙起。【鴉飛起】蘇軾、鴉種麥行：農夫羅拜鴉飛起。【鴛鴦起】蘇軾、至秀州贈錢端公：孤舟夜榜鴛鴦起。【繞天起】鮑照、贈傅都曹別：愁雲繞天起。

# 杞

【荊杞】阮籍、詠懷(2)：堂上生荊杞；杜甫、兵車行：千村萬落生荊杞。

# 士

【吉士】蘇軾、杜沂游武昌：寒泉比吉士。【壯士】王維、李陵詠：少年成壯士。【佳士】蘇軾、寄周安孺茶：鹿門有佳士。【居士】蘇軾、涵英述懷：定似香山老居士。【放士】陶潛、讀山海經(12)：其國有放士。【高士】李白、贈參寥子：南荊訪高士。【戰士】白居易、七德舞：含血吮瘡撫戰士。【一邊士】郭璞、游仙詩(2)：中有一邊士。【青雲士】李白、粉圖山水歌：妙年歷落青雲士。【幕下士】韓愈、寄盧仝：去年去作幕下士；黃庭堅、送張材翁赴秦簽：去作將軍幕下士。

## 仕

【貴仕】韓愈、誰氏子：力行險怪取貴仕。【彈冠仕】顏之推、古意：二十彈冠仕。

## 涘

【涯涘】韓愈、寄盧仝：度量不敢窺涯涘。【扶桑涘】陶潛、止酒：將止扶桑涘。【杳無涘】韓愈、李花贈張十一署：波濤翻空杳無涘。

## 始

【終始】韓愈、寄盧同：獨抱遺經究終始。【從此始】阮籍、詠懷(2)：零落從此始；王維、休假還舊業便使：離憂從此始；李頎、琴歌：敢告雲山從此始。【從今始】蘇軾、送沈逵赴廣南：買田築室從今始。

## 峙

【練峙】曹操、觀滄海：山島練峙。

## 齒

【一齒】韓愈、落齒：今年落一齒。【玉齒】郭璞、游仙詩(2)：粲然啟玉齒。【啟齒】白居易、胡旋女：天子爲之微啟齒。【皓齒】李白、白紵辭三首：發皓齒；曹植、雜詩六首：誰爲發皓齒；李白、于闐採花：胡沙埋皓齒。【無齒】韓愈、寄盧仝：一婢赤腳老無齒。【髮齒】蘇軾、次韻答舒教授：但恐風霜侵髮齒。【沒余齒】顏之推、古意：憂傷沒余齒；王維、偶然作：行行沒余齒。【姻親齒】王維、休假還舊業便使：顧與姻親齒。

## 矣

【已矣】王維、青谿：垂釣將已矣。【止矣】陶潛、止酒：今朝眞止矣。【今老矣】蘇軾、送任伋通判黃州：有才不用今老矣。【可去矣】李白、古風：吾屬可去矣。

## 嶷

【嶷嶷】韓愈、秋懷詩：衆葉光嶷嶷。

## 恥

【可恥】韓愈、落齒：但念豁可恥。【卞和恥】李白、鞠歌行：魚目笑之卞和恥。【良足恥】顏之推、古意：獨生良足恥。【穹廬恥】王維、李陵詠：遂嬰穹廬恥。【誰當恥】蘇軾、送任伋通判黃州：見賢不薦誰當恥。【罍先恥】蘇軾、次韻答舒教授：缾應未罄罍先恥。

## 滓

【泥滓】韓愈、贈侯喜：盤針擘粒投泥滓。

## 阯

【基阯】韓愈、寄盧仝：豈謂遺廠無基阯。

## 耔

【耘耔】韓愈、寄盧仝：意今與國充耘耔。

## 倚

【相倚】李商隱、和鄭愚贈汝陽王孫家箏妓二十韻：濃翠遙相倚。【磨倚】韓愈、仝和錢七兄曹池所植：風蕩相磨倚。【何可倚】陶潛、雜詩(12)：喬柯何可倚。【猶可倚】杜甫、塞蘆子：關防猶可倚。

被

【合歡被】無名氏、古詩客從遠方來：裁成合歡被。

只咫提軹枳抵氏靡彼
燬詭傀濟絫妓掎豸褫
徙屣蓰髀邇弭瀰婢庳
侈弛豕捶箠揣企訾否
姊七妣藟謑跪技迤酏
俾曆簋晷匭宄矢菌洧
鮪雉誄揆癸時苡珥駬
俚枲芑屺跂棟俟痔祉
擬笫胏觔垝嶲艤錡蔿
薳玼廌壐邐釃纚鞞敉
芈哆姼庀跬頍秕机氿
巋欙圮痞痔儗坻禔阤
旎址悝娌嶉壝佹匜剞
踦仳旇譌秭秠底痏巋
絧

【對偶】

李商隱、和鄭愚贈汝陽王孫家箏妓二十韻：荒郊白鱗斷，別浦晴霞委。　李商隱、和鄭愚贈汝陽王孫家箏妓二十韻：初花慘朝露，冷臂淒愁髓。　李商隱、和鄭愚贈汝陽王孫家箏妓二十韻：玉砌銜紅蘭，妝窗結碧綺。　李商隱、和鄭愚贈汝陽王孫家箏妓二十韻：斗粟配新聲，娣姪徒纖指。　李商隱、和鄭愚贈汝陽王孫家箏妓二十韻：冰水怨何窮，秦絲嬌未已。　李白、鳳吹笙曲：欲歎離聲發絳脣，更嗟別調流纖指。　李白、古風：仰噴三山雪，橫吞百川水。　李白、宿清溪老人，簷楹挂星斗；枕席響風水。　李白、古風：朝爲斷腸花，暮逐東流水。　李白、長干行二首：思君下巴陵，想君發揚子。　李白、獨不見：黃龍邊塞兒，白馬誰家子。　李商隱、和鄭愚贈汝陽王孫家箏妓二十韻：孤猿耿幽寂，西風吹白芷。李白、題元丹丘山居：松風清襟神，石潭洗心耳。李白、清溪行：人行明鏡中，鳥度屏風裏。　李商隱、和鄭愚贈汝陽王孫家箏妓二十韻：風流大堤上，悵望白門裏。　李白、丹陽湖：龜遊蓮葉上，鳥宿蘆花裏。　李白、望廬山瀑布水：欻如飛電來，隱若白虹起。　李白、長干行二首：五月南風興，八月西風起。　李白、白紵辭三首：揚清歌，發皓齒。

# 五 尾 古通紙

## 尾

【月尾】韓愈、李花贈張十一署：江陵城西二月尾。【麈尾】蘇軾、次韻潛師放魚：無數天花隨麈尾。【連地尾】李商隱、和鄭愚贈汝陽王孫家箏妓二十韻：白道連地尾。【書紙尾】蘇軾、蔡景繁官舍小閣：肯爲徐郎書紙尾。

## 鬼

【如鬼】杜甫、塞蘆子：胡行速如鬼。【刖足鬼】李白、鞠歌行：忠臣死爲刖足鬼。【閉山鬼】李商隱、和鄭愚贈汝陽王孫家箏妓二十韻：女蘿閉山鬼。【望鄉鬼】白居易、折臂翁：應作雲南望鄉鬼。【驚憐鬼】蘇軾、荊州：爆竹驚憐鬼。

## 葦

【竹葦】蘇軾、送任伋通判黃州：茆屋數家依竹葦。【蒲葦】無名氏、焦仲卿妻：妾當作蒲葦。【葭葦】王維、青谿：澄澄映葭葦。【燒濕葦】蘇軾、寒食雨：破灶燒濕葦。

## 幾

【今有幾】蘇軾、至秀州贈錢端公：論心無數今有幾。

## 唏

【屋中唏】韓愈、宿曾江口示姪孫湘二首：暝聞屋中唏。

扆 螘 卉 虺 亹 偉 韙 蘼 朏

煒 豨 顗 韡 斐 誹 菲 悱 棐

蟣 榧 豈 豈 暐 匪 瑋 蜚

【對偶】

李商隱、和鄭愚贈汝陽王孫家箏妓二十韻：長彴壓河心，白道連地尾。

# 六　語 古通囊

## 語

【天語】李白、飛龍引：聞天語。【私語】白居易、琵琶行：小絃切切如私語。【欲語】王安石、純甫出釋惠崇畫：流鶯探枝婉欲語。【問語】韓愈、桃源圖：物色相猜更問語。【殘語】李商隱、燕臺四首（春）：映簾夢斷聞殘語。【不得語】無名氏、古詩迢迢牽牛星：脈脈不得語。無名氏、讀曲歌(4)：銜理不得語。【不能語】無名氏、焦仲卿妻：哽咽不能語。【不敢語】蔡琰、悲憤詩：欲言不敢語。【不解語】蘇軾、送文與可：壁上墨君不解語。【共人語】李白、採蓮曲：笑隔荷花共人語。【共君語】白居易、井底引銀瓶：知君斷腸共君語。【共耳語】無名氏、焦仲卿妻：低頭共耳語。【百鳥語】韓愈、感春：朝日照屋百鳥語。【老農語】蘇軾、次韻章傳道喜雨：此事吾聞老農語。【助婦語】無名氏、焦仲卿妻：何敢助婦語。【空中語】無名氏：讀曲歌(5)：抱被空中語。【兒女語】韓愈、聽穎師彈琴：昵昵兒女語。【空房語】蘇軾、送劉寺丞赴餘姚：生想蟋蟀空房語。【逆吾語】無名氏、焦仲卿妻：愼勿逆吾語。【閑獨語】白居易、驃國樂：暗測君心閑獨語。【無別語】蘇軾、寄劉孝叔：只有當歸無別語。【隔窗語】李白、烏夜啼：碧紗如煙隔窗語。【與兒語】韓愈、履霜操：誰與兒語。【與天語】李白、西嶽雲臺歌：丹丘談天與天語。【輕輕語】李商隱、燕臺四首（夏）：嫣薰蘭破輕輕語。【獨自語】蘇軾、大風留金山兩日：塔上一鈴獨自語。【豐歲語】蘇軾、儋耳：野老已歌豐歲語。

## 禦

【固難禦】蘇軾、次韻章傳道喜雨：人力區區固難禦。

## 呂

【律呂】白居易、華原磬：梨園子弟調律呂。

## 侶

【前侶】王維、木蘭柴：飛鳥逐前侶。【儔侶】張華、情詩：安知慕儔侶；王安石、純甫出釋惠崇畫：鳬鴈靜立將儔侶。【鴻雁侶】蘇軾、再和霍大夫：自慚鴻雁侶。【嘯雲侶】蘇軾、峽山：忽憶嘯雲侶。

## 旅

【羇旅】蘇軾、寄蘄簟與蒲傳正：東坡病叟長羇旅。【羈旅】王安石、純甫出釋惠崇畫：裘馬穿

## 膂

贏久羈旅。【還歸旅】王維、贈吳官：欲向縹囊還歸旅。

【腰膂】蘇軾、蝎虎：巧捷功夫在腰膂。

## 紵

【白紵】王維、同崔傅答賢弟：對舞前溪歌白紵。

## 杼

【機杼】無名氏、古詩迢迢牽牛星：札札弄機杼。

## 佇

【延佇】陶潛、停雲：搔首延佇；張華、情詩：逍遙獨延佇。

## 與

【漫與】王安石、純甫出釋惠崇畫：粉墨空多真漫與。【欲誰與】張華、情詩：取此欲誰與。

## 渚

【江渚】陸游、雨中繫舟戲作短歌：秋帆孤舟泊江渚。【春渚】王維、贈吳官：草腐撈蝦富春渚。【洲渚】王安石、純甫出釋惠崇畫：移我翛然墮洲渚。【明儂渚】無名氏、讀曲歌(5)：持底明儂渚。【蔭綠渚】張華、情詩：繁華蔭綠渚。

## 汝

【爾汝】韓愈、聽穎師彈琴：恩怨相爾汝。【不活汝】蔡琰、悲憤詩：我曹不活汝。【來迎汝】無名氏、焦仲卿妻：明日來迎汝。

## 暑

【御暑】王維、贈吳官：無箇茗糜難御暑。【寒暑】王安石、純甫出釋惠崇畫：灑落生綃變寒暑。

## 鼠

【飢鼠】蘇軾、寄蘄簟與蒲傳正：凍臥飢吟似飢鼠；蘇軾、夜坐：壞壁鳴飢鼠。

## 黍

【如啄黍】蘇軾、蝎虎：黃雞啄蝎如啄黍。

## 處

【獨處】韓愈、岐山操：我往獨處。【不到處】黃庭堅、雙井茶送子瞻：人間風日不到處。【偏處處】韓愈、感春：情多地遐兮徧處處。【以宿處】韓愈、履霜操：以宿以處。

## 醑

【糟醑】蘇軾、和蔡景繁海州石室：至今石縫餘糟醑。

## 女

【玉女】李白、梁甫吟：帝旁投壺多玉女。【兒女】黃庭堅、送范德孺知慶州：邊人耕桑長兒女。【十五女】無名氏：瑯琊王歌：劇於十五女。【有此女】無名氏：焦仲卿妻：貧賤有此女。【河漢女】無名氏：古詩迢迢牽牛星：皎皎河漢女。【京城女】白君易、琵琶行：自言本是京城女。【重生女】白居易、長恨歌：不重生男重生女。【紅樓女】白居易、母別子：洛陽無限紅樓女。【秦川女】李白、烏夜啼：機中織錦秦川女。【謂阿女】無名氏、焦仲卿妻：阿母謂阿女。

女。【採蓮女】李白、採蓮曲：若耶谿旁採蓮女。【登伽女】蘇軾、送劉寺丞赴餘姚：眼淨不覷登伽女。【散花女】蘇軾、江行見桃花：笑問散花女。【載好女】蔡琰、悲憤詩：馬後載好女。【皇英之二女】李白、遠別離：古有皇英之二女。

## 許

【相許】無名氏、焦仲卿妻：不得便相許。【幾許】無名氏、古詩迢迢牽牛星：相去復幾許；無名氏、讀曲歌(3)：但看裙帶緩幾許。【在何許】蘇軾、次洲元姚先生韻：蓬萊在何許。【那堪許】王維、贈吳官：秦人湯餅那堪許。【吾最許】王安石、純甫出釋惠崇畫：惠崇晚出吾最許。【奈何許】無名氏、讀曲歌(4)：奈何許。韓愈、感春：一生長恨奈何許。【相從許】無名氏、焦仲卿妻：會不相從許。

## 拒

【相撐拒】蔡琰、悲憤詩：尸骸相撐拒。

## 所

【處所】王維、木蘭柴：夕嵐無處所；李商隱、燕臺四首（春）：海濶天翻迷處所。【在何所】韓愈、感春：我所思兮在何所。【來何所】韓愈、桃源圖：漁舟之子來何所。

## 楚

【悽楚】蘇軾、和蔡景繁海州石室：一唱三歎神悽楚。【西適楚】陸游、雨中繫舟戲作短歌：庚寅去吳西適楚。

## 阻

【伊阻】陶潛、停雲：平路伊阻。【依林阻】曹植、梁甫行：行止依林阻。【險且阻】蔡琰、悲憤詩：迴路險且阻。【萬山阻】韓愈、感春：千江隔兮萬山阻。

## 岨

【有岨】韓愈、岐山操：彼岐有岨。

## 舉

【子不舉】無名氏、焦仲卿妻：莫令子不舉。【亦鳳舉】顏延之、向常侍：攀嵇亦鳳舉。【空中舉】李白、採蓮曲：風飄香袂空中舉。【萬事舉】黃庭堅、送鄭彥能宣德知福昌縣：當官不擾萬事舉。【遭下舉】江淹、劉太尉琨傷亂：桓公遭下舉。【雙袖舉】白居易、胡旋女：絃歌一聲雙袖舉。【飄颻舉】白居易、長恨歌：風吹仙袂飄颻舉。

## 墅

【山陰墅】王維、同崔傅答賢弟：草堂棋賭山陰墅。

## 去

【逐君去】白君易、井底引銀瓶：暗合雙鬟逐君去。【還家去】無名氏、焦仲卿妻：且暫還家去。

【鐻來去】李商隱、燕臺四首（夏）：未遣星妃鐻來去。

圉圄齬敔苧拧宁羜予

羪茹杵貯楮櫧糈諝湑

敉距炬怇虡鉅秬苣礎

俎沮莒筥敍序緒鱮藇

嶼㝢峿穭梠蟍癙著稰

巨駏岠鐻咀跙苴櫸詎

柜簴溆紓儢

【對偶】

李白、採蓮曲：日照新妝水底明，風飄香袂空中舉。

# 七 麌 古通語

## 雨

【白雨】無名氏、綿州巴歌：撤白雨。【陰雨】張華、情詩：穴處識陰雨。【風雨】曹植、梁甫行：千里殊風雨。【急雨】白居易、琵琶行：大絃嘈嘈如急雨。【秋雨】李賀、李憑箜篌引：石破天驚逗秋雨。【紅雨】王安石、純甫出釋惠崇書：便恐飄零落紅雨。【飛雨】蘇軾、起伏龍行：倒卷黃河作飛雨。【時雨】陶潛、停雲：濛濛時雨。【雲雨】韓愈、龜山操：不能雲雨。【人間雨】王維、文杏館：去作人間雨。【三日雨】黃庭堅、離福嚴：山上三日雨。【天欲雨】杜甫、發閬中：山木慘慘天欲雨。【不成雨】蘇軾、上巳日與二三子出游：薄雲霏霏不成雨。【吹過雨】杜甫、龍門閣：頭風吹過雨。【走風雨】杜甫、秋雨歎(2)：稚子無憂走風雨。【夜來雨】柳宗元、雨後曉行：風驚夜來雨。【春帶雨】白居易、長恨歌：梨花一枝春帶雨。【飛似雨】白居易、捕蝗：薦食如蠶飛似雨。【鬼嘯雨】李白、遠別離：猩猩啼煙兮鬼嘯雨。【淚如雨】李白、丁督護歌：心摧淚如雨；李白、臨江王節士歌：節士悲秋淚如雨；李頎、古意：使我三軍淚如雨；韓愈、贈張功曹：不能聽終淚如雨。【覓雲雨】蘇軾、蝎虎：便向蛟龍覓雲雨。【菖葉雨】蘇軾、潤州中除夜：釣艇歸時菖葉雨。【黃梅雨】蘇軾、舶趠風：三句已過黃梅雨。【梧桐雨】蘇軾、次韻朱光庭初夏：臥聞疎響梧桐雨。【零如雨】無名氏、古詩迢迢牽牛星：泣涕零如雨。【雜風雨】高適、燕歌行：胡騎憑陵雜風雨。【灞陵雨】韋應物、長安遇馮著：衣上灞陵雨。【聽夜雨】蘇軾、送劉寺丞赴餘姚：與君對牀聽夜雨。【變風雨】蘇軾、越州張中舍壽樂堂：臥看雲煙變風雨。【淚下如雨】無名氏、孤兒行：孤兒淚下如雨。

## 羽

【白羽】蘇軾、寄劉孝叔：上有白雲如白羽。【項羽】蘇軾、次韻章傳道喜雨：布陣橫空如項羽。

## 禹

【神禹】蘇軾、起伏龍行：左右羲軒詔神禹。【禪禹】李白、遠別離：堯舜當之亦禪禹。

## 宇

【靈宇】蘇軾、和蔡景繁海州石室：流蘇寶蓋窺靈宇。【結爲宇】王維、文杏館：香茅結爲宇。

## 舞

【翔我宇】曹植、梁甫行：狐兎翔我宇。【拂舞】李白、白鳩辭：引拂舞。【掀舞】蘇軾、大風留金山兩日：漁艇一葉從掀舞。【歌舞】李頎、古意：慣彈琵琶解歌舞；高適、燕歌行：美人帳下猶歌舞。【百獸舞】白居易、立部伎：欲望鳳來百獸舞。【邯鄲舞】王維、偶然作：復能邯鄲舞。【松為舞】蘇軾、和蔡景繁海州石室：海為瀾翻松為舞。【商羊舞】蘇軾、次韻章傳道喜雨：中路已覺商羊舞。【瘦蛟舞】李賀、李憑箜篌引：老魚跳波瘦蛟舞。【踏筵舞】蘇軾、寄劉孝叔：更望江裙踏筵舞。【鴝鵒舞】李商隱、偶成轉韻七十二句贈四同舍：梁父哀吟鴝鵒舞。【轉蓬舞】白居易、胡旋女：迴雪飄颻轉蓬舞。【霓裳羽衣舞】：白居易、長恨歌：猶似霓裳羽衣舞。

## 父

【老農父】白居易、驃國樂：時有擊壤老農父。

## 府

【水府】蘇軾、起伏龍行：下應清河通水府。【開府】蘇軾、寄劉孝叔：走馬西來各開府。【入官府】蘇軾、越州張中舍壽樂堂：常時不宜入官府。【且赴府】無名氏、焦仲卿妻：吾今且赴府。【成樂府】蘇軾、次韻章傳道喜雨：便恐流傳成樂府。

## 鼓

【瓦鼓】無名氏、綿州巴歌：打瓦鼓。【朗鼓】李白、白鳩辭：考朗鼓。【粥鼓】蘇軾、大風留金山兩日：半夜不眠聽粥鼓。【鞞鼓】李白、古風：勞師事鞞鼓。【漫戰鼓】蘇軾、寄劉孝叔：東海取鼉漫戰鼓。【數更鼓】蘇軾、夜過舒堯文戲作：長夜默坐數更鼓。【震天鼓】李白、梁甫吟：雷公砰訇震天鼓。

## 虎

【臥虎】黃庭堅、送范德孺知慶州：潭潭大度如臥虎。【豺虎】李白、古風：邊人飼豺虎。杜甫、發劉郎浦：岸上空村盡豺虎。【蝎虎】蘇軾、蝎虎：窗間守宮稱蝎虎。【騎虎】李白、箜篌謠：走山莫騎虎。【雪毛虎】蘇軾、起伏龍行：射殺南山雪毛虎。【搏彫虎】李白、梁甫吟：手接飛猱搏彫虎。【鼠變虎】李白、遠別離：權歸臣兮鼠變虎。【鑄銅虎】蘇軾、寄劉孝叔：椎破銅山鑄銅虎。

## 古

【千古】李白、丁督護歌：掩淚悲千古。【太古】李白、贈清漳明府姪聿：風俗猶太古；杜甫、龍門閣：浩浩自太古。【今古】王昌齡、南齋翫月：澄澄變今古。【終古】李白、古風：蕭索竟終古。【不如古】白居易、華原磬：知有新聲不如古。【成今古】蘇軾、和蔡景繁海州石室：坐覺俯仰成今古。【崖寺古】杜甫、法鏡寺：愁破崖寺古。【幾千古】李白、望月有懷：不知幾千古。【傳自古】蘇軾、次韻章傳道喜雨：秉畀炎火傳自古。【論今古】蘇軾、夜直秘閣：共誰交臂論今古。【今人不如古】王安石、純甫出釋惠崇畫：苦道今人不如古。

## 股

【翅股】王安石、純甫出釋惠崇畫：蜜蜂掇蘂隨翅股；蘇軾、寄劉孝叔：又報蝗蟲生翅股。

## 賈

【行賈】無名氏、孤兒行：兄嫂令我行賈。【商賈】李白、丁督護歌：兩岸饒商賈。

## 土

【列土】白居易、長恨歌：姊妹兄弟皆列土。【半成土】李白、丁督護歌：壺漿半成土。【生塵土】蘇軾、和蔡景繁海州石室：牀頭酒甕生塵土。【多於土】蘇軾、次韻章傳道喜雨：地上戰骨多於土。【多塵土】無名氏、孤兒行：面目多塵土。【如灰土】白居易、八駿圖：心輕王業如灰土。【空赤土】白居易、捕蝗：不見青苗空赤土。【思漢土】白居易、縛戎人：沒蕃被囚思漢土。【雪翳土】王安石、純甫出釋惠崇畫：黃蘆低摧雪翳土。【唼泥土】蘇軾、寄劉孝叔：剝齧草木唼泥土。【無尺土】杜甫、龍門閣：絕壁無尺土。【棄如土】杜甫、貧交行：此道今人棄如土。【極邊土】高適、燕歌行：山川蕭條極邊土。【趙州土】李賀、浩歌：有酒惟澆趙州土。【歸鄉土】白居易、折臂翁：且圖揀退歸鄉土。【騷中土】李白、古風：發卒騷中土。

## 吐

【月初吐】王昌齡、南齋翫月：開帷月初吐。【那肯吐】蘇軾、次韻章傳道喜雨：口吻如風那肯吐。【相吞吐】蘇軾、和蔡景繁海州石室：紅波碧巘相吞吐。【淨初吐】王安石、純甫出釋惠崇畫：曾見桃花淨初吐。【瘖不吐】蘇軾、起伏龍行：滿腹雷霆瘖不吐。【翳復吐】蘇軾、夜坐：明月翳復吐。

## 圃

【農圃】李白、古風：安得營農圃。

## 庾

【度大庾】杜甫、龍門閣：足見度大庾。【跨徐庾】蘇軾、次韻章傳道喜雨：蹙踏鮑謝跨徐庾。

## 戶

【門戶】白居易、長恨歌：可憐光彩生門戶。【窗戶】李白、望月有懷：流光入窗戶；王昌齡、南齋翫月：演漾在窗戶。【瓊戶】蘇軾、石芝：朱欄碧井開瓊戶。【長當戶】蘇軾、刁同年草堂：青山有約長當戶。【侵半戶】蘇軾、夜坐邁句：竹影侵半戶。【穿房戶】蘇軾、次韻章傳道喜雨：啖齧衣服穿房戶。【滿庭戶】蘇軾、越州張中舍壽樂堂：不待招邀滿庭戶。【還入戶】無名氏、焦仲卿妻：再拜還入戶。

## 樹

【松柏樹】白居易、井底引銀瓶：君指南山松柏樹。

## 罟

【魚罟】王安石、純甫出釋惠崇畫：暮氣沈舟暗魚罟。

## 嫵

【娟嫵】蘇軾、上巳日與二三子出游：對立鵁鶄相娟嫵。

## 輔

【三輔】白居易、捕蝗：如自兩河及三輔。【歸輔】韓愈、龜山操：嗟余歸輔。

## 組

【尺組】王維、偶然作：腰間無尺組。【棄簪組】蘇軾、寄劉孝叔：大隱何曾棄簪組。

## 乳

【新乳】韋應物、長安遇馮著：颺颺燕新乳。【潑乳】蘇軾、越州張中舍壽樂堂：想見新茶如潑乳。【甘勝乳】蘇軾、送劉寺丞赴餘姚：龍井白泉甘勝乳。【流膏乳】蘇軾、次韻章傳道喜雨：朝畦泫泫流膏乳。【發茶乳】蘇軾、趙德麟餞引湖上：新火發茶乳。【發輕乳】蘇軾、宿臨安淨土寺：紫筍發輕乳。

## 弩

【千鈞弩】蘇軾、起伏龍行：何年白竹千鈞弩。

【如牛弩】李商隱、贈四同舍：狂來筆力如牛弩。

## 補

【小補】蘇軾、寄劉孝叔：平日立朝非小補。

【將何補】李白、遠別離：我縱言之將何補。

## 魯

【齊魯】蘇軾、於潛女：不信姬姜有齊魯。【鄒魯】王維、偶然作：昂藏出鄒魯。【齊與魯】無名氏、孤兒行：東到齊與魯。

## 櫓

【嗚櫓】王安石、純甫出釋惠崇畫：攲眼嘔軋如嗚櫓。

## 賭

【爲誰賭】無名氏、讀曲歌(3)：憔悴爲誰賭。

## 腐

【爲烘腐】蔡琰、悲憤詩：肝脾爲烘腐。

## 鹵

【莽鹵】韓愈、贈劉師服：後日懸知漸莽鹵。

【驕鹵】蘇軾、寄劉孝叔：君王有意誅驕鹵。

## 數

【不復數】王維、偶然作：用錢不復數。【不足數】李商隱、偶成轉韻七十二句贈四同舍：我生粗疏不足數。【何須數】杜甫、貧交行：紛紛輕薄何須數。【何足數】王安石、純甫出釋惠崇畫：畫史紛紛何足數。【從此數】杜甫、龍門閣：恐懼從此數。【魚可數】蘇軾、臘日遊孤山：水清石出魚可數。【誰復數】杜甫、發閬中：秋花錦石誰復數。【誰比數】蘇軾、蝎虎：陋質從來誰比數。

## 普

【九州普】蘇軾、次韻章傳道喜雨：吾君盛德九州普。

## 侮

【誰敢侮】蘇軾、起伏龍行：神物所蟠誰敢侮。

## 五

【二丈五】無名氏、綿州巴歌：二丈五。【十四五】黃庭堅、送鄭彥能宣德知福昌縣：眼中虛席十四五。【占十五】蘇軾、賀雨：風雨占十五。

【年十五】李頎、古意：遼東少婦年十五。

## 廡

【兩廡】蘇軾、夜過舒堯文戲作：弟子讀書喧兩廡。

## 斧

【買斧】韋應物、長安遇馮著：采山因買斧。

【汙質斧】蘇軾、寄劉孝叔：恐乏軍興汙質斧。

## 聚

【令屯聚】蔡琰、悲憤詩：不得令屯聚。【寒瘴聚】杜甫、法鏡寺：蕭摵寒瘴聚。

## 午

【卓午】李白、戲贈杜甫：頂戴笠子日卓午。

【亭午】杜甫、發劉郎浦：疾風颯颯皆亭午；蘇軾、上巳日與二三子出游：一枕春睡日亭午。

【旁午】蘇軾、次韻章傳道喜雨：未用賀客來旁午。【樹轉午】蘇軾、入寺：閒看樹轉午。

## 伍

【莫余伍】韓愈、龜山操：哀莫余伍。【醉無伍】蘇軾、和蔡景繁海州石室：持節郎中醉無伍。

## 縷

【幾縷】韋應物、長安遇馮著：鬢絲生幾縷。

【垂線縷】杜甫、龍門閣：仰望垂線縷。【橫碧縷】蘇軾、送劉寺丞赴餘姚：但見香煙橫碧縷。

【窮脈縷】蘇軾、寄劉孝叔：抉剔根株窮脈縷。

【擢煙縷】蘇軾、起伏龍行：鼻息爲雲擢煙縷。

## 部

【第一部】白居易、琵琶行：名屬教坊第一部。

【蛙兩部】蘇軾、贈王子直秀才：水底笙歌蛙兩部。

## 柱

【梁柱】韓愈、龜山操：不中梁柱。無名氏、瑯琊王歌：懸著中梁柱。【絃柱】蘇軾、乘月夜歸：淒風瑟縮經絃柱。【梟相柱】杜甫、龍門閣：浮梁梟相柱。

## 武

【文武】白居易、八駿圖：周從后稷至文武。【玄武】無名氏、綿州巴歌：一半屬玄武。【光武】李白、箜篌謠：唯有嚴陵及光武。【威武】李白、古風：天驕毒威武。【防黷武】白居易、折臂翁：不賞邊功防黷武。【挂神武】蘇軾、寄劉孝叔：未肎衣冠挂神武。【選何武】蘇軾、次韻章傳道喜雨：試向諸生選何武。

## 脯

【哺用脯】陳琳、飲馬長城窟行：生女哺用脯。

## 苦

【心苦】韓愈、河之水：三年不見兮使我心苦。【愁苦】杜甫、發閬中：避地何時免愁苦。【當苦】無名氏、孤兒行：命獨當苦。【窮苦】王維、偶然作：一生自窮苦；蘇軾、次韻張安道讀杜詩：詩人例窮苦。【一何苦】李白、丁督護歌：拖船一何苦。【未言苦】李白、梁甫吟：側足焦原未言苦。【世勤苦】白居易、八駿圖：積德累功世勤苦。【自言苦】無名氏、孤兒行：不敢自言苦。【此離苦】李白、遠別離：誰人不言此離苦。【空勞苦】蘇軾、寄劉孝叔：吏能淺薄空勞苦。【哭聲苦】白居易、母別子：白日無光哭聲苦。【越吟苦】王昌齡、南齋翫月：是夜越吟苦。【飲鹼苦】蘇軾、次韻章傳道喜雨：海畔居民飲鹼苦。【農工苦】蘇軾、上巳日與二三子出游：攜酒一勞農工苦。【燕鴻苦】李白、臨江王節士歌：燕鴻苦。【霜月苦】蘇軾、夜過舒堯文戲作：先生堂上霜月苦。【聲更苦】歐陽修、明妃曲和王介甫作：遺恨已深聲更苦。【關山苦】李白、古風：豈知關山苦。【辭且苦】韓愈、贈張功曹：君歌聲酸辭且苦。

## 取

【斷取】王安石、純甫出釋惠崇畫：異域山川能斷取。【不復取】無名氏、焦仲卿妻：終老不復取。杜甫、法鏡寺：微經不復取。【光難取】李商隱、燕臺四首：桂宮留影光難取。【君記取】蘇軾、賞枇杷：歲寒君記取。【那得取】杜甫、龍門閣：一墜那得取。【相迎取】無名氏、焦仲卿妻：還必相迎取。

## 撫

【摩撫】蘇軾、次韻章傳道喜雨：欲把瘡痍手摩撫。【獨撫】陶潛、停雲：春醪獨撫。【人不撫】白居易、五絃彈：古琴有絃人不撫。

## 浦

【海浦】韓愈、河之水：我有孤姪在海浦。【西江浦】王安石、純甫出釋惠崇畫：沙平水澹西江浦。【傍江浦】蘇軾、往富陽李節推先行：路長漫漫傍江浦。【臨煙浦】蘇軾、盈盈解佩臨煙浦。【橫秋浦】蘇軾、澄邁驛通潮閣：貪看白鷺橫秋浦。【垂楊浦】蘇軾、和船上小詩：蟬噪垂楊浦。【瀟湘浦】李白、臨江王節士歌：風號沙宿瀟湘浦。【瀟湘之浦】李白、遠別離：瀟湘之浦。

# 主

【英主】韓愈、永貞行：嗣皇卓犖信英主。【故主】蘇軾、於潛女：至今遺民悲故主。【移主】白居易、杏爲梁：去年身沒今移主。【齊主】王維、偶然作：鬬雞事齊主。【賓主】柳宗元、雨後曉行：偶此成賓主。【本無主】李賀、浩歌：世上英雄本無主。【見明主】李白、梁甫吟：我欲攀龍見明主。【事明主】李白、臨江王節士歌：照之可以事明主。【花無主】蘇軾、上巳日與二三子出游：壞垣古塹花無主。【誰作主】蘇軾、和蔡景繁海州石室：花老石空誰作主。【悟明主】白居易、胡旋女：數唱此歌悟明主。【湖山主】蘇軾、寄劉孝叔：歸作二浙湖山主。【還明主】蘇軾、次韻章傳道喜雨：收拾豐歲還明主。

# 杜

【蘭杜】王昌齡、南齋翫月：微風吹蘭杜。【朱藤杜】蘇軾、歸園田居、坐倚朱藤杜。【歌杕杜】蘇軾、送蔣穎叔：我欲歌杕杜。

# 祖

【佛祖】蘇軾、和蔣發運：此身眞佛祖。【高祖】韓愈、永貞行：文如太宗武高祖。【毛蟲祖】蘇軾、起伏龍行：尙作四海毛蟲祖。【教初祖】蘇軾、寄劉孝叔：更把安心教初祖。【從佛祖】蘇軾、送劉寺丞赴餘姚：君亦洗心從佛祖。【參佛祖】蘇軾、和蔡景繁海州石室：今年洗心參佛祖。

# 堵

【數堵】王安石、純甫出釋惠崇畫：金坡巨然山數堵。【環堵】杜甫、秋雨歎(二)：反鎖衡門守環堵。【遺堵】李白、古風：邊邑無遺堵。

# 虜

【戎虜】李白、古風：登高望戎虜。【斃降虜】蔡琰、悲憤詩：輒言斃降虜。

# 甒

【臥空甒】蘇軾、寄劉孝叔：寂寞虛齋臥空甒。

# 怒

【一怒】蘇軾、起伏龍行：有事徑須煩一怒。【大怒】無名氏、焦仲卿妻：槌牀便大怒。【爭怒】蘇軾、送劉寺丞赴餘姚。【欲吼怒】李白、遠別離：雷憑憑兮欲吼怒。【閽者怒】李白、梁甫吟：以額叩關閽者怒。

滸

【江滸】李白、丁督護歌：無由達江滸。

拄

【相撐拄】陳琳、飲馬長城窟行：死人骸骨相撐拄。

莽

【榛莽】李白、古風：嵯峨蔽榛莽。

塢

【村塢】柳宗元、雨後曉行：曉日明村塢；杜甫、發閬中：溪行盡日無村塢。【千花塢】蘇軾、上巳日與二三子出游：杖藜曉入千花塢。

譜

【新聲譜】歐陽修、明妃曲和王介甫作：漢宮爭按新聲譜。

母

【雲母】蘇軾、夜過舒堯文戲作：蠟紙燈籠晃雲母。

麌　鼓　殺　蠱　麆　煦　貐　琥　怙

嶁　昨　作　咻　楰　珇　簍　滷　謱

努　弣　肚　滬　齬　枸　鄅　膴　艣

覩　豎　簿　姥　拊　鬴　矩　隖　愈

祜　扈　甫　黼　莆　腑　俯　憮　簠

膴　估　詁　盬　牯　瞽　酤　俁　瑀

煦　踽　窶　楛　詡　栩　窳　炷　拄

剖　鵡　岵　溥　睹　瘉　傴　僂　蔞

【對偶】

李白、箜篌謠：攀天莫登龍，走山莫騎虎。

# 八 薺 古通紙

**薺**
【樹如薺】李商隱、偶成轉韻七十二句贈四同舍：廻望秦川樹如薺。

**禮**
【繁禮】王維、別綦毋潛：虛心削繁禮。【詩禮】蘇軾、送張軒民寺丞：傳家各自聞詩禮。

**體**
【建安體】王維、別綦毋潛：彌江建安體。

**米**
【薪米】蘇軾、歸園田居：門生餽薪米。

**啟**
【雪中啟】王維、別綦毋潛：潼關雪中啟。

**醴**
【玉爲醴】蘇軾、蜜酒歌：眞珠爲漿玉爲醴。

**陛**
【朝雲陛】王維、別綦毋潛：歷稔朝雲陛。

**洗**
【何曾洗】杜甫、狂歌行：頭脂足垢何曾洗。
【雨如洗】蘇軾、沂山祈雨有應：二麥枯時雨如洗。【待君洗】王維、別綦毋潛：塵纓待君洗。

**邸**
【平津邸】王維、別綦毋潛：高議平津邸。

**底**
【井底】蘇軾、雪齋：北望成都如井底。【積雪底】蘇軾、柳湖感物：南山孤松積雪底。

**弟**
【老兄弟】蘇軾、和孫叔靜：天涯老兄弟。【男拜弟】杜甫、狂歌行：女拜地妻男拜弟。【愚者弟】杜甫、狂歌行：賢者是兄愚者弟。【辭兄弟】李商隱、偶成轉韻七十二贈四同舍：東郊慟哭辭兄弟。

**悌**
【愷悌】白居易、驃國樂：民得和平君愷悌。

**遞**
【迢遞】韓愈、除官赴闕至江州寄鄂岳李大夫：望望長迢遞。

**濟**
【清濟】王維、別綦毋潛：截河有清濟。

**泚**
【清泚】王維、別綦毋潛：伊洛方清泚。【汗流泚】蘇軾、蜜酒歌：六月田夫汗流泚。

詆 抵 牴 柢 坻 娣 涕 蠡 澧

欐 鱧 綮 晵 棨 髀 禰 傒 媞

癠眯瀰醍緹

# 九蟹 古通紙

解

【結不解】無名氏、古詩客從遠方來：緣以結不解。

買

【一錢買】李白、襄陽歌：清風朗月不用一錢買。

灑

【數行灑】王維、送張舍人：欲以數行灑。

蟹駭楷獬廌澥騃嬭鍇

躧擺罷拐矮夥

# 十賄 古通紙

## 賄

【愁看賄】韓愈、鬬雞聯句：怯負愁看賄。

## 悔

【怨悔】白居易、太行路：當時美人猶怨悔。

【不復悔】陶潛、讀山海經⑽：化去不復悔。

【復何悔】陶潛、擬古九首⑼：今日復何悔。

## 改

【衰改】李白、古風：秋髮已衰改。【遷改】李白、對酒行：容顏有遷改。【山河改】陶潛、擬古九首：忽值山河改。【世事改】蘇軾、次韻江晦叔：浮雲世事改。【君心改】白居易、太行路：妾顏未改君心改。【容鬢改】韋應物、淮上卽事：宿昔容鬢改。【浮雲改】蘇軾、龜山辯才師：此身念念浮雲改。【憑君改】蘇軾、答邦直子由：此詩更欲憑君改。【瞥而改】韓愈、鬬雞聯句：植立瞥而改。

## 采

【呼大采】白居易、就花枝：笑擲骰盤呼大采。

## 彩

【五彩】李白、西嶽雲臺歌：榮光休氣紛五采。【沈光彩】李白、登高丘而望遠：白日沈光彩。【動光彩】李白、司馬將軍歌：北落明星動光彩。【發光彩】李白、寄遠：當窗發光彩。【駐光彩】李白、古風：吸景駐光彩。【凝鮮彩】韓愈、鬬雞聯句：洗刷凝鮮彩。【變光彩】李白、對海行：倏忽變光彩。

## 綵

【錦綵】韓愈、鬬雞聯句：翼揚拖錦綵。

## 海

【入海】李白、日出行：歷天又入海。【北海】李白、幽州胡馬客歌：牛馬散北海。【西海】李白、古風：白日落西海；李商隱、燕臺四首：化作幽光入西海。【江海】李白、觀博平王志安少府山水粉圖：丹青狀江海。【東海】李白、西嶽雲臺歌：洪波噴箭射東海；蘇軾、文登蓬萊閣：袖中有東海；李商隱、偶成轉韻七十二句贈四同舍：望見扶桑出東海。【雲海】蘇軾、九日閒居：登高望雲海。【滄海】曹操、觀滄海：以觀滄海；韋應物、淮上卽事：楚雨連滄海。【入蓬海】李白、對酒行：安期入蓬海。【光雲海】李白、送祝八之江東賦得浣沙石：明艷光雲海。

# 在

【江入海】蘇軾、游金山寺：宦游直送江入海。【波翻海】韓愈、鬬雞聯句：助叫波翻海。【東注海】陸游、觀峪江雪山：　要與此江東注海。【東流海】李白、梁園吟：空餘汴水東流海　。【浮滄海】陶潛、擬古九首(9)：　根株浮滄海。【望遠海】李白：登高丘而望遠：望遠海。【塡滄海】陶潛、讀山海經(十)：將以塡滄海。【濟滄海】李白、行路難：直挂雲帆濟滄海。

【安在】李白、登高丘而望遠：　三山流安在。【長在】李白、古風：年貌豈長在。【常在】陶潛：讀山海經：猛志固常在。【了然在】李商隱、偶成轉韻七十二句贈四同舍：白道書松了然在。【心獨在】韓愈、鬬雞聯句：劍戟心獨在。【白鷗在】李白、觀博平王志安少府山水：日見白鷗在。【何處在】韋應物、淮上卽事：廣陵何處去。【沙痕在】蘇軾、游金山寺：天寒尚有沙痕在。【今安在】李白、梁園吟：梁王宮闕今安在　。【風流在】蘇軾、讀開元天寶遺事：朔方老將風流在。【竟何在】李白、對酒行：羽化竟何在。【聖人在】李白、西嶽雲臺歌：千年一清聖人在。【猶得在】白居易、就花枝：三五年間猶得在。【腰支在】李商隱、燕臺四首（多）：空城舞罷腰支在。

# 罪

【爾何罪】韓愈、鬬雞聯句：碎首爾何罪。

# 宰

【庖宰】韓愈、鬬雞聯句：義肉恥庖宰。【會昌宰】李商隱、偶成轉韻七十二句贈四同舍：憶昔公爲會昌宰。

# 醢

【相醢】韓愈、鬬雞聯句：賊性專相醢。

# 餒

【飢餒】韓愈、鬬雞聯句：啄殷甚飢餒。

# 凱

【比歸凱】韓愈、鬬雞聯句：清厲比歸凱。

# 待

【相待】韋應物、淮上卽事：欲渡誰相待。【不相待】李白、古風：飄忽不相待。【長相待】李白、懷仙歌：應攀玉樹長相待。【空相待】李白、登高丘而望遠：秦皇漢武空相待。【紅芳待】李白、寄遠：留與紅芳待。【欲誰待】陶潛、擬古九首：寒衣欲誰待。李白、對海行：含情欲誰待。【虛懷待】李商隱、偶成轉韻七十二句贈四同舍：我時入謁虛懷待。【竦而待】韓愈、鬬雞聯句：小雞竦而待。

怠

【時未怠】韓愈、鬭雞聯句：瞋睛時未怠。

殆

【伺殆】韓愈、鬭雞聯句：側睨如伺殆。

倍

【勢益倍】韓愈、鬭雞聯句：小挫勢益倍。

隗

【慚始隗】韓愈、鬭雞聯句：受恩慚始隗。

紿

【巧紿】韓愈、鬭雞聯句：隨旋誠巧紿。

塏

【爽塏】韓愈、鬭雞聯句：地利挾爽塏。

浼

【汗流浼】韓愈、鬭雞聯句：旁驚汗流浼。

皠

【落羽皠】韓愈、鬭雞聯句：繽翻落羽皠。

亥

【困朱亥】韓愈、鬭雞聯句：神槌因朱亥。

乃

【再礪乃】韓愈、鬭雞聯句：再接再厲乃。

磊

【磊磊】陸游、觀嶓江雪山：姓名未死終磊磊。

載 鎧 猥 磈 嵬 蕾 瘣 儡 礧

櫑 錞 餧 茝 詒 蓓 鼐 � 寀

駘 欸 琲 頠 滙 璀 每 碨

【對偶】

李白、古風：黃河走東溟，白日落西海。

# 十一軫

古通吻阮旱潸銑梗迴寢

## 軫

【瑤軫】李白、北山獨酌寄韋六：拂霜弄瑤軫。

## 斂

【捷斂】韓愈、贈崔立之評事：崔侯文章苦捷斂。

## 引

【推引】韓愈、贈崔立之評事：豈有閒官敢推引。

## 盡

【食盡】李白、來日大難：道長食盡。【欲盡】黃庭堅、過家：少換老欲盡。【了不盡】李白、上雲樂：生死了不盡。【未渠盡】黃庭堅、曉起臨汝：客夢未渠盡。【荷將盡】蘇軾、題南溪竹上：陂塘水落荷將盡。【終年盡】蔡琰、悲憤詩：懷憂終年盡。

## 隼

【鷹隼】韓愈、贈崔立之評事：燕雀紛拏要鷹隼。

## 楯

【持矛楯】韓愈贈崔立之評事：爭名齟齬持矛楯。

## 閔

【嗟可閔】韓愈、贈崔立之評事：齒髮早衰嗟可閔。

## 泯

【泯泯】韓愈、贈崔立之評事：死後賢愚俱泯泯。

## 菌

【朽菌】韓愈、贈崔立之評事：拔擢杞梓收朽菌。【摧朝菌】韓愈、贈崔立之評事：霜風冽冽摧朝菌。

## 蚓

【螻蚓】韓愈、贈崔立之評事：往往蛟螭雜螻蚓。

## 靷

【嚴韅蚓】韓愈、贈崔立之評事：余始張軍嚴韅蚓。

## 畛

【畦畛】韓愈、贈崔立之評事：大夫終莫生畦畛。黃庭堅、過家：田園變畦畛。

## 哂

【自哂】李白、北山獨酌寄韋六：傲爾令自哂。黃庭堅、過家：顧影良自哂。

## 腎

【肝腎】韓愈、贈崔立之評事：不用雕琢愁肝腎。

## 牝

【玄牝】李白、北山獨酌寄韋六：兼得養玄牝。

## 窘

【家逾窘】韓愈、贈崔立之評事：技能虛富家逾窘。

## 蜃

【海蜃】韓愈、贈崔立之評事：頃刻青紅浮海蜃。

殞

【疏更殞】韓愈、贈崔立之評事：搣搣井梧疏更殞。

蠢

【蠢蠢】韓愈、贈崔立之評事：豈比恆人長蠢蠢。

緊

【淒緊】李白、北山獨酌寄韋六：林氣夕淒緊。

【遒緊】韓愈、贈崔立之評事：暮作千詩轉遒緊。

允尹忍準筍盾憫箘紖

診畛胗今紾脤臏賑隕

惷狁縝袗蹐純愍稛吮

朕稹囷黽嶙

# 十二吻 古通軫

粉 【面無粉】白居易、時世妝：顋不施朱面無粉。

隱 【買山隱】李白、北山獨酌寄韋六：未聞買山隱。

吻蘊憤謹近惲忿槿菫

坋弅墳沯听齔刎抆�

殷蚡

# 十三阮　古通銑

## 遠

【平遠】蘇軾、郭熙書秋山平遠：離離短幅開平遠。【荒遠】黃庭堅、題郭熙畫秋山：郭熙官畫但荒遠。【清遠】蘇軾、和子由送將官：中散談仙更清遠。【歸遠】劉長卿、送靈澈上人：青山獨歸遠。【一何遠】王維、戲贈張五弟諲三首：心尚一何遠。【日遙遠】秦嘉、贈婦詩三首：素日遙遠。【日趨遠】無名氏、古歌：離家日趨遠。【心自遠】蘇軾、次韻曹子元同遊西湖：豈獨湖開心自遠。【行路遠】柳惲、江南曲：祗言行路遠。【征駕遠】鮑照、代東門行：遙遙征駕遠。【海路遠】李白、古風：歸飛海路遠。【意方遠】李白、梁園吟：意方遠。【澗西遠】王維、贈錢少府歸藍田：人家澗西遠。【應不遠】蘇軾、寓居合江樓：蓬萊方丈應不遠。

## 本

【薤本】黃庭堅、戲答陳元輿：意根難拔如薤本。【巢歸本】黃庭堅、再答元輿：鳥倦歸巢巢歸本。

## 晚

【秋晚】蘇軾、郭熙書秋山平遠：漠漠疏林寄秋晚；黃庭堅、題郭熙書秋山：短紙曲折開秋晚。【未應晚】李白、梁園吟：欲濟蒼生未應晚。【白日晚】鮑照、代東門行：杳杳向日晚。【忽已晚】無名氏、古詩行行重行行：歲月忽已晚。【畏日晚】李白、天馬歌：倒行逆施畏日晚。【夏應晚】柳惲、江南曲：春花夏應晚。【常苦晚】秦嘉、贈婦詩三首：歡會常苦晚。【釣魚晚】李白、涇溪東旁寄鄭少府詩：歸向陵陽釣魚晚。【惜日晚】李白、金陵江上遇蓬池隱者：強笑惜日晚。【驚春晚】蘇軾、戴花：簾前柳絮驚春晚。【鐘聲晚】劉長卿、送靈澈上人：杳杳鐘聲晚。

## 返

【不顧返】無名氏、古詩行行重行行：游子不顧返。【何不返】柳惲、江南曲：故人何不返。【復空返】秦嘉、贈婦詩三首：空往復空返。

## 反

【疑未反】白居易、胡旋女：兵過黃河疑未反。

## 損

【入所損】李白、古風：盈滿天所損。

## 飯

【不能飯】秦嘉、贈婦詩三首：臨食不能飯。【加餐飯】無名氏、古詩行行重行行：努力加餐飯。【夜中飯】鮑照、代東門行：行子夜中飯。【始能飯】王維、戲贈張五弟諲三首：鐘動始能飯。【尚能飯】韓愈、秋懷詩：廉頗尚能飯。

偃

【息偃】韓愈、贈別元十八：不得留息偃。【思言偃】何遜、與蘇九德別：咫尺思言偃。

衮

【補衮】黃堅堅、再答元輿：男兒邂逅功補衮。

穩

【新句穩】杜甫、長吟：賦詩新句穩。

蹇

【屯蹇】秦嘉、贈婦詩三首：居世多屯蹇。

巘

【雲巘】蘇軾、郭熙畫秋山平遠：中流回頭望雲巘。蘇軾、陳氏園：徙倚望雲巘。【疊巘】黃庭堅、題郭熙畫秋山：歸雁行邊餘疊巘。

婉

【清且婉】蘇軾、往富陽李節推先行：騎馬少年清且婉。

踠

【蹴踠】韓愈、贈別元十八：而知駿蹴踠。

綣

【繾綣】韓愈、贈別元十八：裁詩示繾綣。

娩

【婉娩】韓愈、贈別元十八：能自媚婉娩。

輓

【自輓】韓愈、贈別元十八：不以藝自輓。

楗

【關楗】韓愈、贈別元十八：宮室發關楗。

阮　苑　阪　堰　遯　幰　楗　揵　菀

刌　蜿　晼　宛　畹　琬　閫　梱　壼

鯀　悃　捆　輥　緄　鱒　蕁　撙　很

貇　墾　畚　圈　盾　鄢　混　沌　鼴

鰋　蝘　烜　咺　焜　棍

# 十四旱 古通銑

## 旱

【炎旱】李白、流夜郎至西塞驛寄裴隱：俟時救炎旱。【乾坤旱】韓愈、遊青龍寺：九輪照燭乾坤旱。

## 管

【江南管】李白、流夜郎至西塞驛寄裴隱：寄爾江南管。【季月管】韓愈、遊青龍寺：秋灰初吹季月管。【催歌管】蘇軾、李少卿出餞：使君惜別催歌管。【舊歌管】李白、自代內贈：猶有舊歌管。

## 滿

【苦易滿】李白、短歌行：百年苦易滿。【秋月滿】李白、尋陽送弟昌峒鄱陽司馬作：期在秋月滿。【南雲滿】李白、寄遠：淚向南雲滿。【飛霜滿】李白、古風：坐看飛霜滿。【勇氣滿】李白、雉朝飛：啄食飲泉勇氣滿。【紅葉滿】韓愈、遊青龍寺：正值萬株紅葉滿。【香滿滿】李商隱、河內詩二首：陂路綠菱香滿滿。【秋草滿】蘇軾、白帝廟：荒城秋草滿。【淮泗滿】蘇軾、河復：鉅野東傾淮泗滿。【清陰滿】蘇軾、子由種杉竹：先生坐待清陰滿。【巖谷滿】蘇軾、次韻曹子方同遊西湖：清唱一聲巖谷滿。

## 短

【竹籬短】蘇軾、新城道中：野桃含笑竹籬短。【何短短】李白、短歌行：白日何短短。【音信短】李白、寄遠：天長音信短。【春光短】李白、流夜郎至西塞驛寄裴隱：人愁春光短。【春麥短】蘇軾、和子由送梁左藏：雨足誰言春麥短。【苦晝短】蘇軾、次韻王定國：勞生苦晝短。【暉景短】韓愈、遊青龍寺：日出卯南暉景短。

## 舘

【澄江舘】李商隱、偶成轉韻七十二句贈四同舍：謝遊橋上澄江舘。

## 緩

【遲緩】韓愈、遊青龍寺：汲汲來窺誡遲緩。【日已緩】無名氏、古詩行行重行行：衣帶日已緩。【日趨緩】無名氏、古歌：衣帶日趨緩。【不可緩】蘇軾、王敏仲：歸期不可緩。

## 盌

【玉椀】李白、雉朝飛：傾心酒美盡玉椀。

## 款

【門可款】韓愈、遊青龍寺：誰家多竹門可款。

嬾

【敢辭嬾】韓愈、遊青龍寺：今昔相從敢辭嬾。

傘

【火傘】韓愈、遊青龍寺：赫赫炎官張火傘。

卵

【頳虬卵】韓愈、遊青龍寺：金烏下啄頳虬卵。

散

【閒散】韓愈、遊青龍寺：況是儒官飽閒散。【百鳥散】蘇軾、舟中夜起：雞鳴鐘動百鳥散。【鳥雀散】蘇軾、擬古：庭空鳥雀散。【夢魂散】李白、大堤曲：吹我夢魂散。【應早散】蘇軾、夜飲：月未上時應早散。

伴

【歸伴】韓愈、遊青龍寺：霜楓千里隨歸伴。【晚相伴】李商隱、偶成轉韻七十二句贈四同舍：朱槿花嬌晚相伴。

誕

【怪誕】韓愈、遊青龍寺：卻信靈仙非怪誕。

罕

【宜罕】韓愈、遊青龍寺：時清諫疏尤宜罕。

澣

【濯澣】韓愈、遊青龍寺：側耳酸腸難濯澣。

斷

【間斷】韓愈、遊青龍寺：赤氣沖融無間斷。【心腸斷】鮑照、代東門行：行子心腸斷。【音信斷】李白、大堤曲：天長音信斷。【夢魂斷】李白、寄遠、吹我夢魂斷。【繡頸斷】李白、雉朝飛：爭雄鬬死繡頸斷。

算

【不算】韓愈、遊青龍行：躑躅成山開不算。

坦

【平坦】韓愈、遊青龍寺：鋤去陵谷置平坦。

窾

【崖窾】韓愈、遊青龍寺：刻畫圭角出崖窾。

纂

【纂纂】韓愈、遊青龍寺：橐下悲歌徒纂纂。

暖

【妍暖】韓愈、遊青龍寺：幸及亭午猶妍暖。【大堤暖】李白、大堤曲：花開大堤暖。【白日暖】李白、雉朝飛：白日暖。【苦不暖】杜甫、逃難：奔走苦不暖。【綠江暖】李白、寄遠：花明綠江暖。

煖　瑄　盥　繖　罕　瓚　筍　侃　疃

纘嘆蜑伹鄭衎瘟脘袒

亶稈皈濻蕠簒瘖寱悍

鐵趲

【對偶】

李白、雉朝飛：春天和，白日暖。

# 十五潸 古通軫吻 阮旱銑

## 眼

【苦在眼】謝朓、從斤竹澗越嶺溪行：薜蘿苦在眼。【迷君眼】白君易、胡旋女：祿山胡旋迷君眼。【清似眼】蘇軾、次韻曹子方同遊西湖：山下碧流清似眼。

## 簡

【蠹簡】蘇軾、次韻曹子方同遊西湖：何異書魚餐蠹簡。【羽陵簡】李白、贈衞尉張卿：閒綴羽陵簡。

## 板

【歌板】蘇軾、中秋見月寄子由：低昂起節隨歌板。

潸 琖 產 限 睅 撰 棧 綰 赧
戁 滻 嵼 醆 𤡬 剗 羼 丳 僝
睆 柬 揀 莞 僩 蝂 眅 鈑 憪
輚 嶘

【對偶】
李白、贈衞尉張卿：飢從漂母食，閒綴羽陵簡。

# 十六銑 古通琰豏阮旱感

## 善

【虎心善】王維、戲贈張五弟諲三首：階前虎心善。

## 遺

【不煩遺】王維、戲贈張五弟諲三首：浮念不煩遺。【得所遺】謝脁、從斤竹澗越嶺溪行：一悟得所遺。

## 淺

【不淺】王維、贈祖三詠：契濶余不淺。【深淺】王維、李處士山居：入雲樹深淺。【清淺】謝脁、從斤竹澗越嶺溪行：菰蒲冒清淺。；李商隱、燕臺四首：不見長河水清淺。；蘇軾、贈南禪：蓬萊又清淺。【歌眉淺】蘇軾、次韻曹子方同遊西湖：雲山已作歌眉淺。【爲人淺】王維、戲贈張五弟諲三首：自顧爲人淺。

## 轉

【宛轉】黃庭堅、戲答陳元輿：銀屏宛轉復宛轉。【迴轉】謝脁、從斤竹澗越嶺溪行：乘流翫迴轉。【輾轉】秦嘉、贈婦詩三首：伏枕獨輾轉。【千萬轉】李白、尋高鳳石門山中元丹丘：巳歷千萬轉。【虎眼轉】李白、涇溪東亭寄鄭少府諤：龍門蹙波虎眼轉。【車輪轉】無名氏、古歌：腸中車輪轉。【驚波轉】李白、贈衞尉張卿：浩浩驚波轉。

## 犬

【隔林犬】王維、贈錢少府歸藍田：時聞隔林犬。

## 冕

【軒冕】蘇軾、西湖月下聽琴：半生寓軒冕。【露冕】王維、送崔五太守：唯有白雲當露冕。

## 免

【自免】王維、李處士山居：小人甘自免。

## 展

【一日展】王維、贈祖三詠：不得一日展。【心莫展】謝脁、從斤竹澗越嶺溪行：折麻心莫展。【波頭展】蘇軾、次韻曹子方同遊西湖：詞源灩灩波頭展。

## 辨

【竟誰辨】謝脁、從斤竹澗越嶺溪行：事用竟誰辨。

## 勉

【勸勉】秦嘉、贈婦詩三首：誰與相勸勉。

## 卷

【不可卷】秦嘉、贈婦詩三首：匪石不可卷。【自舒卷】李白、望終南山寄紫閣隱者：天際自舒卷。【秋濤卷】蘇軾、和子由送梁左藏：城堅不怕秋濤卷。【摘叶卷】謝脁、從斤竹澗越嶺溪行：攀林摘叶卷。【書不卷】王維、戲贈張五弟湮三首：牀頭書不卷。

**顯**

【光未顯】謝朓、從斤竹澗越嶺溪行：谷幽光未顯。

**軟**

【松下軟】王維、戲贈張五弟湮三首：細草松下軟。

**巘**

【絕巘】王維、李處士山居：林上家絕巘。李白、贈衞尉張卿：昏霧橫絕巘。

**蹇**

【驕蹇】李白、贈衞尉張卿：陰陽乃驕蹇。【偃蹇】王維、戲贈張五弟湮三首：空林對偃蹇。

**峴**

【陟陘峴】謝朓、從斤竹澗越嶺溪行：迢遞陟陘峴。

**孌**

【婉孌】李白、古風：虎口何婉孌。

**泫**

【露猶泫】謝朓、從斤竹澗越嶺溪行：花上露猶泫。

**緬**

【陵緬】謝朓、從斤竹澗越嶺溪行：登淺亦陵緬。【太虛緬】王維、戲贈張五弟湮三首：澹爾太虛緬。

**銑典衍選輦繭辯篆翦**

餞踐眄喘蘚謇演棧舛
荈扁臠讞闡兗跣腆鮮
戩鉉吮辮件筧璉愞蝡
碝撚墠鱓墡單畎褊惼
瑑蜓殄靦甗蜆俛沔湎
趼鍵輾羂獮黽蕆輾[illegible]
搴蜎琄睍動愐鬋豩宂
癬狷燀諓錢趁僤[illegible]毨
雋繾㥏幝謭撰耎鞬諞
匾譔宴姺俴[illegible]

# 十七篠 古通巧皓 韻略同

## 小

【花錢小】李商隱、房中曲：翠帶花錢小。【波聲小】李賀、金銅仙人辭漢歌：渭城已遠波聲小。【秋毫小】蘇軾、送杭州杜戚陳三掾罷官歸鄉：五斗未可秋毫小。【留月小】李商隱、河內詩二首：願去閏年留月小。【衆山小】杜甫、望嶽：一覽衆山小。【書字小】蘇軾、再次回文韻：人遠寄情書字小。

## 鳥

【百鳥】韓愈、同冠峽：晨坐聽百鳥。【啼鳥】孟浩然、春曉：處處聞啼鳥。【歸鳥】杜甫、望嶽：決皆入歸鳥。【烏臼鳥】無名氏、讀曲歌：彈去烏臼鳥。

## 了

【事乃了】韓愈、同冠峽：蓋棺事乃了。【青未了】杜甫、望嶽：齊魯青未了。

## 曉

【升曉】韓愈、同冠峽：朝日忽升曉。【一曉】無名氏、讀曲歌：一年都一曉。【割昏曉】杜甫、望嶽：陰陽割昏曉。【不覺曉】孟浩然、春曉：春眠不覺曉。【未及曉】蘇軾、夜泛西湖：漁人收筒未及曉。【西簾曉】李商隱、房中曲：抱日西簾曉。【醉連曉】蘇軾、送杭州杜戚陳三掾罷官歸鄉：君獨歌呼醉連曉。

## 少

【已少】韓愈、同冠峽：春物亦已少。【多少】孟浩然、春曉：花落知多少。【音書少】黃庭堅、送王郎：何恨遠別音書少。

## 繞

【增繞】韓愈、同冠峽：詰曲思增繞。【憂患繞】蘇軾、送杭州杜戚陳三掾罷官歸鄉：隨手已遭憂患繞。

## 沼

【水爲沼】元結、石魚湖上醉歌：山爲樽水爲沼。

## 嬌

【輕嬌】蘇軾、送杭州杜戚陳三掾罷官歸鄉：尚戀微官失輕嬌。

## 蓼

【鳴枯蓼】蘇軾、送杭州杜戚陳三掾罷官歸鄉：秋風摵摵鳴枯蓼。

## 皎

【行復皎】蘇軾、送杭州杜戚陳三掾罷官歸鄉：月啖蝦蟇行復皎。

## 悄

【悄悄】蘇軾、送杭州杜戚陳三掾罷官歸鄉：船閣荒村夜悄悄。

篠表擾遶嬈紹杪眇皦
眺窱杳窅窈嬲嫋㒡褭
裊皛窕挑掉湫肇旐⿰丰兆
駣鮡慓摽縹渺緲訬藐
淼佋祒蟜撟嬌譑蹻褾
標嘌殍溔愀繚僚麃昭
夭佻燎趙

# 十八巧 古通篠

巧

【神巧】蘇軾、巫山：天工運神巧。【機巧】杜甫、贈李白：所歷厭機巧。【費工巧】黃庭堅、送王郎：鏤冰文章費工巧。【窮百巧】蘇軾、八月十日夜看月有懷：更笑老崔窮百巧。

飽

【不飽】杜甫、贈李白：蔬食常不飽；蘇軾、八月十日夜看月有懷：宛邱先生自不飽。

昴

【參昴】蘇軾、八月十日夜看月有懷：古柏陰中看參昴。

卯 狡 爪 鮑 撓 擾 絞 拗 茆

佼 姣 炒 獠 泖 媌 鉸 筊

# 十九皓 古通篠

## 皓

【綺皓】李白、山人勸酒：落落綺皓。【南山皓】李白、覽鏡書懷：終成南山皓。

## 寶

【不貪寶】蘇軾、飲酒：獲此不貪寶。【以爲寶】無名氏、古詩廻車駕言邁：榮名以爲寶。

## 早

【不早】杜甫、遣興：默識蓋不早；韓愈、秋懷詩：爾生還不早。【寒早】李白、慈姥竹：虛聲帶寒早。【秋風早】李白、長干行二首：落葉秋風早。【苦不早】無名氏、古詩廻車駕言邁：立身苦不早；儲光義、田家雜興：衣裳苦不早；李白、行路難：李斯稅駕苦不早。【春還早】李白、鳴臯歌：麒麟閣上春還早。【眠常早】陶潛、雜詩：起晚眠常早。【鴻飛早】李白、荊州賊平臨洞庭言懷作：木落鴻飛早。

## 老

【人易老】蘇軾、法惠寺橫翠閣：不獨憑欄人易老。【不速老】無名氏、古詩廻車駕言邁：焉得不速老。【不知老】陶潛、雜詩：我慮不知老；李白、山人勸酒：勸酒相歡不知老。【天亦老】李賀、金銅仙人辭漢歌：天若有情天亦老。【令人老】徐幹、室思：鬱結令人老；曹植、雜詩六首：沈憂令人老。【舟中老】白居易、海漫漫：童男丱女舟中老。【君已老】王維、崔興宗寫眞詠：如今君已老。【沙場老】王昌齡、塞上曲：皆向沙場老。【泣遺老】李白、金陵白楊十字巷：樵辭泣遺老。【青娥老】白居易、長恨歌：椒房阿監青娥老。【佳人老】蘇軾、和太虛梅花：十年迯迯佳人老。【招我老】蘇軾、玉堂栽花：竹簟暑風招我老。【紅顏老】李白、長干行二首：坐愁紅顏老。【南山老】李白、金陵歌：他年來訪南山老。【秋荷老】蘇軾、催試官考較戲作：劍潭橋畔秋荷老。【妾已老】李白、去婦詞：君歸妾已老。【盡衰老】李白、戰城南：三軍盡衰老。【嘆衰老】李白、贈韋侍御黃裳：無爲嘆衰老。

## 好

【春好】李白、聽新鶯百囀歌：紫殿紅樓覺春好。【美好】李白、山人勸酒：骨靑髓綠長美好。【清好】蘇軾、中秋見月寄子由：堂前月色愈清好。【夕陽好】李白、鳴臯歌：著書却憶夕陽好。【方姸好】李白、去婦詞：新寵方姸好。【生女好】杜甫、兵車行：反是生女好。【吹應好】李白、慈姥竹：鳳曲吹應好。【何用好】韓愈、秋懷詩：既晚何用好。【風雨好】儲光羲、田家雜興：愧彼風雨好。【香仍好】蘇軾、惠州近城小山：花曾識面香仍好。【斜更好】蘇軾、和秦太虛梅花：竹外一枝斜更好。【幾時好】李白、妾薄命：能得幾時好。【紫騮好】王昌齡、塞上曲：矜誇紫騮好；蘇軾、法惠寺橫翠閣：雕欄能得幾時好。【隨處好】蘇軾、催試官考較戲作：月色隨處好。【舊時好】王維、崔興宗寫眞詠：知君舊時好。【顏色好】杜甫、贈李白：使我顏色好。【鬬清好】蘇軾、再和潛師：玉羽瓊枝鬬清好。

## 道

【古道】李白、鳴臯歌：青松來風吹古道。【同道】儲光羲、田家雜興：同田復同道。【河道】李白、猛虎行：旌旗繽紛兩河道。【遠道】無名氏、古詩涉江采芙蓉：所思在遠道；無名氏、飲馬長城窟行：緜緜思遠道；李白、冬歌：裁縫寄遠道。【達道】杜甫、遣興：未必能達道。【不可道】王維、贈祖三詠：離居不可道。【不能道】李白、金陵歌：此地傷心不能道。【何足道】李白、行路難：上蔡蒼鷹何足道。【空名道】陶潛、雜詩：用此空名道。【虎丘道】白居易、眞娘墓：眞娘墓虎丘道。【咸陽道】李賀、金銅仙人辭漢歌：衰蘭送客咸陽道。【城南道】李商隱、河內詩二首：低樓小徑城南道。【相逢道】李商隱、河內詩二首：短襟小鬢相逢道。【豈足道】韓愈、秋懷詩：泯滅豈足道。【涉長道】無名氏、古詩廻車駕言邁：悠悠涉長道。【莫復道】曹植、雜詩六首：去去莫復道。【欲湖道】裴迪、宮槐陌：是向欲湖道。【萬里道】徐幹、室思：悠悠萬里道。【葱河道】李白、戰城南：今年戰葱河道。【關山道】李白、去婦詞：獨夢關山道。【蕭關道】王昌齡、塞上曲：八月蕭關道。

## 惱

【愁惱】徐幹、室思：何爲自愁惱。【熱惱】蘇軾、再和潛師：爲散冰花除熱惱。【被花惱】蘇軾、和秦太虛梅花：爲愛君詩被花惱。

## 島

【江島】李白、慈姥竹：含煙映江島。【洲島】元結、石魚湖上醉歌：酒徒歷歷坐洲島。【蓬島】蘇軾、催試官考較戲作：況我官居似蓬島。【蓬萊島】白居易、海漫漫：眼穿不見蓬萊島。

## 倒

【顚倒】李白、猛虎行：戰鼓驚山欲顚倒。

## 禱

【祈禱】白居易、海漫漫：上元太一虛祈禱。

## 抱

【懷抱】陶潛、雜詩：冰炭滿懷抱；李白、荊州賊平臨洞庭言懷作：去國傷懷抱；杜甫、遣興：何其掛懷抱。【不盈抱】無名氏、古詩新樹蘭蕙葩：日暮不盈抱。【每更抱】儲光羲、田家雜興：兒孫每更抱。【送懷抱】無名氏、古詩新樹蘭蕙葩：臨風送懷抱。

## 考

【長壽考】無名氏、古詩廻車駕言邁：豈能長壽考。

## 燥

【酒不燥】陶潛、雜詩：觴中酒不燥。

## 槁

【枯槁】無名氏、古詩新樹蘭蕙葩：繁華會枯槁；杜甫、遣興：頗亦恨枯槁；李白、自漢陽病酒歸寄王明府：琉璃硯水長枯槁。【凋槁】韓愈、秋懷詩：衆木日凋槁。【骨應槁】蘇軾、和秦太虛梅花：西湖處士骨應槁。

## 潦

【海潦】韓愈、薦士：奮猛卷海潦。

## 保

【自保】李白、行路難：陸機雄才豈自保。【相保】陶潛、雜詩：子孫還相保；韓愈、秋懷詩：婉孌死相保。【焉足保】徐幹、室思：賤軀焉足保。

## 草

【白草】李白、行行遊且獵篇：胡馬秋肥宜白草。【百草】無名氏、古詩：東風搖百草；李白、擬古：流螢飛百草；杜甫、兵車行：生男埋沒隨百草。【芳草】無名氏、古詩涉江采芙蓉：蘭澤多芳草；李白、山人勸酒：蝴蝶忽然滿芳草。【秋草】王維、贈祖三詠：落日照秋草；李白、去婦詞：傷心剝秋草；儲光羲、田家雜興：鶗鴂傷秋草；白居易、長恨歌：西宮南內多秋草。【春草】謝靈運、登池上樓：池塘生春草；李白、送舍弟：應得池塘生春草。【剪草】李白、白馬篇：殺人如剪草。【煙草】李白、鳴皋歌：綠蘿飛花覆煙草。【瑤草】杜甫、贈李白：方期拾瑤草。【蔓草】白居易、海漫漫：畢竟悲風吹蔓草。【霜草】李白、覽鏡書懷：白髮如霜草。【露草】蘇軾、中秋見月寄子由：咽咽寒蛩鳴露草。【九芝草】李商隱、河內詩二首：八桂林邊九芝草。【西園草】李白、長干行二首：雙飛西園草。【杜蘅草】無名氏、古詩新樹蘭蕙葩：雜用杜蘅草。【河畔草】無名氏、飲馬長城窟行：青青河畔草。【東城草】李白、荊州賊平臨洞庭言懷作：月明東城草。【長春草】李白、金陵歌：目下離離長春草。【洛陽草】李白、猛虎行：胡馬翻銜洛陽草。【雪中草】李白、戰城南：放馬天山雪中草。【閒庭草】李白、贈友人：別是閒庭草。【黃蘆草】王昌齡、塞上曲：處處黃蘆草。【墓頭草】白居易、眞娘墓：惟見眞娘墓頭草。【對芳草】李商隱、河內詩二首：猶自金鞍對芳草。【暮春草】徐幹、室思：忽若暮春草。【斷根草】李白、妾薄命：今成斷根草。【瀛洲草】李白、侍從宜春苑奉詔賦龍池柳色初青聽新鶯百囀歌：東風已綠瀛洲草。

## 昊

【畀昊】蘇軾、和秦太虛梅花：收拾餘香還畀昊。【蒼昊】李白、荊州賊平臨洞庭湖言懷作：吾將問蒼昊。【窮呼昊】蘇軾、再和潛師：忍飢未擬窮呼昊。

## 浩

【浩浩】無名氏、古詩涉江采芙蓉：　長路漫浩浩。

## 杲

【日杲杲】黃庭堅、送王郎：孔孟行世日杲杲。

## 蚤

【月出蚤】蘇軾、和秦太虛梅花：殘雪消遲月出蚤。【霜鐘蚤】蘇軾、再和潛師：洗妝自趁霜鐘蚤。

## 掃

【不能掃】李白、長干行二首：　苔深不能掃。【紅不掃】白居易、長恨歌：落葉滿堦紅不掃。【咽不掃】李白、去婦詞：流泉咽不掃。【迹如掃】杜甫、贈李白：山林迹如掃。【紛不掃】蘇軾、和秦太虛梅花：貼綴舂腰紛不掃。【淨洒掃】蘇軾、將至廣州：閉戶淨洒掃。【無人掃】裴迪、宮槐陌：落葉無人掃；蘇軾、驪山：落花滿地無人掃。

棗稻造腦擣討埽嫂獠
葆堡褓鴇槀皡顥鎬鄗
慅滈繰璪阜襖繅䫿蚤
澡灝栲媪夭暠縞橑夰
恅芺栳碯套璅媢澇燠

【對偶】

李白、山人勸酒：蒼蒼雲松，落落綺皓。　李、
李白、慈姥竹：翠色落波深，虛聲帶寒早。　李

白、荆州賊平臨洞庭言懷作：風悲猿嘯苦，木落鴻飛早。李白、慈姥行：龍吟曾未聽，鳳曲吹應好。李白、戰城南：去年戰桑乾源，今年戰葱河道。李白、荆州賊平臨洞庭言懷作：日隱西赤泬，月明東城草。李白、戰城南：洗兵條支海上波，放馬天山雪中草。

# 二十哿

古轉馬韻 略通馬

## 火

【猛火】蘇軾、送蔡冠卿知饒州：欲試良玉須猛火。【改新火】蘇軾、徐使君分新火：三見清明改新火。【青藜火】蘇軾、讀山海經：安知青藜火。【松明火】蘇軾、即題：夜燒松明火。【燒且火】杜甫、憶昔行：階除灰死燒且火。

## 舸

【輕舸】杜甫、憶昔行：洪河怒濤過輕舸。

## 柁

【瀟湘柁】杜甫、憶昔行：南浮早鼓瀟湘柁。

## 沱

【大雨沱】韓愈、讀東方朔雜事：濯手大雨沱。

## 厄

【屈厄】李白、君馬黃：壯夫時屈厄。

## 我

【過我】蘇軾、送蔡冠卿知饒州：臨事迂濶乃過我。【啼向我】杜甫、憶昔行：青兕黃熊啼向我。

## 娜

【婀娜】杜甫、憶昔行：金節羽衣飄婀娜。

## 可

【無一可】蔡琰、悲憤詩：欲生無一可；蘇軾、徐使君分新火：欲事煎烹無一可。【無不可】杜甫、憶昔行：倏忽東西無不可。

## 軻

【長轗軻】蘇軾、送蔡冠卿知饒州：人生不信長轗軻。

## 果

【使願果】杜甫、憶昔行：晚歲何功使願果。

## 裹

【誰不裹】蘇軾、送蔡冠卿知饒州：布路金珠誰不裹。

## 鎖

【青銅鎖】杜甫、憶昔行：盧老獨啟青銅鎖。【昏暗鎖】蘇軾、徐使君分新火：照破十方昏暗鎖。

## 瑣

【飛花瑣】王維、洛陽兒女行：九微片片飛花瑣。

## 墮

【柳花墮】蘇軾、游鶴林招隱：睡餘柳花墮。【淚交墮】杜甫、憶昔行：仙賞心違淚交墮。

## 坐

【危坐】蘇軾、徐使君分新火：臨皋亭中一危坐。【五步坐】杜甫、憶昔行：三步回頭五步坐。【閉戶坐】蘇軾、安節將去：歸來閉戶坐。【薰香坐】王維、洛陽兒女行：妝成祇是薰香坐。

麽

【麽麽】杜甫、憶昔行：艮岑青輝麽麽。

頗

【分亦頗】蘇軾、送蔡冠卿知饒州：昔號剛强今亦頗。

禍

【厄禍】蔡琰、悲憤詩：乃遭此厄禍。　【買身禍】白居易、草茫茫：暫借泉中買身禍。

顆

【飯顆】蘇軾、徐使君分新火：只有清詩嘲飯顆。
【饋魏顆】蘇軾、送蔡冠卿知饒州：他日老人饋魏顆。

佐

【仍猶佐】杜甫、憶昔行：至今夢想仍猶佐。

哿　笴　瑳　韇　哆　拕　儺　荷　坷

左　蜾　朵　垛　惰　妥　裸　贏　蓏

跛　簸　叵　夥　輠　砢　髻　裸　那

卵　娑　脞　夥　埵　爹　倮　婐　橢

隓　姽　峩　揣

# 二十一馬 古通哿

## 馬

【石馬】杜甫、玉華宮：故物獨石馬。【金馬】王維、送張舍人：薄暮辭金馬。【車馬】王維、過李楫宅：終日無車馬。【朔馬】謝朓、落日悵望：涼風懷朔馬。【馴馬】無名氏、孤兒行：駕馴馬。【騎馬】李白、襄陽曲四首：倒着還騎馬。【不羈馬】蘇軾、贈仲勉子文：有子才如不羈馬。【出無馬】李商隱、　偶成轉韻七十二句贈四同舍：著破藍衫出無馬。【行車馬】阮籍、　詠懷詩：不見行車馬。【言視馬】無名氏、孤兒行：大嫂言視馬。【沈白馬】蘇東坡、河復：初遣越巫沈白馬。【風爲馬】傅玄、吳楚歌：雲爲車兮風爲馬。【尋春馬】蘇軾、和董傳留別：囊空不辦尋春馬。【騎大馬】韓愈、汴州亂：昨日乘車騎大馬。

## 下

【涕下】陳子昂、登幽州臺歌：獨愴然而涕下。【堂下】李頎、聽董大彈胡笳弄：野鹿呦呦走堂下。【天西下】李商隱、燕臺四首：天東日出天西下。【東南下】阮籍、詠懷：離獸東南下　。【東窗下】謝朓、落日悵望：高枕東窗下；　蘇軾、微雪懷子由：遙知讀易東窗下。【明月下】王維、白石灘：浣紗明月下。【高陽下】李白、襄陽曲四首：酩酊高陽下。【乘着下】韓愈、汴州亂：坐者起趨乘者下。【陰山下】無名氏、敕勒歌：陰山下。【絕壁下】杜甫、玉華宮：遺構絕壁下。【寒林下】王維、過李楫宅：犬吠寒林下。【意愈下】王維、夷門歌：執轡愈恭意愈下。【雲端下】蘇軾、儋耳：垂天雌霓雲端下。【潯陽下】王維、送張舍人：當自潯陽下。【隨流下】蘇軾、河復：薪芻萬計隨流下。【驚復下】王維、欒家瀨：向鷺驚復下。【靈臺下】　李商隱、偶成轉韻七十二句贈四同舍：歸來寂莫靈臺下。【雙鷺下】蘇軾、谿陰堂：白水滿時雙鷺下。

## 者

【來者】陳子昂、登幽州臺歌：　後不見來者。【謁者】王維、送張舍人：守官唯謁者。【安貧者】王維、過李楫宅：樂道安貧者。【好事者】韓愈、桃源圖：武陵太守好事者。【何爲者】蘇軾、送曹輔：今我何爲者。【長年者】杜甫、玉華宮：誰是長年者。【抱關者】王維、夷門歌：嬴乃夷門抱關者。【與吹者】阮籍、詠懷：　誰可與吹者。【離居者】謝朓、落日悵望：復思離居者。

### 野

【四野】無名氏、敕勒歌：籠蓋四野。【草野】曹植、梁甫行：寄身於草野。【曠野】阮籍、詠懷：悠悠分曠野。【花在野】傅玄、吳楚歌：玉在山谷花在野。【秀而野】蘇軾、獨樂園：花竹秀而野。【蒼梧野】李商隱、燕臺四首：堂中遠甚蒼梧野。

### 雅

【風雅】王維、送張舍人：高文有風雅；李白、贈常侍御：季葉輕風雅。

### 瓦

【古瓦】杜甫、玉華宮：蒼鼠竄古瓦。【長平瓦】李白、贈常侍御：氣指長平瓦。【雨墮瓦】李頎、聽董大彈胡笳弄：長風吹林雨墮瓦。

### 寡

【女龍寡】李商隱、燕臺四首：雌鳳孤飛女龍寡。【方知寡】王維、送張舍人：當是方知寡。【偏爲寡】謝朓、落日悵望：案牘偏爲寡。

### 社

【宗社】李白、贈常侍御：周秦保宗社。【不及社】黃庭堅、寄陳適用：歸燕不及社。【洛陽社】謝朓、落日悵望：方憩雒陽社；王維、過李楫宅：還歸洛陽社。

### 寫

【自寫】阮籍、詠懷：晤言用自寫。

### 瀉

【哀湍瀉】杜甫、玉華宮：壞道哀湍瀉。【浩如瀉】蘇軾、定惠院月夜偶出：竹露無聲浩如瀉。【澄湖瀉】王維、送張舍人：石鏡澄湖瀉。

### 也

【我心也】王維、送張舍人：廬山我心也。

### 把

【行當把】謝朓、落日悵望：秋菊行當把。【行尚把】王維、過李楫宅：道書行尚把。【向堪把】王維、白石灘：綠蒲向堪把。【淚盈把】杜甫、玉華宮：浩歌淚盈把。【菊盈把】王維、送張舍人：陶潛菊盈把。【無一把】李商隱、偶成轉韻七十二句贈四同舍：玉骨瘦來無一把。

### 廈

【廣廈】黃庭堅、寄陳適用：朱翠羅廣廈。

### 灑

【飄灑】李頎、聽董大彈胡笳弄：幽音變調忽飄灑。【瀟灑】李白、贈常侍御：功成復瀟灑；杜甫、玉華宮：秋色正瀟灑。

### 舍

【未遑舍】謝朓、落日悵望：日晏未遑舍。

夏冶鮓賈假捨褚笮嘏
檟蕏若踝姐哆啞灺且
銙撦疋奼䰐髁諰庌輠
冎

【對偶】
王維、送張舍人：清晨聽銀蚪，薄暮辭金馬。
王維、送張舍人：香爐遠峯出，石鏡澄湖瀉。

# 二十二養 古通講

養

【能養】王維、謁璿上人：餘生幸能養。

鞅

【輪鞅】陶潛、田園歸居：窮巷寡輪鞅。【羈鞅】王維、謁璿上人：空性無羈鞅。

象

【萬象】王維、謁璿上人：覆載紛萬象。【頸如象】白居易、八駿圖：背如龍兮頸如象。

仰

【俯仰】蘇軾、望湖樓：水枕能令山俯仰；蘇軾、雨後荇菜：風葉漸俯仰。【瞻仰】王維、謁璿上人：焚香此瞻仰。

朗

【一何朗】陸機、赴洛道中作：明月一何朗。

獎

【外獎】李白、酬斐侍御對雨感時見贈：忠義非外獎。【莫能獎】王維、偶然作：仁義莫能獎。【無生獎】王維、謁璿上人：願以無生獎。

敞

【臥閒敞】孟浩然、夏日南亭懷辛大：開軒臥閒敞。

往

【長往】王維、偶然作：胡為乃長往；杜甫、玄都壇歌寄元逸人：知君此計成長往。【來往】陶潛、田園歸居：披草共來往。【多還往】李白、少年行：不如當代多還往。【自來往】李頎、聽安萬善吹觱栗歌：常飆風中自來往。【銜思往】陸機、赴洛道中作：朝但銜思往。

顙

【大顙】李頎、送陳章甫：虬鬚虎眉仍大顙。

讜

【陷忠讜】李白、酬斐侍御對雨感時見贈：蝨賊陷忠讜。

杖

【竹杖】王維、謁璿上人：窗前筇竹杖。

響

【清響】王維、送宇文太守赴宣城：秋空多清響。【人語響】王維、鹿柴：但聞人語響。【抱葉響】蘇軾、壽星院寒碧軒：日高山蟬抱葉響。【春雨響】王維、謁璿上人：長廊春雨響。【剪刀響】蘇軾、四時：深院無人剪刀響。【悲風響】陸機、赴洛道中作：側聽悲風響。【滴清響】孟浩然、夏日南亭懷辛大：竹露滴清響。

想

【長想】陸機、赴洛道中作：振衣獨長想。【夢想】孟浩然、夏日南亭懷辛大：中宵勞夢想。

【杯盤想】蘇軾、雨後行菜：已作杯盤想。【絕塵想】陶潛、田園歸居：虛室絕塵想。【無心想】王維、偶然作：茫然無心想。

## 爽

【蕭爽】杜甫、玄都壇歌寄元逸人：致身福地何蕭爽。

## 廣

【日已廣】陶潛、歸田園居：我土日已廣。【脩且廣】陸機、赴洛道中作：山川脩且廣。【寒潮廣】王維、送宇文太守赴宣城：月明寒潮廣。

## 丈

【百丈】李白、少年行：遮莫枝根長百丈。【三千丈】李白、秋浦歌：白髮三千丈。

## 莽

【草莽】陶潛、歸田園居：零落同草莽；李頎、送陳章甫：不肯低頭在草莽。【宿莽】李白、酬裴侍御對雨感時見贈：堂上羅宿莽。【塗草莽】李白、戰城南：士卒塗草莽。【遵平莽】陸機、赴洛道中作：安轡遵平莽。

## 長

【年已長】王維、謁璿上人：識道年已長。【桑麻長】陶潛、歸田園居：但道桑麻長。

## 上

【東上】孟浩然、夏日南亭懷辛大：池月漸東上。【古查上】王維、鸕鶿堰：銜魚古查上。【靑苔上】王維、鹿柴：復照靑苔上。【南陌上】王維、偶然作：行歌南陌上。

## 網

【挂世網】蘇軾、送呂行甫：誤出挂世網。【罟師網】王維、送宇文太守赴宣城：復辭罟師網。【嬰世網】王維、謁璿上人：不復嬰世網。

## 蕩

【坦蕩】李頎、送陳章甫：陳侯立身何坦蕩。

## 壤

【天壤】王維、謁璿上人：陋彼示天壤。【擊壤】王維、偶然作：何事須擊壤。

## 賞

【不能賞】李頎、聽安萬善吹觱篥歌：世人能聽不能賞。【舟中賞】王維、送宇文太守赴宣城：迢遞舟中賞。【知音賞】孟浩然、夏日南亭懷辛大：恨無知音賞。【靑霞賞】李白、酬裴侍御對雨感時見贈：瀟灑靑霞賞。【冀君賞】李白、白紵辭三首：冀君賞。

痒　怏　泱　像　橡　槳　昶　氅　枉

迋　彊　穰　沆　崵　盪　蕩　惘　昉

放　仿　駔　兩　緉　[illegible]　儻　曩　掌

黨榜享仗幌晃漭繈襁
紡蔣盎蜽鴦潒髒蒼倣
罔輞蟒滉吭饟魍䁳搶
恍慌蚌廠慷獷盪坱嚮

# 二十三梗 古通軫 略通迴

## 梗

【含梗】韓愈、秋懷詩：浮念劇含梗。

## 影

【孤影】陶潛、雜詩：揮杯勸孤影。【清影】杜甫、遊龍門奉先寺：月林散清影。【池中影】王維、林園卽事：花對池中影。

## 景

【日景】韓愈、秋懷詩：端坐盡日景。【好風景】王維、林園卽事：彌傷好風景。【空中景】陶潛、雜詩：蕩蕩空中景。

## 井

【舟砂井】王維、林園卽事：詎有丹砂井。【俗無井】杜甫、引水：亂石崢嶸俗無井。

## 嶺

【東嶺】陶潛、雜詩：素月出東嶺。【商嶺】韓愈、答張徹：疊雪走商嶺。【雲嶺】蘇軾、和錢安道寄惠建茶：道路幽險隔雲嶺。【東西嶺】蘇軾、游西菩提寺：白雲自占東西嶺。【移翠嶺】王維、林園卽事：白雲移翠嶺。

## 領

【各不領】陶潛、飲酒：發言各不領。

## 境

【異境】陶潛、飲酒詩：取舍邈異境。【安期境】蘇軾、桃花源：蒲澗安期境。【招提境】杜甫、遊龍門奉先寺：更宿招提境。

## 警

【虛警】韓愈、秋懷詩：慼慼報虛警。【句愈警】蘇軾、鑒空閣：對月句愈警。

## 請

【朝請】韓愈、秋懷詩：王事有朝請。

## 屏

【幽屏】韓愈、秋懷詩：卽此是幽屏。

## 永

【知夕永】陶潛、雜詩：不眠知夕永。【日初永】蘇軾、四時詞：垂柳陰陰日初永。【春晝永】蘇軾、孫莘老寄墨：蓬來春晝永；蘇軾、送魯元翰：閉門春晝永。【眞味永】蘇軾、和錢安道寄惠建茶：啜過始知眞味永。【寒夜永】韓愈、秋懷詩：蟲弔寒夜永。【鐘漏永】蘇軾、九月十五日邇英講論語：鈴索不搖鐘漏永。

## 騁

【馳騁】韓愈、秋懷詩：文字浪馳騁。【不獲騁】陶潛、雜詩：有志不獲騁。

穎 【差若穎】陶潛、飲酒：兀傲差若穎。

頃 【俄頃】王維、村園卽事：銷憂冀俄頃。

整 【不能整】王維、村園卽事：髮亂不能整。

靜 【寂靜】白居易、兩朱閣：妝閣妓樓何寂靜。【千山靜】蘇軾、靑牛嶺小寺：崖泉咽咽千山靜。【不能靜】陶潛、雜詩：終曉不能靜。【文書靜】蘇軾、九月十五日邇英講論語：玉堂晝掩文書靜。【高蜂靜】蘇軾、四時詞：蜜脾已滿高蜂靜。【晝方靜】王維、林園卽事：閒門晝方靜。

省 【心力省】杜甫、引水：魚復移居心力省。【登台省】杜甫、醉時歌：諸公袞袞登台省。【登廊省】蘇軾、答子勉：君不登廊省。

省 【深省】杜甫、遊龍門奉先寺：令人發深省。【心自省】蘇軾、和錢安道寄惠建茶：口不能言心自省。

幸 【自幸】韓愈、秋懷詩：味薄眞自幸。

郢 【鄢郢】王維、林園卽事：前山包鄢郢。

猛 【前猛】韓愈、秋懷詩：趨迎悼前猛。

癭 【荊州癭】王維、林園卽事：人帶荊州癭。

綆 【修綆】韓愈、秋懷詩：汲古得修綆。

秉 【燭當秉】陶潛、飲酒：日沒燭當秉。

鯁 【骨鯁】蘇軾、和錢安道寄惠建茶：張禹縱賢非骨鯁。

冏 【冏冏】韓愈、秋懷詩、月吐窗冏冏。

冷 【獨冷】杜甫、醉時歌：廣文先生官獨冷。【枕席冷】陶潛、雜詩：中夜枕席冷。【金盤冷】蘇軾、四時歌：蔗漿酪粉金盤冷。【金鴨冷】蘇軾、寒食夜：沈麝不燒金鴨冷。

餅 逞 頴 眚 頸 炳 杏 丙 邴

打 哽 耿 璟 憬 荇 獷 併 皿

靚礦艋蜢黽怲鞕竫檠

悜晴裎

【對偶】

王維、林園卽事：松含風裏聲，花對池中影。

王維、林園卽事：地多齊后殰，人帶荊州癭。

# 二十四迥 古通軫

炯
【光炯炯】蘇軾、和錢安道寄惠建茶：透紙自覺光炯炯。

茗
【山茗】蘇軾、和錢安道寄惠建茶：嘗盡溪茶與山茗。【一甌茗】蘇軾、飲酒：酌我一甌茗。

醒
【獨醒】蘇軾、莫笑銀杯小：獨飲仍獨醒。【呼不醒】蘇軾、簡陳季常：溪堂醉臥呼不醒。【終年醒】陶潛、飲酒：一夫終年醒。

迥 挺 梃 艇 鋌 町 溟 酊 嫇
奵 謦 餇 褧 冼 珽 剄 莛 竝
等 鼎 頂 泂 詗 婞 侹 脛 肯
頲 濘 拯 酩

# 二十五有　古獨用 略同韻

## 有

【九有】蘇軾、石鼓歌：竟使秦人有九有。【何有】王維、資聖寺送甘二：薄宦夫何有；杜甫、述懷：寸心亦何有；蘇軾、寄子由：還鄉亦何有。【空有】李白、僧伽歌：罕遇眞僧說空有。【人皆有】李白、悲歌行：死生一度人皆有。【不能有】王維、偶然作：家貧不能有。【不可有】李白、少年行：驕矜自言不可有。【今安有】蘇軾、往富陽李節推先行：如君相待今安有。【世無有】蘇軾、任師中挽辭：大任剛烈世無有。【何所有】王維、胡居士臥病遺米因贈：根性何所有。【何處有】李白、笑歌行：虛名何處有。【更何有】高適、燕歌行：絕域蒼茫更何有。【昔人有】王維、輞川集：空悲昔人有。【焉足有】陶潛、讀山海經：傾河焉足有。【復何有】陶潛、擬古九首：離隔復何有。【幾曾有】王安石、明妃曲：入眼平生幾時有。【蕎麥之有】韓愈、猗蘭操：蕎麥之有。

## 酒

【止酒】蘇軾、次韻舒教授寄李公擇：寂寞陶潛方止酒。【白酒】蘇軾、古纏頭曲：强對黃花飲白酒。【杯酒】王維、晦日遊大理：約略執杯酒。【沽酒】李白、少年行：十千五千旋沽酒。【耽酒】王維、偶然作：其性頗耽酒；杜甫、述懷：生平老耽酒。【渾酒】李白、上雲樂：獻渾酒。【一杯酒】陸游、雨中繫舟戲作短歌：開窗酹汝一杯酒。【那辭酒】蘇軾、答孔周翰求書與詩：百觚之後那辭酒。【冷卿酒】黃庭堅、次韻答曹子方雜書：往時盡醉冷卿酒。【空使酒】王維、老將行：不似潁川空使酒。【杯中酒】李白、悲歌行：且須一盡杯中酒。【接杯酒】陶潛、擬古九首：不在接杯酒。【眼前酒】李白、笑歌行：我愛眼前酒。【莫截酒】黃庭堅、謝送碾賜叡源揀芽：客來問字莫載酒。【無過酒】韓愈、贈鄭兵曹：破除萬事無過酒。【無事酒】蘇軾、送王伯敭守虢：欲飲三堂無事酒。【黃花酒】蘇軾、送楊傑：風吹灩黃黃花酒。【新年酒】李白、楊叛兒：妾歡新年酒。【新豐酒】李白、春日獨坐寄鄭明府：何人共醉新豐酒。【歌與酒】李白、長歌行：强飲歌與酒。【蒲萄酒】蘇軾、送孔郎中赴陝郊：淥水翻動蒲萄酒。【聲聞酒】王維、

## 首

胡居中臥病遺米因贈：不醉聲聞酒。【鵝黃酒】蘇軾、暴雨初晴：應傾半熟鵝黃酒。【白首】王維、老將行：世事蹉跎成白首；韓愈、贈鄭兵曹：我爲壯夫君白首；蘇軾、古纏頭曲：坐此困窮今白首。【回首】蘇軾、送王伯敭守虢：行人掉臂不回首。【峯首】王維、晦日遊大理：平原見峯首。【夏首】王維、資聖寺送甘二：槐陰清夏首。【皓首】李白、雪讒詩贈友人：貽愧皓首。【黔首】蘇軾、石鼓歌：烹滅彊暴救黔首。【濡首】蘇軾、次韻舒教授寄李公擇：爲君剝飲幾濡首。【回我首】杜甫、述懷：鬱結回我首。【空回首】高適、燕歌行：征人薊北空回首。【搔白首】蘇軾、鐵溝行：倒着接䍦搔白首。【錯回首】杜甫、呀鶻行：過鴈歸鴉錯回首。

## 手

【素手】無名氏、古詩青青河畔草：纖纖出素手；李白、上雲樂：散花指天舉素手。【停手】韓愈、贈鄭兵曹：杯行到君莫停手。【揮手】蘇軾、送楊傑：醉舞崩崖一揮手。【攜手】王維、酬黎居士淅川位：那能不攜手。【丹青手】王安石、明妃曲：歸來卻怪丹青手。【空滿手】王維、偶然作：菊花空滿手。【南風手】蘇軾、讀淵明傳：袖中正有南風手。【春風手】黃庭堅、次韻答曹子方雜言：侍兒琵琶春風手。【深藏手】蘇軾、答孔周翰求書與詩：天寒正好深藏手。【無價手】蘇軾、蘇州姚氏三瑞堂：君更往求無價手。【難入手】蘇軾、送張嘉州：惟有江山難入手。【翻覆手】蘇軾、次韻三舍人省上：雲雨從來翻覆手。

## 口

【河口】白居易、隋堤柳：三株兩株汴河口。【溪口】綦毋潛、春泛若耶溪：花路入溪口。【谿口】王維、新晴野望：村樹連谿口。【大道口】無名氏、焦仲卿妻：俱會大道口。【不離口】無名氏、讀曲歌：道歡不離口。【空漱口】王維、胡居士臥病遺米因贈：定應空漱口。【牢開口】蘇軾、送孔郎中赴陝郊：過客如雲牢開口。【孟城口】王維、輞川集：新家孟城口。【孟津口】王維、雜詩：門對孟津口。【長閉口】蘇軾、答孔周翰求書與詩：身閑曷不長閉口。【箝在口】蘇軾、石鼓歌：欲讀嗟如箝在口。

## 母

【阿母】無名氏、焦仲卿妻：伏惟啟阿母。【漂母】蘇軾、石塔寺：山僧異漂母。【雲母】蘇軾、夜過舒堯文：蠟紙燈籠晃雲母。【電母】蘇軾、次韻章傳道喜雨：僞駕雷公訶電母。

## 後

【山後】王維、新晴野望：　碧峯出山後。【牛後】蘇軾、龍尾硯歌：戲語相嘲作牛後。【向後】綦毋潛、春泛若耶溪：林月低向後。【身後】白居易、杏爲粱：更有愚夫念身後。【十載後】韓愈、贈鄭兵曹：罇酒相逢十載後。【在身後】陶潛、讀山海經：　功竟在身後。【百年後】蘇軾、石鼓歌：我今況又百年後。【車在後】無名氏、焦仲卿妻：新婦車在後。【別離後】高適、燕歌行：玉筯應啼別離後。【春雨後】蘇軾、種茶：土軟春雨後。【新火後】蘇軾、寒夜同遊西湖：籃尾忽驚新火後。【虞鰥後】蘇軾、蘇州姚氏三瑞堂：天意宛在虞鰥後。

## 柳

【五柳】王維、偶然作：酣歌歸五柳。【疎柳】蘇軾、淵明東籬圖：新霜著疎柳。【衰柳】王維、輞川集：古木餘衰柳。【新柳】王維、晦日遊大理：林薄娟新柳。【楊柳】無名氏、讀曲歌：折楊柳；李白、去婦詞：秋風散楊柳。王維、不遇詠：莫同春風動楊柳。【蒲柳】李白、長干行：倏忽侵蒲柳。【五株柳】李白、嘲王歷陽不肯飲酒：虛栽五株柳。【未央柳】白居易、長恨歌：太液芙蓉未央柳。【白門柳】李白、楊叛兒：烏啼白門柳。【先生柳】王維、老將行：門前學種先生柳。【明花柳】蘇軾、送孔郎中赴陝郊：一川秀色明花柳。【堂前柳】陶潛、擬古九首：密密堂前柳。【園中柳】無名氏、古詩青青河畔草：鬱鬱園中柳。【催花柳】蘇軾、虢國夫人夜遊圖：宮中羯鼓催花柳。

## 友

【嘉友】陶潛、擬古九首：中道逢嘉友。【三益友】蘇軾、遊西山寺：松竹三益友。【共爲友】無名氏、焦仲卿妻：黃泉共爲友。【思故友】韓愈、除官赴闕至江州寄鄂岳李大夫：　衰暮思故友。【誰與友】蘇軾、石鼓歌：獨立千載誰與友。

## 婦

【棄婦】李白、去婦詞：古來有棄婦。【吏人婦】無名氏、焦仲卿妻：不堪吏人婦。【多寡婦】陳琳、飲馬長城窟行：內舍多寡婦。【河伯婦】蘇軾、吳中田婦歎：不如卻作河伯婦。【得此婦】無名氏、焦仲卿妻：幸復得此婦。【家中婦】王維、偶然作：肯愧家中婦。【商人婦】白居易、琵琶行：老大嫁作商人婦。【遺此婦】無名氏、焦仲卿妻：今若遺此婦。【蕩子婦】無名氏、古詩青青河畔草：今爲蕩子婦。

斗

【北斗】蘇軾、夜行觀星：南箕與北斗。【星斗】蘇軾、夜泊牛口：破壁見星斗。【刁斗】高適、燕歌行：寒聲一夜傳刁斗。【南斗】綦毋潛、春泛若耶溪：隔山望南斗。【科斗】蘇軾、八月十日夜看月有懷：那知積雨生科斗。【箕斗】蘇軾、次韻三舍人省上：顧我虛名但箕斗。【大如斗】岑參、走馬川行：一川碎石大如斗。【升與斗】王維、偶然作：安問升與斗。【拄北斗】白居易、勸酒：身後堆金拄北斗。【甯論斗】陳季常自岐亭見訪：孟公好飲甯論斗。【僅名斗】蘇軾、石鼓歌：衆星錯落僅名斗。

久

【來久】王維、贈裴迪：不相見來久。【未爲久】無名氏、焦仲卿妻：始爾未爲久。【地雖久】李白、悲歌行：地雖久。【行當久】陶潛、擬古九首：不謂行當久。【江淮久】李白、僧伽歌：嗟予落魄江淮久。【自長久】白居易、勸酒：天地迢迢自長久。【何能久】李白、去婦詞：賤妾何能久。【辛勤久】高適、燕歌行：鐵衣遠戍辛勤久。【客立久】蘇軾、擬古：門閉客立久。【計非久】白居易、杏爲梁：心雖甚長計非久。【養來久】李白、少年行：俠士堂中養來久。【離別久】李白、去婦詞：自從離別久。

負

【無負】王維、偶然作：今日嗟無負。【不相負】無名氏、焦仲卿妻：誓天不相負。【此言負】陶潛、擬古九首：遂令此言負。【無勝負】陶潛、讀山海經：似若無勝負。

厚

【忠厚】陶潛、擬古九首：相知不忠厚；蘇軾、石鼓歌：文武未遠猶忠厚。【主恩厚】杜甫、述懷：流離主恩厚。【致不厚】無名氏、焦仲卿妻：何意致不厚。【塵埃厚】李白、去婦詞：不覺塵埃厚。

叟

【老叟】王維、偶然作：果來遺老叟。【持竿叟】綦毋潛、春泛若耶溪：願爲持竿叟。【黃髮叟】蘇軾、送張嘉州：好意莫違黃髮叟。【蛾眉叟】蘇軾、送戴蒙赴成都：羨君今作蛾眉叟。【窮獨叟】杜甫、述懷：恐作窮獨叟。

走

【亂走】岑參、走馬川行：隨風滿地石亂走。【競走】陶潛、讀山海經：乃與日競走。【防客走】蘇軾、陳季常自岐亭見訪：醉後關門防客走。【定狂走】王維、胡居士臥病遺米因贈：趣空定狂走。【相趁走】白居易、勸酒：白兔赤烏相趁走。【蚊蛇走】蘇軾、石鼓歌：文字鬱律蚊蛇走。【黃沙走】蘇軾、送孔郎中赴陝郊：驚風擊面黃沙走。【誇疾走】蘇軾、往富陽李節推先行：世上小兒誇疾走。【龍蛇走】李白、草書歌行：時時只見龍蛇走；蘇軾、洞庭春色：醉筆龍蛇走。

## 守

【保守】白居易、杏爲粱：付子傳孫令保守。【鬼守】蘇軾、石鼓歌：無乃天工令鬼守。【獨守】無名氏、古詩青青河畔草：空床難獨守。【不能守】王維、偶然作：簑笠不能守。【河東守】蘇軾、大雪青州道上：無人毀譽河東守。【埋輪守】蘇軾、送戴蒙赴成都：也應世出埋輪守。【復爲守】王維、胡居士臥病遺米因贈：陰界復爲守。【應不守】李白、悲歌行：金玉滿堂應不守。【君子之守】韓愈、猗蘭操：君子之守。

## 右

【江右】蘇軾、次韻三舍人省上：卻見三賢起江右。

## 否

【送否】王維、偶然作：儻有人送否。【平安否】王維、不遇詠：家在茂陵平安否。【有粥否】王維、胡居士臥病遺米因贈：鍋中有粥否。【花開否】蘇軾、答孔周翰求詩與書：東風待得花開否。【家中否】王維、雜詩：寄書家中否。【隨儂否】王維、酬黎居士淅中作：公定隨儂否。【還記否】蘇軾、和子由澠池懷舊：往日崎嶇還記否。

## 醜

【秦更醜】陸游、雨中繫舟戲作短歌：等爲亡國秦更醜。【無鹽醜】蘇軾、答孔周翰求書與詩：反更刻畫無鹽醜。【傷老醜】杜甫、述懷：親故傷老醜。

## 受

【方此受】王維、資聖寺送甘二：別離方此受。【幻夢受】王維、胡居士臥病遺米因贈：生滅幻夢受。

## 牖

【虛牖】王維、老將行：寥落寒山對虛牖。【窗牖】無名氏、古詩青青河畔草：皎皎當窗牖；李白、春日獨坐寄鄭明府：那堪坐此對窗牖。【依戶牖】杜甫、述懷：誰復依戶牖。【穿戶牖】蘇軾、初秋寄子由：落葉穿戶牖。

偶

【無偶】蘇軾、石鼓歌：後者無繼前無偶。【隨所偶】綦毋潛、春泛若耶溪：此去隨所偶。【鴛鴦偶】李白、去婦詞：猶羨鴛鴦偶。

九

【重九】蘇軾、送楊傑：太華峯頭作重九；蘇軾、秋晚客興：流年又喜經重九；蘇軾、次韻子由：萸槃照重九。【吞八九】蘇軾、贈李彥威：雲夢胸中吞八九。【遺八九】蘇軾、石鼓歌：時得一二遺八九。

咎

【自咎】王維、晦日遊大理：惆悵心自咎。【休咎】王維、胡居士臥病遺米因贈：是身孰休咎。

吼

【作牛吼】蘇軾、和李邦直沂祈雨：飢火燒腸作牛吼。【風夜吼】岑參、走馬川行：輪臺九月風夜吼。【蛟龍吼】蘇軾、郭祥正家醉畫：不知誰作蛟龍吼。

垢

【氛垢】王維、新晴野望：極月無氛垢。【淚垢】蘇軾、古纏頭曲：滿面塵沙和淚垢。【輕垢】李白、僧伽歌：再禮渾除犯輕垢。【一法垢】王維、胡居士臥病遺米因贈：無有一法垢。【汚秦垢】蘇軾、石鼓歌：神物義不汚秦垢。【脫塵垢】蘇軾、送孔郎中赴陝郊：西出崤函脫塵垢。【宿塵垢】蘇軾、答孔周翰求書與詩：未脫多生宿塵垢。

畝

【南畝】王維、新晴野望：傾家事南畝。【完一畝】蘇軾、次韻章傳道喜雨：率以一升完一畝。

朽

【衰朽】白居易、隋堤柳：歲久年深盡衰朽。【名不朽】蘇軾、石鼓歌：富貴一朝名不朽。【骨未朽】杜甫、述懷：地冷骨未朽。【傳不朽】蘇軾、古纏頭曲：與汝作詩傳不朽。

臼

【茶臼】王維、酬黎居士淅川作：石脣安茶臼。

肘

【左肘】王維、老將行：今日無楊生左肘。【兩肘】李白、上雲樂：立兩肘。【楊枝肘】王維、胡居士臥病遺米因贈：豈惡楊枝肘。【辨跟肘】蘇軾、石鼓歌：詰曲猶能辨跟肘。【露兩肘】杜甫、述懷：衣袖露兩肘。

牡

【四牡】王維、偶然作：高門盈四牡。

取

【沈水取】蘇軾、石鼓歌：卻使萬夫沈水取。【浮生取】王維、胡居士臥病遺米因贈：且救浮生取。

掊 【擊掊】蘇軾、石鼓歌：此鼓亦當遭擊掊。

耇 【耆耇】蘇軾、石鼓歌：中興天爲生耆耇。

莠 【稂莠】蘇軾、石鼓歌：濯濯嘉禾秀稂莠。

某 【誰某】蘇軾、石鼓歌：豈有名字記誰某。

卣 【圭卣】蘇軾、石鼓歌：方召聯翩賜圭卣。

杻 【鞭杻】蘇軾、石鼓歌：投棄俎豆陳鞭杻。

蚪 【蝌蚪】蘇軾、石鼓歌：當時籀史變蝌蚪。

擻 【抖擻】王維、胡居士臥病遺米因贈：隨宜善抖擻。

嶁 【岣嶁】蘇軾、石鼓歌：萬古斯文齊岣嶁。

壽 【聖壽】李白、上雲樂：獻聖壽。【毛延壽】王安石、明妃曲：當時枉殺毛延壽。【爲我壽】蘇軾、古纏頭曲：再拜十分爲我壽。

---

瞍 【矇瞍】蘇軾、石鼓歌：豈爲考擊煩矇瞍。

狗 綬 耦 阜 后 藪 帚 舅 紐
藕 韭 剖 誘 缶 酉 扣 歐 笱
瓿 黝 蹂 蔀 鈕 狃 丑 苟 糗
玖 拇 紂 糾 嗾 罶 槱 枸 塿
忸 瀏 赳 籔 茆 培 滫 轂 㸸
釦 夔 茩 掫 姤 莥 肉 萯 黈
綹 廇 漊 簍 趣 陡 枓 羑 𨋍
楺 鯫 琇 玽 蟉 毆

【對偶】

李白、少年行：好鞍好馬乞與人，十千五千旋沽酒。　李白、楊叛兒：君歌楊叛兒，妾歡新豐酒。　王維、資聖寺送甘二：柳色藹春餘，槐陰清夏首。　李白、去婦詞：寒沼落芙蓉，秋風散楊柳。　李白、嘲王歷陽不肯飲酒：浪撫一張琴，虛栽五株柳。　李白、悲歌行：天雖長，地雖久。　李白、草書歌行：怳怳如聞神鬼驚，時時只見龍蛇走。　李白、去婦詞：嘗嫌玳瑁孤，猶羨鴛鴦偶。　李白、上雲樂：跪雙膝、立兩肘。

# 二十六寢 古通軫略通咸琰豏

## 寢

【甘寢】蘇軾、飲酒：倒床自甘寢。【安寢】蘇軾、送王伯敭守虢：山棚盜散人安寢。【孤寢】李白、擣衣篇：燈燭熒熒照孤寢。【隴頭寢】李白、塞下曲六首：拂沙隴頭寢。

## 飲

【文字飲】蘇軾、西湖月下聽琴：良辰文字飲。【百壺飲】李白、友人會宿：留連百壺飲。【先生飲】蘇軾、再和霍大夫：文字先生飲。【兩不飲】李白、門前有車馬客行：對酒兩不飲。【胡姬飲】李白、白鼻騧：揮鞭直就胡姬飲。【欲南飲】李白、塞下曲六首：胡馬欲南飲。【琴溪飲】李白、酬崔十五見招：相招琴溪飲。

## 錦

【泥錦】李白、白鼻騧：綠地障泥錦。【連枝錦】李白、擣衣篇：瓊筵寶幄連枝錦。【落雲錦】李白、酬崔十五見招：如天落雲錦。【晝如錦】李白、月下獨酌：千花晝如錦。

## 枕

【孤枕】李白、月下獨酌：兀然就孤枕。【旅枕】蘇軾、宿蟠龍寺：板閣獨眠驚旅枕。【高枕】李白、塞下曲六首：然後方高枕。【衾枕】李白、友人會宿：天地卽衾枕。【邯鄲枕】蘇軾、安節將去：萬里邯鄲枕。【相思枕】李白、擣衣篇：爲書留下相思枕。

## 甚

【銜思甚】李白、塞下曲六首：直爲銜思甚。

## 廩

【陳廩】蘇軾、送王伯敭守虢：勸買耕牛發陳廩。

## 稟

【風聽稟】李白、月下獨酌：造化夙聽稟。

品審衽飪稔葚沈凜懍

噤瀋諗淰朕荏恁訦澿

唫鋟嬸

【對偶】

李白、塞下曲六首：握雪海上餐，拂沙隴頭寢。

# 二十七感 古通銑

膽

【破膽】杜甫、至德二載甫自京金光門出道歸鳳翔乾元初從左拾遺移華州掾與親故別因出此門有悲往事：至今猶破膽。【嘗膽】杜甫、寄董卿嘉榮十韻：猛將宜嘗膽。

敢

【吾何敢】蘇軾、刁同純席上：杯盤狼藉吾何敢。【吾豈敢】杜甫、寄韓諫議注：國家成敗吾豈敢。【敵前敢】韓愈、雨中寄孟刑部幾道聯句：始鼓敵前敢。

感 覽 擥 欖 澹 憺 噉 坎 惨
憯 頷 闇 禫 窞 黮 萏 糂 撼
毯 荌 紞 槧 晻 槮 菡 菬 默
喊 揜 黲 礸 澉 輡 眈 醰 髡
轗 衴 顑 橄 鏨 嵌 歁 竷

# 二十八琰 古通銑

琰

【琬琰】韓愈、湘西兩寺獨宿：青山上琬琰。

餤

【熱天餤】韓愈、贈張籍張徹：見謂熱天餤。

斂

【尚未斂】韓愈、湘西兩寺獨宿：暑氣尚未斂。

險

【在險】韓愈、湘西兩寺獨宿：勝地猶在險。

儉

【苦儉】韓愈、湘西兩寺獨宿：奉已事苦儉。

檢

【拘檢】韓愈、湘西兩寺獨宿：朋息棄拘檢。

臉

【淚盈臉】韓愈、湘西兩寺獨宿：坐使淚盈臉。

染

【頻染】韓愈、湘西兩寺獨宿： 柔翰遇頻染。【逾染】韓愈、贈張籍張徹：每漬垢逾染。【指先染】蘇軾、渼陂魚：烹不待熟指先染。【濃如染】蘇軾、送別：鴨頭春水濃如染。

掩

【門不掩】韓愈、湘西兩寺獨宿：獨宿門不掩。

點

【星點】韓愈、湘西兩寺獨宿： 漁火燦星點。【更五點】韓愈、東方五點：雞三號，更五點。

簟

【清簟】韓愈、湘西兩寺獨宿：華榻有清簟。

貶

【賈誼貶】韓愈、湘西兩寺獨宿：遠憶賈誼貶。

苒

【荏苒】韓愈、湘西兩寺獨宿：徂歲嗟荏苒。

陜

【分陜】韓愈、湘西兩寺獨宿：政杞類分陜。

謟

【讒謟】韓愈、湘西兩寺獨宿：絳灌共讒謟。

漸

【匪漸】韓愈、湘西兩寺獨宿：斗起勢匪漸。

玷

【瑕玷】韓愈、湘西兩寺獨宿：指摘困瑕玷。

忝

【云忝】韓愈、湘西兩寺獨宿：陪賞亦云忝。

剡

【行剡】韓愈、湘西兩寺獨宿：巨川楫行剡。

颭

【磨颭】韓愈、湘西兩寺獨宿：杉檜屢磨颭。

芟

【菱芟】韓愈、湘西兩寺獨宿：水果剝菱芟。

閃

【磨閃】蘇軾、渼陂魚：紅鱗照座光磨閃。【騰閃】韓愈、贈張籍張徹：幽獸工騰閃。

歉

【還歉】韓愈、贈張籍張徹：侯氏來還歉。【固已歉】韓愈、湘西兩寺獨宿：遊宴固已歉。

广

【崖广】韓愈、湘西兩寺獨宿：開廊架崖广。

魘

【夢成魘】韓愈、湘西兩寺獨宿：怵惕夢成魘。

儼

【煥且儼】韓愈、湘西兩寺獨宿：佛事煥且儼。

睒

【睒睒】韓愈、東方半明；太白睒睒。

冉 奄 嶮 瀲 潤 嗛 慊 隒 獫

黶

## 二十九豏

古通銑

黯

【白日黯】李頎、聽安萬善吹觱栗歌：黃雲蕭條白日黯。

摻

【漁陽摻】李頎、聽安萬善吹觱栗歌：忽然更作漁陽摻。

豏檻範減艦犯湛斬范

軓鰜闞喊轞笵濫黤歁

巉

# 去聲

## 一　送　古通宋轉絳　韻略通宋絳

**送**

【奔送】蘇軾、答西掖諸公見和：已覺侍史疲奔送。【新詩送】韓愈、人日城南登高：觴詠新詩送。

**夢**

【一夢】蘇軾、送陳睦知潭州：二十三年眞一夢。【入夢】白居易、長恨歌：魂魄不曾來入夢。【雲夢】李商隱、燕臺四首：喚起南雲繞雲夢；蘇軾、答西掖諸公見和：給札看君賦雲夢。

**鳳**

【綵鳳】李商隱、偶成轉韻七十二句贈四同舍：書記眠時呑綵鳳。【鐵鳳】蘇軾、送陳睦知潭州：臥聽風鑾鳴鐵鳳。

**洞**

【鑒亦洞】顏延之、阮步兵：識密鑒亦洞。

**衆**

【驚衆】顏延之、阮步兵：越禮自驚衆。

**甕**

【曉甕】蘇軾、答西掖諸公見和：金井轆轤鳴曉甕。

**弄**

【嘲弄】蘇軾、送陳睦知潭州：付與騷人發嘲弄。【氣已弄】韓愈、人日城南登高：涉七氣已弄。

**貢**

【土貢】白居易、道州民：號爲道州任土貢。【歲貢】白居易、紫毫筆：管勒工名充歲貢。

**凍**

【水披凍】韓愈、人日城南登高：暉暉水掖凍。

**痛**

【未痛】蘇軾、送陳睦知潭州：一飲有觚嫌未痛。【肝膽痛】答西掖諸公見和：孤臣忍淚肝膽痛。

**棟**

【高棟】蘇軾、送陳睦知潭州：華清縹緲浮高棟。【龍纏棟】蘇軾、答西掖諸公見和：雙猊蟠礎龍纏棟。

**中**

【百中】黃庭堅、贈王仲弓：謀國妙百中。

**諷**

【託諷】顏延之、阮步兵：寓詞類託諷。

慟

【無慟】顏延之、阮步兵：望容能無慟。

鞚

【飛鞚】蘇軾、送陳睦知潭州：千巖夜上同飛鞚。

【青絲鞚】蘇軾、答西掖諸公見和：大宛玄伕青絲鞚。

偬

【倥偬】韓愈、人日城南登高：誰使妄倥偬。

仲 䍠 空 控 哢 湩 鬨 恫 贛

䁔 㠓 齈 哄 犺 詷 絧 衷 湅

䍠 㚇 潨

# 二 宋 古通送

**宋** 【屈宋】杜甫、醉時歌：先生有才過屈宋。

**重** 【止重】韓愈、八日城南登高：幽尋窮止重。【金泥重】李商隱、燕臺四首：越羅冷薄金泥重。【若山重】李商隱、偶成轉韻七十二句贈四同舍：首戴公恩若山重。【霜華重】白居易、長恨歌：鴛鴦瓦冷霜華重。【瓊瑤重】蘇軾、答西掖諸公見和：木瓜屢費瓊瑤重。

**用** 【何用】杜甫、醉時歌：名垂萬古知何用。【一夫用】李白、悲歌行：劍是一夫用。【古所用】韓愈、人日城南登高：佳節古所用。【閒無用】蘇軾、鴉種麥行：霜林老鴉閒無用。

**縱** 【孤雲縱】韓愈、人日城南登高：釋嶠孤雲縱。

**共** 【清濁共】韓愈、人日城南登高：罇酒清濁共。【誰與共】白居易、長恨歌：翡翠衾寒誰與共。

**葑** 【犯枯葑】韓愈、人日城南登高：刺船犯枯葑。

---

頌誦統訟種綜俸供從
縫雍封惷恐

## 三 絳 古通漾 轉宋

降

【片心降】杜甫、季秋蘇五弟纓江樓夜宴崔十二評事韋少府姪三首：更覺片心降。【灾猶降】杜甫、行次昭陵：往者灾猶降。【德澤降】杜甫、雨：皇天德澤降。

虹

【白虹】杜甫、三韻三篇：影弱揚白虹。

絳 巷 惷 撞 洚 閧 憧 幢 艟

淙

# 四　寘　古通未霽隊轉　泰韻略通卦

## 置

【署置】韓愈、永貞行：狐鳴梟噪爭署置。【身後置】陶潛、雜詩：何用身後置。

## 事

【此事】陶潛、雜詩：忽已親此事。【改事】韓愈、至江州寄鄂州李大夫：我亦請改事。【留事】劉長卿詩：壺觴招過客，几案無留事。【能事】杜甫、遣興：逍遙有能事。【一生事】高適、送沈四山人：看君解作一生事。【十年事】蘇軾、滄源草堂：栽種成陰十年事。【他年事】蘇軾、寄汪覃秀才：飛騰貴籍他年事。【成何事】蘇軾、閱舊詩卷：鬢鬚白盡成何事。【身後事】杜甫、夢李白：寂寞身後事。【故鄉事】王維、雜詩：應知故鄉事。【陳其事】白居易、七德舞：樂終稽首陳其事。【無限事】白居易、琵琶行：說盡心中無限事。【塵外事】王維、贈從弟司庫員外絿：風語塵外事。

## 地

【天地】王維、晦日遊大理：浮生寄天地；白居易、哭師皋：與君此別終天地。【厚地】李白、君道曲：積德為厚地；杜甫、枯柟：下根蟠厚地。【照地】鮑照、詠史：鞍馬光照地。【滿地】高適、送沈四山人：桂花松子常滿地；韓愈、秋懷詩：已復生滿地。【耳屬地】韓愈、月蝕詩：天雖高，耳屬地。【卑濕地】白居易、縛戎人：配向江南卑濕地。【青城地】杜甫、丈人行：不唾青城地。【神仙地】蘇軾、奉和陳賢良：三山舊是神仙地。【臨無地】蘇軾、廣州蒲澗寺：千章古木臨無地。

## 意

【君意】杜甫、夢李白：情親見君意。【知意】韓愈、月蝕詩：使君知意。【幽意】杜甫、丈人行：丹梯近幽意。【恣意】高適、送沈四山人：人生老大須恣意。【樂意】白居易、七德舞：觀舞聽歌知樂意。【可君意】杜甫、遣興、追風可君意。【有深意】白居易、驪宮高：吾君不遊有深意。【含深意】蘇軾、紅梅：也知造物含深意。【知有意】蘇軾、復登望海樓：細雨作寒知有意。【知客意】蘇軾、夜微雪：惟有暮鴉知客意。【無生意】杜甫、枯柟：慘慘無生意。【無復意】陶潛、雜詩：一毫無復意。【無窮意】蘇軾、續麗人行：畫工欲畫無窮意。【遺世意】王維：贈從弟司庫員外絿：發我遺世意。【齊物意】蘇軾、次韻柳子玉：早歲便懷齊物意。

## 志

【不得志】白居易、琵琶行：似訴平生不得志。【平生志】杜甫、夢李白：若負平生志。【有奇志】蘇軾、張安道示新詩：少年有奇志。【青雲志】蘇軾、贈歐陽叔弼：嘗起青雲志。【霄漢志】杜甫、枯柟：無復霄漢志。

## 思

【長思】韓愈、奉和武相公鎭蜀時詠孔雀：隔絕抱長思。【愁思】杜甫、枯柟：天難爲愁思。【管弦思】王維、羽林騎閨人：城中管弦思。【聲聲思】白居易、琵琶行：絃絃掩抑聲聲思。

## 淚

【涕淚】杜甫、枯柟：識者出涕淚。【涵淚】韓愈、新竹：露粉先涵淚。【共垂淚】王維、羽林騎閨人：相看共垂淚。【萬行淚】李白、流夜郎永華寺寄尋陽群官：添成萬行淚。

## 吏

【長吏】王維、送縉雲苗太守：腰章爲長吏。

## 字

【名字】白居易、折臂翁：兵部牒中有名字。【相思字】韓愈、除官赴闕至江州寄鄂岳李大夫：願寄相思字；蘇軾、常潤道中：何人識得相思字。【書細字】蘇軾、送淵師歸徑山：兩腿猶能書細字。【筆下字】韓愈、醉後：顚倒筆下字。【說奇字】蘇軾、萬卷堂：且與揚雄說奇字。

## 利

【名利】王維、贈從弟司庫員外絿：强學干名利。【聲利】鮑照、詠史：三川養聲利。【名與利】李頎、聽董大彈胡笳弄：高才脫略名與利。【菰蒲利】白居易、昆明春：貧人又獲菰蒲利。

## 位

【高位】鮑照、詠史：明經有高位。

## 戲

【雜戲】白居易、立部伎：擊鼓吹笛和雜戲。【階前戲】王維、羽林騎閨人：稚子階前戲。【翦桐戲】蘇軾、九月十五日邇英講論語：不作成王翦桐戲。

## 至

【雲至】鮑照、詠史：軒蓋已雲至。【無不至】李白、君道曲：廣運無不至；高適、送送沈四山人：山間偃仰無不至。【久不至】杜甫、夢李白：遊子久不至。【抱琴至】李頎、聽董大彈胡笳弄：日夕望君抱琴至。【相與至】陶潛、飮酒：挈壺相與至。【挈壺至】蘇軾、淵明東籬圖：白衣挈壺至。

## 次

【行次】陶潛、飮酒：觴酌失行次。【無次】韓愈、新竹：浪漫忽無次。【鱗次】鮑照、詠史：

飛甍各鱗次。【安行於次】韓愈、月蝕詩：安行於次。

# 累

【負時累】王維、贈從弟司庫員外絿：恐招負時累。

# 寺

【出寺】蘇軾、鬱孤台：曉鐘時出寺。【盡爲寺】白居易、兩朱閣：漸恐人家盡爲寺。

# 智

【出人智】王維、贈從弟司庫員外絿：苦無出人智。

# 記

【莫記】杜甫、枯柟：鄉黨皆莫記。【復誰記】杜甫、遣興：無良復誰記。【誰肯記】蘇軾、元日過丹陽：白髮蒼顏誰肯記。

# 異

【苦異】韓愈、秋懷詩：稟受氣苦異。【靈異】李白、江山望皖公山：何由討靈異。【駑駘異】杜甫、遣興：態與駑駘異。【樽俎異】韓愈、桃源圖：禮數不同樽俎異。

# 備

【百司備】白居易、驪宮高：六宮從兮百司備。

# 翠

【珠翠】韓愈、短燈檠歌：長檠高張照珠翠。【擁翠】韓愈、新竹：黃苞猶擁翠。【天浮翠】蘇軾、華陰寄子由：三峯已過天浮翠。【穿山翠】蘇軾、湖中聞堂上歌笑聲：不知野展穿山翠。【凝蒼翠】王維、贈從弟司庫員外絿：積雪凝蒼翠。

# 騎

【汝南騎】王維、送縉雲苗太守：更發汝南騎。【青絲騎】王維、羽林騎閨人：望望青絲騎。【胡馬騎】王維、老將行：步行奪得胡馬騎。

# 使

【關中使】杜甫、近聞：北庭數有關中使。

# 試

【非不試】王維、贈從弟司庫員外絿：累官非不試。

# 棄

【難棄】杜甫、近聞：舅甥和好應難棄。【兩相棄】鮑照、詠史：身世兩相棄。

# 媚

【春媚】鮑照、詠史：繁華及春媚；韓愈、新竹：貞色奪春媚。【嫵媚】韓愈、永貞行：睗睒跳踉相嫵媚。

# 易

【不易】杜甫、夢李白：苦道來不易。【容易】杜甫、枯柟：成長何容易。【辟易】李白、行行且遊獵篇：海邊觀者皆辟易。

# 轡

【輕轡】鮑照、詠史：游客竦輕轡。【馬廻轡】白居易、哭師皋：籃轝廻竿馬廻轡。

墜

【恐失墜】杜甫、夢李白：舟楫恐失墜。

醉

【復醉】陶潛、飲酒：數斟已復醉。【心已醉】蘇軾、豆粥：聲色相纏心已醉。【同一醉】蘇軾、贈仲素寺丞：明月滿缸同一醉。【嬌欲醉】李白、宮中行樂詞八首：宮鶯嬌欲醉。

侍

【名王侍】王維、李陵詠：豈獨名王侍。

寄

【身如寄】蘇軾、豆粥：干戈未解身如寄。

睡

【初破睡】蘇軾、續麗人行：背立東風初破睡。

萃

【蟲蟻萃】杜甫、枯柟：萬孔蟲蟻萃。

穗

【不成穗】無名：古歌：終久不成穗。

二

【本無二】李白、君道曲：劉葛魚水本無二。

臂

【折臂】白居易、折臂翁：偷將大石搥折臂。

【使臂】李白、君道曲：如心之使臂。

吹

【響鐃吹】王維、送縉雲苗太守：清江響鐃吹。

遂

【性皆遂】白居易、昆明春：動植飛沈性皆遂。

恣

【自恣】韓愈、短燈檠歌：一朝富貴還自恣。

四

【三四】韓愈、新竹：當戶羅三四。

刺

【眼中刺】白居易、母別子：掌上蓮花眼中刺。

識

【不曾識】李白、長干行二首：煙塵不曾識。

【以爲識】李白、枯魚過河泣：柏人以爲識。

寐

【夢寐】韓愈、桃源圖：骨冷魂清無夢寐；蘇軾、湖上夜歸：清吟雜夢寐。

食

【飢何食】韓愈、履霜操：兒飢何食。【腹中食】杜甫、狂歌行：身上須繒腹中食。

媿

【無所媿】白居易、西涼伎：取笑資觀無所媿。

匱

【言已匱】無名氏：刺巴郡守詩：郅人言已匱。

饋

【相饋】韓愈、桃源圖：爭持酒食來相饋。

閟

【清閟】韓愈、新竹：日日成清閟。

啻　【不啻】王維、晦日遊大理：埃塵良不啻。

值　【豈再值】陶潛、茶詩：此生豈再值。

眦　【困愈眦】韓愈、征蜀聯句：獷眼困愈眦。

裏　【山裏】李白、白毫子歌：乃在淮南小山裏。【深閨裏】李白、長干行二首：憶妾深閨裏。

德　【何德】李白、日出行：魯陽何德。

悴　【雕悴】韓愈、秋懷詩：蕭蘭共雕悴。【憔悴】無名氏、古歌：焉得不憔悴。【獨憔悴】無名氏、刺巴郡守詩：令我獨憔悴；杜甫、夢李白：斯人獨憔悴。

寘治賜義器瑞致肆類
餌鼻議翅避笥幟粹誼
師則忌貳帔嗣驥季駟
柶泗痣誌魅邃燧隧襚

璲繸檖繸睟顇謚熾織
飼積忮被芰懿悸覬冀
曁惎洎蔇鐀簣蕢恚比
庇畀痺詖坒泌祕鷙贄
摯觶䵒躓漬穉遲埴祟
豉珥衈刵示伺嗜自眥
骴詈莅痢莉緻輊譬彗
蕼肄眙惴儗懟縊餧劓
饎企矖勩眊膇爲萯糒
膩施遺跂槌柲犕鴌僿
哆誋詒柴髲出萎澌垝
攱輢髊腄嚱蚑掎㱢澅
樻禬謘縋蜼蚔貤虆廙

殔嘻其异誶屣錘佽巋

施瘴孳睢鷙憒司諉謐

梟陂墍獹侐哇幾近始

術欸蹕瑟泌疐

【對偶】

李白、宮中行樂詞八首：簷燕語還飛，宮鶯嬌欲醉。

# 五　未 古通寘

## 未

【着花未】王維、雜詩：寒梅着花未。

## 味

【眞味】蘇軾、豆粥：更識人間有眞味。【深味】陶潛、飲酒：酒中有深味。【無味】李白、江上望皖公山：終日淡無味。【幽居味】蘇軾、宿水陸寺：年來漸識幽居味。

## 氣

【秀氣】王維、晦日遊大理：山川多秀氣；李白、江上望皖公山：秀木含秀氣。【佳氣】杜甫、枯柟：衝風奪佳氣。【青蒿氣】白居易、哭師皋：蒼蒼露草青蒿氣。【神仙氣】李白、贈瑕丘王少府：飄飄神仙氣。

## 貴

【不必貴】韓愈、秋懷詩：松柏不必貴。【百城貴】王維、送縉雲苗太守：方知百城貴。【忘其貴】王維、晦日遊大理：陶然忘其貴。【物爲貴】陶潛、飲酒：安知物爲貴。

## 費

【一日費】白居易、驪宮高：未足充君一日費。【重勞費】白居易、捕蝗：徒使飢民重勞費。

## 尉

【覇陵尉】蘇軾、鐵溝行：未肯先誅覇陵尉。

## 畏

【不自畏】杜甫、枯柟：褭褭不自畏。

## 渭

【涇渭】黃庭堅、謝送碾賜壑源揀芽：好事風流有涇渭。

## 衣

【何衣】韓愈、履霜操：兒寒何衣。

沸　慰　蔚　魏　緯　胃　彙　謂　諱

卉　毅　溉　既　禨　旡　蔇　餼　愾

欷　旣　概　[illegible]　誹　芾　髴　疿　[illegible]

屝　痱　[illegible]　蜚　翡　[illegible]　緭　气　暨

【對偶】李白、贈瑕丘王少府：皎皎鸞鳳姿，飄飄神仙氣。

# 六御 古通遇

## 處

【知處】劉長卿、送上人：時人已知處。【遺處】王維、偶然作：松竹有遺處。【歸處】李白、去婦詞：棄婦有歸處。【人寰處】白居易、長恨歌：回頭下望人寰處。【人靜處】白居易、古冢狐：日欲暮時人靜處。【不知處】賈島、尋隱者不遇：雲深不知處。【止泊處】陶潛、雜詩：未知止泊處。【自有處】李白、陌上桑：託心自有處。【在何處】李白、長干行二首：行人在何處；無名氏、西洲曲：西洲在何處；白居易、草茫茫：茫茫蒼蒼在何處。【行歌處】蘇軾、送戴蒙赴成都：拾遺被酒行歌處。【更衣處】王維、早朝：莫辨更衣處。【知何處】高適、人日寄杜二拾遺：明年人日知何處。【空死處】白居易、長恨歌：不見玉顏空死處。【花發處】蘇軾、和沈諫議：莫忘今年花發處。【相識處】李商隱、燕臺四首：內記湘川相識處。【馬行處】岑參、白雪歌：雪上空留馬行處。【牽牛處】李商隱、無愁果有愁曲北齊歌：鑿天不到牽牛處。【棲隱處】孟浩然、夜歸鹿門歌：忽到龐公棲隱處。【焚香處】白居易、李夫人：香煙引到焚香處。【無去處】白居易、井底引銀瓶：其奈出門無去處。【無覓處】白居易、海漫漫：煙水茫茫無覓處。【無着處】蘇軾、豆粥：我老此身無着處。【鳴何處】韋應物、東郊：春鳩鳴何處。【題詩處】蘇軾、青牛嶺小寺：白雲卻在題詩處。【舊游處】蘇軾、和蔡景繁海州石室：芙蓉仙人舊游處。【鍊石補天處】李賀、李憑箜篌引：女媧鍊石補天處。

## 去

【遠去】韓愈、贈侯喜：君欲釣魚須遠去。【不能去】白居易、長恨歌：到此躊躇不能去。【不持去】李商隱、燕臺四首：風車雨馬不持去。【未能去】王維、偶然作：沈吟未能去。【自來去】孟浩然、夜歸鹿門歌：唯有幽人自來去。【採藥去】白居易、海漫漫：方士年年採藥去；賈島、尋隱者不遇：言師採藥去。【花睡去】蘇軾、海棠：只恐夜深花睡去。【城中去】蘇軾、青牛嶺小寺：明朝且復城中去。【送君去】岑參、白雪歌：輪臺東門送君去。【從此去】無名氏、古詩步出城東門：故人從此去。【從閣去】無名氏、古詩上山採蘼蕪：故人從閣去。

【悠悠去】韓愈、河之水：河之水悠悠去。【寄將去】白居易、長恨歌：鈿合金釵寄將去。【稍已去】陶潛、雜詩：此心稍已去。【紫煙去】李白、鳴皋歌：袖拂紫煙去。【買茶去】白居易、琵琶行：前月浮梁買茶去。【渡溪去】蘇軾、於潛女：照溪畫眉渡溪去。【滄江去】李白、金陵歌：凌波欲過滄江去。【鳴稍去】王維、早朝：城鴉鳴稍去。【遣何去】李白、去婦詞：辭居遣何去。【隨身去】白居易、草茫茫：擬將富貴隨身去。【還復去】韋應物、東郊：綠澗還復去。
【還滅去】白居易、李夫人：縹緲悠揚還滅去。
【攜笛去】蘇軾、游鶴林招隱：安得道人攜笛去。

## 慮

【千慮】高適、人日寄杜二拾遺：心懷百憂復千慮。【憂慮】陶潛、雜詩：每每多憂慮。【澹吾慮】韋應物、東郊：青山澹吾慮。

## 據

【虎據】江淹、劉太尉琨傷亂：幽州逢虎據。

## 馭

【龍馭】白居易、長恨歌：天旋日轉迴龍馭。
【儼騶馭】王維、早朝：金門儼騶馭。

## 曙

【清曙】韋應物、東郊：出郊曠清曙。【怨天曙】李商隱、燕臺四首：蠟燭啼紅怨天曙。【遠天曙】王維、早朝：蒼茫遠天曙。

## 架

【初飛架】蘇軾、於潛女：苕溪楊柳初飛架。
【披故架】蘇軾、寄蘄簟與蒲傳正：一夜雪寒披故架。

## 翥

【遠翥】陶潛、雜詩：騫翮思遠翥。

## 豫

【欣豫】陶潛、雜詩：無樂自欣豫。

## 遽

【跡猶遽】韋應物、東郊：遵事跡猶遽。

## 庶

【直可庶】韋應物、東郊：慕陶直可庶。

## 預

【無所預】高適、人日寄杜二拾遺：身在遠藩無所預。

## 踞

【虎踞】李白、金陵歌送別范宣：石頭巉巖如虎踞。

## 洳

【沮洳】韓愈、贈侯喜：大魚豈可居沮洳。

## 如

【不如】陶潛、雜詩：轉覺日不如。

御礜署助著箸與恕與
疏詛倨茹語鋸狙沮勮
濲飫淤蕷胠醵除鐻瘀
覷棜鑢呿怚悆蒩礐鸒
櫖悇椐女詎歔楚嘘忬

# 七遇 古通御

## 遇

【相遇】王維、丁寓田家有贈：還異難相遇；杜甫、得舍弟消息：漂泊難相遇；韋應物、初發揚子：何處還相遇。【忽若遇】曹植、浮萍篇：人生忽若遇。【於此遇】謝朓、之宣城郡出新林浦向板橋：賞心於此遇。

## 路

【中路】王維、偶然作：故人在中路。【歸路】王維、丁寓田家有贈：久欲傍歸路；李白、獨漉篇：惜其中道失歸路。【天山路】岑參、白雪歌：去時雪滿天山路。【江南路】無名氏、古詩步出城東門：遙望江南路。【西郊路】蘇軾、送戴蒙赴成都：野梅官柳西郊路。【夾廣路】無名氏、古詩驅車上東門：松柏夾廣路。【沙漠路】江淹、劉太尉琨傷亂：北望沙漠路。【初無路】蘇軾、和蔡景繁海州石室：蒼藤翠壁初無路。【炎天路】孔融、雜詩：赫赫炎天路。【來時路】李白、去婦詞：慟哭來時路。【汴河路】白居易、隋堤柳：二百年來汴河路。【荒郊路】白居易、古冢狐：徐徐行傍荒郊路。【睢陽路】王維、送魏郡李太守赴任：惆悵睢陽路。【蓬萊路】李白、古風：東上蓬萊路。【無限路】張若虛、春江花月夜：碣石瀟湘無限路。【湖邊路】蘇軾、送蘇伯固：夢繞湖邊路。【橫樵路】李白、鳴皐歌：五厓峽水橫樵路。【臨上路】王維、賦樂賢詩應制：青門臨上路。

## 露

【垂露】曹植、浮萍篇：淚下如垂露。【朝露】無名氏、古詩驅車上東門：生命如朝露。【湛露】王維、賦樂賢詩應制：瓊筵承湛露。【已含露】蘇軾、七月五日：秋稻已含露。

## 樹

【江樹】謝朓、之宣城郡出新林浦向板橋：雲中辨江樹。李白、贈漢陽輔錄事：水引寒煙沒江樹；張若虛、春江花月夜：落葉搖情滿江樹。【宮樹】王維、賦樂賢詩應制：飛甍映宮樹。【桂樹】李賀、李憑箜篌引：吳質不眠倚桂樹。【寒樹】江淹、劉太尉琨傷亂：白日隱寒樹。【煙樹】孟浩然、夜歸鹿門歌：鹿門月照開煙樹。【三珠樹】張九齡、感遇：巢在三球樹。【三花樹】李白、鳴皐歌：相思爲折三花樹。【亡國樹】白居易、隋堤柳：請看隋堤亡國樹。【江頭樹】李白、長干行二首：吹折江頭樹。【烏臼樹】無名氏、西洲曲：風吹烏臼樹。【渭川樹】王維、丁寓田家有贈：微明渭川樹。【數株樹】王維、漆園：婆娑數株樹。【廣陵樹】韋應物、初發揚子：殘鐘廣陵樹。【歷陽樹】李白、金陵歌：秀色橫分歷陽樹。

## 度

【古人度】李白、劉太尉琨傷亂：愧無古人度。【包世度】李商隱、無愁果有愁曲北齊歌：中含福星包世度。【狂風度】李白、長干行二首：昨夜狂風度。【芳菲度】王維、丁寓田家有贈：再來芳菲度。【夏捐度】蔡琰、悲憤詩：常恐夏捐度。【莫能度】無名氏、古詩驅車上東門：賢聖莫能度。【笑我度】孔融、雜詩：庸夫笑我度。【等閒度】白居易、琵琶行：秋月春風等閒度。【龍輿度】王維、賦樂賢詩應制：闇識龍輿度。【飄風度】李白、古風：倏如飄風度。

## 渡

【北渡】李白、獨漉篇：胡鷹亦北渡。【橋頭渡】無名氏、西洲曲：兩槳橋頭渡。

## 賦

【三都賦】蘇軾、杭州牡丹開：十年且就三都賦。【山陽賦】顏延之、向常侍：惻愴山陽賦。【高唐賦】李白、贈溧陽東少府陟：能聞高唐賦。【閒居賦】王維、丁寓田家有贈：或製閒居賦。

## 步

【獨步】李白、草書歌行：草書天下稱獨步。【迴天步】王維、賦樂賢詩應制：詎得迴天步。【猛虎步】孔融、雜詩：且當猛虎步。【閒余步】李白、古風：安得閒余步。

## 固

【已固】王維、偶然作：禪寂日已固。【深固】白居易、草茫茫：當時自以爲深固。【在所固】孔融、雜詩：結根在所固。【金石固】無名氏、古詩驅車上東門：壽無金石固。

## 素

【丹素】李白、贈溧陽宋少府詩：貴欲呈丹素。【尺素】蘇軾、趙令鑠惠酒：烹魚得尺素。【有素】王維、偶然作：儋蓄非有素。【豪素】顏延之、向常侍：深心託豪素。【工織素】無名氏、古詩上山採蘼蕪：故人工織素。【已改素】江淹、劉太尉琨傷亂：玄髮已改素。【灼寒素】孔融、雜詩：遠景灼寒素。【林端素】王維、賦樂賢詩應制：漉水林端素。【紈與素】無名氏、古詩驅車上東門：被服紈與素。曹植、浮萍篇：裁縫紈與素。【起縫素】王維、丁寓田家有贈：閨妾起縫素。【橫積素】李白、早過漆林渡寄萬巨：林煙橫積素。【聯尺素】李商隱、燕臺四首：雙璫丁丁聯尺素。

## 數

【冥數】江淹、劉太尉琨傷亂：治亂惟冥數。【不知數】白居易、琵琶行：一曲紅綃不知數。【花無數】蘇軾、海州石室：倚天照海花無數。【春無數】蘇軾、退圃：園中草木春無數。【粲可數】杜甫、法鏡寺：戶牖粲可數。

## 務

【所務】王維、丁寓田家有贈：群動從所務。【經世務】王維、漆園：自闕經世務。

## 霧

【氛霧】江淹、劉太尉琨傷亂：天下橫氛霧。【煙霧】李白、嘲魯儒：茫如墜煙霧。【塵霧】白居易、長恨歌：不見長安見塵霧。【水中霧】李白、早過漆林渡寄萬巨：龍開水中霧。【生雲霧】蘇軾、送劉寺丞赴餘姚：獨愛清香生雲霧。【花如霧】蘇軾、送蘇伯固：淚濕花如霧。【南山霧】謝朓、之宣城郡出新林浦向板橋：終歸南山霧。

## 鶩

【馳鶩】江淹、劉太尉琨傷亂：感激絢馳鶩。

## 兔

【白兔】無名氏、古豔歌：煢煢白兔。【烏兔】白居易、草茫茫：上綴珠光作烏兔。【寒兔】李賀、李憑箜篌引：露腳斜飛溼寒兔。【中山兔】李白、草書歌行：筆鋒殺出中山兔。

## 故

【不如故】無名氏、古豔歌：人不如故；無名氏、古詩上山採蘼蕪：新人不如故。【手中故】李商隱、燕臺四首：可惜馨香手中故。【平戎故】王維、賦樂賢詩應制：信以平戎故。【因世故】孔融、雜詩：苟爲因世故。【忠貞故】江淹、劉太尉琨傷亂：賓以忠貞故。【爲誰故】李白、古風：沈吟爲誰故。【嬰我故】王維、偶然作：世網嬰我故。【鄴宮故】王維、送魏郡李太守赴任：秋城鄴宮故。【顏色故】白居易、琵琶行：暮去朝來顏色故。

## 顧

【三顧】王維、賦樂賢詩應制：伏檻紆三顧。【西顧】無名氏、古艷歌：東去西顧。【相顧】王維、偶然作：踟躕復相顧。【迴顧】李白、早過漆林渡寄萬巨：川明屢迴顧；韓愈、桃源圖：船開棹進一迴顧。【不敢顧】張九齡、感遇其四：池潢不敢顧。

## 句

【佳句】李白、早過漆林渡寄萬巨：相歡詠佳句。【章句】顏延之、向常侍：觀書鄙章句；王維、丁寓田家有贈：散帙理章句；李白、嘲魯儒：白髮死章句。【清圓句】蘇軾、新渡寺：中有清圓句。

## 墓

【郭北墓】無名氏、古詩驅車上東門：遙望郭北墓。

## 暮

【日暮】李白、陌上桑：徒令白日暮。【旦暮】蘇軾、和蔡景繁海州石室：東海桑田眞旦暮 。【長暮】無名氏、古詩驅車上東門：杳杳卽長暮。【天難暮】白居易、上陽人：日遲獨坐天難暮。【年歲暮】孔融、雜詩：但患年歲暮。【春庭暮】杜甫、得舍弟消息 色與春庭暮。【桑榆暮】王維、丁寓田家有贈：日映桑榆暮。【朝復暮】白居易、隋堤柳：沙草和煙朝復暮。【煙水暮】韓愈、桃源圖： 萬里蒼蒼煙水暮。【歲云暮】王維、偶然作：寧俟歲云暮；蘇軾、會獵：農工已畢歲云暮。

## 慕

【何足慕】孔融、雜詩： 夷齊何足慕。【何所慕】張九齡：感遇其四：弋者何所慕。

## 注

【東注】杜甫、得舍弟消息：經天復東注；韓愈、河之水：我不如水東注。【奔注】李白、早過漆林渡寄萬巨：踏浪競奔注。

## 祚

【功祚】孔融、雜詩：獨能建功祚。

## 誤

【愁相誤】李白、古風：白首愁相誤。【爲藥所誤】無名氏、古詩驅車上東門：多爲藥所誤。

## 寤

【永不寤】無名氏、古詩驅車上東門：千載永不寤。

## 住

【人間住】劉長卿、送上人：豈向人間住。【不得住】陶潛、雜詩： 引我不得住。【不可住】白居易、井底引銀瓶：終知君家不可住。【安得住】韋應物、初發揚子：沿洄安得住。【來此住】蘇軾、新年：結茅來此住。【莫留住】陳琳、飲馬長城窟行：便娉嫁莫留住。【嶺下住】白居易、琵琶行：家在蝦蟆嶺下住。

## 愬

【將何愬】曹植、浮萍篇：愁心將何愬。

## 妬

【老休妬】白居易、上陽人：梁燕雙栖老休妬。【秋娘妬】白居易、琵琶行：妝成每被秋娘妬。

## 懼

【使人懼】陶潛、雜詩：念此使人懼。【金丸懼】張九齡：感遇：得無金丸懼。

## 趣

【成趣】王維、丁寓田家有贈： 解印果成趣。【滄洲趣】謝朓、之宣城郡出新林浦向板橋：復協滄洲趣。

娶　【未有娶】王維、偶然作：兄弟未有娶。

嫗　【神嫗】李賀、李憑箜篌引：夢入神山教神嫗。

汚　【翻酒汚】白居易、琵琶行：血色羅裙翻酒汚。

厝　【舉厝】孔融、雜詩：與世同舉厝。

錯　【參錯】杜甫、青陽峽：雲水氣參錯。

惡　【神惡】張九齡、感遇：高明逼神惡。【道彌惡】杜甫、青陽峽：南行道彌惡。

吐　【翳復吐】杜甫、法鏡寺：初日翳復吐。

屢　【何由屢】王維、丁寓田家有贈：幽賞何由屢。【昔已屢】謝朓、之宣城出新林浦向板橋：孤游昔已屢。

涸　【爲之涸】王維、燕子龕禪師：龍宮爲之涸。

姹　【小女姹】韓愈、縣齋有懷：歸弄小女姹。

潞輅賂璐鷺布痡錮具
怒鶩附雇募註澍駐炷
胙阼裕悟晤戍庫護濩
屨蠹鑄絝胯傅付諭芋
捕哺忤措醋鮒祔仆賻
赴酺互孺怖煦寓沍酤
瓠輸鋪泝塑跗數捂簬
呴瞿驅訃菟鉒畀姁婺
籲屬作酗雨穫坿秅鍍
傃圃戽傴駙足苦餔蚹
咮獲訴

【對偶】

王維、賦樂賢詩應制：遙聞鳳吹喧，闇識龍輿度。李白、獨漉篇：越鳥從南來，胡鷹亦北渡。　王維、賦樂賢詩應制：高山原上碧，滻水林端素。　李白、早過漆林渡寄萬巨：潭落天上星，龍開水中霧。　李白、草書歌行：墨池飛出北溟魚，筆鋒殺出中山兔。　王維、賦樂賢詩應制：褰旒明四目，伏檻紆三顧。

# 八 霽 古通寘

**霽**

【明霽】常建、西山：湖雲尚明霽。【雨初霽】蘇軾、遊鶴林招隱：郊原雨初霽。

**制**

【遺制】白居易、二王後：高祖太宗之遺制。【都節制】杜甫、漁陽：赫赫誰王都節制。【雲羅制】李白、答高山人兼呈權顧二侯：不爲雲羅制。【豫且制】李白、枯魚過河泣：偶被豫且制。

**計**

【校計】無名氏、孤兒行：當與校計。【高計】杜甫、漁陽：本朝不入非高計。【不可計】蘇軾、次韻黃魯直：歲月不可計。【出無計】蘇軾、自普照遊二菴：自厭山深出無計。【終老計】蘇軾、復出東門：五畝漸成終老計。

**勢**

【長天勢】常建、西山：遠接長天勢。【風濤勢】李白、枯魚過河泣：勿恃風濤勢。【爲權勢】杜甫、狂歌行：弟切功名爲權勢。

**世**

【避世】蘇軾、自普照遊二菴：本不避人那避世。【在人世】蘇軾、烟江疊嶂圖：桃花流水在人世。【氣蓋世】項籍、垓下歌：力拔山兮氣蓋世。【跨一世】阮籍、詠懷：高度跨一世。【繼絕世】白居易、二王後：不獨繼絕世。

**麗**

【夕麗】常建、西山：林巒分夕麗。

**歲**

【千餘歲】王維、金屑泉：少當千餘歲。【八十一萬歲】李白、上雲樂：天子九九八十一萬歲。

**藝**

【空取藝】白居易、司天臺：官不求賢空取藝。

**惠**

【感君惠】白居易、昆明春：近水之人感君惠。

**桂**

【結桂】吳均、酬別江主簿屯騎：結交當結桂。

**際**

【天人際】白居易、司天臺：仰觀俯察天人際。【西山際】常建、西山：落日西山際。【青雲際】李白、答高山人兼呈權顧二侯：獻納青雲際。

**厲**

【凌厲】李白、答高山人兼呈權顧二侯：獨鶴思凌厲。【勖厲】蔡琰、悲憤詩：竭心自勖厲。【北風厲】常建、西山：蕭蕭北風厲。

契

【金石契】蘇軾、留別：願存金石契。

弊

【知人弊】白居易、杜陵叟：帝心惻隱知人弊。

帝

【天帝】李白、枯魚過河泣：徒勞訴天帝。【玉帝】王維、金屑泉：羽節朝玉帝。

蔽

【蒹葭蔽】常建、西山：宿處蒹葭蔽。

髻

【安髻】李商隱、李夫人三首：兩股方安髻。【寶髻】李白、宮中行樂詞八首：山花插寶髻。【香覆髻】蘇軾、自普照遊二菴：紅杏碧桃香覆髻。

裔

【荒裔】阮籍、詠懷：逍遙游荒裔。【振八裔】李白、臨路歌：大鵬飛兮振八裔。【清遐裔】李白、答高山人兼呈權顧二侯：端拱清遐裔。

袂

【短袂】李白、贈新平少年：長風入短袂。【香入袂】蘇軾、自普照遊二菴：裛裛野梅香入袂。【霑人袂】常建、西山：白露霑人袂。

閉

【西菴閉】蘇軾、自普照遊二菴：東菴半掩西菴閉。【荆門閉】常建、西山：岸遠荆門閉。

逝

【忽正逝】蔡琰、悲憤詩：魂神忽正逝。【從此逝】阮籍、詠懷：吾將從此逝。【騅不逝】項籍：垓下歌：時不利兮騅不逝。

翳

【氛翳】李白、答高山人兼呈權顧二侯：開元掃氛翳。【射雉翳】李商隱、戲題樞言草閣三十二韵：整頓射雉翳。

替

【星替】李商隱、李夫人三首：月沒教星替。

細

【晚雨細】蘇軾、自普照遊二菴：長松吟風晚雨細。

誓

【言誓】阮籍、詠懷：彈琴誦言誓。

蕙

【蘭蕙】吳均、酬別江主簿屯翳：贈言重蘭蕙。

噬

【螻蟻噬】李白、枯魚過河泣：翻遭螻蟻噬。

繼

【孤霞繼】常建、西山：日入孤霞繼。【後難繼】蘇軾、自普照遊二菴：獨往神傷後難繼。

曳

【搖曳】常建、西山：孤琴又搖曳。

蒂【還我蒂】無名氏、孤兒行：願還我蒂。

衞濟第慧幣滯涕契斃

敝銳戾繫祭隸綴製砌

稅堳例筮偈詣礪勵瘞

朏諦系叡毳劑帶睇憩

彗睨䌯醊貰蠆穧沴枻

逮柢禘芮掣傺殪薊妻

擠皆禊弟墆嘒鷩寱挈

題砅蠣㾜澨颲瞖禲睥

嚏盭枘篲遰滯愒猘鱖

糲癘嬖蹶齊棣說毳噎

離荔汭泥蛻贅儷揭帨

唳薙泄殪娣澨劌薜轊

[illegible]囈濞捩蠣囈謎軑杕

懥欐莀蘻痸[illegible]締鯷悷

[illegible]涖蜹嘒淛嫕晢罽[illegible]

楴淠忕切踶螮蟪医[illegible]

[illegible]槥[illegible]

【對偶】

李白、宮中行樂詞八首：石竹繡羅衣，山花插寶髻。 李商隱、戲題樞言草閣三十二韻：掃掠走馬路，整頓射雉翳。

# 九泰 古通寘

## 泰

【亦云泰】韓愈、秋雨聯句：飛浮亦云泰。

## 會

【交會】蔡琰、悲憤詩：何時復交會；韓愈、秋雨聯句：百川氣交會。【四面會】阮籍、詠懷：嘉賓四面會。【風雲會】杜甫、病柏：至當風雲會；蘇軾、禱雨：伊借風雲會。【飄風會】曹丕、雜詩：適與飄風會。

## 帶

【常帶】阮籍、詠懷：黃河爲常帶。【控帶】李白、贈從弟宣州長史昭：水陸相控帶。【裙帶】李端、拜新月：北風吹裙帶。【循帶】韓愈、秋雨聯句：衣寒屢循帶。【相鉤帶】阮籍、詠懷：子母相鉤帶。

## 外

【天外】王維、送魏郡李太守赴任：黃河向天外；韓愈、秋雨聯句：高灑自天外。【雲外】王維：登青龍寺：故山復雲外。【天中外】蔡琰、悲憤詩：又復天中外。【出天外】阮籍、詠懷：長劍出天外。【白雲外】王維、憶終南山：心知白雲外。【身之外】李白、悲歌行：虛名撥向身之外。【形骸外】韓愈、贈劉師服：誰能檢點形骸外。【青門外】阮籍、詠懷：近在青門外。【青天外】李白、贈從弟宣州長史昭：半落青天外。【倚天外】阮籍、詠懷：長劍倚天外。【晴霞外】李白、天門山：縹緲晴霞外。【翔其外】杜甫、病柏：哀鳴翔其外。【疏鐘外】蘇軾、發廣州：蒲澗疏鐘外。

## 蓋

【車蓋】曹丕、雜詩：亭亭如車蓋；杜甫、病柏：室童狀車蓋。【征蓋】王維、登青龍寺：何處飛征蓋。【軒蓋】李白、贈從弟宣州長史昭：賓館羅軒蓋。【覆蓋】蔡琰、悲憤詩：縱橫莫覆蓋。【藏蓋】韓愈、秋雨聯句：傾濤敗藏蓋。【擎雨蓋】蘇軾、贈別景文：荷盡已無擎雨蓋。

## 大

【高大】杜甫、病柏：蟠據亦高大。【寬大】蔡琰、悲憤詩：旁人相寬大。【從此大】阮籍、詠懷：功名從此大。【清湘大】韓愈、秋雨聯句：渠漲清湘大。

## 旆

【戎旆】韓愈、秋雨聯句：未免淫戎旆。

瀨

【湍瀨】阮籍、詠懷：洪川蕩湍瀨。

賴

【倚賴】杜甫、病柏：浩蕩難倚賴。【安足賴】韓愈、感春三首：汝顏安足賴。【兆民賴】白居易、捕蝗：一人有慶兆民賴。【何聊賴】蔡琰、悲憤詩：雖生何聊賴。【何足賴】阮籍、詠懷：榮枯何足賴；蘇軾、次韻秦太虛見戲耳聾：留得一錢何足賴。【豈足賴】阮籍、詠懷：寵祿豈足賴。【須有賴】韓愈、秋雨聯句：疏決須有賴。

籟

【群籟】韓愈、秋雨聯句：灌注咽群籟。

蔡

【問蔡】韓愈、秋雨聯句：卜晴將問蔡。

害

【患害】阮籍、詠懷：多財爲患害。【凝害】韓愈、秋雨聯句：陰繁恐凝害。

具

【文具】韓愈、秋雨聯句：瓜畦爛文具。

靄

【青靄】李白、天門山：廻首沈青靄。【宿靄】韓愈、秋雨聯句：廓然吹宿靄。

藹

【景明藹】韓愈、秋雨聯句：牖變景明藹。

沛

【漂沛】韓愈、秋雨聯句：池星競漂沛。【顛沛】韓愈、秋雨聯句：亦以救顛沛、

艾

【荒艾】韓愈、秋雨聯句：伏潤肥荒艾。【荊艾】蔡琰、悲憤詩：庭宇生荊艾。

兌

【風搜兌】韓愈、秋雨聯句：剝節風搜兌。

丐

【何丐】韓愈、秋雨聯句：魯儒亦何丐。

奈

【無奈】韓愈、秋雨聯句：客子歌無奈。

繪

【綵繪】蘇軾、龜山辯才師：鐵鳳橫空飛綵繪。

膾

【可膾】韓愈、秋雨聯句：賊肉行可膾。

澮

【畎澮】韓愈、秋雨聯句：感禹勤畎澮。

鄶

【誠自鄶】韓愈、秋雨聯句：僮僕誠自鄶。

薈

【擁薈】韓愈、秋雨聯句：霧亂還擁薈。

壒

【輕壒】韓愈、秋雨聯句、幽泥化輕壒。

忲
【煎熬忲】韓愈、秋雨聯句：市舍煎熬忲。

太
【巳太】韓愈、秋雨聯句：遂止無巳太。

汰
【江汰】韓愈、秋雨聯句：颼飀臥江汰。

軑
【行軑】韓愈、秋雨聯句：弱途擁行軑。

霈
【收霈】韓愈、秋雨聯句：礎色微收霈。

翽
【不能翽】韓愈、秋雨聯句：離莚不能翽。

噦
【鳴噦】韓愈、秋雨聯句：蟬枝擁鳴噦。

酹
【親酹】韓愈、秋雨聯句：墉禜亦親酹。

醊
【晚醊】韓愈、秋雨聯句：逕蘭銷晚醊。

廥
【塡廥】韓愈、秋雨聯句：富栗空塡廥。

𡍼
【鎭訇𡍼】韓愈、秋雨聯句：帝鼓鎭訇𡍼。

---

最 柰 檜 獪 儈 禬 澮 襘 膾
磕 汏 釱 瀨 糲 蛻 峗 濊 懀
狽 茷 祋 藾 愒 娧 昧

# 十卦 古通寘

## 險

【人寰險】蘇軾、贈賈耘老：縱觀始覺人寰險。

【波生險】蘇軾、與胡祠部游法華山：餘歡濯足波生險。

## 畫

【能書】李商隱、無題二首：表眉已能畫。

## 派

【千派】蘇軾、贈賈耘老：浩浩湯湯納千派。

【高派】蘇軾、與胡祠部游法華山：始見寒泉落高派。【清流派】蘇軾、次韻秦太虛見戲耳聾：不須更枕清流派。

## 債

【有債】蘇軾、次韻秦太虛見戲耳聾：口業不停詩有債。【負債】蘇軾、和穆父新涼：受恩如負債。【清淨債】蘇軾、與胡祠部游法華山：恐負山中清淨債。【尋常債】蘇軾、贈賈耘老：與子一洗尋常債。

## 怪

【吁怪】杜甫、病柏：佇立久吁怪。【幽怪】蘇軾、贈賈耘老：無復青蓮出幽怪。【疑怪】韓愈、雨中寄孟刑部幾道聯句：抱照瑩疑怪。【嶮怪】蘇軾、次韻秦太虛見戲耳聾：故作嘲詩窮嶮怪。【吁可怪】蘇軾、與胡祠部游法華山：一覽震澤吁可怪。

## 壞

【崩壞】蘇軾、與胡祠部游法華山：蒼藤倒谷雲崩壞。【欲壞】韓愈、雨中寄孟刑部幾道聯句：永立難欲壞。【顏色壞】杜甫、病柏：中路顏色壞。

## 誡

【明誡】韓愈、雨中寄孟刑部幾道聯句：琢切奉明誡。

## 戒

【申戒】韓愈、雨中寄孟刑部幾道聯句：翼翼自申戒。

## 界

【殊界】韓愈、雨中寄孟刑部幾道聯句：百步遠殊界。【境界】蘇軾、夜直秘閣：大隱本來無境界。【山爲界】蘇軾、與胡祠部游法華山：隄湖欲盡山爲界。

## 介

【媒介】韓愈、雨中寄孟刑部幾道聯句：幸免因媒介。

## 芥

【纖芥】韓愈、雨中寄孟刑部幾道聯句：靈珀拾纖芥。

## 械

【天械】韓愈、雨中寄孟刑部幾道聯句：逸步謝天械。【天所械】蘇軾、與胡祠部游法華山：白驚湃。【舞湃湃】蘇軾、與胡祠部游法華山：綠棹紅船舞湃湃。

**瞶**

【聾瞶】韓愈、朝歸：無堪等聾瞶。

**憊**

【宿憊】韓愈、雨中寄孟刑部幾道聯句：神藥銷宿憊。

**鎩**

【鎌鎩】蘇軾、贈賈耘老：攘臂欲助磨鎌鎩。

【羽已鎩】韓愈、雨中寄孟刑部幾道聯句：伊我羽已鎩。

**殺**

【瀾逾殺】韓愈、雨中寄孟刑部幾道聯句：輸邈瀾逾殺。

**夬**

【剛夬】韓愈、雨中寄孟刑部幾道聯句：柔中有剛夬。

**嘬**

【敢求嘬】韓愈、雨中寄孟刑部幾道聯句：盜食敢求嘬。

**蠆**

【觸蠆】韓愈、雨中寄孟刑部幾道聯句：積慎如觸蠆。

**喝**

【蟬喝】韓愈、雨中寄孟刑部幾道聯句：騰口甚蟬喝。

**蒯**

【菅蒯】韓愈、雨中寄孟刑部幾道聯句：照日陋菅蒯。

---

**犗**

【衆犗】韓愈、雨中寄孟刑部幾道聯句：修綸懸衆犗。

卦 挂 懈 廨 賣 瘥 稗 灑 噲

解 祭 齘 蕢 餲 繲 絓 粺 眦

魪 髤 价 哨 獪 懘 呰 詿 勱

繣 簣 唄 欬 寨

髮青衫天所械。【長柄械】蘇軾、贈賈耘老：生事只看長柄械。

## 薤

【蕭薤】韓愈、雨中寄孟刑部幾道聯句：微芳比蕭薤。【露薤】蘇軾、與胡祠部游法華山：清唱一聲聞露薤。

## 拜

【再拜】杜甫、病柏：故老多再拜。【參拜】韓愈、雨中寄孟刑部幾道聯句：高居限參拜。【下階拜】李端、拜新月：便卽下階拜。

## 快

【奔快】蘇軾、贈賈耘老：一葦漁舟恣奔快。【風雨快】蘇軾、次韻秦太虛見戲耳聾：莫放筆端風雨快。【騁雄快】韓愈、雨中寄孟刑部幾道聯句：呼博騁雄快。【瀉清快】蘇軾、與胡祠部游法華山：曲折虛堂瀉清快。

## 邁

【日遐邁】蔡琰、悲憤詩：遄征日遐邁。【淺溪邁】韓愈、雨中寄孟刑部幾道聯句：街流淺溪邁。

## 話

【嘉話】韓愈、雨中寄孟刑部幾道聯句：遙遙仰嘉話。

## 敗

【勝敗】蘇軾、次韻秦太虛見戲耳聾：六鑿相攘更勝敗。【摧敗】蔡琰、悲憤詩：胸臆爲摧敗。【柯葉敗】杜甫、病柏：日夜柯葉敗。

## 曬

【洗曬】蘇軾、贈賈耘老：欲掘茯苓親洗曬。【日所曬】蘇軾、與胡祠部游法華山：渺渺東盡日所曬。【萬里曬】韓愈、朝歸：秋日萬里曬。

## 噫

【一噫】蘇軾、次韻秦太虛見戲耳聾：我覺風雷眞一噫。【仰噫】韓愈、雨中寄孟刑部幾道聯句：悶懷空仰噫。

## 瘵

【嬰瘵】韓愈、雨中寄孟刑部幾道聯句：暫阻若嬰瘵。

## 屆

【一飛屆】韓愈、雨中寄孟刑部幾道聯句：遐路一飛屆。

## 疥

【爬疥】韓愈、雨中寄孟刑部幾道聯句：愜與劇爬疥。【癬疥】蘇軾、贈賈耘老：食葉微蟲眞癬疥。

## 玠

【珪玠】韓愈、雨中寄孟刑部幾道聯句：豈望覿珪玠。

## 湃

【湃湃】蘇軾、贈賈耘老：空聽餘瀾鳴湃湃。【驚湃】韓愈、雨中寄孟刑部幾道聯句：有朗無

# 十一隊 古通寘

## 內
【戸內】杜甫、病柏：養子穿戸內。【九衢內】韓愈、感春三首：狼藉九衢內。【彈指內】蘇軾、龜山辯才師：笑我榮枯彈指內。

## 塞
【犯塞】白居易、城鹽州：左袵氈裘不犯塞。【秋塞】王維、登青龍寺：長天隱秋塞。【桃林塞】王維、送魏郡李太守赴任：日落桃林塞。

## 愛
【仁愛】李白、贈從弟宣州長史昭：推誠結仁愛。【頌遺愛】蘇軾、和沈立之留別：不用鐫碑頌遺愛。

## 輩
【年輩】李商隱、偶成轉韻七十二句贈四同舍：迴看屈宋由年輩。

## 珮
【蒼珮】韓愈、朝歸：耿耿水蒼珮。【琤琤珮】李商隱、燕臺四首：香肌冷襯琤琤珮。

## 代
【聖明代】李白、贈從弟宣州長史昭：空老聖明代。

## 退
【自退】韓愈、朝歸：又不勇自退；李白、悲歌行：功成名遂身自退。【事已退】韓愈、感春三首：桃李事已退。

## 碎
【浪花碎】李白、天門山：石分浪花碎。

## 背
【汗漸背】韓愈、朝歸：赬顏汗漸背。【相棄背】白居易、太行路：古稱色衰相棄背。

## 對
【相對】韓愈、朝歸：不與德相對；蘇軾、龜山辯才師：五年一夢誰相對。【碧山對】李白、贈從弟宣州長史昭：千里碧山對。

## 廢
【弔興廢】蘇軾、和劉道原詠史：獨掩陳編弔興廢。【職事廢】白居易、司天臺：羲和死來職事廢。

## 晦
【二月晦】蘇軾、和子由寒食：寒食今年二月晦。【四郊晦】王維、登青龍寺：蒼茫四郊晦。【秋雨晦】王維、憶終南山：蒼蒼秋雨晦。

## 礙
【了無礙】蘇軾、龜山辯才師：問法求師了無礙。【還是礙】蘇軾、次韻秦太虛見戲耳聾：不見不聞還是礙。

**貸**　【已貸】無名氏、刺巴郡守詩：鄰人言已貸。

**妹**　【姊妹】李商隱、燕臺四首：桃葉桃根雙姊妹。

**吠**　【號且吠】蔡琰、悲憤詩：豺狼號且吠。

**肺**　【肝肺】蔡琰、悲憤詩：憺咤糜肝肺。

**慨**　【慷慨】韓愈、朝歸：不成歌慷慨。

**欬**　【謦欬】蘇軾、龜山辯才師：坐覺風雷生謦欬。

**䨴**　【霮䨴】李白、歷陽壯士勤將軍名思齊歌：風雲何霮䨴。

**鐓**　【距爲鐓】韓愈、鬬雞聯句：復以距爲鐓。

**北**　【河北】李白、擣衣篇：征夫猶戍交河北。

**採**　【可採】韓愈、鬬雞聯句：短韻有可採。【當採】陶潛、擬古九首：三年望當採。

隊　載　態　穢　菜　誨　昧　戴　配
喙　潰　黛　賚　逮　槩　岱　帒　埭
溉　耒　愾　嘅　塊　繢　乂　碓　賽
刈　耐　誖　曖　倅　晬　淬　敦　憒
闠　鎧　磑　纇　焙　在　再　孛　瑁
痗　茷　薉　柿　憝　礧　酹　濯　薆
[illegible]　睞　徠　裁　[illegible]　儗　采　回　[illegible]
焠　栽　誖　拔　綷　劾　瑇　誶　脢
悔　癈　鼐　眛　朏　擂

【對偶】
王維、登青龍寺：遠樹蔽行人，長天隱秋塞。
李白、天門山：岸映松色寒，石分浪花碎。

# 十二震 古通敬徑沁 略通問願

信 【書信】黃庭堅、過家：大是報書信。【期信】黃庭堅、曉起臨汝：鳴雞有期信。【韓信】李白、行路難：淮陰市井笑韓信。

潤 【萬里潤】黃庭堅、曉起臨汝：意有萬里潤。

陣 【落成陣】黃庭堅、過家：乾葉落成陣。

順 【至順】黃庭堅、曉起臨汝：無得乃至順。

鬢 【雪侵鬢】黃庭堅、過家：萬事雪侵鬢。

齔 【毀齔】黃庭堅、過家：兒齒欲毀齔。

親 【婚親】黃庭堅、過家：勞問走婚親。

震 印 進 鎮 塡 刃 愼 晉 駿

閏 峻 釁 振 儁 舜 吝 恪 燼
訊 允 仞 軔 殯 儐 迅 瞬 櫬
儭 諄 藎 憖 殣 饉 藺 濬 徇
殉 賑 覲 晙 餕 擯 菫 瑨 璡
酳 僅 牣 認 遴 賮 襯 睃 鬊
瑾 趁 娩 蕣 韌 訒 侲 汛 轥
磷 躪 粦 驎 浚 墐 縉 搢 娠
靷 引 濥 瞵 麐 診 蜃 瑱 疢
鵔 揗

# 十三問

古通震

問

【有問】杜甫、兵車行：長者雖有問。【送音問】韓愈、送僧澄觀：遠遣州民送音問。

運

【天運】黃庭堅、曉起臨汝：動靜配天運。【寒不運】黃庭堅、過家：田車寒不運。

韻

【幽韻】黃庭堅、曉起臨汝：喬木囀幽韻。

郡

【數郡】黃庭堅、曉起臨汝：岌峩臨數郡。

慍

【喜慍】黃庭堅、曉起臨汝：用捨誰喜慍。

近

【遠近】白居易、時世妝：時世流行無遠近。【雲雨近】黃庭堅、過家：上與雲雨近。

璺

【裂璺】黃庭堅、曉起臨汝：河東無裂璺。

聞　暈　訓　糞　奮　忿　醞　分　紊

汶　僨　靳　斤　抆　鄆　餫　員　縕

拚　隱　藴　坋　𢹣

# 十四願 古通霰

**願**

【破吾願】蘇軾、次韻秦觀見贈：天遣君來破吾願。【適所願】韓愈、秋懷詩：驅馬適所願。

**論**

【齊物論】黃庭堅、曉起臨汝：與講齊物論。

**怨**

【多怨】韓愈、秋懷詩：女子乃多怨。【相怨】李商隱、燕臺四首：終日相思卻相怨。【來者怨】蘇軾、泗洲僧伽塔：去得順風來者怨。

**萬**

【千萬】韓愈、秋懷詩：文字浩千萬。

**飯**

【麥飯】蘇軾、和子由送梁左藏：急掃風軒炊麥飯。【朝飯】蘇軾、泗洲僧伽塔：卻到龜山未朝飯。【香可飯】蘇軾、和穆父新涼：新稻香可飯。【香稻飯】白居易、鹽商婦：紅膾黃橙香稻飯。

**獻**

【貴獻】韓愈、秋懷詩：賤嗜非貴獻。

**健**

【悲健】蘇軾、過江夜行聞鼓角：半雜江聲作悲健。

**寸**

【膚寸】黃庭堅、曉起臨汝：卷懷就膚寸。【無一寸】黃庭堅、過家：去夢無一寸。

**勸**

【自勸】韓愈、秋懷詩：欲去聊自勸。【誰當勸】蘇軾、荊州：農事誰當勸。

**遠**

【清遠】蘇軾、和子由送梁左藏：中散談仙更清遠。

**曼**

【曼曼】韓愈、秋懷詩：我志何曼曼。

**遁**

【觸林遁】黃庭堅、曉起臨汝：疑狐觸林遁。

恨 困 頓 遯 建 憲 蔓 劵 鈍

悶 遜 嫩 販 愿 溷 巽 噴 艮

敦 恩 綣 鄖 褪 畹 楦 堰 圈

# 十五翰 古通勘

## 翰

【藩翰】李白、南奔書懷：虎竹光藩翰。

## 岸

【絕岸】杜甫、白沙渡：渡口下絕岸。【垂楊岸】李商隱、無題四首：櫻花永巷垂楊岸。【湘江岸】杜甫、白沙渡：涕盡湘江岸。【綠無岸】蘇軾、靈上訪道人不遇：草色綠無岸。

## 漢

【江漢】陸游、觀嶓江雲山：禹迹茫茫始江漢。【雲漢】李白、月下獨酌：相期邈雲漢；杜甫、白沙渡：杳窕入雲漢；蘇軾、飲酒：舉觴矚雲漢。

## 難

【逃世難】杜甫、逃難：南北逃世難。

## 斷

【腸斷】李白、長相思：不信妾腸斷。【一時斷】白居易、哭師臯：十二人腸一時斷。【行人斷】蘇軾、石炭：君不見前年雨雪行人斷。【征路斷】李白、秋日登揚州西靈塔：日隨征路斷。【楚山斷】李白、流夜郎至西塞驛寄裴隱：橫蹙楚山斷。【繡頸斷】李白、雉朝飛：爭雄鬬死繡頸斷。

## 亂

【凌亂】杜甫、白沙渡：洪濤越凌亂。【零亂】李白、月下獨酌：我舞影零亂。【蓬亂】鮑照、擬行路難：纖腰瘦削髮零亂。【花中亂】何遜、酬范寄寶雲：日色花中亂。【桃杏亂】蘇軾、中隱堂：春深桃杏亂。

## 歎

【三歎】杜甫、白沙渡：覽轡復三歎；蘇軾、游道場山何山：山中對酒空三歎。【長歎】李白、蜀道難：以手撫膺坐長歎；李商隱、無題四首：梁間燕子聞長歎。【悲歎】杜甫、逃難：回首共悲歎。【號歎】何遜、酬范寄寶雲：佇立空號歎。【倚增歎】張衡、四愁詩：路遠莫致倚增歎。【能無歎】陸游、觀嶓江雪山：齎志空死能無歎。【撫心歎】鮑照、擬行路難(7)：零淚霑衣撫心歎。

## 幹

【芙蓉幹】李商隱、河內詩二首：船期閃斷芙蓉幹。

## 觀

【達觀】李白、瑩禪師房觀山海圖：滅跡含達觀。

散

【分散】李白、月下獨酌：醉後各分散；杜甫、逃難：鄉里各分散。【吹散】蘇軾、石炭：陣陣腥風自吹散。【消散】李白、瑩禪師房觀山海圖：從玆得消散。【疏散】杜甫、白沙渡：多病一疏散。【人易散】蘇軾、中秋見月寄子由：明月易低人易散。

畔

【容身畔】杜甫、逃難：莫見容身畔。【草樹畔】白居易、哭師皐：北邙原邊草樹畔。

旦

【達旦】蘇軾、游道場山何山：高人讀書夜達旦。

玩

【誠可玩】何遜、酬范寄寶雲：繁元誠可玩。

爛

【白石爛】李白、南奔書懷：空歌白石爛。【光爛爛】韓愈、江漢一首答孟郊：華燭光爛爛。

貫

【日中貫】李白、南奔書懷：長虹日中貫。

半

【天半】李白、瑩禪師房觀山海圖：瀑水灑天半。【夜半】鮑照、擬行路難(7)：惆悵徙倚至夜半；蘇軾、游道場山何山：至今山鶴鳴夜半。【九州半】陸浮、觀崏江雪山：疏鑿功當九州半。【三月半】李商隱、無題四首：白日當天三月半。【中流半】杜甫、白沙渡：日暮中流半。【夜過半】白居易、哭師皐：月苦煙愁夜過半。

案

【青玉案】張衡、四愁詩：何以報之青玉案。

炭

【塗炭】杜甫、逃難：四海一塗炭。

漫

【漫漫】李白、古風：天地何漫漫；杜甫、白沙渡：沙白灘漫漫。

幔

【卷幔】李白、瑩禪師房觀山海圖：清晝疑卷幔。

換

【那堪換】蘇軾、次韻秦觀見贈：千金敝帚那堪換。【無處換】蘇軾、石炭：日暮敲門無處換。【節廻換】鮑照、擬行路難(7)：何言淹留節廻換。

喚

【相喚】杜甫、白沙渡：山猿飲相喚。

悍

【精悍】蘇軾、石炭：爍玉流金見精悍。

彈

【一彈】李商隱、偶成轉韻七十二句贈四同舍：下望山城如一彈。

憚

【何憚】何遜、酬范寄寶雲：繼音予何憚。

段

【萬段】蘇軾、石炭：要斬長鯨爲萬段。【錦繡段】張衡、四愁詩：美人贈我錦繡段；李白、去婦詞：綺羅錦繡段。

看

【重看】蘇軾、中秋見月寄子由：歸來呼酒更重看。【同牆看】李商隱、無題四首：清明暖後同牆看。【背後看】蘇軾、續麗人行：只許腰肢背後看。

叛

【離叛】李白、南奔書懷：王師忽離叛。

惋

【煩惋】張衡、四愁詩：何爲懷憂心煩惋。

鍛

【勞鍛】蘇軾、石炭：北山頑鑛何勞鍛。

骭

【風裂骭】蘇軾、石炭：城中居民風裂骭。

嘆

【盈嘆】李白、塋禪師房觀山海圖：想像徒盈嘆。

算按汗贊讚冠灌爨竄

粲燦璨煥扞渙奐絆萑

判腕偄鑽縵旰閈瀚釬

豻胖暵讕睅蒜鑵瓘澣

喭衎泮逭祼墁彖鴠幹

盰矸謾瀾碫垾攛褖攤

侃駻館灘晏盥爟

【對偶】

李白、月下獨酌：醒時同交歡，醉後各分散。

李白、月下獨酌：我歌月徘徊，我舞影零亂。

# 十六諫 古通陷 轉霰

綻

【花欲綻】白居易、鹽商婦：兩朵紅顋花欲綻。

【菊初綻】蘇軾、九日：籬邊菊初綻。　【誰當綻】古樂府、艷歌行：新衣誰當綻。

鴈

【千里鴈】王昌齡、獨遊：目送千里鴈。

【傳書鴈】鄭渥、塞上曲：帳前影落傳書鴈。

諫　患　澗　間　宦　晏　慢　辦　盼

豢　鴳　棧　慣　贗　輚　串　轘　莧

幻　訕　丱　綰　骭　縵　嫚　謾　汕

疝　瓣　薍　擐　篡　鏟　槵　覵　犴

柵　扮

【對偶】

王昌齡、獨遊：手擕雙鯉魚，目送千里鴈。古樂府、艷歌行：改衣誰當補，新衣誰當綻。

# 十七霰 古通願豔 轉諫

## 霰

【流霰】謝脁、晚登三山還望京邑：淚下如流霰。【霜霰】鮑照、古意贈今人：幽冀猶霜霰。【淚如霰】杜甫、白馬：嗚呼淚如霰。【淚雨霰】蘇軾、南華寺：感動淚雨霰。

## 殿

【宮殿】陸游、觀嵋江雪山：我生不識柏梁建章之宮殿。【明光殿】杜甫、石硯詩：不遠明光殿。

## 面

【掩面】蘇軾、送梁左藏赴莫州：帳下美人空掩面。【對面】杜甫、石硯詩：十手可對面。【天一面】何遜、與蘇九德別：各在天一面。【半遮面】白居易、琵琶行：猶抱琵琶半遮面。【先生面】蘇軾、三朵花：畫圖要識先生面。【沙吹面】蘇軾、泗洲僧伽塔：逆風三日沙吹面。【君王面】白居易、陵園妾：三朝不識君王面。【吳姬面】蘇軾、再和楊公濟梅花：他年欲識吳姬面。

## 縣

【他縣】無名氏、艷歌行：流宕在他縣。【京縣】謝脁、晚登三山還望京邑：河陽視京縣。【鄉縣】王維、桃源行：塵心未盡思鄉縣。【各異縣】無名氏、飲馬長城窟行：他鄉各異縣；蘇軾、次韻秦觀見贈：謂誰他鄉各異縣。【成都縣】吳均、贈周散騎興嗣：家在成都縣。

## 變

【千變】蘇軾、泗洲僧伽塔：造物應須日千變。【不變】鮑照、古意贈今人：惟餘心不變；謝脁、晚登三山還望京邑：誰能鬒不變。【魚龍變】蘇軾、中秋見月寄子由：千燈夜作魚龍變。

## 箭

【弓箭】白居易、折臂翁：不識旗槍與弓箭。【撚箭】蘇軾、贈寫眞何充秀才：左手拉弓橫撚箭。【雙箭】杜甫、白馬：安鞍貫雙箭。【魯連箭】李白、江夏寄漸陽輔錄事：我書魯連箭。

## 戰

【交戰】李白、贈王漢陽：何事坐交戰。【征戰】李白、江夏寄漢陽輔錄事：樓船習征戰；白居易、折臂翁：生逢聖代無征戰。【酣戰】陸游、觀嵋江雪山：擐甲橫戈夜酣戰。【督戰】蘇軾、送孫勉：豪篇來督戰。【商於戰】杜甫、白馬：中夜商於戰。【驕不戰】蘇軾、送梁左藏赴莫州：猛士如雲驕不戰。

## 扇

【圓扇】何遜、與蘇九德別：秋月如圓扇。【紈扇】蘇軾、和子由送梁左藏：半脫沙巾落紈扇。【歌扇】李白、相逢行：銜杯映歌扇。【合一扇】白居易、長恨歌：釵留一股合一扇。【吟秋扇】蘇軾、望海樓：臨風有客吟秋扇。【顧榮扇】李白、江夏寄漢陽輔錄事：埋沒顧榮扇。

## 見

【一見】蘇軾、續麗人行：　隔花臨水時一見。【不見】鮑照、古意贈今人：南心君不見；傅玄、車遙遙篇：君在陰兮影不見；白居易、長恨歌：兩處茫茫皆不見。【可見】謝朓、晚登三山還望京邑：參差皆可見。【相見】吳均、贈周散騎興嗣：包山一相見；蕭衍、東飛伯勞歌：黃姑織女時相見；李白、雙燕離：金窗繡戶長相見；白居易、長恨歌：天上人間會相見。【獨見】杜甫、石硯詩：異狀君獨見。【誰見】杜甫、　白馬：意氣今誰見。【不相見】無名氏、飲馬長城窟行：輾轉不相見；李白、相逢行：不如不相見；何遜、與蘇九德別：倏忽不相見。【石自見】無名氏、艷歌行：水清石自見。【夏來見】　無名氏、艷歌行：多藏夏來見。【眼中見】蘇軾、次韻秦觀見贈：短李髯孫眼中見。【雲中見】　李白、相逢行：似月雲中見。【無人見】白居易、陵園妾：把花掩淚無人見。【隔簾見】蘇軾、崎亭：行當隔簾見。【壽星見】白居易、司天臺：唯奏慶雲壽星見。【邀相見】白居易、琵琶記：移船相近邀相見。

## 現

【隱現】杜甫、石硯詩：山水遞隱現。

## 院

【青苔院】白居易、陵園妾：綠蕪牆遶青苔院。

## 練

【文練】鮑照、古意贈今人：氈褐代文練。【一匹練】李白、秋浦歌：水如一匹練。【皎如練】李白、贈王漢陽：童顏皎如練。【靜如練】　謝朓、晚登三山還望京邑：澄江靜如練。

## 燕

【乳燕】蘇軾、次韻定慧長老：　鈎簾歸乳燕。【雙燕】李白、雙燕離：雙燕復雙燕。　【西飛燕】蕭衍、東飛伯勞歌：東飛伯勞西飛燕。【吳宮燕】李白、野田黃雀行：棲莫近吳宮燕。【堂前燕】無名氏、艷歌行：翩翩堂前燕。

## 宴

【高宴】李白、江夏寄漢陽輔錄事：　投壺接高宴。【清宴】杜甫、石硯記：沒得終清宴。【遊宴】陸游、觀嶍江雪山：安得衮冠侍遊宴。【歡宴】謝朓、晚登三山還望京邑：　懷哉罷歡宴。【王母宴】白居易、八駿圖：瑤池西赴王母宴。【重開宴】白居易、琵琶行：添酒回燈重開宴。

## 賤

【貧賤】吳均、贈周散騎興嗣：　相如本貧賤。【未爲賤】杜甫、石硯詩：貞質未爲賤。【魚米賤】白居易、鹽商婦：何況江頭魚米賤。

電

【流電】李白、贈王漢陽：時光速流電。【雷電】杜甫、石硯詩：其光或雷電；杜甫、折檻行：白馬將軍若雷電。【風催電】鮑照、古意贈今人：顏落風催電。【奔如電】白居易、長恨歌：排雲馭氣奔如電。【眼如電】蘇軾、贈寫眞何充秀才：眼如電。

薦

【親薦】白居易、八駿圖：七廟經年不親薦。

甸

【共甸】謝朓、晚登三山還望京邑：雜英滿共甸。【遶淮甸】蘇軾、泗洲僧伽塔：一看雲山遶淮甸。

便

【欣所便】蘇軾、泗洲僧伽塔：我自懷私欣所便。

眷

【廻眷】李白、江夏寄漢陽輔錄事：龍顏不廻眷。

倦

【神亦倦】蘇軾、泗洲僧伽塔：每到有求神亦倦。

羨

【難羨】杜甫、折檻行：秦王學士時難羨。【令人羨】李白、雙燕離：雙燕令人羨。【吾所羨】杜甫、石硯詩：秀發吾所羨。

徧

【求之徧】白居易、長恨歌：升天入地求之徧。

戀

【無戀】蘇軾、泗洲僧伽塔：去無所逐來無戀。

囀

【一囀】王維、李處士山居：山鳥時一囀。

鈿

【合分鈿】白居易、長恨歌：釵擘黃金合分鈿。

狷

【狂狷】李商隱、行次西郊作一百韻：樹黨多狂狷。

研

【石研】杜甫、石硯詩：長嘯得石研。

眄

【顧眄】杜甫、石硯詩：知汝隨顧眄。【西北眄】無名氏、艷歌行：斜柯西北眄。

衍

【游衍】王維、桃源行：辭家終擬長游衍。

轉

【千轉】吳均、贈周散騎興嗣：彈琴復千轉。【旗腳轉】蘇軾、泗洲僧伽塔：香火未收旗腳轉。

餞

【迎餞】蘇軾、過江夜行聞鼓角：還吹此曲相迎餞。

熌膳傳硯選鍊醼饘夸
絹彥掾麪線堰奠眩釧
蒨倩卞汴弁拚忭嚥片
禪譴絢諺緣顫擅援媛
瑗淀濺繕鄯煎旋瑱唁
穿茜甗濺楝揀纏牽先
遣嬿瞑剸衒袨炫眴善
繾汧塡跈洊栫蜆睍孌
諓輾綪線偭

【對偶】

李白、江夏寄漢陽輔錄事：君草陳琳檄，我書魯連箭。　李白、雙燕離：玉樓珠閣不獨棲，金窗繡戶長相見。　李白、野田黃雀行：遊莫逐炎洲翠，棲莫近吳宮燕。

# 十八嘯 古通效號韻略同

**嘯**

【叫嘯】謝朓、七里瀨：哀禽相叫嘯。【長嘯】王維、竹里館：彈琴復長嘯。

**笑**

【冷笑】李白、上李邕：聞余大言皆冷笑。【平原笑】李白、古風：顧向平原笑。【香蘭笑】李賀、李憑箜篌引：芙蓉泣露香蘭笑。【開口笑】蘇軾、送別：繫馬綠楊開口笑。【眞可笑】蘇軾、次韻定慧長老：骨骼崎嶇眞可笑。

**照**

【末照】李白、古風：後世仰末照。【相照】王維、竹里館：明月來相照。【寂照】李白、與元丹丘方城寺談玄作：因得通寂照。

**妙**

【要妙】謝朓、七里瀨：存期得要妙。【高妙】李白、古風：魯連特高妙。【金仙妙】李白、與元丹丘方城寺談玄作：始知金仙妙。

**要**

【精要】李白、與元丹丘方城寺談玄作：領略入精要。

**曜**

【光曜】李白、古風：一朝開光曜。【照曜】謝朓、七里瀨：日落山照曜。

**調**

【同調】謝朓、七里瀨：異代可同調；李白、獨酌清溪江石上：可與爾同調。

**釣**

【任公釣】謝朓、七里瀨：想屬任公釣。【嚴陵釣】李白、獨酌清溪江石上：長垂嚴陵釣。

**叫**

【鳳皇叫】李賀、李憑箜篌引：崑山玉碎鳳皇叫。

**少**

【年少】李白、上李邕：丈夫未可輕年少。

**眺**

【游眺】謝朓、七里瀨：晨积展游眺；李白、與元丹丘方城寺談玄作：永願恣遊眺。

**誚**

【末代誚】謝朓、七里瀨：豈屑末代誚。

**峭**

【奔峭】謝朓、七里瀨：徒旅苦奔峭。

廟 竅 召 劭 邵 耀 燿 弔 燎

嶠 徼 陗 料 肖 尿 剽 掉 韒

鷂 糶 藋 噭 轎 窔 朓 僬 燒

療釂噍漂醮銚驃爝趭

慓繞摽嬈顠獥搖寮藪

鷂顤敫訆哨約僄嘹勡

璙裱

# 十九效

古通嘯

效　【報效】韓愈、答柳柳州食蝦蟇：竟不聞報效。

教　【典教】韓愈、答柳柳州食蝦蟇：灑灰垂典教。

校　【學校】韓愈、答柳柳州食蝦蟇：仍工亂學校。

校　【無所校】韓愈、答柳柳州食蝦蟇：於實無所校。

貌　【變形貌】韓愈、答柳柳州食蝦蟇：水特變形貌。

孝　【爲孝】韓愈、答柳柳州食蝦蟇：全身斯爲孝。

橈　【敗橈】韓愈、答柳柳州食蝦蟇：孰彊孰敗橈。

鬧　【取鬧】韓愈、答柳柳州食蝦蟇：無理祇取鬧。【鶯花鬧】蘇軾、贈張刁二老：藏春塢裏鶯花鬧。

淖　【濘淖】韓愈、答柳柳州食蝦蟇：意不離濘淖。

豹　【豢豹】韓愈、答柳柳州食蝦蟇：甘食比豢豹。

爆　【驚爆】韓愈、等柳柳州食蝦蟇：沸耳作驚爆。

罩　【釣罩】韓愈、答柳柳州食蝦蟇：豈不辱釣罩。

稍　【稍稍】韓愈、答柳柳州食蝦蟇：近亦能稍稍。

樂　【好樂】韓愈、答柳柳州食蝦蟇：失平生好樂。

炮　【皴炮】韓愈、答柳柳州食蝦蟇：其奈脊皴炮。

櫂　【廻櫂】韓愈、答柳柳州食蝦蟇：未見許廻櫂。

覺　【眠不覺】韓愈、答柳柳州食蝦蟇：恒願眠不覺。【獨先覺】李白、與元丹丘方城寺談玄作：惟我獨先覺。

鼩　踔　趠　拗　窖　酵　嗃　顤　傚

較　鈔　礉　敲　恔　磝　斅　窌　膠

# 二十號 古通嘯

號
【更號】韓愈、薦士：蘇李首更號。

帽
【吹帽】韓愈、薦士：嘉節迫吹帽。

報
【響報】韓愈、薦士：捷疾逾響報。

導
【百川導】韓愈、薦士：派別百川導。

盜
【剽盜】韓愈、薦士：沿襲傷剽盜。

操
【風操】韓愈、薦士：卓犖變風操。

噪
【雀噪】蘇軾、過雲龍山人：閉門空雀噪。【蟬噪】韓愈、薦士：衆作等蟬噪。【猛士噪】蘇軾、紅旆朝開猛士噪。

竈
【媚竈】韓愈、薦士：甘辱恥媚竈。

奧
【閫奧】韓愈、薦士：亦各臻閫奧。【清奧】韓愈、薦士：比近最清奧。

告
【歸期告】韓愈、薦士：使以歸期告。【去不告】蘇軾、會獵：酒酣上馬去不告。

誥
【訓誥】韓愈、薦士：雅麗理訓誥。

暴
【陵暴】韓愈、薦士：萬類困陵暴。

好
【幽好】韓愈、薦士：象外逐幽好。

到
【不可到】蘇軾、雜詩：故山不可到。【安敢到】韓愈、薦士：議論安敢到。

蹈
【高蹈】韓愈、薦士：子昂始高蹈。

勞
【神所勞】韓愈、薦士：愷悌神所勞。

耗
【凋耗】韓愈、薦士：氣象日凋耗。

眊
【瞭眊】韓愈、薦士：眸子看瞭眊。

耄
【幾何耄】韓愈、薦士：五十幾何耄。

躁
【浮躁】韓愈、蕙士：可以鎭浮躁。

漕
【可漕】韓愈、蕙士：尺地易可漕。

造
【登造】韓愈、蕙士：髦士日登造。

冒
【久所冒】韓愈、蕙士：辛苦久所冒。

悼
【嗟悼】韓愈、蕙士：二公逘嗟悼。

纛
【風中纛】韓愈、蕙士：擾擾風中纛。

燾
【覆燾】韓愈、蕙士：愛遇均覆燾。

驁
【雄驁】韓愈、蕙士：受材實雄驁。

瑁
【珪瑁】韓愈、蕙士：寗有棄珪瑁。

縞
【紵縞】蘇軾、留別：往復紛紵縞。【魯縞】韓愈、蕙士：强箭射魯縞。

懊
【悔懊】韓愈、蕙士：後時徒悔懊。

嫪
【戀嫪】韓愈：蕙士：感物增戀嫪。

奡
【排奡】韓愈、蕙士：妥帖力排奡。

菢
【豚菢】韓愈、蕙士：變化在豚菢。

犒
【一簞犒】韓愈、蕙士：不如一簞犒。

郜
【納郜】韓愈、蕙士：廟鼎遇納郜。

毛
【左右芼】韓愈、蕙士：尙煩左右芼。

禱
【心禱】韓愈、蕙士：日夜惟心禱。

慠
【嘲慠】韓愈、蕙士：指注競嘲慠。

潦
【海潦】韓愈、蕙士：奮猛卷海潦。

譟 隩 傲 倒 娼 翿 澳 慥 趮

膏 鏊 埽 墺 瀑 旄 燠 靠 糙

# 二十一箇 古通碼

箇
【一箇】杜甫、夜歸：峽口驚猿聞一箇。

个
【萬个】韓愈、合江亭：栽竹逾萬个。

賀
【表賀】白居易、蠻子朝：　蜀將收功先表賀。
【相賀】韓愈、合江亭：閶軍自相賀。

佐
【王佐】韓愈、合江亭：邦君實王佐。

坷
【坎坷】韓愈、合江亭：幽蹊下坎坷。

大
【當空大】杜甫、夜歸：仰看明星當空大。

餓
【寒餓】蘇軾、雪中游西湖：秀語出寒餓。【窮餓】韓愈、合江亭：天子憫窮餓。【西山餓】李白、少年子：獨守西山餓。

那
【誰能那】杜甫、夜歸：杖藜不睡誰能那。

過
【匪過】韓愈、合江亭：結構麗匪過。【流星過】李白、少年子：奕如流星過。【疏雨過】蘇軾、題南溪竹上：湖上瀟瀟疏雨過。

和
【久乃和】韓愈、合江亭：高唱久乃和。

挫
【頹挫】韓愈、合江亭：玆辛逐頹挫。

課
【考課】白居易、杜陵叟：急斂暴徵求考課。
【郡課】韓愈、合江亭：終乃最郡課。

唾
【不可唾】韓愈、合江亭：綠淨不可唾。

播
【巳播】韓愈、合江亭：醜聲日巳播。

懦
【庸懦】韓愈、合江亭：契濶繼庸懦。

座
【衆座】韓愈、合江亭：命樂醉衆座。【風吹座】蘇軾、重遊終南：古琴彈罷風吹座。

坐
【悲吟坐】蔡琰、悲憤詩：夜則悲吟坐。

破
【中破】白居易、杜陵叟：　長吏明知不中破。
【半破】韓愈、合江亭：新月憐半破。

臥

【眠臥】杜甫、夜歸：山黑家中已眠臥。【對臥】韓愈、合江亭：雲樹朝對臥。【一牀臥】韓愈、感春：瞑就一牀臥。【空齋臥】蘇軾、至野人汪氏居：歸來獨掃空齋臥。【枕書臥】蘇軾、擬古：主人枕書臥。【瓊樓臥】李白、少年子：夜入瓊樓臥。

貨

【家貨】韓愈、合江亭：買地費家貨。

涴

【塵涴】韓愈、合江亭：勿使泥塵涴。

左

【章台左】李白、少年子：挾彈章台左。【會其左】韓愈、合江亭：蒸水會其左。

惰

【慵惰】韓愈、合江亭：勤苦勸慵惰。【久已惰】韓愈、感春：節行久已惰。

奈

【何奈】韓愈、感春：已矣知何奈。【悲奈】韓愈、合江亭：事往幾悲奈。

作 邏 軻 馱 些 簸 剉 莝 磨

磋 銼 譒 纙

# 二十二禡 古通箇

## 駕

【高駕】韓愈、縣齋有懷：去去策高駕。【非我駕】郭璞、遊仙詩：雲端非我駕。

## 夜

【晨夜】黃庭堅、寄陳適用：光陰促晨夜。【清夜】蘇軾、次韻月夜偶出：對月酣歌美清夜。【夜復夜】韓愈、河之水：夜復夜。【夜專夜】白居易、長恨歌：春從春遊夜專夜。【靈臺夜】韓愈、縣齋有懷：風雨靈臺夜。

## 下

【愈下】韓愈、縣齋有懷：摧折氣愈下。【風露下】蘇軾、次韻月夜偶出：小院閉門風露下。【乘秋下】李白、塞下曲六首：塞虜乘秋下。【桃李下】黃庭堅、寄陳適用：顛倒桃李下。【參拜下】蔡琰、悲憤詩：毒痛參拜下。【鞦韆下】李商隱、無題二首：背面鞦韆下。

## 謝

【代謝】郭璞、遊仙詩：運流有代謝。【曹謝】韓愈、縣齋有懷：文章蔑曹謝。【鮑謝】黃庭堅、寄陳適用：句法窺鮑謝。【年年謝】蘇軾、定惠院寓居月夜偶出：但恐懽意年年謝。【凌鮑謝】蘇軾、次韻月夜偶出：空有千篇凌鮑謝。

## 榭

【風榭】韓愈、縣齋有懷：壓潁抗風榭。

## 夏

【朱夏】黃庭堅、寄陳適用：亹亹向朱夏。【愿夏】郭璞、遊仙詩：已秋復愿夏。【燒夏】韓愈、縣齋有懷：炎風每燒夏。【消長夏】蘇軾、獨樂園：棋局消長夏。

## 暇

【多暇】蘇軾、寄周安孺：高人固多暇。【閒暇】韓愈、縣齋有懷：志欲死閒暇；白居易、長恨歌：承歡侍宴無閒暇；黃庭堅、寄陳適用：王事少閒暇。

## 霸

【英霸】黃庭堅、寄陳適用：治郡得黃霸。【一戰霸】韓愈、縣齋有懷：何能一戰霸。

## 灞

【清灞】韓愈、縣齋有懷：銜淚渡清灞。

## 嫁

【未嫁】李商隱、無題二首：懸知猶未嫁。【婚嫁】韓愈、縣齋有懷：何用畢婚嫁。

## 赦

【放赦】李白、秦女休行：金雞忽放赦。【寬赦】韓愈、縣齋有懷：領邑幸寬赦。

## 借

【相借】韓愈、縣齋有懷：颶勢仍相借。【資借】黃庭堅、寄陳適用：威德可資借。【寧少借】蘇軾、次韻月夜偶出：白髮紛紛寧少借。
【誰能借】蘇軾、和子由寒食：適城駿馬誰能借。

**藉**

【足藉】韓愈、縣齋有懷：豈謂生足藉。【慰藉】黃庭堅、寄陳適用：寄聲相慰藉。

**炙**

【秦人炙】黃庭堅、寄陳適用：不異秦人炙。

**蔗**

【甘蔗】黃庭堅、寄陳適用：區芋畦甘蔗。【啖蔗】蘇軾、次韻月夜偶出：老境安閑如啖蔗。
【壓蔗】蘇軾、定惠院寓居月夜偶出：溜溜小槽如壓蔗。

**假**

【休假】韓愈、縣齋有懷：三年就休假；黃庭堅、寄陳適用：呼僚飲休假。

**化**

【先化】韓愈、河之水：使我鬢髮未老而先化。
【流化】韓愈、縣齋有懷：率土日流化。【幽蟲化】黃庭堅、寄陳適用：卽有幽蟲化。

**舍**

【三舍】郭璞、遊仙詩：迴日向三舍。【田舍】黃庭堅、寄陳適用：行欲問田舍。【百舍】王維、送張舍人：長途應百舍。【茅舍】蘇軾、定惠院寓居月夜偶出：會揀霜林結茅舍。【客舍】蘇軾、次韻月夜偶出：未免孤衾眠客舍。
【繞舍】韓愈、縣齋有懷：梨棗栽繞舍。

**價**

【無價】蘇軾、夜微雪、南溪得雪眞無價。【連城價】韓愈、縣齋有懷：自許連城價；黃庭堅、寄陳適用：往取連城價。

**射**

【澤宮射】韓愈、縣齋有懷：屢入澤宮射。

**射**

【僕射】韓愈、縣齋有懷：彭城赴僕射。

**罵**

【詈罵】蔡琰、悲憤詩：其人可詈罵。【遭罵】韓愈、縣齋有懷：佞生或遭罵。【嘲罵】蘇軾、定惠院寓居月夜偶出：倒冠落佩從嘲罵。【拙婦罵】黃庭堅、寄陳適用：苦遭拙婦罵。

**稼**

【耕稼】黃庭堅、寄陳適用：身願執耕稼。【樊遲稼】韓愈、縣齋有懷：肯學樊遲稼。

**架**

【修架】韓愈、縣齋有懷：曉色曜修架。【椸架】黃庭堅、寄陳適用：衮褐就椸架。

**詐**

【權詐】韓愈、縣齋有懷：世路多權詐。

**亞**

【四亞】黃庭堅、寄陳適用：各自有四亞。【高桅亞】蘇軾、次韻月夜偶出：落帆樊口高桅亞。

**婭**

【姻婭】韓愈、縣齋有懷：援引之姻婭。

罅

【天罅】韓愈、縣齋有懷：嶺石坼天罅。

跨

【連跨】韓愈、縣齋有懷：戎馬乃連跨。【陵跨】黃庭堅、寄陳適用：千葦可陵跨。

麝

【蘭麝】韓愈：縣齋有懷：綴珮雜蘭麝；黃庭堅、寄陳適用：舞地委蘭麝。

咤

【悲咤】韓愈、縣齋有懷：平生足悲咤。

怕

【可怕】韓愈、縣齋有懷：聲音吁可怕。【夢怕】蘇軾、次韻月夜偶出：憂患已空猶夢怕。

訝

【猜訝】韓愈、縣齋有懷：睢盱互猜訝。

迓

【邀迓】韓愈、縣齋有懷：村酒時邀迓。

柘

【桑柘】韓愈、縣齋有懷：長去事桑柘；黃庭堅、寄陳適用：春事歸桑柘。

華

【西華】韓愈、縣齋有懷：犯雪過西華。【泰華】黃庭堅、寄陳適用：斂手擘泰華。

卸

【不曾卸】李商隱、無題二首：銀甲不曾卸。

瀉

【如瀉】無名氏、焦仲卿妻：淚落便如瀉。【石溜瀉】王維、欒家瀨：淺淺石溜瀉。【那禁瀉】蘇軾、次韻月夜偶出：餘年似酒那禁瀉。

靶

【青冥靶】韓愈、縣齋有懷：詎縱青冥靶。

乍

【猶乍】韓愈、縣齋有懷：越俗循猶乍。

吒

【悲吒】郭璞、遊仙詩：撫心獨悲吒。

禡　罷　詫　稏　欛　蜡　胯　帊　奼

貰　弝　䆉　樺　杷

# 二十三漾 古通絳

## 上

【下上】韓愈、岳陽樓別竇司直：俯仰迷下上。【青天上】李白、胡無人：懸胡青天上。【青雲上】李白、白紵辭三首：朝飛去青雲上。【度鳥上】杜甫、次晚州：身在度鳥上。【雲漢上】蘇軾、趙令宴崔白大圖：天女織綃雲漢上。【蒼鷹上】杜甫、呀鶻行：俊才早在蒼鷹上。【羲皇上】蘇軾、泛舟：談笑羲皇上。

## 望

【渺難望】韓愈：岳陽樓別竇司直：側坐渺難望。

## 相

【楚相】蘇軾、送碧香酒與趙明叔教授：勸君慎勿爲楚相。【萬乘相】韓愈、岳陽樓別竇司直：不取萬乘相。

## 將

【諸將】韓愈、岳陽樓別竇司直：逼側則諸將。【廉恥將】蘇軾、送梁左藏赴莫州：泣涕懷思廉恥將。

## 狀

【殊狀】韓愈、岳陽樓別竇司直：呑納各殊狀。【異狀】杜甫、次晚洲：秀色固異狀。【不可狀】杜甫、呀鶻行：疏翮稀毛不可狀。【城郭狀】杜甫、劍門：刻劃城郭狀。【精靈狀】李白、牛渚磯：莫測精靈狀。【赭面狀】白居易、時世妝：斜紅不暈赭面狀。

## 帳

【組帳】韓愈、岳陽樓別竇司直：縞練吹組帳。【九華帳】王維、洛陽女兒行：寶扇迎歸九華帳。【臥無帳】蘇軾、送碧香酒與趙明叔教授：冬暖號寒臥無帳。【坐紙帳】蘇軾、贈月長老：蒲團坐紙帳。

## 浪

【大浪】元結、石魚湖上醉歌：長風連日作大浪。【高浪】韓愈、岳陽樓別竇司直：髣箭入高浪。

## 唱

【清唱】韓愈、岳陽樓別竇司直：高柱送清唱。

## 讓

【不相讓】杜甫、劍門：極力不相讓。【誰與讓】韓愈、岳陽樓別竇司直：厥大誰與讓。

## 曠

【空曠】韓愈、岳陽樓別竇司直：張樂就空曠。

## 壯

【健壯】韓愈、岳陽樓別竇司直：騰踔較健壯。【天下壯】杜甫、劍門：劍門天下壯。【河冰壯】李白、冬夜醉宿龍門覺起言志：曉雪河冰壯。【風濤壯】杜甫、次晚洲：坡陀風濤壯。【脂月壯】白居易、八駿圖：骨竦筋高脂月壯。

放
【相放】杜甫、劍門：雞犬各相放。【奔放】韓愈、岳陽樓別竇司直：北注何奔放。【疏放】杜甫、次晚洲：吾得終疏放。

尙
【北向】杜甫、劍門：石角皆北向。【歸向】韓愈、岳陽樓別竇司直：環混無歸向。【垂簷向】王維、洛陽女兒行：紅桃綠柳垂簷向。

仗
【天仗】韓愈、岳陽樓別竇司直：擢拜識天仗。

暢
【舒以暢】韓愈、岳陽樓別竇司直：幽懷舒以暢。

葬
【所葬】韓愈、岳陽樓別竇司直：魚腹甘所葬。

嶂
【堤障】韓愈、岳陽樓別竇司直：極北缺堤障。

謗
【嘲謗】蘇軾、送碧香酒與趙明叔教授：更吟醜婦惡嘲謗。【讒謗】韓愈、岳陽樓別竇司直：觸事得讒謗。

尙
【新尙】韓愈、岳陽樓別竇司直：趣有獲新尙。

漲
【寒漲】韓愈、岳陽樓別竇司直：隙竅縮寒漲。【肅川漲】江淹、望荊山：雲霞肅川漲。

餉
【能餉】韓愈、岳陽樓別竇司直：稚子已能餉。【齊眉餉】蘇軾、送碧香酒與趙明叔教授：一壺注助齊眉餉。

樣
【虓虎樣】蘇軾、送梁左藏赴莫州：東方健兒虓虎樣。【椎髻樣】白居易、時世妝：圓鬟無鬢椎髻樣。

舫
【運酒舫】元結、石魚湖上醉歌：不能廢人運酒舫。

訪
【一訪】韓愈、岳陽樓別竇司直：生死君一訪。

醬
【脯醬】韓愈、岳陽樓別竇司直：投擲傾脯醬。

嶂
【疊嶂】杜甫、劍門：意欲鏟疊嶂。

當

【宜當】韓愈、岳陽樓別竇司直：但懼失宜當。

【折花當】杜甫、次晚洲：危河折花當。

釀

【村釀】蘇軾、送碧香酒與趙明叔教授：自遣赤腳沽村釀。【家釀】韓愈、岳陽樓別竇司直：爛漫倒家釀。【春釀】蘇軾、復餽趙郎中酒：一家喜氣如春釀。

亢

【云亢】韓愈、岳陽樓別竇司直：爲藝亦云亢。

況

【相況】韓愈、岳陽樓別竇司直：物影巧相況。

王

【霸王】杜甫、劍門：高視見霸王；韓愈、岳陽樓別竇司直：志欲干霸王。

纊

【纖纊】韓愈、岳陽樓別竇司直：清宴息纖纊。

諒

【誰復諒】韓愈、岳陽樓別竇司直：忠鯁誰復諒。

亮

【朝日亮】韓愈、岳陽樓別竇司直：輝煥朝日亮。

妄

【無妄】韓愈、岳陽樓別竇司直：此禍最無妄。

愴

【悽愴】杜甫、劍門：岷峨氣悽愴；韓愈、岳陽樓別竇司直：陰閉感悽愴。

喪

【得與喪】韓愈、岳陽樓別竇司直：蠢識得與喪。

【道已喪】杜甫、劍門：職貢道已喪。

悵

【忻悵】韓愈、岳陽樓別竇司直：握手乍忻悵。

【惆悵】張衡、四愁詩：路遠莫致倚惆悵；杜甫、劍門：臨風默惆悵。

兩

【五兩】王維、送宇文太守赴宣城：南風吹五兩。【萬兩】韓愈、岳陽樓別竇司直：轟轄車萬兩。

忘

【不能忘】韓愈、岳陽樓別竇司直：婉孌不能忘。

傍

【可傍】韓愈、岳陽樓別竇司直：叢芮纔可傍。

【紫塞傍】李白、胡無人：埋胡紫塞傍。

恙

【無恙】韓愈、岳陽樓別竇司直：相見得無恙。

長

【冗長】韓愈、岳陽樓別竇司直：幽怪多冗長。

創

【懲創】韓愈、岳陽樓別竇司直：克已自懲創。

誑

【欺誑】韓愈、岳陽樓別竇司直：斥逐恣欺誑。

踼
【跌踼】韓愈、岳陽樓別竇司直：節奏頗跌踼。

妨
【險而妨】韓愈、岳陽樓別竇司直：宇宙隘而妨。

蕩
【平蕩】李白、出自薊北門行：單于一平蕩。
【掃蕩】李白、酬裴侍御對雨感時見贈：鄢郢翻掃蕩。

怏
【煩怏】張衡、四愁詩：何爲懷憂心煩怏。

盎
【流盎】蘇軾、送碧香酒與趙明叔教授：鵝兒破殼酥流盎。
【甕盎】韓愈、岳陽樓別竇司直：喧聒鳴甕盎。

瀁
【蕩瀁】韓愈、岳陽樓別竇司直：驚波忽蕩瀁。

漾量匠藏貺養抗臟瘴
邑瓶壙宕伉碭吭煬颺
張閬脹行廣悢湯炕韔
桁羕閌鼻頏徬掠搒旺
珦潢防償盪仰鑲擋儻

# 二十四敬 古通震韻 略通徑

## 敬

【相敬】王維、樊氏挽歌：入室還相敬。【貌敬】韓愈、寒食日出遊：眞置心親無貌敬。【皆可敬】蘇軾、春思：草木皆可敬。

## 命

【知命】韓愈、寒食日出遊：寸步難見始知命。【奔命】杜甫、早發：今則奚奔命。【樂命】李白、少年行：男兒百年且樂命。

## 正

【不正】杜甫、早發：席掛風不正。【未正】王維、扶南曲歌詞：插釵嫌未正。【端正】劉楨、贈從弟：終歲常端正；韓愈、寒食日出遊：不共新妝比端正。

## 令

【火令】韓愈、寒食日出遊：有月莫愁當火令。

## 政

【寬政】韓愈、寒食日出遊：特見放縱荷寬政。

## 性

【天性】韓愈、寒食日出遊：安得康强保天性。

【本性】劉楨、贈從弟：松柏有本性。【直性】杜甫、早發：千請傷直性。

## 鏡

【明鏡】蘇軾、泛潁：畫船俯明鏡。【金鏡】王維、與宰臣等同望應制：龍圖耀金鏡。【青鏡】杜甫、早發：暮顏靦青鏡。【曉鏡】蘇軾、玉女洞：石泉爲曉鏡。【臨鏡】王維、扶南曲歌詞：佳人坐臨鏡。【池似鏡】白居易、兩朱閣：柳似舞腰池似鏡。【魚動鏡】韓愈、寒食日出遊：輕浪參差魚動鏡。

## 盛

【芳盛】無名氏、西烏夜飛：諸花盡芳盛。【一何盛】劉楨、贈從弟：風聲一何盛。【林花盛】杜甫、早發：仰慚林花盛。【花轉盛】韓愈、寒食日出遊：我往看君花轉盛。【車騎盛】王維、樊氏挽歌：金吾車騎盛。

## 聖

【大聖】李白、箜篌謠：周公稱大聖。【草聖】蘇軾、受經堂：劍舞有神通草聖。【陛下聖】韓愈、寒食日出遊：何不薦賢陛下聖。【聖君聖】王維、與宰臣寄同望應制：彌彰聖君聖。

## 詠

【九詠】韓愈、寒食日出遊：空展霜縑吟九詠。

【歌詠】無名氏、西烏夜飛(2)：花笑鶯歌詠。

王維、與宰臣寄同望應制：頌聲溢歌詠。

## 姓

【萬姓】王維、與宰臣等同望應制：戴天臨萬姓。

## 慶

【悲且慶】韓愈、寒食日出遊：引袖拭淚悲且慶。

## 映

【相映】韓愈、寒食日出遊：不忍千株雪相映。【隱映】白居易、繚綾：異彩奇文相隱映。【天邊映】王維、與宰臣等同望應制：渭水天邊映。【黃霧映】杜甫、早發：日出黃霧映。【寒日映】王維、樊氏挽歌：懸旌寒日映。

## 病

【吾病】杜甫、早發：斯文亦吾病。【始病】韓愈：寒食日出遊：李花初發君始病。【貧病】李白、少年行：何須徇書受貧病。

## 柄

【二柄】杜甫、早發：疑誤此二柄。【斗柄】韓愈、寒食日出遊：夜渡洞庭看斗柄。

## 勁

【一何勁】劉楨、贈從弟：松枝一何勁。【筆鋒勁】韓愈、寒食日出遊：題詩尚倚筆鋒勁。

## 競

【爭競】韓愈、寒食日出遊：交開紅日如爭競。

## 慶

【不相慶】王維、與宰臣等同望應制：誰家不相慶。

## 淨

【清淨】李白、僧伽歌：意清淨。【洗綠淨】蘇軾、復過嶺：朝雨洗綠淨。【囊中淨】杜甫、早發：幸喜囊中淨。

## 竟

【三農竟】王維、與宰臣等同望應制：井邑三農竟。【春妝竟】王維、扶南曲歌詞：幸待春妝竟。

## 孟

【劇孟】李白、結客少年場行：託交從劇孟。

## 迸

【蒲生迸】韓愈、寒食日出遊：綠楊市岸蒲生迸。

## 聘

【資歷聘】杜甫、早發：粟馬資歷聘。

## 硬

【瘦硬】蘇軾、監視呈諸試官：杜陵評書貴瘦硬。

## 更

【時難更】韓愈、寒食日出遊：君不強起時難更。

## 橫

【空橫】韓愈、寒食日出遊：蟄驥四足氣空橫。

## 敻

【幽且敻】韓愈、寒食日出遊：路指鬼門幽且敻。

## 併

【日還併】韓愈、寒食日出遊：我今一食日還併。

## 幷

【驅馳幷】杜甫、早發：窮老驅馳幷。

## 行鄭穽諍泳請倩縈清靚檠晟獍柄醟榜迎娉輕儆評證詗偵盟

【對偶】

王維、扶南曲歌詞：散黛恨猶輕，插釵嫌未正。王維、與宰臣等同望應制：佳氣含風景，頌聲溢歌詠。王維、與宰臣等同望應制：維嶽降二臣，戴天臨萬姓。王維、與宰臣等同望應制：帝城雲裏深，渭水天邊映。王維、樊氏挽歌：疊鼓秋城動，懸旌寒日映。王維、與宰臣等同望應制：山川八校滿，井邑三農竟。

# 二十五徑

古通震

**徑**

【三徑】蘇軾、李伯時舊隱宅圖：近聞陶令開三徑。【蘿徑】孟浩然、山房期丁大不至；孤琴候蘿徑。【松菊徑】蘇軾、惠循寺相會：東嶺近開松菊徑。

**定**

【先定】蘇軾、洲陽早發：富貴本充定。【初定】孟浩然、山房期丁大不至：煙鳥棲初定。

**聽**

【清聽】孟浩然、山房期丁大不至：風泉滿清聽。【差可聽】蘇軾、和錢安道寄惠建茶：試評其略差可聽。【猶將聽】王維、樊氏挽歌：環珮猶將聽。

**磬**

【鐘磬】白居易、兩朱閣：不聞鼓吹聞鐘磬。

**乘**

【萬乘】李白、悲歌行：惠施不肯干萬乘。

**興**

【佳興】蘇軾、七月五日：秋來有佳興。【金釵興】蘇軾、夜飲：老來漸減金釵興。

**醒**

【未醒】杜甫、早發：頹倚睡未醒。

**暝**

【已暝】孟浩然、山房期丁大不至：群壑倐已暝。

勝 應 媵 贈 佞 稱 罄 鄧 甑
脛 瑩 證 孕 經 濘 甯 廷 錠
庭 矴 飣 釘 艴 瀅 烝 賸 剩
凭 凝 嶝 鐙 隥 橙 磴 墱 凳
蹬 亙

# 二十六宥 古獨用 韻略同

**宥** 【恕宥】韓愈、南山詩：擁掩難恕宥。

**就** 【新就】韓愈、南山詩：濃綠畫新就。

**授** 【受授】韓愈、南山詩：茫昧非受授。

**售** 【必售】韓愈、南山詩：遠賈期必售。

**壽** 【爲壽】王維、晦日遊大理：故老前爲壽。

**秀** 【深秀】韓愈、南山詩：濯濯吐深秀。

**宿** 【月經宿】韓愈、南山詩：落落月經宿。

**奏** 【復奏】韓愈、南山詩：達枿壯復奏。

**繡** 【分繡】韓愈、南山詩：縷脈碎分繡。

**富** 【觀覽富】韓愈、南山詩：始得觀覽富。

**獸** 【寢獸】韓愈、南山詩：或頹若寢獸。

**鬭** 【相鬭】韓愈、南山詩：或躚若相鬭。

**漏** 【萬漏】韓愈、南山詩：挂一念萬漏。

**陋** 【原陋】韓愈、南山詩：坌蔽畢原陋。

**狩** 【蒐狩】韓愈、南山詩：或圍若蒐狩。

**晝** 【晴晝】韓愈、南山詩：去覿觀晴晝。

**寇** 【安敢寇】韓愈、南山詩：神物安敢寇。

**茂** 【柔茂】韓愈、南山詩：融液煦柔茂。

**懋** 【不懋】韓愈、南山詩：蠢蠢駭不懋。

**舊** 【依舊】白居易、長恨歌：歸來池苑皆依舊。【遠舊】韓愈、南山詩：近新迷遠舊。

冑

【介冑】韓愈、南山詩：杲耀攢介冑。

宙

【宇宙】韓愈、南山詩：剛耿陵宇宙。

袖

【彩袖】蘇軾、和鮮于子駿：蝴蝶入彩袖。【舞袖】韓愈、南山詩：或翻若舞袖。【雲碧袖】蘇軾、四時詞：玉腕半揎雲碧袖。

岫

【數岫】韓愈、南山詩：點點露數岫。

覆

【埋覆】韓愈、南山詩：陰鬱增埋覆。

復

【退且復】韓愈、南山詩：顛蹶退且復。

救

【驚救】韓愈、南山詩：欲墜鳥驚救。

廄

【庫廄】韓愈、南山詩：巘巘架庫廄。

臭

【避臭】韓愈、南山詩：脫險逾避臭。

幼

【賤幼】韓愈、南山詩：叢集朝賤幼。

佑

【相佑】韓愈、南山詩：或向若相佑。

祐

【精祐】韓愈、南山詩：固護蓄精祐。

右

【左右】韓愈、南山詩：所屬纔左右。

侑

【勸侑】韓愈、南山詩：儷俔誰勸侑。

囿

【群山囿】韓愈、南山詩：玆維群山囿。

豆

【飯豆】蘇軾、次韻黃魯直畫馬試院中作：不如芋魁歸飯豆。【甑豆】韓愈、南山詩：或揭若甑豆。

脰

【頸脰】韓愈、南山詩：顧眄勞頸脰。

竇

【乾竇】韓愈、南山詩：詆訐陷乾竇。

逗

【雲逗】韓愈、南山詩：或翕若雲逗。

溜

【懸溜】韓愈、南山詩：直上若懸溜。

霤
【摧霤】韓愈、南山詩：閑閑屋摧霤。

留
【宿留】韓愈、南山詩：或顧或宿留。

構
【結構】韓愈、南山詩：雲氣爭結構。

遘
【叛還遘】韓愈、南山詩：夬夬叛還遘。

媾
【婚媾】韓愈、南山詩：或密若婚媾。

覯
【經覯】韓愈、南山詩：蠢敍所經覯。【不爾覯】韓愈、猗蘭操：我不爾覯。

購
【前購】韓愈、南山詩：賭勝勇前購。

透
【通透】韓愈、南山詩：表裏忽通透。

瘦
【癯瘦】韓愈、南山詩：磔卓立癯瘦。【人愈瘦】蘇軾、田舍始春：葉肥人愈瘦。【作詩瘦】蘇軾、次韻黃魯直畫馬試院中作：那更陪君作詩瘦。

漱
【搜漱】韓愈、南山詩：風氣較搜漱。

鏤
【琢鏤】韓愈、南山詩：冰雪工琢鏤。

貿
【化貿】韓愈、南山詩：峙質能化貿。【貿貿】韓愈、猗蘭操：雪霜貿貿。

鷲
【搏鷲】韓愈、南山詩：或翼若搏鷲。

走
【互走】韓愈、南山詩：嶺陸煩互走。

副
【始副】韓愈、南山詩：宿願忻始副。

狖
【猱狖】韓愈、南山詩：踊躍躁猱狖。

詬
【呵詬】韓愈、南山詩：雷電怯呵詬。

糅
【縱騰糅】韓愈、南山詩：陰霰縱騰糅。

酎
【含酎】韓愈、南山詩：輭弱類含酎。

究
【難悉究】韓愈、南山詩：巨細難悉究。

湊
【相湊】韓愈、南山詩：戢戢見相湊。

謬
【悖謬】韓愈、南山詩：雖遠不悖謬。

籀
【篆籀】韓愈、南山詩：或繚若篆籀。

疚
【勞疚】韓愈、南山詩：戮力忍勞疚。

灸
【注灸】韓愈、南山詩：或嵲若注灸。

耨
【鋤耨】韓愈、南山詩：或碎若鋤耨。

雊
【驚雊】韓愈、南山詩：或竦若驚雊。

鷇
【哺鷇】韓愈、南山詩：投棄急哺鷇。

柩
【槨柩】韓愈、南山詩：墳墓包槨柩。

繇
【分繇】韓愈、南山詩：或若卦分繇。

驟
【馬驟】韓愈、南山詩：或決若馬驟。

甃
【積甃】韓愈、南山詩：蹭蹬抵積甃。

---

首
【北首】韓愈、南山詩：或偃然北首。

皺
【堆衆皺】韓愈、南山詩：爛漫堆衆皺。

戊
【丁戊】韓愈、南山詩：分宅占丁戊。

袤
【高袤】韓愈、南山詩：億文恆高袤。

鼬
【鼯鼬】韓愈、南山詩：倏閃雜鼯鼬。

僦
【酬僦】韓愈、南山詩：功大眞酬僦。

瞀
【矇瞀】韓愈、南山詩：淚目苦矇瞀。

漚
【清漚】韓愈、南山詩：倒側困清漚。

姤
【若姤】韓愈、南山詩：或後斷若姤。

腠
【營腠】韓愈、南山詩：經紀肖營腠。

又
【不可又】韓愈、南山詩：欲進不可又。

鎦【鐀鎦】韓愈、南山詩：或若氣鐀鎦。

輳【輻輳】韓愈、南山詩：或赴若輻輳。

逅【邂逅】韓愈、南山詩：探歷得邂逅。

簉【閒簉】韓愈、南山詩：突起莫閒簉。

槱【柴槱】韓愈、南山詩：或燻若柴槱。

收【不收】韓愈、南山詩：或遺若不收。

狃【狂以狃】韓愈、南山詩：兀兀狂以狃。

餖【飣餖】韓愈、南山詩：肴核紛飣餖。

後【先後】韓愈、南山詩：或隨若先後。【繫肘後】繁欽、定情詩：香囊繫肘後。

仆【不仆】韓愈、南山詩：仰喜呀不仆。

琇【瑩琇】韓愈、南山詩：煥煥銜瑩琇。

譳【詎譳】韓愈、南山詩：後鈍瞋詎譳。

酭【報酭】韓愈、南山詩：惟用贊報酭。

愗【怐愗】韓愈、南山詩：堛塞生怐愗。

咒【詛咒】韓愈、南山詩：無乃假詛咒。

叩【叩叩】繁欽、定情詩：何以致叩叩。

嗅【歆嗅】韓愈、南山詩：芬苾降歆嗅。

候 堠 守 褎 柚 鼬 瘤 廇 冓

瘷 咒 繆 畜 縐 句 咮 窌 蹂

姆 廖 蔟 鷚 蔻 伏 蜼 嗾 鍑

猶 瘦 油 鞣 后 伷 厚 扣 塯

鍭 吼 懋 輮 綬 蕾 讀 詸 懤

椆 怄 輻 飂 輶 楙 謏 僂

# 二十七沁 古通勘豔陷震

**沁**【不敢沁】韓愈、同宿聯句：盜索不敢沁。

**飲**【相飲】韓愈、同宿聯句：顛倒舞相飲。

**禁**【丹禁】蘇軾、和迎駕：曈曈日色籠丹禁。【清禁】韓愈、同宿聯句：雞唱聞清禁。

**任**【昔情任】韓愈、同宿聯句：死棄昔情任。

**蔭**【長蔭】韓愈、同宿聯句：槐密鶩長蔭。【美蔭】蘇軾、西齋：鳴鳩得美蔭。【高蔭】蘇軾、黃州：長松得高蔭。

**讖**【不讀讖】韓愈、同宿聯句：桓譚不讀讖。

**浸**【浮秋浸】韓愈、同宿聯句：浩浩浮秋浸。

**祲**【鑠宵祲】韓愈、同宿聯句：景曜鑠宵祲。

---

**譖**【巧譖】韓愈、同宿聯句：遠出遭巧譖。

**鴆**【鵰鴆】韓愈、同宿聯句：羽怪見鵰鴆。

**枕**【驚枕】韓愈、同宿聯句：夜臥饒驚枕。

**賃**【沽賃】韓愈、同宿聯句：高名俟沽賃。

**滲**【早滲】韓愈、同宿聯句：曠朗憂早滲。

**喑**【相喑】韓愈、同宿聯句：白鶴叫相喑。

**紝**【抽作紝】韓愈、同宿聯句：雙繭抽作紝。

**闖**【不敢闖】韓愈、同宿聯句：姦首不敢闖。

**谽**【千皆谽】韓愈、同宿聯句：巧舌千皆谽。

衽　臨　揕　鵀　妊　噤　紟　吟　深

甚　沈

# 二十八勘 古通翰

勘

【點勘】韓愈、秋懷詩：丹鉛事點勘。

暗

【易暗】韓愈、秋懷詩：秋日苦易暗。【綠將暗】歐陽修、送胡學士知湖州：柳色綠將暗。

濫

【眞濫】韓愈、秋懷詩：無由見眞濫。

憾

【此憾】韓愈、秋懷詩：何以有此憾。

纜

【不可纜】韓愈、秋懷詩：一縱不可纜；歐陽修、送胡學士知湖州：歸榜不可纜。

瞰

【屢瞰】韓愈、秋懷詩：缺月煩屢瞰。

暫

【祇能暫】韓愈、秋懷詩：苦勉祇能暫。

甔

【石與甔】韓愈、秋懷詩：所要石與甔。

淡

【愈淡】韓愈、秋懷詩：再鼓聽愈淡。

---

啗擔埳憺紺闞三菳磡

灨滲澹憨瞰淦擔檻

# 二十九豔 古通豏

豔

【豔豔】韓愈、贈張籍張徹：屋角月豔豔。【吳娘豔】歐陽修、送胡處士之湖州：屢舞吳娘豔。【霜菊豔】蘇軾、九日閒店：鮮鮮霜菊豔。

劍

【弓劍】李白、飛龍引：軒轅去時有弓劍。【石劍】韓愈、贈張籍張徹：水鏡涵石劍。【臥劍】蘇軾、渼陂魚：中有長魚如臥劍。【書劍】蘇軾、微雪懷子由：未成報國慙書劍。

念

【長在念】韓愈、贈張籍張徹：數君長在念。【離居念】歐陽修、送胡處士之湖州：以慰離居念。

驗

【靈卲驗】韓愈、贈張籍張徹：豈忘靈卲驗。

贍

【魚菜贍】韓愈、贈張籍張徹：飣餖魚菜贍。

塹

【城塹】韓愈、贈張籍張徹：拒捍阻城塹。【塡塹】蘇軾、渼陂魚：香粳送如塡塹。

店

【行店】韓愈、贈張籍張徹：歷歷想行店。

占

【不敢占】韓愈、贈張籍張徹：悚息不敢占。

厭

【倦厭】韓愈、贈張籍張徹：至死無倦厭。

墊

【昏墊】韓愈、贈張籍張徹：忽忽坐昏墊。

欠

【無一欠】韓愈、贈張籍張徹：所懷無一欠。

槧

【鉛槧】韓愈、贈張籍張徹：固請發鉛槧；歐陽修、送胡學士知湖州：四十滯鉛槧。

僭

【安足僭】韓愈、贈張籍張徹：朱紫安足僭。

釅

【葷釅】蘇軾、渼陂魚：西鄰幸有庖 釅。【三杯釅】蘇軾、和女王城：江城白酒三杯釅。【春甕釅】歐陽修、送胡學士知湖州：烏程春甕釅。

砭

【非所砭】韓愈、贈張籍張徹：箴石非所砭。

噞

【喁噞】韓愈、贈張籍張徹、諷詠日喁噞。

䶣【互䶣】韓愈、贈張籍張徹：交鷩舌互䶣。

灩【灩灩】歐陽修、送胡學士知湖州：水闊江灩灩。

歛爓瀲窆坫幨饜獫殮

苫掞痁鹽沾鰜兼唸闇

穲脅鮎俺潛貼忝壈

# 三十陷 古通諫

鑑

【寒鑑】歐陽修、送胡學士知湖州：樓閣在寒鑑。

劍

【弓劍】李白、飛龍引：軒轅去時有弓劍。

陷監汎梵帆懺儳蘸闞

讒鑱欠淹站

# 入聲

## 一　屋

古通沃轉覺　韻略通沃覺

### 屋

【比屋】杜甫、南池：稉稻共比屋。【白屋】賈島、雪晴晚望：樵人歸白屋。【茅屋】王維、宿鄭州：時稼遶茅屋；杜甫、佳人：牽蘿補茅屋；蘇軾、夜泊牛渚：朔風吹茅屋。【茨屋】陸游、書壁：稻草高茨屋。【破屋】陸游、寄子虛：貧家似破屋。【華屋】蘇軾、四時詞：爍爍風燈動華屋。【廈屋】白居易、有木詩：裁截爲廈屋。【銀屋】李白、司馬將軍歌：江中白浪如銀屋。【塲屋】蘇軾、寄傲軒：不肯踐塲屋。【漏屋】陸游、懷舊：終夕苦漏屋。【牆屋】白居易、湓浦竹：家家蓋牆屋。【水邊屋】楊萬里、苦熱登多稼亭：鷗邊野水水邊屋。【村村屋】薩都剌、桃源行：桑麻鷄犬村村屋。【青燈屋】陳與義、夜抵貞牟：夜半青燈屋。【巢君屋】無名氏、古詩燕趙多佳人：銜泥巢君屋。【黃金屋】李白、怨情：請看陳后黃金屋。【雲埋屋】劉宰、發紹興：竹外雲埋屋。【網四屋】張協、雜詩：蜘蛛網四屋。【蜘蛛屋】吳均、春怨：如愧蜘蛛屋。【數椽屋】戴復古、題青山李基道國園：瀟灑數椽屋。

### 木

【古木】柳宗元、秋曉行南谷經荒村：荒村唯古木；蘇軾、河復：仰看浮槎棲古木。【改木】張協、雜詩：鑽燧忽改木。【扶木】陶潛、讀山海經：杳然望扶木。【空木】陶潛、擬挽歌詞：枯形寄空木。【珍木】李白、古風：欲集無珍木。【高木】張協、雜詩：凝霜凍高木；吳均、答柳惲：寒風掃高木。【草木】杜甫、佳人：零落依草木。【啄木】韓愈、送僧澄觀：丁丁啄門疑啄木；蘇軾、游西湖：叩門非啄木。【喬木】王維、晦日遊大理：側弁倚喬木；蘇軾、獨游富陽普照寺：鶴老依喬木。【雲木】李白、宿鰕湖：前溪伐雲木。【疏木】謝靈運、過白岸亭：遠山映疎木；蘇軾、攜妓樂遊張山人園：寂歷斜陽挂疏木。【落木】白居易、湓浦竹：有風不落木。【榮木】陶潛、飲酒詩：勁風無榮木。【槁木】蘇軾、次韻王鞏獨眠：居士身心如槁木。【風吟木】陳與義、題長岡亭：坐聽風吟木。【活草木】白居易、喜雨：何異活草木。【凌雲木】趙孟頫、禱雨龍洞山：上有凌雲木。【尋常木】白居易、有木詩：猶勝尋常木。【蕃草木】蘇軾、定惠院之東有海棠：江城地障蕃草木。

# 竹

【立竹】蘇軾、與臨安令宗人同年劇飲：兒子森森如立竹。【松竹】李白、凌歊臺：野翠生松竹。【修竹】杜甫、佳人：日暮倚修竹；蘇軾、蘇子容母陳夫人挽詞：凛凛寒松映修竹；蘇軾、貧士：買田帶修竹；蘇軾、至焦山：焦山何有有修竹。【符竹】鮑照、擬古：將以分符竹。【深竹】李白、秋浦歌：結置映深竹；柳宗元、晨詣超師院讀禪經：苔色連深竹。【楚竹】柳宗元、漁翁：曉汲清湘然楚竹。【絲竹】白居易、長恨歌：緩歌謾舞凝絲竹。【斑竹】羅隱、湘妃廟：已將怨淚流斑竹。【新竹】迪宗元、初夏雨後尋愚溪：解帶圍新竹。【銀竹】李白、宿鰕湖：森森似銀竹。【蘄竹】蘇軾、四時詞：粉汗餘香在蘄竹。【北窗竹】李白、尋陽紫極宮感秋作：倏倏北窗竹。【居無竹】蘇軾、於潛僧綠筠軒：不可使居無竹。【映花竹】薩都剌、桃源行：流水門牆映花竹。【侵簷竹】白居易、司馬廳獨宿：偃亞侵簷竹。【問絲竹】白居易、霓裳羽衣舞歌：始有心情問絲竹。【參差竹】蘇軾、次韻王鞏獨眠：何人吹斷參差竹。【筍成竹】王維、孟夏思渭村舊居：稍稍筍成竹。【散花竹】王維、桃源行：近入千家散花竹。【萬竿竹】白居易、醉題沈子明壁：不愛君池南萬竿竹。【貫霜竹】白居易、續古詩：心如貫霜竹。【緣巖竹】白居易、出山吟：回別緣巖竹。【緣坡竹】黃庭堅、次韻王炳之惠玉版紙：王侯須若緣坡竹。

# 目

【反目】歐陽修、代鳩婦言：豈料一朝還反目。【全目】鮑照、擬古：鷙雀無全目。【炫目】袁桷、謝王參議：積李崇桃空炫目。【側目】白居易、上陽人：已被楊妃遙側目。【移目】蘇軾、李氏園：十步九移目。【過目】李白、古風：人生鳥過目。【滿目】岑參、郡齋閒坐：雲山忻滿目。【亂目】梅堯臣、淮雨：跳點起漚魚亂目。【暢目】沈遼、送曾處善：漫天風雪一暢目。【題目】楊萬里、紅錦帶花：後園初夏無題目。【千里目】謝朓、冬日晚郡事隙：復傷千里目。【凡人目】白居易、贏駿：盡是凡人目。【天下目】曹鄴、讀李斯傳：掩得天下目。【不轉目】韓愈、送諸葛覺往隨州讀書：東望不轉目。【壯心目】李白、司馬將軍歌：我見樓船壯心目。

【低眉目】白居易、送王處士：歛手低眉目。【長在目】白居易、西涼伎：獅子胡兒長在目。【送春目】李白、古風：悠悠送春目。【極人目】李白、凌歊臺：臺高極人目。【揞病目】蘇軾、定惠院之東有海棠：歎息無言揞病目。【蕩心目】王維、晦日遊大理：曠然蕩心目。【橫波目】王筠、秋夜：淚滿橫波目。【驚凡目】蘇軾、雪中賞梅：獨秀驚凡目。【斷人目】白居易、孟夏思：平湖斷人目。

## 服

【彫服】鮑照、擬古：象弧插彫服。【章服】朱慶餘、送邵州林使君：水邊花氣熏章服。【塵服】柳宗元、晨詣超師院讀禪經：清心拂塵服。【俗衣服】白居易、霓裳羽衣舞歌：不著人家俗衣服。【秦衣服】王維、桃源行：居人未改秦衣服。

## 福

【清福】許有孚、蔬圃：或羨吾饕是清福。【散福】蘇軾、畫車：賴有千車能散福。【嘉福】陸機、豫章行：行矣保嘉福。【天下福】歐陽修、太傅杜相公：霖雨曾爲天下福。【秀眉福】孔平仲、和寄子由：同享秀眉福。【清淨福】程俱、寄謝公表韓公廟請：終享清淨福。

## 祿

【干祿】白居易、短歌行：苦學將干祿。【天祿】秦嘉、贈婦詩：爲善荷天祿。【光祿】王維、冬日遊覽：群公餞光祿。【榮祿】歐陽修、奉答原甫見過寵示之作：自從還朝戀榮祿。【官家祿】白居易、秋居書懷：坐享官家祿。【徇微祿】王維、宿鄭州：窮邊徇微祿。

## 穀

【農穀】韓琦、廣陵大雪：亦有常數滋農穀。【辟穀】無名氏、寄眠雲處士：童顏曾辟穀。【場穀】晁補之、跋遮曲：蝗飛食場穀。【錢穀】劉長卿、送度支劉侍御：國用憂錢穀。【一隴穀】白居易、秋居書懷：不鋤一隴穀。【有道穀】王禹偁、送朱九齡：何慚有道穀。

## 熟

【馴熟】元稹、雉媒：依然已馴熟。【豐熟】韓愈、赴江陵途中：積雪驗豐熟。【山田熟】杜甫、赤谷西崦人家：逕轉山田熟。【小麥熟】蘇軾、攜妓樂遊張山人園：大杏金黃小麥熟。【禾黍熟】王維、宿鄭州：雀喧禾黍熟。【年穀熟】蘇軾、玉盤盂：從此定知年穀熟。

## 谷

【山谷】蘇軾、攜妓樂遊張山人園：細馬紅妝滿山谷。【出谷】白居易、孟夏思：籠鶯悔出谷。【金谷】王維、宿鄭州：昨晚猶金谷。【空谷】王維、晦日遊大理：雉雊響空谷；杜甫、佳人：

幽居在空谷；韓愈、贈唐衢：手把鋤犂餓空谷。【函谷】王維、多日遊覽：關東出函谷。【退谷】元結、喻舊部曲：隨我畲退谷。【烟谷】朱熹、將遊雲谷約同行者：種樹滿烟谷。【深谷】秦嘉、贈婦詩：悲風激深谷；李白、古風：瓊草隱深谷。【湯谷】張協、雜詩：丹氣臨湯谷。【暘谷】陶潛、讀山海經：森散覆暘谷。【鶯谷】羅隱、贈令狐補闕：花迎綵服離鶯谷。【子午谷】杜甫、玄都壇歌寄元逸人：古人今居子午谷。【風發谷】鮑照、還都道中：瑟瑟風發谷。【桃花谷】范成大、回黃坦：嘶馬桃花谷。【崦嵫谷】江淹、陸東海譙山集：日暮崦嵫谷。【雲迷谷】朱熹、山楹：恨此雲迷谷。【滿山谷】蘇軾、百步洪：歸來笛聲滿山谷。【霜華谷】僧惠溪、石霜見東吳誠上人：忽入霜華谷。

## 肉

【食肉】張籍、野老歌：船中養犬長食肉。【刴肉】劉子翬、夜過王勉仲家：竹外庖廚聞刴肉。【骨肉】杜甫、佳人：不得收骨肉。【酒肉】白居易、宿溪翁：衆口貪酒肉。【魚肉】蘇軾、贈辨才師：佯狂啖魚肉。【髀肉】羅隱、羅令公附卷有回：馬上固慚生髀肉。【紅映肉】蘇軾、定惠院之東有海棠：翠袖卷紗紅映肉。【食無肉】蘇軾、與可畫竹：可使食無肉。

## 族

【九族】白居易、續古詩：恩榮連九族。【同族】元稹、雉媒：翻令誘同族。【宗族】白居易、宿滎陽：故里無宗族。【萬族】李白、古風：蒿下盈萬族。【雲族】陸龜蒙、釣車：歸來臥雲族。【種族】范成大、河豚歎：蓋欲殲種族。【親族】白居易、上陽人：憶昔吞悲別親族。【東籬族】楊萬里、野菊：花應冷笑東籬族。【鳳凰族】李白、空城雀：不隨鳳凰族。

## 鹿

【麇鹿】柳宗元、秋曉行南谷經荒村：何事驚麇鹿。

## 腹

【山腹】錢起、過沈氏舊居：閒門掩山腹。【口腹】白居易、遊平泉：芳滋盈口腹。【心腹】元稹、雉媒：返與他心腹。【半腹】韓愈、謁衡嶽廟：噴雲泄霧藏半腹。【充腹】白居易、秋居書懷：斗儲可充腹。【帆腹】蘇軾、過惶恐灘：長風吹客添帆腹。【空腹】高啟、美人摘阮圖：暗貯宮商滿空腹。【捫腹】蘇軾、定惠院之東有海棠：散步逍遙自捫腹。【捧腹】蘇軾、欲以石易畫：先生一捧腹。【滿腹】白居易、羸駿：寒草不滿腹。【詩腹】方岳、春盤：嚼出宮商帶詩腹。

【五經腹】程俱、西安謁陸大夫：笑捧五經腹。【束江腹】王逢、觀錢塘江潮：對峙束江腹。【春生腹】蘇軾、賀子由生第回孫斗老：未飲春生腹。【飽饑腹】李賀、題歸夢：望我飽饑腹。【刳其腹】黃溍、求湘竹：政用美材刳其腹。【置人腹】白居易、七德舞：速在推心置人腹。【調病腹】白居易、春寒：亦可調病腹。

## 菊

【黃菊】蘇軾、王定國倅揚州：又驚白酒催黃菊。【深秋菊】歐陽修、寄題劉著作羲叟家園：寧種深秋菊。【黃花菊】李白、九日登山：笑酌黃花菊。【薦秋菊】蘇軾、書林逋詩後：一盞寒泉薦秋菊。

## 陸

【丘陸】秦嘉、贈婦詩：道近隔丘陸。【平陸】王維、桃源行：山開曠望旋平陸；李白、凌歊臺：雜花間平陸。【原陸】吳均、答柳惲：參差間原陸。【披皐陸】夏侯湛、江上泛歌：靡蕪紛兮披皐陸。【晦平陸】王維、宿鄭州：秋霖晦平陸。【越平陸】鮑照、擬古：飛鞚越平陸。【團平陸】王維、冬日遊覽：赤日團平陸。

## 軸

【地軸】駱賓王、帝京篇：八水分流橫地軸。【坤軸】杜甫、南池：萬頃浸坤軸。【脫軸】蘇軾、次韻王鞏獨眠：欲往從之車脫軸。【圖軸】蘇軾、題盧鴻漸學士圖：豈須上圖軸。【開畫軸】尹廷高、平遠亭：煙樹夕陽開畫軸。【曉催軸】吳均、答柳惲：關山曉催軸。

## 逐

【放逐】劉長卿、山鸜鵒歌：江南逐臣悲放逐。【追逐】王維、冬日遊覽：冠蓋相追逐。【馳逐】鮑照、擬古：少年好馳逐；歐陽修、明妃曲和王介甫作：鳥獸驚駭爭馳逐。【世所逐】柳宗元、晨詣超師院讀禪經：妄跡世所逐。【香風逐】梁元帝、烏棲曲：那知步步香風逐。【烏鳶逐】李白、空城雀：嘗恐烏鳶逐。【雲相逐】柳宗元、漁翁：巖上無心雲相逐。

## 牧

【農牧】鮑照、觀圃人藝植：巧宦賤農牧。【歸牧】張耒、絕句：晚日橋邊數歸牧。【藝牧】宋之問、溫泉莊臥病：歸閒欣藝牧。【雨中牧】王維、宿鄭州：村童雨中牧。【九州牧】王維、冬日遊覽：來朝九州牧。【無人牧】白居易、羸駿：羸餓無人牧。【童兒牧】韓琦、觀胡九齡畫牛：荷鞭時有童兒牧。

## 伏

【三伏】李洞、顏上人房：松下度三伏。【蟠伏】王炎、遊峴山：南山勢蟠伏。【潛伏】歐陽修、憎蚊：蛟龍遠潛伏。【心猿伏】許渾、題杜居士：機盡心猿伏、【草中伏】元稹、雉媒：知君草中伏。【迷起伏】楊維楨、內人吹笛詞：十指紅蠶迷起伏。【耆年伏】蘇軾、欲以石易畫：出語耆年伏。【晚雲伏】沈約、循役朱方道路：蹉跎晚雲伏。

## 宿

【同宿】白居易、司馬廳獨宿：誰肯來同宿。【伴宿】白居易、北窗竹石：共渠相伴宿。【食宿】韓愈、送諸葛覺往隨州讀書：不容久食宿。【獨宿】杜甫、佳人：鴛鴦不獨宿。【水中宿】李白、秋浦歌：採魚水中宿。【空房宿】白居易、上陽人：一生遂向空房宿。【桃花宿】杜甫、赤谷西崦人家：欲問桃花宿。【豺狼宿】元稹、竹部：夜夜豺狼宿。【烟村宿】韓琦、觀胡九齡畫牛：蕭疎暮景烟村宿。【野中宿】劉孝威、烏生八九子：猶勝野中宿。【檐下宿】李白、尋陽紫極宮感秋作：就我檐下宿。

## 讀

【勤讀】劉克莊、贈劉道士：詩非易作須勤讀。【講讀】蘇軾、欲以石易畫：何必棄講讀。【嬾讀】陳傅良、述懷：有書千卷兒嬾讀。【三過讀】戴表元、行婦怨：惆悵令人三過讀。【百回讀】蘇軾、送安惇秀才西歸：舊書不厭百回讀。【夜歸讀】戴叔倫、南野：帶月夜歸讀。【留兒讀】蘇軾、贈王子直秀才：五車書已留兒讀。【閑不讀】白居易、秋居書懷：有書閑不讀。【遺人讀】李白、笑歌行：虛作離騷遺人讀。

## 犢

【牛犢】梅堯臣、田家語：買箭賣牛犢。【放犢】司空曙、田家：呼兒催放犢。【舐犢】權德輿、璩受京兆府參軍：老牛還舐犢。【健犢】溫庭筠、碌碌詞：羸牛生健犢。【黃犢】白居易、宿溪翁：春驅兩黃犢。

## 瀆

【空瀆】蘇軾、江漲：牛羊滿空瀆。【溝瀆】秦觀、泊吳興觀音院：志士恥溝瀆。【九曲瀆】王循、晨風行：霧開九曲瀆。

## 轂

【日轂】范成大、姑蘇臺避暑：炎官扶日轂。【馳轂】張耒、寄榮子雍：年光飄忽雙馳轂。【輦轂】黃庭堅、次韻王炳之惠玉紙版：裹糧萬里來輦轂。【轉轂】秦嘉、贈婦詩：輕車不轉轂。

【駐車轂】蘇軾、李氏園：來此駐車轂。

## 復

【往復】吳融、綿竹山：未可量往復。【報復】蘇軾、獲鬼章：羌情防報復。【不遠復】韓愈、招楊之罘：易貴不遠復。

## 粥

【粥粥】韓愈、雉朝飛操：群雌粥粥。【僧粥】蘇軾、宿盤龍寺：木魚曉動隨僧粥。【羹粥】蘇軾、李氏園：但未摧羹粥。【地黃粥】白居易、春寒：乳和地黃粥。【面如粥】蘇軾、寄茶：豐腴面如粥。

## 六

【十五六】蕭衍、東飛伯勞歌：女兒年幾十五六。【數已六】韓愈、送諸葛覺往隨州讀書：出守數已六。

## 縮

【出縮】王安石、招約之職方并示正甫書記：紫角聯出縮。【局縮】韓愈、送諸葛覺往隨州讀書：氣勢日局縮。

## 哭

【慟哭】李白、古風：窮途方慟哭。【大江哭】杜甫、天邊行：日暮東臨大江哭。【吞聲哭】杜甫、哀江頭：少陵野老吞聲哭。【杜鵑哭】白居易、霓裳羽衣舞歌：巴峽唯聞杜鵑哭。【誰家哭】白居易、隔浦蓮：寒食誰家哭。【撫我哭】陶潛、挽歌詞：良友撫我哭。【舊人哭】杜甫、佳人：那聞舊人哭。

## 幅

【邊幅】黃庭堅、次韻王炳之惠玉紙版：此公歸來有邊幅。【三十幅】蘇軾、飲酒：一揮三十幅。【三四幅】韓愈、送諸葛覺往隨州讀書：月寄三四幅。

## 斛

【千斛】黃庭堅、次韻王炳之惠玉紙版：不敢求見米千斛。【斗斛】元稹、竹部：得粟盈斗斛。【浴斛】白居易、香山寺石樓潭夜浴：窪石爲浴斛。

## 戮

【殺戮】杜甫、佳人：兄弟遭殺戮。

## 僕

【僮僕】王維、宿鄭州：孤客親僮僕。

## 蓄

【旨蓄】白居易、春寒：佐餐兼旨蓄。【積蓄】白居易、秋居書懷：不用多積蓄。

## 淑

【清淑】蘇軾、定惠院之東有海棠：月下無人更清淑。

## 菽

【禾菽】白居易、喜雨：農旱憂禾菽。【蔬菽】蘇軾、寄周安孺茶：午飯飽蔬菽。【榮半菽】黃庭堅、次韻王炳之惠玉紙版：或辱王鼎榮半菽。

## 獨

【幽獨】李白、尋陽紫極宮感秋作：浩然媚幽獨；蘇軾、定惠院之東有海棠：只有名花苦幽獨。【偏獨】王安石、蒙亭：趣舍有偏獨。【煢獨】秦嘉、贈婦詩：少小罹煢獨；白居易、北窗竹石：無子方煢獨。【窮獨】韓愈、送僧澄觀：洛陽窮秋厭窮獨。【非我獨】蘇軾、與臨安令宗人同年劇飲：老盡世人非我獨。

## 卜

【辭卜】王安石、招約之職方并示正甫書記：一晝敢辭卜。【醫卜】蘇軾、和王晉卿：執技等醫卜。【安可卜】王安石、答客：飛禍安可卜。

## 馥

【香馥馥】白居易、有木詩：四時香馥馥。【芙渠馥】王安石、招約之職方并示正甫書記：菱蔓芙渠馥。

## 沐

【膏沐】白居易、喜雨：如頭得膏沐；柳宗元、晨詣超師院讀禪經：青松如膏沐。

## 速

【神速】白居易、七德舞：功成理定何神速。【一何速】無名氏、古詩十九首：歲暮一何速。【來何速】白居易、因沐感髮：衰相來何速。【光陰速】白居易、六十六：老覺光陰速。【經天速】白居易、短歌行：白日經天速。【聲更速】蘇軾、攜妓樂遊張山人園：杜鵑催歸聲更速。【驚秋速】蘇軾、題李欣畫山：年來白髮驚秋速。

## 蹙

【勢奔蹙】元稹、雉媒：飛馳勢奔蹙。

## 啄

【剝啄】蘇軾、與趙陳同過歐陽：夢回聞剝啄；蘇軾、再遊徑山：禪老但喜聞剝啄。【飢不啄】韓愈、納涼聯句：鳥噪飢不啄。

## 覆

【翻覆】鮑照、擬古：邊城屢翻覆；李白、尋陽紫極宮感秋作：世道有翻覆。

## 燠

【炎燠】柳宗元、初夏雨後尋愚溪：嘯歌靜炎燠。【寒燠】白居易、短歌行：相避如寒燠。【溫燠】白居易、湓浦竹：天氣仍溫燠。

## 筑

【琴筑】蘇軾、焦千之求惠山泉詩：雜珮間琴筑。

**掬**【挹掬】蘇軾、焦千之求惠山泉詩：盥灑自挹掬。【盈掬】杜甫、佳人：采柏動盈掬。

**蓿**【苜蓿】王安石：招約之職方并示正甫書記：翠被敷苜蓿。

**煜**【明煜煜】蘇軾、自陽平至斜谷：嶺上疏星明煜煜。

**碌**【碌碌】白居易、送胡處士：朝夕走碌碌。

**舳**【南浦舳】王安石、招約之職方并示正甫書記：尚遲南浦舳。

**霂**【霢霂】白居易、香山寺石樓潭夜浴：褰裳汗霢霂。

牘櫝黷讟肅育叔祝鏃
築穋睦鶩麴禿縠扑衄
鷟澳輻瀑漉蔌㥠洑鷗
竺簇蔟暴箙濮鞫鞠匊
郁矗複塾簏樸蹴諤娽
琭盝踘醭韣毓柚蝠福

昱菔轆朒慉踧橚秼夙
踏蝮彧餗柷匐涫餗谷
僇殰俶摵繆輹蠯𥳺蓼
儵熇鵴澓槲蹜觳匷莤
遂囿棟薁蓄罜絷膜纀
苜毱儵噈槭茯涑鷫睩
鑄髑虙栿瘯偪稫副勠
就摝

# 二沃 古通屋

## 俗

【流俗】蘇軾、寄劉孝叔：平生學問止流俗。【蠹俗】蘇軾、定惠院之東有海棠：桃李漫山總蠹俗。【令人俗】蘇軾、於潛僧綠筠軒：無竹令人俗。【起頹俗】蘇軾、蘇子容母陳夫人挽詞：正始風流起頹俗。【異風俗】杜甫、寫懷：何處異風俗。【無由俗】蘇軾、書林逋詩後：神清骨冷無由俗。【書勢俗】黃庭堅、次韻王炳之惠玉紙版：畫虎不成書勢俗。

## 玉

【如玉】白居易、續古詩：容德俱如玉。【冰玉】蘇軾、書林逋詩後：傭奴販婦皆冰玉；蘇軾、別子由三首兼別遲：傍市穿林瀉冰玉。【青玉】蘇軾、竹：猗猗散青玉。【解玉】黃庭堅、次韻王炳之惠玉紙版：信知溪翁能解玉。【冷如玉】白居易、有木詩：霜枝冷如玉。【美如玉】杜甫、佳人：新人美如玉。【胸似玉】白居易、上陽人：臉似芙蓉胸似玉。【琢白玉】蘇軾、次韻王鞏獨眠：誰能相思琢白玉。【貌如玉】歐陽修、明妃曲和王介甫作：風沙無情貌如玉。【聲似玉】白居易、醉題沈子明壁：色似芙蓉聲似玉。【顏如玉】無名氏、古詩十九首：美者顏如玉；蕭衍、東飛伯勞歌：窈窕無雙顏如玉。

## 足

【自足】白居易、宿溪翁：飲瓢亦自足；柳宗元、晨詣超師院讀禪經：悟悅心自足。【饜足】王安石、賦棗得燭字：快噉取饜足。【一枝足】蘇軾、雷州：鷦鷯一枝足。【才不足】白居易、納粟：內媿才不足。【千里足】白居易、羸駿：遂遺千里足。【心難足】白居易、題小橋前新竹招客：幽翫心難足。【生意足】歐陽修、刑部看竹：濯濯生意足。【未嘗足】李白、空城雀：飲乳未嘗足。【雨初足】蘇軾、過雲龍山人：郊原雨初足。【苦不足】秦嘉、贈婦詩：歡樂苦不足。【看不足】白居易、長恨歌：盡日君王看不足。【春雨足】歐陽修、瑯琊山歸雲洞：夜半山前春雨足。【春睡足】蘇軾、定惠院之東有海棠：日暖風輕春睡足。【根性足】歐陽修、寄題劉著作義叟家園：始知根性足。【寄一足】韓愈、送諸葛覺往隨州讀書：無地寄一足。【貧亦足】杜甫、寫懷：無富貧亦足。【飲不足】杜甫、醉時歌：廣文先生飯不足。【談笑足】蘇

## 曲

軾、次韻孔毅文隻句見贈：左抽右取談笑足。【濯吾足】陶淵明、歸園田居：可以濯吾足；李白、笑歌行：還道滄浪濯吾足。【歡意足】蘇軾、與臨安令宗人同年劇飲：把盞歡意足。

【山曲】歐陽修、幽谷泉：日夜響山曲。【委曲】李白、寄遠：字字有委曲。【屈曲】李白、古風：世路有屈曲。【鄉曲】白居易、宿滎陽：少小辭鄉曲。【榛曲】陶潛、歸園田居：崎嶇歷榛曲。【墟曲】王維、晦日遊大理：玲瓏映墟曲。【白頭曲】蘇軾、書林逋詩後：更肯悲吟白頭曲。【曲江曲】杜甫、哀江頭：春日潛行曲江曲；白居易、送春歸：何處送春曲江曲。【竹枝曲】白居易、題小橋前新竹招客：狂歌竹枝曲。【池塘曲】白居易、宿東亭晚興：散步池塘曲。【采薇曲】白居易、出山吟：暮歌采薇曲。【故鄉曲】白居易、孟夏思：憶我故鄉曲。【思歸曲】歐陽修、明妃曲和王介甫作：馬上自作思歸曲；蘇軾、籍田：琴裏思歸曲。【黃河曲】白居易、贏駿：莽蒼黃河曲。【敍款曲】秦嘉、贈婦詩：思念敍款曲。【清溪曲】柳宗元、初夏雨後尋愚溪：獨繞清溪曲。【湖山曲】蘇軾、書林逋詩後：吳儂生長湖山曲。【勞心曲】李白、以詩代書答元丹丘：憶我勞心曲。【雲門曲】黃庭堅、次韻王炳之惠玉紙版：高詞欲奏雲門曲。【理清曲】無名氏、古詩十九首：當戶理清曲。【結心曲】張協、雜詩：沈憂結心曲。【陽關曲】蘇軾、次仇沈石韻：來聽陽關曲。【催曉曲】蘇軾、與臨安令宗人同年劇飲：令唱黃雞催曉曲。【霓裳羽衣曲】白居易、長恨歌：驚破霓裳羽衣曲。

## 粟

【倉中粟】孟郊、贈農人：盈爾倉中粟。【催納粟】白居易、納粟：高聲催納粟。【覆車粟】李白、空城雀：差營覆車粟。

## 燭

【明燭】張協、雜詩：飛蛾拂明燭；陶淵明、歸園田居：荆薪代明燭。【秉燭】白居易、續古詩：夜行常秉燭；蘇軾、夜飲：何不勸公勤秉燭。【殘燭】白居易、北亭獨宿：紗籠耿殘燭；蘇軾、宿盤龍寺：照佛清熒有殘燭。【轉燭】杜甫、佳人：萬事隨轉燭。【光可燭】蘇軾、書林逋詩後：瞳子瞭然光可燭。【張燈燭】白居易、納粟：場上張燈燭。【紗籠燭】白居易、宿東亭曉興：耿耿紗籠燭。【窗間燭】白居易、司馬廳獨宿：一點窗間燭。【嬌紅燭】李自强、幽歌行：燕姬醉舞嬌紅燭。

## 屬

【不可屬】秦嘉、贈婦詩：恩義不可屬。【自相屬】無名氏、古詩十九首：逶迤自相屬。

## 錄

【可錄】蘇軾、書林逋詩後：將死微言猶可錄。【鬼錄】陶潛、挽歌詞：今旦在鬼錄。【不見錄】韓愈、送諸葛覺往隨州讀書：雖懇不見錄。

## 辱

【榮辱】杜甫、寫懷：忘情任榮辱。【拜辱】黃庭堅、次韻王炳之惠玉版紙：乃令小人今拜辱。

## 獄

【歸獄】白居易、七德舞：死囚四百來歸獄。

## 綠

【柔綠】李商隱、河陽詩：　側近嫣紅伴柔綠。【浮綠】白居易、東樓行：牀席生浮綠。【殘綠】蘇軾、與臨安令宗人同年劇飲：敝袍霜葉空殘綠。【微綠】白居易、北窗竹石：苔雨含微綠。【新綠】李賀、浩歌：羞見秋眉換新綠。【八九綠】白居易、六十六：池草八九綠。【山水綠】柳宗元、漁翁：欸乃一聲山水綠。【半黃綠】蘇軾、寄子由：櫻麥半黃綠。【多猶綠】白居易、湓浦竹：艸木多猶綠。【江山綠】白居易、孟夏思：日落江山綠。【欣欣綠】白居易、喜雨：萬葉欣欣綠。【眉生綠】蘇軾、四時詞：新愁舊恨眉生綠。【風池綠】白居易、一宵偶月：竹下風池綠。【春草綠】白居易、寒食野望吟：古墓纍纍春草綠。【春雲綠】白居易、葉剪春雲綠。【飲山綠】蘇軾、書林逋詩後：　呼吸湖光飲山綠。【散紅綠】蘇軾、自陽平至斜谷：日亂千巖散紅綠。【爲誰綠】杜甫、哀江頭：細柳新蒲爲誰綠。【煙草綠】李白、春滯沅湘有懷山中：風暖煙草綠。【奪山綠】蘇軾、和子由園中草木：秀語奪山綠。【鴨頭綠】蘇軾、次韻王鞏獨眠：泗水茫茫鳴頭綠。【籬邊綠】歐陽修、二月雪：自採籬邊綠。

## 欲

【固所欲】柳宗元、初夏雨寄愚溪：　寂寞固所欲。【奉嗜欲】白居易、短歌行：多爲奉嗜欲。【絕所欲】李白、空城雀：守分絕所欲。【無所欲】白居易、秋夜書懷：澹然無所欲。

## 束

【檢束】白居易、短歌行：尚爲名檢束。【羈束】杜甫、寫懷：行行見羈束。【自結束】李白、古風：胡乃自結束。【森如束】張協、雜詩：叢林森如束。

## 鵠

【黃鵠】韓愈、送諸葛覺往隨州讀書：嬌翮逐黃鵠。【西飛鵠】蘇軾、和王晉卿：遠託西飛鵠。

蜀

【南飛鵠】蘇軾、自陽平至斜谷：一夜心逐南飛鵠。

【三蜀】李白、司馬將軍歌：頗似龍驤下三蜀。

【巴蜀】杜甫、天邊行：胡騎羌兵入巴蜀。【望蜀】李白、古風：得隴又望蜀。

促

【刺促】李賀、浩歌：二十男兒那刺促。【局促】無名氏、古詩：蟋蟀傷局促；杜甫、南池：遭亂身局促。【輸促】元稹、竹部：官家歲輸促。

【戚促】李白、空城雀：身計何戚促。【再三促】蘇東坡、潤州甘露寺：欲斷哀絃再三促。

【悲歲促】李白、古風：寒早悲歲促。【非命促】陶潛、挽歌詞：早終非命促。

觸

【偶然觸】元稹、雉媒：疏羅偶然觸。

續

【斷續】柳宗元、秋曉行南谷經荒村：幽泉微斷續。【淚相續】李白、寄遠：開緘淚相續。

【猶可續】蘇軾、雨中熟睡：孤夢猶可續。【腸斷續】李白、春滯沅湘有懷山中：於此腸斷續。

【銀燈續】蘇軾、次韻王鞏獨眠：天寒日短銀燈續。【斷還續】元稹、雉媒：哀看斷還續。

贖

【分金贖】白居易、七德舞：飢人賣子分金贖。

篤

【意彌篤】元稹、雉媒：思君意彌篤。

浴

【日浴】陶潛、讀山海經：朝朝爲日浴。

矚

【遊矚】白居易、孟夏思：與爾同遊矚。

躅

【躑躅】秦嘉、贈婦詩：中駕正躑躅。【山躑躅】白居易、山石榴寄元九：山石榴一名山躑躅。

【塵外躅】王安石。和耿天隲同遊定林：放浪塵外躅。

旭

【初旭】白居易、宿東亭曉興：簾影浮初旭。

【昏旭】歐陽修、寄題劉著作義叟家園：槿豔隨昏旭。

幞

【被幞】白居易、司馬廳獨宿：家僮開被幞。

淥

【收微淥】蘇東坡、河復：東風吹凍收微淥。

毒　局　督　酷　縟　褥　蓐　慾　頊

梏轟蠋歜溽劚跼搧勗
醭逐騄嚳牿襮鄏鵠告
鋈熇僕

# 三　覺 古通藥 轉屋

## 覺

【呼不覺】蘇軾、再遊徑山：倒牀困臥呼不覺。

## 角

【屋角】蘇軾、四時詞：霜葉蕭蕭鳴屋角。【吹角】岑參、輪臺歌：輪臺城頭夜吹角。【鼓角】蘇軾、送孔郎中：十里長亭聞鼓角。【郡城角】韓愈、汴泗交流贈張僕射：汴泗交流郡城角。

## 桷

【蔭華桷】韓愈、納涼聯句：於此蔭華桷。

## 嶽

【掲南嶽】蘇軾、再遊徑山：凌霄峯頭掲南嶽。【聳山嶽】韓愈、納涼聯句：凝赤聳山嶽。

## 樂

【從軍樂】白居易、寄王質夫：且羨從軍樂。【清涼樂】王維、苦熱：宛然清涼樂。

## 鷟

【鸑鷟】韓愈、納涼聯句：感然鳴鸑鷟。

## 朔

【秋朔】韓愈、納涼聯句：微微近秋朔。【晦朔】蘇軾、再遊徑山：明月長圓無晦朔。【奉正朔】白居易、驃國樂：來獻南音奉正朔。

## 數

【無辭數】蘇軾、再遊徑山：從此有暇無辭數。【難爲數】秦嘉、贈婦詩三首：愆思難爲數。

## 卓

【卓卓】韓愈、納涼聯句：高意還卓卓。

## 琢

【紅玉琢】蘇軾、再遊徑山：誰見玉芝紅玉琢。

## 礐

【犖礐】蘇軾、再遊徑山：兩足慣曾行犖礐。

## 邈

【綿邈】李白、贈嵩山焦鍊師：鳳吹轉綿邈。【緬邈】韓愈、納涼聯句：前心空緬邈。

## 雹

【冰雹】韓愈、納涼聯句：非時結冰雹。

## 撲

同撲。【撲撲】白居易、山石榴寄元九：杜鵑啼時花撲撲。

## 愨

【誠已愨】韓愈、納涼聯句：奔河誠已愨。

## 濁

【心源濁】蘇軾、再遊徑山：清詩爲洗心源濁。【泉水濁】杜甫、佳人：出山泉水濁。【蕩煩濁】王維、苦熱：江海蕩煩濁。

## 擢

【高雲擢】韓愈、納涼聯句：竦竦高雲擢。

濯 【甘瓜濯】韓愈、納涼聯句：淡瀲甘瓜濯。【汗如濯】蘇軾、再遊徑山：老人登山汗如濯。

握 【天一握】蘇軾、再遊徑山：始信孤雲天一握。

渥 【肌血渥】韓愈、納涼聯句：宵蚋肌血沃。

犖 【奇駿犖】韓愈、納涼聯句：古畫奇駿犖。

學 【多學】蘇軾、再遊徑山：與世齟齬空多學。

捔 翯 珏 較 榷 摧 鸑 浞 灂

汋 捉 穛 斮 娖 矟 箾 欶 斵

諑 涿 倬 椓 剢 趵 爆 駮 駁

瞀 眊 懪 䮝 爮 𦢊 璞 樸 墣

㱿 確 埆 觳 鐲 櫂 幄 喔 偓

葯 搦 踔 逴 鷽

# 四質

古通職緝轉物
略通月曷黠屑

## 質

【久質】李白、長歌行：風霜無久質。【天質】蘇軾、薄命佳人：不許紅膏汚天質。【形質】白居易、霓裳羽衣舞歌：眼前髣髴覩形質。【文勝質】白居易、牡丹芳：三代以還文勝質。【衰朽質】李商隱、驕兒詩：欲慰衰朽質。【蘭蕙質】蘇軾、瑞香花：一逢蘭蕙質。【艷陽質】李白、古風：生此艷陽質。

## 日

【人日】蘇軾、新年：曉雨暗人日。【來日】李白、王昭君二首：明妃西嫁無來日。【紅日】李白、望黃鶴樓：中峯倚紅日。【風日】黃庭堅、題郭熙畫秋山：畫取江南好風日。【雲日】李白、和盧侍御通塘曲：百丈金潭照雲日。【朝日】韓愈、雉朝飛操：雉之飛于朝日。【暇日】白居易、和錢員外：春歎翰林無暇日。【落日】吳均、山中雜詩：竹中窺落日。【曉日】杜甫、獨歌行：不襪不巾蹋曉日。【轉日】李賀、官街鼓：曉聲隆隆催轉日。【又明日】白居易、浩歌行：昨夜今散又明日。【千萬日】韓愈、桃源圖：接屋連牆千萬日。【半邊日】李白、烏棲曲：青山欲銜半邊日。【宜春日】李商隱、驕兒詩：春勝宜春日。【長安日】蘇軾、送程六表弟：念我空見長安日。【貫白日】李白、長歌行：誰能貫白日。【閒過日】白居易、西涼伎：飽食溫衣閒過日。【費時日】白居易、醉後走筆：江左羈游費時日。【遠郊日】王維、西樓望遠思歸：曖曖遠郊日。【蔽白日】白居易、強九劍：無令漫漫蔽白日。【無多日】蘇軾、和王勝之：流觴曲水無多日。

## 筆

【紙筆】陶潛、責子：總不好紙筆。【刀筆】蘇軾、送表弟程六知楚州：老手生風謝刀筆。【點筆】蘇軾、送程六表弟：無數雲山供點筆。【縱筆】蘇軾、次韻李端叔：新詩勿縱筆。

## 出

【日出】蘇軾、中秋見月寄子由：明朝人事隨日出。【月出】李賀、官街鼓：暮聲隆隆催月出。【早出】蘇軾、赴假金陵夜行：缺月不早出。【悔出】白居易、醉後走筆：先說舊山今悔出。【山泉出】蘇軾、游道場山何山：山僧不放山泉出。【吉日出】杜甫、憶昔：遠行不勞吉日出。

【行人出】白居易、生離別：征馬連嘶行人出。【芒角出】蘇軾、郭祥正家醉畫：空腸得酒芒角出。【孤煙出】王維、西樓望遠思歸：迢遞孤煙出。【佳人出】蘇軾、與梁左藏會飲：翠帷暮卷佳人出。【抽身出】蘇軾、九日至勤師院：笙歌叢裏抽身出。【從何出】杜甫、兵車行：租稅從何出。【窗裏出】吳均、山中雜詩：雲中窗裏出。【騎馬出】白居易、和錢員外：薄晚新晴騎馬出。

## 室

【宮室】韓愈、桃源圖：架巖鑿谷開宮室。【虛室】蘇軾、夜坐邁句：松聲滿虛室。【萬室】王維、西樓望遠思歸：窗中窺萬室。【離室】何遜、臨行與故遊夜別：曉燈暗離室。

## 實

【吐實】李商隱、驕兒詩：含意下吐實。【佳實】李白、送薛九被讒去魯：綠竹去佳實。【重實】白居易、牡丹芳：人心重華不重實。【豐實】杜甫、憶昔：公私倉稟俱豐實。【花不實】李白、古風：但恐花不實。

## 疾

【痼疾】李商隱、驕兒詩：將養如痼疾。【風雨疾】蘇軾、別子由三首兼別遲：六十小劫風雨疾。【柳絮疾】李商隱、驕兒詩：未謝柳絮疾。

## 術

【文術】陶潛、責子：而不愛文術。【無術】蘇軾、戲子由：致君堯舜知無術。【黃石術】李商隱、驕兒詩：張良黃石術。【錦囊術】李白、登峨眉山：果得錦囊術。

## 一

【如一】王維、西樓望遠思歸：雲水空如一；白居易、霓裳羽衣舞歌：昔日今朝想如一。【第一】李商隱、驕兒詩：流品方第一；蘇軾、會飲：論詩說劍具第一。【萬一】蘇軾、畫魚歌：本不辭勞冀萬一。

## 乙

【求甲乙】李商隱、驕兒詩：讀書求甲乙。

## 秩

【祿秩】杜甫、憶昔：朝廷記識蒙祿秩。

## 密

【冥密】李白、望黃鶴樓：峯嶂亦冥密。【干戈密】杜甫、自平：或恐征戎干戈密。

## 律

【讀律】蘇軾、戲子由：讀書萬卷不讀律。【不可律】李商隱、驕兒詩：戚怒不可律。【五字律】蘇軾、再和許朝奉：何如五字律。

逸
【閒逸】李白、望黃鶴樓：因欲保閒逸。

失
【兩失】李白、長歌行：蹉跎成兩失。【相失】杜甫、憶昔：男耕女桑不相失。【輸失】李商隱、驕兒詩：六甲頗輸失。【百憂失】蘇軾、次韻孔毅父久旱而雨：夢中一飽百憂失。

漆
【膠漆】杜甫、憶昔：天下朋友皆膠漆。【拭琴漆】李商隱、驕兒詩：絡唾拭琴漆。【髮抹漆】蘇軾、薄命佳人：雙頰凝酥髮抹漆。

栗
【梨栗】李白、行路難：赤雞白狗賭梨栗；蘇軾、贈安節：啼笑爲梨栗。【觱栗】李頎、聽安萬善吹觱栗歌：南山截竹爲觱栗。

畢
【客情畢】李白、望黃鶴樓：永悟客情畢。【情未畢】王維、西樓望遠思歸：目極情未畢。【敍未畢】白居易、醉後走筆：斂手炎涼敍未畢。【無終畢】白居易、浩歌行：天長地久無終畢。

卹
【天自卹】蘇軾、次韻孔毅父久旱而雨：民是天民天自卹。

蜜
【飲花蜜】李商隱、驕兒詩：俯首飲花蜜。【甘如蜜】白居易、生別離：梅酸蘗苦甘如蜜。

橘
【秋橘】蘇軾、送楊傑：一點黃金鑄秋橘。

溢
【金鼎溢】李商隱、驕兒詩：沸若金鼎溢。【飯甑溢】蘇軾、次韻孔毅父久旱而雨：飢人忽夢飯甑溢。

瑟
【蕭瑟】蘇軾、道者院：歸遲更蕭瑟。【弄寶瑟】李白、登峨眉山：石上弄寶瑟。【秋瑟瑟】白居易、琵琶行：楓葉荻花秋瑟瑟。【聽蕭瑟】蘇軾、馬上賦詩一篇寄子由：夜雨何時聽蕭瑟。

膝
【促膝】何遜、臨行與故遊夜別：何時同促膝。【動膝】李商隱、驕兒詩：挺立不動膝。

匹
【無匹】陶潛、責子：懶惰故無匹。【邈難匹】李白、登峨眉山：峨眉邈難匹。

述
【著述】李商隱、驕兒詩：懇苦自著述。

慄
【慘慄】蘇軾、寄蘄簟與蒲傳正：入手未開先慘慄。【惕齋慄】韓愈、山南鄭相公樊員外酬答爲詩：跽受惕齋慄。

七
【十六七】杜甫、醉歌行：只今年纔十六七。【知六七】李商隱、驕兒詩：固已知六七。

蝨 【畏蚤虱】李商隱、驕兒詩：無肉畏蚤虱。

悉 【纖悉】李商隱、驕兒詩：不假更纖悉。

謐 【秘清謐】李白、望黃鶴樓：玉潭秘清謐。

帙 【道帙】李白、贈清漳明府姪聿：高臥披道帙。【經帙】李商隱、驕兒詩：勿守一經帙。

戌 【金屈戌】李商隱、驕兒詩：拔脫金屈戌。

姪 【甥姪】李商隱、驕兒詩：朋戲渾甥姪。

篳 【圭篳】蘇軾、次韻孔毅父久旱而雨：獨與蚊雷共圭篳。

颵 【颼颵】韓愈、山南鄭相公樊員外酬答爲詩：雷霆逼颼颵。

壹吉率佚麥恤黜蹕弼

叱卒朮軼詰佶櫛䁥窒

必蛭泌鎰秫苾蟀嫉卿

筴遹鷸肸騭佾怵繂珌

鑕帥韠崒潏礩聿姞抶

馹郅桎庢銍挃眰耴泆

沕繘踤茁紩罼佖秷[illegible]

駜櫍鉍䶒鷅蛣咥溧汩

蔤瑟飶柣蒺饆滭鴪拮

抭㗚

# 五物 古通質

## 物

【外物】王維、留別山中：道勝寧外物。【民物】韓愈、山南鄭相公樊員外酬答爲詩：難諸在民物。【萬物】白居易、鵶九劍：爲君使無私之光及萬物。【丹穴物】李商隱、驕兒詩：謂是丹穴物。【杯中物】陶潛、責子：且進杯中物。【欲及物】蘇軾、次韻定惠長老：少壯欲及物。

## 佛

【老佛】韓愈、山南鄭相公樊員外酬答爲詩：演孔刮老佛。【泥佛】蘇軾、次韻孔毅父久旱而雨：況欲稽首號泥佛。【禮夜佛】李商隱、驕兒詩：稽首禮夜佛。

## 屈

【刻屈】韓愈、山南鄭相公樊員外酬答爲詩：山厲水刻屈。【莊屈】韓愈、山南鄭相公樊員外酬答爲詩：俚言紹莊屈。【氣不屈】蘇軾、戲子由：頭雖長低氣不屈。

## 鬱

【蒸鬱】蘇軾、次韻孔毅父久旱而雨：且爲疲人洗蒸鬱。【蕙鬱】韓愈、山南鄭相公樊員外酬答爲詩：厥臭劇蕙鬱。【心鬱鬱】白居易、和錢員外：聞君獨遊心鬱鬱。

## 掘

【掊掘】韓愈、山南鄭相公樊員外酬答爲詩：呀豁疚掊掘。

## 吃

【鄧艾吃】李商隱、驕兒詩：或笑鄧艾吃。

## 黻

【衮黻】韓愈、山南鄭相公樊員外酬答爲詩：龜判錯衮黻。

## 欻

【怳欻】韓愈、山南鄭相公樊員外酬答爲詩：指畫變怳欻。

## 拂

【劘拂】韓愈、山南鄭相公樊員外酬答爲詩：蓋壤兩劘拂。

## 倔

【健倔】韓愈、山南鄭相公樊員外酬答爲詩：烹斡力健倔。

## 蔚

【炳蔚】韓愈、山南鄭相公樊員外酬答爲詩：章彙霍炳蔚。

拂 乞 訖 紱 韍 綍 弗 茀 髴
祓 詘 崛 勿 熨 厥 劂 沕 仡
迄 汔 怫 艴 刜 不 屹 肸 芴
裾 𪊭 菀 咈 沷 尉

# 六　月

古通屑葉
陌轉曷

**月**【年月】李白、去婦詞：相見何年月。【孤月】李白、桓公井：寒泉湛孤月。【秋月】李白、玉階怨：玲瓏望秋月；蘇軾、贈潘谷：未害冰壺貯秋月。【海月】李白、感興：汎瑟窺海月。【清月】王維、多夜書懷：木衰澄清月。【雲月】李白、行路難：何用孤高比雲月。【殘月】韓愈、東方半明：獨有太白配殘月；蘇軾、次韻吳傳正枯木歌：瘦竹枯松寫殘月。【微月】黃庭堅、王充道上送水仙：水上輕盈步微月。【邊月】韓愈、送文暢師北遊：獵騎圍邊月。【天上月】李白、擬古：杯勸天上月。【水中月】李白、秋浦歌：飲弄水中月。【古時月】李白、把酒問月：今人不見古時月。【江浸月】白居易、琵琶行：別時茫茫江浸月。【松上月】李白、贈別王山人歸布山：屢夢松上月。【清天月】李白、憶秋浦桃花舊遊時竄夜郎：半搖青天月。【杯中月】蘇軾、月夜與客飲杏花下：勸君且吸杯中月。【弦海月】李白、古風：西陸弦海月。【金陵月】李白、送友人遊梅湖：定醉金陵月。【空對月】李白、將進酒：莫使金樽空對月。【洲如月】孟浩然、秋登蘭山寄張五：江畔洲如月。【姸和月】李商隱、驕兒詩：青春姸和月。【秋河月】李商隱、河內詩二首：蟾蜍夜豔秋河月。【苦寒月】白居易、馴犀：又逢今歲苦寒月。【春暮月】白居易、隋堤柳：大業末年春暮月。【高秋月】李白、古風：復悲高秋月。【耕曉月】歐陽修、鵯鵊詞：夜夜壠頭耕曉月。【帶明月】歐陽修、和聖俞百花洲其二：歸橈帶明月。【雲間月】無名氏、白頭吟：皎若雲間月。【楚關月】李白、江南春懷：影滯楚關月。【夢秋月】李白、邯鄲才人嫁為廝養卒婦：深宮夢秋月。【滴秋月】李白、月下吟：白露垂珠滴秋月。【瑤臺月】李白、古風：蝕此瑤臺月。【踏殘月】蘇軾、馬上賦詩一篇寄子由：獨騎瘦馬踏殘月。【燈如月】蘇軾、雪齋：長廊靜院燈如月。【踰歲月】杜甫、鹿頭山：公鎮踰歲月。【續殘月】蘇軾、和柳子玉喜雪次韻：更遣清光續殘月。【豔新月】李白、越女詞：眉目豔新月。

**骨**【山骨】蘇軾、送淵師歸徑山：妙語應須得山骨。【仙骨】李白、酬談少府：梅生有仙骨。

【花骨】蘇軾、雨中看牡丹：清寒入花骨。【風骨】李白、上雲樂：戌削風骨。【刮骨】王維、燕支行：飲酒不曾妨刮骨。【英骨】李白、贈僧行融：吾知有英骨。【枯骨】白居易、蠻子朝：箭孔刀痕滿枯骨。【建安骨】李白、宣州謝朓餞別校書叔雲：蓬萊文章建安骨。【負霜骨】吳均、贈王桂陽：誰知負霜骨。【埋香骨】李賀、官街鼓：柏陵飛燕埋香骨。【情至骨】韓愈、贈別元十八：感謝情至骨。【淪肌骨】蘇軾、次韻舒教授寄李公擇：近之清潤淪肌骨。【殘筋骨】白居易、縛戎人：暗思幸有殘肌骨。【鍊金骨】李白、感遇四首：方希鍊金骨。【鍊眞骨】李白、同友人舟行遊台越作：從此鍊眞骨。【龍翼骨】李白、天馬歌：背爲虎文龍翼骨。

# 髮

【白髮】歐陽修、鵯鵊詞：眷戀君恩今白髮。【刱髮】王維、留別山中：宗兄此刱髮。【祝髮】張協、雜詩：甌駱從祝髮。【黃髮】蘇軾、郭熙畫秋山平遠：不覺青山映黃髮。【雲髮】李白、感遇：竊藥駐雲髮。【愁髮】李良、擣衣篇：誰能攬鏡看愁髮。【華髮】王維、冬夜書懷：朱燈照華髮；蘇軾、感舊：青山映華髮。【鬢髮】蘇軾、戴道士：雪霜侵鬢髮。【鶴髮】蘇軾、擬古：雞窠養鶴髮。【多如髮】韓愈、送文暢師北遊：時日多如髮。【指一髮】韓愈、贈別元十八：近岸指一髮。【鏡中髮】黃庭堅、題郭熙畫秋山：慰此將老鏡中髮。

# 闕

【丹闕】李白、邯鄲才人嫁爲廝養卒婦：揚蛾入丹闕。【金闕】李白、江南書懷：長歌謝金闕。【城闕】韓愈、送文暢師北遊：少小學城闕。【蓬闕】李白、天台曉望：千春臥蓬闕。【白銀闕】蘇軾、大雪青州道士：時見三山白銀闕。【犯宮闕】白居易、法曲：明年胡塵犯宮闕。

# 越

【吳越】李白、金陵城西樓月下吟：獨上高樓望吳越。【諸越】張協、雜詩：聊以適諸越。【不可越】杜甫、鹿頭山：劍門不可越。

# 謁

【朝謁】王維、冬夜書懷：顧影慚朝謁。

# 沒

【出沒】李白、廬山東林寺夜懷：曠劫斷出沒。【淪沒】李白、古風：金魄遂淪沒。【蕪沒】李白、江南書懷：田園久蕪沒。【大星沒】韓愈、東方半明：東方半明大星沒。【行人沒】李白、獨漉篇：水深行人沒。【全軍沒】白居易、蠻子朝：征蠻一陣全軍沒。【出復沒】蘇軾、馬上賦詩一篇寄子由：惟見烏帽出復沒。【波浪沒】韓愈、贈別元十八：亦映波浪沒。【浮雲沒】李白、同友人舟行遊台越作：去若浮雲沒。【飛鳥沒】王維、留別山中：臥視飛鳥沒。【黃塵沒】王維、燕支行：連旗大旆黃塵沒。

## 伐

【勳伐】韓愈、送文暢師北遊：竹帛爛勳伐。

## 罰

【施賞罰】韓愈、送文暢師北遊：所以施賞罰。

## 卒

【關西卒】杜甫、兵車行：未休關西卒。

## 窟

【三窟】蘇軾、用和人求筆跡韻寄莘老：君不見夷甫開三窟。【月窟】李白、上雲樂：生彼月窟。【山水窟】蘇軾、將之湖州：餘杭自是山水窟。【長城窟】陳琳、飲馬長城窟行：飲馬長城窟。【豪俠窟】杜甫、鹿頭山：慘澹豪俠窟。

## 笏

【秉爺笏】李商隱、驕兒詩：闔敗秉爺笏。

## 鉞

【斧鉞】韓愈、送文暢師北遊：浩汗羅斧鉞。

## 歇

【休歇】李白、古風：綠豔恐休歇。【凋歇】李白、邯鄲才人嫁爲廝養卒婦：寧知有凋歇。【過歇】王維、留別山中：乘閒當過歇。【銷歇】李白、寄遠：春風玉顏畏銷歇。【一時歇】白居易、啄木曲：滿念千憂一時歇。【紅芳歇】李白、送友人遊梅湖：無令紅芳歇。【渡頭歇】孟浩然、秋登蘭山寄張五：沙行渡頭歇。【幾時歇】李白、望夫山：相思幾時歇。【憂不歇】李白、古風：感物憂不歇。【聲暫歇】白居易、琵琶行：凝絕不通聲漸歇。【歡未歇】李白、燭照山水壁畫歌：與君對此歡未歇。

## 發

【秀發】黃庭堅、送張材翁赴秦簽：此時諸兒皆秀發。【飛發】韓愈、贈別元十八：木石互飛發。【清發】李白、宣州謝脁樓餞別校書叔雲：中間小謝又清發。【間發】杜甫、鹿頭山：霸氣曾間發。【遠發】韓愈、送文暢師北遊：戒轄思遠發。【千漚發】蘇軾、九日黃樓作：南城夜半千漚發。【至明發】李白、邯鄲才人嫁爲廝養卒婦：惆悵至明發。【客不發】白居易、琵琶行：主人忘歸客不發。【紅英發】謝脁、王孫遊：雜樹紅英發。【桃還發】李白、桓公井：春至桃還發。【淸秋發】孟浩然、秋登蘭山寄張五：興是淸秋發。【淸香發】歐陽修、和聖俞百花洲：雨過淸香發；蘇軾、月夜飮杏花下：花間置酒淸香發。【淸輝發】李白、把酒問月：綠煙滅盡淸輝發。【寒更發】王維、山茱萸：淸香寒更發。【微風發】無名氏、怨歌行：動搖微風發。【歸鞍發】蘇軾、馬上賦詩一篇寄子由：此心已逐歸鞍發。

### 突

【飄突】蘇軾、次韻孔毅父久旱而雨：一葉扁舟任飄突。【浤唐突】李商隱、驕兒詩：騎馬浤唐突。【黔吾突】蘇軾、次韻孔毅父久旱而雨：歲晚何以黔吾突。

### 忽

【陵忽】吳均、贈王桂陽：纖莖易陵忽。【淪忽】李白、古風：大運有淪忽。【翕忽】李白、天台曉望：神怪何翕忽。【飄忽】蘇軾、馬上賦詩一篇寄子由：但恐歲月去飄忽。【未宜忽】韓愈、贈別元十八：子生未宜忽。【路超忽】李白、送楊山人歸天台：東行路超忽。

### 韤

【巾韤】韓愈、送文暢師北遊：詭製怛巾韤。【生塵韤】黃庭堅、王充道送水仙：凌波仙子生塵韤。【步羅韤】李白、寄遠：可惜凌波步羅韤。【侵羅韤】李白、玉階怨：夜久侵羅韤。【凌波韤】蘇軾、詠蓮塘：江妃自惜凌波韤。【鴉頭韤】李白、越女詞：不著鴉頭韤。

### 勃

【咆勃】王維、燕支行：關西俠少何咆勃。

### 蹶

【顚蹶】韓愈、送文暢師北遊：屢造忍顚蹶。

### 揭

【安可揭】韓愈、送文暢師北遊：重惠安可揭。

### 筏

【津筏】韓愈、送文暢師北遊：自可得津筏。

### 蕨

【首陽蕨】李白、行路難：有口莫食首陽蕨。
【茹藜蕨】韓愈、送文暢師北遊：甯復茹藜蕨。

### 掘

【煮可掘】韓愈、送文暢師北遊：山藥煮可掘。

### 閥

【耀前閥】韓愈、送文暢師北遊：聲譽耀前閥。

### 悖

【狂悖】李商隱、驕兒詩：羌戎正狂悖。

### 兀

【名硉兀】杜甫、鹿頭山：繼起名硉兀。【醉兀兀】蘇軾、馬上賦詩一篇寄子由：不飮胡爲醉兀兀。【靜兀兀】韓愈、雉帶箭：原頭火燒靜兀兀。

樧 【修樧】鮑照、發後緒：飛潮隱修樧。【深樧】韓愈、送文暢師北遊：守縣坐深樧。

橜 【株橜】韓愈、送文暢師北遊：窣豁斷株橜。

羯 【胡羯】韓愈、送文暢師北遊：威德壓胡羯。

惚 【躡慌惚】李白、天馬歌：神行電邁躡慌惚。

捽 【撞捽】韓愈、贈別元十八：雷電助撞捽。

渤 【渡溟渤】李白、淮海對雪贈傅靄：從風渡溟渤。

滑 【香滑】蘇軾、自興國往筠：蒲薦松牀亦香滑。【飛雨滑】蘇軾、九日黃樓作：泥滿城頭飛雨滑。

刖 【剠刖】韓愈、送文暢師北遊：何路補剠刖。

軏 【軏輗】韓愈、送文暢師北遊：蠢識事軏輗。

劂 【剞劂】韓愈、送文暢師北遊：未得窺剞劂。

崒 【崡崒】蘇軾、次韻孔毅父久旱而雨：陂牂欲上驚崡崒。

暍 【救暍】韓愈、送文暢師北遊：若飲水救暍。

鷢 【鶻鷢】韓愈、送文暢師北遊：飄戾逐鶻鷢。

垡 【耕垡】韓愈、送文暢師北遊：謝病老耕垡。

【鵜鷿】韓愈、送文暢師北遊：無不比鵜鷿。

訏 【排訏】韓愈、送文暢師北遊：草序頗排訏。

竭 鶻 厥 訥 歿 粵 碣 卒 猝

汩 窣 咄 凸 齕 蝎 腯 孛 紇

浡 矻 淈 核 麧 餑 [illegible] 馞 搰

柮 梲 稡 抈 蛂 撅 鱖 闕 硊

杌 硉 扤 矹 屼 楬 榾 [illegible] 教

誖 淴 嗢 泏 堀 朏 椊 扢 抇

猲 愲 艴 揬 曰 堨 钀

# 七曷 古轄月

## 末
【雲霞末】王維、留別山中：致身雲霞末。【隱天末】李白、江上寄元六林宗：白日隱天末。

## 濶
【契濶】繁欽、定情詩：何以致契濶。【水風濶】歐陽修、和聖俞百花洲其二：荷深水風濶。【村陂濶】歐陽修、鵯鶋詞：君不見潁河東岸村陂濶。【原野濶】杜甫、鹿頭山：始喜原野濶。【雲片濶】岑參、輪臺歌：劍河風急雲片濶。

## 活
【生活】蘇軾、遊霅山：莫笑吟詩談生活。【邦國活】杜甫、鹿頭山：論道邦國活。【清光活】蘇軾、蜜酒歌：二日眩轉清光活。

## 脫
【髮脫】蘇軾、春菜：莫待齒搖並髮脫。【夜不脫】岑參、走馬川行：將軍金甲夜不脫。【馬蹄脫】岑參、輪臺歌：沙口石凍馬蹄脫。

## 割
【面如割】岑參、走馬川行：風頭如刀面如割。

## 沫
【魚吐沫】蘇軾、蜜酒歌：一日小沸魚吐沫。【魚煦沫】白居易、昆明春：龜尾曳塗魚煦沫。

## 渴
【消渴】蘇軾、眉子石硯歌贈胡誾：坐費千金買消渴。【抱飢渴】韓愈、招楊之罘：晨夕抱飢渴。【長如渴】蘇軾、和柳子玉喜雪次韻：詩翁愛酒長如渴。【慰飢渴】杜甫、鹿頭山：是日慰飢渴。【瀑泉渴】王維、留別山中：屢對瀑泉渴。

## 撥
【戈相撥】岑參、走馬川行：半夜軍行戈相撥。

## 抹
【纖手抹】蘇軾、春菜：繪縷堆槃纖手抹。

## 秣
【何時秣】韓愈、贈別元十八：君驥何時秣。

## 剌
【乖剌】白居易、桐花：榮枯遂乖剌。

## 辣
俗作辣。【掇芳辣】蘇軾、春菜：細履幽畦掇芳辣。

易 達 活 鉢 奪 褐 拔 葛 闥

豁 括 聒 遏 撻 薩 掇 喝 跋

魃獺撮怛闊栝筈鈸潑
輵軷茇頞柭越斡剟巀
捋鞨䳜鶡喝囋袜躠适
樧澾襏濭敓猲佸犮呾
咄餲糲

# 八黠 古通月

**黠** 【趫黠】韓愈、征蜀聯句：捷竄脫趫黠。【小兒黠】蘇軾、觀杭州歐育刀袍：猛士應憐小兒黠。

**札** 【書札】無名氏、古詩：遺我一書札；李白、蘇武：空傳一書札。

**拔** 【英拔】蘇軾、月季花再生：廟論摧英拔。【誅拔】韓愈、征蜀聯句：有命事誅拔。

**猾** 【縱橫猾】韓愈、征蜀聯句：秦師縱橫猾。

**鶻** 【蒼鶻】李商隱、驕兒詩：按聲喚蒼鶻。【孤栖鶻】蘇軾、入峽、獨愛孤栖鶻。

**察** 【精察】韓愈、征蜀聯句；伏穴顧精察。【不識察】無名氏、古詩孟冬寒氣生：懼君不識察。

**殺** 【生殺】蘇軾、觀杭州歐育刀袍：談笑毫端弄生殺。【霜初殺】蘇軾、九日黃樓作：清河已落霜初殺。【轟天殺】韓愈、征蜀聯句：雷鼓轟天殺。

**刹** 【千尋刹】蘇軾、九日黃樓作：南山不見千尋刹。

**軋** 【魯鴉軋】蘇軾、九日黃樓作：樓下空聞魯鴉軋。

**⿰舌瓜** 【瓢⿰舌瓜】韓愈、征蜀聯句：斷臂仍瓢⿰舌瓜。

**劼** 【勳劼】韓愈、征蜀聯句：維用贊勳劼。

**刮** 【剠刮】韓愈、征蜀聯句：敗面碎剠刮。

**鬝** 【髡鬝】韓愈、征蜀聯句：仇頭恣髡鬝。

**螖** 【鱣螖】韓愈、征蜀聯句：水漉雜鱣螖。

**嗗** 【噢嗗】韓愈、征蜀聯句：噉姦何噢嗗。

**豽** 【鶩豽】韓愈、征蜀聯句：跳鋒狀鶩豽。

**察** 【草察】韓愈、征蜀聯句：烝養均草察。

**戞** 【邪戞】韓愈、征蜀聯句：翩鶻有邪戞。

**扴** 【絲曉扴】韓愈、征蜀聯句：室宴絲曉扴。

汃

【澎汃】韓愈、征蜀聯句：獠江息澎汃。

疕

【瘕疕】韓愈、征蜀聯句：䚡傷悼瘕疕。

圿

【埃圿】韓愈、征蜀聯句：斗起成埃圿。

𪘲

【𪘲𪘲】蘇軾、九日黃樓作：遠水鱗鱗山𪘲𪘲。

楬

【椌楬】韓愈、征蜀聯句：樂聲洞椌楬。

刮

【清刮】韓愈、征蜀聯句：劍霜峙清刮。

䖃

【娼䖃】韓愈、征蜀聯句：巴豔收娼䖃。

帓

【巾帓】韓愈、征蜀聯句：箱篋饋巾帓。

鎩

【雕鎩】韓愈、征蜀聯句：兇部坐雕鎩。

滑

【足滑】韓愈、征蜀聯句：血漂騰足滑。

八

犖　刖　蛰　菝　鮒　鴰　秸　嘎

北　揠　𧄍　橃　茁　矽　瞎　獺　錣

鵽　帕　蔼　哳　刷　頡

# 九屑 古通月

## 節

【佳節】張九齡、感遇其一：自爾爲佳節。【秋節】蘇軾、贈朱遜之：黃花候秋節。【旄節】杜甫、遣興：門戶有旄節。【重陽節】孟浩然、秋登蘭山寄張五：共醉重陽節。【慘驚節】鮑照、發後緒：韶顏慘驚節。【醒時節】蘇軾、雨後飲酒：今宵記取醒時節。【柳絮飛時節】蘇軾、常潤道中：去年柳絮飛時節。

## 雪

【浮雪】蘇軾、將之湖州：　溪上苕花正浮雪。【飛雪】岑參、白雪歌：胡天八月卽飛雪。【微雪】杜甫、遣興：白馬蹴微雪。【霜雪】李白、古風：努力保霜雪。【天欲雪】蘇軾、書辨才白雲堂壁：山鳥不鳴天欲雪。【沙如雪】李白、襄陽曲四首：水綠沙如雪。【吟喜雪】蘇軾、和柳子玉喜雪次韻：一夜撚髭吟喜雪。【臥松雪】李白、古風：披雲臥松雪。【花簇雪】白居易、繚綾：地鋪白煙花簇雪。【春後雪】蘇軾、寄黎眉州：瓦屋寒堆春後雪。【涕如雪】李白、寄遠：涕如雪。【晴後雪】李白、獨照山水壁畫歌：謂逢山陰晴後雪。【輕風雪】李白、代贈遠：走馬輕風雪。【暮成雪】李白、將進酒：朝如青絲暮成雪。【皎白雪】李白、梁園吟：吳鹽如花皎白雪。【絮如雪】白居易、隋堤柳：柳色如煙絮如雪。【亂白雪】李白、久別離：愁如回飆亂白雪。【落香雪】蘇軾、月夜與客飲杏花下：爭挽長條落香雪。【銷鬢雪】白居易、啄木曲：火不能銷鬢雪。【灑蘭雪】李白、別魯頌：清風灑蘭雪。【寒江雪】柳宗元、江雪：獨釣寒江雪。【鬢似雪】蘇軾、陪歐陽公讌西湖：謂公方壯鬢似雪。

## 絕

【中絕】李白、感遇：恩情遂中絕。【決絕】無名氏、白頭吟：故來相決絕。【奇絕】白居易、繚綾：中有文章又奇絕。【清絕】蘇軾、將之湖州：側聞吳興更清絕。【愁絕】黃庭堅、王充道送水仙：種作寒花寄愁絕。【凝絕】白居易、琵琶行：水泉冷澀絃凝絕。【癡絕】蘇軾、用和人求筆跡韻寄莘老：不如長康號癡絕。【千里絕】李白、望夫山：音信千里絕。【山雨絕】蘇軾、姪安節遠來夜坐：夢斷酒醒山雨絕。【中道絕】無名氏、怨歌行：恩情中道絕。【心斷絕】鮑照、代東門行：涕零心斷絕。【鳥飛絕】柳子厚、江雪：千山鳥飛絕。【流不絕】李白、題瓜州新河餞族叔：萬古流不絕。【湘水絕】李白、遠別離：蒼梧山崩湘水絕。【雲雨絕】李白、代贈遠：恩情雲雨絕。【無斷絕】白居易、生別離：憂從中來無斷絕。【鼓聲絕】白居易、送張山人歸嵩陽：循行坊西鼓聲絕。【與世絕】李白、古風：邈爾與世絕。

## 列

【行列】李白、題瓜州新河餞族叔舍人賁：無樹有行列。【森列】李白、古風：星辰上森列。

## 結

【梳結】李白、久別離：雲鬟綠鬢罷梳結。【腸結】白居易、啄木曲：錐不能解腸結。【回文結】李白、代贈遠：腸隨回文結。【同心結】李白、去婦詞：虛作同心結。【憂思結】杜甫、喜雨：解我憂思結。【燈花結】陸游、夜坐：楞嚴卷盡燈花結。

## 穴

【虎穴】李商隱、驕兒詩：探雛入虎穴。【巖穴】李白、古風：冥棲在巖穴。【孤兔穴】杜甫、憶昔：宗廟新除孤兔穴。

## 說

【鍊藥說】李白、古風：授以鍊藥說。【誰續說】蘇軾、聚星堂雪：醉翁詩話誰續說。

## 血

【流血】杜甫、憶昔：背田種穀今流血。【赤如血】杜甫、喜雨：日色赤如血。【涉胡血】李白、胡無人：履胡之腸涉胡血。

## 舌

【卷舌】李白、感遇：巴人皆卷舌。【掛牙舌】韓愈、讀皇甫湜公安園池詩：顧冐掛牙舌。【新雀舌】蘇軾、垂雲新茶：揀牙新雀舌。【廣長舌】蘇軾、東林總長老：溪聲便是廣長舌。

## 潔

【高潔】李白、梁園吟：莫學夷齊事高潔。【皎潔】張九齡、感遇：桂華秋皎潔。

## 別

【久離別】李白、代贈遠：不言久離別。【生死別】白居易、挽歌詞：此地年年生死別。【與家別】鮑照、發後緒：方各與家別。【經時別】范雲、別詩：長作經時別。【慘將別】白居易、琵琶行：醉不成歡慘將別。【慰離別】蘇軾、錢監求詩：留詩河上慰離別。

## 缺

【月容缺】孔稚圭、游太平山：林交月容缺。【蟾兔缺】無名氏、古詩孟冬寒氣至：四五蟾兔缺。

## 熱

【五情熱】李白、古風：蒼然五情熱。【厚土熱】杜甫、喜雨：慟哭厚土熱。【奪炎熱】無名氏、怨歌行：涼飆奪炎熱。

# 鐵

【創鐵】蘇軾、答王鞏：城堅如創鐵。【心似鐵】蘇軾、章質夫寄惠崔徽眞：未害廣平心似鐵。

# 滅

【昇滅】鮑照、發後緖：空煙視昇滅。【電滅】李白、古風：竦身已電滅。【磨滅】李白、襄陽曲四首：青苔久磨滅。【人蹤滅】柳宗元、江雪：萬徑人蹤滅。【名已滅】白居易、青石：墳土未乾名已滅。【突寂滅】李白、題瓜州新河餞族叔舍人賁：歸來空寂滅。【相明滅】蘇軾、大雪青州道上：深窗朱戶相明滅。【終不滅】杜甫、喜雨：冷氣終不滅。【雁飛滅】孟浩然、秋登蘭山寄張五：心隨雁飛滅。【嵐氣滅】李白、燭照山水壁畫歌：光中乍喜嵐光滅。【暮光滅】杜甫、遣興：但見暮光滅。

# 折

【阻折】李白、鳴臯歌：巾征軒兮歷阻折。【中央折】白居易、井底引銀瓶：玉簪欲成中央折。【斗柄折】陸游、夜坐：大風橫吹斗柄折。【白草折】岑參、白雪歌：北風倦地白草折。【美人折】張九齡、感遇：何求美人折。【秋霜折】李白、別魯頌：別爲秋霜折。【樹枝折】白居易、放旅鴈：江水生冰樹枝折。

# 切

【金閨切】李白、代贈遠：坐恨金閨切。

# 拙

【老拙】蘇軾、章質夫寄惠崔徽眞：　卷贈老夫驚老拙。【意轉拙】杜甫、自京赴奉先縣詠懷五百字：老大意轉拙。

# 裂

【山壁裂】陸游、夜坐：迅雷下擊山壁裂。【肝膽裂】蘇軾、答王鞏：號令肝膽裂。【飛星裂】蘇軾、鐵拄杖：迸火石上飛星裂。【聲摧裂】蔡琰、悲憤詩：哀叫聲摧裂。

# 悅

【怡悅】孟浩然、秋登蘭山寄張五：　隱者自怡悅。【坐相悅】張九齡、感遇：聞風坐相悅。

# 轍

【不轉轍】蔡琰、悲憤詩：車爲不轉轍。【輾冰轍】白居易、賣炭翁：曉駕炭車輾冰轍。

# 訣

【復還訣】鮑照、代東門行：將去復還訣。

# 咽

【嗚咽】蔡琰、悲憤詩：行路亦嗚咽。【再三咽】李白、古風：欲語再三咽。【蚪水咽】李商隱、河內詩二首：鼉鼓沈沈蚪水咽。

徹

【清徹】李白、桓公井：誰能見清徹。

碣

【神道碣】白居易、青石：不願作人家墓前神道碣。

吷

【吹一吷】韓愈、讀皇甫湜公安園池詩：其猶吹一吷。

屑烈决泄噎傑折別哲

鼈設齧劣掣譎玦截竊

纈蟞綴閲埒訐餮瞥撆

茢列臬闑鴂媟昳鵳巕

鍥挈抉耋洌捩楔蹩褻

瓞襭經蠛嵲隉揑醱茁

竭癤涅頡擷撤跌浙鷩

潎烕趹瞲篾蕝揲澈蛭

揭垤孑孼凸閉莂闋蘖

鋝薛紲窡泬渫偈啜楬

軼輗桀㕞輟爇晢迭歠

姪咥覈惙呐洌嶭掇𠜾

準梲拮蛣批橇絜觖

# 十藥 古通覺

## 藥

【仙藥】李白、來日大難：授之以仙藥；蘇軾、陪歐陽公讌西湖：誰能忍飢啖仙藥。【芍藥】韓愈、晚秋郾城夜會：五鼎調芍藥；蘇軾、次韻李公擇梅花：脫鞋吟芍藥。【種藥】蘇軾、次韻楊褒早春：細雨郊原聊種藥。【擣藥】白居易、秋晚：不擣寒衣空擣藥。【卻老藥】韓愈、晚秋郾城夜會：仍祈卻老藥。【鍊金藥】李白、題元丹丘山居：從此鍊金藥。

## 薄

【回薄】李白、古風：朱明驟回薄。【林薄】韓愈、晚秋：郾城夜會：潛軍索林薄。【命薄】蘇軾、薄命佳人：自古佳人多命薄。【相薄】左思、詠史：骨肉還相薄。【厚薄】白居易、陵園妾：我爾君恩無厚薄。【陰薄】王維、苦熱：密樹苦陰薄。【不爲薄】無名氏、青青陵上柏：聊厚不爲薄。【日色薄】白居易、長恨歌：旌旗無光日色薄。【木綿薄】李商隱、河陽詩：蛺蝶飛迴木綿薄。【世情薄】李白、題元丹丘山居：頓覺世情薄。【衣裘薄】蘇軾、馬上賦詩寄子由：苦寒念爾衣裘薄。【夜冰薄】白居易、縛戎人：偷渡黃河夜冰薄。【情何薄】無名氏、爲焦仲卿妻作：貴賤情何薄。【義不薄】曹植、贈丁儀：新衣義不薄。【錦衾薄】岑參、白雪歌：孤裘不暖錦衾薄。【羅衾薄】蘇軾、四時詞：黃昏陡覺羅衾薄。

## 惡

【元惡】杜甫、遣興：足以勸元惡。【首惡】韓愈、晚秋郾城夜會：千戶購首惡。【羊腸惡】王維、燕子龕禪師：路劇羊腸惡。【風沙惡】白居易、縛戎人：雲陰月黑風沙惡。【橫江惡】李白、橫江詞：儂道橫江惡。

## 略

【建三略】韓愈、晚秋郾城夜會：廟算建三略。

## 作

【新作】李白、鳴皋歌：動鳴皋之新作。【止還作】蘇軾、端午遊諸寺：微雨止還作。【事蠶作】李白、陌上桑：春還事蠶作。【無行作】王維、燕子龕禪師：即心無行作。【寒砧作】韓愈、晚秋郾城夜會：酒醒寒砧作。

## 樂

【行樂】謝朓、遊東門：攜手共行樂。【苦樂】白居易、陵園妾：三歲一來均苦樂。【民氣樂】

# 落

黃庭堅、送鄭彥能：犬臥不驚民氣樂。【居人樂】蘇軾、馬上賦詩寄子由：路人行歌居人樂。【從前樂】蘇軾、答賈耘老：衰病不復從前樂。【朝市樂】李白、題元丹丘山居：不羨朝市樂。【樂復樂】蘇軾、答王鞏：　彭城之游樂復樂。【農圃樂】蘇軾、西園獲旱稻：早知農圃樂。【凋落】李白、古風：萬物盡凋落。【欲落】王維、燕子龕禪師：怪石看欲落。【雪落】蘇軾、四時詞：酒醒夢回聞雪落。【零落】李白、　古風：草木日零落。【銷落】曹植、贈丁儀：庭樹微銷落。【自開落】蘇軾、海州石室：門外桃花自開落。【金燼落】蘇軾、答劉景文：夜燭催詩金燼落。【秋霜落】李白、遊水西簡鄭明府：謂言秋霜落。【砌桐落】白居易、秋晚：籬菊花稀砌菊落。【旆頭落】岑參、輪臺歌：輪臺城北旆頭落。【雪欲落】蘇軾、四時詞：春雲陰陰雪欲落。【開且落】王維、辛夷塢：　紛紛開且落。【疏韻落】白居易、五絃彈：秋風拂松疏韻落。【傾鑿落】韓愈、晚秋郾城夜會：酡顏傾鑿落。【楊花落】蘇軾、薄命佳人：閉門春盡楊花落。【餘花落】謝朓、遊東門：鳥散餘花落。【應聲落】無名氏、爲焦仲卿妻作：零淚應聲落。【雙雙落】李頎、古從軍行：胡兒眼淚雙雙落。【簷花落】杜甫、醉時歌：燈前細雨簷花落。【巖花落】蘇軾、往富陽：知君緊馬巖花落。

# 閣

【池閣】李白、鳴皐歌：鶬清冷之池閣；蘇軾、答賈耘老：過我三間小池閣。【朱閣】蘇軾、法惠寺橫翠閣：幽人起朱閣。【飛閣】曹植、贈丁儀：清風飄飛閣。【椒閣】鮑照、擬行路難：璇閨五墀上椒閣。【紫閣】王維、燕子龕禪師：生長居紫閣。【雲閣】李白、遊敬亭：　相期在雲閣。【臺閣】無名氏、爲焦仲卿妻作：仕宦於臺閣；韓愈、晚秋郾城夜會：相與歸臺閣。【劍閣】白居易、長恨歌：雲棧縈紆登劍閣。【霞閣】李白、題元丹丘山居：弄影憩霞閣。【麟閣】李白、贈參寥子：千春秘麟閣。【瓦官閣】李白、橫江詞：白浪高於瓦官閣。

# 鶴

【別鶴】鮑照、擬行路難：　不願雲間之別鶴。【飛鶴】李白、題元丹丘山居：　嬌女愛飛鶴。【唳鶴】韓愈、晚秋郾城夜會：師興隨唳鶴。【黃鶴】李白、鳴皐歌：若反顧之黃鶴。【巢松鶴】王維、燕子龕禪師：歸對巢松鶴。【雲中鶴】李白、遊敬亭：瑤臺雲中鶴。【揚州鶴】蘇軾、綠筠軒：世間那有揚州鶴。【舊時鶴】蘇軾、夜至文長老院：惟有孤栖舊時鶴。

爵

【勳爵】韓愈、晚秋郾城夜會：誰復論勳爵。

弱

【兼弱】韓愈、晚秋郾城夜會：夷凶匪兼弱。

約

【綽約】韓愈、晚秋郾城夜會：　宮娃分綽約。【雲山約】蘇軾、秋興：黃鶴白酒雲山約。

腳

【在腳】杜甫、遣興其四：枝撐已在腳。　【麟腳】韓愈、晚秋郾城夜會：歸獸獲麟腳。

雀

【烏雀】韓愈、晚秋郾城夜會：　鷹鸇憎烏雀。【羅雀】蘇軾、次韻張傳道：門前可羅雀。

幕

一作幙。【綺幙】鮑照、擬行路難其三：文窗繡戶垂綺幙。【羅幕】岑參、白雪歌：散入珠簾溼羅幕。【簾幙】蘇軾、四時詞：東風和冷驚簾幙。【青油幕】韓愈、晚秋郾城夜會：談笑青油幕。

洛

【東洛】李白、鳴皐歌：振大雅於東洛。【京洛】韓愈、晚秋郾城夜會：光寵耀京洛。【宛與洛】無名氏、青青陵上柏：游戲宛與洛。

壑

【大壑】李白、古風：洪波振大壑。【丹壑】王維、燕子龕禪師：斫漆響丹壑。【丘壑】謝靈運、齋中讀書：未嘗廢丘壑；韓愈、晚秋郾城夜會：情本尚丘壑。【峯壑】李白、　題元丹丘山居：終言本峯壑。【萬壑】鳴皐歌：琴松風兮寂萬壑。【溝壑】蘇軾、答賈耘老：定將泛愛救溝壑。【臥雲壑】蘇軾、秋思：老松閱世臥雲壑。【塡溝壑】左思、詠史：憂在塡溝壑。

索

【蕭索】白居易、長恨歌：黃埃漫漫風蕭索；白居易、秋晚：涼風冷露秋蕭索。【自相索】無名氏、青青陵上柏：冠帶自相索。【常帶索】王維、燕子龕禪師：一飲常帶索。【過京索】　韓愈、晚秋郾城夜會：陽生過京索。

郭

【負郭】左思、詠史：歸來翳負郭。【城郭】李頎、古從軍行：野營萬里無城郭；韓愈、晚秋郾城夜會：照夜焚城郭。【青山郭】李白、　遊敬亭：下望青山郭。【艷城郭】無名氏、爲焦仲卿妻作：窈窕艷城郭。

博

【洞仙博】王維、燕子龕禪師：　偶逢洞仙博。
【通宵博】韓愈、晚秋郾城夜會：求勝通宵博。
【誰能博】曹植、贈丁儀：君恩誰能博。

錯

【參錯】白居易、法曲：一從胡曲相參錯。【疑錯】蘇軾、答賈耘父：小兒不信猶疑錯。【璀錯】李白、擬古：安得長璀錯。【探兵錯】韓愈、晚秋郾城夜會：月黑探兵錯。

躍

【歸鞍躍】韓愈、晚秋郾城夜會：塞路歸鞍躍。

若

【海若】韓愈、晚秋郾城夜會：電矛驅海若。

【蘭若】李白、題元丹丘山居：吾亦採蘭若。

縛

【藤縛】王維、燕子龕禪師：柵値垂藤縛。【狂可縛】韓愈、晚秋郾城夜會：殘虜狂可縛。【遭急縛】杜甫、遣興其四：往往遭急縛。

酌

【良晨酌】韓愈、晚秋郾城夜會：東第良辰酌。

【對君酌】李白、將進酒：徑須沽取對君酌。

託

【安託】李白、古風：飄颻將安託。【何託】李白、古風：飄揚竟何託。【依託】韓愈、晚秋郾城夜會：灌壘失依託。

削

【田削】韓愈、晚秋郾城夜會：周制閉田削。

【平如削】韓愈、汴泗交流：築場千步平如削。

鐸

【鼓鐸】韓愈、晚秋郾城夜會：中堅擁鼓鐸。

灼

【照灼】李白、擬古：春華宜照灼。【熏灼】韓愈、晚秋郾城夜會：權勢實熏灼。

鑿

【不鑿】王維、燕子龕禪師：五丁愁不鑿。【禹鑿】李白、題元丹丘山居：捫涉窮禹鑿。【登壇鑿】韓愈、晚秋郾城夜會：門爲登壇鑿。

卻

【誰敢卻】韓愈、晚秋郾城夜會：力戰誰敢卻。

絡

【金絡】李白、陌上桑：靑絲結金絡。【黃金絡】韓愈、晚秋郾城夜會：轡蹙黃金絡。

鵲

【喜鵲】韓愈、晚秋郾城夜會：家人祝喜鵲。

諾

【遺諾】李白、遊敬亭：意許無遺諾。【輕諾】韓愈、晚秋郾城夜會：末暮不輕諾。【雪山諾】李白、遊水西簡鄭明府：愜我雪山諾。【隱淪諾】李白、題元丹丘山居：情愜隱淪諾。

度

【心運度】韓愈、晚秋郾城夜會：六奇心運度。

萼

【紅萼】王維、辛夷塢：山中發紅萼。【梅萼】蘇軾、往富陽：溪橋曉溜浮梅萼。【紅入萼】蘇軾、四時詞：朱放木桃紅入萼。

**橐**

【囊橐】韓愈、晚秋郾城夜會：問遺結囊橐。

**漠**

【大漠】李白、發白馬：一掃清大漠；李頎、古從軍行：雨雪紛紛連大漠；白居易、縛戎人：晝伏夜行經大漠。【漠漠】謝朓、游東門：生煙紛漠漠。【空朔漠】韓愈、晚秋郾城夜會：北攪空朔漠。

**鑰**

【管鑰】韓愈、晚秋郾城夜會：祇應輸管鑰。

**著**

【火箭著】韓愈、晚秋郾城夜會：赫赫火箭著。【不堪著】崔國輔、怨詞：秋來不堪著。【戎裝著】韓愈、晚秋郾城夜會：慷慨戎裝著。【冷猶著】岑參、白雪歌：都護鐵衣冷猶著。

**虐**

【暴虐】韓愈、晚秋郾城夜會：執殳征暴虐。

**掠**

【鹵掠】韓愈、晚秋郾城夜會：將軍禁鹵掠。

**穫**

【耕穫】韓愈、晚秋郾城夜會：終當返耕穫。

【隕穫】韓愈、晚秋郾城夜會：達志無隕穫。

**泊**

【淹泊】王維、燕子龕禪師：蜀物多淹泊。【落泊】韓愈、晚秋郾城夜會：驚烏時落泊。【憇泊】李白、遊水西簡鄭明府：幽客時憇泊。

**搏**

【拊搏】韓愈、晚秋郾城夜會：賜樂兼拊搏。

**籥**

【鳴籥】韓愈、晚秋郾城夜會：紅頰吹鳴籥。

**崿**

【峭崿】王維、燕子龕禪師：插天多峭崿。【巖崿】韓愈、晚秋郾城夜會：秦關束巖崿。【巇崿】李白、鳴皐歌：尋幽居分越巇崿。

**鍔**

【霜鍔】韓愈、晚秋郾城夜會：講劍淬霜鍔。

**藿**

【芳藿】鮑照、擬行路難：被服纖羅蘊芳藿。【葵藿】李白、古風：白露洒葵藿。【傾藿】韓愈、晚秋郾城夜會：趨馳狀傾藿。【詠場藿】李白、古風：空心詠場藿。

**嚼**

【啗嚼】韓愈、晚秋郾城夜會：逆族相啗嚼。

【夜深嚼】李商隱、河陽詩：一口紅霞夜深嚼。

**勺**

【簫勺】韓愈、晚秋郾城夜會：囂頑已簫勺。

**酪**

【禮酪】韓愈、晚秋郾城夜會：下客豐禮酪。

諕

【相諕】李白、陌上桑：調笑未相諕。【恣歡諕】李白、將進酒：斗酒十千恣歡諕。【展戲諕】謝靈運、齋中讀書：寢食展戲諕。

廓

【寥廓】李白、遊敬亭：其心在寥廓。【何寥廓】曹植、贈白馬王彪：太谷何寥廓；左思、詠史其七：壁立何寥廓。【宏寥廓】李白、遊水西簡鄭明府：逸韻宏寥廓。

霍

【衞霍】韓愈、晚秋郾城夜會：導騎多衞霍。

爍

【閃爍】杜甫、遣興：無復睛閃爍。

籜

【夏籜】韓愈、晚秋郾城夜會：院竹翻夏籜。【新籜】李白、遊水西簡鄭明府：岸筍開新籜。

鑠

【旗火鑠】韓愈、晚秋郾城夜會：映水旗火鑠。

繳

【矰繳】韓愈、晚秋郾城夜會：遠近施矰繳。

諤

【謇諤】韓愈、晚秋郾城夜會：九遷彌謇諤。

恪

【懲不恪】韓愈、晚秋郾城夜會：鬼薪懲不恪。

箔

【滿箔】韓愈、晚秋郾城夜會：春蠶看滿箔。

涸

【竭涸】王維、苦熱：川澤皆竭涸。【沙囊涸】韓愈、晚秋郾城夜會：大水沙囊涸。

瘧

【鬼行瘧】韓愈、晚秋郾城夜會：天殃鬼行瘧。

駱

【騮駱】韓愈、晚秋郾城夜會：長河浴騮駱。

粕

【糟粕】韓愈、晚秋郾城夜會：庶用存糟粕。

拓

【外拓】王維、燕子龕禪師：澗唇時外拓。【開拓】韓愈、晚秋郾城夜會：宇宙重開拓。

蠖

【求伸蠖】韓愈、晚秋郾城夜會：野有求伸蠖。

格

【長懸格】韓愈、晚秋郾城夜會：馬法長懸格。

昨

【不如昨】白居易、秋晚：顏色凋殘不如昨。【不論昨】韓愈、晚秋郾城夜會：洗雪不論昨。【宛如昨】李白、遊敬亭：風期宛如昨。

柝

【秋城柝】韓愈、晚秋郾城夜會：月暗秋城柝。

酢 【酬酢】韓愈、晚秋郾城夜會：當歌發酬酢。

斫 【刺斫】韓愈、晚秋郾城夜會：武士猛刺斫。

摸 【捫摸】王維、燕子龕禪師：絕壁免捫摸。

貉 【狐貉】韓愈、晚秋郾城夜會：洪鑪依狐貉。

愕 【可愕】韓愈、晚秋郾城夜會：漫胡纓可愕。

怍 【何怍】韓愈、晚秋郾城夜會：插羽余何怍。

寞 【寂寞】韓愈、晚秋郾城夜會：豈得暫寂寞；白居易、秋晚：單幕疏簾貧寂寞。【落寞】韓愈、晚秋郾城夜會：他人變落寞。【慰寂寞】蘇軾、馬上賦詩寄子由：今我何以慰寂寞。

噱 【詼噱】韓愈、晚秋郾城夜會：親交獻詼噱。

瘼 【民瘼】韓愈、晚秋郾城夜會：給復哀民瘼。

魄 【旁魄】韓愈、晚秋郾城夜會：武飈亦旁魄。

護 【矩護】韓愈、晚秋郾城夜會：考古垂矩護。

噩 【作噩】韓愈、晚秋郾城夜會：此年名作噩。

著 杓 篿 綽 鑊 莫 鄂 亳 攫

汋 彴 爚 钁 鶚 龠 礿 郝 髆

屩 膜 鏌 飥 妁 礴 濼 柞 襮

躒 鏄 齶 臛 醵 欂 蹻 艧 珞

鞹 柞 堊 笮 玃 膊 鑮 臄 斮

鑿 爝 箬 蒻 浞 烙 葯 堮 焯

鄗 謞 嗃 熇 厝 咢 澤 嫋 碏

矍 硌 各 皵 矐 躇 芍 婼 躩

[illegible] 踖 [illegible] 洦 蠕 靃 敫 戄 岝

鮥 鄀 燋 迮 逴 澤 鸙 彍 欂

## 貜嚼䱜昔

【對偶】

李白、題元丹丘山居：憑雷弄天窗，　弄影憩霞閣。

李白、古風：浮雲蔽頹陽，洪波振大壑。

李白、古風：光風滅蘭蕙，白露洒葵藿。

# 十一陌

古通月㗲 通錫職

## 陌

【阡陌】李白、古風：亭午暗阡陌。【長陌】陶潛、雜詩其七：落葉掩長陌。【南陌】王維、歎白髮：東城復南陌。【九城陌】白居易、送張山人歸嵩陽：朝遊九城陌。【長安陌】李白、峨眉山月歌：風吹西到長安陌。【洛陽陌】李白、君馬黃：雙行洛陽陌。【故鄉陌】王維、同崔傅答賢弟：桂苑殊非故鄉陌。

## 石

【水石】韓愈、南溪始泛：久聞有水石。【泉石】蘇軾、郭熙畫秋山平遠：待向伊川買泉石。【溪石】柳宗元、溪居：夜榜響溪石。【燕石】李白、古風：野人得燕石。【衡石】蘇軾、貧家淨掃地：德人抱衡石。【一水石】黃庭堅、題郭熙畫秋山：十日五日一水石。【南山石】無名氏、爲焦仲卿妻作：命如南山石。【煮白石】韋應物、寄全椒山中道士：歸來煮白石。【階前石】蘇軾、會飲酒：一聲吹裂階前石。【澗中石】無名氏、青青陵上柏：磊磊澗中石。【澗側石】韓愈、和裴僕射相公假山：勻我澗側石。【龍宮石】李商隱、房中曲：枕是龍宮石。【磨青石】李商隱、射魚曲：思牢弩箭磨青石。【巖下石】李白、春歸舊隱：還顧巖下石。

## 客

【房客】蘇軾、蒜山松林中可卜居：招此無家一房客。【送客】白居易、琵琶行：潯陽江頭夜送客。【商客】白居易、鹽商婦：嫁得江西大商客。【惡客】蘇軾、答王鞏：未省怕惡客。【樵客】王維、藍田山石門精舍：世事問樵客。【歸客】岑參、白雪歌：中軍置酒飲歸客；李頎、聽董大彈胡笳弄：漢使斷腸對歸客。【驚客】王安石、送鄭叔熊歸閩：霰雪已驚客。【山中客】韋應物、寄金椒山中道士：忽念山中客。【山林客】柳宗元、溪居：偶似山林客。【五侯客】李白、君馬黃：俱爲五侯客。【未眠客】韋應物、夕次盱眙縣：聽鐘未眠客。【同是客】白居易、放旅鴈：人鳥雖殊同是客。【身是客】白居易、杏爲梁：心是主人身是客。【青雲客】李白、寄上吳王：招邀青雲客。【秋江客】王維、聞裴迪吟詩：腸斷秋江客。【秋風客】李賀、金銅仙人辭漢歌：茂陵劉郎秋風客。【幽燕客】李頎、古意：少小幽燕客。【能延客】蘇軾、次韻王梅夜坐：愛君東閣能延客；蘇軾、綠筠堂：愛竹能延客。【異鄉客】李白、江行寄遠：已爲異鄉客。【鹿鳴客】白居易、醉後走筆：鄉人薦爲鹿鳴客。【無衣客】曹植、贈丁儀：焉念無衣客。【幾時客】王維、歎白髮：能爲幾時客。【紫煙客】李白、古風：乃是紫煙客。【欺殺客】白居易、送張山人歸嵩陽：肥馬輕車欺殺客。【雲夢客】蘇軾、留別登州舉人：落花已吞雲夢客。【遠行客】無名氏：青青陵上柏：忽如遠行客；王維、春中田園作：惆悵遠行客。【廣陵客】李頎、琴歌：請奏鳴琴廣陵客。【瑤臺客】蘇軾、中秋見月寄子由：怳然一夢瑤臺客。【潯陽客】李頎、送劉昱：誰是潯陽客。【廟中客】李商隱、偶成贈四同舍：瀝瀝空餘廟中客。【獨歸客】杜甫、光祿坂行：暝色無人獨歸客。【隱淪客】李白、送岑徵君歸鳴皋山：而作隱淪客。【鴻都客】白居易、長恨歌：臨邛道士鴻都客。【勸嘉客】蘇軾、玉盤盂：但持白酒勸嘉客。

## 白

【太白】王維、隴頭吟：夜上戍樓看太白。【白白】韓愈、感春：朱朱兼白白。【修白】韓愈、答張徹：泉紳拖修白。【日已白】王維、歎白髮：鬢髮日已白。【日長白】李賀、官街鼓：磓碎千年日長白。【月露白】李白、遊泰山：山明月露白。【五湖白】王維、同崔傅答賢弟：一片揚州五湖白。【早已白】陶潛、雜詩其七：玄鬢早已白。【杏花白】王維、春中田園作：村邊杏花白。【吾髮白】蘇軾、寄蔡子華：荔子已丹吾髮白。【秋月白】白居易、琵琶行：惟見江心秋月白。【秋霜白】李商隱、燕臺詩 ：春煙自碧秋霜白。【風翻白】蘇軾、宿法善寺：荷背風翻白。【飛雪白】李頎、聽董大彈胡笳弄：大荒陰沈飛雪白。【虛月白】李白、謝公宅：池中虛月白。【浪頭白】李頎、送劉昱：秋江浪頭白 。【啼斑白】蘇軾、和林子中：江邊遺愛啼斑白。【髮已白】李白、古風：未去髮已白。【頭已白】白居易、杏爲梁：造未成時頭已白；歐陽修、代贈田文初：西陵長官頭已白。【蘆洲白】韋應物、夕次盱眙縣：雁下蘆洲白。

## 澤

【川澤】曹植、贈丁儀：霖雨成川澤。【大澤】李商隱、偶成贈四同舍：沛國東風吹大澤。【草澤】左思、詠史其七：遺之在草澤。【彭澤】蘇軾、游桓山：作詩繼彭澤。【楚澤】韓愈、路傍堠：送我入楚澤。

## 迹

亦作跡【行迹】韋應物、寄全椒山中道士：何處尋行迹。【無迹】李賀、金銅仙人辭漢歌：夜聞馬嘶曉無迹。【遺跡】無名氏、明月皎月光：棄我如遺跡。【餘跡】潘岳、悼亡詩：翰墨有餘跡。【蹤迹】韓愈、雜詩：掃不見蹤迹；李白、估客行：一去無蹤跡。【手中跡】李白、黃葛篇：是妾手中跡。【雪中跡】李白、遊泰山：去無雪中跡。【尋履跡】蘇軾、夜微雪：獨自披榛尋履跡。

## 宅

【甲宅】李白、古風：連雲開甲宅。【第宅】無名氏、青青陵上柏：王侯多第宅。【舊宅】陶潛、雜詩：南山有舊宅。【卜其宅】陶潛、移居其一：非爲卜其宅。【三畝宅】蘇軾、次荆公韻：勸我試求三畝宅。【不安宅】左思、詠史：伉儷不安宅。【王侯宅】韓愈、和裴僕射相公假山：近在王侯宅。【方士宅】蘇軾、廣州蒲澗寺：昔日菖蒲方士宅。【船作宅】白居易、鹽商婦：風水爲鄉船作宅。

## 席

【床席】陶潛、移居：取足蔽床席。【爭席】蘇軾、送蹇道士歸廬山：六鑿相攘婦爭席。【歌席】李白、宮中行樂詞：遲日明歌席。【瑤席】王維、藍田山石門精舍：焚香臥瑤席；蘇軾、游道場山何山：屋底清池照瑤席。【燕席】韓愈、感春：其一在燕席。

## 策

【長策】李白、贈友人：匡君懷長策。【射策】韓愈、短燈檠歌：二十辭家來射策。

## 碧

【虛碧】韓愈、送僧澄觀：當晝無雲跨虛碧。【澄碧】李白、赤壁歌送別：君去滄江望澄碧。【土花碧】李賀、金銅仙人辭漢歌：三十六宮土花碧。【玉臺碧】杜甫、閬山歌：閬州城北玉臺碧。【江水碧】李白、江行寄遠：愁見江水碧。【沈水碧】左思、嬌女詩：難與沈水碧。【春轉碧】李白、自代內贈：秋巷春轉碧。【秋煙碧】李白、南軒松：色染秋煙碧。【柳條碧】李白、幽州歌：荷花初紅柳條碧。【香煙碧】白居易、醉後走筆：晃旒不動香煙碧。【萋更碧】杜甫、遺興：秋草萋更碧。【楚天碧】柳宗元、溪居：長歌楚天碧。【滄海碧】蘇軾、望海樓：雨過潮平滄海碧。【蒙羅碧】李商隱、房中曲：但見蒙羅碧。【橫雙碧】蘇軾、眉子石硯歌：又不見王孫青瑣橫雙碧。

## 籍

【桂籍】蘇軾、次韻王子立：高會開桂籍。【項籍】蘇軾、與梁左藏會飲：識字劣能欺項籍。

## 格

【篇籍】左思、詠史：遺烈見篇籍。【名籍籍】韓愈、送僧澄觀：道人澄觀名籍籍。【相格】韓愈、雜詩：可盡與相格。

## 役

【行役】李白、擬古：遊子悲行役；白居易、醉後走筆：三十韻詩慰行役。【事役】韓愈、南溪始泛：誰謂非事役。【反初役】潘岳、悼亡詩：迴心反初役。【從茲役】陶潛、移居其一：今日從茲役。【遠行役】李白、估客行：將船遠行役。【機杼役】左思、嬌女詩：劇兼機杼役。

## 帛

【金帛】韓愈、和裴僕射相公假山：歸必載金帛。【裂帛】白居易、琵琶行：四絃一聲如裂帛。

## 戟

【劍戟】韓愈、感春：清眸刺劍戟。

## 璧

【白璧】李白、贈武十一諤：林回棄白璧。【連璧】左思、嬌女詩：雙耳似連璧；蘇軾、送程六表弟：君家兄弟眞連璧。【小蒼璧】黃庭堅、謝送碾賜壑源揀芽：矞雲從龍小蒼璧。【趙王璧】李白、古風：卻哂趙王璧。

## 驛

【孤驛】韋應物、夕次盱眙縣：停舫臨孤驛。

## 麥

【小麥】無名氏、古歌：高田種小麥。

## 額

【簾額】蘇軾、法惠寺橫翠閣：東西作簾額。

## 柏

【松柏】王維、藍田山石門精舍：逍遙蔭松柏。【雪柏】蘇軾、至眞州：公顏如雪柏。【陵上柏】無名氏、青青陵上柏：青青陵上柏。

## 魄

【冤魄】李商隱、燕臺詩：願得天牢鎖冤魄。【魂魄】白居易、長恨歌：能以精誠致魂魄。【精魄】李白、古風：可以煉精魄。【初生魄】蘇軾、游金山寺：是時江月初生魄。

## 積

【累積】左思、嬌女詩：重綦常累積。【日盈積】潘岳、悼亡詩：沈憂日盈積。【落如積】歐陽修、代贈田文初：梅花落如積。【蒼苔積】李白、謝公宅：廢井蒼苔積。

## 脈

【泉脈】王維、春中田園作：荷鋤覘泉脈。

## 夕

【日夕】王維、歎白髮：徘徊空日夕。【今夕】李頎、琴歌：主人有酒歡今夕；蘇軾、相留夜飲：且倒餘樽盡今夕。【旦夕】無名氏、爲焦仲卿妻作：便復在旦夕；韓愈、和裴僕射相公假山：

看山連旦夕。【永夕】李白、春歸舊隱：獨酌陶永夕。【晨夕】陶潛、移居其一：樂與數晨夕。【悲夕】王維、聞裴迪吟詩：愁朝復悲夕。【日西夕】李白、前有樽酒行：君起舞，日西夕。【日沈夕】韋應物、夕次盱眙縣：冥冥日沈夕。【風雨夕】韋應物、寄全椒山中道士：遠慰風雨夕。

## 尺

【七尺】李頎、古意：由來輕七尺。【百尺】韓愈、感春：懸樹垂百尺。【咫尺】李白、少年行：報讎千里如咫尺；白居易、醉後走筆：立去天顏無咫尺。【百餘尺】無名氏、青青陵上柏：雙闕百餘尺。【幾百尺】李白、黃葛篇：繚繞幾百尺。

## 畫

【講畫】王安石、送鄭叔熊歸閩：口手能講畫。【胸中畫】李白、贈友人：非無胸中畫。【當心畫】白居易、琵琶行：曲終收撥當心畫。【隨意畫】蘇軾、龍尾硯歌：春蚓秋虵隨意畫。【喙如畫】左思、嬌女詩：面目喙如畫。

## 跖

【堯與跖】李白、古風：誰知堯與跖。

## 赤

【半天赤】韓愈、送僧澄觀：欄柱傾扶半天赤；蘇軾、送楊傑：萬里紅波半天赤。【魚尾赤】蘇軾、游金山寺：斷霞半天魚尾赤。【爛漫赤】左思、嬌女詩：黃吻爛漫赤。

## 易

【辟易】李白、行行遊且獵篇：海邊觀者皆辟易。【流易】潘岳、悼亡詩：寒暑忽流易。

## 獲

【無獲】韓愈、雜詩：歲晚將無獲。【安所獲】曹植、贈丁儀：農夫安所獲。【矜所獲】左思、嬌女詩：誦息矜所獲。

## 翮

【飛翮】左思、嬌女詩：延袖像飛翮。【振六翮】無名氏、明月皎月光：高舉振六翮。

## 屐

【響屐】蘇軾、次韵久旱而雨：臥聽牆東人響屐。

## 適

【任之適】左思、嬌女詩：屣履任之適。【何所適】白居易、醉後走筆：問我栖栖何所適。

## 劇

【顛劇】韓愈、感春：金紫賞顛劇。【門前劇】李白、長干行：折花門前劇。【兒童劇】李白、贈友人：以爲兒童劇。

## 磧

【沙磧】李白、行行遊且獵篇：猛氣英風振沙磧。

## 隔

【乖隔】韓愈、感春：生者困乖隔。【無隔】李白、君馬黃：人心本無隔。【擁隔】杜甫、光祿坂行：道路即今多擁隔。【千里隔】李白、江行寄遠：日暮千里隔。【永幽隔】潘岳、悼亡詩：重壤永幽隔。【坡壠隔】蘇軾、馬上賦詩寄子由：登高回首壠坂隔。【滄海隔】李白、日夕山中忽然有懷：欲往滄海隔。【遠水隔】韓愈、路傍堠：萬以遠水隔。

## 益

【何益】無名氏、明月皎夜光：虛名復何益；李白、前有樽酒行：白髮如絲歎何益；李白、君馬黃：獨好亦何益；李白、行行遊且獵篇：白首下帷復何益；杜甫、歎庭前甘菊花：殘花爛漫開何益；蘇軾、蒜山松林中可卜居：虛名驚世終何益。【無益】韓愈、感春：老大百無益。【未期益】左思、嬌女詩：篆刻未期益。

## 窄

【寬窄】李商隱、燕臺詩：衣帶無情有寬窄。【江湖窄】蘇軾、蒜山松林中可卜居：只憂水淺江湖窄。【滄溟窄】杜甫、惜別行：滔滔才略滄溟窄。【漸就窄】陶潛、雜詩：前途漸就窄。【銀釧窄】白居易、鹽商婦：皓腕肥來銀釧窄。

## 擲

【抵擲】左思、嬌女詩：萍實驟抵擲。【跳擲】蘇軾、畫魚歌：鰕蟹奔忙誤跳擲。【輕擲】李白、黃葛篇：暑服莫輕擲。【安可擲】韓愈、南溪始泛：佳觀安可擲。【呼一擲】李白、猛虎行：遶牀三匝呼一擲。

## 責

【長者責】左思、嬌女詩：羞受長者責。

## 惜

【不容惜】蘇軾、寒食雨：春去不容惜。【非所惜】曹植、贈丁儀：寶劍非所惜。【蛟龍惜】李商隱、河陽詩：蓮房暗被蛟龍惜。

## 辟

【百辟】白居易、醉後走筆：閶闔晨開朝百辟。

## 釋

【庶可釋】韓愈、路傍堠：臣罪庶可釋。

## 擇

【誰能擇】蘇軾、重寄孫侔：好詩衝口誰能擇。

## 拍

【入拍】白居易、霓裳羽衣舞歌：中序擘騞初入拍。【不可拍】韓愈、雜詩：暮蚊不可拍。

## 磔

【蝟毛磔】李頎、古意：鬚如蝟毛磔。

軛

【負軛】無名氏、明月皎月光：牽牛不負軛。

摘

【不堪摘】杜甫、歎庭前甘菊花：青蕊重陽不堪摘。

射

【彈射】韓愈、雜詩：持身博彈射。【長弓射】杜甫、光祿坂行：草動只怕長弓射。

迫

【煎迫】無名氏、爲焦仲卿妻作：漸見愁煎迫。【催迫】陶潛、雜詩：四時相催迫。【何所迫】無名氏、青青陵上柏：戚戚何所迫；李白、古風：擾擾何所迫。

昔

【在昔】陶潛、移居：歡言談在昔。【疇昔】蘇軾、馬上賦詩寄子由：寒燈相對記疇昔。【自古昔】左思、詠史其七：由來自古昔。【在夙昔】文天祥、正氣歌：典型在夙昔。

赫

【赩赫】李白、君馬黃：高冠何赩赫。【輝赫】李白、古風：冠蓋何輝赫。

炙

【酒炙】韓愈、縣齋有懷：絲竹羅酒炙。

謫

【譴謫】白居易、放旅雁：我本北人今譴謫。【南夷謫】柳宗元、溪居：幸此南夷謫。

賾

【隱賾】左思、嬌女詩：昭義爲隱賾。

襞

【卷襞】左思、嬌女詩：文史輒卷襞。

隻

【一朝隻】潘岳、悼亡詩：雙棲一朝隻。

綌

【絺綌】李白、黃葛篇：採緝作絺綌；杜甫、遣興：九月猶絺綌。

擘

【不擘】韓愈、雜詩：兩翅久不擘。

檗

【山頭檗】李商隱、房中曲：明日山頭檗。

摭

【事相摭】韓愈、和裴僕射相公假山：不與事相摭。

咋

【唊咋】韓愈、雜詩：與汝惉唊咋。

嚇

【驅嚇】韓愈、縣齋有懷：雀鼠得驅嚇。

伯 液 册 隙 逆 百 鬩 革 脊

戹 柵 核 舄 [illegible] 僻 癖 辟 掖

腋 舶 擇 繹 懌 斥 奕 弈 帟

疫譯瘠虢腊簀碩奭螫
翟嗌穸耆祏亦鬲擗踖
獏愬[illegible]骼鯽珀[illegible]借膈
嘖撿躑埸蜴幗摑蹐嶧
斁蓆貊擿蹠馘阸汐[illegible]
剨啞柞醳唶霢齚郤壁
刺百莫潟虉蟈[illegible]厝霸
霹

【對偶】
李白、君馬黃：各有千金裘，俱爲五侯客。李白、宮中行樂詞：新花豔舞衣，遲日明歌席。李白、謝公宅：荒庭衰草徧，廢井蒼苔積。王維、春中田園作：持斧伐遠揚，荷鋤覘泉脈。王維、歎白髮：惆悵故山雲，徘徊空日夕。

# 十二錫 古通職緝

## 壁

【向壁】左思、嬌女詩：掩淚俱向壁。【絕壁】李白、蜀道難：枯松倒挂倚絕壁。【松冠壁】韓愈、南溪始泛：團團松冠壁。【映石壁】王維、藍田山石門精舍：山月映石壁。【洗青壁】李白、望廬山瀑布水：左右洗青壁。

## 曆

【新曆】王維、春中田園作：舊人看新曆。

## 歷

【凌歷】李白、遊泰山：萬壑絕凌歷。【清歷】左思、嬌女詩：口齒自清歷。【登歷】王維、藍田山石門精舍：明發更登歷。【歷歷】無名氏、古詩明月皎夜光：衆星何歷歷；韓愈、路傍堠：綠路高歷歷。

## 績

【紡績】左思、嬌女詩：臨鏡忘紡績。【費功績】白居易、繚綾：繚綾織成費功績。

## 笛

【羌笛】岑參、白雪歌：胡琴琵琶與羌笛。【箏笛】韓愈、感春三首：哀響跨箏笛。【夜吹笛】王維、隴頭吟：隴上行人夜吹笛。

## 櫪

【伏櫪】蘇軾、聞子野出家：老驥悲伏櫪。

## 敵

【勍敵】蘇軾、送楊傑：鑿齒彌天兩勍敵。【日月敵】韓愈、路傍堠：照與日月敵。【萬人敵】王安石、送鄭叔熊歸閩：魁然萬人敵。【嵩華敵】杜甫、閬山歌：已覺氣與嵩華敵。

## 滴

【承簷滴】潘岳、悼亡詩：晨霤承簷滴。

## 鏑

【破鏑】蘇軾、王鞏南遷初歸：妙語仍破鏑。

## 檄

【草檄】蘇軾、與梁左藏會飲：將軍破賊自草檄。【書檄】蘇軾、送表弟程六知楚州：病眼昏花困書檄。【北山檄】蘇軾、送程六表弟：只恐先移北山檄。

## 激

【清激】韓愈、南溪始泛：溪流正清激。【釣何激】韓愈、和裴僕射相公假山十一韵：磻溪釣何激。

## 寂

【空寂】蘇軾、聞子野出家：禪心久空寂。【山更寂】王維、藍田山石門精舍：夜禪山更寂。

【春寂寂】蘇軾、與梁左藏會飲：唬鳥落花春寂寂。【籟歸寂】李白、日夕山中忽然有懷：風滅籟歸寂。

覿

【復來覿】王維、藍田山石門精舍：花紅復來覿。

析

【中路析】潘岳、悼亡詩：比目中路析。【相與析】陶潛、移居：疑義相與析。

皙

【白皙】左思、嬌女詩：皎皎頗白皙。

溺

【漂溺】蘇軾、次韵孔毅父久旱而雨：折葦枯荷恣漂溺。

覓

【相覓】杜甫、醉時歌：得錢即相覓。【殷勤覓】白居易、長恨歌：遂教方士殷勤覓。

摘

【生摘】左思、嬌女詩：果下皆生摘。【指摘】左思、嬌女詩：如見已指摘。【路旁摘】杜甫、惜別行：手把蘭花路旁摘。

狄

【北狄】杜甫、惜別行：氣卻西戎迴北狄。

羃

【綿羃】李白、黃葛篇：黃花自綿羃。

戚

【寗戚】李白、鞠歌行：聽曲知寗戚。【賓戚】韓愈、和僕射相公假山十一韵：歌鼓燕賓戚。

鑩

【鼎鑩】左思、嬌女詩：吹噓對鼎鑩。

惕

【怵惕】李白、古風：行人皆怵惕。【忡驚惕】潘岳、悼亡詩：回遑忡驚惕。

礫

【瓦礫】蘇軾、次韵孔毅父久旱而雨：去年東坡拾瓦礫。

櫟

【社櫟】蘇軾、送程六表弟：我老得全猶社櫟。

皪

【的皪】蘇軾、薄命佳人：眼光入簾珠的皪。

適

【性所適】杜甫、石櫃閣：謝爾性所適。【幽人適】白居易、官舍內新鑿小池：但足幽人適。【逝安適】無名氏、古詩明月皎夜光：玄鳥逝安適。【愜所適】王維、藍田山石門精舍：果然愜所適。

錫擊勣翟逖糴荻鷁鍼

慼滌的喫甓霹瀝靂裼

踼㓹櫟轢鬲汨䀸嫡啇
闃闐焱䳭蹢廸覡鄺淅
蜥篴弔䨣澼趯倜惄塓
狊𦸗馰樀艗

# 十三職 古通質

## 職

【高官職】蘇軾、馬上賦詩寄子由：愼勿苦愛高官職。

## 國

【一國】元好問、題明皇合曲圖：海棠一株春一國。【中國】李賀、官街鼓：獨共南山守中國。【南國】蘇軾、荊州：北雁來南國。【活國】黃庭堅、贈無咎文潛：斟酌古今來活國。【傾國】白居易、長恨歌：漢皇重色思傾國；蘇軾、次韻寄李公擇：不許藍橋見傾國。【覆人國】白居易、古冢狐：能喪人家覆人國。

## 德

【全德】蘇軾、濂溪：先生本全德。【無德】朱穆、與劉伯宗絕交詩：謂鳳無德。【飽德】蘇軾、和柳子玉喜雪：有酒醉君仍飽德。

## 食

【玉食】黃庭堅、謝送碾賜壑源揀芽：緗匳碾香供玉食。【肉食】王安石、送鄭叔熊歸閩：壯士不肉食。【寒食】白居易、寒食臥病：笑閉柴門度寒食；蘇軾、送程六知楚州：共藉梨花作寒食；元好問、題明皇合曲圖：燕燕鶯鶯作寒食。【口中食】白居易、賣炭翁：身上衣裳口中食。【不遑食】曹植、贈白馬王彪：銜草不遑食。【水鄉食】王維、別弟妹：殊甘水鄉食。【加餐食】無名氏、飲馬長城窟行：上言加餐食。【安可食】劉琨、扶風歌：薇蕨安可食。【求衣食】白居易、閒吟：貧窮汲汲求衣食。【烏可食】無名氏、戰城南：野死不葬烏可食。【羶腥食】王維、贈李頎：甘此羶腥食。

## 色

【山色】蘇軾、送淵師歸徑山：至今詩筆餘山色。【天色】陶潛、聯句：遠眺問天色。【火色】白居易、短歌行：曈曈太陽如火色。【失色】李商隱、射魚曲：貝闕夜移鯨失色。【光色】白居易、司天臺：北辰微暗少光色。【改色】無名氏、橘柚垂花實：青黃忽改色。【花色】李白、塞上曲：婦女無花色。【幽色】張九齡、感遇：皓露奪幽色。【風色】李白、長干行其二：沙頭候風色。【春色】蘇軾、初到惠州：嶺南萬戶皆春色；黃庭堅、贈無咎文潛：可烹玉塵試春色。【眞色】白居易、古冢狐：豈將假色同眞色。【雪色】白居易、畫竹歌：手顫眼昏頭雪色。【顏色】王維、贈李頎：甚有好顏色；杜甫、夢李白：猶疑照顏色。【妖艷色】白居易、牡丹芳：減卻牡丹妖艷色。【青蓮色】李白、僧伽歌：心如世上青蓮色。【空青色】李商隱、河陽詩：羅屏但有空青色。【秋波色】李商隱、房中曲：割得秋波色。【春山色】李白、姑孰溪：岸疊春山色。【春水色】白居易、繚綾：染作江南春水色。【春一色】李商隱、偶成贈四同舍：蒲青柳碧春一色。【逐臣色】韓愈、贈別元十八：來弔逐臣色。【無顏色】白居易、長恨歌：六宮粉黛無顏色。【寒雲色】蘇軾、書軒：雨昏石硯寒雲色。【鴉雛色】無名氏、西洲曲：雙鬢鴉雛色。【傾城色】白居易、李夫人：不如不遇傾城色。【煙火色】白居易、賣炭翁：滿面塵灰煙火色。【榆柳色】白居易、寒食臥病：春雨濛濛榆柳色。【遠山色】蘇軾、眉子石硯歌：腸斷浮空遠山色；【賜顏色】高適、燕歌行：天子非常賜顏色。【錦江色】李白、荊門浮舟望蜀江：依然錦江色。【蘆花色】李賀、官街鼓：從君翠髮蘆花色。【艷春色】李白、詠槿：池草艷春色。

# 力

【人力】王安石、送鄭叔熊歸閩：棄置非人力。【心力】白居易、閒吟：富貴營營役心力。【努力】朱穆、與劉伯宗絕交詩：各自努力。【何力】陶潛、聯句：扶搖竟何力。【虎力】李商隱、射魚曲：繡額蠻渠三虎力。【無力】吳均、贈杜容成：風駛飛無力。【筆力】陸游、漁翁：我亦衰遲慚筆力。【他人力】白居易、寒食臥病：扶行半是他人力。【非我力】韓愈、夜歌：所憂非我力。【造化力】白居易、牡丹芳：我願暫求造化力。【輸筋力】李白、君子有所思行：衛霍輸筋力。

# 翼

【羽翼】杜甫、夢李白：何以有羽翼。【戢翼】蘇軾、杭州牡丹開：天靜傷鴻猶戢翼。【飛翼】蘇軾、顏闔：隋珠彈飛翼。【龍翼】李白、天馬歌：竊背爲虎文龍翼。【生羽翼】王維、送李頎：幾時生羽翼；李白、贈楊山人：直上青雲生羽翼。【爲羽翼】無名氏、橘柚垂華實：因君爲羽翼。【垂羽翼】鮑照、擬行路難：安能疊燮垂羽翼。【秋蟬翼】白居易、井底引銀瓶：嬋娟兩鬢秋蟬翼。【厲羽翼】曹植、贈白馬王彪：翩翩厲羽翼。【雙飛翼】張九齡、感遇其十：欲寄雙飛翼。

## 墨

【色如墨】白居易、黑龍潭：黑潭水深色如墨。【面如墨】蘇軾、次韻久旱而雨：日炙風吹面如墨。

## 極

【北極】李白、君子有所思行：宮闕羅北極。【西極】李白、天馬歌：騰崑崙，歷西極。【何極】謝朓、玉階怨：思君此何極。【無極】朱穆、與劉伯宗絕交詩：嗜欲無極；無名氏、讀曲歌：道苦眞無極；白居易、七德舞：聖人有作垂無極。【紫極】李白、商山四皓：漢祖昇紫極。【窮極】韓愈、贈別元十八：我去未窮極。【香何極】王維、臨高臨送黎拾遺：川原香何極。【情何極】王維、華子岡：惆悵情何極；張九齡、感遇：感嘆情何極。【無終極】曹植、贈白馬王彪：相思無終極。

## 息

【一息】王維、贈李頎：萬里方一息。【不息】無名氏、讀曲歌：通夜語不息；王維、臨高臺贈黎拾遺：行人去不息；李白、君子有所思行：橫天流不息。【太息】曹植、贈白馬王彪：撫心長太息；張九齡、感遇：日暮長太息。【休息】鮑照、擬行路難：還家自休息。【定息】朱穆、與劉伯宗絕交詩：寢不定息。【恃息】蘇軾、送蹇道士歸廬山：物之有知蓋恃息。【歎息】無名氏、木蘭詩：唯聞女歎息；白居易、琵琶行：我聞琵琶已歎息；陸游、漁翁：共對江山三歎息。【獨息】韓愈、夜歌：閑堂仍獨息。【老妻息】王安石、送鄭叔熊歸閩：往往老妻息。【空歎息】李頎、送陳章甫：洛陽行子空歎息。【長歎息】繁欽、定情詩：躑躅長歎息；鮑照、擬行路難其五：拔劍擊柱長歎息；白居易、寒食臥病：病逢佳節長歎息。【飛復息】謝朓、玉階怨：流螢飛復息。【高堂息】吳均、贈杜容成：一燕高堂息。【無消息】杜甫、夢李白：逐客無消息；蘇軾、禱雨磻溪：故人漸遠無消息。【堪歎息】白居易、偶然：謫向長沙堪歎息。

## 直

【紆直】韓愈、贈別元十八：道里屢紆直。【相直】杜甫、秋雨歎：相許寧論兩相直。【紆直】吳均、贈杜容成：山川幾紆直。【千金直】白居易、啄木曲：虛費千金直。【如弦直】李白、君子有所思行：九衢如弦直。【孤且直】鮑照、擬行路難：何況我輩孤且直。【康且直】無名氏、爲焦仲卿妻作：四體康且直。【揚風直】杜甫、復陰：孤城樹羽揚風直。【靈均直】白居易、偶然：楚懷邪亂靈均直。

## 得

【自得】韓愈、夜歌：志氣方自得；王安石、送鄭叔熊歸閩：方略已自得。【相得】蘇軾、蒜山松林中可卜居：蚤歲聞名晚相得。【難得】白居易、閒吟：光陰易過閒難得。【安可得】無名氏、戰城南：願爲忠臣安可得；張九齡、感遇：求思安可得；李白、梁園吟：路遠西歸安可得。【求不得】白居易、長恨歌：御宇多年求不得。【住不得】白居易、短歌行：圓轉如珠住不得。【忘不得】白居易、李夫人：尤物惑人忘不得。【流不得】白居易、五絃彈：隴水凍咽流不得。【惜不得】白居易、賣炭翁：宮使驅將惜不得。【蛟龍得】杜甫、夢李白：無使蛟龍得。【渡不得】李頎、送陳章甫：津吏停舟渡不得。【尋不得】李商隱、燕臺詩：幾日嬌魂尋不得。【嗔不得】元好問、題明皇合曲圖：天公大笑嗔不得。【歸不得】白居易、西涼伎：安西路絕歸不得。【難再得】杜甫、苦戰行：臨江把臂難再得。【聽不得】李賀、官街鼓：孝武秦皇聽不得。

## 北

【在東北】高適、燕歌行：漢家煙塵在東北。【無南北】王安石、明妃曲：人生失意無南北。【輪臺北】岑參、輪臺歌：漢兵屯在輪臺北。

## 黑

【十指黑】白居易、賣炭翁：兩鬢蒼蒼十指黑。
【天深黑】蘇軾、游金山寺：二更月落天深黑。
【面黎黑】白居易、惻惻吟：炎瘴靈均面黎黑。
【連天黑】李頎、送陳章甫：長河浪頭連天黑。
【黍穗黑】杜甫、秋雨歎其二：禾頭生耳黍穗黑。
【煙塵黑】岑參、輪臺歌、戍樓西望煙塵黑。
【關山黑】杜甫、夢李白：魂返關山黑。

## 側

【天側】陶潛、聯句：離離翔天側。【反側】李商隱、驕兒詩：抱持多反側。【我側】曹植、贈白馬王彪：寒蟬鳴我側；劉琨、扶風歌：猨猴戲我側。【九江側】崔顥、長干曲：來去九江側。【玉階側】李白、詠槿：嬋娟玉階側。【西山側】繁欽、定情詩：乃期西山側。【在親側】鮑照、擬行路難：暮還在親側。【君王側】白居易、長恨歌：一朝選在君王側。【深山側】無名氏、橘柚垂華實：乃在深山側。【崑崙側】王維、贈李頎：望爾崑崙側。【陰山側】李白、塞上曲：橫行陰山側。【月漸側】蘇軾、和鮮于子駿：詩成月漸側。

**飾**

【彫飾】無名氏、橘柚垂華實：竊獨自彫飾。【盛容飾】白居易、太行路：爲君盛容飾。

**賊**

【破殘賊】高適、燕歌行：漢將辭家破殘賊。

**刻**

【一刻】白居易、短歌行：上行千里下一刻。【鐫刻】王安石、送鄭叔熊歸閩：文字銳鐫刻。

**則**

【遺則】李白、商山四皓：萬古仰遺則。

**塞**

【終塞】王安石、送鄭叔熊歸閩：天命豈終塞。

**域**

【異域】朱穆、與劉伯宗絕交詩：與子異域。【絕域】李白、君子有所思行：軍客威絕域。

**植**

【親手植】蘇軾、游道場山何山：月裏仙人親手植。

**惑**

【迷惑】陶潛、聯句：徒使生迷惑。【蠱惑】白居易、古冢狐：何況褒妲之色善蠱惑。

**織**

【人間織】白居易、繚綾：天上取樣人間織。【當戶織】無名氏、木蘭詩：木蘭當戶織。【催夜織】蘇軾、次韻久旱而雨：燈火新涼催夜織。【機中織】鮑照、擬行路難其五：看婦機中織。

---

**匿**

【西匿】曹植、贈白馬王彪：白日忽西匿。【淪匿】李白、商山四皓：前星遂淪匿。【西飛匿】李白、君子有所思行：何爭西飛匿。

**臆**

【胸臆】李白、贈楊山人：剖心輸丹雪胸臆。【淚沾臆】李白、君子有所思行：惻愴淚沾臆；杜甫、哀江頭：人生有情淚沾臆。【淚橫臆】杜甫、苦戰行：時獨看雲淚橫臆。

**憶**

【相憶】李白、寄遠：殷勤寄相憶；王安石、明妃曲：好在氈城莫相憶。【餘憶】王維、別弟妹：淚盡有餘憶。【緘憶】張九齡、感遇：耿耿徒緘憶。【何所憶】無名氏、木蘭詩：問女何所憶。【君須憶】蘇軾、雨中送李邦直：白魚紫蟹君須憶。【長相憶】無名氏、飲馬長城窟行：下言長相憶；杜甫、夢李白：明我長相憶。【悵然憶】李白、烏夜啼：停梭悵然憶。

**特**

【文武特】韓愈、贈別元十八：實維文武特。

**昃**

【移中昃】李白、君子有所思行：太陽移中昃。

**仄**

【偪仄】王安石、送鄭叔熊歸閩：逆旅同偪仄。

稷

【契與稷】蘇軾、蒜山松林中可卜居：信口自比契與稷。

識

【相識】白居易、井底引銀瓶：此時與君未相識；李商隱、燕臺詩：冶葉倡條徧相識；歐陽修、代贈田文初：憔悴窮途愧相識。【人不識】白居易、黑龍潭：傳有神龍人不識。【人未識】白居易、長恨歌：養在深閨人未識；黃庭堅、謝送碾賜壑源揀芽：元豐至今人未識。【不相識】崔顥、長干行：生小不相識；王維、別弟妹：歸來不相識；李商隱、房中曲：相看不相識。【心莫識】蘇軾、游金山寺：悵然歸臥心莫識。【無人識】蘇軾、郭綸：河西猛士無人識；蘇軾、郭熙山水平遠圖：此間有句無人識。【曾相識】白居易、琵琶行：相逢何必曾相識。【應不識】蘇軾、雨中送李邦直：衰病相逢應不識。【舊相識】吳均、贈杜容成：依然舊相識。

逼

【老還逼】李白、君子有所思行：榮去老還逼。

喞

【喞喞】白居易、琵琶行：又聞此語重喞喞。

卽

【難卽】王維、南垞：北垞淼難卽。

拭

【不可拭】韓愈、贈別元十八：有淚不可拭。

測

【不測】韓愈、贈別元十八：所憂動不測。【難測】蘇軾、次韻久旱而雨：造化無心怳難測。【不可測】杜甫、夢李白：路遠不可測。

抑

【掩抑】白居易、五絃彈：第五絃聲最掩抑。

惻

【悽惻】蘇軾、馬上賦詩寄子由：僮僕怪我苦悽惻。【惻惻】杜甫、夢李白：生別常惻惻；白居易、偶然：放棄合宜何惻惻。【慘惻】王安石、送鄭叔熊歸閩：別我無慘惻。

忒

【差忒】白居易、偶然：天文至信猶差忒。

穡

【稼穡】白居易、牡丹芳：同似吾君憂稼穡。

蝕　式　軾　殖　敕　飭　棘　默　億

勒　劾　慝　克　剋　蜮　弋　冒　翊

扐　泐　肋　亟　殛　湜　緎　棫　淢

罭㚏崱䐛萴閾嶷纆洫
踣熄寔嗇埴菔匐釴瀷
犆轖鯽稷繶檍防腷湢
楅鼊蟔魊樴幅愊副或
蠚愎翌侐栻意

【對偶】

李白、君子有所思行：廐馬散連山，軍容威絕域。

# 十四緝 古通質略 通合葉洽

## 戢

【戢戢】杜甫、又觀打魚：半死半生猶戢戢。

## 立

【佇立】王維、齊州送祖三：望君猶佇立。【鶴立】蘇軾、庚長歲人日：春水蘆根看鶴立。【孤立】白居易、醉後走筆：劉兄文高行孤立。【獨立】杜甫、秋雨歎：恐汝後時難獨立。【向隅立】白居易、長安早春旅懷：中有一人向隅立。【良久立】白居易、琵琶行：感我此言良久立。【彷徨立】白居易、山鷓鴣：抱兒寡婦彷徨立。【映花立】王維、早春行：羞人映花立。

## 集

【百憂集】蘇軾、白頭寺雨中送李邦直：老送君歸百憂集。【峯巒集】杜甫、龍門鎮：古鎮峯巒集。【履聲集】蘇軾、飛英寺：撞鐘履聲集。

## 邑

【林邑】白居易、馴犀：馴象生還放林邑。【都邑】王維、桃源行：競引還家問都邑。

## 急

【片帆急】蘇軾、南康望湖亭：秋風片帆急。【西風急】蘇軾、白頭寺雨中送李邦直：霜林日夜西風急。【長河急】王維、齊州送祖三：日暮長河急。【風箏急】李商隱、燕臺四首：西樓一夜風箏急。【絃轉急】白居易、琵琶行：却坐促絃絃轉急。【短景急】杜甫、龍門鎮：迫此短景急。【萬魚急】杜甫、又觀打魚：設網提綱萬魚急。【聲轉急】歐陽修、鵯鵊詞：上下枝間聲轉急。

## 入

【愁入】王維、齊州送祖三：荒城復愁入。【千官入】歐陽修、鵯鵊詞：九門放鑰千官入。【千山入】蘇軾、雨晴步至四望亭：暮色千山入。【見燈入】蘇軾、軒窗：秋蟲見燈入。【香車入】王維、早春行：日落香車入。【挺叉入】杜甫、又觀打魚：撐突波濤挺叉入。【疏星入】李商隱、燕臺四首：涼蟾落盡疏星入。【聲闇入】白居易、山鷓鴣：樓上舟中聲闇入。

## 泣

【掩泣】白居易、琵琶行：滿座重聞皆掩泣。【夜中泣】杜甫、龍門鎮：山寒夜中泣。【天爲泣】蘇軾、白頭寺雨中送李邦直：雲爲不行天爲泣。【望鄉泣】白居易、長安早春旅懷：日暮青山望鄉泣。

澀

【棧道澀】杜甫、龍門鎮：沮洳棧道澀。【青衫澀】白居易、琵琶行：江州司馬青衫澀。【風露澀】歐陽修、鵯鵊詞：萬年枝軟風露澀。【柳條澀】白居易、長安早春旅懷：雨灑輕黃柳條澀。【露霑澀】王維、早春行：衣愁露霑澀。

習

【翕習】白居易、醉後走筆：十五年前名翕習。

十

【欲四十】李商隱、驕兒詩：鶬鶊欲四十。

及

【不及】王維、早春行：尋春如不及。

澀

【歌猶澀】王維、早春行：黃鳥歌猶澀。

緝　輯　給　拾　什　襲　級　粒　揖

汁　笈　蟄　笠　執　隰　汲　吸　唈

縶　葺　褶　苙　伋　岌　翕　歙　裛

浥　熠　槢　揖　湁　悒　挹　鈒　蕺

# 十五合 古獨用

合

【白雲合】蘇軾、五更行至磻溪：至人舊隱白雲合。【浮萍合】蘇軾、雨晴步至四望亭：雨過浮萍合。【晨霧合】沈約、石塘瀨聽蝯：溶溶晨霧合。【雲木合】蘇軾、臘日遊孤山：出山廻望雲木合。

答

【西巖答】沈約、石塘瀨聽蝯：　復佇西巖答。

【鐘相答】蘇軾、遊杭州：野寺鐘相答。

榻

【陶令榻】蘇軾、次韻王廷：北牖已安陶令榻。

【聲滿榻】蘇軾、寄蘄簟與蒲傳正：臥聽風漪聲滿榻。

雜

【聖賢雜】蘇軾、飲酒：齋厨聖賢雜。

闔

【開闔】蘇軾、自興國往筠：惟有孤螢自開闔。

【閶闔】蘇軾、寄蘄簟與蒲傳正：請公乘此朝閶闔。

沓

【山重沓】沈約、石塘瀨聽蝯：惟見山重沓。

合 塔 納 閤 臘 蠟 匝 蛤 衲
榼 鴿 踏 颯 塌 拉 遝 搭 韐
濕 盍 蓋 轄 唈 靸 鈒 馺 跋
闒 軜 溘 嗑 荅 蹹 涾 卅 嗒
磕

# 十六葉 古通月

## 葉

【枯葉】蘇軾、聚星堂雪：窗前暗響鳴枯葉。【秋葉】王安石、游士山示蔡天啟：零落隨秋葉。【抱葉】蘇軾、槐：晚蟬猶抱葉。【荊葉】白居易、醉後走筆：芝蘭芬馥和荊葉。【荷葉】蘇軾、道者院：清風亂荷葉。【命如葉】白居易、陵園妾：顏色如花命如葉。【萬萬葉】白居易、法曲：唐祚中興萬萬葉。

## 帖

【安帖】王安石、游士山示蔡天啟：田里老安帖。【今古帖】蘇軾、呂倚貧甚：家藏今古帖。【法書帖】王安石、游士山示蔡天啟：空殘法書帖。

## 牒

【史牒】王安石、游士山示蔡天啟：吾欲刋史牒。

## 接

【況如接】王安石、游士山示蔡天啟：陳迹況如接。

## 獵

【田獵】王安石、游士山示蔡天啟：且飲且田獵。

## 妾

【棄妾】李白、去婦詞：不歎君棄妾。【胡地妾】李白、王昭君二首：明朝胡地妾。

## 蝶

【穿花蝶】蘇軾、再和楊公濟：夜寒那得穿花蝶。【飛蝴蝶】李白、思邊：南園綠草飛蝴蝶。【夢蝴蝶】李商隱、偶成轉韻七十二句贈四同舍：憐我秋齋夢蝴蝶。

## 疊

【稠疊】王安石、游士山示蔡天啟：勝踐此稠疊。

## 篋

【鼓篋】王安石、游士山示蔡天啟：少小同鼓篋。

## 涉

【利涉】孟浩然、舟中曉望：舳艫爭利涉。【登涉】王安石、游士山示蔡天啟：扶憊强登涉。

## 鬣

【長鬣】王安石、游士山示蔡天啟：吾兒已長鬣。

## 捷

【告捷】白居易、醉後走筆：美退爭雄重告捷。【獻捷】岑參、走馬川行：軍師西門佇獻捷。【快一捷】王安石、游士山示蔡天啟：寧當快一捷。

## 頰

【兩頰】王安石、游士山示蔡天啟：喜色見兩頰。【紅勝頰】蘇軾、將之湖州：梅溪木瓜紅勝頰。【笏拄頰】蘇軾、用和人求筆跡韻寄莘老：舉頭看山笏拄頰。【啼紅頰】李白、王昭君二首：上馬啼紅頰。

**楫**　又作檝。【浮河檝】王安石、游土山示蔡天啟：尚想浮河檝。

**攝**　【善攝】王安石、游土山示蔡天啟：生理歸善攝。

**躡**　【相躡】王安石、游土山示蔡天啟：跪足兩相躡。

**堞**　【西州堞】王安石、游土山示蔡天啟：長照西州堞。

**協**　【雞夢協】王安石、游土山示蔡天啟：儻與雞夢協。

**俠**　【五陵俠】王安石、游土山示蔡天啟：快若五陵俠。

**筴**　【羹濡筴】王安石、游土山示蔡天啟：尚有羹濡筴。

**厭**　【天厭】王安石、游土山示蔡天啟：苻堅方天厭。

**愜**　【終難愜】王安石、游土山示蔡天啟：歸意終難愜。

**睫**　【眉睫】王安石、游土山示蔡天啟：近方在眉睫。

**笈**　【橐笈】王安石、游土山示蔡天啟：裹飯隨橐笈。

**懾**　【膽懾】岑參、走馬川行：虜騎聞之應膽懾。【狐兎懾】王安石、游土山示蔡天啟：宵明狐兎懾。

**蹀**　【遠蹀】王安石、游土山示蔡天啟：高臥停遠蹀。

**挾**　【騍挾】王安石、游土山示蔡天啟：亦以兩騍挾。

**鋏**　【彈鋏】王安石、游土山示蔡天啟：擊壤勝彈鋏。

**喋**　【血常喋】王安石：游土山示蔡天啟：楚夏血常喋。

**燮**　【調燮】王安石、游土山示蔡天啟：中仍費調燮。

**鑷**　【白可鑷】王安石、游土山示蔡天啟：未見白可鑷。

**靨**　【笑靨】王安石、游土山示蔡天啟：相視開笑靨。

**讘**　【占囁】王安石、游土山示蔡天啟：譏我兩占囁。

饁

【行饁】王安石、游土山示蔡天啟：野老今行饁。

跕

【飛鳶跕】王安石、游土山示蔡天啟：仰視飛鳶跕。

躐

【超躐】王安石、游土山示蔡天啟：或妄走超躐。

惵

【愁惵】王安石、游土山示蔡天啟：撫事終愁惵。

貼 諜 曄 緤 氎 浹 慴 屧 箑

褶 楪 葉 熚 燁 讋 摺 裛 歙

魘 褋 擪 帖 艓 攝 萐 謵 捻

蹀 衱 荼 婕 聶 鍂 梜 楏 倢

霎 蛺

# 十七洽 古獨用

## 甲

【金甲】李白、胡無人：虜箭如沙射金甲。【暖襯甲】蘇軾、觀杭州歐育刀袍：青綾衲衫暖襯甲。

## 業

【捷業】王安石、游土山示蔡天啟：簨簴雕捷業。【鴻業】白居易、法曲：中宗肅宗復鴻業。【妾緣業】李白、去婦詞：自歎妾緣業。【清淨業】蘇軾、答子由：尙有讀書清淨業。【濟大業】蘇軾、昭陵六馬石本：艱難濟大業。

## 匣

【光出匣】李白、胡無人：劍花秋蓮光出匣。

## 壓

【氣光壓】蘇軾、九日黃樓作：熱酒燒腸氣光壓。

## 鴨

【亂鵝鴨】蘇軾、九日黃樓作：楚舞吳歌亂鵝鴨。

## 怯

【矜怯】王安石、游土山示蔡天啟：得喪亦矜怯。

## 脅

【山脅】王安石、游土山示蔡天啟：土木老山脅。

## 插

【腰間插】李白、胡無人：流星白羽腰間插。

## 鍤

【千柄鍤】蘇軾、九日黃樓作：終勝泥中千柄鍤。

## 嶪

【岌嶪】王安石、游土山示蔡天啟：此土方岌嶪。

## 呷

【容一呷】蘇軾、九日黃樓作：把琖對花容一呷。

## 柙

【龍蛇柙】蘇軾、觀杭州歐育刀袍：大刀長劍龍蛇柙。

## 霎

【霎霎】蘇軾、觀杭州歐育刀袍：掠面驚沙寒霎霎。

洽狹峽硤法鄴乏刼歃
押狎袷祫帢翣掐啑夾
恰眨胛萐箑郟鵊扱喋
劄擖跲噆啀渫鉀韐

國家圖書館出版品預行編目資料

詩府韻粹

王熙元、尤信雄、沈秋雄合編. – 初版. – 臺北市：臺灣學生，1983
面；公分 – （師大國文系文學叢書；3）

ISBN 978-957-15-1057-6(平裝)

1. 中國詩 – 詩韻

821.304 90001921

詩府韻粹

主 編 者 王熙元、尤信雄、沈秋雄
助 編 者 王文秀、田青玉、李玉華、李麗霞、陳美鈴
郭展鴻、楊淙銘、楊彩梅、劉楚卿、劉德琇
出 版 者 臺灣學生書局有限公司
發 行 人 楊雲龍
發 行 所 臺灣學生書局有限公司
地 址 臺北市和平東路一段 75 巷 11 號
劃撥帳號 00024668
電 話 (02)23928185
傳 真 (02)23928105
E-mail student.book@msa.hinet.net
網 址 www.studentbook.com.tw
登記證字號 行政院新聞局局版北市業字第玖捌壹號
定 價 新臺幣五〇〇元

一九八三年十二月 初版
二〇一三年十一月 初版五刷

04301
有著作權・侵害必究
ISBN 978-957-15-0458-2 (平裝)